U0925516

六宫天妃

步生莲（下）

华楹 著

中国华侨出版社
北京

目录

六宫天妃 下

第一章 宝月沉沉隔海天

那位锦衣公子露出一副鄙夷的神情，用眼角斜斜地睨着冯妙：“可比作受佛陀点化之前的莲华色女，污浊不堪。”

莲华色女出自佛经中的典故，受佛陀点化之前，品行不端，举止浪荡。这句话说得十分刻薄，席上许多人都转过头来，看冯妙如何应对。

冯妙却毫无羞恼之意，反倒端庄娴静地开口问道：“公子可愿知道，在奴家心中，将公子比作何物？”

那公子得意扬扬地点头，冯妙便接着说道：“仁者见人，智者见智。在奴家心中，公子如水月观音，无边自在。”

锦衣公子放肆的笑僵在脸上，冯妙的言外之意，便是一切眼中所见的景象，都是内心想法的体现。他满心污浊不堪，才会觉得世人都如莲华色女一般，而冯妙自己心中了无挂碍，那便看什么都如水月观音一般。

四周先是一片沉默，接着便是一阵嘲笑声。王玄之一句话也没说，只展开折扇遮住了口鼻，一只手撑在面前的桌案上，肩膀微微抖动。

锦衣公子自知讨了个没趣，悻悻地回到自己的坐席上。

主座之上，竟陵王萧子良仍旧在与人高谈阔论。众人的目光渐渐散去，王玄之才撤下折扇，唇边的笑意还未完全收拢起来，用手指虚虚指着冯妙说：“你刻薄起来，比范大人毫不逊色。他是快火烹炸，你是小盅慢炖，一样让人吃不消。”

冯妙微微低头说：“让大哥见笑了。”她坐了片刻，便觉得右手边的帘帷似乎动了一下。因着王玄之曾经叫她留意那边的来客，她便凝神多了看了几眼。

有侍从模样的人，引着一男一女悄无声息地走到帘幕之后。那男子身形高大，穿着上好丝帛裁成的锦袍，衣襟上的花纹，因为隔得远而看不大清楚，只能分辨出既不是帝王的龙纹，也不是亲王才能使用的螭纹。

他身后的女子体态娇小，走路时腰肢如柳枝一般左右摇摆，很有几分媚态。那名男子落座时，伸手一抄便把女子也揽在身侧。女子转身的一刹那，冯妙才看清了她的容貌，不由得大吃一惊，那女子的眉眼五官，竟然跟阿娘有些神似。只不过，她比阿娘年轻得多，行为举止间的习惯也与阿娘大不相同。

王玄之悄悄侧身向她低语："那就是西昌侯萧鸾和他的夫人刘氏，西昌侯与竟陵王有些交情，却与竟陵王的几位幕僚不合。这种场合，竟陵王若是邀请了西昌侯，总是单独设置隐秘的座位，免得让他跟旁人相见。"

西昌侯怀中的女子正用两根手指拈着一粒葡萄，剥了皮送进西昌侯嘴里。冯妙盯着她看了半晌。转头来问："那女子看着比西昌侯年轻不少，是他的侍妾吗？"

"不是，那是西昌侯夫人。"王玄之抬手举杯遮掩，"西昌侯是先帝的侄子，父母双亡之后，被先帝带回抚养，论辈分他是竟陵王的叔父。西昌侯很有些军功，为人也很一板一眼，从前年纪不小却不肯娶妻。后来突然带回了这个女子，说是某个小官吏的女儿，要迎娶为正夫人。"

王玄之的话点到即止，冯妙隐约听出了其中的意思，想必这位西昌侯夫人并没有什么大家闺秀的样子，西昌侯一定要娶她，多半是因为这副容貌。

席上众人一直论辩到傍晚才散去，王玄之怕人多时让冯妙沾染了污浊气息，回去后要生病，故意等到其他人走得差不多时再离去。他刚站起身，便听见身后有雄健有力的脚步声传来，竟是西昌侯快步追了上来。

王玄之不得不停住脚步，向西昌侯行礼。可西昌侯的目光，却径直越过他的肩头，看向冯妙："听说玄之新得一个伶牙俐齿的美人，我倒是有兴趣见上一见。"没等王玄之说话，西昌侯鹰爪一样的手臂就往冯妙肩上抓来。

冯妙原本躲在王玄之背后，此时避无可避，只能上前屈身福了一福："奴家见过西昌侯。"她抬起头，迎上西昌侯萧鸾的目光。

萧鸾看清她的容颜时，眼中飞快地闪过一丝难以置信的惊喜，转头向王玄之说道："你这侍妾，我看着喜欢，不如就送给我吧，改天我另外送十名绝色佳人到你府上，算作谢礼。"在士族贵胄之间，姬妾侍女就像一件东西一样，随随便便就可以拿来送人，并不是什么了不得的大事。冯妙心中不快，却也不能说什么。

王玄之客气却坚决地说："请恕我不能答应。"

萧鸾的脸色忽然变得阴郁难看，话语中也带了几分威胁意味："你要是今日答应了，我便算欠你一个人情，日后有难时，我应允你可以替琅琊王氏求一件事。若是你舍不得她腹中的孩子，我可以允许她生下来，仍旧送还给你。"他见冯妙与王玄之同行，便想当然地认为冯妙腹中的孩子，必定是王玄之的，像琅琊王氏这样的名门望族，自然不会允许自家的血脉流落在外。

说着话，萧鸾已经抬手来拉冯妙的手腕，王玄之上前一步，把手压在萧鸾的手臂上，仍旧坚决地说："这位姑娘是我的朋友，并非我的侍妾，大人的要求，请恕我无论如何不能答应。"

萧鸾长年在军中，孔武有力，而王玄之却只识文、不识武，只要萧鸾用力一掀，他必定毫无还手之力。可王玄之毫无惧色，双眼直视过去。僵持片刻，萧鸾哈哈一笑，抬手拍了拍王玄之的肩："不过是跟你开个玩笑罢了，许久不见你入宫，皇上也念起你好几次，有空不妨多到宫中和我的西昌侯府走动走动。"

说完，萧鸾便大踏步走了出去。王玄之这时才抬手揉了揉肩，那两下萧鸾使了些手力，疼痛难忍。王玄之的父亲王奂古板守旧，并不支持册立皇太孙，萧鸾当着王玄之的面说出日后应允他替琅琊王氏求一件事，已经足够表明态度，他必定会把萧昭业推上皇储的宝座，无论面对什么样的阻碍。王玄之能替家中父兄求的，无非是"不杀"罢了。

冯妙开口叫了一声"大哥"，王玄之便摆手示意自己不要紧。直到回到他们自己的马车上，王玄之才说："你大约已经发现了，西昌侯夫人跟你的容貌有些相似，我记得你说过，你和你母亲长得很像，那么想必西昌侯夫人也一定有几分像你的母亲。我还听说，这些年西昌侯但凡见到面容与那位夫人相似的女子，无论身份贵贱，都要想尽办法带回府去。"

他见冯妙皱眉沉思，嘴唇微微噘起，笑一笑说道："这些事情，也没法拿来直接去问他，我再慢慢帮你留意打听吧，你先不要想太多。我已经叫人取来了新制的千金平喘丸，你从现在开始每月服食一粒，到快临产时，改成每十天服食一粒，希望可以压住喘症不要发作。"

平城之内，拓跋宏正与数位宗室老臣争论南征之事，那些上了年纪的拓跋氏亲王，已经多年不曾提剑上马，听说皇帝要亲自南征，都急忙忙地反对。

拓跋宏端坐在明堂正中，朗声说道："各位王叔先请回吧，今天天色已晚，南征的细节可以容后再议。"

亲王们退下后，始平王拓跋勰才走到皇帝身边，递上一盏茶："皇兄先去歇歇吧。"冯妙失踪至今，已经有数月时间，拓跋宏几乎从不召见任何妃嫔，也不让人近身伺候。凡是清醒的时间，他都让自己埋头在政务中间，不让自己有时间想起冯妙。

他甚至封闭了崇光宫内殿，只在外殿居住，每日回去也只是草草休息片刻，便仍旧赶来明堂召见臣属、商议政事。唯一的例外，便是有时听始平王给他带来审问、搜寻的消息。

拓跋宏推开茶盏，思索片刻对始平王说："朕的这些王叔们越是反对，南征就越要照常进行。南朝虽然衰弱，却也不是一时半刻能够攻下的。如果出师不利，朕便借机宣布迁都洛阳。"

他合上双眼，眼前便浮现出冯妙微笑着说话的样子，她在林琅住过的宫室内，嗓音柔柔地说着："皇上的视野，总有一天要放到广阔的中原大地上去，建立拓跋先祖未能做到的千秋帝业。"

"妙儿，"他在心里说，"妙儿，你说过的话，朕马上就要做到了，难道你不想看一看吗？朕只想跟你一人分享这天下的荣光，可你为什么不在这里了？"

"去南朝打探的人，有没有消息送回来？"拓跋宏睁开眼，转头去问始平王。在这之前，始平王派出去的人，已经找到了上元夜当晚要对冯妙非礼的人，却被旁人提前一步杀人灭口。其余几路人也带回了消息，明秀堂的苏小凝自己赎了身，跟随南朝使节的小吏离开了平城，种种迹象都表明，冯妙最有可能的去处，就是被王玄之带去了南朝。

始平王低声回答："有人送信回来，说王玄之并没有返回琅琊王氏的家宅，而是一直藏身在建康城外的一处私宅里。他经常带些无家可归的女子回去，收留在私宅里，一时还不能确定皇嫂在不在那里。"

"继续打探，"拓跋宏沉声说，"其余的账可以日后再算，先把妙儿找到。"语声停一停，他又接着说："不要透露给任何人知道，如果妙儿真的受了那样的……委屈，朕也不想她被人讥笑。"

始平王拓跋勰低头答应，他知道皇兄心中的苦楚，却不知道该如何出言安慰。

建康城外的东篱私宅内，王玄之正叫素问把新制的婴儿衣裳、襁褓放进一间单独开辟的屋子里去，留给冯妙腹中的孩子出生时穿用。小小的衣裳，每一件都十分精致，用南方特产的棉布制成，整件衣裳是用一整块布裁成的，穿在小儿身上时，用连下来的两根带子束住，没有针脚，也没有扣子，不会损伤婴儿的皮肤。

其余的每一件东西，也都极尽精致，襁褓上请了最好的绣娘绣了长命百岁纳福纹。给婴儿戴的银锁、放在摇车里压惊的布偶和暖玉，都已经准备齐全了。

冯妙一件件看过去，连抚摸着小衣裳的手都在微微颤抖："大哥，多谢你，这些东西实在太过精致贵重了……"

王玄之微微笑着，目光落在她日渐圆润的肚腹上："第一个孩子，总是特别愿意多花心思，再怎么精致贵重也不为过。这些东西，原本该由孩子的父母来准备，你既然叫我大哥，那么做舅舅的，给他准备些贺生的礼物，也是应该的。"

冯妙低头用双手拢住腹部，月份日渐大了，胎象也很安稳，她却总觉得有些力不从心，整天都觉得困倦疲累。失去过一个孩子的惊恐难过，时时压在她心头，她知道自己的身体不适合生育，可她很想有一个孩子，眉目间能把她和拓跋宏的模样融合在一起。

王玄之知道她的心思，劝慰似的说："南朝有个习俗，孩子还没出生的时候，就先取个乳名，经常挂在嘴边叫一叫，这孩子就容易留住了。不如你也给他想个乳名，平常跟他说说话。"

冯妙嘴角翘起："连是男孩还是女孩都不知道，乳名要怎么起呢？"她有些促狭地抬头问："大哥小时候也有乳名的吗，叫什么呢？"

灵枢听见有这种热闹，自然不肯错过，也凑过来问："说嘛说嘛，公子的乳名叫什么？"

王玄之掩饰似的轻咳一声，抬手在灵枢额头上轻轻一戳："只说一次，以后不许再问。在我之前，母亲一连生了两个女儿，后来去庙里求了签，按照签文上的说法取了乳名，才生下了我，我的乳名叫……玉娃。"

灵枢嘻嘻笑着跳开："公子，我的嘴巴很严，保证以后都不会再提起的。"

冯妙也跟着笑了："君子温润如玉，这乳名倒也跟大哥相配。"

"不要说我了，还是想想这个孩子叫个什么名字好吧……"王玄之难得窘迫一次，用扇柄去敲灵枢，却被她轻快地躲开了。

此时，素问已经折返回来，神色却带着些紧张焦虑，手中拿着一封书信，交到王玄之手中："公子，这是刚刚从城内送来的急信。"

王玄之原本斜支着身子坐着，听见这句话，立刻坐直上身，从素问手中接过书信，一字不漏地看了一遍。灵枢和素问见他神情严肃，知道那封信必定与政事相关，立刻退出房外。王玄之看完了那封信，才对冯妙说："皇上病重，下旨宣皇孙萧昭业进宫侍疾。"

皇帝病重，随时都有可能龙驭宾天，这个时候在宫中侍疾的人，会最先知道皇帝的遗诏，也最方便，把自己送上帝位。

冯妙也知道这其中的关窍，却只有一个疑问："大哥……这几个月都没听说过大齐皇帝患病，怎么会突然就病危了呢？"

王玄之冷笑一声："你那么聪明，一定已经想到了。文惠太子虽然算不得强健，可从小也并有过什么严重的病症，却突然之间去世了，如今又是皇上病情危重。这两次，必定都是有人投毒暗害，你只要想想谁会从中得利，就知道了……"

冯妙压住怦怦直跳的胸口，试探着问："是西昌侯？"年长又有威望的太子去世，扶立年轻的皇孙登基，再以辅政大臣的身份掌管朝政，正是西昌侯眼下最便捷的道路。即使只见过一面，她也看得出，萧鸾是个既有野心又有手段的人，绝不会甘心只做区区一个西昌侯。

“那……大哥是不是需要返回城内？”见王玄之点头，冯妙又说道，“大哥放心去就是，这里有灵枢和素问照顾我，就已经足够。”

王玄之无奈地点头：“对不起，妙儿，这个时候，我必须得回去看一看，毕竟我是琅琊王氏的子孙，不能置父兄的安危于不顾。”他的父兄都是迂腐刻板的人，绝不会见风使舵、钻营自保。这种性子，西昌侯是必定容不得的。

当晚，王玄之就改换了衣装匆匆返回建康城内，冯妙虽然担心，却清楚自己帮不上什么忙。她只能尽力照顾好自己，不让王玄之担心。

一连几天，东篱内外都异常平静，素问一直觉得冯妙身子太弱，怕她生产时熬不住，每天硬拉着她在庭院里走动。天气越来越热，冯妙总觉得没有胃口，什么东西都不想吃。

这天偏巧东篱门外的小路上，有人叫卖北方出产的酸角，从前在平城时，有时也会拿这种酸角当零食吃。见她目光直往院外飘，素问便说带她去门口买一些来，打开大门高声招呼叫卖的小贩。

卖酸角的小贩走到近前，冯妙看清他的面容时，几乎疑心是自己看错了，这人长得很是面熟，似乎……是从前青岩寺中的某个侍卫。

素问付了钱，从小贩手里接过酸角，尝了一颗，笑着递到冯妙面前：“难怪姑娘喜欢，味道的确很好，可这东西吃多了伤胃，姑娘饭前吃几颗就行了。”

冯妙接过酸角，却没有心情再吃了，那小贩售卖的手势十分熟练，也没有任何特殊的表示，可是那张脸，她应该不会认错。莫非是拓跋宏派人来找她了？如果是那样，派个见过她面容的人来，也的确说得通。

王玄之去了许久都没有音信，那个叫卖酸角的小贩也再没出现过，两下里的疑惑交织在一起，冯妙便有些心火旺盛，夜里时常做噩梦，惊醒时满身都是冷汗。

夜里睡得不好，白天便更加困倦，一整天倒有大半时间都在睡着。朦胧中，她依稀听见有人在说话，似乎是素问的声音在说：“姑娘近来总是这样，睡得不实，却又经常犯困。我想叫她白天里多走一走，可走不了多久，就全身都是虚汗。”

不知多久的沉默过后，有男子的声音说：“先这样吧，别再强迫她了，我实在不忍心见她难受。”

“公子，这样下去，到生产的时候一样熬不住，岂不是更危险？”素问的声音已经有些焦急。

“到时候再说吧，总会有办法的。”男子叹了口气，“你去提早安排好有经验的婆婆，一定要选稳妥的人来。”

冯妙想睁开眼看看，可一双眼皮却好像有千斤重，沉甸甸的怎么都睁不开。有一只宽厚的手拨开了她的额发，压在她汗淋淋的额头上。

王玄之坐在床边，就这么看着睡着的冯妙，她整个身子都蜷缩在一起，双手护在肚子上，做出一个保护的姿势。她想好好保护住自己的孩子，可王玄之却不知道，自己还能护住她多久。大齐的天已经变了，东篱乐土，终究只是一个梦想罢了。

冯妙一直睡到傍晚才醒来，一睁眼便看到王玄之正坐在床榻边，心里忽然觉得无比安宁惊喜，开口问道："大哥，你什么时候回来的？"

王玄之平淡地回答"我刚刚才到"，说得就好像他只是去了一趟门外的街市。

"宫里的情形……"冯妙想要起身，可整个人都酸软无力。王玄之伸手扶了她一把，一面弯下身子去帮她穿鞋子，一面继续说："皇上驾崩了，皇孙萧昭业在灵前登基即位，竟陵王萧子良与西昌侯萧鸾共同辅政。"

他说得十分平静，就好像在讲一段史书上记载的故事一般，把这十来天的血雨腥风全都遮掩起来。

大齐皇帝驾崩当晚，支持竟陵王和支持皇孙的人，各自带兵包围了禁宫，不准任何人进出。竟陵王萧子良却不死心，总还想等到父皇的旨意，把皇位传给他。就这么片刻之间的犹豫，便让他失去了先机。萧鸾直接斩杀了守门的禁卫，冲入内殿，恭请皇孙萧昭业登基即位。

名义上有两位王侯辅政，可事实上，大权都掌握在萧鸾手中。竟陵王萧子良已经被软禁起来，萧鸾没有杀他，是因为当年文惠太子看出萧鸾的野心时，萧子良曾经替他求过一次情，算是救了他一条命。

"妙儿，"王玄之第一次在发问时没有直视冯妙的双眼，"如果现在想办法送你回大魏皇帝身边，你愿意回去吗？"

她当然愿意，可是……冯妙缓缓开口："大哥，在那之前，我还是希望能知道自己的生父究竟是谁。是不是……城内的情形不大好？"

"没什么，"王玄之出言安慰，"过几天我可能还要出一趟门，你安心留在这里，其他的什么都不要管。"他有一瞬间的犹豫，要不要把拓跋宏即将南征的消息告诉她，可担忧终究盖过了一切，他只是低头帮冯妙系好衣衫上散开的带子，柔声说："安心把孩子生下来，其他的一切都会好的。"

第二章
浮云蔽白日

自从王玄之重回东篱，冯妙夜里就不再噩梦连连。屋中仍旧不用任何安眠的香料，只有王玄之有时隔着床帐坐在外面，等冯妙睡熟之后再离去。

灵枢、素问，还有东篱里的其他女孩子，似乎也觉察到眼下情势危急，不再像从前那样天真烂漫地嬉笑。

平城之内，拓跋宏同样夜不能寐。始平王拓跋勰已经一连四天留宿在崇光宫外殿，与拓跋宏一起商议南征的细节。他们派出的探子已经传回消息，南朝皇帝新丧，选了年轻的皇孙即位。一年之内，南朝先后经历了太子与皇帝两次大丧，人心动荡，朝政不稳，正是大军南下的最好时机。

拓跋宏的手指随着他俯瞰的目光一起，在地图上缓缓扫过。即使面对着绘制出来的万里山河，他的语气也同样沉稳坚定："大军渡黄河，经洛阳，朕要亲自去巡视晋朝皇宫的遗址，并且下旨另外修建新的宫殿。朕还要在洛阳城祭祀先祖，让天下人都知道，大魏才是顺应天命的正统。"

"是，皇兄的这份心愿，很快就可以实现了。"始平王拓跋勰，用近乎仰望的姿势，看着他从小敬重的皇兄。渡黄河、进洛阳、改官制、定仪仗，他将亲身参与这一切，让他心潮澎湃，不能自已。他们再也不是不知礼仪教化的北方"索虏"了，他们是名正言顺的天命王朝。

子时已过，往常这时都已经有快马送回的探报放在崇光宫的桌案上。拓跋宏正要开口问，殿外已经有人跪禀："皇上，今天的探报刚刚送来。"

拓跋宏有些不悦："今天怎么迟了？拿进来。"

殿外的玄衣卫匆匆走进来，单膝跪地把抄誊过的探报双手呈上。这批最早由冯诞偷偷训练的人手，如今已经成了名副其实的天子亲卫。拓跋宏特准他们可以带甲进入崇光宫，跟有品级的武官一样，带甲面圣时只需单膝跪地，可以免于三跪九叩的大礼。

“皇上，探报刚刚整理好时，又有新的消息送来，属下们不敢怠慢，一并加了进去才呈送过来。”玄衣卫恭敬地答话。

始平王拓跋勰从他手中接过探报，递给皇帝。拓跋宏展开来细细地看。没有了父亲和祖父的约束，萧昭业的本性才彻底暴露出来，他沉湎游乐，把一切军国大事，都交给西昌侯萧鸾处置，还给了他大将军的头衔，可以任意调动兵马。而这位西昌侯萧鸾，则假借先帝遗诏，大肆屠杀反对自己的人，连名门望族中的老臣、大儒也不放过。

这些事情，早在拓跋宏的预料之中，他只是顺次看下来，并不觉得多么惊诧。探报末尾，有一行新加上去的小字，墨迹新鲜，想必就是刚刚玄衣卫提到的那一条晚来的探报。

拓跋宏一字字看了，忽然把探报整个攥紧在手里，几步走进许久未开启的内殿去。他起身时太过急切，连衣袖拂落了书案上的镇纸都没有发现。玉质镇纸掉落在地上，“啪”的一声碎裂成两截。玄衣卫不明缘由，只当是探报上有什么内容惹恼了皇上，求救似的看向始平王。

始平王拓跋勰挥手示意他先退下，自己走到内殿门口，试探着轻声叫道：“皇兄，是不是皇嫂……”

拓跋宏说不出话来，只把探报递给他。始平王拓跋勰忙忙地往最后一行字上看去，也跟着大吃一惊。探报上说，在建康城外的一处宅子里，见着了冯娘子，她一切安好，穿着南朝妇人式样的衣衫，身边还有侍女照顾，只是肚腹隆起，看样子已经有身孕了。

“她还活着……她……她有孩子了……”拓跋宏的手紧紧攥起，半边身子都在抖。依着探报上的描述，这孩子应该就是正月时有的。如果是上元夜受辱留下的，她该忍着多大的痛苦面对这一切？可是……拓跋宏心里隐隐燃起一点希望，元日那天，他也曾经去过青岩寺，如果是那一天留下的孩子，算算月份，现在也该是这个样子。

直到此时，始平王拓跋勰才明白皇兄的一片苦心，他要追查皇嫂的下落，却不准声张，为的是不想让皇嫂受辱的流言四下散播。

拓跋宏忽然踉跄着夺门而出，一路奔到宫中的小佛堂，“咚”一声跪倒在佛像前。他跪得如此突然，连放在一边的蒲团都没有拿，膝盖直直撞在地面上。

“神佛在上，拓跋宏以天子之名诚心祈求，妙儿是朕今生今世最珍爱的人，朕已经害她失去过一个孩子，不能再有第二次。这一次，唯愿妙儿腹中的孩子是朕的骨血，能平安生下，无论是折福还是折寿相换，朕都心甘情愿。”拓跋宏一口气说完这些话，对着佛像虔诚地磕下头去，额头重重磕碰在地面上，一声接着一声，回荡在空寂无人的佛堂里。

他原本不是一个笃信神佛的人，可在这件事上，他什么也做不了，只能诚心祈求。他只希望那不是一个带着羞辱出生的孩子，让他还能有机会，给妙儿很多很多的爱和宠，多到能抚平她受过的创伤。

建康城外，王玄之正向素问仔细叮嘱，要她在自己离开时把冯妙照顾妥当。素问一一答应了，最终还是忍不住问：“公子要去哪里，能不能告诉素问？这几天东篱里的姐妹们都很担心公子，却又不敢开口来问……”她是这些女孩子中间最成熟稳重的一个，如果不是真的担忧太过，也不会在此时当着王玄之的面问出来。

王玄之叹了口气，他不知道该如何向素问解释。魏军即将南征的消息传来，大齐疆域之内也不安定，萧鸾以先帝遗诏作为借口，关押了王玄之的父兄，却要派他去招募兵士。他不知道以一己之力还能支撑多久，已经悄悄派无言设法送信给拓跋宏，想把冯妙送回去。

“是我家中有事，要去处理一下，不要担心。”王玄之尽量和颜悦色地说话，“等这次的事情过了，你们也该各自找个好人家嫁了，我就是太纵容你们，反倒耽误了你们的好年华。”

素问转过头去，悄悄抹去眼角的泪：“那公子请一定多保重，您那么珍重阿妙姑娘，在她临产之前，总会回来的吧？”

王玄之微笑着点头：“我一定尽力赶回来。”

可人的计划再精巧周密，也抵不过世事无常、风云突变。王玄之安排的事，一件都还没来得及做，就被突然发生的变故打断了，事情的轨迹向着另外一个不受控制的方向滑去。

这天傍晚时分，王玄之正要离开东篱，返回建康城内，一队带甲的兵士突然冲进来，要把冯妙带去宫中暂住。这些人只说是奉了皇帝的命令，要请王玄之的家眷去宫中住几天，好让他能安心在外奉旨办事。可王玄之心里清楚，一定是西昌侯萧鸾不信任他，怕他借着招募兵士的机会逃走，想用冯妙来牵制他。

东篱中除了王玄之，都是娇弱的女子，根本无力与这些兵士相抗衡。冯妙神色坦然地走出来，对王玄之说：“大哥，你不必担心我，就像你说过的那样，花朵到了该凋零的时候，是谁也阻拦不住的。生死有命，富贵在天，听起来虽然有些消极，其实又何尝不是叫人珍视眼下，不要多替未知的事忧心呢？”

她走到那些兵士面前：“容我收拾一下衣装便与你们同去，还要劳烦你们安排一辆平稳的马车。”

王玄之听得懂她话中的意思，既然是用她做要挟，只要王玄之一日没有回来，冯妙就一日不会有生命危险。无能为力的挫败感，霎时将他整个吞没。原本想要带她远离平城内的风雨，却无意间把她推进了更危险的境地。

“妙儿，”他第一次握紧了冯妙的手，贴着她的耳边悄声说，“我一定会想办法，把你带出来。在那之前，你要记得，你是我见过的最勇敢的女孩儿，无论发生什么事，都要再勇敢一点，坚持活下去。我不会给你匕首或是毒药，我只希望你明白，花朵如果飘落在污泥里，并不是花朵的错，你……一定要记得。”

马车载着冯妙进入大齐皇宫，比起平城皇宫的质朴，这里才真正称得上美轮美奂，金碧辉煌。可冯妙无心欣赏任何一处宫室殿宇，只在脑海中反复想着，接下来她该怎么办。素问执意要跟她同来，此刻计算着时间，拿出药丸送到冯妙唇边。

冯妙闭着眼睛微微摇头，越来越深的疑惑，从心底里浮上来。王玄之对她情深意重，她自己自然是明白的，可大齐的掌权者怎么会知道这些？就算要找个人质来威胁他，也应该先去找他的母亲和姐妹，毕竟那些才是跟他血脉相连的人。

难道说，有人私下向南朝告密？

马车在第二道宫门处停住，有太监模样的人上前，引着冯妙和素问往内宫走去。甬道两旁的石雕瑞兽，默默无声地伫立。安排给她们居住的宫室，倒也十分华美考究，内殿清幽雅静，外殿庄重富丽。

简要安顿过后，那名太监又走上前来，恭敬地对冯妙说：“皇上宣这位姑娘过去说几句话，请随着我来吧。”

冯妙心里觉得奇怪，她从没见过这位新皇的面，既然是作为要挟王玄之的人质暂住在这儿，他也没必要如此周到客气。她看了素问一眼，安慰她说：“我去一趟就回来，你要是饿了，就先叫人做些吃的送来，不必等我。”

小太监引着冯妙，沿着宫室之间的通道穿行。两侧垂着重重叠叠的轻纱软帘，越走越觉得光线昏暗。

转过一个弯，小太监把冯妙带到一处门前，躬身说道：“姑娘小心脚下。”

这里的光线实在太过昏暗，如果不是那小太监提醒，冯妙完全没注意到，门内地砖的缝隙之间，竟然插着一排锋利的刀刃。如果冒冒失失地踏步进去，一定会被刀刃刺伤。她提起裙角，从那一排刀刃上小心地跨过。

屋内四面窗子都半掩着，垂下的帘子遮住了屋外的灯火光亮。屋内没有点灯，只有四角各燃着一支儿臂粗的白蜡，乍一看去不像一处宫室，倒更像做法事的道场，让人觉得无比压抑沉闷。

冯妙抬头没见着有人，一时不知道该不该跪下施礼，转头要去问那小太监，却发现那小太监不知何时已经退了出去，身后空荡荡的，一个人都没有。冯妙心中惊骇，强压着不让自己叫出声来。

慢慢转回头去，身前不知何时站了一个高大的身影，整个人都笼罩在一团黑暗中，看不清面容。那人似乎盯着冯妙看了很久，才开口说道："你和她长得真像，我找了这么多女人，只有你长得最像她。尤其是这双眼睛，越是害怕，越会瞪得那么大，要把黑暗里那些吓人的东西都看清楚。"

这声音……不是什么皇帝，是西昌侯萧鸾！

冯妙屈身下去施礼，刚说了一声"奴家拜见……"，就被萧鸾托着胳膊轻轻扶起："不必多礼，我只是叫你过来说几句话。"

他伸手抬起冯妙的下颔，对着蜡烛射来的光亮仔细端详，目光好像透过她在看向另外一个人，口中喃喃地说："真是很像啊……如果那个孩子长大了……"

冯妙一动也不敢动，小声说："侯爷，奴家身子不便，能不能让奴家坐下说话？"

萧鸾好像忽然回过神来一样，收回手指着一边的坐榻说："自然可以，这里是我在宫中的住处，为了方便随时向皇帝禀告要事，你不必拘束，只管随意就好。"他这样说，冯妙却听得明白，大齐朝政已经完全把持在萧鸾手中，连皇宫都已经与他的西昌侯府没什么区别。

南方的坐榻低矮，不同于北方的胡床，冯妙身子笨重，坐下去时就有些费力。萧鸾对她倒是很和善，随手递了一个软垫给她，让她垫在腰后靠在一侧的床屏上。

冯妙见坐榻上有一枚铜钱，以为是不小心掉落的，正要伸手拿起来，萧鸾却立刻喝止："别动它！"冯妙吓了一跳，忙忙地缩回手。萧鸾这才缓缓地开口说道："那是用来压邪祟的，挪动了就不灵了。"

半生杀戮的西昌侯，竟然相信这种厌胜之说，态度还十分虔诚。冯妙起先觉得惊诧，转念一想便也觉得没什么好奇怪的，越是整天刀口舔血的人，越喜欢把希望寄托在这些虚妄的事物上，以求得内心的安宁。

直到此时，冯妙才反应过来，这间屋子的格局，也是按照"藏风聚气"之说布置的，官宦人家祈求官运亨通，常会请有经验的风水大师来指点屋内的陈设。

萧鸾落座后，仍旧盯着冯妙看。冯妙不敢抬眼直视，只能用余光悄悄地打量他，其实除去健硕的身形，萧鸾的五官相貌倒是十分文气俊美。大齐皇室也多出美男子，她见过面的竟陵王萧子良，相貌也与萧鸾相似。听说故去的文惠太子和新近登基的萧昭业，也都有俊美的名声在外。

“会不会唱歌？”萧鸾问道。

冯妙轻轻点头，手边没有琴，便只能轻声唱了一段民歌，小时候阿娘经常唱这个哄她和弟弟睡觉：“江南可采莲，莲叶何田田，鱼戏莲叶东，鱼戏莲叶西……”

她唱歌的声音很轻，因为想起阿娘，想着自己很快也会有一个孩子，眼波无限温柔，在朦胧的光线下，泛着珍珠般莹润的母性光华。

口中的歌谣才刚唱了一半，萧鸾忽然猛地站起，大步向前走来，伸手就去抓冯妙的肩膀。冯妙大惊，慌忙向后躲避，随手拿起身后的软垫向前丢过去。软垫被萧鸾一把拨开，整个人仍旧往冯妙身前扑过来：“你怎么会唱……”

他的话只说了一半，忽然用一只手死死压住胸口，嘴唇上迅速蔓延起一层青紫色，张大了嘴艰难地喘着气。冯妙从坐榻上站起身，想去门外喊人来，可萧鸾平常脾气暴烈，没有传唤不准任何人靠近他的住处，此刻门外一个人影都没有。

冯妙只能折回来，见萧鸾的手指向书案，赶忙过去翻找，果然找着一个二寸见方的桃木小盒子，里面装着几粒药丸和风干的银鱼。冯妙把药丸递到萧鸾面前，他却不接，艰难地抬手先取了几根银鱼放进口中，然后才吞下那粒药丸。

药丸入口，萧鸾的脸色渐渐恢复如常。冯妙看他的症状，也像是肺虚导致的喘症，银鱼的确能润肺止咳，却要天长日久地服用才行，发病时吃并没有效果。可南方的巫医却喜欢用这种银鱼做药引，认为这种接近透明的小鱼，蕴含着生生不息的生命力，能医治百病。西昌侯对厌胜之说的信服，已经到了难以撼动的地步。

萧鸾开口说道：“我忘记了，那原本就是民歌，很多人都会唱的。”沉默了半晌，他才对冯妙说：“你回去吧，改天我再找你来说话，你在门口摇动金铃，就会有太监来给你引路。”

冯妙向他屈身福了一福，默默无声地退出去。金铃响过几声，又是先前那个太监过来，引着她沿原路返回。夜风一吹，冯妙的头脑才清醒了几分，刚才西昌侯只是一时发病说不出话来，并不致命，所以她才没有轻举妄动，仍然去帮他取了药。可就在放药的桃木小盒下面，她还看见了另外一样东西。

一张许嫁的合婚庚帖，压在一张纸笺下面，露出的一角上，只看得见一个名字“阿常”。那是阿娘的闺名，冯妙不会记错，她没见过冯清说起的那张合婚庚帖，不知道这两张庚帖是不是一样。可世上哪有那么巧的事，女子的闺名相同不说，西昌侯偏偏也姓萧，只是名字并不是云乔。

回到住处，素问见冯妙的脸色有些不大好，赶忙上前来探她的脉。大约是刚才受了惊吓，冯妙的心跳得特别快，但她仍旧勉强对着素问一笑：“我没事，不用担心。”

素问服侍她吃了药，又劝慰了几句，无非是叫她多替腹中的孩子着想，凡事放宽心。冯妙点头答应了，心里的疑惑却怎么也放不下，无论如何要想个办法试探一下才好。

平城皇宫广渠殿内，高照容正隔着帘子跟高清欢说话。现在高清欢已经改任中朝官，虽然常在宫中走动，按制却不能随意进出后妃的寝宫，是高照容特意求了拓跋宏，才准他到广渠殿来探望妹妹。

奶娘带着二皇子去睡午觉了，其他宫女和太监也都在外面候着，屋内只有他们两人。高清欢把几张写满字的纸递过去，一贯清冷的语气间有几分怀疑和不悦："你要我临摹拓跋宏的字体做什么？"

"哥哥，"高照容拖着柔媚的长声，像在对兄长撒娇一般，"你连我也不相信吗？我总归都是为了你好，为了你的心愿能早点实现。"

"拓跋宏已经不像从前那么信任我了，重要的文书，他都让始平王亲自传递，不经过我的手。你凡事小心些，不要露出什么破绽被他抓住，这几年他的心思越来越缜密，连我有时也看不透他在想些什么。"高清欢又多叮嘱了几句。

高照容用手指一页页翻着那些纸张，心不在焉地说："要不是你被人看见去过青岩寺，皇上怎么会疏远你？不过这样也好，嬷嬷是我派的，人送走前最后见过的也是我，原本我还担心皇上会疑心到我头上，有那个妖妖调调的姑子把你攀咬出来，倒是破除了皇帝的疑心。"

高清欢的双眼直盯向帘后的人影："不管你要做什么，别动妙儿。"

"知道了，你这个做舅舅的，来一次还只是妙儿长、妙儿短，半句也不问问你的外甥好不好，"高照容把那几张纸收好，用手指卷着鬓边垂下的发丝说，"你放心好了，我不会害你的妙儿，我还会救她呢。"

千里之外，王玄之离开建康后，就一直杳无音信。那一晚过后，萧鸾时常都会召冯妙过去说话，有时要听她唱一段歌，有时只是叫她在一边坐着，再没有过什么过分的举止。

西昌侯夫人来过一次，当着冯妙的面，问萧鸾何时回府。没有外人在时，萧鸾对这位夫人竟然十分不客气，当场训斥了她，让她没事不要随便进宫来。西昌侯夫人一脸委屈地走了，临去前还狠狠地瞪了冯妙一眼。

冯妙记得王玄之说过，西昌侯时常带面貌相似的女子回府，想必西昌侯夫人也想到那上头去了。其实她已经有了西昌侯夫人的位置，其他女子再怎样也只能是侍妾，如此拈酸吃醋，实在是自己想不开。

侍妾……冯妙脑海中忽然闪过一道闪电似的亮光，她想到一个办法可以试探西昌侯，只是有点太过危险。

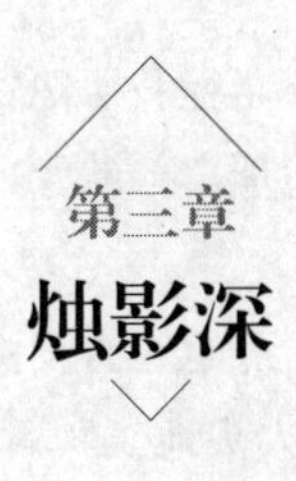

第三章
烛影深

回到自己的住处，冯妙让素问帮她准备了几件衣衫，她记得阿娘从前的样子，刻意在衣衫上模仿阿娘年轻时的装束。她也记得，冯清说过不止一次，阿娘当年是带着女儿和身孕一起进入昌黎王府的。也许是天意要她如此，她现在的情形，刚好可以模仿出阿娘离开“萧云乔”时的样子。

等到萧鸾再召她去说话时，冯妙便故意说起，自己会制一种安眠宁神的香料，下次来时，可以带一些来给西昌侯试试。

香料也是请素问帮忙制的，温和无害，只是会使人困意上涌、昏昏欲睡。她梳着跟阿娘相似的发髻、带着香料进入西昌侯在宫中的住处时，萧鸾眼前忽地一亮，目光一路追着她在坐榻上落座。

冯妙当着西昌侯的面点燃了香料，小香炉里散发出袅袅的青烟。萧鸾这天显得特别沉默，提着笔不知道在看什么，眼神定在纸上某一处，许久都不曾移动。冯妙自己提早喝了提神醒脑的茶，此时倒不觉得困倦。

估计着香料的效用已经发散出来，她借口胸闷，走到外殿透透气。趁着这个机会，她脱去外面的罩衣，露出内里预先准备好的衣衫。略等了片刻，她便轻轻地移步，返回内殿，并不走回坐榻上，只是在门口站着，一句话也不说。

萧鸾觉察到有人走过来，抬起头去看。昏暗的灯光下，冯妙不知道自己究竟与阿娘能有多么像，可她分明看见西昌侯的眼睛牢牢地盯在自己身上，再也移动不开分毫。他缓缓地站起来，向前走了两步，声音颤抖着叫了一声：“阿常！”

冯妙的心陡然重重跌入谷底，这几乎已经足够印证她的猜测，她现在只想知道原因，当年的“萧云乔”为什么要跟阿娘分开。

“阿常，你……回来了？你不再怪我了吧？”萧鸾几步走上前，双手抓住冯妙的肩，香料的作用让他有些神志迷离，就像人困到极致时那样，会不受控制地想起平常不愿去想的事情。

“阿常，并不是我要杀你的，我也是身不由己。我一无所有，可我不甘心，我只能靠军功一步步爬上去，出人头地。”萧鸾的手越抓越紧，好像怕稍稍一松，眼前的人就会消失不见了一样，“再说，有人告诉了我你们母女身上刺着的木槿花的来历，我便以为，你是个别有用心的狠毒妇人。”

冯妙稍稍转过头去，不与西昌侯对视。大约是因为香料的作用，再加上情绪激动，萧鸾的话说得有些混乱，但这已经足够让冯妙了解当年的大致情形了。

“阿常，你原谅我吧，我在莺歌苑里第一次见着你，就真心喜欢你。”萧鸾的语声带上了几分愧意和柔情，“那时我刚刚追随父亲攻破了江州的叛军，可庆功宴上，那些部将只会去恭维父亲那几个手无缚鸡之力的亲生儿子，却没有人看我一眼。那时候云乔不过是个几岁大的孩子，就因为他是我养父的嫡长孙，随口吟了首诗，便被人称赞作神童，父亲还亲自给他取了这个表字。我气不过，一个人躲出来喝闷酒，却没想到遇上了你，温柔体贴，把我当成世上最了不起的男人来敬爱……”

他当年鬼使神差地用了假名与阿常相识，便是因为心中那一点连他自己也不愿承认的隐秘念头，如果他是齐高帝的亲生儿子，不是一个父母双亡的养子，他是不是早就可以封王，不会这么多年一直只是区区的西昌侯？他嫉妒，他怨，他恨，他羡慕文惠太子云乔的贤名来得太容易，仿佛用了云乔的名字，就可以拥有云乔与生俱来的一切：高贵的身份，臣僚的追捧。只是他没料到，因为这一个假名，让阿常找了他十几年，都没有结果。

“阿常，阿常，你回来吧，我夜夜都梦见你，我现在什么都有了，很快整个大齐天下都是我的，可我唯独失去了你。”萧鸾张开双臂，把冯妙抱在怀中，“我找了那么多女人，有的人眼睛像你，有的人嘴巴像你，有的人只是说话的声音像你，可她们全都代替不了你，不会像你一样，在我什么都没有的时候敬我爱我。”

冯妙没料到，自己探究得来的，竟然是这么一个老套的故事。困顿时结识的女子，情意最真，可男子总是不懂得珍惜，因为那情意来得太容易，容易到不需要他付出任何东西去交换。被找寻了许久的亲生父亲抱在怀中，冯妙却越发觉得身上一阵阵地发冷，牙齿抑制不住地打战。

“阿常，你一定在找我，我知道你不会怨恨我的，你从来就不会怨恨任何人。”萧鸾仍旧在喃喃自语，“我们的第二个孩子出生了吧？是男孩还是女孩，像你还是像我……”

窗外一声闷雷炸响，风猛地卷进来，把原本半掩着的窗扇一下子推开，屋内四支白蜡的光亮，也跟着晃了一晃。大雨倾盆而下，冲散了闷热凝滞的空气。涌进屋内的清凉雨气，惊醒了萧鸾的迷梦一般的回忆，他看清了眼前的人，想起自己刚才说了些什么，忽然一把掐住了冯妙的脖子："你究竟是什么人？有什么企图？"

冯妙被他推得倒退几步，后背直抵在墙壁上。萧鸾的手劲极大，掐得她眼前金星乱舞。冯妙只怕他暴怒之下伤了自己的孩子，抬手护住肚子，一字一字地说："中平为好，上上为妙，我单名一个'妙'字。"

震惊击碎了他眼中原本的戒备狐疑，萧鸾慢慢松开手，盯着她的脸说道："没错，你出生的前一天，我还陪着她出门上香，测得了那道签文。阿常说要用'好'字，这个'妙'字，还是我亲自选定的。"

冯妙已经分不清这是梦境还是现实，三岁以前的事情，她已经完全不记得了，只有那个梦境似的片段，时不时在她脑海中回现。眼前这个暴戾的男人，就是她的亲生父亲，就是阿娘一直在寻找的人。

"其实我早该想到了，你长得这么像她，连说话、皱眉时的样子，都一模一样，怎么会不是她的女儿？"萧鸾顿一顿，忽然问道："你……还有一个弟弟，还是妹妹？"他的语气间带上了几分急切，迫不及待地想要知道一个答案。

冯妙抚摸着刚刚被他掐疼的脖子，刚要开口说话，脑海中忽然闪过一个念头，让她在最后一刻改变了说辞："我是阿娘的独女，没有弟妹。"多年未见，他却连阿娘现在好不好也没有问一句，只关心阿娘有没有替他留下子嗣。如果被他知道还有夙弟在这世上，他必定会千方百计带回自己身边，这样的父亲，夙弟不认也罢。

他爱的根本不是阿娘，只是那种被人敬、被人爱的感觉。

"你先回去吧，改天我再找你来说话，在宫里想吃什么、用什么，就跟那些太监们说，让他们找来给你。"萧鸾揉着额头，一步步走回自己的桌案前。

冯妙退出去时，才觉察自己的背上都已经被冷汗湿透了，这方法只能用一次，再用就不灵了，做得太过反倒会弄巧成拙惹他怀疑。可她心中还有许多疑惑没有解开，为什么阿娘会进了昌黎王府？为什么西昌侯会说，他不是故意要杀阿娘？阿娘离开昌黎王府之后去了哪里？她们母女身上的木槿花刺青，又究竟代表着什么？

就在同一个月里，北魏皇帝在平城祭告先祖，亲自率领大军南征。大魏皇族本就重武，历代皇帝都曾经御驾亲征过，并且战绩不俗。可拓跋宏心里却另有打算，这次御驾亲征，跟以往任何一次都不相同，他不会计较一城一地的得失，而是要借助这一次的大军南下，表明大魏逐鹿中原的雄心，也确立他在宗室臣子眼中杀伐决断的王者地位。

大军起程前夜，始平王拓跋勰正在宫中最后一次检查路线安排，在他做皇子时住过的宫殿门口，他正小心地擦洗着自己的马。母妃留给他的马，已经葬身在白登山的山崖下，这一匹马，是皇兄亲自给他挑选的。第一次骑马、第一次拉弓，都是皇兄教他的。

他正用手指梳理着顺滑的马鬃，忽然觉得身后有人走过来。脚步声越来越近，他屏息凝神，把剑握在手里，默默数着那人的步子。南征已经箭在弦上，他整个人都像一支即将离弦的箭，不敢有丝毫片刻的松懈。

那脚步声到身后三步远时，始平王拓跋勰骤然拔剑出鞘，直抵在来人的咽喉上。可当始平王看清那人的脸时，面上的表情却明显僵住了。

“怎么是你？”他收回手里的剑，拖着那条跛腿，艰难地向前移动了一步，一边说话，一边就要跪倒下去，“臣弟拜见李才人，望才人娘娘安好。”

李弄玉穿着一身小丫鬟的装扮，瞪着双眼看着他。两个总角小髻，衬得她有几分孩子气，不知道是因为走得急了，还是受了刚才那一剑的惊吓，她的脸色红得像秋天里熟到最透的果子，鼻尖上凝了一层细细的汗，胸口随着呼吸微微起伏。

始平王的动作才刚做了一半，李弄玉就直冲上来，一把抱住了他。她的胳膊只能勉强围住半圈，要尽力踮起脚尖，才能刚好环在他胸口的高度。

始平王拓跋勰挣了几下，可李弄玉却只是用尽全力抱住他，一句话也不说，无奈之下，他只能先开口：“才人……”

“叫我弄玉。”她把头贴在始平王的胸口，固执地说出这四个字。

“才人，深宫之中，你是我的皇嫂，如果让别人看见，对你、对我、对皇兄，都不是一件好事。”始平王幽幽地叹气，他知道李弄玉的脾气，她从不会在意任何人的眼光，也不知道这几句话能不能说动她。

李弄玉抬起头，双眼像小鹿一般直视着他：“叫我一声弄玉，我立刻就松开。”

始平王紧抿着双唇，不肯说话。李弄玉又把头贴回他胸口，大声说：“随便你，不肯叫我就一直这样抱着，等到明天早上，不信没有人经过……”

这一处宫室已经许久废弃不用，可羽林侍卫巡逻时仍旧会经过，她这样大声说话，要是刚好被羽林侍卫听见，一定会过来看个究竟。始平王赶忙抬手去捂她的嘴：“好好一个女孩，怎么一点也不把自己的清誉当回事。”

熟悉的话一出口，连始平王自己也是一愣，从前他送那颗银球给李弄玉时，听见她用银球吹口哨，也曾经又好气又好笑地说了这么一句。掌心上传来双唇柔软的触感，丝丝缕缕的呼吸，喷洒在他的食指上。一口气呼出时，带着气息间的灼热，可那气息散去时，手指上又透着股凉意，像极了整日念着她时的若即若离、患得患失。

李弄玉微微仰起头，双眼里带着笑意，看向始平王。嘴巴被捂住，她说不出话来。始平王正觉得有些不自在，手上的力气就松了下去，他看见李弄玉的双眼微微弯了一下，接着手心上就传来一阵奇异的触感，酥痒温热，是李弄玉忽然伸出舌尖，在他掌心里舔了一下。

始平王赶紧松开手，眼睛转向别处，言不由衷地说着："臣弟冒犯了，请李才人不要见怪。"

李弄玉绕着他缓缓走了几步，侧着头去看他，好半天才得出结论："你脸红了。"听她这么一说，始平王的脸色更加不自然了。李弄玉不再逼迫他，低头扭着自己的衣带："我就知道，你心里还是替我着想的，上次在永固陵，你也是担心我一个人留在那儿，会被人劫持，才那么大声训斥我的。"

她每靠近一步，始平王就多退开一步，双眼始终不敢跟她直视："保护才人是臣弟的本分，请才人不要再说了。如今你是皇兄的妃子，还请自重身份。"

李弄玉的倔脾气，被他这几句话一下给激发出来，上前双手捧住始平王的脸，非要他看向自己："皇上的妃子怎么了？就算做了皇上的妃子，我心里依然喜欢你，我又没有跟你做什么苟且的事，我就是喜欢你，就是喜欢，怎么了？要是你现在告诉我，拓跋勰心里再也不喜欢李弄玉了，我就立刻从你眼前消失，再也不见你。你说啊，你说啊！"

她直直地看向始平王，大睁着的眼睛里，滚出一颗又一颗泪滴。始平王拓跋勰张了张嘴，可违心的话却怎么也说不出来，他握着李弄玉的手腕，把她贴在自己面颊上的手取下来："臣弟已经是一个跛脚的废人，不值得你……"

李弄玉反手一把扯住他的衣袖："我问你，跛脚的人，还是不是拓跋勰？我再问你，如果现在是李弄玉瞎了、哑了、聋了、残废了，拓跋勰说过的话，就全都不算了？别人都说李弄玉不知廉耻，未婚夫尸骨未寒的时候，就爬上了皇帝的龙床，你也是这么想的吗？"

"只要你这么说一句，我就再也不来烦你了。"李弄玉仰着头，带着从来没有改变过的不顾一切，"拓跋勰，你就要去上战场了，我只想听你一句话。"

隐忍许久的内心，经不住她连番的重击，从一条小小的裂缝开始，终于轰隆隆地倒塌。始平王摸到她小巧的手，握在自己的手心里："不会，拓跋勰对李弄玉承诺过的话，永远不会改变，不会因为她瞎了、哑了、聋了、残废了而改变，不会因为别人的流言蜚语而改变。”

终于得到了自己想要的答案，李弄玉的眼泪却越流越多，她怔怔地看着始平王：“我也一样。”她俯下身子，抚摸着他那条残缺的腿：“也许别人觉得这是你身上的缺憾，可在我心里，我只会因为它而更爱你，你没有退缩过，没有屈服过，一直都是我的萧郎。”

始平王拓跋勰心中激荡，一时竟然说不出话来，在这之前堆积在心里的种种郁结，忽然间都变得不再那么重要。

“你我之间的事，我跟阿依说起过，即使你要娶她，她也应该知道这些事，隐瞒不是最好的方法，对自己、对别人都不是。”李弄玉站起身，把两根食指搭在一起，慢慢地向外走去。

她今天来，便是为了让始平王明白自己的心意。大军南征，只有广阳王和始平王是拓跋宏的亲信，而广阳王的兵马，又是实力最强的精锐。那么，一旦需要诱敌、断后、牺牲，皇帝能够信任的，便只有这个最亲近的弟弟了。她不想说任何劝阻的话，她只想让拓跋勰能够毫无挂碍地去，无论是生还是死，此生都没有遗憾。

还没走到门口，始平王拓跋勰就快步追上来：“弄玉！”对着她止住脚步的背影，拓跋勰缓慢却清晰地说：“我已经向阿依说过，如果为了拉拢高车而娶她，那是对她的欺骗。我心里有一角，注定永远不能属于她。她……她是个好女孩，与其得不到完整的人，她宁愿彻底放手。这次南征她会随行，是因为她要代表新册封的高车王，在洛阳朝见皇兄，庆典结束后，她就会返回北地去了。”

“弄玉，我已经向皇兄说明，今生不再迎娶王妃。”他伸出手，扶住李弄玉的肩，“我不能迎娶你做萧楼的女主人，那我就宁愿永远封闭萧楼，不让它再接纳任何人。”

李弄玉转头，双眼晶亮亮地看着始平王，突然凑到他近前，用极小的声音，贴着他的耳边说了几句话。她脸色绯红，像是说起了什么十分羞赧的事，始平王拓跋勰却眼中陡然一亮，接着带着几分无奈和心疼，叫了一声：“弄玉！”

“皇上说了，宫嫔死后，是从宫中直接送去下葬的，”李弄玉的手指越绞越紧，“就是不知道始平王府里，养不养得起一个只吃饭、不做事的小丫鬟。”

始平王听懂了她话中的意思，心中陡然涌起一股不可置信的惊喜，李弄玉是名门之女，已经成了皇妃便不可能另嫁他人。皇兄的话，便是同意了让她悄悄离宫，跟始平王相聚，她原本也不是在意名分的人，只要始平王不再娶妻，他们的后半生也算圆满没有缺憾了。

“当然养得起，只要她吃得不多，平时又听话，还能铺床叠被就好。”始平王的性子平常一向略显拘谨，此时心中豁然开朗，竟也开起玩笑来。

李弄玉狠狠地瞪他一眼，又郑重其事地说："请你为了我，务必珍重。"

始平王也郑重其事地答应："我一定会。"

大魏的兵马南下之日，王玄之也刚好返回了建康皇宫。琅琊王氏的号召力不容小觑，他奔走了十几个郡县，募来了兵勇、粮草。即使不情不愿，他也不得不这样做，他的父亲、兄长都已经被关押起来，随时可能处斩，就连冯妙也被萧鸾带进宫中软禁起来。他应下这一桩事，便是为了有时间离开萧鸾的视线，私下派人与拓跋宏联络。

可他返回建康时，却发现萧鸾对他比从前友善得多，还亲自在西昌侯府中设宴，为他接风洗尘。王玄之根本无心饮宴，他只想知道冯妙此时人在何处。

西昌侯和冯妙一起从宫中乘马车前来，王玄之孤身一人面对千军万马时，都不曾有过此时的紧张。西昌侯并不是什么恪守信义的人，冯妙的容貌又恰是西昌侯喜欢的那一种，如果冯妙因他而受辱，他将永远也不能原谅自己。

府邸中的婢女在马车前放上踏脚凳，搭着冯妙的手把她扶下车来，见到冯妙神色如常，王玄之才心中稍定。

西昌侯平日并不常在府邸里，因此西昌侯府修建得并不奢华。可西昌侯笃信厌胜的秉性，却仍旧处处可以看出端倪。院落四角都摆放着镇邪的铜钱，地上的青砖也都按照正南正北的方向来铺设。

一见王玄之的面，萧鸾竟然把冯妙送到他身前，把他们两人的手交叠放在一起，笑着说："你们两个这么久没见，先去说几句体己话，开宴时再叫人带你们去饭厅。"

王玄之一向对冯妙发乎情、止乎礼，从没主动做过如此亲昵的动作，下意识地便要拒绝。冯妙却用眼神示意他不要表现出来。三个人各怀心思，举止僵硬怪异。王玄之正想着如何能找个机会单独跟冯妙说几句话，却听见冯妙柔柔地开口对萧鸾说："大人，公子既然已经回来了，能不能让我仍旧回东篱去住？我……"

第四章
星河垂地

“刚刚小别，自然应该让你们团聚，我不会做那个不知情识趣的人，”西昌侯朗声大笑，目光落在冯妙快要足月的肚子上，“不过毕竟宫里的御医好一些，你可以在宫中生育，小孩子出生以后，也有宫中的奶娘照顾，可以省去许多心力。”

冯妙用指甲悄悄捏了一下王玄之的手心，微笑着说：“那当然好，我没有生养过小孩子，好多事都不知道该怎么办才好，要是有宫里的嬷嬷帮忙，肯定是再好不过的。”

萧鸾满意地点头，叫人带王玄之和冯妙去厢房休息，那小婢子还心领神会地关上了房门。冯妙压低了声音，把这些日子发生的事，讲给他听。

王玄之露出惊诧的神色：“真没想到，西昌侯竟然是你的生父，他搜罗那些女子，原来是在寻找你母亲的影子，旧情难忘。”

冯妙摇头苦笑：“哪里有什么旧情？不过是阿娘一厢情愿罢了，他现在愿意认我做女儿，是因为他觉得我和你有私情，用我来牵制你，再合适不过了。刚才你也听到了，他想要我在宫里待产，这样生下来的孩子也成了他手里用来要挟你的工具。”

王玄之抬手在她肩上按了一下：“妙儿，现在你是更愿意留在父亲身边，还是仍然愿意回到平城去？”他已经私下联络到了拓跋宏的玄衣卫，让拓跋宏派遣的人手，混在来吊唁的使节队伍里，悄悄带冯妙离开。

“大哥，这样的父亲，我认不认又有什么分别？”冯妙低垂着眼帘，长长的睫毛在她双眼上投下浓重的阴影，“再说，我和夙弟从小就被人笑作野种，我太了解那种滋味，不想让自己的孩子，也从小就生父不详。”

两人说了这一会儿话，门外便传来小婢子恭敬的声音，请他们去饭厅跟西昌侯一起用晚膳。王玄之来不及细说他的安排，只能匆匆压低声音对她说：“妙儿，大哥会帮你安排好一切，不必担心。”

萧鸾曾经长年在军中，与将士同吃同住，侯府里的菜肴，也很简单，比起许多名门士族之家，几乎可以称得上寒酸。

王玄之神色如常地品着那几道菜肴，不时夹一点对孕妇有益无害的东西，放进冯妙面前的瓷盘里，见她喜欢吃那种手指粗细的藕节，便多夹了几次给她。他很少说话，只在萧鸾问起什么事情时，才回答几句。可他的话，带着一种睿智的风趣，言简意赅，却总能引得萧鸾畅快大笑。

萧鸾平常很少饮酒，这一天却破天荒地跟王玄之一起共饮了几杯。他忽然想起家中还有一坛子好酒，便吩咐旁边的婢女：“去我的书房里，取那坛桑落酒来，难得今天兴致好，应该用好酒待客。”

婢女应声正要去，冯妙站起身说：“我正觉得气闷，不如让我跟着婢女去取酒好了。”她的月份大了，坐一会儿便觉得累，想出去走走。此时的萧鸾，像个慈爱的父亲一样，让婢女小心搀扶着她，路上不要磕碰。

萧鸾的书房，带着典型的武将特色，一进门便是一排兵器，墙壁上也挂着一柄好剑。每一件兵器上，都用红绸拴着铜钱系住。婢女去拿酒，冯妙便顺着那一排兵器看过去，心里忽然明白了萧鸾的想法。他如此笃信厌胜之说，是因为他从不觉得自己所拥有的一切，是真正属于自己的，而是他从别人手里借来的、抢来的，不知道什么时候就要还回去。

真正的邪祟，是他内心深处抹不去的自卑和恐惧。

很快，婢女就捧着一坛酒回来。冯妙心中一动，对那不过十来岁的女孩子说：“我有点渴了，你去帮我倒杯茶来。”这里并没有现成的茶水，去取热水冲泡再送回来，一来一回便要不少时间。那婢女不敢拒绝，把酒坛放在地上，匆忙地去了。

见她走远，冯妙轻轻踱步到书桌后，抬手翻动桌上的纸张。她一直想着要再多知道些当年的事情，这里既然是西昌侯的府邸，也许会有些只言片语留下。争取来的时间并不多，冯妙无心去仔细辨别纸张上的内容，只知道是一些事关北朝的探报，还有一些私下搜罗的朝中大臣对西昌侯的非议，王玄之的父兄说过的话都在其中。西昌侯一面利用着琅琊王氏的声望，一面却已经开始对王氏磨刀霍霍。

冯妙隐隐觉得失望，西昌侯把自己说得那么深情，书房里却一点跟阿娘有关的东西都没有。她飞快地翻过最后几张纸，正要收回手，压在最下面的熟悉的字迹却突然跳进她的视线。那字体介于楷书与隶书之间，端正中又带着点冲破束缚的随意，是她日思夜想、再熟悉不过的字迹。可那纸张上的话，却像一记闷锤击中了她的胸口。

那是以大魏皇帝的名义，写给大齐西昌侯萧鸾的信，信上列了十几名想离开大齐、投奔大魏的官员，王玄之的名字赫然在列。信上记述得十分详细，连这些人何时派遣何人进入大魏，与何人联系，在何处住店，都写得清清楚楚，虽然一时不能辨认真假，却已经先让人心中信了几分。

屋外传来婢女的脚步声，冯妙赶忙把那些纸张拢回原来的样子，抽出最后一张藏进衣袖里，返身退回到门口。她刚刚站定，婢女也刚好托着新泡好的茶走进来，倒了一杯递到她面前。冯妙接了，却不喝，有些木然地说："早些回去吧，不然萧大人要久等了。"

王玄之见她去了许久还没有回来，正有些焦急，等她落座便悄声问："怎么了，脸色这么白？"

碍着西昌侯还在面前，冯妙什么也不敢说出来，只能勉力一笑："刚才觉得有些不舒服，孩子动得厉害。"

萧鸾原本就答应了让他们回东篱暂住几天，此时见冯妙脸色不好，便提早叫人送他们回去。他亲自安排了宽大的马车，又派了十来名兵士护送随行。王玄之和冯妙心里都清楚，名为护送，实际上是为了看管监视他们。

驾车人也是萧鸾安排的，一帘之隔，所有对话都会被他听得一清二楚。王玄之和冯妙什么也不敢说，索性闭目养神。

到达东篱时，王玄之才轻拉冯妙的衣袖："到了，脚下小心些。"冯妙斜靠在车厢壁上，咬着嘴唇，额上全是冷汗，双手紧压在腹部，手指攥紧了衣襟。她听见王玄之的话，只虚弱地叫了一声："大哥……"

王玄之看她情形不大好，立刻紧张起来，伸手去搂住她的肩，扶着她走下马车。才刚一动，冯妙便觉得身下一股热流涌出，腹中持续了一路的痛楚忽然变得异常清晰。她低头去看，只见裙摆已经被血水打湿了，上一次失去孩子的惊恐记忆，如奔涌的海浪一般涌上心头。那一次也是这样，流了很多血，她的孩子就没有了……

听见她带着惊恐和痛楚的呻吟声，王玄之所有冷静从容都被击得粉碎，一滴汗凝在他鼻尖，久久不肯滑落。"妙儿，别害怕，早产的孩子也可以长得很好，他想提早跟你见面，你应该觉得高兴才对。"王玄之尽量淡定地安慰，再也顾不得其他，抱起她快步走进东篱。

素问已经提早从宫中返回，见了冯妙的情形，立刻引着他们去了早已经准备好的产室，又匆匆地去喊接生的杜婆婆来。灵枢在床榻上铺好枕席，照着素问的叮嘱准备了热水。

冯妙攥着王玄之胸口的衣裳，有话想跟他说，却疼得什么也说不出来。王玄之低声安慰："不要想其他事，先把孩子生下来。"冯妙用力地摇头："大哥，不要……相信西昌侯……"她没有力气讲出完整的经过，只能费力地举起右手，把那张已经揉皱了的纸放进他怀中。

杜婆婆很快就来了，先请了王玄之出去，然后才把双手按压在冯妙的肚子上，查看她的情形。

王玄之在门口来回踱了几步，取出冯妙塞给他的那张纸，展开来看。那字体的确很像拓跋宏平常所写的字，可仔细看去就会发现，写字的人没什么腕力，笔触绵软拖沓，不像拓跋宏写的字那么刚劲。

至于信上的内容，更是漏洞百出，拓跋宏一向有意请王玄之到北朝做官。这一次，他已经私下向拓跋宏表明了去意，南朝的奢靡腐朽已经让他彻底失望，与其在这里虚耗光阴，不如重新选择明主。

更重要的是，拓跋宏已经知道冯妙在王玄之府上，若是王玄之被满门抄斩，她一个弱女子如何能幸免？就算他真要用这样借刀杀人的方法，也大可以等到冯妙被送走之后。

王玄之把那张纸凑近烛火，一点点烧成了灰烬，又用挑烛芯的银钩子，把那些灰屑一点点拨散。

隔着一道布帘子，他清楚地听得见冯妙细碎的呻吟声，像嘤嘤哭泣一样，低低压抑着。素问掀起帘子走出来，挽起的衣袖上沾染了好几处血迹。

王玄之忍不住问："她……怎样？"

素问摇摇头："妙姑娘的身子太弱了，一点力气都没有，现在又是不到日子的……婆婆说，这一夜能生下来，就算是造化了。"

恰在此时，萧鸾派来的兵士，引着两名中年妇人走进来，说是宫中派来的接生嬷嬷，来看看能帮什么忙。王玄之心中一沉，知道是冯妙临产的消息传进了萧鸾耳中，只要孩子一出生，立刻就会被他派来的人抱走。

王玄之轻轻点头，示意那两名嬷嬷可以进去。等兵士走远，他才低声对素问说："如果现在用催产的药剂，能不能在子时之前生下孩子？"

西昌侯府里的晚膳开得早，此时天还没有全黑，素问想了想说："如果药剂加得重一些，应该可以，只是妙姑娘要多受些苦头，会疼得特别厉害，婆婆的手劲也得加重才行。"

王玄之皱眉沉吟，他舍不得冯妙受苦，可眼下没有更好的办法了。西昌侯笃

信厌胜之术，认为子时天地之间阴气最重，每天这时一定闭门不出，任何人都不准去打扰他。这一个时辰的时间，是唯一能送冯妙走的机会。只要把他们母子交到拓跋宏派来的人手中，萧鸾就动不了她了。

“你去配药剂吧，尽量对母体的损伤轻些，再配一服迷药，让人炖进鱼汤里，等孩子一出生就拿过来。”王玄之紧闭着双唇，把所有细节又仔细回想了一遍，叮嘱素问小心地去办。

帘子被风吹起一角，他看不见冯妙的脸，只能看见她一只手随着一次次阵痛捏紧。屋内一片嘈杂忙乱，可他什么也听不清，只能分辨得出冯妙忍着痛苦的抽泣声，还有实在忍耐不住时的低声呻吟。就在刚才，冯妙还像只小猫似的抓紧他胸口的衣裳，叫他小心萧鸾。那只虚软无力的手，抓得他心口闷闷地疼。

灵枢半跪在床榻前，用绵软的布帮她擦去脸上的冷汗：“阿妙，再忍忍吧，想想你就要看见自己的孩子了，再忍忍……”冯妙脸色惨白，剧痛让她没办法想任何事，她只觉得心里某个地方不能安宁，连她自己也不知道在担心什么，拓跋宏、王玄之、即将出生的孩子、夙弟、阿娘……她觉得自己只有那么一点点大的心，快要被这些人塞满了，每一个都让她放心不下。

又是一波剧痛袭来，冯妙握紧了双手，胸口越来越闷，快要窒息昏死过去。灵枢猛然想起，这时候应该给冯妙吃一颗千金平喘丸，忙碌之间大家都把这事忘了。灵枢站起来，手忙脚乱地往外走，口中不住地叨念：“我去拿一颗千金平喘丸来，在公子的书房里，在……在右手边的格子里……”

她低头走得太急，没留神一下子撞在王玄之身上，竟然“哇”一声大哭起来：“公子，阿妙快要疼死了……”她跟着素问学了大半年医术，却从没见过什么真正的病人，更别说照顾临产的人了，这会儿吓得脸色都变了，刚才都在硬撑着。

“灵枢，”王玄之低声止住了她的慌乱，“阿妙的药在书房里，进门右手边楠木小架子上数第二个格子里的就是，你去帮她拿来，等孩子出生了，你们都是他的姨娘，去吧。”

灵枢抹着眼睛走远了，屋内只剩下杜婆婆和两名宫里来的嬷嬷。冯妙用手抓着床沿，死死咬住嘴唇，大约是嬷嬷的手上失了轻重，她“啊”地叫了一声。那声音并不大，却蕴满了痛苦。

王玄之再也忍耐不住，掀起帘子几步走到床榻边。冯妙的呼吸紊乱粗浅，衣衫都被汗水湿透了。王玄之侧身坐过去，握住她的手：“妙儿，女孩儿家都要经过这一场疼，做过母亲，有了自己的孩子，你这一生才能圆满没有缺憾。”

冯妙张了张嘴，想说什么，却被王玄之抬手压在了唇上：“别说话了，妙儿，其他的什么都不要想，专心迎接你第一个孩子。他以后会长大，会离开你，只有他是个小婴儿的时候，才会乖乖地躺在你怀里，所以你要趁着上天允许的时候，多多地爱他。”

他的嗓音温润如旧，像一泓清泉，流进了干涸的心田。所有焦虑、疑惑、烦扰，在他温和的语声里，都变得不再重要，眼下最重要的事，就是迎接她盼望了许久的新生命。

素问端了催产药进来，一勺勺喂给冯妙。见到那两个面孔陌生的嬷嬷时，冯妙已经猜到了大概，此时她一句话也不说，支起上身把药一口口喝光。灵枢也取了药丸来，用水化开喂进冯妙口中。吃过药，她无力地抬起手指，点了点床榻边备好的软木，示意素问拿过来，给她咬在嘴里。

药效很快发散出来，每一次疼痛，都从身体最深处透出来，好像有人把寸许长的铁钉，一根根敲进她的筋骨里去。她咬着软木，实在疼得受不了时，就闭上眼睛稍稍缓一口气，再没发出一声哭叫。

如果可以，王玄之并不想这样逼迫她，眼睁睁地看她疼，却无法替代分毫。可时间已经不多了，他看一眼手边的滴漏，手臂更紧地搂住冯妙的肩，口中轻轻唱起一支民歌：“采莲南塘秋，莲花过人头。低头弄莲子，莲子清如水。”他曾经唱着这支歌哄过幺奴，她跟妙儿一样，都是最柔弱却最勇敢的女孩子。即使命运摧折她们瘦弱的身子，也永远击溃不了她们如清水莲子一般的内心。

素问配的药很好，亥时过半，房中便传出一声响亮的啼哭。一名嬷嬷抱着刚出生的孩子，眉开眼笑地上前道喜：“是个男孩，母子平安。”

王玄之手势熟练地接过孩子，轻轻递到冯妙面前：“妙儿，这是你的孩子，你做母亲了。”他尽力压抑，可语声还是微微发颤，不再像平常那么波澜不惊。

冯妙强撑着坐起身，把小小的婴孩抱在胸前，眼泪一滴滴落在他皱巴巴的小脸上，语调抖得不成样子：“是……他是我的……我的孩子……”刚出生的婴儿，眼睛都还没睁开，其实不大看得出长得像谁，可那张小脸落在冯妙眼中，处处都带着孩子生父的印记，额头饱满，鼻梁挺直。

可看在王玄之眼里，却完全是另外一幅景象，那个襁褓里的婴孩，分明就是个小一些的冯妙，小小的人儿那么安静，却已经知道要调皮使坏了，口水在王玄之胸前留下一摊可疑的印记。

素问端了熬好的鱼汤进来，走到王玄之身边说：“公子，鱼汤已经备好了。”

“妙儿，月子里不能流泪，会伤眼睛，你手上没有力气，也别再累着了，灵枢吵了半天了，先让她替你抱着，你喝些鱼汤再睡一会儿休息一下。”王玄之从她手中接过婴孩，交到灵枢手中，又亲自盛了一碗鱼汤，一勺勺地喂她。

他转头对杜婆婆和宫里来的嬷嬷说："三位也辛苦了，一起来喝点鱼汤吧，是用长江里出产的鲫鱼熬成的，味道很鲜美。"

那两位嬷嬷的眼睛，一直落在刚出生的婴儿身上，她们奉了西昌侯的密令，要把孩子带回去。可她们忙了半夜，也真是累了，又见王玄之正把同一个陶罐里盛出来的鱼汤喂给冯妙，心便放了大半。素问各盛了一碗递到她们手中，她们便接了，鲜美的鱼汤很快就落进肚中。

王玄之把每一口鱼汤都仔细地吹到半凉，才送到冯妙唇边，声音沉沉如此刻压抑的夜色："妙儿，你刚来时吐得厉害，一直没机会尝到鲜美的鱼汤，素问的手艺虽然比不过一品鲜，可今天选的鱼都是上好的。妙儿，大哥总想把最好的给你，唯愿你万事宽心，四时安好。"

冯妙低垂着头，口中酸涩到根本尝不出鱼汤的味道，只觉得那白色的汤汁像浓稠的眼泪一样，带着淡淡的腥涩味道。她能回答的始终还是只有那一句："大哥，谢谢你，我一定会的。"

迷药在上了年纪的人身上发作得更快，杜婆婆和两位嬷嬷很快就软倒在地上。素问上前低声说："公子，我已经按您的吩咐，提早给了其他姐妹钱财，在你们回来之前就让她们走了。地窖里藏的酒都已经打碎了，也按照公子的吩咐，在库房四周泼洒过了。"

王玄之点头："你做得很好。"他从灵枢手中接过孩子，第二次也是最后一次抱在怀里，仔细看着他的小脸，从眉眼下颌间，寻找一点熟悉的影子。

那孩子似乎也觉察出有人正仔细端详他，懒懒地打了个哈欠，把眼睛睁开一条缝。王玄之一愣，暗想怎么会这样，这孩子竟然……可他已经没时间再仔细思虑这些问题，把襁褓匆匆裹紧，对着灵枢和素问细细交代了走哪条路线，如何与人联络。

他知道冯妙有多看重这个孩子，沉着声说："万一路上有变故，你们就一人跟随阿妙，一人带着这孩子，分开走不同的路线。"他俯下身，用侧脸贴了贴那张曲线酷似冯妙的小脸，再不忍心多看一眼，把孩子放进灵枢手中。

冯妙看出王玄之的神情有些异样，想要开口问问，孩子究竟怎么了，是不是有哪里不好，可一股克制不住的困意涌上来，她还没来得及说出一句话，就沉沉地合上了双眼。

神思朦胧间，似乎有人抱着她上了马车，身后是一片嘈杂吵闹声，她像是坠进了一个永远也醒不过来的梦境，梦见东篱乐土化作一片火海，王玄之一身月白衣袍站在熊熊烈火中间，目光平和宁静，如水波一般注视着她："妙儿……记得要万事宽心，四时安好……"

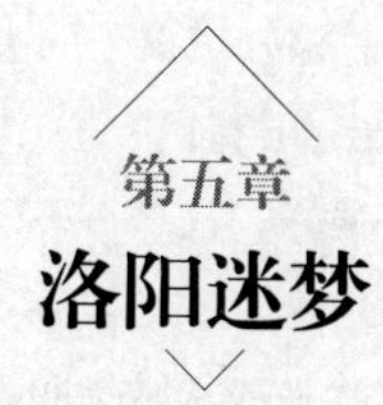

第五章 洛阳迷梦

一路上，冯妙都昏昏沉沉地睡着。她的确累坏了，身体因为生育而元气大伤，素问又按着王玄之的叮嘱，在她的饭食里加了宁神安眠的药。四个人在玄衣卫的帮助下，瞒天过海离开了南朝的疆土。

不知道昏睡了多久，冯妙睁开眼时，仍旧觉得天和地都在不停地晃动，好像整个人还躺在狭小的马车里，随着马蹄声“咔嗒咔嗒”地摇。她撑着上身坐起，想去拿桌案上的茶杯，手却摸了个空。

“妙姑娘，你醒了？”素问走过来，扶住冯妙让她坐在胡床上。身子触到胡床的一刹那，冯妙忽然意识到，这里应该已经是大魏的国土了，屋内的陈设，带着明显的北朝风格。

“这是……哪儿？”她有些茫然，一时无法接受周围的环境。

“妙姑娘，这里是洛阳明悬寺，你已经睡了好些日子了，我去拿些暖胃的粥来吧。”素问一向沉稳，此时话也答得妥帖。

可冯妙却越发觉得心里不安，她猛地站起身，对着素问急切地发问：“孩子呢？我的孩子呢？”

“妙姑娘……”素问转过脸去，避开了她的目光，“你先吃点东西吧，过会儿我再帮你开几服养气补血的药，身子慢慢养着，就会恢复的。”

像闷热过后被暴雨淋透一样，冯妙只觉得从内到外都是凉的，她见素问要走，上前拉住素问的衣袖：“告诉我，孩子在哪儿？无论他出了什么事，我都应该知道。”一个刚刚出生的婴儿，要从建康到洛阳来，本就千难万难，更何况身后可能还有萧鸾的追兵，冯妙在心里已经做好了最坏的打算。不管怎样，他们至少有过这几个月的母子缘分，她总该知道孩子的去向。

素问见她连嘴唇都隐隐透着一层苍白，心中万分不忍："孩子没有出什么事，虽然生得早了些，可他长得很好。只是……送我们来这里的人，把孩子带走了，我和灵枢根本阻拦不住。"

冯妙怔住，素问的衣袖如流沙一般从她指间滑落。这里是大魏境内，王玄之只会放心把她交还给拓跋宏，不会相信其他任何人。拓跋宏不带她回宫，也不来见她，却带走了她的孩子。

"妙姑娘，还是先别想那么多了，养好自己的身子要紧。"素问担心得很，却不敢太过表现出来，只怕她郁结于心，身子就更难好了。

冯妙向她摇头，说了一声"我不要紧"，用手扶着胡床边沿坐下，心里反反复复想着，还是大哥说得对，要先起个名字，孩子才容易留得住。她只看过那孩子一眼，此时想他想得心里快要破出一个洞来，却连个名字也叫不出来。

清醒过来几天，冯妙渐渐弄清楚了洛阳城和明悬寺的情形。拓跋宏御驾亲征的大军行进到洛阳时，恰逢阴雨连绵，道路泥泞难走，那些在平城安逸惯了的宗室亲王，都忍受不得这种辛苦，跪在御驾之前恳求暂缓南征。

拓跋宏原本就有意借南征之机迁都，却故意板着脸说："朕的先祖和父皇都曾经御驾亲征，并且战功赫赫，如今朕已经昭告天下，要南征讨伐暴虐无道、篡夺皇位的萧氏，要是无功而返，朕有什么脸面来面对大魏百姓？百年之后，朕又有什么脸面去见拓跋氏的列祖列宗？"

他已经私下对几位颇有威望的亲王和大臣说明了迁都的愿望，向他们讲明利害，大魏不可能永远蜷缩在北地一隅。此时，任城王拓跋澄先站出来，提议迁都："这也算是一件了不起的功绩，皇上不必担心日后无法向先祖交代了。"

任城王这么一说，以李冲为首的汉臣也立刻表示支持，请求皇帝迁都洛阳，暂缓南征。一向对皇帝忠心的广阳王、始平王，还有吃不得苦头的几位亲王，都跟着一同请求。

见此情形，拓跋宏便"勉为其难"地答应了。他早已经派人提前在洛阳修筑宫室和房屋，随行的宗室亲王，都被妥善地安置了住处，又获得了丰厚的赏赐，自然人人称颂皇帝贤德。三日之后，拓跋宏亲自前往刚刚迁来的太庙，祭告先祖，正式迁都洛阳。

而明悬寺，是拓跋宏到达洛阳后命始平王拓跋勰亲自带人修建的，并且定为皇家女眷上香祈福的寺院。与其说这里是一座寺，倒不如说这里更像是一处宅门院落，正殿之内，立着宝相庄严的金身佛像，殿后便是倚着山势分布的禅房，掩映在青松翠竹之间。

寺院之内，还建有一座九层浮屠，层层檐角上都悬挂着金铎，四面窗扇都用朱漆涂刷，门扇上嵌有金钉，极尽庄严华美。明悬寺的围墙，都仿照宫墙的样子，有十余丈高，正东、正南、正西、正北各开有一处端端正正的大门，远远望去就让人心生敬意。

除了姑子居住的地方外，明悬寺内还建有莲花池、藏经阁、珍玩馆、茗茶苑，数不清的金银玉器、琉璃杯盏存放在其中，供冯妙随意赏玩取用。可如此阔大的寺院，里面住的姑子却并不多，冯妙见过面、认得出的，只有五六人，都是家世清白的修行女子，平日里循规蹈矩、姿态端方，跟青岩寺里的情形完全不同。

可再多的珍玩经史，也填不满冯妙心底里破开的裂纹。她发疯似的想念那个只见过一面的孩子，不知道他在哪里。没有亲娘在身边，他能不能吃得好、睡得好。灵枢和素问轮流陪着她，怕她做出什么自伤的事来。只有冯妙自己心里清楚，在找回孩子以前，她不会允许自己倒下。

冯妙时常弯起双臂，做出一个怀抱孩子的姿势，向自己证明那个孩子真的来过，她还曾经真真切切地抱过他呢。他的五官手脚都还那么小，拳头握在一起，就跟一颗核桃差不多。

每次从回忆的美梦中醒来，她都只能面对一间干净整洁的禅房。这里是皇家专用的寺院，所有的姑子都洁身自好，没有任何一件小孩子用的东西。除了她的记忆，没有任何东西能证明那孩子真的存在过。她连自己有没有流过眼泪都不知道，只觉得每天清早起来时，软枕都是湿透的。

她也曾经问起过，离开那天东篱发生了什么事，素问怕再勾起她担忧的心思来，只略略地告诉她，王玄之放火烧了东篱的后院，引开了西昌侯派来的兵士，让她们有机会乘马车离开。

冯妙没再多问，追问下去，只会惹来更让她无法面对的答案。萧鸾本就已经对整个王氏动了杀心，发现冯妙和新出生的婴儿都不见了，他只会更加暴怒，并且把怒火全都发泄在王玄之身上。

她终于明白了，那天一勺勺喂着鱼汤时，王玄之深邃如海的目光，也终于明白了，那句“只想把最好的给你”，究竟是什么意思。他在鱼汤里放了迷药，便是替冯妙做好了决定，让她能毫不犹豫地离开。

他愿意倾尽所有，换她四时安好，包括献出他自己。

想到萧鸾，冯妙心里的裂纹就又扩深了一寸。虽然她一直表现得毫不在意，可亲生父亲的绝情冷血，还是狠狠击碎了她心底最后一丝盼望。在她从小到大的梦里，父亲一直都是一个温润敦和的男子。她幻想过，这么多年的分别之后，哪怕父亲另娶了心爱的妻子，她也代替阿娘原谅。没想到，他根本不爱任何人，他只爱生杀予夺的权力，只爱自己。

要站在权力最高点的人，都要这样绝情冷血吗？

在浑浑噩噩中过了十来天，明悬寺中忽然开始准备一场祈福法事。素问私下向熟悉的姑子打听了，才知道是宫中的小皇子满百日，天子要带着皇儿和他的母妃一起，到明悬寺上香。听说皇帝特别看重这个新出生的皇子，提早五天就命人来准备，东西都用上好的。还说小皇子怕生，闲杂人等当天都不得出门，免得惊扰了他。

素问转告冯妙时，她就像在听发生在不相干的人身上的事一样，不知道宫中近来是哪个妃子得宠，有幸生下了皇子，还能得到皇帝如此爱重。

祈福法事当天，冯妙终究还是忍不住，悄悄绕到前殿，躲在高大的金身佛像背后，想看一眼究竟是哪个妃子得宠。她不想承认，其实也想看一眼拓跋宏，问问他为什么带走了自己的孩子，又为什么这么久都不来看她。

躲在佛像背后的角落里，远远地就看见象征帝王权柄的华盖缓缓行来，冯妙的心也跟着被无形的手高高举起。究竟有多久没见过他了，半年还是十个月？冯妙睁大了眼睛，牢牢地盯着华盖之下的人影。隔得太远，真的看不大清楚，她只觉得那人步履稳健，行动间俨然是一个睥睨天下的帝王，既熟悉又陌生。

心口跟着不受控制地狂跳起来，视线忽然被水雾蒙住了，冯妙抬手用力揉了揉双眼，近乎贪婪地看着那人。明悬寺的住持早已经等在门口，向拓跋宏跪拜行礼。拓跋宏微微抬手，示意她起身免礼，接着回身扶过一名抱着婴孩的女子。

那道俏丽的身姿，连着她怀中三个多月大的婴儿一起，毫无预兆地跃进冯妙的视野。

高照容抱着幼子，小心地踏上石阶，她对这个孩子，比对二皇子拓跋恪还要尽心，一路都亲自抱着不肯放手，连奶娘都只能跟在一边。拓跋宏伸手要接过来，她却半羞半嗔地侧身一躲，坚持要自己抱。

拓跋宏也就由着她，抬手在婴儿绒毛似的胎发上摸了摸，却避开了不去看那孩子的眼睛。毕竟这孩子的身体里，有一半的血脉来自妙儿，她那么喜欢孩子，连从前知学里中读书的亲贵子弟，她都愿意一个个耐心亲近，做些精巧的小玩意儿教他们读书，更何况是她自己辛苦生出的孩子。拓跋宏转开视线，只要妙儿能回来就好，如果有罪孽，该背负罪孽的人也是他，他的妙儿，一定要干干净净地回到自己身边，他不准任何人对她有丝毫非议。

高照容抱着孩子，径直走到佛像前，由婢女搀扶着跪下去。冯妙的眼神定定地落在那个孩子身上，襁褓里的小人儿还在睡着，嘟起的小嘴巴里露出一点粉红色的舌尖，嘴角上溢出晶莹剔透的口水。只看一眼，她就立刻认得出，那是她千辛万苦生下的孩子，绝不会有错。

婢女替高照容燃了三炷香，礼敬在佛前，才又搀扶着她站起。住持走上前，双手合十对着高照容说："娘娘，能不能请教一下小皇子的名讳，贫尼已经备好了灯油，稍后就把小皇子的名签也写好。"

高照容笑着抚了抚那孩子的侧脸，既柔婉又妩媚地说："怀，虚怀若谷的怀。"大魏的国姓是拓跋，自然不需再特别提起，住持对这名字称赞不已，躬身施了一礼便退下了，自去准备祈福用的名签。

身上像被滚热的水浇过一遍似的，忽凉忽暖，冯妙站在原地，连半边身子探在外面都没发觉。她的孩子有名字了……怀儿，虚怀若谷的怀。

"怀儿，拓跋怀……"冯妙低声念了一遍，眼泪就滚滚落下。其实这真是个极好的名字，除去虚怀若谷那一层含义，怀字还代表着无穷无尽的想念。可她这个做母亲的，却是从别的女人口中听到了这个名字。近在咫尺，她却不能抱一下自己的孩子。

皇室的祈福仪式冗长而又沉闷，连绵不绝的诵经声，在大殿中如潮水一般反复回响。高照容一直抱着怀儿，不时用帕子擦擦他的小脸。怀儿一定很爱笑，在睡梦里也咧着嘴，偶尔咂巴两下，像是梦到了什么香甜可口的东西。拓跋宏站在一边，目光停驻在襁褓上，不知道在想些什么。

冯妙一直努力想要看清怀儿，可他本就被襁褓包住了身子，又被高照容挡住了大半，只能隐约看到一个侧脸。

仪式结束时，住持用净瓶盛着无根水，轻掸几滴在小皇子身上，象征神佛庇佑、无病无灾。奶娘、婢女簇拥过来，说着好听的恭维话，高照容笑得越发温柔得意，叫自己的贴身婢女拿预先准备好的百岁结出来赏赐她们。一枚玉环套着一枚铜钱，用红色的丝线一圈圈地绕住，每一个百岁结，都是求了儿女双全、多福多寿的亲王夫人做的，昭示着皇帝对这个幼子的无限宠爱。

即使有人心存疑虑，见了这些，也不敢再说什么了。

奶娘、婢女们把怀儿围拢在中间，彻底看不到了。高照容缓步向外走去，住持也带着明悬寺中的姑子跟随在后面送出殿门。冯妙踮起脚尖痴痴地向远处望去，却一眼也看不到她的怀儿了。

姑子陆续散去，大殿里忽然变得空空荡荡的，只有檀香的味道经久不散。冯妙从佛像后转出来，捡起地上一块掉落的帕子。方才高照容用它给怀儿擦过嘴角的口涎，上好的蜀锦绣帕，只用过一次就随手丢掉了，显见得这孩子平日的吃穿用度都是上好的。她把帕子贴在胸口，呢喃了一声："怀儿……"

眼泪一路被风吹干，这时已是深秋，风卷在身上，很容易就吹透了几层衣衫。冯妙全不知道自己要去哪儿，只是顺着每天走惯了的路，失魂落魄地回了自己住的禅房。灵枢和素问也不知道去了哪里，并没像往常那样迎出来。她的身子贴着合拢的房门慢慢滑下去，整个人坐在地上，双手抱住了沉沉发涨的头。

“妙儿！”有人叫着她的名字，从里间快步走出来，“你怎么一个人出去了？也不多穿一件衣裳……”那人拉着冯妙站起来，张开双臂抱住她，想用自己的身体来给她一些温暖。

熟悉的龙涎香气味，混合着男子骄阳一般的气息，将冯妙整个裹住。有一刹那，她恨透了这股象征着至高无上身份的龙涎香味道，不知道哪来的力气，只想把那人用力推开。可那人却将她牢牢圈在身前，任凭她怎么挣扎踢打都不肯放开。

“妙儿，你心里委屈，朕都知道，”拓跋宏在她耳边开口，“是朕不好，以为那些侍卫可以护你周全，你要怎么怨朕都可以……”

他缓缓闭上眼，每说一个字都像踩在刀尖上那么艰难。当玄衣卫对他禀报，已经把冯娘子和她刚生下的孩子带回来时，他高兴得整夜未睡，想看一眼那孩子，又怕夜里吵醒了他们母子。他早就命人修建好了明悬寺，作为冯妙的栖身之所，只等一个合适的时机，便把她风风光光地迎回皇宫。

可那孩子第一次送到他面前时，便如一把利刃直刺进他的胸膛。他的母亲是汉人，他的双眼是纯正的黑褐色，按照入宫时的记录，冯妙的父母也都是汉人，可这孩子……却有一双翠如碧玉的眼睛，跟高清欢一模一样的眼睛！

平城中有不少鲜卑其他部落的游民，玄衣卫也追查到，那一晚欲对冯妙非礼的人中，也有眸色浅淡的人。皇宫内外，又流传着不知是什么人放出的流言蜚语，说几次见到高清欢偷偷去青岩寺，与养病修行的冯氏私会。

拓跋宏心中，只有无尽的悔愧，如果不是因为他，妙儿怎么会遭受这样的凌辱？孩子既然已经出生，他便只能想办法，让冯妙不再受那些流言蜚语的困扰。高清欢眸色碧绿，许多皇室中人都见过，如果他的妹妹生出碧眼的孩子，那便说得过去了。他原本已经对高氏这对兄妹生疑，此时却不得不为了妙儿生生忍下来。

冯妙像看一个陌生人那样看他：“我的孩子呢？你凭什么把他送给别人？”

“朕是为了……”拓跋宏在她质问的眼神中，竟忽然生出一股心疼，到嘴边的话无论如何也说不出口。她原本是一个多么温柔羞怯、慧黠灵动的女孩儿，像春天清早的嫩草尖儿上凝结的第一颗露珠，滚落在手心上时，还带着沁凉的触感和花木的芬芳。可现在，她却好像要不顾一切地与所有人为敌。

他不忍再揭开她心上的伤疤，放低了嗓音说：“妙儿，朕总归是为了你好，那孩子认高照容做生母，才不会有人对你……对你有所非议，朕会安排好一切，尽快接你回去。要是你想念那孩子，朕叫照容她经常带着孩子出来看你，日后在宫中，你也能经常见着他，好不好？”

冯妙睁大了眼睛，几乎疑心自己听错了：“你是怕别人因为那孩子说我德行有亏？”明明是他，在上元夜当晚悄悄进了青岩寺的禅房，现在却又遮遮掩掩、藏头露尾。她并不知道有人故意引着拓跋宏看见了另外一幅假象，只当他跟自己爱权爱势的父亲一样，一心只想得这天下，其余的什么都可以舍弃。

“妙儿，这件事是朕亏欠了你，你想要朕如何补偿你，都可以。”拓跋宏用近乎祈求一般的语气说着话，他命人修建如此华丽的明悬寺，已经惹得朝臣议论纷纷。只要能换得冯妙再次展颜一笑，让他像周幽王一样烽火戏诸侯他都肯。

冯妙冷冷地笑着：“那好啊，我要你用皇后的身份迎我回宫。拓跋宏，我已经不敢奢望做你今生今世唯一的妻子了，你不是亏欠了我吗，让我做皇后，不过分吧？”

拓跋宏知道她说的都是气话，她从没在意过什么名分，她心里的怨和恨，只能慢慢抚平。拓跋宏上前，把她瘦小的身子揽在怀中：“妙儿，如果因你回宫而废后，那些难听的话就都会落在你身上。朕原本想等着把后宫清理干净再迎你回去，却没想到平白生出这么多波折，所以朕现在不想再等了，回宫时先委屈你……”

冯妙像个木偶一样任由他搂着，身体僵直着一动不动，连语声都麻木得不带任何起伏：“拓跋宏，你只会骗人，你刚刚还说什么都可以给我，可我开口要了，你又不肯。我想要我的怀儿，我想要玄之大哥平安无事，你给得起吗？”心头像被一刀刀凌迟成碎片，关于西昌侯府里看到的那封信，她已经连质问的力气都没有了。

拓跋宏听见她说出“怀儿”这个名字，不由得一怔，接着便明白过来，原来她一直在角落里看着，她的孩子被别人当作儿子抱在怀中。那种滋味，没有任何一个母亲承受得了。

痛悔几乎将他勉强维持的理智全部击碎，甚至来不及细想，冯妙为何会忽然提起王玄之。他只能卑微地答应：“是，都是朕的错，是朕害你一直伤心流泪，让朕用后半生好好地补偿你。求你……相信朕最后一次。”

第六章

宫阙参差

冯妙轻轻一推，从他怀中挣出来，一步步走到床榻边，慢慢坐下去，把那条蜀绣帕子摊开在手上，仔仔细细地看。帕子上绣着一尾活灵活现的锦鲤，鱼尾上方，有一小团洇湿之后又风干的痕迹。她的怀儿，留下的只有这一点点印记了。

拓跋宏不能久留，銮驾起程回宫之前，奶娘要带着小皇子去喂奶，他就是趁着这段时间来看冯妙。

“妙儿，朕……”他想劝慰冯妙多加珍重，却不知道该怎么说，到最后只留下了几个字，“给朕点时间安排妥当。”

冯妙全没注意他说了些什么，只顾拿着那块帕子看，她不敢再流眼泪，怕自己的泪水，冲散了怀儿留下的那一点印记，那她就真的什么念想都没有了。

祈福法事过后，明悬寺中一切照旧，姑子们每日诵经的声音远远地传来，带着点远离红尘琐事的意味。宫中偶尔会送些小孩子的衣衫来，请寺里的姑子绣上些吉祥的花纹，或是用佛前供奉过的水清洗一遍，以求得个神佛庇佑。

来送衣衫的宫女说起过几次，是皇上特意吩咐了这样做的，年纪不算小的宫女啧啧惊叹，她在宫里伺候过三位皇子，还是第一次见皇上如此上心，连这么点小事也要亲自过问。可她紧接着又说，真是奇怪得很，皇上总是盯着那孩子看，可每当宫人讨好地把小皇子送到他面前，请他抱一抱时，皇上又总是逃一样地走了。

冯妙总是偷偷地去看姑子们在衣服上绣花样，其实那些姑子的绣工并不怎么好，只会绣些简单的祥云纹或是连绵福字纹，她自己的绣工曾经是整个皇宫里最好的，可她只能偷偷摸摸地看，不能给自己的孩子绣上一针一线。从那些小衣衫上，她看得见怀儿正一天天长大，心里忍不住一遍遍地想，怀儿会翻身了没有，会爬了没有，会说话了没有。

她就在这种日复一日、钝刀割肉似的思念里，过完了整个冬天。天气最冷的那几天，冯妙又开始咳嗽，有几次痰中还带着血丝。素问帮她配过一些药，可心病从来不是汤药能医治的，冯妙喝了那些药，却仍旧恹恹地不见好转。

寺院里的一排嫩柳抽出毛茸茸的嫩芽时，宫中忽然传来消息，要重新翻修明悬寺的浮屠。这座九层的佛塔才刚刚建成一年多，花费巨大，现在又要重建，自然惹来了满朝文武群臣的非议。

有人讲起当年的旧事，说太皇太后在世时崇尚节俭，将宫中每日晚膳的菜肴从十八道缩减到四道。就连礼佛，也是重在心诚，平城皇宫奉仪殿中，用的一直都是一尊普通的佛像，并没有用名贵的玉像或是金身佛像。

拓跋宏在大殿上冷眼看着这些各怀心思的大臣，等他们吵嚷够了，才不紧不慢地说："朕昨夜梦到皇祖母，正是她老人家要朕翻修明悬寺中的浮屠，皇祖母先后抚育教导过朕的父皇和朕，怎么能为了节约钱财，就不理不顾她老人家的心愿呢？"

那些用太皇太后做借口的人，此时再不好说什么，翻修浮屠的事，就这么定了下来。拓跋宏命人安排了工匠，将原先的九层佛塔全都拆去，在原地重新起一座更恢宏精致的佛塔。

就在这些工匠将佛塔底部的砖瓦拆除时，发生了一件轰动洛阳的大事。砖瓦之下，先挖出了一幅用发丝裹着金银双色丝线绣成的观音像，绣工十分精美。绣像上的观音面容和善、目光悲悯，让人一看就不由得心生敬意。

工匠自然把这当作一件奇事立刻禀奏皇上，再接着挖开土层、拓宽底基时，又挖出了十余座纯金佛像，虽被黄土掩埋，却依旧金光灿灿。

洛阳城中开始有人议论纷纷，说明悬寺里的冯氏，当年离宫时就曾经发愿要用发丝绣一幅佛像，可发丝易断，很难用来刺绣。如今从佛塔底部挖出发绣观音像，想必是冯氏在寺院中诚心祈福，感动了神佛上苍，替她做成了这一件大功德。

借着这件事，拓跋宏便说，既然冯氏离宫时许下的宏愿已了，现在天降祥瑞，正该迎接冯氏回宫。那些绣像和金身佛像，都是拓跋宏提早命人准备好的，冯妙绣工出众，他专门找了予星来模仿冯妙的针法，绣出的观音像栩栩如生。

眼看回宫的日子都已经选定，拓跋氏亲王中间又开始有人反对，说起当年冯氏离宫的缘由，是因为患上了痨病，要离宫休养。这种病症会传染，而且很难治愈，冯氏染了痨病，不适合在宫中侍奉皇帝。再说宫中还有三位皇子，要是他们也染了病，岂不是反成了冯氏的罪过？

拓跋宏强忍着怒意，宣来了当年曾经为冯妙诊治过的太医令，命他重新诊断一次，看冯妙的病是否已经痊愈。拓跋宏一字一字重重地咬在舌尖上：“朕要你再诊一次，冯氏的病，是不是已经彻、底、痊、愈了，听明白了没有？”

太医令久在宫闱，如何会听不懂皇上的意思，当年诊出冯贵人患有痨病，也是受了太皇太后的暗示，他知道，太皇太后想要一个让冯贵人不得不离开皇宫的理由。

明悬寺里住的毕竟都是些姑子，太医令并不方便进入，拓跋宏便派了医女过去，把冯妙请到一处别苑，由太医令诊断。冯妙并不拒绝，只叫素问一人陪着，乘宫中派来的软轿，到了别苑。

太医令知道这场诊脉不过是走个过场，皇上已经下定了决心要迎接冯氏回宫，务必要听到一个“彻底痊愈”的结果。他把手指搭在冯妙的腕子上，捻着胡须微微闭起双目。皇帝和几位老亲王就坐在一边看着，即使是做做样子，也要做得架势十足。

随着那脉搏的跳动感渐渐清晰，太医令的脸色却由红转白，额上渐渐浮起一层冷汗。冯妙的脉象细弱，带着明显的亏虚之象。这种脉象未必就是痨症，还要再多加观察才能确定。可若是他此时断明不是痨症，等冯氏回宫之后再发作出来，甚至传染给皇上和三位皇子，他的性命也就保不住了。

拓跋宏见他手指压在冯妙的腕上，久久不出声，心里已经烦躁起来，越看越觉得那几根手指刺眼。冯妙掩着唇轻轻咳了几声，用另一只手端起桌上的茶盏，喝了一口已经半凉的茶。

茶盏刚离开唇边，拓跋宏便大步上前，握住了冯妙端着茶盏的那只手，就着她喝过水的杯沿，喝下了余下的半杯凉茶：“冯氏的病症已经好了，就算没好，朕现在跟她喝了同一个杯子里的水，万一受了传染，病发起来，让冯氏来服侍最合适不过了。”

他把一只手负在背后，以不容置疑的口吻说，“冯氏自愿出宫，为国运祈福，如今时日已满，另选吉日回宫，册为左昭仪。”他的目光缓缓扫过屋内众人，像在逐一质问谁敢反对。

左、右昭仪是宫中地位仅次于皇后的尊贵位分，其中左昭仪又略高于右昭仪，执掌青鸾印，可在皇后空缺或是生病时，代行统理六宫的职权。开国至今，只有母家功勋煊赫或是自身德容十分出众的妃嫔，才能站到如此高位上。没有合适的人选时，这个位置便常常空置，宁缺毋滥。至于出身卑微的教养宫女，则永远没有可能成为昭仪。

以左昭仪的位分迎接回宫，已经明白无误地昭示了皇帝对冯妙的宠爱。冯家一女为后、一女为左昭仪，在太皇太后薨逝之后，竟然再次成为炙手可热的名门权贵。除了冯诞之外，冯家几个尚未正式娶妻的儿子，也成了洛阳城中人人争相巴结的对象，数不清的人家想把自己的女儿嫁过去，攀上这一根高枝。

返回明悬寺后，灵枢便开始匆忙地收拾东西，无论是在南朝还是在大魏，她都从没进过皇宫，听说冯妙可以带她一同回去，兴奋得眉开眼笑。

素问却有些忧虑地问："娘子，你真的要回去吗？帝王的宠爱有时比昙花一现还要短暂，青灯古佛虽然寂寞些，却能长长久久地保一世安稳。"

冯妙低低地压抑着咳嗽："我不是为了宠爱或者安稳，有人抢走了我的东西，我要一件一件拿回来。有些事情，如果不靠自己，就连神佛也无能为力。"

她突然想起件事，有些急切地问："今天那太医令的神色有些古怪，我的病症……究竟是不是痨症？怀儿会不会也染上这种病症？"

素问十分自信地回答："不是我自夸，那个太医令虽然胡子都一大把了，诊断起这些疑难杂症来，未必比得过我。娘子的脉象虚亏，是月中失了调养所致，至于咳嗽、胸闷、盗汗、面色白中泛红，都是由于从小体虚导致的肺热，想必是在两三岁以前受过什么惊吓，才落下了这个毛病。合在一起很容易误诊成肺痨，实际上，这两种病症要分别调养才行。"

她见冯妙脸色稍缓，又安慰道："小公子被接走以前，一直都是我和灵枢在照顾，他的确比其他的孩子更容易肺火燥热，但只要日后不多思多虑，是绝无大碍的。"

素问言语得体，思虑周详，看去并不大像一个流落街头的孤女。冯妙忍不住问："你的医术比大魏的太医令还要好，是跟什么人学的？"

"我的父亲曾是太医院的医士，我的母亲是宫中侍奉妃嫔的医女，我十二岁的时候，他们因为受到牵连而获罪处斩，我是被充作官奴卖出去的，公子买了我，后来带去了东篱。"素问并不隐瞒，"我从小就跟着父母学习诊脉配药，日后娘子在宫中，医药一事上再不需要假手他人。"

谁都会有一段不想提及的往事，冯妙也不再多问，只叫素问仍旧拿药来，喝下好早些休息。她的怀儿还那么小，素问又说他容易肺火燥热、不能多思多虑，她总要替怀儿的将来打算好。

礼官很快就拟定了几个吉日呈给皇帝，拓跋宏匆匆一瞥，圈定了一个最早的日子。内六局奉皇帝的旨意，赶制了崭新的昭仪礼服，上衣下裳式样象征着女子"德贵专一"。整件礼服都用上好的贡品丝绸制成，既轻便又华美，庄重之中透出女子的婉约柔美。

拖尾上的金凤图样，是予星亲手绣上去的。她已经是内六局里很有威望的管事姑姑了，除了上次那幅绣像，好几年都不曾亲手绣过东西。予星原本画了一幅青鸾图，用作拖尾上的绣样，却被拓跋宏直接推到一边：“就用九羽金凤图，宫中有现成的图样，不必重新绘制。”那是帝后大婚时的图样，每代帝王一生只能用一次，拓跋宏从未正式迎娶过皇后，此时却把九羽金凤图用在了冯妙回宫的礼服上。那是他今生今世唯一的妻子，这份心意从未改变。

回宫前一日，冯妙被送回昌黎王府，在那里试穿礼服、梳妆打扮。一名内官带着四名宫女，给王府送来吉礼：成对的鹿皮、大雁、羔羊、白鹅。那些都是婚礼时男方送给女方的东西，象征一生成双成对、永不分离。

第二日，四帷垂纱轿辇一早就等候在昌黎王府门口。冯妙登上轿辇之后，爆竹声便在身后响起，寓意着驱散一切邪祟。虽然不能像真正的帝后大婚那样仪式完备，可冯妙感受得到，拓跋宏在尽量补给她一个婚礼，让她以皇帝妻子的身份回宫，不是妃嫔，不是左昭仪，是他珍爱的妻子。

轿辇沿着重新整修过的街道前行，垂纱之下，冯妙轻轻垂下眼睫，拓跋宏的心意，她如何会不懂？她用手轻轻抚摸着那幅观音绣像的边沿，悄声对自己说：“拓跋宏，如果你把怀儿还给我，我就不再怪你了……”

内监在宫门处引着冯妙走下轿辇，沿着宽阔笔直的宫中道路，走向澄鸾殿。宫中没有废妃回宫的先例，礼官揣摩着皇帝的意思商议了许久，才选定了这么一个方法，让冯妙在澄鸾殿叩拜皇帝，皇后及以下的所有妃嫔，都在澄鸾殿观礼，相当于免去了冯妙对皇后的叩拜。

澄鸾殿大门缓缓开启，冯妙站在门口，等司礼太监躬身示意，她才一步步向着御座之上的拓跋宏走去。金橙色的阳光从她背后照过来，给她涂上一层柔和的光晕。奉仪殿、甘织宫、华音殿、青岩寺、万年堂……她用了多少时间，才走到这个人身边。少年天子，都已经长成了杀伐决断的帝王，佛前簪花的女童，也已经为人妻、为人母了。

在距离帝王的御座五步远处，冯妙按着司礼太监的提示停住脚步，正要俯身向他行跪拜大礼。拓跋宏却突然从御座上走下来，把冯妙直接抱在怀中，侧脸贴着她的鬓发，嗓音低哑着说：“妙儿，你回来了……”

司礼太监识趣地低下了头，按照拟定好的仪制，冯昭仪应该在这里向皇帝行大礼，再由皇帝将左昭仪的青鸾印颁授给她。可只要皇帝喜欢，仪制有什么要紧呢？

拓跋宏握着她的手，径直走到御座前，跟她一起站在澄鸾殿中的最高处。他相信，他的心意，冯妙一定会懂的。

在一旁观礼的，仍旧是那些熟悉的面孔，只有高照容不在。拓跋宏除了亲政时选过一次嫔妃，后来再没有扩充过后宫。这些年里，后宫的妃子都只是在年节时按制晋封位分，几乎没有任何人得到过拓跋宏的青睐眷顾。

仪式将成，内官上前对冯妙说道："恭贺昭仪娘娘回宫，皇上专门命人为娘娘整修了新的宫室，这就请娘娘移步。"

拓跋宏对冯妙轻声说："先去看看喜欢不喜欢，朕要去跟几位王叔商议些事，晚上再去看你。"冯妙轻轻点头，就算是答应了，她已经想好了要如何面对后宫中的所有人，唯独还没有准备好要怎么面对他。

内官引着冯妙走出澄鸾殿，沿着小路转了个弯，正讨好地向她介绍皇宫内的格局："……皇后娘娘住朱紫殿，高夫人住双明殿，皇上为您准备的华音殿，是离皇上的寝宫最近的……"

话音未落，宫墙转角的另一边便传来一声冷笑，冯清扇着帕子走出来，冷眼看着冯妙："这就当自己是昭仪娘娘了？你还没有跪过本宫，哪配进得了宫门？就算是大户人家娶个小老婆、买个歌姬舞娘，也得给正房奉一杯茶水吧？"

"莫非，"她嘴角带着一抹不屑，接连吐出恶毒的话来，"你想跟你那个不知廉耻的娘一样，偷偷摸摸地给人做小，带着野种过日子？"

她心里已经清楚，拓跋宏永远不会喜爱她，不过是碍着刚刚迁都又即将继续南征，才不愿在此时废后。得不到皇帝的宠爱，至少她还有皇后的身份。

冯妙抬手扶一扶鬓边的珠钗："皇上已经下旨封我为左昭仪，皇后娘娘有什么想法，只管跟皇上说去。"

卢清然、崔岸芷、袁缨月，还有另外几位有品级的妃嫔都在一边看着，冯清正要反唇相讥，忽然收回了到嘴边的话，挺直了背摆出一副居高临下的姿态："就算是左昭仪，难道见了本宫，不用下跪行礼吗？"

冯妙心里清楚，才刚一回宫，这位皇后娘娘就想给自己一个难堪。如果是从前，她也许便忍了，可冯清几次三番地逼迫她、辱骂她，她已不想再忍。如果不是冯清突然发难，她的孩子怎会生在南朝，连亲生父亲的面都见不到？

她微微一笑，从素问手中接过绣像，背面向外对冯清说："皇后娘娘倒是个礼节周全的人啊，但我今天不能跪你。"她把那幅绣像翻转过来，露出正面的发绣观音："我奉皇命回宫，除了位列左昭仪之外，还要将替大魏国祚祈来的福泽请回宫中。既然在这里遇见了，就请皇后娘娘参拜这幅象征祥瑞的观音绣像吧。"

"你好大胆！"冯清气得双手直抖，"想让本宫跪你，等下辈子吧！这辈子你永远都是贱种！"

冯妙也不跟她吵闹，只管捧着绣像站着，气急败坏的人是谁，一眼就可以看得分明。正在此时，一道男声在她背后响起：“怎么，皇后不希望大魏国祚绵长吗？”

拓跋宏从斜向里另一条小路上走过来，在冯妙身侧站定，伸出一只手臂揽住她的肩，语气忽然变得严厉：“冯昭仪请观音绣像回宫，连朕也不曾受她跪拜，难道你觉得自己比朕更尊贵？还是你根本没把神佛福泽放在眼里？”

皇帝已经发了话，冯清再怎么不甘不愿，也只能忍下了。拓跋宏与冯妙并肩而立，跪那幅绣像或是跪拓跋宏，也都等于是在跪冯妙。她屈膝俯身，以敬佛的姿势，对着冯妙叩拜三次，起身时，双眼死死地盯住冯妙，像是恨不得将她生吞活剥一般。

拓跋宏从她手中接过观音绣像，让内官送去宫内的小佛堂供奉，一手与她手指交握，拉着她往华音殿走去，再不理会其他人。他匆匆地处理过政事，便赶着想去华音殿与冯妙单独说上几句话，却不想刚好碰到这一幕。

掌心被他手掌上阳光一样的暖意填满，冯妙的心口不受控制地乱跳，她怨恨这人让她跟怀儿不能相见，却没办法忽视这男人的绵绵情意。不管怎样，他都是怀儿的父亲，是她一生中唯一全心爱过的男人。

小路越走越幽静，鹅卵石的触感，从丝履底下传来，硌得脚底微微发痒。两边是茂密的竹丛，投下一片阴凉。穿过竹林，便是一片人工开凿的湖面，湖上种满了莲花。此时还没到莲花盛放的季节，但却可以想象得出，等到盛夏时节，粉莲点缀在亭亭如盖的荷叶间，必定是一湖宜人美景。

华音殿像一叶小舟，漂荡在湖面中央，只有一道木桥与彼岸相连。一砖一瓦，一草一木，都与平城皇宫中的华音殿分毫不差。就连院中那棵高大的桂花树，也像是整个儿移植过来的一样，随着湖面上的清风轻轻摇动。

拓跋宏蹲下身子，用手拍着肩膀对冯妙说：“来，朕背你过桥。”

冯妙站着没动，拓跋宏一边一只手握住了她的腕子，把她整个人硬拉到自己背上。木桥悠悠荡荡，拓跋宏的脚步却一直很稳，他的背温暖宽阔，带着日光晒过的味道。

冯妙把脸贴在他背上，眼泪从紧闭的眼角滑出，两颗心已经贴到最近，她清楚地听见自己心底里的声音，她依然爱这个男人。

身下的摇晃忽然止住，她听见拓跋宏在问：“妙儿，你知不知道，朕为什么仍旧叫这里华音殿？”

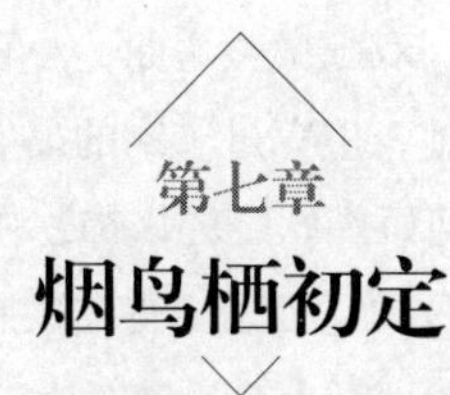

第七章 烟鸟栖初定

冯妙在他背上摇头，拓跋宏轻轻一笑："非必丝与竹，山水有清音。第一次分派宫室时，朕就悄悄叫人分了那处华音殿给你，不仅因为这名字好，还因为院子里有那棵桂花树，朕一直想着能在那棵树下跟你对月共饮，可惜总是没有机会……"

在碧云殿后院那次，戴着傩仪面具的少年，就是用这句诗打了个哑谜，把她从郭泉海手里救出来，那一夜，他也这样背着冯妙走，在沉默无声的脚步里，不苟言笑的少年，第一次把情字种在心上。

"原来那时候……你就动了坏心思了……"冯妙吸一吸鼻子，抬起半边发麻的侧脸，换另一边贴紧他的背。

木桥另一边，桂花树上布满了小扇子一样的叶片，华音殿的轮廓在树叶缝隙间若隐若现。拓跋宏把冯妙放下来，仍旧握住她的手，推门往殿内走去，床榻、书案、美人榻、绣架……一切布置都与平城那一间华音殿一模一样。

床榻上放了一张小几，摆着一碟红枣、一碟花生、两只盛满酒的酒樽。拓跋宏拉着冯妙在床榻上坐下，伸手去解她礼服上的扣子。冯妙下意识地抬手压住领口，这个小动作落在拓跋宏眼中，只当她心结未解，仍旧抵触男女之间的肢体接触，柔声说："别怕，妙儿，今天只有一件事还没做。做完这件事，朕就让你好好休息。"

他把冯妙的外袍解开，打散她半边头发，跟自己的头发系在一起，然后拿起小几上的两只酒樽，递了一只到她手上："喝过合卺酒，才算礼成了。"

冯妙捧着酒樽，跟他手臂相交，慢慢地喝完了那一杯酒。略显昏暗的光线下，她的眉如远山隐在薄雾中，双眼微微弯曲，小巧秀致的唇因为沾了酒液而湿润嫣红。拓跋宏温柔地注视着她，生育过子嗣的冯妙，比从前更美，如一朵绽放在幽幽暗夜中的水莲，无须任何娇媚妖娆的修饰，便已经让人深深沉迷。

她自从离宫修行就再没沾过酒，酒量变得越发差，只喝了一杯，竟然就觉得眼前的人影都开始摇晃。两边的面颊上，迅速染上一层桃花色。

“妙儿，你早些休息，明天朕再来看你。”拓跋宏抱住她摇摇欲坠的身子，想要放到床榻上去。

过去这些年，冯妙从没有肆意放纵过，酒意把她平常隐忍克制的枷锁全都冲散了，反手抓住了他的衣襟：“怀儿，我要去看怀儿……只要你把怀儿还给我，我什么都可以不要……你还欠我一个解释……你欠我……”

拓跋宏安抚似的拍着她的背，心中酸涩难言。

冯妙不知道自己何时睡去，第二天一早醒来时，素问已经在床榻边备好了热水。冯妙用湿润温热的帕子捂住脸，从沉沉宿醉里清醒过来。她努力回想昨晚说了什么，却一点也想不起来，只记得拓跋宏抱着她，不让她乱踢乱撞。

她用了一点早膳，忽然想起还不知道忍冬现在在哪儿，便叫灵枢去找掌管宫女分派的人来问问，又叫素问备了一件青玉如意、一件赤金长命锁、一件蜀绣肚兜、一双虎头镶南珠小鞋，带着一起去双明殿看怀儿。

到双明殿门口，冯妙竟突然觉得有些紧张，怀儿这么久都没有见过她，会不会已经不认得她了……她心里一阵慌乱，犹豫着不敢上前，叫素问先去通禀一声。素问去了没多久，高照容的贴身婢女春桐就迎出来，恭敬又亲热地请冯妙进去，边走边说：“昨天小皇子病了，我们娘娘才没能去观礼，刚才娘娘还说起来着，应该过去给昭仪娘娘道喜，没想到昭仪娘娘就来了。”

听说怀儿病了，冯妙的心都快皱成一团，连神色也跟着紧张起来。双明殿内，高照容正亲手给拓跋怀换衣裳，小小的人儿被她放在床榻上，眼睛上蒙了一圈白布，豆腐一般细嫩的皮肤上，起了一层细小的红疹子。

高照容抬眼见冯妙进来，也不起身，手上仍旧在给拓跋怀穿衣裳，笑吟吟地说：“冯姐姐勿怪，小孩子就是让人费心费神，怀儿昨天眼睛酸涩疼痛，今天清早起来，奶娘又发现他起了这一身疹子，我看着心疼可一点办法都没有。”

冯妙自然无暇计较她的失礼，双眼紧盯在怀儿身上，此时还不到六月，天气并没有那么炎热，怀儿怎么会起了这一身湿热的疹子？她坐到床榻边，伸手要去帮忙拉上一只衣袖。高照容抱起拓跋怀向后一闪：“冯姐姐，怀儿很怕生呢，整天都只要我抱，别人碰了就要哭，哄上好久都不管用，要是哭得急了，喂进去的奶都要呕出来，憋得小脸通红，看着真让人心疼。”

手僵在半空中，冯妙神情尴尬地扯了扯嘴角，在怀儿眼里，她这个母亲现在是“别人”，碰一碰他就要哭。高照容的几句话，像针一样戳在她心上，她收回手默默地看着，再没动一下。

拓跋怀一直醒着，衣裳碰到身上的疹子时，他就会发出几声嘤嘤的哼音，只是双眼被布条蒙住，根本看都看不到冯妙一眼。

高照容倒是兴致不错，给拓跋怀换好了衣裳，又摇动一面小鼓，逗着他玩。怀儿听见鼓声，便咯咯地发笑，也不知道这性子究竟是像谁，十分活泼讨喜。拓跋恪已经是个半大的孩子了，每日里要去宫中的学堂读书，高照容就更有大把的时间可以放在怀儿身上。

冯妙痴痴地看了大半天，见高照容抱了怀儿去午睡，才从双明殿里告辞出来。走了没多远，她便看见素问两只眼睛都红红的，赶忙问这是怎么了。

“娘娘，我小时候听娘说过，宫里的妃子为了争得皇帝的爱怜，会故意让自己的孩子发起湿热的疹子来，这种病症不会致命也不会留根，只会让小孩子难受哭叫，可怜这些不会说话的孩子，就那样被生身母亲利用。小皇子不能在娘娘身边，已经很可怜，现在看来，也落到蛇蝎心肠的人手里去了……”素问一面说，一面流下泪来。冯妙昏睡不醒时，是她一路上照顾这孩子，早已经把他当成自己的孩子一样。

冯妙惊骇莫名：“皇子满十岁以前，都有专门的医丞照看，要是用药毒害皇子，诊平安脉时一定会发现的。”

素问揉着眼睛说：“娘娘是真的不知道，小孩子体弱娇贵，哪里用得着用药毒害，只要在奶娘的饮食里加上些性热的发物，奶水里自然就带了热毒。大人没什么，小孩子却受不得这些。都是正常的饮食，根本没有毒药，就算追查起来，最多不过是奶娘贪嘴，责罚一顿了事。”

冯妙怔怔地愣在原地，身上一阵阵地发冷。素问说得没错，其实她早该想到了，眼下还没彻底入夏，要不是饮食不当，小孩子并不会发起那么多湿疹来。她的怀儿，究竟还要受多少苦？

“皇上对娘娘那么好，娘娘为什么不向皇上说，把小皇子带回身边抚养？”素问并没见过高清欢，此时接着说了下去，“就算小皇子是个碧眼儿，可养在自己身边，和养在别的娘娘身边，并没有什么分别啊。”

“碧眼儿？你说……怀儿是碧眼儿？”冯妙还没从上一个震惊里回过神来，又被这一个消息惊得差点说不出话来。

“也怨不得娘娘不知道，小皇子出生后，您也只看过一眼。为了这个，公子还特意叮嘱我们路上小心，不要让人看见孩子的眸色。”素问这时才想起，她和灵枢只顾着安慰冯妙，竟然都没有人告诉过冯妙，小皇子天生有一双翠玉似的眼睛。

鲜卑人并非人人碧眼，碧眼却是鲜卑人才可能有的特征，南朝的汉人都不会有。拓跋氏是鲜卑部族中最早与汉人通婚的，皇族中已经连续几代没有碧眼的皇子出现。冯妙只觉得天意弄人，自己怎么会生出一个碧绿眼睛的孩子，难怪那天王玄之神色怪异，想必也是因为看见了这双碧眼。

高清欢便是天生碧眼，他的妹妹生出碧眼的孩子，的确更说得通。可冯妙心中仍旧有几分不快，她的孩子，就算是天生碧眼，也不需要遮遮掩掩、躲躲藏藏。更何况，高照容并不会好好对待她的怀儿。

冯妙怏怏不乐地回到华音殿，灵枢早已经从掌管宫女的管事太监那里回来，转述的消息却让冯妙一天中第三次震惊了。

忍冬在青岩寺被人击伤后脑，两名医女轮流照顾了几个月，她才从昏迷中醒来，可是整个人都已经痴傻，既不认得人，也说不出话来。这样的废人，原本该送出宫去了事，可拓跋宏特意叮嘱过，叫人好好照料她，这才专门拨了两个宫女每天给她喂饭、洗澡，跟看管废弃宫室的人一起，留在了平城。

冯妙暗自想着，自己离开青岩寺时，屋内只有忍冬和高照容的婢女春桐两个人。她走后没多久，冯清和监国亲王们应该就到了。如果是冯清做的，那自然是因为没抓到人而气急败坏。可如果是春桐做的，那便只能是高照容提前授意的，这又会是为了什么？

那一天，冯妙是扮作婢女春桐的样子，躲在高照容的车驾里才混出了青岩寺。忍冬则留在房内故意高声说话，来吸引住侍卫的注意。不管怎样，忍冬是为了她能顺利逃走才被打伤的，她一定要知道下手的人是谁。

傍晚时分，拓跋宏从太极殿归来，未回寝宫便先到华音殿来看冯妙。他细细地问了冯妙白天去了哪里，宫中的饮食是否还习惯。他问一句，冯妙便回答一句，并不多说什么其他的话。两个人之间带着点诡异的隔阂，彼此都有些小心翼翼。

“朕已经命人在龙门山半山腰选了一处地方，打算开凿一处洞窟佛像，便算是你这做母亲的替怀儿尽尽心吧。怀儿还小，不好直接以他的名义作为捐资开凿的供养人，朕和你知道这份心意就好了。”拓跋宏的语气淡淡的，怕说得重了让她想起什么不好的记忆。

“皇上，”冯妙抬头看他，“明悬寺翻修佛塔，已经花费巨大，皇上迟早还要南征，何必要在这时急着开凿佛像呢？”她停一停，在拓跋宏面前跪倒，满怀诚恳地说：“如果皇上真的对怀儿有这份心意，能不能让怀儿回到嫔妾身边，由嫔妾亲自抚养？”

拓跋宏托着她的胳膊把她扶起来："朕不想说好话来瞒你，为怀儿尽心只是其中一个原因。朕的那些叔伯手里，既有兵马又有钱粮。如果朕亲自带兵南征，却把他们留在洛阳，朕实在不能放心。朕修建明悬寺、翻修佛塔、开凿洞窟，除了为你，也是为了表明朕依然礼敬神佛，好让宗室亲王都跟着效仿。"

冯妙低头不语，她听明白了拓跋宏的意思，他要用这种方式让那些实力雄厚的宗室亲王争相捐资修建佛塔、开凿洞窟石像，一点点耗光他们的钱财。未来几年，大魏都极有可能不断地对南朝征战，他需要一个安宁稳固的都城和绝对的帝王权威。

"至于怀儿，朕已经对人说他是高贵人所生，眼下高贵人并没有犯下什么大错，突然把孩子带回你这里抚养，倒平白叫人疑心。"说到这里，拓跋宏轻咳一声，像是在掩饰什么一样。

冯妙并不知道有人故意引着她看见了另外一幅假象，对拓跋宏心中的担忧一无所知，她只觉得拓跋宏的话透着吞吞吐吐的怪异，跟他平常对人对物的态度完全不同。

拓跋宏叹一口气说道："那时候你昏迷不醒，可小孩子却长得很快，朕便没等得和你商量……等怀儿大一些，朕再慢慢找个合适的机会，让怀儿回你身边来吧。"

想起白天见着的情形，冯妙心中越发气恼，可那事情要是细说起来，也抓不到高照容什么错处。她转而想起另外一件事，开口问道："我原本把去处悄悄告诉了忍冬，让她转告皇上，可是我刚刚才听说，忍冬竟然被人打伤了后脑，不能开口说话了。能不能请皇上派人把忍冬接来洛阳？毕竟她是为了我才受了伤，我想留她在近前方便照料。"

这不是什么难事，拓跋宏未加思索便答应了。

冯妙又接着问："想必忍冬并没来得及把我的话转告皇上，那皇上是如何知道我身在南朝的呢？"

"朕那时匆匆赶回平城，却发现你不见了，派了人手四处搜寻，可是翻遍了整个平城也没找着你，便猜到是王玄之带你离开了平城。"拓跋宏想起那段日子的肝胆俱裂，仍旧觉得心中弥漫着浓密的黑雾，"朕派了玄衣卫去南朝搜寻，原本已经不抱什么希望了，王玄之却派了人来通知朕，说你处境危险，想要送你回来。"

"王玄之的确是个磊落君子，难得又不迂腐，他又比朕年长，"拓跋宏直视着冯妙的双眼，"妙儿，既然你叫他大哥，如果朕日后还能再当面见他，朕也愿意叫他一声大哥。"

冯妙被他炯炯的目光牢牢罩住，不由自主地回看过去。她原本是故意拿那句话来试探的，可拓跋宏既然如此大方地承认，那便说明他在对王玄之的态度上并无愧意，最多不过是为他的际遇唏嘘感叹。也许那封信真的不是拓跋宏写的，那时她快要临产，本就觉得难受，心思又全放在阿娘的旧事上，只匆匆扫了一眼便把信纸藏进了衣袖，后来也没有机会再仔细看看有没有破绽。

“那……玄之大哥现在怎样？”她还是忍不住开口问。

“朕听说，西昌侯萧鸾将琅琊王氏的这一支，全部处斩，连不满周岁的婴儿和年过七十的老妇都不放过。朕也派了探子去打听，据说王玄之下落不明，连西昌侯也在四处搜捕他。”拓跋宏怕冯妙听了伤心难过，故意说得轻描淡写，把细节都略去了。他听到的消息是，王玄之的父亲拒不向萧鸾跪拜，暴怒的西昌侯将这一脉老宅中上下一百余口人全都以极刑处死，将王玄之的父亲、兄长割去舌头、敲碎腿骨，丢弃在乱葬岗上。

可那话语中透露出来的惨状，仍然让冯妙忍不住捂住了嘴唇。她知道西昌侯对王玄之和他的父兄不满由来已久，可她不敢想，究竟哪一件事才是激起西昌侯暴怒的最后一根稻草，是王玄之那位老父的当朝责骂，还是王玄之送走了她和她刚出生的孩子？

“妙儿，其实朕早就有意召玄之来大魏做官，可他不能舍下家中的父母兄长。”拓跋宏站起身，张开双臂揽住冯妙的肩，“他是个有担当的男人，这一点上面，朕真心敬重他。”

冯妙由着他搂着，不说话也不动，她只想有个地方靠一会儿，让她再回想一遍刚才那句话——“全部处斩……王玄之下落不明……”自从重回宫中，她心中的疑惑已经太多，此时竟又多了一个，她还需要知道，那封信究竟是什么人写的。

七月间，洛阳城内的几处官设学堂都已经建好，也请到了德高望重的老师来授课，拓跋宏在皇宫之内召见各位皇子、亲王世子，亲自考校他们的功课学业。宫中的妃嫔和各位亲王正妃，也被请来在一边看着。

皇太子拓跋恂，此时已经是个十来岁的少年了，生得粗壮硕大，半点也不像拓跋宏的清瘦气质。倒是二皇子拓跋恪，生得白皙秀美，与拓跋宏小时候很相像。

两位皇子最先进殿，先向他们的父皇跪拜行礼，再各自向自己的母妃行礼问安。按照拓跋氏的祖制，皇太子立而杀母之后，皇后便自然成了太子之母，承担养育教导的职责。历代帝王都是如此，以保证日后登基时皇帝与太后之间不至于有太多隔阂嫌隙。

太皇太后薨逝前，一直亲自抚养皇太子拓跋恂，直到迁都洛阳之后，才有老臣上书，提议将皇太子交由皇后抚养。可这时皇太子已经大了，对这个从天而降的皇后母亲，生不出任何亲近依赖的情感。他的礼行得草率简单，连额头都没碰到地面，就匆匆站了起来。

冯清却难得的慈祥和善，见皇太子拓跋恂热得额头上布满了汗，叫玉叶拿帕子给他擦汗，再拿一碗掺了碎冰的果子露给他喝。

拓跋宏对皇太子的举止很有些不满，可当着众人的面，一时也不好发作。

二皇子拓跋恪年纪稍小一些，衣衫却穿戴得整整齐齐、一丝不乱，不像皇太子那么邋遢。他走到高照容面前，郑重其事地俯身拜倒，用孩童的语音说道："儿臣拜见母妃，愿母妃喜乐安康。"他做得一板一眼，很有几分当年拓跋宏的样子。

高照容怀中抱着幼子拓跋怀，脸上并不露出丝毫得意神色，只平静地叫他起身，叮嘱了几句要勤勉读书，不可辜负了父皇的期望。

拓跋恪起身时，见到冯妙也坐在一边，便对着她眨着眼睛笑了一下。在小孩子眼里，冯妙柔美温和，十分可亲。冯妙回宫后还是第一次见他，她一向也很喜欢这个聪敏早慧的孩子，便也对着他微微一笑，向他轻轻摇头示意他站好，不要在父皇面前失仪。

拓跋宏在两个皇子身上各扫了一眼，开口问道："你们两个都说一说，近来读的书里，最喜欢哪一段？"他对皇太子拓跋恂扫了一眼："你是兄长，你先说。"

拓跋恂一向对父皇有些畏惧，觉出他不喜欢自己，却不知道是什么原因。他又资质平庸，向来不喜欢读书，此时一紧张，更是张口结舌说不出话来。

冯清见了心里着急，嘴上说着"慢慢想"，同时悄悄叫玉叶递帕子给皇太子擦汗。玉叶心领神会地拿着帕子上前，抬手覆盖在他额上。帕子上有两句绣好的《诗经》里的句子，正好落在拓跋恂眼里。他结结巴巴地说出来："儿臣……儿臣近来读了'关关雎鸠，在河之洲，窈窕……窈窕淑女，君子好逑'。"

《诗经》是皇子启蒙时读的书目，皇太子在这个年纪，仍旧只念出这么一句话来，已经让拓跋宏心中大为不快。可李冲还领着太子少傅的虚衔，拓跋宏不想驳他的面子，隐忍着没有发作，继续问道："你倒说说，为何选了这句来念？"

第八章
沧浪濯缨

“儿臣……儿臣觉得这几句，描写河岸风光优美，正是难得的佳句，儿臣日日吟诵……”皇太子拓跋恂战战兢兢地回答。

“一派胡言！”拓跋宏忍无可忍，当场喝止了他的话。他若是中规中矩地说，这句话称颂后妃之德，那便罢了。或者索性大胆直白些，说这诗句写的是男女情思，至少也表明他读懂了这几句的意思，不过是答得不大适合储君的身份而已。可他说些什么河岸风光，分明就是顺口胡说的。

拓跋宏转向二皇子拓跋恪：“恪儿，你也说说。”

拓跋恪上前两步，端端正正地说道：“回父皇问话，儿臣前些天刚好读到一句话，觉得很有感触。沧浪之水清兮，可以濯吾缨；沧浪之水浊兮，可以濯吾足。”

拓跋宏微微点头赞许：“有什么感触，也说来听听。”

拓跋恪不知道自己的回答能不能令父皇满意，转头求救似的看向自己的母妃。可高照容为了避嫌，低头理着拓跋怀的衣裳，并不看他。拓跋恪毕竟还是个孩子，正有些胆怯，一侧头看见冯妙正向他点头，示意他不必害怕。

得了鼓励，拓跋恪理正了衣襟说道：“清澈的水用来洗帽子上的带子，混浊的水就只能用来冲洗双脚，并不是人的选择不同，而是水自身的样子决定的。所以品德高尚的人可以位列三公，无德无才的人便只能碌碌无为。”

此言一出，大殿内响起一片啧啧惊叹声。这个回答，比起皇太子的答案，不仅条理清晰，更隐隐显出几分俯瞰群臣的帝王之象。小小孩童能说出这样的话来，着实不简单。

二皇子拓跋恪这时才松了一口气，转身对着冯妙吐了吐舌头，刚要快步跑回母妃身边，又刻意顿住了步子，做出一副老成持重的样子，一步步挪到高照容身边。

拓跋宏听了也觉得欣慰，叫人拿玉如意来赏赐他，又问了是何人教导二皇子读书，也一并都有赏赐。高照容的脸色越发谦虚低和，站起来对着二皇子的教导老师欠了欠身子，谢他们用心教授。

任城王世子也在皇帝召见之列，任城王府的老太妃刚好也在座上。这位老太妃无病无灾地到了八十多岁，儿孙都既贤能又孝顺，是众人眼中的有福之人。因着她辈分高，连拓跋宏也对她颇为尊敬，每到这种场合，老太妃便总爱多说几句话。

她见那用来赏赐的玉器莹润剔透，便对身边的任城王妃说："皇上从小就喜爱玉器，还记得那年我带着你进宫请安，皇上也就才两岁大，抱着一块冰种翡翠如意镇枕不松手，我还拿点心去哄来着，可皇上就喜欢那凉凉的手感，非要抱着一起睡觉。"

这些话，寻常人是万万不敢说的，拓跋宏听了却不急也不恼，笑着说："老太妃好记性，朕现在也喜欢玉器，到这个季节就要换玉枕、玉席子了。"

内官捧着玉如意送到二皇子拓跋恪面前，他刚要伸手接过来，高照容怀中的拓跋怀忽然伸出小手，向着那块晶莹剔透的翠玉挥舞了几下，口中发出"要、要"的声音。

老太妃见那孩子生得可爱，又接着说道："高贵人真是有福气，两个儿子都这么讨喜，这位小皇子，除了那双眼睛，那小脸的轮廓，简直就跟皇上小时候一模一样。"

高照容的脸色微微变了一变，握住拓跋怀小小的手臂，安抚似的让他不要吵闹。满殿窃窃私语声，拓跋宏已经一句也听不到了，耳边只反复萦绕着老太妃那一句话，"跟皇上小时候一模一样"。

拓跋怀仍旧伸着手，一定要拿那块玉如意，见别人不肯给他，嘴巴一扁就要哭出来。他委屈流泪的时候，会用一只小手捂住半边眼睛，却又偷偷地透过指缝，打量着周围人的反应，嘴巴抿起的样子很像冯妙，却又更多了几分狡黠调皮。

拓跋宏快步从座位上走下来，从高照容手里接过怀儿。他没怎么哄过小孩子，只会语气凶凶地吓唬人："不许哭了，听见没有？"

可这对父子是一样的倔强脾气，他越是凶，怀儿就越是哭得大声，眼泪没流出多少，嗓子却已经有些嘶哑了。拓跋宏无奈地叹口气，对身边的太监说："去取一个翡翠镯子来给小皇子拿着玩。”

太监一路小跑着去取了一件上好的翠玉镯子来，拓跋宏拿在手里，故意在怀儿面前晃了晃了：“不许哭了，再哭就不给你了。”

那么小的孩子，也不知道能不能听得懂大人的话，拓跋怀一看见那只翡翠镯子，立刻就止住了啼声，把一根手指放在嘴里吮着，眼睛溜溜地盯着那镯子看。拓跋宏的心悄无声息地融成了水，一滴一滴流进他的四肢百骸，他把镯子向前一递，套在怀儿藕节似的小胳膊上。

也许是那凉凉的触感让他满心舒服，怀儿咯咯笑了一声，冷不防扑在拓跋宏身上，张开长着一排乳牙的小嘴，在拓跋宏的侧脸上啃了一口，全没当面前的人是天下至尊的皇帝。

拓跋宏抱住他软软小小的身子，转过脸去背对着众人，也许上天听见了他的愿望，这真的是他的儿子，是他最心爱的妻子生育的子嗣。

他把怀儿交回高照容手中，目光轻轻地扫过冯妙的面颊，却见她定定地盯着怀儿看，唇角微微展开一点，眼睫上却挂着盈盈泪滴。

后面的亲王世子依次觐见时，拓跋宏都显得有些心不在焉，大部分时候都叫几名在座的汉臣代为提问。这一天结束，他便立刻派人急召始平王拓跋勰入宫，他有满心的问题，却不知道该跟谁说起。

始平王拓跋勰匆匆走进皇帝的寝宫时，迎面便听见拓跋宏急切地发问：“勰弟，你也看过怀儿那孩子，朕像他这么大时，是不是……跟他现在很像？”

“皇兄，”始平王哑然失笑，“臣弟比您还小上几岁，您三岁以前的样子，臣弟也从来没有见过啊。”

拓跋宏也跟着笑了：“是，朕糊涂了。从前朕只觉得对这孩子好，是为了补偿妙儿，可朕今天才觉得，朕是真的喜欢这孩子，即使心里想着他可能会是……朕也从来舍不得对他有半分苛待。”

始平王收起笑意，郑重其事地说：“皇兄，要是你真的想要确证，不如叫御医来滴血验亲，或是……干脆说明了问问皇嫂，免得这样心里存着疑惑，时间长了变成心结。”

“不必了，”拓跋宏朗声说，“朕大费周章做了这些安排，便是为了不准任何人质疑妙儿，朕自己又怎么能做那个质疑她的人。没有疑虑，又何需验证？朕相信，就算真的有什么意外，妙儿一定会有一天愿意敞开心扉对朕说的。”

双明殿内，高照容坐在床榻边，看着并排熟睡的两个孩子，一个是她亲生的骨血，另一个是她心头的一根毒刺。其实她并不确定怀儿究竟是不是皇上的亲生儿子，她只知道上元节当晚，冯妙并没有受辱，那件对襟长裙上，只是领口处撕破了一点，是她叫嬷嬷去把衣裳整个扯开，再染上些污浊印痕，故意给皇上看见。

任城王府老太妃的话，也让高照容心生警觉，仔细端详时她也发觉，怀儿的确越看越像拓跋宏，五官的轮廓，甚至比恪儿还要更像一些。她的目光在两个孩子身上来回扫着，如果怀儿长大了，也跟恪儿一样聪慧，拓跋宏的心，迟早会向这个冯妙所生的孩子倾斜的。到那时，她的恪儿又要怎么办？

高照容起身走到书桌前，摊开纸笔，窗外的月色清辉洒落在纸面上，如同泛着一层冰凉的霜。她做的那些安排，都是为了让拓跋宏与冯妙之间生出嫌隙，让这孩子的身世带上血统不纯的传言。她的嘴角微微上挑，看来她还需要再多做一些，就算皇上和冯妙重归于好，就算这孩子重新回到冯妙身边，他们母子也翻不了身……

这一年秋，南朝传来消息，西昌侯萧鸾，在宫中用一根红绳勒死了刚即位不到两年的小皇帝萧昭业，改立他的弟弟萧昭文为帝。新帝登基不过两个多月，萧鸾又斩杀了萧昭文。这一次，他没有再从先帝的子嗣里选择傀儡，而是直接把龙袍披在了自己身上，登基称帝。

朝中有骨气的大臣，大都已经被萧鸾杀光了。宫中发生如此巨变，大臣们竟然像什么都没发生一样，照旧穿着朝服上朝，只是跪拜的对象改变了而已，

消息传到洛阳时，拓跋宏当机立断，这正是再次南征的大好时机。迁都至今，洛阳已经变得稳定富饶，萧鸾残暴无道，更让他师出有名。他召来朝中年轻的武将，拟订了作战计划，命四路大军同时进发，征南将军薛真度南下攻襄阳，大将军刘昶攻义阳，徐州刺史拓跋衍攻钟离，平南将军刘藻攻南郑。

拓跋宏并不冲杀在最前，却也要离开洛阳皇宫，到距离两军交战前线更近的谷塘原行宫去。临行前一晚，他布置完第二日的车驾安排，便信步走到华音殿外，踏着悠悠晃晃的木桥，一直走到雕花轩窗下。

殿内燃着一支细细的宫蜡，把一道纤细的身影投映在窗子上。拓跋宏默默站在原地看着，看她一页页翻动书册，许久都不动一动，听着她低低地咳嗽，实在太剧烈时便喝一口茶压下去。

他想推门进去，拥着她说几句话，可是又不想打破这一室的宁静美好。有这么一个人等着他，无论走多远，都会盼着早些回来的。他贴着门坐在石阶上，仰头看着满天繁星，心头只觉无限宁静。

门“吱呀”一声打开，拓跋宏失去借力，用手扶着一边门扇站起来。身后是冯妙走出来，轻轻地“啊”了一声，没料到门口有人。

冯妙还没开口问，拓跋宏就先带着几分不自然说道：“朕路过的……刚

来……”冯妙瞥了一眼把华音殿与周围彻底隔开的水系，和水面上完全静止不动的木桥，紧抿着双唇默不作声。

拓跋宏原本想好了几句话要说，这会儿竟然全忘了，跟朝堂上凌厉果敢的样子，半点也不相似。“朕是想来跟你说，你早些睡，朕不在的时候也要好好休息……”拓跋宏都不知道自己在说些什么。

“皇上，”冯妙平静地开口，“你明天不是要出征的吗？天色这么晚了，在这里休息一夜吧。”她向右微微侧身，让出半边通路来，微风吹动着她鬓边一缕发丝，拂在侧脸上。

屋内没有燃香，只放了几片桂树叶子，散发出草木清幽的气息。拓跋宏紧盯着冯妙，看她整理好床榻，垂下帐子，又关上窗子。灵枢和素问早被她打发去了偏殿，一切都要自己动手，收拾妥当，她才对拓跋宏说：“早些睡吧。”

烛火被吹灭，黑暗里，拓跋宏从背后环住冯妙，把头埋在她发间。冯妙蜷成一团，乖巧安静地缩在他胸口。有她在怀里，整个心窝都是满的。从五岁那年到现在，拓跋宏竟然第一次整夜酣睡，梦里没有凄厉的诅咒，只有淡淡的桂树香味。

冯妙醒来时，拓跋宏已经走了，她依稀记得似乎有人贴在她耳边说：“你和怀儿，要等着朕回来。”却模模糊糊地记不大清楚。

大军离开不过几天，去平城接忍冬回来的人便到了。一见忍冬的面，冯妙便觉得心里拱起一团火。有专门的宫女照顾，忍冬整个人还算干净整齐，可她的目光只会定定地看着面前一点，连冯妙也不认得了。

素问早听说了忍冬的事，上前来替她仔细又诊了一遍，摇着头对冯妙说：“打伤她的人下了狠手，看样子原本是想要了她的命，可那人大概有些紧张害怕，打偏了一点，她才留下了这一条命。”

冯妙抱着一丝侥幸问：“还有没有可能治好？”

素问摇摇头：“即使让我父亲在世时来治，也治不好这样的病症，万幸她现在并不痛苦，只是不认人也不记事罢了。”

冯妙端着粥碗，像照顾不懂事的小孩子那样，一勺勺喂她吃饭。忍冬倒也很顺从，勺子送到嘴边便张开嘴巴咽下，只是身体仍旧不听使唤，粥会从嘴角流出来一些。

一碗粥喂下去，冯妙把碗放在小案上，发出“啪”的一声响：“我一定要知道这人是谁，并且绝不饶他。”

拓跋宏离开洛阳十来天后，宫中开始流传起前线送回来的消息，说大魏的四路兵马，打得南朝节节败退，一路攻城略地，推进得十分顺利。冯妙并不懂这些，却隐隐觉得有些担忧。世上万事万物的道理，其实都是相通的，若是得来的太容易，便要提高些警惕。

冯清因着三番两次地为难冯妙，被拓跋宏褫夺了统理六宫的权力，后宫中无人主事。冯妙便召集了那些有品级的妃子来，每隔几日聚在华音殿里，动手缝制些衣衫，让往来传递消息的人，顺便带去军中，分发给将士。士兵穿了这些妃嫔女眷亲手缝制的衣裳，便会知道皇帝从来没有把他们当作冲锋陷阵的卒子，而是把每个人都看作手足兄弟。

除此以外，冯妙还存着一点别的心思。品级较高的妃子里面，有好几个都出身自汉人世家，难保她们的家人不会跟南朝有千丝万缕的联系。给她们找些事情做，让她们日日在眼前出现，她们便没有时间多动别的心思。

这些事情，冯清自然不肯做，冯妙也不跟她计较。高照容每次都抱着怀儿过来，别人动手做衣裳时，她便坐在一边逗着孩子，从来不肯动一根手指。冯妙本就想见怀儿，盼着她多带怀儿过来，每次都早早地准备好小孩子喜欢的玩具、点心。

天气渐冷，皇帝却没有返回洛阳的打算。冯妙想着尽快制出一批冬衣来，赶在落雪落雨之前送到军中，便叫那些妃嫔下次带上身边能干的宫女一起过来。卢清然小声嘀咕了一句："放着内六局那么多宫女不用，怎么不叫她们做去？"王琬赶忙用手肘碰了碰她，让她别再多说了。

三日之后，妃子们都带了贴身的婢女过来。在宫里的日子久了，这些宫女之间也都熟悉了，难得见了面，各自的主子娘娘又不拘着，便凑在一起叽叽喳喳地嬉笑着说话。

冯妙正叫人拿了厚布料出来，忽然听见内间传出"砰"的一声巨响，她快步走进去，只见忍冬面色通红，像是在跟谁生着好大的气，一只白瓷凤尾樽，不知怎么被她撞翻在地上，变成一地碎片。

灵枢正俯身捡着地上的碎瓷，冯妙转身向她问道："这是怎么了？"

"我也不大清楚，"灵枢一脸无奈，"忍冬姑娘平常都很安静，不吵也不闹，大概是今天外面来的人多了些，让她觉得心烦。"

冯妙听着外间隐约传来的嘈杂声，又看看忍冬涨红的脸，对灵枢说："等会儿叫粗使的小丫头进来收拾吧，你去喊两个小太监进来，用木榻抬着忍冬出去。今儿天气还好，让忍冬在门外晒晒太阳。"

灵枢应声跑出去，不一会儿就有两名小太监进来，用木板拼成的小榻，抬着忍冬往外走。

华音殿其实并不算大，今天来的人又多，外殿便显得有些拥挤。小太监不敢惊扰那些妃嫔娘娘，便只能叫那些婢女让一让，从她们中间穿过去。太监刚抬着木榻走到一半，那群宫女中间便传来“啊”的一声尖叫。冯妙循着声音看去，见忍冬伸出一只手，牢牢攥紧了春桐的衣襟，口中不断发出浊重的呼气声。

冯妙走过去，蹲下身子握住忍冬的手，想要安抚她。忍冬的嘴唇微微动了动，冯妙清楚地听见她说出几个字：“娘子……快跑……”其他人不知道这里面的缘由，都躲得远远的，惊诧地看着忍冬，只当她是个神志不清的疯子。冯妙却听懂了她的意思，她什么都不记得了，只记得这个打伤了她的人，脑海里仅存的一点意识，便是要叫冯妙快些离开，不要再回来。

“都散了吧，改天再叫你们来缝冬衣。”冯妙站起身，缓缓开口。那些人见情形不对，都默不作声地快步退了出去。

春桐吓得脸色煞白，她万万没想到，忍冬竟然还能认出她来。冯妙拿起桌上的剪子，对着春桐直戳过去，春桐动弹不得，吓得“啊”的一声闭紧了双眼。随着“刺啦”一声响，春桐向后倒退了几步，衣襟被冯妙整个儿剪开。

冯妙把剪子和剪断的衣襟一起掷在地上，对着高照容说：“做过的事就要敢认。”

高照容低头抚弄着怀儿白皙柔软的下颌，逗得他不住地发笑。她抬起头，脸上的笑意仍旧与初进宫时一样：“多谢姐姐教导，容儿在宫中这几年，一直都靠姐姐庇佑，才能逢凶化吉，姐姐的好处，容儿心里都记着呢。”

她把手掌沿着怀儿的脖颈伸展开，做出一个近似于扼住咽喉的姿势：“每次容儿有难时，总有姐姐帮忙，这次也不例外呢。”她收回手，抱着怀儿径直走出去，跨出大门时才说，“怀儿身上的疹子还没好，下次缝制冬衣，容儿就不过来了。”

冯妙的手无声捏紧，怀儿是她的软肋，高照容便是看准了这一点，才敢如此肆无忌惮。北海王已经恢复了封号，高家北平郡公在朝中也仍有影响力，抓不到高照容的错处，就动不了她，也夺不回怀儿。

她闭上眼睛，无声地对自己说：冯妙，你一定可以做到……

谷塘原行宫内，拓跋宏正对着地图沉思，他知道攻下南朝不是一朝一夕就能做到的事情，却没料到，原本最有把握的那一路兵马，会在钟离遇到顽强的抵抗。魏军长途奔袭，粮草供给是个大问题，比不得南朝的军队就地取材。再继续耗下去，恐怕伤亡会越来越多。可南征毕竟顶着御驾亲征、讨伐无道的名号，要是就这样退回去，白白被人耻笑不说，军中士气也会跟着低迷不振。

正在进退两难间，哨兵进来禀告，门外有一人自称能解天命，想替大魏皇帝卜上一卦。

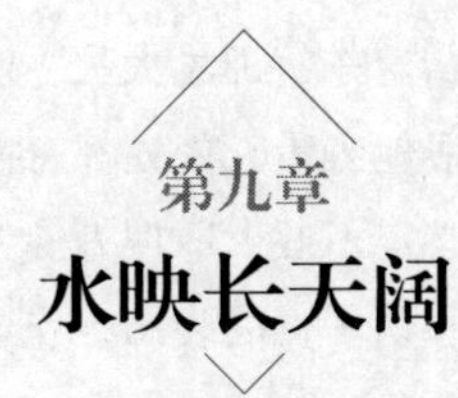

第九章 水映长天阔

四处游历的算命先生，多半是蒙人的，见到高门大户的人，便尽可能地说些吉祥好听的话，得些赏钱，见到穷苦人家，便说些破财消灾之类的言辞。不过，游逛到两军阵前来蒙骗的，还真是胆大。

拓跋宏气得发笑，挥手说："随便给他些钱财，撵出去……"手僵在半空，他忽然想起个人来，也是这么大胆，对着缉捕自己的告示，就敢索要赏金。他站起身，直接绕过面前的书案，对哨兵吩咐："去带他进来，朕要见他！"

没多久，就有一名穿青灰色衣袍的男子进来。那人每一步都踏得很稳，他的衣袍朴素不带任何装饰，头发也只用一根打磨光滑的木簪束住，但他的动作依旧飘逸如仙，带着从内心深处透出来的沉稳淡定。

"王玄之拜见大魏皇帝陛下。"他在拓跋宏面前站定，双手平举至身前，就要行下礼去。

拓跋宏赶忙托住他的双臂，语气中有难以掩饰的惊喜："王兄，真的是你！"冯妙返回洛阳，也有快两年时间了，他原以为，王玄之这么久都没有出现，或许早已经身遭不测。此时见他安然无恙，兴奋之下自然要问问他一直躲避在何处。

王玄之言谈间依旧从容不迫，把这两年间的事情略略说了一遍。他奉萧鸾之命去招募兵丁，返回建康时便听到了消息，萧鸾一直在逼迫他的父亲写一封奏表，劝说小皇帝萧昭业禅位给西昌侯。王玄之的父亲在南朝士族中颇有名望，只要他肯动笔写，自然会有不少人跟着应和。可王氏上下都是硬骨头，拿了纸笔便当场挥毫泼墨，写了一篇大骂萧鸾的文章，惹得萧鸾大怒，当场就动了杀心。

送走冯妙当晚，王玄之便借着东篱那场大火，躲过了宫中侍卫的追捕。他原想也离开南朝国境，不料萧鸾恨他入骨，处处都有搜捕他的画像告示。他知道萧鸾对怪力乱神之说深信不疑，必定不敢大肆搜查佛寺，便躲在寺院里，伪装成避世修行的居士。贵公子丢弃了一切华贵的装饰，连饮食习惯都彻底改变，人就在萧鸾眼皮底下，他却一直没有发现。

"我知道皇上迟早会领兵南征，等着今天这个机会，已经等了快一年了。"王玄之从袖中拿出一张纸，递到拓跋宏面前，"这是钟离附近的驻兵数量，我暗中观察他们运粮的次数，推算出来的，未必完全准确，但是大体上应该差不多。"

拓跋宏展开来细看，纸张上分布着一些墨点，代表着钟离附近的几座城池，墨点旁边标记着数字。钟离易守难攻，便是因为附近这几座城池相互照应，一处受到进攻，其他几处立刻赶来驰援。说起来，这种作战方法，还是当年广阳王带兵南下时，王玄之想出来的拒敌方法。如今始祖本人在这里，自然不愁没有破解之法。

王玄之慢慢地说："臣刚才在门口说，能替皇上解天命，现在皇上该知道了，并不是信口开河，只是不知道皇上打算给我多少卦资？"

拓跋宏听出他话中的意思，更加惊喜，他早就有意请王玄之到北朝做官，现在终于肯了。拓跋宏把手按在那张纸上，直视着王玄之朗声说道："朕愿付两千石！"

两千石是汉武帝时前将军一年的俸禄数量，拓跋宏这样说，便是许了王玄之在大魏封侯拜将。他知道王玄之并不是贪图高官厚禄的人，虚浮的封号背后，他真正允诺的，是对王玄之充分的信任，准他参与军国大事，让他有机会亲手为父兄报仇。

王玄之对着拓跋宏躬身为礼，也朗声说道："皇上是圣明天子，要忍人所不能忍，只有宽厚纯孝，才能越发显出南朝皇帝的暴虐残忍。臣是凡人，便无须忍耐这些，此生余下的最大心愿，便是为父兄报仇雪耻。"

两个人的目光相接，彼此都心领神会。拓跋宏带着些惋惜之意说道："只是可惜了你半生的贤名，你随朕返回洛阳后，不知道南朝会有多少满口假仁假义的人，指责你忍辱偷生。"

王玄之挺直脊背，声音沉稳无波："慷慨一死，何其容易，只有根本没有能力做到的人，才会把不愿报仇雪耻放在嘴上，臣不会做那样的懦夫。"

因着对南朝地理人文十分熟悉，王玄之对拓跋宏进言，南朝的士兵不如北朝骁勇善战，但南朝物产丰富、粮草充足，长期消耗下去，远离故土的大魏兵马，占不到什么便宜。不如一边佯装围攻钟离，一边悄悄派兵绕道去另选一处重镇攻打，俘虏了守将和士兵，便可大胜还朝。

“回去修整一年半载，大军可以再次南下，每攻下一处城池，便派大魏的兵马驻扎，不求快、只求稳。”王玄之的建议早经过深思熟虑，不但能替拓跋宏解开眼下的困境，还能帮他做好长久的打算。

拓跋宏毕竟年轻些，鲜卑人又一向擅长快速进攻，此时听了王玄之的建议，从前的疑惑处都觉得豁然开朗。

此时夜色已深，王玄之低头沉默了片刻，终于还是忍不住问：“她还好吗？你们的孩子……该有两岁大了吧？”

拓跋宏知道他问的是何人，神色间便有些黯淡：“总归是朕让她伤心……”这些话，即使亲近如始平王，也不能完全分享，他却愿在此时对王玄之说起。

“那孩子竟会是碧眼的，我也觉得很奇怪，南朝也有不少富足人家会买碧眼的歌姬舞娘，但只要父母双方有一方是汉人，就从不会生出碧眼的孩子。”王玄之低头沉吟，“不过我可以保证，妙儿绝没有受辱，上元夜当天，便是我带她去明秀堂换了衣裳，她带回去的那件衣裙上，只有领口撕破了一点。至于她有没有私通旁人，皇上只会比我更清楚。”

拓跋宏双眼直直地盯着王玄之，心如涨潮的江岸一般，涌起滔天巨浪，只是尽量不在脸上表现出来。也许上天真的听见了他以天子之名所做的祈求，不但给了他怀儿这个孩子，还给了他安好如初的妙儿。

“妙儿是个有什么话都喜欢藏在心里的人，皇上没见着她生育时的样子，真正是万幸。她原本就体弱，那天又受了些惊吓，服了催产的药剂，孩子生下来，连抱的力气都没有……”王玄之微不可见地摇头笑了一下，如果那是他的孩子，恐怕免不了要长成一个饱受溺爱的纨绔子弟了，想着妙儿挨过的疼，他便一下也舍不得动那孩子。

拓跋宏的手指捏紧，妙儿痛苦无助时，他竟都不在身边。他比任何时候，都更想快些攻下前方的城池，早一日回到华音殿里，跟妙儿好好说几句话。

王玄之凝神想了想，接着说道：“也许皇上返回洛阳以后，需要好好地查一查。妙儿临产那天，还在萧鸾的书房里发现了模仿皇上字迹的书信。那封信已经被我烧掉了，但是看那信上的口吻，应该不是第一次送信了，我猜想也不会是最后一次。”

他把视线转向一边：“臣只帮皇上攻城，至于妙儿的心结，只能靠皇上自己解。”

洛阳皇宫内，冯妙正命人把制好的冬衣装裹起来。灵枢和素问正带着小太监一起忙碌，她自己站在轩窗边，心里乱成一团。寒冬腊月天气阴冷，小孩子根本不会生什么湿热疹子，高照容的话分明就是威胁。她相信高照容不敢明目张胆地害怀儿的性命，她却有的是办法，能让怀儿吃苦受罪。

素问见她脸色不好，拿了一件水貂毛披风，给她搭在肩上："娘娘，窗口风冷，还是到里面去吧。"

冯妙知道她有话要说，抬手压住披风带着绒毛的领口，走进内殿去。

"娘娘，"素问对她附耳低语，"我知道您在为什么事闷闷不乐，公子既然让我和灵枢照顾您，那我们自然什么都肯帮娘娘去做。我只想对娘娘说一句话，只要是您想得出的药剂，我都配得出。"

冯妙见识过素问的医术和药道，知道她并不是随意夸口，只是用药害人，她始终不大愿做。

"娘娘，我刚被公子带回建康时，人长得又黑又小，去买布料时，店里的人总是欺负我，把边角残破的布料给我，还说什么样的人就合该用什么样的布料，像我这样矮小的，用整幅的布也是浪费。"素问对着冯妙，忽然说起从前的事来。

"这事后来被公子知道了，他叫我再去买布时，把铜钱预先放在猪油里滚上一圈，再沾满污泥，付钱时对那势利眼的店主说，什么样的人就合该赚什么样的钱，像他这样龌龊的，用干净的钱也是糟蹋。"素问笑了笑，"公子后来对我说，对付这样的人，就要以其人之道，还治其人之身。"

冯妙侧头听着，也忍不住发笑，这股不开口便罢、一开口便让人无地自容的做派，的确是王玄之的风格。

她叹一口气，正要说什么，眼中忽然一亮："是了，以其人之道，还治其人之身，我只顾着担心怀儿，倒忘了事情的关键在哪里。"

"素问，我的确需要你帮忙配些药剂，"冯妙转头看着她，"不过，纠正一个错误，不应该用犯下更多错误的方式来做到，我有我自己的底线，那就是绝不伤害小孩子的身体。"她仔细想了想，说出几种药来，让素问先去准备。

有王玄之出谋划策，大魏很快就如愿攻下了几处重镇。拓跋宏在两国边境处，将俘虏来的士兵全部释放，愿意返回故土，或是愿意留在北方生活，全都听凭他们来去自由。

这些南朝士兵里，原本就有不少祖籍北方的人，当年晋朝皇室南迁时，才辗转去了南方定居，再没能回北方来。比起南朝皇帝、将军的暴虐压榨，拓跋宏既甩掉了这个大包袱，不必花费巨大的开销来关押他们，又赢得了空前的名声威望。

拓跋宏的车驾返回洛阳时，已经是仲春时节。原本到了该播种的节气，这一年的洛阳，却一滴雨也没有下。

大军进入洛阳城时，拓跋宏便看见官道两边，新播种的农田里禾苗枯黄。洛阳城内，皇帝凯旋的喜悦也被这场春旱冲淡了不少。

因为要跟将士一同入城，拓跋宏不能提前回宫，心里再怎么急不可耐，也半点都不能表现出来。四路大军的统帅都各有封赏，拓跋宏亲自与王玄之同乘一辇，在太极殿上封他为辅国将军，赐世袭开阳伯爵位。王玄之领了将军的印信，却坚持推辞了爵位。

论功行赏过后便已经是傍晚，拓跋宏让王玄之暂住在宫外一处华林别馆，又准了将士们先去跟家人团聚，三日后再设庆功宴。

华音殿内，早已经有腿脚快些的内监，把皇帝凯旋的消息带了过来。冯妙这才觉得心头松懈下来，想起一整天都没吃过东西，叫素问去传晚膳，自己站在床榻边，用手理着一件素色中衣。

给那些士兵缝制冬衣时，她给拓跋宏也缝了一件贴身的中衣，刚好可以穿在铠甲里面。尺寸都是凭着记忆裁出来的，只要稍稍一闭上眼，便可以清晰地看见那人站在她面前。衣裳缝好了，她却没叫人带去，她不知道战场上的情形究竟如何，只是简单地不想让他心里有丝毫杂念。

身后传来房门轻轻开启的声音，冯妙以为是素问回来了，把那件中衣用布盖住，刚要转身，腰上已经被一双手搂住。

“妙儿……”拓跋宏把头压在她肩上，身上还带着一路奔波的尘土味道，“朕回来了。”

冯妙静静地站着，嗅着他身上熟悉的气味。没有了寝宫里的龙涎香味，他独有的气息便更加明显，带着几分强硬直冲进她的鼻息。

拓跋宏的手绕过她身侧，把那件中衣展开：“给朕做了，怎么不拿给朕穿？”

“谁给你做了，”冯妙一面小声说着，一面伸手想把那件衣裳抽回来，“留给怀儿长大后穿的，不行吗？”

拓跋宏抬手往后一躲：“行啊，那朕先穿着，等怀儿长大了，朕再还给他。”衣衫拿在手里，他不知怎么忽然想起了青岩寺那间空空的屋子，从小到大的四十几件衣裳，应该是这个跟孩子生生分别的母亲亲手做的。

他扶着冯妙的双肩，让她面向自己，在她额头上轻轻吻了一下：“妙儿，朕不该把怀儿寄养在高照容名下，让你们母子不能相见。朕那时的确有别的顾虑，希望你能体谅一二。可现在，朕也不愿委屈怀儿，给朕些时间，朕一定会让怀儿回到你身边的。”怀儿的那双碧绿眼睛，总归容易惹人非议，他总要防着别有用心的人，拿这件事大做文章。

听见他提起怀儿，冯妙的眼泪就怎么都止不住，怀儿已经两岁了，他第一次翻身、第一次说话、第一次走路……她这个做母亲的都不在身边。那些时刻，错过了就永远错过了，永远也感受不到那一刻的喜悦了。素问曾经说过，她的身子不适合生育，也许这一生就只有怀儿一个孩子了。

“妙儿，”拓跋宏把她抱在怀中，“就算看在怀儿的面上，你也别再生朕的气了好不好？”他捏一捏冯妙小巧的鼻尖，戏谑地说：“朕想做个英明神武的父皇，你可不许使坏。”

冯妙终于忍不住，抽噎着笑了一声，又嗔怪地说：“我还以为皇上不喜欢怀儿，除了那天怀儿哭闹着非要二皇子的玉如意，皇上都没怎么抱过怀儿……”

拓跋宏有些沉默，怀儿回宫之后，起先是因为那双碧眼睛带来的疑虑，后来是因为准备南征，他的确很少有时间陪着孩子。他握起冯妙的一只手，放在唇边：“朕要给怀儿买弓买马的私房钱还没攒够，等怀儿回来了，你要替朕跟他说，父皇正在努力给他攒着呢。”

冯妙又气又笑，抬手抹了一把眼泪，往拓跋宏脸上蹭去：“好小气的父皇，你自己去跟怀儿说……”

拓跋宏顺势握住她的手：“这次王玄之跟朕一起回来了，朕听他说起，你为了生下怀儿，很是辛苦，朕很心疼……”

直到听拓跋宏说起，冯妙才知道，新封的辅国将军，原来是王玄之。听说他混在僧侣中间，才躲过了萧鸾的追杀，冯妙不由得唏嘘感慨。

“皇上，既然大哥希望我们坦诚相待，我便也不瞒你，从前的西昌侯、现在的南朝皇帝便是我的生父，我和夙弟真的不是昌黎王的儿女。”冯妙把在南朝时发生的事，简要说给拓跋宏听，“皇上，如果真有一日，你和他在战场上相遇，我想求你别取他性命。皇上要南征，从来不是为了自己一个人，战场上强者得胜，不能强求。就算他再不好，总归是我和夙弟的生身父亲，若是皇上亲手杀了他，我不知道日后该怎么跟怀儿说起这一切。”

拓跋宏第一次听她说起这些，心中原本有些担忧，怕她要返回生父身边去，可她说到最后，竟是不愿意拓跋宏和怀儿这对父子为难，她想着所有人，唯独不会想她自己。心底如古寺大钟一般，激荡着发出悠长的绵绵声响，拓跋宏郑重其事地点头：“朕答应你，不会取萧鸾的性命。”

不知道素问去哪里取的晚膳，竟然一直磨蹭到天色全黑才回来。拓跋宏有几分遗憾地说：“朕出征大半年，又错过了这棵桂树的花期，也不知道什么时候才能跟你一起喝一碗桂花酒。”

晚膳不过是几样最平常的小菜，冯妙亲手盛了粟米饭，送到拓跋宏面前，柔声说："我从小最大的愿望，就是可以跟父母、夙弟一起吃晚饭。现在看来，这愿望怕是永远也实现不了了。"

拓跋宏见她神色落寞，知道她又想起不知所终的生母，接过碗筷对她说："昌黎王还在善后，过些日子才能返回洛阳，到时候朕让他带着冯夙进宫来看你，关于你生母的去处，或许只有他最清楚。"

冯妙轻轻点头，她已经很久没有见过夙弟了，也不知道他现在怎样。"皇上，我没能实现的愿望，希望怀儿可以实现，"她诚恳地看着拓跋宏，"有皇上这样一个开创千秋帝业的父皇，做你的儿子恐怕压力真的很大。请皇上不要给怀儿太多期许，我并不想让他封王封官，甚至……我只想让他平安到老，有一个温柔体贴、知情知趣的妻子，有几个健康的孩子。"

拓跋宏郑重地点头："你的心意，朕知道。"

三天后的庆功宴设在洛阳皇宫的太极殿，后妃和宗室亲王也一并参加。因为有不少武将在场，皇帝又有意宽纵，宴席上的气氛便跟从前不大一样，武将们大声说笑，席上的气氛也跟着热烈起来。

酒正酣时，拓跋宏在座位上遥遥举起手中的金杯，请武将们与他共饮。原本就对皇帝既敬且佩的武将们，纷纷举起酒碗，在轰然一片的叫好声中，仰头喝干了碗中酒。

原本各自推托躲闪的宗室亲王们，见了这幅场景，都有些心中不快。席上有人意味深长地看了冯清一眼，她便立刻会意地站起来，郑重地跪倒在拓跋宏面前："皇上，今天虽然是庆功的喜宴，臣妾却有几句话，不得不对皇上说。"

皇后忽然摆出一副进谏的姿态，席上众人都觉得奇怪，不由得放下了杯箸，等着听她说些什么。

"今年洛阳大旱，城周的百姓种下的禾苗，大都干枯发黄，不能成活。"冯清声音提得很高，整个大殿内都听得清清楚楚，"皇上先是迁都，后来又执意南征，几位王叔都曾经反对过，可皇上却不肯听取老臣的谏言，反倒重用南朝来的岛夷降民。臣妾知道，这些话可能会让皇上不快，可臣妾既然位居中宫，对皇上直言，便是臣妾的分内之事。"

她顿一顿，越发清晰地说："莫非皇上就从来没有想过，春季大旱，可能是上天示警的预兆？"

话一出口，大殿内鸦雀无声。冯清到底不敢直接指责皇帝失德，可话语之间，分明就是那个意思。

拓跋宏的面上已经带了几分怒意，可他知道，冯清从来不会关心什么种田的百姓，能说出这些话来，必然是有人暗中教过她。斥责冯清并算不得什么大事，可他刚刚封赏过南征的将士，不想在此时加深与宗室老臣的嫌隙。

“皇后，你的意思朕已经知道了，朕已经派了官员去查看旱情，帮助那些种田的百姓修筑沟渠引水。”拓跋宏语调严厉地开口，“这些不是后宫应该过分干预的事情，你先退下吧。”

冯清却重重地俯身叩头：“皇上，臣妾冒死进言，都是为了大魏着想，请皇上务必三思。”

拓跋宏握紧了手里的金杯，帝王用的金杯成色很纯，所以质地也比较软，那杯子竟然被他的手指捏出几道印痕来，显然他已经对冯清愤怒失望到极点，却极力压抑着。

冯妙见此情形，微微摇了摇头，起身走道大殿正中。她还没开口，刚刚要对着冯清跪下施礼，拓跋宏便说：“你若不是对朕进谏，站在侧面说话就好，不必跪下。”他仍旧记得自己许诺过的事情，不让冯妙再跪任何人，尤其是，不会让她再跪冯清。

“皇上，嫔妾有个问题想问皇后娘娘，”冯妙听了皇帝的吩咐，并未下跪，却仍旧客气地对冯清躬身施礼，“历朝历代，若是旱情严重到由帝王亲自求雨，史书都会有所记载。皇后可知道，史书上记载的最早一次，发生在何时？”

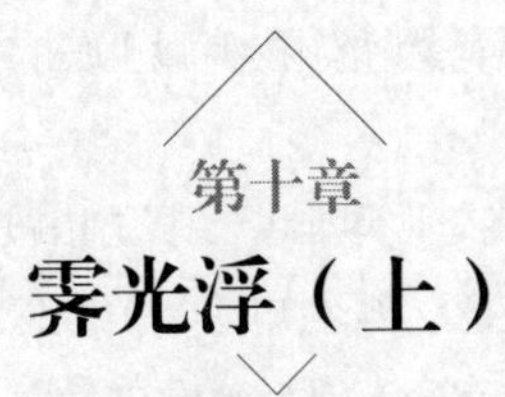

第十章
霁光浮（上）

冯清本就不怎么读书，史书尤其读得少，此时看也不看冯妙一眼："你要说便说，不说就算了，本宫没这个闲心。"

冯妙也不恼，慢悠悠地说："《吕氏春秋》上说，成汤讨伐荒淫无道的夏桀之后，自立为商王，当时天下大旱，五年颗粒无收。商王便在桑林之中向上天祝祷说，他是天下万民的王，如果是天下万民的过失，就请责罚他一人，如果是他一人的过失导致了这场大旱，也请上苍不要让黎民百姓遭受责难。"

一时之间，她也无从考证这究竟是不是最早的帝王求雨记载，但她料定冯清不会知道这些，而亲王之中最喜欢读书的便是始平王拓跋勰，即使说错了，他也不会拆穿自己。

这些事情，冯清自然从来不知道，此时听冯妙讲出来，带着几分尴尬反问："你到底想说什么？"

因为喘症一直未愈，冯妙说话向来都轻声细气，此时却一字一字都尽力让大殿中的人能听得清楚："商汤是上古时有德的明君，可见大旱是节气变化所致，跟君王并没有什么关系。商汤讨伐夏桀，是为了让万民生活安定，他在桑林中将自身作为祭品献给上苍，火堆刚刚燃起，天上就降下了大雨。可见，就连上苍也认为，大旱并不是在指责君王失德。"

讲史论道，冯清自然比不过冯妙，她冷笑一声，对着冯妙说："也说不定，上苍是在指责后妃失德呢，也不知道你说的这个什么汤的，后宫里有没有一个在寺院修行的妃子，有没有在修行时天天都有马车载着不同的男子往寺里去。"

"够了！"拓跋宏见她竟然还敢攀扯出青岩寺的事来，不由得勃然大怒，

“看来朕对你还是太纵容了，竟然让你在大殿上信口雌黄。你该好好想一想，究竟什么才是皇后应有的德行！”

冯妙听见冯清这几句话，正觉得难堪，眼见拓跋宏对那些流言蜚语半句也不相信，心头漾起一层温热的暖意。她也知道，拓跋宏迟迟没有废黜冯清的后位，便是因为宗室老臣中，仍旧有不少人因为她的出身而支持她。

“皇上息怒，嫔妾相信，皇后娘娘最初的话，原本也是出于好心，”冯妙对着拓跋宏说道，“嫔妾愿意代替皇上向上苍求雨，如果祈雨七天仍旧一滴雨也没有落下，嫔妾便甘愿承担失德的罪名，任由皇后处置。”

大殿之中再次哗然，即使是皇帝本人，恐怕也未必肯像这样说出如此坚决的话来。有人开始窃窃私语，猜测冯昭仪不过是先把大话说出来，到时候就算真的求不来雨，仗着皇上宠爱，皇后也动不了她。

拓跋宏在御座上看着冯妙，见她一双眼睛清亮如满月一般，知道她已经想好了对策，可仍免不了为她担心。冯妙紧抿着唇看向拓跋宏，她站的位置比拓跋宏的座位低些，要微微仰起脸才能与拓跋宏四目相对，眼中写满了娇嗔无限的恳求，让拓跋宏根本无法拒绝。他开口说道：“准了左昭仪去祈雨，不过天意不能强求，无论结果如何，此事都不准再提。”

冯妙微微笑着向拓跋宏谢恩，转头便看见冯清恨恨的目光。冯妙只当作看不到，径直走回了自己的座席上，她刚才话说得有些急了，一落座就低低地咳嗽了几声。没过多久，布菜的宫女就端着一只银盅送到她席上，悄声说：“这是皇上吩咐准备的川贝枇杷叶炖鹌鹑，给娘娘压压咳嗽。”

庆功宴散后，拓跋宏又跟几位武将商议了招募新兵的事，等他到华音殿时，冯妙已经解散了头发躺在床榻上，见拓跋宏进来，就要起身行礼。

拓跋宏伸手便要压住她，不叫她起来，手刚放在她肩上，又笑着撤回来：“妙儿近来越发狡猾，朕偏不拦你，看你还能真起来不成。”

灵枢和素问都知趣地退出去，冯妙瞪他一眼，侧身向内躺下：“那皇上就当嫔妾已经睡了吧，现在正说梦话来着。”

拓跋宏脱去长靴，在她身侧躺下，将她搂在怀中，捏着她的鼻子说：“脾气倒是越来越大了，今天你也真是大胆，怎么就敢说出一定能够求得来雨？”

冯妙倚在他胸口上，用手指钩着他的衣带：“我只答应了祈雨七天，又没允诺什么时候去，要是她真的问起，我就说祈雨要选良辰吉日，先等我回去掐指算算。”

她翻个身，继续往拓跋宏身前拱去：“皇上不是说了嘛，已经派了人去修建沟渠，这些能工巧匠里，一定有人能够根据天象、星辰推测出何时有雨，我就等他们说快要下雨时再去，就算时间上有个误差，七天也总该足够等来这场雨了。”

拓跋宏听了不由得发笑：“朕说你狡猾，可半点也没冤枉你。从第一句话开始，你就已经把冯清给绕进去了，用商汤灭夏来隐喻朕南下攻齐……”他忽然板起脸，“可朕一点也不高兴，你如此冒险，事先也不跟朕商量，看朕怎么罚你。”

他抬手就去抓冯妙肋下的软处，冯妙被他压住半边身子，无处可躲，只能笑着讨饶：“皇上……别……”拓跋宏自然不肯听，整个人都压上来，冯妙无可奈何，只能换了说辞：“宏……宏哥哥，饶了妙儿吧……”

自从离开万年堂后，两个人一直聚少离多，拓跋宏已经有很久没有听到过这一句“宏哥哥”，不由自主地停了手。冯妙几乎跟他鼻尖相对，面颊上难得地起了一层透着薄汗的红润，拓跋宏心中一荡，贴着她的唇就吻了下去。

满室静谧馨香，冯妙几乎听得见心口在咚咚直跳，有些羞恼地转开脸。

“以后再不许自作主张，听到没有？”拓跋宏贴着她的鬓发说话，嗓音低哑灼热。

“皇上可真霸道……”冯妙向旁边躲了一躲，唇上还带着湿润的印记，“其实我并不是为了给冯清难堪，我已经想了这件事很久，好容易才等到这个机会。”她凑在拓跋宏耳边，低声说了几句话，目光清亮地看着拓跋宏：“只有这样，才能名正言顺地要回怀儿。”

拓跋宏无声地看了她半晌，抬手拢了拢她散乱的碎发，把她压在自己胸前：“妙儿，真是难为你了，没想到朕已经成了名副其实的天子，却还要你劳神去想这些事情。”他掀起床帐一角，吹熄了帐外的灯火，黑暗中他又想起写在万年堂中的那一句话，“吾妻佳妙，六宫无妃”。虽然冯妙没再问起，他却一刻也没有忘记过，这句承诺，不知何时才能实现。

庆功宴过后，旱情依旧没有缓解。拓跋宏每隔几日便召人来询问，一方面是要问修建沟渠引水的进度，另一方面也问问天气有没有要下雨的迹象。过了二十来天，终于有经验丰富的老人说，十来天内应该就会下雨。为了稳妥起见，拓跋宏又召了掌管天文历法、宫室营建的几位官员来询问，直到他们都说四五日内应该会下雨，才下旨让冯妙斋戒沐浴，前往武州山祈雨。

冯妙由素问陪着，换了一身玄衣，乘车辇前往武州山。整整七天七夜，她都要在武州山上诵经，直到天上降下雨水。

到第四天，洛阳城的天气便由晴转阴。第五天傍晚时分，半空里开始响起阵阵雷声。夜里不知道是什么时辰，冯妙只听见窗外有噼噼啪啪的声音传来，像豆子撒在地上的声音。素问推门进来，告诉她外面已经下雨了。冯妙轻轻点头，让她按照提前试过的方子，准备好足量的药剂。

第六天清早，山中的空气间满是雨水过后的清新气味，被雨水冲刷过的树木枝叶，都带着盈盈绿意舒展开来。大雨已至，冯妙却仍旧在武州山住满七日，以示诚意，第八天才返回宫中。

冯妙祈雨得成，冯清心中再怎么不平，也说不出一句话来。回宫第二天，冯妙便把所有妃嫔都请过来，当着拓跋宏的面，从一只陶罐里取出水来煮茶。

“这是落雨那天，本宫在武州山存下的无根水，一半是夜里用陶罐接下的雨水，另一半是第二天清早从树叶上取下的露水。用无根水煮茶，不仅味道特别清甜，还能把这场春雨带来的福气分给诸位姐妹。”冯妙把金黄的茶汤依次送进每个人手中，一一看着她们接过去，自己也取了一杯喝下。

皇帝就在旁边，谁也不敢有什么异议，接过茶杯便喝了。冯妙用眼角的余光看着高照容，见她把茶盏凑近鼻尖，仔细地闻了闻，才皱着眉头喝下。

喝下茶汤，拓跋宏略坐了一会儿便走了，皇帝一走，其他妃嫔也就先后找了个理由告退。人都走光以后，素问才对冯妙说：“看高夫人的神情，她应该是尝出那茶里加了东西。这一味药的气味很明显，她又知道些药理，认出来并不奇怪。”

冯妙微微点头：“认出来就好，正是因为她懂些药理，我们才要费这番心思。”她招手叫灵枢过来：“明天开始，你就做些点心给各宫娘娘送去，就说是我的一点心意。千万记得，一定要磨着她们尝尝你的手艺。”灵枢活泼又爱说话，这件事叫她去做，是最合适不过的。

灵枢花了两三天时间，才去遍了所有那天来喝过茶的妃嫔宫中。她做的小点心带些南朝特色，小巧精致，鲜香甜软，吃过的人都赞不绝口。袁缨月和王琬为了向冯妙表示亲近，还让灵枢带回了些自己宫中做的点心。

冯妙随意拨着那些点心，拿了一块尝尝。今时不同于往日，她位列左昭仪，又有皇帝的宠爱，无须再像从前那样，小心翼翼地连吃食也不敢送给别人。袁缨月送来的桃酥有些过于甜腻了，她不大喜欢这个味道，王琬送来的绿豆糕倒还好些，只是口感有些干涩，她让灵枢都拿出去赏给殿外伺候的宫女、太监。

灵枢把两盘点心端出去，很快又折回来说：“跟娘娘料想的分毫不差，高夫人收下了我送去的点心，却怎么都不肯当面尝尝，想了好些说辞推托。我猜啊，我一走她就会把那些点心丢掉了，可惜了我炖了一整晚的桂花酒酿豆泥。”

她用赤小豆掺着桂花蒸烂，把豆皮仔细地滤出去，余下的再加上酒酿继续炖两个时辰，才做出了绵软细腻、不带一丝杂质的豆泥，给点心做馅料。

灵枢的性子跟以前的忍冬有几分相像，冯妙对她特别宽纵，笑着说：“她不吃是她没有口福，多出来的留给我和素问吃吧。”灵枢听了这话才高兴了，满心欢喜地去了小厨房。

冯妙把两次用的药方仔细想了一遍，确认应该没有什么问题，才放下心来。她一直记得跟冯清一起被关在奉仪殿小佛堂里那次，太皇太后说她烧的纸笺里掺有紫香根，与冯清小时候喝过的清热汤药性相冲。就是因为这件事，她才被送进了甘织宫。这件事，当时就有很多疑点，她却无力验证。

她把当时的情形说给素问听，素问很快便想起另外一种草药来，也开紫色的花，却没有紫香根的香味，会与七叶一枝花药性相冲，让人身上发起一片片红色的疹子，严重的甚至会要人性命。

直到此时，冯妙才完全明白了当年那件事的来龙去脉。太皇太后是在验证冯清也服用过月华凝香，已经不能生育，而后来太皇太后肯帮她离开甘织宫，也是因为那一晚冯妙自己没有出疹子，那便表明，她没有服用过这种珍贵却可怕的补药，仍旧能给皇上生出健康的孩子。从一开始，她们两个就都是被太皇太后摆弄在手心里的棋子。

冯妙叫素问参照宫中清热汤的配方，准备一服加了紫香根的药剂。药效不会很快发散出来，会慢慢地表现出身上发痒、红肿的症状。她把这药剂加在那天的茶汤里，给每位嫔妃都喝下了。

而她让灵枢送去的点心里，除了用赤小豆做馅料外，还掺了素问配制的另一种药剂，能够解热祛毒，刚好化解茶汤里的药性。高照容第一次闻出紫香根的气味后，便会对冯妙生疑，再不肯吃她送来的任何东西。而紫香根特有的气味，也刚好遮盖住了茶汤中的其他药味，让高照容只知道茶汤里有问题，却无从知晓究竟放了些什么。

素问说过，她把方子里的药稍稍换了换，服下的人大概十天就会开始发作，用普通去疹方子治疗，是不会有用的，大概五天之后就会发作到最盛，全身都布满成片的红疹子，而且麻痒难忍。

冯妙算着日子，估计差不多时，便邀了崔岸芷、王琬和卢清然同行，一起到双明殿去看望两位小皇子。她们到时，拓跋恪还在学堂读书，只有怀儿在殿内抱着一只玉球玩耍。玉球沉重，他根本拿不动，只能半趴在长绒毯上，用力推着玉球。

怀儿见有人来，抬起小脸憨憨地笑了一笑，接着便跑开了。王琬笑着逗趣：“怀儿这性子真是讨人喜欢，连怕见生人的样子也这么可爱。”她原本也是太原王氏最出色的小姐，可自从入宫便不得圣宠，这些年更是连皇帝的面都见不到，不过顺次晋到了嫔位而已，此时见了别人的孩子，不免感叹也多了起来。

冯妙的目光一路追着怀儿跑远的身子，手在袖中掐紧，不让自己表现出异样来。此时天气已经热起来了，高照容却穿了一件领口极高的衣裙，把身上的皮肤严严实实地遮盖起来，面上也罩了一层轻纱。冯妙看见她这身装束，便知道那药已经起了作用。

卢清然走到高照容身边，有些奇怪地问："你这是闹的哪一出？天气这么热，也不怕捂出痱子来？"说着，她就要抬手去掀开高照容的衣袖。

高照容忙忙地向后一闪，避开了卢清然的手："前几天夜里贪凉，开着窗子入睡吹了阵风，这几天就不敢大意了，多穿点驱驱寒气。"也许是因为身上出疹子的关系，她的嗓音也有些沙哑，不像从前那么柔婉妩媚。她叫宫女拿些果子、点心出来招待贵客，又叫奶娘去哄着怀儿出来。

几个人闲闲坐着，说了一会儿话，奶娘抱着怀儿从内殿走出来，指着各位娘娘教他行礼问安。怀儿毕竟还只是两岁的孩子，腻在奶娘身上不肯下来，也不肯乖乖地叫人。有人到他面前来时，他便害羞似的把头转向一边，可过一会儿听不到声音，又会悄悄地转过头来看。那样子不像是害羞怕人，倒像是在故意跟人捉迷藏一般。

王琬逗着怀儿玩了片刻，幽幽地叹息道："皇上的三个皇子里头，最讨喜的就是这个小皇子了，叫人一看就打心底里喜欢。"在座的人都明白她的意思，一时倒不好接着说下去。大皇子从小就木讷，二皇子虽然聪敏，却太过老成，看着实在不像个小孩子。只有这个最小的怀儿，天真好动，真正叫人喜爱。

怀儿穿着一件宽松的小褂子，露出的半截胳膊上，还带着红色的印记，是前一阵子生疹子留下的疤痕，已经快好了。小孩子的脸变得也快，刚才还嘻嘻笑着，转眼就扭在奶娘身上，口中嘤嘤地叫着，谁来哄也不理。

奶娘赔笑着对几位娘娘说："小皇子这是困了，每天这时候都该睡午觉了。"

冯妙见时间也差不多了，起身说道："既然这样，就让小皇子休息吧，咱们改天再过来。"她向外走了几步，经过高照容身边时，像是脚下忽然踩到了什么东西一样，身子一歪，险些就要跌倒。忙乱之间，她顺手往旁边的人身上扶去，稳住自己的身形，手上看似无意地一扯，刚好扯掉了高照容面上的轻纱。

宫女忙忙地上前来搀扶，冯妙看了一眼脚下，对双明殿的小宫女说："想必是刚才聊天解闷时吃剩的果核掉在地上，这才滑了一下。本宫倒是没什么要紧，可要是小皇子在这里跌倒了，你们怎么担待得起？"宫女唯唯诺诺地答应了，连忙跪在地上用手捡起那几枚果核。

此时，卢清然突然尖叫了一声，指着高照容的脸说："你……你这是怎么了？"听见她的话，原本在看着冯妙的王琬和崔岸芷，也转过头去看向高照容，只见她原本容色绝丽的脸上，整个都红肿起来，连片的疹子几乎彻底盖住了细嫩的皮肤。

崔岸芷上前看了看说：“不知道是过敏还是上火，这么严重的疹子，怎么也不请御医来看看？”她一向性子稳重温吞，这些年一步步也晋到了贵人夫人的位分，她说的话，其他人倒是都肯听。

王琬也跟着应和：“崔姐姐说的是，刚才小皇子身上也有几个红点，该不会也是要发起疹子来吧？也不知道高姐姐这疹子，传染不传染……”

宫女去请了御医来，替高照容诊脉。此时已经没办法遮掩，高照容挽起衣袖，露出的手臂上也分布着大片大片的红疹子，有些地方都已经磨破了。

御医仔细看了看，又问了宫女几个问题，躬身说道：“娘娘这是热毒诱发的疹子，多半是吃了什么过敏的东西所致，臣开几服药内服加外敷，应该半个月左右就会好转。只是娘娘宫中还有两位小皇子，请万万小心，不要让小皇子沾了疹子破口处流出的脓水，小孩子身子娇弱，沾了带毒的脓水，也容易发起疹子来。”

等到御医开完了方子，冯妙才说道：“这事情原本不该本宫过问，可是既然遇到了，又涉及皇上最喜爱的两个皇子，本宫就不得不问上一句了。宫中妃嫔染上恶疾，是不是就不该继续抚育皇子了？”

话一出口，高照容就冷冷地看了冯妙一眼，她已经知道了冯妙要做什么。可她很快收起脸上的冷意，转头对奶娘抱着的怀儿柔柔地说：“怀儿，母妃生病变丑了，大概不能照顾怀儿了。”

怀儿似懂非懂地伸出一只胖乎乎的小手，在半空里对着高照容抓过去：“母妃，要母妃……”

冯妙的心头像被针狠狠刺了一下，小孩子并不懂得分辨善恶，只当对他和颜悦色的人就是好的。高照容暗地里让怀儿受罪，可平日里对怀儿却十分和善亲昵，这么小的孩子，自然便跟高照容更亲近些。

她深吸口气，不让别人看出她情绪上的变化，对着额上出了一层冷汗的御医说：“看你的年纪，在太医署的时间应该也不短了吧？就算没有亲眼见过，脉案上也该有记录，宫中究竟有没有过抚育皇子的妃嫔染上恶疾的先例？”

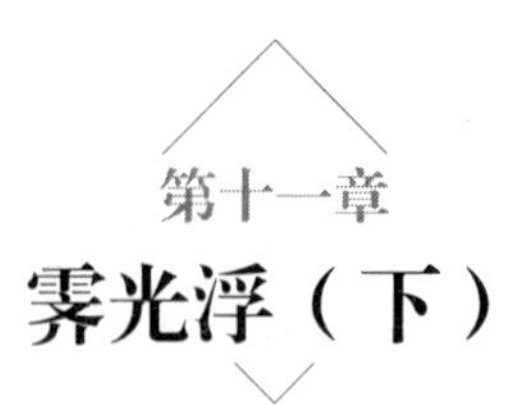

第十一章

霁光浮（下）

御医抬手擦了擦额上的冷汗，俯首下去回答：“臣记得从前六公主出生不久，公主的生母就患上了眼疾，几次险些烫伤了公主。先帝便让当时还是贵人夫人的高太妃代为抚养公主，直到公主的生母病逝，才交给太皇太后养育。要是娘娘想知道更久远的事情，得容臣回去查查脉案才知道。”

这个回答十分奸猾，公主毕竟不像皇子那么惹人注目，至于请别人代为抚养患病妃嫔的皇子，他既没说有先例可循，也没说从来没有过先例，任何一方都可以从他的话里，找出对自己有利的地方来，就看谁能在这一场较量里占据上风了。

冯妙转身对另外几个同来的妃子说：“皇嗣安危是极其重要的大事，本宫也不敢擅做主张，不如派人去请皇上和皇后来裁夺吧。”她随手指了两个小宫女，让她们分别去跑一趟。

高照容自从生了拓跋恪后，便一直深居简出，很少跟其他人来往，所以怀儿才能瞒天过海地养在她的名下。其他妃嫔早就对她连得两子心怀嫉妒，此时都站在一边看着，竟没有一个站出来说话的。

冯清很快便来了，她听御医禀告了高照容的病情，远远地露出嫌恶的表情，连上前查看一眼也不愿意，只敷衍着说了几句安慰的话。

拓跋宏刚在寝宫内见了几位掌管户籍的官员，听他们禀奏洛阳城内新迁居民的情况，正要传午膳，从双明殿过来禀报的宫女便到了。拓跋宏连午膳也没来得及吃，便匆匆往双明殿去。

帝后都已经在场，御医便把刚才说过的话又重新禀奏了一遍。庆功宴结束后，冯清也为那几句惹恼了皇帝的话有些后悔，此时走到拓跋宏面前，低眉顺眼地说："臣妾倒是有个想法，不知道皇上觉得怎样。恂儿是太子，有自己的寝殿，也不缺人伺候，不如让这两个孩子也去跟他们的哥哥一起住，兄弟之间正应该从小多多亲近才是。"

冯妙也走到拓跋宏面前说："皇后的建议，嫔妾以为不妥。太子的冕服上，也可以使用龙纹，太子出行、饮食、坐卧所用的仪制，都与其他皇子有明显的区别，这是为了彰显尊卑有序，不可随意混淆。如果让两位年幼些的皇子也住进太子寝殿里去，吃穿用度上如何区分，又如何彰显太子身份的尊崇？"

她转向冯清，微微笑着说："更何况，太子的年纪也不小了，虽然不急着立即婚配，可合适的太子妃人选也该挑选起来了。过几年若是迎娶了太子妃，难道还能让幼弟与新嫂同住一殿吗？"

冯清被她说得哑口无言，只能斜挑着眼角瞪了她一眼，连着上次祈雨的事一起，对她的积怨更深。

此时，拓跋宏还没说话，高照容也走到面前，却并不靠近，远远地俯身跪拜下去。她已经用素纱重新遮住了面容，免得出疹子的样子冲撞了圣驾，沙哑的声音里透着几分可怜："皇上，御医也说了，嫔妾只要服用些内服外敷的药，很快便会好了，容儿不想为了这一点并不要紧的病症，打扰得宫中姐妹都不得安宁……"

她转头又对着冯妙说道："冯姐姐，怀儿还小，又怕见生人，也就跟姐姐还亲近一些。御医说小孩子娇弱，容易被我身上的疹子传染，若是姐姐肯帮我照顾怀儿几天，我心里一定时常念着姐姐的好。"

高照容倒是个聪明人，眼见今天的情形，分明就是冯妙和皇帝预先商量好了，想把怀儿要回去，索性主动退让一步。

冯妙上前两步，毫不避讳地把她从地上扶起来，唇角微微笑着对她说话，直视的双眼中却毫无笑意："何必说得这么生分，既然御医已经开了方子，你就安心调养着，恪儿和怀儿都先送到我那里住上一段时间，免得你还得为两个孩子分神，心里要是念着什么事，这病可就更不容易好了。"

高照容妩媚的双眼里立刻带上了一层惊恐和不可置信，冯妙不仅想要回怀儿，还要把她的恪儿也一并带走。眼睛转了几转，她强迫自己压下心中的恨意，双目间浮上一层楚楚可怜的水汽："冯姐姐……"

若是在从前，冯妙见了她这副样子，多半会心软，她了解孩子不能在身边的痛苦，也知道己所不欲、勿施于人。可她想起高照容在青岩寺虚情假意时，恪儿也都在场，她在宫中吩咐春桐除去忍冬时，恪儿或许也在一边半睡半醒……

冯妙隔着衣袖握着她的手腕，远远看去就像在扶着她低声安慰，贴近她的耳边悄声说："你该治好的病不在身上，在心里，恪儿跟着你这样的母亲，还不如没有母亲的好。"

事情已经分说清楚，拓跋宏朗声说道："既然照容也愿意把孩子交给左昭仪代为抚养，那就先这么办吧，怀儿这就先抱过去，再叫人去学堂里说一声，让恪儿晚上直接去华音殿。"

"皇上！"高照容此时才真正慌了，不管不顾地跪倒在他面前，两手抓住他的衣襟苦苦恳求，"恪儿已经那么大了，再说他白日里都在学堂读书，在双明殿的时间很少，不会被传染的……"

没等拓跋宏说话，她又猛地想起，冯妙才是事情的关键，膝行着扑到冯妙身前，竟然俯身叩头下去："冯姐姐，求你别带走恪儿，恪儿他又不是……"

冯妙微微提高了音量，止住了她哀切的讨饶声："这话就说得见外了，但凡是皇上的孩子，我都是他的母妃。你只管放心，从前你把两个孩子都照顾得很好，今后我也会一模一样地照顾他们。"

高照容的动作陡然僵住，眼泪不住地从空洞无神的眼窝中涌出，怀儿身上发生过什么事，没有人比她更清楚，现在轮到她自己的孩子被别人捏在手里。

拓跋宏轻斥一声："好了，就这样办吧，照容你该好好养病，不要整日啼哭。"

冯妙走进内殿，从奶娘手里把熟睡的怀儿抱过来，向拓跋宏告退。她已经等不及了，想要立刻带着怀儿回华音殿去，只留下话说，恪儿想必还有些东西要收拾了带上，晚上再派人来接恪儿。

怀儿的身子很软，带着淡淡的奶香味，小小的一个人趴在冯妙肩头，却好像比所有一切加起来还要重。冯妙快步走过一个转角，才停下步子，把怀儿小心地滑到胸前，在他光滑得像新剥鸡蛋一样的小脸上，轻轻地吻了又吻。他出生时还只有一点点大，抱在手上就像只小猫一样，可现在已经是个会跑会叫的孩童了。

华音殿周围的水面上提早准备了小船，还没到对岸，就已经看得见素问和灵枢都在门口不住地张望。一见冯妙搭着小太监的手上岸，灵枢就飞快地跑过来，口中不住地嚷着："小皇子回来了！快，让我抱一下，让我抱！"

冯妙把怀儿递到她手中，素问也走过来，先向冯妙屈膝道喜，然后才对灵枢说："小心点，别摔着小皇子，水面上风大，快些抱进屋里去吧。"

华音殿里早就准备好了小孩子用的东西，小木床、摇铃、木马……都是全新的。冯妙不知道怀儿喜欢吃什么、玩什么，能想到的，每一样都叫人准备了，只怕不能给他最好的东西。

怀儿一觉醒来，不见了高照容和奶娘，小嘴一扁就要哭，冯妙赶忙拿了一只小巧的玉如意来哄他："高母妃生病了，怀儿以后跟着冯母妃在这里住，好不好？这里也有好吃的、好玩的，还有好看的姐姐。"小孩子并不知道这些话是什么意思，见到喜欢的玉如意，就抱在身前摆弄着玩。

晚膳时，拓跋宏也来了，一进门便抱起怀儿，高高举过头顶。怀儿被逗得咯咯直笑，"父皇、父皇"地叫了几声，拓跋宏更加高兴，让怀儿骑坐在肩上，带他到院子里去摘桂花。高大的桂花树下，拓跋宏把怀儿举起，让他伸出小手去摘枝头上开得最盛的那一朵，细碎的桂花纷纷扬扬地落在这对父子肩上。

冯妙倚在门口看着，心中只觉得无限满足，她从小没能拥有的一切，现在都可以尽可能地给怀儿。

摘过一枝花后，怀儿仍旧觉得不满足，小手还指着更高的地方，吵着要那一枝。冯妙走过来，张开手臂说："怀儿乖，父皇累了一天了，别吵父皇了好不好，咱们跟父皇一起进去吃饭。"

小孩子正玩在兴头上，哪里肯依，搂着冯妙的脖子仍旧吵着要那枝花。拓跋宏捏一捏他的侧脸，低声说："没关系，怀儿要哪一枝，父皇都摘给你。"他后退几步，纵身一跃，双手同时攀住两处花枝，稍稍用力一折，人落在地上时，一枝花拿在手里，另一枝已经咬在口中。

他把手里的那枝递给怀儿，哄得怀儿拍着手不住地笑。拓跋宏突然把头一偏，口中的花枝就插在了冯妙鬓上："妙儿，朕对你的心意，始终都如初见时一般，从未改变。"

冯妙脸上一红，嗔怪地说："皇上那时候可凶呢，要是我不听话，就要肠穿肚烂而死。"

想起往事，拓跋宏也不由得发笑，他忽然想起一件事，问道："朕那时并没有喂你吃毒药，后来却再也找不着你了，可你自己怎么会想到那药丸是没有毒的？"

"我一直都不知道，担心死了，"冯妙抱着怀儿，慢慢地往回走，"后来是高清欢想要治好我的喘症时帮我诊过脉，他在巫蛊毒药上很在行，既然连他也没发现我的身体有什么中毒的迹象，想来应该就是没有什么了。"

冯妙咬一咬嘴唇，终究还是把木槿花文身的事情告诉了拓跋宏："高清欢曾经跟着他的养父去拜见过博陵长公主，那时我正因为一点琐事挨打，他便看见了我身上的木槿花文身，后来他一直对我很照顾，也跟这处文身有关。他曾经给我看过，在他手肘内侧，也有这样一处木槿花文身……"

拓跋宏接过怀儿，仍旧放他在自己肩头。因为她从没说过，他也从不知道冯妙的童年是怎么度过的，此时听了，只觉心口酸涩。拓跋宏一边凝神想着，一边说："这件事倒真值得查一查，怀儿天生有一双碧眼，也许你的母亲并不是汉人，也是鲜卑人。鲜卑祖上曾经有过传说，只有血统纯正的鲜卑子孙，才会得到天神眷顾的碧玉色双眸，只是拓跋氏从来不信这个罢了。你身上那朵木槿花，朕也早就注意过，只是想不起来在哪里见过。”

冯妙转头去看怀儿，那一双碧绿色的眼睛，果真如美玉一般莹莹生辉。她忽然明白过来，拓跋宏从前说过的“顾虑”是什么。早先的鲜卑人里，经常有碧眼黄发的人，后来渐渐与汉人混杂通婚，碧眼的孩子才逐渐少了。向来只有鲜卑夫妇或是一方本就眸色浅淡的夫妻，才会生出碧眼的孩子。他把孩子养在高照容名下，是为了让这孩子免受世人的非议，毕竟高照容名义上出自鲜卑世家，又有高清欢这个碧绿眼眸的哥哥。

可她想起那些“非议”背后的含义，又觉得心中无限委屈，她并没有做错任何事，只是跟自己名正言顺的丈夫，孕育了一个心爱的孩子。

拓跋宏见她嘴唇微微噘起，伸出一只手搂一搂她的肩：“不要紧的，秘密总会有揭开的一天。”拓跋宏已经不大信任高清欢，传递重要的文书时，都尽量避开他，仍旧留他任中朝官，是想找出何人在背后给他支持。如果一时找不到妙儿的生母，恐怕木槿花的秘密，也要从高清欢身上着手才行。

冯妙微微侧头，靠在他肩上，拓跋宏如此简单的一句安慰，让她的心情平静下来。不管怎样，至少他们现在仍在一起，连怀儿也已经回到她身边。就算所有人都怀疑她、厌弃她，她只要来自这一人的信任和情意，就已经足够。

拓跋宏还有很多政事要处理，用过晚膳，便仍旧回寝宫去。怀儿闹着不让父皇走，冯妙拿了一把白玉磨成的小球，放在手里一抛一抛地逗着怀儿，才算给拓跋宏解了围。她披上一件质地轻薄的披风，把拓跋宏送到殿门口。拓跋宏在她双眼上轻轻一啄：“有你这双眼睛看着，朕真舍不得走了，快闭上吧，不然朕也要变成沉迷美色的昏君了。”

冯妙轻推他一把：“皇上只会说笑，哪有什么美色……”这么说着，她还是闭上了双眼，面颊上有轻风微微拂过，再睁开时，拓跋宏已经不见了踪影，视野里只剩下通往对岸的木桥在摇摇晃晃。

她理一理鬓边的碎发，转身走回内殿。怀儿仍旧在长绒地毯上抱着那支玉如意玩，素问走到冯妙身边，低声说：“刚才去双明殿接二皇子的小太监来回话，说高夫人抱着二皇子不放，谁劝也不肯听，一定要娘娘亲自过去一趟。”

大约高照容是真的被冯妙说过的话吓到了，怕拓跋恪到了华音殿，也会像怀儿一样，生出些不明不白的病症来。冯妙摇头叹息：“我并没打算对恪儿怎样，她倒自己先把自己吓住了，可见心思卑劣的人，便也会用同样卑劣的心思来推己及人。”

她对素问说："你叫那太监多带几个侍卫过去，说这是皇上的旨意，我是不会去见她的，就算她不考虑其他，总该在恪儿面前给自己留几分颜面吧。"高照容是个聪明人，把话说到这个地步，她应该会明白了，再固执下去，对她没有任何好处。

不知道小太监最后是怎样跟高照容说的，恪儿来华音殿时，只带了几卷书和当季的衣物。他对冯妙一向都很亲近，进门便先郑重其事地磕头问安，口中说着"多谢冯母妃照拂"。冯妙好生安慰了他几句，便叫人带他去侧殿休息。这么大的孩子已经有了自己的想法，说得多了反倒让他多心。

到该睡觉时，冯妙叫素问把怀儿抱到自己房中，亲自用温水给他洗了澡，想要带着他一起睡。倒不是她偏心，人非草木，多疼自己的孩子些也是难免的。怀儿毕竟年纪小，又两年多没有跟她亲近，冯妙只想用这机会，好好弥补亏欠下的母爱。

刚把怀儿放在床榻上，他就手脚并用地爬了几圈。榻上特意多铺了几层绵软的垫子，躺在上面就像躲藏在松软的云里一样。冯妙坐在床榻边，正要叫素问也去休息，怀儿的眼睛滴溜溜转了几圈，指着冯妙说道："我不要你，我要奶娘。"

冯妙知道小孩子换了新的环境，多半会不习惯，柔声哄着他说："怀儿乖，今晚父皇不在，等父皇来了，也睡这里，到时候怀儿可以跟父皇一起睡，好不好？"

拓跋怀却把头摇得像拨浪鼓一样："我不要，你是坏人！母妃说过，你要把我和母妃分开，我不要和母妃分开！"

冯妙抚摸着他侧脸的手僵住，怀儿其实像她一样，很少说话，可这几句话却说得清楚明白，不知道高照容已经教过多少次了。即使明知道这些话不是怀儿的本意，冯妙仍旧觉得喉咙里梗得难受，像有一根又粗又硬的鱼刺扎在那里。

拓跋怀半点也不像白天时的乖巧样子，竟然蹬着小腿大哭起来："我要母妃！我要奶娘！你是个坏女人……"

素问的神色有些尴尬，上前扶着冯妙的胳膊说："娘娘千万别动气，小孩子的话都是无心的，等他长大些，自然就知道谁是真心待他好了。"

冯妙站起身，带着几分落寞对素问说："去双明殿请一直照顾怀儿的那个奶娘来吧，今晚让怀儿跟奶娘一起睡。"怀儿太小，她还没办法跟他讲清楚，谁才是他真正的母妃。这个时候派人去请奶娘，想必高照容心里也会很得意吧，她教了许久的这句话，终于有用场了。偏偏这话又挑不出任何错来，即使告诉拓跋宏知道，高照容仍旧可以辩解，她是真心喜欢怀儿，才会当成自己的孩子一样疼爱，舍不得跟他分开。

让她没料到的是，高照容竟然很痛快地就放了那个奶娘过来，还送来了怀儿平日用的小枕头、小被子。怀儿一见奶娘的面，立刻就安静了下来，乖乖地闭上眼睛躺好，很快便睡熟了。

直到此时，冯妙才能安静地坐在一边，端详怀儿的小脸。那张融合了拓跋宏和她两个人特征的脸，现在比任何东西都更让她沉迷。为了怀儿，她什么都不怕。

四五天之后，昌黎王冯熙才返回洛阳，原本以为善后会很快结束，可没想到，这一拖竟然拖了几个月。拓跋宏在大殿上褒奖冯熙、冯诞父子办事妥当，又特准了他们一家入宫探望冯清和冯妙。探望冯清的恩旨，是专门给冯诞的，他仍旧还是时常咳血，这次却执意要随父亲出征。

昌黎王冯熙只带着冯夙一人进了华音殿，自从离宫修行，冯妙已经有五六年时间没有见到夙弟了。当那个身形修长的青年站在她面前时，她几乎快要认不出来了。没想到夙弟竟然又长高了不少，白皙的脸上仍旧带着几分稚气，可举止言谈间，到底还是比从前稳重了一些。

从前不知道冯夙长得像谁，现在看去，眉眼间分明就是另一个西昌侯萧鸾，只不过少了些戾气。冯妙想着在南朝的经历，到嘴边的话又忍了下去，那样一个父亲，还是永远不要让夙弟知道的好。

因为想着阿娘的下落，冯妙叫夙弟也去给皇后问个安再回来，等他走远，才直截了当地对冯熙说："我在南朝，见着了我的生父。"冯熙的身子微微一震："没想到，你真的找着他了，当年他用了假名字，我只能隐约猜到他出身非富即贵，却不知道他究竟是何人。"

"他现在是南朝的皇帝。"冯妙叹了口气，果然见到冯熙眼中流露出惊诧。

她忽然起身，以女儿拜见父亲的礼节，对着冯熙跪拜下去。冯熙慌得赶忙起身来拦她，冯妙却坚持着叩首三次，然后才起身说："从前我对您有些怨言，总觉得您既然娶了阿娘，为何又由着博陵长公主欺辱她。直到见着我的生父，我才明白，您是在保护我和夙弟。您养了我和夙弟十几年，只要您仍然愿意认我们做儿女，我便永远愿意以冯为姓。"

她说得恳切，冯熙也听得动容："有你这句话，我便觉得今生对得起阿常了。"

冯妙接着说道："我还有一个疑惑，一直都想问，我阿娘究竟是个什么样的女子？我总不相信，像她那样细腻讲究的人，会是一个普通的歌姬。我还想知道，那年她跟您一起去了南方，后来究竟去了哪里，为什么丢下我和夙弟，再也没有回来？"

第十二章 征尘远

冯熙叹一口气：“并非阿常丢下你们不愿回来，而是……她已经没有办法再回来。”

冯妙睁大眼睛，不敢相信这话中的含义。

“那一年，太皇太后刚刚正位中宫不久，我也刚刚获封肥如侯，还没有尚娶长公主，”冯熙缓缓地开口，“太皇太后差我去办些小事，事情很快办完了，我想着路途遥远，不如找个地方休息几天，再返回平城。世上的事就是这么巧，就在建康附近的一处小城里，我和那个自称叫云乔的人，一起遇见了阿常，她在那里以唱曲献舞为生。她很动人，但那种美丽，丝毫不会让人生出亵渎之心。”

后来的事，就跟许许多多的故事大同小异，温厚的男子总是在感情上处于下风，出手阔绰、性情豪爽的云乔，很快便赢得了阿常的心。

“阿常是个孤女，没有亲人，连出身何处也不清楚，”冯熙接着说，“她和云乔很快便夫妻相称，我一个人回了平城，没再与他们联络过。事有凑巧，后来太皇太后做主，替我尚娶了长公主，那时太皇太后已经开始处理政事，晚上失眠难以入睡，又不敢让朝中反对的大臣们知道，让我再去南方替她寻些安眠的香料来。我又一次见着了阿常，还在那个地方，她也还是那么美，只是身边已经带着你。”

“我很诧异，这么多年了，连女儿都已经两岁大了，云乔竟然还没有迎娶阿常，她仍然要靠献舞为生。有一次，她的裙摆被桌角钩住，无意间露出了脚踝上文着的一朵木槿花。那时候，建康城内刚好出了一件事，南朝皇帝宠幸了一名歌姬，并且册封为妃子。那妃子生下皇子后，竟然在南朝皇帝的饮食里掺进能使人身体虚弱的药，幻想皇帝病弱后，自己能够像北方的太皇太后一样垂帘听政。事情败露后，这名妃子被严刑拷打，却什么都不肯说，她的肩上也有一处木槿花文身。”冯熙讲起这些往事，仍旧不住地叹息，“阿常并不认得那名歌姬，却因为这处一模一样的文身，而平白受到怀疑。”

冯妙听得心中焦急，只觉得有个跟自己身世相关的秘密呼之欲出，却怎么都找不到那最关键的一点。她忍不住问：“难道就因为这个，我的生父就要杀死阿娘吗？他跟阿娘相处那么久，难道都不相信阿娘的解释？”

冯熙摇头失笑：“傻孩子，你跟阿常一样，以为有了感情就有了一切。可对这世上有些男人来说，感情就像茶和酒一样，有固然好，却不是活下去必不可少的东西。我也是刚刚听你说了他的真实身份才想透，当时萧氏还没有篡位称帝，仍旧是刘宋朝中的重臣，南朝皇帝已经对手握重兵的萧道成心怀怨愤，为了免除皇帝的疑心和借口，你的生父选择了要将阿常杀死，来表明自己的忠心。相信或者不相信，根本就不是那么重要的事，真正重要的，是他选择了建功立业，放弃了阿常。”

冯妙低下头，一只手把玩着桌上的茶盏：“所以你就带回了阿娘，让她在昌黎王府里生下夙弟？”

“是，我那时也有私心，想着阿常跟我天长日久地相处，也许总有一日会接受我的情意，”冯熙抬手捋着下颌上的胡须，岁月不饶人，他的发须间也染上了不少雪色，“可惜阿常到最后都不愿意葬进冯氏的家墓，她病重时，苦苦地求我让我送她回建康，把她安葬在建康城外。我知道，她不甘心，还想问云乔一句，既然不能相守，为何还要招惹她？”

手里的茶盏摔落在地上，冯妙的声音带着些颤抖，泪意不可抑制地涌上鼻端：“阿娘……阿娘那时就已经不在了？”

冯熙心中不忍，却不能在这件事上欺瞒，点点头说：“是，那时你在宫中步履维艰，我没办法告诉你实情，借着皇上让我去南边替丹杨王的大军善后时，我把阿常送回了建康城外。”

冯妙的目光渐渐暗淡下去，原来阿娘早就不在了，她和夙弟从此都是没有母亲的人了。手指抚在锁骨下方，她低声问：“那……阿娘有没有说过，这朵木槿花究竟是什么意思？”

冯熙并不回答她的问题，而是伸手压住了她的肩，叫了一声“妙儿”。父女相称多年，冯熙还是第一次这样叫她的名字。“妙儿，阿常是个心思通透的人，她没有说起过木槿花的来历，夙儿出生时，她原本也想要刺一朵木槿花，可不知道为什么，后来又改变了主意。妙儿，阿常她不告诉你这木槿花的来历，一定有她自己的原因，凡事还是顺其自然的好，太过强求反倒容易叫人失望。”

他是在用一个父亲的口吻对冯妙说话，劝慰她不要一味想着已经过去的事。冯妙也知道他说的有道理，可人生在世，怎么能连自己的出身来历都不清楚？更何况，这朵木槿花上的秘密，还可能关系着怀儿这双碧眼的来历，如果不能弄清楚，怀儿将来就会跟她一样，永远生活在猜忌怀疑中。

冯夙到朱紫殿去给冯清问安，很快便回来了，他从小便有些怕嫡母所生的这个姐姐，跟她也没有多少话可说。该说的话都已经说过了，冯妙便叫人抱了怀儿来，送到冯熙和冯夙面前，只是不能明说这是自己亲生的孩子。怀儿生得乖巧俊秀，又活泼爱笑，冯熙看了心里喜欢，连连说应该提早准备些贺礼才对。

冯妙见夙弟紧盯着怀儿瞧，暗想他的年纪也不小了，既然阿娘不在了，有些事情还是要她这个做姐姐的来安排。她半开玩笑似的说："没想到夙弟倒是能跟小孩子投缘，要是喜欢孩子，何不趁早娶妻安家，自己的孩子才真正喜欢呢。"夙弟从前不懂人情世故，做事又莽撞，要是有个贤惠得体的妻子能规劝他一些，对他也是件好事。

听了这话，冯夙的脸色竟然有些微微发红，转过头去说："我毫无寸功，哪有人肯嫁我。"冯妙听了奇怪，看他的样子，竟像已经有了意中人。她笑着说："你是昌黎王的幼子，自己又有北平郡公的爵位，只要不是家世煊赫的名门贵女，总还是衬得起的。要是看中了哪家的姑娘，倒不妨来告诉我，性子好是最要紧的，其他的都还在其次。"

冯熙有意让他们姐弟自己说话，便先告辞退了出去，冯夙这时才支支吾吾地说："陈留公主新寡，我听说皇上有意让她回宫居住，可公主毕竟还年轻，不能一辈子就这么过了……"

冯妙凝神听了半晌才明白过来，夙弟竟然仍对拓跋瑶旧情难忘，她皱着眉头问："公主新寡？这是什么时候的事？"

冯夙略微凑前一些说道："就是前不久，因为不是什么好事情，宫里并没有传开，听说是丹杨王世子在公主房里过夜时，突然暴病身亡……"他毕竟年轻，又没有娶妻，说起这些事时，脸上的红云更重，竟像个小姑娘一样腼腆羞涩。

冯妙微微摇头，没有人管教，夙弟空有一副好皮相，到底还是不成器的。昌黎王的庶子、左昭仪的同母幼弟，尚娶公主并不算什么过分的奢望，可偏偏他看中的是陈留公主拓跋瑶。且不说南朝皇族出身的丹杨王能不能接受儿媳改嫁，单说今日的拓跋瑶本人，就让冯妙放心不下。

如果她没记错，拓跋瑶已经许久不愿与痴傻的丈夫同房，就连那个儿子，也是公主的贴身婢女生下的，可王玄之刚刚重回洛阳，拓跋瑶的丈夫就暴病而死……冯妙不敢再想，她也不愿用恶意来揣测拓跋瑶。初入宫闱时，拓跋瑶是最先肯和她亲近的人，那个带着一点点骄傲脾气的小公主，在她记忆里从未消失过。

“夙弟，就算是公主，也要为夫家守孝三年才行，可你的年纪已经不小了……”冯妙尽量把话说得委婉，不想因为这个跟夙弟争执。

冯夙低下头去，声音小得像蚊虫飞过：“姐姐，我可以等，我只想问问公主是不是愿意。”

冯妙无可奈何，只能先敷衍着说道：“公主的婚嫁，恐怕连她自己都不能随心所欲，等有机会，我先问问皇上的意思吧，若是不行，你也不要强求了。”

也不知道是不是真的听不出话中深意，冯夙欢天喜地地谢了姐姐，这才告辞离去。

冯妙越想越觉得心惊，等到拓跋宏来时，还是委婉地问起了拓跋瑶的事。

拓跋宏用柳木削了一支小弓，拉着怀儿的小手教他射鸟，怀儿咯咯地笑着，连根鸟毛都没有射到，却滚了一身的泥。拓跋宏的脸上也被抹脏了几处，他一面逗着怀儿，一面说：“怕你想得太多，才没有告诉你，丹杨王世子的确过世了，那天晚上朕召丹杨王入宫有事商议，在寝宫里谈得晚了些，消息传来时，朕还派了侍御师过去，可惜已经无力回天了。”

冯妙心里的不安越来越强烈，这事情里有太多巧合，她强压着心里的忐忑问道：“丹杨王世子……究竟是因何而死的？”

拓跋宏抱起怀儿，让素问带他去沐浴，有些话他不想让怀儿听见：“侍御师在瑶妹房中的茶水里发现了甘草，那一晚丹杨王府的晚膳做了些菌汤，甘草与那菌汤里的一种蘑菇不能同食，否则会致人死命。”

冯妙听得指尖发凉，伸手攥住了拓跋宏的胳膊。拓跋宏在她手背上轻拍：“瑶妹说她近来有些咽喉肿痛，所以喝些甘草茶祛火，没想到世子会突然来过夜，也就没来得及换新茶，就用煮好的茶水招待了世子。”

“丹杨王夫妇一向溺爱这个独子，如何肯善罢甘休？”冯妙仰起脸问，语气中满是担忧。

“这段婚姻，是朕对不住瑶妹在先，”拓跋宏叹息一声，从前那个天真无邪的六公主，恐怕真的一去不复返了，“无论真相怎样，朕都不想再追查下去。朕已经下旨加封世子刘承绪的独子为郡公，又许诺了丹杨王会好好操办他的女儿与北海王的婚礼，让瑶妹以后回宫中居住，从此与丹杨王府再无瓜葛。”

他抬起一只手揉着额角：“能为瑶妹做的，只有这么多了。”他不只是拓跋瑶一个人的兄长，还是天下万民的天子，再怎么想要偏袒拓跋瑶，也不能随心所欲。

“丹杨王恐怕也是一直觉得亏欠了这个儿子，才会格外溺爱他，”冯妙抬手去抚他的眉，指尖将将能触碰到他的眉心，“等他过些日子消了火气，就该想明白了，刘宋早已经亡国，他又数次带兵攻打南朝，除了洛阳，天下再大也没有他的容身之所了。”

拓跋宏捉住她的手轻吻：“是这个道理，不过下次南征时，朕就不会放心让他领兵前去了。万一他阵前倒戈，岂不是一场大麻烦？”

既然已经说起，冯妙便索性把夙弟的心思也说了出来，她并非要替夙弟恳求什么，只是觉得有些无奈，拓跋瑶的确是生得明丽动人，可她毕竟年长冯夙不少，不知道夙弟为什么偏偏对她情有独钟。

“瑶妹的样子，其实有几分像博陵长公主，你的夙弟大约是从小惧怕嫡母，瑶妹肯对他和颜悦色说几句话，他就动心了。”拓跋宏叹息着说，“不过你这夙弟实在是……朕正打算把原先的羽林侍卫调入军中，再从亲贵子弟里另外选些人充当宫廷禁卫，朕回头叫个人去说一声，把他安排在禁卫里历练历练，总是这副样子可不成。”

提到冯家的年轻一辈，他便不由得叹息，冯诞的两个同母弟弟，也不成器，每天只会斗鸡走狗，在学堂里读了几年书，连《论语》也背不出来。古人说“君子之泽，五世而斩”，看来一点也不错，或许盛极一时的冯氏，真的要在这一代上败落了。

宫廷禁卫白日里要操练，夜里还要巡视宫苑，其实是个辛苦差事。拓跋宏又一向赏罚分明、治下严格，他既然说了要让冯夙历练，就绝对不会宽纵手软，冯妙有些舍不得夙弟吃苦，总想着让他读些书别学成个纨绔子弟就好了，可拓跋宏已经发了话，她也不好推拒，只能点头答应了。

御驾从南方撤回后，大魏与南朝之间的战争，从来没有真正止歇过。一边是胸怀大志的天子，一边是暴戾贪婪的野心家，像两只正在对峙的猛虎一样，都想趁对方不备，扑上去咬断对方的脖子。

年初时洛阳大旱，拓跋宏曾经命人修建沟渠引水，又选派能干的官吏，帮助洛阳周边的百姓养蚕育苗，到秋天时，谷粮布帛竟然比往年还增加了三成的产量。兵强马壮之时，跃跃欲试的武将们又开始想要南征建功立业。尤其是当时围攻钟离不下的那一路人马，也跟其他人一样得了皇帝的封赏，心里却觉得矮人一头，总想着要一雪前耻。

经过漫长冬天的休养生息，拓跋宏做好了再次南征的准备。新年祭祀过先祖后，拓跋宏命王玄之亲自撰写了一篇讨伐萧鸾的檄文，萧道成对他有养育之恩，他却大肆屠戮萧道成的子孙后辈，文惠太子这一脉，几乎都已经被杀尽了。萧鸾的举动，与其说是担心有人会暗中拥立文惠太子的子孙，倒更像是对文惠太子的疯狂报复，要将他与生俱来的优越感踩在脚下，狠狠蹍压。

王玄之本就文采斐然，与萧鸾又有灭族之恨，檄文写得洋洋洒洒，用词锋利如刃。王玄之的为人，天生带着些从骨子里透出的士族骄矜气质，整篇檄文明褒实贬，将萧鸾的窃国之举狠狠讥讽了一番。听说萧鸾看后怒不可遏，气得当场喘症发作，几乎昏厥过去。

就在大军出征前夕，洛阳城内发生了另外一场风波。拓跋宏原本想跟上次出巡时一样，仍旧由几位宗室亲王监国理政，可朝中却有另外一种声音传出来，说太子已经接近成年，既然不用随军出征，便该由太子监国。

拓跋宏并不放心把朝政交给太子，可这些老臣在朝中还颇有影响力，辈分也比拓跋宏大些，当面斥责他们，总归不大体面。这一次出征，拓跋宏原本便想速战速决，权衡之下，他便同意了太子监国，只不过他将始平王拓跋勰也留在洛阳，万一太子行为不端，或是朝中有任何异动，始平王都可以权宜处置。

冯诞也随大军一同出征，他的身体每况愈下，咳血的症候日渐严重，迎娶乐安公主后，他在府中的时间就一直很少，拓跋宏原本想叫他在家休养，可冯诞却坚持要去，甚至在太极殿议事时几次叩头请求，拓跋宏只好答应。

临行那天，冯妙抱着怀儿去送拓跋宏。在华音殿里住了小半年，怀儿很少哭闹，只是夜里仍旧只愿意跟奶娘睡，不愿留在冯妙的寝殿中。

拓跋宏把怀儿抱在马上，提着缰绳说："父皇去打下一座城池来给你，好不好？"怀儿咬着手指不说话，忽然挥舞着小手，向冯妙要他平常玩的"玉片片"。还是去年生日时，因为他喜欢玉器，拓跋宏特意命人制作了一只玉璧，给怀儿玩。冯妙手里正拿着这只玉璧，见他要便递给他，正要抱他下来，怀儿忽然把玉璧贴在拓跋宏心口，牙牙地说："父皇想怀儿。"

冯妙转过头去，小孩子有时懂事起来，真叫人不知该怎样疼爱才好。拓跋宏接过玉璧，贴身放进铠甲内侧，低声重复了一遍："是，父皇想怀儿……"

他把小小的人儿交回冯妙手中，转头猛地扬起马鞭，马蹄踏在青石板路上，发出渐行渐远的踢踏声。冯妙摇动着怀儿胖胖的小手，对着那个肩上洒满金色光华的背影久久地凝望，一直看着他消失在宫门外。

这一场仗其实并没有太大的悬念，拓跋宏执意要亲征，主要是为了安抚新近归附大魏的几个郡县，宣扬天威。他对冯妙说过，快则三个月，慢则半年，一定可以返回洛阳。

太子拓跋恂监国期间，每天都到冯清的朱紫殿中问安，遇到难以决断的大事时，也会先问问冯清这个"母后"的意见。他并不见得多么愿意亲近和尊敬冯清，只是心里清楚，冯清是他保住太子之位的唯一支持了。

冯清在言谈举止上越发明显地模仿着昔日太皇太后的一举一动，就连勉励拓跋恂的语气，也跟当年太皇太后对拓跋宏说话时几乎一模一样。冯妙偶尔见过几次，嘴上不说什么，心里却暗暗觉得担忧。冯清空有姑母太皇太后一样的心志，却没有姑母的手腕。她大概永远也不会知道，太皇太后究竟忍过了多少别人不能忍的日子，才成了大魏历史上最具传奇色彩的女人。

春祭时拓跋宏仍未返回洛阳，祭祀便由太子主持。祭祀早有惯例，太子拓跋恂只需要背熟祝祷的祭词，再按照预先演练过的流程顺次完成祭祀典礼就好。就在这个当口，竟然又横生枝节，为太子准备的祭祀礼服，不知怎么回事尺寸小了一点。拓跋恂原本就生得肥壮，又嫌按照古制裁剪的汉式冕服太过烦琐，试穿时就很有些不满，将送礼服来的内官狠狠鞭打了一顿泄愤。

到祭祀典礼当天，替太子更衣的宫女一时心急，竟然将用来束住腰身的带子扯断了。拓跋恂大发雷霆，将九旒朝天冠摔在地上，说什么也不肯穿这身礼服了。

宗室亲王、后宫妃嫔都已经在前殿等候，太子却迟迟没有来，冯清便叫玉叶去看看究竟。玉叶去了没多久，就回来附在冯清耳边低语了一番。冯清抬手揉揉眼角：“这算不得什么大事，既然冕服破损，重新换其他的礼服来就是了。”

玉叶有些为难地说：“冕服制作烦琐，太子也只备下了这一身，其他的都是鲜卑样式的朝服和便装了。”拓跋宏严令过几次，洛阳宫中一律改穿汉服，可太子竟阳奉阴违，只在外出时身穿汉服，回到自己的寝宫内，便私下换回了胡服。

在座的亲王中间，有人阴阳怪气地说了一声：“穿鲜卑衣装有什么大不了的，改换汉服之前，不也年年祭天祭祖来着？”座上立刻有人随声附和，这些老臣对汉化积怨已久，趁着拓跋宏领兵出征，此时都一起表露出来。

冯清正要开口，冯妙却抢在她前面起身。素问跟在她身边，悄悄拉了一下她的衣袖：“娘娘，何必争在这一时，不如等皇上回来……”冯妙压住素问的手，她不是争一时之气，她知道拓跋宏花了多少心血才让这些以血统自傲的鲜卑贵族改换了汉服，怎么能因为太子的任性妄为，而将多年心血毁于一旦？

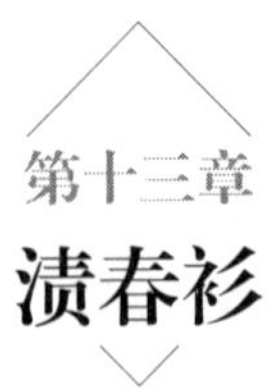

第十三章
渍春衫

“皇上已经明令改穿汉服，春祭的衣裳典制，也都正式颁诏昭告过天下，怎能随意更改？”冯妙对着宗室亲王的话，不卑不亢地说。

此时拓跋恂已经换了一身鲜卑衣装走出来，冯妙转身对他说道，“皇太子请务必三思，一言九鼎，才是为君之道。皇上现在不在洛阳，太子便是天下万民的表率，不可随意改动皇上拟定的衣冠典制。”

始平王拓跋勰也从座位上站起：“臣弟同意皇嫂的看法，没有经过皇兄的同意，祭祀的冕服仪制不能随意更改，请太子殿下快些回去更换衣装，不要误了吉时。”

话音刚落，宗室亲王中又传出反对的声音：“当初皇帝要改穿汉服时，可曾跟拓跋氏的列祖列宗商量过了？”这句话一出，室内立刻充满了剑拔弩张的气氛，能参加春祭的，都是地位尊贵的近支宗亲，汉人权臣的官职再高，也是不能出席这种场合的。

始平王拓跋勰自然支持穿汉服祭祀，任城王拓跋澄、广阳王拓跋嘉也都一向跟皇帝意见统一，可座上的其余十几位亲王，大都反对汉化。新政让他们的子侄不能轻松封爵，让他们自己要老老实实当差，不能随意劫掠财物，这股怨气，从迁都之前开始，已经积攒了很久了。

争执不下时，众人都把目光投向了东阳王拓跋丕。众位亲王中，他的年纪最大、辈分也最高，一向颇有威望。从前太皇太后诛杀权臣乙浑时，便是他出兵围住了乙浑的府宅，立下大功。

东阳王拓跋丕慢条斯理地问：“春祭是国事还是家事？”

始平王拓跋勰朗声回答："自然是国事。"

拓跋丕捋着胡须说道："太子监国，既然是国事，由太子定夺就是了，我们这些老头子跟着吵什么？"说完，他竟闭起双眼养神，不再多说一句话。

冯清站起身，径直走到拓跋恂面前，抬手理了理他的衣襟，带着几分得意说道："恂儿是拓跋氏的太子，穿鲜卑衣装主持祭祀，有什么不可以的？依我看，鲜卑衣装爽利干脆，倒比那长袍长袖的汉服好看得多。"

冯妙强压住心里的焦急，对着冯清尽量客气地说话："皇后娘娘，这不是好看不好看的事，皇上下令改穿汉服，是为了表明愿意遵从汉制古礼。太子的冕服若是破损了，可以请宫女修补，如果宫女不会做，我也可以代为修补，还是让太子换回正式的冕服为好。"

"恂儿，"冯清一眼也不看冯妙，只盯着已经比她还略高一点的皇太子，"你是拓跋氏的子孙，今天主持祭祀的人也是你，母后让你自己做主，你是愿意回去更换汉服，还是要穿鲜卑先祖留下来的这身衣裳？"

拓跋恂的性子原本就冲动易怒，此时听了冯清的话，热血陡然冲散了理智，想也不想便说："儿臣是拓跋氏的子孙，自然该穿先祖留传下来的衣裳主持祭典。"

他正要跨步走出去，冯妙斜斜上前一步，拦在他面前："皇太子，这些衣冠典制都是皇上亲自拟定颁行的，今天贸然改换了，等到皇上回来问起时，你可想过该如何回答？"

拓跋恂平生最怕的，就是这个父皇，其实拓跋宏很少亲自管教这几个皇子，但只要他皱眉瞪眼，拓跋恂便会吓得魂飞魄散。冯妙的话正戳中了他的短处，拓跋恂嗫嚅着看向冯清："母后……那衣裳破损得也不是很严重，儿臣还是去教人修补一下……"

冯清最恨他这副唯唯诺诺的样子，可她已经说了让太子自己做主，这会儿也不好收回来，铁青着脸不说话。

始平王拓跋勰以臣属之礼躬身说道："请太子速去速回，祭祀的时辰就快要到了。"

拓跋恂如蒙大赦一般快步走出大殿，想要转回方才更衣的帷帐中去，才走了几步远，迎面便看见一名宫装女子缓缓走过来。那人脸上蒙着一层轻纱，看不清五官相貌，可从衣着体态上，拓跋恂认出她是高照容，上前躬身问好，叫了一声"高母妃"。

高照容见皇太子向她行礼，隔着几步远做了一个阻止的姿势："太子殿下不必多礼。"她上下打量了拓跋恂几眼，幽幽叹着气说："本宫身上恶疾未愈，不能参加春祭，连恪儿的面也见不到，见着太子殿下，就像见着恪儿一样。”

除了冯清，拓跋恂很少见到其他妃嫔的面，更不会有人这样温柔和气地跟他说话。他自幼丧母，父皇严厉，宫人疏离，先后抚养过他的太皇太后和皇后又都是说起话来不苟言笑的人。拓跋恂鼻中一酸，半大男儿几乎就要落下泪来。

高照容故意问道：“太子殿下……恂儿，本宫也叫你恂儿吧，你这是怎么了，谁还敢给堂堂太子殿下气受？”

拓跋恂正觉得无处倾诉，见她发问，带着满心委屈把刚才发生的事讲了一遍：“高母妃，儿臣并不是想违逆父皇的意思，儿臣向来怕热，那身汉服穿起来又麻烦，儿臣真怕穿戴不好在祭祀大典上出丑。”

“高母妃，儿臣自从替父皇监国，夜夜都睡不好，生怕做错一点事，会惹父皇不快。那些祭词又长又拗口，背了几天都背不熟，要是再穿上闷热的汉服，儿臣真怕……”话一出口，便像决堤的洪水一般奔涌而出，拓跋恂把闷在心里许久的话都一股脑说出来，“儿臣蠢笨，不能讨父皇喜欢，可儿臣只想让父皇少生些气。”

“恂儿，你是个心地纯孝的好孩子，”高照容的语声越发温柔，带着慈母一般的疼惜，“世上哪有父亲会不喜爱自己的儿子，你的父皇时常斥责你，是因为他希望你长成像他一样杀伐决断的帝王。”

高照容向前走了两步，声音里带着些隐隐跳动的蛊惑：“恂儿，这大魏的天下，迟早都是你的，你要学着自己做主，不要老是太过在意别人的想法，你想怎样就怎样。你能拿出监国太子的气度来，你的父皇才会更喜爱你。”

从没有人这样跟拓跋恂说过话，他只觉得小心封藏了十几年的自卑自怜，一瞬间被人敲破了外壳。“母妃！”拓跋恂对着高照容，竟抹了一把眼泪，“要是儿臣的母后还活着就好了，有她劝解，父皇也许就不会那么讨厌儿臣了。她为什么丢下儿臣走了……”

“好孩子，哭什么，大魏向来都有立子杀母的规矩，每一代的太子都是这样长大的。”高照容从身上拿出一块干净的锦帕，递到拓跋恂面前，“你是大魏太子，未来还要做大魏天子，你的母后在天上看着你，也会欣慰的。”

“立子……杀母？”拓跋恂听太傅讲解过这条祖制，可从没有想过，这规矩也可能就用在了自己的母后身上，“母后她……是被父皇下旨杀死的？”

“恂儿，过去的事就别问了，”高照容缓缓移步，要从另一条小路离开，“还是安心主持春祭大典吧，这可是一年中最重要的典礼了。”她挪着小步子，渐渐走远了，面纱下的嘴角浮起一抹笑意。她什么都没说，只是安慰了太子几句，太子还真是个重情重孝的好孩子呢！

前殿内，冯妙已经回到座位上等候，她相信太子是个秉性纯良的孩子，只是资质差了些，今天极力劝阻，也是不愿看他踏错一步。林琅离去已经有十几年了，如果她能活着亲自教养这个孩子，或许太子与他的父皇之间，不会像今天这么疏远。

门外忽然传来急促沉重的脚步声，太子拓跋恂快步走进殿内，身上仍旧穿着刚才那身胡服。他不看旁人，直接走到冯清面前跪下："母后，儿臣想明白了，既然父皇将监国重任交给儿臣，那儿臣就必须做出个储君的样子来。今年的春祭大典，儿臣就穿这身祖宗传下来的衣裳！"

冯清脸上浮起一层惊喜，称赞道："好，这才像储君的气度！"

"不行！"冯妙失声叫出来，"太子请三思，春祭大典事关重大，还是请太子更换回预先定好的衣裳吧。"

始平王拓跋勰也上前几步，对着太子拓跋恂说道："太子殿下，如果您执意要穿这身衣裳，恕臣不能让您去主持春祭。"

宗室亲王中又有人开始煽风点火，捏着嗓子说道："始平王这是什么意思？究竟是一件衣裳重要，还是春祭大典重要？去年因为迁都没能按时祭祀，上苍示警，洛阳大旱。要是今年再误了春祭的时辰，我们几把老骨头倒是想问一问，始平王究竟是什么居心？"

话说到这个份儿上，彼此都已经毫不客气。拓跋恂毕竟不敢公然顶撞始平王，转身对冯妙说："冯母妃，您要抚养两位皇子，已经太过操劳，儿臣这里，就不用您费心了。"他对自己身边的侍从说，"你们送冯母妃回去休息，她劳累太过，不必参加春祭大典了。"

太子好武不好文，身边的侍卫个个身形魁梧，两个人走上前来，就要把冯妙"请"出去。

冯妙站在原地不肯移步："我一人不参加春祭大典，并不是什么要紧的大事，但太子是大魏储君，请务必谨言慎行。"素问在她身侧，有些担忧地看了她一眼。此时坚持下去，已经注定不会有什么结果，反倒会成为这些亲王出气的靶子。

她并不知道，此时冯妙心中另有想法。宗室亲王趁着此时唆使太子改换衣冠，等到拓跋宏返回洛阳，这场风波早已经过去，到明年春祭时，今年所用的衣冠就成了旧例，想再更改又要费一番波折。

一直在闭目养神的东阳王拓跋丕忽然开口："莫非是我老糊涂了，忘记了祖宗的规矩，左昭仪什么时候也能干预太子裁决国事了？"

几位年老的亲王也跟着随声附和："若是误了祭祀的吉时，这罪过究竟是由太子承担，还是由左昭仪承担？"

拓跋恂转头看了冯妙一眼，他其实总共也没见过这位左昭仪几面，只隐约知道她是父皇最喜爱的妃子，父皇出征那天，还跟她一起抱着最小的皇子走了好远，他从没见过父皇对自己露出那种慈爱神色。心底里的嫉恨，就像布帛上的一处虫蛀，起先只是米粒大小的孔洞，慢慢地却能撕裂成无法弥补的缺口。

冯清也在此时开口：“太子与左昭仪，论起家事来算是母子，可论起国事来，却是君臣，臣子难道还能违抗君命吗？”她撇起半边嘴角看向冯妙，“你不是擅读史书吗？历朝历代，有没有过这样的道理？”

冯妙一字一字仍旧说得端正：“我只知道，历朝历代，礼仪制度从来不能随意更改。”

拓跋恂被冯清一激，又想起高照容刚刚说过的话，心里有个声音在不住地盘旋重复，“我是太子，我是大魏未来的皇帝，不用怕任何人。”一遍又一遍，几乎让他头疼欲裂。

“来人，”他对着殿前的侍卫高声呼喊，“左昭仪阻挠春祭，杖责三下，以示惩戒。”

“太子万万不可！”始平王拓跋勰立刻上前阻止，“左昭仪是太子庶母，太子命人杖责自己的庶母，会让天下人耻笑。”

亲王座上又传出不冷不热的声音：“皇上只说让始平王辅佐太子监国，没说让始平王代劳吧？”这句话落在太子拓跋恂耳中，越发让他心上像扎着一根刺。宫中曾经有人私下议论过，说皇上有意效仿兄终弟及的古制，把皇位传给这个最亲近的弟弟。拓跋恂咬紧了牙关，如果他当不成皇帝，他的母后岂不是白死了？

“始平王叔，不要再说了，我既是太子，难道连这么一点小事也做不得主吗？”拓跋恂转头示意侍卫动手，“三杖过后，我便去主持春祭。”

冯妙不再为自己辩解一句，这三杖她不会白挨，拓跋宏南征归来后，便可以借着这三杖大做文章，索性将原本没能施行的汉化新政一并推行。她并不是个擅长翻手为云、覆手为雨的人，她能为拓跋宏做的，便是心甘情愿地舍弃一切，包括颜面，也包括浮名。

侍卫已经拿了六尺长的荆木板来，比后宫里责罚宫女、太监的竹木板还要大上许多。始平王心急如焚，却无可奈何，毕竟太子才是此时代皇帝监国的人。宗室亲王们都冷眼看着，有人嘴角已经抑制不住地上翘，像在欣赏一场好戏一般。

“太子殿下，”殿内一角传出一道吟唱般清冷的声音，“左昭仪毕竟是皇上的后妃，由侍卫行刑，恐怕不妥。不如叫两个宫女来扶住左昭仪……臣是内官，可以代替侍卫行刑。”

高清欢一面说着话，一面虚拢着双手走出来，他已经很久不曾在人前出现，人们甚至都快忘记了宫中还有这么一个人物。见太子点头，他从侍卫手中接过荆木板，拿在手里稍稍掂了掂。木板沉重，瘦弱些的宫女恐怕都挥不动。

素问见状立刻上前，扶住了冯妙的胳膊。高清欢的面色如从前一样阴郁，他走到冯妙身边，把荆木板高高举起，猛一下落在她背上。一杖下去，浅色衣衫上便浮起一层血迹。冯妙握住素问的手指收紧，口中发出一声吃痛的轻呼。

杖刑的手法最有讲究，要“外轻内重”时，把两块豆腐叠在一起，一杖下去，下面的一块碎成渣滓，上面的一块却完好如初。要“外重内轻”时，把两层草席卷在一起，外面的一层已经打烂，里面的还要完好如初。高清欢要亲自行刑，便可以控制手上的力道，一杖下去就见了血，五脏六腑却不会损伤。

三杖很快便打完了，冯妙脸色发白，眼神却依旧清明，并未涣散。素问扶着她退出殿外，到门口时，冯妙又回头向殿内看了一眼。素问生怕她还要再说什么，赶忙拉住了她的胳膊：“娘娘，先回去上药吧，小皇子这会儿也该醒了。”

冯妙转回头，默不作声地走下石阶。刚刚她被压在长凳上受刑时，看见玉叶的腰上缀着一只金粉相间的钱袋，平常都是宫女在她面前躬身行礼，她并不会刻意注意宫女腰间的配饰。她清楚记得，上元夜那一晚，领头的男人身上，也缀着一只类似式样的钱袋。这一笔账，她还没来得及清算呢。

素问叫小宫女去找了软轿来，送冯妙回华音殿，连御医也不用请，直接给她背上抹了伤药。虽说高清欢手下留了分寸，可冯妙向来体弱，又挨足了三杖，趴在床上昏昏沉沉地睡过去。恍惚间，似乎有个毛茸茸的小脑袋，在她枕边不停地拱。冯妙把眼睛睁开一条缝，果然看见怀儿正在旁边，她想抬手摸一摸怀儿的脸，却没有力气，只能勉强笑着说：“怀儿乖，先去跟灵枢姐姐玩一会儿，母妃累了……”

素问上前来抱起怀儿，哄着他说：“小皇子，咱们别吵你母妃，去看看灵枢姐姐做了什么点心吧。”冯妙说了这几句话，却也睡不着了，心里翻来覆去地想着，不知道拓跋宏什么时候才能回来。

她对素问说：“叫灵枢带怀儿玩一会儿，你去悄悄问问始平王，最近有没有前线的战报送回来。”

素问答应一声，抱着怀儿出去。自从接了怀儿来华音殿，几乎所有人都整天想着怎么哄他，冯妙更是恨不得把他捧到心窝里去。大约是第一次觉得受了冷落，怀儿的小嘴几乎都扁成了一条线。

没过多久素问便回来了，低声在冯妙耳边说：“始平王说，前线已经很久没有战报送来了，想必是交战激烈，来不及派人送信。”

冯妙皱着眉头想了想，心里忽然涌起一丝疑惑，上次南征时，每隔几天便有战报送来，这次的战况并不比上次凶险，哪里会激烈到连派人送信的时间都没有？她稍稍一动，便扯得背上生疼，虚虚地对着素问说：“你再去跟始平王说一声，我不懂战事，但总觉得这情形有些奇怪，请他再想一想，皇上上一次杳无音信，是什么时候的事。”

她相信始平王心里会清楚，上一次发生这样的情形，应该便是拓跋宏和她一起被困在万年堂时。只有人被困住，才会半点消息都送不出来。冯妙微微闭眼，心里想着但愿一切都是她多虑了，口中却对素问说道：“该怎么做，请始平王权宜处置，为免人心生变，洛阳城中不该再有第三个人注意这件事。”

始平王果然明白了她的意思，当晚就命人准备了前线大捷的战报，命属下亲卫化装成前线的士兵，一路高声喊着“报捷”，骑马沿主道进入城门。对于百姓和文武官员来说，捷报是最能令他们心内安定的消息。与此同时，拓跋勰私下调遣了自己的亲卫，前往钟离一带搜寻拓跋宏的踪迹。

第二天清早时分，冯妙还在半睡半醒间，便感觉到一双热乎乎的小手覆在她的脸上。怀儿不知道什么时候一个人跑了进来，用手抹着她脸上的泪痕。

怀儿还那么小，不知道她为什么睡着也会流泪。他忽然咧开小嘴笑了一声，从衣襟里摸出一样东西，献宝似的捧到冯妙面前。

一块平常怀儿最喜欢吃的莲蓉酥，已经全都揉烂了，衣襟里面全是细碎的渣滓，想必是昨晚灵枢做了哄他的，被他揣在身上滚了整整一个晚上。怀儿把那一团看不出本来模样的东西，送到冯妙面前：“母妃，吃糕糕就不疼了。”

冯妙挪出一只胳膊，搂住怀儿小小的身子，低下头就着他的小手吃了一口，莲蓉酥的香甜味道，混着腥咸的泪液，囫囵吞下去，她的心里像下过一场大雨的盛夏午后，潮湿却温暖。怀儿的父皇还没有给他买马，但愿她担忧的一切都不会发生，但愿拓跋宏安然无恙……

南地钟离城外，拓跋宏正面临着二十几年帝王生涯中从未遇到过的危急情势。此次南征，大魏兵马一路势如破竹，几乎没有遇到任何有力的抵抗。大军行进到钟离附近时，士兵情绪高涨，齐齐高喊着要攻下钟离，渡过长江。可在攻城之时，附近的淮水恰逢春汛，钟离守将趁机引水冲散了魏军，将拓跋宏围困在一处谷地中。

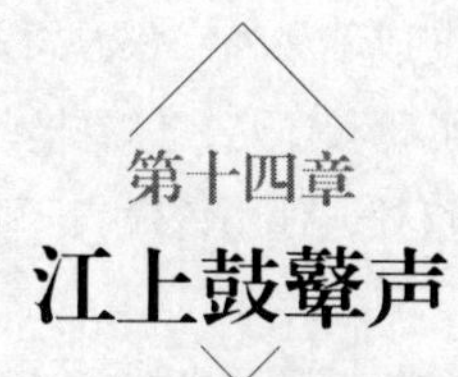

第十四章 江上鼓鼙声

钟离守将萧坦之，也是南朝皇族的远亲，却不知怎么回事，半点也没继承到皇族萧氏俊美的容貌，生得又胖又黑。他为人狠厉，领兵作战时常常喜欢出其不意地突然猛攻，这次引水来击溃魏军，便是他想出来的主意。

北方人大多不识水性，再勇猛的士兵，一见了滔滔浊浪，心里就先怕了几分。拓跋宏麾下的大军，被冲得七零八落，跟随他避到山谷中去的，只有不到三千人。万幸的是，这三千人中，倒有一半是拓跋宏亲信的玄衣卫，战斗力远远胜过普通的士兵。冯诞也一路紧紧跟随在拓跋宏身后，他的脸色越发苍白，一路上都不住地咳嗽。

拓跋宏命人散进树丛深处，躲过南朝人的追击。他靠在一棵大树下，探手从紧贴心口的位置摸出一块玉璧，那是出征那天怀儿硬要塞给他的，一路上都放在那个位置，从来没有挪动过。即使在他下令舍弃辎重、快速前进时，他也没舍得丢下这块玉璧。

玉璧已经从中碎裂成两块，就在大军溃退时，萧坦之站在高处看见了拓跋宏，拿起手边的长弓就放了一支冷箭。拓跋宏当时正与四五人混战在一起，身前身后都是敌兵，根本无处躲闪。那箭正正射在他胸口，箭尖撞在玉璧上，发出“叮”的一声脆响，却没能刺穿他的身体。

齐兵一时间想不透他的心口处另有乾坤，眼看主帅的箭竟伤不了他，惶惶然地以为大魏天子有神明护体，心中先生了几分怯意。借着这一箭，拓跋宏反倒抓住机会杀出了重围。

眼前又浮现出怀儿嘻嘻笑着的小脸，小小的人儿扯着拓跋宏的衣襟说：“父皇想怀儿。”那张小脸又渐渐变成了另外一张温柔羞涩的脸，口中吐出的话语，也如朝露晨风一般温存：“为了我和怀儿，你要早些回来。”

拓跋宏把玉璧重新放回心口处，他不该命丧于此，他的宠妃和幼子还在等着他早些回去。

天色刚刚开始转暗时，萧坦之开始带着人往这片谷地围拢过来。树林遮挡住了视线，狡诈多疑的萧坦之不敢直接冲杀进去，隔着山谷高声喊话，无非是说些劝导北魏士兵投降的话。

萧坦之也不拐弯抹角，大剌剌地说：“大齐与大魏，原本应该是世代交好的邻邦，可魏军却兴师动众地来兴兵讨伐，这是什么道理？如果大魏皇帝肯退兵，再许诺不再妄动干戈，自会好好地放你们回去。”

拓跋宏知道他是在试探虚实，此时尤其不能表露出怯意，在林中朗声说道：“你问魏军远道而来是什么道理，朕可以告诉你。不过，你是想听直截了当的实话呢，还是想让朕给你们留点颜面？”

萧坦之是个赳赳武夫，没听出他话里在绕圈子，接口说道：“那就请直言。”

拓跋宏放慢了语速，让山谷两侧的魏军和齐军，都能听得清清楚楚：“朕看你们的皇帝，原本受先帝之托辅政，却抢了自己侄孙的帝位，现在还要忙着屠杀先帝的子子孙孙，真的忙得很，恐怕这山河城池也没空管了。他如此繁忙，只能由朕这个‘闲’人来代他管管了！”

萧坦之阴沉着脸不再说话，他因为相貌粗鄙丑陋，一向不受那些尊贵的皇族重视。萧鸾篡位时，萧坦之才终于抓住机会，带着自己人马夜入皇宫，在最紧要关头给了萧鸾支持。拓跋宏说南朝皇帝是篡位称帝，连他这个帮凶也一并讽刺了。

密林幽深，萧坦之只听得见拓跋宏的声音，却看不到他人在何处。此时已经即将入夜，他更加不敢贸然进攻，只能封住谷地出口，等到天亮再做打算。

山谷中，冯诞悄悄挪动到拓跋宏身侧：“皇上，这里地形低洼，如果齐军再次引水来攻，恐怕剩下的三千人也很难逃脱了，不如趁早想想办法。”

拓跋宏闭着眼睛倚在大树上休息，微微点头说道：“思政，朕跟你想的一样，今夜是逃离的最佳时机，等到天亮就真正插翅难逃了。不过山谷的出口肯定都已经被围住，朕已经派人去打探，看有没有直通水路的小道，先等等消息再说。”

冯诞眼中流露出一丝赞赏，也就势坐在一棵大树旁边，倚靠着树干休息。他仍然咳嗽不断，只是努力压抑着声音。

“思政，”拓跋宏低缓地开口，“听说乐安公主有身孕了，这次回去，你该在家多陪陪妻子。”

他轻轻地笑一声："如果是个女儿，必定跟你一般俊美，朕的几个儿子，日后任她挑选。"

夹杂在几声重重的咳嗽里，冯诞只是"嗯"了一声，再没说其他的话。

丑时过半，派出去探路的士兵传回消息，的确有一条小路直接通到淮水南岸，水面上也有现成的木筏，只是上游不远处有一队齐军驻扎，需要行动特别小心才行。水面上空旷开阔，比不得树林中，如果被齐军发现踪迹，只要乱箭齐发，就必死无疑。

拓跋宏想了一想，招手叫那士兵上前，对他低声吩咐了一番："就这么安排吧，这是古人用过的方法，朕今天就学他一回。"

淮水边的齐军人数并不多，那些人马也归萧坦之统率，专门为了防范拓跋宏趁夜悄悄渡河，才没有回援合围。

此时正是一天中夜色最深沉的时候，山谷中传来一阵喧哗嘈杂声，警醒的萧坦之立刻派人去打探，接到的回报说，拓跋宏手下的兵卒因为抢夺水源口粮而大打出手。萧坦之大喜过望，暗暗想着先让他们自己打个两败俱伤，天亮时再带人冲进山谷里去，如果能生擒大魏皇帝，他的官职爵位还可以再上一层楼。

萧坦之命士兵养足精神，等待天亮时冲进山谷。

而淮水岸边，齐军营地的上游处，也出现了一拨魏军，大张旗鼓地砍树造筏子，准备渡河北归。齐军的统领几次派人去查探，都说那拨魏军不过一百来人，并没有什么特殊之处。可越是看起来普普通通，越是让人不敢掉以轻心。齐军统领不准手下士兵出战，只叫人盯紧了这些人的动静，别让他们真的渡河逃走。

天色蒙蒙亮时，萧坦之集结士兵冲进山谷，却发现拓跋宏早已经不知去向。夜里抢夺水源口粮的闹剧，不过是十几名伤兵故意放出的声响。

萧坦之顺着来不及清理的足印，一路追踪到淮水岸边，那百余名魏军还在大声吆喝着伐木造舟。夜里没有光亮时看不清楚，此时齐军统领才发现，那一拨魏军总共只砍倒了一棵树木，将树干先砍成木板，再把木板斩成小段。整夜连绵不断的伐木声，也是用来吸引齐军注意的幌子。

在清早第一缕金色辉光下，载着拓跋宏的木筏，已经行驶在河心上，眼看就要靠近对岸。就在齐军狐疑不定地反复查探那些伐木造船的魏军时，拓跋宏带着余下的人，在下游抢来了木筏，悄无声息地分散渡河离去。

气急败坏的萧坦之派水军渡河去追，可清晨河面上弥散着雾气，不知道哪只木筏上的人才是拓跋宏。无奈之下，他只能再命人从岸上乱箭齐发。如飞蝗一般的箭雨洒落在江面上，几乎织成了一张细密的网。木筏却如轻盈的飞鸟一般，在这箭网之中穿梭而过。

正在此时，齐军大营中突然腾起冲天的火光。上游处的魏军没有渡河，而是把那些斩成小段的木料堆放在营地近旁，浇上随身携带的烈酒，点了一把火。这些人抱着同归于尽的决心，给拓跋宏渡河争取了时间。只要能顺利到达河对岸，便会另有魏军接应。

萧坦之气得直瞪眼，却已经无计可施，只能指挥手下的兵丁先救火再说。他心里清楚，等到这边的火势扑灭，拓跋宏早已经鱼跃深渊、真龙入海，必定抓捕不到了。

洛阳城内，冯妙静养了三四天才能起身，幸好背上都只是皮外伤，没有损伤到筋骨内脏。一连趴了几天，手脚都有些虚软，冯妙走到桌案边，拿起一支笔拈在指尖上，手却有点发抖。她微微笑着摇头："连笔都拿不动了，怀儿一天大过一天，恐怕没多久也就抱不动他了。"

素问有些嗔怪地说："娘娘可真是的，非要拼着性命挨这三杖，有什么话不能等到直接跟皇上说呢？"

冯妙仍旧只是摇头："皇帝也不能随心所欲啊……"她知道拓跋宏不喜欢冯清，恂儿这孩子也不是做皇帝的好材料，可在这南征的当口上，拓跋宏仍旧没有废后废太子，为的便是笼络住那些守旧的老臣们。

冯妙忽然想起玉叶腰间的金粉色钱袋，搁下笔对素问说："正好想起件事来，我想自己解决，不劳烦皇上分心。"她把从前的几桩旧事略略地跟素问说了一遍，虽然上元夜那件事已经过去了几年光景，最可怕的事情也并没有发生，可冯妙讲起这段事，仍旧觉得身上一阵阵发冷。

素问听得连连冷笑："世上竟然还有这样恶毒的人，真应该让她自己尝尝，被七八个男人围住是什么滋味。娘娘打算如何出这口气呢？"

冯妙慢慢地说："对付恶人，无外乎三种方法，第一种便是小惩大戒，给她个教训，让她知道以后再不敢这样胡来。第二种便是以牙还牙，她怎样对我，我便一模一样地还回去，让她讨不到任何便宜。可这两种方法，对这位皇后娘娘都不管用，我已经给过她许多次机会，她都不知收敛悔改，我只能用这第三种方法了。"

素问从没听过这种说法，不由得问："什么是第三种方法？"

"第三种方法，就是让惊恐和忧虑慢慢地折磨她。她既然当初有胆子作恶，现在就该是她忏悔无门的时候。"冯妙缓缓地说着，她不是一个愿意恨人的人，可有些人，她实在没有办法用善意去接受。她知道，没有什么能比毁去一个人心里的希望更彻底地击垮一个人，也没有什么能比日日担忧恐慌更折磨一个人的心志。

说完这句话，冯妙下意识地转头，刚好看见门口探出半边锦袍身影，那人似乎瞧见了她的目光，正要急急忙忙地躲回去。"恪儿！"冯妙认出那半边衣袍上的花纹，对着门外叫了一声。

拓跋恪垂头拢袖走了进来，对着冯妙毕恭毕敬地施礼，声音却并不大：“冯母妃好。”他自从搬来华音殿，每日仍旧去学堂读书，冯妙怕他心里别扭，刻意不拘束他，这倒是他第一次到冯妙面前来问安。

“恪儿，今天怎么没去学堂读书？”冯妙虽不喜高照容，可对这个聪慧的二皇子却一直很好，此时和颜悦色地问他。

拓跋恪不知怎么有些情绪低落，说话也不像平常那么伶俐：“儿臣听说冯母妃挨了杖责，又没见华音殿里请过御医，就让医女去要了些疮药来……”说着话，他双手捧出一只小瓷瓶，递到冯妙面前。

冯妙一直担心他会因离开生母而心中不快，此时见他关心自己的伤势，由衷地觉得欣慰。她接过瓷瓶握在手心里，随手理了理他的衣襟，柔声说：“恪儿不必替母妃担心，只是外伤而已，现在已经好多了。”

在冯妙心里，拓跋恪仍旧还是那个躺在摇车里的小婴儿，看着他，就好像看到了几年以后的怀儿。她的手指刚扯了一下拓跋恪的衣角，这个半大的孩子，却忽然向后退了一步，避开了冯妙的手。

冯妙有些尴尬，只当他还是介意发生在高照容身上的事，也不想太过逼迫他，微微一笑就垂下了手。拓跋恪的脸色却有些涨红，好半天都不说话。素问看着古怪，绕到桌边斟了一杯茶捧过来：“二皇子尝尝这种凉茶吧，天气热的时候很消渴解暑。”

拓跋恪接过茶盏，像跑了很远的路似的，一口气仰头喝干了茶水，唇上还沾了些晶亮亮的水渍。他用手抹了一把嘴唇，突然没头没尾地问：“冯母妃，明明有最好最快的方法，为什么还是有人愿意选择其他曲折迂回的方法？”

心思通透如冯妙，也实在猜不透他究竟想说什么，只能回答道：“最好最快的方法，未必就是最合适的方法，等你再长大些就会知道，人生在世，要权衡、考虑的事情太多太多，没有任何人能真正随心所欲，只能舍小而取大、舍轻而取重。”

也不知道他究竟听懂了没有，拓跋恪沉默片刻，又接着问：“为什么被伤害过的人，反倒要选择宽恕和忘记？为什么人要学着克制自己的欲望，追求心里想要的东西，难道不应该是很美好的事吗？”

冯妙脸上的笑意渐渐退去，神情变得严肃起来。她在拓跋恪这个年纪，也曾经想过这些问题，尤其是在她自以为命运对她不公时。她知道诱惑的力量多有么难以抗拒，她有机会选择站在太皇太后身边，成为宫中翻云覆雨的妃子，也有机会选择像高清欢说过的那样，不择手段地争抢。可如果她做了那些事，就永远不会像今天这样，得到一个心意相通的爱人。

“恪儿，母妃没办法回答你这是为什么，”她按住拓跋恪的肩，认真地说，“母妃只能告诉你，只有放下那些会让你痛苦不快的东西，才能腾出双手来，握住真正让你内心喜悦的东西。”

拓跋恪紧抿着唇低下头，再没问其他的话，略站了一会儿便告辞离去。冯妙望着他的背影叹息了一声，看来把他从高照容身边带走还是做对了，恪儿是个天资聪颖的孩子，要是沾染了不择手段、睚眦必报的习性，未免太可惜了。

等他走远，冯妙才向素问发问：“你能不能配一服类似五石散那样的药来，让人服用以后会心生幻象、狂躁难安？”

素问想了想说：“只要在五石散的药方上稍稍改进就行，加上些西域出产的迷幻剂，就能达到娘娘想要的效果。”

冯妙点头说了声“好”，在纸上草草画了两幅图样，对素问说：“你照着这个样子，去做几个钱袋来，每个里面都装上些银两，再把另外这幅图给予星送去，让她裁一身衣裙来。我今天手上没有力气，这图画得不好，让她大体上照着我初入宫时的款式做就成。灵枢和我的身形差不多，予星知道我的尺寸，照旧裁剪就好。除了这些，你再帮我找一只通体纯白的猫来。”

素问点头答应了，一一照着去做。

淮水北岸，拓跋宏躲过了萧坦之的追击，顺利进入大魏国土。他只带了冯诞和最精锐的玄衣卫在身边，其余人分成几路，各自沿着不同的路线返回北魏。

拓跋宏在上次南征时，就曾经与前线将士同吃同住过，边境守军立刻就认出他来，将他迎入营帐。此次南征，虽然收尾时有些凶险，却依旧称得上战绩不俗，齐军元气大伤，至少两三年内，不用担心萧鸾会领兵北上，他可以有更多的时间解决大魏内部的问题。

拓跋宏向来胆大乐天，只要还有一线生机，就绝不会允许自己失望，此时大难不死，心情越发舒畅。想到萧坦之那副气急败坏的样子，他便觉得好笑，转身在冯诞肩头捶了一下：“朕看他那张黑脸，肯定要黑得像涂了锅底灰一样。”

从前在宫中或是昌黎王府，拓跋宏也经常这样跟冯诞说笑，可这次拳头一落下去，冯诞却好像支撑不住一般，连连后退了几步，扶着门口的灯架才站稳。

“思政，你……”拓跋宏往他身上看去，见他袍角上正滴滴答答地淌着水。他们刚刚渡河而来，身上都被浪打湿了，可冯诞身上滴下的水，是黏稠滑腻的。拓跋宏仔细看了几眼，才反应过来，那不是水，是正在流出的血！

“思政，你受伤了？”拓跋宏高声叫人去传随军的医士来。

“皇上，不要叫人了，”冯诞后退几步，坐在军帐中的胡床上，“臣这身体已经不行了，禁不起折腾了。”他背心上被长箭射中两处，伤口反复撕扯，一直在流血不止。可他一路上都没有发出声响，只悄悄折断了露在外面的箭杆。

“在木筏上时，你……站在朕身后？”拓跋宏努力回想着之前的情形，脑海里却是一片空白。冯诞站在他身后，挡住了齐军射来的箭镞。

冯诞弯下腰去重重地咳嗽，指缝间渗出猩红的血迹：“皇上，臣……向来都在您身后。”

听到这句话，拓跋宏心中大恸，相识十余年，冯诞的确一直站在他身后，为了他的千秋帝业，甚至背弃了最疼爱自己的姑母。

军中的医士很快便赶来了，那两处箭伤虽重，可在军中却很常见，并非无法可治。医士替冯诞诊了脉后，却连连摇头，跪在拓跋宏面前禀奏：“皇上恕罪，这位大人像是长期服用会损伤内脏的药物，身体如朽木一般，从内到外都腐烂了，已经……无药可救了。”

“药物？”拓跋宏狐疑地看着冯诞，忽然瞪大了双眼，“是……是那香料？你自己在偷偷用那种香？”

冯诞一边咳嗽，一边请医士出去，营帐内只剩下他和拓跋宏两个人：“皇上，臣总在夜里听见姑母在唤我，每次夜里起来，都好像看见姑母坐在奉仪殿内，发髻梳理得纹丝不乱，腰上系着那条对羊纹玉锦腰带，让我帮她燃安眠香。姑母生气时，总会叫我猴崽子，可她又从来都不是真的生气……”

他一口气说了这么多话，脸色越发白得吓人，指缝间涌出越来越多的鲜血。在姑母和皇帝之间，他选择了帮助拓跋宏，是他亲手制的美人夜来，葬送了姑母的性命。那种无法弥补的悔愧，就像美人夜来丝丝缕缕的香味一样，只在夜深人静时，才会慢慢散发出来。

“思政……”拓跋宏的声音有几分哽咽，“这本该是朕的罪孽，却平白背负在你身上……”

“皇上，您是要青史留名的帝王，怎能沾染罪孽？”冯诞垂下手，露出一抹凄凉的笑意，“臣也不想沾染罪孽，臣……只是想看看皇上君临天下而已。”

他站起身，在拓跋宏面前跪倒：“皇上，其实臣是最聪明的，卖了一个天大的人情给皇上，想跟皇上求一件事。”

拓跋宏扶住他的双肩：“思政，你还有什么心愿，只管告诉朕。”

“清妹妹……臣放心不下的只有清妹妹了，”冯诞的眼神已经开始有些涣散，要用尽全力，才能把目光凝聚在拓跋宏脸上，“妙妹妹是皇上心爱的人，臣不必为她担心，但清妹妹……她其实不该是现在这个样子，她小时候很乖，笑起来有两颗虎牙……她只是被娇惯坏了，求皇上无论如何……无论如何，都饶她不死……”

第十五章 琼壶暗缺

拓跋宏扶住冯诞的身子，缓缓点头："朕答应你，不取冯清的性命。"

冯诞扯起嘴角，只说了一个"谢"字，身子就滑倒下去。

洛阳城内，始平王拓跋勰命人悄悄送信给冯妙，让她知道拓跋宏的确曾经被齐军围困，不过现在已经安然无恙地脱险了，很快便会启程返回。他派去的人手到达时，拓跋宏已经顺利渡过了淮水，始平王怕冯妙担心过度，便在正式的战报送回之前，先叫人来告诉她。

听说拓跋宏平安脱险，冯妙立刻觉得心情大好，叫素问拿金银来赏赐给送信的人。恰好这时让予星帮忙准备的衣裙也做好了，冯妙把衣衫拿在身前比量，铜镜中依稀映出的仍旧是一张姣好的面容。她一向纤瘦白皙，看上去倒比冯清还更显小些。

素问站在一边笑着说："娘娘这时站到外面去，别人都会以为是新选进宫的美人，一点也看不出已经有过一位皇子了。"她仔细看了那衣裙几眼，忽然觉得有些奇怪，"这裙装的式样，怎么好像跟宫里常见的不大一样？"

冯妙微笑着说："这是我刚入宫那时的款式，衣袖口收得更窄，腰线也比现在略低一点。你没见过那时的鲜卑衣装，难怪会看着别扭些。"宫中衣装的款式都有定例，不过每年裁出来的新衣，细节上多少都会有些变化。迁都到洛阳以后，鲜卑衣装中也渐渐带上了些汉服的特色，袖口比以往略见宽大，刺绣图样也更多了。

素问掩着唇发笑："娘娘当初必定倾国倾城，难怪会被皇上看中。"

往事不足为外人道，冯妙只是端详着镜中的人影，并不说话。过了片刻，她才回身对素问耳语道："把你配好的药交给予星，她的姐姐在御膳房做事，有办法悄悄掺进送给皇后的饭食里。"离宫之前她就有意培植凉月、予星这对姐妹，这次回宫以后，她们两人一个在明、一个在暗，仍旧是她最有力的帮手。

皇帝即将返回洛阳皇宫的消息传开，宫中从妃嫔到宫女、太监，人人都喜不自胜。各宫妃嫔们想着皇上回来后必定还要开宫宴，都提前向内六局预定新衣。自从冯妙以左昭仪的位分重回皇宫，拓跋宏就再没去过任何旁人的寝宫，宫宴是她们唯一能见到天颜的机会了。内六局的宫女还有一部分留在平城，一下子要给阖宫上下所有的娘娘赶制新衣，忙得不可开交。

掺进皇后饭食里的药渐渐发挥了作用，冯清越来越觉得夜里多梦，白天也越发心烦意乱。这天早上，冯清又为一点琐事觉得心中烦闷，便搭着玉叶的手，踱出朱紫殿散步解闷。刚跨出门口，冯清便看见地上放着五只金粉色的钱袋，四只平放在下，一只摞在上面，倒像是祭奠死人的摆法。她看着忌讳，对玉叶说："这不是你的钱袋吗，怎么放在地上？"

玉叶上前拿起一个，在手里掂了掂，有些奇怪地说："奴婢的钱袋一直系在腰上，并没有解下来啊。这五只钱袋里面都装着金锭，除了那一次，奴婢怎么也不会同时准备这么多钱袋啊。"她和冯清心里都明白，"那一次"指的便是前些年上元夜拿钱收买那几名男子的事。

这事究竟做没做成，连冯清自己心里也糊涂了，事后她也怕了，听说那几个人已经被灭了口，心里才稍稍安定一些。看着拓跋宏对冯妙宠爱如常，她便知道，要是被拓跋宏知晓是自己收买了那些人，恐怕下场会比死还要惨。她有些嫌恶地推了玉叶一把："还不快收起来，堆在门口像什么样子！"

玉叶把那几只钱袋捧回殿内，冯清就站在门口等。不远处，几个做粗活的宫女正围在一起说话，正中间一名穿水绿色衣裳的宫女眉飞色舞地说着话："……七月十五这天，亡魂都会返回人间，有什么放不下的人和事，爱恋的也好，记恨的也好，都会再回来看上一眼……"

一名圆脸的宫女撇着嘴问："有那么玄乎吗？我记得在家里的七月十五，最多就是放个河灯而已。"

水绿衣裳的宫女陡然提高了音量："怎么没有？！你可别不信邪……"她看看四周，重新压低了声音："我在家乡的时候，有个小官吏强夺民女做妾，那姑娘气不过，就上吊死了。第二年七月十五之前，那恶人在自家门口发现了一只那姑娘从前穿过的绣花鞋，你们猜他怎样？没过多久，他就也上吊死了，就在那姑娘吊死的同一个地方！我爹娘说，都是因为那姑娘的怨气不散，索命来着……"

圆脸宫女激灵灵地打了个冷战："听着怪吓人的，七月十五眼看就要到了，幸好我不做恶事，也没什么人惦记我。”

另外一个鹅蛋脸的宫女也跟着说：“散了吧，散了吧，讲起这些玄玄乎乎的事，讲到天黑也讲不完，还是干活要紧。”

几名宫女都拿了自己的东西，各自散去了。水绿衣裳的宫女转着眼睛，悄悄瞥了冯清一眼，低头快步走开了。

天气明明很热，阳光也很刺眼，冯清却觉得身上一阵阵地发冷，牙齿直往一起叩。刚才那些宫女说的话，都一字不漏地落进她耳中，吓得她不知所措。玉叶收好了钱袋走出来，看见冯清的脸色，先唬了一跳，忙上前问：“娘娘，您这是怎么了？”

冯清转过头来，一把捏住了玉叶的手腕：“那些钱袋……快去扔了，不不，快去挖个坑埋了，一个也不要留着了，快去！”

玉叶不明所以，只能答应了折回殿内，把五只钱袋都埋进了后院。

接下来几天，每天清早，朱紫殿门外都会出现五只钱袋，连摆放的位置都一模一样。到了夜里，朱紫殿附近又总出现穿鲜卑衣装的人影，看着依稀像是冯滢的样子。上元夜那桩事和从前害冯滢丧命的事，原本就是冯清的心病，再加上饮食里的药效，她夜夜噩梦不断，终于熬不住发起烧来。

御医来替冯清诊脉，她却缩在床上一角，用厚厚的棉被把自己整个包裹起来，不准任何人靠近。玉叶上前劝解，见她额上都已经热出了汗，仍旧紧紧攥着被子不肯松手。

“娘娘，您大概是太累了，喝点药，好好睡一觉就好了。”玉叶低声安慰。

冯清惊恐地瞪着眼睛，望向四周：“我不喝，我也不睡，这几天一闭上眼睛他们就会来找我的。他们身上全都是血……”

“玉叶？玉叶！”她伸出一双手，抓住了玉叶的腕子，眼睛紧盯着烛火照不到的阴暗角落，“人是你去找的，钱是你给的，事情也是你安排的……他们就算要恨，也不该恨我啊……”

玉叶正要开口说话，院子忽然传来一声脆响，像是花盆打碎在地上的声音。冯清抖着身子让玉叶去看看，可是玉叶一离开床榻边，她又怕得不得了，只能跟着玉叶同去。

两人绕出内殿，冯清双眼刚刚适应了院子里昏暗的光线，就发出了“啊”的一声尖叫。院子里正站着一只白猫，用一双幽幽的眼睛看着她。猫爪子还在刨着地上的泥土，被玉叶埋好的钱袋，不知怎么被它刨了出来，两只丢在旁边，两只被它踩在爪下，还有一只被它叼在嘴里。白猫的肚皮上，有一大片殷红如血的颜色。

“胜雪！是胜雪！连它都来找我了……”冯清惊恐地抱住头，那曾经是她最喜欢的玩伴，整晚抱着睡觉，最终却被她用一根簪子刺穿了肚皮。

玉叶随手拿一根木棍，想要把那只猫赶开，白猫张开嘴“喵”地叫了一声，跳上墙头便不见了。她丢开木棍，转回身想要扶起冯清，冯清却一把推开她：“你走开！不要靠近我！”玉叶被她推得倒退了两步，不知道该再说些什么，此时冯清又猛地站起来，扯住玉叶的衣袖苦苦哀求：“别走，在这陪着我，我害怕……”

华音殿内，灵枢正一口口地喂着拓跋怀吃饭，水绿色衣裳随着她的动作不住地飘飞。素问走进来，看了一眼坐在冯妙怀中的小皇子，却没说话。冯妙给怀儿擦了擦嘴，让奶娘抱他下去玩。

“素问姐姐，怎样了？”奶娘一走，灵枢就迫不及待地问。

“闹出那么大动静，连御医都给赶出去了，差不多整个皇宫的人都知道皇后病了，”素问抿着笑说，“还有不少人在私下嚼舌头，说皇后其实是疯癫了。”她瞥一眼灵枢，打趣地说，“你可真厉害呀，编了几句瞎话，就把趾高气扬的皇后娘娘给吓出病来了。”

“那是！”灵枢明知道素问在开她的玩笑，仍然得意扬扬地应下来。主意都是冯妙出的，她不过是添油加醋地传了出去。上次送点心时，灵枢认识了不少各宫的大小宫女，这次正好派上用场。

“还得有素问配的好药才行，”冯妙也接口说道，“这位皇后娘娘看到的、听到的，只怕比咱们真正布置的要恐怖百倍。”

灵枢皱一皱鼻子：“可我还是不甘心，就算她疯了，她也依然还是皇后啊！过几天药劲儿过了，说不定她又好了，等她回过味来，还不得捏死我！”

冯妙摇着头说：“要是她从此知道心生畏惧，就不会再随意害人，可要是她仍旧执迷不悟，我也不会再手软了。这几天先不必送药过去了，灵枢晚上也先不要再穿着那身衣裳去游逛了，免得我们做得太过，被朱紫殿的人发现什么。”

拓跋宏返回洛阳时，是与冯诞的灵柩一同入城的。皇帝亲自为臣子扶灵，这是大魏历史上从没有过的殊荣。可惜，身后再多荣耀，对冯诞来说，也什么都看不到了。

乐安公主果然生下了一个女儿，粉雕玉琢，十分可爱。可她甫一出生，见到的便是家中为父亲布置的灵堂。拓跋宏传下口谕，等冯诞的丧期一过，便向他的女儿下聘，等到这个女孩儿长大，在自己的皇子中间，任她选择夫婿。

皇帝的銮驾还没到，旨意便已经先到了，命皇后冯清和皇太子拓跋恂，到宫门处跪迎。

冯清被玉叶搀扶着跪在宫门内侧时，整个人都面色苍白、脚步虚浮。玉叶给她脸上扑了一层细细的粉，可那粉根本无法服帖，只虚虚地浮在表面上，反倒显得她更加面容憔悴。她在夜夜噩梦不止中过了大半个月，双颊明显地深陷下去。

跪到将近午时，拓跋宏的銮驾才出现在宫门外，他跨进宫门便直接停在太子面前。拓跋恂俯身叩拜下去："儿臣……见过父皇。"

"你还知道朕是父皇？！"拓跋宏的声音不高，却冷冷地透着天威难测，"朕还没死，你做主做得早了些。"

"儿臣不敢……"拓跋恂吓得瑟瑟发抖，可他一向不善言辞，也不知道该说些什么来讨父皇欢心。

拓跋宏在他身上扫了一眼，大概是太子身边的幕僚提醒过，拓跋恂今天穿了一身十分正统的深衣。拓跋宏怒气稍减，喝问道："你可知错了？"

"是是，儿臣知错了。"拓跋恂忙不迭地点头，希望能就此蒙混过去。

拓跋宏用马鞭指着他问："错在何处？"

"儿臣错在……错在……"拓跋恂心里知道，要是能像二弟那样，说出几句漂亮话来，这场风波也许就能平安过去，可他本来就没怎么认真学过汉话，此时拓跋宏又故意用汉话发问，他越是紧张着急，就越说不出一句完整的话来。

拓跋宏一向最恼恨他这副唯唯诺诺的样子，此时见了简直怒不可遏，抬脚便踢在他胸口："混账东西！朕告诉你，你在祭天时未穿冕服，是对天不敬，你篡改朕的旨意，随意变更服饰，是对君父不敬，你命人责打昭仪，是对母不敬。你这个不忠不孝的东西，你……"

太子虽然体型肥壮，却远不如拓跋宏矫捷，被他一脚踢中前胸，整个人都向后倒去。拓跋宏仍旧不解气，向左右高喊："来人！取板子来！朕今天要好好教训这个混账！"

随行和迎驾的官员都在宫门口看着，却没有人敢上前劝阻，大家心里清楚，皇上这回是动了真怒了。侍卫一路小跑着取了荆木板来，却躲躲闪闪不敢上前。拓跋宏一把夺过木板，劈头便往太子身上打去。

冯清此时好像才刚刚回过神来，膝行着上前几步，向拓跋宏叩首恳求："皇上别再打了，恂儿他还小……"

因着冯清挡在前面，拓跋宏暂时停了手，面色铁青地怒斥："他还小？恪儿比他还小几岁，都能懂得'濯缨濯足，自取之也'的道理，他呢？读了几年书，连《诗经》《论语》都背不全。"

拓跋宏转身对着太子说："连你的幼弟，都知道在朕出征时，盼着朕平安归来。你这个太子，倒是做了些什么？你叫人打伤了庶母，这些天有没有去探望过一次？"

连番质问，太子越发无言以对，只能抬起半边衣袖，遮住流血的面颊。

拓跋宏看了冯清一眼，对她披头散发的样子心生厌恶，却因着冯诞新丧，不愿为难她，转过脸去说：“把皇后架到一边去，她要是再过来，就跟太子一起挨打！”玉叶赶忙连拉带拽地把冯清扶到一边，免得她再惹恼了皇上。

荆木板在拓跋宏手中挥舞得呼呼生风，一下下都直往拓跋恂背上打去。拓跋恂从小也算娇生惯养，从没受过这种罪，口中连连哀号。也不知道一共打了多少下，只听见“啪”的一声脆响，拓跋宏手中的荆木板从中间断成两截。他余怒犹在，把手里的半截断木板丢在脚下，叫侍卫再去找木板来，还要让始平王上前接着打。

冯妙这时牵着怀儿刚刚走过来，她原本不想让怀儿看见这些，用手捂住了他的眼睛，可眼见太子被打得奄奄一息，想起林琅便觉得心中不忍。她俯身对怀儿说：“怀儿不是早就想父皇了吗，过去找父皇吧。”

怀儿迈开步子摇摇晃晃地跑到拓跋宏身边，抱住了他的腿，怯怯地喊了一声：“父皇……”他还从没见过父皇生气暴怒的样子，难免有些害怕。

拓跋宏低头看见自己最心爱的儿子，满腔怒意顿时消散了大半，他俯身抱起怀儿，柔声安抚：“怀儿乖，父皇不在的时候，有没有乖乖听母妃的话？”怀儿搂着他的脖子，很用力地点了点头。

“你回去把自己做过的错事，好好想清楚，什么时候想好了，什么时候再来见朕！”拓跋宏丢下这句话给太子，抱着怀儿快步离去。

太子被打得遍体鳞伤，躺在地上几乎不能动弹，侍从等皇帝走远了，才敢过来搀扶，无奈拓跋恂身形粗壮，两名侍卫搀扶着也很费力，只能再去找肩辇来抬，折腾了大半天，宫门处的人才散尽，只剩下冯清仍旧跪在原地。

“娘娘，咱们也走吧？”玉叶轻声问。

冯清双眼盯着地面，人已经被明晃晃的日光晒得有些虚脱，目光死死盯着身前的地面。冯妙，又是冯妙，她自己在皇帝心里比不过冯妙的分量，她认下的儿子也比不过冯妙认下的儿子。她才是皇后，却处处被冯妙压着一头，她实在不甘心！

双明殿内，高清欢正把一包草药扎紧，推到高照容面前：“这是十天的药量，服用过后，你身上的疹子应该就好得差不多了。拓跋宏已经返回洛阳，我不方便再深夜进宫，你在宫中多小心，能要回二皇子固然好，如果要不回来，也不必急在这一时。”

“都是你的好妙儿，把我害成现在这样。”高照容仍旧拖着慵懒的长声，脚尖一下一下地踢打着地面。

“没有跟我商量之前，不要轻举妄动，”高清欢用手指轻弹衣袖，一只盘旋的飞蛾，就悄无声息地落在地上，“你上次私自做主送那封信，差点坏了我的大事，要是被人发现你偷偷模仿拓跋宏的笔迹与南朝联络，这几年布的局就全都白费了。”

“恪儿可是最像他的儿子，”高照容一副满不在乎的样子，“剩下那两个，一个是绿眼睛的野种，凭他再怎么遮掩，那些老臣心里都明白着呢，另一个肥头大耳不知道长得像谁。”她抬眼在高清欢脸上看了看，嘴角绽开一抹妖娆的笑意：“我看那小野种的双眼，还以为是你做的好事，你巴巴地跟上山去，不会什么便宜都没占到吧？”

高清欢起身走到门口，一手打起半边帘子：“不该你问的就别问。”

高照容看着他的背影走远，嘴角仍旧挑起，眼中却渐渐透出冷意，她的恪儿，怎么可以管别的女人叫母妃？

拓跋宏返回洛阳的第一夜，便歇息在华音殿，怀儿闹着非要跟父皇一起睡，一觉醒来却发现自己又被送回了奶娘身边，整个早上都噘着小嘴不高兴。拓跋宏把他顶在肩上，高高地举了几次，他才终于又咯咯地笑了。

灵枢进来带怀儿去洗脸，拓跋宏才重新握住冯妙的手：“真是难为你了，朕昨天还在城外时，听见勰弟禀报说，你挨了杖责，实在是气坏了。朕特意在宫门口责打太子，也是为了给那些老臣一个警告。”

冯妙倚在他胸口低声说：“我没什么，只是打铁要趁热，这件事上那些老亲王理亏，皇上得趁着这时再多提些要求来。”

“朕知道，不过朕的那些王叔们，一定会反对汉化新政，这件事还得好好安排一番才行。”拓跋宏在她额前轻吻一下，心头忽然涌起一股说不清的意味，他已经是天下至高无上的帝王，却还是不能为心爱的女子安排好一切，免她惊，免她苦。

拓跋宏怕她多思多虑，故意说起些别的事来：“你那夙弟手脚功夫虽然不行，可穿上羽林侍卫的甲胄，看着倒真是丰神俊朗。朕打算让他当天在太极殿前侍奉，南朝不是一向自负衣冠风流、美男辈出吗，过些日子南朝使节来议和时，朕就让他们看看，咱们大魏也多得是美男子。”

冯妙也没多做他想，低声说道：“皇上自己就是个俊美男子，别人去了，都是衬托皇上罢了。”听见别人夸奖自己的弟弟，哪怕是最无用的外表，她总归还是高兴的。

接下来几天，拓跋宏几乎每天都议事到深夜。冯妙知道，他心里已经动了废太子的念头。

大魏一向明立储君，因此历朝历代的太子废立，都是一件大事。在这件事上，冯妙并不想劝阻拓跋宏，恂儿的确不是做太子、做皇帝的好材料，他冲动易怒，又胆小犹疑，遇事不能决断。即使只是从私心考虑，想到林琅，她也不愿眼见这个十几岁的孩子，继续在太子这个位置上被反复炙烤。冯清亲近他，宗室亲王拉拢他，都怀着各自不可告人的目的，废去了太子之位，他或许反倒能平平安安地做个闲散亲王到老。

可宗室亲王们为了各自的利益，暗中联合起来，支持这个从心底里不愿汉化的太子。两相僵持不下，拓跋宏和亲王们只能各退一步，废去了拓跋恂的太子仪仗、用度，只保留一个空洞的名号，让他在自己的书房内读书反省。

第十六章
德合无疆

拓跋宏同时下旨，洛阳城内上至王公贵族。下至平民百姓，一律禁绝鲜卑衣装和语言，都必须改穿汉服、改说汉话。有太子被当众杖责的事件在先，这一次的政令，竟然意外地没有听到多少反对声音。

可拓跋宏想要的，并不仅仅是这些，他还希望年轻的鲜卑贵族们，能真正从内到外改变，像他一样，把目光放到更广阔的中原大地上去。他与始平王拓跋勰商议了几次，决定在宫中的华林园设宴，请宗室亲王、后宫妃嫔和汉臣一起赴宴。

酒菜齐备时，拓跋宏忽然说道："今天，各位都请随意。不过只喝酒未免索然无味，此处景致正好，不如行个酒令助兴吧。"

拓跋宏一向勤于政务，太皇太后故去后又三年不曾宴饮，宫中一时没有准备行酒令用的东西。他叫随身侍奉的太监去摘了一枝花来，把玩在手上说："从朕开始，这花掷到谁桌前，谁就随意猜个谜，或是作首诗来，说不出来的就罚酒三杯，说出来的只饮一杯，再掷给下一人。"

他拿着那枝花在掌心上，略想了一想便说："三三横，两两纵，谁能辨之得金钟。"

这是个拆解的字谜，对熟悉的人来说，并不难猜。在座的汉臣本就不多，又大都自负家学渊源，此时并不主动开口。

年轻些的鲜卑贵胄，大多从前就在平城的知学里学过汉文，议论了片刻，便有人站出来猜，有人说是"非"字，有人说是"肃"字，拓跋宏都只是摇头。二皇子拓跋恪看见父皇用手指不住地轻扣桌上的金杯，立刻想到最后一句不只是在说奖赏，前后两句话其实是合在一起的谜面，正要开口说话，任城王世子已经站起身，先说了一句：“臣猜‘習’字。”

拓跋宏不置可否，转头看向二皇子拓跋恪，问道：“恪儿，你想猜什么？”

猜谜比的便是思路敏捷，即使猜出了一样的字，要是慢了一步，也终究被人抢了风头。拓跋恪正有些失望，看见幼弟拓跋怀正坐在冯妙怀中，手里捧着一只雕有雀鸟的玉球，他眼睛一亮，指着那只玉球说：“儿臣就猜怀弟手中的东西，雀尾拂羊脂。”

冯妙听了这话，不由得抬头看他，这回答的确十分巧妙。拓跋宏说的“三三横，两两纵”，指的是个羽毛的“羽”字，而金钟便是金杯，也叫作大白，合在一起便是个“習”字。拓跋恪毕竟是皇子，若是也照着原样猜这个字，不但显不出才思敏捷，反倒显得气量狭小，与臣属争功。可他另外想了个方法回答，雀尾是“羽”，羊脂为“白”，仍旧是这个字。

拓跋宏微微点头，显然对这个儿子的回答很满意，语言上却并不褒奖，只叫人把自己面前的金杯赏赐给任城王世子，称赞他聪敏好学。接着，他自己饮了一杯酒，把手里的花掷向冯妙。

冯妙抱着孩子，手上不好做什么，便向素问点头，让她代饮了一杯酒，直接把那枝花掷向别人席上。王玄之远远地看见她的动作，只会意地轻笑了一下，并不作声，举起酒杯遮掩过去。

拓跋宏用手指虚虚地指了指她面前的空杯，笑着说：“你若是认输，就要饮三杯。”

冯妙摇晃着怀儿，反对拓跋宏说：“嫔妾已经出过谜了，大家都猜对了，只有皇上猜错了，皇上该自罚三杯才对。”

拓跋宏听她这样说，立刻明白过来，她是故意在跟自己绕个圈子逗闷子。她一句话也不说，猜的便是个沉默的“默”字，其他人不管猜出猜不出，都不会说话，只有拓跋宏自己忍不住出了声。

冯妙是见他连日辛劳，才借着这个机会博他一笑，在座的后宫佳丽中间，也只有她敢这样跟皇上逗乐子。拓跋宏知道她的心思，大方地连喝了三杯，用手点着冯妙鼻尖的方向说：“朕回去便赏你谜底这样东西，看你以后还敢不敢了。”

“默”字拆开便是黑犬，冯妙连连摇头：“嫔妾才不要呢。”

那枝花在席上转了几圈，华林园内的气氛便热闹起来。拓跋宏见时机差不多了，似无意地看了始平王拓跋勰一眼。始平王立刻会意，恰好此时有人要把那枝花掷向他身后的东阳王幼子，拓跋勰抬袖举杯，那花被袖间带起的风一卷，便落在了他面前的小桌上。

始平王拓跋勰起身向着皇帝拱手说道：“臣弟不才，想不出巧妙的谜语来，就随便作一首诗吧。”他略想了想便开口念道：“问松林，松林经几冬？山川何如昔，风云与古同。”

拓跋宏在御座上听了，抚着额头说：“勰弟这是在劝谏朕啊，朕可不能像松林一样一成不变。”他站起身，朗声对着席上众人说道：“当年开国皇帝攻破晋朝都城洛阳时，我们拓跋氏还只是汉人眼中的草原蛮人，可今天，大魏正式定都在洛阳。今天在座的，大多是朕的叔伯、兄弟、贤侄，朕想问你们一句，你们是希望大魏成为煌煌大汉那样的天朝，还是甘愿偏居一角，连那些纷纷乱乱的小国也比不上？”

他的声音本就雄浑朗逸如洪钟一般，此时站在高处，目光扫过席上每一个人，帝王的骄矜自傲，与战场厮杀中积累下来的沉稳从容，在他身上完美地融合在一起。年轻的拓跋氏亲王们，立刻被他话中的宏图伟业吸引，激动得不能自已，纷纷高声回答，自然是要效仿大汉。

拓跋宏微笑着点头，接着说：“好！拓跋氏的大魏，一定会成为跟大汉天朝一样的千秋盛世！在那之前，我们每一个人，从里到外都要彻底改变，丢弃从前那些陋习。自从在平城时开始，朕便要你们改换衣冠，也正是这个道理。现在，我们还要改变得更彻底些，你们肯不肯？”

席上爆发出滔天巨浪一般的呐喊声：“肯！”

年轻的武将是最容易被激起斗志的，他们具有敢于舍弃一切的勇气，被拓跋宏的话说得热血沸腾。此时，即使那些宗室老臣有心反对，也不好再说出口了。

趁着这个机会，拓跋宏当众宣布了他的汉化新政，第一条便是将原本的鲜卑姓氏，全都改为汉姓。其中，皇族拓跋氏改姓为元。同时，改丘穆陵氏为穆氏，改步六孤氏为陆氏，改贺赖氏为贺氏，改独孤氏为刘氏，改贺楼氏为楼氏，改勿忸于氏为于氏，改纥奚氏为嵇氏，改尉迟氏为尉氏，并仿照汉族名门世家，将这些鲜卑大姓，定为鲜卑的名门世族。其他鲜卑姓氏，也都挑选相近的单音汉字为姓。

“拓跋氏出自上古轩辕黄帝的一支——后土氏，土又是世上万物的起源，因此大魏皇室今后便以‘元’为姓氏。”拓跋宏的声音，清晰而清朗，坚韧而肯定，“从今日起，朕，大魏天子，祭告先祖的名讳就叫作元宏！”

始平王最先跪倒，高声说：“臣弟元勰愿以此名祭告先祖。”

他又命鲜卑贵族子弟，迎娶汉族世家的女儿为正妃，已经立有正妃的，也要再娶一位汉族的小姐，不分尊卑，同为正妃。

冯妙仰望着御座上的皇帝，心中也如潮水一般激荡，这就是她一心爱恋的男人，他会走到先祖从未能达到过的高峰上去。元宏，元宏，她在心里默念了几遍，这个名字带着一种陌生与熟悉交织的奇异感觉。冯妙低头在怀儿的脸上轻吻："元怀，以后你的名字就叫元怀了。"小小的孩童还不能完全明白改姓的意义，只跟着母亲念道："元怀，元怀……"

拓跋宏的新政都已经说完，年轻的鲜卑贵族都很兴奋，年老的亲王们却各有各的心思。东阳王拓跋丕捋着胡须说道："皇上，您要鲜卑贵胄迎娶汉家小姐做正妃，老臣的两个儿子都还没有娶正妃，自然没有异议。只是，老臣的两个儿子都很平庸，想先问问，始平王打算向哪家的小姐求亲，老臣好让两个不争气的儿子避开，免得自讨没趣。"

话音未落，始平王元勰的脸色就变了，他已经跟李弄玉私定终身，答应她永远不娶王妃。可这话是不能堂而皇之地拿出来说的，名义上李弄玉仍然是拓跋宏的妃子，是他的皇嫂。

他和李弄玉之间的事，在平城时就已经尽人皆知，东阳王专门挑在这个时候问起这件事，也是为了让他为难。皇帝刚刚说起过，适龄的鲜卑亲王都要迎娶汉家小姐做正妃，要是他在这时说自己不想娶正妃，那么其他人也会找到各种各样的借口，不愿听从皇帝的安排。

元宏知道这个弟弟心中所想，可他更不好开口替始平王辩解。

东阳王不紧不慢地又开了口："莫非始平王还没有选好合适的女子？那我看还是先等等，让始平王先选定了王妃，其他人再去挑选。"

"东阳王叔客气了，我已经是个肢体残废的人，哪家好好的姑娘会愿意嫁我呢，倒是东阳王叔的两位公子，都生得一表人才，一定能够赢得不少姑娘的芳心。"元勰客气地答话，不想在这件事上深究。

可东阳王显然不打算善罢甘休，他一面理着衣袖上的滚边，一面说："这说的是哪里话，谁不知道始平王向来都是才名在外，那些汉人家里的小姑娘，最喜欢的就是你这种擅长吟诗作对的人了，其他方面都是小问题。"

东阳王今天虽然也穿了汉服，可是滚边上却缀了一圈兽毛，腰带也仍旧用的是鲜卑式样，虽然并未公然违抗元宏的诏令，可还是明明白白地表明了心里的不满。他用手背在滚边上滑了一圈，抬眼看着元勰说："咱们拓跋氏年轻一辈里头，就数始平王最出色了。始平王要是挑中了哪家的姑娘，就告诉大家一声，其他人也好知道，不必在这家姑娘身上费心了。"

元勰心里清楚，东阳王这几句话，明里是在夸奖他，实际上却句句都暗指向皇帝的汉化新政。要是他这个皇帝最信任的弟弟都不肯娶汉人正妃，新政便难以有效推行。

左右为难之际，角落里响起一个略带沙哑的女声："东阳王老殿下，其实始平王早已经有了中意的正妃人选。”元勰循着声音看过去，李弄玉正从最末席上站起，缓步走到皇帝面前。不知道是不是已经开始服用药物造成生病假象的关系，李弄玉的脸色有些发黄，双眼也不如从前灵动、有光彩。

“皇上，东阳王老殿下，其实这事不该现在拿来说，可既然问起了，不如索性挑明了吧。”李弄玉向着元宏跪下，慢慢地说，“皇上一定还记得，在平城时，始平王曾经整修府邸，等待迎娶新王妃的事吧？这件事，后来却因为始平王殿下意外坠崖而耽搁了……”

“李才人！”元勰的脸色变得异常难看，语气里带着些怒意，急忙忙地喝止了她的话。他们两人的私事，怎么能拿到这种场合来说，那不仅会有损皇兄的英名，更会叫人怀疑他推行汉化的动机。

“始平王殿下，”李弄玉转头看着他，双眼如深秋时节的湖水一般，波纹不兴，“若是真心爱恋一个人，就不该遮遮掩掩、吞吞吐吐，你不愿说这话，我替你说。”

元勰猛地站起来，差一点就要越过面前的桌案，直接走到李弄玉面前，他瞥见冷眼看热闹的东阳王，才生生压住了自己的冲动，一字一字地说：“李才人，臣弟的婚事自有安排，就不劳你费心了。”

李弄玉直视着他的双眼，口中说出的话连一丝停顿都没有：“始平王曾经向李家下过聘，要迎娶我的四姐为正妃，那时四姐年纪还小，父亲才没有应允。这么多年过去，四姐早已经到了该成婚的年龄，正好可以跟始平王殿下完婚。听说洛阳城内的始平王府还没有完全建好，但我想四姐是不会介意的。”

元勰惊得目瞪口呆，他原以为李弄玉要说出他们两人之间约定的事，没想到她却说出了这么一番话。

李弄玉的目光，久久停留在元勰的双眉之间，好像要抚平他眉心的皱纹一般：“始平王殿下，四姐其实一直爱慕你，想要嫁给你为妃。你若是也喜欢她，就该把她的心愿当成自己的心愿，替她做到，让她心中宽慰。”

她每一句都在说着李家的四小姐，可元勰却听得出，她分明是在说自己。她一直爱慕始平王，想要嫁他为妃。可惜，现实不允许她这么做，那她只能选择另一种方式，把始平王的心愿当成自己的心愿，替他做到，让他心中宽慰。

元宏并不想让这个弟弟为难，转头对着他问道：“勰弟，朕虽然命令年轻的鲜卑亲王都娶一位汉家女子做正妃，可朕还是希望你们能娶到真正中意的女子，朕现在问你，你一定要直言回禀，你看中的果真是李家四小姐吗？”

“皇上，”不等始平王回答，李弄玉已经叩首下去，“始平王殿下的确与四姐两情相悦，从前下聘的事也千真万确，皇上可以召嫔妾的父亲和四姐来询问。”这么多年过去，她才明白过来，四姐当年说不愿嫁始平王，还写了那首藏头诗讥讽，其实不过是想要引起他注意的小女儿心性罢了。当年或许连李含真本人也并没想透这一层。无意间从四姐手中拿来的一切，终究要还回去的。

“勰弟，要娶王妃的人是你，朕要听你的想法。”元宏坚持要从始平王口中得到一个答案。

“臣弟……的确与李家四小姐两情相悦，”元勰木然地开口，像有人牵引着他，硬要他说出这些话来一般，“愿娶李家四小姐为正妃。”绕了一个大圈子，一切都回到了原点，却又完全不同了。记不清那是哪一年的事了，他拉开始平王府的后门，便看见了那个什么都不怕的小姑娘，挑衅似的瞪圆了双眼。他揭下门上贴着的藏头诗，故意将错就错恐吓她，他只想看看这小丫头害怕的样子，没想到看到的是满眼的不服气。

如果没有过这一场兜兜转转，他会喜欢上温婉大方的李含真，跟她举案齐眉、琴瑟和谐。可现在，一切都已经不可能回到一模一样的原点，他已经亲手造了一座萧楼，把自己的心锁在里面。

元宏微微点头，对着：“既然这样，到婚礼时，朕亲自替你们主婚。”

“谢皇上。”元勰与李弄玉，在不同的位置上说了一句相同的话，他们各自转身，回到自己的位置上落座。隔着喧嚣热闹的宫宴，他们互相看得到，却触摸不着。

东阳王再没什么话好说，侧着头把刚刚才理向一侧的兽毛滚边，又一簇一簇地理向另一边。

冯妙远远地看着李弄玉，只觉得她眉眼间一片空明澄澈，竟然看不出半点伤心难过。始平王许诺过的人是她，只有她来劝说，才能让始平王同意迎娶别人。她了解始平王，甚至比他自己更多，知道他绝不愿因为自己的私情，而成为汉化新政的阻碍，便替始平王做了决定。原来爱到深处，真的可以像从没爱过一样，放手离去。

华林园宫宴过后，从前留在平城的远支宗室和品级低微的宫嫔，也都陆续迁到洛阳。元宏要在皇族宗庙祭祀先祖，正式昭告天下，将国姓更改为“元”。

朱紫殿内，冯清正叫玉叶查看着给各宫妃嫔准备的祭祖新衣，都是宽衣广袖的汉服式样，连束带、环佩、丝履都准备得齐全。

玉叶在一边讨好地说道：“娘娘，这几天准备新衣，您都累坏了，要奴婢说，这些事情向来都是内六局自己操办，娘娘何必跟着多费心呢？”

“太子擅自更换祭天的衣装，已经惹得皇上大怒，本宫再不顺着皇上的心意替他挽回一些，他这太子就真的当到头了，”冯清的手指在丝绸衣料上拂过，

“这些又滑又软的东西，穿在身上的确好看，难怪男人喜欢，可本宫怎么就不喜欢这种妖妖调调的狐媚样子？咱们鲜卑的衣装不好吗？”

玉叶赶忙接口：“当然还是鲜卑的衣装好。”

冯清嘴角绽出一丝冷笑：“本宫的力气也不是白费的，你这就去叫各宫的娘娘都来朱紫殿取新衣。冯妙她不是喜欢用这些妖妖调调的东西讨好皇上吗，本宫看她这次还怎么讨好？”

玉叶应声去了，没多久各宫的主位娘娘便都亲自来了。玉叶把整套衣裳递进她们手中，请她们仔细查验有无破损。就算皇上刚刚动过气，冯清毕竟是皇后，宫嫔们接过了衣裳，并不敢大模大样地查看，只说了一句“谢皇后娘娘赐衣”，便交给宫女收好。

轮到冯妙来取衣裳时，刚好内六局来人叫予星和素问去问话，她不放心把怀儿自己留在华音殿，便抱着他一起来了朱紫殿。玉叶用木托盘端着一整套鹅黄色深衣，请她查看衣裳有没有破损。冯妙不需要跟这位皇后娘娘敷衍客气，松开了牵着怀儿的手，便要展开那身衣裙来看。

冯清缓步踱到她身边，俯下身子去逗怀儿：“好可爱的小皇子，难怪皇上喜欢得像心头肉一样。”她带着寸许长的护甲，尖尖的护甲头儿就贴着怀儿细嫩的脸上划过，像是无意一般往他眼睛上移去。

冯妙放下手里的衣裳，一把抱起怀儿后退两步，提防地看着冯清。她知道冯清曾经怎样害死了滢妹妹，所以对她靠近怀儿格外小心，要是她真的用护甲戳伤了怀儿，事后皇帝再怎样重罚她，怀儿的伤也于事无补了。

冯清还要凑近前来说话，冯妙一手抱着怀儿，一手把漆盘上的衣裳、鞋子整个儿裹在一起拿住，便要往外走。

“左昭仪，你不把衣裳打开来看看吗？万一有什么不合意的地方，也好修改。”冯清斜挑着嘴角笑着，高声发问。

第十七章 晓梦惊断

冯妙一面快步走出去，一面说道：“不必了，皇后娘娘准备的东西，必定是妥帖的。”她急急地走出朱紫殿，不想让怀儿在这里多停留一刻，冯清那阴恻恻的笑，让她心里极度不舒服。怀儿就是她的命，无论谁要伤害他都不行。

返回华音殿时，灵枢和素问早已经先回来了。还没进门，冯妙就听见灵枢在抱怨：“我们两个都进宫这么久了，怎么偏偏这时候又想起来问我们有没有验过身子，我们又不侍奉皇上，这不是明摆着找不痛快吗……”

素问正要说什么，抬头看见冯妙进来，赶忙上前接过她手里的东西：“娘娘这是到哪去了，正要叫人去找呢。”

冯妙把怀儿放下来，摇头笑着说：“去皇后的朱紫殿取了趟衣裳，来传讯的宫女急得很，我就先去了。”她听见了灵枢的话，就势安慰她几句，“皇后从前帮着高太妃协理六宫时，就掌管过调配宫女，那边都是她亲信的人，你们多忍耐些，别被人抓住把柄就行了……”

说到一半，冯妙忽然自己意识到什么，转头对素问说：“快去把刚才那件衣裳拿过来，我要再看看。”

素问正要把那衣裳放进樟木箱子里，听见她说要看，便提着衣肩把衣裳整个打开。屋内的三个人脸色都微微变了，灵枢忍不住先叫嚷起来：“这衣裳让人怎么穿啊？皇后……皇后是故意整人呢！”

那衣裳只有折在外面的一层是好的，折在里面的衣襟上却染着大团的污渍，不知道是菜汤还是油彩，穿着祭祀先祖必定要犯下大不敬的罪名。

冯妙立刻明白过来，冯清知道她从来不肯把怀儿交给别人，故意叫人支开了灵枢和素问，又特意在她要查验衣衫时接近怀儿，扰乱她的心神，让她来不及细看便匆匆离开。这位骄横的皇后娘娘，倒是终于聪明了一回，冯妙应下那衣衫没有问题时，还有不少别的宫嫔在场，衣衫已经拿回了华音殿，再去质问便成了空口无凭。第二天便是定好的祭祖日子，即使找予星帮忙，无论如何也赶不及另外缝制一套了。

“娘娘，要不提早去跟皇上说明吧？”素问仔细看了看那件衣裳，污渍油腻，恐怕清洗也不容易。

“不用告诉皇上了，这些日子为了更改姓氏的事，皇上已经够心烦了，怎么还能拿这些事情去打扰他。”冯妙咬着唇低头想了想，“这事咱们就靠自己吧，我不会让她如愿的，相反，我给过她那么多机会，她都不知悔改，我也不必再对她客气了。”

鲜卑人世代传说，他们的先祖起源自鲜卑神山之中，早些年开国皇帝四处征战时，每年还会专门返回神山石洞去祭祀。因此，洛阳城内的宗庙，仍旧是仿照石洞祖庙的格局修建的。

宫嫔们都知道皇上格外重视这次改姓祭祖，都早早便到了。一些近支或是年长的宗室亲王，也可以跟皇上一起祭祖。东阳王也在场，脸色却不大高兴，皇帝如此雷厉风行，连世系谱也改了，过了今天，就算他再怎么不情愿，也得改叫元丕了。

冯妙用一件披风裹住全身，掩着唇不停地咳嗽。袁缨月走过来，小心地问：“姐姐这是怎么了？”

“昨天夜里着了凉，今天早上起来就有些咳嗽发热，赶在祭祖这天，真是不凑巧。”冯妙一边说着，一边又低声咳嗽不断。

袁缨月也没再说什么，只叮嘱她喝些姜汤驱寒。斜对面，冯清得意地笑着看过来，她不相信冯妙能用一个晚上的时间让那件衣裳干净如初，在她看来，冯妙裹着披风，不过是在遮掩不合时宜的衣装罢了，要么是穿着那件脏污的衣裳，要么是穿了从前的旧衣，无论哪种都是对先祖不敬。

眼看时间快要到了，素问悄悄走到冯妙身边，对她低声耳语：“皇上正往这边来了。”冯妙不动声色地又坐了片刻，才起身往外走去。

冯清看了玉叶一眼，让她跟过去看看。不一会儿玉叶便回来了，悄声对她说：“昭仪娘娘往更衣的帷帐方向去了，她一向跟内六局的人交好，会不会有人帮她赶制了新衣送来？”

冯清瞪圆了眼睛想了想，对玉叶说：“你在这里等着，本宫去看看。”她好不容易才抓住一个机会让冯妙难堪出错，绝不能让她轻易躲过。

更衣用的帷帐内光线昏暗，略带阴暗潮湿的空气里，飘浮着一股诡秘的香气。冯清向内走了几步，只觉那香气像是勾魂摄魄一般，引着她要往更幽深处走去。过往十余年的经历，飞快地从她眼前掠过。

奉仪殿内，她第一次见着了年轻的大魏天子，那种眉目俊朗的男子，她以前从没见过。

深夜宫道上，穿着便服的皇帝，凑在她面前和气地问："表姑母，朕也叫你清儿，好不好？"

方山灵泉行宫，那个俊朗男子已经成了她的丈夫，对着她柔声低语："等到大婚时，朕再还你一支一模一样的步摇来。"

她伸手向前抓去，可半空里忽然映照出另一幅景象，皇帝拥着冯妙，两人低声说着她听不懂的话，眉眼间的笑意里满是柔情。她闭上眼用力摇头，想要甩掉她不想看见的景象。再睁开眼时，前方却突然出现了一道纤细的人影，昏暗光线下看不清眉眼五官，身上的衣衫却依稀还是平城前些年的款式。这副装扮，让她猛地想起一个人来。

"滢……滢妹妹？"冯清的声音里有几分颤抖，冯滢早已经故去多年了，还是她亲自命人封死了棺木。

那人却不应声，回身沿着幽深的暗道快步离去。七月十五中元节前，朱紫殿出现过的诡异景象，又浮现在冯清眼前，她快步追过去，口中焦急地叫着："滢妹妹……冯滢！你是来责怪我的吗？"

眼看冯清的手就要触到那人的衣袖，那人却绕了个弯，往更深处走去，只听见"叮"的一声脆响，被冯清拉扯过的衣袖间，掉出一样东西。

熟悉的香味陡然冲进冯清的鼻端，她停下步子，往地上看去，一枚镂空银球骨碌碌直滚到她脚下，里面装着一颗滚圆的药丸。那是月华凝香的味道，她不会认错，她从小就服用这种药丸保养肌肤，梦想着长大后能出落得国色天香，进宫成为皇帝的宠妃。

如果不是此时忽然看见这枚药丸，她几乎都快忘了，在方山灵泉行宫时，她无意间听见了父亲与大哥的对话，才知道冯家的女儿，都因为服食过月华凝香而不能生育。从她在奉仪殿出疹子那个夜晚开始，她的结局就早已经注定了。

多可笑啊，每一代冯家女儿，都幻想着靠月华凝香博得帝王的宠爱，可就是这种药丸，让冯家女儿永远生不出皇帝的子嗣，就连姑母专宠十几年，也从来没有过身孕。母亲用最难听的话责骂她，好像一切都是她的错一样，可那药丸，是母亲带进昌黎王府的陪嫁啊！

冯清捂住脸，她的一生根本就是个错误，可她为了这个错误，连自己的小妹都害死了。冯妙得到了皇帝的宠爱，冯滢得到了永久的安宁，只有她自己，除了后位便一无所有！

宗庙内，元宏刚刚才到，便听见不远处的帷帐内有一声惊叫传出来，接着是瓷器、陶器落地的连串脆响。小宫女的哭喊声断断续续："皇后娘娘，您认错人了，奴婢只是个粗使的宫女，不是您说的什么……什么……"

帷帐与祖庙本就有一条暗道彼此连通，并不隔声，这句话清清楚楚地落进元宏耳中。他的脸色一沉，对身边随侍的太监说："去看看是什么人吵闹喧哗。"

没多久，内监便带着一名穿鲜卑衣裙的粗使宫女上前，那宫女不知道受了什么惊吓，呜呜咽咽地哭个不停，脖子上还有两处明显的掐痕。元宏看见她那身衣裳，沉着声问道："宫中早已经禁绝鲜卑衣装，你怎么还穿着旧样式的衣裳？"

"回皇上，"宫女跪在他面前，好半天才喘匀了一口气，"奴婢是在宫中做粗活的，因着今天皇上和娘娘们祭祖，便被派到这里来清扫后院的石像。这些衣裳都是从前宫里做的，样式旧了，可用料都还是好的。内六局的予星姑姑就挑了一些给做粗活的姐妹们送来，让我们备菜、染布、打扫的时候穿。做这些活的时候，最容易弄脏衣服，又不会有贵人在场。予星姑姑说，宫里裁制新的汉服，开销很大，可贵人们的衣装事关重大，只能从我们这些粗使宫女身上想法子节省了。"

元宏仍旧板着脸："话是在理，不过毕竟违逆了朕下过的旨意，赏罚必得分明才行。既然是予星叫你们穿了鲜卑衣装，朕就罚她半年的薪俸，以儆效尤。至于她能想到为后宫节省开销，难得她有这份心，朕就不深究了。至于你，毕竟惊扰了宗庙，朕就罚你在这里清扫三年，把后院的石像全都擦洗干净。"

小宫女赶忙磕了个头谢恩，刚要离去，冯清便紧追过来扯住她的头发，口中说出的话癫狂迷乱："冯滢，你怎么还敢告到皇上面前去？你做出那种不干不净的事来，留着你也只会成为祸害，我是在替你了断你知不知道……"她的脚步凌乱，眼神也有些迷离涣散。

皇后说出的话，让在场的妃嫔和宗室亲王都暗自心惊，他们大都还记得那位早夭的冯家三小姐，听着皇后的意思，冯家三小姐也曾经失贞，而害她早夭的人，正是她的皇后姐姐。

元宏的脸色陡然变了，他本就思维敏捷，此时已经从冯清的话语里，推测出了大概的情形。他原本以为冯滢是病死的，没想到却另有实情。他还记得冯家那个最小的女儿，因为身子不好，性情格外安静，这样一个女孩儿，竟然也有人下得去手害她。

冯清这时才看见皇上就在面前，清凉的空气散开，脑海中忽然清醒过来，再看面前的人，分明是个陌生的小宫女，并不是冯滢。她头疼欲裂，竟然不记得自己刚才说了些什么，后退了几步，又撞倒了身边的烛台。

元宏见冯清举止不端，又当众说出这样不堪的事来，已经怒不可遏。“皇后举止癫狂，当众胡言乱语，又惊扰了宗庙先祖，实在不堪母仪天下，”元宏一字一字说得清清楚楚，“从现在起，废去皇后封号，你找一处干干净净的佛寺，好好反省去吧。”

“皇上，您要废了我？”冯清嘴角扯起一抹笑来，夹杂着自矜身份的骄傲和感慨无奈的凄凉，“也罢，早晚都会有这一天的。不过，无论您今后喜欢谁、立谁为后，臣妾都是您第一个手铸金人、入主正宫的皇后，在宗庙里的拓跋世系谱上，只有臣妾的名字能跟您并肩，就算臣妾死了，其他人也终究只能在臣妾脚下。”

元宏见她仍旧疯言疯语，心中的愤怒委实已经积蓄到了顶点，但他答应过冯诞，无论如何都不会取冯清的性命。就当作是对冯诞的一点补偿也好，他不再追究冯滢究竟是因何而死，但他也不想再看见冯清了。

“来人，立刻送她出宫！”元宏不耐烦地喝斥，挥手让侍卫带她下去。身边侍立的内监赔着小心问了一句：“皇上，是不是送到明悬寺去……”

话还没说完，又激起元宏更大的怒火来，明悬寺是他专门为冯妙修建的，里面的一草一木，都钟灵毓秀，怎么能容得了冯清去使用？他的眼风一扫，内监立刻就知道自己说错了话，赶忙低头说道：“城北的瑶光寺十分清静，正是清修的好地方，送往那里正合适。”

元宏冷哼一声，这才算是准了。冯妙默默地站在人群中，看着侍卫把废后送出宗庙外，身上穿着那件御赐的深衣。那些脏污，被冯妙索性用墨迹遮盖。涂抹成了一幅泼墨山水，至少不至于对先祖不敬。

她刚入宫时，穿的便是博陵长公主给冯滢准备的衣裳，今天找了一件旧的出来，提早让予星安排了粗使的小宫女换上，故意引着冯清一路追过去。宗庙的更衣帷帐内，向来都会燃着带些迷幻作用的香料，好让帝王宗亲祭祀时，感觉到更加贴近上苍神灵。内心澄澈的人，在这香味中会感觉到无边的愉悦，而内心污浊的人，却只会想起痛苦和惊恐，从而越发绝望。

掉落的月华凝香是真的，外面的银球却换过了，冯妙舍不得丢弃原先那个刻着“结发为夫妻，恩爱两不疑”的银球，仍旧留了下来。直到这次静下心来把从前的细节串在一起，她才猛然想到一个似乎绝无可能的念头，文澜姑姑口中的李夫人，和青岩寺里的李夫人，或许都是同一个人——拓跋宏的生母。李夫人给她留下了最珍贵的礼物，如果没有她配的药，后来也不会有怀儿，只是不知道李夫人现在身在何方。

祭祖照常进行，皇后当众举止癫狂，原本支持皇后和太子的亲王们，连求情的话也不好说出来。

废后毕竟不是件喜事，元宏和冯妙两人，各自都觉得有些怅然，元宏是替冯诞和冯滢惋惜，冯妙却只觉得无奈，毕竟再怎样也换不回冯滢的性命了。宫中的下人们最懂得拜高踩低，冯清以废后之身被送去瑶光寺，还不知道要受到怎样的刁难。冯妙私下叫素问去送些日用东西给她，不叫寺里的姑子太过为难她。

素问去了一趟，回来时脸上略带些不忍，把寺里的情形讲给冯妙听："她到了瑶光寺，才真的失心疯了，不肯承认自己已经被废，仍旧穿着离宫那天的皇后凤服，脏得发臭了也不肯脱下来，叫姑子们对她行跪拜大礼。姑子们哪肯理她，把她关在一间禅房里，只有她带去的婢女玉叶还肯照顾她……"

冯妙不忍心再听，只叫素问隔些日子再去看看，别让姑子们太过欺侮她。

冯清被废的消息传到太子耳中，太子元恂也不由得惊恐万分，总觉得父皇的怒火不知何时就会烧到自己身上。这样惊惶不安地过了几天，元恂竟然生起病来，太子医丞向元宏禀报，太子的病是心气郁结所致。元宏原本也没打算将他禁足，便准了他每日出来走走，但仍旧叫他反省自己的错处，不准他参与政事。

元恂在寝宫附近走了几次，总能凑巧碰见高照容，她仍旧蒙着面纱，说自己是按照御医的嘱咐，出来晒晒太阳的。

隔着轻纱看不清面容，高照容的声音又很温柔和气，一来二去，元恂便在心里把她想象成了自己的母后，把自己的委屈、惊惧全都对着她倾诉。

起先高照容只是默默地听着，在他说不下去时，才柔声安慰几句。到第三天时，高照容听了太子的话，幽幽叹了口气对着元恂说："恂儿，皇上废了皇后，却并没有废去你的太子之位，可见他还是念着你们之间的父子情分的。他现在生你的气，一来是因为你自作主张，违逆了他的旨意，二来也是因为你实在不爱读书。"

"高母妃，儿臣今后愿意听父皇的话，再不敢有丝毫违逆了，"元恂急切地说，"只是读书这事，那几位夫子讲的话，又长又晦涩，儿臣听一句便头疼得不得了，实在不知道该怎么办才好。"

"那些老先生讲学，是很无趣，也怪不得你，"高照容低头想了想，忽然说道，"不如这样吧，从前为了投皇上的脾气，我也读过些书。经史子集，别的不说，史书倒是多少知道一些，我可以挑些事来讲给你听。"

"那自然好！只是……会不会太麻烦高母妃了？"元恂想起二弟元恪的聪慧，知道必然跟他这个生母的教导分不开，若是自己也能有这样一位知书识礼的母妃，说不定有朝一日也能让父皇刮目相看。

面纱之下，高照容的嘴角露出一抹笑意，传出的声音却仍旧温柔细腻："不会的，在本宫眼里，你和恪儿一样，都是皇上的儿子。”她做出一副凝神思索的样子，自言自语似的说：“讲一段什么好呢……恂儿是太子，今天就先讲一段跟太子有关的事吧。”

一个听得认真，一个讲得仔细，高照容像讲故事一样，自然比宫里那些汉人夫子有趣得多：“汉武帝原本立了卫子夫为皇后，立她的儿子为太子，可汉武帝年老时，又得到了钩弋夫人。这位夫人也生下了儿子，武帝喜爱幼子，以巫蛊之罪为名，处死了太子，逼得卫皇后在宫中自尽，将帝位传给了钩弋夫人的儿子，这个孩子当时只有八岁……”

还是那段历史，什么都没有变，可从高照容口中讲出来，总带着点别样的意味。好像从汉武帝的太子身上看到了自己的命运一样，元恂的脸色有些难看，可他仍牢牢地盯着高照容，恳求她再讲一段。

“秦始皇的太子扶苏，是一个能文能武的人，秦始皇临终时，将王位传给了幼子胡亥，又担心自己死后，能干的长子会篡夺自己弟弟的王位，便赐扶苏自尽……”高照容有些为难地掩住嘴，“这些书看的时间久了，也不知道记得对不对。”

元恂怔怔地愣了片刻，才哑着嗓子问：“高母妃，为什么皇帝上了年纪，就都偏爱幼子，不喜欢原来的太子了？”

高照容侧头想了想说：“并不是每个皇帝都偏爱幼子，只是今天凑巧说起的两个太子，命运都悲惨了些。恂儿，你可千万不要多想啊……”

“是，多谢高母妃，儿臣记住了。”元恂躬身答应着，整个人却无精打采。他有些不甘心地问：“高母妃，你读过的史书里，有没有顺顺当当即位的太子？”

“这一时半会儿倒是想不起来了，”高照容犹豫着说，“我读过的史书本就有限，你冯母妃才最擅长读书呢。你父皇啊，最喜欢的就是她了。”

提起冯妙，元恂眼中的惧怕和不甘更盛。华音殿里住着两位皇子，一个聪慧非凡，另一个天真可爱，父皇更喜欢那两个皇子，已经是很明显的事了。元恂只觉得背上一阵阵发凉，又问道：“那……历史上被废的太子，最终……最终都怎样了？”

“多半都获罪被杀了吧，”高照容拿出帕子擦了擦他额上的冷汗，“恂儿，你的脸色不大好，读书的事也不能急在一时，我看今天就先说这么多吧，改天我再来。”她把帕子收好，深深地看了一眼呆坐着的元恂，缓步走开了，心中暗想这孩子胆子还真是小，随便一吓就怕成这样。知道怕也好，越是怕到极点的人，做出来的事才越大胆。

冯诞的灵柩送回平城没多久，从前的昌黎王府便传来消息，冯熙病情日渐沉重，已经到了药石无效的地步，恐怕后事也该提早准备着了。冯熙毕竟算是皇帝的长辈，论理元宏总该去慰问一番。可洛阳城中事务繁多，他实在脱不开身。这时有人提议，可以让太子代皇帝去平城探望，既不违孝道，又可免去皇帝两处奔波。

元宏听说太子近来一直在书房里用心读书，心里的火气已经消散了大半，又想起太子医丞说过的话，便准了元恂代他去一趟平城。

第十八章 月流辉

在这之前，元宏已经不准元恂使用太子仪仗，以东阳王元丕为首的老亲王们，本想借着这个机会，劝说元宏恢复他的太子仪仗，可元宏只准了他带羽林侍卫随行，沿途护卫安全。宗室亲王们心里清楚，皇帝要废太子的心意已决，剩下的只是时间早晚的问题。

大约是从不成器的太子身上看到了教训，元宏对元恪的教导越发严厉，时常亲自过问他的学业。眼看怀儿也有三岁大了，元宏开始想着要给他请个合适的老师，他自己便是在这个年纪开始读书的，认为这一切都是顺理成章、理所当然的事。

可冯妙小时候，并没有请过什么老师教导，都是阿娘想到什么便教她一些。她向来心软，连自己的弟弟都舍不得强迫，更别说这个千辛万苦生下的儿子，便委婉地向元宏求情，不要那么早就让怀儿去读书。

“妙儿，你也看见了，小时候不好好管教，长大了终究是不成的，”元宏拉着怀儿的小手，教他握笔写字，“怀儿是朕最心爱的儿子，再大些必定要封王封爵，就算继承朕打下的万里江山，他也当得起。”

“怀儿他天生肺火燥热，不能思虑太过，嫔妾早就对皇上说过，不想让怀儿站在高位上劳心劳力。”冯妙终归还是担心怀儿的身体，虽然他现在看起来比同龄的孩子还要健壮些，可身为母亲，最担心的便是他将来会不会生病。

“不要紧的，朕小时候也患过惊风，御医甚至说，朕未必活得过二十五岁，朕现在不也还是好好的。”元宏并不像冯妙那样容易担心，他喜爱这个儿子的方式，便是要他跟自己长成一样的人。手段强硬的帝王与温婉多思的女子，想事情的方式原本就不同，在教养孩子的事上，两人第一次意见相左，因为都爱极了这个孩子，反倒谁也说服不了谁。

南朝使节比预先说好的时间足足迟来了一个月，不知道是萧鸾已经把名门士子杀光了，还是他根本没把大魏天子放在眼里，派来递交议和国书的使节，是个毫无名望的小官吏。拓跋宏索性也不设宴款待，直接在太极殿召见他。

洛阳新造的宫殿大多简单素净，比不得建康皇宫的飞檐斗拱、雕梁画壁。可大魏的文臣武将分列在太极殿两侧，却个个气势威严。南朝使节走上殿时，动作间带着些战战兢兢，连跪拜的动作都束手束脚，高举双手将国书捧过头顶。

随侍在大殿一侧的，正是冯夙。皇帝对他轻轻点头，示意他去把国书取过来。冯夙一手按在腰间的刀柄上，踏下石阶走到南朝使节面前，俊秀的外表配上合体的甲胄服饰，倒真有几分气势。

南朝使节觉出手上一轻，下意识地抬头看了一眼，正瞧见冯夙也低头看过来。南朝使节一愣，接着诚惶诚恐地长拜下去。冯夙反被他吓了一跳，急忙向一边闪身躲避，口中说着："这位大人，你这是做什么……"

"臣拜见殿下，"那位使节抬头仔细看了冯夙几眼，带着些小心问，"请问殿下是皇上的第几子？又是何时被俘虏在此的？"

冯夙听得一头雾水，不知道该说什么好。元宏在御座上开口："使君恐怕是认错人了，这位是大魏昌黎王之子，朕的左昭仪之弟，怎么会是你口中的殿下。"

南朝使节有些疑惑地抬起头，盯着冯夙仔细看了半晌，摇头说道："不可能，绝对不可能，如果不是皇上的子嗣，怎么会跟皇上的面容如此相像？"他对着元宏拱手禀奏道："我大齐皇帝陛下曾经说起过，从前尚未登基时，的确有儿女流落在外。大概三年前，皇上还曾经找着了一个女儿，收留在府邸里。这位公主明珠蒙尘，身世堪怜，当时腹中怀有身孕，可生下一个男婴后，又在一场大火中不知去向。"他一边说一边叹息，似乎真的为这命运多舛的女子惋惜。

元宏冷冷地盯着他，心里已经明白，这人说的正是三年前在南朝产子的冯妙。元宏没见过萧鸾的真容，并不知道冯夙与他的生父究竟有多相像，可他看着南朝使节的一举一动，敏锐的直觉告诉他，这人并不是无意间认出了冯夙的相貌，多半是有人故意指使这位使节这么做。他的惊诧、哀叹都太过逼真，逼真到就像演练过无数遍一样。

"使君，朕已经说了，这位是昌黎王的幼子，朕的内弟，不是你们的皇子殿下，"如今的元宏，已经完全习惯了怎样做一个皇帝，语调中不带任何起伏，却已经威严尽现，"如果没有其他的事，使君就先退下吧。"

南朝使节也不再说什么，站起身正要退出殿外，忽然看见了站在文臣一列的王玄之，他带着几分惊喜说道：“王公子，你怎么在这里？建康城里都在传说，你在城郊那场大火中死去了，连皇上那位沧海遗珠的公主，也死在那场火里了。没想到，你竟然还活着，你可知道公主殿下是不是也逃出来了？皇上一直念叨着公主和新出生的小外孙呢，虽然那孩子生着一双胡儿才有的碧绿眼睛，可毕竟是皇上的血脉呀……”

他说得又快又突然，元宏和王玄之都猜出他要说什么，急忙喝止，却已经来不及阻拦他已经出口的话。太极殿原本就是为了早朝议事修建的，屋梁高挑，大殿空旷，南朝使节的话，清晰地传进每一个人耳中。三岁大又生着一双碧眼的男婴，不由得让人想到宫中正备受宠爱的小皇子元怀。已经有人忍不住在心里想，同是男婴，出生的时间也合得上，还都有一双罕见的碧绿眼睛，世上哪有这么巧的事，说不定就是同一个婴孩。

“你的话也未免太多了些，真不知道你们的皇帝是怎么挑选的人，”元宏脸色阴郁，对殿前的侍卫喝道，“把他请出去，让他在驿馆好好学学出使的规矩。”羽林侍卫立刻上前，把南朝使节押了出去。

王玄之站在原地一言未发，却满带忧虑地看了元宏一眼，那人的话已经说出了口，这件事恐怕没有那么容易遮掩过去了。

果然，有人站出来禀奏，请皇帝彻查小皇子的身份，皇室血统，不容混淆。其他宗室亲王也跟着随声附和，还有人提起了当年被压下的旧事，废后冯氏就曾经出面指认过，说当时还在青岩寺修行的冯娘子，并不是昌黎王的亲生女儿。冯清当时拿出的合婚庚帖上，与冯妙的生母约为百年之好的人，正是姓萧，与南朝皇帝萧鸾同姓。

元宏对这些人的话置之不理：“这世上容貌相像的人太多了，如果凭这个就能认定血缘关系，岂不是荒谬绝伦？至于左昭仪是不是昌黎王的亲生女儿，只要派人去平城问问便知道了，昌黎王总不会连自己的女儿都认错吧？”冯熙既然当年都肯认下冯妙姐弟，今天更没有道理矢口否认，元宏不过是借着这个说辞，堵住悠悠众口。

他当场便下令，派羽林侍卫快马赶到平城昌黎王府去求证，还当众应允，要是哪位亲王大臣不放心，也可以派信得过的下属一同前去。当着皇帝的面，就算真的有人信不过羽林侍卫，也断然不敢承认，事情就这样暂且被压了下来。

可羽林侍卫出发才不过两天，算日子还根本来不及到达平城，便折返回来。在洛阳郊外的驿站里，羽林侍卫刚好遇上了平城来的信使，向皇帝禀报丧讯，昌黎王冯熙刚刚故去了。

冯熙一死，昌黎王府这边便真正成了死无对证，再没有人能证明，冯妙和冯夙究竟是不是昌黎王的亲生儿女。宗室亲王们抓住这一点不放，纷纷上书恳求查清左昭仪的身世来历，甚至有人长跪在宫门外请愿。他们的说法义正词严，如果左昭仪当真是南朝皇帝流落在外的女儿，她便是大魏敌国的公主，不应该再抚养皇子。

事情闹得满城风雨，冯妙在后宫也很快便听说了。最初的惊慌过去，冯妙便对元宏说出了自己的想法："那位使节要是果真当时认出夙弟的容貌，第一个念头，应该是想要保护夙弟的安全，为了稳妥起见，应该先设法通知南朝皇帝，而不是当众指认出来。所以说，那使节必定是受了他人的指使，借着夙弟来攻击我。"

元宏问道："你这弟弟，容貌究竟有多像那南朝皇帝？"

"气质大相径庭，第一眼看去，应该不会觉得很像，"冯妙仔细回想着萧鸾的样子，"可毕竟是父子，如果放在一起比较，五官轮廓应该还是很相似的。"她忽然想起件事，"咦"了一声，有些疑惑地说，"阿娘离开他时带着身孕，他还问过我有个弟弟还是妹妹，可我当时并不敢信他，就对他说我是阿娘的独生女。这位南朝使节，怎么会知道他有一儿一女流落在外？"

冯妙仍旧不能原谅萧鸾当年对阿娘的背弃，提及时都只用"他"字，并不称父亲。

"没错，皇帝不会愿意跟臣子说起这些私事，所以南朝使节的话，必定是他自作主张。"元宏微微点头，他自己便是帝王，自然懂得地位尊崇者的心思，那就是希望看清每一个人心中所想，却并不愿意任何人看穿自己的隐秘。

冯妙皱着眉头思索片刻，犹豫着说："这个暗中挑唆的人，想必对南朝的人和事，也很熟悉，会不会跟上次写那封信的，是同一个人？"

元宏抬手抚摸着她的眉心说道："朕在南朝也派有探子，苦心培植多年，才能偶尔派上一次用场。打探和传递消息，是最耗费心神的，绝不是一人两人可以做到的。"他搂过冯妙的肩，让她把头靠在自己膝上，解散的长发如瀑布一般流泻在他指间。

"妙儿，"元宏在她耳边低语，"这些事交给朕去安排就好，朕不希望看见你忧虑烦心的样子，那会让朕觉得自己是个失职的丈夫。"

"嗯，"冯妙无意识地轻声答应，脑海中却依旧想着前前后后的细节，她抬手攀上元宏的脖子，在他细密的吻间含混不清地说："也许……可以想个法子，把送信的人给引出来。"

这天夜里亥时刚过，华音殿内忽然传出激烈的争吵声。

"嫔妾的弟弟有北平郡公的爵位在身，相貌在未婚贵胄里，也算得上数一数二，想娶一个嫁过人、寡居在宫中的公主，怎么就算高攀了？”左昭仪冯妙的声音，带着些平常少见的咄咄逼人。

“朕说过，瑶妹想不想再嫁，全凭她自己的心意，朕不会允许任何人再强迫她。”元宏的声音里，也隐隐地压着些怒气，却没有爆发出来。

“嫁过那种痴傻丈夫的公主，又曾经自戕伤了身子，”左昭仪冷冷地嘲讽，“要不是夙弟钟情六公主，就算她主动嫁，嫔妾还不想要这样的女人进冯家大门呢。”

“昭仪，别再说了，朕不想听见这样的话。”皇帝第一次在冯妙面前唤她的封号，显然已经很不高兴。暗地里不知道有多少双耳朵，竖直了听着华音殿里的动静，巴不得这两人之间吵嚷得再凶一些。

“怎么，嫔妾说错了吗？”左昭仪的声音仍旧清晰，“她那个短命的丈夫，说不定就是被她害死了，这样的女人还有人敢娶，她该在佛前好好地烧三炷香。”

“够了！”华音殿的大门被猛地推开，元宏站在门口，匆匆系上披风，“看来朕平日是太娇纵你了，你连后妃之德是什么都忘记了，别让朕看着你生厌！”元宏看来也是气极了，大踏步沿着水面上的木桥离开，到对岸时，还在桥墩上狠狠地踢了一下，像在发泄满腔怒气。

透过半开的朱漆门扇，隐约可以看见左昭仪正垂头啜泣，有婢女上前合拢了殿门。

冯妙平时很少高声说话，今天争吵了几句，便觉得胸口闷得难受。

素问看她脸色不大好，赶忙端了平喘的药来，服侍她喝下：“娘娘，好好的，您和皇上这闹的是哪出？”她知道冯妙不会是那种恃宠生骄的人，更不会做出替自己的弟弟要求强娶公主的事来，总觉得这事情透着古怪。

冯妙轻轻摇头，只问了一句：“怀儿没有被吵醒吧？”素问转进内殿去看了一眼，回来禀告说：“小皇子还睡得正熟，娘娘放心就是。”

“那就好，”冯妙叹了口气，“明天开始，你们就跟怀儿说，父皇国事繁忙，有一段日子不能来陪他了，怀儿是个懂事的孩子，只要跟他说明道理，他一定不会哭闹的。”她现在做的任何一件事，都要首先考虑不能伤害怀儿，哪怕只是让他小小地难过也不可以。也正是为了怀儿，她才一定要把这个送信的人找出来，免得日后再有人拿怀儿的碧绿色双眸大做文章。

宫里的消息总是传得比春天的风还快，皇帝与左昭仪争吵的消息，很快就传遍了各宫各殿。甚至有人兴致勃勃地猜测，左昭仪的盛宠就要结束了，皇帝毕竟也是男人，放在青岩寺里得不到时，便想得抓心挠肝一般，真正迎回宫中，便觉得腻了，免不了想要换些新鲜口味。

这天夜里，元宏没有在寝宫里批阅奏章，也没有去华音殿，而是去了王琬的含粹殿。虽然只是听她弹了一段琴，并没有留宿，也没有临幸她，这消息还是让早已心如死灰的各宫主位激动不已。皇上已经很久没有去过其他妃嫔的寝殿了，他眼中只有一个冯昭仪，其他人都如泥偶一般。可这一次，宫里的风向似乎真的要变了。

皇帝的寝宫外，开始不时有宫嫔求见。有人打扮得花枝招展，扑了厚厚的香粉，想要博得皇上的赞许。有人亲手炖了滋补的药膳，想在皇上面前，博得一个贤淑的美名。元宏有时兴致好，便准她们进去略坐一会儿，有时事务繁忙，便干脆拒绝。

只有双明殿里养病的高照容，仍旧深居简出，并没像其他人一样到皇帝的寝宫去献殷勤。

小半个月过去，元宏一直没有再去华音殿。某天傍晚，他刚刚批阅过奏章，原本只对身边的内监说想出去走走，沿着熟悉的道路，不知怎么就走到了华音殿附近。隔着幽暗的水面，远远地便看见殿内灯火摇曳，纤瘦柔婉的女子，正一勺一勺地喂着怀中的幼儿。

他默默地看了半晌，正要转身离去，冷不防撞在一个人身上。华音殿四周的水面上没有光亮，夜色下反倒不容易看清近处的情形。小太监听见声响，立刻呵斥道："什么人竟敢冲撞皇上？"

漆黑夜色里，一道娇怯怯的声音传来："容儿拜见皇上，请皇上恕罪。"

元宏借着朦胧的月色仔细辨认了半晌，才说道："容儿怎么一个人在这儿，你不是在养病吗？可大好了？"

高照容悄悄后退了一步，抬手理了理面上覆着的轻纱，声音越发怯懦："还没有……不过御医说嫔妾可以出来走动走动，对身子有好处。嫔妾不敢在白天出来，怕皇上和姐妹看了，心中不快，只敢在夜里出来走走。"

说着说着，她的声音竟有几分哽咽："嫔妾到这里来，也有几分私心，是想看看恪儿，见到冯姐姐把恪儿照顾得很好，嫔妾也就心安了。"她不知道冯妙有没有对元宏说过些什么，要是针锋相对起来，皇上未必会相信她的话，所以她一味地只说冯妙的好处，反倒显得大度纯善。

"容儿，让朕看看你的疹子究竟如何了？"元宏抬手就要去揭开她的面纱。

"皇上，求求您，别看……"高照容用手死死地拉住面纱下沿，哀求着说，"嫔妾现在的样子很丑，怕皇上看了心里厌烦……"

元宏柔声劝慰，拉着她沿宫道走了几步，停在一处光线稍亮的地方："不要紧，朕不过看看你的疹子怎么样了，要是不好，该叫那些御医更上心些。"

高照容缓缓松开手，像受惊的小鹿一样一动不动，身体却因为紧张而微微绷紧。元宏把她的面纱掀起，一张细腻洁白的脸，在荧荧的灯光下展露出来。大部分的疹子都已经消下去了，只有面颊上还分布着几点，都被高照容用桃花瓣贴住。她的双眼紧紧地闭着，睫毛微微颤抖，一阵风吹过来，几片花瓣随着夜风飘落在地，露出的小小红印儿，并不让人觉得难看，反倒显出几分俏皮。

“容儿连出疹子都出得与众不同。”元宏索性把剩下的几片花瓣，也都轻轻揭去，含笑看着她的脸。皮肤大概是仔细保养过，散发出白玉一样的光泽。

元宏握住她的手：“这时候恪儿大概已经睡了，你遇见朕，也不叫朕去你的双明殿喝一杯茶吗？”

高照容睁开双眼，流露出抑制不住的惊喜欢愉：“容儿只怕容颜粗陋，惹皇上厌烦，既然皇上不嫌弃……请随容儿来。”

一杯茶喝了大半个时辰，天色已晚，元宏却仍旧没有要返回寝宫的意思。高照容心中得意，那些主动到皇上寝宫去的人，真是愚蠢，觐见哪比得上邂逅更令人怦然心动。她自从听说皇上与冯昭仪失和，就夜夜到华音殿外游逛，那些说辞是早就想好的，那些动作是早就演练过的，刻意带上了几分冯妙初入宫时的羞涩天真，却又并不掩盖她自己的姿态风韵。

“皇上，不如早些歇息吧……”高照容面色羞红，伸手要替元宏除去外袍。

元宏下意识地抬手，推开了她。高照容脚下踉跄几步，倚住背后的檀木四季图屏风才站住，她带着几分不解和委屈说了一声：“皇上，是容儿莽撞了。”

“不是你的过错，”元宏回过神来，扶住了她柔若无骨的手臂，“是朕想着你身上的病还没有大好，不忍让你太过劳累，朕歇在外间就好，你早些去睡吧。”

高照容也不强求，只叫宫女取来上好的锦被，亲手替他铺好了床榻，这才转进内殿去了。

自从冯昭仪回宫后，这是皇上第一次歇息在寝宫和华音殿以外的地方。门庭冷落的双明殿，忽然变得热闹起来，连御医也比从前殷勤得多，不但亲自配好药送来，连请脉也变成了一天三次。

华音殿内，冯妙对素问说：“如果是一个善妒的左昭仪，这个时候应该做些什么？”素问笑了一声，回答道：“应该给这新得宠的妃子一点颜色瞧瞧，再去皇上面前试图挽回帝心。”

听了这话，冯妙也笑了：“让灵枢准备几样点心，本宫今天就试试做个妒妇的滋味如何。”

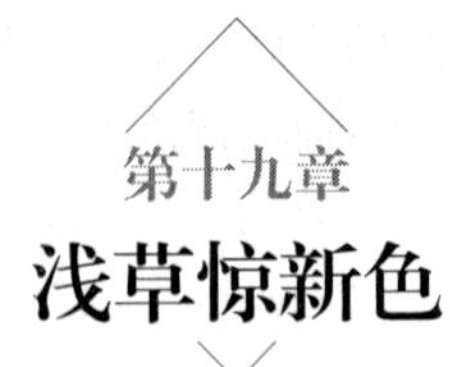

第十九章 浅草惊新色

元宏在洛阳皇宫内的寝宫澄阳宫，是用一处半旧的宫室改建的，不过是为了离太极殿近些，处理政事方便。

冯妙带着素问来时，门口的小太监有些为难地拦住了她，赔着笑说："娘娘，高贵人在里面，您现在进去，恐怕不大方便。"

"有什么不方便的？本宫不过是进去给皇上送些吃食，无论是谁在里面伴驾，皇上总归要吃东西的。"冯妙并不理睬小太监的阻拦，仍旧要进去。

"娘娘，要不您在这略等一等，容我进去通报一声。"小太监小心地赔着笑，仍旧不肯放行。

冯妙停住脚步，转头看了那小太监一眼，冷笑着说："本宫不在宫里这些年，新人换旧人，难道连规矩也变了？你去问问清楚，从前在平城时，本宫就可以随意出入崇光宫，怎么到了这儿就不行了？"

这些守门的小太监，都是刘全死后才补上来的，被冯妙呵斥了几句，便不敢再说什么。素问在一边说道："还不快让开，请昭仪娘娘进去。"小太监垂着头退开，冯妙从素问手中取过备好的点心，一个人走进殿内。

澄阳宫内，一切事物都极尽简单，窗纱、床帐、香炉，甚至连青灰色的地砖，都不见任何奢华布置，不过是刚刚能够用而已。两面的窗子打开，晴好的阳光直接落入殿内，把每一处角落都照得通透光亮。

冯妙抬起头，正前方垂着一道纱幔，随着风轻轻摇动。她嘴角露出一抹了然而无奈的笑，这里的布置其实跟平城的崇光宫很相像，外殿明亮开阔，正如元宏天生豁达的本性，而内殿却要层层遮掩住，正如他身为帝王不得不展现出的高深莫测。他从小就学着怎样做一个皇帝，从来没有机会做一个真正的自己。

手刚搭在纱幔上，内殿就传出女子的娇笑声，夹杂着含糊不清的话语：“……皇上，别这样……嫔妾哪里会写那个……”

冯妙的手紧了一下，深吸口气才掀起纱幔走了进去。桌案一侧，高照容正坐在元宏膝上，被他握着手在纸上勾画。两人一个眼角含羞，一个唇边带笑。

“皇上近来越发慈爱了，前几天还这样教怀儿写字，今天又用一模一样的姿势教高贵人了。”冯妙捧着点心站在门口，目光冷冷地扫过高照容的面颊，不知道她用了什么灵丹妙药，身上的疹子已经好了大半，皮肤似乎比从前更加光洁白皙。

高照容听了这话，立刻收敛了笑意，从元宏身前挣脱出来，对着冯妙屈身为礼：“容儿见过昭仪姐姐。”她的脸上带着几分小心翼翼的讨好：“冯姐姐，刚才是皇上的指肚不小心划伤了，不能握笔，才叫容儿代他写几个字，不是容儿故意在皇上面前举止不端。”

冯妙不动声色地看向元宏，见他在高照容身后微微摇头，便知道仍旧不成。高照容就像只滑不溜手的蛇一样，让人明知道它有满口毒牙，却偏偏抓不到什么把柄。冯妙走到桌案前，把灵枢帮忙准备的点心放在桌上，对元宏说道：“嫔妾想着皇上日夜操劳，特意送了些点心来，皇上吃过点心，好有力气继续教高贵人写字。”

“冯姐姐，”高照容走到她身侧，双眼泛着莹莹泪光，低眉顺眼地说，“是容儿不懂事，打扰了皇上处理政事，容儿这就告退了。”她转身就要往外走去，在冯妙面前不露出半点骄矜之态。

高照容走到门口，冯妙反倒有几分心急。无论是谁安排南朝使节说出了那些话，为的无非是让冯妙和怀儿陷入身份尴尬的境地，育有二皇子的高照容嫌疑最大，此时皇上的态度转了，正该是斩草除根的好时机，只要她动手，便会有破绽露出来。可高照容却仍旧对冯妙十分恭敬，全不像是假装的。

低垂的纱幔被人掀起，高照容还没走出去，门外的小太监却匆匆走了进来，跪倒在元宏面前禀告：“皇上，瑶光寺传来消息，废后冯氏受了惊吓，已经喂不进药了，寺里的住持不敢隐瞒，派人到宫里来送信。”

高照容同时转过身来，盯着跪在地上的小太监看了一眼。元宏微微皱眉，“在寺里怎么会受了惊吓？住持还说了什么，直说无妨。”

小太监俯身应了声“是”，把瑶光寺内的情形讲了一遍。冯清的疯癫症状时好时坏，寺里的姑子们也不大管她，不过是每天给她送些饭菜，让她不至于饿死罢了。就在几天前，夜里有一伙匪徒闯进了瑶光寺，不知道是找错了人，还是原本就盯上了那个清秀俏丽的婢女，竟然凌辱了玉叶。玉叶虽是个卑微的宫女，可也仍旧是个清清白白的姑娘，遭受了这样的欺辱，第二天便悬梁自尽了。

玉叶一死，冯清的疯癫病症便越发严重，姑子们一开始还不大在意，眼看要再闹出人命来，才急忙忙地派人到宫里送信。

这事情透着蹊跷，冯妙微微皱了眉，瑶光寺里那么多年轻的姑子，匪徒怎么就偏偏盯上了冯清的婢女，还能行动得如此迅速？她看了一眼元宏，两人都从对方眼中看到了同样的意思。

元宏对着小太监发问："最近可有什么可疑的人去过瑶光寺？"

小太监胆怯地瞥了冯妙一眼，扑下身子答话："可疑的人倒没有，寺里的姑子说，只有冯昭仪身边的宫女素问，有时会去寺里送些东西。"

元宏缓缓站起身，走到冯妙面前问："你还派婢女去给她送过东西？"

冯妙一怔，接口说道："是送过东西，嫔妾也在山寺里奉旨修行过，知道山寺清苦、人情冷暖，怕寺里的姑子们太过苛待她，这才叫素问去关照过几次。"

"那就难怪了，"元宏冷声冷气地说，"难怪匪徒会对寺里的方位这么清楚。"

冯妙的脸色猛地变了："皇上这是什么意思，难道嫔妾会指使匪徒去谋害一个废后吗？嫔妾叫婢女去送东西，完全是一番好意啊。"

元宏并不接她的话，只冷冷淡淡地吩咐："左昭仪先回寝殿去吧，这事情朕会派人去调查清楚，洛阳城内竟然发生这种事情，实在令人震惊。"

冯妙还要说什么，一直站在旁边的高照容已经走上来扶住了她的胳膊："冯姐姐，这些事情就交给皇上裁决吧，皇上那么喜爱姐姐，一定不会让姐姐蒙受不白之冤的。"话已至此，冯妙也不好再说什么，只能和高照容一起退了出去。

返回华音殿后，冯妙仍旧觉得心中不安稳，她知道元宏不会真的疑心自己要害冯清，他们不过是趁着这机会，把这场失和的戏码演得更逼真一些。可是看高照容的样子，事情似乎也不像是她做的。高照容惯常最会伪装不假，可是她初初听到消息那一刻的震惊，却是伪装不来的。更何况，去动一个栖身山寺的废后，并没有什么实际的益处，无利的事情，高照容是不会费神去做的。

不是高照容，又会是谁？

冯妙叫来素问，让她去宫门宿卫那里取最近一个月的出宫记录来看。冯妙自从回宫便执掌左昭仪的青鸾印信，掌管后宫事务，原本就有权查看这些宫闱记录。素问很快就带着几卷簿记回来，冯妙摊开在桌子上一页页翻看。

双明殿的人，一直没有过出宫的记录，反倒是高清欢深夜出入过几次，不过他在宫内做事，出入宫门也很正常。

冯妙的目光停驻在一行小字上，那条记录说，二皇子身边的侍从，奉命出宫去采买物品。皇子的用度与嫔妃不同，一向由宫中统一调配，因为皇子们年少，怕他们用了不好的东西移了性情，如果要采买额外的东西，一定要经过母妃或是太傅过目才可以。二皇子元恪一向循规蹈矩，怎么会犯下这么明显的错误？

她提笔把那条宫门记录摘抄下来，交给素问："去打听一下，是哪个侍从替二皇子出了这趟门，把他悄悄带过来，我有话问他。"

素问应声去了，没多久就打听清楚，出门替太子采买的，是二皇子身边一名没有品级的侍卫，名字叫作朱应。素问瞅着二皇子在学堂读书的空隙，把朱应带到了冯妙面前。这些侍卫平常并不能进入华音殿，只能按照宫里的规矩，在殿外十五步远处守卫，等到二皇子出门时，再跟着同行。

那朱应生着一双黑豆似的眼睛，不住地悄悄抬眼窥视冯妙的神情，一看便知不是个老实人。

冯妙一言不发地打量着他，直看得他心里紧张不安，才开口问道："你跟着二皇子也有好几年了，按说没有功劳也有苦劳，怎么到现在还没有品级？"

朱应赔着笑回答："大概是二皇子殿下想让小的多历练历练。"

冯妙心里明白，大约这个朱应平常也是个偷懒耍滑的主儿，所以才不得晋升。她直截了当地问："本宫也不跟你兜圈子，叫你来是有件事要问问你，前几天二皇子是不是派你出宫采买去了？买了些什么东西，本宫怎么一点也不知道？"

朱应堆出一脸讨好的笑来："二皇子殿下想用些宫外的点心，叫小的出去买些回来。"

"是吗？"冯妙拿着一根赤金簪子在手上把玩，"那么二皇子想吃哪几样点心，你又是去哪家铺子里买的？买点心的钱是从皇子的份例里出的，还是从你自己的份例里出的？你几时出宫门，走了哪条道路，几时返回？二皇子吃的点心有没有叫医丞和医女验过？"

她把簪子往桌上一拍，声音不大，却吓得朱应激灵灵打了个冷战："你想好了一口气儿回本宫的话，本宫身子不好，要是有听不明白的地方，恐怕还得找慎刑所的李得禄公公来，帮着本宫问一问。"

朱应低下头去，两只眼仁溜溜地乱转，皇子所用的东西规矩最多，他一个低等侍卫而已，哪里分辨得清？此时冯昭仪突然问起来，他连编个圆滑的谎话都来不及，李得禄的名声他也听说过，真要是被送进慎刑所里，不死也得扒层皮。

"娘娘饶命，小的其实不是去给殿下买点心……"朱应跪在地上，把前前后后的事都说出来。他平常有好赌的毛病，有时换了班没有事做，就会在宫外跟人赌钱，二皇子也训斥过他几回。就在前几天，二皇子却忽然一反常态，拿钱给他，让他去过过赌瘾，只是叫他留意收买几个人来，乞丐也好，青楼的护院打手也好，去一趟瑶光寺……

听到后面，冯妙便已经明白了，那天跟素问说起从前的事时，元恪便站在门口听到了。她只是没想到，这个孩子的心思竟如此重，私下里叫人用同样的方法去报复冯清，这些人阴差阳错认错了人，才害了玉叶一条性命。她叫素问带朱应下去，又叮嘱她一见到二皇子回来，就请他过来。

因为元宏督促严格，元恪每天要在宫中学堂读书到酉时结束才能返回寝宫，大部分时候，连晚膳也要在学堂里用。素问请元恪过来时，他有些意外的惊喜，专门回自己的寝殿去换了颜色鲜亮的衣裳。跨进主殿时，他看见冯妙脸上带着一层愠怒，不像平常那么温柔可亲，虽然有些奇怪，却还是端端正正地跪下行礼："冯母妃好。"

冯妙并不叫他起来，板着脸对他说："恪儿，你年纪不小了，凡事都有自己的主意。说起来，我也并不是你的亲生母妃，没有什么资格管教你，要是你不爱听本宫说的话，只管站起来走出去就是。"

元恪的脸上露出惊慌无措的神情，望着冯妙说："母妃，儿臣究竟是做了什么错事？请母妃教我。"

冯妙把宫门簿记扔在他面前，摊开的那一页上，正写着他派人出宫的那一条记录。

元恪匆匆看了一眼，便知道自己做的事已经被冯妙知道了，低垂着头不说话，可神情分明仍旧不服气。

"恪儿，本宫跟你说过，身为皇子，一定要有天家的气度。你用这种不堪的手段去报复别人，跟那些作恶的人有什么区别？"冯妙一向对元恪和颜悦色，这一回真是气极了，才会说出这样的话来，"恪儿，你这么做，让母妃真的很失望，你知不知道？"

元恪倔强地抬头："母妃！恪儿不过是看不惯有人欺负您，母妃要恪儿忍耐、忘记不高兴的事，但恪儿就是不明白，难道作恶的人就白白做了？被欺负的人也白白被欺负吗？"他毕竟还只是个半大的孩子，说到激动处，脸色涨红，全不像平常那副端和知礼的样子，"您是父皇的妃子，受了委屈却不能去向父皇说，儿臣替您出这口气，有什么不可以？儿臣也是男儿，也可以保护母妃！"

冯妙怔住，她没想到元恪竟然存了这样的心思，小孩子的想法最纯粹也最直接，眼里看到什么，就只会相信什么。她的语气柔和下来："恪儿，你是皇子，一言一行都要格外慎重。如果被人揪住这个污点不放，你打算怎么办？"

"不会有人发现的，儿臣命朱应给出去的钱财，都是在赌桌上输出去的，对那几个人，也只说瑶光寺里有个宫中废弃出去的小娘子，主意都是他们自己想的。”元恪虽然在替自己辩解，声音却渐渐低下去，连神色也有些不大自然，“总之，儿臣只做这一次，以后再也不会了。”

冯妙叹了口气：“恪儿，你既然喊我一声母妃，我便当你是我的亲生儿子一样，母妃不愿看你犯下无法弥补的错误。”她端起一碗墨汁，泼在那一页记录上，在浓墨遮掩下，那一页上的记录都看不清了。

元恪抬起头，惊讶地看向她：“母妃，您这是……”

“母妃希望这件事能够过去，不过恪儿你要记得，并不是每个错误都有机会弥补。你做了错事，母妃仍旧要罚你，今晚你去抄五份经书来，好好静一静心神。”冯妙把宫门簿记收好，又叮嘱了几句，才叫元恪离开。

等他走远，冯妙才对素问说：“二皇子大了，看来需要跟皇上说一声，给他另辟宫室居住了。”元恪的确是个聪慧的孩子，小小年纪，就能想出这样的计策来，虽然算不得完美，可毕竟已经很周详了。越是心思灵巧的孩子，越容易生出些旖旎心思来，既然发现了，便该早些掐断才好。

元宏再一次踏足华音殿时，神色间带着几分疲惫：“妙儿，朕知道冯清曾经百般为难过你，可她犯下如此大错，朕也没有杀她，是因为朕答应过思政，无论如何不取冯清的性命。这是他最后一个愿望，朕不想在这件事上有负于他。”

冯妙轻轻“嗯”了一声，她能理解，帝王一诺，重于千钧，更何况还是对着自己亲如兄弟手足的臣子，所以她知道上元夜那些人是冯清收买的，也没有向元宏哭诉求一个公道。她不想让元宏分心为难……

可元宏此时真正担心的，是冯妙。冯清因为当众对宗庙不敬，被废出宫，那些老臣无话可说，可要是被他们再抓住这件事不放，矛头又会全都指向冯妙。冯清曾经告发冯妙通敌叛国，在青岩寺差点处死了她，人人都知道这对姐妹不合，冯妙此时是最有动机加害冯清的人。

事实上，元宏担心的事，已经开始发生了。废后在瑶光寺内被惊吓生病的消息，很快便传开了。所有不利的说辞，都指向了冯妙，她的婢女去过瑶光寺，她也看过出入宫门的记录，送回时上面的一页被墨染污了，更要紧的是，既然昌黎王和冯大公子都已经故去，冯清是最能够证明冯妙姐弟两人身份的人，亲王们几乎是一边倒地要求皇帝严惩冯昭仪。

这种情形不是第一次出现了，早些年在平城时，冯妙为了保住腹中的孩子，曾经主动提出开凿洞窟佛像，引起朝臣非议。最后的结果，那孩子好不容易长到五个月，终究还是没有留住，冯妙自己却不得不离开皇宫，在青岩寺苦修。

“妙儿，朕也用你说的方法试探过高照容了，甚至故意叫她模仿朕的笔迹在文书上补几个字，”元宏揽她在怀中，手指抚摸着她的发梢，“可她写出来的字，跟朕的半点也不相像。这件事你能不能……不要想了，朕自会解决好，你可以多花些时间陪陪怀儿，早些教他写字读诗。”

冯妙从他怀中挣脱出来，沉思着说：“或许是她在笔迹这件事上格外小心，不肯让人抓住一点把柄，我总觉得这些事情一定跟她有关。”冯妙略一犹豫，便把忍冬的事也说出来，“我很肯定，一定是她叫春桐对忍冬下手的，只是可惜没有任何证据。”

“妙儿，”元宏从背后揽住她，“高照容是贵人夫人、皇子之母，如果没有确凿的证据，只凭一个疯傻宫女的指认，朕不能杀她。”他是皇帝，做一件事情，要考虑的实在太多。

他所想的，远比冯妙更加深远，如果这些事情真的是高照容做的，那么还有太多太多的疑点无法解释，必定有人在暗中支持她。比起高照容本人，这股暗中周旋的势力，才是大魏真正的隐患。舍小而取大，舍轻而取重，冯妙告诉过元恪的话，说起来容易，做起来却万分艰难。

“我知道，皇上总有很多不得已之处。”冯妙微微低头，神色有些怅然，即使不能完全理解，她也愿意尊重元宏的选择，谁让她爱上的男人是天子呢。

这种默默隐忍的表情，让元宏心头一阵刺痛，他比任何人都清楚冯妙所受过的委屈，只因他是天子，他不能简单地像一个丈夫那样，把她受过的欺侮一一送还回去。他从没说过，却不代表他从不知道，他不能像王玄之那样，舍弃一切只为盼她安好，他甚至不能像高清欢那样，时时刻刻在她最需要的时候出现。他要理政、要出征、要巡视、要祭天……他要想的事太多，只能把他最想念的人，藏在心里一个角落。

一个念头不可遏制地滋长起来，他的确……不是一个称职的丈夫。

“妙儿，”元宏试探着问，“朕听说你查看过宫门记录，你那么聪明，或许猜到了是什么人安排了瑶光寺里的事，跟朕说说你的看法，如何？”

第二十章 离情杳

冯妙微微张了张嘴，还没说话，脸就红透了。她不擅长说谎话，在元宏面前，她尤其不知道该怎样隐藏自己的想法。

元宏看出她的犹疑，忽然把她整个抱在身前，双眼直视着她：“妙儿，朕是你的丈夫，是你最该相信、最该倚靠的人，你有什么话，都不该藏在心里，知道吗？”

冯妙的眼神悄悄转向一边，不敢与他炯炯的目光对视，可下颌才微微一动，就被元宏用一只手托住，不准她再躲闪：“妙儿，把你心里的话告诉朕，不要逃避，不要隐瞒，从此以后，你要时时刻刻记得，朕心里永远留着一个很重要的位置，给你和怀儿，只要你来敲门，门就会打开。”

他把冯妙的手贴在自己胸口上，让她触摸自己的心跳。冯妙在他炽热的目光下，无处可逃，终于开口：“泼污的那一页宫门簿记上，有恪儿命人出宫的记录……”

元宏的脸色渐渐变得凝重：“妙儿，你做得很好，皇子身上，的确容不得这样的污点。”

“十来岁的孩子，报复心就这么重，真让人……”冯妙的眼神有些暗淡，孩子小时形成的性情，恐怕很难改变。

元宏却不以为然：“朕从几岁大起，就想着有朝一日要报仇雪耻，这才能熬到亲政。做我元宏的儿子，就该有些血性才好。”他的心情莫名地一松，连他自己都说不清原因，把冯妙的两只小手合拢在自己掌心里，柔声说，“瑶光寺的事，朕命人抓到那些流民匪徒来，就算是有个交代了。一切都交给朕去安排，你不要担心，好不好？”

太极殿议事时，有人呈上太子元恂从平城送来的书信，信上说昌黎王冯熙的丧事已经料理完毕，元恂恳求父皇准许他迟些返回洛阳，因为他想继续北行，前去拜谒自己生母贞皇后林氏的陵寝。

提到林琅，元宏便不免有几分黯然神伤。这一生，他不负苍生，可终究还是负了一个林琅。

送信的人是太子身边的侍卫，元宏便宣他上殿，向他询问太子在平城的言行举止。这名侍卫倒是口齿清楚伶俐，当着皇帝的面，把太子每天做些什么细细地讲了一遍，说元恂除了料理昌黎王的丧事外，每日还会抽出两个时辰来读书，在平城这几个月，从来没有间断过。

送信侍卫还特意说起，昌黎王下葬时，太子元恂扶灵痛哭，十分伤心，还因为思念自己的生母而生了病，如今病情刚刚有些起色，便想着要去拜谒贞皇后的陵寝。如果陵寝需要修缮，恐怕停留的日子还要更长些。

元宏因为想起林琅从前的好，对太子元恂也多了几分怜惜，幽幽地叹了口气说：“恂儿这孩子，资质的确差了些，可心地性情总还是纯善的。他从一出生起就没见过自己的生母，既然他有这份孝心，朕就准了他去这一趟，行程上不必太过着急，沿途正好叫他把从前的事好好想一想。”

皇帝都说了太子“纯善”，那些原本就支持太子的老臣们，自然不会放过这个机会，都跟着附和说，太子虽然没有什么太大的建树，可这些年在皇上出征时代为主持宗庙祭祀，也算是尽心尽力了，不应该轻易废弃。

见元宏默不作声，老臣们的话锋一转，又说到废后冯氏在瑶光寺的遭遇，再次恳请皇上追查此事，不可姑息。东阳王元丕的言辞最为激烈：“即使是离宫修行的废后，也毕竟事关皇室颜面，皇上总该给天下人一个交代。”

元宏朗声说道：“东阳王叔说得没错，朕已经命人缉拿了那几名匪徒，择日处斩，到时请王叔亲自监斩。”

见瑶光寺的事也被轻轻揭过，东阳王元丕又说道：“左昭仪冯氏，身份存疑，又素来品行不端、妖冶媚主，这样的人实在不该再替别的娘娘抚养皇子。臣听说高贵人的病症已经好了，最近也侍奉过皇上几次，请皇上将两位小皇子送回生母身边。”

听见“品行不端，妖冶媚主”几个字，元宏的满腔怒火几乎就要冲口而出，却被他硬生生忍下。如果这时他再为了冯妙与宗室中辈分最高的老臣争执，只会继续坐实了冯妙“媚主”的罪名。

怀儿无论如何不能还回高照容手中，如果发生了那样的事，妙儿将永不会原谅他。玉藻十二旒垂下，遮住了元宏眼中的波澜，他冷厉威严地开口：“朕年轻时，没有时间好好管教太子，才导致他才学平庸。至于恪儿和怀儿，朕已经决定送他们去华林园，那里读书很安静，习武也很开阔，兄弟们从小住在一处，长大后也更亲厚些。”

在诸位宗室亲王的步步紧逼下，元宏当天便下旨，在华林园中辟出一处皇子别馆，今后皇子都在那里居住、读书。

冯妙原本就说起过，想给恪儿另辟一处寝宫，宫女、太监们提早就收拾好了东西。元恪亲自到主殿来，在冯妙面前恭恭敬敬地磕了三个头，感谢她这些日子的养育、教导。冯妙坐在主位上，只叮嘱了他几句要勤勉读书，不可沉湎游乐。对这样早熟聪慧的孩子，只要让他明白道理就够了，不需要说得太多。

可到怀儿要离开华音殿时，她却再也维持不住左昭仪的端庄，死死抱住怀儿不肯松手，眼泪如洪水一般汹涌而出，转眼就打湿了怀儿的半边衣裳。把怀儿送去华林园皇子别馆暂住，是眼下最稳妥的方法，她不是不懂。可她忘不了上一次母子生生分离时的剜心痛楚，她从漫长的梦境里醒来，睁眼却不见了她的孩子，掉进了另外一个怎么也醒不过来的噩梦。

她心里的害怕没办法跟任何人分担，虽说每月可以去探望一次，可毕竟比不过在自己身边时容易照料。

怀儿还小，并不会想到这么多，只知道自己睡觉时再不能抱着母妃温暖柔软的身子了，看见母妃不住地流泪，便也跟着号啕大哭。

元宏刚从太极殿议事结束，便见到惶急不堪的宫女到他面前跪禀，说昭仪娘娘不肯放小皇子走。元宏了解冯妙的心思，她实在太爱这孩子，只要涉及怀儿的事情，她平素的理智、从容就全都不见了，只变成了一个害怕失去孩子的母亲。

“知道了，你们都退下，朕过去看看。”元宏疲惫地揉着额头，北地归附的部族，因为金银谷帛分配不均，各有怨言，随时可能爆发变乱。南朝萧鸾仍旧在不断地扩充兵马，随时准备一雪前耻。在这个时候，他更需要一个安稳强盛的大魏，离不开那些宗室老臣的支持。

元宏走进华音殿时，怀儿已经哭累了，伏在母妃身上沉沉地睡过去，小脸上全是一条一条半干的泪痕。冯妙把脸紧贴在怀儿的侧脸上，像护住小兽的母兽一样，把怀儿紧紧抱在胸前，整个背都弓起来，恨不得将怀儿完全裹住。

“妙儿，”元宏蹲在她身前，伸手想摸一摸怀儿的脸，“只是送去华林园暂住而已，过些日子风波过了，朕再想办法把他送回来。”冯妙抱住孩子的手猛地向后一躲，手肘重重地撞在楠木椅背上，她却像完全感觉不到疼一样，大睁着眼睛看着眼前的人。

冯妙缓缓开口，嗓音抖得像被风卷起的草叶："怀儿是我亲生的，不是代人抚养……"

"妙儿，"元宏被她眼中的戒备刺痛了，"就算是为了怀儿好，现在也不能说出这些，你……"

他要说什么，冯妙都知道，怀儿这双碧眼的来历还没弄清楚，她这个生母身上，又被人发现有南朝血统。怀儿唯有认在高照容名下，才能避开那些不堪的指责和质问。可她已经没有力气再去讲道理，她太累了，脑中一片空白，只想抱着怀儿睡一会儿。

她只想任性一回，什么也不管，摇摇晃晃地站起身子："你不是皇帝吗？你说的话，怎会有人不听？你不是说，只要我来敲门你就会答应么，现在我求你，我不想跟怀儿分开，我不想……"她抱着怀儿就向元宏跪下去，可眼前一花，整个人就向前栽倒下去。

元宏张开双臂，把她和怀儿一起抱住："妙儿，你别这样，瑶光寺的事就算过去了，现在把怀儿暂时送走，让他们无话可说，过不了多久，他们的注意就会转到别的事情上去，到那时，朕再……朕再……"

冯妙只是不住地摇头，身上忽冷忽热地打战，一句话也说不出来。元宏一手抱住怀儿，另一手握住她小巧的手掌，把她的手指一根根挪开。眼泪落在两个人的手上，顺着交握处的缝隙流下去，像要水滴石穿地在两人中间划出一道天堑一般。

男人和女人的想法，天差地别。元宏心里清楚，现在不是心软的时候，事情拖得越久，变数就越多，必须快刀斩乱麻一样迅速解决。他能给冯妙的最好支持和爱护，就是用他此时此刻的决断，替她下定决心。他猛一狠心，抱起怀儿转身便走。熟睡的小人儿乍然惊醒，挥舞着小手哇哇大哭，口中含混不清地叫着："母妃……我要母妃……"

冯妙伸出一只手，茫然地伸向半空，泪水顺着眼角流下来，整个视野都如同被瓢泼大雨遮蔽一般，只剩下怀儿不住抓腾着的小手。

素问走过来想扶她起来，却被冯妙反握住手腕，沉声说："替我梳头、匀面。"就算是为了怀儿，她也不能逆来顺受地接受这一切。

冯妙这一次哭得太多，两只眼睛都红红地肿起来，素问给她补一层厚厚的香粉，仍旧遮不住。冯妙用桃木小梳一下一下理着头发，望着镜中红肿的双眼出神。

"娘娘，给您拿泡过的茶叶敷一敷吧，"素问放下粉盒说，"不然明天早上肿得更厉害。"

“不用，就这样吧，”冯妙放下梳子，不知道是在对自己说，还是对素问说，“我以为有他宠我爱我，就果真再没什么可以担心的了，没想到全不是那么回事。我忘了，他是皇帝，不只是我的丈夫那么简单。”

素问也看向镜中那张双目泛红的脸：“皇上总有他为难的地方……恕奴婢说句大不敬的话，别说娘娘是嫁给了天子，就是嫁给贩夫走卒，也不可能一切顺意。上有舅姑、下有妯娌叔伯，谁家里都得有些烦心事。”

冯妙看着铜镜中素问的双唇一开一合，这些道理她都懂，可真要眼睁睁看着自己的骨肉被人带走，任谁也不会受得住。她摇头说道：“那些老臣对我的敌意由来已久，说穿了无非是因为我支持皇上的新政，坏了他们多年不劳而获的老规矩。我现在只顾得上宫里的事，把那些流言蜚语传出去的人，一定是高照容。现在怀儿去了华林别馆，我必须压住她，让她不敢在怀儿身上下手。”

她附在素问耳边，悄声说了几句话，让素问和灵枢尽快去办。高照容育有聪慧懂事的皇子，自己又从来不曾行差踏错半步，既然找不到机会引着她犯错，那就只能好好利用她的完美无缺了。

因着要处理北地各部之间的矛盾，元宏一连几天夜里都宿在太极殿的偏殿内。就在这几天里，后宫渐渐流传起一些话来，说是高贵人当年有身孕时，曾经梦到过有一轮明日进入屋内，高贵人在梦中四处躲藏，却还是被那红日追上，跳进了腹中。同样的梦一连做了几天，后来她便生下了二皇子。

通过进宫请安的命妇、出宫办事的太监，这消息越传越广，渐渐在整个洛阳流传开来。太子资质平庸，不得皇上的欢心，已经是很明显的事，可二皇子却聪颖非凡，私下里已经有人开始流传，皇上迟早会废了太子，改立二皇子元恪。

双明殿内，高照容正在新贡的瓜果里挑挑拣拣，非要找到一个圆滑平整、不带半点伤疤的，才肯放进嘴里。

“娘娘，听来的话就是这么多了，”春桐小心翼翼地问，“可奴婢不明白，这些都是对娘娘有利的话呀，夸奖二皇子，娘娘不也脸上有光吗？”

高照容哼了一声，却没说话。她知道，冯妙这是正式对她宣战了。夸奖的话也要看什么时候说，眼下皇上分明要废太子，若是恪儿被立为太子，那她这个生母，就逃不了“立子杀母”这条祖训。

她要是不想那么快死，就绝对不能动那个绿眼睛的小杂种，原本皇上还在这两个孩子之间犹豫不定，可要是元怀真出了什么事，就只剩下二皇子元恪一个选择了。

眼看着怀儿进了华林别馆，想好的法子却不能用了，高照容心中气闷，用指甲在桌上重重划了一下，发出一声刺耳的锐响，接着问道：“哥哥那边怎么说？”

春桐赶忙应声：“高大人说现在时机未到，请娘娘再耐心忍耐一阵。”

高照容听了这话越发心烦，高清欢说这样的话，已经不知道有多少遍了，从她当年被匆匆忙忙送进宫开始，他就这么说，现在恪儿都已经十几岁大了。她忍的还不够多吗？再忍耐下去，她就要跟林琅一样，忍耐到坟墓里去了。不能动那个绿眼睛的孩子，不代表她不能动旁人，比如冯妙那个傻弟弟……

千里之外，太子元恂一路风餐露宿，已经赶到了拓跋氏的祖陵，这里年年有人打扫，石阶上整洁干净，连杂草也不多见。元恂一路辨认着，找到了那块写着“贞皇后林氏”的碑石。

元宏已经说过，他死后要葬在洛阳新都，并且已经开始命人修建陵寝，贞皇后陵寝不会与帝王合葬，规格便小得多。也许是雨水反复冲刷的缘故，贞皇后的墓碑四角都已经变得有些圆滑，字迹上涂刷的金粉也掉落了不少。

“母后……”元恂跪倒在墓碑前，张开双臂抱住那块冰冷的石碑，就像抱住一个活生生的人一样，“别人都说，父皇当年很宠爱您，所以才会立我做太子。母后，这是真的吗？”

山间风声呜咽，却没有人能回答他的问题。“母后，如果是真的，为什么父皇现在那么讨厌儿臣呢？儿臣就真的那么让人心中生厌吗？”元恂仍旧固执地发问，就像一个儿子在跟母亲说话那样，把这些年心中的疑惑全都吐露出来。

“母后，虽然儿臣不愿承认，可儿臣真的长得一点也不像父皇。父皇和两个弟弟都消瘦白皙，儿臣却……”他说着说着，竟然抑制不住号啕大哭起来，“母后，你为什么丢下儿臣一个人走了？有时候儿臣真恨，为什么儿臣不能是高母妃或是冯母妃所生的儿子？如果有一个得宠的母妃在父皇面前说说好话，或许父皇就不会对儿臣那么冷漠了。母妃……你说话啊……”

他刻意一个人来，把侍卫随从都留在了外面，就是因为他有一肚子的话想跟自己的母后说。他知道母后不可能给他任何回答，可他就是想把这些年堆积在心里的话全说出来。他在战战兢兢中长到这么大，先是在不苟言笑的皇曾祖母身边，接着又要面对冷漠严厉的父皇。

元恂看见眼泪把墓碑一角都打湿了，用袖口擦了一擦。这时，身后忽然传来细碎的脚步声，一道算不得好听的女声在他身后响起：“王爷，您又来看贞皇后了？”

王爷？元恂心里疑惑，转过脸去看，一名不到三十岁的妇人，正一步步走过来，她身上穿着粗布衣裳，头发用一块葛布包住，手里还拿着些纸钱、香烛，看样子经常到这里来。

那妇人看见元恂，像是吃了一惊，仔细打量了他半晌，才问："你……你是北海王殿下的什么人？"

元恂没想到一个山野妇人也能知道北海王的封号，便回答说："我是大魏太子元恂，北海王是我的叔父。"

"恂……"那妇人低声念了一遍，眼里的震惊之色更重，"你……你是太子殿下？"说着，她便跪倒下去，向元恂连连磕头："殿下，奴婢没想到有生之年还能见着您……"她的声调似乎因为激动而颤抖不已，磕过头后，又转向墓碑："娘娘，您看见了吧，您的儿子来看您了，他……他长得跟王爷几乎一模一样，您在地下也可以安息了。"

元恂听得一头雾水，这妇人似乎知道很多他出生时的事情，忍不住问道："你说的王爷是……北海王叔？"

"王叔？"那妇人一怔，接着摇头苦笑，"是了，殿下什么都不知道，是应该称呼王爷为叔叔。"她把怀中的香烛、纸钱摆好，熟练地点燃了，又把纸钱扔进铜盆中。

元恂心里的疑惑越来越重，他走到妇人面前问："你经常来这里烧纸钱？你认得我的母后？"

那妇人用一根玉石钗子拨弄着铜盆里烧着的纸钱，幽幽地说："奴婢是从前侍奉贞皇后的宫女，叫作心碧，太子殿下刚出生时，奴婢还抱过殿下呢。"山间风吹日晒，心碧不过二十多岁，可此时看去，就像是三十出头的农家妇人一样。

元恂又接着问："你刚才说，我长得和某位王爷一模一样，究竟是什么意思？"

心碧叹着气说道："陈年旧事，都是一场孽缘，皇上如今对您很好，殿下就不要问了。"

元恂自然不肯依，可无论他如何恳求，心碧都不肯再说了。无奈之下，他只能作罢，转身准备回去。刚走出几步远，他就听到身后传来自言自语似的声音："娘娘，刚才太子殿下来看您了，奴婢瞧见他了……您放心吧，他还活着，没有被皇上杀掉，他长得真是跟北海王爷一模一样啊，您在泉下有知，也可以安心了。当年您跟北海王爷情投意合，却被皇上生生拆散了，生下这孩子当天，就被皇上赐死了。如今，您总该放心了……"

明明刚才还不肯说的话，一转眼却全都说了，这本身就已经很可疑。可元恂却全没注意到这可疑之处，更没办法辨别出来，心碧的话其实跟当年的实情大有出入。他只见过北海王几面，此时回想起来，忽然觉得背上惊起一层凉凉的汗意，他的确像北海王多一些。

元恂快步返回贞皇后的墓碑前，一把拧住心碧的胳膊：“你刚才说……我不是父皇的亲生儿子？北海王才是我的父亲？”

心碧被他吓了一跳，起先还不肯应这句话，被他反复逼问了几次，才终于点头说了声“是”。

元恂的脸色变得阴郁铁青，他一字一字地问：“你……可有证据，能证明你说的都是真的？”

第二十一章
星移物换

心碧幽幽地叹了口气："殿下，奴婢不就是人证吗？奴婢与贞皇后是一同在宫中长大的，后来北海王和皇上都钟情于她，宫中许多人都知道，殿下可以随便去找个上了年纪的老宫人来问问。"

她把目光转向墓碑："原本北海王已经许诺了要娶她做正妃的，他们两人也已经私定终身，可皇上却强娶了她做妃子。当年贞皇后在长安殿生下您时，奴婢就在身边，亲眼看着娘娘痛苦万分……"

元恂怔怔地向后退了两步："这么说……我真的不是父皇的亲生儿子？难怪父皇那么讨厌我，他根本就恨不得我死，对不对？"他猛地抬起头，掐住了心碧的脖子质问，"那父皇为什么还要立我做太子？不是说父皇很喜欢母后的吗，为什么留下我又要这样冷漠地对我？"

心碧被他掐得脸上泛白，双手不由自主地想要掰开他的手指，口中吐出艰难的话语："殿下……那时宫中还有太皇太后……冯氏……冯氏无子啊……"

元恂像被惊雷击中一般，手掌无力地松开，心碧说的没错，他小时候的确是被太皇太后抱去奉仪殿抚养的，太皇太后薨逝后，他便认了冯清做母后。原来他这太子之位，并不是父皇想要给的，那么如今太皇太后和冯清都已经不在宫中，冯昭仪又在抚养那两个年幼的皇子，父皇迟早都会废了他。

心碧用手抚着脖子上的掐痕，手撑着墓碑不住地咳嗽，好半天才喘匀了一口气。

元恂哑着嗓子问："那北海王……他知不知道？"

"娘娘从没对王爷说起过，因为娘娘不想让王爷为难，"心碧用手抚摸着墓碑上的纹理，“但是王爷从少年时起，就深爱着娘娘，他不会完全猜不到的。奴婢曾经对王爷说过，太子殿下的小脚趾上，趾甲是分成两片的。奴婢从前侍奉过王爷更衣脱靴，王爷的脚上也是这样……无论如何，王爷一定没有记恨娘娘做了皇上的妃子，王爷每年都会骑马来这里，跟娘娘说几句话。”

听了这些，元恂再没有丝毫怀疑，趾甲这样隐秘的特征，只有近身伺候的人，才有可能看得到，心碧一定是当年照料过自己的宫女，不会有错。她说出的秘密，才更让元恂震惊，他竟然是北海王的儿子。所有只言片语，在他脑海中拼成了一段皇帝横刀夺爱的故事，是他这些年叫着父皇的那个人，让他与生母天人永隔、与生父不能相认。

他从牙缝间挤出几个字来：“母后当年……是不是很美？”

心碧嘴角微微上翘，盯着墓碑的目光也变得迷离起来，像在回忆着从前的情形：“那是当然，贞皇后虽然只是个宫中奶娘的女儿，她的相貌却不比任何一位主子娘娘差，她不仅生得相貌好，性子也是很好的，温柔得像水一样，从不会苛待任何人……”

元恂一边听一边摇头，脚下一步步向后退去，最终转过身，飞快地沿着石阶跑下去。他相信了十几年的事，原来都是假的，他是一个可悲的私生子。偏偏上天连最后一丝怜悯也不曾给他，母亲的绝美容颜，他半点也没有继承到。他的这张脸，只会让父皇心中生厌，难怪父皇责打他时，会毫不留情，那根本不是一个父亲责打儿子时的样子。

眼看着元恂跑远了，心碧才脚下一软，跌倒在墓碑前。“林琅，你别怪我，”眼泪早已在她双眸中打转，随着她的动作滚落下来，“我也没有撒谎，太子他的确是北海王的儿子，那副相貌、还有脚趾上的特征，都不会错的……”

她抱住冷硬的墓碑，眼泪就落在刚才元恂用袖口擦过的地方：“他们逼着我这样对太子说，不然就要我死……我不想死，我已经是死过一回的人了，被人丢在乱葬岗上等着野狗来咬烂身体的滋味，实在太可怕，我不想再试一次了……”不知道是因为墓碑发凉，还是因为想起可怖的往事而心生恐惧，她的双肩不住地抖动。

当年太皇太后不过使了一点小小的手段，就把皇长子要到了自己身边抚养，长安殿内其余的人，都在那一场杖责中送了命，只有她被崔姑姑悄悄救起，送到这儿来替贞皇后守墓。

原本以为可以就这样苟活下去，可几天前，却有人找着了她，让她在太子面前演这样一场戏。她怕死，更怕孤独绝望地等死，所以她没办法拒绝。

“林琅，你再帮我一次吧，我只想活着而已……”心碧喃喃低语，她从前只是一个小宫女，现在也只是一个孤苦无依的半老女人，扭转不了任何事，只能顺从。太皇太后薨逝已经好几年了，她老人家生前布下的局，才刚刚开始……

洛阳皇宫澄阳殿内，元宏正对着堆积如山的奏报，一行行仔细看下来。这几年北地陆续有大大小小的部族归附，除了高车部在高车王阿伏至罗的带领下，全部西迁之外，大部分部族的首领并没有太过远大的打算，不过是随遇而安地在大魏边境城镇间定居下来，结束了四下追逐草场的日子。

归附的部族多了，也就渐渐产生了问题。有时其他的游牧部落仍旧会到边境来劫掠财物，牧民一旦定居，作战的灵活性就大大下降，抵御不了这些抢一下就走的部族。归附的部落各自为政，互相不肯援手，一来二去，年初辛苦种的庄稼，到年末却一粒米也剩不下了。

这些部族之间，有的原本就是同宗同族，有的世代通婚，说穿了根本就是亲戚，真要派兵镇压，数年苦心经营的怀柔局面也就全白费了。

宗室亲王没人肯管这一摊理不清的家务事，汉人大臣又不熟悉北地风俗，思来想去，元宏只能派了王玄之去北地一趟。他这些年四处游历对各地的风土人情都很熟悉，他又一向智计百出，就算解决不了眼下的问题，至少不会让矛盾激化。

王玄之去了两个多月，送回来的奏报却大大出乎元宏的意料。他用不同颜色的布帛，给各部做了战旗，又在每个部族的村口，都悬挂上牛皮大鼓，一旦有人来进犯，立刻击鼓示警，各部一起出击抵御。夺回来的东西，一半归原主所有，另外一半，根据出力多少、伤亡轻重，酌情分配给其他各部。因为战旗颜色鲜明，各部的行动都看得清清楚楚，王玄之分配得也既简明又公平，起先各部还有些疑虑，后来慢慢地都变得同仇敌忾起来，听到鼓声便立刻集结。

元宏合上奏报，低头沉思。王玄之的确是个百年一遇的人才，通读诗书还是次要的，真正难得的是，他在南朝做过官，又曾经四处游历、经商，处事坚持却不迂腐，变通却不油滑。

可惜的是，因着他南朝望族的身份，和与左昭仪之间暧昧的传闻，鲜卑贵族始终不肯真正接受他，每次议事之前，在太极殿偏殿等候时，鲜卑贵胄总会想尽办法讥讽他。幸亏王玄之很有些急智，才能屡屡化解。

元宏曾经想过，给他封号、爵位，可王玄之却丝毫不以为意，无论皇帝给出多少厚赏，他都坚持拒绝，只取自己应得的那一份。

元宏揉着额角，这才发现自己竟然整夜未睡，天色已经大亮，殿内却还点着灯火。那跳动的火苗映得人眼花，朦胧的光晕中，他好像又看见了冯妙带泪的双眼。他能理解不让一个母亲跟自己的儿子见面，是多么残忍的事，但他是男人、是丈夫、是帝王，并非他喜爱权力，而是只有权力，才是他最能用来保护妻儿的武器。他要创下一个太平盛世，与她共享。元宏取过铜罩子盖在蜡烛芯上，再揭开时，跳动的火苗便不见了，只剩下一缕青烟袅袅上升。

烟味窜入鼻端，他忽然觉得脑中像要炸裂一般疼，从前他也不时有过头疼的症状，每次都好好睡上一觉便好了，可这几天却发作得越来越频繁，尤其是想起冯妙时，好像她心里的痛苦都正在用这种方式加倍体现在他身上一般。

正因为这个原因，他已经好几天没有去过华音殿了，冯妙竟也一直没有来过澄阳宫。元宏取过薄荷膏，放在鼻下轻嗅，缓解越来越严重的头痛。他相信，总有一天，当他把最珍贵的东西交到妙儿手上时，她一定会明白自己从未改变过的心意。

元宏正要叫内监进来更衣，准备稍后直接去太极殿议事，内监却直接走了进来，跪在地上禀奏道："皇上，六公主有事求见。"

整个皇族的世系谱都已经改过，六公主的名讳也顺理成章地变成了元瑶。距离议事的时辰还早，元宏想起正好许久没有见过元瑶了，嘴角露出一抹柔和的笑意："瑶妹倒是起得好早，叫她进来，再去传膳来，朕要跟六公主一起用早膳。"

内监应声去了，元瑶进来时却带着满脸的羞恼和愠怒，草草行了个礼，连内监还没有退出去也不顾，直接冲着元宏问道："皇兄，你究竟是把我当个人，还是当件东西？从前你把我送给丹杨王的痴傻世子，我也认了，现在为什么又要把我送给冯夙那个草包？"

"瑶妹，你从哪里听来了这些无稽之谈？"元宏的神情随着她这句话变得严肃，"朕答应过你，绝不再强迫你嫁人，难道朕身为天子还会在这种事上食言不成？"

元瑶被他这么一问，神色也有些尴尬，皇兄与左昭仪争吵失和的事，已经传开许久了，她原本绝不相信皇兄会改变主意，可她昨晚路过双明殿时，见着高照容在挑选颜色鲜亮的布料做衣裳，又听见高照容身边的婢女说，该提早准备下，等着宫里有喜事的时候用，这才疑心了。皇兄的几个姐妹都已经出嫁了，只有她一个人寡居在宫中，除了她，宫里还能有什么喜事？她左思右想，整整一晚没睡，天一亮就匆匆赶来澄阳宫，想从皇兄口中听到一句实情。

"我……我是听宫女们议论……"元瑶见皇兄说得郑重其事，心里先有些愧疚起来。她并非多么讨厌冯夙，只是不喜欢这种太过天真的性子，再加上从前诱骗过他换了冯妙的药，使冯妙失去了第一个孩子，她见着冯夙时总觉得心里莫名地紧张。

她又想起听见宫女有板有眼地议论，说皇上将小皇子从华音殿带走时，左昭仪娘娘痛哭几近昏厥，从那以后，皇上与左昭仪已经有数日没有见面了。元瑶心里又涌起一股不安，硬撑出一副理直气壮的样子问："皇兄能不能明白告诉我，不会拿我的婚事去讨好你心爱的女人？"

元宏抬手扶了扶她有些松散的发髻，看着她髻上一支玲珑九环钗摇摇晃晃，话语间却带了几分严厉："瑶妹，朕说过，不会再强迫你嫁任何人，别的话朕不想再多说了。"

元瑶还要开口说什么，内监的声音在纱幔外响起："皇上，左昭仪娘娘来了，想问您传早膳了没有？昭仪娘娘亲自动手熬了粥，想跟皇上一起用膳。"

数日未见，元宏早已经压抑不住地想她，却又害怕见着她因思念怀儿流泪的样子，此时听说她端了粥来，便知道她心里的怨气已经消散下去，不由得欣喜若狂。他的妙儿，不管受了多大的委屈，总归还是不舍得天长日久地跟他闹脾气。

元宏心情大好，刚说了一句："快叫她……"方才那种头疼欲裂的感觉，又涌上来，胸口像被人抓紧了一下下地拧，只恨不得要自己亲手撕开来看看。他倒退几步，一只手撑住桌沿，另一只手用力撕扯着胸口带龙纹的衣袍。

元瑶吓了一大跳，整个脸都白了，上前扶住他的胳膊："皇兄，你……你怎么了？瑶儿再也不敢乱发脾气了，你……你生气就骂瑶儿吧……"她刚一靠近，就被元宏一把大力推开，桌面上的镇纸、砚台都砸在地上，可元瑶吓得连哭都不敢了，她从没见过皇兄这副模样。

元宏嘴唇青紫，手背上青筋暴跳，胸口像有一条呼啸的火龙在四下奔突，却找不到宣泄的出口。他费了好大力气，才勉强稳住身形，从唇齿间挤出几个字："不见，让她走！"

冯妙站在澄阳宫门口的石阶上，听见内殿隐约传来的声响，心里正觉得奇怪，正想着也许是前朝上的事让他觉得心烦，便看见内监快步出来，对着她躬身说道："皇上这会儿不想用早膳，请昭仪娘娘先回去吧。"虽说近来宫中传闻左昭仪有失宠的迹象，可皇上的心思谁也说不准，传话的小太监不敢太过放肆，更不敢把皇上的原话说出来。

"哦，"冯妙极轻地应了一声，把捧在手里的食盒交给身后的素问，"劳烦公公再去禀报一声，有件事想请皇上示下。贵人夫人高氏育有皇嗣，在宫中又一向勤谨，如今二皇子大了，本宫想替高贵人讨个恩赏，晋她为贵嫔夫人，请皇上示下。"

小太监步履匆匆地去而复返，躬身对冯妙说："皇上说娘娘手里有左昭仪的青鸾印信，中宫虚悬时便等同凤印，这些琐事不必一一再问了。"

这样来回传了两次话，元宏却不肯见她，冯妙心中隐隐有些失望，眼看太极殿每日议事的时间快要到了，她便带着素问转身离去。

晋封高照容为贵嫔夫人的旨意，加盖了左昭仪青鸾印信后，很快便昭告六宫。照例，高照容接了旨意过后，便该到华音殿来向冯妙行礼叩谢。可双明殿的小宫女却来回话，说高贵嫔受了些风寒，怕把病气过给昭仪娘娘，等病好些了再来行礼叩谢。

冯妙也不计较，只安心等着，暗中叫灵枢和素问留意双明殿的一举一动。她替高照容晋位分，便是要把高照容送入进退两难的境地。要么皇上废了太子，改立元恪，依着立子杀母的规矩，高照容就不得不死。要么元恂仍旧安安稳稳地坐在储君的位子上，高照容入宫十来年的隐忍，全都是一场空。生母身份越尊贵、处事越端方，元恪就越适合做储君。可要是高照容此时行差踏错半步，她也绝不会白白放过。

就在这几天里，忍冬在华音殿平静地过了几个月后，终究还是去了。某天早上灵枢去给她送早膳时，便发现她双眼沉沉紧闭，一只手垂在床沿边。灵枢上前推了几下，才发现她的身子已经凉下去，小指上钩着一块怀儿平日擦嘴的小帕子。也不知道她是真的伤了头毫无知觉，还是心里明白只是嘴上说不出来，她终究没能等到怀儿重新回来。

一直过了五六天，高照容才到华音殿来行礼叩谢，她穿着一件家常式样的锦缎石榴裙，未戴任何发饰，只把头发一圈圈地盘起来，最后用发尾系住，走路时袅袅生风，看上去仍旧是那副妖娆柔弱的样子。

高照容来时，正巧崔岸芷、王琬也在华音殿里闲坐，崔岸芷一向是个木头一样的老实人，王琬这些年也越发眉眼低垂，她们愿意来走动，冯妙也并不拒绝。高照容端端正正地向冯妙俯身跪拜，抬起头时，一双眼睛里闪动着半娇半怯的目光，好像与冯妙之间从未发生过任何不快一样，满是欢喜地说："多谢冯姐姐照拂，容儿有不懂事的地方，请冯姐姐教导。"

冯妙也和颜悦色地叫她起来，眼角余光打量着高照容身边的婢女春桐说："妹妹真是好脾性，难怪身边的下人什么都敢做。"

春桐以为她要重提青岩寺的旧事，吓得整张脸都白了。冯妙却不紧不慢地说："妹妹本来就受了风寒，下人还给你穿这么单薄的衣裳，妹妹忍得过去，我可看不过去。"她转头对素问说，"犯了这样的错，多半是照料主子不上心所致，你去拿根竹条子来，让她记得以后要多上心。"

素问自然明白冯妙的意思，转身到内殿取来了早就备好的竹条，看着又细又软，打在手上却钻心地疼，竹条两面全是倒刺，每打一下，都有不少倒刺留在手心上。春桐吃痛，又不敢大声叫喊，只能强忍着挨了几十下。

贴身宫女是不用做粗活的，因此双手也大都细腻柔滑，冯妙的目光一直盯在那根上下翻飞的竹条子上，看着这双打过忍冬的手，慢慢浮上一层瘀血色。

眼看身边的宫女被责打，高照容却神色如常，或许她想到了冯妙教训春桐的真正原因，并不说一句求情的话，反倒微笑着跟其余几人说些闲话。客套的话都说完了，高照容却仍旧没有起身告辞的意思，坐在雕花胡床上，用手指拨弄着瓷盘里的几颗桃子，倒像在等什么一样。

雪顶含翠茶喝了两巡，殿外忽然有小太监气喘吁吁地跑进来，“咚”一声跪倒在冯妙面前：“昭仪娘娘，皇上下令把冯小郡公关起来了。”

冯妙一愣，接着才意识到，小太监口中所说的正是冯夙，他身上有北平郡公的爵位。她定了定神，赶忙问：“是因为什么事，关在哪里？”

小太监不敢迟疑，连声答道：“丹杨王妃在整理世子的遗物时，在六公主住过的房里发现了小郡公写给公主的情诗，便不依不饶地一口咬定，六公主跟小郡公有私情，合谋害死了世子。丹杨王也急了，直接带了人去小郡公住的营地搜查，竟从小郡公的随身衣物里搜出了六公主喝过的那种甘草茶，现在已经闹到皇上跟前去了。皇上命人除了小郡公的兵刃，关在离尘殿里，等候查明实情。”

冯妙心下一松，没有送进慎刑所就好，至少现在不会受皮肉苦。她知道是元宏有意偏袒，才会把夙弟暂时关在一处没人居住的宫室里。可紧接着心里又是一紧，元瑶寡居回宫也有好几个月了，这事情现在才闹出来，分明就是有人故意陷害。

她下意识地往高照容身上看去，只见她拿着一只桃子在手上，却并不吃，只是放在鼻尖下轻轻地嗅着，脸上是一副夸张的担忧表情，嗓音依旧带着甜腻的妖媚：“可真是不巧，冯公子刚刚选进羽林侍卫没多久，六公主就寡居回宫了，容儿相信冯姐姐的弟弟一定不会做出那种事来，可丹杨王会怎么想，就说不准了。”

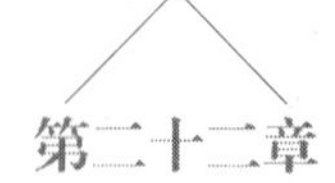

第二十二章

清瑟怨遥夜（上）

冯妙用眼角斜斜地扫着高照容，并不接她的话，站起身对来报信的小太监说："既然事情出在本宫的弟弟身上，本宫总该去看一看，带路吧。"

离尘殿是洛阳皇宫中一处冷僻的宫室，距离妃嫔们居住的地方都很远，偏殿尤其森冷破败，有时便用来关押一些犯了小错却还不至于送进慎刑所的宫人。

冯妙赶到这里时，元宏早已经在离尘殿主殿内坐着，丹杨王在他右手边的梨木坐榻上，身上带着惯常的武将气度，端坐时单臂撑着膝盖，铜铃似的一双眼中很有几分不怒自威的气势。丹杨王妃跪在地上，手里攥着一块揉皱了的帕子，一见冯妙进来，便狠狠地瞪了她一眼，才重新低下头去。

冯夙被反剪住双手站在一边，陈留公主元瑶被婢女飞霜扶着，站在另一边。冯夙见到冯妙进来，便急着高声叫道："姐姐，我没有……"

"夙弟，"冯妙轻声止住了他的话，"皇上在这儿，一切自会有圣裁。"高照容、崔岸芷、王琬也跟在她身后进来，盈盈地对着主位上的皇帝跪拜施礼后，各自站在两旁。也许是离尘殿本就昏暗，冯妙远远地看不清元宏的面容，只能看见他垂落身前的宽大衣袖。洛阳城从内到外都改了汉制，连皇帝的龙袍也换成了宽袍广袖的样式。

"皇上，"丹杨王妃一开口，就呜咽不止，"妾身在您面前不敢放肆，但妾身只想要一句公道话，绪儿究竟是怎么死的，妾身这个做娘的，总可以知道吧？"她恨恨地指向元瑶，"当初太皇太后要把公主下嫁过来时，妾身就觉得绪儿高攀不起天家贵女，如今倒好了，生生把绪儿一条命给搭进去了。"

丹杨王妃原本是丹杨王刘昶身边的侍妾，此时又气又恨，说出来的话也夹枪带棒，认定了元瑶就是毒杀刘承绪的凶手。元瑶紧抿着双唇，目光盯着丹杨王妃，胸口随着呼吸一起一伏，却不为自己辩解一句。

崔岸芷好心劝道："夫人也不要伤心太过了，皇上自有圣断，毕竟现在也没有确证事情跟六公主和冯小郡公有关……"

"你说得倒轻巧！"丹杨王妃斜斜地仰起脸，带着满面泪痕打断了她的话，"这位娘娘从来没有过孩子吧？要是你做过哪怕一天的娘，就知道孩子都是娘的心头肉，哪怕这孩子是傻的、是残的，在娘亲的心里也都是天底下最珍贵的宝贝。要是你的心头肉被人生生剜去了，你能不疼？你能不恨？"

崔岸芷没料到丹杨王妃竟如此激动，悻悻地退到一边，不好再说什么。

一阵静默过后，元宏的声音从幽暗的主位上传出来："丹杨王，现在人都在这里，朕就把这件事交给你查问，朕只在一边听着。"

丹杨王虽然也满面怒气，可在皇帝面前，还是尽力维持着臣子该有的仪态，先屈身行了一礼，才走到大殿正中开始问话。他对着元瑶说话时，也仍旧客气地称呼她六公主，没有丝毫僭越不敬。

证物被一样样呈上来，没有喝完的甘草茶、与冯夙平常笔迹一模一样的情诗，甚至还有一段冯夙抄写的药书，上面记载着甘草茶与几种菌菇同食，会导致人丧命。元瑶始终紧闭双唇，无论丹杨王问什么，她都一句话也不说。冯夙却吓得怕了，一面求救似的看向冯妙，一面急急地为自己辩解："我没有写过这些东西！我的确是爱慕六公主，可我从来没有跟公主暗通款曲！"

冯妙尽力掩饰住心里的紧张不安，设这局的人，同样做得干净利落，自证"不知情"比自证"知情"远远难得多，现在无论冯夙怎样解释没见过那些东西，都只会被人认为是在抵赖狡辩。而元瑶即便肯替他说话，落在丹杨王夫妇眼中，也只会是在替"奸夫"遮掩。

她回头望向另一侧，见高照容也正笑意盈盈地看过来，手里拈着一只烟霞色的锦囊。高照容与她目光相接，把锦囊放回腰间，悄悄起身踱了出去。冯妙看一眼还在哭泣不止的丹杨王妃，也起身走出殿外。

绕过一段回廊，果然看见高照容坐在院中的秋千架上，双足一荡一荡地踢向半空。冯妙绕到她面前，侧头看着她仍旧美艳的面容，似乎与当年上巳春宴时没有多大差别。

"冯姐姐，"高照容身上使力，那秋千就吱呀吱呀地荡起来，带得她石榴色的衣裙翻飞如朝霞晚雾一般，"你也觉得屋里太气闷了，想出来透透气，是不是？"笑语盈盈、纯真无邪，可冯妙看了只觉得心中生寒，就像那年坠落山崖时，在山洞里摸到一只冻僵的蛇一样，冰凉凉、滑腻腻，却又不得不用手握住，因为只要一松手，蛇的毒牙就会反过来咬中她的咽喉。

“布置得天衣无缝，可惜还缺了最关键的一环，”冯妙走上前，伸手抓住了秋千的绳索，让它静止下来，踏板敲在她小腿上，撞得生疼，“甘草茶并不常见，在洛阳城里，能买到的地方并不多。皇上不会眼看着公主死，所以公主房里发现的那份，我不担心。至于夙弟房里的，只要派人去问问，就知道他从没有买过甘草茶，更不会买来送给公主。”

高照容偏着头柔柔地一笑：“既然事情这么简单，冯姐姐只管去问问就是了，何必跟我说呢？”

冯妙垂下的手无声握紧，要证明夙弟清白无辜，必须问遍所有贩卖甘草茶的药铺，可只要高照容叫人把其中一间药铺的老板藏起来，就会造成那人被胁迫失踪的假象，夙弟仍然百口莫辩。看高照容此时的样子便知道，她必定已经这么做了。

“冯姐姐，有句话说得好，杀敌一千，自损八百，姐姐仍旧像从前那样教导妹妹就很好，何必非要跟容儿过不去呢？”高照容扑闪着长长的眼睫毛，说话时带着几分娇憨。

冯妙握紧的手慢慢松开，扯了扯嘴角问道：“妹妹这么聪明伶俐，我已经没什么可教导你的了。”

高照容踮着脚，掐下一朵生长在砖缝间的蒲公英，“呼”地一吹，白色的细小绒毛便飞散开来。她咯咯地嬉笑了两声，转头对冯妙说道：“冯姐姐替我要了贵嫔夫人的封号，恪儿的生母地位尊崇，更加适合做储君。过几天只要姐姐去向皇上吹吹枕边风，数说太子的不好，过不了多久，恐怕容儿就会跟从前的贞皇后一样了。冯姐姐，你教教我，现在我该怎么办？”

冯妙似笑非笑地看了她半晌，才慢悠悠地说：“我真是看不懂你，起先我以为你是为了高氏的荣宠入宫，你却帮着皇上铲除了高氏。后来我以为你跟我一样，想有个一心一意的丈夫，可你处心积虑生下二皇子后，就再不承宠了。”

“再后来，”冯妙直视着她的双眼，“我以为你跟历朝历代的后宫三千佳丽一样，想要至高无上的地位、风光和荣耀，想尝尝手握大权的滋味，却发现也不是这样。你身上有很多相互矛盾的地方，你自己手段卑劣，却把恪儿教导得端方知礼。从你生下他那天开始，你就在按照教导一个帝王的方式来教导他，可他差一步就能登上太子之位时，你又不愿为他而死。这究竟是为什么？”

高照容转开目光，全无所谓地说：“冯姐姐，你慢慢猜，等你猜出来了，里面的事也就该有定论了。长姐如母，到时候你可千万不要太心痛啊。”

冯妙忽然微微一笑，从袖中拿出一只小孩子用的软枕，递到她面前。高照容闻到枕上散发出来的味道，脸色陡然变了："冯姐姐，你这是什么意思？"

"你不认得了？"冯妙把软枕一边的束带一根根解开，露出里面的枕芯，"怀儿刚到华音殿时，夜夜哭闹不止，我没有办法，只能叫人去双明殿，仍旧要了原来的奶娘来，多亏有这些怀儿用惯了的东西，他才总算不哭闹了。"

东西的确是那样东西，可里面的棉絮、粟壳却是用硫黄熏蒸过的，小孩子用的时间长了，会咳喘不止。高照容伸手要拿过去："这枕芯你换过了！我没有给怀儿用硫黄熏过的东西，他的肺热……他的肺热是天生的。"

冯妙把手向后一抽，避开了她的动作："皇上有多喜欢这孩子，你是知道的，要是皇上发现他患了咳喘症，能不追查吗？"冯妙把束带重新系好，两手交握捧着那只软枕说，"你比我聪明多了，不如你来教教我，究竟是你想要嫁祸给我，故意给怀儿用了这样的东西，还是恪儿嫉妒幼弟，趁人不备往怀儿的枕头里加了这些东西呢？"

鲜卑皇室最重亲情道义，一个谋害幼弟的兄长，再怎么惊才绝艳、少年老成，也绝没有可能继位登基。

高照容咬着唇，脸色变了几变，终于沉着声说："冯姐姐明天叫人去城东的北归药庄问，冯小郡公自然会洗脱嫌疑。"

她略一低头，神色就恢复如常，嘴角噙着丝笑说道："容儿谢冯姐姐教导，不过，容儿现在还是不知道以后该怎么做，要是姐姐太不留情面，容儿一害怕，就会说错不该说的话。"

冯妙轻轻拂去落在衣袖上的一瓣桃花："该不该说的，你早都已经叫人说过了，要是你私下传信给南朝的事被人发现了，你觉得那些皇室宗亲还会支持你、支持恪儿吗？"

高照容"哈"地笑了一声，手指卷着发梢说："那就要看'别人'有没有这个本事发现了。"她从秋千上轻巧地跳下来，微微前倾上身说道，"有南朝血统算什么，偷情而来的私生子又算什么？那双碧眼的来历，才是怀儿身上勾魂的符咒，你这个生母该多替他在佛前点几盏长明灯，免得他胆小、怕黑，会哭的……"

越是用温柔轻妩的语调来说，这话就越显得阴森狰狞。冯妙听见她提到怀儿，指尖陡然变得冰凉，她的确不知道怀儿为什么会有一双碧绿眼眸，但她知道，高照容不会轻易把真相说出来，勉力定住心神，拨开高照容垂落在自己身上的发丝。

高照容妖娆地一笑，凑得越发近，眼神在冯妙雪白的脖颈间扫来扫去："看来冯姐姐真的不知道，姐姐身上应该有一朵木槿花吧？让我猜猜是在哪里，胸口？腰际？腿根？在最隐秘的地方，只有至亲至近的人才能看到，我说的没错吧？”

她又一次咯咯地笑起来，说话时的音调、语气，竟然与往日的高清欢有几分相像，带着一种近乎疯狂的冷酷，像操纵世人命运的神祇从云端俯瞰着被他们随意摆弄的凡人。见冯妙不说话，她直起身子后退一步，冷冷地睨着冯妙：“原来你竟一点都不知道，难怪你能毫无杂念地爱上他。他宠幸你时，还亲吻过你身上的文绣吧？等到那秘密尽人皆知时，我看你们怎么面对彼此，怎么面对你们那个绿眼的杂种……”

高照容在“杂种”两个字上咬了个重音，像是对这两个字带着无边无际的恨意。不过一转眼，她的表情就又变了，上前来亲热地拉住冯妙的手，柔声说：“冯姐姐，我们出来的时间太久了，也该回去了，不然里面的事儿都该说完了。”

她柔若无骨的手搭在冯妙的手上，清凉不带一点汗意。冯妙拂开她的手，径直往离尘殿正殿走去。冯妙心里清楚，高照容不过是在威胁而已，虽然不知道真正的原因是什么，但她肯定，高照容现在还有所顾忌，不敢把她知道的秘密全说出来。她们两人之间，此时此刻陷进了谁也无法先发制人的境地，无论谁先动，另外一个都可以抱着鱼死网破的决心，反戈一击。

离尘殿正殿内，丹杨王已经问完了所有的问题，一切证据都指向冯夙，他惶恐无助地看向冯妙，声音里带着些哭腔：“姐姐，救救我，我是冤枉的。”

冯妙并不看他，而是径直走到丹杨王面前，向他略略屈身福了一福。还没开口说话，丹杨王王妃就先叫嚷起来：“绪儿去了，妾身拼着这条命也不要了，这事别想就这么算了！”说着，她已经直扑上来，就要去扯冯妙头上的发饰。冯妙的发髻上戴了一支赤金攒珠如意簪，簪身笔直，簪尾锋利如刃，没留神便被丹杨王妃扯下来握在手里。

“你们都该给绪儿偿命……”丹杨王妃嘶吼一声，握着簪子便往冯妙身上胡乱刺去。因为事涉皇亲贵胄的隐秘，离尘殿内并没有安排侍卫，护卫皇帝的羽林侍卫都等在殿外。王琬惊叫一声，便吓得转过脸去。

千钧一发之际，站在丹杨王妃近前的崔岸芷直冲上来，正拦在冯妙身前，簪头刺中她的肩膀，血迹迅速染红了轻薄的衣衫。丹杨王这才回过神来，怒斥了一声“胡闹”，转身对着皇上跪下，请他降罪责罚。

殿内闹成这个样子，元宏竟然始终没有离开主位，只低声说了一句：“丹杨王请起。”冯妙叫婢女扶着崔岸芷下去包扎伤口，又对着丹杨王完成了刚才没有完成的福礼，柔声说：“王爷不要误会，本宫对王爷见礼，并不是在替自家兄弟求情。将心比心，本宫委实能够明白王爷和王妃的心情，如果今天是夙弟含冤枉死，本宫也一定会痛不欲生，倾尽全力也要找出真凶。”

丹杨王久在官场，见识自然比他的王妃广得多，立时便听出了冯妙话中的深意。如果今天撺掇皇上斩杀了冯夙，日后又发现他是冤枉的，这位左昭仪娘娘一定不会善罢甘休。

冯妙看出他神情间的细微变化，这才接着说道：“本宫有个建议，不管是谁要害死世子，这甘草茶总不会是凭空长出来的，只要到洛阳城内几家药铺去查问一番，也许就会有收获了。到那时，用真凭实据说话，大家都心服口服，再没什么可狡辩的。”

丹杨王略一思索，也觉得这话有道理，向冯妙草草一抱拳，就算是答应了。冯妙不动声色地用足尖拨开掉落在地上的金簪，这才上前扶起丹杨王妃：“母子连心，世子是王妃的骨肉，可北海王妃也同样是王妃的骨肉，王妃就算不替自己着想，也该替北海王妃想想。北海王夫妇新婚燕尔，说不定过个几年，你就能抱上小外孙了。”

生的希望最能抚平死的创伤，丹杨王的小女儿刘芳韵与北海王的婚礼，因为兄长的突然离世而不得不推迟，但下聘的礼节都已经完成，她迟早会成为冯妙口中的北海王妃。丹杨王妃木然地站起来，撑着丹杨王的手臂，慢慢走出去。

丹杨王夫妇一走，殿内的其他人便也跟着告辞离去。事情彻查清楚之前，冯夙仍旧被看管起来。冯妙走到门口时，回头向灯光晦暗的主座上看了一眼，她总觉得今天的元宏特别奇怪，好像很安静、很疏远，不像平常那个朗朗如日的男人。

离尘殿内迅速空寂下来，元瑶快步走上前，扶住元宏问：“皇兄，你没事吧？”四扇屏风侧面，元宏一手扶着头，一手撑着屏风的木格，脸色也如此时的光线一般昏暗。

“瑶妹，”元宏的声音很小，虚弱却并不犹疑，“皇兄大概真的生病了，不要告诉任何人，明白吗？”自从上次在澄阳宫发作过一次，他身上这种奇怪的病症便时常复发，有时是在跟人议事时，有时是在小憩休息时，毫无规律可循。每次发作起来，身体里像有一把火在烧，脑中疼痛难忍。他只觉得没来由地愤怒、焦躁，好像生命里再没有一丝光亮，没有人可以依靠，没有人可以相信，只能踩踏着一路杀伐的血迹，向着看不见顶端的高处攀爬过去。

他担心自己的病症被那些宗室亲王们发现，会引起朝政不稳，近些天议事时，都用层层叠叠的纱幔遮住面容，万一发起病来也好遮掩过去。可发作过后，他的身体就恢复如常，即使叫侍御师来诊脉，也看不出任何异样。

元瑶点点头，犹豫着问："连……左昭仪也不能告诉吗？"

元宏摇摇头，他不想让冯妙担心。除此以外，他心里还有另外一层更深的隐忧，虽然冯妙不在身边时，他有时也会发病，可每次只要冯妙一靠近，他胸口那团火就烧得格外烈，就好像……冯妙正是引他发作的毒药一样。

胸口的灼烧感稍退，脑海中也清明起来，元宏的唇上渐渐恢复了一点血色，他对着元瑶沉声发问："瑶妹，你告诉朕，究竟是不是你特意准备了甘草茶？"

元瑶垂下头去，咬着唇嗫嚅："皇兄……我……是玉霞告诉了我这种方法，还帮我买来了甘草茶……"她猛地抬起头，带着几分倔强说道，"可我不觉得做错了呀，玉霞她……玉霞她也是实在受不了了，你不知道那个傻子夜里是怎么折磨她的，通宵达旦，我都能听见她房里的惨叫声……她几次寻死，都不成……"

大颗的眼泪滚滚落下，她用手捂住脸，呜咽着说："如果不是玉霞，就会是我啊……你带着王玄之入城那天，我看见他……仍然干净得像天上的月亮一样，可我自己，浑身都是脏的，被那样的人糟践过了……"

元宏重重地叹了口气，这一场不如愿的婚姻，在她心里只留下了"糟践"两个字，如果不是因为心里还有这一轮永远摘不到的明月，恐怕她也会像玉霞一样试图寻死，成，或者不成……

"瑶妹，是朕对不住你，"元宏抬手抹去她腮上的泪痕，"丹杨王是最早归降的南朝人，朕必须让他出了这口气，其余的南朝降臣才能真心归服。你那个婢女玉霞……留不住了，但朕不会叫他动你，你放心就是。"

华音殿内，冯妙有些神思恍惚，端了茶盏送到唇边，却全没发现茶盏里面是空的，根本一滴水也没有。

素问忍了又忍，终于走上前来说："娘娘，您和皇上总不见面，有多少情意也会淡了。"

冯妙轻轻摇头，她总觉得元宏大概是太累了，应该给他时间休息。她更担心的，是高照容那几句意味不明的话——碧眼的来历，才是勾魂的符咒。碧眼与木槿花文绣，究竟有什么关系？

她一边想着事，一边从茶壶里斟水出来，手指上冷不防被热水烫了一下。她轻呼了一声，揉着手指，脑中忽然闪过一个念头，对正要去找药膏来的素问说："去叫姚福全来，快些。"

有冯妙明里暗里帮衬，姚福全已经是总管事了，如果他肯帮忙，或许今晚就能抓住高照容的把柄。

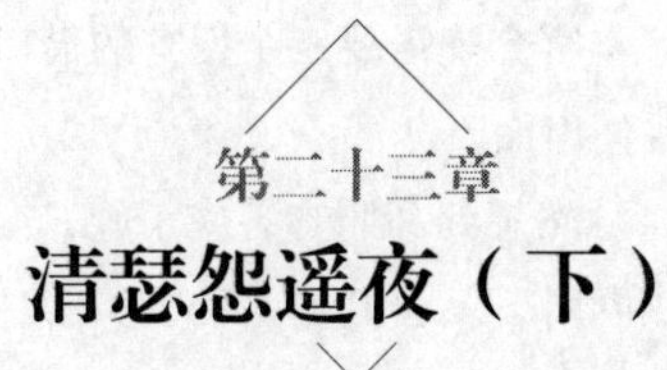

第二十三章 清瑟怨遥夜（下）

素问领着姚福全进入华音殿时，冯妙正拨弄着桌上的两样东西。其中一支雀尾九合簪，是她离开甘织宫进入畅和小筑那天，太皇太后亲手给她戴在头上的。跟其他应选入宫的妃嫔一样，这是她们因德容出众而被天家纳选的象征。每逢节庆典礼，除了佩戴代表品级的头饰外，这支发簪也要一并佩戴。没有经过择选而直接被皇帝召幸的妃嫔，没有这支象征出身来历的发簪。

另外一样东西，是象征左昭仪身份的青鸾印信，通体碧绿透亮，在灯光下泛着莹润的光。

“给昭仪娘娘见礼。”姚福全说着话，就要弯下身子去，冯妙赶忙叫素问扶住他，不叫他行大礼。

姚福全跟当年一样，半躬着身子十分客气地说话：“当年便觉得娘娘仪容不俗，有贵人之相，如今看来果真一点也不差。宫中已经许多年没有人晋到过昭仪的位分了，娘娘却独得圣宠，重新启用这枚青鸾印。想当年，这枚印信也是一位姓冯的昭仪娘娘用过的。”

冯妙心里清楚，他说的另一位冯昭仪，便是文明太皇太后的姑母，正是由她开始，冯家才荣宠日盛，成了大魏第一名门世家。那一位冯昭仪，除了没有过皇后的名号外，身份几乎与皇后无异。

“前一位昭仪娘娘雅有母德，本宫怎敢与她相提并论。”冯妙把青鸾印握在手心上，玉质的触感润滑清凉，“不过本宫既然手里握了这枚青鸾印，就该替皇上分忧，让后宫平安无事，这也是总管事的职责之一。”

那枚印章上的青鸾雕工精细，几乎每一根尾羽都清晰可辨。冯妙用手指划过青鸾的尖嘴，郑重地说：“本宫今晚需要一个搜宫的借口，姚公公只要替本宫安排好，其余的事情都不需要你出面。”

她被茶水烫到手指时，猛然想到高照容答应了她，今晚会放北归药庄的老板回去，明早丹杨王派人去查问时，就会知道是谁去买了甘草茶。无论高照容是否信守承诺，今晚都需要与宫外的人传递消息，只要抓住她私相授受的证据，就可以把谋害丹杨王世子的事，都栽在她头上。这也不算冤枉她，在这件事里，她至少是个推波助澜的帮凶。

姚福全略想了想便说：“愿为娘娘安排，不过我只能掌管内监，并不能调动羽林侍卫和宫门禁卫，娘娘……”

“不要紧，”冯妙把青鸾印放回金线钩面的锦盒中，“你只要安排好事由，再叫人盯紧了，有什么可疑的情形都来告诉本宫就好，本宫自会去处置。”

双明殿耳房内，高清欢端坐在一角，面色被灯光映得有些发白。他并不看向高照容，只是冷着声对她说话：“我警告过你了，你却还背着我跟南朝的人联络，冯夙还有用处，别再动他了。”

高照容不屑地轻哼一声：“除了留下他讨好你的妙儿，那个呆子还能有什么用？”

“我说过了，你要耐心一点，”高清欢从袖中掏出一只白瓷小瓶，递到高照容面前，“这里面是依兰香，如果拓跋宏来你这里，就想办法用上一些。”皇室已经昭告天下更改了姓氏，高清欢却仍旧用“拓跋”这个旧姓来称呼，像要强迫自己记住什么不该忘记的事情一样。

依兰香能令人身热情动，尤其是初夏清晨从黄色依兰花中提取的香露，效果最好。高照容脸色微微变了，用三根手指拈住那只小瓶，怀疑地问：“你不会还在指望我能重得圣宠吧？别想了，就算我肯，你以为皇上现在还会宠幸冯妙之外的女人吗？”

高清欢的眼睫垂下，恰好遮住了他那双碧绿的眼睛：“你只管照做就是，我这样安排，自然有我的理由。”

沉默片刻，他又接着补充说：“你现在不用急着替二皇子争什么，我最近听来了些别的消息，也许我的计划可以变一变，也别动那个碧眼的孩子，也许他也还能派上用场。”

高照容的脸色变了几变，终于还是忍不住冲口说出来：“现在哪里还由得了我？你以为皇上把两个孩子带进华林别馆，真的是被宗室老臣胁迫才不得不这样做吗？你做中朝官也有十年了吧，什么时候见过皇上被人逼迫着做事？”

她冷笑一声：“他这个人，只要是想做的事，就一定要千方百计做到。我不瞒你，我的确去过华林别馆，想从那个碧眼孩子身上下点功夫。可他派了自己最亲信的玄衣卫在那里戍守，里面的衣食用度，全都由玄衣卫送进送出，别人根本插不上手。他这么做，分明就是已经怀疑我了。”

“不要紧，”久久的沉默过后，高清欢的话越发简短清冷，“拓跋氏的子孙都是狼，要么不动，只要一动就会咬断对手的脖子。抢在他前面，不给他动手的机会就是了。”

高照容还要说什么，耳房外忽然传来急促却轻微的敲门声，她抬手拨开门闩，春桐的半边面孔便露出来：“娘娘，有内官来说，御膳房有个小宫女跟侍卫私通被发现了，关在柴房里却逃了出来，现在不知道躲到哪里去了，宫里的人正在四下搜查呢。来的人是慎刑所李公公手下的，要进双明殿里看看，说怕那小宫女躲在暗角里急起来伤了贵人。”

她的手上还裹着厚重的纱布，被素问责打过后，两只手掌心上都扎满了尖刺，不得不用刀尖一点点划开，才能取干净，不知道过后会不会发炎流脓。

没等高照容说话，双明殿外院的敲门声已经越来越大，内监尖细却高亢的声音，直传进来：“贵嫔娘娘，我看过了双明殿确保安全无虞便走……”

高照容压低了声音恨恨地对高清欢说：“看见了吧，就算我肯安分，你的妙儿也不会放过我的，她已经不是当年你见过的那个被嫡母责打的小丫头了，她现在是左昭仪，手里有青鸾印，等同于半个凤印。”

她把那瓶依兰香放进怀中，不过一转眼的工夫，嗓音就恢复了平常的软糯甜腻：“春桐，几个内监也配大摇大摆地走正门进入双明殿吗？你去带他们从侧门进，在正门给本宫备轿，本宫要去澄阳宫看望皇上。”

春桐应声去了，高照容的嘴角斜斜上挑，既然冯妙要斗，那就斗斗看吧。

华音殿内，冯妙坐在鸡翅木描金胡床上，喝着浓茶提神。自从把怀儿带回身边抚养，她就一直睡得很早，平日这个时辰，她早已经抱着怀儿歇下了。

素问匆匆走进来，在她耳边匆匆说：“内监在双明殿没有搜到东西，高贵嫔乘了轿子，往澄阳宫方向去了，姚公公请娘娘示下，还要不要拦住轿子。”

“要拦，不过不能再用搜查的借口，闹得急了，她真拿出贵嫔夫人的款儿来，要责罚姚福全，反倒不好办了。”冯妙放下茶盏，沉思片刻说道，“他不是借口有个宫女跟侍卫私通，所以才要搜宫的吗？让他安排两个人假装逃窜，撞在高照容的轿子上，让她逃脱不得。等闹开了，本宫再过去处置。”

素问去了小半个时辰，就又折回来传递消息，姚福全并未直接出面，只叫了几个平常办事得力的太监去安排。夜里宫道曲折，洛阳皇宫又不像平城皇宫那样，沿路都布有石质灯座，安排的侍卫使了点巧劲儿，正撞在高照容的轿杆上，虽然没坏，却也没办法再抬着走了。

假意搜捕的内监立刻上前叩头请罪，张罗着要另换一顶软轿，送高贵嫔回去。可轿子里的高照容却大发脾气，无论如何都不肯出来。

冯妙听了回话，又不紧不慢地喝了一盏茶，这才匆匆绾起头发，在寝衣外披了一件袍子，赶到高照容停轿的地方去了。远远地便看见春桐守住轿帘，不让内监靠近，对着他们怒斥道："娘娘身子娇贵，前几天又染了风寒，刚刚才好，哪能随便移动？"

内监跪在地上，有些为难地说："天色已经晚了，娘娘的轿杆又撞得松动了，从这里无论是去双明殿还是去澄阳宫，都还很远。新的软轿已经传过来的，不如娘娘平日用的宽敞舒适，但总归是可以代步，就请娘娘委屈一下……"

姚福全办事稳重妥当，选择的地点、安排的人手，都恰到好处。那名跪在地上的内监，说起话来温吞得很，春桐又气又急，却偏偏不好对他发脾气。

冯妙从自己的四帷软轿上下来，缓步上前故意问道："这是怎么了？本宫都已经歇下了，又听说有人在这冲撞了高贵嫔，这才特意来看看。"

那内监温吞吞地把事情经过讲述了一遍，请左昭仪示下。冯妙走到高照容的软轿前，伸手便要打起轿帘。春桐自从挨过责打以后，就对冯妙心生畏惧，吓得脸都白了，却又不敢贸然阻拦，只能惊叫了一声："娘娘！别……"

冯妙侧头看了她一眼，素问在一边低声呵斥："放肆，昭仪娘娘面前，哪里有你说话的分儿？还不快让开！"

素问便是亲自动手责打春桐的人，她一开口，春桐更不敢说什么了，低垂着头退到一边。冯妙上前掀起帘子一角，轿内的情形却让她大吃一惊。狭小的空间内，竟有两个人在。高清欢端坐在轿中一侧，眼中清冷无光，高照容紧挨着他坐在另一侧，身上只穿了一件轻薄的纱衣，隐约看得见金橘色肚兜上绣着鹊上梅梢图。

冯妙的身子刚好遮住了其他人的视线，轿外此时只有她一人看得见这幅香艳旖旎的景象，只要她把轿帘整个掀开，高照容与臣子私相授受就证据确凿，再没有辩驳的余地。

高清欢微微抬起眼帘，平淡如水地注视着她，低回的声音在窄小的轿厢内盘旋："妙儿，我从来改变不了你的想法，你想做什么，就只管去做好了。"

冯妙微微怔住，在刹那的分神间，竟然想到其实她从来不知道高清欢究竟有多大年纪。第一次见到他时，他差不多就是现在这副样子，那时他连傩仪执事官都还不是，只是高氏府上的养子，穿着跟寻常世家公子一样的锦缎衣裳。

她一直不明白，高清欢为何对自己格外与众不同，但他的的确确几次三番地帮助过自己。她给李弄玉讲过的故事，其实还有后一半没有讲出来。当她因为永远摘不到树梢上那朵花而哭泣时，有个紫色衣袍、碧绿眼眸的人，抬手从树梢上折下了开得最好的那一朵花，递到她面前："你想要却得不到，为什么不来叫我帮你？"

高照容好整以暇地拈着发梢，似笑非笑地看着冯妙："冯姐姐，对你好的人还真多，你舍得对他们狠心吗？"她故意把高清欢带在自己的软轿中，就是料定了冯妙会心软。高清欢是内官，只要送离嫔妃们居住的宫室，他就可以自己找到合适的借口从容离开。冯妙算定了前后经过，却没料到替高照容传递消息的人，会是高清欢。

跪在地上的内监不知道轿子里发生了什么，又不敢出声询问，只能悄悄挪了挪酸麻的双腿。

冯妙在高照容身上扫了一眼，转头微笑着对跪了一地的宫女、太监说："本宫还当是什么了不得的大事，高贵嫔新晋了位分，想去澄阳宫向皇上谢恩，夜深人静便穿得别致了些。素问，你去双明殿替高贵嫔取件衣裳来吧，受了这番惊吓，恐怕也不能去澄阳宫了，就让高贵嫔披了衣裳，移到本宫的软轿里回去吧。"

她复又对着帘内说道："本宫的四帷软轿，是昭仪专用的，不是宫中供五品以下妃嫔用的普通软轿，总不至于委屈高贵嫔了吧？"她把话全都说尽了，遮掩住了轿中还有一个人，又让高照容无法拒绝她后面的安排。

高照容起先还有几分得意，听完了她的话，脸上却浮起一层气急败坏似的愠怒。她和春桐都已经出来了，双明殿里现在只有几个粗使的小宫女，素问是左昭仪身边的贴身掌事宫女，如果要找个借口搜查，那些小宫女根本没有可能拒绝。如果素问再把预先备好的东西拿出来，说是在双明殿找到的，她就更是百口莫辩了。

她早该想到了，从冯妙拿出那个用硫黄熏过的小枕头开始，就代表着不会再对她手下容情了。栽赃这种伎俩，从前不是冯妙不会用，只是她不屑用。

高照容眼睛转了几转，冷着声对轿外吩咐："春桐！你跟素问一起去，免得她不认得路，找不到本宫的东西放在哪里。"

春桐应了一声，上前请素问跟她同行。两人之间保持着一尺远的距离，一同往双明殿去了。

夜里毕竟风凉，冯妙轻咳几声，便回到自己的软轿上坐下。小半炷香时间过去，素问便带着一件外袍和一只楠木金漆小盒折了回来，当着众人的面，她只对冯妙说："奴婢见夜里风大，还帮贵嫔娘娘把装发簪的首饰盒也拿过来了，若是贵嫔娘娘需要绾发，奴婢也可以伺候一下。"

素问办事一向妥帖，冯妙心中有数，当着众人的面揭开盒盖看了一眼，一段绘着符咒的素锦正压在一支白玉簪下面。还是在甘织宫那年，她无意间知晓了大魏皇室忌讳的符咒，曾借助这东西，躲过了一场无妄之灾。

高照容是二皇子的生母，北海王又有东山再起的迹象，寻常的小错，一定会有大臣上表替她开脱。只有诅咒国运这种事，能让那些大臣不仅无话可说，还会对她心生厌恶。

冯妙缓缓向前踱了两步，手指压在盒盖上，正要掀开，对面的软轿内忽然又传出高照容软糯的声音："冯姐姐，我的耳坠子钩住头发了，能不能请你来帮我解一下。"

素问向冯妙轻轻摇头，示意她并不知道是怎么回事，刚才去双明殿取东西时，春桐只是拖拖拉拉的，却并没有什么可疑的举动。冯妙用一只手拿住楠木盒子，另一只手掀起半边轿帘，向内看去。

高照容斜挑着眼角，笑得灿若桃李一般，空荡荡的耳垂上，并没有什么耳坠子。她平伸出一对纤白的手指，指缝间也夹着一张粉纸笺。

冯妙微微皱眉，下意识地便想到了她从前遗落在王玄之那里的那张纸笺，可转念又觉得不可能，王玄之一向处事小心，他收着的东西，绝不会轻易落在旁人手里。

高照容也不说话，只柔柔地笑着，轻轻翻转了手掌，把有字的一面展开在面前。一行熟悉的字迹猛地跳进冯妙眼中：父皇陛下安好，不肖儿夙拜上。端端正正的隶书，分明就是夙弟的笔迹！

整张纸笺上，都是用冯夙的口吻写给萧鸾的信。

"自从受了冯姐姐的教导以后，容儿一直觉得心里不安，就去求了张平安符来，"高照容用手指拈着那张纸笺，划过嫣红的唇边，"没想到这么快就用上了。"

两人连番较量，竟然又是谁也动不得的死局。冯妙清楚，只要她拿出楠木金漆小盒里的符咒，那封不知道是真是伪的信，便会要了夙弟的命。冯妙的手指死死捏住盒盖，半晌才说："就用本宫的软轿送高贵嫔回去吧，你们都散了，就留春桐在这伺候就行了。"

轿帘放下时，冯妙清晰地看见，高照容眼中露出一抹得意的笑来，那种被蛇缠住手臂时的恶心感又涌了上来。

听到外面的脚步声逐渐散去，高清欢才开口说道："我告诉过你，别动冯夙，他还有用。"

高照容把披散的头发握住，轻轻拢了拢快要滑落的纱衣，有几分不高兴地说道："知道了。"她忽又问道，"如果恪儿真被立为太子，你预备怎么保全我？

还是……你根本就打算牺牲掉我？”

高清欢的声音依旧清冷如此时的月色一般：“大不了不让恪儿被立为太子就是了。”

高照容还想说什么，可终究怕惹恼了高清欢，闭紧了双唇。她见过高清欢发狠时的样子，与他平时冷寂高华的样子完全像是两个人。要不然，她也不会由着高清欢摆布自己那么多年。

澄阳宫内，元宏与太子少傅李冲相对而坐。李冲面色凝重，一手拈着胡须说道：“我不通医术，更不知道为什么皇上会有如此奇怪的病症，只是……皇上迟迟不让御医诊治，恐怕也不是办法。”

“朕不想让任何人看见朕发病时的样子，因为朕既不想狂躁伤人，也不想让人发现朕有如此不堪一击的时候，”元宏用银钩子挑亮烛火，“朕原本想慢慢收网，只要有三五年时间，朕便可以把大魏朝堂上守旧不安分的势力都剔除干净，到那时再心无旁骛地大举南征，现在看来，不得不加快动作了。”

他盯着跳动的烛火，眼前又浮现出那抹纤瘦的身影，穿着嫩黄色的衣衫，无比温柔地照料着怀中的幼儿。那身影上，有他除了千秋帝业之外的一切念想，少女的慧黠、贤妻的温婉、母性的坚忍……

元宏微微闭上眼，沉声说道：“朕要废太子，改立二皇子元恪。”

如果他身上突发的病症，真的容不得他等到怀儿长大那天，他就得提前为他心爱的妻子和幼儿安排好一切。二皇子聪敏早慧，倘若他登基即位，一定会善待他的冯母妃的，至于高照容，他必须把暗中支持她的人给彻底拔除，才能放心。

李冲沉吟片刻，说道：“皇上要废太子，最好等到太子返回洛阳城中，再颁布诏令，以免人心生变。至于皇上的病症，现在还不知道是什么原因，也未必就不能医治。皇上如果信不过宫中的御医，不妨到宫外寻访名医来试试。”他犹豫着说：“我认识一位朋友，专会诊治疑难杂症，只是脾气古怪些，不知道肯不肯来替皇上看看。”

元宏轻轻点头：“但凡有一分的机会，朕也愿意试试，不过这不是眼下最要紧的事，朕有另外一件事想拜托李大人去办。”

第二十四章 长堪醉

李冲在皇帝面前，并不像其他汉臣那样诚惶诚恐，反而带着一种近乎长辈的关切。他挺直了脊背，等着元宏继续说下去。

“从前在平城时，朕曾经有过一个师傅，每隔几天就会来教导朕一次。”说起往事，元宏的眼中闪出一抹留恋的光华。那时所有人都在试图教导他怎样做一个木偶般的皇帝，只有这个师傅，会带着他跑过长长的永巷，让他张开双臂，从高高的宫墙上跳下来，感受凉风拂过面颊时的畅快。师傅的存在，弥补了元宏少年时关于父亲的那部分缺失。

李冲目光微动，却终究什么都没有说，他并不打算告诉眼前的皇帝，他就是那个从未露出过真容的师傅。人与人之间的缘分，就像偶然相遇又分开的云一样，只需记住交汇时的刹那芳华就好，不必追寻各自会飘向何方。

元宏并没注意到他眼眸中一闪而逝的变化，仍旧娓娓地继续说下去：“朕记得，有一次在等着师傅来时，曾经在某处看到过带木槿花图样的东西，那时也没多留意。朕想拜托李大人去一趟平城皇宫，悄悄查探一下，究竟什么地方有这种木槿花。”

他提起笔来，在纸上寥寥勾画了几下，一朵半开的木槿花就跃然纸上。元宏凝神想了想，又在旁边画下一朵傲然盛开的木槿花，这图样毫无预兆地从他脑海中跳出来，似乎很早以前就埋藏在记忆深处。

李冲取过皇帝面前的纸，扫了一眼那两朵并排的木槿花。他是汉臣，对鲜卑氏族的祥纹图腾并不熟悉，但他在宫中多年，也记得拓跋皇室多喜欢用白鹿、朱雀、天马之类的瑞兽，自从太皇太后笃信佛教开始，宫中也渐渐开始使用莲花纹、祥云纹，可印象中从没见过这种木槿花。

元宏又叮嘱一次：“这件事情很重要，朕不放心交给别人，一旦找到任何线索，请李大人直接来告诉朕。”他一向都很懂得怎样驾驭人心，选定了合适的人去做事，就会充分信任。李冲见他这样说，知道元宏对这件事有多重视，便郑重地揖了揖双手，把那张纸凑在烛火上烧掉：“臣记下这两幅木槿花的样子了，皇上请放心。”

长夜寂寂，这一晚宫中所发生的几番较量，落在外人眼里，不过是左昭仪与高贵嫔仍旧亲密无间，甚至将自己正一品昭仪所用的四帷软轿，留给高贵嫔乘用，自己信步走回华音殿。

第二天一早，丹杨王便亲自带着人去洛阳城内的几家药铺查问。在问到北归药庄时，那身形矮胖的老板提起，几个月前曾有一位年轻的小娘子来买过几大包甘草茶。再细问起那小娘子的相貌、衣衫、发饰时，细节之处全都与丹杨王世子的侍妾玉霞相吻合。

丹杨王强压着心中怒火，返回王府将玉霞带出来审问，三言两语间，玉霞便全都招认了。话都说了出来，玉霞却全没有半点惊恐害怕的样子，反倒带着一种终于解脱了的如释重负，只恳求丹杨王善待她替世子留下的儿子，自己从从容容地叫人将白绫悬在梁上，把纤细柔弱的脖颈套了进去。

玉霞不是一个烈性的女子，即使被六公主推进了痴傻世子的房里，也没有说过一句怨言。命运对她不公时，她最激烈的反抗，也无非就是匆匆离去、不愿再受摆布而已。

丹杨王妃痛失独子，仍旧觉得不解气，想叫人将玉霞全身衣裳剥去，丢在城外荒郊乱葬岗上。最后还是丹杨王斥责道：“要不是你纵容绪儿祸害了人家好好的姑娘，哪至于会有今天这样的事？！悄悄地叫人去葬了就是，还嫌丢人丢得不够吗？”

一领草席卷着玉霞，从侧门送出了丹杨王府，陈留公主元瑶的罪名也就此洗脱，丹杨王仍旧照常上朝议事、执巡，君臣之间很有默契地再也没有提起此事。

元宏借口冯夙对陈留公主出言不敬，把他留在离尘殿多关上十天，算是惩戒。

冯妙后来才从宫人们的议论中知道了事情的来龙去脉，悬着的心总算放了下来，丹杨王找到了真凶，夙弟就不会再有危险了。

她默默地在心里计算，怀儿已经离开华音殿有一个月了，元宏也整整一个月没有到华音殿来了。起先她总觉得元宏或许是太忙、太累，便不去打扰他。可两人就在同一处宫墙内，却一个月都没有私下说上过几句话，冯妙即使嘴上不说什么，心里却觉得有些干涩。

茶汤从青瓷小壶里流泻出来，明前绿茶冲过三泡以后，汤色就明显浅淡得多了。冯妙盯着小盏里近乎透明的茶汤，脑中忽然跳出一个奇怪的念头，是不是所有曾经浓情蜜意的爱人，真正日日相对时，也会像这反复冲泡过的茶一样，最终变得淡而无味?

她侧头看向镜中，眉眼依旧盈盈如画，却不再像当年那么青涩稚嫩了，反而带着几分恬淡柔和。大约是跟怀儿在一起的时间长了，她的动作越发轻柔和缓，眼角唇边的线条都越发温婉。

还记得在平城那年，皇帝命人送来一颗青杏，害她整整一天心神不宁。可自从到了洛阳，似乎再没有过那样叫人面红耳赤的时候了。

不知道胡思乱想了多久，灵枢从殿外匆匆走进来，顾不上拂去肩头沾染的柳絮，就径直走到冯妙面前。素问在一边打趣地问："这是急忙忙地要做什么？"

灵枢难得地不理会素问的话，草草屈了屈膝便算是行了礼，对冯妙说："我刚刚从御膳房经过，听那里的小宫女说，华林别馆刚刚调了两个嬷嬷过去，说是要给小皇子煮药膳。我特意留了心，就又去御药房问了问，华林别馆今天早上的确传了些草药过去，都是些治疗咳喘肺热的。我担心……我担心……"

冯妙眼前昏黑，险些站立不住，她知道灵枢在担心什么，华林别馆中可能会用到这些药的，只会是怀儿。

素问有些责怪地看了灵枢一眼，上前扶住冯妙劝慰："娘娘先别急，小孩子偶尔肺热咳嗽，也是正常的，只要及时用药，不会有什么大碍。"

冯妙轻握住她的手，心里更深的担忧却怎么也说不出来，那些人和药是从外面调进华林别馆的，怀儿只是一个不到三岁的幼儿，如果高照容要借机动什么心思，那怀儿就只能像放在案板上的羔羊一样，任人宰割。

她抚住胸口，稳下心神："替我更衣梳妆，我要去求皇上，让我把怀儿带回来照料。"灵枢和素问不敢耽搁，一人上前帮她梳头绾发，另一人匆匆命人去准备肩辇。小盏中倒出的茶水还热着，冯妙便已经穿戴整齐，乘着肩辇行在去澄阳宫的路上。

离着澄阳宫还有十几步远，便听得见殿内传出的丝竹弦乐声。元宏一向并不喜欢宴饮游乐，更不会在白天就如此放纵，冯妙觉得奇怪，只叫抬着肩辇的小太监加快了脚步。

两名身穿藏蓝衣袍的内监站在澄阳宫门口，看见左昭仪的肩辇过来，便一起上前行礼问安，没等冯妙开口，其中一个口齿伶俐些的便抢先说道："昭仪娘娘来得不巧，皇上今天有口谕，无论是谁来都不准进去。"

素问在一边说道："你看清楚了，这可是左昭仪娘娘。"

内监赔着笑把腰弯得更低，却没有半点要让开的意思："皇上特意吩咐过，就是昭仪娘娘来了也不准进，娘娘就别为难小的了，皇上的脾气您是最清楚的。"

冯妙知道他不敢在这种事上胡说，搭着素问的手走下肩辇，问道："什么人在里面？"

那内监露出几分尴尬神色，可还是壮着胆子说道："前几天有大臣上表，说皇上的子嗣单薄，又说宫中自从皇上亲政时选过一次妃嫔，后来就再没选过了，既然皇上有意让鲜卑贵胄与汉族世家通婚，不如在宫中也多选些汉家女子为妃。"

他偷眼看着冯妙的脸色，见她没有什么发怒的兆头，才接着说下去："皇上原本叫高贵嫔娘娘先看看，选些德容出众的女子来。贵嫔娘娘心思灵巧，选出了二十六名女子，预先练习了一出踏歌春祭舞，今天正演给皇上看呢。"

踏歌……冯妙的心口像被什么东西重重击打了一下，那是她在上巳春宴时跳过的舞，少年天子没来由的恼怒，她直到后来困在方山万年堂时才明白了原因。冯妙无声冷笑，高照容的确心思灵巧，知道用她跳过的舞来博取皇上的欢心，配上花朵般娇妍的年轻女子，既唤得起元宏记忆中酸甜参半的部分，又恰到好处地把她这个已经算不得年轻的"旧人"给比下去了。

"本宫不为难你，"冯妙开口，声音像飘在云端上一般，连她自己都听不大清楚，"劳烦你进去跟皇上禀报一声，就说两位皇子离开华音殿已经有一个月，本宫想去探望，来跟皇上求个进门的手谕。"

通传原本就是门口两人的职责所在，那人应了一声，快步走进殿内，不多久就返了回来："娘娘，您还是先请回吧，皇上说今天不议事，有什么事都等明天再说。"

听了澄阳宫内监的回话，冯妙像被人兜头泼了一盆冷水一般，从内到外都是冷的，他竟用这样的话来拒绝——"今天不议事"。

"再跟皇上禀报一声吧，我只去看看而已，要一份手谕，也耽误不了皇上多少时间。"冯妙也不愿让这当差的内监为难，可她实在太想见怀儿，华林别馆门口的玄衣卫又只听从元宏一人的号令。

内监犹豫再三，还是转身走了进去，这一次他返回得更快，对着冯妙摇摇头："娘娘，不是小的怠慢您，皇上刚才见小的进去，就猜到了仍旧是替娘娘传话，直接叫人撵了出来。娘娘还是……"

紧盯着那名内监的目光慢慢黯淡下去，冯妙沿着澄阳宫门前的青灰色石砖走了几步，在正对着宫门处屈膝跪倒。

"娘娘，您这是……"守门的内监吓了一跳，慌忙上前来要劝，又不敢直接动手搀扶，只能求救似的看了素问一眼。

素问走到冯妙身边，俯下身去说：“娘娘，要是皇上今天没空，咱们就先回吧。小皇子那边有人照料，娘娘别在这时把自己怄得病了。”

冯妙只是摇头，一句话也不说，固执地跪着不肯起身。素问无奈，起身看了门口的内监一眼，客气地说：“劳烦公公看着皇上得空时，再通传一声吧，昭仪娘娘只是想去华林别馆看看小皇子而已。”

自从以左昭仪的位分回宫，冯妙就再没这么跪过，因为元宏给过她许诺，让她今生不必再跪任何人。可是她终究还是跪了，膝盖抵在青砖上，凉意从地底深处直透出来，蔓延到四肢百骸中去。她此刻跪的，正是曾经许诺过她不用再跪拜任何人的那个男人。

澄阳宫的大门缓缓打开，二十几名年轻的世家少女，陆陆续续地走出来，经过冯妙身边时，都带着几分好奇和怯意看着她，犹豫着不知道该不该去见礼。门口的内监叫住走在最后的少女问道：“姑娘，请问里面还有什么旨意没有？”

不知道是哪家的闺秀，面容清秀白皙，梳着双环小髻，身上穿着鹅黄春衫，忽闪着一双大眼睛答话：“公公客气了，皇上留贵嫔娘娘在这里歇下了，没说什么其他的了。”

冯妙像全没听见一样，双眼看着双膝正前方的砖缝。素问叹了口气，连她都看出来了，这些经过挑选的世家少女，几乎个个都有一双圆而微弯的眼睛，纤瘦窈窕，侧脸的轮廓更是与冯妙有七八分相像。

少女们渐渐走远了，隐约听得见她们的窃窃私语声传来，议论着皇上多看了谁一眼。在她们心里，元宏是开疆扩土的一代雄主，生得既年轻又器宇轩昂，嫁入天家委实比嫁进任何一个亲王贵胄的府邸中都好得多。

内监有些为难地上前：“昭仪娘娘，看样子皇上今晚要留高贵嫔在澄阳宫歇息了，小的们要去替皇上传彤史、准备沐浴香汤了，娘娘您……”

“你自去忙好了，不必理会本宫。”冯妙连睫毛都没有抖一下，低声说道。内监摇头叹气，转身进了内殿。门缝间透出的朦胧灯光忽然熄灭，澄阳宫外只剩下一片幽暗森冷，殿内隐约传出高照容的娇笑声，在夜色里听来分外刺耳。

跪到子时，冯妙便受不住了，素问实在看不下去，叫太监抬了肩辇过来，硬把她送回了华音殿。冯妙吹了半夜的冷风，也发起咳嗽、低烧来，整碗整碗的汤药灌下去，人却越发迷糊起来，只在半睡半醒间模模糊糊地叫“怀儿”，急得素问不知道该怎么办才好。

从那一晚开始，高照容重新成了众人眼中的第一宠妃。贵胄中间的纨绔子弟开始幸灾乐祸地议论，原来皇帝也跟普通人一样，妻不如妾，妾不如偷，偷得着不如偷不着，当初爱得如珠如宝一般的人儿，如今成了左昭仪，夜明珠也变成死鱼眼了。

有见识些的老臣却暗自琢磨，皇上的举动或许别有深意，太子一直不成器，二皇子却聪慧过人，抬举他的生母，或许代表着皇帝心里已经有了废立的主意了。已经有人开始偷偷地打听，高贵嫔和二皇子平常喜欢喝哪里的茶，吃什么样的点心，爱用金器还是爱用玉器。

一些跟高氏交好的朝臣，也开始重新得到外放为官的机会。

此时，太子元恂已经回到了平城，从心碧口中听来的隐秘，带给他的震惊实在太过巨大。说起来，他也不过是个十几岁的孩子而已，身为太子，虽然不得父皇喜爱，却也是从小被宫女、嬷嬷、太监仔细照料着长大的，并没经受过大起大落的人生。

突如其来的身世之秘，几乎将他前半生的所有认知，都击打得粉碎。从贞皇后陵寝返回平城的路上，他没有一个晚上睡熟过，一会儿梦见父皇声色俱厉地说着“要打死这个混账东西”，一会儿又梦见面容模糊的母后，抱着他嘤嘤哭泣。

他在平城给父皇上了一封奏表，说自己病了，暂时不宜走远路，想先在平城休养一阵子再返回洛阳。元恂心里比谁都清楚，这些不过是托词而已，他其实是害怕，不知道该怎么面对这个没有血缘关系的“父皇”。

在惶惶不安中过了十几天，东阳王元丕忽然带着世子元隆前来探望太子。东阳王是皇室宗亲里辈分最高的老亲王，与任城王元澄一样，在朝堂上很有影响力。太子元恂听说是东阳王到访，立刻起身迎出府邸大门之外，没有了冯清这个母后的支持，东阳王已经是他最后的指望了。

东阳王不过说了几句客气话便走了，留下世子元隆陪伴太子。元隆本就是鲜卑贵胄里最典型的纨绔子弟，汉字不认得几个，却最擅长斗鹰赛马。两人原本就相识，这次元隆又是受了父亲的再三叮嘱，刻意接近太子，很快便彼此熟悉起来。

元恂平常没有什么朋友，身边突然有了一个可以喝喝酒、跑跑马的同龄人，他便觉得这就是所谓的友情了，把自己堆在心里的话全都告诉了元隆。

“太子殿下，别怪我多嘴，”元隆勒住马缰，“我和父王从洛阳来时，皇宫内外已经满是风言风语，说皇上想改立二皇子为太子。二皇子的生母刚刚晋了贵嫔夫人，高家的好几个亲戚也外放做了刺史、县丞，这苗头已经很明显了。”

他故意压低了声音，阴恻恻地说：“被废的太子要是还活着，新的储君怎么可能放心得下啊！”

元恂本来就没什么主见，此时一听更加害怕，吓得声音都变了：“那……那我能怎么办，父皇……不，我已经不配叫他父皇了……皇上肯定已经知道了，我根本就不是他的亲生儿子。”

“太子殿下，我是真心拿你当朋友，才跟你说句掏心窝子的话，”元隆一脸诚恳，“这么多年了，皇上都没有提起过这件事。只要知道这秘密的人不说，殿下就永远是皇上最爱的贞皇后生下的长子。”

东阳王元丕的妻妾都是血统纯正的鲜卑女子，元隆生得宽额高鼻，也是一副典型的鲜卑男儿相貌，峰峦一般的双唇间，吐出的话语带着蛊惑人心的味道：“要是太子殿下能快些登基为帝，这秘密，就永远只会是一个秘密了。”

“你……你到底是什么意思？”元恂只觉得手脚发凉，父皇春秋正盛，又一向勇武过人，前几年还曾经数次带兵亲征，哪有半点需要新皇登基的迹象。

“太子殿下，其实太皇太后她老人家英明过人，这些事根本就瞒不过她的眼睛，已经把一切都安排好了。”元隆附在太子耳边，低声说了几句话。

元恂惊骇得睁大了双眼：“你……你说父皇他……”

元隆赶忙捂住了他的嘴：“殿下，不要声张，我是听父王说的，肯定不会有错。你也知道，父王当年帮着太皇太后诛杀了权相乙浑，立下大功，所以太皇太后才会信任父王，把这个天大的秘密告诉了他。”

“可我……可我……”元恂的心如在油锅中反复煎炸一般，要是从没有过这样的念头也就罢了，偏偏他做了十几年太子，距离那个至高无上的位置只有一步之遥，“可我手里只有十几个亲信侍卫，在父皇……皇上面前，根本就不堪一击。”

东阳王世子元隆邪邪地笑道：“殿下，父王和我既然把这秘密都告诉了你，自然会站在殿下这一边儿。还有，殿下别忘了，您的亲生父亲北海王手里，还有自己的亲卫呢，天底下哪有父亲不帮自己亲儿子的道理？他新近攀上的岳父大人，也是一员虎将，手下的兵马何止千万？最关键的问题，就是太子殿下您，到底有没有这个胆量？”

洛阳城内，皇帝已经整整一月都只召高照容一人侍寝，几乎要她时时刻刻都陪伴身侧。

灵枢悄悄去跟御药房的人混熟了，打听到华林别馆先传了几天清热祛毒的药，后来又传了些固本培元的补药，最后才慢慢减少了药量，直至完全不用了。她把这情形讲给冯妙和素问听，三人都觉得怀儿的病应该是好起来了，这才多少放心了些。

冯妙的病症却一天天严重起来，接连咳了几次血，连续低热不退。

第二十五章 天净月华开

素问每次喂药的时候，总要劝上几句："娘娘，您再不放宽心些，这病怕是永远也好不起来了。"冯妙心里何尝不明白这个道理，只是"宽心"二字，实在是说来容易，做起来却难。

从前，元宏即使不来华音殿，也总会忙里偷闲地问起，"华音殿的暖炭是不是清净无烟的那种""新贡的瓜果给华音殿送去了没有""华音殿近来有没有传过医药"……可这一次，却是彻底的悄无声息。

底下的宫女、太监看着猜度着皇上的意思，也对华音殿冷落起来，虽然不敢苛待这位后宫位分最高的左昭仪，却也不再像从前那样殷勤奉承。

冯妙越是病得昏昏沉沉，素问越不敢掉以轻心，索性不再用外面送来的汤药和饮食，一切都是自己在小厨房里做。

这天她刚喂着冯妙喝过一点清粥，转身收拾梨木小几上的碗筷时，瞥见房门口站着一个身穿浅紫色衣裳的女子，静静地不说话，只用一双眼睛看着咳嗽不停的冯妙。素问看着那人面生，可见她头上戴着一支宫嫔才能使用的蝴蝶穿花步摇，便屈身福礼问道："这位娘娘，请问您是……"

门口的女子还没说话，冯妙便说道："素问，你下去吧，我跟她说几句话。"她的声音仍旧虚弱，却已经带上了几分欣喜，自从华林园那次宫宴之后，她已经许久没有见过李弄玉了。冯妙知道李弄玉很有些怪脾气，刻意接近她，她反倒不理不睬，别人风生水起时，她也不肯来凑热闹。上一次李弄玉主动来看冯妙，正是她刚刚没了孩子又被废弃出宫时，靠着李弄玉凑来的一大包铜钱，才算在青岩寺挨过了前几个月。

素问正要走，李弄玉却径直走到床榻前，直接拉着冯妙的手腕把她扯起来，带着她就往外走。冯妙被她冷不防这么一扯，急急地咳嗽起来。素问见她原本苍白的脸上泛起一层潮红，也跟着急起来，连身份也顾不得了，上前拦住李弄玉的去路：“昭仪娘娘还病着，现在不能出去。”

李弄玉向来是个我行我素的人，连看都不看素问一眼：“她这病，灌再多的汤药下去也没有用，我带她出去走走，死不了人的。”

一向冷静的素问，被她这句话气得不知该说什么好，心里却暗暗觉得奇怪，大魏后宫里还有这样的妃嫔，性情倒跟南朝那些自诩风流的才子隐士差不多。

冯妙止住咳嗽低声说：“素问，我跟她去走走，不要紧的，你去帮我拿件衣裳来。”她一直卧病，身上还穿着素色的寝衣。素问怕她来来回回地换衣裳，反倒惹起风寒来，去找了件轻软的蚕丝披风给她裹在身上，又帮她重新梳了发髻，这才放心让李弄玉带着她走。

过了华音殿门前的木桥，李弄玉又拉着她走了十几步远，才转过头来说：“你身边终于有个一心替你着想又稳妥能干的人了。”

冯妙禁不住发笑，李弄玉的脾气还跟从前一模一样，当着别人的面，是无论如何不肯说一句好话的。两人放慢了脚步，冯妙柔声说：“素问从前是跟着王玄之的，后来我重新入宫，身边没有得用的人，她和灵枢两个就跟着一起来了。”

李弄玉“哦”了一声，不再说什么，冯妙想着大概她并不熟悉王玄之这人，也就不再多提了。

许久没有出来走动，冯妙没走多远就觉得喉咙里干渴难忍，眼前像有无数小星星一样的萤火虫在飞舞。她停下脚步，忽然发觉这似乎是往澄阳宫方向去的路，挣开李弄玉的手，扭着脾气说：“我不去澄阳宫。”

膝盖上的红肿酸麻，远远比不上心里一寸寸凉下去的苦楚。她不想哭，可视线还是被水汽冲刷得一片模糊。她就像被元宏捏在手里的一只小鸟，有他在时，轻轻挥动小小的翅膀，也可以直上云端，可他一旦松开手，她便只能急坠而下。如在雾中的患得患失，她终于也体会到了。

“谁说要带你去澄阳宫了？”李弄玉似笑非笑地看过来，抬手擦了一把她侧脸上的泪渍，“你要是没有一直在心里想着澄阳宫，怎么一下子就认出了这是去澄阳宫的路呢？”

冯妙说不过她，索性闭紧了双唇。李弄玉轻轻笑了一声，重新拉起她的手腕，带着她往前走：“带你去一个你从来没去过的地方，我保证你不会后悔。”

澄阳宫所在的位置，差不多是整个洛阳皇宫的中心，宫室正南方，便是平常皇帝与大臣们议事的太极殿。在澄阳宫西侧，还分布着一排宫室，卷曲上翘的檐角上站立着形态各异的瑞兽，庄重却并不奢华。

李弄玉引着冯妙熟练地穿过侧门，进了最末尾的一间，室内是冯妙从来没有见过的景象。没有青烟袅袅的香炉，也没有艳丽繁复的屏风，四下敞开的宫室内放着一张长几，桌面上放着堆积如山的文书、奏表。五六名身着带品级服饰的内官，正伏在几案上抄写。宫室另一侧，还有穿藏青色衣裳的小太监，正把整理过的文书运送出去。

冯妙定定地看了片刻，转头问道："这是……内官替皇帝传递政令的地方？"

李弄玉轻轻点头："我在平城做过内廷女官，对这地方一点也不陌生。大臣们呈上来的奏表，都会送到最前面一间里去，由内秘书令带人先草读第一遍，将重要的文书标记出来，再分门别类送到皇帝面前。皇上看过以后，把自己的意见口述给身边的女官，由她们记录下来交给中朝官，草拟的政令还要经过皇上再次过目，才能用印颁行。"

在平城时，冯妙在崇光宫陪伴皇帝的时间最长，对这些事并不陌生，却不像李弄玉知道得这么详细。

"负责草读奏表的，共有三十人，分成三班轮流交替，确保一天十二个时辰内，这里都有人在。"李弄玉继续说下去，"负责草拟政令的人更多，因为要揣摩皇帝的意思，字斟句酌。可是所有这些奏表和政令，都要集中到皇上一个人面前去。他要面对的，是万千大魏子民。"

"我知道他很辛苦……"冯妙喃喃地说着。

李弄玉却不理会她的话，只管把自己想说的一口气说完："你比我更清楚皇上是什么样的人，为了防止内秘书令私自藏匿重要的奏表，他有时也会到这里来，跟那三十人一起看奏表。那三十人还能轮流去休息，皇上却不能。至于政令……连我父亲都亲口称赞过，如果没有皇上亲自拟定的那几道诏令，汉化新政的局面，恐怕比今天还要艰难得多。"

隔着一道轻纱软帘，冯妙抬头看着室内来往忙碌的人影："我知道他有他不得已的地方，所以我也不想多去烦他……"

李弄玉很少会这样长篇大论地说话，她见冯妙仍旧眉头紧锁，忽然"呵"地笑了一声，换回了一副戏谑轻蔑的口吻："男人真是奇怪，为什么非要辛辛苦苦地娶妻生子，从前满身灵气的女孩儿，为人妻、为人母之后，都变得像木头一样，一点乐趣也没有了。"

她抱臂看着冯妙，冷冷地讥讽："从前那个说皇上应该放眼更广阔的中原大地的冯妙，哪儿去了？那个手酿桂花酒的冯妙，哪儿去了？那个根本不曾露面、就让南朝使节哑口无言的冯妙，哪儿去了？"

“自从你开始抚养两位皇子，你有多久没有仔细描摹过眉眼、额妆了？你有多久没有好好静心泡一壶好茶了？你有多久没有问过，皇上在想什么、在做什么？大魏北有随时可能叛乱的部族、南有狼子野心的萧齐皇室，朝堂上派系林立，宫闱内又眼看要有一场更换储君的风波，这些你都关心过吗？你现在的样子，根本不配得到皇上独一无二的真爱！”

冯妙的身子晃了晃，手指握住身边的花架一角，才勉强站住。

李弄玉伸手扶住她的双肩：“你爱的男人，不是普通的贩夫走卒，不是寻常的闲散宗亲，他是手握乾坤日月的帝王！他要的不是一个木讷的病美人，更不是一个只会生育子嗣的听话妻妾，他要的是一个能跟他并肩携手、站在高处俯瞰山河的女人，一个真正配得上他的妻子！”

冯妙如被惊雷击中一般，笼罩在心头的浓重雾气，忽然被暴雨将至般的风全部吹散。她知道，李弄玉说的没错，元宏从没说过要她做皇后，他说的从来都是——要做他今生今世真正的妻子！

额上起了一层薄薄的汗，头脑却因为这层濡湿的汗意而忽然清明起来，冯妙“啊”了一声，转身急急向外走去。李弄玉快步抢在她前面，压住她的手不让她掀起帘子，带着几分不耐烦的怒气喝问：“你是病得傻掉了吗，还要躲避到什么时候？！”

冯妙抬眼柔柔地笑了一下：“不是躲避，你说得对，我最应该是那个跟他并肩携手的人，我知道他现在想做的事是什么，我得想个办法帮他。”她的脸上仍旧病容倦倦，可一双眼眸之中，却像忽然揉进了无数闪亮的星星，带着摄人心魄的璀璨光亮。

“谢谢你，我知道自己想要什么样的丈夫、想要什么样的自己。”冯妙在她手上轻握了一下，转身快步离去。无论她爱的男人脚步有多快、站得有多高，她都可以尽力追上他的步子，跟他并肩而立。

李弄玉看着冯妙走远，直到面前的玳瑁珠帘停止了晃动，她才穿过一条便道，进入外臣等候皇帝宣召的小室。

元宏从来不曾真的把李弄玉当嫔妃看，还曾经私下允诺了她可以假死离宫，与始平王长长久久地在一起。那场安排因东阳王在华林园宫宴上的刻意挑唆而没能实现，元宏却不愿再让李弄玉埋没深宫，反倒刻意让她代管一些女官事务。正因如此，她才能随意进入这一排传递诏令的宫室，没有受到任何阻拦。

五寸见方的坐席上，王玄之身穿大魏朝服跪坐，在他身前是一面驮在兽脊上的铜镜，比平常女眷梳妆用的铜镜大些，供朝臣等候时整理仪容衣装。

李弄玉毕竟不便在这里久留，只能匆匆对他讲了方才的情形。王玄之曾以商人的身份，与李冲有过一面之缘，此时李弄玉也并不以后妃的身份跟他相见，叹着气问道："王公子，我会不会说得太重了些……"

"不会的，"王玄之的声音温和客气，"六小姐认识她也有十来年了，该知道她的性子是怎样的。她跟淤泥里生出的水莲一样，面对的情形越是艰难，就越会做出令人刮目相看的事来。"

李弄玉向他略一屈身："王公子现在多少可以放心些了，我代她谢你，只是……恕我直言，公子利用相熟的太监打听皇家的私密事，已经犯了皇上的大忌，以后万万不可再用了。"

王玄之唇边浅淡的笑意散去，从前在平城经商时，他便花了心思培植了一名不起眼的小太监，他还曾叫这太监给冯妙送过平喘的药丸。如今那名太监也已经随着迁都来了洛阳，在皇宫中做上了管事的高位。

身为大魏臣子，的确不该再做这样惹皇帝猜忌的事，可他只是放心不下，想知道冯妙在宫中是否一切安好。他骨子里天生带着算计的精明，料定会有危险的事，就绝不会碰，但却在冯妙身上，一次次做出这样纵容自己妄为的事来。宫中传来的消息越来越令人担忧，他便匆匆了结了北地各部的事，日夜兼程赶回了洛阳。

可即使近在一墙之隔，他也仍旧什么都做不了，反倒不如李弄玉可以跟她说上几句话。

王玄之转头看向桌上一只小巧的莲纹香炉，声音随着炉中袅袅上升的青烟飘散："多谢六小姐的好意，我记下了。六小姐锦心绣口，左昭仪娘娘该谢的是你，跟我并没有半分关系。"他刻意用了敬称，提醒自己记得臣子与后妃之间的距离。

李弄玉自己也深切地尝过近在咫尺却爱而不得的滋味，不忍再说什么，默默退出小室之外。

后宫中，高照容仍旧盛宠不衰，夜夜宿在澄阳宫。表面的风光无限之下，只有她自己心里清楚，元宏是在用这种方法把她日日夜夜"看管"起来，让她没办法向外传递消息，她甚至连春桐和高清欢的面都见不到了。

整整一个月，元宏不是在看奏表就是传召大臣，这一晚又是这样。高照容轻手轻脚地从美人榻上起身，走到外殿摸出了一直贴身藏着的那一小瓶依兰香，高清欢还没来得及告诉她，这催情的香料，究竟能有什么作用。

"照容——"

不过刚一离开，内殿便传出元宏唤她名字的声音，纱幔之外值夜的宫女捂着嘴偷笑，皇上真是一刻都离不开高贵嫔。

高照容赶忙把白瓷小瓶握在手心里，脑海中忽然闪过一个念头，要是她能利用这个机会再有身孕，就算有立子杀母的祖训在，至少八九个月之内，她都是安全的。听着高清欢话里的意思，八九个月之后，大魏还不一定是谁的天下呢。

她一面捏着柔媚的嗓音答应，一面飞快地在心里盘算，再过五六天，应该就是最合适的日子，这是她眼下必须把握住的机会。

内殿之中，元宏正从小山一样的奏表中抬起头来，招手叫高照容过来："朕看得眼睛都花了，还有几本你来读给朕听。"

高照容拿起剩下的两本奏表，侧身在元宏脚边的长绒毯上半跪半坐，头像是无意地一甩，乌黑的发便全都披散下来，落在元宏膝盖上。

元宏微微皱了一下眉，冯妙并不会刻意做出这样的媚态，他心里只觉得厌烦，却耐着性子没有把腿移开。

高照容的目光落在手中的奏表上，并没注意到元宏的表情，把头倚在他腿上，轻声念道："……太子不尊圣德，疏远正人，亲昵群小……倡优之技，昼夜不息；狗马之娱，盘游无度……岂可承继宗庙？"

她露出一副极度震惊的表情，仰起脸说："皇上，这……这是请求废太子的奏表？"

元宏揉着额角，露出一副不胜其烦的表情："最近这样的奏表越来越多，朕南征期间，这个逆子究竟做了多少恶事？"他伸手揽起高照容，无限欣慰地说，"幸好还有恪儿，不然，朕辛苦打下的江山，都不知道该放心交给何人。"

"皇上别这么说，太子只是年轻，贞皇后去得又早。恪儿他是弟弟，怎能有这样的非分之想……"高照容低垂着眉眼，像是听了什么令人惊惧的话一样，忙忙地摇头。

元宏抬手在桌案上重重一拍，像是带着极大的怒气，却一句话也不说。高照容像是怕极了，声音里都带着些哭腔："皇上，您前几天就胸闷头疼，可千万别再为了这件事生气了。"

"朕没被这逆子气死，已经是万幸了，"元宏一双俊朗剑眉都拧在一起，他沉思片刻说道，"这几份奏表都先留在这儿，你先替朕草拟一道旨意，命太子元恂尽快返回洛阳。这道旨意直接送给太子本人，先不要叫其他人知道。"

高照容的眼睛转了几转，皇上急着召太子回来，必定是下定决心要废太子了，怕这消息提前泄露出去，让太子起了别的心思不好控制。她提笔在皇帝御用的纸笺上写了几句话，递到元宏面前，用撒娇似的口吻说："容儿蠢笨，恐怕写得不合皇上的心意。"

元宏匆匆看了一眼，便叫她拿到殿外命人送出去。高照容把纸笺折起，交给殿外值夜的宫女，心里盘算着，这消息无论如何该尽快让高清欢知道才好。

华音殿内，冯妙端起一碗苦涩的药汁，仰头一口喝干。素问配制的药效果都是好的，味道却实在不怎么样。冯妙微微皱了一下眉，从银盘里拈了一枚青色的酸果，用来除去口中的苦味。纤长的指甲上用极细的笔管勾出藤萝花纹，越发衬得她的手像用白玉雕成的一样。

灵枢凑到素问身边，悄声说："好奇怪啊，咱们娘娘被那位凶巴巴、冷冰冰的娘娘带出去走了一圈，回来就像变了个人一样。"

素问抬手在她额上敲了一下："娘娘叫你做的事，都做好了没有？"

灵枢揉着额还没说话，冯妙便开口说道："灵枢辛苦了，华林别馆那边有玄衣卫守着，这几天先不用盯着了。"

冯妙翘起嘴角，元宏的用意如此明显，可她之前竟然一点都没有想到。他也早就说过，背后支持高照容的人，才是最值得担忧的，她要帮元宏，把暗中支持高照容的人给引出来。

她对着铜镜，用沾湿了的羊毫笔尖仔细梳理着一对弯眉，心里渐渐有了一个主意，放下笔管转头笑着说道："灵枢，你不是最爱看热闹的吗？眼下宫里正有一场热闹，不光让你看，还让你亲自去捉。"

她招手叫灵枢上前，低声耳语了几句。灵枢立刻拍着手笑道："真是好办法，这场热闹我可绝对不能错过！"

从太皇太后垂帘听政时起，宫中便一直有个惯例，每年春秋两季，宫中主事的妃嫔会命人做些面食，赏赐给宗亲贵胄中年纪较大的人，以示皇族对年长者的尊敬。各位亲王的府邸中，总有几位上了年纪的亲眷，因此这赏赐差不多每个亲王府邸都会领到。

迁都洛阳以后，这做法就停了两年，今年刚好人手充裕，又没有南征的战事，总管事姚福全便来澄阳宫向皇上请旨，要不要恢复旧例，仍旧给各个亲王府邸准备这样赏赐。

元宏点头应允："既然是宫中旧例，仍按照往年的份例去做就好了。"

姚福全露出些为难的神色，叩首说道："皇上，这是后宫事务，原本该先去问左昭仪娘娘。老奴到华音殿去了几次，娘娘都一直病着不能起身，恐怕今年不能亲自操持这件事了。老奴请皇上示下，按照位分顺次排下来，左昭仪之下便是贵嫔娘娘，这事是不是劳烦高贵嫔主持？"

听说冯妙病得不能起身，元宏猛地站了起来，动作间全没注意衣袍带翻了桌上的茶盏。他往前走了几步，才想起高照容还在一边伴驾，强迫自己停住步子。

就在这一走一停间，他已经想到这事情有些不大对，背对着高照容的脸上，浮上了一层掩都掩不住的笑意，沉着声说道："赏赐给宗亲长辈的东西，应该由位分尊贵的人亲自操办，才显得重视。既然左昭仪病了，那今年就交给高贵嫔操持吧。"

第二十六章 云鬓逢秋色

高照容站起身，满面娇嗔地正要拒绝，忽然想到这正是一个绝好的机会，可以把消息传递出去，便笑着应下了："容儿愿意替冯姐姐代劳。"

事情虽然交给高照容去办，元宏却仍旧不让她离开澄阳宫，只让御膳房照着她的吩咐去准备。

华音殿内，灵枢正向冯妙讲着她打听来的事："那位高贵嫔说，今年是迁都以后第一次向宗室贵胄们赏赐春秋两季的寿果，要做得有新意一些。"

往年的春秋寿果，冯妙虽从没亲自操持过，却见过太皇太后准备，无非就是用面粉加上蜂蜜调和，先揉成圆圆的形状隔水蒸熟，再粘一层芝麻放进滚热的油锅里炸。做好的寿果颜色金黄，整齐地码放在食盒里，就像一个个赤金圆球一样，吃起来也酥脆香甜。

冯妙有些好笑地看着灵枢，明明急着想说出来，还偏要停下来吊人胃口："寿果还能做出什么新意来？"

灵枢嘻嘻笑着说："高贵嫔说，每年都做成圆的，今年便找些巧手的宫女来，捏成寿桃、如意或是锦鲤的样子，讨个吉祥如意、多福多寿的好口彩。她还亲自拟定了一份名单，连给哪家王府送什么样式的寿果，都定好了。"

冯妙手里拿着桃木小梳子，顿在发梢上，思忖了片刻，才把桃木梳放在妆台上，冷笑着说："她倒是个聪明的，这样也好，我还正怕她这回胆小不敢动手呢。"元宏"软禁"了高照容那么久，她应该早已经等不及需要一个机会传递消息。

在这种情形下，高照容仍然能不急不躁地布置，连冯妙也有几分佩服她了。

那几种样式中间，必定有一种代表着她所要表达的意思，而她只要把这种形状的寿果送给所有暗中支持她的人就可以了，只要有一人猜透她的意思，自然就会在宫外通知其他人。就算冯妙派人在宫门处拦下这些寿果，高照容既没有在里面夹带字条，也没有添加任何暗语暗纹，反倒可以指责冯妙无理取闹，对宗室亲贵心怀不满。

灵枢小声问道：“要不要……在面里动些手脚？让她做出来的东西发酸发苦，就没办法给那些亲王们送去了。”

冯妙轻轻摇头：“不急，你去告诉凉月，让她照着高照容的吩咐尽心尽力地做就好，其余的事，我会安排。”高照容为人狡猾谨慎，她现在拟定的名单，多半是用来掩人耳目的，只有最后真正送出宫时的安排，才会是真实的。只有等到那个时候，才能对高照容动手。

澄阳宫内，高照容正坐在元宏身侧，身子软软地往他身上靠去，娇嗔地说着：“皇上，容儿早就说了，做不来这样费心费力的事，以后还是交给冯姐姐去做吧。”元宏抚着她的发把她揽在身前时，她的嘴角才浮起一抹嘲讽的笑意。

跟冯妙料想得分毫不差，她最先拟定的寿果式样，不过是随意分配的，一直到寿果制好装盒的最后一刻，她才指点着小宫女，给高清欢提起过的几位亲王和汉臣，装上了做成如意式样的寿果。她相信，至少高清欢总能明白她的意思。

元宏半躺在榻上，睡眼迷离地说：“朕有些头疼，先小睡一会儿，你记得叫醒朕。”

高照容笑着答应了：“皇上日夜操劳，是该好好歇歇，容儿在这守着，皇上只管放心吧。”

元宏像是很满意她的回答，闭上双眼，很快便传出均匀的呼吸声。高照容无事可做，又不能离开澄阳宫，坐了半晌便走进偏殿里去，那里的小书案，是平日元宏处理政事的地方。

高照容也并非要刻意窥探什么秘密，不过看见桌案上放着一张展开的诏令文书，便探头看了一眼。桌上原本放着一支蘸过墨汁的玉管狼毫笔，她刚一靠近桌案边，那支笔就骨碌碌滚落在地上。高照容俯身去捡，那张诏令不知怎么也掉在地上，她一手拿起诏令，另一只手拿起那支玉管狼毫笔，刚一起身，便听见身后传来阴沉的男声：“高照容，你这是在做什么？”

原本应该在正殿内酣睡的元宏，不知何时已经站在门口，在他身后，还站着几位德高望重的年老亲王，每个人都一脸不可置信地看着她。

高照容这时才猛然记起自己此刻的样子，一只手里拿着笔，很容易让人误会她想要在诏令上篡改些什么，慌忙想把手里的东西放下。元宏大步走上前来，一把捏住了她的手腕，厉声喝问："朕一向待你不错，你怎么能做出这种事来？你太让朕失望了。"

元宏身后的几位宗室老臣，也跟着连连摇头，替高贵嫔不值。

高照容正想辩解自己没有篡改过诏令上的字迹，低头间忽然看见自己的小臂上有两道细细的红痕，猛地明白过来，自己落进了元宏精心布下的局里。那支笔，还有那张薄薄的纸，都用桃胶拉出的细丝连在一起，她走过来时，行动间便扯断了细丝，才会导致纸和笔都掉在地上。而元宏并没有睡熟，他是特意在等这个时机，才命人传那几位亲王进来，好让他们"亲眼看见"这一幕。

元宏从她手中夺过那份诏书，一面看一面冷笑："你竟把柔然岁贡的数量，改少了一半？！你好大胆！"

高照容根本还没来得及仔细看那张诏令，全不知道上面写了些什么，她一脸茫然地看着元宏，低声说了一句："这不是嫔妾写的……"

元宏把诏令递给身后的几位亲王："这里只有朕和你两个人，不是你，难道是朕自己减少了柔然的岁贡？你不承认也没用的，朕指给你看。"他用手指点着上面的几处"柔然"字样，朗声说道："朕的生母，闺名中有一个'柔'，所以朕亲笔所写的诏令中，写到柔然时都会刻意少写中间那一点，算是避开了母妃的名讳。而你伪造的这一份里，所有的柔然字样，都写得很标准。"

他随手拿出其他的诏令对比，果然每一处"柔"字上，都少了一个点。任城王元澄心直口快，已经摇着头叹道："高夫人，你这是何必呢，唉……"

高照容手脚冰凉，耳中嗡嗡作响，元宏毕竟是杀伐决断的帝王，比总是硬不下心肠的冯妙狠厉得多，把她用在冯夙身上的方法，一点不漏地还回到她身上。现在，无论她怎样辩白自己不知道诏令的内容，都不会有人相信了。

正在此时，有一名穿着御膳房服饰的宫女，端着一碗燕窝送进来，放在门口的小案上。那宫女用轻纱遮住面孔，防止呼吸弄污了进献给皇帝的饮食。元宏也猜到了那些形状各异的寿果有问题，提早在御膳房内安排了自己的心腹亲信，只要顺利拦下了送出宫的寿果，拿到最终的名单，便会有人送一碗燕窝到澄阳宫来。

元宏扯着高照容的手腕，让她跪在偏殿正中，冷声问道："篡改诏令，等同谋逆。你还有什么话说？"

那几位年老的亲王，也都沉着脸不说话，证据确凿，他们又是亲眼看见的，即使有心替二皇子的生母开脱，此时也找不到任何理由。

元宏继续说道："朕可以不告诉恪儿，只说你是突发急病，看在恪儿的分儿上，也不会让你太过痛苦……"

跪在地上瑟瑟发抖的高照容，突然起身飞快地跑到桌案边，举起桌上的茶壶用力向地上砸去。“哐啷”一声巨响过后，青瓷茶壶就变成了一地碎片。她捡起其中棱角分明的一块，毫不犹豫地向脸上划去，一道狰狞的血口，从眼角一直蜿蜒到唇边。

高照容原本就生得妖娆美艳，平常又最会装扮，此时却连最爱惜的面容也舍弃不要了。在场的亲王们虽是见惯杀伐的男子，也觉得眼前的情景太过惨烈，不由自主地转过头去。

“皇上，您现在能不能相信，嫔妾并没有篡改诏令？”高照容的声音抖得厉害，话虽然是在对着元宏说，效果却期望发生在那几位宗室亲王身上。只要他们能相信，她便仍有一线生机。

“高照容！”元宏怒喝，“你这是在威胁朕吗？”他一字一字说得清晰明白，“你篡改诏令，证据确凿，朕赐你全尸，已经很仁慈了。”

高照容捏着手中的碎瓷片，口中忽然发出一阵妖媚的笑声，对着元宏跪下去：“皇上，嫔妾并非想为自己脱罪，只是恳求皇上，晚一个月再处置嫔妾。因为……”

她转向那几位年老的亲王，半边面容柔媚姣好，半边面容却狰狞可怖：“因为嫔妾这一个月一直都在侍奉皇上，现在还不能确定，是不是已经有幸身怀皇嗣。如果一个月后，确证嫔妾并没有身孕，那便是上天也想要嫔妾的命，嫔妾一定会自己了断。”

“皇上，”高照容郑重其事地磕下头去，“嫔妾已经容颜尽毁，不可能再陪伴皇上，也不会再跟恪儿见面。如果嫔妾已有身孕，那也是皇上的血脉啊，皇上总不会非要亲手杀了自己的子嗣吧！”

元宏怔住，他并没有真的要高照容服侍自己，可他有几次发起病来，神志不清，他不敢保证，会不会在那时候做下了什么不该做的事。如果高照容真的有了身孕，宗室亲王一定不会再支持现在杀她，就算立元恪为太子也没有用了，他要怎么去跟妙儿说？

殷红的血沿着高照容的侧脸一滴滴滑下来，滴滴答答地落在青砖地面上，很快便渗了进去。

任城王元澄有些看不过去，手在身侧重重一拍，上前对元宏说道：“皇上，请容老臣说句话，既然高贵嫔有可能怀有皇嗣，那就等一个月再做定夺也不迟，毕竟皇家血脉最为要紧。”

元宏握紧了双手，瞪着高照容，他实在没想到，这个平日看上去十分娇气的人，竟然能对自己下这样的狠手，逼得他不得不接受她的要求。“好，朕就给你一个月时间，让你到时再无话可说！”元宏高声叫门口侍立的内监进来，把高照容带回双明殿看管。

高照容对着元宏和几位亲王再次磕头下拜，语调中带着无限凄惶：“罪妾怎敢再回双明殿居住？恳请皇上替罪妾选择一处清净的寺院，罪妾愿跟先皇后一样，日日抄经礼佛，了却残生。”

元宏冷眼看着，只觉对她此时的一言一行，都厌恶到了极致。在男人眼里，女人总是天生的弱者，高照容却把她的柔弱变成扼在别人咽喉上的绳索，越收越紧。一旦离开了皇宫，她究竟有没有身孕，就会变成一个再也说不清的谜题，还不知道会惹出多少麻烦来。

“你毕竟是恪儿的生母，”元宏的口气和软下来，“就在双明殿禁足吧。”

高照容却仍旧坚持：“皇上，罪妾正是为了恪儿，才会斗胆这样要求。如果罪妾在双明殿禁足，宫中必定会流言四起，猜测罪妾究竟是因为什么事而获罪。罪妾这一生，到现在就算是彻底毁了，但是恪儿和怀儿还小啊……”

她说得哀婉凄切，几乎让人不忍心再听下去，脸上那道伤疤流出的血已经凝住，外翻的皮肉裹着暗红色的干涸血渍，残酷到极致的景象中竟透出几分别样的哀婉。在场的几位亲王都是有儿孙的人，见她拼着舍弃一切，也不愿连累二皇子受人猜忌，都生出了几分恻隐之心。任城王张了张嘴，想要再劝，却不知道该说什么，只能重重地叹了口气。

元宏只觉血气上涌，近来时常出现的那种胸闷、头疼，又隐隐发作起来。他不能让宗室亲王们知晓病情，手撑着桌角说道：“先把她送去宫中佛堂，等选定了合适的佛寺，再选个日子出宫。”

高照容不再说话，默默站起身跟着太监走出去，面颊上的伤处剧痛难忍，她站起身时一阵摇晃，差点再次跌倒，两名眼疾手快的内监赶忙上前搀住她的双臂，半拖半扶地带着她出了澄阳宫。

事情已有定论，元宏强忍着头中像要炸裂一样的疼痛，对亲王们说道：“今天出了这样的事，恐怕也不能议事了，几位王叔先请回吧。”

澄阳宫偏殿内已经一片狼藉，四下都有飞散的碎瓷片，偏殿正中还留着一摊干涸的血迹。任城王先拱手说了一句“老臣告退”，转身便走，其余几位亲王也跟着依次退出殿外。只剩下门口那名送燕窝的小宫女，仍旧站在灯光昏暗的角落里，一步也不曾挪动。

元宏有些疲累地向她挥手：“你也下去。”那宫女却像没听见一样，反倒向前靠近了几步。

“听不懂朕的话吗？出去！”元宏快要维持不住站立的姿势，声音里也变得严厉。

那小宫女却停在她面前三步远处，缓缓摘下了面纱："你想让我走到哪儿去？"

元宏捂住胸口，不可置信地看着面前这张熟悉的面容，两道眉微微弯得像月牙一样，一双眼睛明亮皎洁，比月光下的湖水更透亮，小巧细致的鼻尖和嘴唇，一切都跟他心中想过无数遍的模样完全重合。

"妙儿，怎么……是你？"

冯妙抿开唇角，微笑像无声的风一样卷过她那一双平湖秋月般的眉眼："皇上安排人守住了宫门，可是我想，直接拦下送出宫的寿果容易惹人议论，便提前叫人用上过漆的食盒装那些制好的寿果。木料上的彩漆脱落，弄污了寿果，皇上正可以对外说，高贵嫔是因为办事不力才被禁足的。"

胸中像有一阵猛烈的风吹过，无数旌旗呼啦啦在风中展开，元宏用手抓紧了胸口，竟然连那阵难忍的闷疼也忘记了。这几天里他们没有机会说过一句话，可是他的安排，冯妙全都懂了。这就是他想要的妻子，彼此贴合到好像原本就是不该分开的一体。

"御膳房原本选了个普通的小宫女来送燕窝报信，"冯妙噘起嘴唇，半是嗔怪半是玩笑地说，"可我看那小宫女长得还算清秀，就不想让她来了，我天生善妒，容不下别人，这可怎么办才好？"

元宏忍不住想要发笑，他爱极了冯妙这副生动鲜活的样子，她说她嫉妒，因为他接近别的女子嫉妒。他伸出手去，只想把她抱在怀中好好安抚，他心里的缺口，已经完完全全地被她填满，再也容不下其他任何人。

可他的话还没说出口，一阵更猛烈的刺痛便让他皱紧了眉，元宏后退一步，大声喝止："不要过来！你也出去！出去！"

冯妙微微愣住，随即明白过来，嗓音发抖地问："你生病了？你是因为生病才不肯见我的？"

"你……出去！"元宏疼得快要昏死过去，冯妙靠得越近，那股疼痛就越明显。他不想在疼得无法忍受时伤了冯妙，只想叫她快些离开。

冯妙眼中浮起一层水汽，怀儿每次扁着嘴快要哭出来的样子，就像极了她。她抬手抹去眼中还没涌出的泪，快步上前猛地抱住元宏的腰，把头紧贴在他胸口："不管因为什么事，都不要叫我离开。是你自己说过的，从今以后再也不隐瞒、不欺骗，你怎么能反悔呢？"

她抓起元宏的手，朝着手背狠咬下去，牙齿落下的一瞬，终究还是不忍心咬得太重，只留下一道浅浅的粉色牙印。她像只小猫一样，一边发着脾气，一边却越发柔情无限，用手指抚着那道牙印说：“你推开一次，我就咬你一口，给你咬出一幅星宿图来，你信不信……”

元宏被她孩子气的话逗得想笑，笑意还没绽开，眼中就直发酸，胸腔里的疼直冲上来，他站立不稳，靠着桌边滑倒下去。

冯妙这时才离开他身前，去取了冷水来给元宏擦脸。水的清凉沾在额头上，胸中那股灼热的疼痛便减轻了不少。冯妙一手握住他的手，另一只手不住地用冷水反复擦着他的身子，冷热交替间，元宏全身都直打战，牙齿叩击在一起，发出细微的咯咯声响。

“宏哥哥，”冯妙在他耳边平静地说道，“我知道，你想给我安稳无忧的日子，可那不是我最想要的，我最想要的是，无论有多么艰难，我和你，永远在一起。”

她不知道接近昏迷的元宏能不能听清楚这句话，她只是一遍遍地说下去，用冷水不断擦着他滚烫的面颊。到最后，她已经说不出完整的话，只能低声叫着：“宏哥哥……宏哥哥……”

天快亮时，元宏身上的燥热才慢慢退去，冯妙头眼昏花，身上已经酸软得一点力气都没有。她去重新换了一盆冷水来，想再替他最后擦一次脸，拿着帕子的手刚伸到元宏面颊边，手腕就被他握住。元宏此时并没有多少力气，却也足够把她拉到身前，不知道究竟是谁踢翻了水盆，冷水打湿了裙摆。可那一点冰凉很快就被身前的温暖盖过，熟悉的气味兜头压上来，覆盖在冯妙曲线玲珑的双唇上。

“妙儿，朕不会再推开你，”元宏含混不清地说着话，语气却异常坚定，“永远都不会。生、老、病、死，朕都要跟你在一处，永不分开！”

冯妙在他缠绵热烈的吻里，渐渐软倒下去，一切感觉似乎都已经离她远去，只剩下元宏不容反驳的话语：生老病死，永不分离！

冯妙被元宏放开时，脸色比他发起病时还要涨红，含嗔瞥了他一眼说：“现在有力气了，就能欺负人了……”

元宏微笑着不说话，要不是心疼她一夜没睡，他还能欺负得更多些。

冯妙不知道他心里动了什么歪念头，皱着眉说：“皇上的病症很有些蹊跷，不大像是病，倒像是毒。”

元宏把手放在她细白的脖颈上摩挲：“你大概听说过，朕小时候曾经发过一次惊风，那时候太皇太后就曾以朕有隐疾为借口，想要废了朕，后来是任城王叔坚决反对，她才不得不作罢了。”

“而且，朕一直避着你，还有一个原因，”元宏略一犹豫，还是说出了口，“不知道是不是错觉，朕总觉得每次发病时，要是你在身边，便发作得特别厉害。妙儿，你有没有……在用什么太皇太后留下的东西？”

冯妙吃了一惊，没想到还有这样一层隐情在里面，她低下头认真地想了想：“没有了，我初次进宫时带的衣裳首饰，有不少原本是博陵长公主给滢妹妹准备的，可太皇太后并没有给过我什么东西。”

她心里一紧，不由得问道：“皇上是怀疑，这病症……是太皇太后从前的安排？那为什么这么多年都没有发作，到这时才突然发作得这么厉害？”

第二十七章 醉连朝夕

元宏从背后揽住冯妙，温暖宽厚的手掌把她两只小巧的手握住，声音却带了几分沉郁顿挫：“大概是因为，太子快要成年了。”

冯妙默不作声地倚在他胸前，两人仍旧像当年密室暗道里那两个无所依傍的孩子一样，蜷缩在偏殿一角。偌大的澄阳宫，只有在这一角里，他们才完全属于彼此。

元宏没有再说什么，冯妙却明白了他的意思。太皇太后把毒药预先用在元宏身上，却把诱发毒性的药引一直留到今天，到太子快成年时，才让元宏身上的毒性发作出来。

“太子秉性还是好的，只是不大好学汉文而已，不会做出那种忤逆君父的事来的。”冯妙低声说，不到万不得已，她实在不愿见到林琅留下的儿子与元宏刀兵相向，父子相残，总归是一件惨烈决绝的事。

元宏的手臂猛地收紧：“妙儿，你大概不知道，太子……并不是朕的儿子。”

“怎么会……”冯妙在他怀中仰起脸，才刚说了几个字，陈年旧事留下的记忆碎片，就全都连在一起。她知道，元宏说的都是真的，她不仅记起了林琅在碧波池边想要自尽，还记起了林琅生下元恂后，那种在绝望中透出一点零星希望的眼神。更重要的是，她猛地想起，元恂曾经被她抱到华音殿照料过几天，宫女给他洗澡时，她看见过元恂的小脚趾上，趾甲是分成两片的，跟她无意间看到的北海王的脚一模一样。

“朕没能护住林琅，元详……玷污了她，”这么多年过去，元宏提起林琅，仍旧觉得心头像被钝刀割过一样疼痛，“她却一定要生下这个孩子……跟她当年猜想的一点不差，在方山灵泉行宫那次，太皇太后果然用这孩子来威胁朕……太皇太后那时并不知道这孩子不是朕亲生，料想如果林琅在生育时死去，朕必定会加倍疼爱这孩子，日后威胁起来，效果才会更好。”

冯妙听着他口中吐出的话，完全没料到当年一个小小孩童身上，竟然藏着这么多秘密。而最令她震惊的，是林琅所做的牺牲。需要多少勇气，才能跟心爱的人长相厮守？又需要多少勇气，才能从爱到极致的人身边离去？她只做到了前者，林琅却做到了后者。

“那么……”冯妙扯住元宏的衣袖，“如果这些都是太皇太后布置的一部分，现在一定已经有人把身世的秘密告诉太子了。太子……太子……”

“太子会起兵叛乱。”元宏沉声接出了她没有说完的半句话，“可是朕现在不知何时会突然发病，更要紧的是，朕不知道诱发这病症的药引究竟在哪里，如果洛阳城中有人跟元恂里应外合，很容易就能制造出朕突然病故的假象。”

最初的震惊慌乱过去，冯妙很快定下神来，她沉吟着对元宏说：“这么一说，我倒是想起来了，高照容安排了送如意形状寿果的那几位亲王，都是支持太子、反对新政的。”她对着元宏微微笑道，“我来之前，已经安排灵枢过去，把那些装寿果的盒子全都打翻了。只有我一个人记下了所有的寿果名单，不会再有其他人知道。”

元宏伸臂圈住她，等着她说下去。冯妙接连说出几个名字，有的会让元宏会意地一笑，有的却让他颇有些意外。

“朕没想到，高照容不声不响，却暗中联络了这么多人，先鼓动太子杀了朕，再想个办法解决了太子，她便可以扶持恪儿登基，自己像太皇太后一样垂帘临朝。”元宏冷笑着说，“太子要是没能成事，她可以置身事外，太子要是果真成了事，事后也绝对斗不过他的这个高母妃。”

冯妙微微摇头：“皇上说得没错，不过论起女人的心思，皇上就未必那么精通了。再强悍的女人，一生所为的，无非就是爱人或是子女罢了，高照容却好像完全不是为了这些。与其说她爱恪儿，想把恪儿推上皇位，倒不如说她只是想看一场江山易主的戏码，她那种不惜同归于尽的疯狂，让我现在想起来还觉得……”

元宏想起高照容自毁容颜的情形，便不由得皱紧了眉，这次竟然仍旧没能杀她……他想起高照容最后所说的话，忽地紧张起来，坐起身抱紧了冯妙：“妙儿，朕没有跟她……朕没有……”

他抱得又急又紧，冯妙忍不住连连咳嗽起来，元宏这才想起她的喘症一直没有全好，双臂略松开一点，却仍旧不肯放开手。冯妙止住咳嗽，抬手压在他的唇上："皇上说没有，那就是没有。"

在那么多聚少离多的日子之后，她只愿相信，不愿再怀疑。

窗外的天色渐渐变浅，最终成了羊脂美玉一般的白色，日光照进澄阳宫内，给两个人的五官眉眼都笼上一层迷蒙的光晕。元宏在她嘴唇上轻咬，站起身准备更换衣装，再过一会儿，他就该去太极殿跟群臣议事了。

冯妙帮他一件件穿好衣裳，又要俯下身子去帮他整理衣角。元宏一把拉住她，不让她跪下去，拿过十二旒帝王朝天冠放在她手中："替朕戴冠。"他一面说，一面低下头去，让冯妙能轻松地触摸到他的头顶。冯妙心中会意，将那顶象征帝王权柄的朝天冠端端正正地戴在他头上。

离得如此之近时，那些垂下的旒珠就不能完全遮挡住元宏的五官表情，透过珠子之间的缝隙，冯妙能清楚地看见他坚毅明亮的双眼，还有那双眼中映照出的小小的自己。

他是帝王，不会向任何人低头，只在她面前除外。

元宏乘帝辇离去后，冯妙才传来软轿返回华音殿，原本想要休息，却因为想起这一晚发生的事而睡不着。她索性坐起来，叫素问过来说话。

闲聊几句过后，冯妙问道："你有没有听说过，能让毒药在几年甚至十几年之后才发作的方法？"

"那可多了，"素问支着腮边回想边说，"可以把毒药加在饮食里，每一次吃都不会致命，天长日久地积累下来，便会造成生病的假象。"

"还有很多药，原本没有毒性，需要跟其他的东西配合，才能产生毒性。只要先给人服用一种药，过些时候再服用另一种药就好了。"素问有些狐疑地问，"莫非娘娘想用这个方法毒死高贵嫔？奴婢劝您还是别想了，这世上能致人死命的剧毒草药只有那么几种，而且大多气味怪异，但凡学过些医理的人，都辨认得出。高贵嫔并不是丹杨王府那个痴傻世子，不会轻易就范的。"

冯妙沉思着不说话，她知道高照容也通晓药理，如果能那么轻易就毒死她，元宏早就动手了。

两人正说着话，门口有藏蓝色的衣袍一闪而过，素问起身到门口去看，见是太极殿平日当差的小太监，正在门外探头探脑地向里张望。冯妙刚住进洛阳皇宫的华音殿时，这小太监也替元宏来传过几次话，人很伶俐又会说话。

素问笑道："娘娘正醒着，有什么话就进来正经禀告，在门口鬼鬼祟祟地做什么？"

小太监这才笑嘻嘻地进来，跪在地上向冯妙磕头："皇上叫小的千万不要吵了娘娘休息，等娘娘醒过来，再跟娘娘禀奏。只是这事情来得突然，皇上怕娘娘先从别处听了来，所以叫小的到华音殿门口来等着。”

冯妙正觉得奇怪，不知道什么事情值得如此着急，那小太监又接着说：“今天议事时，南朝派人送来国书，要将一位嫡出的公主送来，两国永结秦晋之好。皇上说，娘娘善妒，所以先叫小的来告诉一声，皇上还没应允呢，免得娘娘多心。”

原本是件烦心事，可被这小太监手舞足蹈地一说，却透着几分滑稽好笑。冯妙忍不住轻叱：“本宫哪有皇上说的那么小气……”

话说到一半，她忽然觉得哪里不对，在南朝那段日子，并没听说萧鸾的正夫人有女儿，这会儿从哪里来的嫡出公主？更何况，两边的战事打了这么多年，南朝怎么会突然想到送公主过来示好？

可这些话她并不能说，上次南朝使节当众所说的话，已经叫人开始怀疑她的身世，是元宏用她一直在青岩寺修行堵住了悠悠众口，又严令不准私下议论，这才算勉强压了下去。如果她这时质疑南朝嫡出公主的身份，便是自己将把柄送到别人手中。

冯妙对着小太监问道：“南朝公主已经到洛阳了吗？”

“还没有，”小太监早有准备，回答得清楚明白，“送亲的信使先乘快马过来报信，南朝公主的车驾还有些日子才能到达。”

冯妙沉思片刻又问：“那大臣们是什么意见？”

跪在地上的小太监，这时才露出几分担忧神色，恭恭敬敬地答道：“亲王们和汉臣们头一回意见统一，说今年收获秋粮的时间还没到，洛阳是新都，又没有多少存粮，如果此时发生战事，恐怕粮草供应不足。正好此时中宫空缺，不如先向南朝表示些诚意，等收过秋粮后再做打算。”

冯妙心中一沉，大臣们所说的“诚意”，自然就是将南朝公主迎为中宫。她并非多么在意中宫之位，只不过，她隐隐觉得这位从天而降的南朝公主，透着些古怪。

素问拿钱赏了小太监，打发他出去。

快到该传晚膳的时间，元宏才匆匆走进华音殿，人还没站稳，冯妙就把他直往外推。元宏在她鼻尖上轻轻一刮，打趣着问：“羞不羞，只是听说南朝公主要来，就火大起来了，要是人家真的来了，你预备怎么摆左昭仪的威风？”

冯妙却笑着仰脸反问：“哪里火大了？二十六名汉家美人皇上都选了，再多选一个有什么要紧？我都见过了，个个知书识礼、温柔端庄。”

元宏圈住她娇软纤小的身子，贴着耳根说：“口是心非也是欺瞒，该罚。”说着就往她耳垂上咬去，他已经有好些日子没来过华音殿，此时院子里那棵桂花树刚结出了一簇簇小花骨朵，乳白中泛着淡黄，清甜怡人的香味四下飘散。

冯妙只觉身子里升腾起难耐的燥热来，像灌下一口灼热的醇酒，那热沿着喉咙一路蹿进小腹。

“那二十六名美人，朕已经都许配给未婚的宗室子弟了，准以半副公主下嫁之礼出嫁为正妃，诏书前几天已经送出去了。唔……那些闺秀小姐，的确都挺美丽端庄的……”元宏沿着她脖颈间修长的曲线吻下来，满意又促狭地听着她压抑不住的喘息声，见她的手要捶打过来，才接着说，“幸好都不是朕喜欢的类型，朕只喜欢一个妙人。”

冯妙只觉身体和情绪都不再是自己的，全被眼前的人握在手中，他唇舌间轻轻一动，便会在自己身上激起无穷无尽的涟漪。她从紧密的怀抱中抽出手来，高高扬起搂住了元宏的脖子，仰起脸凑近他的唇。只是轻轻地一贴，却是她第一次在亲昵时如此主动地靠近。双唇相触时，元宏的身子一僵，心中像有一滴水滑落在烧红的炭上，激起又浓又厚的白色水雾。他的睿智冷静，都已经留在了华音殿外，只要踏进这里，他就又变回了那个痴恋娇妻幼儿的寻常男子，不是帝王，只是一个凡人而已。冯妙一点小小的动作，都能让他欣喜不已。

“先用晚膳吧……”冯妙在密如骤雨的吻间找到一个空隙，好不容易才说出了这句话。

她取出一段素绸，踮起脚尖蒙在元宏的双眼上，拉着他往桂花树下走去。树下已经备好了竹席、小案，酒的清香从竹筒里袅袅飘散出来，跟桂花的香气混合在一处，小案之上的攒盘中，摆放着几样精美的点心。

冯妙用银筷一样样夹起，送到元宏嘴边，却只给他咬一半，把另外一半自己吃下。第一样是将花生碾碎裹进面中，调了蜂蜜、牛乳蒸成的糕点，碎花生的棱角滑过喉咙时，带着点生硬的痛感，可那香甜的味道，却萦绕在唇齿间久久不散。

第二样是用老姜混着红枣、豆沙煮成的浆酪，用小火炖了两三个时辰，才能绵软柔滑、香味醇厚。

第三样是用云耳加上芥末制成的小菜，一口的辛辣过后，唇舌间满是清爽。第四样是用冬虫夏草与金针菇、豆芽混在一起，加了麻油和醋汁调味。云耳是从腐朽的木根上长出来的，冬虫夏草则是在土壤里已经死去的幼虫身上长出的珍贵草药。元宏一样样吃下来，完全明白了她的深意，生老病死，他们都要永不分离。

冯妙双手捧起竹筒，把甜香的桂花酒送进他口中。这酒是新酿的，并不醉人，元宏含了一口，忽然俯身下来，喂进冯妙口中。唇齿纠缠间，不知道那口酒最后究竟落进了谁的腹中。原本就松松系着的素绸飘落下来，闯进元宏眼中的，正是冯妙鬓发松散、双颊酡红的薄醉姿态。

酒不醉人，人却晕晕乎乎地醉起来了。

元宏坏坏地一笑，握住冯妙的手一推，竹筒里剩下的酒便全都泼洒在她身上。元宏拿过银筷，一点点挑开了她的衣带，把她压倒在竹席上。

素问早就知趣地带着人躲开了，视野所及之处，只有天地、房舍、小桥、流水，还有娇俏慵懒的怀中人，和纷纷扬扬落下的桂花如雨。

元宏的唇沿着她身体的曲线一寸寸吻过去，把泼洒的桂花酒吮入口中。酒浆的清凉被他的舌尖尽数卷去，整个人都跟着灼烧起来。

冯妙眯着眼，用一根手指钩住他的衣带，轻轻一拉。这衣裳原本就是她早上亲手穿戴的，自然她也最知道怎样脱得最快。元宏一愣，接着低低地笑起来，口中的热气喷洒在她颈间："妙儿，你学坏了。"

"那宏哥哥喜欢吗？"冯妙歪着头明知故问。

元宏抬手拢着她散落的碎发说："不是喜欢，是爱极了。"成串的桂花落在两人身上，每一朵花上的四片花瓣，都在微醺的晚风中轻轻抖动。

"妙儿……妙儿……"汗水沿着他峰峦一般的胸和背滑落下来。

如同花朵重回大地一般，冯妙闭上双眼，任海浪一般的欢愉拂过她整个身心。眼前的虚空中陡然绽开无数繁花，即使只为这片刻一滴蜜糖般的身心合一，跋涉千里，也全都值得。

冯妙昏昏沉沉地倚靠在元宏身前，由着他把自己抱回房中。半睡半醒间，冯妙忽然想起件事来，握住他的手臂紧张地问："皇上，今天没有不舒服吧？"

元宏一怔，跟着哑然失笑："大约是今天身心愉悦，连病都好了。"他在冯妙侧脸上轻吻，"以后多用这个方法治治。"

"又胡说……"冯妙把头贴在他胸口，能这样没有顾虑地靠近，她实在太欣慰了，因为越发近乎贪婪地享受这一刻静好的时光。

"妙儿，不要太担心，"元宏抚摸着她的发柔声安慰，"朕的病症本来就不知何时会发作，及时行乐四字，虽然听起来有些消极的意味，其实仔细想想，又何尝不是一种英勇无畏的态度。今天朕很高兴，所以朕希望你也能笑颜如旧，好不好？"

冯妙说不出话来，只能轻轻点头。

"朕还有件事要跟你说，"元宏像在思量着该怎么开口，"李冲送信回来，说他找到了一个人愿意替朕诊治试试，只是这个人无论如何不愿意进入皇宫，朕正好听说有一位天竺高僧远道前来洛阳，就住在嵩山上的寺院中，朕想以请教佛法为名，去嵩山古寺小住几天，等见过李冲说的那个人就回来。”

冯妙不想叫他担心，故意说道：“脾气古怪的人大多有些真本事，说不定这人真的能治好皇上的病。”

元宏的面色却仍旧严肃：“朕这次离开，想叫恪儿暂时代朕监国，他毕竟年幼，勰弟又刚刚娶了正妃，也回平城拜祭先祖去了，朕怕你在宫里会有危险。”

冯妙知道他说的都是实情，手指在他胸前画着圈，玩笑着说：“别的事情倒不怕，皇上那位南朝佳人要是来了，可怎么办？我善妒，肯定气得饭都吃不下了……”

元宏知道她的心意，不过故意做出调皮嬉闹的样子，不叫自己担心，双手包裹住她的小手说：“朕已经想好了，等她来了就先安排在驿馆，等朕从嵩山回来，便说在佛前发了愿，不再纳娶新的妻妾，找个机会把她送回去就是了。”

他跟冯妙额头相抵，刮着她的鼻尖说：“你这善妒的名声，从此就坐实了，再也别想抵赖。”

皇帝离宫巡幸，原本是一件要紧的大事，往常都要提早几个月便开始准备。可这一次元宏特意吩咐了一切从简，去面见有德的高僧，实在不该大肆铺张。他只带了五十名亲信的侍卫，便离开了皇宫。

元宏说过，一来一回最多不过二十多天，冯妙把二十颗小枣装进罐子里，每天摸一颗出来吃，等到哪天罐子空了、摸不出枣了，元宏回来的日子也就近了。她记着元宏的话，华林别馆的玄衣卫，是最忠心可靠的，即使宫中发生什么变乱，他们也会誓死保住怀儿的安全。冯妙虽然仍旧忍不住很想念怀儿，却没把他接出来，毕竟谁也无法预料，这二十几天里会发生什么事。

可她没想到，预料之外的事那么快就来了。

元宏离开的第六天夜里，冯妙正睡着，隐约听见华音殿外传来一片嘈杂声响。她正要叫人去看，素问已经披着外衣走进来，神色焦急地说：“娘娘，宫里抓住了一名宫女，私下与南朝人联系。那名宫女，是双明殿的春桐。”

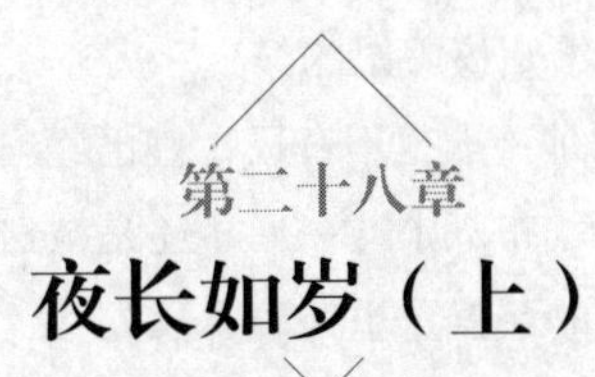

第二十八章 夜长如岁（上）

高照容已经不在双明殿中，春桐一个小小宫女，怎么会有这么大的胆子，能有什么事情要跟南朝私下联系？冯妙总觉得这事情有些蹊跷，低声对素问说："先别管，宫中有慎刑所，也有执勤的羽林侍卫，交给他们处置就好。"

"娘娘，"素问忧心忡忡地说，"这麻烦恐怕冲着您来，刚才门口值夜的小顺子说，春桐大吵大嚷，事情已经惊动到二皇子跟前，外面的羽林侍卫，在请娘娘出去对质。"

心知躲避无用，冯妙披衣起身，不紧不慢地绾了发髻，用一根素银簪子簪好，这才让素问去叫外面的人进来。

原先的羽林侍卫大多已经调入军中，现在留在洛阳皇宫中的，大多是元宏后来选调的，既有鲜卑贵胄，也有汉臣子弟。冯妙扫了一圈，见进来的都是些面生的年轻儿郎，便不开口，等着他们先说明来意。

领头的人是新任的殿中将军，冯妙依稀记得似乎是步六孤氏的子弟，现在已经改姓陆氏了。这位陆将军单膝跪地向冯妙见礼，把事情简略地说了一遍。羽林侍卫在宫中巡视时，发现了蒙住头脸、在宫中小路上行走的春桐，盘问时便觉得她言辞闪烁，十分可疑，在她身上一搜，竟找出了从南朝寄来的信件。

冯妙听着微微皱眉，春桐的举动，不像是要送信，倒好像故意叫人抓住似的。她抬手掩着唇，做出一副倦容："既然人已经抓到了，该怎么审问、处置，你们自去办就是了，到本宫这里来吵嚷什么？"

陆将军毕竟算是武将，又出身显贵，不像宫女、太监那样懂得察言观色，向冯妙抱拳说道："原本也不想打扰娘娘休息，抓到的宫女一直大哭大闹，后来用了刑，她才说……这信是写给昭仪娘娘的。”

听了这话，冯妙心里倒是一点也不奇怪，她已经料到春桐的举动是高照容安排的，只是不知道是她提早就布下了这一局，还是被送去小佛堂之后仍旧能向春桐传递消息。冯妙握着桌上的茶盏重重一磕，反问道：“双明殿的宫女，本宫就算想支使，也未必支使得动吧？”

“娘娘说的是，”这位小陆将军的神色有些尴尬，“事关重大，末将也不敢随意处置，人已经带到二皇子殿下面前，几位老亲王也连夜请进宫来了，还请娘娘移步，只要分说清楚就好。”

冯妙点头答应：“本宫没有做过亏心事，可以跟你们过去。”

素问拿着一件四海同春纹锦缎滚边披风上前，给冯妙披在身上，低声说：“情形看着不大好，奴婢跟你同去吧，留灵枢在这儿，万一天亮之前不能回来，她也好想办法找人报信给皇上。”

这是眼下最妥当的安排，冯妙赞许地点头。素问原本就比她年长，办事也一向稳妥周全，冯妙却越来越觉得，素问对宫闱之中为人处事的方法十分熟悉，面对这种情形，仍旧能从容不迫地安排，即使是在宫中当差多年的人，也未必能做到。可她没时间仔细思索素问的身世来历，只用手拉紧了披风，跟着羽林侍卫一起走出去。

元宏离开皇宫后，二皇子元恪就从华林别馆移了出来，住进了澄阳宫附近的永泰殿，方便每天监国理政。

殿外正淅淅沥沥地下着雨，冯妙毕竟还是左昭仪，羽林侍卫不敢怠慢，早已经传好了软轿，送她前往永泰殿。

元恪一见她进来，便从座位上起身，快步走到她面前见礼，叫了一声“冯母妃”。一旁的亲王中间，已经有人发出轻蔑的嗤笑声：“叛国通敌的祸水，也当得起殿下这一声母妃吗？”

冯妙循着声音看去，说话的人也是支持太子元恂的人之一。这些宗室亲王们无非是看着元恪年轻，才敢这样肆无忌惮。如果是元宏在这里，他们必定不敢如此放肆。正要开口反驳，元恪已经不急不躁地说道：“孤曾经在华音殿受过冯母妃的养育教诲，叫一声母妃正是理所应当的。且不说这件事还没有定论，就算真的跟冯母妃有什么瓜葛，做儿子的，难道能因为母亲有过错就不认了吗？”

一句话便说得亲王们哑口无言，比起太子元恂，元恪的言行举止，更有一个储君的风度。他说话时的样子，跟元宏当年在知学里侃侃而谈的风姿十分相像，冯妙看了，只觉得万分欣慰。无论高照容有多么不堪，她都不后悔当年保下了这个孩子。

元恪叫人取张小些的胡床来，请冯妙坐下，这才转头对春桐喝问：“你还有什么话说。”

春桐跪在地上，模样狼狈不堪，衣衫上有被鞭打过的痕迹，双手十指都软软地垂着，指节上还带着凝固的血迹，显然已经受过刑了。她膝行几步到冯妙面前，重重地磕下头去：“娘娘，求您救救奴婢！求您救救奴婢！”

冯妙避开她带着血污的手，冷眼看着她。到这时，冯妙已经完完全全地确信，她正在一步步落进有人布好的圈套里。

“娘娘，”春桐抬头看着冯妙，眼里的惊恐竟异常逼真，“您不能不管奴婢啊！是您说的，只要奴婢听话，奴婢的爹娘和小侄子都会安然无恙的。娘娘——奴婢都是照您的吩咐做的啊……”

东阳王元丕不在洛阳，亲王中间就属任城王元澄的辈分最高，其他人都把目光投在任城王身上。有人低声议论，催促任城王做个决断。任城王一向公私分明、处事公允，他的世子虽然跟冯妙有些交情，但他也绝不会因此而偏袒。

冯妙知道，今晚她只能靠自己解决眼前的困境了。她不理会哭诉哀求的春桐，直接对着元恪问道：“本宫想问问，搜出来的那张信上，究竟写了些什么？”

元恪从桌上拿起一张薄薄的纸来，叫身边的太监念给冯妙听。

其实那信上的内容十分模棱两可，既没有称呼，也没有落款，每一句话都只用“你”“我”这样的字眼，看不到任何代表身份的字样。从信上的内容来看，收信人曾经屡次与南朝联络，把洛阳城内的官员升迁、粮草收成等，都告诉给南朝人知晓，就连元宏离开皇宫前往嵩山寻访高僧的事，也提到了。写信的人还说，大魏皇帝不在宫中，正是南朝大军进攻的好时机，要收信的人仔细查探，大魏皇帝究竟会离开多久，何时会返回宫中。

单凭这封信，的确已经足够定下一个叛国通敌的罪名。

冯妙正想着该如何替自己洗脱嫌疑，那小太监已经读出了最后一句话：“你上次提到过，想要洗去身上的木槿花文身，不妨试试用大血藤、当归、丹参、红花煎水擦洗，或许会有效果。”

永泰殿内陷入一片寂静，在座的宗室亲王里，有不少人也是第一次完整地听到信的内容。冯妙在衣袖下捏紧了手指，高照容真是好计策，她自己与南朝联络，却要把罪名栽在别人头上。

任城王向元恪说道：“殿下，信上提到的木槿花文身，是现在唯一的证据，只要能找出身上带有这种文身的人，自然就能知道冯昭仪是否清白无辜了。”

元恪毕竟是个半大的孩子，任城王说的话又有道理，想不出什么反驳的理由。他有些羞赧地看着冯妙说：“冯母妃，恐怕要委屈您让老嬷嬷来看看，儿臣相信，老嬷嬷看过之后，一定能还您清白。”

冯妙清楚地知道，自己胸口上就文着一朵木槿花，如果叫老嬷嬷来看，只会坐实春桐的污蔑。她冷笑一声说道：“本宫是正一品昭仪，只凭宫女的几句话，就要叫人来给本宫验身，这究竟是在羞辱本宫，还是在羞辱皇上？”

“昭仪娘娘，话不能这么说，”亲王中又有人开口，“要是娘娘自信清白无辜，叫老嬷嬷来看看，正可以洗脱嫌疑。昭仪娘娘如此推脱，该不会是心里有鬼吧？”

任城王元澄也开了口：“冯昭仪，此事涉及南朝，实在太过重大，还是委屈冯昭仪让宫里的嬷嬷来看看。如果证明了昭仪确实跟此事无关，老臣愿意当面向冯昭仪赔罪。”

连任城王都这样说了，看来今晚这场验身是躲不过了。冯妙用手捻着披风上的穗子，缓缓说道：“这宫女说信是给本宫的，可本宫说不是，难道本宫的话还不如一个宫女的话可信吗？信是在宫里发现的，既然要验，那就把后宫所有嫔妃都请过来一起验，这样才公平，也免得别有用心的人说闲话。”

这要求算不得过分，元恪叫太监和羽林侍卫分头去请人，没多久，宫中有品级的妃嫔就都来了，连一向很少在人前露面的李弄玉，都被小太监请了来，人人脸上都带着倦容，衣角、发梢带着湿漉漉的水汽。

几名教导宫女、嫔妃的老嬷嬷也被带了进来，垂首站在一边等候。

元恪第一次面对这样的情形，来的又都是他的长辈，难免有些紧张，叫小太监把诸位母妃都请进偏殿里去，再叫老嬷嬷挨个儿查验。

“等一下，”冯妙站起身，对着众人说道，“还有一个人没来，既然是为了洗脱嫌疑，那就该一视同仁，一个也不能漏掉。”她对门口的羽林侍卫吩咐，“去小佛堂，请高贵嫔也来这里。”

元恪也有好些天没有见过高照容了，他只听说母妃是因为犯了过错，才被送进小佛堂思过，却不知道具体的缘由。听说有机会能见到母妃，元恪立刻命人去小佛堂，请高照容过来。

小佛堂离永泰殿很远，小太监去了小半个时辰，高照容才迈着小步走进来。她用一块软绸遮住面容，挡住了脸上那处狰狞可怖的伤疤。元恪也同样向她行礼，叫了一声“母妃”。高照容却只是微微点头，在小太监搬来的胡床上坐下。

洛阳皇宫新建的宫室都不算太过宏大，永泰殿也不例外，除了正殿之外，便只有一左一右两间偏殿。验身从品级最低的妃嫔开始，依次进入偏殿，由宫中的老嬷嬷仔细查验。

最先进去的便是李弄玉，接着王琬、卢清然、郑柔嘉、袁缨月、崔岸芷和另外几位鲜卑贵胄出身的妃嫔，也都按着位分依次进出偏殿。负责验身的老嬷嬷，每查验过一人便会出来回禀一次，这些人身上都没有发现任何文绣上去的图样。

殿内只剩下位分最高的冯妙和高照容了，两人都稳稳地坐着，似乎谁也不着急。冯妙清楚地记得，高照容曾经向她提起过木槿花文身，她只能赌一次，赌高照容身上也有这样一处文身。

按着位分从低到高，老嬷嬷客气地来请高照容进入偏殿先验。高照容站起身，往右手边的偏殿内走去，没有半点想要阻止或拒绝的意思。她被关了几天佛堂，身姿又清瘦了不少，可走路时腰肢仍旧像杨柳枝一般左右摇摆，原本合体的衣裙变得有些宽大，随着她的步子不住地晃动。冯妙一言不发地理着衣襟上缀着的一排纯白兔毛小球，就算她再怎么想知道结果，也不得不耐心等着。

偏殿内隐约传出衣裳拂动的簌簌声，不过片刻，老嬷嬷就走了出来："回禀太子殿下和昭仪娘娘，高贵嫔身上没有文身。"

冯妙的手上一紧，竟把衣襟上的修剪齐整的兔毛绒球生生扯了下来，如果高照容身上没有木槿花文身，今天她就真的落进有口难辩的境地了。

老嬷嬷走到冯妙面前屈身："请昭仪娘娘移步到偏殿。"正在此时，高照容也从偏殿内走出来，一只手搭在衣带上，面上的素绸仍在，只露出一双眼睛看着冯妙，眉梢微微一动，带着几分挑衅似的得意。

冯妙起身往偏殿方向走去，不过十几步远的距离，她已经躲无可躲。素问小步上前，从一边搀住她的胳膊。

经过高照容身边时，素问不知怎么撞了她一下，头上的用来固定住发髻的银钗掉在地上，满头乌发都散落下来。素问忙忙地从地上捡起银钗，双手递到高照容面前，诚惶诚恐地说："贵嫔娘娘，是奴婢不小心，请容奴婢给您重新梳好发髻。"

高照容眼中露出几分警觉，下意识地抬手一挡："那是你自己的簪子，本宫在佛堂待罪，已经不用任何饰物了。"她的头发向上高高盘起，用发梢别住发尾，固定成一个高髻，的确没有任何钗环饰物。

素问这才恍然大悟似的摸了摸自己的头发，对高照容赔罪："哦，对对，是奴婢自己钗子掉了，请贵嫔娘娘恕罪。"

亲王中间又发出几声嗤笑，素问的举动，看起来就像觉察出自家的主子快要失势，正慌不择路地讨好旁人，连一个在佛堂待罪的贵嫔也要巴结。冯妙相信素问不会是这样的人，却想不透她究竟有什么用意，继续走进偏殿里去。

门窗都紧紧地闭着，偏殿之内有些气闷，冯妙抚着胸口深吸口气。两名年老的嬷嬷上前来屈身行礼，看服饰品级不低，想必是从前服侍过妃嫔的掌事宫女，在妃嫔离宫或者去世后，就转去做了教导嬷嬷。这样老嬷嬷在宫中很有威信，说出来的话也有人信服。

那两位嬷嬷一左一右上前，正要替冯妙脱去衣衫，素问忽然上前制止："两位姑姑请慢，我家娘娘一向体弱，又身份尊贵，恐怕不能像其他人那样直接查验吧。"她见两名嬷嬷并不反对，又接着说，"娘娘平常最不喜欢旁人碰触身体，不如这样，请两位姑姑告诉我要看哪里，我来掀开娘娘的衣衫供两位姑姑查看。"

这说辞合情合理，两位嬷嬷也不想开罪了这位左昭仪，便答应了。双臂、脖颈、后背、小腿……依次查验下来，冯妙的皮肤细白光滑，像上好的绸缎一般，没有任何文身印记。素问俯身帮冯妙整理衣衫，像是极不经意地问："两位姑姑可还有什么没看清楚的？"

那两位嬷嬷互相对视了一眼，其中一人大着胆子说："昭仪娘娘和这位姑娘勿怪，能否请昭仪娘娘脱下肚兜和抹胸，奴婢们再看一看娘娘的前胸便好了。"

"两位姑姑，"素问转过身来，"昭仪娘娘是什么身份，怎能容你们这样反反复复地检查？如果昭仪娘娘身上真有什么不对的地方，皇上会不清楚吗？"

两位嬷嬷受了素问的质问，对着冯妙磕下头去："娘娘请勿见怪，奴婢们不过是奉命办事，再说……刚才几位娘娘，也都是这样查验的。"

冯妙已经有些隐约明白了素问想做什么，只是空间狭小，两人没有任何机会交谈，她不知道素问为何敢如此肯定地放手一搏。不过眼下已经没有别的办法，她只能相信素问。冯妙看着那两名嬷嬷问道："看过胸前之后，如果仍然没有文身，是不是就可以确证本宫清白无辜。"

"那是自然，"方才说话的嬷嬷答道，"等全身上下都看过了，奴婢自然会如实禀报二皇子殿下和几位王爷。"

冯妙看了素问一眼，见她目光坚定、毫无迟疑，转头忽然对那两名嬷嬷厉声喝问："你们就是这样尽心查验的？分明还有隐秘之处没有查过，怎么就敢断定身上有没有文身？"

她起身就往正殿走去，把两个目瞪口呆的嬷嬷留在原地，素问紧跟在她身后，抿着双唇不说话，眼中竟然露出一抹沉郁决绝的神情。

"恪儿，"冯妙在正殿中说道，"刚才验过的人都有遗漏，要重新查验，让本宫身边的素问，跟那两位嬷嬷一起去检查。"

两位嬷嬷这时也已经返回正殿，跪在元恪面前说道："每位娘娘身上的任何一处，奴婢们都仔细看过了，绝对不敢疏忽怠慢啊。"

冯妙回到刚才的胡床上坐下，抬手示意素问上前："你去告诉她们，究竟遗漏了哪里。”

“是。”素问恭恭敬敬地低头答应，走到高照容身边屈身说道，“贵嫔娘娘，奴婢冒犯了，方才这两位姑姑没有看过您面纱之后吧，能否让奴婢看一看？”

高照容冷冷地盯着素问看了半晌，忽然弯起双眼笑了一下：“的确没有看过，不过本宫的脸，你又不是没有见过，难道本宫会在自己脸上文一朵木槿花吗？”

“有或者没有，看一看就清楚了。”素问说着话，忽然抬手上前就要掀开高照容的面纱。高照容虽然犯错受罚，可毕竟还是贵嫔夫人，素问的举动已经是以下犯上。连元恪都从座位上站起身，大声喝止：“大胆！还不赶快住手！”

高照容也下意识地抬手去护住面纱，素问的手却在半空突然转了方向，往高照容头上伸去。不知道她用了什么手法，旁人只看见她的手指在高照容头顶轻轻一扯，高照容的发髻便散开了，满头长发全都倾泻下来。

“你……”高照容的眼中露出几分狐疑惊惧的神色，却还是硬生生压住了差点问出口的话。

两旁侍立的太监已经快步冲上来，扭住了素问的双手，他们都是这方面的老手，掌间稍稍用点力气，便让素问疼痛难忍。可素问却紧盯着高照容，大声说：“贵嫔娘娘，你敢不敢拨开头发让人看看，你有一朵文在脑后的木槿花！”

扭住她的太监见她仍不肯住口，手上的力气越发重了，只听见一声细微的脆响，素问的腕骨竟被当场捏断了。她脸上立刻冷汗涔涔，整个人都软倒在地上，侧脸贴着地面，可她却仍旧固执地说下去：“奴婢敢用性命担保，高贵嫔，你的脑后有木槿花文刺。”

窗外炸雷惊响，绵绵不断的细雨，不知何时已经变成了瓢泼大雨。整个永泰殿内都变得闷热潮湿，快要让人喘不过气来。

元恪一脸震惊地看向高照容：“母妃，您真的有这样的文身吗？木槿花……究竟有什么要紧？”

高照容却不理会元恪的话，冷冷笑着看向冯妙：“就算我身上有，又能怎样？我能解释我这朵木槿花的来历，你身上的那处文身，该怎么解释？”

她转头看向跪在地上的老嬷嬷，一字一字地问道：“你们两个，刚才有没有查验过冯昭仪身上的每一处地方？”

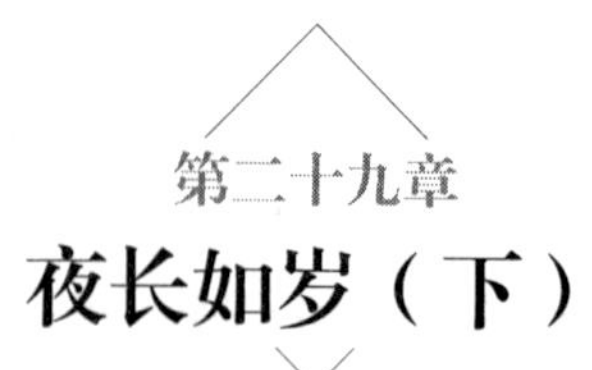

第二十九章

夜长如岁（下）

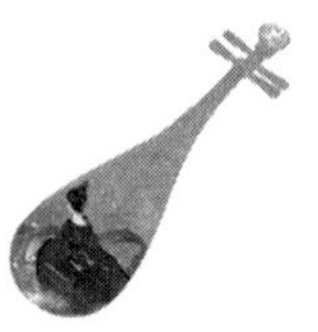

两位嬷嬷吓得脸色都变了，却不敢再满口答应，互相看了一眼说道："其他地方都已经看过了，只是……只是昭仪娘娘穿着贴身的肚兜小衣，还没有看过胸口。"

高照容把眼睛弯得更深："那——为什么不看呢？"

答话的嬷嬷惊疑不定地看着面前的两位娘娘，像她们这样没有主子庇护的宫人，最怕的便是夹在两个身居高位的人中间左右为难。她咬着牙答道："因为……因为昭仪娘娘不准。"

亲王中传出一阵嘘声，高照容向前一步看着冯妙问："那昭仪娘娘为什么不准呢？"

她用双手拨开浓密的黑发，后脑上果然文着一朵半开的木槿花，隐藏在发丝间若隐若现。平时梳起发髻时，这处木槿花自然就被遮挡住了，轻易不会有人注意到。

"我是高家的私生女儿，生母是低贱的歌姬，皇上选妃那年，高家因为没有适龄的女儿，才想起了我。这处文身，就是我的生母留给我的唯一纪念。"高照容松开手，那些发丝就落回肩上，把她后脑上那一处文刺的木槿花重新遮盖住，"这些事，我虽然不愿提及，可也从来没有隐瞒过，不知道冯姐姐你的那处木槿花，又是怎么来的呢？"

即使只看得到一双眼睛，冯妙也想象得出她此刻带着几分嘲弄笑意的表情，就像蛇盯准猎物时，在嘶嘶吐着信子一般。高照容的话半真半假，冯妙如果此时再说自己的文身也是做歌姬的生母留下的，反倒容易叫人怀疑她在遮掩些什么。

她盯着那双轮廓美艳的眼睛，忽然柔柔地笑着说：“本宫身上有没有文身，哪里用得着向皇上之外的任何人解释？这宫女是高贵嫔宫里的人，高贵嫔身上也有信上所说的木槿花，其实事情已经很分明了。让二皇子裁夺亲生母妃有没有错处，实在太过为难人，依本宫看，不如将人暂且看管起来，等十来天后皇上返回宫中时，再做定夺。”

任城王还没说话，亲王中间已经有人阴阳怪气地说：“谁不知道皇上宠爱冯昭仪，等皇上回来，这事情只会不了了之。”

另一人接口过去，指着跪在地上的春桐说：“皇上还要至少十天才能返回宫中，可南朝送来的公主很快就要到了。这小丫头说过，信是从南朝公主的送亲队伍里收来的，万一这些送亲的人就不怀好意，想要里应外合毁我大魏江山基业，那该如何是好？”

冯妙看出说话的都是平日里最反对汉化新政的人，他们不敢公然质疑元宏的政令，便想找个机会把怒气撒在冯妙身上。在他们眼里，冯妙推崇诗词歌赋、喜爱软罗轻衫，都是妖媚惑主的明证。

“两位王爷是在问本宫该如何是好吗？”冯妙反唇相讥，“王爷拿着大魏的俸禄，却连抵御外敌这样的事，也要赖在一个深宫女子身上吗？本宫还真不明白，这又是什么道理？”

这一番话算不得言辞激烈，却说得在场的人都无法反驳。

冯妙环视一圈，最后把目光落在高照容身上：“再说，南朝公主的送亲队伍来了，正可以找出写这封信的人，严加拷问，两下对质，事情不也就查清楚了吗？”

此时，一直没有说话的元恪忽然开口：“就依冯母妃的意思。”他年纪虽小，人却很聪慧敏感，已经看出高照容与冯妙之间的对话透着诡异，一边是他的生母，另一边是他敬爱的冯母妃，他不知道该如何处置，只想暂且压下，等到父皇回宫之后再说。

亲王中却仍旧有人反对：“要是这几天里有人杀人灭口，或是私下再次传递消息，串通起来欺瞒，事情到最后还是没有头绪。”两相僵持不下，最后只能将冯妙、高照容和素问都各自送回住处，加派羽林侍卫看管，不准与外界传递消息，将春桐送去宫中的慎刑所关押。

离开永泰殿时，天色已经大亮，这桩事竟然闹了整整一个晚上，最终却没有定论。两位上了年纪的亲王走出永泰殿时，忍不住小声嘀咕，其中一人说：“那木槿花看着好生眼熟，从前开国皇后用的东西里，是不是也有这样的图案？”

“别说啦，”另外一人赶忙摇着头岔开话题，“开国皇后的事，在宫中可是个忌讳。当年真是惨啊……可惜了开国皇后那样的人物，哎……”

回到华音殿时，素问已经疼得脸色惨白，两处腕骨都已经断了，软耷耷地垂着。冯妙取了木板帮她固定住，见她咬紧牙关一声不吭，心里有几分不忍。要不是素问攀扯出高照容身上的文身来，恐怕今晚她就要被坐实了与南朝私下联络的罪名。她那几句话，有二皇子和任城王的支持，也只能挡得住一时。高照容离开永泰殿时，眼中毫无惧色，显然还做了其他的安排，要置冯妙于死地。

“你可真是……怎么也不预先跟我说一声？”冯妙用软绸一圈圈帮她固定住，语气间却带上了些责备的口吻。

“起先只是怀疑，并不能肯定，”素问倒吸了一口冷气，“直到奴婢故意撞了高贵嫔一下，才有了十足的把握。奴婢把那根银钗递给高贵嫔时，她并没有检查自己的发髻是否散乱，便很肯定地说那钗子不是她的，可见她平时都会刻意在头发上用心，不让人看见她发丝之下的文刺图案。”

冯妙俯下身子扯平那段软绸，在她小臂上方打了个结，将木板仔细固定住，才直起身直视着她的双眼说道：“素问，我并不是想要探问你的来历，可是你今天的举动，实在出乎我的意料。你一向冷静沉稳，今天却好像完全换了个人一样，你能不能告诉我，这究竟是为什么？”

“娘娘，”素问低垂下双眼，“奴婢不是故意要瞒你的。”

冯妙摇头：“不要叫我娘娘，也不要自称奴婢，就像在东篱时一样，我是阿妙，你是素问。我今天并不知道你究竟要做什么，但我选择相信你，因为我永远不会怀疑东篱出来的人。现在……也只剩下你和灵枢了。”

素问眼中泛起星星点点的泪光：“阿……阿妙，我跟你说过，我的父亲是御医，我的母亲是宫中的医女。这些都是真的。但我从来没有告诉过你，我的父母是因为什么才获罪的。”

冯妙把一只软枕放在她腰后，让她能靠着说话。素问深吸了口气，才接着说下去：“大概二十多年前，南朝还是刘宋的天下，那时宫中有一位身份传奇的贵妃，原本是酒肆里的歌姬，因为舞姿曼妙出众而得到皇帝的宠幸。这位贵妃肌肤白皙胜雪，五官深邃，鼻梁挺直，长得像胡人一样妖娆妩媚，举止言行也都跟宫里其他出身世家的妃嫔大不相同，很得皇帝喜爱。”

“有一年，皇帝离宫巡猎时，这位贵妃刚好有孕在身，便没有随行。她在宫中生下了一个十分可爱的公主，我的母亲还亲自照料过几天。可是……等到皇帝回宫时，公主却莫名其妙地变成皇子，见过起先那个女婴的人，都被扣上各种各样的罪名悄悄处死，我的父母就是受到这件事牵连，才获罪下狱的，连我也被充了官奴。因为我的母亲是贴身照料贵妃的医女，那些人就用了刑，想叫她承认贵妃生下的本来就是个皇子。”素问闭上眼，泪水却沿着她的眼角涌出来，那时她还只是个孩子，却眼看着自己的父母惨死在面前。

“再后来的事，在南朝闹得沸沸扬扬，”素问努力让自己的语气平静下来，“那位贵妃想用药物损毁皇帝的身体，被人发现之后密报给皇帝。这种事情自然惹得皇帝大怒，当即就斩杀了贵妃，那名来历不明的小皇子，也没能长大就夭折了。我那时还小，别的事情都记不得了，只记得母亲跟我说过，那妃子的身上有一处木槿花文身，小公主出生不久，她的母妃就在她脑后也文了一朵同样的木槿花。”

南朝人最重礼节，讲究“身体发肤、受之父母”，轻易不能损伤，所以给刚出生不久的小孩子文身，才会被当作一件奇闻异事来讲。

冯妙听了这些话，却愣在当场，因为这故事听着十分耳熟，好像……好像就是昌黎王冯熙曾经讲过的那件事，她的生父萧鸾，就是因为这件事才险些杀了她的阿娘。

她不由自主地前倾，双手握住了素问的肩：“你是说……你是说，高照容就是那个被换走的女婴？”

素问轻轻点头：“高贵嫔后脑上的木槿花文绣，位置和式样都跟母亲告诉我的完全吻合，我不相信世上会有如此巧合，那个被换走的女婴，应该就是她没错。”

冯妙抬手揉了揉眼角，从素问口中听来的事情，实在太过匪夷所思，简直比她认出萧鸾这个生父还要令她震惊。按照素问的说法，她和高照容的生母，都曾经是低贱的歌姬，都有木槿花文身，都获得过南朝贵胄的青睐……如此之多的相似之处，也很难让人相信，一切仅仅是巧合而已。

停了片刻，素问又接着说：“我记得母亲曾经好几次感叹，宫中那位得宠的贵妃娘娘，对权力有一种近乎狂热的痴迷，就像要夺回一件自己从前失去的东西一样，不放过任何一个有可能的机会。为了把凤印甚至玉玺牢牢握在自己手中，她可以抛弃自己出生不过几天的亲生的女儿，也可以把毒药放进丈夫的饭食里。”

素问低头看着折断的双手，也许这双手从此再也不能抓药、诊脉了，但她却半点也不后悔：“当年的事，其实跟那个还不会说话、走路的小公主，没有半点关系，我也并不只是想要为自己的父母报仇那么简单。我可以感觉得到，高贵嫔跟当年的那位传奇似的贵妃一样，想要凭借自己的美色，迷惑龙座上那个男人的心，再把他的江山，都握在自己手上。”

“无论是从前的贵妃，还是现在的高贵嫔，其实她们都可以过得很好，有可以爱的丈夫，也有健康的子女，可她们偏偏要选择另外一条道路。”素问长长地叹了口气，“我不知道木槿花究竟代表什么含义，也许是某个家族或者某种信念，可是如果过去的记忆让人如此痛苦纠结，真的还有必要一直牢牢记着吗？为什么不能尝试着忘记，接受新的生活呢？”

冯妙也不知道该说什么好，她记得父亲说过的话，无论木槿花代表什么，她只需要坦然接受就好。经历过那么一场变故后，或许阿娘也希望她和夙弟都能忘记不该记起的事，所以她才没有给夙弟身上留下木槿花文身。

素问忍受着断骨之痛，又说了那么多话，早已经支撑不住，眼皮沉沉地往一起合去。冯妙拉过蚕丝锦被盖在她身上：“你先睡一会儿，我去让灵枢煮点粥来。”

她高声叫了几次，却不见灵枢像往常那样嬉笑着出来答应。素问低弱的声音里有几分焦急：“昨晚不知道事情会怎样，我叫灵枢等到天亮，如果我们还没有回来，就想办法出去送信。该不会是她见我们一夜未归，已经想办法出去了吧？”

冯妙微微皱着眉问：“灵枢在洛阳又没有什么熟悉的人，能去找谁送信？”

素问垂下眼睫，小声说道：“从东篱出来时，公子让我们跟着照顾娘娘，后来公子死里逃生来到洛阳，也曾经私下叮嘱过，如果宫中情形危急，可以告诉他，别的事情或许他做不到，但至少总可以尽力护住娘娘周全。公子说过，娘娘有夫有子，只要娘娘能万事宽心，他便可以允诺娘娘一个四时安好。”王玄之原本不准她对冯妙说出这些话来，可她只是替公子不平，他不过是来晚了一步而已，却错过了冯妙未嫁的年月。

冯妙用手指不住地理着已经很平整的软绸，她有夫有子，王玄之却仍旧是孤身一人，虽然明知道王玄之并不想要求任何回报，她却不忍欠下更多无法偿还的情意。

她强迫自己说出冷静绝情的话来：“鲜卑人最看重血缘，大哥毕竟是南朝降臣，官位越高，就越容易遭人排挤嫉恨。如果大哥想在这里有一番作为，就必须得获得那些鲜卑贵胄的认可，最快最容易的方法，就是娶一个鲜卑名门出身的正妻……”她不可能劝说王玄之试试接受旁人，那样比直截了当的拒绝更令人难堪，她知道王玄之原本是个最精明理智的人，那就不妨再劝他多理智一些。

华音殿被羽林侍卫看管得密不透风，一连过了三天，冯妙都对外面的事一无所知。直到第四天早上，才有人来请她再到永泰殿去一趟。

永泰殿内的情形，几乎跟那个下着大雨的夜晚完全一样，元恪坐在正中的主位上，几位奉诏辅政的宗室亲王坐在两侧。

南朝公主的送亲队伍到了，按照元宏预先留下的口谕，送亲队伍连同不知真假的公主本人，都被直接送去了宫外的驿馆，不准进入皇宫。亲王中间有人提起，正好可以叫那个宫女春桐到驿馆去辨认，究竟是谁送信给她，两相对质，总能问出这信究竟是送给谁的。

这方法原本就是前几天在永泰殿时冯妙亲口说过的，此时她也不好反对，便落了座静静等着。

羽林侍卫去了半晌，却没能带回春桐，去而复返的侍卫郎跪在地上向元恪禀报："殿下，关在慎刑所里的宫女，已经……死了。"

在座的人都吃了一惊，那名侍卫不敢怠慢，赶忙详细地说了他看见的情形。慎刑所内，春桐被单独关在一间屋子里，每天有人把饭通过墙上的圆洞放进去。从前一天开始，太监来取空碗时，便发现碗里的饭菜都没有动过。在这种地方，绝食或是哭闹的人实在太多，太监早就练成了一副铁石心肠，根本没有放在心上。今天奉命打开牢门时，才发现春桐躺在一角，胸口插着一根竹筷，正是跟饭菜一起送进去的，一头削得有点尖。

冯妙环顾四周，那些亲王的脸色，并不比她好多少。只有春桐跟送信人碰过面，她一死，便没有办法跟南朝人对质了。

东阳王元丕不知何时已经返回了洛阳，前几天在永泰殿验身对质时，他还不在场，今天却端坐在宗室亲王中间。他一向对冯妙敌意最重，此时冷笑着说道："昭仪娘娘好手段。"

冯妙一愣，她还在想着这事情该怎么收场，一时走神没明白他的意思，待回过味来立刻说道："王爷是在怀疑本宫杀人灭口吗？本宫的华音殿，这些天一直被羽林侍卫看管着，没有人进出，如果这样本宫也能杀人，请问王爷自己会相信这种说法吗？"

东阳王带着几分傲慢反驳："你贵为左昭仪，想除去一个宫女，哪里用得着自己亲自动手？就算华音殿被羽林侍卫围住，可每天总有进出送饭的太监、宫女，想要传个消息，还不是轻而易举的事？"

冯妙不疾不徐地答话："既然这么说，关在小佛堂里的高贵嫔，也同样可以向外传递消息，其他没有被看管起来的妃嫔，要做什么就更方便了，王爷为什么单单怀疑本宫一个人？"

"其他人跟这件事又没什么关系，哪里用得着杀人灭口？"东阳王斜睨了她一眼，"死去的宫女是高贵嫔自己的贴身宫女，她有什么理由要杀自己人？"

冯妙听了这话，抿开嘴角微微地笑了，缓慢却清晰地说："王爷刚才还说，本宫是要杀人灭口？现在又说，高贵嫔没有理由杀自己的人？本宫听糊涂了，如果春桐不是在替本宫做事，本宫为什么要杀她灭口？如果春桐是在替本宫做事，本宫又为什么要杀自己人？王爷倒是想得挺周全的，这么看，无论是哪一种情形，本宫都没有理由要费心杀她。”

东阳王见她此时仍旧纹丝不乱，还抓住自己话里的漏洞，狠狠地讥讽了一番，气得脸色铁青，只能勉强说了一句：“冯昭仪，还是留着你的伶牙俐齿，多想想如何跟皇上和二皇子殿下解释吧。”

事情仍旧没有进展，在宗室亲王的逼迫下，元恪只能下令，将冯妙软禁在华音殿主殿内，不准她与其他任何人见面，直到皇上回来发落这件事。

洛阳城内，还有一个人正为这件事忧心忡忡，那便是王玄之。元宏赐给他的府邸，远离其他宗室贵胄的王府，却离皇宫很近，既是为了彰显皇帝对他的看重，也是为了方便他入宫议事。

府邸正厅内，一名身穿便服的白净男子，正站在王玄之对面，面皮上没有胡须，一看便知道，是宫中的内监。如果冯妙此时在场，她也一眼便会认出，这名内监就是当年给她送过千金平喘丸的小太监徐长。王玄之给他钱财，教导他做事，甚至替他重新取了正式的名字——徐无权，帮他一步步在宫中升到管事太监，原本只是为了在平城经商时方便些，没想到现在又要派上别的用场。

王玄之把写好的信递到他手中：“你只要把它放到你师父桌上就行，不必亲自出面，记住了吗？”徐无权在宫中认下的师父，便是掌管慎刑所的公公李得禄。

“记住了，”徐无权在王玄之面前，仍旧像是当年那个一无所有的少年，面色恭敬严肃，却带着几分担忧，“只是……公子，您这么做，实在太过危险了，要是日后被人知道，这里面并不是……”

“无权，”王玄之和煦地笑着，轻摇手中的折扇，“记着我跟你说过的话，富贵险中求，世上哪有永远安全无虞的方法？你去吧。”

第三十章
惜流芳

徐无权把信收在怀中，掀起衣袍俯身跪倒，向王玄之恭恭敬敬地拜了三拜："多谢公子教诲。"

王玄之注视着他走远，才把玉骨折扇合拢，放进衣袖中。时间紧迫，来不及送信给元宏，只能自作主张，即使明知会触犯天子的逆鳞，他也只能选择这样做。无论如何，他都不能眼看着那些宗室亲王逼死冯妙。

嵩山竹林内，元宏正与远道而来的天竺僧人对弈。他落下一子，原本被压在一角的黑子，登时如猛龙出江一般，一扫方才的颓败势态，将白子死死扼住。元宏朗声大笑，伸手在棋盘上拨了一把，黑子白子立刻混杂在一起。

正在此时，李冲带着一名女子走上山来，向元宏略一拱手，正要叩拜下去。元宏从石墩上站起，快步上前拦住了李冲的动作："李大人，这里是佛门圣地，应该心无旁骛，不必拘泥于君臣之礼。"

李冲转头看向身边戴着竹笠的女子，开口说道："经过这几天施针，皇上胸闷、头疼的病症已经好得多了，是不是过几天……"李冲心里清楚，被竹笠上垂下的面纱遮住五官的女子，便是元宏的生母李元柔。这个唯一的儿子，一出生便被抱走了，接到李冲传信说元宏生了病，半生经过风浪无数的李夫人急得整夜无法入睡，可真见了元宏的面，又不得不做出一副素不相识的样子。如果这病治好了，元宏便要返回洛阳皇宫去了，李夫人不知何时才能再跟他见上一面。

"针刺穴位，只能暂时缓解病症，并不能去根。"李夫人缓缓开口，隐藏在面纱背后的眼睛，久久地凝在元宏身上。他说话时的神态，分明就是先帝的模样，李夫人看着他时，就好像又看到了深宫中那些或静寂或激荡的日子。

元宏转过头来，认真地听她说话。因为幼年时的经历，他从不轻易相信任何人，他却无端地愿意相信眼前这个人。

李夫人平静地说下去，把满腔眷恋都掩盖在毫无波澜的语调中："我有一个办法，能帮皇上找到真正的病因，只不过……会有些痛苦，时间也会长一些。"

"朕不会惧怕痛苦，"元宏客气却坚定地说，"但是朕必须清楚地知道，夫人想用什么办法来找到病因，因为朕不习惯依赖别人来做重要的决定。"

藏在袖中的手抖了一下，李夫人的眼中险些就要涌出温热的泪来，元宏的脾性，像先皇的热烈，却比先皇更坚韧，也像她的执着，却比她更通透。李夫人握紧手掌，不让自己的声音有任何异样："我的丈夫曾经因为不小心，也中过类似的毒。他过世后，这些年我一直在查找医书，想要阅遍天下所有类似的毒药。如果有一天，我心里珍重的人面临相似的情况，我便可以救他们。"

元宏一边听着，一边微微点头，天下立志从医的人，有很多都是从想要挽救亲人、爱人开始的。心里一个小小的愿望，最后能够成为一生的理想。

"可以引发胸闷头疼的毒药很多，但是能够潜伏多年才被另外一种药引引发的却不多，"李夫人接着说下去，"我已经带来了十几种药引，只要一种一种试过去，看看哪种会诱发皇上的病症，就可以大概推测出皇上中的是哪种毒，再对症下药，就容易多了。只不过这些药引，有的本身也有毒性，不会致命，但可能会让皇上呕吐、腹痛、高烧，皇上需要忍过这些煎熬，不知道皇上是不是能……"

"可以，"元宏点头，"朕不能等死，就按夫人说的方法做。"

李夫人欣慰地点头，告辞离去，药引的顺序要仔细考虑，用量也要小心控制，在真正开始以前，她还需要做很多准备。

李冲的目光追着她走进林荫深处，少年时不惜与一个大家庭为敌的浓烈情爱，经过半生沉淀，已经变成了萦绕在心头的一点牵念。她已经有夫有子，他也已经有妻有女，除了相信她的医术之外，李冲也带着几分私心，想让李夫人能像一个母亲那样，与元宏相处几日。

等李夫人走远，李冲才又对元宏说道："皇上让臣去做的另外一件事，也有进展。臣在平城皇宫中，找到了几样开国皇后留下的遗物。开国皇后留下的东西本就不多，大多都已经焚毁了，臣在甘织宫的角落里，找到了一幅带着开国皇后印鉴的字，那幅字的一角，便带着木槿花图样，跟皇上画的那幅完全盛开的图，一模一样。"

元宏皱眉沉思，小时候在宫中，他的确常常跑到甘织宫附近去。李冲这么一说，他也猛地想起来，好像是在那里的青砖上，看到过刻印的木槿花图样。

"开国皇后……"元宏喃喃自语，"开国皇后是慕容氏的女儿？"他猛地抬起头来，盯着李冲严肃地叮嘱，“这件事不要再对任何人提起，朕想请你再去一次平城，把开国皇后遗留下的东西全部销毁。”

李冲是汉臣，对开国皇后的旧事并不熟悉，但他见元宏神情严肃，便立刻答应下来，转身向山下走去。

“慕容氏……”元宏神色凝重，如果冯妙是慕容氏的后人，那怀儿有一双碧绿色的眼睛就不奇怪了。可是，如果她真是慕容氏的后人，宗室亲王们怎么可能容得下她和怀儿？开国皇后离世后，大魏后宫中就再也没有过姓慕容的女人了……

洛阳城内，月上中天。宫门口的侍卫见有人沿着宫道走过来，立刻拦下盘问。那人掀起风帽，取下腰间的镶金玉佩递过去。侍卫看了一眼，脸上立刻浮起谄媚的笑意：“原来是李公公，这么晚还要出宫去替皇上办差啊？”

李得禄冷哼一声，并不接他的话。从平城到洛阳，李得禄一直掌管着慎刑所，已经有三十几年了。他为人严苛酷厉、不苟言笑，多少人想要巴结奉承他，可入得了他的眼的，只有那个老实木讷的徐无权。

宫门隆隆地打开，李得禄沿着青石板小路远去，月光把他的影子拉得极长，与斑驳的树影交织在一起。

转过两道弯，李得禄便看见一身月白衣袍的男子，站在空寂无人的街角处。

王玄之听见脚步声，立刻转身，却并不急着迎上前来，而是微笑着等待李得禄上前，向他见礼。他的品阶高过李得禄，外官又向来比内官更尊贵些，李得禄在宫中再怎么倨傲，见了王玄之这样的外臣，也不得不规规矩矩地行礼。

见李得禄身子已经弯到一半，王玄之才突然笑着上前，双手托住他的双臂：“李公公不必多礼。”他从袖中拿出一支玉管笔，在李得禄面前晃了一下，笔管上用金丝勾画着龙纹，一看便知是御用的物品。

王玄之笑意融融地说明了来意：“李公公，皇上原本把这件事交给我去办，可我不是这上头的行家，恐怕问不出什么来，所以便向皇上举荐了你。皇上不想这件事被太多人知道，我们快去快回，天亮之前公公还能赶回宫里去。”

李得禄久在宫中，比普通人更警觉些，有些迟疑地问：“既然是皇上的旨意，我自然应该照办，只是不知道皇上有没有手谕？恕我冒昧多问一句，皇上现在还在嵩山，王大人如何能够这么快地知道皇上的旨意呢？”

王玄之笑得更加和煦：“李公公，皇上的行踪和心意，恐怕不是你该揣摩的。李公公要是有心，不妨多想想那个被捉住的宫女，为什么能在慎刑所里‘畏罪自尽’？少了这个重要的人证，要是冯昭仪因此有什么三长两短，李公公预备怎么跟皇上说呢？”

一句话便说中了李得禄的心病，春桐死在慎刑所中，的确是他的失职，或许皇上是在给他戴罪立功的机会，也或许……皇上是在考验他是否足够忠心。“王大人，不过闲聊几句，何必认真呢，”李得禄硬挤出一个万分勉强的笑来，“请带路就是。”

王玄之了然地一笑，只说了一个字“请”，便沿着一条小路往南朝公主居住的驿馆走去。皇上远在嵩山，自然来不及送回什么旨意。宫中御用的玉管笔，原本就是从他的商铺里采买的，接到灵枢送来的消息，他只来得及派人去找了一支完全一样的玉管笔来，借此骗过李得禄。

李得禄是个天生的酷吏，有一百种方法能让人生不如死，也有一百种方法能撬开任何人的嘴。王玄之没有别的办法，只能利用李得禄的专长，赶在别人对冯妙下手以前，从南朝送亲的队伍里，先问出些东西来。

华音殿内，冯妙被看守在正殿之中，皱眉想着眼前的情形。没有证据、没有帮手，她又哪里也不能去。元宏也不知道什么时候才能回来，她也不知道，那些对她满怀敌意的老臣，还能忍耐几天。

冯妙几乎整夜未睡，天色大亮时，几名羽林侍卫走进华音殿，请她再到永泰殿去一趟。短短几天之内，她已经第三次被带到二皇子和这些宗室亲王面前，接受他们的质问。

永泰殿内，包括任城王在内的亲王们也都来了。冯妙落座时，才看到高照容已经坐在对面，仍旧用轻纱遮住脸。见人已经到齐，任城王上前对元恪说：“这桩私通南朝的事，一直没有结果，总归是个隐患。臣的儿子昨晚凑巧想到了一个办法，臣倒觉得可以试一试，这才斗胆请两位娘娘都到殿下的永泰殿来。”

元恪有些好奇地问：“什么方法？老王爷不妨说来听听。”

任城王命人取上纸和笔来，分别放在冯妙和高照容面前：“问题的关键，就在于不能确定那名宫女身上的信，究竟是写给谁的。不如让两位娘娘各写一封回信，命人分别送去，看看哪一封能够再次收到回信，便知道了。”

这方法其实漏洞很多，冯妙瞥一眼高照容，对任城王说道：“王爷，如果写信的人稍稍改变笔体，或者故意留下破绽，让南朝人对这封信生疑，不会回信，那这方法就没有效果了。再说，真正与南朝联络的人，必定有办法在信中夹杂暗语，只要这人稍稍暗示，南朝人就可以故意回信给另外一个人，反倒误导了我们的判断。”

她停下想了想，又接着说道：“上次的信是春桐送的，现在春桐已经死了，这信要怎么送到南朝人手中？如果送信的方法和人变了，南朝人也一定会生疑，为了稳妥更不肯回信了。”

任城王捋着胡须回答道：“昭仪不必担心，为了防止有人在信上故意使用暗语，我已经准备了两份文字一模一样的信，要用的信纸，也是用一整张裁开的，两位娘娘只要照着抄一遍就行了。至于怎么把信送到南朝使节手中，这个也好办，前几天审问那名宫女时，她已经招认了，送去或是送来的信，都会放在她们预先约定好的地点，传信的人并不见面。把两封信放在不同的地点，刚好也方便辨别，哪封信会收到回信。”

冯妙还要说什么，高照容已经开了口，声调仍旧婉转柔媚：“这方法很好，我愿意一试。就算南朝人不回信，也没什么损失，再想别的办法就是了。冯姐姐，你一再阻挠，究竟是在怕什么呀？”

叫她这样拿话一挤对，冯妙反倒不好再说什么了，按着高照容的意思，谁要是推三阻四地不肯写这封信，那就是心里有鬼，害怕信送过去便会揭穿自己的真面目。

任城王拿出两封预先准备好的、内容完全相同的信，分别放在冯妙和高照容面前，又说道：“等回信来认人，只是一个最被动的方法，这封信送去以后，我们还可以在放信的地点埋伏人手，只要有人去取信，就可以当场抓住，带回来慢慢拷问。”

即使听他这样说了，冯妙还是不觉得这方法会有用。她往那封信上草草扫了一眼，写的无非是些模棱两可的话，要求对方按照约定好的时间起事之类，看不出太大的破绽，可也没那么容易让南朝人轻易相信。

高照容已经拿起桌案上的笔，照着那封信抄下去，面纱之上露出的一双眼睛里，没有半点恐慌或是犹豫。她越是镇定自若，冯妙心中就担忧，想必高照容已经有了十足的把握，可以洗脱自己的嫌疑。

冯妙觉出自己正被那些宗室亲王们盯着，已经由不得她再多辩解些什么。她又看向那封写好的信，忽然心中一动，这字迹看着十分眼熟，眼中一热，从进殿起就悬着的心也跟着放下了大半，提笔蘸满墨汁，一行行细细地照抄下来。

为了表示公平，任城王取出两个完全一样的封皮，亲自将抄好的两封信放进去，用蜡油封了口，交给殿门口等候的侍从拿出去。事情都处理妥当了，任城王才高声对二皇子和在座的其他亲王说：“两封信都是当着殿下和各位的面封好的，也请各位做个见证，日后要是有什么线索，就好分辨了。”

羽林侍卫上前，请高照容和冯妙仍旧各自回去，事情没有结果之前，她们还是要被软禁在住处。冯妙起身外出时，刚好高照容也起身要往外走，两人碰在一起，四目相对。高照容眯起眼睛笑了一下，向后退了半步说道：“冯姐姐，你先请啊！”嘴上这样说着，那双带笑的眼中却全是挑衅的意味。

冯妙也对她微微一笑：“是该本宫在先，高贵嫔别忘了，本宫出门的时候，你是应该躬身相送的。"她看着高照容令人生厌的笑定在眼中，转身一步步走下了永泰殿的石阶。高照容越是得意，她自己就越要从容淡定。

那封用来照抄的信，是用方严规整的隶书写成的，那种端方却又不失风流的字迹，她曾见过两次，一次是跟千金平喘丸一起送来的字条，另一次是在东篱翻阅手抄的佛经，两次都是王玄之所写。冯妙想不透王玄之如何能说动任城王跟他配合，也不知道他打算怎么利用这两封信，但是她相信，王玄之一定是为了帮她。

再回到华音殿时，冯妙心里仍旧紧张，却已经不再那么寝食难安了。从前是为了阿娘和夙弟，现在是为了盼她安好的王玄之、为了许久未见的怀儿、为了不知何时能回来的元宏，她不能在被人打倒以前自己先倒下。

任城王的侍从拿着那两封信，并没有送出皇宫，而是绕了个圈子悄悄折去了太极殿的偏殿，鲜卑贵胄和汉臣们都在这里等候议事。不一会儿，方才在永泰殿中的几位亲王，也陆陆续续走了进来，只等监国的二皇子传召。

任城王从侍从手中接回那两封信，藏在袖中悄悄进了一处小室，王玄之早已经坐在小室内等候。他知道任城王性格豪爽，并不拘泥于礼节，也不多客套，直接从任城王手中接过了两封信，用银钩子挑开蜡油，取出两封信对比。

冯妙的一笔簪花小楷，仍旧娟秀如初，跟他当年无意间捡到的那张粉笺一样细致灵动。只是粉笺上的字，还带着几分少女跳脱的稚气，而这封信，却越往后便越有些笔力虚浮，显然是写字的人好几天没有睡好，写到后面有些精神不济。

一宫之内，王玄之只能通过这一点字迹，来推断她究竟现在好不好，现在看来……恐怕不大好。

见他半晌不说话，任城王已经有些急了，催促道："怎样？有没有那种记号？"

王玄之回过神来，淡淡地一笑，拿起其中一封信递到迎着光亮递到任城王面前："王爷请看，这封信上有几处指甲的掐痕，对应着几个字。"

任城王眯起眼睛，仔细看了几遍，有些狐疑地说："这……这些字连在一起，是什么意思？"

"这些字直接连在一起，什么意思都不是，"王玄之收回手，把信放回桌上，又从桌上拿起一本早已经准备好的《诗经》，"可要是对照《诗经》来读，就有其他的意思了。"

他把《诗经》摊开，一个字一个字地指给任城王看："第一处掐痕在第五个字上，对应的就是《诗经》里的第五篇，第二处掐痕在第十一个字上，对应着第五篇中的第十一个字。依次下去，下一个字代表篇数，再下一个字又代表字数。这些挑出来的字，就能连成一句话了，是在告诉收信的南朝人，要回给另外一封信。冯昭仪的信上，什么记号都没有，这封有掐痕的信，是高贵嫔写的。”

前一天晚上，王玄之带着李得禄闯进南朝送亲队伍居住的驿馆，把所有人聚拢在一起，一个一个地用刑，其余人都要在一边看着。李得禄的本事才使了不到十分之一，公主的奶娘就再也支撑不住，吓得招认了。

任城王又仔仔细细地看了几遍，这才猛地合上书册说道：“南朝人的心到底是怎么长的，怎么就能想出这么多弯弯绕绕的主意来？”话一出口，他才意识到王玄之原本也是南朝人，有些不好意思地笑了一下。

王玄之却丝毫不以为意，用手指点着那本《诗经》说道：“这方法的确狡猾，而且需要从小背熟了这本书才行，一个字都不能错。要是我没有记错的话，高贵嫔是高氏送进宫的女儿，高氏虽然自称是渤海高家的后人，实际上却是高丽人。我还听说，从前宫中的高太妃和如今的北海王，都不大擅长汉学，那高贵嫔怎么能够对汉文、汉书如此熟悉呢？这件事本身，恐怕就值得深思。”

王玄之语调温和、循循善诱，说的话又很有道理，任城王听得频频点头：“不错，而且这封信也可以确证，跟南朝联络的人不是冯昭仪，而是高贵嫔。这样的人留在宫中，实在是个天大的祸患。”

任城王年轻时，也曾经杀伐决断、四处征战，此时雄心又起，沉声说道：“高贵嫔是二皇子的生母，现在正是二皇子监国，不如干脆调动本王的亲卫，先处决了高贵嫔再说。”

“不可！”王玄之赶忙阻拦，如果调动亲卫，那可就真成了逼宫谋反了。

第三十一章 霜重鼓寒

任城王瞪圆了双眼反问："为什么不行？皇上不在宫中，你先前也说了，南朝送来的公主并不是真正的金枝玉叶，只是皇后身边的一个婢女，万一送亲队伍里有人别有用心，他们突然发难，岂不是会叫我们措手不及？"

"不是万一，而是一万分的肯定，南朝送来这个公主一定不是为了两国修好，"王玄之从容沉稳地说话，"还是应该把宫里的情形尽快禀报皇上，请皇上裁夺，在皇上的谕令到达以前，王爷只需要守好皇宫，不要让高贵嫔有任何机会与外人相见。"

任城王思索片刻，也觉得这样做最为妥当，沉吟着问："那冯昭仪……"

"既然已经证明了冯昭仪没有与南朝私下联络，自然可以不必再派人看管了，"王玄之慢慢地说下去，"高贵嫔原本就是被皇上送去小佛堂待罪的，她的婢女又刚刚暴死在宫中，无论是增派人手严加看管，还是多派人过去护卫她的安全，都名正言顺，只看王爷怎么跟二皇子殿下说了。"

洛阳宫中送出的信，五天之后才到元宏手上。这些日子，李夫人一面用温和补养的食材吊住他的元气，一面把各种稀奇古怪的药引送到他面前，有小丛花草上渗出的露水，掺在茶里喝下去，半边身子都是麻的；也有几种小虫捣碎做成的粉，混在菜里吃下去，会让人呕吐一整天。

直到用到依兰香露时，那种馨香扑鼻、充满魅惑的味道一散出来，元宏很快便痛苦地捂住了头，好像全身的血气都涌上脑中一般，他只觉得头疼欲裂，胸口也像被一块巨石压住。

李夫人赶忙把针刺入几处穴位，帮他缓解疼痛。她用一只手轻轻捻动着银针，用另一只手拿着帕子，擦去元宏额上的冷汗。半盏茶时间过去，元宏“哇”地吐出一口瘀血，这才慢慢平静下来，脸色却依旧苍白。

“先喝点盐水，我去把这些用过的银针拿到火上烧一烧。”李夫人一面说着，一面快步向外走去，却根本就忘了拿那几根银针。

李冲也快步跟出来，抬手想要扶住她的肩，却终究还是停在了半空，小心地开口问道：“元柔，是不是皇上的病……”

“这根本就不是病！”李夫人把手探进竹斗笠内，声音里带着明显的哽咽，“冯有这个妖妇！她毒死了先皇还不够，还把同样的毒也下在宏儿身上！黄泉路上，最好不要让我遇见她，因为我永生永世也不会原谅她！”

李冲沉默不语，当年先皇就是因为胸闷头疼不能理政，才让位给了年仅五岁的太子。他不知道太皇太后用了什么方法让先皇生病，他只知道，胸闷头疼的症状并不会致死，真正夺去先皇性命的，是他在密室里亲手喂给先皇的那碗毒药。

他喃喃地低声开口：“元柔，当年的事，是我欠你的……如果你想跟皇上相认，我一定会想办法……”

李夫人却没听出他话中真正的含义，缓缓地摇了摇头：“能不能相认，对我并不是那么重要的事，我只希望宏儿能好好活着，不要像他的父亲一样，只留下我这个伤心人。”

李夫人抬手抹去了眼中的泪意，转身走回屋内，对靠在床榻一边的元宏说：“皇上的病因，我已经知道了，想问皇上打算如何医治？”

元宏听着有些奇怪，病症自然是越快治越好，如今洛阳城中已经安稳繁荣，用不了多久，他就要再次考虑合适的时机南征。他客气地说：“朕并不通医术，该如何治，还要向夫人请教。”

李夫人低头思索片刻，想着该如何跟他说，最后还是决定告诉他实情，她用手比量着说：“皇上小的时候，应该经常接触一种花草，大概这么高，会开乳白色的钟形小花，是铃兰的一种，比普通的铃兰花朵更白更大些。”

元宏揉着鼻梁想了想，面色凝重地点头：“的确有。”他小时候住的偏殿内，就摆放着两盆这样的花，小孩子多半喜欢新奇有趣的东西，他就时常绕着那两盆花玩耍，有时候还会扯下一片叶子吹口哨。

那两盆花，都是太皇太后命人送来的，他搬进崇光宫时，还想带着那两盆花一起去，却被太皇太后训斥“玩物丧志”才作罢了，后来也就慢慢淡忘了。

“那种花的叶子有毒，”李夫人接着说，“会让人胸闷、头疼、暴躁难抑。皇上要是天长日久地接触这种花叶，毒性就会通过呼吸和触摸进入你的身体。但这毒性却不会马上发作，直到皇上长大，情绪激动时血气上涌，毒性才会发作出来，并且越来越剧烈。”

李夫人拿过装着依兰香露的小瓷瓶，捏在指尖上轻轻晃了晃：“依兰香能使人身热情动，本身并没有毒，但却能诱发皇上身体里原有的毒性。皇上身边如果有用依兰香木做成的东西，也不可以再用了，这种名贵的木料，也会散发香味，效果跟依兰香露一样。”

元宏愣住了，难怪他每次发病时，只要见着冯妙在身边，头疼胸闷的症状就会越发明显。这真是天下最恶毒的毒药，把放在心尖儿上的爱人，变成了诱发毒性的药引！越爱她，就发作得越快……

他沉声问：“那么，究竟该怎么医治，请夫人直说吧。”就算再多受百倍千倍的痛苦，他也要治好自己，就算冯妙是穿喉断肠的毒药，他也要记得答应过她的话——生老病死，永不分离！

“没有办法医治，”李夫人收起白瓷瓶，重新拿出几根锃亮的银针，“这种毒性没有办法去除，只能靠针刺穴位缓解它的蔓延。皇上有两种选择，第一种是仍旧跟从前一样，北巡、南征……建立千秋帝业，我会尽量帮你减少发作的次数、减轻每次发作时的痛苦，但是至多五六年时间，毒性会彻底损伤你的心肺，那时……”

李夫人不忍再说，元宏明白她的意思，那时他身上的毒性就将真正无药可医。

“还有第二种选择，”李夫人又说道，“从今天开始，皇上就要控制情绪，无论是动情还是动怒，都不可以。骑马或者狩猎之类的激烈活动，都要停止，我再用针灸尽量减缓毒性蔓延，至少可以再延续十几年寿命。”

轻重利弊都已经讲清楚，李夫人就不再多说其他，静静地等着元宏做决定，无论他是要在这最后几年里尽力完成南征的夙愿，还是想拥着娇妻幼子宁静度日，她这个做母亲的，都会尽力帮他实现心愿。

“朕……”元宏嗓音干涩地开口，刚说了一个字，随行的玄衣卫跪在门口，递上了洛阳皇宫中送来的急报。

元宏取出急报，匆匆看了几眼，猛地把那张信报攥在掌心里揉成一团。他以为把高照容关在小佛堂里，她总该收敛些，没想到他才离开十几天，宫中就闹出这样的事来，幸亏还有任城王明白事理，不然，那些人抓住机会，还不得生生把冯妙逼到死路上去？可任城王一向耿直，怎么会想出这样天衣无缝的方法来，拿到高照容通敌的罪证……

他还来不及仔细去想，一阵剧烈的头痛就袭上来，他连那张信报都握不住。李夫人赶忙把针刺进他背上几处穴位，低声说：“如果皇上再这样心焦，那就只有第一种方法可选了。”

元宏用手握紧床榻边的木柱，把头抵在上面缓解痛楚，声音低沉却坚定地说：“想个办法先稳住……朕要尽快赶回宫中。”

洛阳城中，此时却正酝酿另一场危机。东阳王府内，三名男子正坐在斗室之中，一人是因着与丹杨王的幼女有婚约而恢复了封号的北海王元详，一人是近来很少在人前出现的高清欢，还有一人，便是宗室中辈分最高的东阳王本人。恐怕谁也不会想到，这三个平常毫无关联的人，会在此时聚在一起。

室内正中一张楠木桌上，放着些婴儿的小衣裳，洗得干干净净，只是有些旧了。

北海王元详的脸上阴晴不定，盯着那些只比他的巴掌略大一点的衣物，怔怔地出神。

东阳王打量了他一眼，开口说道：“这宫女心碧，你从前应该是见过的，不会有错。当年宫中正式的脉案记录，贞皇后生下太子时，尚不足月，太子是早产出生的。心碧却说，太子是足月出生的，贞皇后还服用了大量的保胎药剂，尽量推迟生产的日期。如果太子的身世没有隐秘，何必要做这个假？”

他观察着元详的神情，接着说道：“太子是十一月生的，如果足月，这孩子就该是二月间留的种。二月间究竟有没有发生过什么事，可只有你自己清楚。”

北海王元详猛地捏紧了手指，那年二月间，他叫手底下的人引着林琅的父亲欠下赌债，再用这件事诱骗林琅出宫。他就在林琅小时候住过的房间里，强占了她，林琅挣扎哭喊时，她那个禽兽不如的父亲，就守在门口。这一辈子，他终于有一件事抢在了皇兄前头，他得到林琅时，清楚分明地看见，床榻上留下了一摊猩红温热的血渍。

东阳王慢悠悠地说：“你才是太子的亲生父亲，只要太子登基即位，你就是真真正正的太上皇。坐在龙座上的那个人压了你一辈子，现在上天给你机会，你难道要白白错过？”

北海王元详握手成拳，在桌上重重一敲，额头上青筋暴起：“他真阴险，明知道林琅的孩子不是他的，还照样立为太子，推在人前做挡箭牌，我却什么都不知道。这皇位，其实原本就该我来坐，我的母妃出自名门高氏，他的生母只是个汉人。”

心里一旦起了这样的念头，不甘就会像越涨越高的潮水一样，将他整个淹没。他急切地需要一个发泄的出口，双眼血红地看向东阳王：“我要拿回本该属于我的一切！”

“太子已经说服了平城的守军，”东阳王继续循循善诱地说下去，“他迟迟还没有动手，就是因为不知道，他的亲生父亲，是会帮着外人，还是帮他。”平城有六万守军，其中有几位将领，曾经是东阳王的部下，在东阳王世子的劝说下，嘴上答应了会站在太子这一边。可东阳王是不会把实情告诉北海王的，他要的就是，让北海王以为已经万事俱备，他只要动动手指，就能轻而易举地当上太上皇。

听了这话，北海王立刻双眼放光：“好！不愧是我的儿子，够胆量。要是连我这个亲生父亲都不帮他，还有谁能帮他？我连夜就把我的亲卫也调去平城，跟他说服的守军合在一处。”

“不，不必这样，”东阳王元丕笼着手轻轻摇头，“我听说皇帝已经下了密诏给太子，让他尽快返回洛阳，不如你们约定一个日期，太子假装奉诏，带着人马一起回来，你在城中攻破宫门，父子同心，里应外合，还有什么大事做不成？到时候，本王肯定也站在你这一边。”

北海王元详愣了半晌，忽然仰头大笑：“正是这个道理，父子同心，里应外合，这天下迟早还得姓拓跋，谁要姓这‘元’字！”

东阳王见他决心已定，才又细细地叮嘱了他几句，何时起事，如何与太子联络，都早已经安排好了，只能北海王应允。一切都商量妥当，北海王便匆匆离去，临去前还不忘对着东阳王许诺：“您让我们父子终于能相认，又帮了这么大的忙，等事成之后，我一定让元恂封您一个监国摄政王。”他似乎已经看得见通往太极殿那张龙椅的道路，眼前一片光明璀璨。

等到北海王的脚步声彻底消失，东阳王才冷笑着啐了一口：“呵，监国摄政王？呸！这就真当自己是太上皇了！拓跋氏先祖英明神武，怎么会生出这么蠢笨的子孙来？”

一直默默坐在一边的高清欢接过话去，声音仍旧跟从前一样悠悠荡荡：“王爷生什么气，应该高兴才对，要是北海王不蠢，哪能这么容易就说服他跟太子一起，做这要命的勾当？”

东阳王冷哼一声：“这对父子，还真是蠢到一起去了，原本还以为要威逼利诱一番，这回倒是省了。”他回身扫了高清欢一眼：“你那个妹妹，不过专宠了一个月，就被关进小佛堂里去了，她到底有没有把依兰香用在皇帝身上？怎么宫中没有一点皇帝生病的消息传出来？当年太皇太后留下的密信上说，至少要熏五六次依兰香，才能把毒性全都诱发出来。”

“箭在弦上，已经不得不发，王爷现在才开始怀疑我，不觉得太迟了一点吗？”高清欢不紧不慢地说着话，看见东阳王的脸色微微变了，才微微抿开唇角笑道，“皇帝患病，哪能那么轻易让外人知道？他突然离宫，又这么久都没有消息，本身就可以说明些什么了。照容做事一向稳妥，这些年也从没有出过差错。”

他略微抬起头，晦暗的光影在他五官上勾勒出浓重的阴影，原本就十分妖异的面容，越发带上了几分奇诡：“再说，王爷现在也只能选择相信我了。”

东阳王盯着高清欢看了半晌，眼中浮起一层狠戾，接着才慢慢散去。明明是高清欢在替他做事，他却从来都看不透这个人在想些什么，甚至隐隐觉得，高清欢才是那个牵动、安排一切的人，连他自己，都只不过是计划中的一部分而已。

他捋着胡须说道：“本王不过问一问，你就说出这么一大通话来。我还不是怕这对父子愚蠢，要是皇帝没有毒发，他们两个人合起来，也不是小皇帝的对手，只怕连那个二皇子都未必斗得过。你想出的法子确实很好，本王不用费一兵一卒，只等着坐收渔利。要是他们真能侥幸成了事，再杀了他们也不迟。”

东阳王眯起眼睛：“要是他们不成，本王也早就安排好了退路。”太皇太后还留了一样东西给他，那才是他最后一道护身符，不到关键的时候，不能轻易拿出来。

无论东阳王是质问还是拉拢，高清欢都只是淡淡地笑着，似嘲讽，似悲悯。等到东阳王把话说完，他才缓缓开口吐出一句话：“我也一样，已经想好了退路。”

从这天开始，洛阳城内平静如旧，可细心的人却会隐隐嗅到一丝不同于以往的味道。前几年为了南征和迁都方便，元宏已经把大部分羽林侍卫都调进了军中。皇城的守卫便分成了两个部分，内城仍旧由羽林侍卫巡视，外城便交给仍旧留有亲卫的宗室亲王轮流守卫，每半月轮换一次。

到月中时，便该轮换到北海王的亲卫了。北海王自己是个浪荡纨绔的闲散人，他手底下的兵卒，也个个都懒散得很，有时因为嫌弃兵甲、宽刀太重，便只带着空刀鞘在城楼上巡逻。

可这一次，北海王带上城楼的兵，却个个都穿戴得齐齐整整，藏在鞘中的刀磨得光亮锋利，人人眼中都带着几分异样的兴奋。

外城的戍卫在午时换防，未时结束，城楼上原有的兵卒就都已经退尽了，全部换上了北海王的人。到夜半时分，北海王也破天荒地亲自登上了城楼，这在从前可是从来没有发生过的事。

按照东阳王的安排，北海王元详要趁着夜色潜入内城，先解决了夜里巡视的羽林侍卫，太子带来的兵马会在天亮时进入洛阳城，东阳王负责稳住所有的宗室亲王，派兵把守他们的府邸，等到大事已定，便宣布太子登基即位。等到整个洛阳城都在他们的掌控之中时，就算元宏赶回来，也已经于事无补了。

几位统领模样的人凑上前来，其中一人笑嘻嘻地做了个跪拜的架势，不叫王爷，却开口叫了一声“太上皇”。北海王在他头上一敲，笑着斥道：“胡说什么！今晚都给我精神着点，顺顺当当过了今天，才能叫上这一声太上皇。”

估计着时间差不多，元详把早已安排好的人聚拢到身边，带着他们往内城走去。内城的侍卫也是宗室子弟，自然认得这号人物，笑着上前问安：“北海王爷，您还亲自带人巡视啊？这种苦命的活，交给下面的人去做就行了。”

元详上前拍着那人的肩膀说道：“没办法，谁让本王是天生的劳碌命呢……”两人靠得极近时，元详的眼中忽然闪过一抹狠色，一柄锋利的尖刀被他藏在袖中，毫不迟疑地刺进了那人的小腹。

可怜这个原想讨好北海王的侍卫，还没弄清楚究竟发生了什么事，就大睁着双眼软软地倒了下去，鲜血迅速在地上流淌出一小片殷红来。

跟在元详身后的几人也迅速上前，干净利落地解决了余下的羽林侍卫。他们本来就在人数上占了优势，对方又毫无准备，结果自然毫无悬念。元详得意地冷笑，似乎看到太极殿内蟠龙金柱上的龙爪，正向他挥动。他叫自己带来的人，把这些尸身拖到一边，自己迈步就要继续往内城去。

就在此时，一名原本该在城楼上守卫的北海王府亲卫，忽然气喘吁吁地跑过来，直挺挺地跪倒在北海王面前：“王……王爷，不好了，皇上……皇上回来了。”

北海王大惊：“你说什么？”这个皇兄从小就处处比他强，此时猛地听说元宏回来了，北海王元详还真吓了一跳。他一把抓起那名亲卫的衣领，厉声问道：“皇上现在人在哪里？你是怎么知道的？”

那名亲卫被勒得快要喘不过气来，费力地答道：“在……在城外官道上，兄弟们在城楼上都看见了，是皇帝的车驾没错。”

元宏回来了，今晚的事情恐怕就没那么顺利了。北海王元详推开那名亲卫，阴沉着脸想了又想。这个时候，无论如何来不及去跟东阳王商议了，至于高清欢，他更不知道该到哪里去找，再说他也早就受够了高清欢那副冷冽阴寒的模样。

他瞥了一眼地上的血迹，羽林侍卫已经被他杀了十六名，这事情是无论如何也遮掩不过去的，这回连丹杨王也护不住他了。即使他有心想要收手，只怕也来不及了。

元详抽出佩刀，对身边的王府亲卫说道：“不用管他，继续跟我入宫，过了今晚，他就不是什么皇帝了。”他转身用刀尖指着那名赶来报信的亲卫：“你回去，传我的号令，不准打开城门放他进来，等他靠近城楼，直接乱箭射杀！”

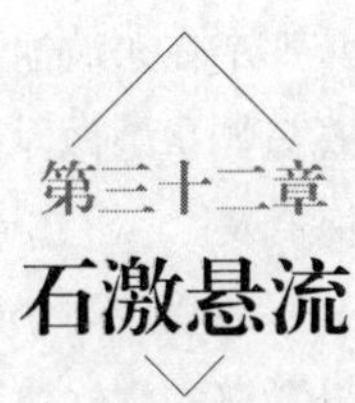

第三十二章 石激悬流

那名来报信的亲卫踉跄着退后了几步，慌慌张张地应了一声，转身往城楼方向跑去。

北海王元详阴沉着脸，对其余几名亲卫说道：“你们现在都跟本王一样，只能进，不能退了！今晚把守外城的，都是本王的人，只要能跟太子带回的人马会合，整个皇宫就都在本王的控制下了。”

这些话半是威胁、半是利诱，亲卫们互相看着，他们的手上已经沾了羽林侍卫的血，即使现在退回去，也免不了要担一个谋逆的大罪，只能选择跟定了北海王。

绕过钟楼，他们便发现情形不大对。一队身穿甲胄、骑马提刀的兵卒，正向他们围拢过来。有人惊慌失措地对北海王说：“好像是……好像是任城王的亲卫！”

北海王怒斥了一声“少胡说”，明明说好了由东阳王去拖住宗室亲王，他转头看去，那队人马的甲胄上，竟然真的带着任城王府的徽记。任城王骁勇善战，手下的亲卫纪律严明，在所有王府亲卫中战斗力最强。北海王带来的人，听见这个名号，就已经慌乱起来。

留给他们惊慌恐惧的时间并不多，任城王亲卫悄无声息地围拢过来，向他们举起了战刀。一边训练有素，有备而来，一边惯常懒散，心中惶惶，几乎没有任何悬念。北海王的人很快就被逼进了角落，却不见太子元恂按照约定带人来会合。

眼看自己的人已经被杀得七零八落，北海王元详挥刀砍翻了一个冲过来的兵卒，恨恨地抹了一把溅在手背上的血，叫过身边离得最近的两名亲卫：“你们两个，跟我去冯昭仪的住处。”当年那个在碧波池边撞见的小姑娘，如今已经是宫中身份煊赫的左昭仪了，看来今晚只能拿她做保命的护身符了。就算不能活命，至少也可以让元宏生不如死、追悔莫及。

此刻，华音殿内正一片寂静。冯妙傍晚时小睡了一阵，入了夜就怎么都睡不着，倚靠在菱花窗一角，看着屋外潋滟的水光波影，手捂住嘴唇一阵阵地咳嗽。素问告诉过她好几次，就连高清欢从前也总是这么说，她这个病症，要尽量避免多思多虑，只有静心养着，才能慢慢好起来。可是到底能不能静下心来，根本就由不得她。

冯妙止住咳嗽，不想惊动素问，从小案上拿过冷茶来喝。手刚一动，她便听见外面隐约传来嘈杂的脚步声，似乎有人正从四面将华音殿围住。没等她有机会仔细辨认，殿门已经被人一脚踢开，带着浓重血腥味的冷风猛地卷进来，激得冯妙又是一阵剧烈的咳嗽。

她透过薄薄的纱幔，隐约看清了来人的面目，惊骇得发不出声音来。站在门口提着刀四下张望的，正是北海王元详。在他身后，还站着两个身穿北海王府亲卫服饰的人，手里的宽刀上带着血迹。

冯妙死死按住嘴唇，压住那股难耐的咳嗽，不让自己发出声音来。她随手摸了一件衣裳披在身上，尽量轻手轻脚地贴着床榻边沿滑下去，藏进床榻下方的空隙里。素问还在门口的小榻上，冯妙压低声音，极轻地叫了一声：“素问……”

小榻上的人缓缓地翻了个身，素问的双眼睁着，毫无困倦之色，她却对着冯妙摇头，不肯过来。

北海王手下的人，很快就冲进了这间主殿。北海王元详掀起床帐，发现床榻上空无一人，立刻转身揪住了素问：“冯昭仪人呢？”

室内没有点灯，只有雪白光亮的月色照进来，冯妙的身形娇小，正好躲在床榻下两块隔板中间，北海王带进来的人一路上又早就杀红了眼，根本没有心思仔仔细细地搜。

素问的两只小臂，还用木板固定着，她刻意不去看床榻的方向，平静地说：“昭仪娘娘今天不在华音殿，她到……到小佛堂跟高贵嫔说话去了。”她原本想说冯妙去了李弄玉的寝宫，可又怕这些已经算是亡命之徒的人，真的闯进李弄玉的住处。

“是吗？要是让本王发现你在说谎，你和你的主子都别想有好下场。”北海王扯着她的衣领向前一拉。素问穿着宫女的服饰，领口在一拉一扯间早就松散开了，露出一段白皙的脖颈。

当年林琅也只是一个宫女，却生得娇怯秀美，跟几位年轻的王爷说话时，声音又细又软，很是温柔。屋外的水光映照进来，在昏暗的室内投下渔网一般不断晃动的光斑，依稀间似乎又回到了当年碧波池边那个夜晚。他是母家出身尊贵的北海王，刚刚建好了新的府邸，兴冲冲地想请那个日思夜想的人去看看，问问她是不是愿意成为新王府的女主人。可林琅根本没有听他说完所有的话，就急着要回到皇帝身边去。她心里整天想着的，只有皇帝一个男人。

元详只觉胸口一热，眼前人的五官都模糊起来，林琅带泪的双眼却越发清晰。横竖今晚败局已定，他只想痛痛快快地发泄了心中的恶气。他一把抱住素问，胡乱撕扯着她的衣裳，口中癫狂迷乱地说着："林琅……你躲到哪里都是我的……"

素问并不叫喊，却用足了力气挣扎，无奈她只是个普通的女子，两边的腕骨又受了伤，根本抵不过北海王的动作。衣裳"嘶啦"一声裂成两片，北海王把她整个压倒在小榻上，吻上了她的胸口。

"王爷请等一下。"素问忽然开口说话，声音依旧平静，却带上了几分柔婉，"这两人在旁边看着，有什么趣儿？不如王爷叫他们先出去，让奴婢好好服侍您一回。"

冯妙在床榻下咬住了自己的手指，眼泪簌簌落下，她知道素问想做什么，她们两个女子，无论如何也敌不过这几个凶悍的男人，可是只要能拖住时间，总会有人发现北海王闯宫，追到这里来。

北海王抬起头，对着自己带来的亲卫说："你们去小佛堂，看看冯昭仪在不在那里，抓住她立刻回来告诉本王。"

那些亲卫互相看了一眼，终究还是应了声"是"走出了殿外。脚步声，还有刀鞘摩擦在甲胄上的沙沙声，都渐渐远去了，北海王便又往素问脖颈上吻去。

冯妙不能眼看着素问受辱，从床榻下悄悄出来，伸手去拿北海王丢在一边的佩刀。她从没动过刀剑，那柄刀看着不大，入手竟然十分沉重，她用双手去捧，却仍旧拿不动，反倒碰响了刀环，发出"当啷"一声轻响。

北海王元详听见声响，立刻就要起身向后看去，素问知道那就是冯妙，支起上身直接吻住了他的唇。她不是什么贞洁烈女，充作官奴的日子里，为了活下去，比这肮脏百倍的事她也忍受过。她并不怕死，她只是不想不明不白地死去。素问把小舌探进北海王口中，引着他的舌纠缠在一处。

趁这短暂的间隙，冯妙知道自己提不动那把刀，立刻改换了目标，飞快地捧起了桌上的凤尾樽，用足了力气往元详头上砸去。元详听见背后的声响时，就已经起了疑心，素问突然而来的热情，只迷惑了他短短一瞬。就在他将要转身去看时，素问狠狠地用力咬住了他的舌尖。

冯妙手里的凤尾樽，也恰在此时砸中了他的后脑。北海王发出一声含混而痛苦的叫嚷，脑后和口中都流出血来。舌尖、脑后，都是人身上最脆弱的地方之一，元详用手背抹了一把嘴角的血迹，扬手狠狠地给了素问一个耳光："贱人！都是贱人！不知好歹！"那声音里满是不甘，不知道是在说素问，还是在说早已经不可能听见这些话的林琅。

素问的唇边也沾上了嫣红的血迹，她仰头受了这一下，却并不退缩，瞪着双眼直视着他。唇边的血迹，如落在泥土上的桃瓣一般，娇艳凄婉。

元详起身向冯妙走了几步："原来你还躲在这里，却把我的人都支开了。"他借着晦暗的月色仔细看了一眼冯妙的面容，阴阴地说："那年跟林琅在一起，你的年纪太小，还看不出来，现在看来，你的确很美，比林琅更美。难怪他那么快就忘了林琅，却一直宠爱你。"

他向前走一步，冯妙就向后退一步，直到后背碰上冰凉的墙壁，再也没有地方可退。

"得不到皇位，那就得到你也行，"元详双眼发红，两只手攀住了冯妙的双肩，"他囚禁我的母妃，褫夺我的封号，让我成了宗室里的一个笑柄，那我就让他尝尝，原本拥有的东西被人夺走、毁坏，是什么滋味。"

冯妙知道元详口中的"他"，指的便是元宏。她已经悄悄捏了一片碎瓷在手里，宁为玉碎，不为瓦全，如果抵挡不过，她能做的只有一死。

元详的双手伸过来，就要去撕扯冯妙的衣衫。冯妙闭上眼把头转向一边，心里暗暗想着，该用瓷片割向哪里。

就在此时，一柄锋利的匕首抵在了元详的喉咙上，对面传来的声音，听在冯妙耳中，就如同天籁一般："放开她，朕还能考虑，给你个痛快的死法。"

元详略一转头，便看见元宏的面孔近在咫尺。那张脸上和煦明朗地笑着，可笑意却丝毫照不进那双眼睛，眼底全是冰寒。

"你……你怎么……"元详张口结舌地说不出话来。

"好弟弟，你是想问，朕怎么没被你安排在城楼上的亲卫乱箭射死，对不对？"元宏慢慢地说着，就好像他们仍旧是在知学里听讲的兄弟一样，"朕真不明白，父皇英明神武，高太妃也是个精明人，怎么会生出你这样的儿子来？你以为朕会跟你一样蠢，夜半返回皇城，没有随行的兵卫，就大摇大摆地从正门进入吗？"

元宏把匕首缓缓向前送了一下，鲜血就沿着刀刃边沿滴下来："好弟弟，你从小就不爱读书，朕再教你一次，你可记牢了。你的亲卫在城楼上看见朕的车驾时，朕早已经在皇宫之内了，朕不过是想看看，你们究竟能蠢到什么地步？"

他说得如此自信，似乎天下一切事情，都逃脱不开他的掌控，冯妙却看出了一丝异样，自从他的刀锋抵住了元详的咽喉，元宏就再没挪动过脚步，他垂下的一只左手，正紧紧握着，连指甲都掐进肉里几分。

元详被他逼住咽喉，动弹不得，手却紧紧掐住了冯妙的脖子。他在手指上渐渐加力，狞笑着对元宏说："皇兄，当年你发现林琅已经不是完璧的时候，怎么能忍得下这口气呢？你很想杀我吧？可惜啊，要是你的刀子敢再往前一寸，我就当着你的面掐死这个姓冯的，你试试啊，看是你够狠还是我够狠。"

元宏面色阴郁，却不说话，只把刀子一点点地向前推去。元详的手越收越紧，却也不敢真的立刻要了冯妙的命。他心里清楚，这已经是他最后一点倚仗了，如果真的掐死了冯妙，只怕元宏手里的利刃也会立刻毫不留情地割下去。

冯妙被掐得喘不过气来，嘴唇开始渐渐发白，身体贴着墙壁直往下滑，却硬被元详扣住。她抬起一只手想摸一摸元宏的衣角，将近二十天没见了，她真的很想、很想他，却没料到会在这种情形下相见。只差一点点，指尖却怎么都够不到近在眼前的袍角。

元宏却一眼都不看她，对着元详笑道："你跟朕耗着时间，究竟是在等什么呢？等元恂来跟你会合，一起攻破皇城？还是等东阳王拖住了洛阳城内的几位宗室亲王，再回来救你？"

元详的脸色微微变了，这几句话比刚才突然出现的任城王府亲卫，更叫他惊骇。他跟东阳王的密谋，元宏怎么会知道得如此清楚？

"好弟弟，你知道趁着外城刚刚换防的时机动手，还没有蠢到无可救药，"元宏继续笑着说话，好像真的是在教导他一般，"可现在任城王的亲卫已经进了内宫，东阳王自然没能拖住他。元恂的人没到，自然也是在路上出了状况，你——还能等来谁？"

虽然想不明白究竟是哪里出了问题，但元详清清楚楚地知道，今晚的计划已经彻底失败了。他孤注一掷似的拼死一搏，最终却仍旧一无所有。元详的呼吸越来越沉重，像笼中的困兽一般，瞪着血红的双眼。他抬起另一只手，对着元宏的胸口狠狠打了一拳，口中叫嚷着："我是不如你，那又怎样？我得到了林琅！就连你的太子也是我的儿子！你能怎样？"

他原本觉得毫无希望，才不管不顾地随手一推，可元宏挨了这一下，却发出一声闷哼，踉跄着后退了几步，手里握着的匕首也掉在地上。

元详一愣，接着仰头哈哈大笑："我还以为你会有那么一点不忍心杀我，原来东阳王说的都是真的，你已经中了毒活不了几天了。"

"那正好，幸亏你给她安排了这么僻静的住处，别人一时半会儿都找不到这里。”元详脸上近乎疯狂的笑意退去，换上了恶毒的恨意，“在方山陵寝那次，没能弄死你们两个，实在是便宜你们了。今天我就先让你看看，你心爱的女人怎么被别人压在身下，然后再送你去死！只要你死了，即位的仍然是太子，今晚擅自入宫的任城王才是乱党！”

他撕下床帐，把冯妙的双手扣过头顶，捆绑在床栏上。冯妙知道挣扎无用，索性咬紧了嘴唇一声不吭，无论元详要做什么，她都绝不会哭喊求饶，因为她不愿被人捏在手里要挟元宏。

元宏捂住胸口，想要俯身去捡起地上的匕首，可胸闷头疼的病症，让他的动作远不如从前迅捷灵活。

元详从床榻边快步冲过来，脚尖一抬便踢飞了地上的匕首，他双眼之中满是报复的快意：“去捡啊！你不是最厉害的吗？能抢在我前面猎到白狐，逗得林琅死心塌地地待你，现在是怎么了？”

元宏被他踢中右手腕，半边身子都是麻的，他跌坐在地上，脸上的表情却丝毫不乱，甚至还带上了几分从容不迫的笑意。

元详最恨他这副似有似无的笑意，上前扯住他胸前的衣衫：“只管摆你那副泥菩萨一样的架子吧，等我……”他的话还没说完，小腹上传来一股凉意，他惊讶地低头去看，一柄三寸长的短剑，已经刺进了他的身体。

“好弟弟，”元宏微微笑着说话，“虽然你必定用不上了，但朕还是再教你最后一次，兵、不、厌、诈。朕敢一个人来这里，身上怎么可能只带一柄刀呢？”他不顾李夫人的劝阻，昼夜不停地赶回来，的确已经引得病症发作。可他一直跟元详言语周旋，等到元详放开了冯妙，又主动欺身上前，才给出了致命一击。

元详双手撑着地想要站起，元宏握住剑柄轻轻一转，剧痛就让他无法动弹。“这么多年了，你还没想明白吗？”元宏的笑意中带了几分居高临下的嘲讽，“林琅说她想要白狐毛，就是为了跟朕合演一出戏，诱骗你射中朕的左臂，朕才能隐瞒住所有人偷偷习武。朕从小左手就比右手灵便，后来又刻意练习，这只被你射过的左臂，已经不知道多少次出其不意地救了朕的命，今天也用在你身上，谢谢你当年射了朕一箭。”

短剑在元详身体里缓缓搅动，他瞪大了双眼，像看着什么妖魔鬼怪一样看着元宏，那时候元宏还不到十岁，就能想出这样思虑深远的计谋来，骗过了所有人。元详痛苦地抽气：“你……难道……你的病症也是假的？”

元宏冷哼一声，不再说话，他把手指撮进口中，发出一声长而尖锐的呼哨。一名玄衣卫破门而入，用绳索将元详牢牢捆住。

“把他关起来，挑断手筋脚筋，留着他的命，日后还要取口供，”元宏仍旧坐在地上，冷着声吩咐，目光扫了一眼他掐过冯妙的那只右手，“这只右手，捕只野狼来，好好地喂一喂。”

玄衣卫推着元详向外走去，看见元宏一直坐在地上，并不起身，元详才猛然意识到，自己又被元宏给诓骗住了。元宏小时候的病症是假的，这一次的病症却是真的，可元详已经明白得太晚了。

等人走远，元宏遥遥晃晃地站起身，几步走到床榻边，解开了捆住冯妙的床帐。冯妙又急又怕，气喘连连，身上不住地发抖。元宏把她勒得发红的手腕，捧在胸口反复揉捏，低声安慰她说：“妙儿，朕来了，别怕了……”

可冯妙仍旧只是抖，好半天才大声哭出来。元宏心中一痛，只当她是吓坏了，张开双臂把她紧紧搂在怀中，抚摸着她垂在背上的头发。冯妙贴紧他的胸口，哽咽着问：“是不是真的？”

“什么？”元宏一愣，不明白她的意思。

“他说的是不是真的？你中了毒，快要死了？”冯妙的脸涨得通红，双手紧紧攥住元宏的衣襟。

“妙儿，”元宏吻着她的泪眼，“朕的病症的确有些难治，但也不是完全没有办法。李冲已经帮朕找了一个很好的医者，你要相信朕，朕答应你永不分离，就一定会尽力做到的。”

天亮时，闯进宫中的乱党和城楼上的北海王亲卫，半数被当场斩杀，还有一半被任城王的人擒获。听到任城王的亲卫赶来报信，元宏的神色才略松了几分，疲惫交杂着一阵阵闷痛涌上来。

素问满身狼狈，已经悄悄退出去。冯妙扶着元宏在床榻边坐下，一面用湿帕子给他擦脸，一面听他讲着这些天发生的事。

元宏接到任城王送信当天，也同时接到了始平王元勰送来的密信。元勰带着新婚妻子在平城祭拜先祖，无意间发现了东阳王世子日日与太子元恂密谋，频繁出入平城守军的驻地。一切迹象都表明，正有人挑唆太子谋反。在宫中，一定还有人与太子元恂里应外合。

始平王身边带的亲随并不多，他只能尽力拖住太子，却没办法直接调兵镇压。元宏思量再三，命李冲调集人手去平城，又叫身边随行的太监扮成自己的样子，乘着御用的车驾沿官道返回洛阳。而他自己，则日夜策马沿小路赶回来，混在任城王的兵卒中，提早进了皇宫。

他刻意略去了李夫人说得严重的部分，不想让冯妙太过担心，理着她鬓边的碎发说：“朕一进皇宫，就往这里来了，把其他地方交给了任城王去处理。朕怕极了，就算从前太皇太后想废了朕时，也从来没有那么怕过，怕来得迟了，你已经……”

冯妙知道他的意思，仰起头贴住了他的唇，不让他继续说下去：“皇上，所幸现在已经没事了。”

元宏沉思片刻说道：“恐怕不是没事，而是马上要有大事了。其实朕刚才说的话，一大半是为了吓住元详，也是为了诈他的话，看他还有没有其他的同党。朕的大军都在南线边境上，东阳王的兵马却全都在洛阳城内，随时可能攻入皇宫。勰弟那边，因为来不及调动，也不知道能拖住元恂几天。朕倒不担心元恂，他胆小没什么主见，可东阳王世子在他身边，这对父子，都是狠角色。”

冯妙从他怀中起身：“皇上，眼下的情形危急，你身上的病症，无论如何不能让外人知道。否则，那些原本还在摇摆不定的朝臣们，恐怕都要孤注一掷，转去支持东阳王和太子了。”

她抹去泪痕，用一双小巧的手，捧住元宏的面颊，双眼注视着他下颌上的胡茬儿：“不管有多难，我都会跟你一起。”

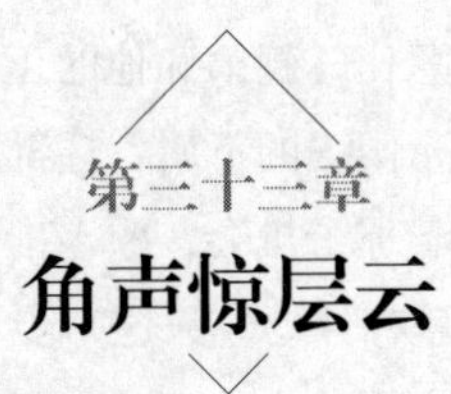

第三十三章 角声惊层云

元宏用双手包裹住她的小手，在她双眼上轻吻。此时天色已经大亮，再过不久，就是群臣聚集在太极殿议事的时候了。他很想多陪陪冯妙，安抚她这一整夜所受的惊吓，可他不能。元详胸无城府，只会是一个小小的引子，真正的杀招，恐怕要到群臣议事时，才会出现。

“妙儿，你等在这里，朕先去澄阳宫更衣……”元宏一句话还没说完，又有信使跪在门外，呈上从元恂那里送来的书信。

此时，太子元恂的叛军，正停在洛阳城北。按照东阳王的安排，他原本应该在北海王元详起事时，也趁乱冲进皇宫。始平王元勰在平城发现了太子元恂图谋不轨后，便假称愿意支持他，一路跟着叛军同行。

距离洛阳还有一天的路程时，始平王元勰才开始劝阻太子，叫他悬崖勒马，向元宏请罪，换取活命的机会。可怜元恂夹在始平王和东阳王世子中间，一边叫他及时收手，另一边叫他背水一战，他左右为难，不知道该如何决断，犹疑不定间便生生错过了定好的日期。

这下元恂更加慌了，跪在始平王面前，求他救救自己。始平王心里清楚，太子不过是个幌子，真正掌控这些叛军的人，是东阳王世子。他叫太子写一封信，用自己来要挟皇兄。元恂起先无论如何也不敢，是始平王反复劝说，甚至替他拟好了字句，让他一句一句照抄下来，元恂才终于惴惴不安地送出了这封信。只有送这样的信，东阳王世子才会不加阻拦，而元宏看见了信上的话，便能推测出现在的情形。

华音殿内，元宏和冯妙一起看完了信上的字句。元宏把信纸团成一团，劈手掷了出去，掩饰不住满腔的怒意："勰弟和他的正妃，现在都跟叛军在一处。叛军里的几个将领，从前曾经是东阳王的下属，迁都时他们要求留守平城，朕只当他们是不想离开故土，正好借着那个机会，顺水推舟解了他们在朝中的官职。没想到，从那时候开始，东阳王就在计划今天这一步了。"

冯妙皱眉问道："平城的守军，也是从前东阳王的兵卒吗？"

元宏摇头冷笑："那倒不是，正是因为担心迁都时这些亲王们会借机闹事，朕从几年前就开始有意将所有的武将和兵卒定期轮换。现在宗室亲王们手中真正忠心可用的，只有自己的王府亲卫，朕原本想着过几年，连王府亲卫也全都撤掉，彻底解决了这个隐患。"

"既然这样，那些兵卒多半是被将领胁迫着起事，"冯妙一面想着，一面说道，"他们各自有家有小，未必真心愿意跟着冒如此大的风险，如果皇上能有诏令给他们，应允只处决几个带头叛乱的将领，其他人不予追究，我想他们多半还是会愿意听从皇上的诏令。"

她思虑太过，又开始不住地咳嗽，喉中一阵腥甜，多半是又咳血了。

元宏取过桌案上的琉璃杯，让她喝口水缓一缓。冯妙向他柔柔地笑着摇头，把沾了血迹的手心藏在背后。元宏也不强求，理着她的发说道："这方法朕也想过，只是没有合适的人选把诏令悄悄带去，如果派朕亲信的人去，恐怕根本见不到勰弟的面，就会被东阳王世子斩杀了。"

"我心里想到一个人，正适合替皇上去这一趟，"冯妙凑到元宏耳边，低声说出一个名字，"只有她去，才不会惹人注意，而且，我相信她一定可以做到。"

元宏仍旧有些犹豫："朕并不怀疑她能做到，可是……朕和勰弟已经对不住她，万一叛军痛下杀手，恐怕她就不能生还了。"

冯妙搂住元宏的腰，轻轻叹息着说道："能跟心里天天念着的人死在一处，何尝不是死得其所呢？"

元宏因为她这句话而心中大震，低声应允："朕待会儿就去亲笔写一封诏令，让她带去。"

他松开揽着冯妙的手，准备返回澄阳宫去。冯妙却撒娇一般抱住他，轻轻蹭着他的身子，不放他走。

元宏心中也如窗外的浮桥小河一般，水波荡漾，一腔柔情快要满溢出来。他强迫自己硬起心肠，哑着嗓子说："妙儿，朕很快就回来。"

冯妙把头埋在他胸口，低声说："皇上刚才说，东阳王的兵马全在洛阳城内，东阳王世子又跟叛军在一起，可昨天一晚，东阳王都没有露面，这不是很奇怪吗？"

元宏无奈地笑道："妙儿，你真聪明，什么事情都瞒不过你……"他已经想到，东阳王会在太极殿议事时发难，到时候距离太极殿最近的澄阳宫、永泰殿，都不安全，所以才一直催促冯妙去休息，不肯带她一起过去。

"皇上，"冯妙抬起一双比满湖波光更明亮的眼睛，"有人愿意跟心爱的人一同死去，有人却只想让心里最重要的人，好好地活下去。请皇上恩准，今天让我执青鸾印，到太极殿替皇上传旨辍朝一日。我会替皇上，制造一个抓捕东阳王的机会。"

元宏刚要开口阻拦，冯妙已经站起身，从小架上取下了装着青鸾印的金丝木盒。那盒子刚一拿过来，元宏就闻到一股熟悉的香味，接着脑中一阵剧痛。他盯着那盒盖上用金丝勾画出的图案冷笑道："原来真正的药引在这里，太皇太后真是好手段。"

那只装着青鸾印的精美木盒，正是用名贵的依兰香木制成的。宫中只有皇后和左、右昭仪可以有印信，而装着这些印信的木盒，都是用依兰香木制成的。如果冯清能在后宫站稳，元宏病发以后，她可以倚仗太子成为执掌国事的皇太后，冯氏仍旧会是大魏第一名门世家。而如果是冯妙在后宫独获恩宠，她的位分越高，元宏的病就发作得越快，她要让这两个人，生生彼此折磨。

元宏忍着脑中的剧痛，一把夺过木盒，只留下盒中的青鸾印，把空盒劈手扔了出去："妙儿，朕准你今天替朕传旨辍朝一日，不过这青鸾印，也是你最后一次用了，等平定了眼前的事，朕就要把后宫独一无二的凤印给你。不管是谁，不管用什么方法，都阻挠不了朕要和你在一处！"

太极殿内，身穿朝服的大臣们，已经等候多时了，人人心中都惴惴不安，却没有人敢擅自开口议论。清早入宫时，不少人都看见了宫门处的血迹。在偏殿等候时，有人私下传言，昨晚皇帝的车驾进入洛阳城时，被城楼上的逆贼乱箭齐发射中。也有人信誓旦旦地说，那车驾里被射死的，只有一个小太监，皇上肯定已经从别的路返回宫中了，不然今天怎么还不见二皇子殿下出来议事。

只有两人与众不同，王玄之面色沉静，目不斜视地盯着身前的地面。另外一边，东阳王身穿甲胄、腰带佩刀，殿外石阶下方，还站着一队东阳王府的亲卫。

正在此时，有一队宫女、内监鱼贯走出来，手中捧着香炉、巾帕。最后两人打起珠帘，躬身请帘后的人出来。大臣们都睁大了眼睛，想看看皇上是否安然无恙。可珠帘之后走出来的，却是一身华服的冯昭仪，身穿锦绣吉服，头上对插着象征昭仪位分的垂丝青鸾金簪。

一番窃窃私语过后，东阳王先开口问道："左昭仪这是什么意思？"

"本宫是替皇上来传旨的，皇上昨晚刚刚返回宫中，有些劳累，今天暂且辍朝一日，有什么奏表，仍旧可以呈上来，本宫会命人送去澄阳宫。”冯妙端端正正地说话，言谈举止间已经很有天家贵主的雍容气度。

王玄之在人群里远远地看着她，心中不知道是该喜还是该忧，当年那个小姑娘身上的妙语奇思，就像是一粒小小的沙，经过时间的砥砺，终于变成了一颗夺目的珍珠。但细沙也好，珍珠也好，都注定不属于他。

冯妙说完了话，目光在东阳王身上扫了几圈，反问道：“本宫记得，皇上早已经废除了亲王可以带刀上殿的旧俗，可王爷不但带了刀，还带了外面那么多人，这又是什么意思？”

东阳王从鼻孔里哼出一声：“本王听说，昨晚皇宫中有逆贼作乱，一大早就特意带了亲卫入宫，要护卫皇上的安全。”

他说得冠冕堂皇，冯妙却知道，如果现在上殿来的是元宏，只怕门外那些训练有素的亲卫，立刻就要冲上来了。东阳王是拿元详做了靶子，先用他消耗了对皇帝最忠心的兵力，他才以逸待劳，等待机会直接要了元宏的命。

“逆贼都已经束手就擒，皇上也安然无恙，”冯妙也不肯示弱，“东阳王虽说是一片好意，可毕竟不合规矩，还是让你的亲卫尽快退出宫门吧。”

东阳王缓缓抬眼，目光如鹰隼一般阴郁犀利，语气也同样阴寒：“没有亲眼见到皇上安然无恙，老臣哪能放心让他们退下？”

“东阳王，本宫已经说了，皇上车马劳顿，今天不见外臣，难道你还想让皇上亲自来向你解释吗？你这个做臣子的，未免管得也太宽了些吧。”冯妙扫视一圈，年轻些的大臣都不敢与她双目对视，纷纷低下头去。

当她的目光扫过王玄之面前时，一直看向地面的王玄之忽地抬起了头，目光温柔和煦地看着她，似鼓励，似赞许，却又带着些说不清、道不明的酸涩遗憾。不过片刻，王玄之便将目光缓缓下移，依着臣子之礼，避开了她的双目，只注视着她刺绣繁复精美的裙角。从此以后，那不是他在平城初相识的冯小姐，也不是东篱中柔弱无依的阿妙，那是九重凤阙中的冯昭仪，大魏最尊贵的女子。

冯妙心口微酸，匆匆收回目光，对东阳王说：“王爷先请回吧，明天早上皇上就会照常来这里议事，到时候你自然就能亲眼见到皇上安然无恙了。”说完，她转身就要离去，不再理会殿内众人疑惑的目光。

才跨出一步，身后就传来东阳王的声音：“冯昭仪且慢！”冯妙唇角微微翘起，她知道东阳王不可能等到明天，自古谋权篡位的人，最要紧的就是一个“快”字。只要东阳王耐不住性子，她就有把握了。她停住脚步，做出几分不耐烦的样子：“东阳王还有什么事？”

东阳王拱手说道：“昨晚宫中有逆贼行凶，今天朝野内外到处都是流言和猜测，这种时候，皇上怎么能因为一句车马劳顿就辍朝呢？就算不议事，至少应该让我们这些老臣见到皇上的面吧？”

“放肆！”冯妙抬高了音量，“东阳王，皇上一向敬重你，因为你辈分高、威望最重，可皇上该怎么做，是你能指手画脚的吗？”

东阳王也抬高了音量：“皇上要怎么做，做臣子的并不敢妄议，老臣只是担心，有人刻意隐瞒实情，不让皇上跟我们这些忠心的臣子见面。”

“东阳王，你这是什么意思？”冯妙立刻涨红了脸，像是被他一句话就激得恼羞成怒，“难道你是想说，本宫把皇上藏起来了，不让你们见皇上的面吗？”

东阳王心中暗喜，想着这冯昭仪毕竟年轻，没几句话就先急起来了，面上却仍旧是一副义正词严的模样：“老臣可没那么说过，只是今天皇宫内外的流言蜚语太多，皇上一直不露面，有人便猜测，是不是被逆贼所伤，重伤不治。也有人猜测，昨晚回来的根本就不是皇上本人，只是别有用心的人制造出的假象。”

“你……”冯妙像是气极了，却又找不到合适的话来反驳。

王玄之见她满面怒意，眼神却纹丝不乱，心中已经明白了大半，慢悠悠地开口说道：“皇上刚刚远道回来，宫中又发生了这样的事，一时没有心思接见外臣也是难免的。不过，为了安定人心，还是应该请几位宗室老臣进去，不算是臣属拜见皇上，只当是亲眷进去就好。”

平常跟东阳王交好的大臣们也跟着纷纷附和，请求推选东阳王进宫面见皇上。

冯妙犹豫了片刻，像是刚刚下定决心似的说道：“既然这样，那就请几位老亲王随本宫来吧。”任城王不在这里，她点了几位年老的亲王，让他们跟东阳王一起前往澄阳宫。看似随意用手指一扫，就选定了人，其实冯妙心里却早有计较，刻意选了几位好文不好武的亲王，以防有东阳王的同党混在其中。

刚刚要走，冯妙又说道：“东阳王，现在是要去皇上的寝宫，你总该让这些亲卫退下吧，身上的佩刀也该解了，皇上现在累得很，最见不得刀兵之气。”

东阳王却毫不示弱：“冯昭仪，请恕老臣不能从命，万一宫中还有没伏诛的乱臣贼子，老臣是要拼死护卫皇上的，没有兵刃和亲卫，你让臣这把老骨头拿什么去拼？”

冯妙勃然变色：“既然这样，东阳王还是不要进去了，除了逼宫篡位，本宫还从没听说过有臣子带着兵刃去拜见皇上的。”

她越是这样，东阳王心里的狐疑就越重，他暗自猜测，元宏多半已经毒性发作，说不定已经气息奄奄不能起身了，所以才叫冯昭仪出来应付。如果真是那样，跟他一起进去的几位老亲王都不成气候，此时正是他一鼓作气的最好时机。

想到这，东阳王把心一横，挑着眉说道：“这就是冯昭仪孤陋寡闻了，我随着献文皇帝出征的时候，冯昭仪恐怕还没出生呢，那时候在军帐之中，我们都是穿着甲胄、带着宽刀、提着马鞭随侍在皇帝身边的。”

他解下腰间的令牌，扬手向着殿外挥了一挥，等候在石阶之下的东阳王府亲卫，立刻向后退了十步，整齐得就像一个人一样。这一下，太极殿内鸦雀无声，几乎所有人都被他这支训练有素的亲卫给震慑住了。

东阳王满意地扫视了一圈，对着冯妙轻蔑地说：“我已经叫亲卫退后十步，只带五名随从佩刀进去，这总可以了吧？”

冯妙估量了一下双方的实力，元宏的玄衣卫只保留最忠心能干的人，人数并不多，又分了一部分去华林别馆，这会儿恐怕又要分一人护送李弄玉出城，不过制服东阳王和他的五名随从，应该还是有胜算的。她对东阳王点头：“请随本宫来吧。”

澄阳宫内的布置仍旧跟从前一样，龙床掩在纱幔之后，香炉中散出袅袅青烟，内殿笼罩在一片氤氲的烟雾中。东阳王把五名随从留在殿外，跟着冯妙进入内殿。元宏的声音从纱幔背后传来：“朕一切都好，只是路上赶得太急，染了些风寒，休息一天就会好了。”

不知道是不是隔着纱幔的缘故，元宏的声音听起来有些虚弱无力。东阳王走到床前，抬手就要去掀纱幔。

“东阳王！”冯妙在一边高声喝止，“皇上正在休息，衣冠不整，不想见任何人。”

“老臣不过是想确认皇上安然无恙，冯昭仪何必这么紧张。”东阳王一面说着，一面退了回去。元宏和冯妙两个人的举止，让东阳王越发肯定自己的猜测，元宏一定已经毒发了。他隔着纱幔说道：“皇上无恙，老臣这颗心也就放回肚子里了，请皇上保重龙体，老臣告退了。”

这一下不止冯妙愣住了，连躺在床榻上的元宏也吃了一惊，他们都不相信，东阳王会这样放弃了。可是东阳王毕竟是三朝老臣，没有错处，又当着其他几位亲王的面，元宏也不能下旨捉拿他。

就在这短短一刹那的犹豫间，东阳王已经快步走出殿外，其余几位同行的亲王，也跟着告退向外走去。冯妙坐到床榻前，有些焦急地低声叫道：“皇上……”

元宏从帐中伸出一只手，在她手背上轻拍，示意她不要着急。他的手忽然顿住，帐中传出元宏低沉的声音：“快去拦住东阳王，别让他登上高台！”他刚才的确病症发作，此时挣扎着想要坐起，却只觉脑中一阵刺痛，无法起身，他这副样子，更不适宜出现在人前。

冯妙一怔，随即明白了他的意思，澄阳宫门前建有一处高台，如果东阳王登上那里，刚好能让太极殿外的亲卫看到，只要他稍稍动手发号施令，那些亲卫就会按照他的意思冲进来。

羽林侍卫的战斗力有限，任城王的亲卫昨晚又多有死伤，现在还在休整……冯妙知道此时的利害轻重，提起裙角快步跑出澄阳宫。

东阳王果然正往高台方向走去，一只手正搭在腰间的令牌上，目的已经昭然若揭，与元宏的料想分毫不差。冯妙一面追一面高声喊道："东阳王，皇上还有几件事要跟你商议。"

听见身后的喊声，东阳王不但丝毫没有停顿，反倒加快了脚步。两名玄衣卫也从澄阳宫中追了出来，但东阳王此时并没有丝毫逾矩的动作，他们也不能擅自动手，只能眼睁睁看着东阳王，一步步向高台顶端走去。

冯妙心下一横，沿着石阶快步追上去，每走一步，都像有一双手在撕扯着她的心肺，呼吸越来越艰难，连眼前的一切都变得模糊起来。但她只想着快些追上东阳王，不能让他向亲卫传递号令。

东阳王已经站在高台顶端，把令牌握在手中。冯妙心急如焚地大喊："东阳王，你是何居心？皇上请你回去，你要抗旨吗？"

东阳王却面无表情地看着她，用足够能让太极殿外的亲卫和大臣们听清楚的声音说道："冯昭仪，该回答有何居心的人是你！皇上病体沉重，你却不让我跟皇上见面，你分明是在假借代传皇帝诏令的名义，自己徇私弄权，我绝不能容你！"

他一把扯过冯妙，推到高台前，对着太极殿方向高声说道："冯昭仪的出身，原本就有很多疑点，在青岩寺修行时，又有不少品行不端的传言，如今这个妖女又要打我大魏江山的主意。后宫之中，容不得你这种蛇蝎心肠的女人！"

话音刚落，高台之下就从两个不同的方向同时传来男子的声音。一边朗朗如日："谁说朕已经病体沉重了？"另一边悠悠如诉："东阳王，你败了。"

东阳王和冯妙同时惊诧地转头，冯妙是因为不知道元宏为何突然变得神采奕奕，东阳王却不可置信地看向另外一边手举弓箭的男子，不明白他怎么会突然出现在这儿，还把箭镞对准了自己。

第三十四章 屡变星霜

“高清欢！”东阳王暴喝，“你要背叛本王吗？”

高清欢身穿内官服色，手中的弓弩拉得如同满月一般，他不紧不慢地向前走了几步，用他惯常的语调说道：“我从来就没有说过要效忠你，哪来的背叛？”

他用手里的箭镞遥遥地扫过东阳王身上的几处要害。东阳王看清他手里的弓弩，不过是祭祀时用的小弓，心里已经起了几分轻视，哈哈笑着说：“你就想用这种哄小孩子的东西，来制服本王吗？真是……”他知道高清欢从不习武，所以才从没对他多加防备。

话没说完，高清欢已经松开了手里的弓弦，一支木杆箭应声射中了东阳王的右肩。高清欢从前任傩仪执事官时，经常会用到这种小弓，射中兽骨便代表着驱除邪祟，因而他虽不习武，箭术却十分精准。不过，祭祀时用的这种小弓，比普通的弓弩轻得多，因为弓弦能够承受的力量有限，也只能用又轻又短的箭，杀伤力远远不够。

东阳王放开冯妙，抬手拔出那支木杆箭，劈手折成两段，丢在脚下：“不自量力！”

高清欢却并不急躁，反倒垂下了双手，远远地看着他。东阳王渐渐觉出不对劲来，那处并不严重的箭伤，竟然开始渐渐发痒，半边身子都跟着变得麻木。他向前走了一步，脚步却变得踉跄，身子也跟着摇摇晃晃，手已经握不住令牌，“当啷”一声掉在地上。他又惊又怒：“你……你在箭尖上淬了毒……”

“只是能叫人麻醉的迷药而已。”高清欢仍旧站在原地，悠悠地说着话，好像他只是在回答东阳王的一个最普通不过的问题。

冯妙看准机会，上前去抢东阳王掉落的令牌。东阳王的身子已经不大灵便，只能抬起尚有知觉的左脚，猛地踩在冯妙手上，不让她把令牌拿走。手指上一阵剧痛钻心，冯妙轻轻“嘶”了一声，却忍住疼痛，对着太极殿方向高声喊道：“东阳王谋逆！”

太极殿门前的亲卫们，听见这声叫喊，心里已经有些慌了。东阳王一直在对他们说，是要入宫勤王护驾的，怎么变成了谋逆？既然东阳王谋逆，他们这些亲卫，岂不都是同党？

冯妙的话一出口，玄衣卫就有了动手的理由，他们冲上高台，制住了东阳王的几名随从。

太极殿外，等候的亲卫已经骚动起来，有人开始暗自寻思，倒不如索性冲杀进去，拼上一场。

元宏听见冯妙的声音里满是痛苦，急急往高台方向赶来，可是他离得太远，一时半刻间无法靠近。东阳王脚上加力，不让冯妙动弹，远远地对着太极殿方向，就要下令让亲卫们攻进来。

他的话还没来得及说出口，又一支冷箭飞来，正中他的左眼。高清欢不知何时也已经走到高台之上，一手拿着那张小弓，另一手像弹拨琴弦一般，在弓弦上轻轻拨弄。那一箭便是他放出的，剧痛让东阳王倒退了好几步，倚着扶栏站住。

东阳王抬手捂住左眼，怒不可遏。高清欢却意态悠闲地站在几步远开外，他清楚自己手中弓箭的实力和局限，所以每一箭都恰到好处地命中东阳王最薄弱的地方。

这时，元宏也已经冲上高台，握住冯妙的手，连同那枚令牌一起举起来，对着太极殿方向朗声说道：“东阳王谋逆，已经被朕擒住，王府亲卫都是被他蒙骗迷惑了，朕既往不咎，将你们全部编入军中，为国效力！”

一阵静寂过后，太极殿门前便响起连绵的甲胄撞击声，一名统领带头解下佩刀，向着高台方向跪倒，其余的亲卫便也都跟着纷纷跪倒，从此听命于皇帝。

元宏继续高声说道：“昨晚北海王私闯禁宫，图谋不轨，命人袭击朕的车驾，已经被任城王制住。朕已经把他褫夺封号、关入牢中。”他举起右手，声音如洪钟一般，坚定明朗，“朕——安然无恙，所有谣言，都可以止歇了！”

原本还在猜疑不定的大臣们，看见皇帝终于露面，言语之间如此自信，心中都安定了大半，齐齐跪倒叩拜。

东阳王和北海王都已经压服，李弄玉也已经悄悄出发，前往太子叛军中，元宏只剩一件事梗在喉中。早在方山永固陵那次，元宏就查出了高清欢在与北海王私下联络，却一直没有动他，仍旧留他在宫中任职，便是想借着他把这些有反心的人都引出来。现在目的已经达到了，高清欢却当着众人的面举箭射中了东阳王，摇身一变成了平叛的功臣。元宏如果在这时处置他，只会让人觉得这个皇帝反复无常、容不下忠臣。

元宏对着高清欢看了几眼，忍下心中不甘，沉声说道："把东阳王也关押起来，一切赏罚都容后再议。"

东阳王眼中、肩头都血迹淋漓，玄衣卫正要押着他离开，他却忽然高声叫嚷起来："你不能杀我！我有太皇太后留下的免死诏，谁都不能杀我！"

这句话一出口，不但太极殿前的大臣们愣住，就连元宏也愣在当场，他从没听说太皇太后留下过什么免死诏，可万一东阳王说的是真的，皇室不能出尔反尔，他就真的不能斩杀东阳王了。

东阳王露出几分邪魅的笑意，这就是他准备好的"退路"，当着大臣们的面说出太皇太后留下的免死诏。那免死诏本就是真的，元宏又一向推崇孝道，东阳王算准了他不会公然违逆太皇太后留下的"遗诏"。

"先带下去！"元宏沉声吩咐，"待朕验明真假以后再说。"

玄衣卫带着东阳王走远，元宏抱起冯妙，手抚着她的胸口，让她慢慢调整呼吸。冯妙一路跑上石阶，此时已经呼吸紊乱，手指攀在元宏胸口，神情越发痛苦难忍。元宏一面高声命人去传侍御师来，一面抱起冯妙往澄阳宫内走去。

经过高清欢身边时，元宏的眼角余光无意间瞥到，高清欢正定定地注视着冯妙惨白的面孔。元宏心中越发不快，沉声说道："你也先退下吧。"

高清欢仍旧盯着冯妙看了片刻，才微微翘起唇角说："宫中不要再用熏香，燃烧不尽的香灰会让她窒息。"

说完这些话，高清欢便向元宏施了一礼，转身沿着石阶一步步走下去。

侍御师很快赶到了澄阳宫，匆匆地诊了脉，便开了方子来。背上施了针，又灌下了一大碗汤药，冯妙的呼吸才渐渐平静下来。元宏坐在床榻边，用手指反复描摹着她的唇线，声音里带了些颤抖："朕真后悔，不该让你去追东阳王，朕差点……差点就失去你了……"

冯妙无力地微笑，声音细弱地说："从前，我看到皇上这样在意林姐姐，心里很羡慕，巴不得自己也病了，病得越重越好，盼望着有人也能……也能那么在意我。"

提起往事，元宏也忍不住发笑，那笑意里却带着些追悔莫及的苦涩。

冯妙抬手去抚他的眉心："皇上皱眉，就……不英气了。"她注视着元宏，缓缓说道，"现在，我一点也不羡慕林姐姐了，如果可以选择，我希望自己从来没有生过病，皇上也没有。我可以有很多孩子，不让怀儿寂寞……"

元宏握住她的手，眼中一阵发热，他闭起双眼说："妙儿，你会好起来的，朕也会。至于孩子，只要一个怀儿就很好，如果孩子多了，你心里……能分给朕的部分，就更少了，朕不高兴……”

冯妙笑着合上双眼，眼角却滚出一滴泪来：“傻话……”

更深露重，元宏就坐在床榻边，整夜陪着冯妙，看她迷迷糊糊地睡过去，又在睡梦中咳嗽连连。

他想着白天时高清欢那个眼神，心里对这对兄妹的怀疑更重，越发猜不透他们的目的。他早就料定高氏兄妹在暗中借助别人的力量，却没想到，他们能连北海王和东阳王都当作自己的垫脚石。

元宏把头轻靠在冯妙肩上，宫廷政变平息，他要忧心的事却一点儿也没有少。东阳王所说的免死诏多半是真的，可要是不处死东阳王，又如何能杀一儆百？高清欢是个阴郁狠厉的角色，即便严刑审问，也不会有任何效果，还是要从高照容身上想办法……

他指尖上拈着一粒药丸，李夫人不肯跟他回皇宫来，却给了他三粒药丸，里面掺了一种西域商人贩卖的黑色药膏。每服一粒，都可以让他暂时缓解病痛，甚至更加精神百倍，可是药效一过，他的病症会比从前更加厉害。李夫人再三叮嘱，这药丸最多只能服用三次，三次过后，他的病症就真正无药可医了。

从嵩山返回时，他已经在路上服用了一粒，今天情形危急时，又服用了第二粒。手中的最后一粒药，就是他的最后一次机会。

同是在这天夜里，李弄玉也已经到达了洛阳城外的叛军营中。她的骑术是李冲亲自教授的，比许多鲜卑贵族小姐还要好。一天的路程，被她生生缩短了一大半。冯妙料想得一点不错，元宏把诏令交到她手上时，李弄玉没有丝毫犹豫。只要是她的萧郎想做的事，她一定会尽力帮他做到。

快到叛军营帐时，李弄玉身下的马发出一声长嘶，前腿突然跪倒在地。李弄玉失去平衡，跌落在地上，她刚要站起身，树丛中便走出几名兵卒，用刀架住了她的脖子。

李弄玉一路上都穿着男装，扮作马童，此时索性解开发髻，露出女子的面容，对那几名兵卒说：“我是来找始平王的，你们谁能带我去？”

几名叛军兵卒自然不会那么听话地带她去见始平王，用绳索把她结结实实地捆住，直接送到了东阳王世子面前。

李弄玉在宫中很少露面，东阳王世子仔细看了半晌，才认出她来，叫人解开绳索，装模作样地要向她行礼：“这不是宫里的李才人吗，怎么到这里来了？军中简陋，不能好好迎接，还请李才人不要见怪。”

一番话说得李弄玉心里厌烦，她用一根钗子把头发绾起，眼角斜斜地扫着东阳王世子："既然军中简陋，别的就算了，世子向我见个君臣之礼也就罢了。"李弄玉口中所说的君臣之礼，是外臣觐见宫妃时的礼节，不必像面见帝王那样三跪九叩，却也要行跪拜叩首的大礼。东阳王世子年纪不小，却因为东阳王一直健在，只空有一个世子的头衔，却到现在都还没有一个正经的爵位。没有爵位的人，叩拜宫妃的礼节更加严格。

东阳王世子那副假模假样的笑意定在脸上，脸色忽青忽白，他连整个身家都豁出去了，怎么可能向李弄玉行跪拜大礼？他掩饰地咳了一声，说道："才人既然是来找始平王的，我也不好叫才人在这里多耽搁，不如早些送李才人过去。只是，军营里向来有个规矩，外面来的人，随身的物品都要翻检一下才能放行，李才人就客随主便吧。"

皇帝亲笔书写的诏令，被李弄玉贴身收着，她料想东阳王世子不会敢当众搜她的身，要翻检随身的物品，不妨由着他去。东阳王世子向身边的兵卒点了点头，那人就走上前来，把李弄玉带来的包袱打开，所有东西都拿出来一样样地看。

胭脂、桃木小梳、妆镜……都是女孩儿家用的东西。那名兵卒向东阳王世子摇头，示意他没有发现什么可疑的东西。

东阳王世子眯起双眼在李弄玉身上打量了一圈，缓缓开口说道："所有的东西，都得翻检，贴身的物品也不例外。"他对身旁的人招一招手，有人引着一名中年妇人进来，向他施礼。

"李才人，这里只有做粗活的嬷嬷，就委屈才人一下。"东阳王世子的话虽这么说，语气里却没有半点商量的余地。

李弄玉没料到他竟然真的找了个女人过来，要搜她的身，皇帝的诏令就缝在肚兜内层里，除去衣衫就再也藏不住了。容不得她仔细思索该怎么办，东阳王世子身边的侍卫已经走过来，要把她带进狭小的隔间里去。

无论如何，不能让东阳王世子现在发现那封诏令。李弄玉被带进小隔间时，心里只有这一个念头。

东阳王世子在隔间外等着，手指掐着一只翠玉扳指，一圈圈地打着转。他不大相信李弄玉会是来替皇帝传递消息，不过一切还是稳妥起见为好，他派进洛阳城的探子都有去无回，他此刻更想知道的是，父亲究竟成功了没有。

正这么想着，小隔间内忽然传出一声刺耳的尖叫，似乎是李弄玉的声音在高声喊着："走开！都走开！别过来！"

东阳王世子正要叫人去看，李弄玉已经从小隔间内直冲出来，头发散乱，衣衫不整，手中握着刚才用来绾发的那根钗子。她手里拿着钗子四下挥舞，口中说着："始平王呢？我要见始平王，让他出来！他说过要带我离开洛阳的，我趁着宫中变乱逃出来，怎么他又避着不见我？”

李弄玉可不是什么娇滴滴的贵族小姐，小小一支钗子，被她拿在手里，竟然逼迫得那些侍卫兵卒没办法靠近。营帐内本就空间狭小，李弄玉抢到东阳王世子身前，把钗子直往他脸上挥去，钗子的尖头儿几次险险地从他眼皮上擦过。

东阳王世子的注意力，都被那句“宫中变乱”给吸引住了，他抬手扯住李弄玉的手腕，不让她手中的钗子乱挥，急切地问：“你说什么？宫中变乱？宫中的情形究竟怎么样了？”

李弄玉故意不接他的话，扬着脸反问：“你跟始平王是朋友，是不是？”

为了从李弄玉口中问出洛阳城内的情形来，东阳王世子只是忍着气答应：“那自然是……”话音刚落，李弄玉就扬起另一只手来，果断响亮地给了他两个耳光：“我就知道你要替他开脱！快叫他出来见我！”

东阳王世子什么都没问出来，还白白挨了两个耳光，心里要多气闷有多气闷。可李弄玉口口声声都在责骂始平王，并不是针对他的，当着兵卒的面，东阳王世子又不好跟一个女人计较，只能恨恨地忍下了这口气。他手上的力气一松，李弄玉就立刻贴着身后的木架屈身，用手肘狠狠撞向东阳王世子的小腹要害。

东阳王世子一声闷哼，一张脸几乎涨成了紫色。李弄玉心中暗暗发笑，面上却保持着一副怒容，双手用力一推身侧的木架，那上面放着的东西就“哗啦啦”全都掉在地上。

营帐里闹出这么大动静，自然也惊动了太子元恂和始平王夫妇。始平王元勰听说有一名女子大闹大嚷地要找他，略一思索便想到那人一定是李弄玉。他心里不免有些埋怨皇兄，眼下叛军既无路可走，也无处可去，就跟笼中的困兽一样，随时可能做出什么不顾后果的事来，怎么能在这个时候把李弄玉送来？

李含真正在他身旁，见他脸色阴晴不定，已经明白了他在想些什么。她握一握元勰的手说：“想必是弄玉来了，我们该去看看。”

对这新婚妻子，元勰满心都是愧疚，因为他并不爱她，娶她只是为了跟其他鲜卑贵胄一样，迎娶一位汉人做正妃，免得守旧的宗室亲王有借口质疑皇兄的新政。如果她凶悍善妒，或是粗鲁无礼，他都可以毫无顾忌地将这名义上的妻子丢在一边。可偏偏李含真是个知书识礼的女子，在人前跟他举止亲密，在人后却从不强人所难。

走进东阳王世子的营帐时，元勰看到的便是，李弄玉正高高举起书案上的白玉莲花灯台，用力往地上砸去。东阳王世子平时就很喜欢奢侈的装饰，这只灯台是用整块白玉雕凿出来的，每一片花瓣都姿态各异，细致到能看得见莲瓣尖上凝结的露珠。正是因为对这件东西爱不释手，他才时时摆在自己帐中的书案上。随着“啪”一声脆响，白玉莲花灯台迸裂成一地碎片。

李弄玉还要去拿桌上的玳瑁笔架，始平王元勰赶忙高声唤她：“李弄玉！不要胡闹！”始平王身后，还跟着他新娶的王妃李含真。

熟悉的声音突然响起，李弄玉的手定在半空，虽然她早已经想好，闹出这么大的动静就是为了引他过来，可真的见了面，她还是觉得有一丝羞赧。这场戏却不得不做下去，她对着元勰高声说道：“元勰！我恨死你啦！”

她快步跑到始平王身边，双手环抱住他的腰身：“我赶了好远的路，专门来找你，你怎么能躲起来不见我？你不想我吗？”只有明知道要说假话的时候，她才能肆无忌惮地说出心里藏着的真话来，假话不会伤害到已经成为始平王妃的李含真。李弄玉几乎是在声嘶力竭地大喊，全忘了平时维持住的仪态礼节。

始平王明白她的用意，知道她是在做戏给东阳王世子看。可他还是因为这些话，心口猛地一滞，单手向东阳王世子匆匆做了一个抱歉的手势，拖着李弄玉就往外走，带着她直接回了自己的营帐。

两人绕过大半边军营，不少兵卒都悄悄探头出来看热闹，私下猜测着这女子跟始平王究竟有什么关系。元勰一路上都阴沉着脸，走得飞快，李弄玉几乎要小跑着才能勉强跟上他的步子。

元勰把她拉进帐中，劈头盖脸地怒喝：“谁让你一个人到这儿来的？！”

李含真跟在后面进来，低声对元勰说：“外面有人看着，我不好出去，我先去里间，你们就在这里说话吧。”

李弄玉赶忙拉住姐姐的手，急急地解释：“我不是……”

李含真握住她的手，不让她再说下去：“我都知道，你不必向我解释。”她张开双臂搂住弄玉，就像小时候两人挤在一张榻上睡觉一样，用只有两个人能听到的声音说，“我是李家的女儿，怎么会接受别人出于怜悯而施舍的感情？你也是李家的女儿，怎么能因为一时的不如愿就放弃？”

李弄玉不能相信似的睁大了眼睛，李含真却已经站起来，往内侧的小隔间走去：“我去给弄玉找些吃的。”

帐中只剩下两个人，元勰抱臂站着，双眼定定地落在李弄玉脸上。李弄玉这时才觉得有些不好意思，她一路风尘仆仆，本就已经很狼狈，刚才又大闹了一阵，头发、衣衫全都散开了。她转开头，手指钩着衣角，脸上露出一抹羞涩与倔强交织的神情。

元勰上前一步，还想问她几句话，可才刚一张口，就忍不住低低地笑起来。他握手成拳抵在唇边，想要遮去笑意，肩膀一耸一耸地抖动。

李弄玉越发恼了，反问道：“你笑什么？”

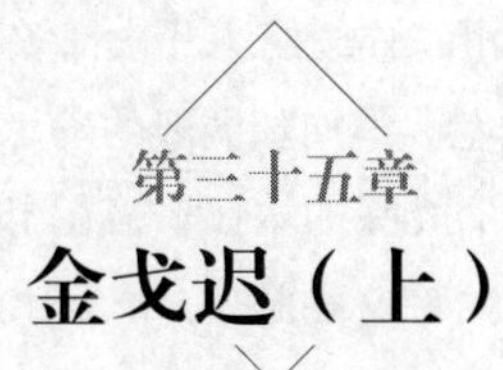

第三十五章
金戈迟（上）

元勰轻咳一声，走道她面前：“我在笑，东阳王世子的营帐里，半夜闯进了一只母老虎，虎尾巴一卷，就给他搅得天翻地覆、鸡犬不宁。东阳王世子真是可怜……”

李弄玉的脸倏地涨红了，挥舞着小拳反问：“你说谁是母老虎？”拳头打到半空，却被元勰猛地握住，他的手掌宽厚温热，指腹和掌心上都带着一层薄薄的茧，摩挲在她柔滑的手背上。李弄玉的脸红得更厉害，刚才又吵又闹的胆子也不知道跑到哪儿去了，结结巴巴地说：“我……是皇上让我来送信的……他、他有手写的诏令给你……”

“我知道，等我回去了再去问问皇兄，我一个人替他出生入死还不够，怎么还能把你送过来？”元勰说得又轻又慢，几乎是在对她耳语。他俯身凑近了看着李弄玉，好像她仍旧还是从前那个小姑娘，敢把拒婚的藏头诗贴到始平王府后门去，一半胆大包天，一半含羞带怯。

“是我自己愿意来的……”李弄玉惊慌失措地后退，想要拉拢衣衫，这才想起身上还带着皇帝手书的诏令。为免被人发现，她一路上都把皇帝的诏令贴身藏着，此时要除去衣衫才能拿出来。

元勰见她窘迫，忍不住又低着头发笑：“刚才不是挺大胆的吗？怎么这会儿又扭捏起来了？”

再凶悍的女子，到了自己心仪的男子面前，也会和软成一泓春水，更何况李弄玉要见元勰一面，有多么不容易。她想起自己大闹营帐的样子，也觉得有些不好意思，低下头小声地说：“平时……平时我不是这样……”她用手拢起头发，想要束起来，可那发丝太过顺滑，连续绾了几次都散开了。

元勰无声地走上前，接过她顺滑如丝绸般的发，松松地绾成一个新婚妇人的发髻，又从衣袖中拿出一支打磨光亮的木钗，簪在李弄玉头上。即使没有铜镜可看，李弄玉也感觉得出，这个发髻绾得很好，甚至比她自己动手还要好。

“我老早就想着，要是娶了正妃，新婚第一天，一定要亲手给她绾发，”元勰注视着高耸的新妇髻，低声说，“我的正妃，脾气又大，性子又急，是世上最难伺候的女人，要是绾得不好，她一定会生气的……”

李弄玉低下头，眼中浮起一层雾气，她知道始平王所说的正妃原本应该是她，可她已经不能再接受这份情意。她不畏惧世俗的眼光，但她不想伤害自己的亲人。李弄玉把眼帘轻轻一合，两滴泪珠就沿着侧脸一路滑落下来，故意说道：“四姐姐很好，才不像你说的那样，你亲手给她绾发，绾成什么样子她都会开心的。”

元勰摇头，不置可否地笑了一声，转身往门口走了几步，背对着李弄玉站定。李弄玉顾不得继续扭捏下去，飞快地除去外衫，用桌案上的一柄小刀，划开了肚兜内侧，取出写在明黄绢布上的诏令。

她把诏令放在一边，踩着鞋子一跳一跳地走进里间去，让李含真帮她找了一件外衣披上，这才拿着诏令把宫中的情形讲给元勰和李含真听。为防隔墙有耳，李弄玉的声音压得极低，元勰在她左手边，李含真在她右手边，两人原本就跟她亲密，此时凑在她身边，也不觉得有什么不妥。可这对名正言顺的夫妇之间，却总好像存在着些相敬如宾的隔阂。

李含真有些不解地问：“照弄玉的说法，北海王和东阳王都已经被抓捕住了，皇上为什么不直接来击溃叛军？”

元勰把诏令拿在手里，缓缓地说：“这些年南征不断，皇兄的兵马都在南边，宫中只有羽林侍卫，实力远远比不上经过训练的兵卒。可这里的叛军却是实实在在的平城守军。如果真让东阳王世子知道了他已经没有退路，他带着这些守军冲击城门，谁会占上风还不好说。东阳王世子现在一直迟疑不动，就是因为他吃不准洛阳城内的情形，瞻前顾后。”

李弄玉也轻轻点头：“皇上的意思是，如果能收服叛军，那就最好。”可“收服”二字，说起来容易，真正做起来却千难万难。她低头想了想，忽然问道：“这些叛军中，除了太子和东阳王世子，其余的人是什么品级？”

讲起军务，含真、弄玉这对姐妹，远远不如始平王熟悉。元勰压低了声音说道：“皇兄当年刻意压低了平城守军的军阶，这里领头的几个将领，不过是从九品的偏将军而已，再往下的人，都是些军中的统领、校尉，连品级都够不上了。”

李弄玉拢着衣衫想了想，对元勰说道：“恐怕要在这些统领、校尉上多下功夫了。”她对着李含真挤了挤眉眼，说道，“四姐姐大概记得，小时候我们不大怕父亲，却怕极了家里请来的教习先生，先生让做的事情，说什么也不敢违背。这些统领、校尉是直接管着那些兵卒的人，就跟家里的教习先生一样，他们的话才最管用。

三人凑在一处，又仔仔细细商议了片刻，想出个方法来……

丑时天色最暗，可叛军大营中的兵卒，大部分都还没睡。不知道都城内的情形，也等不到上面的将领传来号令，难免有些人心惶惶。

一片静寂间，始平王所住的营帐中忽然传出瓷器砸碎的声音，接着是两名女子的争吵声，隐隐约约听不大清楚，似乎是一个人在高声指责另一个抢了自己的丈夫，另一个人又急急忙忙地反驳。

兵卒们互相看了看，暗想世上怎会有如此匪夷所思的事情，宫中的才人，竟然敢闯到人家新婚夫妇面前来质问，看来洛阳皇宫中，是真的出大事了。没等他们探头探脑听出个究竟来，营帐大门掀开，始平王已经大步走了出来，半边脸上带着几条可疑的挠痕，一脸晦暗神色。

他对着营帐门口的一块石子，狠狠踢了一脚，暴怒地对着那些兵卒吼道：“看什么？！”兵卒们都转过头去，心里却有些幸灾乐祸地想，这位风流名声在外的始平王真是可怜，看来陇西李氏的两位小姐当真不是好惹的。

元勰走到几名校尉围坐的地方，把手伸在火堆上方。有人讨好地递过酒囊，他也就毫不客气地接过来，仰头喝了一口。把酒囊递回去时，元勰抬手在侧脸上抹了一把，有些悻悻地说：“外面风凉，到你们营帐里面坐坐。”

那几名校尉立刻殷勤地引着他走过去，嘴上不说，心里却都在想着，这位始平王爷多半是不敢回去享“齐人之福”了，也算得上是有家回不得。

男人们凑在一起，只要几杯酒下肚，就彼此熟络起来，连地位的差别都忘了。元勰曾经在高车部族里流亡过半年之久，底层士兵中间流行的猜拳、行令，他也样样都熟悉，没多久就跟这些底层军官闹成一团。

酒喝得多了，话也就多了起来，元勰微眯着双眼做出一副醉态，讲出了早就想好的话，他怎样痴恋李家六小姐，怎样阴差阳错地娶了李家四小姐，又怎样一时糊涂跟着太子一起起兵叛乱。李家两位小姐在他的营帐中争吵，是人人都看见的事，这些半真半假的话，很快便让人信了。

酒是最好催情剂，也是最好的伪装。一名校尉忘了眼前人是天潢贵胄，把手搭在他肩上，大着舌头说：“始……始平王爷，没想到，你也有这么多难处。是男……男人，谁心里没有点难处？就说这些兄弟，谁愿意抛家弃子，跟着人做这种掉脑袋的买卖？要是成了……他们封王封爵，没有我们的份儿，要是败了，我们全他娘的要跟着杀……杀头！”

说话的人是真的醉了，元勰却是清醒的，他看情绪酝酿得差不多了，便拍着那人的肩膀，继续醉醺醺地说：“我跟皇上，毕竟是兄弟。皇兄生气归生气，最后还是会赦免我的。到时候我去跟皇兄说说情，你们也都是被上头的军官胁迫的，请皇兄不要降罪责罚了。”

那校尉连连摇头，卷着舌头说道：“这可是谋逆的大罪，哪有那么容易就赦免？”

元勰从怀中掏出那张诏令，递给那些校尉们挨个传看：“这是皇兄亲笔写的诏令，只追究主犯，不追究从犯！皇兄一向宽仁，只要你们悬崖勒马、说明缘由，我相信，皇兄一定会宽容的。”

这些底层军官，大多并没见过皇帝亲笔书写的诏令，可那黄绢上的字迹如龙腾一般，玺印端方古拙，一看便知道不会是伪造的。

这些人的酒立刻醒了大半，一个个都急着向始平王说明，自己是被逼无奈的，并没有谋反的意思，还赌咒发誓地说，会管束好自己手下的兵卒，不让他们一错再错。

元勰眼中闪过一抹精光，用刀子划破手指：“既然这样，那就请各位写下自己的名字，日后在皇兄面前说起来时，也好有个佐证。”

元勰先写下了自己的名字，又把诏书递给身边的人。酒劲上涌时，人特别容易豪气冲天，诏令传回元勰手中时，背面已经写满了人名。有的人不识字，还是叫身边的人帮忙写的。元勰小心地收好了写着诏令的黄绢，敷衍了几句话便退出了狭小的营帐。

返回自己的住处，他把那张诏令在李弄玉面前一晃，背面用指尖血写成的一排排名字，差点让她欢呼出声。她捧着诏令眉开眼笑地说：“等这些人的酒醒过来，才会想明白自己已经上了始平王的‘贼船’，就算他们再想追随东阳王世子，也要担心这份名单日后会不会被他看到，倒不如索性弃暗投明。”

元勰伸出两根手指，把诏令从她面前夹走，仔细放进怀中收好：“恐怕到不了明天早上，这消息就会传进东阳王世子的耳朵里。他必定会来这里，想要毁了这张诏令。我们今晚先好好休息，天亮以后，情形会更加凶险。”

李含真默默地走到里间，抱出一床被子来，放在外间的小榻上，对元勰说：“王爷今晚就在这里将就一下吧，我和弄玉到里间去。”

李弄玉还要说什么，却被李含真一把扯起来，直接拖进里间。元勰在她们身后低声说："换一身方便些的短衣再睡，夜里也警醒些。"

洛阳皇宫内，冯妙在床榻上一阵阵地咳嗽，月光透过窗子上的菱花小格照进来，在地上投下一片四四方方的影子。胸口闷得难受，她实在睡不着，披了衣裳起身，刚掀起纱缦一角，外面值夜的小宫女就匆匆跑过来："娘娘，您想要什么？吩咐奴婢去做就好了。"

素问的手还没好，灵枢也还没回来，元宏不知从哪里调了个十来岁的小丫头来照顾她。冯妙看见陌生的面孔，随口问了一句："皇上去哪里了？"那小宫女大概才刚进宫不久，见昭仪娘娘问话，便立刻跪下回禀："皇上刚才一个人出去了，并没说去哪里。"

冯妙心里有些奇怪，她因为喘症发作，不便移动，就睡在澄阳宫里，元宏深夜离开自己的寝宫，能去哪里？她踱到外殿，原本想到院子走走，可是才刚挪动了几步，就觉得喘不过气来，只能先在书案前坐坐。

书案上散放着几张纸，冯妙随手翻看，其中一张纸上写着两个名字：高照容、高清欢。在"高照容"三个字旁边，还勾了一个小小的圆圈。元宏早已经怀疑这对兄妹，如果不是想要引出他们背后的势力，元宏早就对他们下手了。北海王、东阳王甚至南朝人，都跟他们有牵扯，可这些势力中，没有任何一个能够掌控这对兄妹，相反，似乎一直是这对兄妹周旋在他们中间，把所有人都当成自己的工具。

冯妙把那张纸放回原处，虽然从小就认识高清欢这个人，她却从来不能真正看透他。凭他的智计和见识，却一直甘心做一个内官，这本身就是件匪夷所思的事情。她正要踱回内殿，一个念头忽然冲进脑海，元宏在这个时候离开澄阳宫，多半是去了小佛堂！

她知道自己喘症发作，无论如何走不快，急急地叫人传软轿来，要往小佛堂去。高照容心思阴险，元宏的病症又刚刚发作过，眼下太子叛乱，迟早要被废黜，恪儿便是顺理成章的新太子人选。如果在这时谋害元宏，对高照容是最有好处的。

软轿很快就来了，冯妙一面叮嘱抬轿的小太监放轻脚步，一面叫他们快些赶去小佛堂。她掀起轿帘焦急地向外张望，远远地便看见小佛堂里亮着灯。软轿一停稳，她便急匆匆地奔进去。

佛堂中檀香缭绕，长长的走廊两边，每隔几步远就立着一根儿臂粗的蜡，把整个长廊照得亮如白昼，可门外的夜色却因此而显得更加漆黑幽深。

长廊尽头，高照容跪在蒲团上，双手合十，轻纱遮面，一头青丝散在身后，只用一段缎带在发尾处松松系住。元宏单手支膝坐在她对面，沉声说着话，语气里有几分无奈和厌恶："朕第一次见你，你就是这样一直笑，一句话也不说。那时候，朕只当你是个娇惯坏了的小姐，有些小小的毛病，但总归还是像枇杷果一样，半是酸半是甜，讨人喜欢多过令人生厌。"

高照容轻轻向前吹了口气，面前的轻纱就飘起来，柔媚入骨的声音从轻纱后传出来："皇上现在一心只想着冯姐姐，自然会觉得容儿令人生厌了。"她幽幽地叹了口气，"手上已经有了好吃又好看的桃子，谁还会喜欢枇杷果呢？"

"照容，"元宏盯着她说，"你知不知道什么事最让人惋惜？"

高照容弯起双眼微笑，既不点头，也不摇头。

"最让人惋惜的事，就是眼睁睁看着美好的东西，在面前一寸寸腐坏，"元宏上身微微前倾，"朕还记得，你喜欢用整朵的丁香花敷在额头上，留下浅紫色的印记，宫中有许多人效仿你，却没有一个人能得你半分神韵。照容，要是你的灵巧心思，能多用在这些事情上，少想些旁门左道，你现在仍然会是个讨人喜欢的女子。也许朕不会真心爱你，但朕可以尊重你。"

如果是寻常女子，听见元宏这番言辞恳切的话，多半已经深深动容了。可高照容不是普通女子，她挺直上身，平静从容地说："皇上，您深夜舍下佳人来这儿，又耐着性子说了这么多话，是想从容儿嘴里问出些什么来吧？"

她转身取出早已备好的木制小盘，上面放着九只晶莹剔透的琉璃杯，每只琉璃杯里都盛着半杯美酒。她在佛堂禁足思过，用度上却并没受到太多苛待。

"皇上，容儿准备了九杯美酒佳酿，"高照容眼中笑意盈盈，仿佛仍旧是在双明殿中，招待偶尔来坐坐的皇帝，"皇上每喝一杯，就可以问我一个问题，我答过了，也喝一杯，就看皇上能不能问出想要的答案了。不过，皇上只能用是或否来提问，我也只会用是或否来回答皇上。"

一直站在回廊中的冯妙，心几乎要从胸腔里跳出来，高照容通晓药理，一定会在这些酒中下毒。没等她说出话来，高照容已经接着说下去，目光映着琉璃杯中的琥珀光，媚得快要滴出水来："这九杯美酒，都是用不同的东西酿造的，其中一杯用的是木芙蓉，看看谁的运气好，能喝到那一杯，据说木芙蓉酿的酒，味道比竹叶青更好。"

木芙蓉有毒，酿出的酒自然也是穿肠的毒药。

元宏点头说了声"好"，端起左手边第一杯酒，仰头喝了下去："朕想知道，你是不是一直在私下给南朝传递消息？"

他可以把高照容送去慎刑所，让李得禄好好地审问，可是他毫不怀疑，即使李得禄用遍了所有的方法，高照容也不会开口的。一个能用瓷片划破自己面颊的女子，哪里还会惧怕其他任何事？这个妖娆而又神秘的女子，身上实在有太多秘密需要解开。

冯妙的手紧紧握起，看着元宏安然无恙，她才稍稍放下心，目不转睛地盯着佛堂内的两人。这一场问答，除了拿命在豪赌之外，还是一场拼尽脑力的较量，元宏最多只有四次机会来尽力得到他想要的答案。冯妙几乎连呼吸都不敢大声，生怕扰乱了他的思路。

高照容顺次拿起第二杯酒，拈在指尖上轻轻晃动，轻轻点头说了声“是”。她微微笑着，又多说了几句：“南朝人想知道这边的情形，他们就叫我传这些消息过去，换得大把的钱财。”

元宏知道，这句话是真的，她写的信能够送进南朝萧鸾的府邸内，这联络显然已经进行了不止一朝一夕。他微微皱眉问道：“他们是谁？”

高照容仰头喝干了自己杯中的酒，放下空杯说道：“这是皇上的第二个问题吗？如果是，就请皇上再饮一杯酒。”

元宏轻笑一声，端起了酒杯：“就算喝了这杯酒，你也不会回答朕的问题，因为这不是一个是或否的问题。”他又一次喝干了杯中酒，问道，“朕的第二个问题，你究竟是不是高家的女儿？”

高照容笑着摇头：“不是，其实连我都不知道自己的生身父母究竟是谁。”

或许是酒劲让她的话多了起来，高照容喝干酒后，又接着说道：“他们生下我却不要我了，只有脑后那朵刺进血肉的木槿花，是我身份和血脉的唯一象征。我在南朝长大，他们逼着我学歌舞、学辞赋、学怎样伺候男人，我一直以为，我长大以后会被送进南朝皇宫，却没想到，后来被带来了这里，成了高家的女儿。”

“那么，”元宏顺次又拿起一杯酒，“你身上的木槿花文身，是不是慕容氏的标记？”

高照容“咯”地笑了一声：“这个问题，皇上肯定已经知道答案了，白白浪费一个机会。”

“不算浪费，”元宏把酒杯凑在唇边，慢慢喝干，“这个问题对朕很重要，朕需要确证。”

高照容幽幽地叹了口气：“是因为冯姐姐身上也有这种文身吧？皇上心里，到底就只有她一个人最要紧。”

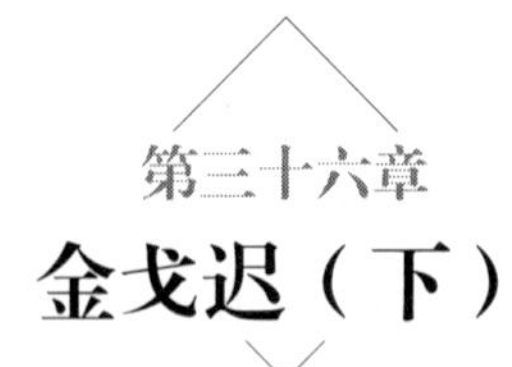

第三十六章 金戈迟（下）

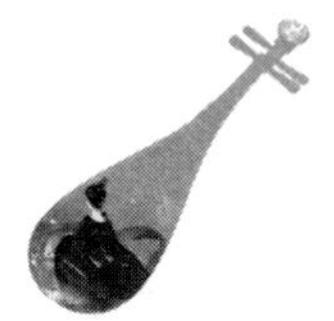

元宏并不接她的话，只是缓缓喝干了杯中酒，

这一次，高照容只干脆利落地答了声“是”，就拿过下一杯酒喝下了。

两人面前只剩下最后三杯酒了，却都还没有中毒的迹象。一切看起来风平浪静，冯妙的手心里却起了一层薄薄的汗，因为她已经看得出，在这六杯酒里暗藏了多少较量。对面而坐的那两个人，是敌手，更是夫妻，他们熟悉对方，甚至比熟悉自己更多，两人都在像下棋一样猜度着对方的习惯，会拿哪一杯酒，又会把有毒的酒放在什么位置。几番思量之后的结果，却是返璞归真，旁人看起来，就好像他们只是随手依次拿过酒杯喝下。

短暂的静默过后，高照容微微笑着说：“皇上，该您提问了，还有最后一个机会。”

元宏的手指在那三杯酒上划过，停顿片刻，却还是收了回来。他对着高照容笃定地一笑：“朕没有其他的问题要问了。”高照容是慕容氏的后人，还有许多像她一样的女孩子，被精心调教着长大，送到达官显贵身边，缘由和目的，其实都已经很明显了。

高照容一愣，接着咯咯地笑起来，娇俏的笑声在小佛堂内不住地回响。她以手支腮，看着元宏说：“皇上果真不是寻常人，能跟皇上做这一世夫妻，容儿心里真正觉得值了。”

他问出的三个问题，都得到了答案，却能在这个时候控制住自己的好奇心，不再接着问下去。改变天生的习惯，控制内心的欲望，这两件最难做到的事，元宏都做到了。

高照容忽然抬起头，目光扫过站在一旁的冯妙：“冯姐姐，你一直都比我运气好，不用在那种环境里长大。为了练得身姿娇软，从记事开始，每天都有两个嬷嬷，扯着我的双手双足，把我的骨缝一点点打开，连睡觉的时候，都要被绑着，不能乱动，整日整夜疼得喊都喊不出声音。”

她一面说着话，一面缓缓地喝下了最后三杯酒：“皇上说我总是笑，因为那些嬷嬷只准我微笑，还要笑得妩媚勾魂，不然就要挨打。可是挨了打仍旧不能露出委屈的表情，只能继续笑下去，因为她们说，这样的女人才能讨男人欢心……”

大概是喝得急了些，高照容捂着唇咳嗽一声，从蒲团上站起，对着元宏叩拜下去，盈盈地说：“皇上，容儿练会那一支飞天舞，可吃了不少苦头，却只在那一年的上巳春宴上给皇上舞过一次。容儿心里觉得遗憾，想再给皇上舞一次，好不好？”

她说这些话时，仍旧像在撒娇一样，娇柔婉媚。不等元宏答话，她就已经再次起身，把散开的头发一点点绾成高髻，跟西域流传过来的飞天神女像，有八九分神似。

没有琵琶，她就双臂虚合，做出一个怀抱琵琶的样子。她刻意穿了件衣袖宽大的衣裳，衣袂随着动作悠悠飘荡，腰肢柔软曼妙，如同随风轻摆的柳枝一般。即使面纱之下的容颜已毁，这副身姿仍旧足够动人心魄。

这支飞天舞，冯妙和元宏都曾经看过。十几年光阴过去，高照容跳起这支舞时，仍旧妖娆动人。一舞快要结束时，高照容单足点地，张开双臂旋转，如逆风飘落的叶子一般。随着她越来越快的动作，面纱从她脸上飘落，那道狰狞可怕的伤疤露出来，像蜈蚣一样，爬在她原本美艳至极的侧脸上。高照容的嘴唇无声而动，在急速的动作间拼凑出一句话来：“皇上，木芙蓉酒的味道很好，原本想跟皇上一起尝尝的。”

最后三杯酒，全都是有毒的木芙蓉酒，如果元宏忍不住想要知道得更多，好奇心就会要了他的命。高照容忽然露出一个诡秘的笑来，接着动作便渐渐慢了下去，她的口鼻中开始流出血来，在佛堂烛火的映照下，几乎如红颜瞬间变成枯骨一般令人震撼。可她仍旧一直笑着，就好像她才是最终的胜利者一样。

就在此时，走廊之外传来“咚”一声脆响。冯妙快步走过去，却一个人影都没有看到，一只瑞兽祥云玉佩掉落在地上。冯妙捡起玉佩握在手中，心头一片冰凉。那是二皇子元恪平时随身的玉佩，高照容选择了如此美艳到极致也残酷到极致的死法，也许就是为了让这个聪慧的儿子看见。世事就像一场不能停止的轮回，今天的元恪，就跟十几年前的元宏一样，目睹至亲惨死，从此埋下报仇雪恨的种子。

等她转头去看时，高照容已经软倒在地上，身体里的剧痛，让她的手抑制不住地微微发抖，可她的脸上仍旧带着跟从前一样的笑，她真的只会笑，连痛楚不堪的时候，也只会微笑。

元宏坐在原处，平静地说："朕会对人说，你是暴病身亡的。"

"谢……谢皇上，"高照容的声音已经很低很细，像若有若无的水声一样，"容儿死后，想叫冯姐姐收养恪儿。容儿其实也想像冯姐姐那样，疼的时候可以哭……"她抬起一只手，远远地伸向元宏，像是要摸一摸他的侧脸。

元宏静默地看着她，不动也不说话。高照容垂下手，自言自语似的说："幸好……幸好容儿从没爱上过皇上……"她的双眼轻轻合拢，呼吸也渐渐微弱，直到完全消失。生前连发丝、皮肤都爱惜到极致的女子，死后却随意躺倒在冰凉的青砖地面上。

直到确认她已经死去了，元宏才站起身，快步走到冯妙身边，揽过她的身子，紧紧抱在怀中。冯妙把头压在他胸口，抖着嗓音说："恪儿……恪儿看到了……"

元宏理开她的手指，把那枚玉佩拿过来，柔声安抚她："恪儿还小，性情都还没有定下来，以后你就是他的母妃，慢慢教导他，总可以化去他心里阴郁的部分。他毕竟还是朕的儿子，总该有几分像朕吧。"

冯妙轻轻点头，她明白元宏的意思，因为想要摆脱太皇太后的阴影，他才不顾一切地想要证明自己，推行新政、频繁南征，可他并没有像任何一位前朝帝王那样，把太皇太后的功绩彻底抹杀。相反，他总会在人前提起，太皇太后曾经亲自教导过他学习汉文，连她提倡过的讲学，也在洛阳新都继续发扬光大，甚至变成了官办的学堂。

帝王胸襟，便该如此！

元宏握住冯妙的手，送她上肩辇，脸色却忽阴忽晴地变幻不定。高照容已死，高清欢是另外一个隐患，高照容与南朝联络已经是证据确凿的事，只要把这些栽赃在高清欢身上，就可以把他一并除去。以美貌著称的慕容氏，曾经是与拓跋氏齐名的强大部族，从前便是大魏的心腹大患，现在仍然是。

他正要叫冯妙先回去休息，一名内监模样的人小步匆匆跑到他面前，跪倒禀报："皇上，高清欢高大人在澄阳宫门前跪候，说有事要向皇上禀奏。"内官不同于外臣，除非传召，并不能直接求见皇帝。高清欢的举动如此大胆，连元宏也大感意外。

冯妙走上肩辇，对元宏说："我想先回华音殿小睡一会儿，晚些再到澄阳宫去。"她不想让自己的情绪影响到元宏，所以选择了避开。

肩辇沿着宫中的青石甬道一路前行，冯妙想起元宏说过的话，只觉得胸口越发闷疼，几乎难受得整个人快要软倒下去。最叫人惋惜的事，就是眼睁睁看着美好的东西，在面前腐坏。她不想让那个能说出“濯缨濯足，自取之也”的孩子，变成一个内心狠厉阴暗的人。

天将亮未亮时，天地之间一片黑暗，冯妙抚住胸口，轻轻地咳嗽几声。这黑暗不会持续很久，因为天色终究会大亮。

叛军大营中，李弄玉同样整夜未睡。她不想吵醒李含真，便始终保持着一个固定的姿势躺着，一动也不敢动。半边身子渐渐变得麻木。她悄悄转动身子，想要活动一下，可身下的木板却发出“吱呀”一声响。

“弄玉……”李含真轻轻叫了她一声。

“姐姐，吵醒你了？”李弄玉轻轻地问，“我睡不着，才想活动一下。”

李含真索性坐起来，俯视着李弄玉的面孔，从前在家里时，两人也经常这样同榻而眠，每次李弄玉不肯乖乖地起床，她的这个姐姐，都是这样俯视着她，掐她的鼻子、耳朵，直到她乖乖起身。

“我知道你整晚都没睡，”李含真说道，“恐怕你自己都不知道，你真正睡熟时，才会不停地翻来翻去，没有一刻安宁。”

李弄玉下意识地捂住自己的鼻子，可很快又想起来，她们已经不是赖在家中的姐妹了，姐姐也不是要叫她起床的。习惯成自然的动作，让姐妹两个都不由得一笑。

“弄玉……”李含真用五指理着她的长发，“我从前说过，再没有你这个妹妹，是因为那时我误会了你，以为你贪图虚荣富贵……可我现在知道，你从来没有变过。”

李弄玉像小时候一样，靠在姐姐身前，等着她给自己梳头、妆面。李含真爱怜里抚着她的侧脸，她们的母亲早逝，虽然大不了几岁，可这个妹妹几乎就是她一手带大的，第一次写字，第一次梳头，甚至第一次面对女孩儿家的月事，没有母亲教，都是姐姐一点点教会的。

“不要因为别人说了什么、做了什么，就改变自己的初衷，哪怕那个别人，是你的姐姐。”李含真一字一字地说下去，“我答应嫁给始平王，是因为我不想违心嫁给别的男子，也不想让别的女子站在这个位置上。弄玉，我知道你们的计划，我和你的五官本来就很相似，那个计划现在仍然有机会实现。”

李弄玉怔怔地抬头，怀疑自己还没有完全醒过来，她攀着李含真的胳膊，把头轻轻靠上去：“姐姐，从前是从前，现在他已经有了你这么好的王妃……”

说起始平王元勰，两个人的唇边，都带上了一抹相似的笑意。李含真却很快敛去了那抹笑，目光落在袖口崭新的鸳鸯刺绣上：“我原本就不想嫁人，所以当年才会叫你去送藏头诗。皇上喜爱汉家典籍，我听说宫中建有一座藏书楼，能找到很多绝本典籍，我想去那里一边读书一边校对，这样过一生不是也很好吗？”

“四姐姐，那样你一生都会很孤独……”李弄玉的声音很低，有机会能跟元勰长相厮守，她真的心动了，不想做出一副虚伪的大度面孔来，但她真心替李含真惋惜。

李含真微微一笑，刮着李弄玉的鼻子戏谑：“小时候是谁说的，长大了也不要男人，只要一个爹爹就够了，现在一看到心仪的男人，就全都变了。”

李弄玉有些不好意思地埋头在她怀中，她接着说道：“这次回去，我们就悄悄交换身份，以后我在藏书楼里，你可以称病躲在王府内，只要皇上睁一眼、闭一眼，就不会有其他人注意……”

李含真的话才说了一半，营帐外忽然传来一阵由远及近的嘈杂声响。她拉着李弄玉跳下床榻，刚走了几步，便看到始平王元勰匆匆进来，沉声对她们说：“东阳王世子大概已经听说了昨晚的事，现在正借口自己营帐里丢了东西，四下搜查呢。依我看，他真正的目的，是想找出那张诏令来销毁，逼迫那些兵卒仍旧跟他一起叛乱到底。”

他在这对姐妹身上扫了一圈：“我可以出去拖住他片刻，你们两人之中，需要有一人带着诏令离开。只要东阳王世子搜不到诏令，那些兵卒心里有这一层顾忌，就不会死心塌地的为他卖命。”

李弄玉抢先说：“让我去吧……”带着诏令偷偷出去，是件极危险的事，如果被东阳王的人发现，只有死路一条。李含真却按住了她的手：“还是我去，东阳王世子一定已经想到了，诏令是弄玉带来的，只有弄玉留在这儿，才能牵住他的注意力。”

门外的叫嚷声越来越近，几乎已经听得见东阳王世子在大声踢打、责骂兵卒。元勰把早先准备好的兵卒服饰，连同诏令一起交给李含真，让她待会儿悄悄溜出去。李含真接过衣裳，凑到元勰耳边又说了几句话，元勰也跟她说了些什么，两人很有默契地点了点头。

李弄玉听不清他们在说些什么，有些尴尬地转开头，那两个人毕竟是夫妻，有些什么私密的话要说再正常不过。

元勰掀起帘子走出营帐时，东阳王世子恰好也带着人走到门口。清早时他听到有人说起昨晚元勰跟几名统领、校尉一起喝酒，心里就已经起了疑，偷偷捉了个人来审问，就知道了元勰引着那些人在皇帝的赦免诏令背面写了名字，当即便勃然大怒，直恨自己没有早些杀了元勰。如果手上染了这位皇上最倚重的弟弟的血，这些兵卒就再没有退路了，眼下他却又动不得始平王了，因为一旦杀了他，就再也找不着那张诏令了。

东阳王世子一脸恼怒，元飔却是一副轻松惬意的样子，甚至还主动打了个招呼。东阳王世子说要搜他的营帐，他也不恼，只说了一句别弄乱了帐内的东西，都侧身闪开了。

他越是坦荡，东阳王世子就越是狐疑，眯起一双三角眼在帐内扫了几圈，忽然觉出不对来，斜挑着眼角问："始平王，你那位王妃怎么不在这里？"

元飔理一理衣袖，颇有深意地看着东阳王世子说："我没见着她。"

东阳王世子阴阴地盯着他，忽然"唰"一下抽出佩刀，架在李弄玉脖子上，对身边的人吩咐："把他们两个都看管起来，再立刻带人去搜捕始平王妃的下落。"他转头对着始平王说，"你要是凑巧想起来你的王妃会到哪里去，就乖乖来告诉我，不然的话，一个时辰找不到，我就割她一只耳朵，然后是眼睛……"

他身后的侍卫上前，扭住元飔和李弄玉，推进了狭小的隔间。在东阳王世子的吩咐下，侍卫用绳索把他们两个都牢牢捆住，退到隔间外把守。

"弄玉，"元飔压低了声音叫她，"这下我们可真要死在一起了，你开心吗？"李弄玉几次三番的小心思，都瞒不过他的眼睛，心里像装了一只小铃，被她随手一扯，就响个不停。

"嗯……"李弄玉轻轻地应了一声，听不出什么情绪起伏。

"我原本想过些日子再跟你说的，不过现在也不知道还有没有机会了，"元飔自顾自地说下去，"我和含真，并没有做真正的夫妻。她是个好姑娘，正因为她好，我才不能用虚情假意去敷衍她，以她的刚烈性格，只会觉得这是一种亵渎。"

两人的手都被捆住，元飔费力地移动手指，够到了李弄玉的指尖："我已经跟她商量过，大概她昨晚也跟你说过，找个合适的机会，我会放她自由。她喜欢著书立说、校对古籍，可是女子中还从来没有人能做成这样的事。只要她愿意，我会给她最大的支持，算是一种补偿。"

元飔低低地说下去，却一直没有听到李弄玉的回应，他笑着叹了口气，低声说："反正已经快死了，有一件事压在我心里很久了……你一直觉得，是因为替含真送退婚的诗帖，才认识了我，可我其实早就认识你了。有一年，我去城东的法应寺替母妃做一场法事，看见不知道哪家的小姐也来上香。偏巧寺里的僧人变着法子向来上香的人索要钱财，这位调皮的小姐便画了只乌龟偷偷贴在他背上。别人告诉我，停在山寺门口的，是李冲大人家四小姐的轿子，我就记在了心里，可是没想到，李家的四小姐和六小姐，同乘一顶轿子来上香……"

后面的事，李弄玉已经早就知道了，元飔向李家四小姐提亲，又因为一张藏头诗帖而退婚。

“你来贴藏头诗那天，我第一眼就认出了你，只是不想再轻易放你走，这才故意误认你是李家四小姐。其实，自从发现认错了人，我就经常到李大人的府邸门口去，等着看你出门。你跟含真长得很像，但你的鼻尖比她更翘，眉梢也更挑，就算其他人会认错，我却是再也不会允许自己认错了。”元勰长舒了口气，“我要说的话就是这些，弄玉，你就没有什么话想对我说吗？如果今天不说，或许以后就再也没有机会了。”

在他看不见的角度，李弄玉的脸已经红透了，心口怦怦乱跳。她此生最大的心结，便是抢了姐姐的姻缘，此时危机四伏，却听到了元勰这一番表白，她只觉得如在云端，一切都那么不真实。

“我……”李弄玉咬着唇，终于开口，“我想告诉你，我也没有变成皇上的女人，我一直完好如初地等着你回来。就算今生今世不能跟你相守，来生来世，我总可以毫无愧疚地找到你。”

元勰也沉默下来，他听人说起过那段日子宫里发生的事。这对姐妹做事情的方法，其实很有些相似，那时他生死未卜，与其要嫁给旁人，倒不如在深宫中了却余生。皇兄出于愧疚，必定再不会召幸她。

“弄玉，你不必愧疚，该愧疚的人是我。”元勰低声说。

又是一阵沉默过后，李弄玉忽然觉得手腕上一松，捆绑她的绳索似乎被刀刃一样的东西割断了。元勰一直悄悄捏了一块边角锋利的铁片在手中，借着说话的声音遮掩，割断了李弄玉手上的绳索。他压低了声音贴在李弄玉耳边说：“先别动，东阳王世子找不到人，一定会再来审问我，诏令在我胸口贴身放着，你把它拿出收好。只要东阳王世子找不到诏令，他就不会杀我。”

李弄玉有些奇怪，怕被门口守卫的兵卒听到，也凑到他耳边问：“诏令不是被姐姐带走了吗？”

元勰自信却神秘地一笑：“最危险的地方才最安全，含真身上什么都没带，而且，她根本就没有离开这里。”

李弄玉满面狐疑地伸手去他胸口摸，可摸来摸去，却怎么都找不到那张诏令。两人已经贴得极近，呼吸都喷洒在彼此脸上。

正当李弄玉还在专心致志地找时，元勰忽然向前一凑，咬住了她的双唇。李弄玉惊讶得睁大了眼睛，却看见元勰微微合起双目，像在品尝什么难得的美味。她胡乱挥舞着双手，想要挣开，元勰却向前一压，把她整个抵在胡床边沿上，惩罚似的狠狠吮吸着她的双唇。

不知道过了多久，李弄玉只觉得昏昏沉沉，如坠雾中，在元勰胸口用力地打了几拳，嗔怪地说：“你做什么？只会欺负人！”

元勰的声音却带着异样的温柔：“你从来都是这样，看起来最胆大，实际上却最胆小，在我马上要靠近你时，你就躲开了。如果不是性命危在旦夕，我不知道还要等多久，才能听到你那句真心话。”

第三十七章

青山共人语

李弄玉觉得他话里大有深意，自己却好像漏掉了什么重要的信息，一时转不过弯来。她的手还探在元勰衣襟里，刚才一味地想着要找到诏令时，也没觉得有什么不妥，此时突然静下来，元勰胸口处的温度，沿着指尖传递上来，让她一阵心慌。

她急急忙忙地抽出手来，却从元勰怀中带出一样东西来，“叮”一声脆响，一只铜制的鹰哨落在地上。

李弄玉看看地上的鹰哨，又看看元勰似笑非笑的脸，捡起那只鹰哨，摊在掌心上送到元勰面前：“好啊，元勰，你现在很聪明了是不是，都能想出这么聪明的办法？什么危在旦夕，我看你很胸有成竹嘛。”

李冲向来反对养鹰，却唯独喜欢这种精致小巧的鹰哨，有些做工精良的，声音能在夜色中传出很远。她们姐妹两个，从小就用这种东西跟李冲闹着玩，渐渐变成了父女之间传递讯息的方法，在方山那次，李弄玉也曾经用鹰哨跟李冲联络过。

李弄玉完全明白过来，自己是被元勰给戏弄了。他束手就擒，不是因为没有办法，而是因为已经把前前后后的事都安排好了。他拿到那些底层军官的签名以后，应该就已经传递过消息给李冲了，让他适时带兵过来，里外同时施压，瓦解叛军。

元勰笑着向后躲了一躲：“弄玉，我是心里着急，才推你一把，我和你年纪都不小了，再过几年，连皇兄的几个儿子都要封王娶妃了，我还连个真正的妻子都没有……”

李弄玉挑着眉梢笑着，一步步走到元勰身边，伸手抱住他。这个亲昵的动作，却让元勰更加紧张，讨好地叫了一声“弄玉”。她却一句话也不说，活动了一下手腕，猛地往元勰肋下抓去，一双柔若无骨的小手，在他腰腹腋下灵活地滑动，隔着衣衫又刺又痒。

元勰双手还被绑着，隔间内空间又小，尽力向后躲去，却怎么也躲不开那双手。隔间外还有兵卒在巡逻，他怕被人听见声音起疑，又不敢高声叫喊，只能强忍着笑求饶。伊人馨香近在咫尺，他们好像又回到了崇光宫狭窄逼仄的耳房里，她调皮霸道，他软语温存，一切都美好如初，只是跟寻常的夫妻有些相反。

躲闪之间，元勰渐渐觉得热起来，眼前鲜活的人影，他再也不想错过。他用手臂贴紧身躯，夹住了李弄玉的手，两人一起向侧面倒去。元勰注视着她清清亮亮的双眼，说：“萧郎仍在，弄玉可还愿意高楼吹箫？”

李弄玉张了张口，刚要说话，帐外又是一阵嘈杂，有人在慌乱地喊着话，连守在门口的几名侍卫，也走开了大半。两人凝神听了一阵，李弄玉忽然高兴地一拍双手：“是爹爹来了！”

她想起件事，转头问：“刚才你说四姐没有离开这里，那她究竟做什么去了？”

外面人声嘈杂，估计守在门口的侍卫也无心偷听，元勰略微放大了一点音量：“含真不在这里，可以吸引住东阳王世子的注意，他认定含真带着诏令偷偷离开，就不会仔细在我们身上搜查。不过，含真还有另外一件十分重要的事要做。”

他变换了一个姿势：“你给我揉揉肩，我就告诉你。”

李弄玉抬手在他肩头扇了一巴掌，眼睛瞪得溜圆：“美死你算了！快说！”

元勰清咳一声：“揉得还行，下次轻点，这次就先告诉你。”他重新压低声音，“古往今来，叛乱总需要有个名正言顺的理由，这些叛军的借口，就是冯昭仪妖媚惑主，太子想要恢复祖制，才不得这么做。如果连太子都放弃了叛乱的念头，底层的士兵就更没有道理坚持了。”早上出发前，他和含真就在商议这件事，让含真悄悄潜去太子的住处游说，却只瞒着李弄玉一个。

李弄玉的眼睛转了几转：“太子认罪，加上诏令的效果，如果爹爹再及时带人赶到，这场叛乱就不攻自破了。”

元勰已经做好了一切安排，此时只需要以逸待劳。外面纷乱的人语声，渐渐变成了兵刃搏击的声音。一个时辰时间早已经过了，东阳王世子却没像他威胁的那样来割李弄玉的耳朵，显然已经被突然发生的情形绊住了。

大约又过了一个多时辰，门口的帘子忽然被人掀开，太子元恂大步走进来，

“扑通”一声跪倒在元勰面前，声泪俱下地哀求：“皇叔救救我！”他到底还是个十来岁的孩子，在担惊受怕中过了这么久，心神早已经到了崩溃的边缘，李含真的劝说加上李冲带来的一万精兵，已经把他内心的恐惧逼迫到极致。亲眼看着战刀下喷溅出热血，跟听人讲述拓跋氏先祖的赫赫战功，完全是两回事。血腥味让他直想呕吐，他不想支离破碎地死去，他想活着，哪怕低头祈求别人怜悯。

有外人在场，李弄玉便收敛多了，她上前要解开元勰手腕上的绳索，却被他闪身制止。元勰不作声地注视着元恂，等到他的哭号声稍稍止歇，才用长辈的口吻说：“皇兄一向宽仁，只要你诚心悔过，哪怕是看在早逝的贞皇后面上，皇兄也会给你一次机会的。”

元勰想要站起，可双手被捆住，动作就没那么灵便。元恂愣了一下，立刻上前想要替他解开绳索。元勰摇摇头，示意他到外面去。元恂明白这位皇叔的意思，抖着手扶他到帐外，要当着兵卒的面解开他的绳索，再向他认错，请他代皇上责罚。

东阳王世子已经被李冲带来的人围在中间，他见到元恂跟始平王站在一处，气得破口大骂，但紧接着又不得不对太子连声劝说：“不要相信他们的话，现在杀过来的只有不到一万羽林侍卫，我们手里是两万平城守军，现在杀进洛阳去，我们仍然有胜算！”

元勰却不理会他的嘶喊，只平静却威严地对元恂说：“皇兄能不能留你一条活路，就看你今日如何做了。”元恂一咬牙，上前亲手用刀子划开了元勰手上的绳索，接着跪倒在地，叩首认错：“请皇叔代为禀告父皇，儿臣一时糊涂，受了奸邪小人的蒙蔽，愿请父皇降罪责罚。”

直到此时，元勰才取出藏在靴筒中的诏令，高声说：“东阳王和北海王在宫中叛乱，已经被皇上擒拿，皇上有诏令在此，只追究主犯，不追究从犯！现在放下手里的刀，本王愿意为你们在皇上面前担保，你们都是受了奸人的胁迫。”

那些亲眼看过诏令的人，听了始平王的话，再无怀疑，连太子都已经屈服，他们为何还要苦战？斗志一失，立刻像瘟疫一般在叛军中传染开来，李冲带来的人，很快就毫无悬念地占了上风。东阳王世子虽然是个凶蛮的武夫，却很有几分血性，宁死也不肯求饶，被李冲一箭射中手臂，握不住手中的宽刀，才被人擒住。

这一场涉及太子和几位亲王的叛乱，终于尘埃落定。

洛阳皇宫内，冯妙沉沉地睡到午时才醒，一睁眼，便看见元宏坐在床榻边，定定地看着她。冯妙想要坐起身，四肢却软软的没有力气。元宏扶她起来，目光似无意地扫过她胸口的露出一角的木槿花。

冯妙想起昨晚的事，有些不能相信地问："高照容她……？"

"朕已经命人去将她装殓了，"元宏明白她的意思，点头回答，"妙儿，这些事情你不必担心，先休息吧。"

冯妙微微闭上双眼，很快又睁开问道："皇上，昨天您说，木槿花是慕容氏的象征，这究竟是什么意思？我在甘织宫见过开国皇后留下的旧物，慕容氏的印记倒是随处可见，可并没有什么木槿花。"她见元宏又要开口，知道他一定要劝说自己不要多想，抬手覆盖在他手上，"告诉我，这文身一直在我身上，我应该知道。"

元宏抬手抚了一下她的侧脸，点头说道："你熟悉汉文，却不熟悉鲜卑的旧事，不然，以你的聪明，应该早就猜到了。从前，鲜卑人里最尊贵的姓氏，不是现在那几个大姓，也不是拓跋氏，而是慕容氏。"

"慕容氏？"冯妙微微皱眉，"是曾经建立燕国的慕容氏？"她对这个传奇的氏族的确了解不多，只知道它像划过天空的流星一般，曾经光芒万丈，却又很快消失了，只留下了一个个传说般的名字，变童皇帝慕容冲、盖世枭雄慕容垂……

"是，"元宏轻轻点头，"慕容氏的人不仅骁勇善战，而且个个天生俊美非凡，好像上天对鲜卑人的全部恩赐，都集中在他们身上一样。那时鲜卑各部之间时常通婚，只有慕容氏是个例外。他们对自己的血统引以为傲，为了保持血统纯粹，其他各部送来的公主，永远不可能成为正妃，也不允许她们生下有资格继承王位的子嗣，慕容皇室甚至专门配了一种珍贵的药丸，防止这些外来的公主怀有身孕。"

冯妙听得直皱眉，忍不住问："那种药丸，是不是叫作月华凝香？"

元宏点头："说起来也真是巧，后来慕容氏所建的燕国分崩离析，好几处地方都有人宣称自己是正统的继承人，其中北燕被冯氏篡夺，后来又被拓跋氏的先祖灭了国。就是那时候，拓跋氏从北燕皇宫中得到了一盒制好的月华凝香，可惜药方却再也找不到了，这盒药后来又被用在了冯家的女儿身上，以免这个野心勃勃的家族，生出皇位继承人来。"

冯妙仍旧不解："这些跟木槿花文身有什么关系？"

"这事得从慕容家那位常胜将军慕容垂讲起，"元宏在她头上轻轻揉了一下，表示这会是一个很长的故事，"慕容垂已经名满天下时，大魏的开国皇帝还是一个四处流亡的少年，他有拓跋氏最正统的血统，手里却没有一兵一卒。他流离失所、食不果腹，却没有忘记要找到父亲的旧部，东山再起。就在这个时候，他遇见了慕容垂最宝贝的孙女。"

元宏的声音很低很轻，像天气刚刚转暖时拂过面颊的风一样。冯妙的眼前，如同展开了一幅画卷，广阔无垠的草原上，胸怀大志的落拓少年，遇上了明珠般耀眼的小公主。也许是她先颐指气使，也许是他曾刻意接近，这两个本不该有交集的人，就那样在命运的指引下遇见了彼此。

少年用自己做的弓，射杀了草原上最狡诈凶残的野狼，送给自己心爱的女孩儿。养尊处优的小公主把自己最喜欢的发簪，送给他变卖了招兵买马。小公主把这个眼神倔强的少年带到祖父面前，扭扭捏捏地缠着祖父，要他帮着少年建功立业。慕容垂借了兵马给他，却不答应把自己眼珠子一样宝贝的孙女儿嫁给他。

少年带着兵马离开前，对着威名赫赫的慕容垂说："总有一天，我会成为跟你一样了不起的英雄，到那时，她迟早还是要做我的王妃，看你还能怎么拦我？"

从那天开始，慕容氏的小公主就天天在等，等着她心里念着的人，早些变成跟祖父一样的大英雄，骑着骏马回来接她。草原上征战不断，无数部族在一夜之间崛起，又转瞬就像流星一样陨落。慕容家的女儿，自然也不会是娇弱无用的女子，她跟着祖父、父亲一起守城，手中一张金弓，渐渐也小有威名。

在她心里，祖父永远是大英雄，就像每天都会从东边升起的太阳一样，光芒万丈，辉煌耀眼。直到有一天，太阳被浓密的黑云遮住，她的祖父，竟然在参合陂遭遇惨败。当初的少年，已经变成了英武的青年，他偷偷骗出小公主，把她留在营帐内，变成了自己的女人，却背地里用她作诱饵，引着慕容垂父子孤军深入。十万大燕儿郎，被生生活埋在参合陂，慕容垂虽然侥幸留住性命，却在一夜之间白了头。

听到这里，冯妙的指尖微微颤抖，她听高清欢讲过参合陂的故事，知道让慕容垂吃了平生第一场也是最后一场败仗的人，就是大魏的开国皇帝拓跋珪。她悄悄转过头，几乎不忍心再听下去。

元宏看出她心里难过，短暂的停顿过后便加快了语速："后来的事，你应该多少也知道一些，慕容氏彻底败在拓跋氏手下，连那个小公主也成了战俘。慕容氏曾经是鲜卑各部里真正的霸主，其余各部都要向慕容氏定期朝贡，连拓跋氏也不例外。他们面容俊美妖冶，由于始终保持纯粹的血统，慕容氏时常有双眼纯净如碧玉的孩子出生，很多鲜卑牧民甚至真的相信，他们是天神的子孙。只要慕容氏的后人仍然存在，拓跋氏就永不可能成为真正的北方之王。"

"所以……"冯妙已经猜到了大概，对于雄才大略的君主来说，任何阻碍，都必须除去。

元宏搂住她僵硬的肩，只想快些讲完这段惨痛的旧事，可偏偏往事千头万绪，一时半会儿又讲不清楚。他飞快地说下去，也不管冯妙能不能听清楚："开国皇帝曾经下令，除了选进宫中为奴的人之外，将其余的慕容氏后人全部杀死。据说那时开国皇后和匈奴部落送来的刘夫人都怀有身孕，刘夫人故意把这件事告诉慕容皇后，导致她惊怒之下流产。从那以后，慕容皇后就再没跟开国皇帝说过一句话，就连她封后之前手铸金人时，都是被开国皇帝像木偶一样手把手完成的。”

“木槿花……”冯妙低声说。

元宏更紧地搂住她：“慕容皇后曾经偷偷帮助一些慕容氏的人逃脱杀戮，这些人一直想着要报仇雪耻。木槿花是慕容皇后最喜欢的装饰，他们就用木槿花图样作为信物，互相联络。这些死里逃生的慕容氏后人，大多都改了姓，有不少就改作了高氏。”

“这些慕容后人，屡次想要刺杀开国皇帝，却一直没能成功。性情刚烈的慕容皇后，从不屑于为自己辩解，开国皇帝也是个脾气暴烈的人，不顾朝中大臣的反对，坚持独宠慕容皇后，虽然她从不开口说话。直到慕容皇后离世，他才命人销毁了宫中一切看得见的木槿花图样，他要慕容皇后跟自己合葬，却更加疯狂地杀戮慕容氏的后人，并且留下遗言，宫中再也不准有姓慕容的女人。”

冯妙低头看向自己的胸口，手指抚过泛着淡粉色的花瓣，就像心口上有一道旧伤，还在不断地渗出血来：“你是说……我有木槿花文身，是因为我其实也是慕容氏的后人？”

元宏不想骗她，只能点头，安慰着她说：“妙儿，无论你是南朝人的后裔，还是慕容氏的后裔，朕只知道你是朕的妙儿。除非……你介意这个身份，记恨朕的先祖害你的族人颠沛流离。”

他把头压在冯妙肩头，不敢看她的神情动作，像在等待裁决一样忐忑不安。良久过后，冯妙轻轻摇头：“阿娘一定知道这些事，可她从没告诉过我，她一定希望我忘记。阿娘说过，无论这朵木槿花代表什么，我都只需要坦然接受就好。她并不想让我执着于过去的痛苦，她希望我快乐。”

这个小小的动作，让元宏悬着的心落下，他看着冯妙纯黑的双眼说道：“妙儿，你能这样想真好，朕也可以明白告诉你，哪怕有再多困难横在你我中间，哪怕所有人都认为我们该是天生的仇敌，朕依然当你是唯一心爱的妻子，这就是朕爱你的方式！”

冯妙伸手抱住他的腰，把头倚在他胸口，低低应了一声。

就在这时，有小太监在门口跪禀：“昭仪娘娘的药煎好了。”冯妙只当又是那些治疗喘症的药，想要摇头说她不喝，元宏却把药接过来，用瓷勺送到她唇边，浓黑的汤汁里散发着一股奇异的香气。那股味道让她从心底泛起腻来，但她不忍拒绝元宏，还是张开双唇含住了这口药汁。

小太监又问了一句："高大人请皇上示下，今天还有没有别的差事要办？"

冯妙奇怪地抬头看向元宏，元宏却从容地把又一勺药汁送到她唇边，对小太监吩咐："让他回去吧，明天再送药来。"

"这药是高清欢准备的？"冯妙稍稍偏头，不肯再喝这一口药汁，"我以为今天早上你会……至少让他远远地离开宫闱。"

"高清欢的医术很好，正好现在素问双手不能动，朕打算让他来治你的喘症，每天到这来送药一次。"元宏的话里带着明显的敷衍，显然隐瞒了一部分实情。

"皇上，高清欢身上，也有木槿花文身啊，"冯妙握住了他的手臂，因为着急而上身前倾，"我担心，他也会跟高照容一样。"她记得高照容最后一刻的眼神，与其说她是畏罪自尽，倒不如说她觉得自己该做的、能做的，都已经做完了，终于可以慷慨赴死。太子叛乱，一定会被废，她的儿子会成为储君，未来的大魏皇帝身上，也带着慕容氏的血。

慕容后人对血统和复仇的痴迷，让冯妙心里又忧又怕。她说不出原因，却总觉得高清欢想要的，不只是现在这些。

"朕知道，高清欢已经对朕全都说了，"元宏对着碗里的汤药仔细吹凉，"他供出了几处慕容后人藏身的地方，也只有他知道怎样跟那些人联络，朕还要依赖他，剿灭慕容氏的余孽。"

他顿一顿，才沉声说道："更何况，你的病症现在也只有他能治了。"他想起早上跟高清欢那场密谈，心口隐隐作痛，木槿花并不只是一个简单的记号而已，这种朝开夕落的花，象征着近乎疯狂的执着。种上它，这一辈子都戴上了枷锁。

冯妙有几分茫然不解，她一直以为自己只是天生的肺热咳喘，再加上月中亏虚失调，任何一个高明的御医都能治，只是效果好坏而已。

她还要再问，又有一名身穿内官服饰的人，满面喜色地跪在门口："皇上，李冲大人快马送来的捷报，叛军已经全部投降，太子亲笔写了请罪的奏表，东阳王的两个儿子和几名叛军首领，都已经被俘，无人逃脱！"

那名内官口齿伶俐，奏报的又是一件喜事，语气间兴高采烈，直叫人听了无比畅快。

第三十八章 金楼玉阙

元宏的面上不见一丝喜色，慢慢地喂完了手里的药，才从内官手中接过捷报，展开来看。元勰是他最信任的弟弟，李冲是他最相信的汉臣，有这两个人在，他并不担心区区一个元恂和一个东阳王世子，能翻出天去。

“太子叛乱，是祸事，现在总算了结了，有什么值得高兴的？”元宏面色阴沉，那小太监看不出皇上心中喜怒，低垂下头不敢说话。

元宏放下捷报，在殿内来回踱了几步，沉声说道：“传朕旨意，太子元恂品行不端，亲近小人，废去太子封号，贬为庶民，关在河阳无鼻城，让他好好反省吧。将其余主犯，都押回洛阳受审。”

冯妙也从床榻上走下来，赤脚踩在长绒地毯上，看那内官走远，才从背后拥住元宏，把侧脸贴在他宽厚的背上说：“这个结果，林姐姐一定不会怪皇上的。”她心里清楚，虽然元宏对这个“儿子”毫无感情可言，他的内心深处，还是不愿对林琅太过残忍。

元宏从肩头捉住她的手，若有若无地叹息了一声。

在所有参与叛乱的人中，元恂的结果应该算是最好的，虽然没有了太子的仪制用度，至少衣食性命无忧。始平王元勰多少还是有些于心不忍，离开前再三告诫元恂，要多多精心读书，每个月写一封请罪的奏表，叫人呈给皇上。只要皇上对他仍有一丝眷顾，至少他总可以留住性命。

宫中一向默默无闻的李才人不在了，管事的人说，是在宫中变乱时受了惊吓，又没有及时医治，才病逝了。皇宫藏书楼中，多了一位专门负责校对古籍的女官。就在几天后，始平王府中又传出消息，新娶的始平王妃身体欠佳，需要休养，恐怕有一段日子不能见外人了。

这些事情，在宫女、太监口中，不过是茶余饭后的一点闲事罢了。他们哀叹一番李才人红颜薄命，很快便各自去做各自的事情了。

真正令洛阳城中的达官显贵们心惊胆寒的，是另外一件事。东阳王自己曾经当众说过，他有太皇太后留下的免死诏，元宏根本不问诏令的真假，甚至从来不提这件事，只严刑拷打他的两个儿子。每次审问时，都客气周全地用青纱软轿把东阳王请来，给他备上好酒好茶，让他隔着一层薄薄的帘子，听两个儿子在帘子另一边凄惨哭号。

听得见声音，却看不见情形，东阳王才去了三四次，就已经快要承受不住。起先他还破口大骂，后来一看到软轿就抑制不住地手腕发抖。元宏也不是每天都审问，相反，每次审问过后，都会请最好的御医来给他们诊治。有时隔三五天，有时隔十来天，就在他们身上的伤口将将要长好时，新的噩梦又会开始。恐惧是最能折磨人的，不审问的日子，反倒比审问的日子更可怕，东阳王的两个儿子没多久便神志失常。

痛苦不堪的东阳王，终于挨不住向元宏求饶，宁愿一死，元宏却总是客气地说："朕怎么敢呢？东阳王是国家的股肱重臣，出了这样的事，多半是被人蒙蔽了，朕连您的封号都没有废黜，怎么会杀您呢。"

宗室亲贵们，终于见识到了元宏无情的一面，有了东阳王这个前车之鉴，再没有人敢对新政有所不满。

只有冯妙一个人知道，元宏的病症仍旧会不时发作，并且疼痛越来越剧烈难忍。每隔一段时间，李夫人就会请李冲带些新配的药方来，有时有效，有时无效。

每次他发病时，不想让其他任何人看见，只让冯妙在旁边陪着，跟他说说话或是给他唱支歌。冯妙总喜欢说起从前他有多凶，每次他挺过病发后，都会揉捏着她纤细的指尖说："是，朕从前待你不够好，后面的日子还很长，朕会慢慢补偿你。"

冯妙总是笑着答应，眼角却流出泪来："不是不够好，是很不好，要补偿我很多很多年才行。"

元宏的病症不能让外人知道，冯妙便开始学着替他处理政事。起先，她只是替元宏看奏表，把草拟的意见写在小纸笺上，等元宏觉得好一些时再看。渐渐地，元宏也开始有意引导她，如何平衡朝堂上的势力。朝堂之上，无非就是"权衡"二字，有时褒奖反倒是羞辱，有时贬斥反倒是保护。

冯妙本就好读史书，人又聪慧非常，没过多久，她拟定的意见，便不需要元宏再做修改，大多数都可以直接颁行。

忙里偷闲时，冯妙也会半开玩笑地跟他说："皇上就不怕，我把这大好河山都骗走了？”元宏从身后环住她，握着她柔软的小手，在奏表上勾出几个升迁的名字来：“朕的一切，都可以跟你分享。”

他在冯妙耳边轻轻吹一口气：“妙儿，朕想把其他的妃嫔都遣送回家，准许她们各自嫁人，再迎你做中宫皇后。”

冯妙只“哦”了一声，就转开了脸。元宏的声音莫名地带了些紧张：“妙儿，你不高兴？”他扳过冯妙的身子，才看见她双眼弯弯，满含戏谑的笑意说道：“皇上前几天说，越是对能干的臣子，越要板起面孔，让他们猜不透帝王心中所想，才会更加诚惶诚恐。我先试试，到底灵不灵。”

元宏哑然失笑：“教会徒弟，饿死师父，果然一点也不错，你这个小没良心的。”

高清欢看起来的确安分了许多，元宏为了防他再动什么坏心思，拨了十名羽林侍卫专门看守他，只准他煎药、送药。他每次到华音殿来时，都有侍卫一直在旁边盯着，他便只用一双碧绿的眼睛看着冯妙，像有很多很多的话在心里，却一句也说不出口。

从前积攒下来的旧事，也一件件了结。元宏把南朝送来公主和随行送亲的人，都关押起来送了回去，理由便是这公主不守妇道。

春桐在慎刑所自尽的事，也有了结果。检验的仵作说，春桐的确是自尽身亡的，她是高照容入宫前买来的丫鬟，家里年迈的祖母和年幼的弟弟，都由高照容供养。如果她听话，家人不但平安无事，还会有吃有穿，如果她不听话，自然连累的也是家中亲人。

那种情形下，她多半是因为担心自己会熬不过酷刑，把高照容做过的事都说出来，这才选择了用竹筷自尽。冯妙心中不忍，叫人拿些钱财送去她家中，只说春桐在宫中犯了错，让家人不必再等着她的消息了。

宫中渐渐安定下来，冯妙便想要把怀儿从华林别馆接出来。她心里万分忐忑，将近半年时间没见，不知道怀儿会不会已经不认得她了。灵枢已经从宫外回来，帮她梳了发髻，又换了衣裳。可冯妙却觉得这身衣装太过华丽，怕怀儿会不喜欢，想了又想，还是换了一件最平常的鹅黄色衣裙，就是怀儿住在华音殿时，冯妙最常穿的那件。

华林别馆内曲径通幽，临湖的红柱金顶宫室内，元怀正坐在长绒地毯上写字玩。他还不会拿笔，只能张开五指把笔杆整个握住。

冯妙连眨眼都不敢，定定地看着那个小人儿，他又长大了不少，还是那么爱笑，自己一个人也可以咯咯叽叽地玩上好半天。冯妙试探着伸出手去，叫了一声“怀儿”，坐在地上的小人儿却像没听见似的，毫无反应，等了片刻，他忽然用藕节似的胳膊撑着地站起来，噔噔几步跑进偏殿去了。

难以言喻的巨大失落感，几乎让冯妙站立不稳，怀儿竟然这么不想见她。“把怀儿的东西收拾好，待会儿直接拿到华音殿去，”她转头对奶娘吩咐，“好好哄着怀儿过去，不要招他哭闹……”

正说着话，怀儿已经手拿一大包东西从偏殿走出来，怯怯地叫了一声“母妃”。冯妙听见那一声童音，却不敢相信，她小心翼翼地上前，蹲下身子问：“怀儿乖……你是在叫我吗？”

元怀小手一松，拿着的东西全都掉在地上，有小小的弹弓，有晒干的树叶，还有啃过一口的点心……他张开小手去搂冯妙的脖子：“母妃……母妃……怀儿再也不吵你睡觉了，不要把怀儿赶出来……”

到底是她血脉相连的孩子……冯妙猛地搂住他，眼泪一滴滴落在手背上，口中喃喃地说着：“怀儿乖，母妃再也不会让你离开，再也不会了……”

重新回到华音殿，怀儿兴奋得不得了，在冯妙怀中一扭一扭地不肯老实，非要自己下来走。刚一放他下来，他就冲进冯妙的寝殿，大声叫着：“今晚要跟母妃一起睡！”

灵枢在一边逗他：“可是皇上来了也要跟昭仪娘娘一起睡，这可怎么办呀？”这个问题难住了元怀，一双秀气的眉紧紧皱着，连晚膳都没吃多少，最后叉着腰大声说：“这是我的母妃，父皇应该去找他自己的母妃一起睡！”

一屋子人都笑得东倒西歪，几个粗使的宫女捂着肚子出去，说想起来花园里花还没有浇水。冯妙把元怀抱在膝上，哄着他说：“以后母妃天天陪着怀儿。”

正说着话，一名小太监匆匆走到门口跪禀：“昭仪娘娘，皇上宣您去太极殿一趟。”

太极殿是皇帝与大臣们议事的地方，平时后妃很少踏足，此时也已经过了早朝议事的时间，冯妙有些奇怪，不知道元宏宣她去那里做什么。她叫灵枢带怀儿去洗脸，自己换了昭仪礼服，匆匆乘了肩辇往太极殿去。路上她才细细地问那名太监，都有些什么人在太极殿里。

能在太极殿当差的小太监，自然个个都是聪明伶俐的，他边走边想，报出了几个名字，都是皇族中有些威信的老臣，只是任城王却不在场。

除去东阳王和任城王，其余的人威望和实力都有限，冯妙心下稍定，趁着路上的时间闭目休息。

刚一进入太极殿，冯妙便觉得气氛有些诡异，元宏单手撑着桌面，脸上有明显的怒气。几位老臣跪在地上，看见冯妙走进来，目光都像刀子一般直戳在她身上。冯妙并不理会这些人的目光，径直走到元宏面前，向他俯身跪拜。

元宏站起身，伸手拉住冯妙，让她站在自己身侧，对着那几名老臣说：“你们倒是说说，冯昭仪有哪里配不上母仪天下？”

“皇上，昭仪冯氏品行不端、狐媚惑主，既不该位居中宫，也不该抚育皇子，请皇上三思。”一位胡子都有些发白的老臣，再三叩首陈情。

元宏冷哼一声，声音微微提高了些：“朕的妻子品行如何，难道还不如你清楚？”

一句话便说得那老臣面色尴尬，可那人还不死心，又叩首说道：“就算如此，冯昭仪的出身还有疑点，宫中传闻纷纷，说冯昭仪的身上带有慕容氏的印记，还说冯昭仪可能是南朝皇帝的私生女。前几天洛阳城中还出现了慕容后裔作乱，大魏与南朝又在交战，这种时候怎么能立一位身份不明的皇后？”

“放肆！”元宏抬手在桌上重重一拍，“你议论冯昭仪的品行，已经是大不敬，现在竟然还敢猜测冯昭仪的身上有什么印记，居心何在？！”

冯妙瞥一眼那位跪在地上的老臣，又悄悄看一眼元宏，心里便明白了几分。想要立冯妙为后的念头，已经在元宏心中很久了，将会面临的种种反对，他也早就预料到了，按理说不该如此生气。她跟着元宏学了几个月，却还是第一次亲眼见到这种场面，皇帝的怒火并不是对立后这件事本身，而是对着这件事背后的意义。

从前的大魏，虽然也仿照南朝制定了官制，但多少总还带着些游牧部落的旧俗，比如皇族宗室里威望颇高的亲王们，可以有自己的亲卫兵将，可以在很多情形下参与国事，他们反对的事，即使皇帝坚持要做，也会阻力重重。现在，元宏便想借着立后，彻底改变这些旧俗，让自己手中的皇权更加集中。

她低头略一思索，便对着那些老臣问道：“本宫不明白，如果本宫果真有慕容氏和南朝的血统，就不能母仪天下吗？”

另一位老臣接口回答：“前朝的事，冯昭仪多少也该有些耳闻吧，慕容氏与拓跋氏是世代宿敌，南朝这些年一直都与大魏开战，这种时候立血统混淆的皇后，岂不是有损于大魏的颜面？”

“哦，是这样啊，”冯妙一副虚心求教的样子，又问道，“可是皇上总不能从元氏宗亲的女儿里选立皇后吧，其他部族的女儿，能不能被立为皇后？”

那位老臣得意扬扬地说：“其他部族早已经归顺多年，算是拓跋氏的臣子，从臣子的女儿中选择德容兼备的女子立为皇后，是名正言顺的事情。”

冯妙不再说话，只悄悄用指甲掐了掐元宏的手心。当着这些宗室老臣的面，元宏一脸严肃，却偷偷反手捏紧了她猫爪子一样的手指，对着几位老臣说道：“慕容氏早已经是大魏的手下败将，有什么资格跟大魏是世代宿敌？南朝迟早也会向大魏称臣，就算冯昭仪真有南朝血统，朕立有臣属血统的女子为后，也正是名正言顺的事情！”

他扫了一眼刚才答话的那位老臣，语气平静地又说了一句：“还有，现在大魏的国姓已经是‘元’了，朕已经三令五申，这一次就算了，要是再有下一次，朕绝不姑息！”

想起东阳王的悲惨下场，老臣们都不约而同地选择了低头沉默，冯妙向元宏飞快地眨眼，元宏面上不好做什么，五指却牢牢地嵌进了她的指缝间。

立后的事情再无异议，元宏又颁布了一道旨意，册立昭仪冯氏为后时，不需要再手铸金人，因为她是皇帝心爱的女人。他的声音在蟠龙金柱间嗡嗡回响：“朕是天子，朕的心意就是天意！”

册立皇后的诏书，很快便拟好了，元宏亲自挥毫泼墨，一蹴而就，洋洋洒洒竟然写成了他亲政以来最长的诏书。冯妙捧着诏书，边看边吹干墨迹，埋头笑着说：“……肃雍德茂，温懿恭淑，有徽柔之质，柔明毓德，有安正之美，静正垂仪……看了皇上的诏书，我觉得自己当皇后都嫌屈得慌呢，这简直就是仙女下凡、神仙再世……”

元宏扶着她的手盖上玉玺，双手在她手背上不住地摩挲，贴着她的耳鬓说：“朕只嫌不够，哪怕用上世间所有最美的词语，也写不出你十分之一的美好。”

冯妙忽然觉得有些不好意思，小声说：“大概只有在皇上心里，我才有这么好……”

她微微闭上眼，两人的唇缓缓贴在一起，元宏的手沿着她浮凸的身线滑过去，慢慢靠近微微敞开的领口。冯妙轻哼一声，身子已经软倒下去。

正当殿内的空气变得有些甜腻燥热时，不知道从什么地方，忽然钻出一个毛茸茸的小脑袋，硬挤在他们中间，奶声奶气的童音大喊：“父皇！我就知道你要偷偷跟母妃睡觉！”

童言本无忌，元怀根本还不知道，睡觉这个词其实含义十分丰富，冯妙的脸却“腾”一下红了，慌慌张张地推开元宏，拉拢了衣裳。她把元怀放在偏殿里睡觉，却没留神他什么时候自己醒了，想起自己刚才的样子，也不知道究竟被怀儿看见了多少。

元宏一把抱起怀儿，把他高高举过头顶，放在肩头，侧身对冯妙耳语：“依朕看，每个月还是应该把他送回华林别馆几天为好。”

元怀看见父皇仍旧在跟母妃说话，把小小的身子扭来扭去，口中不住地叫着：“父皇！父皇！怀儿要骑大马、飞高高……”

冯妙的神情立刻黯淡下来，元宏的身体状况远不如从前，只是怀儿还什么都不知道。她向着元宏肩上的小人儿伸出双手："怀儿乖，父皇累了一整天了，让父皇早些休息……"

元怀扁着小嘴不答应，元宏却低声制止："妙儿，不要紧的，朕想趁着有时间……多陪陪怀儿。"冯妙垂下双手，心里清楚那句"有时间"是什么意思。

元宏转头吩咐侍立在门口的太监："都退下，把门也关上。"等到殿内只剩下娇妻爱儿，元宏才对怀儿说："今天父皇带怀儿换一种新玩法，好不好？"

隔着厚重的殿门，太监看不见殿内的情形，只能听见小皇子咯咯的笑声从门缝间飘散出来。

正殿之内，手握乾坤的大魏天子，就像个寻常人家最慈爱的父亲一样，扮作大马把怀儿驮在背上，一圈又一圈，只要怀儿笑个不停，他就不想停下来。怀儿又长大了好多，他的手臂也已经不如从前有力，不能举着怀儿去摘树上开得最高的那一枝花了，但他仍然可以让怀儿整晚欢笑。那是他最心爱的女子生下的孩子，哪怕是碧绿眼睛的孩子，他也喜欢。

冯妙转头捂住发酸的眼睛，如果时间可以停在这一刻，她愿意用任何东西交换。

立后的过程一波三折，仪式却很简单，只给冯妙做了一身簇新的百鸟朝凤吉服，样式不大像皇后的礼服，倒更像是官宦人家迎娶新娘的喜服。手铸金人的仪式略去了，拜谒宗庙的仪式却比从前更加繁复，一整套礼节下来，冯妙只觉得脚都直发软。

一整天过去，冯妙终于被宫女搀扶着进了澄阳宫，元宏满面都是心满意足的表情："上次回宫时，你还在跟朕生气，这一回总算不别扭了，朕也终于尝到了洞房花烛夜的滋味。"

怀儿已经被灵枢连哄带骗地拐回了华音殿，宫女、太监也都知趣地退下，元宏揽住冯妙的腰身，侧头在她嘴唇上轻咬。硬硬的胡楂儿扎着冯妙的下颌，她这才突然意识到，十几年光阴都已经过去了，他已经不是个少年人了。可他就像时光酿出的一坛美酒，每一口都有完全不同的味道，让她心甘情愿地一生沉沦。

第二天一早，两人睁眼时已经日上三竿，元宏一面穿衣一面说："朕昨晚叫他们今早不准来打扰，他们还真的一个都不来。"他想了想，又把穿了一半的衣裳脱下，搂住冯妙说："反正已经晚了，朕就当放纵自己一天，回头让朝中新婚的官员，也可以放假三天就是了。"

他的话音刚落，一帘之隔就传来了内官搬运奏表的声音。冯妙支起上身笑着说："皇上想休息都不行呢，听着声音，就知道今天的奏表很多，传午膳之前都未必看得完了。"

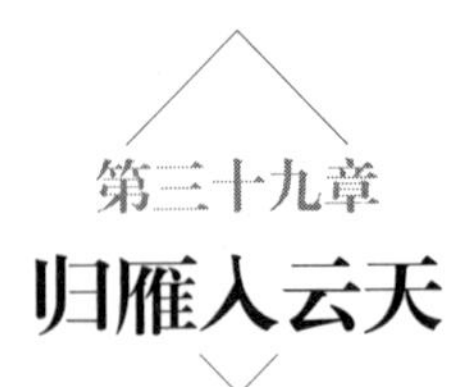

第三十九章 归雁入云天

元宏侧身半躺下，含笑看着冯妙：“要是有人能读给朕听，就算不传午膳，也没什么要紧。”

送奏表来的内官已经退下，冯妙裹着锦被赤脚走到纱幔边，掀起一角向外看去，见外殿没有旁人，才踮着脚尖走过去，拿了最上面几本回来。这些奏表都是经过初读的，放在上面的最紧急也最重要。

冯妙拥着锦被，只露出两只白如素瓷的胳膊，捧着奏表读给元宏听。第一封便是领军将军于烈上的请罪表，元宏命他去清除慕容余孽，他按着高清欢提供的地点带兵过去，却两次都让那里的人跑掉了。

元宏听完冷笑一声：“高清欢这么一个狡诈的人，这些族人是他日后唯一能倚靠的力量，怎么肯让他们被朕剿灭？”

冯妙已经熟悉元宏处理政事的方式，拿过床榻边小案上的笔说：“于烈将军是个极好面子的人，可以斥责他办事不力，却不降他的官职，仍旧把这件事交给他去办。”没听到反对声音，她正要落笔，又抬起眼问：“于烈将军虽然有些脾气暴躁，可做事一向都是最稳妥的，怎么会接连让这些人逃脱两次？高清欢说的话，会不会有假？”

“高清欢所说的位置是真的，每次让于烈带人过去之前，朕都会先派人去看看，确定那里的确有人在。”元宏卷着她的发梢回答，“朕不想大肆抓捕闹得人心惶惶，只让于烈借口清查逃犯，那些慕容氏的后人，原本就混迹在三教九流之中，很难找到，于烈去时，他们就像得到消息一样，全都散开在市井巷陌间，没办法再搜捕下去了。”

冯妙咬着笔管沉思："也许宫中真的有人给他们传递消息，让他们提前知道皇上会派人过去。"她忍不住问道："皇上，如果抓住了这些慕容后人，你打算如何处置他们，会不会……全都杀了？"

"妙儿，"元宏握住她的提笔的手，"你心软，对任何人都狠不起来，这是你的好处，但也是你致命的弱点。身为天子、皇后，心软是最要不得的。朕手里握着的，是整个大魏的万千子民，如果牺牲一个人，能换来大魏的康泰，那么朕一定会选择这样做。"

"历朝历代的帝王，对反叛、变乱、假传圣旨，都毫不留情，因为姑息这些事情，会在日后造成更大的祸患。"元宏抚摸着冯妙的发，声音里有一丝丝的不忍："对这些人仁慈，就是对自己残忍，你选择跟朕站在一起，就要学着接受这些。"

冯妙低垂下头，她知道元宏说的都是对的，只是一时半刻心里还有些抵触。元宏从她手中接过笔，在奏表上写了几行小字，罚于烈半年俸禄，限他三个月内办好这件事，如果到时候仍然做不到，就免去他的将军职衔。

这份责罚更重，给于烈的压力也更大，元宏吃准了他的性格，知道他一定会想尽办法在限期内完成，甚至做得更好。

皇帝的斥责，果然令于烈羞愤难当，他把领军将军的腰牌交还给皇帝，允诺一个月内一定办好这件事，如果不行，就索性告老还乡，再也不任任何官职。元宏知道他为人一诺千金，把腰牌仍旧给他，不再过问他究竟打算怎么做。

一个月快要过去时，于烈果然抓到了人，虽然仍旧有一大半的人逃脱，他却抓到了几个活口。慕容后人向来都会随身带着毒药，一旦觉得情形不好，便服毒自尽，因此活口十分难得。这一下，于烈算是彻底挽回了颜面。元宏把这些人送进慎刑所，让李得禄仔细审问。他知道撬开慕容氏的嘴并不容易，因此在时间上也很宽限，并不急着要一个结果。

转到月初，便是元恪的生日。宫中的皇子向来很少庆祝生辰，对于元恂来说，他的生日便是贞皇后林氏的忌日，自然没人敢大张旗鼓地庆祝。元恪从小便循规蹈矩，长兄还没有庆祝生辰，他自然也不会僭越。元怀虽然是皇帝心中最喜爱的儿子，可他的身世一直有很多传闻，寻常的宫女甚至都不知道他的生日究竟是哪一天。

可这一年，情形却有些不同了，冯妙亲自叮嘱内六局，要好好操办二皇子的生辰宴，又亲自叮嘱元恪，喜欢什么菜色、想请那些人来赴宴，都可以自己拿主意。这消息飞快地传遍了洛阳城，皇宫内外的人都清楚，懿旨虽然来自皇后，却必定已经得到了皇帝的准许。生辰宴事小，替二皇子树立威信事大，看来二皇子这个称谓很快就用不上了，从此怕是要称呼他一声"太子殿下"。

华音殿内，元恪恭恭敬敬地跪在青砖地面上，垂头听着冯妙说话。名义上，他已经归冯妙抚养，可冯妙却对元宏说，二皇子已经大了，可以单独开辟一处宫室居住，并不让他搬进华音殿来，只在有话要说的时候，才宣他过来。

元怀坐在冯妙膝上，吮着手指发笑，伸出胖乎乎的小手叫着："二哥哥……二哥哥……"

元恪得体地微笑着，抚了一抚元怀的小脸，却在没人注意时，嫌恶地掸了掸拂过他侧脸的衣袖。十几岁的早慧孩子，懂得如何拉拢身边人，却不懂得怎么控制自己的情感。他只觉得胸口像有一头猛虎在咆哮，压都压不住。为什么冯母后愿意天天让这个最小的弟弟坐在膝上，却让自己远远地搬到其他的宫室去住？

他并不多话，但他其实什么都知道，这个最小的弟弟，并不是高母妃所生，唯一合理的解释，就是怀弟跟他不一样，是冯母后的亲生儿子。想到这一点，元恪心里的那头猛虎，咆哮得更凶，无论他多么聪明懂事，在冯母后心里，也永远比不上这个嘴角还挂着口水的奶娃，因为那个才是冯母后自己的孩子，而他什么也不是。

冯妙用帕子擦擦元怀的侧脸，圈着他小小的身子不住地摇晃，元怀挥舞着小手，没心没肺地笑个不停。元恪越发觉得刺眼，高母妃从来不会这样温柔和蔼地对他，她只会催促自己背书，用竹条抽打着纠正自己一走一坐的姿势。这念头才刚一冒出来，就被元恪自己拼命摇着头否定，他怎么能不喜欢自己亲生的母妃，却愿意去亲近一个外人？

元恪一遍遍告诉自己，父皇一定是受了冯母后的挑唆，才会毒死高母妃的，一定是！一定是！他几乎快要怒吼出来，似乎只有这样才能让自己相信，他没有忘记过自己亲生的母妃，从来没有，不是他想接近冯母后却不能，而是他根本不愿意靠近这个"恶毒"的女人。

冯妙抬起头，注意到元恪的神情有些古怪，便问道："恪儿，你怎么了？是不是对生辰宴还有什么不满意的地方？本宫看你整天读书，十分辛苦，安排这些事，原本是想要叫你放松几天的，你想到什么都来告诉本宫，一定叫你如愿就是。"

元恪紧紧盯着冯妙，想要从她柔美的脸上，找出一点狠毒的迹象来，可她仍旧笑得那么完美无瑕，就像从前每一次见面一样。元恪狠狠掐了一下自己的手臂，在心里对自己说，一定是她害死了高母妃，不然她为什么要对自己这么好，这一切都是出于愧疚的补偿，一定是……一定是……

"母后，"元恪摆出一副谦恭的笑意，"儿臣不想办生辰宴了，父皇数次南征，国库消耗巨大，儿臣不能替父皇分忧，心里已经觉得很惶恐了，怎么还能在这个时候铺张浪费呢？”

冯妙赞许地点头，恪儿这孩子，到底还是没有叫人失望，眼光能放得如此之远，并不在乎眼前一时的荣辱。只是他眼中明显的疏离，还是让冯妙有些不放心。经历的事情越多，她就越能明白阿娘的睿智，总是沉溺在过去的痛苦中无法自拔的人，是没有办法敞开心胸迎接未来的。

“母妃，儿臣想过了，与其准备宴席，不如由儿臣写些诗笺，再配上些时鲜蔬果，给平常交好的几位朋友送去，就算是个心意了。”元恪说完这些话，对着冯妙躬身，“不知道这想法是否可以，请母后教导儿臣。”

冯妙轻轻点头：“恪儿想得很周到，就按恪儿的意思办吧。”等元恪告辞离去后，她才叫来一名小太监，叮嘱他暗中留意二皇子准备礼物的名单。元恪一直在宫中的学堂读书，有些王侯公子朋友并不奇怪，但若是他刻意拉拢原先支持太子的朝臣，她就不得不多小心些了，她不希望太子叛乱的事情重演。

宫中传旨免了二皇子的生辰宴，朝臣们却不敢真的放松，都匆忙地准备贺礼，赶在二皇子的礼物送出之前，把贺礼送进宫中。尤其是那些从前支持过元恂的人们，眼看他已经没有可能东山再起，便把目光投向了这位未来的准太子，备下的礼物也一个比一个贵重精致，甚至比皇上的用度还要好。

距离二皇子的生辰还有几天，送进宫中的贺礼就已经堆得像小山一样。原本就跟他交好的几位亲王世子，此时为了避嫌，准备的礼物都很简单，不过是些笔墨纸砚，或是些新奇的糕点。而有些原本支持太子的人，送来的礼物就极其贵重难得，有整块羊脂白玉雕成的观音像，与真人一般大小，也有用深海出产的珍珠串成的衣带，不像普通的珍珠那样润白，反倒泛着一层幽幽的蓝光。

元恪拿过礼单，一样样看下去，提笔勾出几个熟悉名字，对身边侍奉的人说：“把这几个人的礼物收起来，把我前几天写好的诗笺当作回礼给他们送去，其余的礼物，一概都退回去，要是有人问起，也不必说明原因，要是他们不肯收，就放在他们的府邸门口。”

他的伴读是领军将军于烈的小儿子，此时不免有些着急地上前阻拦：“二殿下，这些贵重的礼物，都是原本支持皇长子的人送来的，现在皇长子被囚禁在河阳无鼻城，眼看再没有翻身的可能，这些人既然有意向二殿下示好，何不顺水推舟笼络了他们？”

元恪并不向他解释什么，只催促办事的小太监快去。这些人向他示好，并不是因为他是元恪，而是因为他即将成为新的太子。他越是不接受，这些人就只能继续绞尽脑汁地向他表示效忠，但如果他太轻易地就接受了这些人，日后反倒不容易压服他们了。元宏并没有刻意教过他，他却耳濡目染，把朝堂上那一套学了个十足。

这位一心向着二皇子的伴读还想说些什么，却被元恪抬手拦住：“放心吧，这份礼物我不接受，他们就得想办法换更贵重的礼物来。”

这些事情很快便传到了冯妙耳中，她拿过小太监送来的名单，仔仔细细看下来，元恪送了回礼的几个人，都是平日在宫中学堂读书的贵胄子弟，年纪不大，在朝中并没有什么实际的影响力。

冯妙把名单扔进香炉里烧掉，暗想也许是自己想得太多了，恪儿这孩子或许本来就秉性纯良。

元恪的生辰过得波澜不惊，他那几份别致有趣的回礼，却在洛阳城内成了炙手可热的稀罕物，他的诗和字都风雅飘逸，几番传看之间，已经赢得的无数赞许。不少人家开始暗暗盘算，看来这位二皇子的确如传说中一般聪慧非常。大魏已经在很多方便都改用汉俗，唯独婚嫁一事仍旧淳朴奔放，只要男女双方彼此情投意合，便可以去跟父母说，想要结为夫妇。如果谁家的女儿能够捷足先登，牢牢抓住二皇子的心，这一家人便都有依靠了。

他的生辰过后，冯妙便把元恪的举动，都一一告诉元宏：“只要这孩子能心胸开阔一些，凭他的聪明，一定可以做一个好皇帝。”

元宏抚着冯妙的侧脸说：“真是难为你了，朕跟恪儿相处的时间并不多，要不是有你多留意，恐怕这孩子的性情就真的太过偏激了。”他略一犹豫，又说道：“你要是有什么话想劝导恪儿，就来告诉朕，让朕去跟他说，毕竟朕是他的父皇，即使言语激烈一些，他也不该有什么怨言。”

冯妙明白元宏的意思，他是在担心身后事，如果冯妙对元恪好一些，那么等到元恪登基为帝时，他也会善待冯妙和怀儿。他刻意说得轻松，冯妙却听得出，他满心都是不舍，怀儿还太小了，如果真有那一天，后宫里无依无靠的孤儿寡母，恐怕境遇还比不上流离失所的乞丐。

她低头答应：“我知道，恪儿很懂事，你放心就是。”

元恪的生辰过去三个月后，一道册立太子的诏书也同时颁布。准备诏书时，元宏特意写了两份，一份是正式的立太子诏书，用印之后交给内秘书令拿去传旨。另一份则被封装在金筒里，放到冯妙手中。

“妙儿，”元宏恳切地看着她说，“这道诏书，该何时用、该怎么用，朕想留给你决定，你一定要把它收好。”

冯妙已经看过诏书的内容，知道事关重大，把它用纯金打造的盒子收好。盒子外面的锁，是专门请了能工巧匠制作的，如果没有钥匙，就算用斧头凿开盒盖，也拿不到诏书，夹层里预先放好的水银和染色剂会流出来，彻底污损诏书上的字迹。

元宏忽然想起件事，转头问冯妙："怎么这几个月都没有看到过元恂送来的书信？"

冯妙低头想了一想，自从元恪的生辰宴过后，好像就再没收到过无鼻城送来的书信了。元宏脸上涌起几分怒气，他原本看着元恂肯诚心认错，心里颇有几分欣慰，可元恂才坚持了不过几个月就放弃了，这个孩子实在是太没有长性了。

元宏叫来一名羽林侍卫，吩咐他骑快马去无鼻城，当面代表皇帝斥责元恂，再让他好好写一封信来，说说最近都读了什么书。元宏特意叮嘱那名羽林侍卫，如果元恂一时半会儿写不出信来，也不必催促，可以给他几天时间慢慢地写。元宏心里想的是，只要元恂能知道自己错在哪里，并且做出一个悔过的姿态，念在林琅的情分上，还是能原谅他。

羽林侍卫一去一返，用了十来天时间，带回来的消息却让元宏勃然大怒。据无鼻城的看守说，其实元恂最近几个月一直也都写了信，可是言语之间流露出对皇帝的怨恨之意，守卫们不敢把这样的书信送去洛阳，生怕皇上看了一生气，连累这个无鼻城的人都跟着丢了性命，便悄悄把信件销毁了。

跟着传信的羽林侍卫一起回来面圣的守卫还说，元恂经常半夜哭泣，感叹父亲在洛阳城中受罪，自己这个做儿子的却不能帮助一丝一毫。守卫哆哆嗦嗦地补上了最后一句话："皇长子还说……还说……做了十几年太子，实在是太长了，长得他都等不及了。"

元宏抬手在书案上一拂，把一摞奏表都扫落在地上，冷冷地说："他究竟是遗憾自己做了十几年的太子太长，还是遗憾朕活得太长了？！"这句话，实在是触到了元宏心底的隐痛，再加上其他的零碎细节，他的怒火已经不可遏制。

就在这时，慎刑所的李得禄刚好也送审问的口供来，那些人供述，曾经北海王曾经给过他们钱财，从前的太子殿下，也曾经在酒后私下允诺过，如果他日后登基为帝，一定会下诏准许慕容氏的后人恢复本来的姓氏，允许他们跟其他部族的一样入朝为官，甚至大言不惭地先许诺了好几个爵位、官职出去。

元宏看了只是冷笑："还没当上皇帝，已经先过起皇帝的瘾来了，这个逆子倒是有兴致。"那份口供中，已经隐约有些暗示，北海王和元恂关系亲密，如果再审问下去，恐怕会问出些更难听的话来。

他以叛乱的罪名把北海王圈禁起来，却从没有对任何人提起过北海王从前做过的恶事，更不会让人知道，贞皇后林氏其实曾经真的"失贞"。

"皇上，皇长子不过是发发牢骚，无鼻城看守严密，他没有可能再有任何不轨之心了。"冯妙低声劝道，毕竟这是林姐姐的孩子，能留住性命最好。

元宏沉默半晌，整个澄阳宫内都充斥着快要令人窒息的压迫感。他召来内官，缓缓开口："传旨，皇长子元恂，在无鼻城内仍然没有丝毫悔过之心，罪大恶极。从今天起，断绝无鼻城内的一切用度，不准供应衣裳、饮食。"

他顿一顿，终于下定决心接着说道："将贞皇后林氏，夺去封号，废为庶人。"这件事必须尽快做个了结，不然，那些最爱捕风捉影的朝臣们，说不定会翻出陈年旧事的蛛丝马迹来，质疑贞皇后林氏的贞洁，质疑皇长子真正的血统。

内官领了旨意便匆匆退下，元宏声音闷闷地对着冯妙说："妙儿，你忘了吗？朕曾经跟你说过，帝王的心意，跟寻常人是不一样的，有时候褒奖反倒是为了羞辱，有时候贬斥反倒是为了保护。林琅是个最爱安静的人，朕只想让她安宁，不想再有任何人打扰她……等朕见着她时，再跟她说……谢谢，对不起……"

冯妙把他的头揽在胸口，点头答应："皇上，我知道，你的心意，我都知道，林姐姐也一定会知道的……她不会怪你……不会……"林琅那么爱他，爱到连她这个当时只是旁观者的人，都看得心疼，怎么会舍得怪他呢？

不得不说，李得禄的确很有办法，没让那几个慕容氏的活口死去，还撬开了他们的嘴，审出了不少东西。人的心理就是这么奇怪，不肯开口时，便咬得死死的，可一旦有一个人忍耐不住，说出了第一个秘密，其余更多的秘密，就会一个接一个地被问出来。

每隔几天，他就亲手抄誊一份口供，派人送到澄阳宫去。

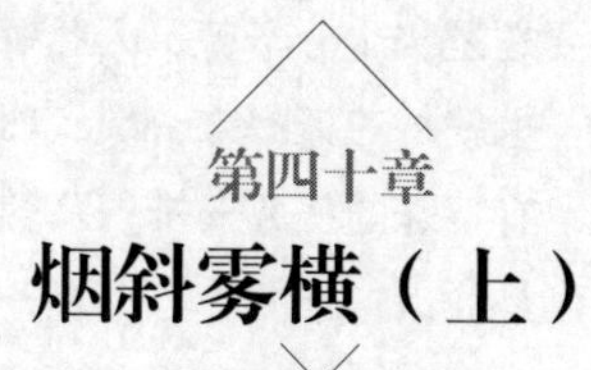

第四十章 烟斜雾横（上）

那些慕容氏后人对旧怨的执着，即使用不带任何感情色彩的语言写在纸上，也足够令人心底生寒。因为大魏皇室的连年屠戮，他们空有美貌和才能，却既不能从军，也不能做官，只能去做三教九流里最低贱的那些事。

白天里，他们是沿街叫卖的小贩，是秦楼楚馆里的红倌，是破衣烂衫的乞丐。可一到夜里，妖娆的复仇之花就会开放。他们靠像高照容这样的人来获得钱财，再用这些钱财，训练出更多像高照容一样的人来，送进王侯公卿的府邸。

每一个刚刚生下的孩子，都会在身上文刺一朵木槿花。如果父母都是纯正的慕容氏人，那朵木槿花就会是完全盛开的，如果孩子的血统并不纯正，那朵木槿花就会是半开的。

冯妙把口供读给元宏听，读到一半，两人都有些唏嘘感慨，复仇的力量真的如此巨大，让他们日复一日、年复一年地重复这样的日子。她把那张写满字的纸放在桌上，埋头在元宏胸口说："我总觉得，他们一定还有别的方法来控制这么多人。并不是每一个慕容氏后人，都只想报仇，比如我的阿娘，她其实只想过最普通的日子而已，不想把自己的孩子交给别人操纵。像阿娘这样的人，应该还有很多。"

元宏用手理着她的长发，却并不说话。

冯妙沉默片刻，重新拿起那份口供继续读下去。后面的一段倒是很有些令人惊奇，那些慕容后人躲避官兵围捕，竟然全靠一个在酒馆里卖唱的歌女。有一位年轻俊秀的男子，时常会到小酒馆里来听曲，从不说话，却总是坐在固定的位置上，打赏也很大方。看他的衣着，很像是守卫宫闱的羽林侍卫。

羽林侍卫白天和夜里都要巡逻，十分辛苦，因此每三天就能休息一天，跟普通的朝中官员不一样。那男子也就每三天都来一次，如果他哪次没有按时来，便说明宫中正在调集羽林侍卫，有特殊的任务安排，慕容氏的后人就会分散躲藏起来。有时候只是虚惊一场，可是凭借这样的小心谨慎，他们也顺利躲过了于烈的几次抓捕。小心谨慎，几乎已经成了他们的一种本能。

元宏听了皱眉摇头："这人并没有违反军纪，也没有泄露秘密，但却实实在在地帮了慕容氏的人逃脱，如果不严加处置，恐怕日后人人都可以用一句'不小心'来逃脱罪责。"

冯妙知道他说的是对的，只是心里有些替这年轻的羽林侍卫不值，或许他只是一个最普通的底层兵卒，偶然间看见了酒馆里卖唱的姑娘，便生出了一点连自己都说不清的情愫，这才每三天都去远远地看她一眼。

她提笔斟酌片刻，才替元宏拟定了旨意，让领军将军于烈去调查这件事，并且严加处置。元宏点头赞许："这样安排很好，妙儿，这些事情你已经处理得越来越娴熟了。"

于烈悄悄带人去那间小酒馆看了几次，很快便确定了那名男子的身份，可一切查证之后，他反倒万分为难，不知道该如何处置了。他思前想后，只能把事情的来龙去脉都写成密折，直接送进澄阳宫。

冯妙看见密折上的文字和画像，一颗心直往看不见底的深渊沉去，按照于烈的描述，那名每三天去一次小酒馆的男子，正是她的弟弟冯夙。于烈还附上了一幅卖唱歌女的画像，她的眉眼五官算不得极美，只是那种似笑非笑地斜挑着眉眼看人的样子，实在有几分肖似六公主元瑶。冯夙痴迷元瑶，却一再被她拒绝，便在这个歌女身上，寄托几分聊以自慰的想象。

元宏也大吃一惊，没想到世间竟真会有这么巧的事，他想要严厉处置的人，偏偏是他最不想动的人。上次丹杨王世子中毒身亡的事情过后，因为查清了与冯夙没有关系，元宏便仍旧叫他在羽林侍卫营里任职，只是不再让他到御前侍奉，免得太过惹人注意。他的本意，也是想叫冯夙跟同龄的兵卒在一起，多沾染些豪爽气概。

"你这个夙弟，迟早要把朕活活气死，"元宏揉着额角说话，"朕相信他没有坏心，也相信他绝不想做什么不轨的事情，可每次事情的结果，都这么让朕无话可说……"

冯妙有心想替夙弟求情，却怎么都开不了口，给于烈的旨意，还是她亲自拟定的，想来想去，她只能对元宏说："这件事的确是夙弟有错，又被于烈将军给查出来了，就请皇上下旨，免去夙弟在羽林侍卫营中的职位，先关押起来待罪吧。”

元宏捏一捏她的手说：“难为你了，妙儿……”两人的心结打开后，他曾听冯妙说过，当年是为了替弟弟要个爵位，才想要位列三夫人的，自然知道这个弟弟在冯妙心中有多重要。说出这样的话，对她来说，已经很不容易了。他喜爱这颗柔软的心，却不得不亲自教她，如何硬起心肠。

“朕对冯夙的偏爱，朝中多少都知道一些，”元宏拿捏着词语说，“如果由朕来下旨，无论是轻是重，都会有人觉得不公平。朕想叫于烈自己去决定该如何处置，他原本就掌管羽林侍卫营，这事情又是他查出来的，轻了或是重了，别人都没什么话说。”

冯妙握笔的手都在抖，于烈治下严苛是出了名的，夙弟落在他手里，还不知道会怎么样。她把笔放下，低头说道：“我知道皇上是在教我，可是这一次……我真的落不了笔，请皇上直接下旨吧，我……”

元宏也不想太过逼迫她，叫内官进来传了一道口谕，把这事情交给于烈处置。

于烈倒也很会拿捏分寸，第二天便来回禀，已经将冯夙关押起来，派人慢慢审问。冯妙知道，这种例行的审问不会让人吃太多苦头，如果问不出什么新的罪状来，于烈就会酌情定一个罪名发落。

她很想去看看夙弟，让他不用担心害怕，可是终究还是忍住了，她不可能一辈子护着夙弟，他迟早要娶妻生子、自立门户。她知道元宏说的是对的，应该让夙弟吃些苦头了，一个男子，老是这样天真不解事，实在是不行的。

道理是这样的道理，可心里总还是有几分过不去，因为想着这件事，冯妙的咳喘病症又加重了几分。高清欢再来送药时，仍旧还是不说话，碧绿色的双眸里却带上了几分嘲讽的笑意。那种神情，就像是在无声地说，他早就知道会这样，就算冯妙成了皇后、成了元宏唯一的妻子，在情感与帝业发生冲突时，元宏还是会选择帝业，帝王永远都是心硬血冷的人。

那种眼神让冯妙不快，她只能深深地看向元怀清浅得毫无杂质的碧色双眸，寻找片刻的安宁。只有孩子才能内心纯净无瑕，长大的人，想要用一双手抓住的东西太多。

因为她的病反反复复，总也不见好，元宏便下令，命人在龙门山开凿一处洞窟，将他和冯妙的画像当作供养人雕凿在石壁上。有不少宗室贵胄都在龙门山开凿佛像祈福，半边山崖上，几乎快要布满了大大小小的洞窟。冯妙极力想要劝阻，雕凿壁画不像开凿洞窟佛像那样费时费力，却也需要一笔不小的开销。

元宏只安慰她不必担心，他从前并不大相信这些虚无的说法，只有那一次，他在平城皇宫的小佛堂里跪了整夜，希望妙儿辛苦生下的孩子能是他的骨血，也许是祈求起了作用，冯妙没有受辱，怀儿的的确确是他的孩子。他捏着冯妙小巧的耳垂说："有些事情，单凭人的努力做不了什么，倒不如试试诚心祈求。你看那些每天在寺庙里烧香磕头的人，说不定他们的内心比多少贵胄宗亲都更满足，因为他们至少还有一个心愿可以盼望。"

冯妙伏在他膝上问："那皇上想祈求什么呢？我的喘症，已经用了不少药了，算不得人力不能及的事情。"

元宏搂住冯妙的纤细的腰身："朕想留下这幅帝后礼佛图在世上，就算千百年过去，朕和你都已经变成一粒尘埃，仍然可以有人看见，这是大魏历史上迁都、南征的那个皇帝，还有他最心爱的女人！"

为了帮元宏节省国库的开销，冯妙也开始学着看些银钱进出。从前她和予星曾经想过养蚕织锦的方法，来帮他增加国库的收入。不过那时候冯妙并不需要管账目，只要督促予星把织成的丝锦卖个好价钱就行。真正要管起国库来，冯妙才知道，原来花钱比赚钱更难，要把有限的银两布帛，分配到一件比一件更重要的事上去，实在是一件叫人头疼的事。

但冯妙自有她自己的方法，只把整个大魏当成从前的昌黎王府，想象自己是王府里的当家主母，给军队的钱粮，就好比给家丁护院的口粮的赏钱，扩建宫室，就如同修整府邸的宅院，治理水患、安抚灾民，就像是招待远道来投奔的亲戚……一切复杂的事情，都让她用最简单的思路解决了。

有时元宏看了，也笑着打趣她："《道德经》里说过，治大国，若烹小鲜。你算是领会到了这句话的精髓。"

看多了洛阳城内的油米贵贱，冯妙渐渐发现了一件很值得注意的事。

自从大魏迁都洛阳，这里几乎已经完全恢复了晋朝时的繁华景象，却比从前更欣欣向荣。很多农户，都会把自家出产的桑麻拿到集市上，换回些别家的粟米果蔬。也有不少远走西域的商队，会带回些新奇有趣的玩意。甚至有商贾把南朝的特产，千里迢迢运送到洛阳来贩卖。

洛阳当地出产的东西，大多价格便宜，而外来的东西，却普遍比较昂贵。倒不是外来的东西就一定好，只是商队在路上的开销极大，要防山匪，走官道时偶尔也会遇到层层盘剥，运输的费用，反倒占了一大半。

可是就在最近一个月内，洛阳城内出现了不少叫卖银鱼的商贩。这种银鱼是南方湖泊里出产的，渔家从水里捞上来以后，先用盐腌渍后放在太阳下暴晒，做成方便保存的鱼干，再拿出来贩卖。洛阳城里的银鱼，起先价格还算公道，可后来卖家越来越多，价格就一路下跌，到最夸张的时候，一小捧粟米就能换回一大袋银鱼，足够三口之家吃上二十来天。

冯妙暗自留意了几次，觉得蹊跷，便派了几个小太监出去，扮成要买银鱼的普通百姓，跟贩卖银鱼的人攀谈。

小太监去了几次，便带回话来："回禀昭仪娘娘，那些贩卖银鱼的人，大多是跟着运送货物的商队一起来的。有些是普通的渔民，还有些是惯常低买高卖的商人，都急着把手里的银鱼卖出去。"

冯妙听了越发觉得奇怪，银鱼这种东西十分常见，只要撒下渔网去捞，一年四季随时都能捞到，常见到根本不会有人想要囤积。可这种东西也很少会泛滥成灾，因为要一点点反复晒干，寻常农户家里一时做不出太多。她不由得问道："远路辛苦，价格又压得极低，天底下哪有这样做生意的？"

小太监低头答话："我听这些人说，银鱼这种东西，原本没有多少人买，只是河里、湖里数量太多，渔网撒下去，经常会带上不少来，放回去太过可惜，就干脆晒干了拿出来卖。大概半年前开始，不知道什么缘故，银鱼的价格暴涨，市面上供不应求。再后来，南朝官府竟然出了告示，要求每家每户都要定期上交一定数量的银鱼，交不出来的，就要打一顿板子扔进牢里去。那些种米种麻的人家，只能继续出高价去向打渔的人家买。"

冯妙皱紧了眉头，仔细听着小太监的话。

"渔家日夜不停地下水捕捞，从前捞上一整网银鱼，只会觉得手气不好，那时候却完全相反，即使网住了原本值钱的大鱼，也会随手丢回去，只留下银鱼。原本在湖边靠修船、补网为生的人家，也都纷纷去捕捞银鱼，就好像那网里活蹦乱跳的，都是一个个银锭子似的。"小太监说得活灵活现，"突然有一天，所有捕上来的银鱼，官府都不要了，这么一来，市面上银鱼价格也跟着一跌再跌。这些渔民没有办法，只能求着这些商队，把银鱼带来洛阳贩卖。"

冯妙从手边的陶罐里抓了小银锭子出来，赏了那几个小太监，叫他们下去，心里却反反复复地想着这件事。她相信，越是重大的秘密，就越会藏在这些看似微不足道的细节里，银鱼的价格先涨得那么疯狂，又突然跌得那么离奇，背后一定有什么隐秘。

晚膳过后，元宏只带着贴身的玄衣卫离宫，去了李冲的府邸。李夫人辗转给他送口信来，说想到了一种新的治疗方法，值得试一试。李夫人从不会夸口自己的医术，她说值得试试的方法，一定已经很有把握。

冯妙一个人在澄阳宫里，把没有看完的奏表，继续拿出来慢慢翻看。可她心里想着元宏那边的情形，总是定不下心来，平常只要小半个时辰就能看完的奏表，这天竟然看了两个多时辰。

她把最后一本奏表合拢，叫内官进来拿出去，想着但愿李冲大人请来的人，能够治好元宏的病，就算治不好，能帮他减少些痛苦也是好的。

病……？！冯妙忽然心头一紧，在南朝的日子过得如流水一般快，那时她精神不济，好多事情后来都记不得了，可她猛然想起，萧鸾一直也在生病吃药，所用的药引正是银鱼。前前后后的线索联系起来，她隐约想明白了事情的真正原因。

殿门外传来内监急促却轻微的脚步声，朱漆大门缓缓打开，元宏裹着银丝锦缎大氅，从门外走进来，身上还带着些夜里的雾气，人却看起来心情很好。

冯妙快步跑过去，直扑进他怀里，急急地说："皇上，我有事情要跟你说……"

元宏张开双臂，把她紧紧裹在怀中，几乎跟她同时开口："妙儿，朕有话要跟你说……"他眉梢眼角都带着些喜色，在他天长日久刻意控制情绪的习惯下，那喜色淡淡的，却直透进眼眸最深处去。

"那皇上先说吧。"冯妙踮起脚尖，替他解开身上的大氅，又拿过早已算着时间准备好的茶水，递进他手中。

在澄阳宫伺候的内监，早已经熟悉这对帝后的习惯，悄无声息地退出去，合拢了殿门。元宏喝了口茶，才慢慢地说："李冲请来的那位夫人今天对朕说，她可以重新配一服药方，替朕压住毒性的传播，再配合针灸，可以慢慢减少发病的次数，并且发病时也不会那么痛苦。除了不能像从前一样畅快地骑马射猎之外，她有七八分的把握，能够让朕的身体与正常人无异！"

冯妙惊喜得说不出话来，她知道从前用的药都是在尽量帮助元宏排清余毒，可是这种毒性已经渗透进了他的血脉和脏腑，每次清毒稍稍见些效果，五脏六腑便跟着衰弱下去，可要是增加强健血脉的药物，毒性也会传播得更加快。看来这位神秘的医者，知道这毒没有可能完全清除，便干脆换了一种截然相反的思路，用药方和针灸，让元宏的气血和脏腑都进入类似熟睡的状态，连带着让那毒性也不再扩散。

"今天已经试了一次，效果很好，回来时朕还骑了马，虽然不能跑得太快，可是已经比从前好得多了。"元宏捧住她的面庞，"妙儿，只要诚心祈求、绝不放弃，一切难题都总会有办法解决的，朕依然可以有很多时间陪着你，看怀儿慢慢长大。"

冯妙定定地看着他神采飞扬的眉眼，轻声重复："是，还有很多很多时间……"她只觉得这一刻如梦似幻，连听来的话都那么不真实。元宏只是不能做太过激烈的事情而已，比起生离死别，这已经好得太多太多了。

她抬起一只手放到唇边，对着手背重重地咬下去，疼得发出一声轻呼，这才眉开眼笑地说："不是梦……真的不是梦，但是这比我做过的任何一个梦都要好……”

元宏看见她傻乎乎的样子，好气又好笑地拉住她，揉着她手背上的牙印问：“你刚刚有什么事要跟朕说？”

冯妙这才想起，自己要说的那件事也很重要，赶忙把这些天洛阳城中有人贩卖银鱼的事讲给他听。元宏认真听着，一时却不明白她究竟要说什么，他知道冯妙这样郑重其事地拿出来说，一定是已经想通了背后的关窍。

“皇上，我在南朝时去过萧鸾的府邸，也进过他在宫中的住处，”冯妙一点一点地解释给他听，“萧鸾也有肺热咳喘的毛病，但他不愿相信宫中的御医，却宁愿相信厌胜之术，每天都要服用大量的银鱼做药引。这些细节原本也不是什么要紧的事，所以从前并没跟皇上提起过。”

元宏双眼突然一亮，他已经明白了冯妙的话中所指：“那些人说银鱼的价格突然暴涨，官府又要求每家每户都要上交银鱼，想必是萧鸾病得更重了，需要的数量比从前更大。而后来银鱼的价格突然下跌，则是因为萧鸾不再需要药引了。这有两种可能，要么是萧鸾的病突然好了，要么是萧鸾已经弥留甚至……病逝了。”

两人心里都清楚，前一种可能性很小，咳喘症很难治愈，不然也不会这么多年冯妙的病症都毫无起色。

元宏比冯妙想得更加深远，他在殿内来回踱了几步，沉声说：“如果萧鸾病重，正是南征的最好时机。但是萧氏那几个后起之秀，个个都是心狠手辣的野心家，说不定他们已经封锁了南朝内宫，打算秘不发丧，再看准机会龙袍加身。如果让南朝有足够的时间换一个新皇帝来，南征就会变得异常艰难。所以……眼下正是南征的最好时机，并且一定要快！”

冯妙轻轻点头，元宏坦荡磊落，已经履行了他的诺言，并没有派人去刺杀萧鸾，或是用别的方法置他于死地。眼下的情形，正是上天送来的最好机会，她私心里也希望，元宏能够实现他毕生的理想，跨过长江，统一南北。

只是两人都不约而同地想到一个问题，以元宏现在的身体状况，自然没有办法御驾亲征，南下的大军该由何人统率？

第四十一章 烟斜雾横（下）

元宏皱紧眉头凝神思索，南征会调集整个大魏最精锐的兵马，统帅的人选十分重要。这个人不一定要多么勇猛强健，但是一定要有驾驭、掌控这么多人的能力。战场上的情形瞬息万变，统帅有时需要果敢决断，命令士兵拼死向前，有时又需要小心谨慎，避免落进敌人的圈套。

与此同时，这个统率大魏几乎全部兵马的人，既要对皇帝忠心，还要对南朝萧氏有深入骨髓般强烈的征服欲望，不会因为任何诱惑迷失了心志。

“皇上，”冯妙低声开口，“我心里想到一个合适的人选，以他的能力足可以统率大军杀敌，南朝又是他不共戴天的仇敌，所以皇上完全可以相信，他一定会拼尽全力去做这件事的。”

元宏知道她说的人是王玄之，扶住她的肩，声音里带上了几分担忧：“朕也想到了你说的这个人，朕绝不怀疑他的能力，也相信他会比朕更想攻破南朝的都城，但是战争不是一个人的事，还需要方方面面的配合，粮草、探报甚至士兵的情绪，每一个细节都会影响最后的结果。”

“皇上，”冯妙用清泉明月般的眼睛看着他，“只要皇上相信他，这些困难大哥都会有办法解决。琅琊王氏的这一支，几乎都被南朝皇室杀尽了，大哥他忍辱逃出来，不就是为了有一天可以报仇吗？现在有这样的机会，大哥一定不会轻易放弃的。”

“妙儿，这不是朕能不能相信他的问题，”元宏放在她肩上的手微微用力，“朕可以下诏让所有鲜卑贵族都改用汉姓、改穿汉服，却没办法在一夜之间改变他们根深蒂固的自以为是。虽然嘴上不说，可他们从心底里看不起汉臣，尤其看不起像王玄之这样的士族子弟，说不定内心里反倒对萧鸾这样的武夫敬佩多些。如果没有他们尽全力配合，就算王玄之有通天的本事，也很难施展。”

冯妙的目光黯淡了几分，她知道，元宏说的都是实情。王玄之实在太能干，派了几拨人人都没能解决的北地各部纷争，王玄之不过去了几个月，便全都解决了。遇到难以决断的事，元宏也总会在议事时征询王玄之的意见。那些鲜卑贵胄们，都巴不得能找个机会让他出丑犯错。

“其实这事情也不是没有办法解决，”元宏叹着气，有些无奈地说，“如果他肯尚娶公主，变成大魏皇室的驸马，那些鲜卑贵胄的敌意就会淡去很多，只是……”

不必再说下去，两人都明白，以王玄之的世事通透、人情练达，不会想不到这条捷径，也不会不知道，眼前就有心心念念想嫁他的六公主元瑶，可他从没提过这件事，自然是不愿这样做了。

冯妙有些失望，她能明白王玄之心中所想，知道报仇雪耻对他有多么重要。让他带兵南征，既能满足王玄之的心愿，也能让元宏安心治病，本是一个两全其美的方法，可惜现在看来是没有办法实现了。

她掀开琉璃灯罩，正要吹熄烛火，手却被灯罩上的热度给烫了一下，缩回手的一刹那，一个念头跳进脑海。她转回身揽住元宏的腰，带着几丝压抑不住的期盼说道：“皇上不妨先下旨，让大哥率军南征，同时放出消息去说，等他南征归来，就从显贵亲王的女儿中为他选一个正妻，再专门派那些家中有适龄未嫁女儿、妹妹的人，去负责跟南征相关的事。这些人看不起他，是因为他的官职升得太快，可一旦有机会跟他变成亲家，这些人的态度就会完全不一样了。至于大哥的婚事，等到南征大功告成，这件事总有办法可以推脱。”

元宏仔细想了想，点头说道：“这办法的确可行，南征的时机稍纵即逝，先应付过眼前的难关再说。”他看得出冯妙的心思，知道她对王玄之半是感激半是愧疚，细说起来，导致王氏被灭族的人，正是冯妙的亲生父亲。给王玄之这个机会，或多或少总是一种补偿。

南征的诏令很快便下达了，元宏给王玄之加镇南将军衔，命他统率整个南征大军。太极殿议事时，元宏有颇有深意地当着百官的面说，要替王玄之物色一位出身尊贵、品貌端庄的妻子，等他南征凯旋时，就亲自替他主婚。

离开太极殿时，平常抢在王玄之前面出门的鲜卑贵胄们，这回都刻意放慢了脚步，有意无意地跟他攀谈，打听他喜欢什么样的女子，顺便委婉地介绍，自家的女儿就刚好是他喜欢的类型。王玄之只是淡淡地微笑，既不应允，也不拒绝，客气间带着几分疏离。

接到诏令不过短短两天之后，王玄之就匆匆离开了洛阳，好像他随时都准备着出发一样，身边只带了几名护卫，轻车简从，连日用的物品都很少。进了军中，他就要跟将士一起同吃同住，从前那些士族子弟常用的物件，都不能再用了。

对南朝开战之后，洛阳城内更需要安定，元宏对李得禄和于烈都下了密令，要他们一个继续抓紧审问捉到的慕容氏后人，另一个继续看准机会围捕混迹在市井间的慕容余孽。因为事情牵涉到自己和夙弟，冯妙不好多说什么，只是心里隐隐觉得有些奇怪，高清欢就是慕容后人，元宏却并不审问他，还让他每天来华音殿送药，这两人之间就像是达成了某种默契一样，只是谁也不对冯妙说起。

就在冯妙以为这件事快要尘埃落定时，领军将军于烈到澄阳宫求见元宏。他原本奉命处置冯夙，皇帝的意思，是让他斟酌着不轻不重地罚一下了事，可他却大张旗鼓地来求见，又把这难题送回了皇帝面前。元宏心里有几分不快，说话的口气也跟着严厉了几分。

于烈跪在殿内金砖地面上，从袖中取出几张纸来，双手高举过头顶，呈给元宏："羽林侍卫营的冯夙，未经长官允许私自外出，臣已经罚他在营中关禁闭思过。"

元宏听了这几句话，面色才和缓一些。用私自外出的名义处罚冯夙，轻重很得当，既要严罚以儆效尤，又不会罚得太重。他示意于烈把手里的几张纸递上来，随口问道："这又是什么？"

于烈不敢直接与皇帝对视，上身稍稍向前，把纸张放在元宏面前的书案边缘，低头禀奏道："冯夙禁闭思过二十天，今天日子刚好够了，臣原本是想去放他出来的，没想到在他的房间内发现了这个东西，臣不敢隐瞒，立刻拿来请皇上过目。"

听他说得严重，冯妙也忍不住想知道那张纸上究竟写了些什么，心里已经在不住地叹息，早知道夙弟现在会惹出这么多麻烦来，当初还是应该早些听王玄之和元宏的劝，让他多在外历练历练。

元宏一页一页地翻看过去，脸色越来越阴沉凝重，他最后把那些纸轻拍在桌面上，沉声对于烈说："先把冯夙继续关着吧，这件事朕会亲自处置，你先退下。"

于烈走后，冯妙上前拿起那几张纸翻看，只见上面大大小小地写满了名字，字体有些古拙怪异，不知道是故意这样还是落笔时写错了，有好些字缺了几笔。她茫然地看向元宏："这……是夙弟写的？"

元宏定定地看了她片刻，才点了两下头："于烈刚才说得很清楚，他把冯夙单独关着，凑巧那房间里有些笔墨纸张，今天再去便发现了这个。这字体虽然跟冯夙平常的字体不大一样，可是你也该看得出来，落笔的习惯却是跟他平常写字一模一样的。”

他指着几处带提手旁的字给冯妙看：“冯夙写这一笔竖钩时，习惯在这弯角处稍稍向右顿一下，这几张纸上的提手旁，都有向右顿的痕迹。”

冯妙对照了几处，的确如此，可她还是不明白，这些纸张看起来就像是随手练字用的，上面的字根本连不成句子。想到夙弟，她的心都乱了，焦急地问：“皇上，这上面写的究竟是什么？怎么……我一点都看不懂呢？”

元宏按住她的手，示意她先别惊慌，拿过一张纸指给她看：“妙儿，这些字你看不明白，并不奇怪，因为好些都写错了。这些字也连不成句子，而是……人名，你看着奇怪，因为这些并不是汉人的名字，而是鲜卑人的名字。早先的鲜卑名字，还没有像今天这样汉化，只是根据读音选择相似的汉字，记录下来，因此本身并没有什么含义，不像汉人的名字那样，每个字都带着美好的寓意。”

冯妙越是想要听明白，就越觉得脑海中一团混乱：“夙弟写这个做什么？再说……再说……就算是从前的鲜卑人名，夙弟写在纸上，又有什么要紧？”

“这不是普通的人名，”元宏的声音越发沉郁，“这是一个埋藏多年的秘密，连朕都以为，它永远不会有再见天日的那一天了，没想到，朕却用这种方式看见了它。”

“慕容和拓跋这两个姓氏，从前都曾经有过不同的写法，后来才确定下来，”元宏指着纸上的几个字说，“慕容从前写作步摇，拓跋从前写作托跋。”

冯妙顺着他的手指方向看去，那几张纸上果然出现了好几次“步摇”“托跋”。

元宏握住她的手腕，叫她不要紧张，可他自己的指尖上却不自禁地加上了几分力道。他接着说下去：“这份东西是慕容世系谱，慕容氏自认是上古时高辛氏的后人，大燕建国后编纂了这份世系谱，详细记载着每一代慕容皇族的姓名，能够把名字留在这张世系谱上的人，都有纯正的慕容氏血统。”

“夙弟不会真的跟慕容氏人有来往的，他或许根本就不知道自己身上还有慕容氏的血统。”冯妙紧紧抓住元宏的胳膊，皇帝的信任是夙弟能够活命的唯一依靠了。

“妙儿，朕就算不相信冯夙，也一定会相信你，”元宏怕她喘症发作，用手掌抵着她的后背，“只是事情并不是那么简单的。”

“朕跟你说过，当年拓跋氏击败了慕容氏之后，想要把慕容氏赶尽杀绝。这不仅仅是因为慕容氏曾经是鲜卑草原上真正的霸主，还因为……拓跋氏曾经真的向慕容氏纳贡称臣，奉慕容氏为宗主。”

冯妙看过很多史书，却从没听说过这段两雄相争的旧事。元宏用手指在那几张纸上划过，指尖走过的地方，连出一条无形的线来，刚好把几代大燕国的帝王连在一起："妙儿，你没听说过这些事并不奇怪，当年拓跋皇室要把慕容氏杀尽，就是为了掩盖这一段秘密。"

元宏的声音低沉喑哑，缓缓讲出这一段并不光彩的过往："如果说慕容氏是鲜卑人里天生的贵胄，拓跋氏就是草原上的野狼。有好几次，拓跋氏被人驱赶得无路可退，只剩下孤儿寡母，可最终还是一次又一次东山再起。其中最传奇的，就是开国皇帝的经历。"

"他一无所有时，曾经放下尊严，求娶慕容氏的公主，并且许诺，婚后生下的孩子，男的以拓跋为姓，女的以慕容为姓，从此将拓跋氏变成慕容氏的家奴，并且献上了拓跋氏的世系谱，才换来了大燕借给他的一万兵马，报了杀父杀母的仇。"

冯妙听得怔怔发愣，这种举动，简直跟平常人家的男子"入赘"差不多。只要是稍有身份的人，都会把成婚时入赘到女方家里视作羞辱，更何况拓跋氏整个部族，变成别人的附属品。

"当时婚事还没成，慕容氏的太子提议，索性将两个部族的世系谱合并在一起，重新编写一份慕容氏的世系谱，"元宏的手指在书案上轻敲，"你看到的这些，就是这份世系谱的一部分。后来开国皇帝建立大魏，自然不肯再承认这些事，可攻破大燕皇宫时，却没找着这份世系谱，只能一把火烧了整个燕国皇宫。可是开国皇帝的疑心越来越重，索性下令将这个慕容氏的人都杀了，只留下了开国皇后，囚禁在甘织宫里。"

他看出冯妙的疑虑，苦笑着解释："大魏的史书上不会记载这些事情，但是每一任皇帝登基或是亲政前，都会有宗室里年长的人来，讲授拓跋氏的旧事。除此以外，这件事也在宫外的鲜卑贵胄之间私下流传，只是没有人见过这个慕容世系谱，无法断言究竟是真是假。可朕看了冯夙所写的名字，里面的好几处，都能跟朕知道的事相互印证，一看便知道……是真的。"

冯妙轻轻摇头："开国皇帝有过落魄的时候，也不是什么见不得人的事情，过去的事，如果不能坦然面对，就索性忘了也好，何必非要苦苦执着呢？"

"道理的确是这样，可事情到了今天，已经远没有那么简单，"元宏英挺的眉再次拧在一起，"每一代大魏皇帝，都会知道这件事，自然不是为了知道开国皇帝曾经低声下气地向别人借兵，而是为了提防和小心。如果这份合并在一起的慕容世系谱被其他鲜卑部族知道，整个大魏皇室都会成为一个笑柄，甚至有些别有用心的部族，会趁机举着慕容氏的大旗作乱。"

冯妙张了张口，却觉得嗓子里一阵阵地发干发涩，一句话也说不出来。她的确是把事情想得太简单了，对于一个帝王来说，任何威胁都要及早铲除，免得变成一个无法控制的祸患。

“皇上，我想去见见夙弟，”冯妙在他面前屈膝跪倒，“也许我可以问问，他究竟从哪里知道了这些东西。”

元宏盯着她的双眼看了片刻，才点头答应：“好，等晚膳过后，朕叫人用肩辇送你过去。羽林侍卫营的饮食很简单，朕再叫御膳房准备些菜肴，你给他带过去，他平日喜欢吃什么，你最清楚，只管告诉他们去准备。”

冯妙此时哪里还有心情斟酌菜色，只随口答应了，心不在焉地挨到晚膳过后。

羽林侍卫营在皇宫西门外，乘肩辇过去，也要走上小半个时辰。冯妙坐在摇摇晃晃的肩辇上，怀里抱着元宏命人帮她备好的食盒，冷风迎面打在脸上，她却只顾着用宽大的衣袖遮住食盒，免得里面的几道菜肴变凉。阿娘已经去了，养父昌黎王已经去了，生父萧鸾说不定也已经去了，如果再失去了夙弟，她在这个世上的亲人便全都不在了。

羽林侍卫营不过是一排并列修建的厢房，整整齐齐却并不奢华。冯夙被单独关在最末尾一间里，于烈并没有苛待他，即使是关禁闭思过，也仍旧给了他宽敞干净的住处，一日三餐都有人送来。今天是因为有小太监提前来报信，说皇后娘娘要来，才没有送晚饭过来。

见到冯妙进来，冯夙立刻迎上来，叫了一声“姐姐”，看他的样子，竟然好像还完全不知道自己已经惹了大祸。冯妙不忍责备，把食盒放在桌上，让他先趁热吃饭。冯夙算是外臣，按规矩不能当着皇后的面吃东西，他扭捏着不肯动筷子，冯妙也不强求，在他对面坐下，问了他几句闲话。

冯夙兴致极好，絮絮地说着前几天因为外出受了罚，被关了禁闭，这一两天就可以放出去了。他还一脸兴奋地说起，于烈将军平时十分严厉，实际上对下属兵卒是极好的。

冯妙尽量若无其事地问：“夙弟，关禁闭这些天，你白天都做些什么？”

“没什么事做，”冯夙撇一撇嘴，“这里只有些笔墨纸张，我就只能写字消磨时间。从前阿娘和姐姐都不在家时，我也没事情做，就只能临摹字帖打发时间。那字帖被我反反复复抄了好几遍，都背下来了，现在闭着眼睛都写得出，消磨时间倒是更方便了。”

他说的都是实情，从前在昌黎王府，他们母子三人，一直被关在小院子里，后来冯妙先被送进了宫，他们的阿娘也没多久就离开了。他的前半生，没有同龄的朋友，也没有老师，只有四面围墙围拢出来的四四方方的天空。他一直都很乖巧，在原地等着父母兄姐的偶尔回头看他一眼，注意到还有他这个安静的孩子。

冯妙听得奇怪，抬眼问道："你在临摹什么字帖？"

冯夙站起来，从桌角拿过一摞纸来，笔墨有深有浅，递到冯妙面前："我不知道是哪里来的，阿娘走后我整天见不到人，连句话也说不上，就在屋子里面翻找，找出了一本字帖，上面的字不像隶书也不像小楷，可是看着别有韵味，我起先照着描，后来写得多了，连上面的字和位置都记得。"

冯妙听得心酸，夙弟这些年，一定过得很孤独，别的男孩子在他这个年纪，大多成群结队地骑马比箭，要多热闹有多热闹。

冯夙也看出些异样来，凑到她面前问："姐姐，你怎么了？是不是皇帝姐夫又对你不好了？"

冯妙赶忙摇头，稳住心神说："不可失礼！夙弟，那本字帖，现在在哪里，能不能拿来给我看看？"

冯夙摇头说道："已经看不到了，那几年姐姐叫我在知学里读书，有几次也会到奉仪殿去拜见太皇太后，她老人家见到那本字帖，说那字体不端正，容易移了性情，便拿走了，后来再没给我。"

冯妙心里已经明白了大概，夙弟照着抄写的那一本，并不是什么字帖，恰恰是元宏说过的慕容氏世系谱。太皇太后应该是认出了这本东西，才故意拿走了。她硬挤出一丝笑来，叮嘱冯夙："既然太皇太后这么说了，以后就不要再写这些字了，被人看见总归不大好。"冯夙心思单纯却又十分执拗，她真不知道该怎么解释其中错综复杂的关系，怕他不当一回事，又特意反复叮嘱了好几遍。

冯夙虽然不明白为什么，却还是点头答应了。他一向还是很听这个姐姐的话，冯妙见他不再争辩什么，心里多少放心一点，起身要回澄阳宫去，提过食盒叫他好好吃晚饭。

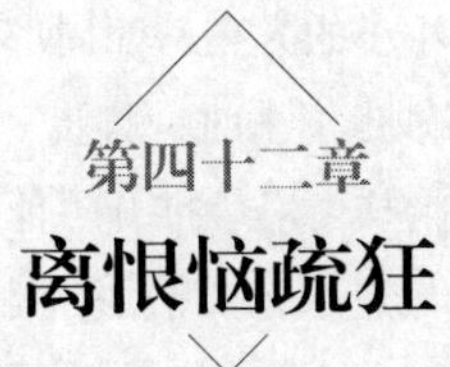

第四十二章 离恨恼疏狂

走出那间厢房时，冯妙在门口回头看了一眼，见冯夙正满脸好奇地揭开食盒，探头去看里面的菜色。大约是在羽林侍卫营这段日子没怎么吃到精致的菜肴，冯夙深深嗅了一口食盒里散出的香气，伸出两根手指拎起一块蒸肉来，放进嘴里，还舔了舔沾在手指上的汤汁。他这些习惯性的动作，仍旧跟小时候一样。

冯妙微微翘起唇角，转身走进一片茫茫夜色中。

她坐在肩辇上时，一阵阵困意袭上来。半睡半醒之间，冯妙仔细想着夙弟说过的话，零散的细节渐渐在她脑中拼合成完整的链条。太皇太后出身的冯氏，曾经篡夺了大燕江山，后来才败在拓跋氏的手上，成了大魏的臣子。

仔细想来，除了一个太皇太后，冯家并没出现过什么特别厉害的人物，既没有出过一个翻云覆雨的能臣，也没有出过一个安邦定国的武将，却能稳稳地占住大魏第一世家的位置，惹得大魏皇室如此忌惮，甚至要用月华凝香这种东西，来断了冯家女儿的后路。冯妙此时却终于完全明白了，想必从献文皇帝在位时起，太皇太后就曾经用这份慕容世系谱旁敲侧击地要挟过拓跋皇室。

太皇太后思虑深远，知道冯家除了冯诞之外的几个儿子都不成器，不忍心见冯家任人欺凌践踏，想把慕容氏的世系谱留作冯家的最后一道保命符。可她也知道，这东西在心思深沉的人手里，可以好好地利用，可在冯家几个纨绔子弟手中，只会招来祸患，她便选择了把这东西让冯夙背熟。只要拓跋皇室一天找不到真正的慕容世系谱，就一天不敢把冯家的人赶尽杀绝。

冷风扑打在肩辇前的灯笼上，火光忽明忽灭，几次眼看着就要熄灭，却又摇摇晃晃地亮了起来。冯妙空洞无神地看着前方，只觉得宫中的夜路真是长，怎么走都走不到尽头。除了那一团小小的光亮，四周都是一片漆黑。

肩辇停在澄阳宫门口，冯妙走下来时，脚步一个踉跄，险些跌倒。一旁伺候的小太监眼疾手快，赶忙上前搀扶。冯妙推开了他的手，快步走进殿内。

元宏斜卧在床榻上，看见她进来，便抬手叫她到身边来，看着她微微发红的脸颊，有些心疼地问："怎么走得这么急？夜里风凉，也不戴个风帽遮一遮。"

冯妙快步走到他身边，伏在他膝上，只觉得全身的力气好像都用光了。澄阳宫内燃着儿臂粗的贡蜡，把每个角落都照得亮如白昼，瑞鹤香炉内还烧着苏合香，四下里弥散着暖洋洋的香气。可冯妙却只觉得四周好像都是漆黑的宫道，被高耸的宫墙围着，没有选择，没有退路，只能一步一步地向前走去。只有眼前这个人，是她心中唯一一团光亮。

元宏亲自动手帮她解开披风，握住她发凉的指尖，放在唇边轻轻地呵气。不知道是不是错觉，冯妙总觉得今天的元宏似乎跟往常不大一样，带着些小心翼翼的讨好。她摇头甩去这些胡思乱想，静静依偎在他身旁。如果没有他，冯妙真不知道自己该如何走完那条漫长的宫道。

身子稍稍回暖，思绪也跟着清晰起来，冯妙起身斟了杯茶，想把从冯夙那里听来的话，转述给元宏。还没开口，一名小太监匆匆进来，"咚"一声跪倒在他们两人面前，带着哭腔惶急的禀奏："皇上、皇后娘娘，羽林侍卫营传来消息，冯小郡公突发急病，人已经昏迷不醒。"

冯妙手里的茶盏"啪"一声砸在地上，滚烫的茶汤飞溅出来，烫得她手背通红，她却好像完全失去了感觉一样，愣愣地站着。

元宏上前抓住她的手腕，把她烫到的那一只手捧到面前："怎么那么不小心……"冯妙定定地站在原地，像看一个陌生人那样看着元宏，声音在一瞬间变得沙哑难听："是你安排的……对不对？"带去羽林侍卫营的晚膳，是元宏亲自吩咐人准备的，她刚才离开时，冯夙还是好好，在她走后，夙弟应该只吃了那份晚膳。

她抽回手，像是嫌恶刚刚被元宏拉过一般，把手放在衣衫上用力蹭了几下。被烫到的地方本就变得娇嫩脆弱，被她这么用力一蹭，一层皮都脱落下来，可她竟像完全没有感觉一样，还在不断地蹭着手背。

"妙儿！"元宏上前扶住她的双肩，像要把她从梦魇中唤醒一样用力摇晃。冯妙抬起双臂一挣，连披风都没穿戴，转身就往门外走去，口中喃喃说着："我要去看看夙弟……"

元宏快步抢在她前面，拦住她的去路，沉声说："现在不可以！"

冯妙抬头无声地注视着元宏，一双深潭般的眼睛，满是疑问："为什么？"

“于烈和他身边的人都看见了冯夙写在纸上的字，羽林侍卫里有不少贵胄子弟，他们也许一时认不出，可要是过后仔细想想，也应该隐约猜得出那是什么东西。”元宏说话时并没有丝毫犹豫，显然已经早就想好了这些前因后果，“冯夙也许是现在唯一背得出完整的慕容世系谱的人，如果这消息被人知道，会有多少人打他的主意，又会有多少人趁机攻讦你？”

“我不是问这个……”冯妙缓缓摇头，双眼中流出泪来，像是两颗天边最明最亮的星子，忽然间化成了一汪水。她陡然提高了音量，声嘶力竭地大喊：“为什么要让我去送最后一顿饭给他？为什么？为什么？你知不知道，这很残忍？！”

全身的力气都被抽空了，冯妙脚下一软，差点坐倒在青砖地面上。元宏伸手抄住她，半拖半抱把她带回床榻边，扶她坐下。

“妙儿，朕原本以为，你学了那么久，该知道如何处理这样的事，”元宏的眼中有一丝极度痛苦的神色一闪而过，“朕给了你机会，如果于烈来禀奏时，你能拿出几分大义灭亲的果敢来，朕便不会让你再插手这件事。可你竟然对朕说，要去看望冯夙……妙儿，朕很失望，身为皇后，这种时候最应该摆出不偏不倚的态度来，用最快的速度来了结这件事，免得流言扩散。可你却心软、犹疑、牵扯不清，犯了所有的大忌。”

冯妙无话可说，她知道元宏说的都是对的，对大魏皇室来说，慕容世系谱是个最危险的东西，最快最好的方法，便是先斩杀了冯夙，再慢慢找借口把那些看过这几张纸的人全部处死。可这世上的道理，很多时候都是这样，知道怎样是对的和照着对的方法去做，完完全全是两回事。那是她的夙弟，是她在这世上血缘最亲近的人，她怎么能忍心？她已经学会了很多东西，却还是没有学会真正的隐忍狠绝。

她痛苦地抱住头，把自己缩在角落里：“给我些时间，你答应过我的，给我时间让我慢慢学。”她似乎听见元宏的叹气声，可很快又觉得一定是自己听错了，因为元宏接下来所说的话冷冽得不带一丝情感：“可朕现在没有耐心等你了，朕需要一个皇后，不需要一个只会哭泣的小女孩！”

元宏起身离去，把空旷的澄阳宫都留给了她，只留下一句话：“三天之后，朕就准你去看冯夙。”

冯妙紧闭着双眼，让自己陷入一片彻底的黑暗中。她听到元宏远去的脚步声，殿门轰然合拢。三天……只怕三天过后，夙弟早已经是一具冰冷的尸体了。

她在浑浑噩噩中过了三天，始终没有离开澄阳宫半步。在这三天里，元宏竟然一次都没有来过，好像这里根本不是他的寝宫一样，也不知道他宿在何处。三天过后，有宫女进来帮冯妙梳洗，说是奉了皇上的旨意，带她去见人。

冯妙像只木偶一样，由着她们随意摆弄，让起身便起身，让抬手便抬手。来伺候的宫女手很巧，帮她梳了一对双环小髻，又给她换上了一身未嫁少女常穿的薄纱衣裙，最后才恭恭敬敬地请她上马车。

车轮一路发出辘辘声响，冯妙知道这些人是元宏派来的，要带她去看冯夙最后一眼，心口像刀割一样疼，这一趟却不得不去。

马车沿着宫道一路驶向宫外，冯妙渐渐觉得不大对，似乎不是去羽林侍卫营的路。莫非怕宫中晦气，夙弟的尸身已经被送到停灵的地方去了？

驾车的太监和随行的宫女都不说话，冯妙也不想开口询问。直到马车停住，她才搭着宫女的手走下来，环顾四周。不是羽林侍卫营，也不是停灵的地方，倒像是一处新修建不久的府邸。

宫女引着她穿过回廊，直接进了内室。隔着一道竹帘，冯妙便看见帘子另外一边坐着一个人，身形依稀正是夙弟，一名小丫头正拿着桃木梳给他梳头。冯妙心中一紧，掀起竹帘快步过去，忍不住叫了一声："夙弟！"

冯夙目光平静地看过来，不笑也不说话，只用一双婴儿似的眼睛看过来。

冯妙原本飘在半空的心，忽然被风吹散成无数碎片，这是夙弟，却也不再是夙弟……

梳头的小丫鬟把冯夙的头发理顺，绾成男子式样的发髻，走出来对着冯妙施礼："皇后娘娘，小郡公听不到别人说话。"

侍立在冯妙身边的宫女躬着身子小声禀奏："冯小郡公的身子还有些虚，再调理一阵就能好了，不过从此以后，小郡公就不认得人了，也不会说话。"那小宫女见冯妙一直不说话，又补充说道："其实小郡公这样挺好，什么也不知道，就什么困扰都没有了。"

冯妙心里清楚，元宏在那一天的晚膳里，下了能让人变得聋哑痴傻的药。对冯夙来说，这已经算是最好的结果了。不然，他心里记着的慕容世系谱，迟早会给他带来杀身之祸，只怕到那时，心思如白纸一样的冯夙，下场会比今天更悲惨百倍千倍。

就这几句话的工夫，那名梳头的小丫鬟已经端了粟米饭和肉汤进来，用小勺盛着米饭，沾上一点汤汁喂给冯夙。冯妙见过痴傻的丹杨王世子，可冯夙此时的样子，却跟丹杨王世子半点也不相似。他很安静，身上的衣衫也干净整洁，米饭送到嘴边他便听话地吃下去，一双黑白分明的眼睛偶尔会抬起来看着屋里的人，却像懵懂无知的婴儿一样，不带任何感情色彩。

没有人能从一个呆傻聋哑的人口中问出任何秘密，元宏没有杀冯夙，却彻底解决了一切后患。他建了这座郡公府养着冯夙，算是把这件事给遮掩了过去。

“这样很好……”冯妙低声说了一句，便转身往门外走去，像要说服自己似的，又提高音量说了一遍，“这样很好，夙弟再也不会惹麻烦了。”

看她脚步虚浮，随行而来宫女赶忙上前搀扶，送她上了肩辇。一路上冯妙都神色如常，只在进入宫门时说了一句：“去华音殿。”宫女原本是奉了元宏的旨意带冯妙出去，按理还应该把她送回澄阳宫，刚要开口劝阻，冯妙便又说道：“你回禀皇上说，本宫想回华音殿休息，皇上必定不会怪罪你的。”

阔大的肩辇没办法通过华音殿前的小木桥，只能停在那一弯清浅的水波之外。冯妙下了肩辇，脚步飞快地走进殿内。素问迎上来，她的双手还没有好彻底，不能搀扶伺候，只能关切地问：“娘娘，您这是从哪儿回来，怎么脸色这么白？”

冯妙微微摇头，刚向前走了一步，就呕出一大口血来。

素问急得高声招呼灵枢，叫她拿湿帕子来擦，又叮嘱她小心扶着冯妙进去，不要惊着了小皇子。冯妙摇一摇手，自己走进内殿去，手扶着床榻边沿慢慢坐下去。

从冯夙的郡公府邸回来，冯妙的喘症便又加重了，一天里总有那么几次，咳嗽时会带出血来。素问没办法诊脉，只能替她宣了御医来看，御医诊了几次脉，都说是着了凉所致，可素问心里清楚，冯妙这回仍旧是心病。

冯妙昏昏沉沉地病了小半个月，才终于有点起色。刚能起身时，她便听人说河阳无鼻城传来消息，废太子元恂故去。奉命看守无鼻城的人，不知道该按什么样的仪制来料理这位皇长子的丧事，所以才派人快马禀报皇帝。

元宏只随口吩咐道：“他已经不是太子了，犯下如此罪行，他还有什么面目去见祖宗先人？就用草席裹着下葬吧。”来报信的人听了这话，终于确信皇帝对这个长子已经厌恶到了极点，低头应了声“是”，躬身退出殿外。

冯妙进入澄阳宫时，刚好便看见了这一幕。那些太监、侍卫都远远地看着，只能看见皇帝一个模糊的轮廓，只有她能一直走到元宏身边，看得见他握笔的手指，都已经捏得发白。

对一个废黜的太子，皇帝不能表现出半点怜惜之情，因为总有人喜欢揣摩皇帝的意思，一旦发现皇帝心存不忍，便会寻找机会，适时地替废太子喊冤，借以捞取自己的好处，说不定又会酿成一场风波。眼下大军南征，洛阳城内最需要的便是安稳。

冯妙走上前，用双手捧住他握笔的手。元宏不作声，紧绷的半边身子却缓缓松下来。冯妙这时才看见，他面前的纸上写满了字，翻来覆去都是一个封号——贞。

看见满纸的“贞”字，冯妙忽然觉得满心都是凄凉，没有人能站到离他这么近的地方，真正知道他在想些什么。如果连她也不能理解元宏，那元宏就真的成了孤家寡人了。

冯妙抬起元宏的半边手臂，贴到他胸前搂住他，听着他沉稳低回的心跳，低声说："皇长子已经是庶民，按制不能使用任何带有皇室标记的衣衫饰物，我会叫人拿些钱财给无鼻城的侍卫，让他们买几件干净的平民衣衫来装殓皇长子。"

元宏低下头，把下颔放在她头顶，两人就这样相互倚着，默默注视着殿外漆黑的夜色。

他们都没想到，皇长子元恂的丧事，到底还是惹出了一场风波。元恂下葬前，宫中专门记录皇族生死的内官，奉命前往无鼻城，对他验明正身。这名内官在无鼻城内发现了没有来得及销毁的信件，都是元恂从前写给皇帝的，满篇认罪忏悔的话语，言辞恳切。

事关重大，内官不敢隐瞒，只能带上这些书信连夜回了洛阳，面呈给皇帝。元宏命人把无鼻城的侍卫全部押回来拷打审问，终于有人挺不住，说出了实情。朝中有人给了他们好处，让他们私自留下元恂的信件。他们说出的那几个名字，都是元恂做太子时最支持他的人。

元宏的脾气，冯妙是最清楚的，越是怒到极点，越会看起来面色平静。这一次，他一句话也不说，显然是气极了。几个自作聪明的臣子，还没有本事惹他如此暴怒，真正让他既愤怒又失望的，是背后挑唆这些臣子的人。二皇子元恪刚被立为太子，那些从前支持皇长子的大臣们，必定是为了讨好二皇子，才做出这样的事来。

在对手最弱的时候，把他彻底击垮，元恪这么做，其实谈不上什么对错，甚至可以说，他连手指都没有动一下，就让这些大臣们都为他所用，手段十分高超。可元宏却越发担心，怕元恪性情越来越偏激狭隘。

冯妙想起二皇子生辰宴前后的事，也想透了来龙去脉。她知道这孩子的症结在哪里，高照容一直在用慕容氏训导后人的方法教导他，可以把他教成一个儒雅博学、才思超群的人，却忘记了要教他懂得珍惜、宽恕、信任，有些事要忘记，有些事不可不忘。

元恪现在的性子，适合做一个皇帝，却未必能做一个真性情的人。

冯妙沉思片刻，叹了口气对元宏说："恪儿的年纪也不小了，不如早些替他选择合适的太子妃，有个温婉细致的女子从旁劝说，或许他能不那么偏激狭隘。"

元宏微微摇头："像恪儿这样的身份和年纪，最厌恶的便是连婚姻也要被别人操纵。不如这样吧，选几位适龄的女子，让她们也跟着那些贵胄子弟一起去学堂读书。如果恪儿看中了哪家的姑娘，朕再做主替他立为太子正妃。"

迁都洛阳后，宫中每年都会从贵胄权臣家中，择选才学优良的少女充任女官，因此冯妙对哪家有合适的女儿十分熟悉。很快，几名出身清白、性情柔婉的女子便被选进宫中，她们的父兄都有官职，却不是世袭罔替的显赫爵位，不至于让元恪心中不快。

潜移默化地改变一个人的性情，不是一朝一夕可以做成的事，元宏和冯妙都知道这个道理，对元恪也只能慢慢引导。

冯妙每天花更多的时间陪着元怀，让他读书认字。夙弟和元恪像是两个截然相反的极端，一个太过纯善，一个太过狠戾。她希望她的怀儿，能有一颗正直的心，也能有足够的心机，在这杀伐不断的乱世中，保住自身的安宁。

她刚刚哄着怀儿睡熟，灵枢便慌慌张张地跑进来，一脸都是惊恐。冯妙叫乳娘抱着怀儿下去，柔声问道："出了什么事，这么着急？"

灵枢双膝一软，便跪倒在冯妙身前，大哭着连连磕头："皇后娘娘，求您救救公子吧！求您救救他，毕竟他也救过你呀！"灵枢跟在身边的日子也不短了，一直都是笑嘻嘻的模样，还从没像今天这样恸哭过。

冯妙上前拉她："大哥率领大军南征，远在千里之外，究竟出了什么事？"因为前些日子病着，也因为对军务并不熟悉，冯妙已经有好些日子没有帮元宏看过奏表了。如果是官吏有意克扣前方的粮草，或是出了其他什么刻意为难的状况，只有向元宏禀报，事情多半都能解决。

灵枢哭得鬓发松散，却并不起身，跪着上气不接下气地说："皇上……是皇上……想要公子的命啊……"

第四十三章 歌台暖响

冯妙拿了帕子替她擦脸，好言好语地问：“到底是出了什么事？你不说清楚，我该怎么帮你呢？”

灵枢很小就被王玄之带进东篱，对他的亲近、依赖，比素问更深切。她哽咽着啜泣不停：“刚才我去御膳房里，看看给小皇子准备的牛乳糕好了没有，听到给澄阳宫送午膳的小宫女说，皇上大发雷霆来着。”

她抬手胡乱抹了一把眼泪：“牛乳糕还没好，我就一时好奇问了几句，那个小宫女说，她去的时候，刚好有前线的奏报送来，好像是说公子只带了几千人擅自离开大军驻地，结果被困在义阳……她还说，出来时听见皇上传旨，另外选人担任南征大军的主帅，不准派兵去救援公子……”

灵枢听到的只是只言片语，但却已经足够拼凑出一个大概来。冯妙沉吟着不说话，她已经有很久都刻意不在元宏面前提起王玄之了，就算在奏表上看到与王玄之有关的内容，她也会装作不经意地留白，交给元宏去处理。承认也好，不承认也好，王玄之是他们两人之间的一个心结，即使他站在朝堂之上，向着御座之上的天子跪拜，他的眼睛里也看不到丝毫的谄媚、臣服、畏惧。

帝王之术，有时跟驯鹰驯马的道理一样，越是难得的凶禽神骏，就越难驯服。

她柔声安抚灵枢：“皇上一向都很倚重大哥，在很多大事上都会征询他的意见。南征是件大事，如果有什么失误，军中一切赏罚都有标准，这事情不好额外求情，但也不会太过严苛……”

“皇后娘娘！”灵枢想必是真的急了，高声打断她的话，“如果一切都按律法处置，我也不会替公子求什么了。您不知道，我只怕……只怕……皇上是要借这机会，杀了公子以绝后患……”

她的双眼发红，手握成拳放在身侧，仰着脸对冯妙说道：“公子不准我告诉娘娘，可我觉得娘娘应该知道，再决定要不要救公子的命。”

她咬着唇，把元宏去嵩山时的事，都说了出来：“娘娘和素问姐姐整夜都没有回来，我没有办法，只能偷拿了华音殿里的令牌，出宫去向公子报信。公子伪造了御用物品，又假传了皇上的口谕，才能骗得李得禄帮他的忙，从南朝人口中问出了传递消息的方法。任城王让两位娘娘写的信，并没有送去南朝人手中，而是交给了皇上！”

冯妙的脸色倏地变了，李得禄一直在奉命审问捉到的慕容氏后人，偶然提及前一次的事，实在再正常不过了。她不知道王玄之为了救她，还做过这样的事，这已经实实在在触了元宏的底线。不只是元宏，历朝历代任何一位帝王，最忌讳的便是臣子假传上谕、自作主张。元宏是个雄才大略的君王，在做个合格的帝王和做个善良的好人之间，他必定会毫不犹豫地选择前者。

灵枢仍旧直挺挺地跪着，冯妙拉了她一把，叫她到内殿去照顾好怀儿，自己匆匆地跑了出去。肩辇、软轿都来不及传，她只能一路沿着宫道往澄阳宫跑去，随意绾起的发髻在半路上松散，束发的金环“叮”一声落在地上，可她根本顾不上回头去看，只想着快些赶到澄阳宫去。

奔跑让她的呼吸变得越发急促，连视线都开始变得模糊。眼前闪过的，都是王玄之的影子——

他在蚕架中间，递出来一把油纸伞，声音温润地说：“小姐，这把伞的名字，叫作踏青归晚。”

他在佛寺之中，无比虔诚地叩拜，双手合拢抵在唇上，缓缓念出那句话：“万事宽心，四时安好。”

他在平城小巷尽头，手中只握着一支剑鞘，微凉的夜风掀起他的袍角，但那双眼睛里的关切从未改变，像在坚定地说：“不要怕，我来了。”

他在城关古道，他在南朝都城，他在每一个有她的地方，随时准备伸出一只整洁修长的手，不让她坠入万丈深渊。

澄阳宫卷翘的檐角出现在眼前，冯妙不叫守门的太监通传，直接跑进了内殿。

元宏似乎正在跟几位臣属议事，殿内传出博阳侯与关西侯的争吵声，两人都在讥讽对方的差事好做，却做了这么久都不见成果。

冯妙顾不得礼数周全，双手用力一推，内殿的门便在她面前敞开。争吵不休的两个人都住了嘴，转过头来愣愣地看了片刻，才想起来跪拜施礼，道了一声：“皇后娘娘安好。”

元宏看见她脸色潮红，一下子便想到她是一路跑过来的，怕她喘症发作，快步走过来搂住她：“怎么不叫人送你……”

冯妙大口喘着气，却并不像从前那样，贴在他胸口像小猫一样蹭来蹭去，只用一双深潭似的眼睛看着他，那两汪潭水深处，全是隐隐暗藏的波澜。

元宏已经猜到她是为什么事而来，脸上的表情却纹丝不动，抱起冯妙向纱幔之后走去，转身时对着身后的两人吩咐：“既然你们都觉得对方的差事好做，那就让你们换换，博阳侯改去治理黄河水患，关西侯改去筹集粮草。十天之后，朕要看到成效！”

那两人互相狠狠地瞪了一眼，却再没什么话好说，悻悻地退了出去。原来皇帝心里早已经有了计较，刚才不过是像看戏一样，听着他们互相揭对方的短处。

“妙儿，别着急，慢慢呼气……”元宏抚着冯妙的额头，帮她调整呼吸。可冯妙却惶急地抓紧了他的衣袖：“皇上……派兵……去救救大哥吧。”

元宏的手垂下来：“妙儿，你知道前线发生了什么事吗？”

冯妙从不看战报，自然对前线的事一无所知。元宏沉声说道：“王玄之身为一军主帅，竟然把大军留在淮安，自己带了两千人，去偷袭云阳镇。朕曾经明明白白地告诉过他，云阳易守难攻，是块最难啃的骨头，就算是遇到了也要绕开走。他呢？他竟然私自离开营地，偏离了原定的行军路线三百多里！”

大概觉出自己的话怒气太盛，元宏停了一停，把声音放低了一些：“朕知道他一向不愿循规蹈矩，以为他另有什么高明的安排，起先并没处置他，只要他能获胜，哪怕失败后他能及时撤回来，朕都可以当作没这回事，这已经是朕宽容的极限了，但他却让朕失望了。他和那两千兵士都被围困在云阳东面，两千兵卒都要因为他的突发奇想而丧命！”

“不，不会的，不会的，”冯妙连连摇头，“大哥不是这样冲动莽撞的人，他一定有什么别的原因，至少该先把他救回来，再慢慢审问……”

元宏的脸色，已经阴郁得如同暴雨之前的天色一般，冯妙乍一抬头，竟被他吓得向后缩了缩，却仍旧大着胆子说了一句：“皇上，无论如何先救救大哥吧。”

元宏猛地抓住了她的手腕，声音也越发沉郁：“他姓王，你要么姓冯，要么姓萧，他是你哪门子的大哥？”说出口的话，就像从天而降的雨水一般，没有办法倒流回去。他其实并不是想要责备冯妙，他更想责备自己，因为有太多的责任和束缚，没有办法像王玄之那样，总是在冯妙最软弱无助的时候出现，带她离开困境。

冯妙愣了片刻，缓缓吐出一口气说道：“那就请皇上收回凤印，把我也废为庶人吧，我实在当不起如此高位了……”

就在几天前，也在同样的位置，他们还在感慨元恪是个孩子，做事情太过冲动、不计后果。可真正轮到他们自己身上，又能比一个十来岁的孩子成熟多少?

带着怒意说出的话，比利刃还要伤人，元宏盯着她的双眼，想要从中看出哪怕一丝一毫的谅解来，只要她撒个娇、服个软，哪怕只要她别再像现在这样剑拔弩张，他都能心平气和地再想一想，可是……什么都没有，只有质疑、质问……

“朕亲自去统率大军，把你的大哥带回来，就算是朕欠了你们的！”元宏甩下这句话，拉开殿门大步走了出去。

冯妙心里一直记着，元宏身上的病症还没有治好，并不适合御驾亲征。她从床榻上跳下来，赤着双足追到门口，满腹的担心不知怎么变成了另外一句冲口而出的话：“你本来就欠他的！也欠我的！”

回应她的，只有元宏越来越远的脚步声和骤然涌进殿内的凉风。冯妙慢慢坐在地上，身子从脚尖开始一点点变凉。她在心里有些木然地想，皇上不会去的吧，灵枢已经听见别人说，皇上会另选一位主帅南下。他们说的不过都是气话罢了，等气消了，终究还是会跟以前每一次一样，元宏会张开双臂抱一抱她，埋怨她的脾气竟然这么大，她会窝在元宏胸口，扭来扭去地不想说话。

他们有那么多不同，却彼此刚好贴合，应该……一切都会好起来的吧?

冯妙不记得自己怎么回的华音殿，第二天清早起来时，从左肩头到整个背上，都是酸疼的。素问带着小宫女来送早膳时，才含含糊糊地说起，昨晚是元宏送她回来的。

华音殿安静得如同被人遗忘的世外桃源一般，十来天过去，元宏一次都没有来过。他不来，冯妙便也不去澄阳宫。她知道，两人的想法有太多不一样的地方，也许说不上谁对谁错。她只是不明白，元宏为什么要如此着急地逼迫她，好像恨不得让她立刻能成为长袖善舞的政客。她也不明白，为什么元宏非要从她最亲近的人开始下手，为什么不能给她一点时间，让她学着适应。

转眼又是月初，自从冯妙被立为皇后以来，每三个月一次，元宏会和她一起到宫中学堂去，劝勉那些贵胄子弟读书，以表示皇帝、皇后都非常重视和提倡汉学。这个月恰恰是该帝后同行，去宫中学堂劝学的日子。这也是宣召那些适龄女子进宫后，第一次帝后同去劝学的日子。眼看着快到了，元宏却仍旧没什么表示，冯妙想来想去怎么都觉得不放心，怕他太过忙碌，把这件事给忘了。

她不想先低头服软，犹豫了几次，最后还是叫过来一名小太监，让他去澄阳宫请旨，问问这个月什么日子去宫中的学堂。其实日子向来都定在每月初五，早已经是惯例了。

小太监的神情有些古怪，赔着几分小心说道：“皇后娘娘，皇上不在宫中，现在是太子殿下监国。”

冯妙一时没能明白他话中的意思，还有些怔怔地问：“皇上又去嵩山了吗？”没等那小太监接着说下去，冯妙便意识到不对，猛地站起来问道，“皇上去南征了？”

“娘娘回华音殿的第二天，皇上就出发了。”小太监低垂着头说话，却时不时地偷眼打量她的神情，“皇上走得很匆忙，我们只当……只当娘娘都已经知道了。”

冯妙无力地挥手：“知道了，你下去吧。”她怎么会不知道，或许就是因为她说的那几句话，元宏才这么急匆匆地去了。

自从用了李夫人最后一次送的药，元宏的身体的确已经比从前好得多，甚至可以骑马了，只要别太快就行。可是军中环境艰苦，经常要连夜急行，一个健康的成年男子，尚且会觉得疲劳不堪，更何况一直病症未愈的元宏？

她忽地想起来，不知道元宏身边有没有忠心可用的人跟随，赶忙派人去问，听说始平王元勰也随皇帝的銮驾一起去了，才多少放心一点。有太子监国，一切奏表都会直接送去太子居住的永泰殿，冯妙自然也就不再过问了。看不到奏表、战报，就没办法知道前线的情形，只能默默盼望元宏平安归来。

夜里怀儿早早便睡了，冯妙大睁着眼睛躺在他旁边，心里反反复复想着最后那一日的情形。如果她没有那么冲动地说出最后一句话，说不定元宏就不会这么着急地启程了。

此时元宏已经到达谷塘原行宫，距离南征大军的驻地只有半日路程。这座行宫，原本就是前些年为了指挥南征而修建的，元宏几次御驾亲征，都曾经在这里暂住过。说是行宫，其实不过只有几间简单的宫室，远远比不上平城、洛阳两处皇宫的规模。

他的身体仍旧很虚弱，按照李夫人说的方法用药施针过后，他的经络穴位几乎都被封住，不能做激烈的活动。因此，他一路上都乘马车赶路，车厢四面都垂着厚厚的帘子，不让人看见他发病时的样子。进入谷塘原行宫后，元宏也只让始平王一人在身边侍奉，一切诏令都由始平王传递，皇帝轻易不见外人。

真正到了军中，元宏才清楚地看见，王玄之面对的是什么样的境况。从前每次御驾亲征时，负责调运粮草的官员都十分卖力，好在皇帝面前表现自己。可轮到王玄之统率大军时，那些鲜卑官员不敢违抗皇帝的旨意，运来的数量是够的，时间却总是不经意地晚上那么一点，搬运时还会凑巧撒落一些。有时候，就是因为这迟来的一点点，便错过了追击南朝逃兵的最佳时机。

可王玄之自有他的解决方法，他详细计算了兵卒马匹正常需要的粮草数量，大军进攻、追击时，每日配给的数量便比正常数量略多一些，确保人和马都有足够的力气。而大军驻扎休息，配给的数量便只有正常数量的一半，吃不饱的士兵和马匹，可以到营地周围自己想想办法。这么一来，不但保证了进攻时的士气，还节省下了不少存粮，即使后方送来的粮草偶尔晚上几天，或是少了一点，他也可以先用存粮补给。

元宏翻看着军中的文书记录，不由得感叹，王玄之的确是个人才，他是个典型的士子文人，却用文人的头脑，布局落子一般指挥着十万南征将士。文书看了一大半，元宏便觉得有些疑惑，这一路攻城略地，王玄之都十分沉稳，并不贪功冒进。大军驻扎在淮安，显然也是为了休养生息，准备继续向南朝都城建康推进。眼看就要大功告成，王玄之怎么会突然离开大军往云阳镇去了？

他用手指点着绘在羊皮上的地图，仔细思索了半晌，叫过始平王元勰说道：“去传朕的旨意，命军中的右裨将带一万人，去云阳镇解围救人，务必把王玄之带回来，哪怕断手断脚，也要带回还剩一口气的活人来！”

元勰抱拳答应了，却仍旧有几分迟疑：“皇兄，增派一万人去救两千人，会不会……太浪费了？再说，已经这么多天了，那两千人还剩下几个，都已经很难说了。”

元宏的目光一直落在地图上，有一处地方被王玄之用笔勾了个圈，他沉声说道：“去吧，这一万人，不会白白浪费的。”

洛阳皇宫内，冯妙正坐在皇家开办的学堂中，头戴单凤朝阳步摇金钗，身穿牡丹纹云锦深衣，看着十二名袅袅婷婷的年轻女孩儿。她们都是从洛阳城中贵胄世家里挑选出来的，个个生得面容姣好、仪态娴静。当着皇后、太子和六公主的面，她们依着礼节低垂下头，目光里却隐隐流动着期盼。

现在的冯妙，在她们心中是一个传奇，从卑贱歌姬所生的昌黎王庶出女儿，到母仪天下的大魏皇后，她实现了一个女子所能有的全部梦想。皇帝因为宠爱她，再不宠幸其他的妃嫔，甚至准她们各自回家改嫁。听说这位皇后，就是因为才思敏捷、举止柔婉，才得到了皇帝的喜爱。一时间，无论是鲜卑女儿还是汉家小姐，都效仿冯皇后，诵经、读书、制香、品茶，希望得到皇家的青睐，一朝飞上枝头。

冯妙几次偷偷打量元恪的神情，见他并没对哪个女子格外留意，只在高家的女儿高英上前行礼时，微微含笑叫了一声“表妹”。等到领军将军于烈的侄女于秋婉抱着琵琶献上一曲时，元恪更是显得心不在焉，眼神不自禁地往窗外飘去。

于秋婉的琵琶弹得很好，十指在弦上翻飞如蝶舞，曲音流畅，显然是下过一番苦功的。可就连冯妙也听得连连摇头，曲中虽然一个音都没有错，可是却少了几分欲说还休的情意，比起高照容当年怀抱琵琶、顾盼生辉的样子，实在差得太多了。有高照容这样的珠玉在前，也难怪元恪会对她不屑一顾。

冯妙不由得又看了元恪一眼，见他目光沉沉地看着窗外的宫道，五六名年轻的姑子，正被一名管事的太监引着，向宫外走去。那是六公主前些日子从明悬寺召进宫来做法事的，都是十五六岁极年轻的女子，即使穿着灰扑扑的衣裳，也掩不住身上的明媚春光。

走在最后的那名姑子，似乎年纪更小些，看上去不过十一二岁，过于宽大的衣裳裹在她身上，走起路来一荡一荡的。她应该是第一次跟着师姐们进宫，慢吞吞地走着，看哪里都觉得新奇。快要跨出宫门时，她有些恋恋不舍地回头，想要再看一眼身后的雕梁画栋，目光恰恰对上了元恪的双眸。一双灵动大眼睛，带着不染世事的天真无邪，小姑子毫无怯意，竟然对着元恪抿嘴而笑。

门外传来其他姑子叫她的声音，催促她走快些，小姑子这才丢下手里的草茎，快步跑了出去。

冯妙收回视线，在心底无声地叹了口气，比起窗外宫道上那个俏丽的倩影，这些举手投足都一板一眼的闺秀，实在如同泥塑土偶一般索然无味。元恪也转回头，适时地褒奖了于家小姐几句，叫人拿玉如意来赏她。大魏仍旧以金器为贵，拿玉器赏她，其实已经无意间表明了，太子殿下并没看中她。

从不偏不倚的角度来说，太子妃的人选多半就会是未来的皇后，于家小姐有掌管羽林侍卫兵权的叔父，人也端庄规矩，是最合适的人选。如今皇帝和始平王都不在京中，领军将军于烈的忠心，就显得更加重要。就在于秋婉有些失望地要告退时，冯妙从头上取下了一支镶着夜明珠的九环钗，随意地赏她，说给她添件装饰。

第四十四章 意长笺短

能得到皇后娘娘亲赐的九环钗，名贵与否还在其次，真正要紧的，是这背后暗示的含义。其他几位小姐看向于家小姐的眼神都有些变了，只有于秋婉自己得意扬扬，敛衽拜谢时，不失时机地对冯妙说："臣女听说皇后娘娘对诗词很有造诣，自己写了几首不入眼的，等娘娘得闲，想拿给娘娘指点一二。"

冯妙注视着她还带着稚气的脸，这些年轻的女孩儿，总是把事情想得太过简单，以为靠诗词歌舞就能赢得皇家的青睐，以为一支金钗就能护住自身安稳。世上的事从来没有捷径，交出多少真心和心甘情愿的代价，才能得到多少回报。但这些道理，不亲身经历过，是永远没有办法体会的。

她现在需要的，是于家那位将军的忠心，对这位于家小姐的青睐，不过是她用来拉拢人心的手段罢了。冯妙轻轻点头："好，本宫经常有空。"

这一天过后，人人都心知肚明，于家的小姐多半会是未来的皇后，高家的小姐凭借出身，或许将来能封个夫人。可只有元恪自己心里清楚，那天的十二位小姐，都穿着中规中矩的衣裳，梳着效仿皇后的发式，面目模糊得他回到永泰殿便已经想不起来了。只有窗外那个小姑子，揉着草茎东张西望的样子，不住地在他脑海中闪现。

监国太子，想要找到一个普通的姑子，实在是易如反掌，甚至不用他亲自开口，身边的侍从就已经揣摩着他的态度去打听了来，那些姑子是从明悬寺来的。那个年轻的小姑子，法号叫作静圆，是从小在明悬寺长大的孤儿，今年还不到十二岁。静圆，静圆……他从不知道，如此普通的两个字，也可以这么美好。

他命人准备了成箱的金银器皿，直接送去明悬寺，又命人给寺中的佛像加塑金身。偶尔有几次，他也会派人去明悬寺请姑子做法事，点名要这个叫静圆的小姑子来诵经。他从不露面，而是藏身在帘后悄悄地看。那小姑子还带着小动物一样的惊慌懵懂，诵经时睫毛不停地颤抖，显然并不像其他年长的姑子那样心如止水。

元恪得意地微笑了，那小姑子跨出宫门前的回头一望，已经泄露了她的心思，她喜欢奢华繁复的皇宫和至高无上的权力。他像个偷窥猎物的猎人一样，一点点收紧手里的网。他从没告诉过任何人，这个叫静圆的小姑子，笑着抬头的侧脸，有几分像从前宫宴上的冯母妃。

洛阳城中歌舞升平时，元宏正在谷塘原行宫中眉头紧锁。他知道云阳镇的地形易守难攻，却没想到那里的守军实力也很强悍。右裨将带去了一万人，猛攻数日竟然毫无进展。万幸的是，右裨将赶到时，王玄之还活着。

王玄之不肯先回来，只让快马报信的兵卒，带回了一句算是请罪的话："生为男儿，谁都有个热血冲顶的时候，只要能报得了王氏满门上下和幼妹幺奴的仇，玄之必用后半生偿还皇上的恩义。"

元宏气得发笑，对侍奉在跟前的元勰说："他这是在向朕请罪，还是在威胁朕？他先能活着回来，再跟朕说这些夸口的大话！"王玄之为了报仇雪耻，恐怕连死都不怕，可要是不能带着活的王玄之回去，只怕冯妙永远都不会原谅他。

报信的兵卒又取出一块残破的绢布，双手捧到始平王面前，说是王玄之叮嘱，务必要交给皇上的。始平王元勰赶忙接过来，送到元宏手中，悄悄示意那兵卒退下。那绢布像是从衣襟上撕下来的，上面还带着已经干涸的血迹，正中用炭灰写着几个字：云阳兴安陵。

元宏把布摊开在桌面上，目光扫过羊皮地图上用墨勾出的那个圆圈，脑中忽然闪过一个念头，云阳兴安陵正是萧鸾生前为自己修建的陵寝。他猛地站起来，原来这才是王玄之真正的意图！

大军南下时，萧鸾已经病入膏肓，只剩下最后一口气。他笃信厌胜之术，认为人死后再移动十分不祥，便提前赶往自己的兴安陵，随行护卫的，也正是整个南朝最精锐的人马。

此时的建康，必定人心惶惶，防守也很薄弱，正是一举攻破的好时机。王玄之急着赶去云阳，一半是出于自己的私心，想要赶在萧鸾咽气之前，亲手替冤死的王氏满门报仇。另一半却是为了拖住萧鸾的兵卒，给元宏制造攻破南朝的时机。这才是他熟悉的王玄之，把一切都安排得滴水不漏，却把最后一击留给元宏，免得再犯下功高震主的大忌。只要与冯妙无关，任何事他都可以布置得周全妥帖。

最难的抉择又回到了元宏手上，大军已经修整了将近一个月，正是继续开拔的好时机，是去一举攻下南朝都城，还是分兵去救援被困的王玄之？

他的神色渐渐变得凝重，最终缓缓开口，对始平王元勰说："传朕旨意，派一队人马到两军对阵处散播流言，就说南朝皇帝萧鸾已死。再叫所有兵卒将领做好准备，五日后南下攻城！"

洛阳城内，元恪刚刚从成堆的奏表中抬起头来，轻轻活动着发酸的肩膀。前线的战报也混在其中，皇帝一到谷塘原行宫，军中就士气高涨，他开始逐渐体会到了元恂的悲哀，有这样一个英明神武的父皇，做太子简直是世上最苦的差事，无论监国时怎么做，大臣们都会在心里拿来跟皇帝比较。即使真有登基即位的那一天，也永远都逃不开父皇的影子。

元恪想让自己放松一下，叫来贴身的小太监，让他拿着自己的令牌去明悬寺，把静圆接回来。猎人手里的网已经收得差不多了，这几天宫里要选一批新的宫女，正好可以把静圆混在里面，再想办法要到永泰殿来伺候。

小太监自然懂得主子的心思，不用他仔细吩咐，就忙不迭地点头答应，匆匆去了。过了大半日，那小太监才回来，却不像去时那样一脸喜色，惶急地向元恪禀告，静圆已经不在明悬寺内，前几天就被某位贵人的马车接走了，不知去向。

元恪只觉得一股火直冲头顶，能调看宫中出入记录和银钱支出的人，只有皇后。他说不清究竟是哪种情绪占了上风，或许是为了中意的女孩儿不见了而恼怒，也或许是因为他心里的隐秘被人窥破了而羞窘，他看中这个小姑子，只是因为她纯净的笑像极了那个人。

一连几天，元恪都觉得胸口像憋着一团火。他在宫中还听到流言，说皇帝有另外一道密诏留给皇后，其实是要把皇位传给最钟爱的幼子元怀，因为用来封装册立太子诏书的金筒，本来应该是一对儿。

想起那个还整天咬着手指的弟弟，元恪就觉得不快，父皇偏爱他，冯母后也偏爱他。身为年长的太子，元恪不会承认，他在嫉妒这个年幼的弟弟。阴暗的种子一旦生根发芽，就会疯狂地生长。他忽然恶毒地想，应该让这弟弟永远从宫中消失，冯母后的注意力，就会重新回到他身上了，他仍旧是最聪慧的皇子……不，他会是唯一的皇子了，如果知道这个弟弟会夺走冯母后的全部注意力，就应该趁着元怀还只会挥舞着手臂"咿咿呀呀"叫的时候，把他掐死在摇车里。

元恪开始命人悄悄留意元怀的动向，摸清了他每天下午会到宫中的荷塘边玩一会儿，每次身边都只有一个叫灵枢的宫女跟着。下午这时间很好，宫女、太监都昏昏欲睡，大半个皇宫都是安静的。元恪只带了一个心腹太监，沿着宫中小路往荷塘边走去。

离着十几步远，他就听到元怀咯咯的笑声。灵枢正用一只藤条编成的小球逗着他，绕着荷塘边一块怪石来来回回地跑个不停。

元恪一面不屑地想，父皇和冯母后怎么会有这样的儿子，没心没肺快活得像只摇着尾巴的小狗一样，一面却又咬牙切齿地嫉恨，他自己在这个年龄，已经知道身为皇子不能这样跑跳大笑了。

他刚一走近，元怀就张开两只小手扑过来，口中叫着："二哥哥！"灵枢赶忙捡起那只小球，跪下向元恪行礼。

元恪摆出一个关爱的笑容来，对灵枢说："孤跟怀弟在这玩一会儿，你去取些点心和酪浆来。"灵枢不敢违抗，又见元怀对这个哥哥十分亲昵，便应了声"是"，转身走了。刚绕过一棵垂柳，她忽然觉得不妥，太子殿下身边怎么会连一个侍奉的人都没有？

灵枢躲藏在树后，探出半边脑袋向外看去，正看见元恪带着元怀往荷塘边走去。

元怀蹲在地上，兴奋地揪着地上的嫩草，元恪慢慢抬起手，要把他推进荷塘里去。荷塘底下全是淤泥，就算是水性极好的人，不慎掉进去也很难生还，更何况一个还不到三岁的幼童？

灵枢吓得就要高喊出声，嘴刚一张开，便被一只粗粝的手捂住，飘起的衣袖正是永泰殿内太监的款式。

灵枢奋力挣扎，可捂住她口鼻的手却越收越紧，勒得她喘不过气来。灵枢想起手里还拿着刚才逗元怀玩的藤条小球，举起来用力向后一打，那球轻飘飘的没什么力道，藤条却刚好划在身后那人的眼睛上，逼得他略略松开了手。

趁着这短暂的松懈，灵枢毫不犹豫地张开嘴，双手捧住那人的手腕，狠狠地咬了下去。这一下用上了十足的力气，直咬出一个带血的牙印来。身后小太监的手一松，灵枢便从他手臂下方灵活地钻了出来。

元恪的手已经放在元怀小小的背上，只要他稍稍用力一掀，就能把元怀推进荷塘里去。灵枢眼珠一转，边跑边高声叫喊："殿下，您要……唔……"她才刚说了几个字，就被那小太监追上来，又一次捂住了嘴。小太监这次有了防备，用布条塞进她口中，让她既不能说话，也不能咬人。

听见喊声，元恪担心被人撞见，猛地一把抱起元怀，用一只手挡住了那双碧绿的眼睛，向荷塘边快走了几步。他看看四下无人，就要把还不知道发生了什么事的元怀扔进去。灵枢对着元恪拼命哀求，可在旁人听起来，那些哀求不过是些含混不清的"呜呜"声响。

手刚向前一送，树丛背后便传出一道熟悉的女声，只叫了他的名字："恪儿！”元恪收回手，转头向身后看去，惊愕地发现冯妙正从弯曲的小路上走过来，在她身后还跟着一名十岁出头的少女，梳着双鬟小髻，正用一双清澈的眼睛看过来。那少女穿着一身湖绿色汉装，头上戴着宝珠玲珑钗，耳垂上坠着两颗猫眼石，手腕上套着一只翠玉镶金镯子，衣衫装饰都是官家小姐的样子，可那张脸，分明就是那个小姑子静圆。

一看见冯妙，元恪就先心虚了几分，放开手对冯妙说："母后，我正在这跟怀弟闹着玩呢。"元怀完全不知道这个哥哥刚刚对他动了什么心思，反倒张开手臂攀住了元恪的脖子。

几步远之外，元恪带来的心腹太监，还扭着灵枢的手臂不让她动弹。冯妙也不说破，指着身后的少女说："这是司徒胡国珍家的小女儿，闺名叫作静媛，本宫见过一次，觉得她很乖巧讨喜，就叫她进宫来陪本宫说话，正好说起要来看看怀儿。"

那少女见了元恪，并不像普通闺秀那样垂着头，反倒上上下下地打量了他几圈，见他看过来，便毫不羞涩地仰头一笑，直到冯妙低声催促，才对元恪行了一礼。这副明朗天真的样子，更加让他肯定，这位胡家小姐，就是之前的小姑子静圆。他不知道一个在寺院里长大的孤儿，怎么会突然变成了司徒家的小姐，但他能猜透冯妙的用意，有了官家小姐的身份，她就可以进宫参选太子妃了，也许不能成为太子正妃，但至少可以留在宫中，等太子真的即位了，再另行册封。

元恪被胡静媛的双眼望着，心里忽然涌起一股悔意，如果他刚才真的推了元怀下去，这会儿该怎么面对这两个人？

冯妙从他手中抱过怀儿，平静温和地说："恪儿，胡家的马车应该已经在门口等了，静媛恐怕不认得去宫门的路，你就多走几步，送她过去吧。送过静媛，你来华音殿，本宫还有几句话要跟你说。"

不等元恪回答，她就沿着方才走出来的小路，慢慢地绕进林荫深处里去。抱着怀儿的手都在微微发抖，说毫不担心都是假的，如果她晚来一会儿，或是元恪的心再狠一点儿、手再快一点儿，这会儿元怀已经掉进荷塘里了。她冒这个险，就是为了让元恪体会到，作恶的滋味，并不像他想的那样肆意自在，作为代价，他会失去一切亲近的、在意的人，再也体会不到安宁平静的内心。

不知道元恪是不是真的送了胡静媛去宫门口，冯妙回到华音殿，又喝了一盏茶，他才匆匆走进来。一进门，他便跪在冯妙面前，什么话也不说，先跪在地上磕了一个头。冯妙放下茶盏，并不叫他起来，缓缓地开口说道："本宫让司徒认了那个小姑子做女儿，对外面只说是他亲生的小女儿，因为小时候身体不好，怕养不活，才送进明悬寺做了姑子。"

元恪的头垂得更低，他用恶意去揣度冯妙的心思，得到的自然只会是恶果。

“恪儿，”冯妙把一只手伸到他面前，露出一只无法正常弯曲的小指，“这只小指上的伤，是你的父皇留给我的，那时他只比你现在大一点，性情……”她顿住，露出一丝无奈的笑，年少时的元宏，其实也曾经狭隘阴郁过，但元宏懂得怎样控制自己内心的阴郁，不让它变成凶残的猛兽。

“不管他后来如何后悔自责，这只小指都再也长不好了，所幸受伤的只是一只小指而已。”冯妙说完这些话，端起手边的茶盏浅浅地啜了一口，她相信元恪是个聪明的孩子，话说到这里就已经足够，余下的需要他自己去体会。

“恪儿，”冯妙放下茶盏，盯着他问道，“如果本宫今天没有带着胡小姐去荷塘，现在你会后悔吗？”

元恪不敢跟她对视，过了许久，一个低低的“会”字才在喉咙里打了个转。冯妙欣慰地点头，他能有悔意，那就不是无可救药。她把手扣在一只赤金小盒上，里面装着元宏与立太子诏一起写下的另一道诏令，他曾告诉过冯妙，一旦他有什么不测，冯妙可以凭着这道诏令，让元恪登基即位，自己以皇太后的身份垂帘辅政。

她原本想在一番敲打过后，把这诏令的内容一并告诉元恪，让他知道，他的父皇终究还是把他当成最引以为傲的儿子。可话到嘴边，冯妙忽然又改了主意。人心的复杂，就在于善、恶之间只有一念之差。等到元恪真的做了皇帝，会有更多的人在他身边，想要蛊惑他、劝诱他，还是让他心中多少留有一些畏惧吧。

元恪也已经注意到了冯妙手边的赤金小盒，他认得那盒子是专门用来封装皇室密诏的，目不转睛地看着，想要知道里面究竟写了些什么。冯妙把那盒子向后一推，绝口不提里面的内容，只对元恪说了最后一句话：“胡家小姐从小在寺院长大，内心纯净天真，别人教给她什么，她就会学成什么样子。如果你真的喜爱她，就不要用荣华富贵去迷她的眼。”

能说的话都已经说尽，能不能做到便要看元恪自己了。

元恪双手交叠在身前，恭恭敬敬地又磕了一个头下去，正要开口说话，素问便从门外匆匆进来，径直走到冯妙身侧，附耳对她说了几句话。冯妙的脸色忽地变了，抬头问道：“不是一直有人看守吗？怎么会让他偷偷跑了？”

素问知道她并不打算瞒着元恪，便也大大方方地回答：“奴婢刚才问过那几个羽林侍卫了，因为皇上吩咐过不准苛待，他们便把高大人关在一间小室里，门窗都锁着，那间小室从前也是住人的，墙上开有一个小洞，可以送进饭食或是取出秽物，人要进出，只能手脚并用地爬。那些侍卫见高大人平日满身仙气、举止清贵，想着他绝对不会自轻自贱到从那个洞口爬出去，就放松了戒备……”

冯妙对高清欢的了解其实并不多，却知道他的经历并不像表面上看起来那么简单，那些侍卫都被他的外表欺骗了，为了达到目的，他其实什么事都肯做。冯妙心里清楚，高清欢不早不晚，偏偏挑在元宏不在宫中的时候，并不只是为了逃出去那么简单。他看上去已经一无所有，这才最可怕，因为猜不透他会把致命一击放在哪里。

她思忖片刻，对元恪说："恪儿，也许是我多虑了，但我们还是应该做好万全的准备。大魏历史上平定过无数叛乱，但还没有过任何一位太子，能在即位以前就以监国的身份干净利落地解决宫中变乱。如果你想跟你的父皇有不一样的功绩，眼下就是最好的时机。"

这些话，准确地命中元恪心中最隐秘的一个角落，他的确很想能有一个机会证明自己。元恪挺起上身，双眼之中带着明星似的光亮，朗声说："请母后教导儿臣该怎么做。"

"你把国玺藏好，不要让任何人知道国玺在何处，这几天的日常诏令都先用你的太子印信颁行。除去看好国玺，这些天你仍旧跟平常一样就好。"冯妙一面仔细想着，一面细细地叮嘱。元恪虽然聪敏，却到底还是个孩子，高清欢又是他名义上的舅舅，她说那番话，更多的是为了排除他心中的摇摆不定，并不真的指望他能反戈一击、力挽狂澜。

她转头又对素问说："你叫人去看一看，现在还有哪条路能出宫。"素问神情严肃地答应。她小时候曾经跟着父母在宫中伺候，知道这种情形下，如果高清欢已经起了反意，必定会设法断绝宫内与宫外的联络，等到宫中大势已定，再直接宣告一个结果。

第四十五章
烟浪远

冯妙又叮嘱灵枢看好怀儿，这才示意元恪和素问先按着刚才说的去做。

素问自己手臂上还裹着药，不方便行动，便安排了几名粗使的小宫女，到几处宫门口去看看。宫女们带回来的消息，让冯妙更加忧心，几处宫门的侍卫一见到有人靠近，眼神中便满是警惕，显然已经有人告诉过他们，不准随便放人出宫。

冯妙幽幽地叹了口气，对素问说："你再帮我配一服药来，要发作很快、没有太多痛苦的。"

"娘娘，也许事情还到不了那个地步……"素问有些于心不忍，站在原地不动。

"提早握着药在手里，我心里会比较安稳，去吧。"冯妙慢慢喝光了已经凉透的茶，她从来都是这样，只要准备好连最坏的结果都能接受，那么无论事情变成什么样子，对她来说都是意外的恩赐。

素问的双手还不灵便，只能靠着记忆让灵枢去配。交到冯妙手中的，是一只小巧的铜盒，里面有一块绿豆大小的白色药膏，带着点淡淡的腥味。"用水化开，可以加进任何东西里去。"素问忍不住还是多说了一句，"娘娘，不到万不得已，还是……不要用它。"

冯妙轻轻点头，把铜盒贴身收好。

入夜时，整个华音殿的人都和衣而卧，随时准备听到声音便起来。月光如水银流泻，冯妙有些自嘲地想，好像每次要有大事发生，窗外都挂着一轮圆月。月亮又白又大，像一颗饱满的果子，她伸出手去，在眼前比量着要抓住那颗果子。

收回手时，她顺势翻了个身，猛地发现室内不知何时已经站了一个人影，紫色衣袍顺直地垂下，碧绿色的眼睛在月光下如野狼的双瞳一般。一声惊呼哽在喉咙里，冯妙认出那人正是高清欢，她从床榻上起身，发现素问已经鼻息沉重，不像是正常的熟睡，倒像是被人用药迷昏了。

灵枢带着怀儿睡在另外一间偏殿里，冯妙心里想着，高清欢大概不会注意一个孩童。不料她的心思刚一动，高清欢便开口了，语调悠悠荡荡，跟月色融在一起："妙儿，你不必担心，我不会伤害你的孩子，碧绿色眼睛的孩子，都是天神的礼物。"

在此时听到这句话，冯妙只觉得从背上泛起一股凉意，她记得元宏说过，慕容氏的人，会相信碧绿眼睛的孩子，是天神的恩赐。她尽力平定心神，勉强笑着问："你用了什么迷药？为什么素问会昏睡，我却完全没有事？"

高清欢定定地看着她，眼神中似有无穷无尽的悲悯："因为你有那朵木槿花，她没有。"

冯妙微微发笑，她不是三岁的小孩子了，怎么会相信这种虚无缥缈的说辞？

高清欢并不在意她脸上的表情，走到床榻边，拉起衣袖露出自己手肘上的那朵木槿花："血统不纯正的孩子，只能刺一朵半开的木槿花，只有血统纯正的慕容族人，才能在身上刺一朵完全盛开的木槿花。"

他诡秘地一笑："木槿花朝开夕落，就如同慕容氏永远不会被挫败的信念一样。不过，半开的木槿花上，还有更多秘密。"冯妙瞪大眼睛向后退去，心里其实怕极了他此刻的癫狂诡秘，整个身子都快要缩进角落里去。

高清欢向前一步，身影沉沉地压在她头顶："难道你忘了？从前在拓跋宏的崇光宫，他的迷香也会对你失效。"他仍旧固执地称呼皇族旧姓，不愿忘记从前的旧怨。

冯妙想起来，的确有这么一回事，就在那次，她听见了元宏与高清欢的对话。

高清欢伸出一只手，抓住冯妙的一缕发，缠绕在指间："血统不纯正的慕容后人，出生时都会被刺上这朵半开的木槿花，针尖上的药汁，让你不会再被其他的迷药轻易困住，也永远不能背叛身上这一半慕容氏的血统。"

也许是多年掌管傩仪祭祀留下的习惯，他说话时，总是带着祭文一般的半遮半掩、悠扬神秘。冯妙却听明白了，他们就是通过这种方式，来让一代又一代的慕容后人死心塌地，一心报仇复国。每个带有一半慕容血统的孩子，都会被当成复仇的工具，从出生起就把这种毒药刺进身体里，一生都要靠不断地拿到解毒的药物活下去。孩子的母亲即使心里不情愿，也不得不屈从。

冯妙不由自主地微微皱眉，她忽然明白了，她的喘症久治不愈，一半是因为先天的病症，另一半也是因为这木槿花文身里渗透的药剂。元宏没有杀高清欢，必定是因为只有他才能用药让这病症不再加重。难怪从前只有高清欢送来的药才有效……

高清欢像能窥破她心中的想法一样，不等她开口问，便说道：“我不过是实话告诉了拓跋宏，如果没有我的药，你会咳血而亡。”

印证了自己的猜测，冯妙心中却涌起更多的疑问来，慕容氏控制得如此严密，为何阿娘还能逃出来？为何夙弟能躲过看守，身上没有木槿花文身？

窗外天色渐渐泛白，一片寂静间，有兵刃摩擦的声响传来，冯妙惊得脸色发白，竟然会有兵卒愿意听从高清欢的调遣，看来他的确准备得很周全了。高清欢站直上身，在冯妙额上轻轻地抚摸了一把，说道：“今天说的话已经太多了，等我的事情办完以后，我们还有很多时间可以说话。我以前总对你说时机未到，现在时机终于到了，你要问什么，我都会告诉你。”

他忽然凑得极近，与冯妙四目相对：“现在，我只问你一个问题，国玺在哪里？”

冯妙心思急转，不知道他是不是已经先去过永泰殿了，没等她想出个头绪来，高清欢已经用三根手指捏住了她的下颌：“妙儿，你应该清楚，即使你不说，我也有办法自己找出来。我给你一个机会，让你知道不该背叛自己的血脉，看清拓跋氏的男人个个都绝情冷血，不值得你爱。”

她想要转开头，却被死死捏住，只能抿紧了唇不说话。

高清欢盯着她看了半晌，把手收回袖中：“你还跟从前一样倔强，我还记得，博陵长公主用藤条抽打你，让你冬天跪在水井旁边，可你一句话都不说，眼睛比屋檐上凝结的冰柱还要清亮。不过没关系，我要让你知道，慕容氏不是空有外表。”

他缓缓踱出几步，对着门外佩刀披甲的兵卒说：“去永泰殿，把太子殿下请过来。”站在最前面的两人答应一声，转身大步离开。

冯妙看着那两人的背影，忽然意识到什么，迟疑着问：“他们……是从前的东阳王府的亲卫？”

高清欢轻轻点了两下头，神色清冷看不出丝毫情绪。冯妙这时才恍然大悟，东阳王、北海王和废太子元恂，全都成了他的踏脚石。他一早就与东阳王接近，看中的不是东阳王本人，而是他手下这支训练有素的亲卫。挑唆叛乱、射杀东阳王，都是为了把这支亲卫变成他的。

冯妙冷笑出声：“你当着那么多人的面，亲手射中了东阳王，他的兵卒怎么可能死心塌地效忠你？”

高清欢也微微地笑了：“妙儿，你也还跟从前一样天真。早在东阳王起兵叛乱之前，他手下的几名将领就已经被我收服了。没有十足的把握，我怎会轻易动手？更何况，他们现在是被皇帝赦免的乱党，编在军中只会被人看不起，可是跟着我，他们还有一次建功立业、改变一切的机会，只要给他们足够的利益，他们哪还会记得从前的主人是谁？”

两名兵卒很快便带着元恪返回了华音殿，元恪身上有些狼狈，眼神却很明亮，见到高清欢还问了一句：“你见到孤，为何不下跪施礼？”冯妙暗暗点头赞许，这话虽然问得带着些稚气，可已经隐隐带上了几分跟元宏一样的气度。

高清欢自然不会跟一个小孩子生气，他缓缓走到元恪面前，似笑非笑地看着他，忽然抬手掐住了他手臂上酸麻穴位。元恪并不孱弱，可高清欢在手上使了些阴劲，让他耐不住弯下身子。高清欢松开手，退开一步冷冷地看着元恪：“我像你这么大的时候，就已经明白了，有骨气的人终究要向有力气的人低头。”

元恪恨恨地瞪他一眼，揉着发酸的手肘不再说话。高清欢仪态悠闲地随手一指：“你们几个，去永泰殿里仔仔细细地搜，哪怕把每一块砖都翻过来，也要把国玺找出来。”他瞥了冯妙一眼，像是要证明自己是对的，补充道，“找到国玺的人，事后加封镇国公。”

那几名被点中的士兵，高声应着“是”离开，其余站在原地的人，目光里都带上了几分艳羡。对他们这些底层兵卒来说，镇国公几乎是拼杀一生都遥不可及的梦想。

“看见了吧，妙儿，”高清欢踱回殿内，“只要你手里有肉，他们就会听你的话。”

那几名士兵走后没有多久，殿外又走进一个人来，那人径直走到高清欢面前，盈盈施礼。冯妙看清那人的五官，更加吃惊，她料到高清欢这一次必定准备得十分周全，却没料到，连这个人也是高清欢布下的暗子。

那人跟冯妙几乎同时进入畅和小筑待选，在宫中是个面人一样的老好人，从来没有得到过元宏的青睐，只是一步步随着年节封赏按部就班地晋封位分。丹杨王妃因为独子不明不白地死去而在宫中伤人那天，还是她替冯妙挡住了那根发簪。

冯妙想到她的姓氏，心口猛地一紧，那人姓崔，从前太皇太后身边最信任的宫女也姓崔。前些天翻看宫中历代帝王起居的记录时，冯妙还看到过，从前曾经有一位很有贤名的汉臣，也姓崔，这位汉臣最后却因为触怒帝王而被处斩。

崔岸芷仍旧是一副憨厚模样，看见冯妙在这里，有些不好意思地对她屈了屈身子，道了声：“皇后娘娘安好。”见礼过后，她转身面向高清欢，双手递上一支带龙纹的卷轴：“这是叔父亲笔拟写的，这几年宫中的诏书，除了皇上亲笔写的那些之外，大部分都出自叔父的手笔，只要加盖上国玺，绝对不会有人怀疑。”

她的叔父是博陵崔氏中极有名望的大儒，在汉臣中间有一呼百应的影响力。卷轴递到高清欢面前，崔岸芷又接着说道：“希望高大人能履行诺言，事成之后，替崔氏的先祖正名。”

冯妙带着几分不解看她，崔岸芷走到冯妙面前，带着几分不好意思，却毫无悔意地向她解释：“博陵崔氏，是北方汉人中最早愿意在大魏做官的，崔氏的先祖，曾经是开国皇帝身边最受器重的文臣。当时崔氏的家主，跟在开国皇帝身边，负责记录皇帝的一言一行，直接记下了拓跋皇室下令大举屠杀慕容氏的前因后果，因不肯按照皇帝的心意修改，所以被大魏开国皇帝杀死。”

她向冯妙低头，做了一个抱歉却无可奈何的表示：“博陵崔氏世世代代最擅长的，便是编史和考据，史官世家最重名誉。一个人的死微不足道，可百年崔氏的名声却不能这样不明不白地被人诋毁。皇后娘娘，我们只是想要一个公道的评价。”

高清欢拿过卷轴，展开来一字一字地看。从冯妙所在的角度，刚好可以看见卷轴上的内容。那是用元恪的口吻写成的诏书，大意是说元宏在南征时下落不明，本应由太子元恪即位，可太子年少，独自一人无法承担如此重任，因此加封高清欢为辅政王，辅佐新帝理政。那意思再明白不过，高清欢会先想办法让元宏“下落不明”，再坐上辅政的位置，一点点把朝中大权握在手里，等到时机成熟，他会再让元恪下一道退位的诏书。

冯妙心中焦急不堪，面上却不能表现出来。她很担心高清欢究竟会对元宏怎样。

高清欢看完了卷轴上的字，“哧”地笑了一声，忽然抬手把写有字迹的纸张一点点撕成了碎片，随手一扬，对崔岸芷说：“我原本想慢慢把本该属于慕容氏的江山拿回来，可我现在改变主意了，我已经等了太久，不想再等了。我可以直接跟现在的皇后成婚，登基做皇帝！”

冯妙听到他如此无礼的话，气得脸色涨红。高清欢走到她身边，拾起她柔若无骨的手说：“妙儿，不要总记着汉人那些规矩，鲜卑人本来就可以离开夫家再嫁，这不是什么了不得的大事。幸好拓跋宏一直信任你，准你参与政事，我才能有这么一个快捷的机会。只要你肯嫁给我，朝中至少会有一半的人愿意向我臣服，另外一半嘛，就找个机会杀掉好了。正好你的儿子有一双跟我一样的碧眼，我可以对人说，他其实也是血统纯正的慕容氏，天意也想让慕容氏夺回从前失去的一切。”

他并不转头，声音却忽然变得清冷疏离，对崔岸芷说：“请你的叔父再重新写一份诏书来，你们崔氏想要的，我都会答应，那段旧事，本来就应该让天下人都知道。”

崔岸芷迟疑片刻，终于还是默默记下他的话，退了出去。

派出去的士兵在永泰殿翻找了一整天，却没能找到国玺的下落。有人回来传信时，高清欢明显有些不快，只下令多派一倍的人去找，又命其余的人继续守好皇宫最内的几道门，把大臣和其余的羽林侍卫都阻拦在外面。宫中有过一次平定亲王叛乱的经历，那些老实守规矩的羽林侍卫，都不敢随意冲进宫门，免得被扣上谋反的帽子。

傍晚时分，高清欢命人把元恪看管起来，又命人准备了晚膳，只留下冯妙跟他对饮。把酒壶端过来时，冯妙心里犹豫了一刻，本想把素问准备的药放进去，可转念又想到，高清欢精通药理，如果一次不能得手，反倒引起了他的警觉，以后就再没有机会了。

两盏清浅琥珀色的酒放在面前，高清欢每次端起酒杯前，都会先俯下身子，在酒盏边浅嗅，辨别酒中是否有异味。冯妙暗自庆幸，还好刚才没有真的把毒药放进去。

高清欢一直沉默着不说话，几杯酒落肚，才借着微薄的酒意缓缓开口：“妙儿，你还有什么事情想知道，我都可以告诉你。”

冯妙知道自己逃不掉，索性跟他耗着时间：“我的事你都知道，我对你却一无所知，这多不公平。”

高清欢唇角微微上翘，一只手拈着酒杯，凝视着琥珀色酒浆的眼神中，带着些隐隐流转的欢喜，却又交织着不愿回忆似的痛苦：“妙儿，你想知道我的过去，我就全都告诉你。只不过……恐怕会跟你的想象很不一样。我不是一呼百应的天潢贵胄，从前……我是供人玩弄取乐的娈童。我唯一跟人不一样的地方，就是我的生身父母，都是血统纯粹的慕容族人，他们两个都有碧绿的眼睛。”

他饮一口酒，让自己微微发颤的嗓音平静下来，继续讲他不堪回首的往事。或许他从没对任何人讲过这些事，有时讲到某处，便会停下来，静默半晌才能继续。虽然他的表情始终没有太大的变化，冯妙却知道，他的内心正涌起惊涛骇浪。

高清欢自己斟满杯中酒，话语间的醉意越来越浓：“直到有一天，我不愿屈从被人在街角毒打，远远地看见大魏皇帝的车驾经过，旌盖如云，万人跪拜。”他猛地站起来，仰头喝干了杯中酒，险些踢翻了身侧的坐凳，“那时我想，凭什么拓跋氏的人可以耀武扬威地做皇帝，我却要做这些遭人唾弃的事？他们凭什么看不起我这双碧眼？这双碧眼……这双碧眼象征着从前鲜卑最高贵的血统！比大魏皇帝还要高贵的血统！总有一天，那些嘲笑过我的人，都要跪在我脚下……”

也许是酒的作用，从前那副冷漠清贵外表不见了，他似乎又变成了在街角被人羞辱的少年，满心不甘。

冯妙拿起一块帕子，抬手递给他。高清欢摇摇晃晃地伸手，指尖刚触到帕子，又忽然向前移了三寸，整个握住了冯妙的手。他蹲下身来，想平视着冯妙的双眼说话，可不知怎么失去了平衡，竟然单膝跪倒在她面前：“妙儿，为了不再被人轻视，我什么事情都做过，可是那有什么关系？大燕皇帝慕容冲，也曾经是苻坚后宫中的娈童，最后还不是亲手报了仇？”

他反复揉捏着冯妙的手，把它展开贴在自己侧脸上：“我第一次在昌黎王府看见你胸口那朵木槿花时，你才几岁大，一双眼睛清澈无波，我从没见过眼神那么纯净的人。你被博陵长公主鞭打，被人轻视、辱骂，可你心里从不自轻自贱。”

“妙儿，我跟你才是一样的人，从出生起就背负罪孽。为了得到想要的东西，我不怕使用一切最卑劣的手段。”他的话已经快要变成沉醉的喃喃自语，“可我没有……从来没有想要用卑劣的手段得到你，你是我所有梦想里最干净的一个。我希望你知道，拓跋氏的男人能够给你的，现在我也能给，我可以比他给的更多……”

冯妙用另一只手从桌上取了茶来，送到他唇边，心里忽然涌起深深的怜悯。越是听到这些疯狂的念头，她就越觉得阿娘聪慧睿智，阿娘曾经说过，轻贱还是高贵，并不在于别人的看法，重要的只是自己怎么看自己。她会爱上拓跋氏的男人，也并非因为他的姓氏或是身份，如果元宏不是皇帝，她会比现在更无拘无束地爱他。

高清欢推开茶盏，接着说道：“你有先天的喘症，那药会让你的病症加重，没有利用价值的婴孩，慕容氏不会白白养着，但也不会允许他们流落在外，长到六七岁大，如果仍然治不好，就干脆投进湖中了事。你的阿娘不想放弃你，也不想让第二个孩子重蹈覆辙，这才想办法逃走了。我见着你，本来应该处置了你，却鬼使神差地开始替你治病，盼着你能好起来，至少能活到我替慕容氏夺回一切的那一天。我希望你知道，没有人有资格那样对你，你身体里流淌的，是鲜卑草原上最高贵的血。”

听见他提起阿娘和弟弟，冯妙心中一动，忽地想到一个办法，或许可以把宫中的消息传递出去。她叹了口气，转过头去说道：“流淌着高贵的血又能怎样？夙弟已经被人灌下了毒药，现在是个痴傻聋哑的废人了。”

高清欢抬起迷离的醉眼：“那孩子真是只落进狼群里的羊，被连皮带骨吃掉是早晚的事。”他曾经无意间注意到，冯夙能背得出慕容世系谱，甚至能将那种古拙的字体写得惟妙惟肖，便引着冯夙写了一份。他并不是有意要让冯夙惹祸上身，只是那孩子实在太过天真，别人的一点点赞扬都会让他欣喜不已，以至于被关在羽林侍卫营里时，还会在纸上写那些字。

冯妙也站起身，走到高清欢身边，拿捏着恰到好处的嗓音："夙弟本来就没有太多心愿，对陈留公主一见钟情，可是公主却对他不屑一顾，嫌弃他出身低微，我这个做姐姐的，什么都没能给他……"

"嫌弃"这个字眼，果然刚好触到了高清欢心底的隐痛，他冷哼一声，声音带上了几分阴郁："拓跋氏的公主，能高贵到哪里去？他们的开国皇帝，抢走了慕容氏最尊贵的小公主，这笔账还没机会清算呢。等找到国玺，就传旨把陈留公主嫁给冯夙做妾，怎样？"

冯妙轻轻摇头："陈留公主也是个烈性子的人，她哪里肯乖乖听话，说不定趁着宫中大乱，她宁可撞柱而死，也不肯受这种屈辱。"

"陈留公主不在宫中，"高清欢轻轻启唇，"我出来那天，她刚好出宫上香诵经去了。"

冯妙心中一动，接着说道："其实公主婚嫁哪里用得着动用国玺，凤印就在我这里，虽然不能用来决断军国大事，安排一个公主的婚事还是绰绰有余。"元瑶并不是虔诚的信女，她回宫居住后，仍旧时常到寺里去，不过是为了回忆从前在云泉寺的日子罢了。这样的元瑶，是一定不肯就范的，只要她闹起来，总会有亲王或是臣子注意到宫中的反常情形。

她抬眼看着高清欢，放低了声音说："你不是一直说慕容氏的血统最高贵吗？别的我都不要，我只想要夙弟实现心愿，让这个从前看不起他的公主，做他身边的姬妾。"

高清欢用双手捧起她的脸说道："你说这些话的时候，才终于有几分慕容后人的样子了。我答应你，把陈留公主嫁给冯夙的凤旨，我亲自给你写。"他从书案上取过专门用来书写皇后凤旨的卷轴，提笔写下两行十分简略的字，因为带了几分酒意，那些字迹也像要从纸面上飞出来一般。

因为从前装左昭仪青鸾印的木盒子引发过元宏的病症，现在的凤印，只用一根丝带束在铜鼎的鹤嘴上。冯妙取过凤印，蘸了朱砂加盖在卷轴上。高清欢拉开房门，把凤旨交给门口的兵卒送出去。

冯妙趁着开门的一瞬，飞快地扫了一眼屋外，至少十几名兵卒把华音殿整个围住。她默默地叹气，就算高清欢不在这里，她也没有可能逃出去。

高清欢在宫中任职多年，十分熟悉大魏宫廷事务，他选择起事的时间，刚好是一年中最平稳的时节。官员的年度升迁都已经结束，黄河水患泛滥的季节已经过去，秋粮收获的季节却还没到，并没有什么特别需要皇帝或是监国太子裁决的事情。元恪三五天不见外臣，只是引起了群臣的猜测，却并没有真的耽搁什么事。

他在镇国公的头衔之外，又许下了高额的赏金，命人继续去寻找国玺。他也曾经亲自问过元恪，恐吓、诱骗……各种手段都用了，却始终一无所获。元恪身上的硬气，不知道究竟来源于哪一边的血统，连高清欢都对他束手无策。

几天过去，高清欢开始变得急躁起来。找不到国玺，就没办法下诏，没有正式的诏书，他就没办法让那些迂腐的老臣心服口服。他也有几次想要套问冯妙的话，冯妙只是摇头说自己不知道，她每天还要喝高清欢送来的药，害怕他在那药里掺进迷药，再来问她，她索性从不过问元恪究竟把国玺藏在哪里。

风平浪静之下，酝酿着暴风骤雨。高清欢正坐在华音殿内，翻看着冯妙从前看过的书，一名兵卒走进来，有些惊慌地对他禀告："陈留公主……陈留公主不见了……"

高清欢猛地站起来，沉声喝问："什么时候的事？"

那人目光闪烁地回答："不……不知道，公主收到赐婚的凤旨后，就大吵大闹，不肯嫁给冯家的傻子。可没想到，陈留公主竟然带着自己的侍卫，冲进任城王府去了，说要请任城王做主。"

冯妙听了心中一喜，她差点忘了，任城王还在洛阳。老王爷年事已高，身子一年不如一年了，但他的威望却还在。

那一点喜悦，很快就被高清欢残忍无情的话语击打得粉碎，他面无表情地吩咐："任城王已经卧病太久了，你去找到那个给任城王治病的郎中，让他给任城王开一服长睡不醒的好药。"

他转过头，看着一脸怒容的冯妙，微微挑起嘴角："没留神，倒是被你给摆了一道，让陈留公主跑出去搬救兵。不过没关系，我再多留五天时间，找得到国玺便罢，如果找不到，到第五天我就带着你去太极殿，直接改元登基。"

冯妙的心直沉下去，她知道高清欢不是在开玩笑。从前那次叛乱之后，元宏已经削减了宗室亲王的私人护卫，大军又被南边的战事困住，他手底下的人虽然不多，可要控制住洛阳城中的皇宫，还是易如反掌。

"妙儿，没用的，"高清欢狭长的眼角向两侧舒展，露出一抹得意的微笑，"慕容氏的人回来了，你也该清醒了。"

谷塘原行宫中，元宏一手捂住胸口，另一手在地图上比量着进军路线。他的猜测没有错，王玄之带去的两千人，的确是为了困住护送萧鸾的人手。那两千人几乎已经拼杀殆尽，他把右裨将带去的一万人，也分成小股不断地侵扰南朝军队。

萧鸾已经进入弥留状态，南朝军中人心惶惶，谁也不肯用自己手下的兵卒全力抵抗，人人都在观望等待。建康城中，已经有人扶持萧鸾的嫡子萧宝卷继位。这位从小娇生惯养的皇子，既不懂治国，也不懂领兵，索性把国家大事都交给身边的近臣处理，自己只顾玩乐。

南下的通路已经打开，再修整一两天，就可以号令大军对建康发动猛攻。元宏心中埋藏多年的雄心壮志，很快就要实现了。他站起来，在殿内来回走了几圈。做完这一件事，他就可以多花些时间陪伴冯妙和怀儿了。他答应过，要亲自教怀儿骑马射箭，等战事结束，怀儿也该有三岁了，正可以挑选一匹小马驹，开始慢慢学着跑了。

想到冯妙，元宏便觉得心口剧痛。每天都有战报送回洛阳，有时他会刻意让元勰在战报末尾加上几句话，都是从前跟冯妙一起翻看史书时说过的话，如果冯妙看见了，便会知道他在想她。

离开洛阳这么久，其实元宏心里已经后悔了，不该这样不告而别，他知道冯妙一定会担心他的身体，怕她想得太多，又引起咳喘病症来。他早已经想得明白，冯妙会那样说，是因为把他当成不分彼此的爱人，所以才不准他欠了王玄之这个外人的人情。等再见面时，他一定要重重捏几下冯妙的鼻尖，惩罚她口是心非，然后再把她整个儿抱在怀里，向她认错。帝王是永远不会承认自己有错的，可是丈夫却不要紧，这些事情原本就分不清究竟谁对谁错，只要冯妙能开怀一笑就好。

元宏想起这些，嘴角就不自禁地上翘，心里却泛起浓浓的苦涩。这么多天了，洛阳没有任何回信送来，难道冯妙还在跟他生气吗……

殿门忽然被人推开，始平王元勰走进来："皇兄，行宫北面发现一队人，正往这个方向来，要不要放箭射杀？"

元宏微微皱眉，大军都在休整，王玄之那边也不可能再分出多余的人过来，这队人的确很可疑，最稳妥的方法当然是先放箭射杀。不过北面正是洛阳的方向，元宏沉吟片刻，还是说道："派一队人去截住他们，带活口回来。"

始平王元勰应声去了，他心里的想法也跟元宏类似，此时外面正下着大雨，并不是偷袭的好时机，也许是什么人从洛阳专门来这里。

一队骑兵从行宫侧门出发，没多久就围住了那一队可疑的人，几乎没有遇到任何抵抗，就把那队人带了回来。人带到始平王面前，手脚都被捆住，动弹不得。元勰盯住其中一个人看了半天，忽然狐疑地叫人取来干净的帕子，擦去了那人满脸的污泥，一张清秀白皙的脸露出来，正是陈留公主元瑶。

元勰忍不住发笑：“瑶妹，你这是在闹什么？刚才差点就命人乱箭将你们射杀了，你知不知道？”

元瑶却一点也笑不出来，仰着脸问：“皇兄呢？我要见皇兄！我要让他知道，他的皇后在宫里做的好事！”

“瑶妹，不要胡说！”始平王元勰听出元瑶的语气不善，低声呵斥。

元瑶冷哼一声，不愿跟他多争辩：“我只跟皇兄说，皇兄在哪里？”

始平王叹了一口气，命人解开捆住元瑶的绳索，带她进入皇帝的住处。元宏也很惊诧，笑着问：“瑶妹，你怎么来了？身上这么狼狈……”

元瑶端端正正地跪倒在皇帝面前，俯身下拜：“皇兄，您不在洛阳这些日子，皇后冯氏秽乱宫闱，夜夜与内官高清欢同宿。他们狼狈为奸，要把我嫁给冯家那个傻子，怕我不从，还派了士兵来看管我，我躲进任城王的府邸，才找到机会悄悄出了城。那些话，都是他们派来看管我的士兵说的，千真万确，请皇兄明察。”

她从小备受宠爱，很少这样郑重其事地说话，元宏站起身几步走到她面前，俯下身子问：“你说什么？宫中出了这样的事？”

元瑶点头说道：“皇兄，我这一生婚姻不幸，无论如何，我都不会用自己的婚事来说谎。”她几乎咬牙切齿地说出后面的话来，“我今天在皇兄面前说的每一个字，都是真的，如果不是，就让我平生所喜，全都变成天长日久的痛苦，至死才能解脱！”

听她说得如此严重，始平王元勰也走上前来，低声对元宏说：“皇兄！您该知道，皇嫂不是那样的人。”

元瑶一路上都憋着这口气，此时终于有机会说出来，难免更怨毒些。她瞥了始平王一眼，不屑地说道：“她帮你安排了一位王妃，你当然会替她说好话。我在宫里碍着她的眼，她现在要把我也不明不白地弄走了！”元瑶并不知道始平王与含真、弄玉的一番波折，这句话也是一时口不择言的成分多些。

始平王元勰本要开口反驳，可他知道皇帝的身体每况愈下，最近又为了战事耗尽精力，不想在他面前与瑶妹争吵，终究还是忍下了，只等元宏裁断。

殿内灯火昏暗，元宏线条明朗的脸上，被半明半晦的光线勾勒出浓重的阴影来。他沉默半晌，对身后的两人说：“瑶妹，你的婚事朕会替你做主取消，绝对不会让你嫁给冯夙。勰弟，你派人回洛阳去传朕的旨意，皇后冯氏品行不端、秽乱宫闱，赐她鸩酒……留个全尸吧。”

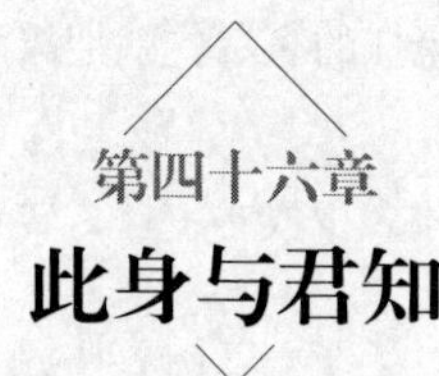

第四十六章
此身与君知

“皇兄！”

身后的两人同时惊呼出声，元瑶是因为气不过把自己嫁给冯夙，才千里迢迢赶来面见皇帝的，可她心底里并没想真的要了冯妙的命。始平王元勰大步上前，语气焦急不堪：“皇兄，就算要处置皇嫂，也该等您返回洛阳之后吧，总该给皇嫂一个辩白的机会啊……”

元宏轻轻摇头，一手按在胸口，吐了一口气：“按朕说的去做。”始平王元勰知道他的病症又要发作，赶忙扯着元瑶快步走出去。

把她送进一处偏殿时，元勰怒瞪着她，低声说道：“如果你害死了皇嫂，也就等于逼死了皇兄，你知不知道？！”

元瑶心底已经胆怯了，元宏究竟对冯妙怎样，她一直都看得清楚，她并不想拼个你死我活。但她想到那些把她赏赐给冯夙的字眼，还有那上面盖着的凤印，屈辱和不甘就像潮水一样涌上来。她已经任人摆布过一次，绝不允许同样的事再发生第二次了。

始平王元勰跨出殿门前，最后丢下一句话：“老老实实待在这里，别出去添乱！”

眼泪在元瑶双目中打转，这个哥哥性情温厚，几乎从来没对她说过重话，今晚却为了冯妙一再呵斥她。元瑶双手紧握成拳，不让眼泪滚落下来，她不知道哪里错了，她就是不想嫁给冯夙，不想任人摆布。

元勰选了一队稳妥可靠的人，让他们天明之后启程，返回洛阳去传递皇帝的旨意。他既不想违逆元宏的意思，也不忍心真的赐死冯妙，再三叮嘱奉命回去传旨的令官：“只要皇后有半点冤枉的表示，就把鸩酒先缓一缓，快马回来报信，记住了没有？”

那名令官连连点头，元勰才多少放心一点，转身走回皇帝居住的宫室，想看看皇兄怎么样了。

推开殿门，元勰几乎疑心自己走错了地方，整个大殿内灯火通明，所有能够点燃的灯和蜡烛上，都跳动着明亮的火苗。帐幔用金钩钩住，高高地悬起，元宏穿一身亮银铠甲，如同神兵天将一般，站在大殿正中，灯火照在铠甲上，映出令人目眩神迷的光华。

“皇兄……您这是，这是要做什么？”元勰惊得说不出完整的话来，他知道皇兄的病情反复难愈，这一次南征一直都没有亲自带兵冲杀，此时突然看见皇兄穿戴铠甲，自然是万分惊诧。

元宏取下龙纹金弓，手指搭在弓弦上，轻拨着试了几下，对元勰说：“她有危险时，朕总是不在，这一辈子，朕总要有一次不能对她食言，要好好地护她周全。”他自然不相信冯妙会跟旁人有私情，她一定是被高清欢胁迫，没有办法向宫外传递消息。这一次，也许是他这一生能做到的最后一次，他要赶回洛阳去，让他的妻儿都平安无事。

始平王元勰大步上前，神情间满是焦急担忧：“皇兄，您身上的病症还没有痊愈，不如您先留在行宫，让臣弟带人回洛阳吧？”

“不，朕另有事情要交给你做。”元宏说得斩钉截铁，他已经把一切都考虑周全，“朕今晚便连夜出发，你派人把这里的情形带个消息给王玄之，他知道朕的安排，就能明白朕的心意。一切军令，你都暂且听他调度，无论对错。”

元勰虽不大明白他为何要刻意强调“无论对错”四个字，却还是点头答应了。

元宏用力拍拍元勰的肩膀，欣慰地笑着说：“勰弟，你一向真心敬朕，即使心里不明白为什么，也还是愿意照着朕的话去做，有你这样的兄弟，朕这一生也算是值了。”

元勰只觉得这话太过悲凉，勉强扯挤出一丝笑意：“等皇兄解决了洛阳的事，臣弟再跟着皇兄一起南下攻城。”

元宏摇头笑着，却没再说什么，他返回洛阳，便等于放弃了攻破南朝都城的最好时机。直到此时，他才明白王玄之当年的话：要建千秋帝业，却不能只建千秋帝业。王玄之是经历过至亲家人惨死的人，最能明白怎样的取舍才不会痛悔。

他取下马鞭握在手中，脸上露出跟从前一样的明朗笑意：“就算不能攻下南朝都城，朕的平生功绩，也足够供后世万人景仰了。朕改官制、定服饰、迁都洛阳、四次南伐，还有哪一个皇帝，能做到跟朕一样？”

在那朗朗如日的笑意间，元宏的眼角微湿，所有这一切的背后，都有她——他真真正正的皇后，他独一无二的妻子！

洛阳城内，四天时间已经过去，崔岸芷又带来了新的诏书，只差加盖国玺。那诏书洋洋洒洒、文辞风流，只为了说明一件事，高清欢要迎娶大魏天子的皇后冯妙，更改国号即位。只不过，在那诏书上并不会出现高清欢这个名字，而是用了能表明他血统身份的本名——慕容恒。

高清欢把写好的诏书拿在手上，俯身对冯妙说："找不到国玺也不要紧，反正等我即位之后，国号都要改，拿到拓跋氏的国玺，不过是为了表明他们心甘情愿让位给我而已。可是现在，他们情愿不情愿都不要紧了。"

冯妙心中惴惴不安，她一直被高清欢困在这里，对宫外的情形一无所知，甚至连元瑶有没有被他抓回来都不知道。

高清欢把诏书卷好，用一根手指钩住她的下颌："妙儿，陈留公主竟然真的偷跑去谷塘原行宫向她的皇兄告状了，你知道拓跋宏怎么说吗？他说我跟你是秽乱宫闱的奸夫淫妇，派了一队人回来，要赐你一杯鸩酒。"

冯妙心中微动，五指悄悄地握紧了，只要消息传递给了元宏，他就一定有办法击破高清欢布下的局，鸩酒也许只是一个幌子。

高清欢指尖上微微用力："不过没关系，我不会让那鸩酒送到你面前来的，我派去的人已经打探过了，那队回来传旨的人，还要两天才能到洛阳，而我明天就要登基即位了。等他们到这里，世上已经只有大燕，没有大魏了。"

这些日子经历了太多的忽上忽下，冯妙几乎都已经麻木了。无论那队人是不是真的奉命回来处决她的，她都不能让高清欢真的篡位得逞。

高清欢很满意她的沉默，松开手踱回桌边，就连即位时要穿的礼服，他都已经命人制好了。

就在这时，有人飞奔进来，单膝跪在他面前，声音激动得直发颤："国玺！国玺找到了！"那人手中举着一个半敞的油布包裹，隐约露出玉质的一角。

高清欢掀开油布，他见过大魏的国玺，不会认错，仔细辨认一番过后，得意地笑道："天意助我！这下明天的事就更加名正言顺了。"他对自己的亲信吩咐："明天一早，以太子元恪的名义宣召所有的重臣入宫，记得要客气，不要让他们起了疑心。只要进了太极殿，他们就只能任我摆布了。"

冯妙的心再次陡然下坠，高清欢的安排天衣无缝，元宏派回来的人却还在路上，她只有最后一个办法了。她走到桌边，把那张诏书展开来看，抬眼笑着问："诏书上说，你要迎娶皇后冯氏，难道不需要我出现吗？"

那笑意只浅浅地浮在眼睫上，高清欢如何会看不出？但他毫不在意，反而带着几分压抑不住的欣喜说：“妙儿，登基立后，我当然希望有你在我身边，我只是怕你……怕你的喘症还没好，不能太过劳累。”他本想说怕她不肯，却又担心这样的话说出口，她就真的不肯了。

冯妙抿唇微笑：“我一直生病，连自己都觉得脸色太苍白了，不愿照镜子。没有聘礼也就算了，总该给我准备些胭脂水粉吧，再制一身新衣，派两个聪明伶俐的小宫女来给我梳妆。”她说得娇媚慵懒，带着几分少女似的天真。

高清欢呼吸一滞，这几乎就是他想象了多年的样子，那个缩在昌黎王府一角护住弟弟的女孩子，终于长成了明媚无双的女子，等了许多年，终于等到了她在面前盈盈浅笑。“吉服早就备好了，只是怕你不喜欢，一直没拿出来，胭脂也都用上好的，不过不用什么小宫女了，明天一早我亲自给你绾发。”他说这些话时，仍然不敢相信这是真的，冯妙竟然愿意嫁他。

冯妙向后一闪，避开了他伸过来的手：“那可不行，我的生父毕竟是汉人，依着汉家的风俗，哪有成婚前夜还跟夫君见面的？你叫人把东西都送来，我自己梳妆，这么多人看守，我又跑不掉，明早吉时之前，你来接我就行了。”

高清欢听见那一声“夫君”，心头毫无预兆地颤了颤，不动声色地迈步出了殿门：“妙儿，你先休息，待会儿我让人送东西过来。”

没多久，便有一队宫女捧着吉服、妆匣进来，放在冯妙面前。曳地裙摆如同孔雀尾羽般展开，上面绣着金燕衔尾图，两只袖口处各绣着一朵木槿花，衣裳滚边处，绣着繁复古拙的装饰。冯妙认得那种花纹，她在甘织宫里的旧物上，看到过这样的图案，那是慕容氏祈福纳祥的纹样。

那些宫女放下东西便走了，显然是听了高清欢的吩咐，不留在这里打扰她，就连华音殿门外看守的侍卫，也悄悄退到了木桥另一侧。这一晚，高清欢必定还有很多事情要安排布置，不会有时间再来这里了。

冯妙坐在妆台前，定定凝视着铜镜中的面容。如果她知道后来会发生这些事，她一定不会对元宏说出那样的话。跋涉千里，她才终于能够站在心爱的男人身边，可她留给那个男人的最后一句话，竟然全是责备。

窗外的天慢慢变成深沉如墨的黑色，又渐渐浮起一层浅淡的白，像是没有调匀的墨汁里泛起的水波。她摇头一笑，世上哪有那么多如果，幸好她还有机会，做最后一件不让自己后悔的事。

冯妙展开吉服，穿在身上，把头发梳理成高髻，又把那些宫女送来的头饰一件件戴好。高清欢准备这些东西的确花了一番心思，九件不同的发钗，九种不同的胭脂，九件贴身的小衣……他想要跟冯妙长长久久，已经想了很多年了。

或许慕容氏的血统，真的得到过上天的眷顾，她的容颜与初入宫时几乎没有太大的差别，双眉修长婉约，嘴唇丰盈红润，几乎不需要任何额外的修饰。可她还是打开盛着口脂的小盒，用水一点点调匀。最后，她从身上取出素问交给她的白瓷小瓶，用簪子挑了一点白色的药膏，也同样用水调匀，掺进口脂里，一起涂抹在唇上。

高清欢精通药理，又小心谨慎，药膏放进任何东西里，都会被他发现，只有亲吻时，他才会放松警惕。冯妙相信，她一定能够等来一个合适的机会。

辰时初，冯妙刚刚梳妆整齐，高清欢便出现在华音殿门口。他已经换上了带腾云龙纹的衣裳，头戴步摇金冠，大概是因为多年的夙愿终于要实现了，俊美妖冶的脸上带着几分熠熠的光泽。

"妙儿，我的心愿……终于就要全都实现了。"他的声音亦真亦幻，渺渺如同飘荡在云端一般。碧绿眼眸中波光流转，目光在冯妙的脸上扫过，最后凝视在她涂抹了口脂的唇上。

冯妙心中一紧，怕他看出什么破绽来。可高清欢什么都没说，只向冯妙伸出手来，牵着她的手一起往太极殿走去。在路上，他侧头贴在冯妙耳边说："本来应该用肩辇送你过去，但我很想跟你一起走这段路。"他用修长整洁的手指，紧紧扣住冯妙的手，牢牢地握在手中。

太极殿内，接到消息的大臣们都已经到了，气氛却透着些诡异的压抑，谁也不说话。高清欢一路握着冯妙的手，走到正中的主位上。在他们身后，殿门轰然合拢，发出一声叹息般的闷响。大殿四面，都站着杀气腾腾的兵卒，手中提着宽刀，注视着殿内的一举一动。如果有人敢在这时反对，恐怕立刻就要被斩杀当场。

高清欢在御座前站定，眼眸里的寒光在大殿中扫过。崔岸芷的叔父会意地上前，接过那道诏书高声诵读。虽然早已经猜到了大概，诏书中令人匪夷所思的内容还是引起了一阵低声议论。

有人终于忍不住高声发问："皇上御驾南征，一时失去消息也是再正常不过的事情。监国太子哪有资格禅让帝位给外人？再说，既然是太子禅让，我等也是接到太子的谕令才进宫来的，为什么现在见不到太子的面？"

高清欢并不急着回答他的话，只轻轻地咳了一声，立刻便有兵卒上前，挥刀便向那人砍去。那人甚至连一声惊呼都还没来得及发出，溅出的鲜血就喷洒在蟠龙金柱上。

冯妙转过头去，她清楚地听见，人群中发出一阵抽气声。死去的那人，有世袭的亲王爵位，可在高清欢眼里，这些都一文不值。今天凡是阻挠他的人，都必须死。他满意地看着那些吓得脸色发白、胡须乱颤的老臣，慢悠悠地说："太子思念他的父皇，卧病不起，今天就不能来了。”

沉默过后，群臣中又有人问：“既然皇后娘娘在这里，请问皇后娘娘也是这个意思吗？要把大魏的江山连同你自己都拱手送人？”问话的人，一面迫不及待地表现出对冯妙的轻蔑，一面却又毫不迟疑地把罪责都推在她身上，如果皇后娘娘都屈服了，他们这些做臣子的，为什么还要拿命去搏呢？

“她自然也是这个意思，”没等冯妙有所表示，高清欢已经接过话去，“从今天开始，她就不再是大魏的皇后了，而是我的皇后。”

太极殿内陷入死一样的寂静，再没人多说一句话。大臣们都没有带兵卒亲卫入宫，手边甚至连兵刃都没有，只有任人宰割的份儿。

高清欢斜挑着唇角一笑，就要往御座上坐去。就在此时，殿门忽然被人推开，明晃晃的日光陡然照射进来，直刺人的眼。

冯妙抬眼向殿门口看去，在这一片令人目眩的光亮中间，元宏身穿亮银铠甲，左臂上缠绕着马鞭，身侧背着箭囊，两手之间正举着一张金弓，箭镞对准了御座上的人。她瞪大眼睛一动不动地看着，心里幻想过无数次的场景，就这么活生生地出现在眼前，甚至比她任何一次的幻想都更完美。

在她最危险、最无助的时候，那个男人……终于来了！

元宏所走的每一步，都像踩踏在黄金织成的锦缎上，他是那么自信而又骄傲的男人，如同威风凛凛的战神一般，出现在冯妙面前。

高清欢清冷寡淡的笑意凝住，带着几分不可置信看向元宏，奉命回来处置冯妙的人明明还在路上，并且他们所走的官道，已经是从谷塘原行宫返回洛阳最快的路径。

元宏像是看透了他此刻的惊诧，朗朗笑着高声说：“走官道的那一队人，只是为了吸引住你派出去探听消息的兵卒，朕走了另外一条小道，比官道足足快了一天多。”他带着自信的笑缓缓拉满弓弦，一字一字地说道，“只要是朕想做的事，就一定能做到！”

随着话音一起发出的，是弦上的白羽长箭，那箭的速度极快，只听见“噗”一声轻响，箭头已经没入高清欢的胸口，箭尾上的长羽还在微微颤动。一阵细碎的脚步声过后，更多身穿铠甲的兵卒涌进太极殿内，将原本站在四面的人，都逼进了角落。元宏来不及调动正在南征的大军，便索性孤身一人返回洛阳，调集了洛阳城外守卫新建皇陵的兵马。

高清欢抬手捂住胸口，鲜血从他指缝间不断地涌出来，他的脸色迅速变白，像开到极盛的木槿花，忽然失去了水分。他摇摇晃晃地走了两步，抬手抚住了冯妙的脸。

元宏的脸色陡然变了，伸手抽出另一支箭搭在弦上。

高清欢心里清楚，他能掌控的人不够多，只能出其不意地把朝中重臣困在太极殿，此时元宏已经回到宫中，又带来了皇陵的守兵，胜负已经没有悬念了。他眯起双眼微笑，俯下身子吻住冯妙的双唇："妙儿，没想到还是功亏一篑，不过……我宁愿死在你手里，也绝不愿败在拓跋氏的人手上。妙儿，我没有……没有败……"

他闭上双眼，专注地亲吻着冯妙柔软的唇，把她唇上涂抹的口脂一点点舔进腹中。冯妙抑制不住地微微颤抖，原来他一早就发现了，她在口脂里掺了毒药，只是没有说破。那口脂本来就是高清欢命人准备的，他又精通药理，能从颜色、气味上辨别出端倪，其实一点也不奇怪。

元宏手动弦松，接连四五支箭都正正命中高清欢的后心，像在发泄满腔怨怒一般。冯妙清晰地感受到，每次箭镞刺入身体时，高清欢都微微一抖，可他却始终维持着固定的姿势，专心致志地完成那个绵长的吻，像用一生做一件事一样。

药效很快发作出来，高清欢喉中一甜，险些吐出一口血来。他勉力咽下喉中泛起的腥甜，睁开眼看着冯妙，费力地说出一句话："我没有……死在拓跋宏手上……谢谢你……"

他从袖中掏出两只木盒，抖着手打开，里面装着两种颜色不同的药粉："妙儿，你的病……其实是可以治好的，从前不愿治好你，是因为治好了病，就再没有理由来找你了。"

他扬一扬左手："这是一个月的药量，每天取一份，把这一盒全部服下，你的病症中后天加剧的部分就能痊愈。"他又略动了动右手，"这种药，能治拓跋宏身上的铃兰毒，也跟你的药一样，分一个月完全服下，病症便能痊愈，但若是药量不足，就没有用。"

冯妙不知道他为何要如此详细地解说这些细节，想都没想，伸手便去拿高清欢右手上的木盒。那是能治元宏身上剧毒的药粉，万一碰撒了，就再也配不出来了。在这一念之间，她第一个想到的，仍旧是元宏，希望他免受病痛。

高清欢的眼中闪过一丝不易察觉的痛苦，可很快又变成了一抹诡秘的笑意。他把两只木盒都递到冯妙面前，就在她伸手要接过来时，高清欢的手腕一翻，木盒里的药粉被混在一处。他用气若游丝的声音说："现在……只有一个人的病能痊愈……妙儿，就算你不信，我也要证明给你看，慕容氏的男人，至少还有一点胜过拓跋氏的男人。"

他指着自己的心口说："我可以把命给你，而他……心里只有霸业……"

木盒沉甸甸地落在冯妙手中，她怔怔地看着高清欢在她面前倒地，步摇金冠落在地上滚出几步远，俊美的面容上沾满血污，渐渐染上一层死灰色。元宏大步上前，抱住瑟瑟发抖的冯妙，低声安慰：“妙儿，朕来了，还好没有来迟，朕终于有一次赶得及……”

千里之外，王玄之收到始平王元勰送来的信报，久久沉默不语。许久之后，他才提笔写了回信，请始平王分一半的兵力来救他。这个时候分兵，便意味着南征没有办法继续进行下去，元勰虽然不解，却因为元宏离开前特意叮嘱过，仍旧照着王玄之的意思做了。

只有王玄之心里明白，元宏放弃了离他一生宏图霸业最近的机会，赶回洛阳去了。他能做出这样的决定，不枉冯妙爱他一世。这个做大哥的，终于可以放心了，也终于可以……放弃了。

大军士气高昂，此时突然下令撤退，反倒容易引起军中哗变。分兵救援，是为了让兵卒们自然而然地接受现实，知道南征的最佳时机已过，只能暂时撤回大魏境内休整，等待日后再次南下。其实这并不是唯一的方法，只要布置巧妙，让大魏的军队经历几次看似偶然的失利，并不难做到。可王玄之坚持要这样，是为了一个人背下南征失利的责任。他曾向元宏允诺过，只要让他替父兄幼妹亲手报了仇，他便会用后半生来偿还元宏的恩义。无论元宏有没有接受过，他的诺言总要实现。

宫中的变乱很快便被压服，在不知内情的人看来，这场变乱就像一场闹剧一样，毫无悬念地收场了。只有切身经历过的人，才知道这背后的隐秘心酸。

元宏连夜策马狂奔，引得身上的病症全面发作，李夫人给他服过的药，全都不管用了。皇帝身上的病症，无论如何不能让朝臣知道，因为这太容易被别有用心的人利用，拿来栽赃陷害、铲除异己。

恰好从前下令开凿的千佛洞已经完工，帝后礼佛图也已经刻好，元宏便以皇后病重需要祈福为名，迁去龙门山附近居住，并且发愿一步一叩登上千佛洞顶，愿将天子之身所能享有的余生，与心爱的妻子共度。

这个举动，引起朝中重臣的激烈反对，从古至今，帝王祈福都只能是为了国运昌隆，还从没有任何一位天子，为自己的皇后祈福，甚至说出共享余生这样的话来。有人言辞激烈地上书，说冯妙举止不端，太极殿上众目睽睽之下的一幕，那么多人都看见了，无可狡辩。

元宏看过奏表，只不置可否地说了一句话：“帝王不能做，元宏总可以做，元宏愿为冯妙一步一叩、祈福三日。”

等到王玄之与大军一起还朝时，又引起了另一番风波，鲜卑大臣和汉臣空前言辞一致地指责他延误战机，才导致南征无功而返。其实此次南征虽然没能攻破南朝都城，却已经重创了南朝的实力，让他们再没有可能与大魏抗衡。南朝一名野心勃勃的刺史，意外地抓住了机会，在大魏重兵退去后，诛杀了年轻的小皇帝，自己龙袍加身，改国号为陈。

王玄之一反从前的退让态度，在朝堂上对这些攻讦一一反驳，甚至取出指挥作战用的沙盘，质问这些人谁能提出更好的进军策略来。无论别人说什么，王玄之总能将他们辩驳得哑口无言，有时候明知道他是在诡辩，却偏偏找不到合适的话来斥责，最后只能不了了之。

这场风波过后，王玄之向皇帝上表，请求将陈留公主元瑶下嫁给他为妻。有传闻说，为了赢得这位寡居公主的芳心，王玄之曾在公主诵经的寺外站了整夜，只为求得一个跟陈留公主见面的机会。如此痴心的举动，自然没人能够拒绝，连传说中因婚姻不如意而心如止水的陈留公主也不例外。

只有王玄之和元瑶自己清楚，两人究竟说了些什么。长谈过后，王玄之从胸口最贴身的地方，取出一张已经颜色陈旧的粉笺，投进火中。火焰跳动，很快便将那张粉笺卷成了灰烬。王玄之的目光，也跟着那张粉笺一起，一点点黯淡下去。

世人看到的，是这场婚姻给王玄之带来了无穷无尽的好处，他从此拥有了鲜卑皇亲国戚的身份，可以更方便地参与政事。他为人处世的态度，好像也在一夜之间全都变了，不再像从前那样随遇而安，而是主动结交权贵、八面玲珑，很快便官居尚书令，这已经是汉人在大魏能做到的最高官职。

只有元瑶身边的侍女觉得奇怪，即使成婚之后，王玄之也从不跟陈留公主在一间房里过夜。他宁愿整夜整夜地枯坐，也不肯多看元瑶一眼。这对诡异的夫妻，在人前相敬如宾，在人后却常常连一句话也没有。元瑶也变得更加沉默寡言，似乎再没什么事能令她展颜欢笑，剩下的只有整夜看着王玄之房中的灯火，沉重地叹息。

没过多久，龙门山便传来消息，大魏皇帝元宏病逝，留下遗诏传位给太子，并将全部妃嫔遣送回家，只命皇后冯妙殉葬。没有人听说过皇帝患病，更加没有人想过，皇帝竟会突然病重不治。有人私下传言，皇帝是因为冯氏秽乱宫闱的举动，才怒极攻心的。

太子元恪在灵前登基即位。半个月后，新帝以举止不端为名，将幼弟元怀软禁在洛阳华林别馆，没有圣旨，不准元怀轻易离开华林别馆。

三个月后，洛阳城中又发生了一件引人私下议论纷纷的事情。一名南朝女子，带着年幼的儿子千里迢迢赶来洛阳，声称自己是王玄之在南朝所娶的妻子，指责王玄之抛妻弃子。有亲眼看见的人说，那女子熟悉南朝风物，能说出不少琅琊王氏的旧事。她带来的那个男孩儿很乖巧爱笑，跟身边随行的小丫鬟十分亲昵，只是眼睛上蒙着布条，似乎有天生眼疾。

人人都以为陈留公主必定会大怒，等着看王玄之会如何收场，没想到她却亲自把那女子接回家中。就在同一个月内，陈留公主向新帝元恪恳求，因为自己从前在丹杨王府伤了身子，恐怕不能再生育，愿将这个孩子认作王玄之的嫡子，并且恳求皇帝准许，日后由这个孩子继承王玄之的爵位、封号。

元恪准了陈留公主的请求，却在她走后大发雷霆，将看守华林别馆的侍卫全部处死，并把华林别馆彻底封禁。

从那天开始，元恪就时常刻意对人说，他的母妃高氏，是个十分美丽、温柔的人，从来不会斥责他，只会点头微笑，鼓励他做得好。某次，皇后于秋婉在宫宴上偶然说起，从前的皇后冯氏最得先帝爱重，元恪当场大发雷霆，命人将于秋婉撵了出去。

从那以后，再没有任何人敢在新帝面前提起从前的冯太后，宫中关于她的一切记录，都被刻意抹去了，就连皇帝的起居记录上，也被勾抹得只剩下寥寥数笔，记录着皇后冯氏何年何月入宫，何年何月离宫修行，又在何年何月因与内官有私情而触怒了先皇，最终被强令殉葬。

朝臣揣摩着皇帝的态度，请求将元恪的生母高氏追封为皇后，又有人上表说，龙门山上的帝后礼佛图，也应该一并更改。元恪便亲自下旨，将壁画上原有的冯妙画像全部凿去，重新雕凿上生母文昭皇太后高照容的画像。

只有夜深人静时，侍奉茶水的小宫女，偶尔会听见皇帝喃喃自语道："母后，你到底还是不相信我，怕我会害了怀弟……"

出洛阳城向北，便是元宏为自己修建的陵寝长陵，依着邙山的山势，构造几乎与方山永固陵的万年堂一模一样。迁都洛阳不久，元宏就开始安排为自己修建陵寝，他向负责督造的官员讲明，墓室构造仿照万年堂就好。他没有说明的是，在万年堂里，有他一生中最快乐的时光。

山间冷风朔朔，两个在世人眼中早已经死去的人，正沿着山间石阶慢慢地走。元宏停下脚步，替冯妙拉拢身上的狐裘大氅，冯妙微笑着站在原地，由着他像照顾小孩子一样照顾自己，连手指也不动一下。一切都整理妥当，他们才十指交握，继续沿着山势前行。

墓室的穹顶上，绘着四季星辰图，棺床一侧，用朱砂写着四个殷红的字：六宫无妃，那是元宏对他心爱的女人一生不变的誓言。棺床另一侧也写着四个字，却被元宏刻意挡住，不让冯妙看见。元宏捏一捏她的鼻尖，笑着说："你已经猜了六天，还没有猜中。"

冯妙摇一摇他的手臂，也侧头笑着说："猜不到了，你告诉我吧！"元宏只是摇头微笑："很好很好的四个字，你慢慢猜。"

她一面嘬着嘴想着，一面从木盒里倒出药粉来，均匀地分成两份，自己留下一份，把另一份递到元宏面前。高清欢把两个人的药粉全都混在一起，他们便索性把所有的药粉都由两人分食。

生，要在一起，死，也要在一起。

元宏一面把药粉送进口中，一面跟冯妙商量："恪儿已经能把政事处理得很好，等吃完这些药，不如我们也去四处游历，说不定能在哪里遇到世外高人，可以妙手回春。"

冯妙把头靠在他胸口，无声地点头，许久过后才轻声说："很想怀儿……"

元宏理着她的发说："有王玄之教导，又有素问和灵枢照顾，怀儿一定可以过得很好、很安全。让他远离宫廷，不也一直都是你的心愿吗？王玄之把怀儿安置在城郊的外宅里，我们可以悄悄过去看他。"

冯妙轻轻地"嗯"了一声，即使不能日日相见，能知道怀儿可以一生安好，她也觉得心满意足了。

夕阳余晖渐渐散去，夜空中布满了点点碎银似的星辰。在皇宫围墙围拢出来的四方天空里，永远看不到如此开阔的景象。晚风徐徐，吹得人昏昏欲睡。元宏低头在冯妙额头上轻吻，低声问："若有来生，你还会不会像今生一样，走到我身边来，跟我生死不离？"

"不会！"冯妙把眼睛睁开一条缝，偷偷看着他的眉拧成一团乱麻，才忍着笑伏在他胸口说："若有来生，你要先来找到我，恳求我、讨好我，等我答应考虑嫁给你以后，还要宠着我、顺着我，一生一世只爱我一人……"

元宏的手臂猛地收紧，灼热的吻落在她唇上，让她后面半句话都来不及说出口。她原本要说的是——

生生世世，我都会在轮回里等着你！

番外一

千里相思半世劫

洛阳城郊，尚书令王玄之的私宅，掩映在一片苍松翠竹之间。

与公主新婚时的府邸，修建在洛阳城中最繁华的延贤里，距离皇宫很近，他却很少在那座府邸中过夜。除非公务紧急、不能脱身，他每天从宫中返回府邸后，只稍坐片刻，便会更换衣衫赶去城郊。那里住着他很少在人前露面的独生爱子，无论多么繁忙，只要他来这里，就必定花上至少一个时辰，跟这个孩子单独在一起说话。

洛阳城中的人们大都听说过，这孩子有天生的眼疾，虽早已定下了要继承爵位，恐怕将来并不能出仕做官。

书房内，一名不到六岁的男孩儿，端端正正地跪坐在竹席上，看见王玄之进门，便立刻笑着叫了一声："父亲！"这里的仆从都是王玄之精心挑选过的，每一个都稳妥可靠，看见他进来，便悄悄退了出去，掩上房门。

这个男孩儿，便是王玄之唯一的儿子王绍，在私宅之外，几乎没人知道，他从前也曾经是大魏皇宫中最受宠爱的皇子——元怀。

王玄之在王绍对面坐榻左手一侧坐下，右手一侧却空出还能坐下一个人的位置来，放着一柄有些陈旧的油纸伞。他每次来都是这样，王绍睁着一双碧绿如翡翠的眼睛，心里不明白这是为什么，却并不发问。王玄之慢慢翻看着他写的字，又随口挑了几篇经史子集来考问他，王绍不紧不慢地从容应答，总能加进些自己的想法，并不刻板教条。

他合上书卷，心里忽然想起一句话来：好读书，不求甚解。这个孩子，倒是很有这种洒脱豁达的性情。这样很好，他教导王绍读书，不过是希望他修身养性，明白为人处世的道理，并不希望他真的读成一个书呆子。

“绍儿，”王玄之的话锋一转，突然问道，“听说你身边的一个书童，因为家中贫穷、母亲患病，前几天偷盗了府里的几件玉器去变卖，有没有这回事？”

“回禀父亲，”王绍的声音带着稚气，“的确有这回事，他偷盗变卖，并不是为了自己挥霍，而是出于一片孝心，我拿自己存下的钱财给他，让他去赎回那些东西，物归原处。”

王玄之微微点头，六岁的孩子，能有这样的心胸和手段，已经很不易了，给了那个书童小小的惩戒，又不会让他因为一次犯下的错就彻底毁了一生。

他正要点头赞许，王绍忽然抿着嘴笑了，眼中透出一抹狡黠：“不过，父亲，我让他写了欠条给我，日后我若有事情要他去办，他必定不能拒绝。”

王玄之一怔，没想到这个孩子还能做出这样一重安排。那抹熟悉的狡黠，让他心口一滞，欣慰过后，竟然泛起浓重的酸涩。从前那个女子，也会偶尔露出这样的顽皮狡黠，像山中狐仙幻化成的美丽女子，偶尔露出一对尖尖的耳朵来捉弄人。血缘真是神奇的东西，即使没有在她身边长大，这个孩子的性子，还是像足了他的母亲。

“这样很好。”王玄之微微点头。他把脸转向右手一侧，凝视着空无一人的座席，想象着那个人的样子，在心里默默地问：妙儿，孩子长成现在的样子，你觉得怎样？

香炉中散出袅袅的青烟，渐渐在他眼中拼凑出一个熟悉的侧影来，依稀是那个人低垂着头，眼角眉梢带着温柔的笑意，轻轻启唇说道：“我也觉得很好。”即使只是想象出来的情景，也足够让王玄之满心欢喜，妙儿说她也觉得很好，有她这句话，再多心血也是值得的。

傍晚时，陈留公主的车驾也到了这处私宅。公主很少亲自来这里，仆从们备下的晚膳并没有包括她的份例，匆匆忙忙地去加菜，把她的碗碟放在王玄之的手边。

没等王玄之说话，陈留公主就先开了口，指着王绍身边的座位说：“我就坐在绍儿旁边好了。”仆从们手忙脚乱地帮她换了位置。元瑶落座前看了王玄之一眼，见他一动不动地坐着，连眼睛都没有抬起。

这顿饭吃得沉默诡异，王玄之和元瑶都不说话，各自盯着自己面前的瓷盘。王绍年纪不大，心思却很通透，对大人间的事似懂非懂，看出他们之间的尴尬，匆匆吃完了自己面前的粟米，便说要先去读书了。

王绍一走，室内便更加安静，几乎听得到一成不变的心跳声。元瑶终于忍不住先开口：“我听说……皇兄的长陵，已经封闭了。”

王玄之的动作顿住，银筷尖儿上的一片芦笋掉落在桌子上。长陵封闭，便意味着那两个人已经不在那里居住了，也许他们已经离开了，一起携手踏遍大魏的山川河流，又或许他们已经……王玄之微微摇头，不要问，心里就总归还有一丝希望。或许某天他来这里时，又会见到一辆马车停在侧门边，会有一个身姿挺拔的男子扶着一名纤细瘦弱的女子下车，远远地看一眼日渐长大的王绍。

他站起身，取过放在一边的油纸伞，缓缓走回自己的房间。

元瑶不甘心地紧追过来，站在门口向内看去。昏黄的灯光下，王玄之正仔细擦拭着伞面，把每一处折痕都小心地理平，再用桐油修补伞骨上的磨损。那副神情，就像在温柔地注视着自己心爱的情人。

无限的委屈忽地涌上元瑶的心头，她从少女时起，就梦想着有一天能嫁给这个男人，跟他在同一张桌案上吃饭。当她真的成了王玄之名正言顺的妻子，却发现从前的幻想都已经毫不留情地破灭了，反倒变成了天长日久的折磨。她知道，王玄之的心里有另外一个人，她永远比不上那个人，可她不明白，为何王玄之宁愿整夜对着一柄油纸伞，都不愿跟她说一句话。

她冲上前，猛地从王玄之手里夺过那柄油纸伞，也许是太过心急，手上失了准头，竹质伞骨竟被她从连接处折断，中空的竹筒内掉出无数滚圆的红豆，噼里啪啦落在地上。

“对不起，我……我不是……”元瑶吓得脸色发白，她不是故意要弄坏这柄伞，她并不想惹王玄之生气。可当她看清那些红豆时，忍了许久的眼泪还是大颗大颗地落在手背上。每一粒红豆都被反复摩挲过许多遍，带着油润的亮光，表面都用刀尖刻划出一个字来——“妙”。

现实远比她的想象更残忍，元瑶终于明白过来，她在这里才是一个外人，在王玄之心里，这座私宅另有一个女主人，那人从不出现，却永永远远都在王玄之心底最深处。他带着这柄伞，跟它一起吃饭、一起赏月、一起饮酒……他也是在安慰自己，假装那个人一直在身边，从没有离开过，就像在东篱的那些日子一样。

元瑶转身跌跌撞撞地向外跑去，扶着回廊上的朱红漆柱站定，回头看了一眼王玄之的卧室。室内的人正弯下身子，把散落的红豆一粒粒捡起，重新封回竹质伞骨内。即使再不甘心，她也不得不承认，她的一生，注定就要这样过了。这原本就是她自己同意的，只要能嫁给他，哪怕是有名无实的婚姻，她也甘愿。

月影悄移，子时已经完全过去，王玄之才终于修补好了那柄伞。他把伞抱在胸口轻拍，嘴角微微散出一点凄凉的笑意，低声说：“好了，不疼了。”

伞面上的女子只有一个背影，稍稍转过头来，露出半边模糊的侧脸，看不清五官容貌。伞已经很旧了，尤其是那身影的衣角处，已经磨得有些发亮。王玄之用修长干净的手指，轻轻抚摸着那道身影，眼神定定地盯着跳动的烛火。他一直把这些绮念掩饰得很好，只有当他一个人对着这柄伞时，才会任由满腔满腹的思念奔涌出来。

他刻意抹去了那个人的痕迹，只留下了这一柄绘着背影的油纸伞。可此时此地，他却忽然莫名地恐慌起来，连握着伞的手都在微微发抖。他很怕……很怕有一天真的会忘了那个人的样子。

他还记得自己唯一一次险些失控，那还是在东篱时，他从外面回来，看见那个人睡在竹榻上，蜷缩成小小的一团，双手护在隆起的肚子上，弓起身子保护着未出世的孩子。

她在睡梦中也微微皱着眉，连被子已经滑落在地都不知道。那时王玄之心中一软，上前想要帮她盖好被子，俯下身子时，便刚好看见她带着一层薄汗的面颊和紧抿的双唇，红润中透着虚弱的苍白。像有只小手在他心弦上轻轻拨了一下，他鬼使神差地低下头去，凑近她的双唇，想要浅浅地印下一吻。

他的动作，停留在距她只有一寸的地方，已经近得闻得到她呼吸间的芬芳，他却强迫自己停住。他问自己，你允诺过要像欣赏一处花开、一次雪落那样欣赏她，无论她能否用同样的情意回报，难道现在要反悔吗？

就在这刹那的犹豫间，榻上的人已经醒过来，带着倦意呢喃地叫了一声“大哥”。

微凉的夜风吹散了袅袅青烟，他满心的水火煎熬都释然了，他的承诺永远不会变，只要她万事宽心、四时安好，他的心便也会纯净欢喜。

王玄之起身吹熄烛火，抱着那柄油纸伞走到榻上，和衣躺下。宽大的衣袖从睡榻两侧垂到地上，明月清辉从窗外洒进来，给他乌黑的发间染上了一层白霜。

“妙儿，”他合上双眼，把油纸伞紧紧搂在胸前，口中喃喃自语，“如果你今晚有空，能不能……来跟我说几句话，或者……转过头来让我看你一眼？我……很想你……”

黑暗中好像忽然现出一束光亮，油纸伞上的背影，宛若鲜活地出现在他紧闭的眼前，穿着鹅黄衣裙的少女缓缓转过头来，对着他盈盈微笑。

他的唇角心满意足地翘起，眼角却有一滴泪滑进发间。

番外二

凤凰台上忆吹箫

从洛阳皇宫向东不远，就是始平王的府邸。方方正正的宅院内，别有乾坤，人工开凿的湖面一平如镜，一座小楼临湖而望。

小楼前的竹榻上，李弄玉正轻轻摇动一柄纨扇，从水晶盘里取着酸酸的盐渍梅子吃。

湖边小路上，忽然传来一阵脚步声，李弄玉从竹榻上起身，仔细听着越来越近的声音，唇边露出一抹促狭的笑意。等那声音靠近身后的太湖石，她飞快地起身，把梅子连着水晶盘一起藏在竹榻底下，扔下纨扇，几步跑到大石边，一把抱住刚从后面转过来的人，笑着大叫："我在这里！"

"好吧，好吧……"来人的语气带着几分无可奈何的纵容和宠溺，"吓死我了，我真害怕……"

李弄玉向他一吐舌头："你这分明是敷衍……"话还没说完，元勰已经把她拦腰抱起，不由分说地放回竹榻上，双手放在她圆滚滚的肚子上，"你老是这样跑来跑去，会吓坏我的小汤圆的。"

他俯下身子，把脸凑近李弄玉的肚子，声音放得又轻又柔："小汤圆，今天乖不乖？你娘有没有偷吃不好的东西？"

李弄玉"哧"地一笑："要是现在有人答应你的话，才真的吓你一大跳呢。"

元勰不理会妻子的嘲笑，一本正经地把耳朵贴在她的肚子上，一边凝神听着一边微微点头："嗯……吃了糯米糕……什么？还有一盘梅子藏在竹榻下面？"他探手过去一摸，果然找出了装着梅子的水晶盘。

李弄玉的脸色忽地变了，狐疑地看了看面前的男人，又看了看自己的肚子，她可不相信还没出生的孩子就能说话，可是他怎么能那么清楚地知道自己吃了些什么？“小叛徒……”她愤愤地在肚子上轻拍两下，暗想明天要把东西再藏好一些。

元勰捉住她的手，不让她再乱动，不动声色地抹去了她唇边沾着的一点碎屑，把她整个人搂在自己身前，像跟小孩子说话一样，哄着自己心爱的妻子：“上次来诊脉的御医不是说了吗，梅子不能多吃，会损伤脾胃。你比小汤圆更乖，要给他做个样子，好不好？”

被他软语哄了几句，李弄玉才顺从地点头，随口问他宫中的情形。

元勰轻轻叹了口气：“还是老样子，恪儿这孩子虽然聪明，可在知人用人、权衡裁夺上，还是比皇兄差得太多了。于皇后被废离宫后，他偏宠胡贵嫔，大概是觉得亏欠了自己生母的族人，把高贵人立为皇后，又大肆封赏高氏族人。如今高肇权倾朝野，他并不是一个安分守己的人……”

他心里更深的担忧还没说出来，当年皇兄离去前，曾经想把辅政大臣的重任交给他，可是他再三恳求推辞。前半生，他已经负弄玉太多，后半生他只想替妻儿求一个安康。可不知为何，洛阳城中却有谣言流传，说孝文帝留了一道密诏给他，给了他直接诛杀叛臣的权力。因为这道谣言，高肇一直想要找个机会，置他于死地。

“弄玉，现在洛阳城中并不太平，”元勰低下头，吻着妻子的额发跟她商量，“正好小汤圆快要出生了，我送你们去个山明水秀的地方……”

李弄玉心思通透，听他说起朝中的情形，已经知道了他心中所想。她重重地摇头：“我知道你担心什么，我现在就可以明白告诉你，如果你身遭不测，我也不会跟你同死了，我从前说过的话，全都不算数了。”

她低头双手捧住自己的肚子：“因为从前我只是一个人，没有你就什么都没有了，可是现在……我有小汤圆了，我会好好带着他，让他长大。”

元勰重重地叹息一声，在她的发髻上轻轻抚摸。

变故来得比他们的预想更快，宣始平王入宫的旨意传来时，正是一天傍晚时分。始平王府中一片忙乱，临湖的小楼内，传出阵阵痛苦的呻吟声。婢女扶着李弄玉的手，正用温软的帕子给她擦着额上的冷汗。

“弄玉……”元勰走进来，坐在床榻边握住她另一只手，让婢女暂且退下。

李弄玉知道他要走了，心里一阵酸涩，或许是身体上剧烈的疼痛击溃了她的意志，眼泪滚滚落下，一滴滴砸在元勰的手背上。她把侧脸紧贴在元勰的手掌上，低声问：“不看一眼小汤圆再走吗？你连他是儿子还是女儿都不知道……”

元勰心中大恸，却还是强忍住说道：“来宣旨的人还在府门口等，不能耽搁太久。”他把弄玉的手放在唇边轻吻，俯身贴在她耳边说，“记着我的话，我走以后，高肇必定会找借口来搜查皇兄的密诏，由着他搜就是。我已经安排好了可靠的人，他进来搜查时，你就带着小汤圆离开……”

又是一阵剧痛袭来，李弄玉耐不住浅浅地“嗯”了一声。她在宫中做过女官，从元勰的只言片语里，便听出了此刻的凶险。胡贵嫔使了手段，让登上皇后之位没有多久的高英失宠离宫，高肇担心高家会就此失势，胡贵嫔却想把高氏彻底连根拔除，两方势力都盯紧了那道传闻中的密诏。

世事弄人，谁也没想到，当年那个笑起来柔柔的、相貌有几分像冯妙的小姑子，如今会是大魏宫中翻云覆雨的权妃。她的胆识、气魄不输男儿，只可惜品行不端，心胸狭隘，这样的人处在高位上，比碌碌无为的平庸之辈更可怕。

“弄玉……弄玉……”元勰把她的手放回锦被内，在她唇上轻吻，“谢谢你这一世懂我……爱我……”他终于狠下心肠，快步走出门外，让婢女进去照顾。

李弄玉抬手抹去眼角的泪，就着婢女的手小口喝下参汤，她要养足力气，把小汤圆好好地带到这个世上。

元勰走后没多久，小楼内便传出一声响亮的啼哭，婢女把刚出生的女婴清洗干净，用小小的锦被包裹住，送到李弄玉面前。她把小孩子抱在胸前，轻轻晃了几下，低声自语：“萧郎，小汤圆是个女孩儿，还是你如愿了，其实我更喜欢男孩子，不过大事上我一直都听你的……”

天还没亮，始平王府的亲卫就进了小楼，按着始平王提早安排好的路线，悄悄送李弄玉和初生的婴儿离开洛阳城。元宏在位时曾经削减过王府亲卫，却独独留下了始平王府没有动。这些亲卫都是经过训练的好手，很擅长掩藏行踪，躲避追击。李弄玉一路上都很听他们的话，让她休息便休息，让她躲藏便躲藏。为了小汤圆，也为了让元勰的心思不会白费，她会好好珍惜自己的性命。

亲卫带着李弄玉一路向南行去，沿途仍旧时有战乱，但是南北之间已经往来通商，鲜卑人、汉人混杂居住，门阀士族与寒门子弟之间也不再像从前那样天差地别。一代人的努力，也许不能立刻改变整个天下，但不同民族、不同出身之间的融合，一旦有了一个开始，就会像河面上的坚冰被敲开一角一样，最终整个冰面都会裂成碎屑，直至完全消融。

元勰提早在南方水乡买了一处宅子，供李弄玉居住，原来他早就安排好了离开洛阳之后的退路，只是一直都还没来得及跟她说起。

李弄玉在这里一住就是五年，这五年内，她仍旧时常能听到洛阳传来的消息。始平王元勰被高肇矫诏宣进内宫，在宫门前乱箭射死，尸首落入洛水，再也没有找到。性情贞烈的始平王妃怒斥高肇枉杀忠臣，在宫中撞柱而死。从别人口中听来这些事，比切身经历更让李弄玉觉得心痛。她猜得到，在宫中撞柱身亡的，是真正的始平王妃——李含真。

五年过去，小汤圆已经长成了会跑会跳的小姑娘，李弄玉亲自督促她每天强身健体，还打算请个武师来教她些拳脚功夫。

“娘，别人家的女孩儿都不学这些。”小汤圆抱着一个比脸还大的果子，黏在李弄玉怀里。

“汤圆乖，那是因为别人家的娘没有你的娘想得长远，”李弄玉捧着她酷似元勰的小脸，“练好身体，至少洞房的时候不吃亏。”

小汤圆眨巴着黑水晶似的眼睛：“娘，什么是洞房？”

“小孩子别问那么多问题，长大了就知道了。”她看着女儿跑远，心里浑浑噩噩地想着，都五年了，他不会来了，也许是时候该带着小汤圆离开了。

听说极北的地方，长年冰雪覆盖，天地之间都是白茫茫的一片，冬季长达几个月都见不到太阳，天空中会出现比上好的锦缎更绮丽的色彩，她想带着小汤圆去看一看。还听说极南的地方，会有许多奇异的水果，她也想带着小汤圆去尝一尝。即使没有了爹爹，她的小汤圆也可以是世上最快乐的孩子。

无奈天不如人愿，李弄玉几次带着小汤圆要走，都被各种各样的意外给耽搁下来。第一次是宅子里的马啃了邻居家的枣树，第二次是小汤圆撞翻了对面人家辛苦养的蚕苗，第三次是不知哪里来的几个乞丐，围住了宅门不肯离去……一来二去磨蹭下来，小汤圆已经是个六岁的大姑娘了。

给她过完六岁生日当天，李弄玉整夜没睡，下定决心明天早上一定要离开。可第二天一早，小汤圆就一脸惊恐地跑进来，扑进她怀里大叫：“娘，娘，门口有个怪叔叔，问我想不想要个爹……”

无名火“噌”地蹿上心头，李弄玉暗自咬牙，想着出个门怎么就这么难？她抓起收好的包袱，塞进小汤圆手里，气势汹汹地走到门口，想看看又是哪个胆大包天的人。

门外的男子穿着一身普通的灰蓝色袍子，下颌上带着泛青的胡楂，岁月在他的眉宇间划下了几道刻痕，却丝毫没能改变他深沉专注的双眸。那人伸出手来，开口叫了一声：“弄玉……”

李弄玉怔怔地愣了半晌，才像个孩子一样扎进他怀中，胡乱抹着已经哭花了的脸：“你……你没有死……你怎么才来找我？你知不知道，再晚来几天，我就要走了，你就再也找不到我了……”

元勰轻拍着她的背，目光温柔，口中却并不说话。他当然知道，让马去啃枣子、引着小汤圆去逗弄蚕苗、找来那些乞丐……每一次都要做得不留痕迹，真不是一件容易的事。

那一晚入宫之前，他就已经安排好了从洛水逃走的路线，只是为了掩人耳目，连李弄玉也瞒过了。更何况，他并没有十足的把握能够成功逃脱。高肇疑心最重，活不见人，死不见尸，他是不会放弃的。元勰离开洛阳后，就一直远远地跟在李弄玉身后，帮她引开高肇派出的追兵，为了她和小汤圆的行踪不被人发现，还要强忍思念，不来跟她碰面。直到前几天，他终于收到洛阳传来的消息，胡氏专权，已经赐死了高肇，他才确信自己和弄玉都已经安全了。

这些事情，等有机会时，他会慢慢讲给弄玉听，只在弄玉问起含真时，吻着她的额头说："含真跟你一样，是个真正外冷内热的贞烈女子，我并没有告诉她我的计划，她却以始平王妃的身份自尽，让高氏和胡氏都不再对你我的去向生疑……弄玉，死去的人，是为了让余下的人更好地活着，我们不该辜负这份心意……"

两人出行变成了三人同行，四帷马车内，小汤圆爬在元勰膝上，正跟他讨价还价地讲条件："多个爹爹到底有什么好处？"

元勰勾着她的鼻子："可以有人陪你玩泥巴。"

小汤圆叉着腰："娘也可以陪我玩泥巴。"

"可以有人给你买很多好吃的，还可以带到床榻上去吃。"

"娘也给我买，还跟我一起趴在帐子里吃。"

元勰扫了一眼身边心虚的人，目光中全是疑问：你究竟都在怎么教咱们的女儿？他忽地眼中一亮，凑在小汤圆耳边说："有个爹，你不用天天早起练拳脚，洞房的时候也不会吃亏。"

小汤圆的眼睛也跟着亮起来，讨好地看了一眼李弄玉，接着毫不犹豫地钻进元勰怀中，拖着长声大叫："爹——"

元勰心满意足地抱住她，转身对李弄玉语重心长地说："女儿长成这样是不行的，也不能老是小汤圆、小汤圆地叫了，我看还是起个正式的闺名，贞、懿、淑、婉，你觉得哪个字好？"

李弄玉更加心虚了，眼神飘向窗外："萧郎，我已经……已经给她起过名字了，选了个更有意义的字，她自己……也觉得不错……"

元勰满腹狐疑，低头去问怀里的小人儿："告诉爹爹，你叫什么名字？"

小汤圆笑眯眯地仰起脸："元萧！"

图书在版编目（CIP）数据

六宫无妃 / 华楹著. — 北京：中国华侨出版社，2017.12

ISBN 978-7-5113-7082-2

Ⅰ. ①六… Ⅱ. ①华… Ⅲ. ①长篇小说－中国－当代 Ⅳ. ①I247.5

中国版本图书馆CIP数据核字（2017）第256281号

六宫无妃

著　　者：华　楹
出 版 人：刘凤珍
责任编辑：紫　夜
封面设计：黄　懿
版式设计：刘龄蔓
经　　销：新华书店
开　　本：700mm×980mm　1/16　印张：65　字数：1235千字
印　　刷：河北鹏润印刷有限公司
版　　次：2018年4月第1版　2018年4月第1次印刷
书　　号：ISBN 978-7-5113-7082-2
定　　价：99.00元（全3册）

中国华侨出版社 北京市朝阳区静安里 26 号通成达大厦 3 层　邮编：100028
法律顾问：陈鹰律师事务所
发 行 部：（010）82068999 传真：（010）82069000
网　　址：www.oveaschin.com
E-mail：oveaschin@sina.com

如发现图书质量问题，可联系调换。质量投诉电话：010-82069336

六宫天妃

步生莲（上）

华楹 著

中国華僑出版社
北京

目录

六宫天妃 上

第一章
幽秘

早春二月，魏国都城平城还笼罩在一片清冷之中。

地上残雪未消，太皇太后居住的奉仪殿外，小太监正把粗盐细细地铺撒在地面上。殿内小佛堂里，两个十来岁的少女，穿着一模一样的嫩黄宫装，正跪坐在珠帘外，听着佛堂里的动静。

檀木桌上的铜镜里，映出两张发饰相同、五官却毫无相似之处的脸。

左手边的少女，面如满月，眉眼间透出北方少女的爽利，那是太尉冯熙的嫡出长女冯清，生母是当今皇帝的姑姑博陵长公主，从小受尽万千娇宠。

右手边的少女，身形纤细，乍一看倒更像南方女子。垂下的额发遮住了大半眉眼，只露出尖尖的下颌，肤色莹白如玉。

“喂，冯妙，时间差不多了，该去摘花了。”冯清向她一撇嘴，发号施令似的，带着趾高气扬的神气。冯妙比她还大几个月，生母是出身卑微的歌姬，冯清从不把她放在眼里，更别说叫她一声“姐姐”。

冯妙看一眼铜镜旁边的滴漏，再有半炷香时间，太皇太后就会从佛堂里出来。每天这个时候，她和冯清就要轮流去园子摘回新鲜的花枝，放在佛前供奉。

“昨天就是我去，前天也是我，今天该轮到你了。”冯妙低垂着眼帘，盯着青砖地面，她不想跟这个被惯坏了的大小姐多起争执，免得惊扰了太皇太后。

“你……”冯清杏眼圆瞪，正要发火，想起太皇太后就在帘子里面，重新压低了声音，“我衣衫单薄，出去会冻坏的，这个月都是你去。”明明两人穿着一模一样的衣裳，她却说得理直气壮，把秀眉一扬：“只要你肯替我去，我那些首饰，随便你挑。”

冯妙心里暗暗发笑，脸上的神情却淡淡的，轻轻叹了口气，顺着她的话说下去：“那好，我要你那支飞鸾衔珠步摇。”她低垂着头，脸上露出一丝微不可见的狡黠笑意，“现在就要。”

果然，一听见这个名字，冯清原本得意扬扬的脸上浮上一层怒气。那支飞鸾衔珠步摇是博陵长公主及笄时收到的礼物，请了无数能工巧匠才制成的，光是镶嵌在飞鸾口中的那颗硕大东珠，就已经价值连城。冯清偶然看见，喜欢得不得了，软磨硬泡了好几天，才从博陵长公主手里要了来，带进宫后越发舍不得离身，天天放在怀里，生怕被人粗手粗脚弄坏了。

有心要反悔，偏偏冯清又一向自视甚高，不想在这个姐姐面前丢了面子，只能咬着牙一狠心，伸手进怀里，掏出一个锦囊，丢在冯妙面前。

冯妙捡起锦囊，心里暗赞一声，果然是贵重的物件，连包裹这件东西的锦囊都是上好的蜀绣。手指拨开锦囊一角，里面就是那支飞鸾衔珠步摇，东珠在微弱的灯光下，发着莹润的光，表面微微泛着一层浅浅的金粉色，比纯白的东珠更加难得，价钱自然也更高。

冯清从鼻子里冷哼一声：“守财奴！要那么多值钱的东西，带进棺材里去呀？”

冯妙抬起头，微微笑着看她：“现在归我了，我要带到哪儿去，你就别操心了。”看着冯清心疼不舍，偏又装出一副无所谓的样子，她越发觉得好笑，手指钩着金丝绳绕了两圈，把袋口收紧，又小心地把锦囊放进袖筒里。

她的确爱钱，像冯清这样的大小姐，永远也体会不到钱的好处。可她不是为自己，冯妙心里飞快地盘算着：这件东西怎么才能又快又划算地变成银子，给娘送去呢？从她记事开始，娘就一直在找人，镖师、商贾、优伶……只要是往南方去的人，娘总要拜托他们帮忙找，这些年已经不知道搭了多少钱进去，却一直没有结果。

冯妙用手撑着青砖地面站起来，踮起脚尖去拿多宝格上的缠枝纹梅瓶。手指刚触到瓶身，身后被人猛推了一把，冯妙不受控制地向前扑去，撞在多宝格上。梅瓶摇晃了几下，瓶身一歪，眼看就要掉下来。

太皇太后礼佛时，最喜安静，砸碎了梅瓶倒不要紧，要是惊扰了太皇太后，非得挨一顿板子不可。冯妙顾不上看身后得意忘形的人，赶紧伸开双臂接住要落下的梅瓶，瓶身滑溜，她只能用双臂把它抱在胸前。梅瓶里的水，哗啦啦泼了她满身，那是昨天插花剩下的水，还带着点枝叶的清新味道。

好在瓶子没碎，冯妙长出了一口气，这才注意到胸前的衣裳湿了一大片。她看一眼滴漏，已经来不及去换衣裳了。

冯清也站起来，踱着步子走到她面前，歪着脑袋看她，眼神里全是幸灾乐祸：“快去呀！怎么，收了我的东西，又想反悔了？哪有那么便宜的事。”

冯妙微微摇头。冯清算不上恶人，只是从小骄纵惯了，不肯吃半点儿亏。她随手扯过一件披风，把自己连人带瓶一起裹住，抱着梅瓶往外走去。

天才刚蒙蒙亮，东边的天空微微泛白，西边还是深沉的蓝色。冷风一吹，冯妙觉得从头到脚都要凉透了。她收紧披风，腾出一只手，用泛白的指尖钩着披风边缘，奔向园子里最近的一片树丛。

大约是借了附近宫殿里炭火的热气，拐角处几棵迎春花树，已经开出了一串串黄颜色的六瓣小花，在清晨寡淡的雾气里，显得特别鲜亮诱人。冯妙站在树下，左右端详，考虑着摘哪几枝插在瓶里会好看。

南边树梢上的一枝，开得特别好，只是位置稍微高了点。冯妙拿出小剪刀，尽量抬高胳膊，去够那一枝迎春花。差一点……还差一点……她只顾盯着那一串花朵，连披风滑落在地上都没发觉。

冷风吹得她一哆嗦，手指都有些不受控制，眼睛清清亮亮地盯着枝头，嘴唇紧紧抿住。她已经把身体伸展到极限，可还是够不着。

正要无奈放弃时，身后忽然一暖，一个指节修长的手掌握住了她冻得发白的手，轻轻向上一带。“咔”一声轻响，那枝迎春花已经不偏不倚，正好落进她怀中的梅瓶里。

耳后男子的嗓音，醇厚如夜色：“还要哪一枝？我摘给你。”

听见熟悉的声音，冯妙也不回头，抱着梅瓶轻轻一挣，笑着继续打量高处的树梢：“谁要你摘？我是要摘了给太皇太后供奉佛祖的。”

“太皇太后发愿供佛，却支使你大冷天出来挨冻，佛祖要是看见了，真不知道该怎么想。”男子捡起滑落在地上的披风，轻轻抖开，披在冯妙身上，又绕到她身前，俯下身子要替她系好披风上的缎带。

男子身形颀长，高出冯妙许多，北方贵族中流行的窄袖胡服，穿在他身上，竟然颇有几分飘逸出尘的仙气。一双眼睛里的瞳仁，是极纯粹的碧色，像两块美玉，流光溢彩。

只听声音，冯妙就已经辨认出来人。小时候第一次见面时，他还只是跟随家人来拜见博陵长公主的小孩子。一转眼，他已经是名满平城的傩仪执事官了，掌管宗庙祭祀、通神祝祷。一身神秘清贵气质，让高清欢这个名字，成了无数平城贵族少女的闺中话题。那双碧色眼睛，像是能窥见人心底的秘密。

“我自己来……”在王宫里遇见故人，冯妙的心情也跟着放松了几分。冯氏和高氏，是平城两大名门，常有往来。高清欢是高家养子，冯妙从小就跟他要好。

高清欢纤长手指灵活地一系，缎带就在冯妙脖颈下方，变成了一个恰到好处的结。看见她胸前被冷水泼湿的痕迹，高清欢轻轻笑了一声，掏出一块素白帕子，递到她面前。

冯妙捏着帕子擦了擦，把梅瓶往高清欢怀里一送："帮我拿着，我要摘上面那枝全开的。"

高清欢接过梅瓶，只微微笑着叮嘱："小心点。"

冯妙提起裙摆，踏上墙角一块青石，身子从墙头上探出来，摇摇晃晃地举起剪刀。反复比量了几次，总觉得不好。

她跳下来，拿回梅瓶，吐着舌头笑说："一枝疏朗开阔，两枝反倒热闹拥挤，不适宜佛堂了。就这样吧，不摘了。"

一跳间带起的风，吹开了她的额发，露出笼着薄雾一样的眉眼。细细的眉，像两弯新月。眼睛又黑又亮，轮廓圆润美好，眼角处微微上扬，即使不动不笑，也带着几分似嗔似喜的韵味。

"谁这么没规矩，敢到揽秀殿的墙头来摘花？"冯妙刚要离开，就听到一阵尖厉的女声，从拐角另一边传来。她抱着梅瓶，才一抬头，就看见一双金线钩边的绣花鞋，一步步走过来。

冯妙抱着梅瓶，不方便行大礼，只能略略一屈身子，低眉顺眼地答话："奴婢奉太皇太后之命，摘花供佛，看见这里的迎春花开得正好，想着太皇太后兴许喜欢，就折了一枝。"她嗓音清亮，带着几分少女的甜糯软音，很是惹人怜爱。

说完这些话，冯妙才有机会抬眼来看。那女子看着眼生，以前从没见过，想必平时没有什么机会在太皇太后面前走动。她艳色裙装，不像普通宫女那样循规蹈矩，却也不像嫔妃那样华贵，更何况，听说当今皇上不过是个十五岁的少年，根本还没有纳娶什么嫔妃。

冯妙微微蹙眉，那眼前这位丽人是谁？

那丽人没看见转角另一边的高清欢，一双妩媚勾魂的眼睛在冯妙身上转了几圈，伸出手指钩住了她的下巴："哟，小小年纪，倒是个美人坯子，早早送进宫里来，学着怎么伺候人了。"

冯妙听她言语不堪，更加肯定她不是什么显贵人物，把头一偏："请让开，太皇太后还在佛堂等着呢，久了她老人家要生气的。"

冯妙进宫时日不长，自然不知道，这位住在揽秀殿的罗冰玉，是奴籍出身的宫女，因为生得有几分妩媚，才被选中做了教养宫女。在后宫里，比普通宫女跋扈，却又比嫔妃主子低贱，地位实在尴尬。

偏巧罗冰玉也是个没眼色的，不知道眼前这小丫头姓冯，出身大魏第一世家，看她穿着普通宫女服饰，以为她是哪个宫里新来的粗使宫女，心底里那股半是自卑、半是自负的情绪又涌动起来。

她笑一声："太皇太后她老人家最重规矩，可宫里的规矩，都被你们这些小狐媚子搞坏了，动不动就抬出她老人家来压人，倒没由得坏了太皇太后的威仪。"

她手指往那几棵开花的树上一指："这几棵树，是我用银丝炭火熏养着，才提早开了花。我眼巴巴地等着皇上来看，倒被你抢了先，拿去献宝。你说，我能容你吗？"

银丝炭容易燃烧，又没有烟火味，价格自然也高得离谱，素来有"一两银丝炭，真金也不换"的说法。就连太皇太后的奉仪殿，也只在礼佛或是召见权臣时才用。眼前这位看不出出身、位分的人，竟然用价格昂贵的银丝炭生火，催动树木提早开花，实在是太过奢侈了。

冯妙想着进宫前娘的叮嘱，不要惹事，她和冯清一起进宫侍奉太皇太后，不过是为了陪衬这位嫡出的大小姐。贵族女儿普遍出嫁得早，冯家要为这位大小姐选个体面的夫婿，要是能入主后宫，自然是最好的。

她把声音压得更加低顺："这位夫人，花枝已经折了，要是白白扔了，反倒更辜负了娘娘的一番巧手心思。倒不如我把这早开的花，送到太皇太后面前，说是夫人敬献的。"

魏国宫中，皇后之下设左、右昭仪，昭仪之下就是贵人、贵嫔、贵华三夫人。像罗冰玉这样没有家族庇护的宫人，能升到夫人，已经是天大的荣宠。

听见这声"夫人"，罗冰玉的脸上显出几分得意神色，随手拿起石桌上的一根银簪子，叉起一块桂花糕，递到冯妙面前："你这小丫头，倒是生了一张能说会道的巧嘴，这块点心赏给你，吃了就放你走。"说到最后，眼角不禁露出一抹狠戾。

银簪子的尖头，穿透了那块桂花糕，明晃晃地露在外面，像嘶嘶吐气的蛇信子。只要冯妙一张口，银簪子在她嘴里狠狠一戳，就能让她这副好嗓子再也说不出话来。

冯妙再怎么机敏聪慧，到底是个十来岁的孩子，眼看着簪子尖儿在眼前晃，畏缩着向后躲避。

"躲那么远干什么，我能吃了你不成？"罗冰玉阴恻恻地笑着，银簪又往前送了一寸。

"夫人，我牙疼，不能吃甜食。"冯妙抱着梅瓶，胡乱找了个借口。就算她没打算在宫里攀龙附凤，也不想无缘无故吃这个哑巴亏。

可她身量太小，又要护着剪下来的那枝迎春花，罗冰玉向前几步，已经扭住了她的一只胳膊。银簪子叉住的桂花糕已经抖掉了一大半，只剩下一点渣滓挂在上面。

“有人赏你，别不知好歹。”罗冰玉又长又尖的指甲已经在冯妙的脖颈上掐出一道红印。

冯妙皱着眉、忍着疼，双手还抱着梅瓶不肯松开，生怕慌乱中砸坏了太皇太后的物件。又急又怕之际，身后传出清冷的声音，带着几分浅浅的嘲讽：“罗冰玉，别人叫你一声夫人，你还真敢答应啊？嗯？”尾音轻轻上挑，漫不经心，却又好像成竹在胸。

罗冰玉听见这道融冰碎雪的声音，浑身像被雷击一样，掐住冯妙的手指不由自主地松开。“执事大人……”她盈盈地拜下去，收起那副嚣张跋扈的样子，显出几分楚楚可怜的神情来。

高清欢伸出两根手指，捏住那根银簪子，轻轻一抽，就从罗冰玉手里夺了过来：“你不会连自己是怎么做教养宫女的都忘了吧？还真当自己是夫人了？”

冯妙看见罗冰玉的手在袖子里握紧，神情惶恐惊惧，心里奇怪，这个女人似乎很怕高清欢。那种怕，从骨子里渗出来，让她整个人抑制不住地微微发抖，好像高清欢动动手指，就能打碎她好不容易挣来的一切。

高清欢随手一扬，银簪子“噗”一声没入青石墙砖缝隙里，只剩下一段簪尾露在外面，摇摇晃晃。“你回去吧。”罗冰玉听见这三个字，如蒙大赦，向他匆匆行了一礼，踩着细碎步子，逃一样回了自己的揽秀殿，最后还不忘把殿门“喀啦”一声合拢。

冯妙瞪大眼睛看着高清欢，迷茫不解地问：“什么是教养宫女？”

高清欢揉揉额角，低身凑到她耳边说：“教养宫女就是，教导皇上怎么做一个真正男人的特殊宫女。”

“啊？！”冯妙第一次听说还有这种宫女，似懂非懂间，只觉得不该再问下去了。她眯着弯弯的眉眼，把花枝插牢，转身就走：“我要回去了，太皇太后应该已经礼佛结束了。”也忘了问为什么罗冰玉会那么怕他。

“有条小路，去奉仪殿更近，我送你过去。”高清欢扯扯她的衣袖，带着她拐进一条从没走过的路，“回去先换件干衣服，别着凉。”

小路尽头，高清欢把冯妙带到一处拱门前：“沿着石子路走，过了左手边的凉亭，转一个弯就是奉仪殿侧门，记住了吗？”

冯妙点头，笑吟吟地跟他告别，抱着梅瓶边走边神游太虚。一会儿想起进宫以来，还没见过那个少年天子，太皇太后也没说什么时候才能放她回家去。一会儿又想起，有高清欢在宫里，毕竟是个熟悉的人，深宫内院也就没那么可怕了。

她走出好远，这才想起看路，左右两边，都是悬着蜀锦帐的宫室，檐角挂着金铃，风一吹，发出泠泠声响。一间间看过去，都差不多，哪里有什么凉亭？冯妙把身子缩起，她好像……迷路了。

冯妙不像冯清那样，可以在小时候常进宫来玩儿。这次到太皇太后身边侍奉，原本也没有她的份儿，选中的是她两个嫡出的妹妹。可是进宫前一天晚上，年纪最小的妹妹冯滢，突然生了急病，才不得不临时换了她来。

她对宫里的位置一无所知，回身去看，距离刚才经过的拱门早已经远了，高清欢也看不到了。心里一急，额头就渗出汗来，周围却连个可以打听的人都没有，越发透出一股阴森古怪。冯妙隐约记得奉仪殿东外阁一侧，挂着一幅五色珠帘，因为样式新鲜少见，她才特别多看了几眼。眼神往旁边一瞟，一处宫室外，也挂着一幅类似的五色珠帘。

她揉揉额头，自己这出门不辨东南西北的毛病，什么时候才能改改。有珠帘，就说明那处宫室有人住，进去打听一下回奉仪殿的路，顶多是丢人而已。

半新的宫室，墙壁上涂刷过花椒，散发出辛甘气味。冯妙敲敲正门，没有人应，绕了一圈，只有挂着五色珠帘的那处角门开着一条缝。她抬手一推，角门就悄无声息地打开，向她敞开一条昏暗幽寂的路。

魏王宫跟其他任何一座皇城宫苑一样，有许多人们心照不宣的秘密，比如这五色珠帘，就是其中之一。要在后宫平平安安地活下去，不需要知道这些秘密的真相，只需要远远躲开就好。可冯妙进宫的时日太短，又偏巧没有人向她说起过，阴差阳错下，她已经沿着幽深的通道走进去了。

沿着角门射进来的光亮很快就消失了，四周是一片死寂和无边无垠的黑暗。冯妙手心直冒汗，又不甘心半路折回去，只能暗暗祈祷，让她快点遇上个人，随便什么人都好。

拐了不知多少道弯，前方才又透出一点光亮，似乎是跳动的烛火。冯妙心里一喜，就要快步上前，光亮处忽然传来一声极度痛苦的低吼，接着是一个男人咒骂的声音："妖妇！百年之后，你有什么脸面去见父皇？"

冯妙一惊，原本要迈出去的步子，硬生生停了下来。那男人声音沙哑，似乎已经人过中年，可先皇留下的皇子，最年长的就是当今皇上了，不过只有十五岁而已，远没有这么老。

没等她想出个头绪来，接下来的一道女声，更叫她震惊。"你还是这么固执，宏儿就比你听话得多。好歹哀家也是你的母后，你这么辱骂嫡母，就很有脸面吗？"

冯妙惊得差点抱不住怀中的梅瓶，这声音分明是太皇太后，按照冯家的辈分，她应该叫一声姑姑的人。朝夕侍奉了两个多月，这声音是无论如何也不会认错的。

叫她嫡母？那另外一个声音，难道是已经“驾崩”多年的先皇献文帝？

献文帝的声音再次响起：“妖妇！我只恨当年一时心软，没能早杀了你！我们叔侄，都被你假惺惺的自焚殉葬给骗了，以为你对父皇一片痴心，留你到今天，成了大魏的祸害。你用宏儿要挟了我一辈子，可你别忘了，宏儿总有亲政的那一天，我杀不了你，宏儿不会饶过你！”

冯妙掩住嘴，不让自己叫出声来。那些话说得隐晦，可是她却听懂了。

当今皇帝的祖父文成帝驾崩时，现如今的太皇太后，正是文成帝的结发妻子。她曾经在葬礼上扑进火海，欲以身殉夫，最终却被人救下，辅佐当时的太子，也就是后来的献文帝接掌国事。当今皇帝五岁时，献文帝因为缠绵病榻而禅位，五年之后，外界得到的消息是献文帝重病不治，终于驾崩。

冯家聘有专门的教习，给几个女儿讲解宫闱旧事，冯妙虽然是庶出，却也逃脱不了要嫁给王侯公卿的命运，故而冯熙也让她跟着听了几年。太皇太后是人人尊崇的女中豪杰，教习讲起她的事迹时，两眼都熠熠闪光。她跌宕起伏的前半生，每个冯家女儿都异常熟悉。

可眼前的这一幕，却全不是那么回事。献文帝还活着，生生被太皇太后圈禁起来。透过门缝看去，献文帝的双手，被粗大的铁链捆住，高高吊起。

冯妙仓皇后退，宫闱之中，知道得越多，就离死越近。她想要趁着被发现以前，赶快逃出去。冯妙虚软的脚步被什么东西绊了一下，她还没看清楚，就跌进了一个温热的怀里。一只强健有力的胳膊拦了她一下，她才没磕在墙壁上。

墙边一角有一个人坐在地上，冯妙竟然一直没注意，直到这时才发觉。光线昏暗，她看不清那人的相貌，只隐约觉得身形像个少年。衣袍间有沉香木的味道，若有若无地飘散出来。

因为太皇太后尊崇佛教，宫中人人效仿，连熏香也一向只用檀香。这沉香木的味道，只会从宫室居所的木柱上沾染过来。能住在用沉香木做柱的宫室主殿里，这人一定大富大贵。冯妙心里暗暗叫苦，这下倒好，又多了一个人知道她来过。

急中生智之下，她赶忙一只手捂住自己的眼睛，另一只手摸索着在那人手心写字：“我不看你的脸。”犹豫一下，又写了一句：“你也别看我的，好不好？”摸到的是那人的左手，掌心和指肚儿上，都有一层薄薄的茧，像是长年练习骑射留下的印记。用左手习武的人，似乎很少见，不过冯妙没有心情思考这些，她眼下只想安然活命。

她一双手都冻得发凉，指甲为了做事方便，修剪得又平又短，每根手指前端都有一个略微凸起的圆弧。指尖刮在那人手心，黑暗里一声不吭的人，脊背很明显地僵硬了一下，抬手就要把她推开。

冯妙臂弯里还圈着那个梅瓶，身子往那人胸前拱了拱，闭着眼睛在他脖子上做了一个砍头的动作，又摸回他手心上写："别推我，外面有妖怪，我不想死。"

这句可怜巴巴讨饶的话，让那人紧绷的肌肉松弛下来。没等到那人的回应，小室内又传来太皇太后的声音："自从当年李夫人死了，你就一直记恨哀家，认为上阳殿那场大火，是哀家动的手脚。可你怎么不想想？就算没有那场火，她李元柔的儿子被立为太子，她也终究逃不过立子杀母、以防外戚专权的祖训。"

听到李夫人三个字，冯妙忽然觉得手腕剧痛，黑暗里的少年狠命捏住了她细弱的手臂，像在压抑着极大的怒气。冯妙扭动了几下，因为力气太小，挣脱不开他铁钳一样的禁锢，低下头在那人手背上狠咬了一口，留下一圈小猫一样的牙印。

一门之隔，献文帝发出几声大笑，笑声里渐渐透出悲凉："宏儿一出生就被你抱走，从没见过他的生母，哪会有什么外戚专权？这王宫里，一向只有你翻云覆雨，要说专权，那也是你们冯氏！男子异姓封王，几乎人人尚娶公主，女子更是世代为后。拓跋氏的天下，已经就快要改姓冯了！"

太皇太后不急不躁地等他说完，处在优势地位的人，总是特别有耐心。"哀家当年戴罪入宫，是永巷最低等的奴婢，受过你乳母一饭之恩，才能够活下来，原本不想取你这条性命。可你私下命人联络任城王拓跋澄，让他带亲卫入平城诛杀哀家。如此自寻死路，实在不能再容你继续胡来了。"

她真正忌惮的，是献文帝诈死多年，竟然还能找到肯替他搭上性命传递消息的忠心奴才："哀家给你配了一服好药，发作很快，不会有什么痛苦。你去了以后，哀家会善待宏儿的。"

房间里竟然还有第三个人，那人端起青瓷小碗，捏着献文帝的嘴，把碗里的药汁硬灌下去。献文帝渐渐放弃了挣扎，十五岁的拓跋宏，是他最宠爱的长子。太皇太后捏住他这处软肋，结局早已注定。

"冯有，妖妇！"献文帝的口齿已经有些不清楚，药效让他腹痛如绞，"你要是有胆，就挖出我这双眼睛，埋在奉仪殿门口，我要亲眼看着冯氏败亡。奉仪殿里早晚会住进其他姓氏的主人！我诅咒你……诅咒冯姓女子，生时得不到帝王珍爱，死后不得葬入皇陵！"

凄厉的声响在空旷的宫室内回响。一时间听到了太多不该听到的秘密，冯妙心里越发害怕，身上冷得直发抖，不由自主地往身边人胸口靠去。平坦结实的胸口，传来暖人的温度，线条却依旧僵硬。

灼热的液体，一滴滴落在她的手背上，是那个看不见面貌的少年人在哭吗？

冯妙努力抬起一只手，向他脸上摸去，手刚触到他线条冷峻的侧脸，就被他一把扭住，反剪在背后。

“再动一下，就扭断你的脖子！”少年像掐只小猫一样掐住她，指肚儿上的茧，恶狠狠地划过她手心。即使看不到，冯妙也感觉得出，他身上带着凛冽杀意。

房间里的挣扎咒骂声，渐渐低下去，最终归于一片寂静，有衣袍拂地的细微声响传来。

黑暗里的人忽然站起来，一只手抱住冯妙，另一只手捂住她的嘴，紧贴着墙壁向后退去。冯妙心中警觉，乖巧地伏在他肩上，试探着伸手，揽着那人的腰，以免掉下去。那人在黑暗里默默数着步子，像是对这条黑暗通道很熟悉。

他刚闪身拐过一个弯，冯妙就听见小室的房门打开，眼角余光看过去，房间里的烛火恰恰照亮了他们两人刚才藏身的地方，却被身前的转角挡住。有两个人的脚步声，从房间里传出来。

抱着冯妙的少年，脚步轻盈，身处在黑暗里，却好像周围一切都在他眼前般清清楚楚，每一次转弯，都恰到好处地躲开身后照来的火光。冯妙知道身后走过来的人是太皇太后，大气都不敢出，手指死死抓住少年的衣襟。

前方隐约出现一道半掩的门，就快到通路出口了。少年脚步加快，忽然纵身一跃，在半空里灵活地转了个身，跳上了屋顶横梁。

两人刚在斗拱背面藏好，太皇太后就已经走了过来，在她身前，还有一名穿着软甲的高大男子，举着烛火替她引路。男子刚要推开出口那扇门，太皇太后却按住了他的手：“当年你表兄李奕，因为受到我的赏识而被先皇找了个借口处死，今天也算是给他一个交代了。从此以后，你我之间……应该再没什么心结了吧？”

权倾一国的太皇太后，竟然对着身边一个普通侍卫模样的人，如此软语温存，语气间仍旧有些久居上位的威严，却很明显地带着几分拉拢、示好，甚至还带着点女性特有的娇羞。

“回太皇太后，雷霆雨露，皆是皇恩，臣不敢心存半点怨恨。”磊落坦荡的声音，从高大男人口中传出。

太皇太后轻叹一口气，知道眼前的男人只能慢慢感化，不能强求。她在无数贵胄世家中，独独看中了他，也正因为倾心于他这一身傲骨。“你去吧，哀家从这里直接回奉仪殿了。”太皇太后的声音，又恢复了平日的端庄威仪。

那男子也不多话，单膝跪地行了一礼，转身大踏步离开。

一阵风从敞开的大门涌入，卷动冯妙的衣角，插在她怀里梅瓶中的那枝迎春花，被风卷着，晃了几晃，直挺挺掉落下去。

冯妙立刻吓得面无血色，花枝落地，他们可就再也藏不住了。

少年身形快如鬼魅，足尖飞快地下探，在那枝花上一钩，另一只脚卡住斗拱接合处，身子在半空荡出一个圆滑的弧度，动作流畅如水，生生把掉落的花枝给捞了回来。

太皇太后隐约听见可疑的声响，回头去看，背后却空无一人。如果刚才那个男人还在，此刻就能听到头顶传来的稍显沉重的呼吸声，可太皇太后毕竟只是个不会功夫的女子，没发现异样便离开了。

冯妙和那少年一起，缩在斗拱投下的阴影里，直到周围再次陷入黑暗，提到嗓子眼儿的心才放下。冯妙的嘴还被那人捂着，她感觉到少年一只手放在她嘴上，另一只手放在她腰上，忽然想到一个问题，他用什么捞住了那枝迎春花?

正想着，少年已经一言不发地抱住她跳下地来。头一偏，嘴里咬着的花枝就刚好插进她发间。迎春花的香气萦绕在头顶，冯妙从没见过这样的身手，想到危机解除，惊喜忘形间，伸手搂住少年的脖子，贴着他耳边用叹服的语气说："你好厉害呀！"

少年捏住她的手腕，不屑地甩开，手指在她喉咙处一掐，一颗药丸就送进她嘴里。不知道少年用了什么手法，在她背上一拍，那药丸就骨碌碌滚进肚子，只留下一股微酸的味道。

"今天的事，不准跟任何人提起，"少年缓缓开口，声音带着嗡嗡的回响，听不出他本来的音色，清冷的语气糅合着蔑视和讥诮，不像一个少年人该有的样子，"否则，刚才那颗毒药发作，你就会肠穿肚烂、筋骨寸断而死。"

冯妙没料到这人竟然如此喜怒无常，想到横竖是一死，干脆连字也懒得写了，又生气又委屈地问："我不说出去，你就肯给我解药吗？"

少年抚着自己的手背，那上面还有她刚刚咬出的牙印，想了片刻，又极其淡漠地说："十天之后，三更，还在这里，看你表现。"

"你无赖……"冯妙回想着那句肠穿肚烂、筋骨寸断，眼睛里立刻浮上一层雾气。雾气越聚越多，渐渐凝成两颗圆滚滚的水珠，在她那双灵动好看的眼睛里，摇摇欲坠。她恨不得用世上最恶毒的言语咒骂，可是想了又想，竟然想不到什么合适的词语，只能努力回忆自己最讨厌的东西："你简直就是吃稻米饭时发现的青虫子，讨厌死了。"

少年隐去所有动作和气息，几乎已经跟黑暗融为一体，声音拖长，带着几分悠扬的韵调："说话越多，毒发得越快。"

冯妙赶忙伸手捂住嘴，举动间透着几分孩子气。少年很满意她的安静，用言语指挥她："你沿着这条路出去，不准回头。只要你老实听话，我可以考虑给你解药。"

冯妙照着他的话，拉开门快步走出去。大门打开的一刹那，光线勾勒出她纤细窈窕的背影。少年盯着她嫩黄色的裙裾，嘴角浮起一抹冷笑。这种嫩黄色布料，是上个月织造坊进献的，总共只染了四匹，都呈给了奉仪殿。太皇太后觉得颜色太鲜嫩，不衬自己的年岁，就都赏给了身边的宫人。

宫里果然没有一个简单干净的人了，那小丫头，分明就是奉仪殿的宫女。

一口气跑出去，冯妙才想起发髻间还插着那枝迎春花，摸下来一看，花瓣都已经失去水分，有几处还揉得破烂了。她悄悄回头，刚才出来那扇门已经紧紧合起，看上去就像一处废弃不用的宫室。如果不是嘴里还残留着酸味，她几乎要疑心，那是她做的一场梦。

前方不远就是奉仪殿侧门，冯妙捧着梅瓶，心中忐忑地进入主殿，先把梅瓶放好，这才双手交叠置于身前，恭恭敬敬地跪拜："奴婢摘花归来迟了，请太皇太后责罚。"

坐在雕花胡床上的女人，辈分虽高，其实年纪不过四十岁出头。头发梳成整齐的高髻，发饰衣着都朴素简单，只有腰间一条羊纹玉锦腰带，做工精细，显出几分贵气。

太皇太后仍旧跟平常一样，喜怒都不形于色。大概还没从震惊恐惧里回过神来，冯妙总觉得今天的太皇太后，让她特别害怕。她可以在密室里囚禁献文帝，也可以一碗药就结束他的性命，还有什么是她不敢、不能的？

"冯妙，你也太放肆了，"冯清站在太皇太后斜后方，嘴角得意地翘起，眼睛里闪着光，"这是要供奉佛祖的花，你就采了这么一枝回来？！你是不是对冷天里起早摘花心存怨恨，就故意敷衍？"

第二章
晓星沉

冯清对这个庶出姐姐带着天生的敌意。博陵长公主宠她，吃穿用度，她要什么有什么，比冯妙好了不止一点半点。父亲却只有一个，只要有冯妙和她那个病弱不堪的母亲在，父亲就永远不可能只宠爱她这一个女儿。那种天生就有人分走自己一半的感觉，让她心里不快。

太皇太后一直不说话，那种沉默，快要压得人喘不过气来。

冯妙额头压在手背上，不敢起身："禀奏太皇太后，奴婢看见转角那边，有一棵迎春花开了，想要去摘。那边住的夫人却不准，多说了几句话，所以才回来迟了。摘花的时候，奴婢忽然想，这花供奉在佛前，只一天也许就败了，要是长在枝头，却可以入千人万人的眼，不知道究竟哪种……"

太皇太后的指甲在桌面上轻轻一扣，冯妙心里一惊，就不敢再说下去了。她那几句话里，还是留了个小心眼儿，故意先提起跟罗冰玉的争执，万一太皇太后疑心方才密室里有人偷窥，她也有个不在场的人证。

"入千人万人的眼……"太皇太后低声念着，"好大的志向啊。"语调平平，听不出是赞赏还是愠怒。冯妙知道这时多说多错，立刻闭了嘴。

过了半晌，太皇太后才接着说："你这几句话说得不错，该赏，今后都不用再取鲜花供佛了。"

"姑母，她明明……"冯清眼看到手的机会，要被冯妙轻描淡写躲过，心急之下，平日的称呼冲口而出。一句话还没说完，被太皇太后用眼角余光一扫，猛然想起进宫时的教诲，宫中先有君臣、后有亲疏，她以宫女的身份称呼太皇太后"姑母"，已经是僭越了，慌忙低下头，垂手站着。

“不过今天，你得了哀家的令去摘花供佛，摘回来的花却不能让哀家满意，那就该罚。”太皇太后不理会冯清，面色如常地说道，“从今天开始，你每日晚上在小佛堂思过一个时辰，思过时抄写一篇经文，在香炉里烧了。”

太皇太后不喜奢华，佛堂的布置极其简单，夜里更是冷得厉害。这惩罚说重不重、说轻不轻，冯妙猜不透太皇太后的深意，赶紧应了：“谨遵太皇太后教诲。”

冯妙站起身，低着头小步退到太皇太后身后另外一侧，刚站稳，就看见冯清向她一吐舌头，做了个恶狠狠的鬼脸。冯妙原想不理她，心思一转，想起太皇太后刚才言语间，对自己有意无意的敲打，手捏兰花指，在鬓边本应佩戴步摇的位置一比，朝着冯清微微一笑。

想起价值连城、整个平城再也找不出第二支的飞鸾衔珠步摇，冯清果然脸色一黑，气得双眼圆瞪。

太皇太后端坐着没动，像是全没看见两人的小动作，嘴里却说了一句：“调皮！”像是呵斥，却更像长辈对晚辈的纵容。

冯妙收回目光低垂着头站好，在太皇太后面前，果然不能太循规蹈矩，那样会被认为是心机深沉、另有所图。

手指无意识地在袖中一摸，冯妙心里忽然“咯噔”一下。早上明明把装着飞鸾衔珠步摇的锦囊放在这里面了，可这会儿袖子里却空空如也，什么都没有了。难道是丢在路上了……冯妙默默回想，可是一点儿头绪都没有。

丢在外面还好，要是丢在那间密室暗道里，可就麻烦大了。太皇太后必然认得出那原本是冯清的东西，只要稍稍一问，就会知道密室里的一幕已经被自己看见了。

珠帘一掀，奉仪殿掌事崔姑姑走进来，向太皇太后禀奏：“六公主又来了，要见您，奴婢在外面劝了半晌，公主都不肯走。”

太皇太后抿着嘴微笑：“瑶儿这孩子拧得很，你哪里说得动她？”语气里却没有什么怪罪的意思，太皇太后自己没有生养，对待宫中的皇子和公主却都很好，对待孙辈尤其和蔼。当今皇帝的六妹妹拓跋瑶，封号彭城公主，因为生母早逝，也曾经被太皇太后留在奉仪殿教养过一段日子，后来才单独拨了流云阁给她住，比起别的公主，在太皇太后面前更随意些。

“你去跟她说，哀家今天不舒服，不叫她进来吵闹。她央求的那件事，哀家准了。”

崔姑姑出去没多久，就听见外间暖阁传来一声少女的欢呼，清脆的嗓音高叫了一声：“瑶儿谢皇祖母！”紧接着就是牛皮小靴踏着地面噔噔噔跑出去的声音。

等外间安静下来，太皇太后才看似无意地说："皇家太学每逢旬日，在知学里讲学，皇帝和几位平辈的亲王都在，你们两个也去见见世面吧。"

冯妙听了这话，悄悄瞥一眼冯清，果然见她脸上微微泛红，紧盯着太皇太后。见世面是假，看人是真，太皇太后是在给她们制造机会，接近尚未册立皇后的少年天子。

小佛堂用四根雕花红木撑起屋顶，四面垂着纱幔。佛堂一角有个铜制小火炉，雕成麒麟的样子，旁边还摆着一小盒银丝炭。

白天换了干衣裳后，冯妙就觉得嗓子发干，太阳穴上一跳一跳地疼，恐怕是受了风寒。这时候风寒刚起头，本应该喝些姜汤，好好睡一觉，可是今天才刚受了点罚，马上就病给太皇太后她老人家看，这也未免太凑巧了。更何况，她心里还惦记着另外一件事。

一整天冯清都跟她在一起，她心里急得火烧火燎一样，却只能装得若无其事。好容易挨到晚上进了小佛堂，冯妙赶紧在悄悄带进来的衣裳里四下翻找，里里外外翻了几遍，终于确定，那支飞鸾衔珠步摇，的的确确是丢了。

她跪在蒲团上，心里七上八下，把早上走过的地方，一一回想。要是丢在路上，宫女太监看见了也不敢私留，过几天去总管事那里问问，就知道了。要是丢在揽秀殿，也不怕。可要是丢在密室暗道里……冯妙抚摸着喉咙，想起那粒药丸，现在还没有毒发的迹象，要十天后才去找那个讨厌鬼拿解药，何不找个机会溜回那里找找看。

她从整块青石雕凿的佛龛下面，拿出一捆笺纸。那是专门用来抄录佛经的，比普通纸张更硬挺，带着浅金色的祥云暗纹。

其实那些佛经，她都背得下来，不需要照抄便能默写出来。她的一手簪花小楷，是跟母亲学的，写得十分端正秀丽。写着写着，就想起还在家中的母亲，这几年母亲的身体和精神一直不大好，有时会神情恍惚迷离地说些她听不懂的话，念得最多的，就是两个字"云乔"。

云乔，云乔……母亲念起这两个字时，神情半是甜蜜、半是心酸。心思飘忽间，最后一行小字就歪了，冯妙惊觉时，已经难以纠正。她把字笺举起来看看，惋惜得不得了。重写肯定来不及，她只好钻进檀木桌下，找出一块削尖的竹片，把那行字一点点刮掉，再重新端端正正地写好。

一切做好，时间刚好差不多，她在香炉鼎里点上小块檀香，再把写着佛经的纸笺一点点烧成灰烬。最后双手合十，在佛龛前长拜三次。

滴漏里的水流干了，冯妙揉着酸疼的膝盖站起身来。这时已经快到三更，奉仪殿里都熄了灯火，想必太皇太后已经歇息了。她往西配殿一瞄，里面也一片黑暗，看来冯清也睡了。冯妙揉揉鼻子，压住心口狂跳，循着记忆往白天那处宫室走去。

她只记得那处宫室外面，挂着一幅五色珠帘，其他的一概没有印象了。可转来转去，怎么都找不到。前面再拐个弯就是碧波池了，那里已经快接近未成年皇子们住的前殿，冯妙就是再不认路，也知道自己走得不大对。

碧波池边，两个身穿灰布衣裳的小太监，正扭住一个宫女模样的人。他们对面，一个身穿藏青色箭袖骑装的少年，正骑坐在马上，双眼紧盯着那个宫女。那少年岁数不大，一张圆脸上还带着几分稚气。

"王爷，皇上还在等着奴婢取了药去伺候，求您放了奴婢走吧。"那宫女被扭着不能动，只能苦苦哀求。

"林琅，你有多久不来找我了？"那少年尽力做出一副成熟的样子，说出的话却仍然孩子气，"我已经封王了，府邸也建好了，我带你去看看，要是你喜欢，你跟我一起住，好不好？"

"王爷，奴婢不能随意出宫，得向皇上请旨才行啊。"宫女的声音很好听，因为着急，越发显得哀婉动人。

冯妙一直低头赶路，头昏脑涨，耳朵里又嗡嗡直响，等到她发现这些人时，已经离得太近，那名宫女和扭着她的两个太监，都看见了冯妙。

刚一抬头，冯妙就被那宫女的面容惊住了。她不是没见过美人，不说家里大哥冯诞那些莺莺燕燕的姬妾，就连她自己和冯清，也各有一番风致。眼前这名宫女，应该已经有十八九岁了，五官单独拿出来看，都说不上多么惊艳，可是组合在一起，就是那么无与伦比地恰到好处，几乎像画里出来的飞天仙女一样。

马上的少年，发现了众人的目光在往自己身后飘，转头看向冯妙，神情里有几分不耐烦。他看清冯妙身上的宫女服饰，用马鞭一指："正好，有人来了，看样子你是皇祖母宫里的。你去跑个腿，跟皇兄说一声，林琅要跟我出宫一趟。"

马鞭指回林琅面前三寸："你还有什么问题？"

林琅满面凄惶地看着冯妙，一双眼眸里全是哀求，像在求她帮忙去搬救兵来。碧波池水的粼粼波光，映照着她那双小鹿一样的眼睛，连冯妙看了，都觉得有些心神荡漾，难怪一个王爷肯为她做出这种强掳宫女的事来。

冯妙目光在林琅和那小王爷身上转了转，低下头小心翼翼地说："奴婢不知道皇上在何处，请王爷给指个路。"她不是有意推托，她不像冯清那样时常有机会进宫，对王宫地形一点也不熟悉。

话音刚落，林琅和那小王爷，同时瞪眼看她，显然都会错了她的意思。林琅分明认为她不想多事，在找借口推托。小王爷却从她话里听出了几分挑衅的意思。

“好哇，现如今，宫里人个个都是硬脾气的了。”小王爷马鞭一扬，劈头就往冯妙身上抽来。

那一鞭来得又急又快，直往冯妙脸上扫来，冯妙愣在当场，没想到这脾气暴烈的小王爷，说动手就动手。一鞭子下去，她那张脸就要毁了。

“啪”一声脆响，冯妙下意识地闭眼，脸上却没有传来预感中的疼痛，反倒是耳边传来一声轻呼，有淡淡的血腥味飘进鼻端。

“林琅！你没事吧，我……我不是要打你的。”小王爷从马上跳下来，三两步奔到林琅跟前，把她揽进怀里。

冯妙急忙睁眼，这才看见，林琅不知怎么挣脱了那两个太监的钳制，扑到她面前，替她挡了这一鞭子。马鞭抽在林琅肩膀上，半边衣衫都被血染红了。可见刚才那一下，小王爷是气急了，用足了力气。冯妙暗自心惊，自己不过说了句实话，就差点没命了。

“王爷……她是奉仪殿的宫女，不能打……”林琅疼得直抽气，声音更微弱了。

小王爷听了她的话，神情却越发阴郁难看：“你是怕我开罪了皇祖母，还是怕皇祖母为难皇兄？”打人的是这位小王爷，说起原因，却是林琅这个皇帝身边的贴身宫女。

林琅不答他的话，伏在他怀里有气无力地说：“宫里有规矩，责打……责打宫女，不能打脸，王爷忘形了……”

“你少东拉西扯！你就是怕事情牵扯到皇兄头上！”小王爷暴怒跳起，抱着林琅就要上马，“为了他，你连挨鞭子都不怕，可他给过你什么呀？我现在就带你去我的北海王府，只要你愿意，你就是我唯一的北海王妃。”

听到那少年自报名号，原来是当今皇帝最年幼的弟弟，北海王拓跋详。冯妙在家里时，也听人说起过这位北海王，他的母妃出身名门高氏，从小就被宠坏了。年纪虽小，封王却赶在了几个哥哥前头，多半也是看在他手握重权的舅舅面上。

冯妙站在一边，走也不是，留也不是，心里万分懊恼，不该招惹这位小魔王。

拓跋详刚要跨上马，碎石小路上又跑来一人，借着月光看去，那人年纪跟拓跋详差不多，锦袍上的金丝隐隐泛光，显然也是皇亲贵胄。

“拓跋详，你放开琅姐姐！”新来的少年一路跑，一路高声呼喊。等他跑到近前，两个太监立刻慌慌张张地跪下施礼：“拜见始平王爷。”

冯妙也跟着跪拜下去，虽然没见过本尊，这些名号她却烂熟于心。始平王拓跋勰，应该比拓跋详年岁略大一点。

拓跋勰看也不看他们，径直走到拓跋详面前，看见林琅满身是血，脸色一下就变了，挥起一拳打在拓跋详脸上。

拓跋详怀里抱着个人，动作没那么灵活，脸上结结实实挨了一下，立刻眼眶泛青。他把林琅塞进冯妙怀里："你照看一下。"转身挽起袖子，也一拳向拓跋勰打去："你凭什么打我？"

"皇兄旧疾发作，痛苦万分，等着琅姐姐取药回去。你在这里拦住琅姐姐发什么疯？"拓跋勰身手灵活，一路躲闪着说话。可拓跋详胜在有一把好力气，两人一时难分高下。

冯妙搂着林琅，看她唇色发白，心中不忍，撕下一片衣袖，帮她裹住流血不止的肩头。这一鞭子，不管怎么说，都是她替自己挨的。

林琅掐着冯妙的手腕，嘴里喃喃道："皇上的药……皇上……"

冯妙低头问她："皇上的药在哪里？"见她抬手指指自己胸口，明白药在她身上，又说："得想办法劝两位王爷作罢，咱们各自回去，你才能把药送给皇上，恐怕委屈你白挨一下，不能叫人给你做主出头了。"

林琅轻轻点头："不要紧……"

两个小太监早已经吓破了胆，拉又不敢真拉，跪在地上不住地磕头："两位王爷，不要打了，不要再打了。"

动静越闹越大，看样子非惊动侍卫不可了。冯妙头痛得越发厉害，别人都有出现在这儿的理由，只有她，说不清楚。

正这么想着，碧波池另一侧，已经传来整齐的脚步声，星星点点的火把越来越近，应该是王宫侍卫听见声响赶来了。

拓跋勰听见脚步声，立刻高喊："羽林卫来了！"听见喊声，拓跋详果然抬眼往碧波池对面看去，刚一分神，拓跋勰便使了个擒拿手法，手掌扣住他肩肘，膝盖往他小腿上狠狠一顶，强迫他跪在自己面前。

拓跋详原本就跋扈惯了，谁也不放在眼里，哪能忍受这种折辱。他就势一蹲，手肘一扯，把拓跋勰也拉倒在地。两人都不肯先松手，一路翻滚扭打，"扑通"一声，齐齐跌进碧波池。

赶到近前的羽林卫统领，赶紧叫人下去捞，连拖带拽把两位小王爷救上岸。

拓跋勰踩着帛面木屐，上了岸就立刻从冯妙怀里接过林琅："琅姐姐，你没事吧？伤成这样，皇兄还不知道要怎么心疼呢。"

拓跋详可就没那么便利，他穿着长筒马靴，靴筒里都灌了水，只好坐在地上，扯下靴子控水。露出的脚上，踇趾趾甲分成上下两层。冯妙看见了，不由自主多看了一眼。偏巧拓跋详听见那句"皇兄还不知道要怎么心疼呢"，也抬起头看过来。

冯妙赶忙转头，可是已经迟了，拓跋详满腔怒火正没处发泄，抬腿一脚踢在冯妙胸口：“都是你惹事，那一鞭子，本来应该抽在你身上！”

拓跋勰只顾查看林琅的伤势，对一旁的声响不闻不问。羽林侍卫也不敢阻拦北海王。冯妙知道明着躲闪只会惹得他更加暴怒，咬着牙挨了一下，只不过顺着他踢来的方向，向后跌去，无形中避开了部分力道。饶是如此，还是觉得喉头腥甜。

拓跋详向前走了两步，伸手去抓冯妙的衣领。

“北海王殿下，”一个清冷的男声打断了他的动作，“原来殿下在这儿，可叫太妃娘娘好找。”

浅紫色衣袍的人影，从树后缓步踱出来，碧绿的瞳仁里映着一湖辉光，幽深不见底。在他身后，宫女搀扶着一位三十多岁的妇人，满面怒气。

“逆子！深更半夜发什么疯？”高太妃厉声呵斥，显然对这儿子很是恼怒，余光瞥到另外几人，对这情形也明白了八九分。堂堂一个王爷，竟然钟情皇帝身边的侍女，还做出强抢宫女、蓄意伤人的事来，传出去还不成了天大的笑话。

拓跋勰也是有封号的宗室亲王，林琅又一向得皇帝喜爱，看来看去，高太妃的目光就落在冯妙身上：“你说说，你们这些奴才，怎么惹恼了两位王爷？竟然还把王爷们伺候到水里去了？！”明着是问话，实际上已经摆明了要把罪名扣在她头上。

冯妙正在思索怎么开口，抬头看见高清欢如水的目光注视过来，似是安慰，似是鼓励。冯妙心中一动，稳住心神，声音清清亮亮地说：“回禀太妃娘娘，奴婢姓冯，是奉仪殿的宫女。”

听了这话，高太妃果然神色一黯，她只见过冯清，这个小丫头，自称姓冯，又在奉仪殿伺候，说不定也是出身大魏第一世家冯氏。身后有太皇太后，她就不好随意处置这个小丫头了。

“奴婢也是偶然路过，并不清楚发生了什么事。”冯妙眼看第一步奏效，接着说下去，“奴婢原本是到这边找人，可是走岔了路，不知怎么就拐到碧波池来了。”几句话半真半假，她想起这一整天的惊吓委屈，说得越发可怜。

高太妃听了这话，脸色果然缓和下来。冯妙的话，被她理解成了另外一层意思，找人多半是私会相好的情郎，这种事情在宫中向来是大忌。有了这个把柄，就不怕她把今天的事情告诉太皇太后。

看见高太妃脸色阴晴不定，冯妙继续说：“太妃娘娘，奴婢方才听说，知学里讲学的日子快到了，讲学之后还要展示骑射，两位殿下大约是在私下切磋练习。至于这位姐姐是跟哪位殿下一起来的，奴婢就不清楚了。”说完，悄悄捏了一下林琅的手。

林琅听出她要把大事化小，想着要给皇上送药，强忍着疼说：“太妃娘娘，奴婢是替始平王爷送东西来的，天黑看不清路，跌了一跤，回去涂些伤药就好了。”拓跋勰满脸怒气地“哼”了一声，倒也没否认。

羽林统领乖觉，也顺势跟着告退，说两位殿下切磋，不在羽林侍卫的职责范围内，他们无权干涉。

拓跋详还要说什么，已经被高太妃扯住，强拉着他离去。拓跋勰也不多话，抱起林琅就走。转眼间，碧波池边就只剩下高清欢，他含笑盯着冯妙：“妙儿学聪明了。”

冯妙撇嘴，带着鼻音说：“说句实话就惹出这么个大麻烦，还是趁早让我回家的好。”

“染了风寒还四处跑，等不到明天早上，恐怕就要烧起来了。”高清欢把手指搭在她腕上，“别乱动，我替你把脉看看。”

冯妙果然老老实实地举着手腕，不再动了，眨着乌溜溜的眼睛等他诊断。高清欢碧绿的眼眸看着她，一片平静无波，却悄悄转开了视线，不再跟她清澈见底的眸子对视。高清欢凝神半晌，忽然轻轻地“咦”了一声。

冯妙听见他那声轻叹，想到高清欢医术精妙绝伦，以为他发现了自己中毒，紧盯着他问：“怎么，我是不是……要死了？”

高清欢哑然失笑：“现在知道怕了？就算是个庸医来治，也不至于染个风寒就死人。不过，你挨拓跋详那一下，要好好休养，要是觉得胸口连着肋下闷痛，千万记得告诉我。”

难道这毒无色无形，连他也没探出来？冯妙心里暗骂，看样子还非去找那个讨厌鬼不可了。

手指又在她腕上停了片刻，高清欢才松开手：“幸好没有大碍，他们不该这样对你。”一向云淡风轻的俊逸面容上，笼上一层阴狠，却又很快散去，他蹲下身子，把冯妙负在背上：“我先送你回去，明天一早，我再送几服药来给你。”

“千万别送，”冯妙已经困极了，趴在他背上磨着牙说，“宫女不能跟外臣私相授受，冯清要是看见了，我就死定了。”

“没关系，我自有办法让你顺顺当当地喝到药。”高清欢声音温润，脚步又轻又稳。

“幸好遇上高太妃，不然……不然……”冯妙声音越来越低，困得直点头，硬挺着不让自己睡过去。

“嗯，是啊，我毕竟叫她一声姑姑，她在四下里寻找拓跋详，我就跟着来了。”其实他不是凑巧碰上，拓跋详要抽她鞭子时，他就看见了，用石子打得小太监松开了手，又匆匆赶去引了高太妃过来。

冯妙在他背上摇摇晃晃，想着高清欢常在宫里走动，不如叫他帮忙留意，找找那个飞鸾衔珠步摇，可是眼皮太沉，想了许久也没说出口……

天光大亮，冯妙才睁开眼，她看一眼已经流干的滴漏，暗叫不好，昨晚被高清欢送回来后睡得太死，恐怕错过了侍奉太皇太后礼佛的时间。吸了吸鼻子，忽然觉得今天屋里的熏香跟平常不大一样。冯妙天生对气味敏感，隐约觉得好像有人在熏香里加了带安眠功效的香料，故意让她起得迟了。

刚要起身看看，就见冯清抱着几个锦盒进来。

见着冯妙香肩半露、头发披散，冯清没像往常那样出言讥讽，反倒微微红了脸，坐回自己的床榻上。抬手有一搭没一搭地梳着头发，发髻并没解开，桃木梳子卡在固定发髻的琉璃钗上，扯了几下，竟然断了。

冯妙看出她欲言又止，有满腹的话想说，又不好意思开口，也不多问，只是把自己带进宫的牛角小梳子递过去。冯清接了梳子，拿在指尖上把玩，好半天才说："原来皇上，就是长那个样子的，那么年轻啊。"

她语气好似不以为然，可是轻咬着的贝齿和微微泛红的脸颊，已经泄露了她的心事。她垂着头，无限娇羞地笑，说出的话分明口是心非："那么消瘦，还不如始平王英武健硕，更像我们鲜卑男儿。"

冯妙听出她的心思，故意装作没听出来："你要是中意始平王爷，就去跟博陵长公主说呗，长公主那么疼爱你，一定会为你做主，嫁他做王妃的。"

"谁要嫁什么始平王？"冯清一句话冲口而出，看见冯妙对着自己笑，才意识到无意间失言了，赶忙找补，"我们的婚姻，哪能自己随心所欲，还不是要看太皇太后的意思。"

"你不是经常跟着长公主进宫来玩儿吗，莫非今天才第一次见到皇上的面？"冯妙点到即止，话说得太深就难免损了这位大小姐的面子，随意换了个话题。

"说你没见过世面，还真不冤枉你。"冯清又摆出平日那副骄傲得如同孔雀的样子，"鲜卑风俗，出嫁的女儿，除非被夫家休弃，是不能回母家过夜的。即使回母家探望，也只能日出之后进门，日落之前离开，皇家也不例外。可皇上每天寅时天未亮时，会来奉仪殿向太皇太后跪拜问安。他日出之前来，我日出之后才能随母亲进宫，哪里见得着？"

她绞着衣襟，难得露出点羞赧："再说，今天也是听说，皇上昨天夜里突然病了，比平日跪拜问安晚了一个时辰，太皇太后才请皇上和始平王爷进来小坐，不然也见不着，这都是缘分。"

冯妙了然，原来今早皇上来了奉仪殿，看来那熏香的确是有人换过了，故意让她见不着皇上的面。只是不知道，这是冯清自己的小聪明，还是太皇太后的意思。

想起昨晚的情形，她继续装作不经意地问：“皇上昨夜是什么病啊？”心里却暗暗称奇，这少年天子，竟然能让眼睛长在头顶上的大小姐，看了一眼就丢了三魂七魄，真不知道是个什么样的少年儿郎。

“听说是小时候撞了邪吧……”冯清的话刚说了一半，帘子一掀，崔姑姑已经走进来：“明天就是知学里讲学的日子，太皇太后请两位姑娘过去，有几句话嘱咐。”

两人同时在太皇太后面前盈盈跪倒，刚施了一礼，崔姑姑就用红漆木盘托着两盏描金小碗，送到她们面前。

“早上傩仪执事官来过，说宫中最近有邪祟，他推演生辰，给奉仪殿的每个人都配了醒神汤。难得他有心，你们也先喝了吧。”太皇太后自己手里也端着一盏同样的小碗。

大魏皇室，对鬼神邪祟之说特别敬畏，凡事都宁可信其有。冯妙端过其中一盏，看见碗口处贴着一张祈福用的小笺，写着自己的名字。醒神汤里加了白芷、防风、桔梗、紫苏叶、薄荷脑，不是什么名贵药材，倒是对治疗风寒很对症。

原来这就是高清欢说的“顺顺当当喝药”的方法，他半夜里想出这么个方法，又要连夜准备了人人不同的醒神汤，还要起早送进宫来，想一番说辞让太皇太后收下。冯妙抿着嘴唇偷笑，仰头把药汤喝了。

“知学里讲学，是先帝还在时哀家定下的规矩，为的是让拓跋氏子孙，通晓一文一武不可偏废的道理。”太皇太后也不叫她们起身，慢条斯理地说道，“哀家一早就说过，讲学时不论出身贵贱，只论学问好坏。你们两个，虽说是女孩儿家，可也不能辱没了冯氏的脸面，明天讲学时，好自为之吧。”

两人同时叩首告退，冯妙心里却有些纳闷儿，让她们去听讲学，不是为了给冯清挑如意郎君的吗？怎么太皇太后说得那么严重，还牵扯到江山社稷、宗族脸面上去了。

这一整夜，冯妙都听见一帘之隔的床榻上，冯清在翻来覆去。冯妙清楚自己跟封后选妃无缘，只要明天别出错就好，倒没她那么紧张，只不过听着那声音，也实在睡不着。

第二天一早，冯清顶着两个黑眼圈，用了小半盒水粉才勉强盖住。冯妙自己觉得头痛好些了，可是鼻音却有点重，连本来的声音都快听不出来了。

等到装扮整齐，冯清穿了一身荷叶纹上裳，配浅色金丝襦裙，颜色清丽鲜亮，衬得她英姿爽利，很有鲜卑女孩儿的样子。冯妙想了又想，还是选了一件素色宫装，只在头发上动了点心思，没梳成平常的双丫髻，而是绾了个斜偏在一侧的堕马髻。这种慵懒妩媚的发式，配上她尚有些年幼的脸，反倒显得清新娇俏。

太皇太后没吩咐她们该如何打扮，这种小事也不好专门去问。冯妙穿了宫女的衣裳，却梳了士族女子的发式，只希望不要太过引人注意。

知学里设在魏王宫东侧，原本是一条小巷。据说当年开国太祖皇帝，曾经在这里招揽贤士，后来建成一座高台远闻阁，又把宫墙后挪三丈，变成一块开敞的空地。

进入远闻阁时，冯清衣饰华贵，立刻有小太监上前招呼，引着她入座。冯妙衣着朴素些，便没人理睬，她也不恼，选了个视线上佳的角落站着，偷眼打量在座的宾客。

左手一侧多是拓跋皇室，大多穿着窄袖胡服，镶金缀玉。右手一侧却是些陌生面孔，衣饰称不上奢华，用料、做工却极其考究，袖口处都带着暗色徽记。冯妙默默辨认，暗自咋舌，那些徽记她是认得的，范阳卢氏、荥阳郑氏、太原王氏、渤海高氏……虽说比不上南方的王、谢风流，却也个个都是百年望族。

左手一侧的人大多在高谈阔论，说的无非是哪处山林适合狩猎，什么样的弓弩好用。彭城公主拓跋瑶也坐在其中，兴致勃勃地左顾右盼，听哥哥们说话，想必是得了太皇太后恩准，第一次有机会来参加讲学。右手一侧的人，却大多缄默不语，端端正正地坐着。

看到这里，冯妙就有些明白太皇太后的深意了，拓跋氏靠弓马骑射得了半壁江山，可那毕竟不是长久之计。太皇太后想要在贵族子弟中间，提倡汉家儒学，没有什么方法比王室宗亲以身示范更有效了。

眼神刚游移了半圈，就看见北海王拓跋详也在座，衣衫上缀着一溜大颗的猫眼石。冯妙赶紧收回目光，又瞥见琉璃珠帘背后，太皇太后已经悄悄入座。

几乎就在同时，门口的青衣太监，高声通传："皇帝陛下驾到！"

她有些好笑地看一眼冯清，果然见她双手紧握，眼睛牢牢盯着门口。冯妙不过是出于好奇，也想看看皇帝的样子，太监打起帘子，先飘进眼帘的，不是龙纹朝服，而是一截素白袍角。

冯妙撇嘴，这种颜色最挑人，这少年天子不是对容貌气度过分自信，就是对衣饰仪仗根本不在意。眼神顺着衣衫轮廓向上看去，还没见着五官，她就先惊了一下。

从侧面看去，衣衫贴着他挺直的背，轮廓如连绵的山峦一般，衣袂随着脚步飘拂，在腰部略微收束，又在肩膀处张开。冯清说得没错，他的确消瘦，可是并不是文弱无力，相反，像最精健的猎豹一样，不动时安然如磐石，却没有人会怀疑他骤然爆发时的力量和速度。

素白衣裳，全无任何装饰，只有腰间加了一条对羊纹玉锦腰带。冯妙吃惊，是因为这条腰带，跟太皇太后常佩戴的那一条是一模一样的。这么一条做工繁复的腰带，加在他的素白衣袍上，非但丝毫不显突兀，反倒如画龙点睛一样，把他那不言而喻的贵胄气度，全都给衬托出来了。

没等看清相貌，大魏天子拓跋宏，已经快步走到琉璃珠帘面前，隔着珠帘、撩起袍摆跪下，先连磕了三个头，然后朗声说："孙儿拜见祖母，恭祝祖母福寿安康、天年永驻。"

冯妙又是一惊，其他的王爷、公主，都称太皇太后作"皇祖母"，庄重、不会失了礼数。可是一国天子，却像寻常人家的孙儿一样，称她"祖母"，所行的礼，也远远超过了皇帝的仪制。其实，就连寻常人家的孙儿，恐怕也很少会行这样的大礼。

太皇太后隔着珠帘，问了拓跋宏几句话，无非是身体好些了没有、身边需不需要调人伺候。拓跋宏都一一答了，语气恭谨却又亲近，不知道的人还真会以为这是一对祖慈孙孝的亲生祖孙。看太皇太后没有话要问了，他才起身落座。

别人还没说话，北海王拓跋详先大剌剌地开口："皇兄真是越来越简朴了，连龙袍都懒得穿了。别人不知道，还以为皇兄不稀罕呢。"

话音一落，远闻阁里的温度骤降，众人目光都落在这位言语放肆的北海王身上。

拓跋宏却只是微微一笑："今天来的都是世家名流，讲起文章经典，都远在朕之上。朕就效仿一回白衣寒士，虚心求教，有什么要紧？"

在他说话时，冯妙才终于有机会看清了他的五官相貌。不像北海王那么粗犷，也不像高清欢那样过分妖异。双眉斜挑，唇薄如削，挺直的鼻梁从双眼之间开始，划出一道陡峭的线条。俊美？英挺？好像任何一个词汇都不那么恰当，因为任何一个词汇，都不足以概括他此刻的样子。

眼角细润地舒展开一条略微上挑的曲线，眼眸一转，即使角落里最不起眼的粗使宫人，也觉得他的目光落在了自己身上。既不咄咄逼人，也不会因为年轻而让人轻视，在威严和亲近之间，就那么恰到好处。

冯妙被他眼风一扫，不敢对视，也跟着低下了头。

拓跋宏的话音一落，那些世家子弟，看他的目光明显柔和得多了，人人自得。皇帝说的是满座名流，可谁不知道，他们的家传才学，远在拓跋皇室之上。

拓跋宏左手垂膝，右手看似无意地轻搭在腰带上。北海王拓跋详紧盯着那条腰带，脸色忽青忽白，要多难看有多难看。

那腰带原本是林琅亲手绣了一对，在太皇太后生辰时献上。太皇太后又把其中一条，赐给了拓跋宏。拓跋宏向来只说感念祖母养育之恩，把这腰带日日不离身地束着。看在北海王眼里，那细密针脚，全都成了眼中钉、肉中刺。林琅可从没给他做过任何东西。

冯妙不明就里，只觉得少年天子举重若轻的几句话，既抬举拉拢了世家子弟，又好像戳到了拓跋详什么痛处。这个皇帝，不像他外表看起来那么好相处。

北海王拓跋详觉得丢了面子，一时又找不到话说，眼睛胡乱一转，刚好看见冯妙和她身前的冯清，笑道："这两位看着眼生，不知道是哪家的小姐？"他明明认出冯妙，却故意不说，等着她们自报家门。

冯清和冯妙的父亲，是太皇太后的弟弟，论君臣，她们被太皇太后召进宫，以宫女身份伺候，算不得体面；论亲戚，却又平白比皇上大了一辈。

姐妹两人都还没说话，拓跋宏已经从座位上站起，遥遥地执晚辈之礼说道："原来是冯家的表姑母，失礼了。"

冯清一直盯着拓跋宏看，被他冷不防叫了一声表姑母，立刻脸颊绯红。幸好她常随博陵长公主入宫，起先的慌乱过去，立刻执臣属女眷之礼，向他跪拜："万万不敢，奴婢现在在奉仪殿侍奉太皇太后，知学里尚属宫中禁地，理应论君臣之分。"

她说话时，拓跋宏听得极其仔细，像要从她嗓音里辨别什么，眉宇间隐隐有些狐疑和失望。

等她说完，拓跋宏的目光缓缓转向了一直没说话的冯妙，突然长揖为礼："这一位，想必也该叫一声表姑母。"

冯妙一愣，她原本只想跟着冯清一起跪拜，蒙混过去。可是皇帝的礼行到面前，她就非开口说话不可了。

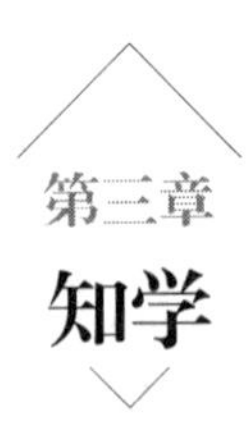

第三章 知学

冯妙隐隐觉得奇怪，拓跋宏好像对她们两人的声音特别感兴趣。她风寒刚发起来，一开口，喉咙里就像梗了一块火炭一样难受，嗓音又粗又哑："表姑母万不敢当，不过奴婢倒是想起另外一件事来。"

"博陵长公主，是奴婢的嫡母，长公主膝下第二个哥哥，曾经在兖州，与傩仪执事官高大人平辈相交。宫中高太妃，与高大人的养父是姐弟。而北海王爷，正是高太妃所出。皇上您与北海王爷是亲兄弟，所以……"

其他人早被她这一连串的人名、封号给绕晕了，都等着她说下去。

冯妙站起身，对着拓跋宏行了个南方士族女子常见的福礼："所以，这么论起来，奴婢斗胆，叫皇上一声小哥哥。"

短暂的寂静过后，彭城公主拓跋瑶先忍不住，捶着桌子大笑起来："难怪你们每次讲学，都要讲上大半天，原来要先这么七拐八绕地论亲戚。我看趁早上些吃食，说的人慢慢说，听的人也好耐心听。"

拓跋瑶这么一说一笑，原本凝滞的气氛，立刻活络起来。

拓跋宏看着冯妙，嘴角微微上扬，似笑非笑间，带着几分探究的意味："染了风寒就要多休息，夜里尤其要睡好。"

冯妙只觉得他言语古怪，反倒不好接下去，只能含糊应了，仍旧退回原位。

讲学请到的夫子，是范阳卢氏颇有名望的一个老者。讲授的东西，十分晦涩拗口。冯妙曾经跟着母亲读过不少书，还是觉得用词生僻，有些地方听不懂。不知道是不是预先演练过的缘故，在座的几位卢氏公子，倒是个个精神抖擞，时不时还会提出些问题来。

冯妙悄悄打量其他人，另外几个名门望族的子弟，也听得云山雾罩，又不好意思表现出来。

再看左手边座席上的人，冯清眼睛时不时地往拓跋宏身上瞟，看样子根本不在意老夫子讲些什么。拓跋瑶听得无聊，小鸡啄米似的直点头，眼看就要睡着。北海王拓跋详身形健壮，在位子上扭来扭去，已经十分不耐烦。始平王拓跋勰皱着眉头，很努力地在听。只有拓跋宏，右手撑在桌案上，双眼平视夫子，神情和煦，看不出心里在想些什么。

看样子，那老夫子应该有些傲气，迫于皇权压力不敢不来，却故意挑选晦涩难懂的内容，等着看拓跋皇室出丑。

冯妙悄悄离席，绕到远闻阁侧面的小隔间外，崔姑姑正在小隔间门口站着，等候太皇太后随时召唤。她凑到崔姑姑耳边，悄声说了自己的想法："姑姑，能不能派人准备些吃的喝的，给里面送去？要吃起来方便、准备起来也快的。"

想起北海王拓跋详的癫狂举止，她又特意加一句："喝的东西不要酒，别的什么都行。"

崔姑姑进入小隔间，禀明太皇太后，再出来时，眼睛里带着几分赞许，随手召来两个粗使宫女，让她们去御膳房准备吃食。

不一会儿，几位宫女提着食盒，送上来四样点心，配着截饼和小碗的酪浆。截饼是用牛奶、蜂蜜和着面粉烤成的，味道香甜，少年男女都喜欢吃。酪浆则是用羊奶制成的，带有一股天然的腥酸气味，魏国上至皇族、下至平民，都很喜欢，算是一道特色饮品。

冯妙叫小宫女先给左手边的几位王爷送上，自己接过另外一盒，亲自送给右手一侧的世家子弟。

点心一摆上来，果然奏效，原本昏昏欲睡的人，一边吃点心，一边小声说话。

最后一桌是荥阳郑氏的几位公子，冯妙低头看一眼食盒，数量不多不少，正准备送完最后一桌就悄悄退出去。

坐在末席首位的锦衣公子，冷眼看着冯妙的动作，忽然指着酪浆明知故问："这是什么东西？"

冯妙看出荥阳郑氏的人，今天不大高兴，想必是因为卢氏的夫子出了风头，他们的座位又被排在最末席，小心回答："这是羊奶制成的酪浆，味道有些特别。"

锦衣公子把酪浆凑在鼻子前面闻了闻，一扬手砸在地上："膻肉酪浆，是牧民的饮食。今天既然讲授儒家经典，为什么不上茶，难道是觉得茶水不配吗？"

这话接近挑衅，暗里指责拓跋皇室轻视汉人习俗。其他人听见声响，也都停下手里动作看过来。一屋子目光，再次聚焦在冯妙身上。

冯妙只顾着提醒不要酒，免得北海王酒后又闹出什么事来，却忘了这些世家子弟，把茶奉为待客上品。酪浆这东西，微酸带甜，她自己初来平城时不习惯，日子久了也喜欢吃，一时忘了，在世家子弟眼里，酪浆是上不得台面的东西。

世家子弟不敢公然质问皇权，只能把不满撒在她身上。冯妙拿捏着客气却不卑不亢的语气："郑公子既然这么问，一定喜爱茗茶，请问郑公子，茶的滋味比起酪浆的滋味，如何？"

荥阳郑氏的两项家传绝技，正是书法和煎茶，郑思和面带得色："茶可以荡清浊气，初时淡，后味浓，唇齿留香，意韵悠远。"他不屑地瞥一眼酪浆："至于这个嘛，气味奇邪不正，只配偶尔尝尝，不配专门品鉴。"

冯妙笑着点头："郑公子说得极是。此时送上酪浆，正是这个意思。"

郑思和被她说得一愣，不由自主地回想，自己言语间有没有留下什么破绽。

冯妙捡起盛酪浆的小碗，随手招个小宫女过来，叫她重新换一碗。小宫女小跑着回来，冯妙接过小碗，双手捧到郑思和面前："夫子讲学还没有结束，这酪浆配着点心，原本就是给各位吃着玩的。至于茶，需要平心静气地品，才能体会出滋味来。等讲学结束，自然会献上好茶、招待贵客。"

众人没想到，这么一个年纪不大的小姑娘，能说出这番话来，反倒显得郑家公子太过挑剔小气。郑思和悻悻地"嗯"了一声，把宽大的袖口一挑，就要接过那碗酪浆。

他的手伸到面前，冯妙却忽然向后一缩，避开了，把小碗径直放在桌面上："茶能修身养性，酪浆却能填饱肚子，郑公子不妨换换口味，试试看。"

都是聪明人，哪能不明白她话里的意思。皇室请世家子弟参加讲学，是有心抬举他们，可这原本就是锦上添花。要是他们不知好歹，皇家可就不给他们这个脸面了。

琉璃珠帘后，一直沉默不语的太皇太后，轻哼了一声："这句话，倒是有些风骨气度，哀家在她这个岁数，也未必敢这么说。"

崔姑姑在她身后，恭敬地接过话去："生在冯家，又能得太皇太后教诲，自然不同凡响。"

太皇太后不置可否，护甲轻轻刮着手背："看她平日总被清儿那丫头支使，以为她不过是不想惹事罢了。她生母是个歌姬出身，没瞧出来，本事倒是不小。"当年冯熙刚刚封了王，就从外面带回个风尘歌姬做妾，为这事，博陵长公主还大闹了一场。

“那件事，就按之前说的，你去安排吧。”太皇太后略顿一顿，接着说，“就算是浑金璞玉，也得雕琢了，才能成器。”

琉璃珠帘外，冯妙看也不看郑思和的脸色，提着空食盒快步退到屋外，转到没人看见的地方，才长出一口气。她也是偶然想起，太皇太后叫她们“不要辱没了脸面”，这才大着胆子说了那么一句。

夸口的话已经说出去了，她得去准备好茶，讲学结束时送上，今天的事才能算完。

她的裙角刚在门外消失，一直端坐着没动的拓跋宏，右手轻捻了一下玉锦腰带上镶嵌的金箔。金箔映着明晃晃的日光，在墙壁上打出一个光斑，又很快消失不见。

门外垂手站着的宫女里头，有人看见那块转瞬即逝的光斑，悄悄退了出去。

冯妙一路打听，才找着御膳房。她从油烟水雾里，拉出一个大太监，笑吟吟地问：“大叔，哪里能烧水煎茶呀？”

身形过度圆润的尚膳太监，被人扯着衣袖拉出来，原本有几分怒气，可一看是个笑容可掬的小姑娘，那点怒气立刻烟消云散：“丫头，我不知道你要用什么物件，御膳房就这么大，你自己看吧。”

冯妙笑眯眯地道了谢，在御膳房里转了一圈。她还是第一次进皇家膳房，里面的东西比自家小厨房种类繁多。有宽口大锅，有煎炸用的细长竹筷，甚至还有做鱼酱的小罐子，可就是没有适合用来煮茶的东西。

她皱眉噘嘴，说出去的话总得兑现啊。喉咙里一阵干痒，她捂着嘴咳嗽，忽然又想起个地方。

正要开口问路，一只略显冰冷的手在她手腕上轻拉了一下，一个柔柔的女声说：“跟我来。”

冯妙抬头，看见林琅站在面前，面色还有些苍白。想起皇上和两位王爷都对她不同一般，赶紧叫了一声“琅姐姐”。

“我要找地方煮水煎茶，可御膳房里没有合用的东西，正想去侍药间看看。”冯妙嗓音依旧沙哑，“琅姐姐，你来了正好，我啊，出门就不认路。”

林琅伸指在她额头上一点：“我听见你语惊四座了，特意出来帮你找东西的。”

冯妙一路在碎石小道上走，专门挑深色的砖面落脚。林琅走在她身后，竟然看得有些出神。她自己就是个美人，却带着一股柔弱病态。冯妙那种无意流露的娇俏天真，让她隐隐羡慕。

“琅姐姐，”冯妙伸手在她眼前晃晃，“你的身体好些了没有？那一鞭子，可让我担心坏了，都是因为我……”

林琅摇头：“又不是你的错，已经没事了，就是左手仍然拿不动东西，所以皇上今天没让我跟进去伺候。皇上也真是的，不过是伤了胳膊，站一站有什么要紧。”她语气平和自然，不像在说皇上，倒有几分像在说自己钟爱的弟弟。

空气里隐约飘来药香，冯妙不由自主想起那枚微酸的毒药，十天之约刚过去了三天。她心里忐忑不安，却半点也不敢在太皇太后和冯清面前表现出来。

“那个……琅姐姐，”冯妙小心地开口，“这宫里有没有什么地方，是平常不准人去的？有没有什么……奇怪的人？我好提早躲开。”她想着那间奇怪的宫室，还有那个神出鬼没的少年，大白天涌起一股寒意。

“那可多了，宫里最不缺的就是秘密。”林琅淡淡地笑，“这种事，躲可没有用，脸上装作不知道，心里却要明镜似的清楚。你在太皇太后身边，还怕学不会这个？”

“我不想学，”冯妙踢开一颗小石子，“我原本就是来陪衬人家的，只求太皇太后早点放我回家去，就是大恩典了。”

林琅适可而止地一笑，两人都不再多说话。她深知后宫的生存法则，寥寥数面可能成朋友，话说得太多，说不定反倒成了死对头。

侍药间的小宫女认得林琅，连带着对冯妙也很客气，按照她的指点，爬上爬下、翻箱倒柜地凑齐了一套小药盏，乍一看跟茶盏很像。又找了个带嘴儿的小壶，烧了一罐热水。

拓跋皇室中间，还不流行喝茶，侍药间里只有贡菊、正山小种和几种去火的绿茶，为了做药用。冯妙要了一两明前嫩芽：“热水一路端过去，也就变温了，只能冲泡嫩芽了。”

等水烧开的时候，林琅随手用草茎扎了一个小巧古朴的香囊，放进一小撮茶叶，递给冯妙：“草香混着茶香，清心明目，给你戴着玩吧。”

冯妙接了，在自己全身上下摸了一圈：“琅姐姐，我没有东西可以回赠你，要不，我给你扎只小狗吧。”她挑了一些较长的草茎，三下两下，竟然真的扎出一只活灵活现的小狗来，放进林琅手里。

林琅叫两个小宫女帮冯妙捧着器具、热水，自己抚着额说头晕，不陪她过去了。眼看着冯妙一走远，她就抄了一条隐秘近路，往知学里方向赶去。

远闻阁内，拓跋宏看见帘外肃立的宫女，又变得一个不少，便不动声色地起身，去更衣小憩。

红顶小亭，是专门辟给皇族休息的。拓跋宏一入内，等候在里面的女子就膝行上前，替他打散头发，轻轻揉捏后脑。

多少年了，只有在这一个人面前，拓跋宏才能真正放松。他像拉紧的弓弦一样，不敢松弛片刻，只因那片刻大意，就可能让他万劫不复。

“皇上，染了风寒是真的，香茅草的记号也留在她身上了，”林琅柔弱的嗓音低语，“是个挺有意思的小丫头，皇上怎么对她忽然上心了？”

拓跋宏随意岔开了话题：“你都说了，不过是个小丫头而已，更何况，她还姓冯，平白无故，不要多想。”

林琅轻轻叹气：“皇上今年十五岁了，太皇太后在这个时候带两位小姐进宫，不就是为了让皇上多想的吗……”

“林琅，如果不是你，朕五岁那年就冻死了，”拓跋宏的手掌，覆盖在她的手上，“无论谁入主中宫，朕都不会委屈了你。”

远闻阁内，冯妙正把茶汤一盏盏送上。她按古法浸泡，水温、时间甚至手势，都毫无错处，连荥阳郑家子弟，也无从挑剔。

拓跋宏刚一返回座上，就看见纤细润白的手腕，托着一盏青翠透亮的绿茶，捧到他面前。茶香扑鼻，拓跋宏抬起右手，就要接过来。

“皇上，茶盏浅、茶汤烫手，请皇上用双手拿着吧。”冯妙感激林琅的连番帮助，连带着对这少年天子，也并无恶意。

话一出口，远闻阁内忽然陷入诡异的寂静，似乎所有人都惊诧地看着她。冯妙一头雾水，不知道这句话哪里说错了。

“冯妙，你怎么能这样？”冯清站起来，“父亲是怎么教导我们的，你都忘了？为人臣子，不能随意提及尊者、长者的难言之处。皇上的左手有旧伤，行动不便，你此时故意提及，是什么意思？”

冯妙低头，睫毛微微颤抖，冯熙的确教导过她们“为尊者讳”的道理，不能对尊长的短处妄加评论。可父亲从来没说过，皇上的左手不能动呀，没有任何人对她说过，她又如何能知道？

此时回想，自从早上进门，拓跋宏的左手，的确一直垂落在身侧。她只当那是他自矜身份的表现，根本没往另外一种可能性上想。被冯清模棱两可的话一说，再加上她那痛心疾首的语气，俨然变成了她在故意揭皇上的短处，让他难堪。

冯妙缓缓抬头，触到拓跋宏深邃却平静的双眸，这样一个相貌气度都如此不凡的少年，他的一只左手，竟然废了。

心里一根琴弦，被人悄悄拨动。那感觉，就像小时候第一次看见上好的青瓷，却偏偏在瓶口处发现了一道裂纹。无限惋惜，可是惋惜却于事无补。

“皇上，自古贤君垂拱而治，您无须举起左手，自有贤臣替您双手奉茶。”

冯妙双手托着茶盏，高举过头顶，再次送到拓跋宏面前。

她把视线落在拓跋宏的玉锦腰带上，既不会冒犯天颜，也不过分谄媚逢迎。

拓跋宏盯着清亮的茶汤，目光却越过那双如雪的皓腕，落在她微弯的双眼上。那种眼神，他从没见过，既不是怜悯，也不是畏惧，只是单纯地理解他的缺憾，以及这缺憾也不能撼动分毫的——帝王雄心。

猜不透皇帝的心意，谁也不敢胡乱开口。尴尬气氛中，始平王拓跋勰单膝跪地，从冯妙手里接过茶盏："臣弟愿做皇兄的左膀右臂！"

拓跋勰原本就生得气宇轩昂，在同辈王侯中最有威信。他这么一跪，其他人也纷纷跟着跪下。

拓跋宏嘴角微微上扬，和煦地一笑，就着拓跋勰手里的茶盏，尝了一口茶。然后握住拓跋勰的手，拉着他站到自己身侧："大魏有你们这些贤臣同心协力，朕，自然可以垂拱而治。"

远闻阁内，称颂声震耳欲聋。冯妙仍旧跪在原地，其他人却好像不约而同地把她忘了。

太皇太后平日潜心礼佛，过了午时就不怎么用膳了。可这天从知学里回到奉仪殿，已经到了掌灯的时间。太皇太后似乎心情不错，传了一碗清粥、四样小菜，还赏了冯清和冯妙也可以在侧殿用膳。

过后撤下碗碟时，冯妙支走了掌膳宫女，凑到崔姑姑身边问："皇上的左手，是怎么伤的？"

"难怪你不知道，"崔姑姑手上动作不停，低声细语地说，"那时你大约不在平城。皇上小时候，弓马骑射是所有皇子里头最好的。九岁那年，皇家出猎，皇上和当时还没封王的北海王殿下，抢着要给林琅姑娘猎第一只白狐，不知怎么就起了争执。等到侍卫追上去时，就看见殿下的箭扎在皇上左小臂上。御医说，那一箭伤了筋，打那以后，皇上的左手不能用力，皇上也再不能挽弓射箭了。"

"林琅姑娘……"冯妙低声沉吟，她没想到，这件事也跟林琅有关。她隐隐觉得哪里不对，却说不上来。为了一个宫女，一国之君被人射伤，可这宫女仍旧在皇帝身边，伤人的皇子也没受什么责罚，甚至日后照旧封王封地，怎么想都透着诡异。

"林琅也是个可怜孩子，白白生了那么一副好模样。"崔姑姑长长地叹了口气，"要是个世家小姐也就罢了，偏偏她生母是皇上和北海王爷的奶娘，几年前去了，生父又整天酗酒赌钱。一个无依无靠的宫女，跟皇上和王爷纠缠不清，以后有的罪受，冤孽啊……"

崔姑姑试一试暖盅里温着的补药，转身进了太皇太后的寝殿。冯妙吹熄了偏殿小饭厅的灯火，照旧去小佛堂抄了佛经，才返回自己和冯清住的东配殿。

刚一进门，就看见自己床榻上的绢丝寝衣，被人用剪刀剪成一条一条，胡乱扔在那里。

东配殿向来没有其他人来，不用想也知道，是冯清在泄愤。虽然不知道哪里又惹了这位大小姐，冯妙却不想跟她争辩，默默收了那堆布条，扔在床角，自己除去外衫，只留下贴身素色小衣，准备将就一晚。

刚爬上床榻，就听见一直蒙头躺着的冯清翻了个身，嘀咕了一句：“天生下贱，跟你那个不知廉耻的娘一样！”

第四章 垂灯春浅

正在拢起头发的手顿了顿，冯妙握着一把锦缎一样的黑发问："你在说谁？"

"说谁，谁自己心里清楚。"冯清甩下一句不冷不热的话。

这话接下去好没意思，冯妙把头发绾了一圈，垂在耳侧，就要面向内侧躺下。

"谁在皇上跟前装模作样地狐媚勾人，我就说谁！"大约是看冯妙没什么反应，冯清提高音量，又说了一句。

先前听她辱骂自己的生母，冯妙已经觉得火气上涌，博陵长公主欺凌阿娘还不够，连她生的女儿也要如此。从歌姬到侍妾，还不是因为阿娘没有博陵长公主那样显赫的出身？身份血统，难道能由得人自己选择吗？冯妙忽然觉得林琅说得没错，有些事，怎么躲都没用。

她强压住心头不快，低哑着声音说："比不上博陵长公主家传的教养。"

"你……"冯清被她这句话梗住，猛地翻身坐起来，锦被下头，胸口一起一伏。

冯妙却不看她，揉揉眼睛，解开小衣最上面一粒扣子。冯清咬着唇看着，她心里清楚，冯妙被额发遮住的那张脸，比她美得多。光是这倚着床头扭开扣子的小动作，还带着几分稚气，就让人移不开眼，要是等到身量长成……

"冯妙，凭你的出身，永远也别幻想入主中宫。"冯清本想尽量显得自信大度，可话里总带着一股酸劲儿，"我劝你，趁早死了心，别想着和我争。"

原来是为了这事，冯妙心中冷笑，她自己千方百计想得到的东西，就想当然以为别人也存着同样的心思。"冯清大小姐，我不和你争，"冯妙慢条斯理地说话，故意停顿了一下，"可自然有别人跟你争，平城又不是只有你一个待嫁的女孩儿。"

“你别太过分！”冯清听见后半句，立刻就火了，赤着脚跳下地来，“做歌姬的娘会勾人，女儿也一样下贱，没有男人就活不下去！”这些话，都是平时博陵长公主背地里说的，冯清倒也未必全懂话里的刻薄意思，只是又嫉又气，就口无遮拦地说了出来。

“你要说我就说我，别扯到我娘身上去。”冯妙也站起身，迎着她的目光看过去。

“她敢做，凭什么不让我说？”冯清眼睛都红了，“我听娘亲说过，你娘带着你进门时，你都两三岁大了，谁知道你是不是爹爹骨肉？还有你那个吃白食的弟弟，说不定也根本不该姓冯！”

“不准你说我阿娘和弟弟。”冯妙也急了，平日里怎么支使她都无所谓，最没有资格这样说话的人就是冯清。如果不是博陵长公主明里暗里使绊子，阿娘的身体怎么会那么差？弟弟怎么会至今连该有的份例银子都没有？

“我说错了吗？”冯清依旧不依不饶，“我的哥哥们都是有爵位的，你弟弟算个什么东西？下作娼妇养的，正经本事没有，狐媚妖道的，天生就会。你怎么不跟你那不要脸的娘学学，也当众袒胸露背跳个舞啊？说不定谁家缺个侍妾，正好把你收了……”

冯妙气得胸口发涩，这哪还有一点大家闺秀的样子。她气冯清，但更气博陵长公主，欺负了人，还要背地里说出这些难听的话来。她悄悄捏紧手指，咬着牙让声音平静下来，嘴角略略上挑：“那好啊，多亏你提点我，下次见皇上的面时，我再好好表现表现。”

“你、你不要脸！”冯清气得直跺脚，想也没想，“啪”一巴掌打在冯妙脸上。

冯妙只觉半边脸上火辣辣地疼，一声不吭把小衣袖口上的束带拉紧。冯清看她沉默，越发嚣张起来：“你们两个来路不正的野种……”

“野种”两个字还含在嘴里，冯妙冷不防抓住她的手腕一扭，压着她两个人一起往地上倒去。两人身形差不多，原本冯妙占不了什么优势，可冯清穿着宽大的寝衣，躲闪起来不那么方便，只能号啕大叫：“你敢打我？你敢打我！”

“你都这么说了，我不打岂不是让你失望。”冯妙不由分说地把她压住，一只手高高扬起。她只想给冯清个教训，没打算真下重手，万一冯清去跟博陵长公主哭诉，吃亏的还是阿娘和弟弟。

冯清却没看出来，哭叫得越发凶了，眼泪抹得满脸都是，腿上使劲一蹬，冯妙放在床头的小胡凳就被掀翻了，衣裳掉了一地，林琅送她的小香囊也滚落出来。

冯妙一回头看见，想要把香囊拿回来，身子一动，手上的力气就松了。冯清借机一挣，狠推了她一把，抢先扑过去把香囊攥在手里。冯妙慢了一步，两人在地上滚作一团，撞得琉璃灯罩子“啪”一声摔在地上，碎成几片。

“还给我！”

“偏不！”

门外传来急促的脚步声，崔姑姑推门进来，边走边匆匆系着外衫上的束带，看见满室狼藉，眉毛都快拧在一起：“两位小祖宗！这是因为什么事闹起来了？大半夜里，太皇太后在正殿都听见了！”

两人匆匆穿戴整齐，被带到太皇太后面前。太皇太后坐在梨木胡凳上，正用银钩子拨着小盆景里的石块。她平常本来就睡得浅，这会儿被吵醒了，倒也看不出多少倦色。

“姑母，清儿的膝盖磕红了，还疼呢。”冯清毕竟是在大家族里长大的，这点眼色还会看，一进门就先撒娇服软，想博太皇太后老人家心疼。这一招，想必平日在博陵长公主面前，很有效。

太皇太后叫崔姑姑拿药膏给冯清贴，自己眼皮子都没抬一下：“都说说吧，怎么回事？”

“好端端的，是她先打我，这才惊扰了姑母……”冯清捏着可怜巴巴的嗓音，偷眼看向太皇太后。

“别‘她’‘她’的，那是你姐姐。”太皇太后把银钩子往土里一戳，声音没多高，却立刻让冯清闭了嘴，不敢再说话。她转向冯妙，凝神看了片刻，才开口：“你也说说。”

冯妙进门后，一直低垂着头，此刻听见太皇太后问话，才双手交叠行了叩首大礼：“回禀太皇太后，奴婢们半夜吵闹，惊扰了太皇太后，罪该万死。其中缘由，细说起来反倒叫人笑话了，奴婢甘愿领受责罚。”

太皇太后好半天没说话，冯妙不敢抬头，却清楚地感受到，那道审视的目光，一直落在自己身上。后背微微发凉，不知不觉间，已经沁出了一层冷汗。她清楚太皇太后的手腕，面上虽然镇定，心里却七上八下。

“若是两三岁大的孩子，争吵打闹，惹人怜惜。你们两个都不小了，怎么还做出这种不知轻重的举动？”太皇太后语调平平，“明天开始，午膳之后，你们两个就都到小佛堂里跪着去。好好想想清楚，冯家的女儿，该怎么做事。”

两人不敢多话，叩头谢恩之后，就回了东配殿。

这回冯清倒是学乖了，一句话也不说，解散头发，就躺倒在床上。

冯妙站在她床榻边说：“把刚才拿走的东西还给我。”

冯清并不知道那东西是怎么来的，不过见冯妙当时急急忙忙地去捡，便认为是她心爱的东西，想也没想就夺过来。她躺在床榻上横了冯妙一眼：“我扔了。”

“还给我。”冯妙把手伸到她面前。

“爱信不信，不过是几根破草编的，我刚才扔在路上了，你想要，就自己到外面找去。”冯清作势掀起被角，挑衅似的说，“要不——你来搜，看我身上到底有没有？”

冯妙瞪着她看了半晌，终于忍住了缩回手。她不可能动手搜身，那样就给了冯清借题发挥的缘由，她也不可能当真出去找，她们刚从太皇太后跟前回来，再闹起来，恐怕就不是小佛堂罚跪那么简单的事了。

第二天午膳一过，崔姑姑就引着她们进了小佛堂，临走前好心叮嘱：“两位姑娘，需要什么就叫人通传一声，可千万别再闹起来了。惊扰了佛祖，可就不好了。”

冯清自己先挑了个蒲团跪下，冯妙也不说话，照旧抄写佛经，在香炉里烧了，然后在佛像前叩首祈愿。无非就是阿娘和弟弟都安康罢了，她并不是个贪心的人。

看她做得虔诚，冯清冷哼了一声，也没说话。两人沉默着挨过了子时，才回东配殿去睡了。

冯清到底平日骄纵惯了，才跪了一天，就起早到太皇太后跟前哭诉，说佛堂里又冷又湿，说自己心口疼痛、膝盖酸软。太皇太后问起时，冯妙也替她说了几句好话，不是因为她大度，而是因为，她实在不愿意大半天时间都跟冯清绑在一起。

太皇太后听完两人的话，这才开口：“你是哀家的侄女，哀家自然心疼你，一根头发丝儿的委屈都舍不得叫你受，哀家这里有些平日皇帝送来的血燕、雪蛤，你拿去叫个稳妥人炖了给你滋补一下。”

冯清听这话像是有活络的意思，喜上眉梢，正要谢恩，又听见太皇太后说：“可你也是奉仪殿的宫女，犯错受罚，别人都是这样，你有什么理由特殊？”

赏罚分明，冯清这会儿才算明白了这四个字的意思，再也不敢仗着身份在太皇太后面前撒娇。她每天蜷坐在蒲团上，狠狠瞪着冯妙，心里不敢怨恨太皇太后，只能把这笔账记在冯妙身上。

冯妙却没有心情跟她斗气，她心里想着另外一件事，十天之约眼看就要到了。原本佛堂思过，是个难得的好机会，可眼下冯清天天在这儿，她可怎么溜得出去?

冯妙被这问题困扰了好几天，有几次差点在太皇太后跟前分神出错。那毒药眼下并没有要发作的迹象，可是想起讨厌鬼说的“肠穿肚烂、筋骨寸断”，她还是觉得不能安心。

跪到第四天，冯妙已经觉得走路有些打飘，膝盖红肿胀痛。冯清也好过不到哪去，只是再不敢随便到太皇太后跟前哭诉。

午膳时，冯妙看见崔姑姑多摆了一副碗筷，心里暗暗奇怪。奉仪殿很少有人来，更别说留人用膳了，就连她和冯清，偶尔得太皇太后赏赐饭食，也只能在红木小几旁匆匆吃了，连座位都没有。什么人能得太皇太后如此另眼相看？

饭菜还没送上来，先有一股异香传来，像沉香，却又比沉香更加绵软清甜。崔姑姑在小回廊上远远望了一眼，就满脸喜色地对太皇太后说："大公子来了。"

帘子一挑，一位唇红齿白的青年，脚下踩着牛皮软靴，跨进殿来："姑母，侄儿来看您了，可想死侄儿了。"

听见声音，冯清满脸喜色，原来是大哥冯诞。想起这几天的教训，她不敢造次，仍旧在一边站着。

冯诞是冯熙的第一个儿子，面貌不像博陵长公主，倒是极像冯熙，肤色白皙，丹凤眼，英俊秀气。六七岁时冯熙带他进宫，太皇太后一见就喜欢得不得了。等到冯诞长大一些，说话做事都明白得体，十几岁时，协助父亲掌管各色珍玩，对那些种类繁复的物件，几乎过目不忘。这么一位公子哥儿，只有一样不好，就是不喜欢读书，太皇太后说了他几次，总没什么效果。

冯诞拜见过太皇太后，看见垂手侍立的冯清和冯妙，一挑眉："妙妹妹也就罢了，清儿怎么也如此安静？"

"不是小孩子了，也该学着安静些。"太皇太后随口一说，冯诞就明白了大概，他知道妹妹迟早要参选嫔妃，能磨磨性子也好。

打量太皇太后脸色有些不好，冯诞赶紧把随身带来的东西送上："父亲在南边得了一块上好的伽南香，是鹦哥绿，赶紧叫侄儿给姑母送来。"

说着话，冯诞双手托着一只整块玉雕成的玉盒，中间凿出的凹槽上，放着一块磨得滚圆的香木，颜色褐中带绿，像鹦鹉的毛色一样。

"原来是你父亲得来的，不是你孝敬的。"太皇太后故意板着脸说话。

"侄儿这不是马不停蹄地给姑母送来了吗？父亲有功劳，侄儿也跟着沾光，得点苦劳就行。"冯诞嬉笑着把玉盒奉上，"下回父亲再要责打侄儿时，求姑母在旁边咳嗽一声，侄儿就不用受那皮肉苦了。"

"猴崽子，这是多大的苦劳，就要讨便宜？"太皇太后绷不住一笑，向着崔姑姑一指那玉盒，"这几天哀家睡得不稳，正好有这东西，你去研碎了，照着从前那个方子，再配一些安眠的香料来。"

这等上好的鹦哥绿伽南香，极其难得，常常有市无价，千金也难求。放在官宦人家，留着做个传家宝也不为过。可太皇太后说用就用了，要研碎了配进熏香里去。

冯妙这几天一直想着自己的心事，听见"安眠"两个字，就暗暗留了个心思。

冯诞把东西送出手，打量着太皇太后的眼色，挑些出门在外的趣闻来说。太皇太后虽然是女子，却对玩物衣裳兴趣不大，唯独专门喜欢听各地的风土人情、奇闻轶事。冯诞口齿伶俐，逗得太皇太后心情大好，连带着胃口也比平时好了不少。

崔姑姑眼看一小盅乌鱼蛋羹见了底，她见缝插针对太皇太后说："外面还备着七宝骆驼掌呢，奴婢去传上来给大公子添个菜吧。"借着冯诞的名义，其实是想给太皇太后进补，太皇太后一向提倡简朴，这种太过奢靡的菜肴，平常不敢送到她面前。

冯妙惦记着刚才提到的安眠香料，禀奏了一声"奴婢去帮崔姑姑传菜"，跟着走了出去。只有这么一个机会，怨不得她铤而走险，等到按着配方做齐、香料送进太皇太后寝殿，她可就再也别想碰上一根手指头了。

冯妙绕过小回廊，追赶崔姑姑的步子。回廊另一端是奉仪殿的耳房，御膳房派来的四名尚膳宫女，连同用红泥小炉煨着的菜，都在耳房里等候。太皇太后不喜欢食物残留的混杂气味，才特意开辟了这间耳房，用来等候传菜。

要赶在崔姑姑从耳房出来以前动手，她这么想着，脚步又快了几分。快到尽头时，没留神被门槛绊了一下，冯妙抬手去扶朱漆柱子，手触到的地方，却不是柱子的坚硬质感。

一抬眼，正看见冯诞伸手，托住她的胳膊："妹妹小心。"

冯诞平日总是一副笑脸，就连对奴仆用人，也一向客气。冯妙对他既不特别反感，也不亲近，站直身子回了一声："多谢大公子。"

"你跟清儿一样，叫我大哥不就行了？何必那么见外呢。"冯诞笑吟吟地站在回廊通道当中。

冯妙想起冯清咒骂她的话，"我的哥哥们都是有爵位的，你弟弟算个什么东西"，心里一股倔强劲涌上来，对着冯诞施礼说道："不敢跟嫡出的小姐相提并论，要是没别的事，奴婢还得给大公子传菜去呢。"

冯诞摸着鼻子摇头，从怀里掏出一样东西，递到冯妙面前："母亲一连生了我们兄弟三个，才得了清儿，难免娇惯了些，你做姐姐的多担待她些吧。"

冯妙不想收他的东西，正要拒绝，这边冯诞已经把那纸卷展开。镏金桃花笺上，工工整整地誊写着一段《诗经·小雅》里的句子。隶书字体，笔触还不大成熟，勾画之间有好几处不大连贯，架构却已经有模有样。冯妙只看了一眼，就认出那是幼弟冯夙的字体。

阿娘曾经说过，女儿家练字，要练楷体，取其端庄细致；男子练字，则要练隶书，取其风骨气度。冯妙眼中微微湿润，那几行字，渐渐在一片氤氲里变得模糊起来："娘和阿夙还好吗？"

“都安好，昨天晚上，夙弟知道我要进宫，特意写了这个给我，让我带给你。”冯诞把纸笺放进她手里，“我若在家里，也会时时照看他们。”

冯妙抹抹眼睛，再次躬身下拜，这一回，却是发自真心地道谢。阿娘和弟弟都好，她也要好好地活着，遇见任何事，都不能轻易放弃。

幸好冯诞不能离席太久，冯妙收好纸笺时，崔姑姑还没从耳房里出来。她提着裙角小跑两步，忽然听见崔姑姑的声音：“连小炉子一起小心端着，这菜凉了，味道就不好了。”

冯妙心里一紧，立刻放慢了脚步，不敢再跑，害怕被人看出异样。她从腰间挂着的绣袋里摸出一个白瓷小瓶，捏在指间旋开了木塞。做完这些，她悄悄退回刚才跟冯诞说话的地方。

两名宫女用儿臂粗的竹节，叉着一只红泥小炉，炉火上架着素瓷圆盘，圆盘里扣着一个寿桃形状的顶盖，桃叶脉络上刚好留了一个气孔，七宝骆驼掌的香味，从气孔里飘散出来。

那宫女是一对孪生姐妹，相貌相似，不用品菜，光是看这“双姝扶红泥”，就够赏心悦目了。崔姑姑跟在她们身后两步远，小心翼翼地看着。

冯妙隐在柱子后面，默默数着宫女的步子，估计她们快走到刚才自己停留过的地方，这才从柱子后面转出来，声音清脆地说：“崔姑姑，我来看看有什么要帮忙的没有？”

听见说话声，宫女姐妹下意识地抬头看过来，脚下步子却没停。姐姐凉月脚下一滑，“啊”地叫了一声，身子向后倒去。两人原本就同握着一根竹节，妹妹予星有心搀扶，可那小炉连着菜盘，十分沉重，她只握着竹节一头，根本就有心无力，反倒被带着也摔倒在地。

哗啦啦一片脆响，红泥烧成的小炉，摔成了几片，专门用来温菜的中空笔管炭，夹杂着火星四下飞溅。崔姑姑躲闪不及，被那一盘七宝骆驼掌，正泼在前襟上。

冯妙微微低头，跟预想的不大一样，但也足够了，她小心绕过地上的污渍，伸手去扶：“崔姑姑，没烫着吧？”

崔姑姑顾不上跟冯妙说话，看了一眼撒在地上的菜肴，指着瑟瑟发抖的两个宫女，好半天才说出话来：“你们两个，平日都看着挺利索的，今天倒好，给我弄出这个岔子来！”

凉月和予星早就吓傻了，顾不得地上到处都是碎瓷片，满面惶恐地磕头请罪。额头被瓷片划破，又沾染上一层油污，要多狼狈有多狼狈，却谁也不敢叫一声疼。这就是宫女的命，连主子贵人喜爱的一个物件都比不上。

凉月来奉仪殿的机会多些，跟崔姑姑也相熟，大着胆子哀求："奴婢不知道怎么脚下就滑了，求姑姑开恩，给条生路吧。"

冯妙在一边看着，心中不忍，假意在地上看了一圈，故意做出一副惊诧的样子："姑姑，这地上好像洒了层油，也许是前面的菜肴溢出来的，难怪脚底滑了。"其实那层油，就是冯妙随身带的茉莉头油，绾发髻的时候用的。泼油、躲藏、喊人，一步套着一步，就为了让这道菜，弄脏崔姑姑的衣裳。

第一次在人前使这样的小伎俩，冯妙心里紧张得不得了。尤其看见两个无辜宫女，因为自己一个小动作，弄得满脸是血，苦苦哀求，隐约觉得自己好像做了件错事。

崔姑姑这会儿才平了怒气，指着回廊外面说："你们先去，把备好的鲫鱼汤盛在薄胎碧玉小罐里，仔细点，别再出什么差错。等太皇太后用过膳了，你们自己到奉仪殿前院，各领十鞭子，以后在奉仪殿，当心着点。"

两个宫女听说是在奉仪殿领罚，立刻感恩戴德地道谢。在太皇太后眼皮底下，这责罚就说一不二，既没人敢偷偷放水，也没人敢暗中下狠手。这些有职位的宫女，在宫里时间长了，总免不了有几个死对头。要是送她们去永巷领罚，撞在死对头手里，恐怕连命是怎么没的都不知道。

"崔姑姑，别气了，难得大公子进宫一趟，总得让太皇太后高高兴兴地吃了这顿饭。"冯妙小声劝解，心里对两个无辜受累的人万分抱歉。

"你当我是气她们砸碎了菜肴？"崔姑姑连连叹气，"我在宫里小半辈子了，宫人失手犯错，见得多了。我是气她们偏偏把这道七宝骆驼掌撒在我身上。"

七宝骆驼掌这道菜，之所以名贵，不在骆驼掌，而全在那"七宝"上。七种珍贵香料混合在一起，加上鲜嫩的小骆驼掌，放在瓦罐里小火煨到酥烂。吃的时候，还要保持加热，确保香料的滋味能够均匀地散发出来。

"太皇太后刚吩咐我去制香，可这七宝的味道，染在身上，好几天才能去掉。身上染了味道，还怎么制香？"崔姑姑抬起袖子闻闻，上面满是肉腥味，幸亏那块鹦哥绿伽南香已经收起来了，没有带在身上。

这些来龙去脉，冯妙心里都清楚。太皇太后用的香料，一向都是崔姑姑自己配。各种香料研磨、捣碎或是榨汁以后，要再隔水蒸成珍珠大小的小块，方便取用。制香的人，身上不能沾染其他气味，否则制出来的香味道就不纯正。

"崔姑姑，要是你不嫌弃，就教教我，我帮你配那香料吧。"她等的就是崔姑姑说起这件事，只要香料经她的手，就可以借机留下一点，她只需要一点点就够了。冯妙的心怦怦直跳，却一点也不敢表现出急切来。

崔姑姑是太皇太后身边最谨慎稳重的老人儿，要是她一口回绝了，就再没有转圜余地。

“那怎么行呢，制香可是个累活儿……”崔姑姑倒不是跟她客气，她心里知道太皇太后的打算，并不曾把这两个冯家的小姐真当宫女使唤。

“没关系，我正好也想学学制香，姑姑就当是教教我。”冯妙仰着脸，双手摇着崔姑姑的胳膊。

崔姑姑仍旧犹豫，许多世家小姐都会调香，可那种调香，不过是把已经粗制过一遍的单味香料，混合在一起，搭配出不同的味道来。真正的制香，要研磨、要泡水、要过滤……光是把那块鹦哥绿变成合用的香粉，就要经过十几道工序。

“算了，姑姑还是别为难了，”冯妙一笑，“看样子是我太笨，学不会制香，姑姑不知道怎么告诉我好呢。”她语态娇憨，半真半假的话，倒把崔姑姑给逗乐了。

“可不敢那么想，姑娘聪明着呢。”崔姑姑摇头，“那明天就辛苦姑娘一回。”

制香在清早时最好，免得混进尘土、烈日的味道。寅时刚过，冯妙就跟着崔姑姑进了制香坊。她出东配殿时，冯清还在酣睡，冯诞陪太皇太后用膳后就出宫去了，没人说情，两人的小佛堂罚跪照旧。

崔姑姑原本也没真的指望冯妙，以为她不过是一时兴起，真吃起苦来就不成了，另外选了一个身子干净的小宫女，带进制香房。可一样一样教下来，冯妙竟然学得有模有样，手上被石舂磨破了皮，也不吭声。一个上午，香就制成了。

冯妙看着崔姑姑把制好的香粒，一颗颗放进玉盒里，再贴上封纸：“刘伶醉？是这香的名字吗？好奇特的名字。”

“是秘书中散李大人寻来的方子，太皇太后用寻常的安眠香，都不管用。自从得了这个配方，夜里才睡得安稳多了。”崔姑姑把玉盒用丝缎裹住，小心收好。

冯妙对这些官职、人事不大熟悉，不大清楚秘书中散是个什么角色，隐约想起那天在密室暗道里看见的高大背影，不敢再问下去。那天过后，她好几次半夜惊醒，梦见太皇太后手里拈着一枚有毒的果子，叫她吃下去，醒来时浑身都被冷汗浸湿了。

从制香房出来时，她手里悄悄捏住了一小粒刘伶醉，那是她把大块香料切成小块时，趁崔姑姑没注意，偷偷藏下的。这几天兜了个大圈子，就是为了这么一小粒东西。

心里数着十天日子已经到了，冯妙紧张得手心发凉，午膳匆匆吃了几口，就躲进小佛堂。抄了几行佛经，心里才渐渐平静下来。

不知道怎么回事，这天冯清的话特别多，先是凑过来看冯妙用汉文抄写的佛经，然后不冷不热地说了一句：“这写的什么呀？我们鲜卑女孩儿，可不学这个。”

看她不理睬，冯清又问：“你拿了我的飞鸾衔珠步摇，怎么也不见你戴？怎么，你自己也觉得野山鸡搭个凤尾翎毛，不合适吧？”

冯妙笔下不停，冷冷淡淡地说：“是你给我的，不是我拿的。”冯清自讨了个没趣，坐回蒲团上，自己嘀嘀咕咕地说：“汉人那套狐媚子的本事……”

小佛堂里没有滴漏，冯妙只能自己估计时间，约莫快到三更，她开始把抄好的佛经放进香炉里焚烧。腾起的细碎烟丝，呛得她一阵咳嗽，袖子遮住嘴唇的瞬间，藏在袖口的刘伶醉，滑进了香炉。

奉仪殿正殿内，崔姑姑正把新制好的刘伶醉放进浅碟子，用无色无味的纸卷，取了火点燃：“太皇太后，今晚用不用叫人盯着点小佛堂？”

太皇太后微微眯着眼睛：“这香味不错，甜腻劲头压住了，木质的辛甘味道，倒是透出来了。”

崔姑姑长年制香，知道其中缘故，这一盒刘伶醉，是冯妙一粒粒加水揉了再加热的。这道理，就跟女儿茶一样，靠的是制作者天然的处子幽香，单凭技艺无法达成。她不敢隐瞒，忙说：“这一盒是妙儿小姐动手制的。”

太皇太后轻轻点头，像在细细品味香料的层层韵味。崔姑姑在一边等着，不知道太皇太后是什么意思，又不敢再问，正心焦时，听见太皇太后说：“今晚你也早些睡吧，叫两个太监值夜就行了。”

崔姑姑应了声“是”，吹熄了烛火，把一颗小孩拳头大小的夜明珠，用轻纱罩住，放在床榻边的紫檀案上。太皇太后从来不在夜里把灯火全熄，可自从当年上阳殿失火后，太皇太后夜间睡着时，就再不用烛火了。

小佛堂内，冯妙瞥见太皇太后的寝殿熄了烛火，用桐油浸过的梨木小铲，拨了拨香炉里的灰。冯清已经歪倒在一边，睡熟了。这刘伶醉的确管用，冯妙用棉纱小球塞着鼻子，又借着咳嗽，大半时间都用袖子遮住口鼻，这才没有睡过去。

她从袖筒里拿出冯诞带来的纸笺，这几天一直没有机会瞧瞧。“棠棣之华，萼柎依依……”弟弟冯夙还小，未必懂得这里面的意思，也许只是凑巧选了《小雅》里的这一首，但这诗句，却让她第一眼看见就差点失控落泪。她只有这么一个弟弟，阿娘也只有这么一个儿子。

冯妙把纸笺撕开，也放进香炉里，一点点烧掉了。手足情谊，记在心里就够了。即使是亲生姐弟，私下传递信笺物品，也是大罪。

将将烧完，冯清翻了个身，“咚”一声踢在柱子上，嘴里还咕哝着残缺不全的梦话：“……娘亲、娘亲说了……鲜卑女孩儿，才不用学那些汉文酸诗……”

冯妙赶紧匆匆盖上小香炉的盖子，凝神确认冯清并没醒过来，这才在脸上仔细收拾了一阵，掀开帘子溜出去。在她身后，一直昏睡不醒的冯清，脸上现出异样的潮红，白皙的手背、脖颈上，发起了一片红色的小疹子。

奉仪殿前殿，通常有宫女太监值夜，后殿围墙外，就是羽林侍卫换岗的小营，反倒用不着设人值夜了。

奉仪殿角门旁边，有一丛人工移植的竹林，种的是十来棵细竹。冯妙偷偷观察了好几天，才选定了这条路线，仗着身形娇小，从竹林缝隙间钻出去。

密室的方位，她后来也回想了好几次，可怎么都想不起来，只记得那处宫室似乎是废弃的，侧面还挂着一幅五色珠帘。后来借着出门跑腿，她也偷偷找过，可是奉仪殿四周，根本就没有什么废弃的宫室，更没有什么地方挂着五色珠帘，她只能沿着大致的方向走过去。

树影婆娑，小时候听过的那些鬼故事，忽然一个一个从心底蹦出来。冯妙挪着小步子，四面张望，可无论看向哪一边，都觉得背后好像有一双眼睛在看着自己，急忙转身，其实又什么都没有。

难道讨厌鬼把自己戏弄了？冯妙噘嘴，小声嘀咕："真是个讨厌鬼……"

一阵风卷着沙土吹过来，她下意识地转身躲避，忽听身后高处传来声音："你转来转去，找什么呢？"

冯妙循着声音看过去，一袭黑衣的少年，斜斜坐在一棵老槐树上，身子倚着粗干，一条腿垂下来，另一条腿踩着身下的树枝，一荡一荡。朗朗圆月挂在他身后黑沉沉的天幕上，勾勒出比例匀称的身影，面貌衣着反倒看不大清楚。

声音里带着嗡嗡的回响，跟那天在密室暗道里听到的少年声音一模一样。少年应该是在嘴里含了什么东西，隐藏了本来的音色。

果然是他，冯妙的一只袖子还遮着口鼻，另一只手已经向他指过去，想到现在是自己有求于人，语气客气了些："我找你呀，我已经记不得，那天是因为什么事被你灌了一颗毒药了，灯光昏暗，我又被你掐得头昏脑涨。看在我什么都不记得的分儿上，求你把我的毒给解了吧。"

"可以呀。"少年手一扬，把一只白瓷小瓶抛到她面前。

冯妙没料到他如此爽快，半信半疑地扭开盖子，从里面倒出一粒滚圆的药丸。微酸的气味十分熟悉，冯妙狐疑地自言自语："解药的味道，能跟毒药一模一样的吗？"

少年轻笑一声，拖着长声说："不能啊，所以，我是骗你的呀！"那个"骗"字，在半空里挑了个向上一勾的弧度。

冯妙愤怒地抬眼，少年却依旧闲闲地压着树枝，一副"我就是戏弄了你，你能如何"的样子。冯妙把白瓷瓶托在手心里："不给解药，我问你个问题总可以吧？那天……你有没有捡到什么东西？"

“刚才不是还说，什么都不记得了，这会儿怎么又想起来了？”少年不紧不慢地说着话，压着树枝的脚一松，身子借着树枝弹起的力道，纵起一跃，悄无声息地落在冯妙面前。束身黑衣紧贴着他的身形，脸上戴了一张青面獠牙的傩仪面具。

他看见冯妙脸上覆盖的轻纱，又是轻声一笑，看来两人存了同样的心思，不想让对方看见自己的脸。

少年拿回白瓷小瓶：“你总得告诉我，你丢了什么东西，我回去仔细找找，才能回答你，究竟捡到没有。”

冯妙恼火却无奈，眼前这人，一副万事好商量的样子，可说出的话却滴水不漏。她可不敢说出丢了飞鸾衔珠步摇，那件东西名头太大，让人认出身份不说，更容易被他多捏住一个把柄要挟。

“你不说，我可就走了，反正这毒发作得慢，一时半会儿也要不了你的命，等你想好了，咱们再聊。”少年说着，竟然真的转身要离开。

为了出来这一趟，已经够提心吊胆了，哪还能容他回头再聊？冯妙心里一急，抬手就想去拉他的袖子，可是那少年衣衫紧身，连袖筒也紧紧裹着胳膊，冯妙身子向前，手上却拉了个空。

她这边刚一动，那少年也停住脚步，动作比她更快，握住她的手腕向前一带，把她圈在身前，另一只手飞快扯去了她脸上的轻纱。

看清她的脸时，少年的动作明显一顿，那张小脸上，涂抹了厚厚一层绿豆捣成的黏浆，把五官几乎完全遮住了，只露出一双眼睛。小脸的主人，还伸着舌头，得意扬扬地做了个鬼脸。

好个小丫头，好像提早知道他会动手扯下面纱一样，还留了一手。

少年气得发笑，正要开口说话，寂静的宫苑内忽然传来尖锐的角声。那是羽林卫传令的号角，声音短促连续，是号令中最紧急的一种。听到这种号令声，多半代表着，王宫内闯进了刺客。

隔着涂满油彩的傩仪面具，看不到少年的表情，可是那只捏在冯妙手腕上的手，却不自禁地加大了力度。

冯妙仰脸去看，依稀觉得这人听见号角声，似乎并不慌乱着急，只是抬头看看已过中天的月色，似乎在估计时间。

大魏立国多年，从未停止过征战，羽林卫都是从军中提拔出来的好手，号角一响，立刻迅速集结。兵卫列队整齐，沿着宫中甬道，前往皇帝居住的崇光宫。发现刺客的信号，最先就是从那里传递出来的。

少年瞥一眼远处闪动的甲胄光亮，忽然一把捞过冯妙，扛在肩上，贴着树丛迅速隐去。

此刻，崇光宫内，宫门大开，林琅站在门口，正对着殿中将军龚亮说话。她头发披散在肩上，脸色苍白、未施脂粉：“皇上和刺客都不见了，请将军传令，快些在宫里搜寻。”

大魏常年征战，人人尚武，从亲王到重臣，几乎人人都有自己的护卫力量，只不过规模、实力不同。其中，规格最高的就是拓跋氏亲王的近卫，可以有三千人之多，配弓弩、软甲。而羽林卫，名义上便是天子近卫，可是这支护卫与普通的皇亲近卫不同，只有通过军令才能调动，并不直接听命于皇帝本人。

龚亮犹豫着不敢接话：“林姑娘，调动羽林卫，需要有太皇太后的谕令才行，这……”刚刚号角一响，他就已经派人去奉仪殿向太皇太后请旨，可奉仪殿值夜的太监却说，太皇太后今晚燃了安眠香，要好好休息，吩咐不得打扰。

火把一照，林琅的脸色越发苍白。拓跋宏提早叮嘱过她，今晚要“不依不饶，把事情闹大”。她并不明白拓跋宏要做什么，可她向来习惯了听他的话，只要是他说的，照做就是了。

“大胆！”林琅手指用力一掐，逼着自己大声喝出来，“宫中进了刺客，本来就是羽林卫失职。现在让你们去搜寻皇上，竟然还推三阻四。要是皇上有个什么……你们……”

她本来身子就弱，说到最后，几乎快要昏厥过去。龚亮脸色发青，眼睛转了几转，看林琅不像假装，咬咬牙、一拱手：“我这就带人去搜。”

羽林侍卫分成小队，一路搜寻过去。皇帝尚未大婚，许多宫室还没有主人，羽林侍卫也不客气，直接推门进去翻找。

冯妙被那少年倒扣在肩上，被他冷硬的肩胛抵住肚腹，难受得快要吐出来，想喊都喊不出来。

少年专挑生僻无人的小路走，对皇宫地形十分熟悉，三绕两绕，就拐进了御膳房。御膳房北面，有一条供牛车通过的平滑道路，用来从宫外运送食材。少年躲在那里，回身把冯妙放下来，一只手仍然捂住她的嘴，不让她出声。

他们躲在暗处角落，前方不远处，就是安放在地角的青石灯座，琉璃罩子里面扣着点燃的宫烛。冯妙瞪大眼睛看着，一个身影快速闪过，紧接着，羽林侍卫的脚步纷沓而来。她只觉得心口狂跳，莫非那个就是今晚的刺客？

还没等她缓过神来，少年忽然松开了手，温热气息扫在她耳后：“好人做到底，你再帮我一个忙，要是还有下次见面的机会，我就告诉你解毒的秘密。”

冯妙“啊”的一声惊叫，身后被人猛推一把，不受控制地向前扑去。人刚跌在路中央，一只官靴就停在她面前：“将军，这里有个人！”

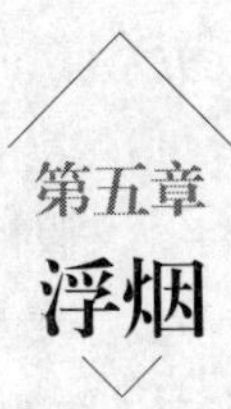

第五章 浮烟

冯妙背上酸痛，几乎是被人架起来的，少年那一下，真是用足了力气。

带人搜捕这条路的，正是殿中将军龚亮，他从底层士卒，一步步走到今天，靠的也是一身真本事。御膳房一带，最容易偷偷混进混出，他不放心交给别人，才亲自带人来搜。

龚亮打量着冯妙，这么一个娇怯怯的小姑娘，说是刺客，谁也不能相信。不过刺客也可能与宫女太监勾结，里应外合，想到这，他一挥手："带下去，细细审问。"

皇宫内有自己的慎刑所，羽林卫更是有权动用牢狱刑罚，要是进了那里，无事也得脱层皮。冯妙心思急转，知道今晚这事，无论如何不能轻易遮掩下去了。没容她说话，两旁的侍卫，已经叉住她的双臂，就要带走。

再犹豫下去，命就没了，冯妙赶忙揭去脸上已经半干的豆泥，露出本来面容："这位大人，我在奉仪殿侍奉，就算要审问，也得先禀告太皇太后一声。不然，她老人家找不着我，总归会问起来的。"

在宫里当差，最要紧的就是听人话头、看人脸色。冯妙年纪不大，这几句话说得却大方得体、全无惧色。龚亮正为今晚没能得到太皇太后谕令就调动了羽林侍卫的事惴惴不安，听见她抬出太皇太后，心里有几分不快："守卫皇宫、搜查要犯是我等的职责，总不能凭着你几句话，就乱了规矩。"

他正要吩咐仍旧带走，有侍卫模样的人从甬道上急匆匆跑过来："禀告将军，刚才崇光宫传信过来，说皇上已经回去了，只是刺客还没有搜到。"

电光石火间，冯妙虽然想不通全部关窍，却知道今晚的行刺一定大有问题。

倘若她不明不白地被带走，说不定几方牵扯下，就成了这桩诡异事件的替罪羊。

她听见侍卫的话，立即大声说："既然皇上无恙，何不先禀明太皇太后，请姑母放心。"她故意叫出"姑母"两个字，又假装口误，神色惊惶地匆匆掩住了嘴。

能管太皇太后叫姑母的宫女可不多。龚亮在她身上扫了几眼，叫人松开她说："姑娘说得有道理，的确应该先去一趟奉仪殿，请太皇太后放心。"

第二天一早，在明堂等候皇帝召见的大臣们，没见着皇帝，却听到了一个惊人的消息——宫中半夜闯进了刺客，惊扰了圣驾，皇帝旧疾再次发作，罢朝一日。

拓跋宏尚未亲政，朝中重要事项，名义上是禀奏给皇帝，实际上却由内秘书令转呈给太皇太后处置。因此，罢朝一日，倒也不是什么了不得的大事。皇帝旧疾发作，也不是一次两次了，群臣各自散去，只有北海王拓跋详没心没肺地说了一句："皇兄这身子，也忒弱了点，叫个刺客给吓病了。"

奉仪殿内，太皇太后一夜安眠，直到卯时初才起身。冯妙跪在地上，隔着帘子听着崔姑姑给她梳头、穿戴。龚亮身穿甲胄，可以不用行跪拜大礼，垂手站在一边。

冯妙心中惶恐不安，把想好的说辞默念了好几遍，可太皇太后却好像对昨晚的事毫不关心，拿着几支簪钗反复比较，最后才选了一支如意金凤，插在发间。她侍奉了几个月，多少对太皇太后的脾气熟悉些，再加上无意间看见了那件不该看见的事，太皇太后越是淡然，冯妙心里就越紧张，空气里全是山雨欲来的味道。

正在此时，有人进来通传，说太医院的医正到了。太皇太后"嗯"了一声："直接带去瞧病吧，可给哀家仔细着点，药上头，都用顶好的。"

宫中对延请医正有严格的规定，嫔妃从五品以上，或是低等嫔妃得皇帝召幸、怀有皇嗣期间，才可以传医正入宫。太皇太后自然是可以随意通传医正，可是看样子，并不是给她自己瞧病，而是奉仪殿另外有人病了。

崔姑姑在旁边说："医正刚才说，崇光宫那边也请人来传，这边瞧完了，还要赶着过去替皇上诊脉。"

"放肆！"太皇太后一拍桌子，宫女下人多少年没见过太皇太后发这样大的火，吓得大气都不敢出，纷纷跪了一地。

"皇帝的病，不是一直都由那个叫林琅的照顾吗？既然是旧疾，继续用药就是了，用不着请脉。"太皇太后的声音忽然转厉，"告诉王医正，给哀家仔细瞧，要是留下一丁点伤疤，他这医正就不用做了。"

冯妙低着头，听见外面传来医箱碰撞的声音，想必王医正听了传话，急匆匆地去了。奉仪殿能有什么人这么大张旗鼓地生病……她心中骤然一惊，回来这么久了，都还没见到冯清。

“看样子皇上也许病得厉害，要不要派个人过去看看，万一……”一屋子人都不敢说话，崔姑姑觑着太皇太后的脸色。在外人眼里，太皇太后和皇上之间，一向祖慈孙孝，亲厚非凡。这么些年都过来了，何必在这时留下恶名？

太皇太后不理会她，眼睛往冯妙身上一瞟：“现在你说说，昨天晚上，这是出了什么事了？”

冯妙刚要开口，把路上编好的说辞吐露出来，话还没说，龚亮先屈膝抱拳：“禀太皇太后，昨晚宫中闯入刺客……”

“龚将军！”太皇太后骤然提高音量，“哀家在问自家的人，不是在帮龚将军审问犯人。”这话已经说得极重，龚亮当场怔住，面色难看地应了声“是”，退回一边站着。

太皇太后转过来，冯妙再次将要开口，窥见太皇太后警告的眼神，忽然心里一阵紧张。她强迫自己镇定下来，脑海中涌出一个念头，太皇太后似乎不愿意提及刺客之事。她清清喉咙，压住微微发抖的声音：“回禀太皇太后，奴婢昨晚从小佛堂里出来，原本想去御膳房，看看有没有什么吃食。走过去时，天黑路滑，就跌了一跤，这位将军巡视刚好路过，就送奴婢回来了。”

“你、你怎么……”龚亮不可置信地看着冯妙，“昨晚明明……”

“将军，”冯妙清清亮亮地说道，“您尽忠职守，把我当成了刺客。这是一场误会，现在当着太皇太后的面，都解释清楚了。”

龚亮瞪着冯妙看了半晌，如果按照这样的说法，他未得谕令、擅自调动羽林侍卫搜寻的事情，也就一并在太皇太后跟前抹过去了。太皇太后气定神闲，既不催促，也不说话。龚亮终于缓缓单膝跪地：“昨晚的事……是一场误会，请太皇太后明察。”

太皇太后微微点头，不置可否，龚亮便借机告退，匆匆出了奉仪殿，才抹了一把额角的汗。他平素没有机会觐见太皇太后，直到此时才意识到，这样一个妇人，历经四代帝王，始终屹立后宫，所凭的，绝不仅仅是运气那么简单。

崇光宫内，林琅站在门口，正对着今天第三拨来探病的人说话：“皇上刚刚服了药，已经睡下了，诸位请改日再来吧。”主殿正门大开，隐约可以看见床榻上的层层幔帐之内，侧卧着一个少年人影，身形微微抖动，似乎在咳嗽。

几位大臣原本就是来探探风声的，见此情形，也就顺阶而下地告退了。

林琅关上殿门，返回室内，用金钩卷起幔帐，挂在床头一侧。床榻上，清瘦的少年人正斜卧着，眼神朗朗，落在林琅身上。拓跋宏手里捏着一只白瓷小瓶，在手里把玩半晌，才旋开盖子，摸出一粒滚圆的药丸，放进嘴里。

“王医正今天一直在奉仪殿那边，奉仪殿也同样闭门不见客，听说下午又传了不少珍贵药材进去。”林琅就势坐在床边，“该不会……太皇太后真的病了吧？”

拓跋宏随手搭在她肩上：“就算病了，多半也是心病。朕现在也病着，即使不去探望，不孝的帽子也扣不到朕头上。”他凝神想了想：“昨天真正的刺客，逃走了没有？”

“我私下打听过，羽林侍卫那边没听说抓到人，想来应该是跑了。”林琅乖巧地蜷起身子，把头枕在拓跋宏膝上。

“嗯，那是最好，想办法送个消息给拓跋勰，让他派人在北面拦截，务必把人抓住。”拓跋宏把所有细节回想一遍，确认万无一失，这个时候，他和太皇太后之间，就看谁更有耐心了。只要刺客的事情坐实，他就可以用增强守卫之名，要求组建天子亲卫。如果没有听命于自己的禁军，就算大婚亲政，他也只是一个御座上的傀儡皇帝。

说来凑巧，半个月前，平城守军曾经捉住一名柔然细作，拓跋宏偶然听到审问时的一句柔然语口供，他不懂柔然语，全凭对音节的记忆，默记了那句话，又悄悄找来通晓柔然语的人询问，才知道柔然人密谋这场刺杀。现在，他只要坚持自己被刺客惊吓成病，就行了。至于那个小丫头……

“她身上，没有香茅草的味道……”拓跋宏沉吟思索。

林琅自然知道他说的是谁，立刻仰起头：“那天在侍药间煮茶的时候，我的确把香茅草留在她身上了。”

“林琅，你总是太小心了，”拓跋宏笑着握住她一缕乌发，“朕从来不会疑心你。那种香茅草编成的小玩意儿，很容易随手丢弃。”心里想的后半句话却没说出来，如果她刻意带着，那么两次相见，就是一定有意为之，岂能容她？

说话间，外面又有人通报求见。拓跋宏轻推林琅：“再去帮朕挡了，记得说朕病了，被刺客惊扰了才病的。”

一天一夜过去，皇帝与太皇太后仍旧闭门不见外客，皇帝称病，太皇太后那边却一直有医正在殿内忙碌。以任城王拓跋澄为首的宗室老臣，上表请求彻查当晚的宫廷禁卫记录，以求确证是否有刺客漏网。

冯妙被关在奉仪殿正殿的小隔间里，听得见正殿里说话，却看不见人影。有人引着王医正进殿禀告：“小姐已经无碍，脸上、脖子上还有些红肿未消，千万不能用手抓，再静养十来天，就可以大好了。”

听见这话，冯妙心里一沉，医正说的小姐，应该就是冯清。她突然病了，原本也没什么，可她发病前最后一晚，是跟自己一起关在小佛堂的，这样一来，事情就可大可小了。

医正刚刚离去，冯妙就被再次带出来。太皇太后拈着描金小盅，一口口喝着乌鸡汤。一炷香时间过去，太皇太后用帕子擦擦嘴角，这才问："你把那天晚上究竟发生了何事，对哀家再说一遍。"

冯妙只觉一颗心在胸腔里怦怦乱跳，她已经隐约猜出点端倪，因着某种她现在想不透的原因，太皇太后想要压住刺客事件。她如果说出那晚上遇见了人，就会逆了太皇太后的意思，可如果不说……冯清突发急病，她却并未通传禀告，博陵长公主岂能饶了她？

正要开口，太皇太后的护甲在桌子上轻轻一敲，崔姑姑就端着一样东西放到她面前。冯妙微微抬头，看见青砖地面上，放着小佛堂里那只香炉。炉盖揭开，残留的灰烬里依稀可以看见没有烧完的纸笺。

冯妙眼前一阵晕眩，像有无数流萤在飞舞，当晚她匆匆出门，明明记得纸笺已经烧尽了，怎么还会有一角留在炉中？

崔姑姑面上有几分不忍："在太皇太后面前，不可有所隐瞒。"

冯妙垂头："请姑姑直言。"

崔姑姑瞥一眼太皇太后，轻声说："这炉里的香灰，已经叫人验过了，掺了紫香根。"那是一种可以兼具染色功用的香料，她顿了顿，又说："冯清小姐，小时候出过热疹。"

热疹原本是月子里的婴儿常见的病症，寻常人家就用艾草煮水涂擦。而冯家小姐，却是用御医调配的清热汤精心浸泡。每次用药，御医都会特别叮嘱，用过清热汤的人，不能再碰触紫香根，否则药性相冲，会再次诱发热疹。

冯家小姐，长大后注定是要为后为妃的，因此特别爱惜容貌皮肤。每年春天采购胭脂水粉时，博陵长公主都要反复叮嘱，凡是带有紫香根成分的，颜色再鲜艳透亮也不要。

冯妙掐着手指，她绝对没有往任何东西里放过紫香根。那粒刘伶醉，也是她亲手做的，成分她都一清二楚。唯一不能确定的……她瞳孔骤然缩紧，只有冯诞带来的那张纸笺，她没有把握。

香炉里残留的纸片，隐隐透出浅淡的紫粉色，那颜色的确很像用紫香根煮水染成的，只是不知道用什么手法处理过，除去了香味。

"哀家当你是自家人，这才先关起门来问。"太皇太后缓缓开口，"你说话前，要仔细想清楚了。"

纸笺是太皇太后最喜爱的侄子送进来的，可那上面的字，却是弟弟冯夙写的。冯妙咬着牙，珠泪滚滚落下，一滴滴打湿了香炉里的灰烬。

"奴婢……奴婢一时迷了心窍……"冯妙强忍着从心底深处透出来的凉意，一字一句，都缥缈得不像是自己在说话。明明知道真相不是这么一回事，她却不得不这样说，真正牵扯起来，她斗不过太皇太后宠爱的冯诞，斗不过身份高贵的博陵长公主，甚至连骄横跋扈的冯清也斗不过。

无论如何，事情不能牵扯到夙弟身上，这是冯妙现在唯一的念头。他还那么小，又没有封荫，如何应付得了这样的事？

她正要叩头认罪，脑海里忽然闪过这几天抄写佛经中的一句话：凡所有相，皆是虚妄。后宫中的事，原本就扑朔迷离，别人把罪名硬扣在自己身上，那是一回事，可如果自己亲口应了，就是另外一回事了。

主意一定，她快速稳住心神："奴婢见抄写经文的佛笺快要用完了，偶然见着这种颜色的纸笺，爱不释手，便想着拿来用用。奴婢实在不知道，这纸笺是用什么材料染的色，更没想到，会跟清妹妹从前用过的药相冲。"

话一说完，她就深深匍匐下去，把额头压在手背上，等着太皇太后裁决。

太皇太后轻轻叹气，像是在替冯妙惋惜一般："你可知错了？"

冯妙叩首，身子刚一动，强忍着的泪水就扑簌簌落下来，声音哽咽，却只能说出一个最简单的句子："奴婢知错了。"

奴婢知错了，错在自以为聪明伶俐，便可以在浸淫宫廷半生的太皇太后面前，忘了小心收敛、事事谨慎。

奴婢知错了，错在见人和颜悦色，便误当作那是真心真意。

奴婢知错了……她额头细嫩的皮肤，磕在冰冷的地砖上，钻心的疼夹杂着刺骨的凉意，青砖上沾染了一层血色。她要永远记着这句话，并且，永不再犯！

"罢了，都是哀家的侄女，"太皇太后抬手揉揉额角，"哀家总归不叫你落到外人手里受辱……"

处置的话还没说出来，殿外有小太监匆匆进来，附耳对崔姑姑说了几句话。崔姑姑走到太皇太后近前，躬身告禀："北海王爷来了，正在殿外求见。"

太皇太后声音明显地一振："召他进来。"崔姑姑偷眼看向太皇太后，那副刚毅果决的神情，只有每次放手一搏时，才会出现在她脸上。

崔姑姑屏退闲杂人，正要亲自到殿外迎请北海王拓跋详进殿，太皇太后忽然抬手对着冯妙遥遥一指："你去，请北海王进来。"

冯妙站起身，用小铜盆取了水，擦去额头上的血色污渍。冰凉的水一触到脸上，方才涣散的思绪，都聚拢起来。手指抑制不住地发抖，她很清楚，那一个头磕在太皇太后面前，从此就再也别想逃离这道宫墙了。她幻想过的，摆脱束缚、自由自在的日子，永远不可能实现了。

她走出殿门时，北海王拓跋详，正站在门侧甬道上等候，一只胳膊搭在奉仪殿门口的铜鹤上，全无亲王的端庄威严。

“见过北海王殿下，请随我来觐见太皇太后。”冯妙盈盈施礼，却并不下跪。

拓跋详“咦”了一声，好奇地多看了这个宫女两眼，认出她就是那晚在碧波池边的小宫女：“看来本王的鞭子没打在你身上，就没给你留下记性啊，你怎么见了本王也不跪？”

冯妙淡淡一笑，崔姑姑已经是太皇太后跟前资历最深的老人儿，有从三品女史的职位在身，品级低些的嫔妃，也不敢轻易受她的礼。可太皇太后却指了自己出来迎接，这看似随意的一指，已经微妙地改变了她的身份。她不再是奉仪殿无足轻重的小小宫女了，她是大魏第一世家冯氏最年长的小姐。

“北海王殿下，不可让太皇太后久等，请随我来吧。”冯妙也不跟他多分辩，转身就沿着来路走回去。

拓跋详一拳打在棉花上，有气无力地“哼”了一声，随她进去。他原本听说皇兄病了，不用上朝，带了自己的近卫，想出平城去打猎。刚出城一百里，就接到太皇太后传召，急火火地进宫来了。他实在想不出，太皇太后为何在此时传召自己进宫，最近没有什么不规矩的事传进她老人家耳朵吧？

奉仪殿大门“咣当”一声合拢，把无数暗中盯着这里一举一动的目光，都隔绝在外。

太皇太后病中传召北海王的消息，像长了翅膀一样，迅速传遍禁宫。崇光宫内，拓跋宏面色难得地带上一丝阴冷：“朕这个好弟弟，平时吊儿郎当，这个时候来得倒是飞快。”

“听说本来已经带人出城打猎去了，半路急匆匆赶回来的。”林琅欲言又止，“皇上……要不然，我去奉仪殿一趟，看看北海王爷究竟……”

拓跋宏冷笑：“朕就算再没用，也不会靠送一个女人去受辱，来保住自己的皇位。”他原本手指攀着碧玉帐钩，手上加力，帐钩随着一声脆响断成两截：“等到亥时，如果那时拓跋详还在奉仪殿。朕就……朕就去探望朕的好祖母。”

此时，奉仪殿内一片寂静。北海王拓跋详一头雾水地坐在胡床上，他隔着朦胧的纱幔，向太皇太后问安。简单地问了几句之后，太皇太后就不再说话了。拓跋详平日最喜欢热闹，尤其受不了这种安静沉闷的气氛，有心要告辞离去，一双盈盈素手，却递过来一只小碗。

“这是刚制好的花生酪，请殿下尝尝。”冯妙坐在他对面，不紧不慢地拿出一样样吃食，“太皇太后这两天操劳太过，这会儿正在休息，请殿下稍等片刻。”

刚才经过内间时，太皇太后叮嘱她：“要好好招待北海王，不可怠慢了。”虽然不知道缘由，她明白太皇太后是要留北海王在这儿，不叫他离开。直到此时，她才有空闲仔细思索眼下的情形，整个皇宫，似乎陷入一场令人窒息的等待之中。每个人都在等，等别人先沉不住气，露出破绽。

拓跋详尝一口花生酪，味道浓淡适宜、唇齿留香。冯妙想到男子可能不喜欢甜腻口感，特意少放了糖，还在煮好的酪浆里，重新放了整颗的花生。

几样点心吃下去，拓跋详心里越发纳闷："既然皇祖母在休息，那本王就改天再来吧。"说着就要站起身离去。

"殿下请留步！"冯妙匆匆拦住拓跋详，她知道不能让拓跋详离开，一时却没想好说辞，手臂尴尬地停在半空。

"怎么？你还想阻拦本王的去路不成？"拓跋详把眼睛瞪得像两枚杏子一样。

冯妙眼睛一转，看见他手上还戴着一只通透碧绿的翠玉扳指，灵光一闪，忽然笑着问："听说北海王殿下极擅长弓箭，不知道是不是真的？"

若说北海王拓跋详，唯一有什么引以为傲的本事，那就是射箭了。听见这话，拓跋详果然停住脚步："要说箭术，如果本王自认第二，放眼整个大魏，谁还敢认第一？"

冯妙的笑意更浓："既然这样，殿下敢不敢跟我比试一下？"

……

日影西斜，魏王宫里渐渐涌起紧张的气氛。北海王拓跋详，已经在奉仪殿停留了一整天。倘若太皇太后真的病了，进入奉仪殿侍疾的，是北海王而不是皇上，是不是表明太皇太后再次动了废立的念头？

大魏王室，在继承大统这件事上，一向并没有严格的嫡庶之分。废长立幼，也算不上大逆不道。人人都在暗自揣测，却谁也不敢先把这个念头说出来。太皇太后一介女流之辈，操纵帝位更替，似乎并不那么容易。可是当年，逼迫正当壮年的献文帝退位，传位给年幼的太子拓跋宏的，也正是这个女流之辈。

崇光宫角门，林琅把一块碎银子塞进小太监手里，匆匆赶回寝殿："太皇太后一直在奉仪殿内闭门不出，北海王和医正都没有离开。小允子说，奉仪殿刚刚又传了一批药材。"

拓跋宏脸色阴晴不定，手背上青筋暴起，他好像又回到五岁那个深冬夜晚，太皇太后在殿内，逗着当时只有两岁多的拓跋详，而他自己，被只留一件单衣，关在漆黑小室里。那时，他什么都没有，只有奶娘的女儿，偷偷把掰碎的饼，从窗子扔进来。今天，他在名义上坐拥天下，却依旧没有足够的力量执掌乾坤。

他猛地举起桌上的麒麟纹小鼎，正要砸在地上，手举到半空，又缓缓落下。

林琅眼中噙满泪水，轻抚他的背："想发泄，就发泄出来吧。"

拓跋宏凝视墙壁上悬挂的一幅手抄经文，那是太皇太后手把手教他写好的第一幅长卷："是朕自己无能为力，何必迁怒于无辜之物。"

“来人，”拓跋宏推开林琅的手，“替朕更衣，朕要亲自前往奉仪殿。”

此刻奉仪殿内，冯妙正捏着一支笔管，眯着眼睛瞄准地上的窄口铜壶。

她从来没学过射箭，自知绝对没有可能胜过拓跋详。再说现在外面都以为太皇太后正在病中，也不适合到院子里射箭嬉戏。她偶然想起，曾经听阿娘说过，南方的士族喜欢玩一种叫作“投壶”的游戏，用专门的短箭，投掷双耳贯口铜壶。技艺高超的人，还能玩出许多花样来，什么“依耳”“倒耳”“连中”等。她便就地取材，模仿着投壶游戏，跟拓跋详比试用笔管投掷窄口铜壶。

冯妙熟知游戏比试的心理，故意让拓跋详先赢一把，接着又输两把，然后又赢两把，接着再输。起起伏伏，不至于一下子赢得太痛快，也不会一下子输得太惨。

这种近距离投掷，力气已经起不了什么作用，靠的是手腕上一点巧劲儿。拓跋详不甘心连个小女孩都赢不了，憋着口气非要连赢三局才走，就这么投来投去，全没注意到窗子外面的天色已经全黑了。

“再来，再来！”拓跋详又输一局，十分懊恼。刚捡起地上散落的笔管，就听到门外有小太监高声通传，皇上前来觐见太皇太后。

冯妙眼神一亮，知道太皇太后等的就是这一刻。她不动声色地起身，进入内室，向太皇太后禀告。

皇上终究还是先低了头，原以为太皇太后会请皇上进来，安抚一番。可太皇太后传出的话，却令冯妙大吃一惊。她疑心自己听错了，直到崔姑姑出声催促，才提起裙角走出殿外，先向着皇上行了叩拜大礼，然后传话说：“太皇太后今天累了，请皇上回吧。”

一句话说完，对面久久没有回应。冯妙抬起头，却看见对面身穿墨色团龙纹锦袍的少年，单臂撩起袍角，缓缓屈膝跪下：“孙儿特来问候祖母安好，倘若祖母不见，孙儿如何能放心离去？”

他声音低沉，像落入清水的一滴墨汁，如雾似幻地在半空里晕染。很合宜的一句说辞，不知怎的，冯妙听了竟然觉得鼻尖微酸。也许是想起今早匍匐在太皇太后脚下时的恳求，她竟然生出一种错觉，眼前这天下最尊贵的男子，其实跟她一样，诸般苦涩辛甘，都只能含笑饮下。

微微怔了一怔，她转身返回内殿。太皇太后这时已经把北海王拓跋详叫到身前，细细地询问他的近况，叮嘱他多进宫来看望高太妃，听了冯妙通传进来的话，也不理会。

冯妙在一边站着，眼睛不经意地直往窗外瞟。月华满天，像在地上铺了一层银霜，丹墀下静静跪着的少年，浓墨一样乌黑的发上，也染了一层雪色。

拓跋详一一回答了太皇太后的话，得了允许，才告退离去。他从侧门离开奉仪殿，直接前往高太妃居住的碧云殿，并没看见正门外长跪的拓跋宏，浑然不知自己被人当作道具利用了一回。

北海王拓跋详一走，殿内又安静下来，滴漏一声一声地响，像沉默不语中的心跳。太皇太后叫崔姑姑出去传话，告诉皇上生病的是冯清，太皇太后凤体无恙。崔姑姑直接引着拓跋宏，进了冯清歇息的东配殿，让他亲眼看见。

冯清的疹子还没消，用被子蒙住头，无论如何不肯见皇帝的面。拓跋宏劝慰了几句，在太皇太后寝殿外叩头告别，做足了礼数，这才离开奉仪殿。从头到尾，太皇太后都没见拓跋宏。

冯妙听见殿外的脚步声越来越远，凝神看向太皇太后，替她垂下如意团花鲛纱幔帐，忽然听到太皇太后说话："你过来，哀家有话对你说。"她心里一紧，知道太皇太后大事已定，要处置冯清出疹子的事了，赶忙上前跪在床头。

"有心也好，无意也罢，哀家不想平白叫人看冯家笑话。可这事情总得有个交代，这样吧，你到甘织宫去禁足反省。你可还有什么话说？"太皇太后说得轻描淡写。

甘织、乐樵两宫，原本是开国皇帝定下的两处僻静宫室，本意是提醒子孙后世，不要忘了起于微末的艰辛。可奉选入宫的女子，谁不是为了与帝王携手，共享万丈荣光？这两处宫室，因为名字不祥，而没有人愿意居住，再加上陈设简陋、位置偏僻，渐渐成了宫中禁足的场所。

冯妙听见太皇太后发问，赶忙俯身跪下："谢太皇太后回护之恩。"冯清在宫里出了事，博陵长公主一定不会善罢甘休，太皇太后名义上将她禁足处罚，实际上，却是免了她回府后，受博陵长公主的欺辱。

手心沁出一层薄汗，太皇太后的恩典，不是谁都有福气消受的，冯妙清楚，她肯在此时替自己安排去处，一定会要她拿最珍贵的东西来换。

果然，静默片刻，就听到太皇太后再次幽幽开口说话。

第六章 白露晞

“哀家送你去甘织宫，至于何时能出来，就看你自己的运气了。”太皇太后微微闭上眼，透出几分倦色，“冯家的女儿，既然门庭比别人高贵，总该有几分上天眷顾的好运气吧。”

冯妙心中一凛，世上哪有什么运气？太皇太后年轻时，受叔父叛乱牵连，被没入宫中为奴，一同进宫的冯家女眷有十几人，可日后入主奉仪殿的，却只有她一人而已。

年仅十三，凭借姿容出众，以永巷贱奴身份，被文成帝看中，一跃成为贵人。年十五，手铸金人成功，入主中宫为后。看似步步好运气，背后的云谲波诡、暗潮涌动，恐怕一言难尽。

运气，都是人争来的！

冯妙再次叩首：“奴婢恳请太皇太后，代为关照奴婢的阿娘和弟弟……”

话没说完，就被太皇太后冷冷截住：“你父亲那里，少不了他们的吃穿用度，到你有资格跟哀家讲这些时，哀家自会应允你，你去吧。”

冯妙被小太监引着出去，等她走远，太皇太后的眼中，才闪过一丝难以察觉的精光。“她的确是个聪明孩子……”太皇太后对着崔姑姑幽幽叹息，“宏儿小时候，也是个聪明孩子，可越长大，聪明的孩子就越不叫人放心，倒不如蠢笨些的省心了。”

崔姑姑不敢接话，只能小心劝慰：“太皇太后劳累一整天了，早些歇息吧。”

“岂止是一整天呢，这一辈子，不都是这么过的吗？”太皇太后拉过苏绣弹花锦被，盖住身子，“李元柔，生时在上阳殿跟哀家作对，死后也不让哀家安生。今天要是哀家当真废了她儿子的帝位，恐怕那些外臣就要闹起来了。”

按照规矩，到甘织宫禁足反省，既不能携带宫人奴仆，除了一身衣裳，也不能带任何用品，以防有人携带刀剪利器，在这里自戕寻死。冯妙原本也没什么东西，一出奉仪殿大门，就看到一个梳着平髻、穿水蓝色粗棉衣裳的低等宫女，在门口等着。

冯妙知道以后要看别人脸色过活，先屈屈身子，叫了一声：“姐姐好！”

那二十岁出头的宫女瞟了她一眼，见她身上钗环都除去了，便不把她放在眼里：“快点走吧，还要睡觉呢！大半夜的，困死了。”

永巷漆黑悠长，石座路灯里，摇曳的灯火无声地跳跃。身前身后，都是漫长得看不见尽头的黑夜。冯妙默不作声地跟在那宫女身后，只觉得深宫中漫长的一生，也正像这条道路一样，走在中间，觉得似乎永无尽头。可真正到了尽头，却发现，那里不过仍旧是漫漫黑夜而已。

甘织宫的大门缓缓推开，发出“吱呀”的声响。那低等宫女把她带进耳房：“内间已经落锁了，先在这里待一晚，明早再进去。”

耳房内只有一张木板拼成的床榻，冯妙记得那宫女刚刚就说困了，好意说了一句：“那姐姐也早些回去歇息吧。”

宫女嗤笑一声，用下巴点着那张床榻：“这是我歇息的地方……”她眼睛往旁边一挑：“那边才是你睡的地方。”冯妙顺着她的目光看去，角落里铺着一层干枯的稻草，草茎上还带着干涸的血迹。那是用来拖拽病死的宫女太监的草席。

转回身时，那宫女已经在床榻上躺好，“呼”一下吹熄了桌上的烛火：“赶紧睡去，明天早起去文澜姑姑面前学规矩，你们到了甘织宫，可就别想偷懒。”

室内一片黑暗，草席上散发出难闻的气味，冯妙缩着身子蹲下，却根本不敢碰那张草席。她把后背紧贴在冰凉的墙壁上，任凭刺骨的凉意浸透她的四肢百骸。她瞪大眼睛，盯着空洞洞的黑暗，生怕那黑暗里，会随时伸出一只鲜血淋漓的手，掐住她的脖子。

这一夜，同样不能入睡的，还有崇光宫年轻的主人。拓跋宏从奉仪殿回来时，脸上神色如常，挥手叫宫人关闭宫门，他要沐浴。

通天彻地的海波腾龙纹鲛纱幔帐，一层层垂下，像一个密密织成的茧，把拓跋宏裹在中央。金丝楠木浴桶里，散发出滚热的蒸汽。直到那层白雾，在整个房间内弥散开，他才俯身下去，把在奉仪殿陪冯清说话时吃下的豆沙莲子羹，一点点呕了出来。

林琅拨开幔帐进来，从背后环住拓跋宏的腰。除去紧身束腰的外袍后，裸露出的清瘦身躯，纹理紧致、轮廓精干。水汽蒸腾下，林琅的脸上渐渐浮上一层红晕：“皇上……”她不知道该说什么好，只能环住他的腰身，像小时候，他在暗室里被关了一天一夜之后那样。

拓跋宏用细长的手指抹了抹嘴角，低哑着声音说：“没关系，就算朕手中一无所有，至少还有时间。”

第二天，天刚蒙蒙亮，甘织宫内便响起一阵嘈杂声，冯妙一夜没合眼，只觉得头重脚轻。昨晚带她回来的宫女，不耐烦地催促：“快点，你还想让文澜姑姑等你吗？”

冯妙匆匆拢了一把头发，跟着那宫女进了甘织宫正殿。一进门，便有穿着粗布衣裳的人，向那宫女殷勤地招呼：“素云姐姐好！”冯妙知道，那些就是在甘织宫受罚的宫中女眷了。

素云却不大理睬她们，笼着袖子走到正殿主位前，躬身行礼：“文澜姑姑。”梨木胡凳上，坐着一名年纪颇大的宫女，一张脸长得四平八稳，五官像刻在石板上一样纹丝不动。

文澜姑姑凌厉的眼神扫了一圈，嘴唇一张一合：“谁是今天新来的？”听见这话，冯妙从人群里走出来，另外一边，一名年轻的小宫女，也向前跨了两步。

“我是甘织宫从六品掌事文澜，不管你们从前是哪里得脸的人物，进了甘织宫，就要守这里的规矩。”文澜姑姑一板一眼地说话，字字都像钉在木板上的铜钉，“就连侍奉过先帝的从四品芳仪娘娘，进了甘织宫，也一视同仁。”

顺着她的话音，已经有人不自禁地把目光往角落里瞟。角落里站着的女子，头发蓬乱，就用一段荆条绾着，双眼空洞无神地盯着脚下三寸地面，神情痴傻，脸颊上一道长长的伤疤，粗布衣衫下面，一双手乌黑粗糙。只有小巧的嘴唇，依稀看得出从前是个美人。

冯妙也跟着看了一眼，暗自心惊，文澜姑姑说的芳仪娘娘，想必就是她了。收回眼光时，刚好瞥见另外一个今天新来的宫女，那侧脸看着十分面熟。

文澜姑姑又说：“你们两个新来的，先学学宫规，免得日后再犯错。素云、素荷，去吧。”话音刚落，站在文澜身后的两名宫女，一人捧着明黄卷轴，另一人抱着一块半尺宽的竹板，分别站在冯妙两人身侧。

素云似笑非笑地说：“这是开国皇后娘娘定下的宫规六十三条，我说一句，你们两个跟着我念一句，谁念错了，这竹板就提醒提醒你。六十三条规矩念完了，要记在心里。”

冯妙低头应了声“是”，凝神等着听她念。素云清清嗓子：“第一条，心犹首面也，是以甚致饰焉。面一旦不修饰，则尘垢秽之；心一朝不思善，则邪恶入之。”这些句子，她已经不知道念了多少遍，熟悉得张口就来。

这第一条规矩，本就是开国皇后从《女训》里摘出来的，冯妙听着也不陌生，跟着就念了出来。另外一边的宫女，没读过什么书，结结巴巴，半天说不出来。素荷站在她身后，突然扬起竹板，狠狠打在她背上。那小宫女吃痛，“啊”的一声惊叫，连连叫着：“姐姐饶命！”

冯妙听得心惊，又觉得那声音着实耳熟，忍不住又侧头去看，这一次刚好看见那宫女的正脸，不是别人，正是上次在奉仪殿侍奉太皇太后传膳的予星。上次为了拿到刘伶醉，害她们姐妹无辜受罚，冯妙心中已经大为愧疚，没想到又在这里碰上那个妹妹。

这么一走神，素云念的第二条宫规她就错过了。“啪”的一声脆响，竹板就打在她后背上，疼得她差点昏厥过去。这种竹板略有弹性，那素荷又有几分阴狠手劲，一板子打下去，就皮开肉绽，直疼到五脏六腑里去。

疼劲还没过去，素云又念起第三条宫规，冯妙赶紧收敛心神听着，跟着念出来：“皇后之下，设左、右昭仪，领正一品；昭仪之下，设贵嫔、贵华、贵人三夫人，领从一品；夫人之下，设九嫔……”

这些品级名称，又长又拗口，予星听得越发吃力，接连又错了好几处，几声连响，竹板密密地落在她身上。越往后念，予星错得越多，到后来，疼得有些神志涣散，几乎已经无法开口。

冯妙从袖子底下伸出手去，悄悄握住了她的手，把她冰冷的指尖握在自己手心里，示意她咬牙坚持。

念了几条下来，冯妙想起这宫规，不正是挂在奉仪殿小佛堂外的那幅字？她等候太皇太后礼佛时，也会无聊看上几眼，倒是能记住大半。

到第三十多条时，予星已经摇摇欲坠，眼看就要昏死过去。冯妙实在不忍，这样下去，只怕予星今天就要把命留在这儿了。

“第三十、三十……”予星连条目都说不清楚，素荷冷笑一声，竹板子抡起来，“啪”的又是一下。她专往已经皮开肉绽的地方打，予星忍不住连连哀号，惨不忍听。

这已经不是教训犯错的宫女那么简单，手拿竹板的素荷，不知道跟予星有什么旧怨，分明在借机泄愤。

予星身子一颤，一口血喷在青石地面上。其他甘织宫里的人，就那么冷眼看着，没人说一句话。

眼看竹板子又被高高举起，冯妙再也忍耐不住，对着素荷朗声说：“这位姐姐，宫规不是这样教法。”

素荷没料到她竟然敢反抗，更没料到她会替不相干的旁人说话：“你说该怎么个教法。”

“开国皇后娘娘有训示，后宫训诫，重在人心教化，不应妄动刑罚。”她深吸口气，“这宫规，不需劳烦姐姐，我便背得出。若是我一字不漏地背出来，姐姐便不该动怒责打了。”

她抬出开国皇后的训示，素荷即使心里不快，嘴上却不敢明着反驳，眼中阴狠，嘴角反倒斜挑着笑了：“既然这样，你便背来听听。若是背出来了，你便过关免罚。”

冯妙低头躬身，指着予星说：“开国皇后娘娘还有训示，后宫之中，应友爱和睦。她的那一份，我也替她背出来。”

素荷看一眼去了半条命的予星，又扫了一圈满屋子的人，便对冯妙说：“哪有这种便宜事，你动动嘴，就免了两个人的罚？”她眼睛上下扫了几圈：“这样吧，你背出一条，便挨一板子，算是替她受的。但你若是背错了，错一个字，你们便一人挨一下，错两个字，你们就一人挨两下。要是哪条背不出，就得好好数数了，很公平吧？”

一字一下，倘若背不出，那就是几百下，从来没有宫女能在这竹板下，挺过五十板子。素荷冷眼看着，她就不信，这小丫头敢为别人冒这样的风险。

冯妙看一眼予星，她气息虚弱，眼神却带着几分倔强不服输。予星知道冯妙是一番好意，向她微微点头，算是把性命交在她手上了。

“第三十六条，位卑者，不得忤逆……”冯妙敛起心神，凭着记忆背诵。她的声音，像上好的蚕丝，柔滑绵密，却又带着百折不摧的韧劲，听的人都不由得暗自惊叹。

一条结束，果然一字不差，“啪”一声响，竹板子已经落在她背上：“下一条。”

“第三十七条，从六品以下，不得……”

饶是一字不错，冯妙也渐渐挨了二十几下，背上一阵又一阵地疼，胸口烦闷不堪，喉咙深处泛起腥甜的气味。她忍耐不住，脚下一软，便跌在地上。

素云、素荷居高临下地看她，像在等她开口求饶。稍远处，文澜像泥塑一样端坐着。冯妙用细弱的手臂撑住地面，看着素云手上的明黄卷轴，勉力说道：“我并非跪你，我是……我是跪开国皇后的德容。”

“第六十三条，有触犯宫规者，依情形处罚，绞杀、杖责、禁足、罚俸。”最后一个字一出口，冯妙胸中紧提着的那一口气便泻了，手指攀着青石地面上的一处缺口，等着那最后一下。素荷手里的板子，悄悄上移了两寸，直向她后心拍去。“啪”的一声响，竹板应声断成两截，冯妙胸口一热，一口血直涌出来，身子绵软无力地倒在地上，失去知觉。

忽然跌进一个似是而非的梦境里，冯妙只觉得好像置身火海一般，周身燥热。她被什么东西紧紧裹着，手脚都不能动弹。一片混沌中，隐约有女子温婉的娇笑声："她长得很像你呢，长大一定是个美人。女子为好，云乔，就叫她好儿吧。"

接着是男子极度温柔缱绻的声音："区区一个好字，如何配得上我们的女儿？中平为好，上上为妙。不如叫她……妙儿吧？"那声音既陌生又熟悉，似乎从未听过，又似乎已经深深镌刻在她的骨血里。

"阿娘……"一滴泪滚落，水的清凉惊散了梦中的灼热。她侧身躺着，刚一动，就觉得背上剧痛难忍。睁开眼睛，面前的描金红柱上，彩漆斑驳，柱顶的蛛网上积着厚厚的灰尘。

"你可算醒过来了，"予星端着破了个口的粗瓷碗，正一点点喂她水喝，"真没见过像你这么傻的人，白白替别人挨打。"

予星原本伤得比她更重，不过因为身体底子好些，才比冯妙先醒过来。她这会儿行动仍然不便，只能半跪在冯妙床前，把碗放在地上，用另外一只浅碟盛着水送到她嘴边。

冯妙心里过意不去，撑着床边坐起来："我自己喝吧。"手臂一抬，扯动背上皮开肉绽的伤处，疼得五官都皱在一起。

予星轻声发笑："这会儿知道疼了吧？替我挨打的时候，可勇敢着呢。"她按住冯妙的手，仍旧一下下地喂她，又从布包里摸出一个冷硬的馒头，一点点掰碎了，泡着冷水给她吃。

馒头干涩难以下咽，冯妙硬挺着囫囵吞了两口，不忍拂逆予星的好意。这小宫女，话说得生硬，心里却懂得知恩图报。冯妙想起素荷的阴狠，便问："你是因为什么来这里的？"

"这说来话可就长了，"予星自己拿着剩下的馒头，放在嘴里慢慢嚼着，"上头的人钩心斗角、你死我活，像我这样的小蝼蚁，就跟着倒霉了。"

予星伤重未愈，声音不大，却讲得音调起起伏伏，十分生动："上次在奉仪殿犯了错，我和姐姐就被派去揽秀殿，照顾那位主儿的饮食。"

她口中说的"那位"，就是住在揽秀殿的罗冰玉。因为侍奉过皇上，罗冰玉自己觉得身份矜贵，可皇上没有大婚，也不可能给她任何位分，细说起来，她也不过是个宫女而已。

"不知道那一位主儿又抽了什么风，前些天非说自己病了，又不肯正经医治，偏要吃药膳调理。"予星撇撇嘴，"尚膳局和尚药局不和，也不是一天两天了，那位主儿又一天一个花样，要用的食材，两边都拖着不给，一来二去，她就发起火来了。”

尚膳局属于内六局，品级最高可以到正五品，尚药局却归太医署管理，掌管尚药局的药丞，只是区区从六品。尚膳局觉得自己品级高些，尚药局却自诩是正经官署，彼此看不顺眼。偏偏药膳这一块，说是食材也行，说是药材也行。若是皇上、太皇太后想进药膳，两边都抢着精心准备。而像罗冰玉这样的人要用，则能拖一天是一天。

冯妙仔细听着，原来后宫中还有这样的事。她在太皇太后身边时，因为穿着奉仪殿的服饰，见着的人总是三分笑脸。没想到，做个宫女也如此不易。

“第一次，她说我们送去的紫参乌鸡汤，用的紫参是最次等的。第二次，她又挑剔我们用的红杞子颜色不够鲜润饱满。”予星低低地咳嗽两声，“我们已经刻意小心，不去招惹那一位主儿，可还是躲不过。前几天，她说胃寒体虚，要喝龙眼姜枣汤。姐姐忙得昏了头了，忘了在汤里放姜片，我送过去时，那位主儿闻着味道不对，就大吵大闹起来……”

后面的事，不用说也知道了。错处是凉月犯下的，予星却没牵扯出姐姐来。冯妙听到这儿，心里暗赞了一声，这小宫女不但念着情义，而且很有几分胆量。两个人都进了甘织宫，就彻底没指望了，保住一个人在外面，日后才好有个照应。

冯妙见她东拉西扯，好半天讲不到素荷身上，吃不准她是生性如此，还是有意避开，忽然抬手故意在她脸上拧了一下，玩笑道：“看这张巧嘴，怎么念宫规的时候就不成了，白让素荷打了那么多下。”

“她啊，”予星不屑地撇嘴，“她从前是替皇上尝药的宫女，那时候就没少刁难我们。揽秀殿那位主儿得幸以后，不知怎么，她就被打发到这儿来了……”

予星说多了话伤神，伏在床榻上沉沉睡去，粗麻衣衫上，渗着一摊又一摊半干的血渍。

冯妙背上灼痛，实在睡不着，只能睁眼侧身躺着。天色渐暗时，便看见其他人稀稀落落地走进来，这才知道，这间不大的宫室里，要睡那么多人。

刚歇了一天一夜，冯妙和予星，就被赶着和其他人一起做活，也不管她们身上还带着伤。想起进入甘织宫第一晚看见的草席，冯妙知道，死个人，在这冷宫一样的地方，实在连桩事都算不上。

她进宫穿的贴身小衣，原本是博陵长公主给冯滢准备的，缀着一排花生大小的珍珠。冯妙把珍珠一颗颗扯下来，想在给甘织宫送饭的宫女太监中，物色个稳妥老实的人，请他帮忙换点药来。一连看了几天，小太监都是放下饭菜就走，根本没有机会。

到第三天，冯妙觉得四肢酸软无力、鼻息沉重，每走一步都像踩在棉花上。

分派活儿的时候，素荷阴恻恻地看着，皮笑肉不笑地叫她和予星去冷水里淘洗小药园里摘下来的木芙蓉叶。

挨到晚上，冯妙便觉得昏昏沉沉，和衣躺在榻上，冷战不断。夜半时分，她隐约听见予星在睡梦中喃喃出声："姐姐……我冷……"她探身起来，伸手一摸，予星额头滚烫，像火烤一样。两人背上疮伤还没好，双手又在冷水里泡了一天，都发起热来。

冯妙坐起来，把自己的被子也盖在予星身上，摸索着下地。她不能死在这儿，也不能让予星死在这儿。

脚一落地，她就觉得头重得快要撑不住。咬着牙撑到门边，伸手一推，心中凉意更盛，大门外面被人用铁锁锁住了。她这才想起，刚来甘织宫的第一晚，素云就说了，这里的宫门晚上会落锁，不能进出。

冯妙倚在门上，从里到外都是冷的，只有鼻端呼出的气，热热地拂在嘴唇上方。每呼吸一下，肺里连着脊背，都一抽一抽地疼。她慢慢蹲下去，从地上摸起一块鸡蛋大小的碎石，向门上敲过去。

咕咚声响，在死一样寂静的夜里，像极了绝望无奈的叹息。

她抬起胳膊用力敲一下，在心里对自己说，不能这么不明不白地死了。

大门被人从外面拉开，冯妙失去借力，跌在门槛上，被冷硬的门槛撞在腰上。头顶传来的声音，透着厌恶和不耐烦："深更半夜，敲什么丧？"冯妙微微怔住，莫非运气太差，今晚值夜看守的，恰恰是素荷。

"能不能请个医女……"

冯妙低微的话音刚起了个头，就被素荷截住："你们是什么东西，也配请医女？这甘织宫，连奚官局都不管，早知今日，平时就多烧几炷香吧。"

奚官局是专门负责给戴罪的嫔妃宫人诊病的，有时贵胄们豢养的马匹、飞禽走兽，也叫奚官局的人诊治。

眼看素荷要走，冯妙使足力气撑起上身，抬手扯住她的裙摆："我来甘织宫之前，就已经低热、咳嗽，予星今天也发起热来了……"她的风寒早已经好了，此时别无他法，只能故意这么说。

素荷听了这话，脸色大变，慌慌张张地一把扯回自己的裙摆："你、你不会是疫病吧？不会传染吧？"

冯妙听见她声音里带上了一丝恐惧，故意用手遮住嘴，咳嗽了几声，装出惊诧害怕的样子："不会吧，其他人也有在咳嗽的，可不关我的事。"

像甘织宫这样的地方，要是真发起疫病来，恐怕谁都逃不掉。素荷横着眼想了又想，终究还是爱惜自己的性命，把她们两个人带到小药园后一处偏僻小室，跟其他人隔绝开。冯妙早已经盘算过，只有这间空置的小室偏僻冷清，适合用来隔绝可疑的病人。

她在家时照顾弟弟，会辨认几种常用的草药，趁着白天没人时，到小药园里摘了些金银花一类清热去痛的药，嚼碎了外敷在伤口上。

两人根本就不是什么疫病，而是伤口没有得到及时处理，这才恶化了。用草药敷了一天，就开始略有好转的迹象。予星到底是个年纪不大的姑娘，大难不死，抱着冯妙痛哭了一场，赌咒发誓地说，要是有朝一日在这深宫里出人头地了，一定要第一个拆了这甘织宫。

第二天，冯妙仍旧挑准没人注意的时间，去小药园里找药。她想着外伤暂时压下去了，需要时间慢慢愈合，只要再找点内服祛热的药来就好了。她拨开一丛杂草，底下露出一丛白中泛绿的小花，她心中一喜，这种禹白芷，对清热镇痛最有效。

手刚放在花茎上，就被人一把扭住："好哇，你们两个，果然是装病偷懒！还敢到小药园里来偷药？！看我不叫文澜姑姑好好整治整治你们！"

第七章
夜生凉

冯妙本来就生得娇小，又没多大力气，被素荷扭住胳膊，轻易抓在身前。

素荷手劲极大，指甲几乎掐进她的肉里，扯着她往正殿走。冯妙自知拧不过她，皱着眉喊了声痛，趁素荷不备，从地上扯了一小截浅紫色的花握在手里。素云从小室里拉出予星，一路推搡着，跟在素荷身后。

文澜姑姑头发梳理得纹丝不乱，脸上的表情，像是从来不会变化一样，听着素荷添油加醋地讲了一遍，转头看一眼冯妙："这不是前几天才刚来的？"

素荷得意扬扬地应声："是呀，刚来就这么嚣张放肆，简直不把规矩放在眼里。"

冯妙在文澜姑姑面前站着："是素荷姐姐说，我们染了疫病，才把我们送过去的，并不是有意偷懒。"冯妙露出几分委屈神色，"至于小园子里的草药……"

她抬手捂着嘴咳嗽，手掌遮挡在宽大的衣袖内，悄悄捻碎了刚才抓住的那一小截花："不是姐姐吩咐的，让我过几天移回来住时，带几株西北角上那种成串的紫色小花回来？"

"我什么时候说过这样的话？"素荷一个箭步上前，就要去揪冯妙的前襟。

冯妙"呀"地叫了一声，往后躲去，拉扯间，藏在袖子里那一小截半开的花，就掉落在地上，揉碎的汁液，在地上淋漓出一小片痕迹。素荷还要向前，手刚伸在半空，忽然爆发出一声刺耳的尖叫，面无血色地向后退去。

那道痕迹染湿的地方，一条两指粗的小蛇，正弯弯绕绕地爬过来。

素荷吓得脸色惨白，直往素云身后躲。素云也好不到哪里去，盯着那条小蛇挪不动步子。冯妙用袖子遮住口鼻，掩饰住偷偷发笑的神情，大声说："有没有雄黄？或者烟火也行，蛇怕这些东西。”

素荷连眼睛都不敢睁开，哪里顾得上找雄黄，抓过一段草编的小席，匆匆点了，借着浓烟和火光，把那条蛇驱赶出去。

冯妙偷偷瞥一眼端坐不动的文澜姑姑，故作惊奇地说：“咦？姐姐，难道你不知道这野信子会招引毒蛇呀？”

“你胡说什么？”素荷刚从惊吓里回过神来，“这哪是什么野信子？这是紫浣衣草，能清热解毒的。”她从前是替皇上尝药的宫女，多少也认得些草药，讲到这些不免有些得意。

“这不可能啊，”冯妙捡起地上被揉碎的花，一脸疑惑天真的表情，“紫浣衣草，要种在云柏树下才能成活，小药园子里，并没有树啊。再说，野信子的花汁气味，能招引毒蛇，刚才那条蛇，恐怕就是闻了味道才过来的。”

“这两种草，都开紫色的成串小花，很多人会弄混。”她做出恍然大悟的样子，“啊，姐姐，是不是你也不确定，所以叫我悄悄地拿回来，不要被人看见？”

“你、你……”素荷知道她在信口开河，可是却偏偏不知道该如何反驳。那些花草属性，冯妙讲得有板有眼，想来应该是对的，只有让她悄悄带一株回来那句是假的，可是她如果专门拿这一句出来说，反倒显得心虚。

一抬眼，正对上文澜姑姑目光灼灼，素荷脚下一软，就要跪倒。

“素荷，你种这野信子，是要给谁用呢？”文澜姑姑语调平平地发问，听得素荷心里一惊。在甘织宫里，唯一能压服素荷的人，就是文澜姑姑了，把刚才的一幕联系起来，莫非文澜姑姑已经疑心，这野信子是要引来毒蛇害她的？

素荷阴狠地瞪了一眼冯妙，转头挤出一脸可怜相，向文澜姑姑哀求：“我不过认得几种常见的花草罢了，哪里分得清野信子和紫浣衣草呢？一时看错了，也想仔细辨认清楚。”

文澜姑姑嫌恶地扫了素荷一眼：“不懂就别丢人现眼。”

她转回头，上下打量冯妙几眼：“你懂草药？”甘织宫有个不成文的规矩，进了这里的戴罪宫眷，都不问名字。任凭你是有品级的女官也好，晋封过的妃嫔也好，全都一视同仁。

冯妙知道机会转瞬即逝，立刻认真回答：“我从前跟人学着辨认过一些草药，小药园里那十几种，我都认得。东面的空地上，还可以种些止泻的黄连。把这些野信子拔了，也可以种杂色的浣衣草，没有云柏，可以移植一些白花蛇舌草过来，药效没有种在云柏树下的紫色品种好，但是胜在养起来方便，用来清热祛毒，比金银花的药效强些。”

文澜姑姑听她说得清楚，微微点头：“你不用去做别的活儿了，以后小药园就交给你，用心打理。”甘织宫环境简陋，吃的也经常是隔夜剩下的饭食，当初开辟这处药园子，就是为了给这些戴罪的宫人治病用的。

冯妙暗自欣喜，脸上却越发平静谦恭，屈身答应下来，起身时正对上素荷怨愤的目光。

有了这份固定的差事，冯妙的行动变得自由得多。遗憾的是，那种情形下，借用文澜姑姑的谨慎和疑心，能保住自身、反戈一击，已经实属不易，予星仍旧要跟其他人一起做活。小药园的活并不轻松，栽种、浇水、清除杂草，都要她一个人动手。

冯妙不懂医术，就格外用心辨别不同类别的草药，知道得多了，便渐渐开始起了点疑心。紫香根的气味，很不容易清除，若是用其他的香料遮盖，那染出来的紫色，也就不纯正了。可是引起冯清出疹子的那张纸笺上，颜色素净，却没有什么香味。

当日她肯认下罪名，便是因为担心，万一那纸笺真是阿娘做的。此时心中怀疑，却已经无处求证了。

甘织宫如一潭了无生气的死水，麻木的宫人，每天面无表情地劳作。只有送饭的小太监，偶尔会眉飞色舞地说上两句，宫里最近又发生了什么大事。这只言片语，已经足够甘织宫里的人暗自艳羡上好几天。

这天送来的饭菜，多配了一罐豚汤，不够每人都分一点，只有手脚快的人才抢到了。小太监满面鄙夷：“抢什么？真没出息！能喝到这汤，是你们几辈子修来的福气，这是傩仪执事官高大人，为皇上占卜祭祀用的。高大人说，宫中要清除晦气，每处宫苑都送一点，这才轮到你们头上。”

汤里飘散出紫苏叶的香气，带着微微令人迷醉的酒香。冯妙原本嚼着粗糙的粟米，听了这话，却忽然一点也吃不下了。她如此无足轻重，被送进甘织宫，像蒸干的一滴水一样，从别人眼里消失。冯清越发尊贵骄纵，前几天来送饭的小太监，就曾经绘声绘色地讲起，皇上如何亲自为冯清脸上敷药，手势轻柔体贴。高清欢也越发少年得志，宫闱大事，都要先经过他的手占卜吉凶。没有人在意冯妙这个人的死活。

进入六月，天气转热。某天傍晚，一个叫品儿的戴罪宫女，抱着刚刚浆洗好的衣服回来，脚下一软，干净的衣裳就掉了一地。素云看见了，刚说了一句“怎么几件衣裳都拿不好”，就发现不对。品儿脸色赤红，呼吸急促，身上也起了一层浮肿。一问才知道，她已经病了好几天，呕吐、腹泻，却一直没对人提起。

冯妙上前看了一眼，立刻对素云说：“快把她移出去，这恐怕是暑热。”她在家中曾经见过有人患这种病，不及时用药，会有性命之忧。

这天夜里，又有两名戴罪宫女，出现了同样的症状。第二天清早，包括予星在内的另外五名宫女，也病起来。

文澜姑姑得了消息，立刻叫人去通知奚官局，可是等了一天，奚官局却回话说，宫中正在筹备一个月之后的乞巧节，人人都在为这事忙碌，没空理会甘织宫的事情。还解释说，博陵长公主家的两位小姐，当晚要进宫赏月、乞巧，怕气闷，又怕夜里风凉伤了身体，指月亭的四面，都要用素纭轻纱围裹。

准备节日宫中小宴，自有内六局的人安排，根本不关奚官局什么事，这摆明了是借口。

眼看患病的人越来越多，冯妙心中忧虑，别人不管，就只能自己来了。小药园里有好几种清热去瘟的草药，可是要一样一样地试过，才知道哪一种对症。她恳求文澜姑姑，把品儿她们挪到小药园附近，方便她煎药照料。

那些人看她年纪小，都信不过，谁也不敢用她的草药。只有予星，病得有气无力，却毫不犹豫地把她送来的药汁都喝下去。

几乎小园子里所有的药都试过，却都不见效。冯妙忧心忡忡，顾不得自己也日渐头晕无力，天不亮就到药园子里继续找。

可是真的已经没有药了……

屋子里，品儿眼睛只能张开一条缝，幽幽地问："我们是不是没救了？都要死了？"她也不过才十几岁大，生病前一张圆脸很可爱，现在眼窝都深陷下去。

冯妙心中不忍，转身捂住嘴，不让她看见自己的眼泪滚出来："不是的，品儿，药正在煎，一会儿就好了。"

小药园子里有一种杂草，跟草药长在一起，冯妙采一些回来，用水煎了，倒进小碗里端进去，安慰予星和品儿，说试试这种新草药。

原本不抱什么希望，可予星喝了药，到晚上竟然止住了呕吐，品儿跟着喝了，似乎也有好转的迹象。其他人也像看到曙光一样，一改之前的冷嘲热讽，央求冯妙替她们煎药。

生病的人太多，冯妙只能换了大一点的药罐子。她几天没好好睡过，原本光滑如缎的手臂上，全是摘草药刮出的划痕。坐在墙角，听着药罐子在火上发出咕噜声响，冯妙头倚着墙，眯着眼打瞌睡，嘴角渐渐浮起一点欣慰的笑意。

朦胧间，听到有人挪动药罐的声音，冯妙含糊说了一句："予星，别烫了手。"没听到回应，却陡然觉得一股热浪扑面而来。她赶忙睁眼，闪身躲避，还是被滚烫的药汁淋在肩上，半边胳膊连着手掌，立刻就起了一层泡。

素荷抱着一只浑身雪白的蓝眼波斯猫，看着冯妙，双眼燃烧着报复的快意："谁让你动这些马齿苋了？这是要给胜雪泡浴用的。"

冯妙垂着手臂，顺着她的目光看去，这才明白过来，胜雪指的是她手里那只猫。

“这药能治暑热，好几位病着的姐妹，都在等着这药救命呢。”冯妙疼得皱眉，却毫无惧色，就算说到文澜姑姑面前，她也不怕。一只猫的洗澡水，难道能比人命更金贵吗?

“这你可跟我说不着，”素荷用手指理着那只猫脊背上的软毛，“这猫现在归罗夫人养着，你到罗夫人面前说去。”

宫中女眷最忌讳不祥，因此绝不会轻易踏足甘织宫，冯妙被带到甘织宫外一处凉亭，等着回话。罗冰玉斜倚着整块太湖石，上上下下看了冯妙几眼。这小丫头有些眼熟，她却想不起来在哪里见过。

素荷已经把猫交回罗冰玉手里，那猫在罗冰玉手里很不安生，不住地扭动脖子，发出婴孩哭泣一样的叫声。

这猫是柔然使节送来的，双眼会随着时辰变色，十分难得，几天前才送到揽秀殿养着。专门照料这猫的宫女初夏，发现这猫总是偷跑出去，观察了几次才确定，它是钻进甘织宫的小药园去啃食马齿苋。

天气炎热，猫身上也会出癣，猫儿自己会循着气味找药。宫中花草规整，见不着寻常的野草，只有甘织宫这处小药园里，还留着些没有清理的马齿苋。

“我也不想为难你们，可这猫是皇上专门嘱托好好照料的，要在乞巧节上，给冯家小姐解闷。”罗冰玉斜披着霞色笼纱，松松的抹胸上方，裸露着大片雪白细腻的肌肤。

“夫人，猫儿身上出癣，多半是喂养的关系，不能给它吃味道刺激的东西。只要食物搭配得当，用温水清洗皮毛，也是一样的。”冯妙仍旧称呼她一声夫人，不想在这时惹怒她，话却说得不卑不亢。

“是吗？”罗夫人瞥了一眼初夏。没容她说话，素荷已经在一边接过去：“寻常温水，哪有马齿苋的效果好？我听说，用马齿苋的水给猫儿洗澡，不但能除去癣印，还能让毛皮鲜亮，猫儿也不爱生病呢。”

冯妙隐约觉得太阳穴上突突直跳，若非万不得已，她向来不愿意跟人争执。可素荷的话，却第一次让她觉得愤怒。如果不是当着罗冰玉的面，她很想告诉素荷，对她有什么不满，大可以直接说出来，不必这么拐弯抹角，拿甘织宫里活生生的人命做垫脚石。

说话间，文澜姑姑也已经匆匆赶到，向罗冰玉施礼却不跪拜。罗冰玉神情颇有些不自在，细究起来，她还没有品级，反倒应该向文澜施礼。可那一点尴尬神色，很快就隐去了，她慵懒地抬起胳膊，拖着长声说：“文澜姑姑，既然是你甘织宫里的事，就交给你处置，你说该怎么办？”

“既然是皇上和冯家小姐钟爱的畜生，当然要顺着它的意。”文澜姑姑仍旧是那副毫无起伏的语调。饶是冯妙满心怒意，也差点被这句话给逗笑了。一语双关，也不知道是在说猫，还是在说人。

罗冰玉脸色难看，却不好发作。文澜姑姑接着说：“不过是杂草而已，多大的事，全都拔了来。”

“姑姑！”冯妙惊叫出声，没想到会是这么个结果，“如果用来给猫洗澡，那些的确是普通的野草。可是品儿她们，还等着这些马齿苋救命啊！”

“文澜姑姑！”冯妙不想在这些人面前哭泣示弱，可眼泪就是止不住，“难道十几条人命，还比不上皇上赏玩的一只猫吗？”

她怒瞪着眼睛质问，崇光宫瑞兽威仪的檐角，在重重花树中间，若隐若现。

开国皇后曾经带着太子在甘织、乐樵两宫居住过，甘织宫侧面的小路，蜿蜒曲折，却可以直接通向皇帝居住的崇光宫。后来甘织、乐樵沦为冷宫，才修建这座小亭，阻隔怨气。

几人正在说话时，崇光宫方向忽然传来肃穆悠远的钟声，缓缓传遍禁宫的每一处角落。那是宣告皇帝带仪仗出宫巡宴的钟声，宫中女眷，听到钟声，都要自觉回避。

钟声过后，崇光宫宫门大开，十二对朝服内官，手持金节，从宫门门中缓缓走出。整块寿山石雕凿而成的祥云纹地面，在靴履之下一尘不染。亮银甲胄的皇城内卫，从宫门两侧出发，紧随其后。

繁复庄重的仪仗过去，金龙盘绕的帝辇，才如蛟龙破云出海一般，出了崇光宫。空气里散发出龙涎香的味道，既庄严又神秘，像从另外一个世界飘散过来。帝辇要沿着宫中主道，出正阳门，请皇帝在那里更换御用车马。

听见钟声，小凉亭里的人都已经跪下，不敢抬头张望。冯妙一手上的烫伤已经起了连片的泡，不能用力，只能无力地垂在地上，用另一只手臂支撑住身体。四下越是安静，她心里的愤怒就越不能平息。

她没有错，她不相信，一个根本未获册封的“夫人”，就可以如此随意践踏别人的生死。

帝辇越行越远，眼看就要消失在一片如云似梦的繁花树后，冯妙忽然站起来，飞快地穿过树丛，向主道上跑去。风在耳边呼呼地响，树枝刮着她的侧脸，微微地疼。她依稀记得只见过一面的少年天子，白衣素袍，目光炯炯。她不相信，那样一个人，会因为坐在御座上就草菅人命。

小凉亭里的其他人怔住，还是素荷先反应过来，叫了一声：“拦住她，她要去找皇上告状！”罗冰玉瞪她一眼，还没怎么样，自己就先慌乱了，转头对身边跟随的宫女说：“抓住她，别让她冲撞了皇上，快去！”

两个身高力壮的宫女，紧跟着跑进树丛。她们不如冯妙身形小巧灵活，干脆一人一面，直接压着她的脖颈，把她按在地上。冯妙侧脸被狠狠压在地上，湿漉漉的泥土蹭花了她半边苍白的脸颊。

钟声悠悠，帝辇转了个弯，便消失不见了，只剩下空气里袅袅未散尽的帝王气息。

冯妙把脸贴在微凉的泥土上，失声痛哭：“我没有错！我不相信……”

帝辇之上，拓跋宏身穿团龙纹锦服，一头乌发用通天冠束起。眉目疏朗的少年，原本半闭着眼睛，似乎在凝神思索什么，耳中忽然飘进一缕若有若无的哭喊声。那根本听不清内容的声音，不知怎么忽然变成了另外一个熟悉的嗓音：“讨厌鬼！你骗人！”

他骤然睁开眼，天光大亮，四面都是明晃晃的华盖、旌表，密密叠叠地把他围拢成一个孤家寡人。太尉冯熙生辰，他以帝王之尊，要亲自到冯家庆贺。周围无数眼睛看着，他不能行差踏错一步。

“什么声音？”拓跋宏眉头微皱，问跟在帝辇旁边的林琅。

“叫侍卫去看了，听说是揽秀殿丢了猫，正在找呢。”林琅目不斜视、声线柔和，恰好能被皇帝一个人听见。

拓跋宏“嗯”了一声，帝辇像漂浮在海上的楼船一样，丝毫未停顿，继续前行。

罗冰玉站起来，双眼瞪得像杏子一样，红唇银牙，恨得快要咬碎了，指着冯妙说：“这个贱婢，竟然想要冲撞皇上！给我掌嘴，打到她认错为止！”刚才侍卫来喝止时，要不是她赔着笑应付过去，今天的罪过就大了。

宫女抡圆了胳膊，一巴掌打在冯妙脸上，打得她一个踉跄，双耳嗡嗡作响，差点摔倒在地上。

“知错了没有？”宫女每扇一下，罗冰玉就捏着尖细高亢的嗓音问。

冯妙口中泛起半苦半涩的腥味，却依然倔强，不点头也不摇头。眼前浮现出品儿干枯细弱的小手，那手连盛药的碗都快要端不住。

宫廷主道两边的羽林侍卫撤去，有手执扫帚的小太监，开始清扫主道上垫道的净土黄沙。有人听见声响，往小凉亭方向探头探脑地看。

罗冰玉抬手扯了扯快要滑落的笼纱披肩，把波斯猫放在地上，猫儿得了自由，摇着尾巴蹭到初夏身边。有宫女模样的人，抱着一只春藤编成的提篮，送到罗冰玉面前。还带着泥土的马齿苋，一簇簇叠放在提篮里。猫儿闻着气味，绕着篮子打转。

"文澜姑姑，既然是你甘织宫里的事，我也不好多管闲事，这想要冲撞皇上御驾的贱婢，就交给你带回去。"罗冰玉扭着腰肢走远，还不忘招手，叫手拿提篮的宫女跟上。

冯妙不愿向罗冰玉恳求，转身看向文澜："姑姑，我求求你，没有了这些马齿苋，品儿恐怕熬不过今天晚上……"被烫伤的手，磨在粗砺的地面上，血水混合着脓水流出来，她却浑然不觉，跪倒在文澜姑姑面前："姑姑，求你说句话吧，那毕竟是人命啊。只要别拿走那些救命的野草，掌嘴、杖责……怎么样都可以。"

文澜姑姑不看她，一直如死水一般的眼睛里，却涌起了点涟漪。罗冰玉已经走远，素荷得意得双眼精光闪烁："叫你给胜雪磕头赔罪，你也肯？"冯妙刚要开口，素荷掩着嘴咯咯发笑："可惜，晚了，再说胜雪也听不懂你的话呀！"

她从冯妙面前走过，一只绣鞋看似无意地，刚好踩在她红肿的手指上。指尖上剜心一般地疼，冯妙承受不住，"啊"地轻吟一声。

"哟，对不住！"素荷语气轻快，毫无愧疚之感。

冯妙双眼蓄满泪水，声音低低的，却一字一字都咬得清楚："姑姑，我只想要一个公允，有什么错？"

"公允？"文澜姑姑挑眉，"你等着别人给你公允，那你永远也拿不到。"

这话说得大不同寻常，冯妙又哭又痛，脑海里本已经一团混乱，听见这话，却莫名觉得心口怦怦直跳。

不！绝不甘心！

四下已经寂静无人，连素荷也走远了，冯妙整理妆容，向文澜姑姑俯身拜下去："请姑姑教我。"

"我没什么可教你的，"文澜姑姑音调毫无变化，"你要冲撞御驾，是好几双眼睛都看见的，她们大可以拿这个大做文章，要你的命。看在你苦苦哀求的分儿上，我可以替你说句话，从此甘织宫风平浪静。"

她顿一顿："但也还有另外一条路，你向素荷赔礼，任她羞辱掌掴，发泄了心中不满。从此以后，我仍旧让你掌管药园。"

冯妙低头不语，她没有错，为什么反倒要忍受素荷的羞辱。

"晚上我会亲自处置此事，"文澜姑姑语气平淡，好像无论她怎样选择，都与自己无关，"你还有半天时间考虑，不必告诉我答案，你自己去做就是。"

第八章 梧桐月

冯妙抱膝坐在门槛上，双眼直愣愣地看着小药园，不动也不说话。

她返回甘织宫时，素荷正耀武扬威地指挥着小太监，拖拽一卷草席出去。草席边缘，露出一捧了无生气的、枯草一样的头发。脸蛋圆圆、眼睛小小的品儿，就这么被一块草席裹着，送去乱葬岗了。

予星告诉她，品儿临去前，声音细微得只剩一条线，反反复复就说了一句话：“我要回家……隔壁家的陆哥哥说过，家门口的桃花开过十次，他就要娶别人了，不等我了。”

文澜姑姑说过的话，言犹在耳：“要别人给你公允，你永远都拿不到。……给你两个选择，你想清楚，直接去做就是了。”

冯妙把手指探进怀中，指尖感受到珍珠圆润的触感。她想好了，现在就去做。

晚饭过后，文澜姑姑果然把冯妙和素荷都叫进正殿，要她们把白天的事再讲一遍。

素荷扭着袖子，做出一副既亲热又大度的样子：“这位妹妹刚来，不懂宫里的规矩也是有的。咱们甘织宫，本来已经被外人瞧不起，同病相怜，何必还要自己为难自己呢？反正今天也没有真的冲撞了御驾，宫里也没人追究，我看，她诚心诚意向我认个错，就算了吧。”

文澜姑姑露出一丝诧异神色，素荷可不是个宽容大度的人，怎么忽然转性了。

冯妙微微低着头，捧了一碗热茶送到素荷面前：“我就以这杯茶为礼，向姐姐赔罪吧。请姐姐看在我年纪小、不懂事的分儿上，大人有大量，不要跟我计较。”她在心里反复练习了多次，才能把这句话自然地说出来，不带上一点怒意和不甘。

素荷接过茶杯时，指甲尖儿还故意在她烫伤的左手上狠狠划了一道，压低了声音说："看在你乖觉的分儿上，这回就饶过你了，下回可学聪明点。"

冯妙忍着手上钻心的疼痛，硬挤出一丝笑意："谢姐姐提醒，我记得了。"

素荷很满意她的服软，转身对文澜姑姑说："既然她诚心认了错，给她点小小惩戒就算了，让她每天晚上，去打扫南阁楼吧。"

甘织宫里的南阁楼，堆放了不少陈年旧物，多少年没有人进去，也不知道积了多少尘土。素荷放她一条生路，却还是要折辱、为难她一番，让冯妙知道，她仍旧逃不出素荷的摆布。

冯妙躬身答应，把情绪全都隐藏起来，又向文澜姑姑恭敬行礼。一直没说话的文澜姑姑忽然开口："既然要打扫，就仔细清扫，里面的书册、绢布，都打开了仔细清理。"素荷见文澜姑姑也支持，神情越发得意。

等到众人散去，予星才走过来握住冯妙的手，十分不甘地问："难道就这么让她得逞嚣张下去？"

冯妙反握住她的手，轻轻摇头："如果我现在非要争这口气，最多不过是让她受一场责罚而已。我要忍，忍到终有一天，我可以让她抵偿品儿无辜的性命。"

沉默片刻，予星终于忍不住问："素荷一向心胸狭窄，她怎么肯轻易放过你了？"

直到这时，冯妙僵直的脊背，才松懈下来。她斜靠在予星身上："晚饭之前，我把一直藏在身上的那几颗珍珠，给她送去，已经提早任由她发泄过了。"

她说得简单，予星却听得心中不忍，素荷一向心胸狭窄，她是亲身领教过的。这时仔细去看，才发现冯妙双颊微肿，被烫伤的一只胳膊上，血水四溢，衣袖都跟皮肉粘在一起。

予星眼睛发酸，要如何"泄愤"，才能把人弄成这副样子？她揉揉眼睛："好好的珍珠给了她，还不如丢到茅坑。"那几颗珍珠她也看过，对底层宫人来说，已经是极好的成色了。

"你帮我洗一下吧……"冯妙手臂一动，才觉得撕扯疼痛得厉害。

"你呀，小气！"予星帮她用温水沾湿衣袖，再一点点揭开，看她疼得脸色发白，随意说些别的话来逗她，"早点把珍珠拿出来，省得受这些皮肉苦。"

冯妙微微发笑："素荷是个没有心性的人，所以几颗珠子就能让她改了主意。我故意赶在晚饭之前给她，一边是粗茶淡饭，一边是光泽莹润的珍珠，对比鲜明之下，她才会被晃了眼，接受了我的示弱。"

衣袖一点点扯开，冯妙轻轻"嘶"地吸了一口冷气："这时间却是早一点也不行，她这么容易被几颗珠子收买，过后也同样容易改变主意。文澜姑姑来处置时，她那股得意劲儿还没过去，所以才肯放过我。眼下这关虽然过去了，可等她日后回想起来，只怕仍然会觉得不解气，再来为难我们。”

予星好半天没说话，抿着嘴把冯妙的衣袖剪开，再一点点撕扯下来：“刚才听你说，要让她抵偿品儿一条命，我还只当你是气愤难平。现在我才终于信了，你一定会做到的。”

这一天甘织宫里发生的事，在整个皇宫里，就像一滴水珠沉入湖泊，半点涟漪都没有激起。每个人的眼睛，都只看到高高在上的贵胄宗亲，没人会注意从角门丢出去的一裹草席，和里面那个等不到门口桃花第十次开放的姑娘。

昌黎王冯熙的府邸内，人工开凿的湖水边，石舫之上设置团龙金桌。石舫有半面与湖岸相连，另外半面，仅用铁索串连在湖底。微风轻拂，水波荡漾，在石舫上就座的人，都好像随着水波在轻轻摇晃，还没饮酒，就已经醉了。

拓跋宏遥遥举杯，冯熙便只能跟着举杯相和。他亲眼看着这个孩子，从襁褓里一点点大的粉白团子，长成今天的英挺帝王。只不过，越大越看不透他心里在想些什么。拓跋宏已经到了可以行冠礼的年纪，这成年礼，对少年天子来说意义非凡。冠礼之后，他就可以大婚亲政了。

可是太皇太后不提，拓跋宏也就从不提起。他对冯氏越发恩宠爱重，即使像今天这样的寻常家宴，也亲自前来庆贺。一进门就免了众人跪拜之礼，反倒殷殷询问，两位表姑母的身体可好。

冯熙向拓跋宏告了个罪，说是要去内间，向太皇太后敬一杯酒，得了允许，便起身离席。

说是内间，其实不过是六角红顶小亭，用一段云绡纱，与石舫隔开。香樟木柱上镂刻着九蝠衔云纹，象征福禄绵长。

太皇太后接过冯熙敬上来的梨花合春酒，轻轻抿了一口：“今日你才是寿星，不必这么拘着礼。”

“臣怕太皇太后烦闷，前几日选了几个清秀女子，让诞儿调教了一曲乐舞，太皇太后权且当作一乐，也算成全了诞儿这孩子的一番孝心。”冯熙抬手击掌三下，水面上便漂漂荡荡划来一只小船，摇橹的都是女子，船头站立着五名作渔娘打扮的年轻女孩，手持桃木短笛，缓缓吹奏，曲声隔着湖面传来，越发显得清越悠扬。

太皇太后知道冯熙有意安排交谈的机会，想借乐曲声遮掩，免得被外间的人听见，心思便也没放在乐曲上：“诞儿这孩子也该娶妻了，整日都把心思放在乐舞珍玩上，也未免太不像样子。”

冯熙应了声“是”，便不再说话。小渔船上原本合而为一的笛声，渐渐分成三股，高低错落，各不相同，像调皮的渔娘，撑着小舟躲进层层莲叶中，忽隐忽现。

太皇太后漫不经心般地打量着血脉相连的兄弟，当年初封肥如侯时，这位小冯侯爷玉质翩翩的美貌，不知道羞煞了多少平城少年。上天的确厚待冯氏，无论男女，都有一副令人艳羡的好容貌。可上天每给予一样，便要拿走另一样作为代价，想起另外一桩多年难解的心事，她便微微皱起眉头。

“清儿的疹子没有留下大碍吧？”太皇太后开口询问。冯清退了热以后，就被送回家中休养，一直没有再进宫。

“清儿身子已经大好了，她母亲怕那些疹子留下疤痕，珍贵药材用了不少。”冯熙揣摩着太皇太后的神色，几番犹豫，终于开口问，“妙儿那孩子，现在可好？”

太皇太后并不回答他的问题，手指轻轻晃动着琥珀色的酒液，忽然问：“妙儿小时候，有没有用过月华凝香？”

冯熙一怔，不知道太皇太后怎么忽然想起这件事。当年太皇太后得幸获封贵人夫人，冯家春风得意，文成帝为表示对冯氏的恩宠，将宫廷秘制的月华凝香丸，赏赐给冯氏。据说这药丸，用二十几种稀世药材制成，女孩儿家服用了，肤质细腻，如同月光下的花瓣一般。冯家女儿满周岁时，都会开始服用月华凝香。

他摇头答道：“妙儿小时候流落在外，后来又不得清儿她母亲喜爱，没有福分服用这等珍贵的药材。”忽然想起什么，惊疑不定地看向太皇太后。

“哀家当年承宠以后，也曾经服用过月华凝香丸，”太皇太后慢慢说道，“哀家专宠三年，始终没能有孕。咱们的姑姑，位封左昭仪，也终身没有子嗣。”

冯熙尽力掩饰住惊愕神色，太皇太后话中所指，是那月华凝香药丸有问题。可当年制作药丸的人，早就无处可寻，赏赐药丸下来的文成帝，也已经驾崩多年。他思虑再三才说：“女子体虚导致不易受孕，也是常有的事。更何况，拓跋皇室向来有立子杀母的规矩，皇长子多半会被立为太子，冯家女儿就算进了宫，也并不需要急着抢先诞下皇子。臣以为，太皇太后恐怕是多虑了。”

“需不需要皇长子，哀家自有计较，”太皇太后一口喝干了梨花合春酒，用绢丝帕子轻擦嘴角，“哀家看得出来，你对妙儿的生母，很有几分情意，只是碍着博陵，才不好表现出来。你若想要她和夙儿安然无恙，便替哀家做几件事。”

冯熙脸上，现出几分焦虑急切：“太皇太后，上次纸笺的事，已经让妙儿受了苦楚，可不要……”他焦灼间上前两步，手掌握住了太皇太后的一截袖子，被太皇太后瞥了一眼，才自知失仪，赶忙松开。

“第一件，博陵那里应该还有剩余的月华凝香丸，”太皇太后收回目光，只管接着自己的话说下去，“你帮哀家悄悄地取一丸来。这件事要瞒着博陵，不可让她看出半分。”

“第二件，从今天开始，不要再让夙儿和他生母出门，除了近身服侍的人，也别叫他们见外人。妙儿那孩子，哀家自有安排，你不必管。”

太皇太后凝神闭眼，又想了想，便抬手示意冯熙退下。打起白绡纱时，他隐约听见太皇太后一声极轻的叹息：“没有血缘的孩子，终归养不熟。长得大了，心总要向着亲生的父母。”

冯熙暗自心惊，不知道太皇太后究竟在说谁，却也不敢再问。暗自疑虑，莫非太皇太后知道了妙儿的来历，转念又想，皇上与太皇太后便没有血缘关系，若是皇上知道了当年上阳殿那桩事……手上轻轻一抖，冯熙放下云绡纱帘，快步离去。

石舫上，拓跋宏手拿一根银筷，对着桌上一套浮青色四方四象攒盘，敲打出错落有致的节奏。在他面前，冯诞一手甩着水袖，一手拿着一柄小巧的短剑，正咿呀唱起。男声低回，女声柔婉，冯家大公子的嗓音和身段，即使放到戏园子里，也是极好的。

冯熙轻咳一声，对着冯诞低声呵斥：“成什么样子？在皇上面前如此无状！”

拓跋宏放下银筷，悠悠一笑：“朕只把这儿当自己家里，偶尔在家中与思政一起放浪形骸一次，舅公千万不要放在心上。”除去朝堂议事之外，拓跋宏一直按亲族辈分称呼冯氏族人。只有对冯诞是个例外，两人恰好同年出生，拓跋宏便称呼他的表字“思政”。

在外人看来，皇上对冯氏的恩宠，已经到了无以复加的地步。冯熙仍旧想着刚才太皇太后那一声叹息，一时竟然无话。

拓跋宏返回皇宫时，已经夜色深沉，酒意上涌，他进了宫门便斥退了随行的内官，只带着林琅，沿着甬道步行。一弯新月，孤零零镶嵌在泼墨一样的天幕上。

快要转回崇光宫时，拓跋宏抚着额头，靠在墙角的青石座灯上。

“皇上，夜里风凉，早些回吧。”林琅柔声劝说。

拓跋宏轻轻摆手：“难得安静，你陪朕走一走。”

沿着青砖碧瓦的宫墙，两人一前一后，沉默不语，不知不觉间，已经靠近甘织宫外的一条僻静小路。拓跋宏无意间抬头，脚步突然加快。

宫墙转角处，一棵高大桂花树后，一豆烛火在树影婆娑间闪动。火光勾勒出一个纤细窈窕的身影，正靠在木制窗棂上，捧着一卷书，侧着头细细地看。身影微微一动，似乎是在翻动书页，上身前倾，小心地吹去书页上沾染的尘埃。

“母妃！”拓跋宏向半空里伸出手去，脚步踉跄而又急切。

“皇上！”林琅提着裙摆，小跑着勉强跟上。她从没见过皇上如此急切，心里万分担心，却不敢高声说话。

拓跋宏像是完全没听见身后的呼喊声，双眼热切地盯着那个朦胧倩影。他依稀记得父皇曾经说过，他的母妃，性格沉静，珠玉金翠、亭台楼阁，她都不喜欢，唯独对书卷爱不释手。每次献文帝驾幸上阳殿，都要等她看完了手上正捧着的那一卷书，才能拥美人入怀。

走得越近，桂树的轮廓反倒遮住了亮着灯火的那扇窗。酒意发作，整个人都微微发热，拓跋宏一把扯下头上的通天冠，随手丢在地上，乌发直垂下来，遮住他半边面孔。

拐过一个弯，拓跋宏只觉呼吸都快要凝滞，瞪大眼睛向前看去。

暮色四合，沉静如水，哪里还有什么点着灯火的窗子？

林琅微微喘息着追上来，手里捧着拓跋宏丢下的通天冠，茫然不知为什么皇帝会突然失态至此。“皇上，”她试探着开口，“要是有意，我叫人私下打听了，召来崇光宫侍奉……”虽然那方位似乎是甘织宫，可只要皇帝喜欢，宫中管事总有办法给她一个合适的身份。太皇太后被文成皇帝看中时，也不过是永巷罪奴而已。

不过略一思索的工夫，拓跋宏已经神色如常，长发垂下如同珠冕，遮住了他深沉双眸中的一切情绪。冷风一吹，脑海中便格外清醒，他从未见过面的母妃，早已经死了，死在上阳殿的一场大火里。就连他的父皇，也已经死了，他身为人子，却连替父亲装殓尸身都做不到。

“不必，朕醉了，回吧。”

看见也要装作没看见，知道也要装作不知道，他比任何一个低等宫婢，都更明白这句话的含义。

冯妙吹熄灯火、走下阁楼时，丑时已经过半。小阁楼里堆着很多东西，多半是从前居住甘织宫的妃嫔用过的旧物。这些东西，按制不能随意丢弃，平日也没人使用，只能年复一年地锁在阁楼里。她记得文澜姑姑说过的话，每一片纸都要清理干净。

起先她只把这当作件差事任务，可是翻着那些书册札记，竟然慢慢读出些兴趣来，凑着萤火一样的烛光，看得入神忘了时间。她摸着黑回到床榻上，脑海里还回想着刚才看到的一句话：忍得十年心头血，九羽凤阙一朝成。如血鲜红的字迹，留在以贤德著称的开国皇后手抄的札记上。

拓跋鲜卑与慕容鲜卑，世代征战，最后却是拓跋氏成了这片九重宫阙中的主宰。开国皇后慕容氏，要用什么样的心情，面对屠戮自己父兄的丈夫？又要用什么心情，抚育两人血脉交融的子嗣？

乞巧节越来越近，宫中人人喜气洋洋，只有甘织宫越发沉闷。内六局总管事听说有人染了暑热，甚至还有人丧命，怕病情惊扰了入宫的冯家小姐，斥责了奚官局，又命人送了药来，予星等人的病情这才慢慢转好。

一连几天，冯妙都天色一黑就进入小阁楼，天亮时才出来。予星伸手捏了捏她泛白的脸，悄悄塞给她一个粗瓷小罐："姐姐从御膳房托人送来的，治烫伤的，你那白藕似的胳膊，可别留下疤痕才好。"

冯妙心头一暖，虽说药是御膳房常用的烫伤药，可私下传递，已经冒了极大的风险。刚要道一声谢，身后便传来素荷尖细的嗓音："都站在原地别动，甘织宫里，不知道究竟是闹了鬼了，还是遭了贼了。"

转身去看时，素荷手里扬着一段半新的宝蓝色缎带走进来，目光像看着猎物一般得意狠辣，头上插着的一支素银吊穗簪子，随着步子左右晃动。

第九章

浮云中断

冯妙悄悄捏一把予星，顺势把她刚递过来的药罐子，贴着墙角扔进床榻后面的缝隙里。

素荷在房间正中站住，语气是对着众人说话，目光却一下又一下地往冯妙脸上扫，似乎要找出几分慌乱来："进了甘织宫，最要紧的就是规规矩矩、痛改前非。没想到，竟然还有人做出这种不顾脸面的事来。"她把半新的宝蓝色缎带一扬，闪身带出一名容长脸蛋的宫女："耘柳，你说，这东西究竟是哪儿来的？"

耘柳眼神闪烁，偷瞟了冯妙好几眼，才说："今天轮到我清扫院子，在南面院墙底下的杂草丛里，发现了这个。南面宫墙……南面宫墙下面的几块青砖，也松动了。"

听见这话，又仔细看了一眼那截宝蓝色缎带，冯妙嘴上没说什么，心里却立刻明白过来，这是素荷设好的圈套，要把自己置于死地。

这种缎带，是专门用来捆束宫嫔娘家亲戚送进来的日用物件的，用来跟皇帝御赐的明黄缎带、内六局按例送来的朱紫缎带相区别。外戚为表示谦恭，缎带颜色并不显眼，一个甘织宫里的小宫女，如何辨认得出这东西不同寻常？就算辨认出来，她又怎么有空，去查验南面宫墙的砖石是否牢固？

"甘织宫里，原本不该有这样的东西，"素荷哼了一声，"可我仔细想了想，那小阁楼上头，堆放着些从前的旧物，说不定是被风吹落的。我今天去一翻找，才发现，原本收在里面的一支陈年老参不见了。"

冯妙抬起袖子遮住嘴唇轻咳，果然是冲着她来的。这几天每晚进入小阁楼的，只有她一个人。盗取宫嫔旧物，又私下传递出去换取钱财，放在哪里都是不小的罪名。还没跟她清算品儿一条性命的账，素荷反倒先步步紧逼。

“我也不想随便冤枉了人，”素荷冷笑一声，“把你们的东西，挨个拿出来翻检，究竟是谁手脚不干净，当着大家的面，看个清楚。”

素荷一挥手，耘柳、素云就走上来，动手要翻这些宫女的东西。宫女们惊慌失措，互相看着往后退去。

罪证也许早就藏好了，如果任由她们翻检，结果可想而知。予星虽然没有冯妙想得那么通透，却也知道不能由着她们任意陷害，掐着腰叫道：“凭什么你说搜就搜？要是搜不出个结果来，你又该怎么说？”

冯妙拉了予星一把，低眉顺眼地劝：“予星，算了，由着她们看看，证明我们清白无事就好了。”说话间，她在予星背后轻点了一下。

予星人也伶俐，会意过来，接口叫嚷：“要搜也不能只搜我们的，”她用手指在素荷、素云、耘柳面前挨个点过去：“你们的东西，也都摆在大家面前搜了，我就服气。”

素荷破天荒地不气不恼，点着头说：“可以，我和素云都在这儿，一会儿挨个搜过去，谁也不漏。”

听她这么说，冯妙越发肯定，她是有备而来，早已经准备好了陷阱，等着冯妙自己跳下去。

素荷喝斥一声：“给我搜！”素云闻声，就要开始动手。

冯妙抬手轻轻一拦：“这么互相搜检，成什么样子？就算是沦落进了甘织宫，也不能如此招人耻笑。姐姐还是请文澜姑姑来主持吧。”

获罪进入甘织宫的宫女，多半是因为不小心开罪了主子，人人心里都有几分不平和怨气。听见冯妙的话，心里的不甘被激发起来，有平日胆大的人，也跟着附和，要请文澜姑姑来。

素荷原本想先搜出“罪证”，让冯妙无话可说，此时见她要请文澜姑姑来，只当她怕了，冷笑着对素云说：“去请！”

冯妙微微低头，眼睛看着袖口上垂下的一圈荷叶波纹。不一会儿，素云就引着文澜姑姑进来。素荷越发得意，顾不得招呼耘柳，自己添油加醋地向文澜姑姑讲了一遍。

文澜姑姑也不多话，直截了当地说：“那就挨个儿搜吧。”

素荷几乎快要抑制不住情绪，迫不及待地伸手去拿梨木花架上的红漆小箱。冯妙和予星的东西，都放在那只小箱里。

“等一下，”就在她手指将将触碰到箱盖时，冯妙再次抬手，在红漆小箱顶上轻轻一按，“若是有人私自动了阁楼上的东西，那可是大罪。咱们这么翻检了，还是难免叫人说，甘织宫的人没有规矩。”她转身向文澜姑姑屈膝说道：“劳烦姑姑，干脆派人请慎刑所的人来，当面裁断。”

素荷已经有些不耐烦，狠瞪了冯妙一眼：“就算是请出神仙来，该认罪的人，也赖不掉。”

冯妙微笑不语，神仙会来的，只是现在还不是时候。

慎刑所派了一名叫李得禄的掌事太监来，直到见着那人身上象征内务品级的朱红色穗子，冯妙才松开手，由着素荷打开了红漆小箱。

“这是什么？”素荷拿出一个绢帕裹成的小包，递到文澜姑姑面前，声音都激动得微微发颤。绢帕散开，几颗珍珠裹在其中，正是之前冯妙赠送给素荷的那些。

“李公公，文澜姑姑，”素荷的嗓音比平常更高了一调，“这可就都对得上了。有人趁着每晚进入小阁楼的机会，把里面放着的一棵陈年老山参偷出来，挖开宫墙下的青砖，偷偷送出去换了这些珍珠回来。本来做得天衣无缝，可偏偏把这截缎带掉落在南面宫墙下，这才事发了。”

予星看见珍珠，已经急得脸色通红，指着素荷质问：“你说谁呢？别指桑骂槐！”

文澜姑姑冷冷地扫了她一眼：“这是谁的箱子？”

听见问话，冯妙走到她面前，屈膝回答：“是我的箱子，不过，我也有几句话，想说给文澜姑姑和这位公公听。”见李得禄微微点头，冯妙便接着说下去：“单凭几粒珍珠，证明不了我把陈年老山参拿出去换了钱财。更何况，这珍珠的来历，我还可以解释。”

她退回床榻边，把垂下的布幔突然一掀，刚才悄悄丢下去的小药罐子就露出来。冯妙掀起衣袖，露出一截烫伤的手臂：“我托旧日相熟的小姐妹，带些钱财来换些烫伤药膏。我年纪还小，不想就这么毁了一只胳膊，犯了不能私下传递物品的规矩，甘愿受罚。”

她声音里带着委屈，手臂上的伤疤触目惊心，先就叫人容易信了几分。略一停顿，予星便叫嚷起来：“这又是什么东西？”她指向另外一侧的床榻之下，一只三尺长、半尺宽的木盒，静静躺在那里。

素荷一见那盒子，眼神里先露出一抹不易察觉的惊诧慌乱，接着快步上前，把那木盒子抢先拿出来：“还说不是你？这不正是装那支山参的盒子？”

雪松木制成的木盒，表面刷了一层黑褐色的亮漆，古朴神秘的雕刻花纹布满盒身。盒子里面空空如也，什么都没有。冯妙在盒盖上飞快地扫了一眼，故意问：“这就是装山参的盒子吗？早几天我就看见耘柳拿回来放在这儿，还以为是她珍藏的什么东西。”

“这盒子上有慕容氏的徽记，显然是开国皇后遗留的东西。”素荷指着盒身上一处明显凸起的印记，“现在抵赖，不嫌太晚了吗？”

冯妙嘴角轻扬，莞尔一笑：“姐姐真是博闻，连慕容氏的徽记都认得。请教姐姐，这盒身上的字迹，又是什么意思？”她步步退让，等的就是这一刻。开国皇后故去后，宫中再没有过慕容氏嫔妃。素荷这一次的确学聪明了，方方面面都做足了准备，但这份聪明，已经足够要她的命。

话一出口，一直冷眼旁观的李得禄，立刻抬眼紧盯住那只木盒。众人这时才注意，那盒身上盘曲缠绕的花纹，并非毫无规律，而是隐约拼成了几个鲜卑文字。字迹古拙，很难辨认。

他回身对跟随在一旁的小太监说：“去禀明傩仪执事官高大人，请他派个人来，辨认一下这些字迹。”小太监匆匆离去，甘织宫内陷入压抑的沉默。只有冯妙依旧气定神闲地站着，偶尔向素荷微微发笑。

一炷香时间过去，脚步声越来越近，一袭浅紫衣袍的人影走进来。李得禄一怔，没料到高清欢竟然亲自来了，赶忙起身施礼，请他上座。

高清欢在路上已经听小太监讲述了来龙去脉，也不客套，捧起雪松木盒子细细查看。半晌，他放下盒子，手指轻轻敲了两下，神情严肃地对李得禄说：“这话实在不宜明说出来，谁拿着这只盒子，李公公直接发落了吧。”看众人似乎都不大明白，他又补充了八个字：“有碍国运，巫蛊之罪。”

在场的人无不变色。耘柳吓得“哇”的一声哭了出来，跪倒在地：“不关我的事，不关我的事，是她！是素荷让我藏在这里的。”

素荷一巴掌扇在她脸上：“你这贱婢不要胡说！”可耘柳已经吓破了胆，哪里会听她的恐吓，一边哭得上气不接下气，一边把素荷如何让她藏起珍珠和木盒，全都说出来了。巫蛊祸国之罪，轻则绞杀，重则凌迟，再遮掩下去，恐怕求死都不能了。

有了耘柳的指认，事情很快便一清二楚。李得禄带走素荷，回慎刑所定罪。至于冯妙自己认下的私下传递物品，就交给文澜姑姑，定了杖责十下。

一切落定，高清欢忽然对文澜姑姑说：“此时不宜妄动刑罚，请姑姑把所有人都迁出去，我需要彻底清查整个甘织宫，火烧一切不祥之物。”

事关国运，文澜姑姑也不敢阻拦，立刻叫众人离开。予星悄悄拉住冯妙的手：“原来这就是传说中的高大人，很年轻呢！”回头依依不舍地看了几眼，又凑过来问：“可真惊险，你怎么知道那木盒上有字？莫非你也认得？”

冯妙狡黠地一笑：“我哪能认得？运气好罢了。”

所谓运气，不过是比别人更多一分仔细而已。陈年老山参，价值连城，巴巴地送进宫来，却又堆在一边，多半是开国慕容皇后怀有身孕时，娘家送进宫的补品。慕容鲜卑一向迷信山神祭祀，送的是老山参这种有灵性的药材，又是给皇后安胎用，外盒上一定会附加符咒一类的东西。

后宫历来有两桩事，可以陷人进入死局，并且绝无翻身的可能，一是巫蛊诅咒，二是思念故国。慕容氏的符咒，刚好把这两样都占齐了。

予星一吐舌头："看你不急不忙的样子，要不是天天跟你在一起，我都要怀疑，是你布了这局要收拾素荷了！"

冯妙轻轻叹气："其实我毫无把握，如果没能引来慎刑所有品级的大管事，又或者来的人对巫蛊之事毫无警惕，现在被带走的人，恐怕就是我了。"她抚着微微发红的手腕："我们这些小人物的命，到底还是捏在别人手里。"

刚走出几步远，便听到高清欢的声音在身后清冷冷地响起："哪位姑娘是命中带山下火？劳烦来帮个忙。"

甘织宫女眷多半出身低微，并没有推算过五行命理，有人含羞看着高清欢，却没有人应声。

冯妙心中一动，回身眼神清亮地回答："我正是如此，愿为高大人效劳。"

高清欢的目光，凝在她越发削瘦的面颊上，又缓缓从她身上一道道伤痕上扫过，清冷如水。

房门在身后无声合拢，把暖意和花草气味都隔绝在外，阳光透过窗子上六合同春的花纹，照在他妖异俊美的侧脸上，祭祀用的杜蘅香草气息，隐隐流动。

"妙儿，原来你在这儿……"细长手指在冯妙脸颊上抚过，浅浅勾连着侧脸上那道划痕，高清欢妖魅的碧绿眼眸里，闪动着幽深的暗流，像是不甘，又像是……恨意。

冯妙悚然一惊，不愿再探究那种她看不懂的情绪，轻轻转了个身后退一步，不露痕迹地躲开了他的手，笑着侧头说："你通晓天地之理，替我跟天神求求情吧，我也是迫不得已，才利用了祭祀符咒自保，可不要怪我啊。"

高清欢收回悬在半空的手："你用慕容氏的符咒脱身自保，天神必定不会怪你。"这话说得又是好生奇怪，冯妙不愿深究，伸手钩着窗棂上的盘曲花纹摩挲，看似连绵不绝的纹理，却总是在某个意想不到的接缝处突然断开，不得圆满。

"太皇太后对人说，你在宫中某处禁足思过，却不肯吐露地点。妙儿，"高清欢把雪松木盒子投进火里，"难道你甘心一辈子困在这儿吗？"

木盒在火里噼啪作响，火光映着冯妙曲线柔美的侧脸，浅浅染上一层红晕。

"妙儿，皇上迟早要行冠礼，到时新后大婚入宫，甘织宫里的人，都要被迁出宫苑。好一些的，送去官宦人家做奴婢。差一些的，便要直接送去军营里了。"高清欢紧盯着她的侧脸，“妙儿，你还小，也许不知道送去军营意味着什么。”

宽大的袖口遮住了他修长的手掌，一只小巧香囊被悄悄送进冯妙手里，刺绣的纹理，刮着她的手心，微微发痒。

“妙儿，娇美的花瓣，本就不应该零落在泥土里。”他殷殷劝导，“不如相信我，我能替你安排，离开这里。”

冯妙捏紧那只香囊，呼吸略微变得急促。

“妙儿，这是古方记载的给生殉的女子服用的药物，服药后，呼吸和脉搏都会变得很微弱，”高清欢收拢双手，“我会帮你安排，假借病重垂死送出禁宫。”他的声音空灵缥缈，三言两语，就令人想起铺满清冷月光的宫中永巷，牛车辘辘，载着垂死的女子送出宫去。

手心里渗出汗来，冯妙就像受了蛊惑一样，几乎就要立刻答应。

“谢谢你，”她终于还是摇头，把香囊握在手心里递回去，“如果我只是无牵无挂的一个人，这的确是再好不过的计划。可我还有阿娘，还有弟弟。即使命运残酷、前途未卜，只要还有路，我就得走下去。”

“你不必现在就急着拒绝，”高清欢从袖中抓出一把细砂一样的粉末，投入火中，火苗忽然腾起三尺多高，发出连绵不断的爆裂声，“太皇太后并不希望皇上这么早就举行冠礼，朝中唯一能与冯氏抗衡的外戚，只有高氏。可惜高氏却没有适龄的女儿，可以参加采选。在高氏想出应对的办法以前，冠礼仍旧会被推迟。如果你改变主意了，就在宫墙砖缝间，插一枝桂花，我自会帮你。”

甘织宫许久没有外人来，气质神秘清华的傩仪执事官，被寂寞无聊的宫人一直谈论到将近新年。冯妙留下了香囊里的秘药，却再没跟他有过只言片语的联络。

临近新年，天气越发寒冷，甘织宫里的人，大都戌时未过就早早睡了。冯妙裹了一件夹棉披风，举着蜡烛，就要往小阁楼去。予星忽然凑过来，神秘兮兮地叫住她：“我姐姐托今天送饭的小全子帮忙，给我送来了一包吃食。咱们两个悄悄找个地方，全当庆贺新年了，怎么样？”

冯妙托着腮想了想：“那不如就今晚，趁着还有一钩月牙，在后院里大快朵颐。”

予星一层层剥开了油纸，向里面看了一眼，满脸期待盼望，立刻转成了失望：“我还当是什么好东西，原来是人家不要的鹅掌。”宫中御膳房经常宰杀整只活鹅，胸肉可以做成风干鹅脯，腿上的琵琶肉，可以腌制以后烤熟，骨架也可以加上莼菜、莲子，熬成嫩白如牛乳一样的浓汤。唯独鹅掌，宫中贵胄不喜欢吃，便被御膳房的宫女太监拿来解馋。

冯妙也探头看了一眼，伸手在予星脸颊上捏了一把：“馋猫，其实鹅掌，是鹅身上最好吃的部分，柔韧有咬劲。”她指着纸包里的鹅掌说：“这些鹅掌的做法不好，没凸显出鹅掌最好吃的状态来。”

见予星歪着头看过来，一副不相信的样子，冯妙抿嘴笑着说：“鹅掌要在滚开的姜水里迅速焯熟，再用凉水一点点浇在上面，直到凉透，这样才能留住鹅掌爽脆劲道的口感。再用蜻蜓点水的手法，取二十三种调料，按两勺盐配一勺糖的比例，调配成卤汁。熟冷鹅掌，跟卤汁一起放进陶罐，用泥封住罐口，在树下埋上一天一夜。再开罐时，卤汁的香味就全吃进鹅掌里去了。”

予星咯咯发笑：“还没吃到，光听你说，我就要流口水了。”

话音刚落，宫墙之上便传来极轻的击掌声，带着嗡嗡回响的话音说：“好一道秘制鹅掌，原来不止秀色可餐，妙语也可餐！”

第十章 暮云重

予星吓了一大跳，一边抬头看过去，一边喝问：“谁？”

黑衣束身的少年，怀里抱着一柄长剑，迎风站在一丈多高的宫墙上。傩仪面具仍旧遮住了他的面容。宽肩窄腰的身形，在夜色下别具风韵，三分骄傲自负，三分风流不羁，三分英武果决，混合上一分睥睨山河的气度。

只听那带着嗡嗡回响的声音，冯妙就已经认出这个“讨厌鬼”。快一年时间过去了，那枚毒药仍旧没有丝毫发作的迹象，冯妙已经大致猜出，自己是被人戏弄了。上次跟高清欢见面时，冯妙也找个借口请他替自己探了探脉。高清欢只说她幼年时似乎有过用药不慎的症候，并没探出中毒的迹象。

“可惜，这道菜虽好，却不配你，”冯妙接着他的话说下去，“我有另外一道干烧鹅掌送给你。”

“咦？菜还有配人这一说？”少年似乎很感兴趣，“不妨说来听听。”

冯妙轻启朱唇：“取一月大小的鹅，放在铁桶内，桶底用炭火加热。小鹅怕热，只能轮流高抬双脚，在桶里走来走去，却因为翅膀还没长成，飞不出去。等到两只鹅掌烧熟时，小鹅还是活的。”

少年沉默片刻，沉声说：“好残忍的一道菜色。”

“正是，”冯妙语含讥诮，“这就是菜与人相配的道理。残忍无情的人，自然要配残忍无情的菜式。”

少年微微一怔，接着反倒大笑起来：“你小小年纪，嘴却伶俐刁钻，只盼将来有个如意郎君，让你心甘情愿地为他生、为他死，揉碎一地芳心，看你还敢不敢如此伶牙俐齿。”这少年明明自己年纪也不大，说话间却总带着居高临下的口吻。

“彼此彼此，”冯妙立刻接口，“只盼将来你也遇着个人，爱不得、恨不得，生生消磨了你这一身脾性，看你还敢不敢戏弄、要挟别人。”

少年低着头轻笑一声：“呵，好大的牛皮味！”

冷不防来这么一句，反倒让冯妙一愣，这里只有鹅掌，哪来的牛皮味？

“早年拓跋先祖与慕容氏骑兵交战，用整张牛皮做成可供十人共用的革盾，”少年不疾不徐地讲，“任凭对面的弓弩手如何箭如飞蝗，都能被革盾给挡回去。我从前看了，只当是在夸耀先祖的功绩，当不得真。”

冯妙跪坐在地上，侧着头微微眯着眼睛看他，脸颊上伤疤结痂刚刚脱落，留下一弯浅浅的、新月似的粉色印记，双眼弯出一个圆润姣好的弧度。冷月清辉，给她身上笼上一层软烟罗纱似的朦胧色泽。

少年略略停顿，接着说：“今天我才知道，原来世上果真有坚韧不摧的牛皮。”

“你！哼！”冯妙听他讥讽自己脸皮厚，气得俏脸泛红，左右看看，随手抓起一块石子向墙头掷去。

少年一俯身，把石子抄在手里，接着打了一声清亮的呼哨，声音脆如夜莺。他倾身向前，嗡嗡回响的声音里，带着点笑意：“再过半炷香，羽林侍卫就会巡视到这里，偷吃鹅掌的人，可要小心点，藏好了。”话音似乎还在耳边，人已经翻下墙头，飞快地远去了。

冯妙不知道他话语是真是假，想到这包鹅掌毕竟是私下传递来的，被人发现，反倒牵连旁人，低声对予星说：“你先回去，我反正要打扫阁楼，顺便处理了这包东西。”

予星也不跟她多争辩，离去前在她手掌上轻轻一压：“你多小心。”

听听四下无人，冯妙便把鹅掌迅速裹好，打算埋在树下了事。风吹着树影一阵摇晃，宫墙外侧忽然传来剑身摩擦剑鞘的细微声响。冯妙以为是刚才那少年去而复返，捧着鹅掌站在原地，睁大眼睛看着墙头的琉璃瓦。

一阵细碎的脚步声在墙外响起，一道陌生的男子声音，刻意压低了说话：“郭公公，我今天早到了一点，没想到你也比平常早。”声音粗犷，说话的人应该已经年近四十岁，显然不是刚才的少年。

冯妙屏住呼吸，轻手轻脚地趴下去，尽量不让衣衫发出声响。

那位郭公公轻哼一声，语气颇有些强横：“这回的事，是小王爷交代下来的，你给我用心办，再出上回那种岔子，你也就别在平城里混了。”

“是，是！郭公公放心，我保证手脚干净利索。”

郭公公又是一声冷哼：“城门侍卫里，有个叫林简的校尉，平日本来就喜欢喝酒赌钱。你只需要引着他，让他慢慢输上一笔赔不起的大价钱，就行了。”墙外传来衣衫绸缎细碎摩擦的声响，接着是金银之物撞击在手掌之中的声音：“这是赏你作赌本的，事成之后，你让林简输了多少，王爷都赏你双倍，只管拿出你的手段来。”

原来是侍卫宫人之间栽赃陷害，这种事，别说是宫里，就算是偌大一个冯府，每天也不知道发生多少件。冯妙没心思管这等闲事，只想等他们说完话离开，再悄悄回去。

那四十多岁的男声，嘿嘿笑了两声，谄媚地说：“请王爷只管放心，那林简长得一表人才，可几口酒下肚，就连自己姓什么都忘了。这么个人物，也值得王爷亲自交代？”他突然停住，恍然大悟似的说：“林简那个在御前侍奉的女儿，倒真是个美人儿，只是病恹恹的，一看就不是个长命的。莫不是王爷想来一出英雄救美……”

“小王爷的事，也由得你胡说八道？”郭公公轻声斥责，语气极度不悦，“要是让我听见你在外头乱嚼舌根，你这双瞎了的狗眼，也就不用要了。”

那中年男人显然很畏惧郭公公，应了声“是”，便匆匆离去。

宫墙内外都寂静无声，冯妙觉得心口扑通直跳。趴得太久，腿上已经微微发麻，像有无数小虫子在啮咬。她咬着牙抬手向下摸去，想捏一捏酸麻的腿。目光顺着裙裾看过去，立刻大惊失色。

冯妙一向怕冷，今天夜里出门，特意裹了一件织锦披风，披风边缘缀着一圈水磨珠子，不是什么名贵的东西，可是在月光下，那珠子泛着一层亮光，十分显眼。在她身侧，宫墙之下刚好缺了几块青砖，上次素荷栽赃时挪走的砖石，一直没人来修补。

透过那处孔洞，外面的郭公公，想必已经看见了墙内躲着个人。冯妙又惊又怕，顾不得隐藏声音，急匆匆拉起披风，就要逃走。

酸麻的腿一软，冯妙刚起身便跌倒在地。就在此时，宫墙脚下的孔洞里，忽然伸过来一只鹰爪一样瘦骨嶙峋的手，牢牢抓住了她的脚踝。

冯妙惊慌失措之下，用力挣扎，可是那只手力气极大，整个环握住她纤细的脚踝。郭公公的声音，阴恻恻地在宫墙另外一侧响起：“死丫头，谁叫你躲在这儿的？”他用力一扯，拉得冯妙在地上被拖行着后退，一只脚几乎就要被扯出墙外。

“死丫头，我先断了你的脚筋，再慢慢收拾你。”郭公公沉声说着，“噌”的一声扯出一柄匕首。宫中有严令，不准宫女太监随身携带利刃，听见刀刃的声音，冯妙暗叫不好，知道自己这次惹上了大麻烦。连宫规都不放在眼里的人，怎么可能是寻常太监？

她死咬着嘴唇，不让自己惊叫出声，免得日后被辨认出声音，抬脚狠狠向后踢去。猝不及防下，竟然真的被她一脚蹬在郭公公袖筒上。可她力气实在太小，那一脚，只不过蹭脏了他的袖筒而已，连半点痛感都没有。

冰冷的利刃已经贴在她脚踝上，森凉冷意隔着薄薄一层棉布软袜传递过来。冯妙惊恐万分，低头刚好看见怀里油纸包着的鹅掌。她胡乱摸出一只，使足力气向那只瘦骨嶙峋的手上挥去。

鹅掌趾甲锋利，即使蒸煮熟了，仍旧又硬又尖。一爪子正刨在郭公公手背上，当即留下几道红痕，血珠子从红痕中间浮起来。他毫无防备，本能地一缩手。冯妙感觉到脚踝上力道一松，立刻手脚并用地向前爬，逃开那处空洞。

郭公公抬眼看看一丈多高的宫墙，想要翻墙过去追，可那墙壁光溜溜的，连处落脚的地方都没有。甬道上已经隐约传来巡夜侍卫的甲胄声响，郭公公出现在这里的原因，原本就见不得人，犹豫再三，只能恨恨地压低声音说："死丫头，你躲过初一，也躲不过十五。你给我好好等着！"

冯妙不敢直接回房，更不敢停步，一口气跑进小阁楼，这才顾得上低头去看。鞋袜上已经被鲜血染红了一大片，郭公公虽然没来得及当真断了她的脚筋，却也在她脚腕上划出了一道极深的伤口。匆忙逃命间，她连疼都忘记了。

倚靠在镂空门扇上，冯妙深吸了几口气，才定下神来。她把染血的鞋袜脱下来，连同鹅掌一起包好，胡乱藏在桌子底下。想一想，她又觉得桌子底下也不安全，挪开一大卷书册，把纸包藏在最里面，又用好几卷书层层叠叠地堵住。

从小阁楼返回房间的路上，明明是冬天，冯妙却觉得额头冷汗涔涔。左思右想，她还是觉得不放心，最终折回去，把整包东西拿出来，回到院子里徒手挖了个坑埋起来了事。

第二天一早，予星看见冯妙脸上两个明显的黑眼圈，好奇地问："昨晚我走之后，发生什么事了没有？怎么你一副思春无眠的样子？"

予星一贯口无遮拦，不知道从哪听了这句戏文，就拿来消遣她。冯妙无奈地撑住额头："我倒真宁愿是因为这个缘故。"想起那个不阴不阳的声音，冯妙仍然觉得脊背发凉，予星心直口快，冯妙怕她藏不住事，到底没告诉她。

从腊月初八开始，宫中就大宴小宴不断。正月初一，大魏天子按祖制先前往通明殿祭祀先祖，然后在宫中设宴，与宗亲百官共贺佳节。

崇光宫内，林琅亲自为拓跋宏穿戴正式典礼用的朝服。左衽窄袖，前襟上金龙怒目。她跪在地上，替拓跋宏穿好长靴，又仔细整理他膝间的短衣下摆，最后仰起脸，替他扣好腰间一条金镶玉坠的龙纹腰带。

拓跋宏伸手一拉，让林琅站起："今天的祭祀和宫宴要很久，你不用一直随侍。"

林琅柔柔地一笑："换了别人，不知道皇上的饮食习惯，反倒不方便。皇上不必担心，我会照顾好自己的。"她像影子一样跟着拓跋宏，十几年从未变过，以至于拓跋宏习惯身边有她，就像习惯每天需要呼吸一样。

"听说今年新贡的鹅肉很好，不过鹅肉温凉，皇上还是少吃为好。"林琅絮絮叮嘱。听见鹅肉两个字，拓跋宏忽然问："怎么从来没见御膳房进过鹅掌？"

林琅哑然失笑："皇上平常吃的，向来是鹅胸腹之间最嫩的那一块肉。鹅掌不容易入味，再说吃起来也不雅观，寻常贵胄都不肯吃，哪还敢送到皇上面前来？"她微微诧异，拓跋宏向来不对吃用上心，不知道他怎么会突然问起鹅掌。

拓跋宏轻轻"哦"了一声，不再深究这个话题。半晌，他又像自言自语一样对林琅说："知学里讲学时那个口齿伶俐的小丫头，后来到处都找不着她，原来是不知道为什么被关进甘织宫去了。"

林琅尴尬地沉默，好半天才重新摆出一副跟平常一样温柔的笑意："她是冯家的小姐……"

"正因为她是冯家的小姐，朕才格外留意。"拓跋宏用手指敲着紫檀木桌面，"朕这个祖母，待人恩威并施，恩让人感激敬重她，威让人畏惧她。如果冯家的小姐能够与她失和，那情形倒是对朕有利得多。"

他知道林琅胆小，从没对她提起过在密室暗道中看到的事。虽然再三想办法确认，他还是不能肯定，第一晚那个小猫似的狡黠女孩，究竟是谁。那一日同在宫中的，有两位冯家小姐，年龄相仿，身形也差不多，他却只看到一个光影模糊勾勒的背影。

那个女孩显然并没向太皇太后提起，在密室暗道里遇见了人……

礼官在宫门外第三次催请，拓跋宏才上了雕金肩辇，往通明殿去。

宫中一切喜庆热闹，都与甘织宫无缘。正月初一，甘织宫的人，可以不用像平常一样辛苦劳作，三三两两凑在一起，绣几块绢帕消遣时间。

冯妙心事重重，略一走神，手底下一只蝴蝶半张的翅膀，就绣歪了，只能一点点拆开重来。扶摇阁开宴的钟声，隔着清冷的空气，也显得有些萧索寥落。这种设在扶摇阁的阖宫大宴，不到申时是不会结束的。

丝线刚扯开一半，素云就走进来，目光在房里扫了一圈，叫所有人都到正厅等候。自从素荷离开甘织宫，她就变得很沉默寡言，这还是第一次当着大家的面说话。

冯妙放下半成的绢帕，混在人堆里走出去。一进正厅，便看到文澜姑姑陪着一名三十出头的太监坐着。那太监面皮白净，双眼却喜欢用余光斜斜地瞟着人。

"甘织宫的人都在这儿了，你要找谁就请便吧。"文澜姑姑端坐着，语气很是冷淡。

那太监斜着眼角，在宫女身上挨个儿扫过去，这才捏着嗓音说：“今天宫中扶摇阁开宴，御膳房忙不过来，想从甘织宫借几个闲人过去帮把手。要是做得好了，说不定就不用在这受罪了。”

那不阴不阳的声音一出，冯妙就心头一颤，这不就是那天晚上的郭公公？他还真沉得住气，一直等到阖宫大宴这天，才找个借口来甘织宫寻人。

冯妙两手交握，暗暗告诫自己不要慌乱。他越是准备周全、小心布置，越说明他害怕那天晚上的事被别人知道，只要抓住这点跟他周旋，总还有活命的机会。她悄悄伸手，把一条旧帕子系在脚腕上。

文澜姑姑看也不看他一眼：“郭公公什么时候也操心起宫宴的事来了，到甘织宫要人，有没有总管事大人的批准？”

郭公公干笑一声：“这时节到哪里去请示总管事大人？是太妃娘娘让我来的，她老人家也知道你一向最守规矩，特意指明有口谕给你。你若不信，只管去问太妃娘娘。”

这种事情，自然不能当真去问，文澜姑姑轻哼一声，不再说话。郭公公特意地挑了挑嘴角，这动作落在他本就有些皮肉松弛的脸上，越发显得阴森狰狞。他的目光，像长柄钩子一样，从那些宫女脸上一个一个点过去，最后落在冯妙的脚踝上。

“就你，过来！”他伸出手指一点。

冯妙怯生生地走到他面前，盈盈屈膝，行了一礼。

“你可愿意跟我去这一趟？”郭公公一面问，一面细细打量着她的表情。

“只要公公不嫌弃我笨手笨脚的就好，”冯妙低头说话时，越发显得像小鸟一样楚楚可怜，“若是做得好，还请公公美言几句，让我离了这见不得天日的地方吧。”

“你乖乖听话，少不了你的好处。”郭公公也不再看其他人，直接带了冯妙就走。

冯妙在宫中整整一年有余，可真正熟悉的地方，不过是太皇太后的奉仪殿和冷宫一样的甘织宫而已。她跟在郭公公身后，穿过永巷，又绕过一段弯曲的回廊。四周越来越安静，连个侍奉的宫女太监都看不见。冯妙心里清楚，郭公公是要选个合适的地方杀人灭口了。

“公公，不是去扶摇阁伺候吗，这好像不是去扶摇阁的路吧？”她紧张得手心里全是汗，却还要装出一副浑然不知的样子，懵懂发问。

“急什么，你这身衣裳，能进扶摇阁伺候吗？”郭公公这会儿倒是一点也不急躁，“先带你去换身衣裳。”

他推开一扇角门，把冯妙一把推进去。门后一株红梅迎风傲雪绽放，枝干稀疏，却别有一番意味，显然是经过巧手修剪的。冯妙略一定神，这里应该是某处宫苑的角落。

脚下还没站稳，一阵风声就从身后呼啸而来，一只手用力按住了她的肩头，另外一边，利刃的寒芒闪动，向她心窝直刺过来。

第十一章 婵娟误

冯妙一直留意着身后的动静，听见声响，立刻飞快地下蹲，抓起一把泥土，就往郭公公脸上砸去。

她本来就身形娇小，郭公公又直顾着伸手按住她，反倒被她抓住这个空逃开了。郭公公哪里肯轻易放了她，一手揉了揉被泥土眯住的眼睛，另一只手接着向前刺去。

此时此刻，冯妙已经万分肯定，郭公公就是为了那天晚上的事杀人灭口。她不是没想过别的办法，比如把脚踝烫伤，遮住那道伤疤；或者装聋作哑、装疯癫，无论如何都不承认那晚听见了墙外的对话。可是看到郭公公阴冷眼神的那一刻，冯妙就想通了，这些办法都没有用，他只要铁了心杀人灭口，就可以一了百了。

她一面盯着眼前乱挥的匕首，一面后退，脚下不知道踩着什么东西，整个身子向后仰去，失去平衡坐倒在地上。眼看匕首又刺过来，冯妙叫喊："为什么只杀我？那天晚上还有一个人，也听见了呀！"

郭公公的手顿在半空，光滑的利刃上凝了一层寒霜，声音却比那层寒霜更冷："还有谁？"

眼看话语奏效，冯妙又向后挪了一下："我不知道。"她用旧帕子裹住脚踝，引着郭公公认出她是那个被划伤了脚腕的人，有了这层先入为主的印象，接下来要说的话，才更容易让他相信。

"死丫头，你不说，我现在就要你的命！"郭公公的手再次扬起，却迟迟没有刺下。冯妙心下了然，他不过是威胁而已，若是自己真的死了，他就永远别想知道另外一个人是谁了。当然，另外那个人，原本就并不存在。

“我要是说了，你就会饶我不死吗？”冯妙抱住胳膊，娇怯怯地看着他。她生得面容乖巧，这话又在心里练习了好几遍，看上去分明就是一个被吓坏了的小女孩。

“好孩子，你告诉我，还有谁听见了那晚上的话，”郭公公一双三角眼转了又转，忽然换上一副和气的语调，“我不但不杀你，还送你去太妃娘娘身边当差，从此吃好的、穿好的。”

冯妙心中暗骂他无耻，她若真的说个名字出来，只怕立刻就被他杀死在这儿了。眼睛忽闪忽闪，两颗滚圆的眼泪滑落出来，她的声音越发委屈可怜：“可是……可是我真的不知道那个人是谁。”

郭公公眼中露出凶光，冯妙向后缩了一缩，接着说道：“我昨晚藏了一包鹅掌，想去后院偷吃，刚走到那，就见着有人从小阁楼出来。我知道那人是当天晚上打扫小阁楼的姐妹，却真的没看清究竟是谁。”

“好孩子，你说的可都是真的？”郭公公嘴上这样问，握着匕首的手指却紧了紧。

冯妙心中惊惧，立刻想到，刚才这话说得仍旧太直白了些，郭公公大可以先杀了她，再去想办法查问，昨晚是谁在打扫小阁楼。她连连点头：“是真的，我脚腕被抓住了，跑不掉，她却先跑了。我把染了血的鞋袜，藏在小阁楼里了，公公若是不信，只管去小阁楼里看。”

郭公公捏紧的手指，再次松开：“放在小阁楼哪里了？”

冯妙深吸口气，能不能活命，就全在这一句话上了。

“我只记得是在一进门右手边的梨木架上，可能是第三排，也可能是第四排……”冯妙忽然大哭起来，“我真的不记得了……”

郭公公用眼角瞥着她，像在辨别她有没有说假话，好半天，才把匕首收起来。甘织宫中没有任何利器，连剪刀都不准用，倘若带血的鞋袜被人发现，又是一桩麻烦。他扭住冯妙细弱的胳膊，把她推进一间偏殿小室：“在这里老实等着，要是让我发现你在胡说八道，可就不是一刀子进去那么简单了。”

房门铿然合拢，震起无数灰尘在半空里乱飞。冯妙抬起袖子遮住口鼻，眼角还带着泪渍，两颗黑水银似的瞳仁清澈透亮，早已经没有了刚才的慌乱惊惧。没有什么另外一个人，也没有什么放在梨木架上的染血鞋袜。只有那一个人能救她了，但愿这段漏洞百出的话，能引起那人的注意。

扶摇阁宫宴，直到戌时才结束。拓跋宏躺倒在金缕滑丝锦被上，双眼盯着屋顶斗拱上盘绕的龙纹，喧嚣宫宴上说过的每一句话，此刻都分外清晰。任城王叔借着庆贺新年，又一次提起了皇帝的冠礼。太皇太后却不接他的话，只管继续给予拓跋宗亲丰厚的赏赐。

皇帝还没有行冠礼，几位更加年幼的亲王，也不敢筹备冠礼，只能一年年耗下去。博陵长公主不住地夸耀自己的两个女儿，高太妃的弟弟，却一直在偷偷观察皇帝会对什么样的女子留心。在寻常人家会万分欢欣的成年礼，在帝王家，却俨然成了一场演不下去的闹剧。

“皇上，更衣沐浴吧……”林琅柔若无物的嗓音刚一响起，窗外忽然传来两声夜鸟清啼，隔不久，又是两声。拓跋宏猛地从床上坐起，不等林琅动手，自己三下两下脱去外袍：“替朕更衣，换那一件。”

林琅知道他说的是那套束身黑衣，犹豫着问：“皇上累了一天了，今晚还要出去吗？”

拓跋宏刚才的疲惫一扫而空，眼神里写满迫不及待：“师父在叫我，快帮我更衣。”六岁那年开始，这个神秘的师父，便在夜里偷偷教导他。有时隔几天，有时隔上几个月，每次幼小的拓跋宏等得太久，几乎以为师父不会再来时，他便又会出现。他从不露面，也很少说话，只是躲在暗处，教拓跋宏弓箭、骑射、剑术，甚至排兵布阵。此时此地，拓跋宏只想逃离黄金牢笼一样的崇光宫，哪怕只有暗夜里的片刻也好。

林琅帮他系好袖扣，目送他跳窗出去，再一层层垂下鲛纱幔帐。宫门紧闭，没有人敢在夜间打扰皇帝休息，正因如此，这秘密留存了将近十年，从未被人发现。

拓跋宏刚走远，一阵极轻的敲门声传来，林琅走到镂花描金门扇边，隔着帘子低声呵斥：“皇上已经睡下了，有什么事等到明天再说吧。”

“林琅姑娘，不敢惊扰皇上，是有封书信给你，事情紧急，不敢耽搁，我给你递进去。”说话的是在崇光宫外门上值夜的小太监，话音刚落，门缝间果真塞进一张纸片来。

林琅拿起纸片，匆匆看了几眼，脸色立刻变得惨白。爹爹的字迹，她不会认错，只是异常潦草，似乎是匆忙间写成的，纸面上还沾染着几滴暗红色的血迹。

她已经很久没有离开皇宫回家看看了，自从她的娘病死以后，她就再没见过爹爹的面。她不敢见，因为怕自己会想起不堪的往事，娘躺在床上，病得只剩下最后一口气。爹爹拿着家里最后一点钱去请大夫，却一天都没有回来，她又急又怕，找到爹爹时，他正满身酒气地在街头赌坊里拼杀，双眼都是红的。

这么多年过去，她也曾经幻想过，爹爹年老以后，是不是能不再那么荒唐。可是薄薄一张纸，已经打碎了她全部不切实际的幻想。爹爹欠了整整五百两赌资，另外一边的赢家，又是内城侍卫，虽然并不直接隶属，可内城侍卫向来比城门守卫高贵些，这钱欠不得。走投无路下，只能来找她这个唯一的女儿。

林琅把纸片揉成一团，放在炭盆里烧成灰烬。再不堪的爹爹，也总归是她唯一的爹爹……

拓跋宏追着鸟鸣声，一路疾奔。那鸟鸣声始终在他身前几步远，拐过一道宫墙，便消失不见了。拓跋宏站在原地，仔细辨认，宫墙另一侧，似乎是高太妃居住的碧云殿。

此时夜色已深，冯妙在小黑屋里，已经被关了大半天。郭公公给她送过一次饭食，冯妙借机又哭又闹，说要有鱼肉才肯吃饭。郭公公骂了她几句，可还是给她送来了鱼。

冯妙暗自揣摩，郭公公还肯依着她，多半并没找着那包东西。一味等着也不是办法，她从身上扯下几根丝带，系在一起。

她已经看好墙壁上有扇菱格窗子，连拖带拽拉过一张小几，费力攀上去够到窗子，把丝带一端系在窗扇雕花上，另外一端束在自己腰上，伸手用力一推，窗子便向外打开。

冷风吹在脸颊上，又刺又痒。天气还没回暖，虫鸣声、草叶清新的香气，都只能留存在想象里。只有不知名的鸟，在不住啼叫。今晚的鸟儿好像特别奇怪，总是啾啾、啾啾地叫。冯妙无心欣赏鸟叫，手脚并用踏在窗棂上，闭着眼向下跳去。

丝带迅速拉直，腰上突然收紧，整个人停在离地面一尺远的地方。她顺着腰间向后，摸索到那处系好的结，用指甲一点点解开。腰上的紧坠感消失，冯妙落在地上，脚底触到冷硬的地面，一阵酸痛。她轻轻“啊”了一声，手撑着墙站起来，脚腕似乎扭到了，一动就剧痛难忍。

冯妙咬着牙，用没受伤的那条腿，撑住身体的重量，一步步往角门挪去。没走出多远，地上忽然出现一道阴影，朱红穗子被风吹着，一下一下往她脸上飘打。郭公公噩梦似的声音在头顶上方响起：“这是要往哪儿去？”

这点细微声响，被两层上好窑砖砌成的宫墙完全阻隔。宫墙外侧，刚才的鸟鸣声也消失不见。拓跋宏四下张望，身前身后都是笔直的宫墙，没有地方可以藏人。他心中失望，正要折回去，十几步远之外，镏金宫门悄然开启。两名侍女提着绢纱防风宫灯，先走出来，在门外屈膝，给身后的贵人照路。

门内的融融暖意，裹着一股脂粉香气，直冲进鼻腔。拓跋宏抬手掩住鼻子，指尖触到鼻端呼出的热气，这才注意到，今天出来得太急了些，忘了戴上傩仪面具遮挡五官。

“太妃娘娘请回吧，小心地上滑，可别摔着了。”熟悉的声音从宫门后传出来，还没看见人影，先看见藕荷色缎面雀裘斗篷的下摆飘出来。鹿皮短靴踩在积雪上，吱呀作响，有宫女低着头抬起一只胳膊，搭住缓步走出来的身影。层层簇拥之下，冯清跨过门槛，从碧云殿里走出来。

她一抬头，便看见站在十步开外的拓跋宏，“呀”地叫了一声。

拓跋宏把一根食指竖在唇前，示意冯清不要惊动旁人。冯清会意，摆手让两个宫女在原地等，自己踩着碎步，走到拓跋宏面前，就要跪倒叩拜，还没开口，脸就先红了。

“表姑母不必多礼，地上寒凉，可别冻坏了身子。”拓跋宏伸手在她胳膊上轻轻一托，止住了下拜的动作。

冯清的声音小得像蚊子一样：“皇上不要总是表姑母、表姑母的叫了，太皇太后和娘亲都叫我清儿，不如……不如皇上也叫我清儿吧？”

“褰裳顺兰沚，水木湛清华，”拓跋宏浅浅低吟，声音萦绕在唇齿间，“清儿，真是个好名字。”

“啊？”冯清一怔，她并不懂得拓跋宏那句像吟唱一样的话是什么意思，可她很快听出拓跋宏是在夸奖她的名字，头压得更低：“是爹爹取的。”她见拓跋宏不说话，接着又问：“皇上怎么会到这儿来？”

“白天宫宴喝多了酒，屋子里点着炭盆，太过燥热了，”拓跋宏悄悄移动步子，带得冯清也跟着越走越远，“朕不想叫别人知道，清儿表姑母，替朕保守这个秘密好不好？”

他话语坦然，言行举止都恪守礼数。可这话落在冯清耳朵里，就变得别有意味。她在宫中留宿，是人人都知道的，她在宫宴后来探望高太妃，也是人人都看见的，皇帝偏偏就在这时出现在碧云殿外……

“清儿绝不会对外人说的。”冯清红着脸答应。

两人刚拐过一道弯，便听见一道雄浑厚重的男声说话：“清小姐，天冷路滑，微臣正好要乘牛车前往奉仪殿，不如顺便送清小姐回去吧。”

冯清满腔旖旎立刻被惊散，正要发作，抬头看见说话的人，是秘书省中散官李冲。她记得母亲叮嘱过，对这位李大人要格外客气小心，秘书中散并不是显赫的重要官职，李冲也并非皇亲国戚，冯清原本有些不服。可想起母亲再三叮嘱，又看见拓跋宏还在身侧，她便摆出一副端庄得体的客气姿态：“那就有劳李大人了。”

李冲世家出身，并不习惯服侍人，只帮她摆了一只踏脚的锦凳，也不搀扶。看着冯清上了车，他才转身向拓跋宏发问：“皇上可要乘车？”

拓跋宏见他并不对自己行叩拜大礼，一时好奇，便开口问：“李大人莫非不常进宫？对宫中礼节似乎不大熟悉。”

“皇上着冕服、坐龙榻时，臣自然跪拜，”李冲被皇帝当面质问，却一点也不惶恐，反倒振振有词，“臣拜的是天子威仪，并不是跪拜一人。”

拓跋宏禁不住发笑，李冲的硬脾气，整个平城都知道，忽然想透他话中深意，赶忙收敛了笑意，整理衣襟向他长长一揖："朕谢李大人教诲。"敢当面直指皇帝的龙座不安稳的，放眼整个平城，恐怕也只有一个李冲了。

冯清探出头来，茫然听不懂他们话中的含义，瞥见神情严肃的拓跋宏，与片刻前温柔和煦的样子判若两人，双眉斜飞入鬓，双眼清朗如星。冯清只觉得面颊上发热，想起母亲对自己说过的话，心中半是羞涩、半是甜蜜，像藏了一包不能跟人分享的蜜糖。

牛车辘辘走远，冯清悄悄掀起帘子，向后张望，见拓跋宏仍旧站在原地一动不动，脸上越发像火烧一样，赶紧放下帘子，心口怦怦直跳。

此时拓跋宏却无心留意她的小动作，心里正疑惑着另外一件事。平常见李冲，总是在大殿之上，他的话不多，叩拜称颂声也总是混杂在众多大臣中间。今天第一次面对面地交谈，他只觉得李冲的声音语调有些熟悉，却想不起来在哪里听过。

左思右想毫无头绪，拓跋宏又想起，今天这身衣装被人看见，以后便不能夜里出来了，免得被太皇太后发现。多年相伴，师父在他心里几乎等同于另外一个父亲，想到或许此生永远都没有机会见到师父的真容，他又觉得心头凄凉。即使贵为帝王，也无法随心所欲。

他贴着宫墙缓步行走，忽然想到，师父的鸟鸣声是在这儿附近消失的，莫非师父有什么事要他做？他从师父身上收益良多，若是师父有什么要求，他总该尽力一试。

折回去没多远，便听见某处宫墙内侧，传来呜呜咽咽的声音，像是女孩子被人塞住了嘴，听起来万分可怜。拓跋宏在身上四下摸了摸，找出一块平常用来擦拭剑刃的黑色丝布，对角沿着双眼下方束住，遮住了大半面容，接着踩踏在宫墙用来排水的凹槽上，攀上墙头。

宫墙另外一侧，是碧云殿的后院，一棵大槐树上，正吊着一个年纪不大的女孩，双手都被粗粗的麻绳捆住，嘴里不知道塞了什么东西，说不出完整的话来。他在那女孩面容上扫过，先是一愣，接着觉得又好气又好笑，这不就是甘织宫里那个牙尖嘴利的小丫头吗？

他只顾在心里嘲笑别人年纪不大，全然忘了自己也是个十几岁的少年人而已。

目光顺着那小丫头的身形向下看去，她身上也被粗绳捆住，衣衫紧贴在身上，勾勒出纤细不盈一握的腰身。在她身下地面上，正站着一名穿内官服饰的太监，竟然也是熟人，碧云殿掌事太监郭泉海。

拓跋宏无声冷笑，碧云殿的人是越来越嚣张了，居然敢在禁宫内动用私刑。谁不知道高太妃是北海王拓跋详的生母，敢如此嚣张，借的是高氏门楣的胆，还是北海王爷的胆？他原本不想管这桩闲事，可此时却改变主意了，不管这是不是师父的意思，他隐忍太久了，全当今晚来的，不是御座上的大魏天子，而是血气方刚的鲜卑少年。

郭泉海手里握着一柄匕首，用刀背在冯妙脸上敲了敲："死丫头，你很聪明伶俐是不是？我用这匕首，划烂你的脸，你怕不怕？"

冯妙说不出话来，只能点头，这倒并非假装，她真的很怕。郭公公去甘织宫打听，昨晚谁在小阁楼打扫，却被文澜姑姑不冷不热地给顶了回来，还叫他赶紧把早上带走的人送回来，不然就要去总管事大人那里说理。冯妙刚逃出那间小室，就被带着一肚子火回来的郭公公给抓了个正着。

郭泉海举起匕首，压在她侧脸上："我再问你一次，那晚究竟还有谁？"

话音未落，半空里忽然飞来一块鸽蛋大小的石块，正砸在郭泉海肩膀上。他立刻转身，警觉地四下张望，看见宫墙内侧，不知何时多了一名黑布蒙面的少年。他脸色一暗，看来今晚又要多杀一个人了。

拓跋宏一言不发，手里拿着几块大小不一的石子，一下一下抛着玩。

郭泉海知道来者不善，看他服饰既不像太监也不像侍卫，连寒暄客套也免了，直接挥着匕首扑过来。他力气颇大，虽然并没受过什么专门的训练，可寻常人都不是他的对手。没想到对面的少年人却十分敏捷，轻轻巧巧避开了，把手里的石子接连投掷出去。

石子铿然相击，有两枚清脆地砸在另外一侧的壁画上，一幅是西施浣纱，另一幅是梅兰竹菊。还有两枚石子，分别落在不远处的假山和池水中。石子出手，拓跋宏冲着冯妙，一眨左眼，快步奔来。

丝、竹、山、水……冯妙心中一动，不必丝与竹，山水有清音，这是左思的句子。接着看到那少年的动作，冯妙再不犹豫，扭动身子蹭上树干，用完好的那只脚狠狠一蹬，整个人连着捆绑的绳索，像秋千一样往左手边荡起。

拓跋宏眼中流露出一抹赞许，他踩踏在地上的水井边沿上，向前飞跃，也往同一方向跳去。两人在半空相遇，拓跋宏用衣袖中藏着的锋利短剑，飞快地割断绳索。冯妙失去借力，向下跌去，她吓得闭眼，不过短短一瞬，身子没有落在冰冷地面上，反而落进了带着浓重年轻男子气息的怀抱中。

行动间带起的风，已经吹开了她的额发，她却浑然不自知，抬眼对上那双黑色琉璃一样似笑非笑的眼眸，看见那两窝寒潭里，映出自己小小的身影……

冯妙愣了片刻，才意识到自己竟然跌进了陌生男子的怀里，因为害怕，双手还钩住了他的脖子，脸上立刻绯红一片，慌慌张张地缩回手。

"啊，小心！"她的目光越过少年的肩膀，向他身后看去，郭公公已经紧追过来，手里的匕首寒光湛湛。

第十二章

杨柳弄春柔

拓跋宏仍旧不说话，听见背后声响，却故意不闪不避，等到郭泉海把匕首奋力刺出时，才突然发力，侧身躲开。郭泉海收势不及，整个人冲到宫墙边，才扶住墙砖停住。等他转过身来，拓跋宏已经抱着冯妙，沿着一处较低矮的墙垛，攀上了墙头。

“你敢在碧云殿撒野，你……”郭泉海本想说几句狠话，吓住这个多管闲事的人。话刚说了一半，碧云殿的前殿忽然一阵嘈杂，似乎是有人硬闯进来，与前殿的人发生了争执。

郭泉海掏出一块帕子，狠狠擦了擦手，他是碧云殿掌事太监，这时候不得不出去看看。其实那天安排的事，已经办得差不多了，书信应该今晚就会送过去。只要事情办妥当了，日后就算有人提起，也全推给那个出面设赌局的替死鬼就行了。

至于那个不知死活的丫头，既然她在宫里，日后慢慢收拾就是了。他朝地上恨恨地啐了一口，理了理身侧的朱红穗子，快步往前殿走去。

走出好远，冯妙才长长地出了口气：“可吓死我了……”她打量了拓跋宏几眼，这身衣裳她还认得，不就是那天在墙头嘲笑她脸皮厚的人吗？

冯妙抬手在他胸前推了一把：“你把我放开，讨厌鬼！”手心碰触到他紧致的前胸，依稀带着年轻男子的热度，说话时还气势汹汹，缩回手时，脸已经一直红到耳根。

拓跋宏腾出一只手，轻轻拨开她额前散乱的碎发。刚才在碧云殿内，她的额发就被风吹开了，露出莹润如玉的额头，和清秀细致的五官。微弯的眼睛，即使生气时，也像含着一点浅浅的笑意。略微上翘的鼻端，轮廓精致的嘴唇，每一处都那么小巧，并不刻意张扬美感，却好像带着来自山水之间的钟灵毓秀之气。在鲜卑女孩中间，他从没见过这么精巧柔软的五官，心头颤动，竟然用手指去轻抚她眉眼之间的弧度。

“你……你放开！”冯妙嘴唇噘起，脸上明显地浮现一层怒意，挣扎着要往地上去。拓跋宏刚刚看过冯清脸红羞涩的样子，她从小沾染贵胄习气，即使脸红，也带着几分骄傲自矜。可眼前怀中的人，却如此生动，睫毛微微颤抖，像蝴蝶的翅膀在胡乱拍打。

他松开手，放冯妙下去。脚一沾地，冯妙就倒吸一口凉气，刚才只顾着生气，全忘了有一只脚扭伤了，不能用力。就要跌倒，又被拓跋宏伸手扶住。

“谢谢你……”冯妙心不甘情不愿地道了声谢，一手搭在他胳膊上，另一只手扭着衣带上的一串璎珞。

拓跋宏从衣袖里掏出一块琼脂包裹的中空金铸小铃，含进嘴里，这才开口说话，声音又像从前一样，带着嗡嗡回响：“你怎么惹上那位郭公公了？”

“你倒好意思问，要不是跟你说话耽搁了，我哪能惹上这么大麻烦？”不提这个还好，一提这个冯妙越发气愤不平。她凑近拓跋宏说话，几乎就要指到他的鼻尖上，忽然闻到他身上似乎有浅浅的龙涎香味道，那是皇帝才能使用的熏香。

“咦？你是……崇光宫的太监？”冯妙贴近他身上闻了闻。

拓跋宏也不说破，只反问她：“是又怎样？不是又怎样？”

冯妙支着腮想了想：“是的话，你认不认得皇上身边的林琅姐姐？认得的话，能不能帮我带个话给她？”

被关在碧云殿小室里时，她无意间想起，那郭公公来要人，说的是奉高太妃的口谕。高太妃的亲子，不就是上次争抢林琅的那位小王爷。前前后后联系起来，虽然想不透要发生什么事，她却可以肯定，这次北海王拓跋详费尽心思地安排，是要对林琅有所图谋。

这事情不能原封不动地传递出去，那样不但会惹来麻烦，恐怕效果也适得其反。冯妙想了又想才说：“你只要告诉林琅姐姐，如果有人假借她父亲的名义叫她出宫，那就无论如何也不要去，就行了。”

她伸手拨开地上的残雪，找出几根泛黄的草茎，在手指间灵活翻动，结出一只活灵活现的小狗：“你把这个拿给林姐姐，她就知道是我，自然会相信我的话。”

草编小狗趴在拓跋宏掌间，他有些哭笑不得，看她说得那么郑重，信物却像小孩子间的玩笑一样，怎么看怎么幼稚：“我带你去崇光宫，你自己当面跟她说，不是更好？”

冯妙连连摇头，她不知道文澜姑姑是不是已经在想办法帮她，既然已经脱身，就要尽早回去："我要回甘织宫去，林姐姐认出是我，一定会相信的。"她以为拓跋宏不愿帮忙，抬眼向他一笑："你帮我把这句话送到，下次见面，我编一只更大更好的，专门送给你。"

她一时思虑缜密、心思百转，一时又天真烂漫，正像个十几岁的女孩儿家。拓跋宏把草编的小狗放进怀中，算是答应了，接着背对着她蹲下身子，拍拍自己的肩头："来，送你回甘织宫。"

冯妙脚腕上仍然剧痛，知道自己无论如何走不回去，也不逞强，乖乖地趴在他背上。拓跋宏就势站起，把她稳稳负在身上。

上一次有人背她，还是高清欢送她回奉仪殿。那时她初入宫闱，面对的又是自幼熟识的人，没多久就睡熟过去。可这一次，却是趴在只见过几面的陌生男子背上，她只觉得胸口像揣了只不安生的蝴蝶，不住地拍打翅膀，想要飞出来。

她凑近拓跋宏耳侧，小声说："布衣之徒，设取予然诺，千里诵义，为死不顾世……从前阿娘逼着我读史记，最喜欢的就是这一句了。"那是《史记》里称颂侠士重情重义、信守诺言的句子。

拓跋宏觉出她的天然芬芳，喷洒在自己耳后，脚步越发地稳，却不回头。真是个狡猾的小狐狸，她要道谢，又不好意思太过直白地开口，假借《史记》中的句子，称赞自己像个世间流传的侠客一样。先戴上这顶高帽子，再深究句子里的意思，便是催促他一定要信守承诺，答应了的事，无论如何也要做到，叫他想反悔拒绝也不好意思。

更深露重，一处处殿宇，渐渐熄灭了灯火，只剩下甬道两侧的青石座灯，发出幽幽的光亮。拓跋宏心中无限安宁，这一整天的不快、遗憾、愤懑，似乎都在夜色中化作一团朦胧雾气，远远地飘散开去。

甬道尽头，本应该已经出宫回府的李冲，默默注视着那一对渐行渐远的小小身影，许久才叹了口气："人人都说他的面容很像先帝，但若是离得近了，仔细去看，其实更像你家小姐多些。"

在他身后的树影里，文澜姑姑的语调跟平常一样生硬："今天的事，是我请求大人帮忙，大人何必让皇上以身犯险。"

李冲回头，直视着文澜姑姑："你在甘织宫里快二十年了，从来没有看过他一眼。你要我帮忙救出那个小姑娘，我并非没有别的办法。我要这么做，一来我相信他做得到，二来，你看过他一切安好，总该放心了吧。"

回到崇光宫时，拓跋宏的裤脚都已经被露水打湿了，林琅立刻上前帮他更衣。拓跋宏沉默不语，竟然没有发现今天的林琅有些异常。平常这个时候回来，她总会递上准备好的参汤，给他暖身，今天却连一句话都没说。

“皇上，”林琅犹豫再三，还是开口了，“奴婢好几年没有回家去了，正月里想跟皇上告个假，回家去祭拜一下先祖。”

拓跋宏皱起眉头，想起小丫头再三叮嘱的话，便说：“正月里事多，朕的衣冠饮食，都需要你打点，过了正月再说吧。”他一向对林琅和蔼客气，并不当她是寻常宫人，可这句话却带着点严厉口吻。她家里的情形，拓跋宏多少也知道一些。他对林琅亲厚，却不肯对她那些不争气的家人宽待。他曾私下对林琅说过，若有人因你的出身地位而喜爱你、善待你，那才是对你的羞辱。

林琅心里委屈，但她一向柔顺惯了，也不敢分辩什么，只是低头不语。家世出身，向来是林琅心中一个死结，此时恳求不被允许，她担心爹爹的情形，眼中泛起泪花，转过身用手背抹去了。

整个正月，拓跋宏都异常繁忙，要接见别国来朝觐的使臣，还要跟太皇太后一起，一拨拨接见述职的官员。有赏有罚，年年都是如此。

轮到内秘书令上殿时，已经到了未时。内秘书令负责传递文书，原本就是个不容易有功绩也并不容易犯错的职位。现任内秘书令，因为一手好字而获得赏识，人却中规中矩，没有什么特别之处。他按例向皇帝和太皇太后问安，垂手静静等着。

太皇太后手里拿着他一个月前呈上来的述职，忽然劈手掼在地上：“锦绣文章写得天花乱坠，人却如此不中用！”

内秘书令已经年过五十，人又生得有些肥胖，听见太皇太后质问，吓得惶恐跪倒，一时却又想不出合适的话来替自己辩解。

“哀家问你，去年一年，你送到哀家面前的文书，缺失了多少？”太皇太后用镏金护甲指着地上，“话倒是说得好听，上顺天威，下感时运，自己做错的事，怎么一件也不提？”

她声音不大，可是一件一件都说得清楚明白，哪一件文书送得迟了，哪一件又保存不善导致污损，容不得人狡辩。

“宏儿，”太皇太后忽然转向坐在正中主座上的拓跋宏，“你也该学着，自己拿主意了。这样的官吏，该如何处置？”

拓跋宏心中清楚，这一任内秘书令，做了六七年了，平日有些小过错，却没有胆子当真犯什么大事。太皇太后一直没动他，不过是看他老实，这一次忽然大发雷霆，原因也并不在他身上，而是在于去年年初那场风波。

冯清出疹子当晚，宫中出现了柔然刺客，拓跋宏借此装病，想要建立天子亲卫，却被太皇太后先发制人，逼得他在奉仪殿外下跪认错。拓跋宏能够抢先得知柔然刺客的动静，便是得益于从这位内秘书令手里截留了一份文书。

明里，太皇太后要他拿主意，惩治不称职的官吏。实际上，太皇太后是在警告他，他的一举一动都已经被看在眼里。

拓跋宏神色谦逊恭谨地起身，向太皇太后说道：“回禀祖母，孙儿以为，此人玩忽职守，疏忽懈怠，不应再任内秘书令。不知祖母觉得如何？”

太皇太后微微点头：“你是皇帝，你拿主意就好。不妨撤了他的职，由李冲改任。”

话一出口，坐在大殿两侧的拓跋宗亲一片哗然。李冲这人，素来有些脾气古怪，从来不肯圆滑处事，真正跟他亲近交好的人并不多。除此以外，众人如此反应，还有另外一个原因。据说李冲经常深夜乘车进入奉仪殿，独自面见守寡多年的太皇太后。虽然没有人敢明说出来，可人人心里都在猜度，这两人之间，究竟是什么关系。

十几双眼睛看向拓跋宏，等着看年轻的皇帝如何反应。

拓跋宏却好像浑然不觉，略一思索便说：“李冲为人端方严谨，担任内秘书令，再合适不过了。”他对随侍在一边的学士吩咐：“就照此拟旨，今天就办。”

太皇太后提倡节俭，内殿议事向来都不准备饭食，因此过了申时便散了。崔姑姑捧上描金莲瓣小碗，请太皇太后进补药。毕竟是上了年纪的人，一整天端坐着，还要耗费脑力，太皇太后早已经有些吃不消，只不过碍着皇帝和拓跋宗亲在场，不敢显露出疲态来。

崔姑姑看着心疼，在一边说：“皇上到底还是听太皇太后的话。”

“听话？”太皇太后抬手揉着额角，“自从上次宫中出现刺客以后，他就学乖了，不敢再明里跟哀家作对，却学会了迂回交换。这些事情，他明知道自己无力影响，便干脆顺着哀家，想让哀家看在眼里，在大婚立后的事儿上如了他的意。”

太皇太后半闭着眼睛，声音里全是疲累：“冠礼不可能一直拖下去，他胜在年轻，有的是时间跟哀家耗着。但是哀家要让他明白一个道理，不是他给了别人好处，别人就一定肯同样回报他。”

奉仪殿外，参加议事的宗亲都已各自散去，只有始平王拓跋勰跟在拓跋宏身边：“换了太皇太后亲近的内秘书令，皇兄要参与政事，就更加难了。”

拓跋宏把手压在拓跋勰肩上：“太皇太后在国事上，一向分得清轻重，李冲这人，朕凑巧私下见过一次，为人耿直。这样的人做内秘书令，不是坏事，何必在这种小事上拂逆太皇太后的意思。”

奉仪殿内，太皇太后小口小口地喝完药汁，崔姑姑立刻送上一颗冰糖。补药味道极苦，非得要浓重的甜味，才压得住，年轻时，太皇太后从不像别家的小姐那样，喜爱甜食。可是年纪越大，口中的苦涩味道就越重，每日非要传甜汤进食才行。

崔姑姑躬身禀告太皇太后："咱们家王爷，已经在后殿等了半晌了，要不要传膳留王爷一起用？"

崔姑姑口中的王爷，自然是异姓封王的冯家家主冯熙。太皇太后摆手："叫他进来，说几句话就叫他回去。"

珠帘打起，冯熙快步走到太皇太后身前，恭恭敬敬地叩拜。因是借着探亲之名入宫，他只穿着寻常便服，叩首之后，也不起身，就跪在原地禀告："府中的月华凝香已经都用完了，臣……"

太皇太后屏退旁人，只留崔姑姑在一边伺候："不要紧，哀家已经用了别的法子，确证了哀家的猜测。清儿和滢儿，就算顺利入宫侥幸得到皇帝宠爱，也永远不可能诞下皇子。万幸的是，还有一个妙儿。"

冯熙叩首恳求："妙儿从小都不曾受过这方面的教导，若是她不愿意入宫为妃，臣恳请太皇太后不要逼迫她。"

护甲的金面在桌上轻轻一扣，太皇太后的声音冷冽得不带一丝情感："哀家从不逼迫人，肯或者不肯，哀家只叫她自己决定。"

甘织宫内，此时也飘着袅袅药香。那天晚上，冯妙一进门，就看见文澜姑姑站在雪地里，眉毛上都结了一层白白的清霜。从那天开始，文澜姑姑便病了，而且病情来势汹汹，几乎整日昏睡不醒。

正月里忌讳看病煎药，太医署里本就没有人在，更别说是给一个甘织宫里的人看病。冯妙没办法，只能自己找些草药，用水煎了给文澜姑姑服下。文澜姑姑平日几乎从不生病，这一次，不知道是病重难医还是这些药都不对症，药汁一碗碗灌下去，却丝毫不见起色。

冯妙忧心忡忡，却不敢在文澜姑姑面前表现出来，只安慰她说，用的都是温良的药剂，难免见效慢些。她捧着空碗出屋，刚掩好门，便看见予星鬼鬼祟祟地向她招手。

她伸手在予星额头上一戳，开玩笑地说："没人催着你做事，就越发调皮了。"

"不是不是，"予星摊开手掌，一只草编的蚂蚱，躺在她手心里，"南面宫墙底下发现的，这几天，已经是第三只了。"

枯黄草茎编成的蚂蚱，样子却有点古怪，一只大的带着一只小的。冯妙一看便知道，是有人约她子时相见。她一共送了两只草编小狗出去，不用想也知道，这只蚂蚱是那个人送过来的。

现在的冯妙，已经不是刚进宫时不谙世事的小姑娘了，她也听人说过，在宫中天长日久，有耐不住寂寞的太监和宫女，会私下交好。其实她不大明白，私下交好究竟是做什么，她只是隐约觉得，好人家的女孩儿不该这样做。

“你脸怎么这么红？”予星伸手来摸她的脸颊。

“我热！”冯妙羞恼地推她一把，把手里的瓷碗放进她手里，“你这么闲，就去帮我把碗洗了，快去。”

予星刚走，冯妙便听到身后有人走来，转身去看，便见到素云径直向她走过来：“奉仪殿派人来宣你，已经在门外等了。”

冯妙微微诧异，她以为太皇太后早就把自己忘记了，没想到会突然在这时来宣她觐见。冯妙点头应下：“请姐姐跟来人说一声，容我整理衣装，再去拜见太皇太后。”

一年之后，重新踏入奉仪殿，一草一木、一砖一瓦，依稀仍旧跟从前一样，却又透着股陌生。冯妙在甘织宫并没有什么东西，不过是换了一身干净衣裳，又重新绾了发髻而已。

她依旧记得第一次进奉仪殿时学的规矩，快步走到进门后第五块青砖处，俯身跪倒，双手交叠放在身前，额头贴着手背拜下去。

刚要开口称呼太皇太后，冯妙忽然顿了一顿，太皇太后恩威难测，贸然开口，恐怕会惹得她老人家不快。从前在奉仪殿侍奉时，她总是自称奴婢，对太皇太后也不敢以姑母相称。此时正逢佳节，她又刚被人从甘织宫带出来，若是仍然这样称呼，恐怕听见的人会以为她心中怨恨太皇太后，不愿跟她老人家亲近。

想到这儿，冯妙清清嗓子，重新开口：“姑母在上，妙儿给您磕头，唯愿姑母身体康健。”也不多说别的祝词，最简单的话，被她用清醇如泉水的嗓音说出来，反倒带着一片赤子情怀，格外惹人怜惜。

“好孩子，起来吧，这一年倒是瘦多了。”太皇太后招呼她到身前，慈爱地摸着她平滑的发髻，“在那里可好？”

冯妙眼中一酸，就要流下泪来，却强自忍住，此时说好或者说不好，都不妥当：“回太皇太后，起先觉得辛苦，时间长了便习惯了，反倒比在家里时有意思得多。”她绝口不提在奉仪殿的事，只说好过在家中被嫡母虐待，这原本就是实话，任谁也挑不出错来。

太皇太后微微点头，这几句话的确进退得宜，理着她的衣角又说：“好孩子，你的委屈，哀家心里有数。正月里哀家事忙，刚出正月，便想起叫你母亲、兄弟进宫来，让你们见上一面。”

进门时勉强维持的冷静淡定，此时陡然惊破。在甘织宫里，冯妙想得最多的，就是阿娘和弟弟过得好不好。如今能让她见上一面，不管是为了什么，她都感激太皇太后的心意。

薄纱小帘后，影影绰绰地坐着两个人。冯妙眼中珠泪盈盈，那人影就越发模糊。她向太皇太后看了一眼，便急忙忙地伸手打起帘子。

一声“阿娘”刚要叫出口，便硬生生咽了回去。小帘后面的人，并不是阿娘和弟弟。

打起珠帘的手还僵在半空，薄纱帘子后面的人，已经一起抬眼看过来。冯妙心里再怎么不痛快，礼数上却不能错，只好俯身拜倒，口里叫着：“见过母亲、哥哥。”进宫来的人，正是博陵长公主和冯诞。名义上，他们才是冯妙的嫡母和兄长。

博陵长公主面如满月，眉目疏朗，一言一行都很端庄，却少了几分女子的妩媚柔婉。她见着冯妙，神情有些不自然，可是碍着太皇太后就在身边，只能勉强挤出一丝笑意，询问冯妙的近况。

“阿常和夙儿没有诰封，按制不能随意入宫，”太皇太后和颜悦色地对冯妙说话，“你就跟嫡母和兄长好好说说话儿吧。”

冯妙点头答应，坐到博陵长公主身侧，一一回答她的问话。奉仪殿里难得地烧着上好的银丝炭，一丝一缕的热气，从缠枝莲纹炭盆里飘出来，熏得人像喝醉一样面色酡红。在这如春的暖意里，冯妙却越发觉得背上一阵一阵地发凉。

她明白太皇太后的意思，她的阿娘和弟弟，是根本没有身份地位的人。如果她一辈子困在甘织宫里，那么她的阿娘和弟弟，便一辈子见不得人。至于毫无情分的嫡母和兄长，他们此刻的和蔼客气，不过是因为太皇太后在场。

她的生死荣辱，根本不能掌握在自己手上。

博陵长公主原本就对冯妙没什么好感，没多久便起身告辞。冯妙心思乖觉，知道这场戏表演得差不多，也向太皇太后告辞。有宫人带着她，从角门出去，返回甘织宫。

走出没多远，冯诞便匆匆追上来，殷殷询问：“妹妹在宫里可还缺什么？我托人打点了送进来。”

冯妙恼恨他上次送来的纸笺，冷冷淡淡地屈膝行礼：“不敢劳烦大公子，甘织宫里都是戴罪的宫人，不能私下送东西进去。”

冯诞斜跨一步，挡住她的去路：“妙妹妹，我把你和清儿一样看待，那纸笺的事，我并不是……”

“纸笺的事儿，太皇太后已有圣裁。”冯妙摆出一副无懈可击的笑来，“再说，那也都是过去的事儿了，大公子何必还要提起呢？”冯妙再次绕开冯诞，跟着宫人走远。她和冯清，怎么可能一样看待？

冯妙不敢回头，几乎是小跑着回到甘织宫。看见予星，她便一把抱住，眼泪很快打湿了予星的肩头，不知道是要高兴还是要难过，好半天才喃喃地说：“我要离开这里，我再也不要把命捏在别人手里……”

进入二月，宫中便开始筹备上巳节。这原本是南朝士族中间流行的节日，早先人们只是聚集在水边，举行祛灾除病的仪式，渐渐发展成了风雅的饮宴。风俗传到北方，变得越发多样，少年男女，要在这一天聚在一起、踏歌起舞。

原本已经确定了，要在知学里设宴。上巳节踏歌，应该由太子率先起舞，可皇帝还年轻，宫中并没有太子，踏歌环节，便一向由始平王拓跋勰领头。拟好的几个步骤，刚派人送去始平王府，尚仪局便接到太皇太后的口谕，今年的上巳节，要请鲜卑和汉族世家的未婚小姐都来参加，知学里的地方太小，改在宫中畅和园举行。

畅和园本来是一处花园，点缀着亭台楼阁，景色虽好，却并不适合开宴。尚仪局正在苦恼，这难题不知怎么被拓跋宏知道了。他心情似乎极好，亲自画了一幅草图，要在畅和园开凿一条弯曲的沟渠，再引宫中碧波池的水，灌入其中，形成流觞曲水。来参加上巳节宫宴的女眷，可以饮酒作诗，也可以另设小席，很是自在。

“过了上巳节，就算是春天了。”拓跋宏抬眼往窗外看去，才发现窗子上仍旧用的是冬天的厚纱。往年这个时候，已经可以更换春天用的碧影纱了，今年却还没有动静。这些事情向来都是林琅掌管，从来不曾疏忽忘记，只不过最近，林琅很是反常。有几次在御前侍奉，差点把茶水洒进墨砚里。

拓跋宏只当是那几句话说重了，过几天林琅自然会想开了，也不多问。他心里正想着另外一件事，丢进甘织宫里的草编蚂蚱，有一只被裹在绢帕里丢了出来，绢帕上绣着一个“望”字，约他望日子时相会。

他提笔在纸上胡乱勾画，心里已经打定主意，要好好捉弄一下那个小丫头，以解心头之恨。等她看见自己的真容、认出自己的身份，看她还敢不敢那么嚣张？突然回过神来，才发现纸上勾出了两道弧线，前端弯弯，尾端又微微上翘，正像那双眸光闪烁的眼睛。

拓跋宏把那张纸随手一揉，就要丢出去，手扬到半空又收回来，把纸张展平，压在一摞书册的最下面。

开凿沟渠、准备上巳节当天用的酒樽、吃食，都需要人手。内六局各自忙得不可开交，都到甘织宫来借人。文澜姑姑还在病中，无心料理这些杂事，冯妙想着这是难得的机会，回明文澜姑姑以后，但凡有来借人的，她都一概答应。甘织宫内一大半的人，都被内六局各自领走了。

房内无人时，冯妙悄悄拉住予星，郑重其事地告诉她：“我必须离开甘织宫，这是我最后的机会，错过这一次，恐怕这一辈子都再没有机会了。”她留意内六局宫人的对话，知道是太皇太后吩咐，要请鲜卑和汉族世家的未婚小姐参加上巳节。这意味已经很明显，太皇太后要开始给皇上选定大婚对象了。

皇帝第一次选妃，并不是直接册封，而是先从适龄的未婚女子中间，挑选容貌、家世、才学都上佳的女子，送进宫中一处别苑，先由资历颇深的老嬷嬷教导宫廷礼仪，再根据这些女子的表现，确定入宫之后的位分。一般来说，皇帝大婚的皇后，也会从这些女子中挑选。而落选的女子，则有两条出路，一种是嫁给其他的皇室宗亲为妻，另外一种是进入后宫，成为品级颇高的内廷女官。这种方式遴选的女官，并不服侍人，而是制定礼仪、抄录文书，甚至可以参与政事。

无论哪一种结局，只要进入候选范围，从此便可飞黄腾达。对冯妙来说，最理想的自然是成为内廷女官。她跟皇帝只见过几面，说过的话不超过十句，哪里谈得上什么感情？她从小听阿娘讲的，都是举案齐眉、红袖添香这样的闺阁趣事，要她嫁给一个她并不爱的人，实在太过匪夷所思。

太皇太后的意思已经很明显，并不会特别关照她，要她凭自己的本事出甘织宫。思来想去，她只有一条路可走，就是吸引皇帝的注意，成为候选入宫的良家女子。

予星是直来直去的性子，手撑着头想了想："上巳节不是要吟诗吗，你那么喜欢读书，提前作出几首好诗来，肯定能一鸣惊人。"

冯妙轻轻摇头："这事不能做得太过刻意，皇上也是男子，他也许会对主动的女子感兴趣，却并不会真正放在心上。最好是无意间跟他偶遇，却又惊鸿一瞥、难以忘怀。如果他邀请我同游踏春，我便要拒绝他，让他心中生出求之不得的惋惜，这样才能永远记得我。"

她在男女之事上懵懂无知，说得坦荡大方，毫无忸怩之色。

予星瞪大眼睛："难怪你总是长不高，吃进去的东西都用来长心眼儿了。费脑子的事你自己来，我只管出力，主意还是你自己想，需要什么东西，我帮你准备就是了。"

"我已经想好了，"冯妙信心满满地微笑，"踏歌原本是一支古曲，现在流传的多半是阳刚的男子舞。阿娘教过我踏歌女子舞，动作十分柔美动人。我还需要些道具来达到一鸣惊人的效果，这就要拜托你姐姐帮忙了。"

当晚，予星就把长长一串单子托人送了出去，第二天就收到凉月的回话，答应帮她们在上巳节之前准备好。

冯妙夜夜在小阁楼里偷偷练习，每一个动作都力求完美。这一次，她只能成功不能失败。

望日当晚，子时刚过，拓跋宏便依约来到甘织宫外。月色清冷，四下无人。

他正以为自己会错了意，也许那个“望”字，指的并不是望日。目光一转，瞥见地上放着块一模一样的绢帕。

他心口一震，从没有过如此迫不及待的心情，捡起来展开，绢帕内包着一支断成两截的翠玉簪子。心头一寸一寸凉了下去，绢帕一角，绣着一行秀丽端正的字迹：“匪我思存。”

折断的簪子代表永恒的告别，“匪我思存”四个字，又清楚地表明了原因。他并不是她心里的良人，与其纠缠不断，不如早早做个了结，免得行差踏错、难以挽回。

宫墙森冷，冯妙在小阁楼上，刚好可以看见墙外的人影。她相信自己做了最正确的事，那少年能在禁宫中随意出入，又在目睹密室里的情形时落泪，身上必定也带着不能被人知晓的隐秘。可不知为何，看见那少年身影离去，她忽然涌起一股无力感，有什么东西飞快地流逝而去，再也抓不住了。

崇光宫内，铜铸青云鼎里，焚烧着浓郁的龙涎香。拓跋宏仰面躺倒在榻上，手里攥着半截断簪。

“林琅，”他闭着眼低声叫她，“替朕更衣。”

没人应声，拓跋宏睁开眼，这才注意到，自从刚才进门，林琅就一直没有出现。她此刻不在崇光宫内！

拓跋宏走出主殿，揪住一个值夜的小太监，厉声喝问：“林琅人呢？”

小太监虽然在崇光宫当差，可平日里只能在外殿做些粗活，根本见不着皇上的面。此刻被皇帝揪住衣领，吓得两腿战战发抖：“小、小的没见着林姑娘。”

若是林琅偷偷出去，自然不会叫人看见，质问这些守夜的太监也没有用。拓跋宏松开手，小太监便瘫软在地。

快到午时，林琅才从外面进来。拓跋宏怒不可遏，一块和田玉镇纸，劈手就砸了出去：“连你也不把朕放在眼里！”镇纸正落在林琅脚下，青碧色的碎片四散飞溅。林琅惊得倒退一步，却还是缓缓跪下去，叩首说道：“皇上息怒，林琅今生今世，都不敢背弃皇上。”

她就跪伏在满地碎屑上，手掌、额头都被划出血来，却好像完全不知道疼一样。拓跋宏听她语调悲怆，似乎极力压制着心中情绪，顿时觉得不忍，绕过填金盘龙桌案，拉她起身：“不过说你一句，你脾气倒比朕还大，不爱惜身子也就罢了，好好一张脸也不要了吗？”

林琅低着头不说话，眼圈泛红，像是哭了一整夜，这会儿却一滴眼泪也流不出来。拓跋宏低头凑到她面前，看见她嘴角、脖颈上，似乎有些瘀青痕迹，便抬手去轻抚，语气里又带上一丝愠怒：“你父亲竟敢打你？”

“不，不是！”林琅张惶后退，躲开了拓跋宏的手，“是我夜里走路不小心。”

他们两人平常一向举止亲密，拓跋宏的贴身小事，都是林琅一手打理，此时林琅无意的一躲，倒叫他心中生疑，脸色也有些不大好看。

林琅眼神闪烁不定，不敢跟拓跋宏对视，慌慌张张地说：“奴婢刚从宫外回来，身上……身上不干净，今天先叫外殿的如意服侍皇上吧。”她从拓跋宏面前挣开，捡起几块和田玉镇纸的碎片，从侧门离开主殿。碎玉捏在她手心里，殷红血珠一滴一滴地滚下来，一路蜿蜒在澄泥金砖地面上。

拓跋宏盯着林琅的背影，面色阴沉。他和北海王拓跋详，小时候都是林琅的母亲带大的，林琅还只有几岁大时，便得太皇太后恩准，跟着母亲在宫中。可是林琅一向只与拓跋宏亲厚，他相信林琅，超过信任任何人。可这一夜过后的失态，究竟是怎么回事？

上巳节春宴正式定在三月初三，据说傩仪执事官高清欢，亲自卜定，这是一个难得的吉日，适合宴饮欢聚。北魏皇族还保留很多鲜卑部落的习俗，尤其特别相信占卜祭祀。之前一再推迟皇帝的冠礼，便是因为每逢旬日占卜，都没有吉日。吉日出现，即使只是适合设宴这样的小事，仍旧给平城内的贵胄皇族带来了难得的振奋。

胭脂水粉、绫罗绸缎的价格，都跟着水涨船高，因为家中有未婚适龄小姐的名门望族，都收到了宫中的请柬，要参加上巳节春宴。

有凉月、予星帮忙，冯妙已经备好了踏歌女子舞要用的东西。要论繁复精美，自己准备的东西，自然不能跟世家望族精心筹备的饰物相比，她只能多动心思，胜在新颖别致上。

她最珍视的，是一对九尺长的水袖飘带。阿娘教的踏歌女子舞，带有明显的南人特色，曼妙轻灵，需要舞蹈者技艺高超，把水袖甩动得如灵蛇、似轻云。她在水袖间又加了别出心裁的装饰，用两层夹缎镂空裁剪成百蝶穿花图案，又在缝制的花朵中间夹了真的桃花和杏花花瓣。翩翩起舞时，蝴蝶若隐若现，桃花红、杏花白，纷纷飘落。

予星曾经看过一次她的练习，惊讶得嘴都合不拢，好半天才说：“我要是男人，一定像你讲过的那个皇帝一样，用黄金盖房子，把你藏起来。”

冯妙无奈地抚额浅笑：“金屋藏娇，那是汉武帝第一任皇后的事。”说到这里，想起陈皇后最终还是失幸于帝王，在长门宫幽怨而死，恍然觉得隐隐不祥。

她清楚自己并不在受邀参加之列，能否成功，全在于皇帝一念之间。若是皇帝喜欢，这便是心思灵巧、蕙质可人。可若是皇帝不喜欢，这便成了别有用心，私闯禁苑、行止不端，是可以杖毙的大罪。

三月初一，尚仪局便开始安排，把饮宴要用的东西源源不断地送进畅和园。冯家两个博陵长公主所出的女儿，都要来参加，特别叮嘱了说，最小的滢小姐体弱，要安排远离水面的座席。新任内秘书令李冲的几个女儿也要参加。

最令人啧啧称奇的是，高太妃的娘家高氏，也禀明了太皇太后和皇上，有适龄的女眷要参加。高氏一族，在子息上并不兴旺，只有入了宫的太妃，据说当年请高僧看过，最有宜男的面相，后来果真生下了北海王拓跋详。至于高太妃的弟弟平原郡公，膝下尤其单薄，早年过继了一个同宗的儿子，后来又收养了高清欢，从来没有听说高家还有适龄的未婚小姐。正因如此，高氏在皇帝冠礼的事情上，一直并不热心。

宫人都在私下猜测，这名高家小姐，究竟是什么来历。人还从来没露过面，东西已经送了整整两车进来，预先安放在畅和园里。

高家显然对这凭空出现的女儿极为爱重，坐榻不肯用宫里的，要用自家带的上好清凉玉雕成的，说是触感润泽，可以让人清凉无汗、肌肤滑腻。可是又怕三月间天气凉，坐玉榻会损伤身体，用长绒狐裘缝制成软垫，包裹住坐榻。

至于其他的吃食、器皿，都各有讲究，半点也差不得。喝水要用根雕木碗，去除水里的杂气；喝酒要用白玉酒盏，衬托出酒的香醇味道；喝茶要用素白瓷杯，不能带一点杂色……

尚仪局的宫女，光是准备这位高小姐的用具，就累得快要直不起腰来，私底下都说，就算是请个九天仙女来赴宴，大抵也不过如此了。

真到了三月初三这天，人人翘首盼望，都想看上一眼这位神仙一样的高小姐。可等到午时开宴，各家的小姐都来了，唯独这位高小姐没来。只有高清欢向太皇太后和皇上代为解释，说高小姐早起头痛，用丁香花敷额头去痛。没想到丁香花在皮肤上留下了印记，用水粉遮盖不净，要重新匀面上妆过后才肯来。

贵客都已经到齐，自然不可能专门等着一个人。侍宴的宫女，用彩盘托出六十个桃木雕成的中空小盒，依次放进水里。事先开凿的水槽，顺着山势微微起伏，引入其中的水，便自然流淌起来。桃木小盒放进水中，都漂浮在水面上，也顺着水势缓缓漂动。

众人的座位就零星散落在曲水环绕之间，只有冯家小姐怕凉，设了一块素纱屏风在面前。

太皇太后笑吟吟地对拓跋宏说："今儿是你们年轻人的日子，哀家只是来看看热闹。宏儿，这春宴就由你来主持。"

拓跋宏也笑着起身，先取了桃花春酿，单膝跪地敬给太皇太后，然后才站起来说："朕也是借花献佛，今天的主意，可都是思政想出来的。他连朕也瞒着，没想到布置得如此别出心裁，孙儿不如干脆让贤，让思政来主持。”

说话间，冯诞已经从座位上起身，也跪在太皇太后面前，捧上自己手里的春酿：“请姑母赏脸，也喝了侄儿敬上的酒，侄儿就算借了胆，敢在姑母和皇上面前献丑了。”

太皇太后听见他油嘴滑舌，忍不住笑了，就着他的手浅浅地尝了半口：“猴崽子，快去吧，要是好就罢了，要是不好，哀家宫里有五寸宽的木板子，让你父亲带回家去，好好整治你一顿。”

冯诞得令起身，便对着所有宾客朗声说话。他指着水中漂浮的桃木小盒说道：“今日都不必拘束，随意想个新鲜主意，博太皇太后和皇上一笑。等会儿酒令传到谁面前，便请派出席上年纪最小的一人来。若是男儿，便喝三杯酒，再从水中取一个小盒，照着里面的话去做。若是女子，也取一个小盒照做，另外不拘是唱歌、吟诗还是作画，挑自己擅长的表演一样便可。”

参宴的人听了这话，都明白了几分。每处座席上，年纪最小的都是那名未婚配的小姐。这是要借着酒令，让小姐们在皇上和太皇太后面前表现。人人欢欣雀跃，只有冯清满脸不高兴，狠狠瞪了哥哥一眼。她比冯妙小些，却比冯滢大了两岁。就算轮到这一席，出风头的也是冯滢。她怨恨哥哥早想了这个主意，却没有提前叫她知道。

此时，冯妙也已经悄悄出了甘织宫，混在侍宴的宫女里，进了畅和园东面的桃树林。文澜姑姑病着，却也暗地里给她方便，让她能够顺利出宫门。前头各家小姐争奇斗艳，她都毫无兴趣。她要等的是踏歌环节，只要盯准始平王拓跋勰的动作就行了。

她偷眼张望，想顺便看看林琅有没有来，可拓跋宏身边竟然空无一人。正隐隐觉得有些失望，身后忽然传来低低压抑的啜泣声。

第十三章 水引桃花岸

冯妙顺着声音看去，一个纤细身影，斜倚着一棵桃树，肩膀不住地抖动。宫女被责打觉得委屈，是常有的事，冯妙侧头，只想挡住自己的脸，不要被人看出来。那宫女模样的人，似乎完全没觉察身后有人，止住哭声，摇摇晃晃地往前走去。

桃林再往东，就是碧波池了，树影掩映间，冯妙看着那人一步步靠近水边，忽然觉得不对，起身朝她追去。那人是要投湖自尽！

两人本来就隔了一段距离，冯妙既要绕过一棵棵桃树，又要小心脚下免得发出声响，追到池边时，那人已经离池边只有半步远。宫缎绣鞋踩在水岸边的砂石上，细沙直往水里滑。

“别过去！”冯妙心急如焚，不管遇上什么伤心事，难道能比死更难过吗？

那人听见身后有人追来，不但没有停下，反倒把一只鞋轻轻向前一蹭，整个人都随着细沙一起，往湖中滑去。此时满湖池水已经解冻，但是水温依旧冰冷刺骨，若是整个人落进水里，不死也要去了半条命。

冯妙急得说不出话来，偏偏今天又穿了一件遮住整个脚踝的广袖丝裙，她匆匆提起裙角，向前跳了一大步，伸臂抱住那个人向一边滚去。两人在满是砂石的河岸上滚出几步远，才勉强停下。冯妙半边身子剧痛，手臂几乎抬不起来。

另外那个人稍好一点，也十分狼狈，脸上擦破了好几处。冯妙揉揉额头，正要说几句劝慰的话，忽然看清了那人的面容，差点惊叫出来：“林姐姐！怎么是你？！”林琅一向柔婉，连说话都是细声细气的，实在想不到她也会委屈到寻死的地步。

林琅眼神空洞，不看冯妙，也不理她的话，在地上摸起一块石头，狠狠往自己脸上砸去。冯妙惊呼一声，抬手去挡，没想到林琅这一下竟然用足了力气，一下打在冯妙手上，血汩汩流出来。

冯妙“啊”了一声，这时才觉得刺骨剜心地疼。“林姐姐，”她眼泪汪汪地问，“究竟有什么事让你如此难过？你生得这么好看，若是毁了，多可惜呀。”

林琅两次自戕未成，胸中提着的那股劲已经泄了，她原本就不是个发狠的人，缓缓转头，目光艰难地定在冯妙脸上：“我……我已经脏了。”勉强说出几个字，眼泪就一连串地滚滚落下，从抽泣渐渐变成号啕大哭，把整张脸都埋在手心里。

冯妙愕然，她其实不大明白林琅在说什么，只觉得她哭得肝肠寸断，就好像一生中再也看不到任何希望一样，便也跟着觉得难过。她一边手臂疼得不能动，只好伸出另外一边的手臂，轻轻拍打林琅的背：“不要这样，你要是就这么死了，只会让那些真心记挂你的人伤心难过。”

“我还能怎么办？”林琅哭得嗓音嘶哑，“如果有一天，你唯一珍视的东西，却被人硬生生夺走了，你就会知道，那比活活剜了你的心肝还要痛苦百倍。”如此狠厉的话从林琅口中说出来，显见得她已经伤心至极。

“别人夺走了你的东西，过错并不在你身上。”冯妙忍着疼说话，此时春宴已经开始，畅和园内乐声悠悠，恰好遮住了她们说话的声音，“君子无罪，怀璧其罪。如果有一天，别人要夺走我心爱的东西，而我又没有能力自保，那我的牺牲至少也要有价值，为我心底珍视的人，换来他想要的东西。”

冯妙双眼清亮，不躲不闪地直视着林琅，她甘愿送出今生最珍贵的自由，换阿娘和弟弟平安。

林琅心头剧震，她依稀从对面纤细瘦小的人影身上，看到了她自己从来不曾有过的勇气。无数念头在脑海里翻腾，却一句话也说不出来。

两人沉默无言地四目相对，冯妙额头上冷汗淋漓，左边手臂先在地上重重摔了一下，又挨了林琅那一下，整个小臂都红肿起来。飘逸的广袖也撕扯破了，斜斜垂在一边。这副样子，哪里还能献舞？

满心沮丧时，身后桃林中传来“咔嚓”一声清响，那是鹿皮小靴踏在枯枝上的声音。冯妙匆匆回头，见冯清正站在一株桃树下，冷眼看过来。

刚才酒令传到她这一席上时，冯滢抽到了双手同时写字。她从小体弱，不能出门，闲来无事便在家中练字，双手同书正是她的绝技，冯滢当场便取笔墨来，左右开弓写了一副对联：春风春雨春色，新年新岁新景。对联本身文采平平，可是三个“春”字和三个“新”字，字体各不相同，同时落笔却又纹丝不乱，赢得满堂喝彩声。冯清心中不快，又不好对自己的妹妹发作，便借故离席，四处走走，没承想，刚好在这里遇上冯妙。

见着冯清，冯妙原本有些担心，怕她挖苦讥讽，闹得太过难堪。可冯清却只是在原地站着，目光在林琅身上打转。冯妙恍然大悟，这位小姐定是得了博陵长公主的耳提面命，要她在林琅面前，不可失了身份。在她们母女眼中，林琅迟早也是要为妃为嫔的，可又终归只能是个宫女出身的低等嫔妃，现在就摆出正房弹压妾室的姿态来了。

冯妙心里替林琅不值，坐在地上也不起身，略一躬身说道："清妹妹安好。"

"谁是你妹妹，我可没有在甘织宫里的姐姐。"冯清白了她一眼，神情满含讥诮不屑。

冯妙倒也不想跟她争执，低头去理自己的衣袖。好在藏在袖子里的水袖飘带并没有损坏，待会儿想办法把广袖修补一下，仍旧可以起舞。

冯清站在原地，正觉得尴尬，桃林之外，迎风飘来阵阵若有若无的香气，像是许多种花草混合在一起，馥郁却又并不让人觉得太过浓烈。香气经久不散，接着又是若有若无的轻吟浅唱，低低的像是就盘旋在耳边。

冯妙抑制不住心里的好奇，探着头向外看去。四名青衣侍女，抬着一顶轻纱软轿，缓步走来。那轿子四面都没有锦缎布帘，只用天青色的薄纱围裹，依稀看得见轿内，一名妙龄少女正斜斜卧着，一只手搭在胸口，似乎不胜娇弱的样子。

软轿行至曲水正中，便停下了，轿内伸出一只洁白如玉的手，搭在一名侍女肩上，接着，又探出一双纤巧脚掌来。那双脚上穿着丝绢缝制的短袜，脚踝处各绣着一只小小玉兔。另有一名侍女上来，跪在她身前，给她穿上绢丝绣鞋。

轿中的女子"咯咯"笑了一声，这才双脚落地，从软轿里站起。她并没裸露双足，所以算不得失节，可这做派，却又隐隐带着一股挑逗意味。

女子盈盈上前两步，俯身跪倒："小女高氏照容，拜见太皇太后、拜见皇上。"她的声音酥软，比杯中的酒浆更容易让人迷醉。一句话说完，不等主位上的人发话，高照容便自己抬起了头，双眼隐约含笑地看向拓跋宏。

四座发出轻微的惊叹声，这名女子梳着飞天高髻，额间点一抹朱砂，眼窝深邃却又眼尾狭长，皮肤并不白皙，反倒泛着一层浅棕，整个人匀称修长，却又带着弱不禁风的病态。处处都充满矛盾，可是这些彼此矛盾的特质，恰到好处地融合在她身上，让人禁不住想看一眼、再看一眼……

拓跋宏微笑抬手，示意她起身，转头对高清欢说："想必这就是你那用丁香花敷额的妹妹了？"

高清欢起身答话："臣这个妹妹自幼体弱多病，父母亲没有办法，只能送她去寺院里寄养，前几天满了十六岁，才刚刚接回来。礼节上没人教导她，请皇上勿怪。”

“哥哥！”高照容嗔怪地叫了一声，眼波流转间妩媚生姿，“哪有一来就说自家妹妹不懂礼数的？”她转头仍旧看向拓跋宏，抿着嘴微微笑着：“照容来迟了，愿献一舞赔罪，请皇上恩准。”

这话叫人无法拒绝，见拓跋宏轻轻点头，高照容站起身，袖筒向外一甩，凭空长出六尺。五色丝绢结成水袖，在半空中略一伸展，才飘飘荡荡地落下。

冯妙看见这场景，立刻心中一沉，高照容的舞蹈，也是用水袖。高照容从一早上起，就吊足了众人胃口，此刻终于出现，又是妆容精致、服饰华美，五官也妖娆妩媚得无可挑剔。虽然冯妙用的九尺水袖飘带，更考验舞蹈者的功力，可高照容已经占尽了先机，她想再用类似的技法，就算舞得再好，也绝对不会有此刻的震撼效果了。

高照容双手虚合，从身旁侍女手中接过一件梨形的西域乐器，对着主位屈膝说道：“此舞名飞天，此琴名琵琶，恭祝太皇太后福寿绵长，恭祝皇上早得良缘。”她的动作身形，甚至手里拿着的乐器，都透着新奇。那件琵琶，还有几人见过，至于她说的飞天舞，却是闻所未闻，都瞪大了眼睛看着。

冯妙双眼一眨不眨地看着高照容，几乎屏住呼吸。同是舞者，她对飞天舞的好奇，比其他人更甚。

高照容单手拨弦，琴声不像寻常琴筝那样清隽，反倒在一股大漠黄沙般的苍凉中，透出神秘莫测的气息。琴声骤起，她脚下也同时起步，身子柔若无骨地旋转、后仰。水袖随着她的动作向外翻飞，把她整个人包裹在其中。

她的动作越来越快，琵琶声也越来越急促，远远看去，整个人都像笼罩在水袖舞出的炫目光晕里。她站在曲水之间五尺见方的地方起舞，可是看着她的舞蹈，却觉得她好像盈盈飞舞在半空中。

一舞结束，畅和园内寂静无声。冯诞击掌叫好：“此舞果然当得起飞天之名。”高照容这时才站起身，虚弱无力地搭着侍女的手，身上却清凉无汗。

冯妙低头看了一眼自己的衣装，广袖丝裙上钩破了几处，裙摆上全是污泥，用手一摸，头上的发髻也已经散乱不堪。这副样子，无论如何不能与高照容相比。身边林琅不知何时已经悄悄离开，只有冯清同样惊疑不定地看过来。如此姿色才艺，若是入了后宫，必定会分走帝王大半的宠爱。

畅和园中饮宴继续，有高照容珠玉在前，其他的世家小姐都有些意兴阑珊，自知比不过高照容一舞惊人，大多草草了事。

冯清正要返回席上，手腕忽然被冯妙拉住，她气冲冲地回头，却看见冯妙露出一抹狡黠笑意：“你我合作，还有机会扳回一局，压过高照容的风头。”依稀记起，上次她拐走飞鸾衔珠步摇时，也是这副笑意。

“我凭什么要听你的？”冯清话说得不客气，脚步却不自禁地停住了。

冯妙眼神清亮如泉：“就凭此时此刻，你比我更想压过高照容。”

眼见园中气氛渐冷，冯诞便招来侍宴的宫人，给每一席都送去各色糕点。高照容已经在高清欢身边落座，看着小案上的菜色挑挑拣拣，有异味的、太油腻的、性寒凉的，她都不吃。挑来挑去，只拣了一块绿豆做成的酥蓉点心，吃了半块就放在一边。

正五品尚仪悄悄跪在拓跋宏身侧，询问是否要请始平王爷开始踏歌起舞。拓跋宏还没说话，冯清的座席上忽然传来一声轻呼。十几只雀鸟盘绕在素纱屏风周围，叽叽喳喳地鸣叫。

彭城公主拓跋瑶见了，惊叹着说：“好多喜鹊！看来冯家姐姐要有喜事了。”这话也只有她敢说，对冯家女儿来说，除了嫁入天家，别的都算不得喜事。

冯清在素纱屏风后落落大方地作答：“六公主说笑了，春日宴会，蔬果鲜美，喜鹊绕梁，福泽绵长。臣女也愿以一曲一舞助兴，不辜负这良辰美景。”

她站起身，却并不从素纱屏风后走出来，只是取出几枚小巧精致的银质铃铛，系在双手双脚上，然后便做出一个起舞的姿态。

屏风上的素纱薄如蝉翼，迎着光亮看过去，刚好可以看见冯清的身姿，像剪影一样投映在上面。身姿轻动，银铃便发出丁零丁零的声响。

拓跋宏端起酒樽，送到自己唇边，用刚好能被两个人听到的声音，对冯诞说：“你的心思，你妹妹似乎并不领情啊。”冯诞凝神看着素纱屏风上的身影，脸色有些不大好，清儿这番举动，实在太过心急了。抢先得幸固然风头无二，可最先得子却并非幸事，立子杀母反倒会惹来一场杀身之祸。可清儿能在不利的情形下，想出这样的主意来，做哥哥的倒也十分欣慰。

此时，素纱屏风上的人影已经一分为二，银铃随着舞步叮咚作响。纤细女子敛肩、含颏、掩臂、松膝、拧腰、倾胯……每一个动作，都尽显女子身姿的柔美。正因为隔着屏风看不清楚，反倒让人生出无穷无尽的想象。两个人影，似乎幻化成无数妙龄少女，在春日溪水边游玩嬉戏。

歌婉转、舞婆娑。方才高照容的飞天舞，胜在法会祭祀一样的繁华庄重、富丽堂皇。此时素纱屏风上的袅袅人影，就胜在返璞归真的天然意态。少女含羞掩面，似在偷眼看着溪水对岸的情郎，却又不敢表达，只能借着歌声聊慰相思。最简单的黑白素影，却胜过千万华丽色彩。

两道人影衣袂翩飞，如蝴蝶穿花一般，却在某刻陡然停住，连银铃的声响也消失不见。众人正在诧异，素纱屏风忽然向两侧分开，九尺水袖飘带骤然打开，在半空中连绵不绝地舞动。水袖内层的蝴蝶，像要活过来一样，不断拍打着翅膀。粉红桃瓣纷纷飘落，却并不落在地上，反而渐渐粘连在屏风的素纱上，拼出两行字来：织女待人久，我心长待君。

突然而至的色彩，带来的震撼更为强烈。仿佛万千春光，忽然就在这如雨飘落的桃花中，苏醒过来。上巳节春宴，直到此时才真正让人觉得春天的确到了，就藏在曼妙女子的纤腰广袖中。

等到桃花落尽，两道人影才跪倒施礼，其中一人是冯清，另外一人却不是冯滢。冯妙缓缓抬头，目光落在拓跋宏的龙纹衣襟上，面上没什么表情，心里却万分忐忑。她已经尽了最大努力，成或者不成，就在他一念之间了。

受伤的手臂酸胀，身上出了一层薄汗，几处伤口都被浸得发疼。她换了一件干净的素白衣裳，遮住了那些伤处。

看见共舞的是冯妙，太皇太后脸上的惊诧一闪而过，随即了然地端起茶盏。冯诞连连打量了冯妙几眼，顿时明白，主意并不是冯清想出来的。

舞是献给皇帝的，包括屏风上那句桃花拼出的直白情话，也只能是说给皇帝一人的。旁人都不敢出声，等着拓跋宏开口。

拓跋宏看一眼冯妙便转开目光，双眼盯着屏风上的字，许久才念了一句："我心长待君。"原来如此，她不愿与旁人深交，是因为她早已经存了这样的心思。明明那句话是写给自己看的，拓跋宏却觉得万分刺眼。

皇帝并不叫她们起身，语气也有些森冷难辨。冯妙心中更加不安，不知道是否有哪里触了皇上的逆鳞。

"太皇太后、皇上恕罪，奴婢来带回甘织宫的人。"文澜姑姑的声音，响在冯妙身后。

原本带着艳羡嫉妒的世家小姐们，此刻看向冯妙的眼神都有些复杂，带着几分鄙薄和幸灾乐祸。这对姐妹抢了今天最大的风头，其中又以冯妙的舞姿最为曼妙柔美。这么一个美人儿，原来是甘织宫里的罪婢。

"皇上，甘织宫今天出来粗使的宫女，都已经回去了，只差这一人，"文澜姑姑妆容整齐，丝毫不显病态，"请容奴婢把她也带回去。"

"准了，"拓跋宏淡淡地说，"甘织宫以后要看管得严一些才好。"

文澜姑姑躬身应"是"，带着冯妙离开。穿过桃林时，冯妙依稀听见拓跋宏的声音，带着几分赞赏："朕从前竟不知道，原来表姑母的舞也跳得如此好。"

接着便是宫人宣旨，赐冯清赤合垂丝金簪一对。依稀有人询问，如何能让桃花在屏风上拼出字迹来。冯清得意扬扬地回答："事先用蜜糖在屏风上写出字来，花瓣飘落时，自然就粘在上面……"

一路进了永巷，文澜姑姑才停下脚步，手扶着宫墙剧烈咳嗽，捂住嘴的指缝间隐隐有血丝渗出。

“姑姑，你没事吧？”冯妙大惊，赶忙扶住文澜姑姑，替她理着背。

文澜姑姑轻轻摆手，好半天才声音虚弱地说：“你今天犯了一个大错，你知道吗？”

冯妙垂下眼帘：“私自出甘织宫，我知错了。”

“不是这件，”文澜姑姑抚着胸口，每说一句话，都似乎极费力气，“以色事人，别人便以色待你。以心事人，别人才能以心待你。”

冯妙震惊地抬头，她的心思，原来文澜姑姑全都知道。

“陈阿娇失宠，卫子夫取而代之，世人都责怪汉武帝喜新厌旧，”文澜姑姑慢慢地说，“我却并不这么认为。陈阿娇自小万千宠爱，如何能够理解汉武帝少年登基的艰难？而卫子夫出身微贱，承幸时婉转娇柔，一心仰望汉武帝。这种小女儿一样真挚的崇敬和爱慕，和能与他携手并肩的心愿，才是汉武帝最需要的，自然能够得他长久宠爱。”

这段故事，冯妙也十分熟悉，此时听见文澜姑姑拿来教导她，立刻便明白过来，同时心中万分感激，低头说道：“多谢姑姑。”

“好孩子，”文澜姑姑的语气一转，把一样冰凉的东西放进她手中，“我已经向太皇太后请旨，离宫养病，有生之年，也许不能再回来了。这样东西，便留给你，到你日后想好如何使用时，便自可以拿去用。”

冯妙低头去看，握在手里的，是一只镂空银球，用一段缎带系着，可以挂在衣襟上。银球中空，里面装着一枚荔枝大小的褐色药丸，散发出极淡的香味。

“这一枚月华凝香，是先帝赏给我家小姐的，”文澜姑姑说话已经很费力。“当年小姐入宫时，年纪便跟你差不多。我告诉你药丸的来历，你便会知道，若有一日，你遇到进退两难的情形难以决断时，该如何做。”

第十四章 拂罗衣

文澜姑姑的声音极低，像一缕烟飘浮在半空："先帝宠爱小姐，却因为拓跋皇家立子杀母的关系，害怕她得子而丧命，便千方百计找了这种药丸来。月华凝香极其珍贵，向来只有冯家的妃嫔小姐，才能用这种药丸养颜滋补。可它最珍贵难得的地方，并不在此，而是在于里面的另外两味珍贵药材——零陵香和七叶一枝花。"

"啊？"冯妙惊叹，皇帝送给最宠爱的妃子的药里，竟然有这种成分。零陵香倒还好些，七叶一枝花却十分珍贵少见。据说这种草药的花朵，是由七片一模一样的叶子组成的，很是奇特。不过，这两种草药，都是用来防止有孕的。

文澜姑姑轻轻点头："先帝并没有隐瞒欺骗，而是直接告诉了小姐，服了这粒药，便不会有孩子。"

"可是小姐听了却说，他们既然做了夫妻，为他生儿育女便是天经地义的事，怎能因为顾惜自己的性命便剥夺了先帝的天伦之乐？"文澜姑姑摩挲着镂空银球上的缎带，"听她这么说，先帝感动非常，可小姐却不肯把这粒药丸还给先帝，便做了这个镂空小球，带在身上。"

冯妙捧着小球，心中感叹不已，要怎样一个洒脱知命的人，才能说出这样的话来？她迎着光亮看去，才发现小球上刻着几行细密的小字：结发为夫妻，恩爱两不疑。生当复来归，死当长相思。词句之间，几乎是时间最决绝刚烈的情爱。

她小声开口发问："那……这位小姐，最后有没有留下孩子呢？"

文澜姑姑却并不回答她的话，喘一口气便接着说："若有一日你觉得左右为难、怎么做都伤人伤己时，你只需记得四个字——率性而为，永远不要……不要失了自己的本心。”最后几个字，几乎是一字一顿地说出来，声音却变得越来越缥缈。文澜姑姑抚着缎带的手指突然松开，整个人软倒下去。

“姑姑！姑姑，你不要吓我！”冯妙再也顾不得此时身在何处，大声哭喊。

可她细弱的胳膊，根本担不起一个人的重量，只能看着文澜姑姑缓缓倒下去……

太皇太后的旨意来时，文澜姑姑已经永远用不到了。冯妙知道她其实不想死在宫内，不想永远困在这四面宫墙里。可她终究差了那么一步，倒在离宫门如此近的地方。

十几岁的小姐入宫，身边带着的丫鬟又能有多大？从无邪少女，变成中年妇人，最后仍旧是一抔黄土。

上巳节过后，宫中的礼官便开始给参加春宴的小姐们准备回礼。大魏皇室向来以金、铜之物代表尊贵，因此准备的回礼也有两种。收到纯金打制的对插青鸾发簪，便代表皇家看中了这家的小姐，一家人都满面喜气地准备入宫的人手器物。收到白玉如意的，便是落选了，可以另行许配人家。

冯家的两位小姐，自然都在入选之列。内秘书令李冲的女儿，荥阳郑氏的长房嫡出女儿，也都毫不意外地入选。尚仪局辟了畅和园附近一带的宫室，等收拾妥当，再选定吉日，就可以迎入选的小姐们进宫。

甘织宫自然不在礼官的考虑范围内，予星听冯妙说起那一天的际遇，替她惋惜不已：“如果没有半路杀出来的高小姐，没有小树林里那个寻死的人，该多好。”

“哪有那么多如果？”冯妙浅浅地笑，头顶一只五彩斑斓的锦雀风筝，正迎着风飘飞。她的目光近乎贪婪地追着那只风筝看，至少在那根线可以触到的范围内，它是自由的。

看着看着，那风筝似乎越来越低，摇摇晃晃地一头栽下来，正挂在甘织宫的一侧墙壁上。

“你们都给我躲远一点，本公主自己去拿！”少女清脆的嗓音响在墙外。接着便是驱赶小太监架梯子的声音、小太监苦苦哀求的声音、牛皮小靴踩踏在木栏上的声音……一阵嘈杂过后，一张苹果似的脸从墙头露出来。

少女伸着手，一点一点地努力向前，终于够到了锦雀风筝。她欢呼雀跃地抬头，目光正对上冯妙：“咦？是你？”少女竟然把风筝向后一丢，整个人越过墙头：“你那天用新鲜果蔬和学鸟叫招引喜鹊的法子，可真好玩，你还有什么好玩的主意？都告诉我，我一样一样去试了来。”

冯妙哑然失笑，她只见过彭城公主拓跋瑶两次，其中一次还是隔着帘子听她跟太皇太后说话。整个皇宫，最自在的人恐怕就是她了，太皇太后娇宠她，旁人更不敢逆她的意。

“你也是冯家的小姐，”拓跋瑶突然叹了口气，“冯家的另外两个小姐，就要变成我的嫂嫂了。”

“你不喜欢她们做你的嫂嫂？”冯妙故意逗她。

拓跋瑶吐了一下舌头：“一个鼻孔朝天，从来不理人，另外一个病得动都动不了。这样的嫂嫂进宫，还是没人陪我玩。”

冯妙忍不住笑出声来，果真是个心思单纯的小公主，别人眼里纷繁复杂的事，在她这儿倒是简单。

“六公主又不是只有这两个嫂嫂……”冯妙刚一开口，忽然想起什么，有些疑惑地问，“高家的小姐入选了没有？”

“原本是入选了的，皇兄专门给她准备了九纹凤簪，”拓跋瑶眨着一双眼睛，“可是听说高小姐不肯收，说她已经在佛前发愿，要祈福十年，偿还父母之恩，不能入宫沾染红尘气息，整个平城都以为高小姐疯了。”

冯妙不说话，心里却感叹，这才是最聪明的人。惊鸿一瞥，却又求之不得，少年天子如果不是心志坚忍的人，恐怕这会儿已经对她痴迷深陷、难以自拔了。

转念又想，高家只送了这一位小姐待选，她此时拒绝，要么是有条件想让皇上答应，要么便是在等太皇太后的意思。

“六公主，”冯妙忽然拿出一个丝绦打成的小结，“我想起一个好玩的东西，你看着。”她把小结放进手心，作势向前一抛，再张开时，手心里便什么都没了。拓跋瑶张大了嘴，伸手来摸，看她藏到哪里去了。冯妙抬起另一只手，在拓跋瑶耳边轻轻一抓，收回身前，再张开时，那丝绦结便跑到另一只手里去了。

“啊！你是怎么藏的？快告诉我！”拓跋瑶生长在深宫，从来没有见过这种外面极常见的戏法。冯妙其实也只会这一手而已，还是从前跟府里一个和气的花匠学的。

“六公主，我不能离开甘织宫，可是我有几句话想对太皇太后说，能不能请公主帮忙传个话？”冯妙用指尖理着丝绦穗子，引着拓跋瑶的兴致，“我快到及笄的年纪了，却沦落在这里，想请太皇太后做主，赐我一个表字。公主不妨先自己想想这戏法的秘密，改天公主路过时，我看看公主猜得对不对。”

拓跋瑶爽快地答应：“那好，我便明天再来。”她敏捷地从墙头翻回去，隔着宫墙还能听见她在呵斥小太监：“不要扶我！我自己下来。”

听见她走了，躲在一边一直没有出声的予星，才悄声问：“太皇太后那么尊贵的人，要是不理睬你怎么办？”

冯妙把丝绦小结递给她：“不理睬就不理睬吧，反正也只是试一试。我刚刚在想，高照容耗了那么多心思，怎么可能轻易放弃。其实这道理，对我也是一样。”太皇太后特意请博陵长公主入宫，只为敲打她，又怎么可能在一切都未分明时便放弃了她。

等到第二天同一个时辰，拓跋瑶却没来。冯妙心中失望，也许拓跋瑶找到别的好玩的东西，已经把在甘织宫看见的小戏法给忘了。一连等了十几天，都毫无动静，也许这个办法又失败了。

四月初六，冯妙正在小药园里挖豆根，忽然远远地听见甘织宫门外传来一片嘈杂声。不一会儿，予星就匆匆忙忙地跑进来：“外面……外面有人来宣旨，似乎是给你的。”

冯妙净了手，刚走到正殿，便看见红木雕漆箱笼放在地上，一名侍女模样的人，手里托着彩盘，上面放着一对点翠金钗。尚仪局从六品掌事姚福全满脸喜气地说：“这位就是冯大小姐吧？给小姐道喜，请小姐梳妆，这就移步畅和小筑，其他各位小姐也是今天入宫来着。”

四周一片不敢高声的惊叹，一叹她竟然是冯家的小姐，二叹她涅槃重生的运道，进入畅和小筑，便是皇上的待选妃嫔了，寻常宫人，不论品级如何，都要对她行礼问安。正因如此，姚福全说话时，一直半躬着腰，目光也并不与她直接对视。

年老的嬷嬷走上前来，先向她俯身行了礼，然后才笑吟吟地说：“奴婢为小姐梳头匀面。”

冯妙如坠雾中，看着别人向自己口称“奴婢”，心里一时还转不过弯来，忙说：“不敢劳动姑姑。”

老嬷嬷笑着恭敬回话：“能给小姐梳妆，是奴婢的福气，请小姐先进香汤沐浴。”

接着便有小太监抬进一个楠木大桶，放在正殿北面的一间小室里。桶中是早已经准备好的热水，上面浮着一层刚摘的丁香花蕾，芬芳四溢。小室四面的门窗都用丝捻素绸遮住，两名侍女上前，手势轻柔地替她除去衣衫。

衣袍滑落，露出如凝脂一般的肩头皮肤。冯妙大窘，“啊”一声慌忙用手遮住身前，脸上灼热滚烫。她并不习惯叫人服侍，此时小室里尚有一名老嬷嬷和两名侍女，要她旁若无人地放松沐浴，无论如何也做不到。

老嬷嬷只当她年轻、面皮薄，便劝道：“这是宫里的规矩，从甘织宫出去的人，都要先香汤沐浴，洗去一身晦气，从此便苦尽甘来了。”

侍女搀扶着冯妙进入木桶，又用铜壶向桶中添了热水。热气熏得她头脑一阵一阵地发昏，好像置身在一个不真实的梦境里。

沐浴过后，侍女摊开一幅绣青鸾翔天纹的精织软棉巾，裹在她身上吸干水分。冯妙略略低头，忽然觉得此时的身体格外陌生，双腿笔直修长，像美玉雕琢而成一般。腰间纤细，胸前丰盈，她看了一眼便匆匆转开视线，似乎那些并不是自己的。她已经不是个未长成的小丫头了，这一年多穿戴粗陋，把她刚刚长成的曼妙身姿，都遮掩住了。

两名侍女相对抿着嘴偷笑，目光掠过她锁骨下方一处文刺的木槿花时，才微微露出诧异。要奉选入宫的女子，都极度爱惜皮肤，平常连粗一点的衣裳都不肯穿。不过那朵小小的木槿花，反倒给她平添了几分诱人的妩媚。

冯妙像个木偶一样，由着那两名侍女给她穿戴。杏黄莲花纹肚兜，胭脂色海棠轻罗衣，下身配流金丝长裙，外罩一件孔雀翎拖尾罩衣。衣裳都是尚仪局命人赶制的，一身穿戴整齐，通身气度便一下子不同了。

老嬷嬷把她的头发整把梳起，盘成高髻，从此她便是待嫁的女子了，再也不能梳丫髻了。如云发髻衬出一张小巧的脸，老嬷嬷惊叹："小姐生得真美，不用水粉口脂，就已经是国色天香了。"

此时妆成，原本该拿赏钱赏她，可是冯妙手边没有拿得出手的东西，只能笑着说："多谢嬷嬷的巧手。"

长长的雀尾，扫过甘织宫的石阶，冯妙从大开的正门跨出，上了早已等候在门外的步辇。姚福全亲自拖着长音唱了一声："起——"紧接着，便是震耳欲聋的鞭炮声。

她并不是第一个从甘织宫乘步辇、戴金钗离开的人，当年的太皇太后，也是这样出永巷的。宫中内官，已经对这样的仪式十分熟悉，用鞭炮驱除晦气邪祟，还要一路泼洒香艾草煮的水。

"冯娘子，太皇太后有口谕，请娘子先到奉仪殿，再去畅和小筑。"姚福全跟在步辇侧面说话。冯妙一时没反应过来，见他盯着自己，才意识到那声"冯娘子"便是在叫她自己。待选的女子不一定会成为妃嫔，不能称娘娘，只能称娘子。

"有劳公公安排。"冯妙开口答话，可嗓音却有些发哑。

步辇停在奉仪殿侧门，姚福全便伸手搭着冯妙下来，然后上前通禀。门口的小宫女脚步匆匆、去而复返："崔姑姑说，太皇太后还在小憩，请娘子稍等。"

冯妙听见回话，便恭敬地站在原地。现在这种情形，她尤其需要恭谨小心。太阳越升越高，头上的金钗也越来越重，精美的外袍密不透气，冯妙渐渐觉得内衫被汗浸透了。随侍的宫女太监都鸦雀无声，只听得见柳树上的蝉鸣。

等得有些头眼昏花时，侧门才"吱呀"一声打开，小宫女通传道："太皇太后请娘子一人进去。"

冯妙跟在小宫女身后，进了寝殿，俯身跪下去："妙儿拜见太皇太后。"

太皇太后神色和蔼，叫她起身坐在自己身边，目光从她脸上扫过时，不经意地微微一怔，接着便抚着她的手说："好孩子，你出落得这么好，你阿娘也一定很欣慰。"

"多亏太皇太后肯教导我。"冯妙低眉敛目地答话。

"你是哀家要进宫来的，哀家不照拂你还能照拂谁去？"太皇太后摘去镏金护甲，从身侧的小案上取过一个错金香炉，递到冯妙手中，"这东西，哀家还是交给你，你以后好自为之吧。"

错金香炉小巧精致，可捧在手里还是沉甸甸的，手柄摩挲得光滑发亮。冯妙认得这是小佛堂里那只香炉，从它身上不知道牵出多少事来。她揭开盖子，里面的香灰还在，夹杂着没有烧尽的紫色纸屑。

冯妙眼中泛湿，就要盖上盖子，忽然觉得不对，当时的纸笺颜色十分匀净，因为上面有弟弟的字迹，她反复看了好几遍，绝对不会认错。可眼下香炉里的碎屑，边缘明显颜色较深，还带着芳香气味，这一次的碎屑才是用紫香根染色的纸笺。

"清儿毕竟有一半拓跋皇室血统，"太皇太后爱怜地拉着她冰凉的手，说出的话却冷意森森，"中毒出疹的事，可大可小。你在甘织宫一年多，哀家知道你的苦，可若不这样，真让博陵闹起来，你的境况恐怕比如今更差。"

冯妙掐紧了手指，低头应了声"是"。毒害皇室宗亲，是不赦的重罪。纸屑被换过了，如今这件错金香炉，只能证明她的的确确焚烧过掺了紫香根的纸笺。她以为自己借了太皇太后的意思脱出牢笼，却不知道，原来一切早在太皇太后的安排之中。

"既然要侍奉皇上，今后就别再做糊涂事，"太皇太后又说，"等过几年，生了子嗣，你的生母和弟弟，也就可以诰封了。"

冯妙一句话都说不出来，直到此时才明白，太皇太后远比她之前所想的谋虑更加深远。起先，她以为太皇太后不过是想多选冯家女儿入宫，再为娘家谋划，毕竟冯家三位小姐相貌性情都不相同，再不济也总该有一个入得了皇上的眼。历朝历代的外戚，都是这样巩固荣宠的，所以才不乏姐妹共侍一君的先例。

可太皇太后想要的不止这些，她已经亲手抚养了两代帝王，等到有了名正言顺的太子，她便可以扶立太子登基。密室里先帝的凄厉呼喊，似乎还在耳边，暖融融的奉仪殿，无端变得阴森凄冷。

"妙儿，"太皇太后抬手摘下她头上的点翠金钗，"哀家再给你取个小字。"她用金钗点一点墨迹，在纸面上画出两个字"润莲"，接着拿出一支雀尾九合簪，插进她的发间："既然是从冯家入选的女儿，身上怎能没有一件娘家的饰物，这是哀家年轻时戴过的簪子，给了你吧。"

冯妙起身跪倒：“润莲谢太皇太后。”她对这小字说不上喜欢，可太皇太后准她在小字里用清水旁的字，便是准了她与冯清、冯滢同样的恩宠，她不得不装出欢喜的样子来。

拜别太皇太后离开奉仪殿，步辇再起，绕过碧波池边的垂荫小道，往畅和小筑方向去。畅和小筑修建在碧波池正中，有一条小道与岸边的畅和园相连。待选的女子并不一定真能成为妃嫔，也有些会嫁给宗亲做王妃，住在水上，便是为了避讳。

“前方道路狭窄，请娘子换小轿吧。”姚福全躬身禀告，不远处已经备好了呢顶软轿。

冯妙跨下步辇，早有宫女替她打起轿帘。落座之后刚走了几步远，轿身忽然重重一晃，冯妙赶忙抓住楠木扶手，才没有跌倒。她扬声向轿外询问：“出了什么事儿？”

抬轿的小太监隔着帘子答话：“娘子受惊了，是郑家小姐的软轿，也要从这里经过，可是湖上的小路狭窄，只能容一顶软轿先过。”

原来不是什么了不得的大事，冯妙吩咐：“让郑家小姐先过就是了，我原也不急的。”

“可是，可是，”小太监吞吞吐吐，欲言又止，“娘子您的软轿已经上了这条小路，郑家小姐非要您退回去，等她带着东西都走完了，才能轮到您走。郑家小姐还说、还说……”

小太监的声音越来越低，不敢说下去了。不用想也知道，无非是说她是个甘织宫罪婢云云。冯妙再没法忍下去，如果今天被她侮辱了去，往后在畅和小筑，只会更加难过。

冯妙掀起轿帘走出来，正看见不远处的郑家小姐，也在轿外树荫下站着，想必是轿中闷热，出来透透气。

那郑家小姐身形匀称，可脸上脂粉太多，反倒有点看不清五官，头上珠翠环绕，似乎生怕旁人不知道她是豪门世家的小姐。她一见冯妙，丢开手里扇着的绢帕，嘴角鄙夷地上挑：“我戴的可是对插青鸾簪，你头上不过是区区一支雀尾簪，也想抢到我头里去吗？”

冯妙心中冷笑，不愧是世家小姐说话，拐着好几个弯，在嘲笑她雀鸟不如青鸾、不知天高地厚呢。

刚要开口，身后忽然传来一阵“咯咯”的笑声。

第十五章 风暖鸟声碎

“好有意思的说法，两支簪子就比一支簪子金贵吗？这位姐姐可知道，有一种小兽名叫刺猬，全身长满了硬刺，”高照容握着一把纨扇，步子袅袅婷婷地走过来，“照姐姐这么说，刺猬岂不是这世上最金尊玉贵的东西，难怪披着仙人衣呢！”说完，她用扇面遮住口鼻，依旧笑个不停。

这话说得十分刻薄，讥讽郑家小姐像刺猬一样爱惹是生非，可高照容本就生得柔弱娇美，说话时又带着调笑的意味，叫人有满腹脾气也不好发作。

郑家小姐怒瞪了她一眼，回身喝骂自己的婢女：“没用的东西，叫你整理东西都整不好！”

高照容走到冯妙身边，含着一丝笑容上上下下看了她好几眼，这才握住她的手：“你的舞跳得可真好，我还从来没见过有人能舞动九尺的水袖。日后你我长在宫中，等得闲了，你教教我好不好？”她语气一派天真烂漫，好像真心真意地仰慕艳羡一般。

冯妙只能客气答话：“一舞飞天，才真正让人忘俗，我不过是跳着玩儿罢了。日后同在宫中便是姐妹了，该你多教教我才是。”她这时才看清高照容的装束，妆面素净，一头乌丝只松松地绾了个堕马髻，用一段桃色的璎珞跟头发束在一起，其余什么饰物都没有。

“姐姐误会了，”高照容靠得更近，几乎挽住冯妙的胳膊，像是熟识许久的闺中姐妹一样，“我并不是入宫待选的，我原本已经在佛前发愿，要祈福十年直到达成心中所愿。是太妃娘娘听说了，便叫我进宫来住些日子，顺便替她诵读佛经，又说好多姐妹都会来畅和园，便让我也来这里，长长见识。”

冯妙不动声色地听着，半点也不相信她说的话，她留神观察着高照容的语气神态，却只觉得她娇憨可人，瞧不出丝毫破绽。

“皇上听说我要进宫陪伴太妃娘娘，特意在畅和小筑里，给我单独辟了一间居室，等姐姐得闲，去我那里坐坐，”高照容摇着纨扇凑近冯妙耳侧，“我最喜欢帮人勾眉描妆，到时候帮姐姐好好润色一下，一定让姐姐独占皇上的心。”说完，她又是一阵飘摇荡漾的轻笑。

在这里耽搁久了，终究不像样子，冯妙牵着高照容的手，一路走着到了湖心小岛。姚福全早已经提前到了，等候在那里，见两人过来，立刻乖觉地上前问安：“高小姐，皇上特意嘱咐了，您的住处要僻静，老奴已经把这里供佛的怡然堂打扫干净，这就叫人带小姐过去。”

他转头又对冯妙说：“冯娘子勿怪，老奴领着旨意为娘子安排住处时，这里的六间正殿都已经安排妥当了，只能请娘子委屈一下，暂时住在西面一处偏殿里。其实那里的风景也是极好的，只是靠近水面，夜里冷些。”

冯妙听见他言语得当、进退有度，便知道他是宫里有资历的公公，有心拉拢他，笑着说：“多谢公公费心，听说其他待选的小姐，要两人同住一殿。这么看来，偏殿也有偏殿的好处呢。”

正说着话，南面毓秀殿门前，忽然起了一阵嘈杂，隔得太远听不大清楚。冯妙便问姚福全：“住那间殿里的是哪家的小姐？”姚福全躬身回答：“东殿是荥阳郑氏的嫡出小姐郑映芙，西殿是著作佐郎袁大人家的小姐袁缨月。”

冯妙微微皱眉，不知道是谁做了这样的安排。著作佐郎只是七品官员，负责编纂国史，在世家子弟眼中算不得尊贵。这位袁小姐的出身，夹杂在众多名门闺秀中间，实在平平，偏偏又跟最自矜身份的郑氏同住一殿。

好奇心起，冯妙便往毓秀殿方向走去。高照容在身后拉了她一把：“姐姐何必管不相干的闲事？”

“不是闲事也说不定，”冯妙莲步轻移，“郑家小姐一来就这样张扬跋扈，也不知道是如何入选的。”

毓秀殿前，郑映芙正柳眉倒竖，对着一个身穿湖蓝对襟襦裙的女子说话：“我偏不准你的东西放进来，从小到大，我可从来没有跟人同住一殿过，我带来的东西又多，你自去别处想办法。”

那女子衣着朴素，与头上的对插金簪很不相配，双眼泛红，几乎快要哭出声来：“领我进来的掌事公公已经走了，这住处都是安排好的，怎么能说换就换呢？”

冯妙悄悄瞥一眼姚福全，见他在一边不急不躁地等着，不由得心下感慨。负责引领袁缨月进宫的掌事太监，多半是看她既没下人跟从，也没什么像样的东西，便不肯尽心尽力地帮她，带到毓秀殿门口，人便走了。

郑映芙掐着腰，叫自己带来的侍女把东西一样一样搬进去，却挡着门口不让袁缨月进去。袁缨月楚楚可怜地站着，也不敢硬闯。

冯妙走上前去，拉过袁缨月柔声说："我住西面的偏殿，虽然小些，两个人还是住得下的。不如跟掌事公公说一声，你跟我同住一殿吧。"

袁缨月强忍着泪水："怎么好麻烦姐姐……"

"没关系，我倒喜欢两个人，说说话热闹些。"冯妙帮她提起散落在地上的东西，递给一旁的小太监。郑映芙冷哼一声，一甩袖子走进毓秀殿，把殿门重重合上。

西偏殿里也有两间小室，冯妙便让袁缨月先选了一间，自己住另外一间。姚福全见她们两人身边都没人服侍，便把早上替冯妙更衣的忍冬和半夏，留在毓秀殿服侍。冯妙把人留下，对姚福全说："我也懂得宫里的规矩，可这会儿要是拿金银出来赏公公，倒叫人觉得折辱了公公，日后免不了还有托公公照拂的地方，在这提前谢过了。"

姚福全早已经是个人精一样的人儿，自然明白冯妙话里的意思，恭敬回答："娘子若有吩咐，老奴自当尽心。晚些恐怕会有小宴招待各位新入宫的小姐，娘子不妨先稍歇片刻。"话说得滴水不漏，既没应允什么，却也没彻底拒绝。

冯妙心中明白他的思虑，若是自己不能中选，自然也就做不成他的主子。姚福全一走，冯妙便立刻传人准备热水沐浴，又差忍冬先去支取了份例的胭脂水粉。

袁缨月有些纳闷："刚才那位公公不是叫我们好生休息吗？姐姐现在急忙忙地叫这些做什么？"

也不知道她是不是真的不懂，冯妙只管耐心给她解释："今晚的小宴，皇上多半会参加，休息的意思，便是叫我们提前整理妆容，免得传旨的人来时措手不及。"

酉时初，果然有小太监来宣旨，请各位待选的小姐前往听心水榭赴宴。冯妙和袁缨月早就提前化好了妆面，旨意一到，换了身衣裳便可以起身了。两人刚出西偏殿的门，正看见高照容也从怡然堂走过来，亲热地上前挽住冯妙的手："正想约姐姐同去呢。"

冯妙是因为提前得了姚公公的消息，比其他小姐早了不少，可高照容显然也早有准备，打散了发髻，梳理成家常绾发的样子。她也不说破，拉着高照容一同往外走："可真是巧，正想去看看你准备妥当了没有呢。"

有小太监准备了小舟，载各位小姐到听心水榭去。冯妙三人正好可以坐下一只小舟，船头的小太监把桨一摇，小舟就摇摇晃晃地出发了。没划出多远，袁缨月就双手紧抓着船舷，脸色惨白，连眼睛都不敢睁开。

高照容"咯咯"笑着问："袁姐姐，你怎么怕成这样？"

袁缨月小时候曾经溺水，差点丧命，因此留下了怕水的毛病，有心开口，却偏偏什么话也说不出来。

高照容把手伸进水里，哗啦哗啦地拍打着水面，溅起的水花落在袁缨月身上，她笑得越发欢畅："袁姐姐，别怕呀，这湖水很浅的，就算掉进去，也淹不死人的。你看嘛！"

冯妙心中反感，高照容说话做事，总是一副天真烂漫的样子，就算冒犯了别人，也叫人无法当真跟她生气。冯妙握住袁缨月的手："不要怕，很快就到了。"

登上听心水榭时，袁缨月的腿都是软的，手撑着雕花木栏，频频干呕。高照容在一边笑吟吟地说："袁姐姐，多坐几次船就不怕了。我小时候最怕生姜的味道，我娘就专门煮姜糖水给我喝，时间长了就不怕啦！"

没走几步，她又问："袁姐姐，你的脸色怎么那么难看？你不会生我的气，对吧？我可都是跟你逗着玩儿的。"袁缨月脚下虚软，只有微微摇头的力气。

三人果然到得最早，略等片刻，冯清和冯滢便到了。冯清看见冯妙，一句话也没说，却反倒冲着冯妙微微一笑。冯妙也只能回以一笑，心中暗想，比起从前那个飞扬跋扈的冯清，还是此时这个懂得控制情绪的人更可怕些。看来一年过去，冯清也并非毫无长进。

冯滢倒是仍旧跟从前一样，脸色苍白，瘦弱得像一片纸，见了冯妙，刚叫了一声"姐姐"，便用帕子捂住嘴，不停地咳嗽。

其他各家小姐，也陆陆续续地来了。到得最晚的，是郑映芙。冯妙留神看她的妆容，白天时厚重的水粉都已经洗去，如云长发应当洗过，已经干了。这嚣张跋扈的郑家小姐，也并非一无是处。

郑映芙走到自己座位前，皱着眉四下看看，忽然指着冯妙说："甘织宫出来的罪婢要跟我们在一起用膳吗？那我可吃不下了。"

冯妙也不看她，微笑着对廊下侍奉的小太监说话："既然这样，那就取个屏风或是珠帘来，把我隔开好了。"

小太监果真抬着一面牡丹春色图案的锦线屏风上前，摆放在冯妙的座席前。冯妙怡然自得地坐在屏风后面，没有半点窘迫不适。这么一来，反倒显得她矜持尊贵，要用屏风遮挡，免得被人冲撞。

郑映芙脸色有些不好看，可话是她自己说出来的，此时也无法收回，只能悻悻坐下。

水榭里一时寂静无声，宫女送了玫瑰露上来，可在座的小姐们怕待会儿御前失仪，谁也不敢多喝。这么静坐了片刻，郑映芙忽然又对着冯妙问："甘织宫里面，跟其他各宫各殿一样吗，没有去过，很好奇呢？”

冯妙对她的一再挑衅很是愤怒，隔着屏风上的糅金纱线明知故问：“你是在问我吗？”她顿一顿，才用极客气欢畅的语气说：“姐姐以后在宫里，有的是机会，自己去看看就什么都知道了。”

高照容听了这话，先忍不住笑出声来，其他人也哂笑着转过头去。

听心水榭四面临水，没有墙壁遮挡，只挂着冰纹纱幔。渐渐入夜，水面上的凉意沁进来，水榭里也变得有些冷。冯滢身子最弱，已经有些吃不消，便说服药的时间到了，告辞离席，先回畅和小筑去了。

冯滢一走，听心水榭内越发安静。明明都很焦虑不安，却偏要做出一副气定神闲的样子来。有屏风遮挡，冯妙可以大大方方地观察待选的小姐们。冯清和冯滢她自然早就熟悉，在她们下手一席，也是一对面容相似的姐妹。这次姐妹同时入选的，除了冯氏，便只有内秘书令李冲家的两个女儿了。在李家姐妹对面，还有几位看着面生的小姐。

一圈还没看完，姚福全便匆匆进来禀告：“各位娘子、小姐，崇光宫刚刚有口信过来，皇上旧疾复发，今天不能赴宴了。皇上在病中特意叮嘱，请各位小姐务必尽兴，不要拘束。”

他的目光似有似无地在水榭内游走了一圈，又说道：“皇上还吩咐，给高小姐准备素食。冯三小姐体弱，也单独备了鱼汤。”

冯滢已经提早离席，众人的目光便都落在高照容身上，带着几分说不清、道不明的妒意。高照容却好像浑然不觉，笑吟吟地看着对姚福全说：“多谢皇上厚爱，照容今晚便为皇上手抄佛经祈福，愿龙体早日复原。”

姚福全退下后，各色菜肴便流水似的送进听心水榭。听说皇上不能来，各家小姐都难免心中失望，无心品尝宫中御厨的手艺，象征性地动了几筷子，就接连起身离席。

走出听心水榭时，高照容又上来挽住冯妙的手，跟她并肩而行，压低声音在她耳边说：“郑映芙的父亲，是中书博士。听说郑家对这个女儿期望甚高，曾经放言‘非乘龙快婿不嫁’呢。”

冯妙不想跟她多绕口舌，笑着回应她：“若是嫁入天家，不就正应了这句乘龙快婿吗。”

此刻的崇光宫内，两名侍御师正在小炉上煎药。煎成的药剂，先取十分之一的药量，给尝药太监服下，其余的仍旧用小火温着。过一炷香，才把药汁倒进描金小碗，送进内殿。

始平王拓跋勰从侍御师手中接过药碗，关闭殿门，这才走到龙榻边。鲛纱帐幔掀开，拓跋宏斜靠在软垫上，脸上毫无病色，看一眼药汁便说：“倒了吧。”

拓跋勰把手一翻，整碗药汁都洒进瑞鹤铜鼎中，药味很快便被铜鼎里的熏香味道盖住。“怪可惜的……”拓跋勰低声喃喃道。

拓跋宏笑道：“堂堂始平王爷，也心疼起一碗药来了，莫不是封地不够用，想再要块大些的地方？”

私下无人时，两人一向亲厚惯了，随意说笑。拓跋勰顺势坐在榻边一张小凳上：“臣弟是说，听心水榭里怪可惜的，皇兄这一病，恐怕佳丽们都食不知味了。”

“选谁不选谁，太皇太后早就做好了打算，朕何必浪费时间在这上头，”拓跋宏向他一眨眼，促狭地笑，“你只管放心，朕知道你中意李弄玉，到时候把她留在宫中做个中才人，方面你们私会。不过，你那岳父大人刚刚升了内秘书令，也频频出入禁宫，你该好好表现表现才行。”

拓跋勰面色涨红：“没、没有的事……”他匆忙起身，“臣弟不便在宫中过夜，去看看林姐姐，就回去了。”

提及林琅，拓跋宏的脸色一下沉下来：“林琅最近很是古怪，她若肯和你说话，你就好好劝解劝解她。”

“林姐姐究竟是怎么了？”拓跋勰本想细问，可是看着拓跋宏似乎不愿多说，便起身告辞。走到殿门口，才听见拓跋宏说：“你若是知道她心里有中意的人，也来告诉朕，朕一定叫她如愿，绝不委屈了她。”

第二天一早，宫中便派了两名从六品的司仪，来给待选的小姐们讲解礼仪。高照容不在待选之列，清早众人练习叩拜大礼时，她便踩着苏绣软底小鞋，从众人面前一步一摇地走过去。冯妙清晰地听见郑映芙咕哝了一句：“狐媚样子！”

教习只有半天，到正午太阳毒辣时，便散了。冯妙倒不怕热，只是觉得累了半天身上发懒，歪在榻上用蘸湿的帕盖在额头上。

刚闭眼歇了一会儿，就有个圆溜溜、凉冰冰的东西贴在侧脸上，伸手去摸，却又不见了，反复几次，冯妙终于睁开眼，看见高照容正拿着一颗枇杷果，在她脸上轻蹭。

见她睁眼，高照容嬉笑着把果子放进她嘴里。

“不是去陪太妃娘娘诵经吗，怎么这么快就回来了？”冯妙坐起来，觉出发髻散乱，正要重新梳理。刚一起身，便闻到高照容身上，似乎有一股不像寻常熏香的味道。

“太妃娘娘累了，”高照容用手卷着扇柄上的穗子，“再说，我也累了呀！”语气间娇憨随性，好像真的不染红尘俗事一般。

冯妙坐起身，不动声色地问：“从前太皇太后诵经时，都用檀香，太妃娘娘也是如此吗？”

“太妃娘娘从不用香，”高照容侧着脸说话的样子，尤其婉转动人，“宫中因为香料而损伤子嗣的事儿，实在太多了，太妃娘娘素来小心，这么多年，也就成了习惯了。”纨扇轻摇，那股味道便尤其明显，丝丝缕缕地钻入鼻息。

冯妙心中疑惑，却不好再问。高照容抿着嘴在她身上看了一圈，忽然硬拉着她起来：“我刚才看见回廊下几株海棠开得正好，想贴个海棠妆，又怕自己衬不出海棠的雍容大气来。姐姐肤色细白，正适合用海棠贴面。”

她拉着冯妙走进观澜亭，自己剪了一朵半开的海棠，把花瓣用水浸湿了，细细贴在冯妙额上。花瓣渐干，便在额上留下一层粉色印记。高照容又取过一支细小的羊毫笔，蘸着胭脂勾出花蕊。

“成了！”小半个时辰过去，冯妙终于听见高照容拍手欢快地叫了一声。侍女菊心取过铜镜，映出冯妙的脸，让她仔细看看。

“这妆不好，”高照容忽然抬手在铜镜上一挡，见她诧异的表情，才撑不住笑了，“姐姐人比花娇，别人眼里只看得见姐姐，谁还管我贴的妆面好不好。”说完，伏在石桌上，看着冯妙笑得肩膀起伏不定。

两人闲来无事，便叫忍冬去取了丝绦来，跟袁缨月一起打络子玩儿。袁缨月的手最灵巧，会打好多新鲜样子，高照容却连最普通的如意结也不会，手把手地跟着她学。一个结还没打成，便听见郑映芙远远地站着问：“高小姐每天都抄些什么经？”

“那可多了，”高照容摇着纨扇回答，“要看太妃娘娘的意思。怎么，姐姐也对这个有兴趣吗？”

“没兴趣，”郑映芙撇着嘴角一笑，“不过是想提醒高小姐一句，可别抄错了书，拜错了人。”她用袖口遮着嘴唇笑道：“太妃娘娘宫中，的确是个诵经的好地方，北海王爷常来，高大人也常来。”

高照容此时脸色才变了，把纨扇往石桌上一拍：“郑映芙，你胡说什么？你敢不敢把这话到太妃娘娘面前说一遍？”高太妃本就是高照容的姑姑，郑映芙也本就是捕风捉影，气势汹汹却没有什么真凭实据。

袁缨月本就胆小，此时越发不敢吭声，冯妙只能自己上前，拉住高照容：“都少说两句，这里离太皇太后和皇上的寝殿虽远，可到底是在禁宫之内，叫人听见成什么样子？”

郑映芙看了她们几眼，才被自己的侍女拉走了。高照容气得把打了一半的络子一摔，转身回了怡然堂。

冯妙在畅和园的前几夜，都睡得不大安稳。有时半夜醒来，迷迷糊糊地叫一声“予星”，这才发现宽大的床榻上只有她一个人，再也没有予星跟她挤在一起了。

她起身撩起垂花小帘，透过镂花窗子，向外看去。碧波池静谧幽深，一只小舟静静浮在水面上。进入畅和小筑才不过几天，倒好像比在甘织宫里的一年还要长。

郑映芙的跋扈、高照容的诡秘、冯清的冷漠敌视，还有其余那些此刻尚且看不清面貌的贵家小姐们，在她脑海里打转。

胡思乱想间，不知是睡还是醒，冯妙觉得有人隔着床榻的纱幔叫她，睁眼一看，忍冬焦急不堪的脸在帐外若隐若现。

“请娘子快些起身吧，”忍冬急忙忙地说，“郑娘子溺水了。”

第十六章 水犹寒

冯妙匆匆起身穿戴，事出突然，她来不及仔细思索，换了一件浅色暗纹罗衣，便跟着忍冬去了毓秀殿。

袁缨月已经先到了，过了不久，其他待选的小姐们也来了。郑映芙躺在床榻上，湿漉漉的头发披散在团花纹锦被上，被口露出的肩膀上，只套着一件素白中衣。袁缨月探头看了一眼，吓得面无血色，小声问冯妙：“她……死了吗？”

听见这话，郑映芙从家中带进来的侍女千碧，从床榻边直接扑到袁缨月身上：“你个狠毒心肠的人，你盼着我家小姐死是不是？我家小姐要是有什么三长两短，你们都别想活。”千碧这一下力气极大，推得袁缨月倒退了好几步，靠在桌案上，才勉强停下。一旁的人赶忙又拉又劝，千碧却抓住袁缨月垂下的一缕发，不肯松手。

殿内闹得一团乱，门口有人重重地咳了一声，接着有小太监的声音响起：“慎刑所的掌事公公来了。”冯妙抬头一看，来人她也是见过的，正是上次素荷诬陷她时，从慎刑所请来的李得禄。

“掌事公公！”千碧也不顾来人的身份，跪倒在他身前，“请你为我家小姐做主，有人要害死我家小姐！”

事涉待选女子，非同小可，李得禄还带了另外两名有品级的太监同行。其中一人叫千碧起身，问她究竟发生了什么事。

千碧情绪激动，口齿却很清楚：“我家小姐怕热，这几天一直睡得不安稳。昨天晚上热得太过，觉得有些牙痛。到夜里实在睡不着，便想去湖面上摘一片荷叶来。荷叶清凉镇痛，小姐一直用这东西止牙痛。”

“可没想到，小姐这一去……这一去，”千碧几乎失声痛哭起来，“这一去就出事了，我等了一会儿不见小姐回来，就沿着湖边去找，在怡然堂后面的水里，看见了小姐的一只鞋，这才喊人去找。万幸小姐只是呛了水，好歹保住了一条命。”

李得禄听了她的话，也不急着下结论，转头又去问帮忙找人的小太监，几个人说得大同小异。他走近床榻边，隔着纱幔想看看郑映芙的情形。屋中又吵又闹，郑映芙恰恰在此时也幽幽转醒。

她一睁眼，便正好看见李得禄站在眼前，立刻尖声大叫起来：“别，别杀我！我什么都没看见！”这话让在场的人神情大变，至少确证了一件事，郑映芙不是失足落水的。

李得禄跨前一步，想再细细询问几句，郑映芙却抱着头尖叫起来，把床榻上的瓷枕、软垫，全都丢出来，口里大叫着：“别过来！别过来！我不想死，啊——”

千碧想要上前安抚，郑映芙却连千碧也不认得了，双手胡乱挥舞，水葱似的指甲，“唰”一下就在她脸上挠出四道血痕。这副样子，无论如何也不能侍奉皇上了，万一哪天发起疯了，伤了皇上的龙体，任谁也担待不起。李得禄便也不再顾忌郑映芙的脸面，跟同来的两位掌事太监交换了一个眼色，便向身后的小太监点了点头。

那些小太监都是慎刑所里极有经验的人，一左一右按住郑映芙，在她后颈上一敲，她便立刻安静下来。

此事重大，李得禄不便直接处置，赶忙命人去禀明太皇太后和皇上。屋子里静得骇人，李得禄便趁着这会儿工夫，询问旁人可知道些什么。

太原王氏待选的小姐王琬，看别人都沉默不语，绞着帕子说：“那鞋子不是在怡然堂附近发现的吗？嫌疑最大的，应该是住在怡然堂里的人才对。”众人纷纷点头，这才发现，高照容还一直都没来。

李得禄正要派人去请，高照容已经搭着侍女的手走进来，眼睛横了王琬一下：“幸亏我来了，不然，就这么不明不白成了凶手。”

她走到李得禄面前，不说眼前溺水这一茬，先问道：“李公公，太妃娘娘宫里有几个手脚不干净的宫女，请你抽空去把人带出去。太妃娘娘说了，她最近吃斋念佛，见不得不干净的事儿，小惩薄戒也就是了。”

抬出太妃娘娘的名号，李得禄只能应“是”，答应着回头就去碧云殿领人。

高照容转身看了王琬一眼，目光又在其他人身上扫过之后才说：“昨晚我在佛堂里抄写了整晚的经书，你们不信的话，可以去怡然堂里搜，那些墨迹，现在还半干呢。”她伸出右手，中指上有一处明显的磨痕：“这手上抄写出来的印记，总做不了假吧。”

千碧看见高照容，眼睛又开始泛红：“不是你做的，也可能是你指使别人做的。昨天只有你跟我家小姐吵架来着，不是你还能有谁？”

“吵个架便要杀人？”高照容不屑一顾，“你们郑氏的门风还真是奇怪。”她此时仍然毫不忌讳，言语尖酸刻薄地挖苦人。千碧气得脸色通红，可是到底顾忌她的身份，不敢像对待袁缨月那样对她。

殿外小太监忽然高声通禀：“太皇太后驾到！”满屋子的人立刻都吃了一惊，这事情竟然惊动太皇太后亲自前来，纷纷跪下见礼：“太皇太后万福金安！”

太皇太后一落座，李得禄便膝行两步上前，把方才问出来的情形略略讲了一遍。太皇太后轻轻点头：“你只管问你的，哀家在这听着。就算查出是哪家的小姐，也绝不姑息。”

李得禄不敢怠慢，把目光又转回千碧身上。千碧咬咬嘴唇，终于跪倒在太皇太后面前：“请太皇太后替我家小姐做主，我家小姐在宫里从来不认识什么人，只有进宫这段日子，因为些小事，跟高小姐、冯大小姐和袁小姐发生过争执。”

她转头对着三人磕下去：“我家小姐脾气耿直，可绝对没有害人的心思啊，若是小姐得罪了你们，我替小姐给你们赔礼！求求你们放过我家小姐吧。”额头敲击在青砖地面上，发出“咚咚”的声响，听得人人心惊。

袁缨月也跟着慌张跪下：“不是我……我、我从小就怕水，根本就不敢靠近湖面，怎么可能在水边害人呢。”

有在畅和小筑伺候的小太监，替她做证：“袁娘子的确很怕水，刚来的那天晚上，乘小舟去听心水榭赴宴时，袁娘子一下船就吐得脚软。”

嫌疑最大的三人中，此时只剩下冯妙一人了。冯妙走到太皇太后面前：“太皇太后明鉴，我昨晚一直在偏殿里睡着，并没有出去过。”

因为有太皇太后那句话在，李得禄不敢胡乱遮掩，只能问道：“可有什么人能替娘子做证？”

冯妙向来习惯一人独睡，晚上从不叫人在门口值夜，她想了想，轻轻摇头。

身后的人发出细微的惊叹声，隐隐带着点如释重负，毕竟如果有人被认定做了这件事，其他人的嫌疑便自然解除了。

“姐姐，咳咳，姐姐不是这样的人。”冯滢一边咳嗽，一边开口替她辩解。冯妙感激地看她，这个时候，冯滢是唯一一个敢替她说话的人。别人对她一点点好，她都一直记得。

“滢妹妹，”冯清轻轻拉住冯滢，“你长年病着，不知道人心险恶，这事情自有太皇太后圣裁。”

冯滢年纪虽小，人却聪敏灵慧，知道此时多说反倒无益，只轻轻补充了一句：“既然昨晚没人跟姐姐在一起，便没人能证明姐姐清白，可也同样没人能证明，就是姐姐推了郑家姐姐进水。”声音虽轻，这话却很有道理。

殿内静得像有只手扼住众人的喉咙，李得禄偷眼瞧着太皇太后的脸色，不知该如何了结才好。若是寻常人，带进慎刑所，总有办法叫他开口。可眼下嫌疑最大的是冯家小姐，事情便有些难办了。

“若是……若是可以肯定郑娘子是在怡然堂附近落水的，昨晚还有一个人，也有嫌疑。”角落里传来极小的、战战兢兢的声音。半夏走到前面跪下：“昨晚奴婢有些存食，曾经到院子里走动，隔着水面，好像……好像看见崇光宫的林琅姐姐，从怡然堂后面的小路走过去。”

怡然堂半面临水，另外半面连着一条回廊，可以通向畅和园里的小桃林。

事情牵涉到崇光宫，越发复杂了。太皇太后淡淡地说了声：“去宣。”李得禄略微一怔，这才派了个伶俐的小太监去跑一趟。

太皇太后曾经替拓跋宏选了几位颇有名望的老师，每日早朝前，拓跋宏要先跟着老师上早课，从三岁开始，从未间断过。此时早课尚未结束，小太监很快就把林琅带来了。

将近两个月未见，林琅变得越发消瘦，脸色苍白难看。她跪在太皇太后身前，俯身下去行礼：“奴婢拜见太皇太后。”说完，也不敢起身，就低伏着跪在原地。

太皇太后也不多话，直截了当地问：“有人看见你昨晚去了怡然堂后面的小路，有这回事吗？”

林琅浑身一颤，低下头，声音极低地回答：“没有这回事。”

太皇太后瞥了李得禄一眼，他便立刻会意，上前对着半夏发问：“你说你看见了，有这回事吗？”

半夏吓得脸都青了：“奴婢……奴婢的确是看见了，可是晚上风大雾大，也许奴婢看花了眼……”

“林琅姑娘，既然你说你昨晚没有来过怡然堂附近，那你昨晚身在何处？”李得禄继续发问。

林琅张了张嘴，还没说出话来，一道男声便从门外传来：“昨晚林琅一直跟朕在一起。”满屋子的人都回过头去看，拓跋宏身穿团龙江水纹朝服，乌发在头顶束成一个发髻，还没来得及戴上冠冕，想必是正在更换早朝的服制，听见消息，便匆匆赶来了。

在场的待选女子，大多只在上巳节春宴上，远远地见过拓跋宏一面。当时隔着开凿的流觞曲水，又要表现自己的庄重知礼，这些名门闺秀，并没怎么看清拓跋宏的相貌。此时同在一室，才看清皇帝如此清俊英挺，一时连眼前的紧张都忘了。还是李得禄先跪拜下去，各位小姐才跟着盈盈拜倒。

拓跋宏穿着帝王朝服，不便向太皇太后磕头，便走到她身边，叫了一声：“祖母安好。”

太皇太后用护甲指着冯妙：“皇上既然整晚都和林丫头一起，那么现在嫌疑最大的，就是她了？”

拓跋宏在太皇太后一旁落座：“朕只知道昨晚林琅在何处，至于其他的人，全凭祖母裁断。”他眼神在冯妙身上轻轻扫过，接着便看向林琅，对她略略点头，示意她不必紧张。

“太皇太后、皇上明鉴，”一直低头沉默的林琅，忽然开口，“奴婢刚刚想起，昨晚曾经到过怡然堂附近，原本想拜托高小姐，替皇上抄几段祛病祈福的经文，可是到了怡然堂附近，才想起高小姐也许不愿见外客，贸然打扰于礼不合，奴婢便回去了。”

“林琅！”拓跋宏低声喝止，“你昨晚何时出来过，朕怎么不知道？”林琅却低着头，不敢跟他对视：“皇上用过药后小睡了一阵，奴婢便是在那时出来的，皇上不知道也不奇怪。”

她说得清楚明白，跟半夏看见的情形也对得上。拓跋宏的语气忽转严厉：“即便如此，一来林琅出来的时间很短，二来林琅身体孱弱，没什么力气，她又一向心地纯良，绝不会做出伤害别人的事来。”

冯妙在一边听着，心中五味翻腾，这就是她费尽心思要嫁的人，不是她的良人也就罢了，还要当着她的面替他真正在乎的女子开罪。林琅心地纯良，难道歹毒的是她吗?

太皇太后缓缓开口：“皇上登基后第一次选妃，意义重大，出了这样的事，总该查个清楚。她们两个，暂且看管起来，容后慢慢再审。”

李得禄听见太皇太后发话，立刻叫人把冯妙和林琅带走。她们一个是太皇太后的侄女，一个是皇上千方百计要护着的人，小太监上前来时，仍旧是客客气气的。

林琅站起时，身子晃了一晃，险些栽倒。冯妙就在她身边，伸手扶了她一把。拓跋宏见状，大跨步走过来，伸出右手与林琅十指交握，看着她淡无血色的脸颊：“不必怕，朕绝不会叫人冤枉你。”

两人被带进慎刑所，分别关进紧挨着的两间屋子。室内阴暗潮湿，冯妙在甘织宫里早就看得多了，蜷缩在草垫上干净的一角。隔壁悄然无声，几乎感觉不到还有个人在。

“林姐姐，林姐姐……”挨到半夜，冯妙冷得实在睡不着，发现墙角有一处小洞，便隔着那处洞口低声叫。

隔了许久，才听见墙壁另外一边，传来微弱的“嗯”的一声。

“林姐姐，你饿不饿？”冯妙把点心掰成小块，从洞口送过去，“我提前藏了块点心在袖子里，你吃一点垫垫肚子吧。”

墙壁另外一侧又是久久没有回应。

“我很擅长藏吃的东西，因为从前嫡母打骂我过后，总要把我关起来，不给饭吃。”冯妙接着小声说，“后来我便学乖了，提前把点心藏在袖子里，留给弟弟吃。很好笑吧？”

“林姐姐，你不用担心，一定能够有办法证明事情不是我们做的。皇上对你很好，不管你说什么、做什么，他都永远相信你。”她轻轻地叹气，“能有这样一心待你的人，无论他是皇上，还是贩夫走卒，我都很羡慕你。”

冯妙第一次主动跟人说这么多话，不知道是因为墙壁对面是林琅，还是因为对面一直没有回声。她觉得林琅大约已经睡了，又或许不想说话，便也不再出声了，抱着膝静静地坐着。

这么过了一夜，第二天早上，冯妙便觉得鼻息沉重，身上绵软无力。她用手摸摸自己的额头，手心冰凉，像握过冰一样，额头却是滚热的。她知道这是着凉发热，只想咬牙挺过今天的问话。

关了她们一夜的房间没有窗子，也不知道是什么时辰，有人咣啷啷打开了外面的铁锁。冯妙眯着眼，隐约看见太监服饰的人走到自己面前停下。她想站起来，却觉得头特别沉重，直往下坠。

“林姑娘！”进入隔壁房间的人发出一声惊呼，“林姑娘，你这是怎么了？”

冯妙心中悚然一惊，撑着墙壁站起来，想看看究竟，可是被人拦着，什么也看不到。

事关重大，在慎刑所之内发生什么意外，很可能是畏罪自裁或是被人灭口。来领人的李得禄，只能再次派人去禀告太皇太后和皇上。

几乎是衣袍带风一般，没过多久，拓跋宏便直冲进来，唬得李得禄几人连跪拜都来不及。

“林琅，你哪里不舒服，告诉朕……”拓跋宏把林琅小心抱起，横放在自己膝上，怀中人虚软无力地靠在他胸口，连说话都没力气。

小室内阴冷寒凉，拓跋宏忽然抱起林琅，起身便走。走到门口，才头也不回地吩咐："来崇光宫。"

崇光宫内殿幽深隐秘，平日通天帐幔垂地，又总是缭绕着熏香的雾气。寻常太监，是没有机会进入崇光宫的。就算是李得禄这样有品级的太监，也只能在外殿跪着等候。

澄泥金砖质地极硬，冯妙跪在内殿门口，腿上像有无数蚂蚁在爬。透过半掩着的门，她依稀看见，林琅躺在皇帝的雕龙御榻上，伏在床头呕吐不止。拓跋宏左手低低垂着，右手拿着帕子，一下下帮她擦脸。天潢贵胄显然并不习惯做这些事情，手势僵硬生疏。冯妙不敢再看，低头盯着砖缝。

拓跋宏走到门前，对外殿伺候的宫女如意吩咐："去传太医。"如意"啊"一声，愣在那里，区区宫女，是没有资格传召御医的。

"算了，"拓跋宏显出几分急躁，"直接传侍御师来，快去！"如意应了一声，慌慌张张地跑出去，她在崇光宫五六年，好像还从来没有见过皇帝如此忧心。

冯妙把头垂得更低，低到依稀看得见自己鼻尖的轮廓，明晃晃的金砖耀得她头晕。

"你过来！"拓跋宏向她一指。冯妙一时没反应过来，还是李得禄在旁边小声提醒："冯娘子，陛下叫您呢。"

冯妙站起身，眼前轰然一黑，接着便是无数流萤一样的亮光在飞舞。她向前走了两步，还没看清楚对面的男人身在何方，脸上便"啪"的一下挨了重重一巴掌，接着便听到厉声质问："你给林琅吃了什么东西？"

这突然而来的一下，力气极大，几乎把她整个掀翻在地。冯妙连连退后了四五步，脚下一软，跌倒在地。拓跋宏上前两步，走到她面前，把一块用绸布垫着的点心，摊在她面前："这是你给林琅的？你以为这样，便能让人相信林琅是畏罪自裁？你……"

"皇上，"冯妙打断他的话，一手撑着地，另一手在眼前胡乱一拂，想要扫去那些乱飞的流萤，"那点心我也吃了，皇上若是不信，我现在就可以把这一半也吃了。"她声音又低又细，像泉眼里似有似无的水流，若不凝神仔细去听，几乎就听不到。

她抬起头，目光直视着拓跋宏，拈起他手里的半块点心，往自己嘴里送去。她一天一夜只吃了小半块点心，此时喉咙干涩，一见到吃食，胃里便翻滚着难受。

点心刚放到唇边，便被拓跋宏一扬手打开，他俯下身子，捏起冯妙的下颌，压在她耳边说："朕可以让冯家三女同时入选，但是，你们不可以再打林琅的主意。谁动林琅，朕绝不容她！”

下颌生疼，隔着无数流萤似的亮光，冯妙几乎看不清近在眼前的面孔。她不知道一向冷静睿智的皇帝，怎么会突然说出这样的话来，更不知道该如何回答他。

匆匆赶来的侍御师，刚好看见这一幕，尴尬得进也不是、退也不是。拓跋宏松开冯妙，命侍御师进内殿诊脉。

侍御师取出垫枕放好，把三根手指搭在林琅的腕上，片刻之后，又换另一只手仔细切了半晌。额头冷汗涔涔的侍御师，看了一眼拓跋宏，欲言又止，小心翼翼地转过脸，隔着鲛纱帐子问林琅：“姑娘……呃，姑娘的月信有多久未至了？”

第十七章 画屏幽

林琅收回手，想要说话，又是一阵难忍的呕吐感。侍御师只觉如芒刺在背一般，被皇帝冷冷盯着，便又问道：“可是已经迟了一月多了？”

这一次不需要她开口回答，只要点头或者摇头就好。看见林琅轻轻点头，侍御师稍稍松了口气，接着说：“那便是了，姑娘的脉往来流利，如盘走珠，应指圆滑，是……是喜脉。”

“你再说一遍……”拓跋宏一把扯过侍御师的衣领，几乎怒吼一般。能做上侍御师的人，都是颇有经验的太医，此刻面对皇帝的怒气，虽然心中畏惧，却并不慌乱，小心应道：“脉象上看，的确是这样，皇上若是有疑问，可以再请其他医正来会诊。”

侍御师的医术，已经是太医署里顶尖儿的，喜脉又是后宫最常见的脉象，轻易不会诊错的。拓跋宏松开手，声音像在雾气一般飘浮在半空：“你下去，再传御医来诊。”

宫嫔有孕，便可以传召御医了。消息很快便传到奉仪殿，太皇太后却并未亲自前来，只派了崔姑姑来看看。崔姑姑平日待人和气，可也是在后宫里行走半生的老人儿了，一来便先给林琅道喜，然后才问：“虽然名分未定，可皇家血脉马虎不得，请问皇上可有彤史记档？奴婢看了，这便去回了太皇太后。”

皇帝尚未大婚，宫中未立妃嫔，崇光宫并没有专设彤史，只在偶尔需要时才传召。拓跋宏听了崔姑姑的话，却毫无反应，眼睛盯着桌上的一块小砚，怔怔出神。

“皇上，”林琅挣扎着从床上坐起，“是林琅不好，原本该早些叫皇上知道。”她撩开鲛纱，探身到拓跋宏身侧，贴在他耳边说了一句话。

其他人都隔得远，听不到她究竟说了什么。拓跋宏脸上，忽然现出极度矛盾的神情，震惊、动容、哀悯、感激……如同在短短一瞬间，历尽人间百味。

林琅一句话说完，眼中泛起泪光，面色像染了一层胭脂，她本就虚弱，此刻越发像是飘摇在风中的花朵一般，楚楚可怜。拓跋宏握住她的头发，缓缓拥她入怀，目光凝在她脸上，却对着崔姑姑说话："林琅一直在朕身边，就算没能通传彤史，难道能因为那几句话便抹杀了朕的骨血？"

崔姑姑略带惊诧地抬头，少年天子的语气里，已经隐隐带上了睥睨天下的杀伐决断之气，久远记忆里的无助孩童，一时竟然无法跟眼前人联系起来。

皇帝开口，便是承认了林琅腹中孩子的身份，崔姑姑也无权质疑，只能应声："奴婢这就去回禀太皇太后，选个吉日，把林姑娘移进揽秀殿，再拨几个伶俐的宫女去伺候……"

"不，"拓跋宏开口，"这几天林琅要养病，就在这里。过后她也不去揽秀殿，她跟那些教养宫女不一样，朕要赐她封号，另辟宫室。"

只有九嫔以上才有封号，皇帝这么说，便是要给林琅一个尊贵位分，不让她跟那些教养宫女一样。

崔姑姑不敢擅作主张，只能说要去禀明太皇太后。看见崔姑姑要走，冯妙膝行两步，停在内殿门口说话："崔姑姑请留步，郑映芙溺水一事，我可以自证清白，请皇上和崔姑姑做个见证。"

拓跋宏循着声音看过去，这时才想起，她还跪在外殿。

冯妙脚步虚浮，脸色并不比林琅好，冻了一夜又跪了半天，身上酸软无力。拓跋宏看见她半边脸颊肿起，上面指印清晰可见，有些不自然地转开视线。他从来没有过子嗣，并不知道林琅那些剧烈的反应和症状，是因为有身孕的关系。

拓跋宏转头看向窗纱之外的满园春色，冯妙原本并不在待选之列，是太皇太后看似无意地说起，林琅快到放出宫的年纪了，他才不得不会意地加上了冯妙的名字。预先准备的对插青鸾金簪不够，还是用点翠对簪代替的。那漫天桃花中的一舞让他一度软了心肠，可却下意识地排斥那一句"我将长待君"。

他很清楚，后宫之中，宠和爱是截然分开的，恩宠一个女子，不是为了她一人，而是为了她身后盘根错节的家族。可他却在冯妙身上，生出了一点自己也不能理解的执拗，既然无意，为何还要攀附？

他转回头背对着李得禄吩咐："你自去处置吧，有劳崔姑姑去做个见证，禀明太皇太后就是了。朕，要陪着林琅。"

众人匆匆退下，崇光宫内殿陷入死一样的沉静。拓跋宏抬手，紫檀木案上的镏金烛台，轰然落地。他双眼微闭，手背上青筋暴起，林琅知道，这是他暴怒到极致的表现。

“皇上，对不起，”林琅的嗓音越发低而轻柔，“是我自作主张。”

“林琅，”拓跋宏用下颔压住她柔软的乌发，“不是你的错，朕说过，以后再不叫别人欺负你，可是现在竟然都还做不到，还要你、还要你……”

“皇上，总有一天，您可以名副其实地君临天下。到那时，便忘记林琅吧。”林琅把脸埋在他天青色的衣襟间，眼泪无声滚落，打湿了一大片。她做的一切，都是因为桃林里冯妙对她说过的话——为了心里真正在意的人，付出任何代价都是值得的。

冯妙一踏出崇光宫，热烈的日光便扑面而来。“崔姑姑……”她刚叫了一声，便觉得眼前的流萤光亮，渐渐变得越来越大、越来越晃眼，手抬在半空，人就软软地倒了下去。

李得禄见崔姑姑在场，乖觉地叫人把冯妙仍旧送回畅和小筑。冯妙醒来时已经是申时，园子里依稀传来嬉笑声，室内却冷冷清清。没有药，只有床头放着一碗半凉的粥，像是忍冬做的。

她昏睡的时间太长，自然也就错过了自证清白的机会。此刻室内安静无人，太阳从西窗照进来，给桌台几案都涂上一层金粉，她脑海中反倒清明起来。高清欢到甘织宫时说过，高家没有适龄未嫁的女儿，那眼下这位高照容又是怎么回事？莫非郑映芙真的撞破了什么秘密，才差点被人杀人灭口？

冯妙低头喝一口粥，胃里空得难受，嘴里却又食不知味。如果真的是高照容……她不自禁地微微摇头，高照容看似目中无人、骄纵自大，可她一举一动都心机颇重。从郑映芙出门，到千碧出门找人，虽然那侍女刻意模糊了时间，免得自己落下服侍不周的罪名，但却推断得出，那段时间并不算短。如果真是高照容做的，她不会让郑映芙有机会在李得禄面前疯言疯语。

更何况，那天一团混乱中，冯妙注意到，郑映芙是在看见李公公身上的太监服饰时，才情绪失控的。所以，推她入水灭口的人，应该是个男人，或者说，应该是个太监。冯妙原本想到的自证清白的方法，便是证明这一点。

她抬手揉揉发酸的双眼，自证清白仍然需要，她记得上一次的教训，这一次要抢占先机，不但要有人做见证，还要所有人都听见、看见，绝对不会留下把柄任人诟病。

为免皇家颜面受损，郑映芙的病情被说成失足落水所致，另外补选了一名郑家庶出的小姐郑柔嘉入宫，半是为了安抚荥阳郑氏，半是为了有亲近的人可以照顾郑映芙。在太皇太后的默许下，医女在她每日的药里，加了大量安眠的药剂。郑映芙睡的时候多，醒的时候少，连郑柔嘉也跟她说不上几句话。

因为这场悬而未决的疑案，病中的冯妙，越发受人冷落，起先袁缨月还来陪她说话，时间久了，渐渐连她也不登门了。皇帝的态度，便决定了大多数人的态度，拓跋宏宁可偏袒宫女，也不待见冯妙，显见得冯妙就算入选，也必定不得君王喜爱。

皇帝冠礼的时间很快确定，并且显得有些匆忙。可傩仪执事官卜定了吉日，这日期便不容反驳地定下来了。只有知道内情的人心中有数，大婚之前先有子嗣，对皇帝而言是失德行为，会受到言官的攻讦。林琅有孕的消息被隐瞒下来，冠礼之后再宣布，等到孩子足月出生时，再说成是体弱早产。

尚仪局也有话传过来，冠礼之后，便会议定位分，把各位待选的娘子都迁入各宫各殿。心头有了期待，畅和小筑里的人也雀跃起来，本来就是豆蔻年华的年轻女孩，天气好时，便三三两两聚在九转回廊下，斗草说笑。

嬉笑阵阵间，郑柔嘉搀扶着郑映芙，也走到回廊下来晒太阳。安眠的药剂，服用多了都有些伤身，郑映芙此刻的神情，便有些呆呆傻傻的。原本热闹的回廊，她一来，便立刻安静下来。

“咦，郑姐姐看起来气色好多了呀，”范阳卢氏的小姐开口说话，带着讥诮和幸灾乐祸，“至少能起身走动了，这回可要小心，别再跌进水里去了。”崔氏、王氏的小姐，都跟着笑起来，用绣着花纹的绢帕，掩住嘴角。

冯妙坐在一边，貌似不经意地打量郑映芙，她的确看起来好些了，至少情绪稳定，不那么吓人了。医女对郑映芙的药很不上心，不过是按时送去，免得她闹起来。

郑映芙僵硬地转头，眼神空洞地落在卢清然脸上，语气也干涩平直，听得人无端背上发凉：“你要小心，他还在，我知道。”

没头没尾的一句话，让卢清然心中很是不快。范阳卢氏与荥阳郑氏之间，向来有些彼此看不惯，卢清然把脸一沉，把绢帕捏在手里冷冷地扇着：“我心里又没有鬼，小心什么？”

郑柔嘉十分沉默羞涩，眼看自己的姐姐被人羞辱，连辩驳的话也说不出来，拉着郑映芙便要往回走。卢清然站在原地，依旧不依不饶：“荥阳郑氏，怎么选了这么两个没用的人来？一个痴傻，另一个倒像闷嘴葫芦一样。”

冯妙注视着郑映芙远去的背影，用宁神的夜交藤替换她每日汤药里的灯芯草，果然管用。接下来，还需要一个合适的时机。

从那天露面开始，郑映芙清醒的时间便越来越多，只是仍旧寡言少语。郑柔嘉每天都会带着她出来散步，绕着湖面慢慢地走。

某天下了大半天的雨，直到傍晚才放晴。屋子里闷热难忍，各家小姐都拿了纨扇到院子里闲坐。郑映芙也从毓秀殿里出来，沿着那条一成不变的线路走过去。冯妙隔着镂花窗子，估计她快要走到落水的怡然堂附近，转身叫来忍冬问：“我让你蒸的桂花糕，好了没有？”

忍冬指指西偏殿里的小厨房：“还在锅上热着呢，娘子现在要用吗？”

冯妙摇头：“我现在没胃口，你用食盒装些桂花糕，叫个力气大些的小太监，给怡然堂的高小姐送去。桂花糕一定要趁热才好吃，务必要快些送去。”

忍冬答应着出去，不一会儿，冯妙就看见平常在畅和小筑外面伺候的小太监，提着食盒匆匆而去。因为冯妙再三叮嘱了要趁热送到，那小太监走得飞快，靠近怡然堂时，郑映芙听见身后传来脚步声，侧身躲到路边，一抬头，刚好便看见那小太监冲着自己疾步走来。

郑映芙脸色剧变，双手抱住头，“啊”地大叫出来：“是他！是他！他要杀我，别过来！”小太监被她吓了一跳，知道这位小姐神志不大清醒，也不行礼，加快了脚步往怡然堂走去。郑柔嘉扶着她柔声安慰：“姐姐，那是园子外头的公公，别怕。”

“柔嘉，连你也觉得我犯了疯病是不是？”郑映芙一把抓住妹妹的手，“我没有，我没有，那天我被人推下水时，水面上有亮光，刚好映出了身后那人的样子。虽然看不清脸，可是我看见了他穿着太监服饰，衣摆上还垂着紫色穗子。”

她见郑柔嘉似乎不信，又见那个小太监正要进怡然堂的门，忽然挣脱了郑柔嘉的手，向怡然堂直冲过去：“高照容，我知道是你，我看见你那天晚上，跟那个太监模样的人在一起！”

九转回廊下，正在比对绣花样子的待选娘子们，听见她的话，都放下了手里的东西，转过头来看。自从溺水痴傻之后，郑映芙还是第一次口齿清晰地说出这么多话来。可这话的内容，却叫人悚然心惊。

郑映芙跑得飞快，连鞋子都甩开了，郑柔嘉在她身后紧追，可她穿着薄底的丝绒绣鞋，根本就走不快。眨眼之间，郑映芙已经推开了怡然堂的门，一阵风带得梨木小案上的佛笺纷纷飘起、沙沙作响。

怡然堂原本就是个四面通透的佛堂，大门一开，里面的情形便一目了然，可那情形，却让人惊讶得瞪大了眼睛。高照容正跪坐在梨木小案前，握着笔抄写佛经。在她身后，穿水天青色常服的男子，人坐在她身侧，手却绕过她的肩膀，握住了她小巧的柔荑。两人几乎面颊相贴，一笔笔一起写下一行字。

风吹乱了纸页，那男子不悦地抬起头来，眉目俊朗的面容，让郑映芙面无血色。因为那男子，正是拓跋宏。

“皇上……”郑映芙此时也知道自己闯了大祸，膝盖一软便跪下去。

拓跋宏满面怒气，高照容却忽然狠狠推了他一把，眼泪像汩汩的泉水一样，迅速打湿了小案上的纸笺："皇上只说来看我抄录佛经，现在却被人撞见我这副样子，照容本已经发愿在佛前诵经十年，现在……现在还有什么颜面见人。"

"照容，朕真心喜爱你柔婉动人、聪慧灵巧，"拓跋宏抬手抹去她脸上的泪，"你在佛前发愿，便是要得一个值得托付终身的人，朕便做这样的人，如何？"

高照容却哭得越发伤心，直把他往门外推："皇上快走吧，照容现在已经羞愧难当，难道皇上非要逼得照容自刎明志，血染佛前清静之地吗？"

冯妙此时也已经踱出西偏殿，站在不远处看着。高家小姐的演技实在高超，哭得梨花带雨，只可惜还是露了一点破绽。一个哭倒在梨木小案上的人，还会记得避开砚台，免得让墨汁染脏了衣裙，如此又怎么会是真的伤心欲绝呢？

她不过是想引着郑映芙，说出那晚的元凶是个太监，没想到却引出这番事来。原来高照容身上那股奇异的气味，是从拓跋宏身上沾染的男子气息，从高照容一进宫起，他们就已经开始私下见面了。

拓跋宏陪在高照容身边，又哄又劝地说了不少好话，甚至许诺纳她为妃。可高照容却只是哭泣，无论他说什么，都只叫他快走。拓跋宏无奈，重重叹了口气，从怡然堂后乘小舟离开，临去前，还深情款款地说，明天再来看她。

小舟在对面桃林靠岸，林琅披着一件羽纱面的狐狸毛小氅，在岸上等候，看见拓跋宏回来，搭着他的手拉他上岸。拓跋宏根本不需借力，只虚虚握住她的指尖："你有身孕，何必在风地里等。"

林琅脸色暗了一下，便又笑着问："皇上此行可还顺利？"

"不知道是天意助我，还是有人暗中推波助澜，竟然比预想的还要快些。"拓跋宏嘴角略微上扬，"现在，她们一定都以为，朕被高照容的美色迷惑了。接下来，朕便可以去跟太皇太后说了。"

"皇上为何一定要高家的小姐入宫？"林琅柔顺地问。

拓跋宏踌躇满志地笑，却不直接回答她的问题："林琅，其实宫中出现刺客那次，朕就算最终不去向太皇太后低头，太皇太后也不会废了朕、改立北海王，你可知道为什么？"

林琅的脸微不可见地红了，她摇摇头，她知道的本就不多，所以能替他做的事，总是很有限。

"因为比起朕孤身一人，太皇太后更担忧无法掌控拓跋详身后的整个高氏。"拓跋宏停下脚步，注视着林琅，"后宫不能只有姓冯的女人，太皇太后越是不喜欢高氏，朕就越要抬举高氏的女儿。朕现在比以往任何时候，都更有耐心。"

郑映芙冲撞御驾，不能继续留在宫中。这位据说从小具有凤凰主位命格、非乘龙快婿不嫁的小姐，被挡在荥阳郑氏的府邸之外，苦苦哀求一日一夜后，终于按照出嫁女儿被休弃的待遇，被送进寺院青灯古佛地了此一生。

那天以后，拓跋宏果然每天都来怡然堂，可高照容却紧闭怡然堂的大门，不准拓跋宏进去，甚至连一句话都不跟他说。其他待选娘子们看着，起先是嫉妒，接着是震惊，直到五天过去，拓跋宏没有再来，尚仪局的掌事太监，直接带来了圣旨和金册，册封高氏照容为正三品婕妤。

婕妤已经是世妇之中最高的品级了，再晋升便是九嫔之列。原本连待选资格也没有的高照容，反倒成了最先获得位分的人。

可高照容却拒辞不受，一定要掌事太监回禀皇上，说她违背愿言在先，心中已经万分羞愧，怎敢再接受婕妤之位？上天许她可以托付终身的人，已经是厚待了，她不敢奢求，只愿做个最末等的从七品才人，长随君侧。

拓跋宏不再强求，只命人重新送来了凤尾金簪，许诺高照容与其他待选女子一同册封。一波三折之下，高照容终于也成了待选的娘子。

尚未真正成为皇帝的妻妾，这场明争暗夺便已经开始了。

宫中都在筹备皇帝的冠礼，畅和小筑内的待选娘子，尚且不能算是皇帝的亲眷，没有资格参加。冯妙难得清静，忽然想起，从前在书上读到过制作粉笺的方法，还从没试过。高门子弟，大多喜欢用制作精良的纸笺书写诗词，算得上是件风雅事。

一时兴起，她叫忍冬帮她备齐了用具，就在西偏殿里动起手来。把整张宣纸用水浸湿，再用捣碎的花瓣染色，放在阴凉处晾晒到半干时，用羊毫小笔仔细勾画出各色图案，最后施上一层白粉。

忙了整整一个下午，才不过做好了两寸见方的小小一张。自己动手做的东西，自然左看右看都很满意，冯妙提笔支颐，想着在纸笺上写些什么好。

窗外已经开始从初春转入浓夏，树影婆娑，一点点撩拨着她的心底。年轻少女的心事，即使明知不能，仍旧忍不住偷偷怀想。冯妙脸颊上忽一下红起来，不知怎么就想起了夜半墙头抱剑而立的人，“只盼将来有个如意郎君，让你心甘情愿地为他生、为他死，揉碎一地芳心”。

她提笔蘸上墨汁，只写了一行字：思君令人老，岁月忽已晚。

字刚写成，她低下头去，吹干墨渍。眼前忽然飞快地伸过一只手，把纸笺从她手中抽走：“呀，真好看的字！”

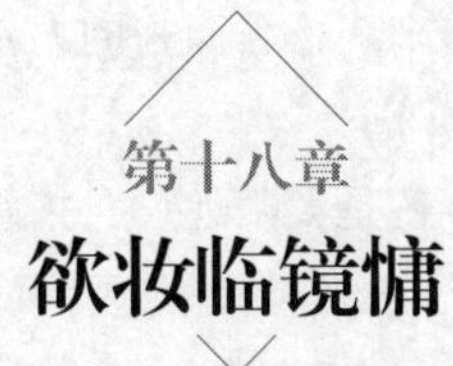

第十八章 欲妆临镜慵

拓跋瑶跳坐高榻上，穿着丝履的脚一荡一荡，手里拿着那张粉笺翻来覆去地看。

“六公主，”冯妙无奈地摇头，“你怎么突然来了，也不叫忍冬通报一声。”打量着她身上的装束，似乎跟平常有些不同。

拓跋瑶向她甜甜一笑：“我早听说你住在这儿，可一直没机会来，今天刚好路过，顺便来看看你，这张纸笺就当见面礼，送给我好了。”

冯妙哭笑不得，哪有闯进人家住处，还要问人家要见面礼的？她知道拓跋瑶生性如此，也不跟她虚礼客套，问道：“公主这是从哪儿来的？”

拓跋瑶把粉笺放进袖子，左右看看确定四下无人，才凑近了小声说：“你该问我要到哪儿去，我要去云泉寺。”她见冯妙表情惊讶，赶紧做了一个“嘘”的手势：“是皇祖母准了的，她老人家给了我一块出宫的令牌，不过，皇祖母只准我出宫上香。”

她带着些做坏事得逞般的得意，指着身上的汉人衣装说：“其实，我是去听清谈的。”

冯妙更加吃惊，她竟然知道什么是清谈，还如此兴致盎然。前朝高门士族子弟，喜欢聚在一起，专挑生僻的玄学问题析理问难，越是辩得晦涩艰深，越受人敬重。可是自从前朝南迁以后，在北方一带就很少能见到了。

拓跋瑶难得见到有人愿意听自己说话，越发兴奋起来，讲得手舞足蹈。有人在云泉寺每日备好清茶、在竹帘后待客，若是来人能答出他的问题，或是将他驳倒，他便会从竹帘后出来相见。起先乏人问津，可是一天天过去，竟然没有一个人能将他从竹帘后请出来。慕名而来的人越来越多，几乎快要踏破了云泉寺的门槛。

“他昨天问，是建康远，还是太阳远。”拓跋瑶从高榻上跳下来，比画连连，“有人回答，这还用问吗，自然是太阳远。可是竹帘后的人很狡猾，立刻反问，那为什么现在看得到太阳，却看不到建康城呢？结果那个回答的人就哑口无言了。”

冯妙心下了然，原来是有人故弄玄虚、博取声名。她一时好胜心起，便对拓跋瑶说：“你今天去了便问他，如果建康城比太阳还远，那为什么经常有人从建康来平城，却从没听说有人从太阳来呢？”

拓跋瑶愣了一愣，接着拍手大笑：“太好了，这下我看他还怎么说。”眼睛转了几转，拓跋瑶走上来搂住冯妙的胳膊：“不如你跟我一起去吧，你那么聪明，从前在知学里，我已经见识过啦。你要是去了，一定能叫他从竹帘后面出来。”

冯妙摇头，她不想在这个时候惹麻烦。拓跋瑶脸上露出些失望神色：“等你封了妃、有了自己的寝殿，我就去跟皇兄说，让你天天陪着我玩儿。”

满腹春情，都被拓跋瑶给搅散了，冯妙无心再做粉笺，索性躺在床榻上小睡，半睡半醒间，又想起一件事来，叫来忍冬，附在她耳边说了几句话，让她去告诉姚福全。

当天晚上，姚福全便带着二十几名甘织宫的宫女，请畅和小筑的娘子们挑选。按照宫里的规矩，从畅和小筑迁进各宫各殿后，就算是正经主子了，从家里带来的粗使婢女，都不能带进禁宫，要在宫中重新分派宫女。

姚福全提早去禀告了太皇太后，说皇上大婚之后，甘织宫里的人原本是要撵出去的。可是宫中人手不够，再挑选新的宫女又未免太过麻烦，不如干脆从甘织宫筛选一批年纪小、又不愿出宫的，供待选的娘子们挑选。

太皇太后听了，十分欣慰，这样做刚好可以凸显宽仁，赞赏姚福全思虑周到，赏了他两个金锞子。

冯妙在他带来的人里扫了一眼，果然看见予星站在其中，姚福全的确办事周全妥当。

那些看着聪明伶俐，相貌却平平的，最先被挑走了，谁也不想在自己身边留一个不安分的祸害。冯妙原本就只想要予星一个人，等其他人挑得差不多，她才走上前，手指刚要指向予星，便听见有人说：“我要她了。”回头一看，冯清水葱似的指甲，正点在予星面前。

予星原本看见冯妙，知道她一定会选自己，双眼炯炯发亮，只盯着冯妙看。

没想到冯清半路杀出来，偏偏要抢冯妙看中的人。予星一急，说出的话便有些口无遮拦："这位小……这位娘子，奴婢粗手笨脚，什么都不会做。"

冯清抚着指甲，眼神直往冯妙身上瞟："粗手笨脚、什么都不会做的人，姐姐能看得上吗？"

冯妙知道她未必真的想要予星，不过是想给自己一个下马威，偏不让自己如愿。"不过是个低等宫女罢了，这么争抢，岂不是显得冯家连个像样的婢女都没见过？"冯妙放开手，转身对姚福全说，"不如你带她去内六局吧，看哪里缺人，给她安排个差事做，也不辜负了太皇太后的恩典。今天挑选剩下的，也都带去内六局吧。"

姚福全躬身答应："尚工局那边想必需要会做女红的宫女，老奴带她们去看看。"

除去予星，两人各自随便指了两名看起来老实的宫女，叫人带回自己的住处。等人都走远了，冯清才冷笑一声说："你倒比我更有冯家小姐的气派，忘记告诉你了，我入宫前，你那阿娘不知道发了什么失心疯，竟然想从冯府逃出去。可惜，被人发现了，我娘亲便好好教训了她一顿，让她知道守规矩。"

听见阿娘又被博陵长公主责罚，冯妙便没法冷静，扯住冯清的衣袖、心急如焚地问："我阿娘怎么了？"

冯清捽开她的手："死不了就是了，不过，娘亲说了，我若是在宫里过得不舒坦，那你阿娘和弟弟也别想舒坦。"她轻蔑地笑了两声，转身走了。

冯妙手直发抖，深吸了几口气才平静下来。难怪冯清入宫之后，这一向都并没跟她为难，她们母女牢牢地捏着她的死穴，根本不怕她不听摆布，可她却连打听阿娘的消息都不能。

忍，只能忍，若是能得个九嫔之上的位分，便可以替阿娘和弟弟讨个诰封了。

皇帝的冠礼，是这一年平城内最大的盛事。由傩仪执事官高清欢卜定大宾的人选，加冠之后，皇帝亲自前往太庙祝祷。

皇帝冠礼成年之后，按制太皇太后便应该还政给皇帝，安心在后宫颐养天年。可是拓跋宏却在太庙面前，当着文武百官的面，恳求太皇太后继续教导他，言辞恳切，令人动容。再三恳求之后，太皇太后才勉为其难地答应与皇帝一同处理政事，并说如果有重孙出生，她便要安心抚育重孙，不再理会政事了。

冠礼之后不久，便是端午，宫中照例焚烧艾草驱邪。傩仪执事官高清欢向太皇太后和皇帝上表，说畅和小筑四面环水，对皇嗣不利，所以待选的人中间才会不太平，不如及早确定位分，将各位娘子迁出。

不过选定封号、准备册封仪式都需要时间，一时来不及面面俱到。皇帝与礼部商议下来，先定下林琅封正二品淑媛，赐封号“贞”，赐居长安殿。冯清封从三品婉华，赐居顺和殿，高照容封正五品良媛，赐居广渠殿。范阳卢氏的小姐卢清然，封正四品令仪，赐居颂元殿。清河崔氏的小姐崔岸芷，封从四品芳仪，赐居拂熹殿。其他人各自分了宫室，一时却还没有位分。

除林琅外，四名新妃中，鲜卑世家和汉人门庭各占了两名，昭示出皇帝不偏不倚的态度。

皇上似乎在以宣战一般的姿态，表现着对林琅的宠爱。林琅一向深居简出，偶尔与人碰面，也极少说话，加上她怀有皇帝第一个孩子，倘若是男孩，便很有可能是太子，众人看她时，反倒怜悯多过艳羡。

冯妙所住的华音殿，与林琅的长安殿很近。她的东西不多，只有几卷最近找来看的书，叫忍冬带着小宫女装起来，便可以离开畅和小筑了。

华音殿门前，有一棵高大的杏树，枝繁叶茂、花香袭人。还隔着十几步远，冯妙便看见高清欢站在那棵杏树下，杏花纷纷飘落如雨，粘连在他的紫色衣袍上，像一簇一簇的火苗。

他远远地看着冯妙，脚下却一动也不动。冯妙快走几步，到他面前，叫了一声：“清欢哥哥。”

高清欢这时才嘴角缓缓舒展：“还好，你叫我清欢哥哥，若是你叫我高大人，我……”他露出一抹极淡的笑意：“要我叫你冯娘子，我实在开不了口。”

被他这么一说，冯妙也忍不住笑了：“我也觉得别扭得很，起先别人这样叫，我都想不到是在叫我。”

“妙儿，”高清欢指间拈着一朵已经干枯的花，“起先礼部定下的位分，原本是给你的，不是给冯清的，因你是长姊。可我在占卜时使了点手段，你不会怪我吧？”

冯妙摇头，幸好位分给了冯清，不然，还不知道她要如何生气呢。她从小心高气傲，从来没有过想要却得不到的东西，哪里受得了这种屈辱。

“我每天都从甘织宫的墙外经过，可我一直没见着桂花，”高清欢碧绿的眼眸，紧紧盯着冯妙，“妙儿，进了这座宫门，你就是皇帝的妃嫔了，要跟无数女人分享一个丈夫。告诉我，这是你想要的吗？”

冯妙闻到他衣袖间散发出来的幽秘香气，忽然觉得一阵目眩，她不再是小孩子了，知道离得这样近跟一个男子说话，是很不妥当的事情。她退后一步，客气地回答：“嫁入天家，哪个女孩不想要呢？”

“妙儿……”

高清欢还要说话，却被冯妙打断了：“你的妹妹，不也同样在宫里吗？”

“照容她跟你不一样，关于她的事情，现在还不是时候，等到时机合适时，我会一点不漏地全都告诉你。”高清欢上身微微前倾，“我会托她照顾你，你有需要时我也会帮你。但我不会帮你争宠，我只是希望你安好而已。”

冯妙听见他这样说，心中隐隐有些不快，仰着脸问：“你若想帮我，就先告诉我，究竟是谁推郑映芙入水的。”高清欢似乎要解释什么，她便又补上一句：“我不相信你一无所知，事情就发生在她的怡然堂外，当时她的嫌疑最大。”

“妙儿，你从小就是一副倔脾气，我还记得第一次去冯大人府上，博陵长公主正用藤条打你，那时你不过一点点大，却一句服软的话都不肯说，也不准自己的弟弟哭闹认错。”高清欢摇头苦笑，“女孩儿家有这么一副倔脾气，可不是好事情。”

“后宫之中，不了了之、扑朔迷离的事情太多了，”他把手指一松，干枯的桂花便落在地上，“我只能告诉你，的确是宫中的太监做的，可是一来你没有证据，二来这人身后的势力也不是你能撼动的。不叫你知道，是免得你老想着这件事，反倒误入迷途。现在失足落水的说法，刚好皆大欢喜。”

高清欢又向前一步，忽然脸色剧变，一把抓住冯妙的手腕，声音也是从没有过的凌厉：“你用了什么熏香？怎么会有零陵香的味道？”

冯妙被他抓得手腕生疼，用力挣扎了几下：“哪有什么熏香？你放开我。”

“你也懂粗浅的药理，该知道零陵香有什么作用，”高清欢抓着她不肯放，“不管香味是哪里来的，都不要再用了，会害死你的。”

冯妙窘迫之下，抬脚便往高清欢的鞋履上踩去，趁他手上力道略微一松，便挣脱开了。她跑进华音殿，“哗啦”一声关上殿门，隔着厚重的门板说：“从现在开始，我就叫你高大人了，如果没有其他的事，高大人就请回吧。”

过了许久，才听见极低极低的一声叹息，和几乎微不可闻的、远去的脚步声。

冯妙拿起一直挂在身侧的镂空银球，里面那粒月华凝香，因为时间久远，味道已经淡得几乎闻不到。可是零陵香的味道，还是被高清欢认出来了，难保日后不会再被其他有心人认出。冯妙解下镂空银球，锁进自己的妆盒中。

华音殿清幽僻静，殿中遍植花草树木，蝉鸣、鸟啼夹杂其间，山水清音，自然之妙，难怪会以华音为名。

冯妙本就不大跟其他人相熟，此时分在各殿，越发没人来往。天气越发炎热，冯妙叫忍冬取了春凳，在园子里一棵老藤树下坐着。三五个年轻的女孩子，说笑着从门前走过。

透过半掩的铜钉朱门，袁缨月刚好看见冯妙正在闲坐，怯生生地推门招呼她：“我们要去看林淑媛姐姐，冯姐姐要不要跟我们同去？”

冯妙本不想动，可又想起好久没有见过林琅了，便起身跟袁缨月一起走出门外，见门外走在一起的，都是还没有位分的那几位。

几个人有一搭没一搭地说话，没走出多远，便远远地看见一名宫装丽人，搭着宫女的手臂走过来，正是揽秀殿的罗冰玉。待走得近些，她便拿捏起一副久在宫中的腔调：“难得各位妹妹得闲，一起去看林姐姐，原本就该多走动走动。”

另外几个女子也都出身名门，见罗冰玉举止轻佻，又早听说过，她不过是个教养宫女而已，面上都不自禁地带了几分鄙夷。

罗冰玉自己却毫不知趣，对着站在近前的一名高挑女子说：“这位妹妹，我走了一路，脸上的妆恐怕都花了。你可带了细粉，让我匀一匀？”

那女子面容清丽冷峻，不带一丝笑意，也不答话，从随身的荷包里取出一只小巧的乌木盒子递过去。罗冰玉叫身边的宫女帮忙，细细地上了一遍粉，才把乌木盒子递回来，笑着问：“妹妹是哪家的小姐，叫什么名字？”

“李弄玉。”那女子不带任何起伏地回了三个字，接过乌木小盒放回荷包里。冯妙离她不远，刚好看到李弄玉并没把那盒子放进荷包内层，而是放进了外侧小袋里。

“可真凑巧，我的名字里也有一个玉字。”罗冰玉好像浑然看不出别人的脸色，仍旧絮絮地说话。

“水牛是牛，蜗牛也是牛吗？”李弄玉这次倒是多说了几个字。她出身书香名门，名字取自“萧史乘龙、弄玉吹箫”的典故，自然不是罗冰玉能比的。其他的小姐听出她话中讥讽，都用帕子捂着嘴偷笑。王琬笑得尤其大声，故意叫罗冰玉听见。

长安殿原本就是给太子准备的宫室，雕梁画栋，极尽精美繁复。拓跋宏小时被太皇太后带进奉仪殿抚养，并没有在这里居住过。

林琅斜躺在美人榻上，身上盖了一条薄纱小被，腰身之间还看不出什么变化，可是原来那张过度消瘦的脸，此刻却略显丰腴了一点。

见了正二品贞淑媛，来的人都该行大礼。林琅在美人榻上起身，一抬手先拉住了冯妙的胳膊：“自家姐妹，快别这样客气，只管随意就是。”

那些人原本也并不真心服她，见她客气，便顺势收回了动作。

狭小的偏殿几乎快要站不下，可这么多人里头，恐怕只有冯妙一个人，是真心来看望林琅的。比起桃林里要寻短见的那个林琅，眼前的人面容依旧，可浑身上下却好像有什么东西不一样了。冯妙不由得暗想，难怪文澜姑姑所说的小姐，宁愿舍了性命，也要为心爱的人诞育子女。

林琅本就话不多，孕中又格外容易疲累，没多久便显出困意。冯妙看看那些不知趣的访客，李弄玉固然是事不关己、随遇而安，其他人却丝毫没有要告辞的自觉。

冯妙正要起身提议离去，偏殿门口的薄纱小帘一掀，一道人影直走进来，龙纹衣摆霎时点亮了众人的眼。原来这些人早就打听好了，拓跋宏会在这时候来看林琅，才不约而同地来了。

拓跋宏径直走到美人榻边坐下，握住林琅的手问："今天觉得怎么样，有没有好一点？"林琅微笑着点头，抬手拂去他肩上沾染的柳絮，动作亲密而又自然。医女送上药来，拓跋宏便亲手接了用银勺一口口喂给林琅。

如此琴瑟和谐的两人，落在那些从未得过帝王眷顾的人眼里，分外刺目。

罗冰玉绞着帕子上前："我自己缝了几件小孩子的衣服，姐姐不要嫌弃。"她捧出几件颜色鲜亮的肚兜，图案上抱着鲤鱼的娃娃冰雪可爱。

"哎？这上面怎么有灰，罗姐姐也太不小心了吧。"王琬侧身看了一眼，指着肚兜上薄薄的一层粉末问。

"给林姐姐的东西，哪敢不小心？"罗冰玉低头轻轻一吹，"恐怕是刚才补粉时掉落的，吹掉就好了。"

白色粉末簌簌落下，有一些飞在林琅面前。医女闻到那粉末的气味，脸色忽然变了，忙忙地拿微湿的绢子来给林琅挡住口鼻。所幸挡得及时，林琅只是抚着胸口，连连咳嗽。

拓跋宏皱眉，医女立刻小心回禀："这粉里掺了夹竹桃粉末，对普通人无害，却容易导致有孕的人滑胎早产。"

罗冰玉听了这话，立刻慌张跪下，指着李弄玉说道："不关我的事，那粉、那粉是她的。"

李弄玉也走出来跪下，脸上却毫无惧色，神情依旧清冷："我的粉里，没有夹竹桃粉。"她进退得宜，仿佛是在金殿明堂之上面见君王一般，从身上拿出那个乌木小盒，递给医女。

医女仔细查验片刻才说："表面这一层夹竹桃粉，是后加上去的，没有跟原来的粉压在一起。"医女摊开手掌，乌木盒内，细密紧致的粉块上方，浮着一层松松的粉末。

"这不是我放的。"李弄玉冷冷淡淡地一句话否认。

"空口无凭，如何能证明不是你放的呢？"王琬十分适时地说了一句。

李弄玉微微抬头反问："我自己的东西，我会不清楚吗？"

冯妙微微摇头，李弄玉并不是不知道，这样的话毫无辩白力。她只是不屑于为自己辩解，就像她也不屑于撒谎一样。

“我们自然相信你，可你得想办法让皇上和林姐姐相信呀。”王琬的语气小心翼翼，话语却暗藏机锋，明里好像处处在为她着想，暗里却让她的处境更加不利。

李弄玉直挺挺跪着，一句话也不说。冯妙从她身上似乎依稀看见了从前的自己，固执地相信自己是对的。

冯妙走上前，跪在李弄玉身侧：“吾皇圣明，这夹竹桃粉，必定是另外有人放进去的。”

第十九章 香风定

“哦？”拓跋宏意味不明地笑了一声，“朕要是不同意你的话，就是不圣明了？”

“皇上天纵之才，必定圣明。”冯妙不卑不亢地作答，“如果夹竹桃粉是李弄玉放的，那么至少有三处疑点。”

她声音清脆如黄莺出谷，朗朗而谈：“时机不利，是第一疑。众目睽睽之下，用粉末投毒，最容易被人发现，倘若果真有歹心，为何不通过饮食、熏香、日常用具，慢慢谋划？”

“效果不佳，是第二疑。夹竹桃粉的药效，在不同的人身上，会各不相同。有人或许会滑胎，有人却只是呕吐、无力，远不如麝香、红花药效强烈。”

“动机不明，是第三疑。倘若林姐姐滑胎失子，对她并无实际的好处，没有好处的事情，谁会拼了性命去做呢？”

下夹竹桃粉的手法十分拙劣，几乎是漏洞百出，冯妙的“三疑”说法一出口，便再没人接口言语。李弄玉仍旧姿势端正地跪在原地，似乎全然不为别人的善意有丝毫动容。

拓跋宏手指一下一下地敲着床榻边的镶金雕花，看着冯妙。每次她妙语连珠时，身上都像笼着一层淡淡的光华，不像林琅那样一味柔婉顺从。罗冰玉的栽赃，他从来没有相信过半句，因为他相信拓跋勰的眼光，李弄玉这样一个清冷自负的女子，必定不屑于做那种见不得人的事情。

他不置可否地笑了一声，对冯妙说：“很好，你对这些阴毒手法很熟悉是不是？从今天起，你每天到长安殿来，替林琅尝药，直到林琅腹中的孩子顺利出生。”他一字一字地说：“朕很看重这个孩子，不准出任何差错。”

身后站着的莺莺燕燕中间，传出轻微的嘲笑声。宫中各殿都设有尝药太监，一向由最低等的太监或是犯了错的宫女担任，皇上是在不动声色地折辱她。

冯妙低垂眼帘应声，她猜得透拓跋宏此刻所想，不管是太皇太后，还是其他什么人，把她放在这儿尝药，对待林琅时便不得不多考虑一些了。

“罗冰玉，”拓跋宏转向她，目光凌厉，语气不容丝毫质疑，“看来你不大记得清自己的身份了，需要朕提醒你一下，你今天就迁出揽秀殿，到永巷辟小室居住。”

“皇上，奴婢一时糊涂，求皇上不要赶奴婢出去……”罗冰玉膝行上前，想要抱住拓跋宏的腿哀求，却被他抬靴拨开。谋害皇嗣，这样的惩戒已经很轻了。

众人告退时，李弄玉从冯妙身边走过，一句话也没说，好像今天的事，与她根本毫无关系一般。冯妙知道李含真、李弄玉这对姐妹性情清冷，倒也并不在意。反倒是王琬经过她身侧时，似乎满脸替冯妙不值的样子：“替别人解围，倒给自己惹了一身麻烦，怎么有些人连投桃报李都不懂？”

冯妙抬眼看向她：“姐姐饱读诗书，莫非不懂得‘不可忘，不可不忘’的道理吗？”战国时有谋士劝谏信陵君，别人对我的恩惠，不可忘，我对别人的恩惠，却不可不忘，如此才能长保安宁。看王琬脸色忽青忽白，冯妙点到即止，转身离去。

走到炽热耀眼的日光下，冯妙才停住脚步，她依稀觉出自己变了，对心怀恶意的人，便应该给她们一点教训。她说不出这变化是好是坏，就好像再怎么忐忑不安，她还是头戴点翠金簪，出了甘织宫。

长安殿里的事，第二天就传进太皇太后耳朵里，她命罗冰玉在长安殿门前长跪三个时辰，向林琅赔罪，还专门挑了中午太阳最毒的时辰。据说罚跪之后，罗冰玉是被小太监用软榻抬回去的。

太皇太后又命崔姑姑选了两名最擅长药膳调养的老宫人，照顾林琅的饮食，同时又通传各宫各殿，林琅养胎期间，不得随意打扰。

冯妙按照拓跋宏的意思，每天到长安殿，饮食汤药都要经过她先尝一遍，才能送给林琅服用。她原本对崔姑姑选来的两名老宫人不大放心，暗中留意观察，却发现她们尽心尽力，方子、食材都精挑细选，并没有不妥当的地方。

不准打扰的口谕，对拓跋瑶毫无效果，有时清早、有时傍晚，拓跋瑶总会到长安殿来。当初冯妙用来吸引她的那一手小把戏，现在被拓跋瑶玩得十分熟练，时不时拿来逗林琅开心。每次拓跋瑶来时，长安殿内总是笑声不断。

隔着轻薄纱衣，已经可以看见林琅的小腹微微隆起，拓跋瑶把手放在上面，眨着一双大眼睛问：“这里面真的有我小侄子吗？”

林琅被她说中心底隐秘，眼眶情不自禁有些泛红，这孩子的确是她的侄子，只不过……

拓跋瑶把整个脸都贴上去："小侄子，我是你姑姑，等你出来，姑姑那些好玩儿的东西，都送给你玩。"冯妙看她一脸认真的样子，像下了很大决心似的，忍不住发笑："公主不如早早选定驸马，那些好玩儿的、好吃的，舍不得送出去，就索性留给自己的儿子好了。"

一句玩笑话，倒让拓跋瑶满脸绯红，追着冯妙打。冯妙笑着讨饶，绕着蟠龙金柱躲闪，没几下两人就闹成一团。

"不行，你敢冒犯本公主，本公主要罚你，"拓跋瑶故意板着脸，"就罚你替本公主想一个最刁钻难答的问题。"

冯妙理一理散乱的鬓发，忽然想起拓跋瑶说起过的在云泉寺待客的人，便问："上次公主把那个人从竹帘后请出来了没有？"

拓跋瑶一脸沮丧："我兴冲冲地去了，却听人说那位公子回家去了。直到前几天，他才又出现了，我把那句话原封不动地拿来问他，听见他在竹帘后只笑却不说话。到我要他依约出来时，他却说，要真正想出这句话的人前来，他才会履行诺言。"

"他怎么知道这话不是你想出来的？"冯妙被这神秘公子勾起了好奇。

"他说，我一进门便迫不及待，说这话时声调抑扬顿挫，字音都咬得很重，显然是从别人那里听来了这句话，顿时觉得茅塞顿开，转述时一个字都不敢改动。"拓跋瑶一时怒一时笑，万分惋惜，"所以，这次你要帮我想一个问题，我难倒他，他就不得不出来了。我倒要看看，这究竟是个什么人物。"

这位公子能从细微之处入眼，看穿拓跋瑶的心思，倒也不是只会空谈的纨绔膏粱。冯妙略想了想，忽然抿嘴笑着，走进小膳房去抓了几味药出来，摆在紫檀木几上：生地、远志、石菖蒲、川连、当归、甘菊、麦冬、甘草、甘枸杞。

拓跋瑶凑过去看，除了枸杞在汤里见过，别的一样也不认识。

冯妙用手指卷着鬓边垂下的发丝："公主再去时，等他送上茶来，便把这几味药材给他。这服方子有个名字，叫作'清心明目'。公主赞他的茶好，他碍于面子，也得想出点什么来，回敬公主才行。"

拓跋瑶眨着眼睛听着，似懂非懂。

"不过'清心明目'四个字，无论从哪个字读起，意思都是一样。他的回答，必须也要是同样的一句话，而且不拘是方子也好、古曲也好、动作也好，总之不能直接说出来，要靠意会。"冯妙一点点解说下去，用手指拨动木几上的药材，"倘若他答出来了，公主就把生地、远志、当归这三位药指给他看，之后无论他做出什么反应，公主都不要再说一句话，起身告辞。”

“为什么？”拓跋瑶听得满头雾水，这样她岂不是仍然输了？

冯妙笑意狡黠，双眼弯弯如月：“公主只管试试就是，如果我猜得不错的话，这三味药怕会说中他的心事。公主此时走了，便轮到他四处打听公主的去向了。”

拓跋瑶把那几味药材小心包好，虽然不解其中深意，她却相信冯妙的才智：“我明天便去，看他还敢不敢得意，哼！”

林琅在一边静静地听着她们说话，到这时才幽幽叹了口气。冯妙坐到床榻边，替她拉好被子：“林姐姐，哪里不舒服？”

“没有，我很好，”林琅的目光，流连在冯妙姣好的五官上，“我只是听到你们说话，想起皇上最近忧心的事情，如果能有六公主和你这样的灵巧心思，可以在小处帮帮皇上，就好了。”

冯妙这才想起，拓跋宏已经有好几天没来长安殿了。

“我知道皇兄为什么事发愁，”拓跋瑶解决了自己的心头大事，语气轻松畅快，“皇兄从小仰慕汉家文化，想在大魏朝堂上，仿照南朝设立官职，鼓励宗亲贵族读书习字。可是我那些叔叔伯伯们，早就习惯了骑马拉弓，让他们读书，简直比登天还难。”

拓跋瑶心思单纯，想到的问题便也简单。冯妙却从这只言片语里，听出了朝堂上的惊涛骇浪。拓跋宏有手握乾坤、君临天下的雄心，要巩固皇权，就必须一点点削弱宗室亲王手里的权力。可是这件事，急是急不来的。

除太皇太后按制垂帘听政外，后宫干预政事，向来是大忌。冯妙也不说破，只对林琅笑着说：“皇上喜欢汉家文化，这是好事，可是得让宗亲王爷们也感觉到这东西的好。书本上的东西，毕竟虚无缥缈，得看得见、摸得着的才行。”

“林姐姐，我有个主意，”冯妙语笑宴宴，双眼一片清明真挚，“不过得借你的名义，你肯不肯呢？”

“要我做什么，只管说就是。”林琅带着一贯的温柔笑意，“谢谢你肯帮皇上。”

“林姐姐，我是帮你呀，”冯妙有些不自然地转开视线，又抬起头半是玩笑地说，“要请姐姐做一回祸国妖妃，先跟皇上要一大笔银子来。”

六月初六，贞淑媛林琅在长安殿设宴，邀请平城内贵胄宗亲的女眷，带着家中年幼的子女，入宫赴宴。眼下林琅是宫中位分最高的嫔妃，又有身孕，虽然拓跋宏并未许她统理六宫的权力，可女眷们一来好奇，二来也想跟这位御前新宠多多亲近，都纷纷盛装赴宴。

冯妙把林琅阻拦在后殿，只让长安殿的侍女宁儿到殿前迎客，无论是谁问起，都说淑媛娘娘早先身子不适，这会儿还在梳妆。

“来的都是身份尊贵的夫人，有好几位还是皇上的长辈，不出去迎接，实在太失礼了……”林琅坐立不安，几次要出去，都被冯妙硬生生按住，最后干脆用豆粉混合水草捣成的黏浆，敷住了她的脸，让她想出去也不能。

冯妙拿起牛角小梳，把林琅的乌黑长发打散，分在肩头两侧梳理，却并不盘成贵妇中常见的双环高髻。她用一串细小圆润的玉珠裹在发间，把头发一束一束地梳进来，结在脑后。

额前、两鬓，她都各留出一些垂下的发丝，向两边延伸开去。蘸一点桂花头油，她用一支银钗配合着牛角小梳，把林琅的鬓发整理贴合，南朝女子中流行的缓鬓，配上林琅小巧精致的面容，越发显得温婉如水。

冯妙擦去她脸上的黏浆，帮她匀面、上妆，指尖挑起一片花钿，贴在她额前，仔细整理好，才把银背镏金双燕镜捧到她面前：“姐姐现在不用怕了，外面的宗亲贵妇，见了姐姐的样子，只怕惊讶得话都说不出来了。”

长安殿前殿，已经有小孩子开始哭闹，贵妇们也等得不耐烦，彼此议论着林琅恃宠而骄，不把她们放在眼里。

任城王拓跋澄的夫人，平日本就性格爽利，越想越气，就要叫来侍女起身离席。恰在此时，殿门打开，一对侍女在前引路，林琅从殿外缓缓步入。

见惯了短衣束腰窄裙的鲜卑贵妇们，都屏住了呼吸看着她身上的衣装，丹碧色纱纹双裙，配广袖丝纹上裳，衣袂宽大飘飞，随着她的步子缓缓轻摇。裙裳之外，罩了一件刺绣鸾纹拖地长衣。三尺多长的拖尾上，金线绣成的飞鸾图案熠熠生光，在地面上舒展得极尽华贵。

冯妙特意安排林琅绕了一段远路，从长安殿正门进入，就是为了让她在长长的通道上，把这件罩衣的精美贵气，全部展现出来。她的肚子已经很明显，可是并没有破坏衣饰的和谐，反倒让她整个人都生出一种端庄素雅。

林琅原本就生得极美，五官玲珑纤巧，眉眼间带着几分愁绪。这套南人汉家的衣装，穿在她身上，别有一种欲说还休的美感。鲜卑贵妇们看得目瞪口呆，直到林琅落座，才回过神来。

冯妙向林琅点头轻笑，示意她不必紧张。今天她是宴会的主人，照例应当由她先饮第一杯酒。林琅端起素瓷小盏，摇摇向各位宗亲贵妇举起：“本宫来迟了，先道个不是。今天请的都是宗室至亲，请随意尽兴。”

她第一次自称“本宫”，话一出口，脸上就又红又热，赶忙借着喝酒遮掩过去。

冯妙这时才从她身旁走出，手里托着一只彩盘，向座下的贵妇们福了福身，说道：“淑媛娘娘一向惦记着各位，无奈身子不好，一直不得空。今天请各位夫人们带着子女前来，也是因为淑媛娘娘自从有身孕后，便特别喜欢小孩子，今天还专门准备了一点小玩意儿，给公子小姐们随便拿着玩儿。”

彩盘上放着一排梨木做成的小盒子，盒面上用漆料勾画着各色图案，颜色鲜明，很讨小孩子喜欢。冯妙依次走过去，每一桌上的小孩子，不等她说话，便伸手来拿。

梨木盒子里面，放着一小摞纸笺，边角都仔细裁剪打磨过，不会伤了小孩子的手。纸笺上，有的写着字谜，有的写着一两句诗词典籍。冯妙特别动了点心思，将字谜的谜面写在一面上，谜底写在另外一面上。诗词典籍句子也是一样，上下半句各分在纸笺两面。

太皇太后向来提倡鲜卑贵族学习汉家文化，宗亲贵胄家的孩子，定期都要去知学里听讲学。只不过，这些王爷王妃们并不重视，因此真正学得好的并不多。

小孩子本就喜欢新鲜玩意儿，看见洒金平纹笺做得十分精美，都拿在手里看。又发现上面的字句似乎认得，一个个都跟着思索起来，拿着纸笺互相考问。答对的得意扬扬，答不出的便去自己的梨木盒里翻找，一定要找出一个最难的，把别人问倒才罢。

天底下做母亲的，一颗心都放在儿女身上。眼见孩子玩得高兴，刚才那点因为林琅来迟的不快早就烟消云散了，纷纷向林琅打听，鬓发要如何梳理、皮肤要怎么保养、衣裙又是在哪里买的。

冯妙知道林琅应付不来这样的连番提问，便站在她身侧，替她答话：“这衣裳倒不是在平城买的，刚好长安殿里有手巧的宫女，会裁制南朝的汉人服饰。淑媛姐姐料想各位夫人也许会喜欢，也准备了几样给夫人们带回去。”

她向身后招手，便有宫女把锦缎包裹着的饰物，送到各位贵妇手上，其实无非是些装饰点缀的小物件，笼纱、花钿等，但都带着明显的南朝飘逸风姿。每一份东西里，还特别加上了一两件给男子使用的饰物，香囊、剑穗，或者马鞭、坠子等。这些贵妇们自己看了喜欢，便也会把这些东西给自己的夫君带上，费尽周折，便是为了这个目的。

眼看效果达到，冯妙便借口林琅需要休息，替她告辞离席，请夫人们品尝了带有南朝特色的菜肴后再离去。

这场再普通不过的小宴，成了平城贵妇中津津乐道的话题。没能赴宴的人，便只能听着她们一遍遍讲述林琅如何美得不能直视，再艳羡地看着她们手里样式精巧的小玩意儿。

又过了十来天，出游或者巡猎的拓跋宗亲身上，便悄无声息地多出了一两件样式新颖的配饰。从皇亲国戚到文武群臣，开始互相打听着，派家人去采买类似的物件来。带有汉人特色的衣着服饰，在平城流行起来。

拓跋宏好几次在早朝时看见，一向最不喜欢汉人那套“花花肠子”的任城王叔，也悄悄在腰间系了块双鱼玉佩。借故跟他攀谈，才知道了原委。

任城王拓跋澄还愁眉苦脸地问拓跋宏，能不能从知学里请个精通汉文的夫子到府上。他府上的小世子，自从得了那套小笺，喜欢得几乎茶饭不思，把梨木小盒里的三十六张都记得烂熟，便缠着拓跋澄想要更多。

拓跋澄原本对这些东西不屑一顾，可他一大把年纪才得了这个儿子，府里的老太妃和性格彪悍的王妃，又把小世子当掌上明珠一般，他被缠得没法子，才向拓跋宏开口。

“这又不是什么难事，”拓跋宏一口答应，“让世子下次去知学里听讲时，自己挑选就是。”

等任城王走远，拓跋宏才站在原地自言自语：“做粉笺用的白粉，是不是很伤手？”

自从林琅另辟宫室居住，拓跋宏身边便换成小太监随侍，内监刘全赶忙应声：“可不是嘛，做粉笺，还要勾花、裁边、写字，不光伤手，还伤眼呢。淑媛娘娘有孕，还如此操劳……”

“给华音殿送一瓶玉霜膏，再叫太医署备一盒补养明目的丸药，也送去。”拓跋宏吩咐了，抬脚便走。

刘全还怔怔愣在原地，淑媛娘娘不是住长安殿吗，送华音殿去做什么，听说华音殿里的娘子，很不受皇上待见呢。远远地听见拓跋宏轻叱“快去”，他才一路小跑着去办。

接到送来的东西，冯妙张了张嘴，谢恩的话好不容易才说出来，又问了一句：“这是宫中份例的赏赐吗？”

“份例？”奉命前来的小太监，见冯妙尚无品级，说话也就随便了些，“这玉霜膏是用柔然进贡的珍贵药材制成的，可以除瘢去瘀，总共只有四瓶，前年赏了任城王府一瓶，今年太皇太后赏了内秘书令一瓶，还有一瓶由太医署保管，只有宫中身份体面尊贵的人受了外伤时才能用。这可是库房里最后一瓶了。”

直到小太监离去，冯妙还在发愣，她越发看不懂少年天子的举动和态度。长安殿小宴的事，她自作主张，不知道拓跋宏究竟怎么想。转念又想起，这次准备小宴上用的东西，请予星帮了不少忙，便叫忍冬去尚工局召予星过来，想把药膏分她一半。

忍冬匆匆去了，回来时神色便有些古怪，吞吞吐吐地说，予星姑娘今天事忙，不能过来。

第二十章

宝镜觅新妆

尚工局的确是内六局中最忙的，冯妙当初是真心为予星打算，尚工局负责替宫内嫔妃缝制、织补、营造，很多宫女都不愿去。不过眼下虽然辛苦些，等予星到了年纪想出宫，凭借宫中的手艺，养活自己至少没有问题。就算不想出宫，她也可以在宫内逐级晋升，慢慢成为有品级的宫女。

即便如此，什么事会忙得连出来一趟都不能？冯妙心里疑惑，她曾经私下请姚福全关照过，尚工局里的人不会刻意为难予星。看过林琅，冯妙便提早从长安殿出来，想绕道尚工局去看看。

快到晌午，明晃晃的太阳晒得周围一切都像浮着一层白雾。冯妙走到永巷附近，正茫然找不到哪里是尚工局宫女的住处，某处小门后，传来“啪”的一声响，隔不久，又是“啪”的一声。

她循着声音走过去，天气闷热，几处宫门都半掩着。冯妙向门内看去，身穿宫女服饰的人，正跪在晒得滚烫的青石地面上，双手平托着一件衣裳，高举过头。她身后站着另外一名宫女，手里举着一段新折下来的树枝，只要那跪着的人身子一歪，或是手臂略微松懈，便在她胳膊上抽打一下。

跪着的宫女背上已经全被汗水湿透了，双臂上举、衣袖滑下，露出的一段胳膊上，全是一道道细小的抽痕。跪得久了，双手双腿都控制不住地微微发抖，耳垂上一对翠玉坠子跟着左右晃动。

这种成色的坠子，不是普通宫女戴得起的，前几天予星到长安殿帮忙，准备小宴要用的东西，林琅便赏了她一对这样的坠子。冯妙推门绕到那宫女身前一看，果然是予星，额头上已经晒得脱了一层皮。

拿树枝的小宫女，看见冯妙穿着不俗，一时迟疑着没敢说话。冯妙顾不上她，快步走到予星身边，用帕子轻擦她的脸。予星身子一软，便靠倒在冯妙身上。

“这是在做什么？”冯妙担心予星，对那宫女说话难免严厉了些。那小宫女有些畏畏缩缩地不知所措：“罚跪……罚跪的时间还没到。”

“不关她的事，”予星嗓音干涩，说话都很费力，“她也是奉命办事。”

冯妙把予星扶到树荫下，想起宫中随意责打宫女的事，便心生厌恶，转头又对那小宫女说：“犯了什么错，都该好好地教导，哪能动不动就这样罚跪？”

那小宫女带着些惊惶看着冯妙，不知道该说什么好，连行礼问安都忘了。这时，从阴凉的殿内，又走出一人来，先向冯妙屈身，道了一声“冯娘子安好”，这才阴恻恻地说：“弄坏了太妃娘娘最喜爱的衣裳，这是大不敬的罪过，罚跪半个时辰，原本就是有定例的。”

这声音冯妙万分熟悉，抬眼一看，正是郭泉海。当初不慎让冯妙逃脱了，过后再去查访时，冯妙已经变成了待选的冯娘子。再次见面，彼此心知肚明，却不好说出来。

“原来郭公公是替太妃娘娘做事的，”冯妙现在倒是不必怕他了，他必定不敢明目张胆对一个待选娘子怎样，“可是太妃娘娘一向仁慈，郭公公这样严苛，不怕让人误会太妃娘娘吗？”

“冯娘子有所不知，太皇太后要处理政事，内宫事务便一向由太妃娘娘统理，”郭泉海倒也不着急，慢条斯理，寸步不让，“这些宫女最爱偷懒耍滑，这一次是弄坏了太妃娘娘的东西，下一次说不定就敢在太皇太后的物件上粗手粗脚。太妃娘娘心善，可也不能由着她们胡来，没由得败坏了太妃娘娘的名声。”

这一下冯妙倒是无话可说，内六局事务的确一向由高太妃管理，就算是正经妃嫔，也无权过问。

“继续给我看好了，还差一炷香时间，要是再中间停下，这半个时辰，就从头算起。”郭泉海对着缩在旁边的小宫女一指，叫她们继续，转头又对冯妙说，“这里是下等宫人们的住所，冯娘子是要服侍皇上的人，还是早些请回吧，免得沾染了俗气，皇上更加不喜欢了。”

被他这么一说，再好的脾气也免不了怒意上涌，冯妙毕竟年轻，听见一个太监讥讽自己不得皇上喜爱，禁不住又窘又气，当场就要发作。可转念想想，这件事道理都在郭泉海一边，闹起来恐怕面上不好看。

她对呆立在一边的小宫女说：“上次予星姑娘缝制的衣裳很好，林淑媛的月份日渐大了，想叫予星再缝几件宽松凉快的来穿着。等你们罚完了，我再把林淑媛想要的款式仔细告诉她。你去搬个春凳来给我，一炷香时间而已，我就在这里看着。”

冯妙不过是借林琅的名义吓唬他们，至少叫他们不敢使阴劲儿折磨予星。可郭泉海听见这话，神色却变得很不自然，眼睛盯着冯妙死死看了一阵，才说：“既然是淑媛娘娘有吩咐，今天就暂且算了，下次再给太妃娘娘缝制，可要上心着点儿。”

郭泉海一走，刚刚还拿着柳枝的小宫女，立刻上来帮冯妙把予星扶进屋去，又急急忙忙地去打水。她也只是尚工局的小宫女而已，平日就跟予星吃住在一起，郭公公吩咐的事，她不敢不照做，心里却万分不忍。

“淑媛娘娘想缝什么样式的衣裳？”予星一进屋就问，她记得林琅长得好、性子也柔和，知道有孕的人，在热天尤其辛苦，想早点帮她把新衣缝制出来。

“没有什么样式，其实林姐姐那里不缺衣裳，”冯妙蘸着凉水在她额头上轻拍，“不过既然这么说了，你就挑拿手的样子，裁几件宽松凉快的，改天送到长安殿去吧。”

晒伤的地方一沾水，予星疼得龇牙咧嘴。冯妙又问：“你是为什么事惹上郭公公了？”

予星把双手都放进冷水里：“内六局一向待人严苛，也不是一天两天了。不过这一次，这个老太监偶然知道了我跟你交好，就开始找我的碴儿。就说今天这件衣服吧，说是太妃娘娘要绣个吉祥的样子上去，可是衣服提早用酸水泡过了，才一走针，就破成一条一条的，根本没办法补了。”

冯妙沉吟半晌，还是把甘织宫那晚发生的事，告诉了予星，只不过隐去了听到的内容：“我现在没有位分，不能随意要人过去，林姐姐那里也不方便。你暂且忍一忍，也机灵着点儿，要是情形不好，你便说淑媛娘娘要你缝制衣裳，保住性命要紧。”

原本只是送些药膏，让予星留着以后用，这下倒是全敷在了她脸上。冯妙记着林琅下午还要喝一次药，不敢久留，匆匆回去。

传晚膳时，拓跋瑶不请自来，大咧咧地加了一副碗筷，也不管那些汤水菜肴，都是专门给林琅进补的，挑自己喜欢的吃了不少。

晚膳过半，拓跋瑶才对冯妙说起，她刚刚从云泉寺回来：“我照你说的，把那些药材给他看了，他看后还是什么也没说，只给了我一只桃木镯子，上面古古怪怪地写着十几个字，连成一个圆圈。我看不懂是什么意思，只记得你说，他要是写出来便算输了，当场就说他输了，谁知道……”

拓跋瑶一口气说了这么多，早就口干舌燥，抓过茶杯猛灌了一大口。林琅和冯妙都听得好笑，催促她快说，非要在这时候喝什么水。

“他说，”拓跋瑶理着胸口继续，“把这东西，给那个想出问题的人看了，自然会明白。”她满脸无奈：“你说，他怎么就又猜出，这问题不是我想的呢？”

“那上面写的什么，你还记得吗？”冯妙又问，心里却不抱任何希望。

拓跋瑶从身上摸出一只桃木小镯，递给冯妙。木质上刷了一层桐油，带着天然的木质芳香，清淡宜人，依稀可以想见，宽衣博带的男子，在竹帘之后，把清亮的茶汤注入小盏时的专注神情。木镯内侧写着十四个字，连成一个首尾相接的圆环：期、忆、别、离、时、闻、漏、转、静、思、伊、久、阻、归。

冯妙拿着桃木镯看看，把那十四个字念了几遍，忽然笑道：“这次的确不能算他输了，他是提笔写了，可却并没直接写出来，这倒真是个有意思的人。”

拓跋瑶把一双大眼睛转来转去，盯着桃木镯翻来覆去地看了又看：“写什么了，我怎么一点也读不懂？”

冯妙把东西藏在身后，笑吟吟地说：“你先把上次从我这里拿走的纸笺还我，我就告诉你。”

拓跋瑶噘着嘴，满脸委屈：“不是我不想还你，是……是我第一次去时，太过激动，把那张纸笺掉在了云泉寺里。那个竹帘公子说，只有你亲自去取，他才肯还给你。”

“什么？”冯妙气得直想在拓跋瑶额头上重重戳一下，那天原本是随手写的，字句颇有些暧昧。她的字体，又是专门练习过的簪花楷，在平城，会写的人也不多。要是被人发现以宫嫔之身，跟人传递这样的信笺，定个秽乱宫闱的重罪，也不为过。

“好姐姐，好嫂嫂，好姑母总行了吧，”拓跋瑶抱住冯妙的胳膊，“要不你就跟我去一趟，把纸笺要回来，我们还能把那个人从竹帘后请出来呢。”

“我哪能随意出宫？”冯妙叹气，“再说，寻常人轻易不会请动这个人的，他故弄玄虚、自造声势，是为了把满腹才华待价而沽，目的并不在我们身上。”说完，也有些奇怪，名门士族子弟把门楣身份看得最重，所以南迁以后，便不大愿意到北方为官。这位竹帘公子千里迢迢到平城来，又是为何？

拓跋瑶看看林琅，笑呵呵地对冯妙说：“淑媛嫂嫂可以派宫人出宫采买，有淑媛嫂嫂的谕令，再加上我的令牌，出入一趟、快去快回，是没有问题的。”

冯妙试探着看向林琅，轻轻摇头：“被人发现，总归是不好。再说皇上让我在这里尝药，我怎能擅自离开？”

“你若想去，过几天倒是有个机会，”林琅开口，“皇上最近经常跟冯家大公子一道出去，说是去平城内的茶楼里听曲。等过几天，皇上再传冯家大公子时，我悄悄告诉你，你便拿着我的手谕，跟六公主一起出去。”

没等冯妙说话，拓跋瑶就双手一拍：“好！就这样定了！”说完，她还不知愁地问：“这十四个字，究竟是什么意思？”

“从‘静’字开始，按顺序向后读，读七个字，再跳回四个字继续，再读七个字，跳回三个字，顺次下来，便能连成一首诗。”冯妙已经觉得有些有气无力，在拓跋瑶眼里，恐怕没有什么事是值得担心的。

“静思伊久阻归期，久阻归期忆别离；忆别离时闻漏转，时闻漏转静思伊。”拓跋瑶一字字读下来，又是拊掌大笑，“原来是这样，的确不能算他输。”

夜里蝉鸣阵阵，冯妙想着纸笺的事，越发睡不着。她被扰得心烦意乱，下定决心，只要拿回纸笺，就再不跟竹帘公子有任何瓜葛。窗外传来细碎却清脆的丁零声响，在寂静夜里，由远及近，再慢慢远去。

她把忍冬叫进来问：“那是什么声音？”

忍冬在殿外听见她叫，以为她有什么吩咐，匆匆进来，见她只是问这个，笑着说：“那是春恩车上的金铃，看这时辰，想必是去侍寝的娘娘刚从崇光宫返回。”说着，自己也觉得有些疑惑：“怎么今天这样晚？”

冯妙斜倚在软垫上，透过冰纹青幔看着窗外，丁零声一下下拨着她的心弦，那些夜夜奢望、等待君王眷顾的女子，该是什么心情？幸好她并没有这样不切实际的愿望……

到清晨时分，空气里才有了几分凉意，冯妙刚刚睡实，殿外便一片吵嚷声。冯妙揉着发涨的额头起来，华音殿就是这点不好，刚好处在宫中一条要道旁边，宫嫔去拜见太皇太后、皇上，或是彼此互相走动，总要路过这里。

“忍冬，外面是怎么回事？”冯妙自己拿着桃木小梳子梳头，手腕上套着一只莹白的玉镯，随着手上动作滑动，这一阵子好像又瘦了不少。

忍冬强忍着笑回话：“说来真是有意思，难怪昨晚的春恩车那么晚。皇上原本召了颂元殿的卢令仪侍寝，晚膳之后，皇上在宫中散步，听见锦绣殿的郑娘子弹琴唱歌，曲调婉丽动人，便改了主意，召幸了郑娘子，今早已经加封成从六品郑美人了。”

“这是好事，却为何要吵闹？”冯妙对着镜子发问。

“对郑美人来说，自然是好事，可对卢令仪来说，却是天大的羞辱。”忍冬捂着嘴偷笑，“宫中妃嫔侍寝之后，按制要向皇后问安，如今宫中皇后未立，郑美人便早起去向太皇太后问安。谁知道卢令仪等在路上，专程要羞辱她。”

“由她们去，跟咱们可没有半点关系。”冯妙把头发细细梳好，拿本书来看着，想等到她们吵闹够了，再出门去长安殿。

范阳卢氏与荥阳郑氏本就不和，如今争端倒是闹到后宫里来了。后宫恩宠向来跟前朝势力息息相关，如果两家都想踩过对方头顶，那便要千方百计争得皇帝的支持和信任，皇上的召幸，看似临时起意，其中却暗含深意……手里的书“嗒”一声掉在裙裾上，冯妙暗自一惊，怎么想了这么远。

伸手拿起书册，拂去上面的灰尘，一阵尖亢的辱骂声，从殿外传来：“……郑柔嘉，你算什么东西？要不是郑映芙疯魔了，哪能轮到你入宫。你母亲还是别人买来送给你父亲做妾的，现如今，你倒是把这本事学了个十成十……”

冯妙皱眉，卢清然这几句话，未免太过分了，且不说她们同是宫嫔，轮流侍奉皇上，原本就是天经地义的事情，就算真有过错，这样辱骂对方的生母，也实在不像样子。

她起身穿衣，走到华音殿门口。郑柔嘉正在嘤嘤哭泣，满脸的妆粉都花了，衣襟上也有几处污损。

冯妙走到卢清然面前，屈身福了一福：“令仪姐姐安好，现在天色尚早，姐姐们在这里大声喧哗，若是吵了林淑媛姐姐养胎，恐怕就不好了。”

“冯妹妹倒真是关心林淑媛，比自己的事还上心呢。”卢清然头上戴一支镏金点翠掐丝蝴蝶头簪，蝶翅随着话语簌簌抖动，“不过冯妹妹恐怕是听错了，我们并没有喧哗吵闹，我是在教导郑妹妹。郑妹妹来得晚，没怎么学过规矩，我教教她如何行礼，免得等会儿在太皇太后面前出错。”

她转头对身边的侍女说：“盼儿，你再做一遍，给郑妹妹看看。”

“是！”那叫盼儿的侍女走到两人中间，对郑柔嘉说，“郑娘娘，您看好了，奴婢再给您演示一遍，今后见了我家令仪娘娘，要这样行礼问安。”

她摆正身形，向着卢清然走了两步，然后一个大礼行下去，口中说着：“嫔妾锦绣殿郑氏，拜见令仪娘娘。”礼行下去，人却并不起身，等着卢清然懒懒地说了一声“起吧”，盼儿才站直身子：“谢令仪娘娘。”

“郑娘娘，请您学着奴婢再做一次。”盼儿对郑柔嘉说话时也毫无敬意。

郑柔嘉眼中的泪直打转，卢清然的确位分在她之上，叫她行礼也是理所应当。可是卢清然正因为昨晚的事生气，不管她怎么做，都只挑剔她行得不周全，一大早已经叫她重复了十几次。

冯妙有些看不过眼，抬手横空一拦：“郑姐姐还要去奉仪殿问安，令仪姐姐要教导礼仪，大可以选别的时间。”

卢清然冷笑一声：“我倒忘了，冯妹妹那几天病着，好像也没怎么学这些礼仪。让盼儿也给冯妹妹演示一遍，也不知道没有品级的娘子，和从六品美人的礼，到底一样不一样，我都有些记不得了。”

盼儿走出来，正要把刚才的动作再重复一遍，奉仪殿的徐公公已经赶着过来："太皇太后知道今天郑娘娘要去问安，命老奴来带路，顺便请各位娘娘、娘子都过去。"

卢清然脸色微微有些不好，郑柔嘉这副委屈样子，若是到太皇太后面前哭诉，可怎么好。

冯妙扶了郑柔嘉一把，说道："这副样子去拜见太皇太后恐怕不妥当，我和姐姐身形差不多，不如姐姐到我这里，先换身衣裳吧。"郑柔嘉抹着眼睛答应了，卢清然这才甩着帕子走开。

奉仪殿中仍旧熏着袅袅檀香，太皇太后正拿着银剪，修理两盆石榴。六七月间，正是石榴开花的季节，一朵朵嫣红花朵，点缀在翠绿枝叶间。石榴象征多子，在后宫中是最受欢迎的花草之一。

"皇帝一直年轻，宫里有多少年没有皇子、公主出生了，"太皇太后放下剪刀，轻抿了一口崔姑姑送上来的茶，"现如今，宫里又进了你们这些年轻人，总算热闹起来了。哀家盼着你们和睦相处，多为皇上开枝散叶呢。"

太皇太后的目光在众人脸上一一扫过，又拿起银剪，左右比了比："若是光开花、不结果，那便是多余的枝杈，不如趁早剪了去。"说着，把一朵斜斜长出来的、开得正好的花剪了下来，丢在一边。银剪发出"嚓"的声响，人人都暗自心惊，低头思量太皇太后的话。

"这两盆石榴是哀家亲手种的，"太皇太后指着其中一盆，"妙儿，听说你最近常去照顾林琅那孩子，就把这盆带给她，讨个好口彩。"她又看着另外一盆说道："郑柔嘉，今天是你来给哀家问安的日子，这盆就给你，带回去好好养着，若是结了石榴果，也分给大家尝尝。"

冯妙和郑柔嘉答应了，叫宫女把石榴用绸布小心盖住，捧回去。太皇太后赏赐的东西，冯妙不敢耽搁，直接送去了长安殿。

那石榴花开得极好，林琅看了喜欢，叫人放在殿内向阳的地方，然后拉过冯妙的手，小声说："皇上刚才来过，叫人去告诉冯大公子后日一同出门，到时候我便叫你帮忙买些东西回来，你跟六公主一道出去。皇上不到酉时不会回来，你只要赶在那前面就行了。"

第二十一章 晓色云开

冯妙谢过林琅，又再三恳求她千万替自己遮掩，眼下的情形，容不得行差踏错半步。

两日过去，拓跋瑶带着冯妙绕到角门，果然看见带昌黎王府徽记的马车在宫门外等候，冯诞一身簇锦常服，在车边垂手等候。不一会儿，拓跋宏也穿一身素白平纹常服，从宫内出来。

冯诞上前替他打起帘子，说了一句什么，拓跋宏大笑着在他肩上一捶，跳上马车。冯诞跟在拓跋宏身后上车，却并不进厢内，从车辕下抽出一支镶祖母绿石配孔雀翎的长鞭，亲自替拓跋宏驾车。

马车转个弯便不见了，拓跋瑶撇嘴："真是个花花公子，那根马鞭，换十辆车都够了。"转身拉住冯妙："放心吧，这一去，准得个大半天，咱们自去办咱们的事。"

青石板路上，拓跋宏的声音隔着车帘传入冯诞的耳朵："思政，还照老样子，去青衫居一趟，再从后门去云泉寺。"他已经暗中观察了竹帘公子很久，的确是个有才华的人，他也看出竹帘公子想把满腹诗书卖于帝王家的心思，只不过那人是从南方来的，能不能信得过还是个问题。

拓跋瑶凭令牌出宫，身边总有两名护卫随行。到云泉寺山脚下时，她把双眼一瞪："你们都在这等着，本公主上去烧香许愿，你们跟上来就不灵验了。"说完，拉着冯妙就走。

云泉寺的台阶沿着山势修建，陡峭狭长，山脚下还人声鼎沸，到半山腰已经稀稀落落。拓跋瑶和冯妙特意穿了寻常汉人女子的衣装，头发绾在脑后，看去就像两个再普通不过的豆蔻少女。

冯妙许久不出来走动，体力远不如拓跋瑶那么好，走了一半就要休息，额上渗出汗来，双颊微红。拓跋瑶只要出宫便心情大好，圆溜溜的眼睛四处打量，最后落在一位坐在道边的盲眼老婆婆身上。

“哎，”她凑到冯妙身边，“那位老婆婆天天在这里卖扇子，却没有多少人买，真是可怜，不如我们去买了来，全当帮帮她吧。”

冯妙点头，拓跋瑶便三步两步地跳着过去，指着摊在地上的素面竹骨扇说：“老婆婆，这些全都卖给我吧，今天你可以早些回去啦。”

正要掏钱出来，石阶上方忽然传来一道男声，满是鄙夷：“俗不可耐。”循声看去，一道广袖长襟、高冠嵯峨的身影，正在五步之外的台阶上，居高临下地看着她们。

拓跋瑶心头火起：“我买我的扇子，干你何事？总比你什么都不做只说风凉话的好。”

那男子摇着一把十二骨泥金折扇，扇骨都是用磨得精细油光的象牙制成，施施然走到老婆婆面前，话是对着拓跋瑶说，人却一眼也不看她：“买了今日，买不了明日，难道你能日日如此照顾吗？”

拓跋瑶被顶得七窍生烟，那男子却气定神闲地走过去，俯身从摊面上自取了一把竹扇：“婆婆，借这把扇子用用，今日内必定奉还。”说完，便把竹扇与自己的泥金象牙扇一起放进袖中，沿着原路返回。

“好个不要脸的人，自己一文钱不出，白拿人家的，倒好意思说我俗不可耐……”拓跋瑶气得直跳脚。

“别吵了，”冯妙在旁边轻轻拉她，小声劝慰，“这位公子的方法的确更好，老婆婆的竹扇，恐怕到不了晚上就会被抢购一空，今后日日都不愁卖了。”

拓跋瑶瞪大眼睛：“怎么可能……”正在拾阶而上的男子，听见冯妙的话，也停下步子，转过身来看了冯妙一眼，大约见她衣着普通，微微有些失望：“小姑娘，云泉寺不是你们游玩踏青的地方，早些回去吧。”言语之间，很有些轻视疏离。

冯妙看他衣装不俗，用度处处精致到奢华的地步，又听见他带着南地的口音，已经猜出他必定出身高门，说不定还是王、谢之一，知道他心里看不起旁人，也不争辩，拉着拓跋瑶等他走远。

拓跋瑶冲着那人的背影，又是吐舌、又是挤眼，发泄够了才说：“真是扫兴！给竹帘公子端茶倒水都不配，竹帘公子才不会像他这样目中无人……”

在拓跋瑶一路“竹帘公子”“竹帘公子”的聒噪中，两人进入云泉寺，先在主殿燃香许愿，然后才转进山房。屋中木兰清香阵阵，花香伴着茶香沁人心脾。

竹编卷帘垂在屋中一角，帘内还没有人，帘外却已经有许多人在等了。山房四面的门窗全都敞开，与寺院连通，屋内设了几处隐席，预留给身份尊贵的客人，用绘着美人图的屏风遮挡视线。

拓跋瑶带着冯妙在人群里穿来穿去，找到一处视线颇佳的位置站定。等了大约一盏茶时间，竹帘后不知何时多出一个朦胧模糊的人影来。帘外响起阵阵窃窃私语声，纷纷议论今日能否有人将竹帘后的公子请出来。

有不少慕名而来的人，给竹帘后的公子备了礼物，叫家仆送上，那公子却一个都不肯收。等到最后，有人捧上一把毫无修饰的竹骨折扇，送到竹帘外。山房内外响起一阵嘲笑声，这样的礼物也太简陋了些。

笑声未歇，竹帘后伸出一只手来，拿起折扇展开，轻摇两下，接着便合起放在桌面上。这礼物，就算是收下了。

起先那些送出礼物被拒绝的人，此时都百思不得其解，互相打听："这不就是半山腰那里五文钱一把的扇子吗？有什么稀奇？"

接着便有人摇头晃脑地说："越是简单的饰物，才越能衬托出不凡的气度啊！"

听见的人立刻好似恍然大悟一般，偷偷吩咐随从，到半山腰多买几把竹骨折扇来。拓跋瑶只是撇嘴，心里却不得不服，这一招的确比将折扇全都买下更管用。

议论声渐渐停下，竹帘后才走出一名青衣小童，手里拿着一块竹简，对众人说："我家公子今日的题目已经出好，世上何者最尊最贵？"

拓跋瑶凑到冯妙身边小声说："最尊最贵，那不就是皇帝吗？可要是直接这么说，又显得太流俗势利了。"

小童手里托着纸笺，依次走过众人面前，请有意的人写下答案。不久，便有人把写好的纸笺送回到小童手里，转交给竹帘后的人。

有人写了一个"天"字，自以为极有把握，得意扬扬地询问是否正确。青衣小童嘻嘻笑着说："我家公子说了，荀子曾说'天道有常'，既然常见，那就算不得至尊至贵。"山房内外一片哄然大笑，笑得那人满面羞窘，直接离席走了。

冯妙手里也拿了一张纸笺，世上最珍贵难求的，不就是一颗真心吗？可这少女心思，无论如何都不能在这种场合拿出来说。她心念一转，忽然想到，文澜姑姑曾经告诉她，遇到难解的事时，便要率性而为，永远不要迷失了本心。眼前的事虽然算不上难解，可人最容易被外物迷了双眼，反倒失了自己的一颗本心。

她提笔在纸笺上写下一个"吾"字，正要再想，拓跋瑶已经笑吟吟地一把抢过去，给了青衣童。

席上众位宾客给出的答案，都不能令竹帘后的公子满意，山房内渐渐安静下来。小童从竹帘后走出来，举着冯妙写出的纸笺问：“请问这是哪位贵客给出的答案？”

冯妙站着没动，拓跋瑶却在她身后轻推了一把，让她上前两步。满室目光都回转过来，盯着这个娇小的姑娘。方才人多，她的衣着也不惹眼，并没有多少人注意她。此时细细打量，席上宾客便微微摇头，她的五官身形，都是极好的。只不过她现在不过十五六岁，看上去云英未嫁，稚嫩多过妩媚。再过上一两年，必定天香国色、颠倒众生。摇头便是因为今天过后，也不知道能不能再见到佳人芳踪了。

小童眼前一亮：“我家公子说，今天所有的答案里，这位贵客的答案最佳，虽然跟公子心中所想并不相同，但也十分难得了。公子想请这位贵客进来，共饮一杯清茶。”

满座皆惊，这还是竹帘公子第一次邀请客人进去，已经是莫大的荣耀了。拓跋瑶在她身后悄悄地说：“我就说嘛，你来了一定行。”

冯妙却万分懊恼，当着这么多人的面进入陌生男子的居室，实在不应该，她转身瞪了拓跋瑶一眼，就要开口推辞。山房左手一侧，某处用屏风遮挡的隐席中，忽然传出朗朗的笑声：“还没看过所有的答案，就下结论，不嫌太草率了吗？”

小童显然见惯了各种刁难，也不羞恼，向着隐席方向问道：“这位贵客勿怪，既然贵客有了答案，就请写在纸笺上，我这就去取来呈给我家公子。”

隐席中的客人又是哈哈大笑，反问：“送来递去，成何体统？世上最尊最贵的东西，难道不值得你家公子亲自过来看看吗？”那客人的语调十分闲适，却隐隐带着一股不容置疑的威严：“抱歉得很，要请竹帘公子移步过来看看了。”

席上的客人听见这话，都发出一声惊叹，世上至尊至贵的东西，的确不应该轻易移动。无论隐席里的客人，是否真的想到了精妙绝伦的答案，他这一手都已经十分高妙。倘若竹帘后的人当真走出来，那么此前积蓄的气势，就全被隐席上的人给比下去了。

青衣小童无法作答，只能返回竹帘内侧，向公子讨教。等到小童再出来时，手里已经拿着两张洒金笺，对着隐席方向说：“我家公子说了，贵客的答案，想必可以分成两个部分，而这两个部分，也分别正对应此题中的至尊、至贵。我家公子愿与贵客各写一部分，如果合得起来，便是有缘，公子自当与贵客相见。”

洒金笺递到隐席前，隐席里的客人也不推辞，提笔龙飞凤舞地写了一个字。小童把洒金笺翻过来看，上面赫然写着一个“玉”字，面露惊异、钦佩之色，接着翻开自家公子早已经写好的洒金笺，上面是一个“尔”字。

“恭喜贵客，我家公子请贵客稍等。”小童这时语气才客气起来，转身对着其他人做出送客的姿态。山房内外的客人还一头雾水，不明白这答案究竟高妙在何处。

拓跋瑶拉一拉冯妙的手，低声问："我是不是听错了，玉器固然贵重，可也远远到不了至尊至贵的地步啊……"一拉之下，才发现冯妙指尖冰凉，手心里全是濡湿的汗水，抬头一看，才发现她的脸色也有些不正常的惨白。

从那声音一出，她就听出来了，而竹帘公子给出的答案，也确证了她的猜想。尔代表皇帝本人，象征至尊，玉代表财富，象征至贵。合在一起是玉玺的"玺"字，象征至高无上的权力。这么说来，隐席上的人，岂不就是……

其他客人全部离去，竹帘才轻轻卷起，宽衣博带的男子从坐榻上起身，走到冯妙面前："能否请小姐也一同稍坐？"

"不必了，"冯妙略略躬身为礼，"我们原本就是到云泉寺游玩的，无意间走进来，打扰了。"她上山时已经有些劳累，此时心中惊惧，却不能表现出来，刚一转身，脚步就有些不稳，踉跄着险些跌倒。

男子抬手正要扶她一下，另一只手已经抢先伸过来，抓住冯妙的手腕往身前一带："略坐一坐也好，反正也要一同回去，正好乘一辆马车。"拓跋宏双眼直盯着冯妙，嘴角斜斜上挑，眼中闪动着她看不透的幽深漆黑。

"皇……哥，你……你的左手好了？"拓跋瑶看见拓跋宏忽然出现在这儿，还有冯诞跟在他身后，已经万分惊诧，再看见他用左手揽着冯妙，连话都结巴了。

"不能拉弓而已，想抓的还是能抓得牢的。"拓跋宏微微笑着答她的话，却让拓跋瑶无端听出一股咬牙切齿的冷意。他转向终于露面的竹帘公子："还没请教阁下姓名。"

那男子满面书卷气，谦和之中却带着一股自傲，提笔在墙壁上端端正正地写了三个字"王玄之"，收笔时才说了四个字："琅琊，王氏。"他在"琅琊"二字之后略略停顿，显然对门第出身十分骄傲。王氏望族有东海王氏、京兆王氏等二十几个分支，但只有琅琊王氏才是最尊贵的那一支，与东郡谢氏并称"王谢"。

拓跋宏先问了别人，自然也要通报自己的姓名，他微微笑着，用右手作出半边客套的样子："久仰！"接着，故意模仿王玄之骄傲自矜的语气说道："上阳，元氏。"

王玄之一愣，他从没听过什么时候多了一个"上阳元氏"，可又不能当面质疑别人的门庭，只能万分勉强地回应了一声："久仰。"

拓跋瑶忍不住"呵"地笑出声来，被拓跋宏斜睨一眼给瞪了回去，捂着嘴不敢再出声。上阳殿曾经是拓跋宏生母李元柔的寝宫，拓跋宏随口编出这么个门庭来，不露痕迹地讥讽对方。

青衣小童十分及时地送上菜肴茶点，山房里的气氛才略有缓和。王玄之温文儒雅地劝酒，拓跋宏便爽朗地一一应下，两人从天地玄黄之理，渐渐聊到一江而隔的天下大势，言谈间竟然都对彼此生出几分佩服。彼此的目的都心知肚明，却谁也不说破。

有拓跋宏在场，纸笺的事自然不能问了，冯妙简直如坐针毡、食不知味，连他们说了什么都没听进去。王玄之见冯妙只吃了几粒米饭，便问："是不是菜肴不合小姐的胃口？"

冯妙还没说话，拓跋宏已经伸手搂她入怀："内子大约是在山上吹了风，这会儿有些不舒服，早早回去休息就好了。"手一触到冯妙的肩，她便下意识地缩了缩，这般举动，怎么看都不像夫妻间该有的，王玄之虽然没说什么，神情却分明是不信的样子。

"尚未成婚，难免有些扭捏，不过婚期就在眼前，等礼成之后就好了。"拓跋宏索性向王玄之告辞，把冯妙打横抱起。临走前，拓跋宏指着小桌上的菜色，颇有深意地说："鱼汤固然鲜美，终究不过是佐餐的小菜，阁下有这般好手艺，不如试试烹饪平城特产的羊肉，说不定反倒有极大的收获。"

王玄之不置可否，只说家中还有事情需要处理，不能在平城久留，希望日后有机会可以再见。

拓跋宏把冯妙放进马车，自己也跳上去。拓跋瑶正要挤进来，却被他抬手一拦："不想我去跟太皇太后说，收了你出宫的令牌，就去坐你自己的马车。"拓跋瑶吐吐舌头，抱歉地看了冯妙一眼，小跑着走了。

马车并不宽大，帘子一放下，车厢内的两个人，就几乎膝对膝地坐着。冯妙缩在一角，仍然闻得到拓跋宏口中散出的酒香，混合着他身上的男子气息，渐渐弥散开，布满了整个狭小空间。明明没有饮酒，她却觉得头有些发昏，手脚越发冰凉。

"从前倒是没看出来，你还挺会讨人喜欢的。"拓跋宏俯身向前，刚好可以俯视她小巧的脸。她被拓跋瑶推出来时，他就看见了，其实汉人的衣装更适合她，素净飘逸，眼神里那一点小鹿似的恐慌，刚好落进他眼里。

他不喜欢那些人看她的眼神！

冯妙轻抿着嘴唇，胸口随着紧张的呼吸微微起伏。她故意听不懂拓跋宏话里的意思，小声说："讨皇上喜欢，是我的本分。"

拓跋宏坐回去，口中发出一声轻哼，不知道是冷嘲还是浅笑，目光在她身上看了几圈，才懒懒地说："过来。"

冯妙不敢违逆，贴着厢壁小心地靠过去，手脚都不知道放在哪里好。马车在路上一颠，她便不由自主地向一边歪去，被拓跋宏就势一拉，刚好抱在怀里。

酒的香气扑鼻而来，将她兜头笼住，无处可逃，男子湿热的嘴唇，覆盖在她小巧的唇上，一阵酥麻从背上直蹿起来。冯妙慌乱闭上眼睛，双手茫然无措地伸手轻推，可她那点小小的力气，根本推不动分毫。

拓跋宏把她紧压在胸前，在她唇上浅浅地咬，看见她害怕又无助的样子，笑一声说："你还是第一个，敢在这时候想要伸手推开朕的人。"冯妙越发不敢说话，连动也不敢动，她贴在拓跋宏胸口，听得见他比平常略微低哑的声音，还有他一声声战鼓似的心跳。

她知道那代表着什么，可是又不全知道，因为未知的那一部分，才更加害怕。

拓跋宏像品尝佳酿一般，在她唇间游走，良久才说了一个字："甜。"他一放手，冯妙就急忙忙地逃到车厢另一边，整理散乱不堪的鬓发。拓跋宏上下打量了她几眼，忽然似笑非笑地说："看来你平日还是太闲了，还得给你找些事做才行。你的妹妹已经晋了位分，接下来便该轮到你了。得好好想一想，挑个好日子才行。"

马车在禁宫角门前停住，冯诞在车外询问："可要一起进去？"

拓跋宏看看冯妙，对冯诞说："让她先从这里进去，朕绕到另外一边。"他搭着冯妙的手，把她放下马车，却又在她转身要走时，把她拉回来，贴在她耳边说："你要小心点，罪证别被人看见了。"

冯妙更加惊惶，不知道他在说些什么，只能窘迫地抽出手来，急匆匆地施礼告退。她一路跑回华音殿，原本燥热的脸颊，被风一吹，忽冷忽热。直到关上房门，心口还在"咚咚"地跳，那熏人的酒香，好像已经留在她身体上，依旧萦绕不散。

忍冬走进来，看见她的样子吓了一跳："娘子，你这是怎么了？"

"没……没事……"冯妙尴尬地掩饰，转头往铜镜中一看，不由得"啊"的一声，整个人羞窘得几乎从内到外都烧起来。她的口脂都已经花了，晕染得到处都是，一看便知道，马车里发生了什么事情。

原来拓跋宏说的"罪证"，就是指这个，而她竟然带着这样的罪证，一路走回来。她用双手蒙住脸，只想躲起来，什么都不想说。

忍冬打了水来给她净脸，刚擦了半面，长安殿的宫女心碧便急火火地跑进来，上气不接下气地说："冯娘子，快……快去长安殿看看吧……"

冯妙一惊，以为是林琅腹中的孩子有什么不好，忙忙地问："究竟怎么了？"

"北海王爷不知怎么突然来了，把我们都硬赶了出来，淑媛娘娘……淑媛娘娘她……"心碧说到一半，已经快要哭出来了。

第二十二章 空惹啼痕

冯妙知道北海王拓跋详，一向对林琅有些别样心思，可这会儿林琅已经贵为淑媛，不再是普通宫女了，闹起来脸面上都不好看。

拓跋详是个既不听劝也不听吓的人，冯妙边匆匆更衣，边对忍冬说："到崇光宫去，想办法请皇上过来，记着，一定要当着皇上一个人的面，才能告诉他发生了什么事。"她自己心急如焚地往长安殿奔去。

医女和煎药的老嬷嬷，都站在门口，不住地向殿内张望。冯妙走上前，用力推门，却发现大门被什么东西顶住，根本无法推开。她记起长安殿侧面还有个小角门，转身飞快地奔过去。

从角门穿入，一路疾奔到林琅居住的偏殿，刚走到雕花轩窗下，便听到林琅柔弱的声音："……王爷，身份有别，求您放了林琅吧，让人看见，颜面何存……"

拓跋详的声音里带着粗重的喘息："怎么，现在不对本王自称'本宫'了？林琅，你知道我喜欢你，一点不比皇兄少，我如果娶了你做北海王妃，可以答应你永远不娶侧妃、不纳侍妾。为什么你从小都不愿多看我一眼？"声音几乎是怒吼一般，接着便是"嘶啦"一声绸缎撕裂的声响。

顾不得思索有什么不妥，冯妙推门便进去，拓跋详已经把林琅压在小榻上。外裳已经被撕开，林琅用手死死按住，双眼里眼泪不断地流出来，打湿了一大片枕席。她用尽力气挣扎，却根本敌不过拓跋详的力气，外裳眼看就要被他彻底扯去。

冯妙咬咬牙，把桌上的镏金烛台用力一推，烛台哐啷啷朝着拓跋详的方向倒去，被他侧头一躲，只砸中了肩头，反倒把冯妙自己震得双手酸麻。拓跋详满面怒意地回身一看，冷笑着说："又是你，你可真爱管闲事。"

他不理冯妙，转头继续盯着林琅："我只问你一句，你肚子里的这个孩子……"

"北海王！"林琅像是知道他要问什么一样，大哭着打断他，不让他说出来，"这是皇上的第一个孩子，你不要再说什么疯话了，放开我，放开！"拓跋详脸色阴沉狠戾，带着几分狰狞盯着林琅，手上不自禁地用力，掐住了她的脖子。

冯妙眼看情形不好，从桌上胡乱摸了一支珠钗，朝拓跋详手臂上刺去。钗尖儿擦着他的手臂滑过，不过擦出一道极浅的血痕，却让拓跋详松开了手。林琅抚着脖子连连咳嗽，脸上才恢复了一点血色。

"为什么？"拓跋详哑着嗓子问，"为什么你选了他？就因为他生得比我早，因为他是皇帝吗？"他的手在紫檀木桌上重重一拂，桌上的砚台、香炉、笔架哗啦啦地倾泻下来，直直往林琅和冯妙身上砸去。

冯妙移到林琅身前，想要挡住她的肚子。回身的刹那，团龙纹衣袍刚好出现在门口，正大跨步地走进来。冯妙心中一喜，只要他来了，便有人能制住拓跋详了。

拓跋宏满脸焦急，连步子也迈得比平时大，下摆随着脚步猎猎舞动，人还没到近前，就已经急忙忙地张开双臂，做出一个保护的姿势。冯妙满心惊惧都散了，在这危机四伏的一刻，竟然扯开嘴角微笑，也遥遥地向他伸出手去。

手还停在半空，那人影已到眼前，前襟上的龙爪在眼前无限放大。拓跋宏一把抱起林琅，旋身后退，心疼又震怒地问："你没伤着吧？哪里疼，告诉朕。"冯妙维持着手在半空的僵硬姿势，眼前却渐渐被一片雾气模糊了，从心口浮起酸涩，直冲向鼻端。

后腰上重重一震，不知道被什么东西砸中了，疼得她"呃"一声痛呼，向前倒去，接着便是其他零碎物件，雨点一样砸在她背上。

拓跋宏抱着林琅，语气里流转着隐隐压抑的愤怒："拓跋详，你不在碧云殿好好陪太妃娘娘说话，到这里来做什么？"

"皇兄，"拓跋详几乎是哀求一般地说话，"求你把林琅给我，臣弟别的什么都可以不要，只要一个林琅。"

拓跋宏微微冷笑："七岁那年，朕跟你用一只白狐打赌，输了的人就永远输掉林琅。朕举箭射中白狐，你却举起弓箭射朕！那时候你就把林琅输了，你忘了吗？"

拓跋详哑口无言，拓跋宏又接着说："今天的事，朕不想大张旗鼓地处置，是为了不伤高太妃的颜面，也给你留着几分面子。从前念着高太妃在宫中，准你们随意出入，现如今朕的嫔妃已立，今后未经传召，不得私自入宫。否则，朕绝不轻饶！"

他向殿外抬手，早已经等候在那里的侍卫，便进来请北海王离开。拓跋详走到门口，又听见拓跋宏说："朕早有打算，修建一座报德佛寺，替太皇太后祈福纳祥，地方已经选好了，你就去主持督建吧。”

拓跋详一走，长安殿的宫女和医女便一起涌进来，围住林琅查看。医女略略试了试脉象，又问了林琅几句话，便如释重负地向拓跋宏禀报：“淑媛娘娘和腹中胎儿一切安好。”

冯妙趴在地上，腰上一动便钻心地痛，没人理睬她，她也不记得自己怎么回了华音殿。忍冬帮她换了衣裳，看她腰上有一大块青紫，便问要不要传个医女来看看。冯妙伏在枕上摇头：“我睡一会儿，你下去。”

忍冬欲言又止，走到门口，还是忍不住说：“娘子，要不奴婢给您用热水敷一敷吧。要是伤了腰，以后怕……怕影响诞育皇嗣呢。”

冯妙又疼又累，已经快要昏睡过去，只是摇头，口中发出的声音越来越低：“不要管我，不要管我……”意识迷离间，眼泪无声地流出来，半面绣枕很快就湿了。

不知睡到什么时辰，冯妙隐约听见外间传来断断续续的说话声。“忍冬……”她开口想叫，可是细小动作便牵得背上、腰上都疼痛难忍。无奈之下，她只能抬手，把枕边放着的玉如意挥落在地上。

玉器落地发出一声脆响，忍冬这才快步走进来：“娘子，您醒了？要不要传点清粥来吃？”

冯妙眼皮沉重，并不是因为困倦，而是刚才流着泪睡过去，两边的眼睛都已经肿得像桃子一样。“外面是什么人？”她勉力发问，疼得直吸气。

“吵了娘子安睡，是奴婢不好，”忍冬低垂着头，虽然嘴上认错，神情却分明不服气，“是卢令仪娘娘来了，说要来看望娘子，奴婢说娘子已经睡下了，她却不相信，非要亲眼看看不可。”

冯妙心里明白，来看她不过是借口，长安殿闹出那么大动静，这些人不敢去问林琅，更不敢在皇上面前随意嚼舌根，只能到她跟前来探口风。范阳卢氏的家主，刚刚被选定主持编纂国史，拓跋宏在朝堂上敬重汉族世家，对范阳卢氏尤其礼遇有加，卢清然近来在后宫也风头正盛。

“请卢姐姐进来坐坐吧。”冯妙虽然不喜卢清然目中无人的态度，却不得不草草应付一番。

卢清然甩着一块帕子进来时，毫不掩饰地肆意打量，似乎要从她身上看出什么来。冯妙知道她的用意，干脆也不起身，隔着床幔说：“令仪姐姐来了，原本该行大礼，可我刚刚不小心撞伤了腰，不能起身，姐姐勿怪。”

“妹妹这是说哪里话，”卢清然似乎无意地掀起床幔一角，又飞快地放下，“妹妹伤了，本就应该好好养着。如果缺什么药材，只管去我那里取。”

冯妙道了声谢，便不再说话。卢清然终于耐不住，试探着问："听说今天北海王爷到长安殿去了，殿里稀里哗啦的好大动静。这些事，原本不该随意打听，不过毕竟是同在宫中的姐妹，妹妹可知道，究竟是发生了什么事？"

终于来了，冯妙心中明白，这才是她来看自己的真正目的。倘若林琅与外人有染，那么必定会与皇上生出隔阂，说不定连她生的孩子也有问题。

"今天啊，长安殿可是发生了一件大事呢。"冯妙见不得她这副唯恐天下不乱的样子，故意慢慢地说话，吊她的胃口，"北海王进宫看望高太妃，顺便来探望一下林淑媛姐姐。可是说话间，林姐姐不小心滑了一跤，差点儿伤了腹中胎儿，可把长安殿服侍的人吓坏了。幸好林姐姐安然无恙，不然还不知道皇上要怎么发脾气呢。"

卢清然原本双眼放光地听着，可听到最后，却什么都没有，张口结舌地问："就这样？没别的了？"

冯妙在枕上侧头笑得无邪："是啊，令仪姐姐觉得还能有什么呢？还是，令仪姐姐希望有什么呢？"

卢清然听出她调侃自己，正要勃然变色，忽然不知想起什么来，又换上一副笑脸："上次太皇太后亲手种的石榴，开得可真好。我叫父亲也从家里送了几盆花卉盆景来，闲着无事，跟各位妹妹一起赏鉴一下。"

"妹妹要是得空，不妨也来聚聚，不然整天都在长安殿里，跟其他姐妹都不走动了。"卢清然越是笑得和气，就越是不怀好意。

"卢姐姐放心，我一定去。"冯妙语气轻快地回答。

等卢清然离去，忍冬才听见床帐里一声轻响。冯妙伸出一只微微发颤的手，递出一截碎木，她不想让卢清然看出异样，强忍着疼说话，手指把挂帐钩的一段木扣生生扯断了。

"娘子，请医女来看看吧。"忍冬眼圈泛红，声音也有些哽咽。

"不用，"冯妙摇头，换好的中衣又被冷汗浸透了，"现在去请医女，就坐实了白天长安殿里出了事。人人都等着看林姐姐的笑话，不能让她们如愿。"

在床上趴了两天，冯妙才能下地走动，但也只能挪着小步子。卢清然果然送了请帖过来，邀请所有位分在她之下的人，到颂元殿赏花。冯妙提早答应了，不得不去。

隔着几步远，便已经闻到颂元殿内散出馥郁的花香。跨进殿门，小花厅里已经坐了五六个人，正看着花说笑。其中一个穿湖蓝色平纹缎裳的，正是袁缨月，头上戴了一支碧玉珠钗，正坐在卢清然对面。

冯妙正有些诧异，卢清然已经极其熟络地笑着走过来："冯妹妹来了，妹妹还不知道吧，袁妹妹也已经升了美人了。”

等她落座，王琬又接过去说：“这两天林淑媛胎动不安，吃了许多药都不见好。袁姐姐有一个从家里带来的安胎方子，亲自煎了药，又衣不解带地照顾了林淑媛一天一夜，这才有所好转。听说那方子里用的莲心粉，还是袁妹妹一个个剥了亲手磨的呢。”

“皇上感念袁姐姐一片心意，不但晋了位分，还赏了支碧玉珠钗给她，还是姐妹里头第一个得皇上赏赐的呢，”王琬的一双眼睛，长得颇为周正，在冯妙脸上扫来扫去，“所以说啊，做得好不如做得巧，冯妹妹辛苦了几个月，也没见起色，还是袁姐姐有福气。”

听见这话，冯妙也不好说什么，只能含笑向袁缨月道喜，就要屈下身去见礼。袁缨月倒是还跟从前一样羞涩，赶忙伸手扶住：“这是做什么，可真要折杀我了。”

这时，盼儿带着两名小宫女，抬出一个青瓷花盆来，那股芳香更加浓烈，却变得更加清新不俗。花盆中铺着一层颗颗圆润的碎石，绿色茎叶如出鞘的利剑一般笔直伸展，其间开着白色的花朵，每朵花上，花瓣如美人莹润的手臂一般舒展。靠近花蕊处，花瓣的颜色逐渐加深，变成一小簇耀眼的金黄。

卢清然神情颇有些自得：“家里送来的花虽多，可也不是盆盆都好，各位妹妹都是极有见识的，我也不敢胡乱献丑，就拿了这一盆出来。”

王琬有心奉承，绕着青瓷花盆转了几圈，问道：“这花开得真好，据说花色纯白的那种白玉玲珑，十分名贵，姐姐这一盆，想必也是极好的。”

没想到，卢清然听了这话，却露出一脸鄙夷：“纯白的叫白玉玲珑，我这一盆，却是有另外一个名字，叫作玉台金盏。”

冯妙低头，遮掩住嘴角一抹笑。玉台金盏十分名贵难得，许多人怕是连见也没见过，却被王琬拿来跟白玉玲珑相比，难怪卢清然会心中不快。不过，王琬毕竟还算有些见识，像袁缨月这般小门小户出身的人，更是连白玉玲珑、玉台金盏这样的名字也说不上来，此时听卢清然说了，都跟着连连赞叹。

卢清然得意扬扬地谦虚了一番，忽然转头对冯妙说：“冯妹妹，难得今天众位姐妹都在，何不把太皇太后赏给林淑媛的那盆石榴，也请过来，让大家沾沾喜气？”

冯妙没料到她突然点到自己头上，隐隐觉得不妥，一时却又想不透哪里有问题，客气道：“刚看过如此难得的玉台金盏，恐怕要三月不知肉味了，其他的花草，不如过些日子再赏玩吧。”

“话不能这么说，”卢清然接过盼儿递上来的帕子，擦了擦手，“那可是太皇太后亲手种的花，又是赏赐给最先有身孕的林淑媛的，这份福气，可不一般呢，再名贵的兰草也比不上。”

“那盆石榴已经放进长安殿去了，现在搬动，怕是要惊扰了林姐姐。”越是见她殷勤相劝，冯妙越是不肯答应。

“让盼儿带两个稳妥的人去取，不会劳动长安殿里的人，再把我这里上好的水仙也给林淑媛送两盆，”卢清然手指拈着一粒樱桃，放进口中，“冯妹妹这么百般阻拦，莫不是不想让其他人沾上这份喜气？”

话说到这个份儿上，再推辞未免太过矫情，冯妙只能默不作声，凝神看着卢清然的动作。可她只是十分悠闲地吃着樱桃，还把家中送来的各色糕点，殷勤相让。

不一会儿，盼儿就从长安殿取了那盆石榴来，花朵开得比前些天更大更盛，颜色嫣红娇艳欲滴。等花落了，就该结出青色的小果子了。

卢清然啧啧赞叹一番，叫盼儿取来浇水的细嘴银壶，一边浇着水，一边说：“到底是太皇太后赏的，这花看着真讨喜。石榴种在盆里，也要多松土，才能长得好。”她伸手拨拨叶子，又低下头去闻一闻花朵的味道，忽然“呀”的一声叫出来。

桃红色的花瓣上，趴着一只灰褐色的肉虫，还在一拱一拱地爬动。再仔细看，叶子上、枝干上，也散布着不少这样的虫子，只不过先前被浓密的叶片遮住了，这会儿枝丫摇动，全都爬了出来。

“这……这是桃蛀螟吧，”王琬凑上来看了一眼，跟着说，“石榴养得不经心，最容易生这种小虫了。”

卢清然抚着胸口，好像受了极大的惊吓一样，突然指着冯妙厉声呵斥：“太后娘娘赏赐的东西，却不细心照看，你可知罪？”

冯妙见事情引到自己头上，起身答话：“花草生虫，原本就是最自然不过的事，如何能算作罪名？”

卢清然自信家世、容貌都不输旁人，进宫之后，又是最先获封的，难免生出点沾沾自喜，有意无意地想要立威。冯清身份尊贵，高照容自从晋了位分就一直称病，她都动不得，加上冯妙又从不像其他待选娘子那样小心奉承，这股火憋了许久，才终于找着这么个机会。

“算不上罪过，至少也是无心之失。”她冷冷发笑，“既然在我这里看见了，我就得管上一管，你把这叶片上的虫子，一个个挑下来，权当向太皇太后赔罪。”

那虫子又小又密，一只只地挑，不知道要挑到什么时候去。卢清然也知道这事情根本做不到，她不过是故意刁难冯妙，等她开口讨饶。

“皇上叫我照料林姐姐，可没叫我照料林姐姐的花，”冯妙走到正中屈身福了一福，“林姐姐那边该吃药了，我还得去替林姐姐尝药，先告辞了。”

人刚走到门口，卢清然一个眼神，盼儿便抢上前来，扭住冯妙的胳膊。卢清然用指甲刮着她的脸，寒意森森地说：“替冯娘子把花搬到太阳底下去，那里亮堂，看得清楚些。”

先前抬花的两个宫女应了声“是”，一人搬起花盆，另一人跟盼儿一起架住冯妙，向外拖去。盼儿专门挑了一块碎石铺面的地方，抬肘在冯妙腰间重重一撞。

冯妙腰上本来就有旧伤，被她狠撞一下，整个人都软倒下去。膝盖砸在碎石上，又是一阵疼。

袁缨月刚开口求了句情，就被卢清然冷冷喝止，郑柔嘉也低着头不敢说话。盼儿把一只银夹递到冯妙手里：“冯娘子请吧。”院中鸦雀无声，所有的眼睛都紧盯在冯妙身上。李弄玉忽然从座位上站起来，走到冯妙身边向阳的一侧，替她遮住日光。

“你是要袒护她吗？”卢清然自然见不得有人让冯妙舒坦。李弄玉脸上半点表情都没有：“我坐累了，站着看看，这块地方不能站吗？”

卢清然顾及李弄玉的出身，不敢把她怎样，转身把怒气都出在冯妙身上：“你今天就在这仔仔细细地挑，我不发话，看谁敢叫你起来？！”

冯妙被盼儿按住，从腰到腿，起先像针刺一样，密密地疼，渐渐连感觉都没有了。太阳照得叶片上像浮了一层油，晃得人心慌。她晃晃头，想要看清那些小虫子，却觉得眼睛越来越花。

一片寂静中，殿门口有人说着话走进来：“好，很好！卢令仪真是雷厉风行，花草生虫便是不敬吗？朕记得去年赏给你父亲不少新贡的布料，你现在身上穿的这件，就是那批布料裁的吧？在御赐之物上动刀动剪，又得怎么算？”

看见皇上走进来，卢清然先是一喜，等听清了他的话，才慌忙跪下：“皇上息怒，嫔妾只是想给冯妹妹提个醒，免得日后做下错事，倒是嫔妾的不是了。”

拓跋宏不置可否地笑一声：“看来，你觉得教训她，是你的分内事了？”

“嫔妾不敢，嫔妾只想后宫姐妹和睦，替皇上分忧。”卢清然低下头去，小心拿捏着语气和声音，眼前的皇帝，像雾霭笼罩着的山峦，她从来没能看透过。

“你听好，朕现在就封她为婕妤，在你之上。”拓跋宏的语气辨不清情绪，“没事多跟你父亲学学，做些修身养性、平和心境的事，朕同意你父亲送花草进来，你还不明白吗？”

卢清然跪伏下去，额头抵着地面，冷汗涔涔，她误把皇帝的警告当成了恩宠，幸好没有犯下大错。

拓跋宏再不看她，伸手一拉冯妙，刚才还和风细雨的语气竟然变得十分不悦：“让你在长安殿尝药，谁准你四处乱跑？”

第二十三章 玉肌凉

冯妙被他一拉，不由自主地站起来，可腰上使不得力，还没站稳就又要倒下去。

拓跋宏伸手揽住她的腰身，也不管当着多少人的面，就圈在自己怀里。冯妙五指紧握，捏得指节都微微发青，却还是不住地把他向外推。拓跋宏无声地浮起半边唇角，手上力道更大，偏偏要禁锢住，不让她动。

冯妙扶住他微微用力的手，从牙缝里发出一声轻嘶。拓跋宏见她神色不大对，一手在她背后游走，接着勃然大怒："你哑巴了？疼不会说吗，平时不是很能说会道吗？"一把抱住她放在肩上，直冲回华音殿。

忍冬正在院子里晾晒衣裳，看见拓跋宏抱着冯妙回来，一个脸色铁青，一个抽抽噎噎却不敢大声哭，惊得目瞪口呆，连跪拜都忘了，手里刚洗好的一件碧罗裙，啪嗒一声掉在地上。

拓跋宏几乎是用摔的，把冯妙扔在榻上，伸手解开她的衣带，把手放在她背上。滑腻的肌肤上浮着一层湿漉漉的汗，触感就像春天清晨开放的第一朵花。"疼……"冯妙伏在床榻上，不停地挣扎，羞窘和痛楚，分不清究竟哪个更多。

"忍着！"拓跋宏抓住她的手，压在膝盖下，另一手摸到她腰上一处肿起，用力按下。

"嗯……不……"冯妙发出一声细碎的哭叫，连连喘息，几乎疼得昏厥过去。可拓跋宏却不准她昏过去，从床榻边的小架上，摸过清凉的薄荷油，先在她鼻下晃了一圈，然后才倒在手心上，略略焐热一点，擦在她腰上。那处瘀青，没能及时医治，再不及早化开瘀血，只怕她这辈子都只能挪着小碎步走了。

冯妙感觉到他手心上的薄茧，擦在自己腰上，却顾不得思索皇帝的手为什么会有茧。她只觉得力道极重，一下一下，快要把她揉碎了。可拓跋宏却不准她哭，只要她出声，手下就更重。她只能咬住绣枕一角，口中发出模糊的呜呜声。

忍冬站在殿外，听着殿内的声响，胆战心惊，不知道该不该进去。良久，殿内只剩下细细的啜泣声。

拓跋宏拉拢她的衣裳，斜靠在榻上问："什么时候伤的？"

冯妙在枕上艰难地把头转向另一侧，带着哭腔的嗓音，桑葚子一样微酸微甜："不劳皇上挂心，下次会小心的。"她能说什么，难道要说，她为了不让皇上珍贵的第一个孩子有什么意外，才被狠狠砸了一下？说他就在咫尺眼前，抱住林琅就走了？

拓跋宏不明白，她为什么是这副反应，低低说了一句："不知好歹！"等了半晌，也不见冯妙有什么和软的表示，自觉无趣，起身就走。拉开房门带起的风，差点惊散了忍冬的三魂七魄，拓跋宏突然定住，回头看了一眼床榻上被幔帐遮住的身影，甩下一句没头没尾的话："今晚不准起来！"

冯妙抽噎着睡过去，又在半睡半醒间哭着醒过来。窗外鸟鸣啾啾，竟然已经是第二天清早了。忍冬跪到床榻前替她梳头，笑盈盈地给她道喜。冯妙茫然不知道喜从何来。

"您已经是正三品婕妤娘娘了，皇上昨天亲口说的。"忍冬扶着她起身，把她的长发梳理整齐，绾成随云髻。

"婕妤……？"冯妙喃喃地念，那已经是九嫔之下最高的品级了，距离九嫔只有一步之遥。可她并不觉得有多高兴，做不成内廷女官了，她已经是皇上的妻妾之一，只要再讨得一点他的欢心，就可以位列九嫔了。

腰上的伤好了一些，衣衫上沾染的全是薄荷油的味道。喝了一点清淡的粥，冯妙照旧去长安殿陪着林琅。碰巧予星也给林琅缝好了几件衣裳送过来，都是鲜卑贵妇中间常见的款式，却把腰带上移了一点，穿起来既宽松又不臃肿。

林琅知道她们两个相熟，拿一对臂钏赏了予星，便叫她们两个随意说话。予星把冯妙拉到一边，眼睛里亮光闪烁，咬着嘴唇说："我想参加下个月尚工局的宫女考核。"

内六局的宫女分两种，一种是没有品级的粗使宫女，做的活儿最累，还要动不动挨打挨骂。另外一种就是有品级的内六局宫女了，侍、掌、司、尚的品级一路晋升上去。予星现在是粗使宫女，如果通过考核，便可以从侍级做起。

"好啊，这是好事情。"冯妙笑着鼓励她，送去尚工局，原本就希望她能做上有品级的宫女，"宫女考核要怎么个考法？"

"刺绣、织染、缝制……随意什么都行，只要挑自己拿手的，做一件最满意的东西出来就行。”予星坐在高凳上，双手撑着凳面，探出上身看着冯妙，“我裁制的衣裳，已经是很好的了，可是没有什么花样，太素净了。这样的东西，就算做工再精细，也不容易被人看中，反倒是那样花样精美的，即使东西做得一般般，入选的机会也会更大。”

冯妙托着腮想着：“这不难，我画几个花样给你，你照着去绣，针法手工都是你自己的，算不得作弊。”

予星知道冯妙的本事，听她这么说，立刻高兴得欢呼雀跃：“太好了，这样我入选的把握就大得多了。过几天我再给淑媛娘娘送几件小孩子的肚兜来，那时再来找你拿图样，最近那个老太监盯我盯得很紧，不能让他抓到错处。”

应下了予星这件事，冯妙自然要尽心替她想，普通的花样太过常见，很难在那么多宫女之中脱颖而出。可要是花样太过高雅复杂，又不像一个粗使宫女能想出来的。回到华音殿，她揉着额头想了又想，画了一幅涉水采兰，又画了一幅彩尾锦鸡。前者素淡清雅，后者华贵艳丽，无论予星想做什么样的衣裳、配饰参选，总可以用上其中一幅。

刚要搁下笔，就被人一把夺去，拓跋宏的声音饶有兴致地在她身旁响起：“在画什么？”他早上刚刚听说，北海王拓跋详已经离开平城，前去督造报德佛寺，暂时解了他一个心头大患。虽然高氏一族极力反对，可拓跋详自己心灰意冷，这件事还是办成了。

冯妙吓了一跳，下意识地想把那两幅图样藏起来，却被拓跋宏眼疾手快抢了过去。他拿在手里看看，忽然慢慢笑开了：“沅有芷兮澧有兰，思公子兮未敢言。这幅涉水采兰，画得很好。”

听见“思公子”三个字，冯妙的脸一下就红了，伸手就要把图样抢回来，却被他一把捉住了手。拓跋宏的手掌，整个包裹住了她小巧的手，掌心在她柔软的指节上摩挲：“今晚，传你去崇光宫……”

“啊？”冯妙又是一惊，急忙忙地就要跳开，“不……不行，我……腰上疼，还没好。”她满心都是说不清的惊惧害怕，脑海里清晰地浮现出上一次进入崇光宫的情景，四面都是缭绕的香烟雾气，连同通天彻地的鲛纱一起，遮挡住了原本雕金绘银的器物。少年天子走到她面前，不由分说就给了她一个耳光，认为她伤害了他最心爱的女人。

拓跋宏盯着她闪烁不定的眼睛，沉默片刻才说：“那就算了，等你养好了再说。”

冯妙觉出他手上的力道松下去，轻轻挣出来。两人都沉默着，静得快要听见惶恐不安的心跳，冯妙偷眼看着皇帝的面容表情，不知道该说什么好。

“这图样是画来做什么的？”拓跋宏开口发问，声音里已经没了刚才那一点迷离如山谷回音的缥缈。

冯妙暗想自己一定是听错了，皇帝的声音从来都是威严庄重的，那种温柔如枕边低语的声调，即使有，也不会是说给她的。她垂手恭敬地回答：“是画给嫔……嫔妾的一个好友的，她要参加尚工局的宫女考核，嫔妾希望，可以用这些图样，帮她增加一些胜算。”

几天之内，她的自称一变再变，从“奴婢”到“我”，再从“我”到“嫔妾”。她还没有适应过来，说了两次，才终于流畅一点。

“这一幅是什么？看着倒新鲜，以前从没见有人画过。”拓跋宏把那张彩尾锦鸡翻到上面，手指抚过锦鸡长曳的尾羽。

“周礼记载，古人以日、月、星辰、山、龙、华虫绘成图案，并且颁行天下，成为帝王百官的礼服仪制，嫔妾按照古书记载的华虫图案，稍加改动，画了这幅彩尾锦鸡。”在拓跋宏面前，冯妙不知怎么回事，只觉得满腹心事都无所遁形，只能照实说出来。

一个是谦和牧下的帝王，一个进退知礼的宫嫔，问的人和煦有度，答的人客气恭谨。对话无可挑剔，可华音殿内的气氛，却渐渐冷了下去。

忍冬原本见皇帝来时满面春风，特意提前叫小厨房准备，想着万一皇上高兴，说不定要在华音殿传膳。小厨房里刚刚烧好了热水，就看见皇上面色阴沉地走了，忍冬悄悄进殿，冯妙正用手撑着腰趴在桌案上，咬唇忍着痛楚。

“娘娘……”忍冬轻声叫她。冯妙摆手示意自己没事，叫她烧水准备沐浴。

香樟木桶里放了春天时封在小罐里的丁香花蕾，香气裹着水的热气，把冯妙缠绕在其中。现在宫中，除了林琅，就是她的位分最高，等到册封婕妤的消息晓谕六宫，还不知道其他人会有什么反应。尤其是心高气傲的冯清，她从前不动手，是因为她还没有看得进眼里的对手。

紧实致密的织锦屏风外，传来一阵窸窸窣窣的声响，冯妙心中警觉，试探着叫道：“忍冬？”

没有回应，那声音却也跟着停了下来。

冯妙拉过团绒长巾，裹住身体，向着屏风之外问：“谁？”外面的人不说话，那种窸窸窣窣的声音再次响起。

“长安殿的侍卫要来送东西，应该马上就到了，你要是取财，就请自便，都在前殿里放着。过了子时，守卫就严了。”并没有什么人要来，冯妙心思急转，一字一字慢慢地说着，只想勾起那人的贪念或是惧意，好让他快些离开。

“妙儿，”屏风外的人开口说话，声音幽幽如雾，“上次帮你诊脉时，我说过你小时用药过猛留下了病根，我带了一服药来，大约可以帮你调养，你先服用了试试看。”

冯妙松了口气，原来不是闯进来的恶人，是高清欢。她手一松，原本按在身前的团绒长巾便向下滑落。她赶忙抓牢，语气带着疏离拒绝：“高大人，这恐怕不是你该来的地方，让人看见，你我颜面何存？”

高清欢略略上前一步，隔着屏风说话：“妙儿，你也知道，现在宫中多了女眷，我不能像从前那样出入自由了，等了许久才有这个机会。淑媛娘娘噩梦不散，皇上命我进宫驱邪，我才能来跟你说几句话。”

沐浴用的偏殿，一面轩窗正对着长安殿。钟声杳杳，那是皇帝起驾离开的宣示。冯妙心中慌乱，急急催促道：“多谢高大人，我很好，你我身份有别，不应该私相授受，你还是快走吧。”

高清欢缓步上前：“妙儿，听说你前几天在颂元殿伤着了，让我看看，我立刻就走。”

钟声悠悠荡荡，竟然像是往华音殿方向而来，冯妙不知道皇上会不会突然心血来潮进来看看，又想到自己衣衫不整，随手抓起一支翠玉一字平钗，捏在手里，“高大人，你僭越了，你再不走，我只能自裁以免彼此难堪了。”

高清欢听她语气决绝，停住步子：“妙儿，这世上没有别人比我更盼望你安好，我这就走，但你要答应把那些药按时服用。”他说完这话，果然转身悄无声息地去了。

冯妙只能看见模糊的紫色人影，在屏风上越来越小，渐渐消失不见，力气一松，人就跌回香樟木桶里。一连叫了几声“忍冬”，才见她揉着惺忪睡眼走进来，向冯妙告罪：“奴婢不知怎么就忽然睡着了，以前从不会这样。”

高清欢擅长用药，迷倒一个毫无防备的小宫女，是再容易不过的事情。冯妙轻轻叹气，由着她给自己擦干身体：“这次怪不得你，以后要小心些。”

往年七八月间最热的时候，太皇太后和皇上都会前往四合行宫避暑。拓跋宏亲政的第一年，这项行程却取消了。七月间，柔然和南朝同时派来使节，向大魏皇帝朝贡。皇帝成年，嫔妃新立，刚好趁这个机会设宴款待来使。

因为有别国使节的关系，宴会设在太极殿，皇帝的御座在正中主位上，身后两侧是宫嫔的座席。太皇太后的座席，却不跟宫嫔在一处，而是另外设了单独的位置，与皇帝的御座遥遥相对。这种颇有些奇怪的座次，引得文武官员、宗亲贵胄议论纷纷，有人甚至悄悄说：“皇上虽然亲政了，可宫中仍然是‘二圣’并存啊。”

冯妙穿青碧薄衫，配绉纱褶裙，头上戴着垂丝金簪，一切衣裳饰物，都刚刚好合得上正三品婕妤的身份，却并不张扬。她刻意提早到了，在自己的位置上坐着，免得与冯清碰面要让她见礼，彼此都会觉得尴尬。

林琅也提早到了，座位就在冯妙上首。落座后，林琅捏了一下她的手，只叫了一声“妹妹……”，别的话便再也说不出来了。北海王拓跋详是她梗在心头的一根毒刺，林琅本想向冯妙道谢，可话还没出口眼圈就红起来。

冯妙笑着回握了她一下，示意她万事宽心。

午时开宴，内官引着柔然和南朝使节同时进殿，向大魏皇帝叩拜。柔然使节以草原游牧礼节向拓跋宏行礼，献上的礼物也是兽皮、兽骨和一只通体雪白的小狼。

相比之下，南朝使节就完全是另一副模样，衣袂飘举，姿态翩然，郑重其事地向拓跋宏叩拜：“大齐右军参军曾朗，拜见大魏皇帝。”三跪九叩之后，再命随从送上礼单。

拓跋宏神情和煦地抬手，示意柔然和南朝使节起身落座。他故意安排两人同时上殿，正是为了让贵胄宗亲，更加倾心南朝的衣冠礼节，对比之下，差别分明。

曾朗看一眼并排设置的座席，却不肯落座，忽然开口问道：“在下代表大齐皇帝而来，陛下却把在下的座位与柔然并列，莫非陛下认为，大齐与柔然一样，都是尚未开化的民族吗？”

座位是刻意安排的，原本就是为了避免厚此薄彼，没想到南朝使节仍然觉得不满。如果这时更换座位，又会让柔然使节难堪。殿上静寂无声，气氛一时有些凝滞。

冯妙看了看那并排而列的座位，心里已经有了计较，用银筷蘸着酱汁，在面前的薄饼上写了一个“左”字，然后召来侍宴的宫女，让她把这盘薄饼，送到皇上面前去。

拓跋宏看见薄饼上的字，微微一笑，朗声说道：“南朝使节的座位在左手一侧，座次向来是以左为尊，柔然使节不知道也就算了，阁下也不清楚吗？”一句话说得曾朗面红耳赤，南朝一向自负知书识礼，本想挑大魏一个错处，却反倒被拓跋宏讥讽了一番。

坐在拓跋宏身后另一侧的高照容，拈着酒杯笑着接口：“使节大人若是觉得这个座位不如别人的好，大可以跟人交换过来呀。”说完，她掩着嘴哧哧地笑，眼波在拓跋宏脸上一转，撒娇似的说：“嫔妾失仪了，皇上可不要怪我。”

她生得娇柔，语调也娇媚入骨，说得曾朗越发不好意思，只能悻悻落座。

拓跋宏像是不经意地转头，往冯妙的方向看去，却见她好像什么都没看见一般，低头一勺一勺地小口喝着莼菜汤。拓跋宏微微皱眉，她吃饭怎么总是像小鸟啄食一样。他指着自己面前的几样菜色吩咐宫女：“把这些给冯婕妤送去。”

酒过三巡，那名柔然使节忽然用鲜卑语向拓跋宏开口：“受罗部真可汗命我等朝贺大魏天子，原本该是一件喜庆事，可是这么坐着喝酒，实在无趣。”他向身后站着的随从一指：“这一位乃是柔然数一数二的神射手，不知大魏皇帝肯不肯与他比试射箭，权且当作宴会上的一件乐事。”

在场的拓跋宗亲，听见这话，立刻勃然变色，一个普通随从，竟然敢向天子邀战，已经非常失礼。更何况，拓跋宏的左手曾有旧伤，不能使力拉弓，是尽人皆知的事情，这一举动，无异于对大魏皇室的羞辱。

柔然使节却很是不以为然：“在柔然，越是尊贵的人，就越是勇猛善战，难道在大魏不是这样吗？”他上上下下看了拓跋宏几眼，目光中颇有轻视和不屑。

拓跋宏却笑着反问：“这么说来，在柔然，谁的力气最大，谁最强悍勇猛，谁就可以坐上可汗的位置了？”

见柔然使节点头，他又问：“那么选任可汗时，最好的方法就是，把全族的人都聚集起来，看谁能打败所有人，是不是这样？”

柔然使节依旧点头，拓跋宏哈哈大笑：“难怪鲜卑与柔然一同兴起，柔然却至今仍然只能游牧为生。”笑声收起，他的声音忽然变得肯定而自信，在大殿之上反复回响：“这种选立首领的方式，与狮狼虎豹之类的禽兽，有什么分别？”

这下轮到柔然使节面色难堪，他身后那名随从，却一脸平静，只用鹰隼似的眼睛，凝神盯着拓跋宏。

拓跋瑶坐在冯妙身边，向着柔然使节的方向，做了个鬼脸，低声对冯妙说：“会射箭有什么了不起，我们鲜卑女儿家都会。”说着话，她忽然离席站起来，笑吟吟地对着那名随从说：“你是柔然最厉害的射手是吗？那你敢不敢跟本公主比试一下？”

那名随从倒也不客气，起身施礼：“那就向公主殿下讨教了。”

鲜卑女孩儿多少都会些骑马射猎，拓跋瑶更是从小路都走不稳时，就拿着一把小弓玩耍，旁人不清楚，拓跋宏却再清楚不过，她的箭术，即使在鲜卑儿郎中间，也算得上好的。因此，他只是含笑看着，并不阻止。

拓跋瑶叫宫女取来她平常用的一把小巧金弓，拉弦试了一试，才对那人说：“论身份，我是大魏公主，比你尊贵，你该让着我些。论力气，我是女孩儿家，不如你力气大，你也该让着我些。你说吧，怎么比？”

她把话都说尽了，还摆出一副“规矩随便你定”的大方架势，凑到那人跟前低声问：“哎，我是拓跋瑶，封号彭城，你叫什么名字？”

“予成。”那人答得极其简短，接着抬起手掌轻轻拍了三下，殿外便走进五名妖娆多姿的柔然少女，“公主听好了，这就是我今天的比试方法。”

第二十四章 金钩细

拓跋瑶瞪大眼睛看着，予成从随身的小箭筒里抽出一支箭来，不紧不慢地搭在弦上，“嗖”一声射出去。箭镞依次穿过那五名少女的发髻，刚好射穿了她们头顶绾发的兽骨簪子。这一箭，力道与方位都配合得恰到好处。

“公主殿下，”予成拉弓的手缓缓放下，“这些少女，都是柔然各部首领的女儿。这一箭，不但需要射箭的人眼快手稳，还需要这些少女胆子够大。如果她们中间有人因为害怕而发抖躲避，这一箭就不能贯穿五人了。”

拓跋瑶这时才明白他的用意，凭她自己的箭术，力气使得巧一点，未必不能做到，可是一时间，让她去哪儿找五个胆子够大的大魏少女？她举起小弓，像是在试验弓弦是否合用，笑嘻嘻地把箭头对准了予成衣带上装饰的一串兽骨。

“六公主！”冯妙看出她的用意，远远地叫了一声。刚才那柔然使节说话时，虽然用手指着予成，眼睛却并不敢看他，显然这人在柔然非富即贵。如果拓跋瑶对他放箭，即使只是射中身上佩戴的饰物，也很可能引起柔然与大魏之间的战端。

她这样一叫，拓跋瑶拉弓的手就松了下来，殿内的目光，都转到冯妙身上。冯妙没办法，只能站起身，对站在一边的忍冬说：“去取一盏素纱宫灯来。”

不一会儿，宫灯就送到她手里，素白绢纱中间，一豆烛火跳跃。冯妙提着素纱宫灯上前，对拓跋瑶说：“我提着宫灯起舞，公主能一箭射灭灯火吗？”拓跋瑶明白她的意思，点头应道：“自然能，不知这样能不能算我赢呢？”她转头挑衅似的对着予成吐舌一笑：“算我赢吗？”

“射中起舞的宫灯，原本就比射中站立不动的人难，公主若是能做到，自然算赢。”予成爽快答应。

冯妙手提素纱宫灯，盈盈而立。高照容坐在席上，忽然掩着嘴笑一声说：“我来替姐姐唱曲儿助兴吧。”她清清嗓子，也不用乐器，开口便唱了一首婉转清丽的《西洲曲》：“采莲南塘秋，莲花过人头。低头弄莲子，莲子清如水……”

和着曲调，冯妙手臂舒展，莲步轻移，仿若渔家采莲女，在连天荷叶之间穿梭。拓跋瑶搭上一支箭，追着素纱宫灯瞄准，弓弦渐渐拉到最满。

拉弦的手刚要松开，拓跋宏不知何时已经起身，站在她身后，压住了她张开如满月的弓弦：“朕与六妹一起射这一箭。”

拓跋瑶的左手依旧放在紫杉木弓身上，弓弦却被拓跋宏拉住，他俯身瞄准，箭镞追着冯妙手里的素纱宫灯，在她翩然扬起手臂时，手指一松。箭镞直飞出去，穿过宫灯刺入冯妙身后的木案，灯火晃了几晃，终于熄灭。

冯妙的动作，随着那一声射穿素纱灯罩的轻响停下来。她抬头向对面看去，却只看见拓跋宏已经踱回御座上，只剩下拓跋瑶在原地，向她烂漫地笑。

“陛下与公主好箭术，予成佩服。”那人倒也十分爽快，见他们射中，转身便走回柔然使节身后站立，不再说话，目光却一直跟着拓跋瑶回到座席上。

太皇太后坐在大殿另一侧，不动声色地注视着这一幕，自言自语似的对崔姑姑说：“妙儿这孩子，倒是跟瑶儿投缘呢。”

刚才情形逼人，冯妙勉强一舞，腰上又觉得疼痛难忍，几乎坐不住。宴会礼仪烦琐，结束时，已经快到酉时。冯妙挨到其他人都走了，才叫忍冬过来扶她一把。太极殿门口，有几级先上后下的台阶，冯妙抬脚，却怎么都迈不过去。正在焦急烦乱间，身上一轻，整个人被人抱起。

拓跋宏一路抱着她，穿过庭院，往华音殿走去，树叶打着旋儿落下来，拂过她的手臂，呼吸间都带了点夏日傍晚的慵懒。谁也不说话，晚间的风一吹，绸缎面料的衣裳贴在身上，有些微微发凉。被男子搂住的地方，却有点发烫。

华音殿正殿内，如意带着两名宫女，正在冯妙平常睡的床榻前忙碌，见他们进来，如意乖觉地躬身说道：“皇上，已经备好了。”

冯妙睁大眼睛，满是疑问地四下去看，却什么也看不到。宫女低垂着头，把床幔用金钩挽起，拓跋宏踏着床榻边的织毯，把她放上去，这一次的手势很轻。

身下的触感很奇怪，床榻很硬，原本铺着的软棉小褥，全都除去了，换上了一层似草非草的东西，带着清甜的香气。隔着轻薄衣衫，被那一层略硬的“草”刮擦在背上，微微发痒。

“是熏过的艾草，特意多熏了一层松香，去除杂味，”拓跋宏用拇指在她手背上打圈，轻声说话，“晚上就平躺在这上面睡，快些把腰养好。”

冯妙轻轻向后抽手，声音小得几乎听不见："已经好很多了……"

"好了也要这样，"拓跋宏捉住她想要逃走的手掌，"硬脾气的人，活该睡这样硬的床榻。"见她老实地闭上了嘴，才满意地说："还有些艾草，叫你的宫女每晚熏热一点，给你裹在腰上，不要留下病根。"

他低下头去，伸手把她散乱的发丝理到耳后，忽然俯身在她双眼上飞快地一啄，戏谑似的笑着说："你的眼睛很美，像一轮圆月分成的两片。"那两弯月，就那么沉静无声地注视着他。

在她举起素纱宫灯时，也是这样沉静无声地看人，看得人都想溺死在深潭似的眼波里。他原本可以不用亲自射那一箭，可他忽然怕了，怕拓跋瑶手上没有准头，误伤了她，他要亲自操控得万无一失才行。

柔然使节的无礼举动，像石子投入湖面波心，在拓跋皇室中间，引起轩然大波。宗室亲王纷纷上书太皇太后和皇帝，要求出兵讨伐柔然。其实自从大魏建国以来，与柔然之间的边境战争，就从未间断过。柔然是游牧民族，草木枯黄时，便向南迁徙，靠劫掠大魏边境的城镇为生。等到草地肥美、牛羊成群时，又派使臣来向大魏朝贡，十分没有长性。

拓跋宏把任城王的奏表掷在桌上，似笑非笑地对拓跋勰说："连任城王叔都主张出兵，朕还是第一次看见宗亲们的意见如此一致。"他想起一事，忽然问："那一年宫中有刺客闯入，朕曾经私下命你拦截，后来如何了？"

拓跋勰向皇帝躬身，脸上隐约有些愧色："臣弟原本派人抓住他了，就看管在臣弟的府邸里，可是那人十分狡猾，竟然被人救走了。"

拓跋宏手指敲击着白瓷茶盏，笑了一笑说："倒也不是那人狡猾，以柔然全族之力，跟你一人周旋，能全身而退也并不意外。这事就算了，不过你要好好清查府邸里的下人，看看有没有与柔然私通消息的，趁早除了以免后患。"

见拓跋勰一头雾水，拓跋宏笑着补充："如果朕没记错，受罗部真可汗登位前，名字正是叫作郁久闾氏予成，他上次来时失手被捉，竟然还敢改换身份前来，倒也有些胆色。"

"至于战事，"拓跋宏想了想，手指一顿，在茶盏上敲出清脆的一声响，"朕还想听两个人的意见。"

长安殿内，冯妙正把药倒进玉碗。林琅的身孕有六个多月了，已经过了容易滑胎的时候。可冯妙渐渐开始担心另外一件事，过了七个月，要是保养不慎，孩子很容易早产。因为冠礼的缘故，她的身孕被故意迟说了两个多月，就算是足月生的，尚且要被说成是早产。万一当真早产了，引诱君王失德的罪名，是免不了的。

她照顾得十分小心，汤药让医女和老嬷嬷配了，自己检查一遍，才亲自煎了送给林琅。

林琅接过玉碗，喝了一口便皱眉，把药放在身前的梨木小案上，看着冯妙问：“宫宴那天，何必要那么冒险呢？六公主拉弓搭箭的时候，可真吓死我了。”

冯妙用银勺慢慢搅着玉碗里的药：“这场比试一定要赢，可又不能赢得太让柔然没有面子。如果我猜得没错，那名比箭的随从，才是柔然使节队伍里最尊贵的人。朝贡不过是借口，他们送来的礼物根本毫无诚意。真正的目的，应该是查探大魏的实力。”

“他们百般挑衅，一来是要看看大魏是否会畏惧，二来则是要把发动战端的恶名推给大魏。”冯妙仰起脸笑着问，“林姐姐，你怎么忽然对这些事有兴趣了？”

林琅有些不自然：“我哪里有兴趣，不过是听说宗室亲王都向皇帝请战，心里有些担心罢了。”

“我知道姐姐担心什么，”冯妙把手放在她肚子上，嬉笑着说，“姐姐担心皇上万一要亲征，一来一去，孩子出生时，皇上就不能陪在身边了。还要担心皇上在军营里，吃得好不好、睡得好不好、照顾的人细心不细心……”

话没说完，林琅就伸手来拧她的脸：“越来越会胡说了，看我不缝了你的嘴。”冯妙向后躲着躺倒在长绒织锦地毯上，嘴里讨饶着说：“姐姐放心，皇上不会亲征的。”

林琅带着几分惊奇收回手，还没发问，拓跋瑶便走进来，抢先问出了口：“为什么皇兄一定不会亲征？从前大魏先祖皇帝，都曾经征讨过柔然，咱们又不怕他们。”

“此一时，彼一时。从前拓跋先祖要在北方征战，就不得不压服柔然，占据有利的放牧马场。”冯妙收敛了笑意，低声细语地解释，“可现在大魏已经平定了北方，再去征讨柔然，那些土地和部众，都不能为我所用，就有些得不偿失了。”

“雄才大略的君王，必定把眼光投向中原。”冯妙一笑，岔开话题，“今天这是怎么了？一个两个，都要忧心大事了。我看眼下最大的大事，就是想想林姐姐的孩子出生，还要准备些什么东西，提早叫内六局预备。”

拓跋瑶笑嘻嘻地凑到她跟前：“还有一件大事，也要跟嫂嫂说。”她在身上摸了几下，找出一张明黄纸卷来，递给冯妙：“这是皇兄的手谕，咱们要再去一次云泉寺。”

纸卷上果然是拓跋宏的字迹，似隶非隶、似楷非楷，明明循规蹈矩的笔画间，却透出一股偏要冲破束缚的随心所欲。冯妙想起上一次的际遇，连连摇头：“偷偷出宫，已经很不妥当，更何况出宫去私会外人，我不去。”

“这一次不算偷偷出宫，”拓跋瑶把她放下的纸卷捡起，重新塞回她手中，

“是皇兄允许了的。只不过我们不能一起走，要先到宫外再碰面。”她见冯妙仍然犹豫不肯松口，便腻在她身上不肯起来，像小孩子似的扭来扭去：“嫂嫂，去嘛去嘛，你就当心疼瑶儿，要是这点事也办不好，瑶儿哪还有脸再见皇兄的面。”

冯妙被她磨得没办法，才答应出去最后一次，无论如何下不为例。

两人陪着林琅用过晚膳，才离开长安殿。心碧带着小宫女，把用过的碗筷收拾下去。林琅推开通往偏殿的门，向里面的人福身说道：“冯妹妹的想法，都跟皇上预想的一样。”她迟疑片刻，终于忍不住开口问：“皇上与冯妹妹都好读史书，皇上为何不亲自问她？”

偏殿昏暗，看不清拓跋宏的表情，他沉吟着低声说：“在朕面前，她总是很拘谨，不肯这样语笑嫣然地随意说话。”

八月间，云泉寺内的风景极好，树木葱郁，浓荫几乎将整条上山的小路都遮住了。马车只能停在山脚下，四人同行，沿着石阶一步步登向山顶。冯妙的腰伤已经好得多了，可走得久了，还是觉得疼痛难忍。

拓跋宏搭住她的手，柔声告诉她：“伤在左边，就不要用左腿使力，把身子的重量多放在右腿上。”

冯妙照着他说的做，果然觉得好一些，微微笑着说：“皇上又不是郎中，怎么好像对跌打损伤很在行呢？”

“小时候，祖母生气恼怒便会责打我，有一次打得重了，也是伤了腰，没有御医敢来诊治，后来便是用这些办法养好的。”他说得云淡风轻，好像讲的完全不是他自己的事，“那时林琅就在我身边，为了找药，她从崇光宫内的寿山石座上跳下来，故意摔伤了自己，才换来了一点艾草。就是因为那次，她身体一直不大好，所以我眷顾她多些……”

他不知道为什么要解释这些，北海王冲进长安殿那天，他急着抱起林琅，不想让拓跋详看出丝毫破绽，过后才听林琅说起，当日情形如何凶险。

冯妙眼中微酸，迎着风转过头去：“林姐姐难得一副好性情，的确值得皇上喜爱。”

夏日时光寂静悠长，一条蜿蜒而上的石阶好像永远也走不到头。拓跋宏微微俯身，盯着她小巧精致的唇线：“在外面，不要这样称呼，你叫我一声宏哥哥。”

冯妙脸上发窘，嘴唇动了动，说的却是：“不敢僭越。”拓跋宏倒极有耐心，见前后无人，低头捻住她的耳垂：“怕什么？在知学里，当着那么多人的面，你都敢叫一声小哥哥，还一笔一笔理得清楚，现在只有我跟你。”

他手上轻揉慢捻，冯妙脸上快要滴出水来，树叶缝隙间透下来的太阳，明晃晃地灼人眼。她头脑里一阵阵地发晕，眼前笑意盈盈的男子，和金殿明堂上威仪的君王，或者还要加上太皇太后面前敦和纯孝的少年，究竟哪一个才是他的本来面貌？

“叫一声，我就让你走。”拓跋宏不急，可也丝毫不肯松口。

“宏……宏哥哥。”冯妙低着头挤出几个字，嘴唇紧咬，像一颗小巧鲜红的樱桃。

拓跋宏嘴角缓缓舒展，金黄日光下，像开着一簇耀眼的繁花。他在那颗樱桃上浅浅地一啄，接着站直身体，用平缓如常的语调说话：“慢慢地走，力气放在脚腕上。”他恰到好处地隔开一殿距离，护着她却又不会太过亲昵，好像刚才那些直扑在面上的男子气息，都是冯妙自己想出来的一样。

越是想快，却越走不快。拓跋宏闲闲地跟在她身侧，慢悠悠地说：“不用急，让他们两个熟悉一下也好。”冯诞刚封了南平王，又是昌黎王世子，婚姻上，必定是要尚娶公主的。冯妙心里明白，倘若两人彼此合意，最受太皇太后喜爱的彭城公主，也许很快就会变成南平王妃了。

除去每月初一、十五，云泉寺内的人并不多，四人便直接绕到后院山房。

青衣小童早已站立在门口等候，听几人说明来意，便客气地说：“我家公子料到几位还会再来，可惜家中有急事，不能跟几位见面了。公子提前备下了几道小菜，请几位尝了再走。”

其他三人都各有城府，只有拓跋瑶眨着大眼睛，好奇地问：“你家公子要请我们吃什么菜？”

青衣小童请他们在院中石桌石凳上坐下，转身进入内间，端出一套七星拱月攒盘来。南朝的器具小巧精致，拓跋瑶看了一眼，便开玩笑说：“这么一点，哪够我们四个人吃？你家公子也未免太小气了点儿。”

“公子说了，吃法有讲究，全看几位贵客如何下筷了。”青衣小童把攒盘打开，一样样摆在他们面前。

拓跋瑶瞪了他一眼：“公子说，公子说，除了重复你家公子的话，你是不是不会说别的了？”

那青衣小童一本正经地回答：“正是，我家公子经常告诫我，少说多听，谨言慎行，所以公子给我取的名字，就是无言。”气得拓跋瑶狠翻了一个白眼，差点背过气去：“我的确对你很无言了。”冯妙忍不住，撑着石桌边沿发笑，腰上还是疼，不敢大笑，只能强忍着。

攒盘仿着北斗七星的形状，无言先推出瑶光星，盘内放着几只菱角。产自江南水乡的东西，拓跋宏跟拓跋瑶都不常吃，冯妙伸出纤纤十指，剥了一只：“菱角鲜嫩甘甜，只是外面这层硬皮不好，只要隔水慢慢蒸了，这层皮就很容易剥落了。”

无言点头，接着推出天璇星，里面放着一只青色的小瓜，清甜芬芳。拓跋瑶拿起咬了一口，又苦着脸吐掉了："还没熟，都是涩的。"拓跋宏递给她一杯茶水："这种青瓜，要到九月才熟，现在还时候未到。"

天枢星中放着四个糯米团子，无言用竹筷分进四个小碟，分别送到他们面前。青竹叶包裹着软糯的米，清香扑鼻，可惜米团子似乎是刚蒸好的，实在太烫，根本吃不进嘴。

冯诞用筷子尖儿把糯米团子拨开，见里面是咸肉做成的馅儿，转头对拓跋宏说："原来里面有馅儿的，幸亏剖开看看，咸肉馅儿做的糯米团子，恐怕还真吃不惯。"

拓跋宏此时已经神色凝重，盯着石桌上的七星攒盘，不知道在想些什么。

最后一盘开阳星中，盛着一点稻米煮成的米饭，可惜里面夹着太多石子沙砾，根本无法下咽。拓跋瑶往前一推："这样的米饭，不吃也罢。"

无言躬身说道："我家公子准备的菜肴，就是这么多了，几位请自便。"

拓跋宏忽然站起来，对着无言长揖："请代为向你家公子致谢，这几道菜很好。"

无言客气回礼，目送他们四人下山远去，接着转身进入内室，向竹帘后安静写字的人回话："公子，他们走了，那位元公子像是明白了公子的意思，还有那位剥菱角的小姐，似乎也明白了。"

王玄之笔下未停，直到写完了最后一行《法华经》，才淡淡地说："知道了。"他把抄好的经卷折起，在旁边的瓷盆里净手，接着问："父亲大人那边，有信来没有？"

"今早有一封从建康来的书信。"无言从一旁的书札中间，抽出浅金封口的信件，双手递过去。

王玄之擦干双手接了，展开来看，读到末尾，便把纸张投进水盆，纸上的字迹便慢慢淡了，直至彻底消失不见。

他把手在竹案上重重一拍："萧道成这个乱臣贼子，自己龙袍加身，还觉得不够，现在又把手伸到琅琊王氏头上来了。他已经四十多岁，竟然还想娶我的小妹为妃！大哥不过指责他宫室太过华美，宠妃的用度不该超过太后，他就命人将我大哥袒露上身、当廷杖责。琅琊王氏，还从没受过这种羞辱！"

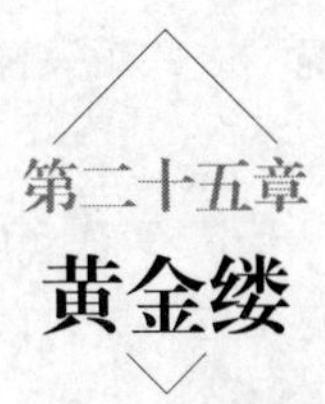

第二十五章 黄金缕

王玄之一边凝神思索，一边慢慢研磨一块墨锭，铺开素白纸张，正要写一封回信。笔尖儿上的墨汁“啪”的一声落在纸上，越染越大，他又把笔缓缓放下，口中喃喃地说：“魏主自然是人中龙凤，可不到万不得已，谁愿意走出那一步呢……”

他多少明白些父亲的顾虑，他们的一举一动，都关系着琅琊王氏的声誉。背弃故国的事，一旦做了，就像白纸染上墨汁，再也无法去除了。

四人沿着后山小路走下去，刚好又回到山门之前。拓跋瑶一路走，一路随手拉扯垂地的杨柳枝：“那几道莫名其妙的菜，究竟是什么意思？”

拓跋宏伸手在她头上一敲：“不可说。”她又转向冯诞，一副讨好的笑写在脸上，不料冯诞看看拓跋宏，也学着他的样子摇头：“不可说。”

拓跋瑶向他们挥挥拳头：“欺负我不懂是不是？哼，自然有人懂。”她转向冯妙：“好嫂嫂，你告诉我吧。”冯妙竖起一根手指在眼前：“不可说，一说便破了。”

三人相视，都清楚对方已经明白了菜里的含义，只有拓跋瑶一脸不高兴。拓跋宏抬头看见山寺巍峨肃立，指着寺院檐角说：“难得来一次，不如你在佛像前许愿吧，求神佛让你变聪明一点。”

拓跋瑶从小被他调侃惯了，也不在意，欢欢喜喜地拉着冯妙，在宝相庄严的佛像前跪倒：“要聪明做什么用？如果神佛有知，就让我嫁个如意好郎君吧，要才有才、要貌有貌，还要一心一意待我。”说完，草草拜了三下。

冯妙悄悄瞥一眼冯诞，拓跋瑶在他面前，毫无羞涩扭捏，就这么大大方方地说，要嫁个好郎君，看样子她对冯诞无意，不知道这桩婚事还做得成做不成。

她也走到佛像前方，谦卑虔诚地跪下去，额头触地拜了三次，又默默合眼许了愿望，这才起身。

“好嫂嫂，你许了那么久，求了些什么？”拓跋瑶凑到她跟前，挤眉弄眼地问。

冯妙笑着在她唇上一点：“这个也不可说，说了就不灵验了。”抬眼看见拓跋宏正定定地看过来，垂下眼帘小声说：“到实现那天，自然就可以说了。”

回到华音殿已是傍晚，冯妙打散头发，躺在床榻上。艾草混合松香的气味，像是躺在如茵的草地上一般。全身都异常疲惫，一时半刻却睡不着。那几道菜的含义，让她暗自心惊。

菱角代表守旧的鲜卑贵族，虽然强硬，但只有给他们好处，再软硬兼施，总有一日能改变他们的性子。青瓜代表太皇太后，她年事已高，可年轻的帝王却还有大把的时间。糯米团子代表中原沃土，既要征服，也要了解，却心急不得。至于那碗粗糙的米饭，自然就代表柔然各部，不去理会就是了。

这么看来，隐居云泉寺的公子，不但颇有些才情，对治国安民，也别有一番见解。王玄之……冯妙记起他在墙壁上挥笔写成的三个字，越是笔画简单的字，就越难写得风流飘逸。可那墙壁上的三个字，宛如飞龙腾云一般，几乎要破壁而出。

这样的人物，怎么可能甘心隐居在寺院里……

冯妙晋封正三品婕妤的金册，直到八月间才正式颁下来。忍冬满面欢喜，把金册用红绸裹了，替她仔细收好。冯妙却并不在意这些物件，只管由着她去。

中秋节时，尚仪局原本还要按旧例在宫中设宴，太皇太后却以节俭为由，免了阖宫大宴，只召集新进宫的妃嫔和待选女子，在奉仪殿小宴。冯妙自从晋封过后，还未曾侍寝，因此也一直没有来向太皇太后问安。她特意在小宴当天郑重梳洗穿戴，提早到奉仪殿向太皇太后问安。

九转雀尾垂丝簪，配杏黄色流云飞仙裙，庄重却又带着少女之气，面见太皇太后，是最合适的。

冯妙进入奉仪殿时，崔姑姑正带着宫女在院子里摆下各色瓜果。她叫小宫女通报一声，自己站在正殿门口等。

小宫女刚走，斜向里冷不防窜出一只硕大的白影，“喵”的一声直往她身上扑来。冯妙下意识地侧身躲避，那黑影竟然一跳老高，跃过她的肩头，尖利的指爪钩着她的头发，扯得生生发疼。

“胜雪！过来！”右手边穿花回廊下，传来一声轻叱。那猫儿听见主人呼喊，摇头晃尾地“喵喵”叫了两声，甩着粗大的尾巴走过去。

这名字好熟悉，冯妙转头看去，果然看见冯清正站在穿花回廊下，等那猫儿走近，便一把抱起。因为这只猫，品儿平白丢了性命，连冯妙自己也无端受辱，她心里对这猫有些芥蒂，不愿多看。

冯清却抱着猫走过来，向冯妙略略屈身："胜雪惊着姐姐了，姐姐没事吧？"乍一见她如此客气，冯妙吃了一惊，也屈身回礼："妹妹言重了，不敢受你的礼。"

"说什么敢不敢的呢？"冯清吃吃地笑了两声，"论年纪，你是长姐，论位分，现在你也是婕妤了。怎么说，都该我向你见礼，更何况，还是胜雪惊吓姐姐在先。"她话说得客气，语气里却隐隐带着不服气的意思。

"姐姐的发簪歪了。"冯清抬起袖子，帮冯妙扶了一下，"姐姐是来拜见太皇太后的吧？跟我一起进来便是。"说完，她十分熟络地推开殿门，穿过前厅进入正殿。

"姑母！"冯清一见到太皇太后，就撒娇似的坐到她旁边，"可找着胜雪了，竟然钻到后面的耳房里去了。也不知道怎么了，胜雪一到奉仪殿来，就撒着欢儿地到处跑。"看样子，她似乎经常到奉仪殿来。

冯妙规规矩矩地走到进门第五块青砖处，跪下磕头施礼："嫔妾拜见太皇太后。"低头许久不说话，缓缓抬头时，眼睛里已经蓄满了泪水，却不落下来，将要起身时，才开口道："润莲也拜见姑母。"

太皇太后果然微微动容，抬手向她说："好孩子，起来吧。"接着十分和气地招呼她坐在身边，跟她说话，听说她伤了腰一直没能侍寝，太皇太后叹气惋惜："好端端的，怎么受了这样的伤？叫个太医好好诊治诊治吧，年纪轻轻的，可不要留下病根。"

"是润莲不好，又平白让姑母担心了。"冯妙低眉顺眼地说话。她和冯清一人一边，分坐在太皇太后两侧，都挑些新鲜有趣的事来说，逗着太皇太后开心。

不一会儿，高太妃和其他年轻宫嫔也来了，冯清把胜雪放在一边，扶着太皇太后走进院子里。因是小宴，又来的都是女眷，便团团围坐在一处。林琅怕累，略坐了一坐，太皇太后便准她回去了。其他人难得有机会得见太皇太后，都打起十二分精神尽心尽力地表现。

月上中天时，高太妃忽然说："托赖太皇太后的恩旨，前几个月，宫里刚放了一批宫女出去。为了补这些人留下的缺，尚工局从年轻的宫女里头，采选了一批聪明伶俐的，晋成了有品级的。这些人的手工都很好，考核的时候，很费了番心思。我叫她们做了些日用的小玩意，拿来献给太皇太后。"

见太皇太后点头应允，她便招呼随侍的宫女，传尚工局新晋的女官进来。早已等候在门外的几人，听见传唤，立刻鱼贯而入，手里各托着一只彩盘，放着些香囊、巾帕、如意结之类的物件。

听见宫女晋升有了结果，冯妙睁大了眼睛看着走进来的那队人，看见予星目不斜视地走在中间，跟着其他人一起行礼跪拜。予星穿着绛色宫女服饰，腰间坠着象征侍级宫女的桐木牌子，神情严肃起来，也有模有样。

冯妙心中欢喜，不自禁地微微笑着，予星起身时，也向她眨眨眼睛。两人碍着身份、场合，不能随意交谈。

太皇太后点头说了声“好”，便命她们把这些小玩意儿都分给在座的宫嫔。宫女们依次托着彩盘，从众人面前走过。

到冯清面前时，她不拿东西，反倒盯着予星，上上下下地打量：“听说今年新晋升的侍工里头，有一位绣工特别好的，让尚工局的几位司制都赞不绝口，就是你吗？”

予星见过她故意与冯妙争抢自己，答话便特别恭谨小心：“娘娘谬赞了，奴婢的确会做些刺绣。”

冯清在彩盘里挑挑拣拣，漫不经心地说：“还听说，现在林淑媛日用的衣裳，都点名要你裁制，你参加宫女考核用的刺绣花样，还是冯婕妤帮你画的呢。小小宫女，在后宫倒是如鱼得水。”

“奴婢不敢，”予星低下头去，“淑媛娘娘本是随意指了奴婢去缝制衣裳，因穿着还算合用，淑媛娘娘孕中不愿操劳，也就没再更换其他手艺更好的姐妹了。刺绣的图样，是奴婢见婕妤娘娘画得好，便斗胆求来了。”

“也难怪，你们原本就是一同从甘织宫出来的，有些情分，也算人之常情，”冯清的眼神，在予星跟冯妙之间游走，用涂着嫣红丹蔻的手指，从彩盘低下抽出一块绢帕，“我只是才疏学浅，不大明白，姐姐画的这幅图样，究竟是个什么意思？”

她把绢帕迎风展开，上面绣的，正是那幅彩尾锦鸡。

冯清把那幅彩尾锦鸡展开，恰好让在座的人都能看得清楚：“请恕妹妹眼拙，这上面画的，莫非是凤凰吗？皇上并没册立皇后，宫中哪有人用得到凤凰图样呢？姐姐画出来，是想做什么用呢？”

一连串的发问，直指冯妙心怀不轨。予星见事情牵扯到冯妙身上，便有些慌张，赶忙说：“兴许是奴婢绣得不好，跟那图样不大像了，婕妤娘娘原本给奴婢的那张图，样式十分可爱，并不是这样的。”

“是吗，”冯清倒是不急不慢，“那就把图样取来看看，究竟是不是像你说的那样。”说着，便要叫自己随侍的宫女去取。

“不必麻烦了，”冯妙自知躲不过，笑盈盈接过话去，“那图样是我画的，我自然记得清楚。这位新晋的侍工，绣工的确很好，想必太妃娘娘也是认可的，不然也不会带到太皇太后面前来了。这绢帕上绣的，跟那幅图样一模一样。”

冯清翘着嘴角冷笑，等着她说下去。冯妙接过绢帕，向着众人展开：“我画的这一幅，是彩尾锦鸡，并不是凤凰。等到皇上中意的皇后入主中宫时，我自然会亲手画一幅丹凤朝阳，献给新后。”

话说得毫无错处，只有冯清听了脸色铁青。她入宫便是要做皇后的，只封了一个婉华也就算了，又让有孕的林琅踩在她上头，也就算了，现在连冯妙也越过她去了。想到这儿，冯清再开口时，语气就有些不善：“你说不是就不是吗？人人都有眼睛，看得清楚，五彩尾羽，正是凤凰的样子。”

冯妙见她着急，自己反倒越发不疾不徐地说：“看来妹妹的确不知道，也难怪，这种彩尾锦鸡的图样，原本并不常用。”

她指着绢帕上的图样细细解说：“锦鸡的尾羽带有尖头儿，并且向上翘起，凤凰的尾羽却是长垂的翎羽。还有，锦鸡的翅膀是收拢的，凤凰的翅膀是张开的，有这样的区别，是因为凤凰为百鸟之首，高翔在天，不是锦鸡可以相比的。”

解说得清楚明白，由不得人不信。冯清斜着眼睛微微一笑：“这么说来，的确是妹妹看错了。”指甲在装着葡萄的玉盘里拨了拨，冯清忽然看向冯妙的头顶问：“那姐姐头上戴的凤簪，又是怎么回事？”

冯妙心中奇怪，她戴的是雀尾垂丝簪，什么时候成了凤簪。抬手在发间一摸，陡然明白过来，进门时那只猫在头上一扑，把她的发簪扑歪了。冯清好心上来替她扶正，就在那时动了手脚。

没看见冯清究竟做了些什么，冯妙一时拿不准，头上的发簪究竟变成了什么样子。可这时也万万不能取下来查看，脱簪是妃嫔戴罪认错的象征，便等于自己已经承认了错处。

她心思急转，不慌不乱地开口：“妹妹可看清楚了？天下与凤凰相似的鸟儿何其多，孔雀、青鸾、翟鸟，都是如此，差别只在十分细微的地方。不仔细分辨，真是不容易看出来呢。”

这一下，反倒让冯清有些拿不准，眼睛转来转去，半天没说话。太皇太后恰在此时开口：“好了，今天来了这么多人，就见你们姐妹两个说得热闹。哀家便罚你们给高太妃斟酒。也快到了添秋衣的时候了，你们两个，再每人画一幅百子连绵纹样来，叫尚工局织成布匹，给各宫送去。”

冯妙应声斟了酒，捧到高太妃面前。太皇太后的话一出，冯清也不敢再说什么，只能心不甘、情不愿地瞪了冯妙一眼，也给高太妃斟了酒。其他人只当她们姐妹俩，故意说笑给太皇太后解闷，这事便就此抹了过去。

小宴散去，崔姑姑服侍着太皇太后卸妆，手势轻柔地摘下她头上的和合寿字簪。

“清儿这孩子，原本资质是极聪明的，”太皇太后叹息着开口，“可惜被她母亲生生娇惯坏了。她从小没受过半点委屈，哪里能知道忍字是几笔写成的？”

“清小姐心气儿高些，也是难免的，太皇太后多提点提点也就是了。”崔姑姑在一边劝慰，眼见太皇太后日日操劳，不想她再为这些事烦心。

“她哪用哀家提点？”太皇太后话里带上了几分怒气，“你是没看出她那点小心思，她琢磨着，林琅那丫头要是生下男孩，必定要被立为太子。到时候立子杀母，太子总要交给别的妃嫔抚养。皇帝心疼这孩子，无论谁养在身边，得见天颜的机会总比旁人多些。”

太皇太后抬手理了理鬓发，端过睡前服用的汤药：“她这几天，总往奉仪殿跑，便是想探哀家的口风。今天她挑妙儿的错处，是看着妙儿位分在她之上，担心妙儿抢了这孩子去。”太皇太后抿一口药，说了声“真苦”便放下了：“且看着吧，那孩子出生，也就是这三四个月间的事了。”

回了华音殿，冯妙才有机会摘下头上的金簪来看。仍旧是她戴去的那支金簪，只不过拢住雀尾的银丝被拿掉了，雀尾散开，远远看去，的确有些像凤簪。冯清不动手便罢，一动手便是要置她于死地的僭越大罪。

小宴过后，宫中便开始改换秋冬季节的饰物。库房里新取出的布匹，带着股陈年旧月的味道。冯妙不喜欢那股冲鼻的气味，便躲到院子里去。

此时正逢桂花飘香，她一时心血来潮，想起从前听过酿造桂花稠酒的方法，便叫忍冬照着做来。

江米隔水蒸熟，再加上酒曲、白糖和桂花，细细捣碎了封进罐中，仍旧埋在桂花树下。三五天过去，瓷罐挖出、泥封敲碎，竟然十分香甜甘醇。冯妙只喝了一小口，便觉得脸上直发热，不敢多喝，忍冬也不过比她略强一点而已。

好酒无人分享，实在叫人遗憾。可是林琅现在有孕，不能饮酒，袁缨月胆小怯懦，想必也不敢多喝，冯滢体弱，从小家里人就不准她沾酒……冯妙万分苦恼之际，忽然想起一个人来。

她叫过忍冬，让她取两坛桂花稠酒，送去清凉殿给李弄玉。忍冬应声去了，不久便回来了，手里仍旧提着那两个酒坛，忍着笑说：“奴婢还是第一次见着这样的娘子，敲开泥封，直接对着坛口便喝了。一口气喝光了两坛酒，提笔便在素纱屏风上写了两个字——妙饮。然后一句话也不说，叫人把奴婢送出来了。”

冯妙哑然失笑，如此狂放不羁，的确很像李弄玉的作风。见她喜欢，冯妙便时常叫忍冬送酒过去。李弄玉也从不客气，总是接了酒便开怀畅饮，有时话也不多说一句。

唯独有一次，李弄玉大约是喝得兴起，提笔在酒坛上写了几行字：“兀然而醉，豁然而醒；幕天席地，纵意忘情。冯妙不由得感慨，这么一个纵情潇洒的魂魄，却被锁进深宫，实在是暴殄天物。”

刚要叫忍冬把酒坛洗干净放着，璎珞珠帘被人一把掀起，拓跋瑶一阵风似的冲进来，两只眼睛都是红的，像是刚刚哭过。

冯妙蘸了湿帕子给她擦脸，心里奇怪，谁敢给这位公主委屈受。拓跋瑶接过帕子，抽抽搭搭的，眼泪仍旧流个不停，好半天才抱住冯妙呜咽着说：“我不要去柔然。”

“柔然？”冯妙更加奇怪，拓跋瑶的封地在彭城，是大魏南面极好的一个地方，并不靠近柔然。再说，在拓跋皇室中间，连亲王也并不去封地居住，更没听说过，公主也要去封地就藩。

拓跋瑶甩开帕子，用手背抹了一把脸：“柔然使节回去以后，也不知道怎么说的，那个受罗部真可汗，竟然向皇兄下聘，要娶我做大妃。他想得美！我才不去！”

冯妙想起宫宴那天柔然使节的奇怪举动，试探着问：“也许受罗部真可汗果真像他们说的那样勇武非凡，再说，柔然也并非人人都生得粗黑不堪，那天跟你比箭的予成，眉目就很俊朗，跟鲜卑男儿不相上下。”

听了这话，拓跋瑶却哭得更凶了，眼泪把衣裳前襟都打湿了：“是不是因为我把想嫁如意郎的心愿说出来，就真的不灵了？若不能嫁他……除了他，就是天神下凡，我也不稀罕！”

冯妙听得心惊，揉着她的头发轻声问：“公主是不是已经有了中意的驸马人选？”

拓跋瑶抬起迷离的泪眼：“我从前觉得，他未必瞧得上我，所以从来没有跟人说起过。可是……可是，一想到要嫁给别人，这一辈子再不能见他，我心里……我心里就像刀割一样，宁愿现在立刻死了，也好过日复一日痛苦折磨。”

什么样的人物，能让大魏皇宫里最受宠爱的公主，都生出自轻自贱的心思？冯妙心中一动，忽然想起一个人来。可如果真是那个人，恐怕拓跋瑶的心思真要落空了。放眼平城，再好的男儿，只要拓跋瑶点一点头，都绝不会有什么问题，唯独那人是个例外。

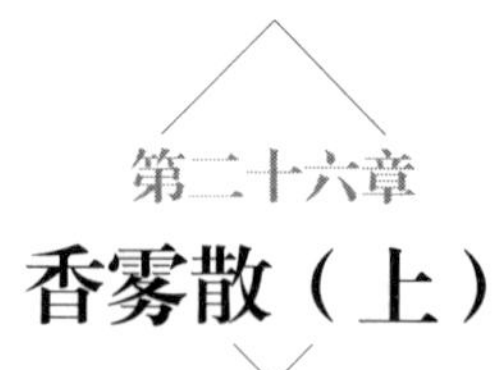

第二十六章

香雾散（上）

“公主，你该知道，”冯妙搂住拓跋瑶，“并不是所有事都能随心所欲的，连你皇兄也不行……”

拓跋瑶仰头看她，仍然抽噎不止，语气却万分坚定：“我不求别的，只求现在不要让我远嫁柔然。将来无论嫁给什么人，我都认了。”说着说着，她眼中的泪又涌上来：“远嫁柔然，车马一路向北，要从云泉寺门前经过。这让我……情何以堪？”

虽然早已经猜到，可听到拓跋瑶亲口说出云泉寺三个字，冯妙仍然觉得世事弄人。那样风姿翩然的士族公子，也难怪拓跋瑶会一见倾心。可惜，琅琊王氏是南朝重臣，她以大魏公主之尊，无论如何没有可能下嫁。

“六公主，皇上答应柔然求亲的使节了没有？”冯妙抚着她的背问。

拓跋瑶听出她话中大有深意，怔怔地说：“还没有……可是，柔然以国礼下聘，没有合适的理由，皇兄也不能够断然拒绝啊。”

冯妙见她神情哀恸，大为不忍：“六公主为何不去恳求太皇太后？她老人家一向最疼爱你。”原本是劝解的话，不料又惹得拓跋瑶泪水涟涟：“我一早就去奉仪殿求过了，皇祖母说，公主的婚姻从来不是家事，是国事，她要跟皇兄议定。这分明就是敷衍我，他们都想跟柔然交好，便要把我当牛羊礼物一样送人了。”

“那也未必，”冯妙咬咬唇，还是把后半句话说了出来，“也许是公主恳求的方法不对。”此时为拓跋瑶谋划，实在是不智之举，一个公主远嫁，无论当时再怎么惊天动地，过后也不过是宫中茶余饭后的一个谈资而已。可她忽然生出一种怪异的冲动，想要留住拓跋瑶最后一点自由自在，就像留住一个不切实际的梦境一样。

冯妙附耳对拓跋瑶说了几句话，拓跋瑶惊得瞪大眼睛："这……这能行吗？"

"试试看吧，"冯妙握住她的手，"行或者不行，都在太皇太后一念之间了。"太皇太后娇纵拓跋瑶，固然因为她是个与世无争的公主，却也同时是一种向拓跋宗亲示好的方法。如果拓跋瑶为了柔然求娶的事而寻死，太皇太后就不得不慎重考虑了。

冯妙替拓跋瑶准备好了一切用具，甚至还帮她想好了要对太皇太后说的话，最后叮嘱她，一定记牢每一个步骤，不可慌乱。分寸要拿捏得恰到好处，下手不能太轻，免得被太皇太后看出破绽，可也不能太重，免得弄假成真伤了自己。

拓跋瑶哭了一整天，眼睛早已红肿不堪，看上去先多了几分真实。冯妙特意叮嘱拓跋瑶，等快到子时再闹起来，自己起身去了长安殿。

林琅斜倚在床榻上，跟冯妙说话，手臂搭在圆润的肚腹上，形成一个保护的姿势。有经验的御医已经看过，虽然不能十分肯定，却也隐约透露，林琅腹中怀的，应该是个皇子。

越是靠近孩子将要出生的日子，冯妙就越有一种怪异的感觉。她在林琅身上，看不到丝毫将要跟腹中孩子见面的喜悦，只觉得她安详宁静得让人害怕，似乎只要把孩子生下来，她连性命都可以舍下不要了。

冯妙怕她一直闷着，对孩子不好，便拿丝绦编成各色小玩意儿，给她取乐。刚编出一个巴掌大的小花篮，便看见心碧走进来，在林琅面前屈身说："崇光宫刚才传信过来，皇上要去看望彭城公主，今晚不过来陪娘娘说话了。"

林琅倒也没什么失望神色，只点头说她知道了。冯妙手上一抖，结好的花篮险些散了。她匆匆收了个口，便向林琅告辞，说她头晕无力，想早点休息。

出了长安殿，冷风扑在身上，冯妙抱着胳膊打了个哆嗦。八九月间，夜晚的风已经有些冻人，凉意反倒让她越发清醒了几分。也许对拓跋宏来说，同样舍不得妹妹远嫁柔然，可对大魏皇帝来说，安抚柔然可汗却是眼下最有利的做法。如果皇帝这时去了流云阁，拓跋瑶的计划就没法顺利实现了。

冯妙转了个身，往流云阁方向走去。拓跋瑶当初选中的这处宫室，檐角高挑，斜飞入云，是整个王宫中最高的一处阁楼。绕过墙角，冯妙听见流云阁中仍旧一片寂静，便知道拓跋瑶的动作还没开始。

正要绕到正门，身后传来一阵脚步声，彩绘祥云宫灯里散发出的昏黄光亮，已经隐约照到冯妙脚下。她没有回头，却清楚知道是拓跋宏正走过来。并非赴宴或召幸宫嫔，没有宣告帝王仪仗的钟声，直到他已经如此近，冯妙才察觉。

她不敢回头看，只能低着头贴着墙角走，风卷着她的衣角，衬得她整个人都像要飘然飞起。冯妙缩着肩膀，没走几步，身上便被什么东西罩住了。拓跋宏已经大步追上来，解下自己的锦缎披风，裹在她身上。

伸手在她手上一握，果然指尖冰凉，拓跋宏用手压住她微凉的耳尖儿问：“怎么一个人走到这儿来了，身边连个侍奉的人都没有？”

冯妙被他握住，一动也不敢动，垂头看着他身上的龙纹，小声说：“今天早上看见彭城公主了，似乎受了什么委屈，刚从长安殿出来，想去看看她。”

拓跋宏神色一滞，他自然知道拓跋瑶是为了什么事，却不愿对冯妙说起，不动声色地把话题一转：“她从小被宠坏了，闹个脾气，没几天就过去了。你现在去，反倒被她闹得不能安心。”

冯妙心头渐凉，做皇帝的人，果然要有几分常人没有的狠绝才行，拓跋瑶的终身大事，就这么被他轻描淡写地一句话带过。她装作毫不知情地反问：“皇上到这边来，也是要去看彭城公主吗？要是皇上想去，嫔妾就陪皇上一起进去。”

拓跋宏拥着她的肩：“原本是要去看看，现在改主意了，看你冻得手脚都冰凉，朕先带你去崇光宫暖暖吧。”见她没有拒绝，便握住她的手，转身折回去了。

宫灯灯罩上的祥云纹，被拉长了投映在地上。冯妙尽力把步子迈得大些，好跟上拓跋宏的脚步。人靠在他怀中，心里却飞快地想着，今晚要如何拖住他。

第二次迈进崇光宫，冯妙在进门时明显地身子一缩。拓跋宏觉察出她的紧张害怕，转头叫太监宫女全都等在外面，自己拉着冯妙手，进入前厅。

殿门合拢，空旷静谧的宫室内，就只剩下他们两人。冯妙紧张得手心微微出汗，连她自己都不知道在紧张些什么。她勉力定定心神，对拓跋宏福身说：“没有旁人，就让奴家去泡茶吧。”她知道拓跋宏喜爱汉家文化，故意用了汉家小儿女的称谓。拓跋宏果然微微震动，向她含笑点头，自己拂开衣袍，坐在几案前。

红泥小炉上放置一把精巧的壶，等水中冒出蟹眼小泡时，冯妙用木勺取出茶叶，依次放进三个紫砂小壶中。接着，先斟了一盏水，捧到拓跋宏面前。

拓跋宏接过来，却不喝下，笑着说：“用了朕的上好茶叶，怎么只有一杯清水给朕？”冯妙含笑带嗔地答：“皇上走了一路，必然渴了，清水是先给皇上解渴的。茶只能用来浅尝，难道皇上要学那些俗人一样牛饮吗？”

冯妙用绢帕垫住小壶，缓缓高冲。略等片刻，才拿起第一把紫砂小壶，往茶盏里斟了浅浅的一点，双手捧到拓跋宏面前：“第一杯，请皇上尝素瓷雪色。”拓跋宏接过啜了一口，茶香中透着微苦。

她接着换上第二种：“第二杯，请皇上尝冻顶云芽。”滋味清冽却又缠绵悠长。

等拓跋宏放下茶盏，她又及时地捧上第三把紫砂壶里斟出的茶：“最后一杯，请皇上尝老竹珍眉。”香醇浓郁的茶味，一入口便刚好盖住了前面两种茶的清淡，把舌尖百味都囊括其中。

三种不同的茶，同时冲泡，依次饮用，时间恰到好处，味道也恰如人生的三个阶段，少年时青涩，青年时热烈，老年时醇厚。拓跋宏喝过好茶无数，却从没试过这样品茶。眼前的少女温婉娇羞，却又透着一点慧黠灵动。耳垂上的两颗珍珠坠子，随着她的动作轻轻晃动。

没有饮酒，拓跋宏却觉得熏然欲醉，他从小就懂得克制隐忍，从不允许自己放纵沉溺于任何东西。这一刻，他却有些难以自抑，手指敲击着紫檀木桌面，浅浅低吟："一饮涤昏寐，寂寂天光珠凝泪。再饮清心神，忽如飞雨洒轻尘。"

冯妙轻声接过："三饮便得道，何须苦心破烦恼。"她手里原本也端着一盏清茶，放在鼻前轻嗅。手掌忽然被人整个握住。心神一慌，滚热的茶就泼洒出来，冯妙轻轻"啊"了一声，想要抽回手，却被握得越发紧。

拓跋宏的声音，比平时低沉得多，几乎贴着她耳边问："腰伤好了没有？"

冯妙的脸"腾"一下红过了炉子上跳跃的火苗，心口越发跳得厉害。她盯着浅盏里悠悠荡漾的碧绿色茶汤，不敢抬眼看拓跋宏，声音绵软无力："好……好些了吧。"

她隐约知道那句问话的意思，也知道或早或晚，总要有这么一天，可心里就是本能地害怕抗拒。手指往衣襟上摸去，触到了玉佩上的丝绦如意结，她这才惊觉，那枚月华凝香，已经被她锁进妆盒里，没有带在身上。

拓跋宏轻拉她的手，带着她走到金漆床榻边，手掌一拂便盖住了她的眼睛。温热悠长的吻落下来，冯妙不由自主地软倒在床榻上，锦帐中熏着绵甜的苏合香，身下锦衾柔软，一切虚无缥缈如坠云中。

鲛纱垂帐一层层落下，把他们越发紧密地围绕在一起。拓跋宏咬着她的耳垂问："可以吗？"冯妙身上酥软，一句话也说不出来，手指钩着他的袖口，人快要缩成小小的一团。

滚烫的手指贴着她的锁骨一路滑过来，手指走过的地方，开出一阵奇异躁动的花朵，步步生莲。冯妙紧闭着眼，尽量控制自己身上的颤抖，直到那手指划过她胸前，停在她衣裳束带上，冯妙终于压抑不住，在急促的呼吸间，发出一声似痛苦、似欢愉的低吟。

拓跋宏唇角上扬，手指灵活地一钩，束带便散落在一边。就在这时，正殿外忽然传来内监刘全焦急的声音："皇上，皇上，出大事了。"

冯妙用手拢紧散落的衣衫，撑着床榻坐起，脸上依旧酡红。她没说话，心里却暗想，大约是彭城公主寻死的事闹出来了，难怪那内监如此着急。拓跋宏隔着鲛纱幔帐高声问："什么事？"

刘全的回话，却让两个人都大吃一惊：“皇上，驿馆刚刚传来消息，南齐使节曾朗，在闹市遇刺了。”

“啊？”冯妙低声惊呼，使节遇刺，是非常棘手的大事，如果处理不当，很可能会引发两国之间连绵不断的战争。使节朝贡结束后，拓跋宏有意多了解南朝风物，这才留下曾朗在平城多住了几个月，没想到竟然发生了这样的意外。

拓跋宏似无意地瞥了冯妙一眼，把水纹玉锦面薄衾盖在她身上，叫她在这里等，自己起身拨开鲛纱垂帐，隔着一层殿门，向刘全问：“曾朗如何了？刺客抓住了没有？”

“回皇上，太医署已经派了两名医正过去，现在还不知道情形。”刘全小心答话，声音里透着些紧张，“至于刺客，在拔剑击杀曾大人之后，根本就没有逃走，而是站在原地破口大骂，说曾大人是忘恩负义的卑鄙小人，现在已经被缉拿了。”

“你今晚就先在这里睡吧，”拓跋宏转身对冯妙说，“事情紧急，朕要去面见太皇太后，再召集几位亲王商议。”他俊美明朗的剑眉微微拧起。冯妙乖巧地点头，起身半跪在床榻上，帮他重新理发髻，戴上金冠。

拓跋宏微微有些发怔，从前都是林琅替他做这些事，后来林琅搬去长安殿养胎，便换了其他的宫女。可那些宫女总是缩手缩脚，一旦拉扯得发丝微疼，便急忙忙地跪下请罪。他心里厌烦，索性都换成了太监。

冯妙却只用纤细的五指，插进他的发间梳理，最后神情专注地替他整理好金冠。柔顺乖巧，却又摇曳生姿。拓跋宏轻轻闭眼，心底某个地方，发出碎裂的声响。

拓跋宏一走，崇光宫正殿内，便静得只剩下袅袅的帐中香。冯妙想着今晚的连番变故，一时睡不着，心里猜不透是谁会刺杀南朝使节。她束好衣带起身，赤脚踏在柔软的长绒织锦地毯上，在偌大的宫殿里踱步。

镏金瑞鹤铜鼎、十二幅对裁垂地锦帘、紫檀书案……每一样东西，都恍惚带着那人的气息。生为帝王，何等荣耀，又何等无奈。

紫檀书案上叠放着一摞公文奏章，黄柏汁液染过的纸张挺实致密。奏章底下，似乎压着一张皱巴巴的小纸。冯妙抽出来展开，上面没有字迹，只有两道弯弯的曲线。

她慌忙用双手合拢纸张，心口怦怦乱跳，眼睛往一边的海兽青铜镜里看去。微弯的双眼轮廓，恰恰跟纸张上那两道曲线，一模一样。她还记得那人说过：“你的眼睛……像一轮圆月分成的两片。”

心口像被什么东西重重击打，潮水一般涨起来的，不知道是酸楚还是欣喜。冯妙把纸张压回原来的位置，走回床榻上，用衾被把自己整个裹住。

天快亮时，拓跋宏才返回崇光宫，神色略有疲惫。冯妙知道他一夜没睡，这时候反而睡不着，提早准备了银耳、红枣炖成的甜汤，还特意加了薄荷叶，可以提神。

“刺杀南朝使节的人，是丹杨王的部下。”拓跋宏喝着甜汤，低声说话。冯妙坐在他对面，静静听着。丹杨王刘昶，原本是南朝宋的皇室宗亲，因为皇帝的猜忌，才投奔大魏。曾朗原本也是刘宋的重臣，萧道成篡夺帝位后，他却转投新帝为官，难怪丹杨王刘昶的部下会斥责他忘恩负义。

“南朝曾经偷偷派遣使节，想要与柔然联手，两面夹击。现在这件事，正好给了南齐出兵的借口。”拓跋宏抬起修长的手指，揉揉额角，“朕有意安抚柔然，先断了南齐的妄想……”

话没说完，殿外又是一阵急匆匆的脚步声，内监刘全的声音，已经带上点哭腔：“启禀皇上，驿馆刚刚传来消息，曾大人伤重不治，已经去了。还有……还有……”他畏畏缩缩不敢开口，拓跋宏忍不住怒喝：“快说！”

“彭城公主自尽，叫宫女把染了血的白绫，直接送到柔然使节手里，说宁死也不下嫁柔然。”刘全把头紧贴着地上的金砖，大气都不敢出一口。

冯妙心中悚然一惊，想必这一晚，太皇太后和皇上都在跟重臣商议曾朗遇刺的事，拓跋瑶见引不来太皇太后，便干脆直接闹到柔然使节面前去了。

拓跋宏脸色忽然变得异常难看，五指用力捏紧，半晌才说出一句话：“瑶妹怎么如此沉不住气……”下嫁柔然，虽然未必是她心中理想的姻缘，可受罗部真可汗对她一见倾心，在国书中许诺，永远不立侧妃，将来无论哪个侍妾生下儿子，都只能养在大妃膝下，只有大妃的子嗣才能封王。

太皇太后已经知道，拓跋瑶与冯诞之间并无情意，若是留在平城，还有另外一桩更悲惨的姻缘等着她。长兄若父，他哪能眼看着身边唯一亲近的妹妹，走到万劫不复的境地中去？两次放隐藏身份的予成离开，便是为了让他欠下这份人情，日后加倍弥补到拓跋瑶身上去，即使没有情，也可以给她无上的宠爱。但他这番思虑，轻易不能对任何人提起。

凌厉目光忽然转向冯妙，沉沉压在她头顶，似有千钧重。“是你教她的，是不是？”拓跋宏探起上身，隔着黄花梨木小几，直盯进她的双眼，“瑶妹没有这样的心眼，更没有这个胆量。”

冯妙默然低头，的确是她教了拓跋瑶这样做，可她并没想到事情会发展到如此不受控制的局面。

“三饮便得道，何须苦心破烦恼？”拓跋宏一字一字，重复着冯妙昨晚说过的话，字字寒冰冷冽，“朕昨晚想，太皇太后毕竟还是送了一个善解人意的妙人来陪伴朕，今天看来，这人的确善解人意，只是不知道，究竟解的是谁的意。”

冯妙听他语气不对，话里的含义也大不寻常，知道他误会自己是受太皇太后所托，在这件事里周旋。她惶然后退，想要解释，一时却不知道从哪里说起好。

她的手还被拓跋宏拉着，身子向后蹭去，手臂却向前伸着。

拓跋宏一根根抚摸着她水葱般纤细的手指，嘴角浮起一抹笑，眼中却全是森然冷意。他人生前半段的十几年，都是一个人在漆黑夜路里行走，即使偶尔有过纯洁美好的梦境，也总是如昙花一现般转瞬即逝，天一亮便烟消云散了。他以为握住的是一支素净水莲，可转眼却发现是迷惑人心的阿芙蓉。

“是哪一根手指，把素瓷雪色捧给朕喝的？”他摩挲着冯妙纤巧的小指，微微笑着问。那笑容如佛寺壁画上奇秘高贵的神祇，冯妙被这笑容震慑，一时愣住了。下一刻，小手指上便传来钻心的剧痛。

他就在这神祇般微笑着的光晕里，在她一只小指上加大力道，重重一折。

十指连心，冯妙发出“啊”的一声撕心裂肺的叫喊，嘴唇上生生咬出血来。没有受伤的那只手，垂在身侧，指甲直掐进肉里。眼泪随着涔涔冷汗一下子涌出来，转眼就打湿了衣衫。

拓跋宏站起身，亲手取过绵软的布，把她的小指一圈圈裹好：“朕现在去看望彭城公主，你跟朕同去，在太皇太后面前，你知道该怎么说。”

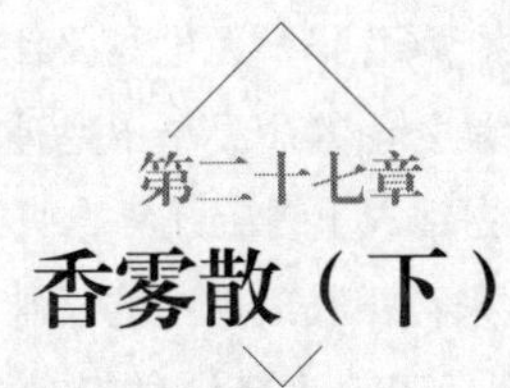

第二十七章 香雾散（下）

冯妙手上剧痛难忍，直想往后缩，可整个手掌都被拓跋宏握住。脸上泪痕犹在，拓跋宏便伸手替她抹去。冯妙一动也不敢动，生怕再次触怒他。崇光宫内香暖宜人，她却控制不住地瑟瑟发抖，金雕玉砌的饰物只让她觉得越发恐惧。

内监只备了皇帝用的肩辇，拓跋宏迈上御座，在冯妙腰上一带，抱她坐在自己膝上，手指在她含泪的眼角轻轻摩挲。

“妙儿，不要让朕失望，不要逼朕……”他的语气里，有她听不懂的沉重哀伤，像是最珍贵的东西轰然碎裂时的无奈。明明痛的人是她，冯妙生出一种错觉，像是有把极钝的刀子，戳在他胸口，让他一滴滴流尽鲜血，却求死不能。

流云阁内，冯妙一进门便闻到浓重的药味。四海同春锦帐上，染了一大团鲜血，触目惊心。冯妙越发恐惧，睁大了眼睛往床榻上看去。

拓跋瑶平躺在床榻上，手腕上、脖颈上都缠着厚厚一层软布，隐约有血迹渗出来。她脸色灰败，从前晶亮灵活的一对大眼睛，此刻被一片死灰色笼罩。她竟然对自己下了这么重的手！冯妙心中不忍，坐到床榻边，轻轻叫了一声：“六公主……”

拓跋瑶却不答话，艰难地转动瞳仁，直到看见拓跋宏站在床边，才终于哭出来，叫了一声：“皇兄……”她一开口，倒吓了冯妙一跳，原本清脆的少女嗓音，变得嘶哑难听，像指甲刮擦木料的声音一样，还带着嘶嘶的风响。想必是拓跋瑶脖颈上伤得太深，已经损坏了嗓音。

拓跋宏走过来坐到她身侧，拢一拢她的被角安慰她：“好好休息，朕会替你想办法。”

“没有办法了，”拓跋瑶放声痛哭，就像要把前半生没有流过的泪，一下子都补偿回来，“她一直宠着我、顺着我，无论我要什么，她都答应，都是为了有今天。她对我说……说，这就是公主的命。皇子皇孙，尚且要拼上一条性命为国厮杀，公主什么都没有，却平白锦衣玉食十几年，只能拼上自己。”

听到最后，冯妙才明白过来，拓跋瑶口中的“她”，原来指的是太皇太后，拓跋瑶昨晚，已经见过太皇太后了。难怪她进门时，拓跋瑶并不理她，这对兄妹，此刻都已经记起了她的另外一层身份——太皇太后的亲侄女。

“瑶妹，其实郁久闾氏予成也算得上有为的君王，再说他也是真心喜欢你，才会在国书里那样说……”

拓跋宏的话被彭城公主打断，“我不要嫁他！”拓跋瑶哑着嗓子叫喊，“皇兄，求求你，瑶儿求求你，只要不去柔然，把我嫁给谁都行！乞丐也行，马夫也行！”

她转向冯妙，眼中泪如泉涌：“柔然黄沙万里，我去了，就再也回不了平城。我只想留在平城，哪里也不想去。”她唇边带上一抹凄惨却娇柔的笑意：“只要我还在平城，总还能在云泉寺远远地看见他。他那样的人，就是该受人崇敬膜拜的，我在人群里看他一眼就好。”

冯妙转头，用一只手捂住眼睛，指缝间渐渐湿润。

拓跋瑶似乎有些神志迷离，对着半空喃喃地说道：“即使他走了，再也不来云泉寺，他用过的竹帘还在，他尝过的山泉还在……他的气息，永远都在……”

拓跋宏隔着被子压住她的手，用力到依稀听得见骨节的声响。冯妙定定心神，终于开口，却是向着拓跋宏说的：“嫔妾愿意去试试，劝说太皇太后。”她抬头起身，正对上拓跋宏幽深的双眼，直直看过来。冯妙无端觉得心中发慌，赶忙转开视线，匆匆出门。

从流云阁到奉仪殿，要经过知学里，还没靠近，远远地就听见一阵嬉笑声。冯妙原以为是年纪小的宫女，趁着闲暇嬉笑取乐，不想她们见着自己行礼拘束，便要绕开。

没走出几步，便听见一个孩童的声音带着嘲笑说：“果然是个傻子。”接着便是石子击打在人身上的声音，夹杂着几声“啊”“啊”的声响，竟然隐约是个男人的声音。只不过那声音嘶哑诡异，明明是成年人，却又带着两三岁幼童一样的惊恐无助。

冯妙停下脚步，循着声音看去，几名衣着华贵的小孩子，团团聚拢在一起，远远地用石子砸向一个身穿锦袍的男人。那男人既不逃走也不反击，只用双手抱住头和脸，扭动身子躲闪。身上的衣袍用料名贵，却已经蹭上了好几处泥渍，污损不堪。

那几名小孩子，分明是来知学里听讲的宗亲子女，有胆小些的缩手劝阻：“别闹了，咱们还是快走吧，父王知道了要骂我的。”

一旁侍奉的太监接过话去："小王爷不用担心，丹杨王到奉仪殿去了，一时半刻不会回来。这丹杨王世子是个傻子，就是让他告状，他也不会。"其余几个孩子鄙夷地发出一阵哄笑，把手里的石子一起扔出去。

冯妙对那太监的挑唆心生反感，故意放慢了脚步走出来，那些孩子认出她的宫嫔服饰，嫩声嫩气地向她行礼问好。刚才说话的太监，也乖觉地下跪行礼："拜见婕妤娘娘。"

那几个孩子认出冯妙就是在长安殿小宴上送小笺给他们的人，都围拢在她身边，皇嫂、皇嫂地叫。冯妙原本就喜欢小孩子，挨个儿问他们读了什么书，故意不理会那个仍跪在一边的太监。她言语温柔，说起汉家经典，又不像知学里的老夫子那么枯燥无趣，几个孩子喜笑颜开，都缠着她要她多讲一些。

冯妙这时才起身踱到那太监面前："太皇太后和皇上开知学里讲学，原本就是为了多与汉家子弟亲近交好。丹杨王远来大魏，也一向得太皇太后和皇上优待。你一个小小内监，竟然敢唆使主子欺侮丹杨王世子，这该是何等大罪？"

那小太监此时才吓得面色如土，浑身抖得如同筛糠一般，冒犯丹杨王世子、唆使小主子，哪一样都是杀头的大罪。

"你自己去慎刑所，领二十杖，把这道理好好想清楚。"冯妙轻斥一声，叫他快些离开。

那小太监连滚带爬地走远，几个贵胄子弟也各自散去，冯妙才有机会仔细看那丹杨王世子。他脸上满是污泥血渍，背部弯曲凸起、不能站直，喉咙里发出野兽一样的呜呜声响，转头看向冯妙时，半张的嘴里流出一道口水。

冯妙不忍再看，拿出一块帕子轻轻丢过去，自己转过脸望向别处。听说丹杨王当年匆忙出逃时，府里上下百余口，几乎都被残暴的小皇帝杀尽了，只来得及带出一个怀有身孕的小妾。两人一路风餐露宿、担惊受怕，等到了平城才生下世子刘承绪，却是个天生残疾的男孩。只是没想到，这世子的残疾，竟然如此严重。

丹杨王世子紧盯着冯妙看，忽然怪叫一声："姐姐，好看！"没等冯妙反应过来，他已经站起身直扑过来。

冯妙大惊失色，急忙向后躲闪，可她的衣裙长垂至地，后踏一步，刚好踩在裙裾上，身子向后仰去。丹杨王世子看样子已经有二十多岁，虽然残疾，却也有几分力气，这一下来得飞快，眼看就要抱住冯妙。

眼前凭空闪过一道紫色身影，抓过冯妙的手腕带向一边。丹杨王世子扑了个空，整个人俯身倒在地上，额头正磕在一块石头上，半天都爬不起来。

"这样没用的人，有什么值得可怜的？"高清欢声音清冷，隐隐带着几分居高临下的不屑，一动不动地看着丹杨王世子像狗一样匍匐在地上。

转头看向冯妙时，才发现她痛得直流冷汗，高清欢触到她手指上缠绕的软布，举起来仔细查看，脸色变得异常阴郁，许久才问：“怎么伤的？”

“冲茶时烫……烫伤的。”冯妙想要抽手，身上却发软没有力气。

“你说谎，烫伤不会疼成这样。”高清欢解开软布，看见她小指红肿，软软地垂着，双目迸发出以前从未见过的怒意，“妙儿，你忍着点，现在不给你接好，以后这根手指终归不灵活。”

他在冯妙手指上轻抚，像是要帮她减缓痛楚，却在她毫无预料时突然用力，然后飞快地用布条固定住。冯妙咬着嘴唇不让自己叫出声来，眼前一片昏花，几乎站立不住。疼劲略微过去，她才大口喘着气说：“我说过了，不想再跟你私下见面，我还要去奉仪殿，你……你放手吧。”

“妙儿，”高清欢缓缓松开手，“我也说过，谁也不配这样对你，别人欠我们，迟早要连本带利还回来。”

他话中透着奇怪的意思，冯妙却无暇仔细思索，手指上疼痛，几乎一瞬间钻入五脏六腑，像要把她生生撕裂。她转身急忙忙地走开，被明晃晃的太阳晃得头昏眼花。

进入奉仪殿时，丹杨王已经离开。冯妙从崔姑姑手里接过参汤，捧到太皇太后面前，服侍她用下，心里掂量着该如何说才好。

没等她想清楚，太皇太后却先开了口：“瑶儿那孩子，真是胡闹，事情闹到柔然使节面前，哪里还能有转圜的余地？”

“公主怕是舍不得远离太皇太后，真的不想去柔然，”冯妙偷眼看着太皇太后的眼色，仔细斟酌着词语，“不如太皇太后先回绝了受罗部真可汗，再多留公主几年吧，说不定等公主年纪大些，也就想通了。”

太皇太后拍拍她的手背：“受罗部真可汗不是寻常人，你知不知道，他尊号里的受罗部真，是什么意思？”

冯妙摇头，鲜卑人一向轻视柔然，在平城很少有人会说柔然语。

“是‘惠’的意思，在崇尚骁勇的柔然部落，能以聪慧作为尊号，”太皇太后慢慢地说着，“绝不可能是一个简单的莽夫。瑶儿就算不喜欢他，也不该如此断然拒绝，驳了他的脸面，得想一个让他无法反对的理由才行。”

正以为此事已经无可挽回，却听到太皇太后又接着说道：“瑶儿既然不愿去柔然，勉强送去了，也是一段孽缘。她又如此惨烈自伤，更加不能和亲下嫁。罢了，哀家就应允她了，另外给她在平城选一门亲事。”

冯妙没料到太皇太后竟如此开明，俯身跪倒，替拓跋瑶叩谢恩典。

太皇太后露出倦色，对冯妙说：“你去对皇帝说，他想要做的那件事，如果要做成，瑶儿的婚事就是最关键的一环。世上没有那么多两全其美的事情，既要做开基立业的圣明君主，又要做仁慈兄长。”

冯妙猜不透太皇太后话中的深意，只能低头应了，躬身告退。

崔姑姑上前来收起描金瓷碗，犹豫再三，终于还是忍不住开口：“太皇太后为彭城公主安排的婚事，会不会太难为她了？这情形，也让妙小姐夹在中间左右为难，奴婢瞧着妙小姐手上有伤，听说她昨晚在崇光宫过的夜，奴婢有点不忍心……”

太皇太后冷哼一声：“你想得越来越多了。柔然原本就是鲜卑的奴族，前头几代柔然可汗都曾经向大魏皇帝求亲，可大魏从来没有应允过，怎么可能在哀家手里破了这个例？召人草拟一封国书，回绝了柔然，如果他们有诚意，就送自家的公主来和亲。”

“至于妙儿，”太皇太后取下护甲，揉着额角，“哀家就是要让她明白，她能倚靠的、能相信的，只有哀家，没有旁人。”崔姑姑听见她语气严厉，不敢多话，匆匆端了药碗出去。

冯妙知道拓跋瑶现在不愿见自己，返回华音殿，便叫忍冬去流云阁通报一声，说太皇太后已经准了彭城公主不用远嫁柔然。至于崇光宫，想到拓跋宏喜怒无常的态度，她便有些胆怯，不知道该如何是好。

小指上已经疼得有些麻木，再怎么害怕不愿面对，太皇太后的话总要带到。冯妙等在长安殿，专门挑拓跋宏来看林琅的时候说出来。

拓跋宏听了她转述的话，沉吟半晌，竟然毫无怒色，自言自语似的说：“两全其美？呵，太皇太后说得没错，朕该谢太皇太后教诲。”冯妙默默垂头，暗自想着，到底还是林姐姐在他心里非同一般，无论朝局多么艰难，他都从来不会在林姐姐面前生气发怒。

“你跟朕来！”拓跋宏起身离去时，向着冯妙一指。冯妙摸着依然疼痛的小指，求救地看向林琅：“林姐姐，等会儿你的药就该来了，我……走不开……”

她惶惑害怕得快要哭出来，可林琅却不知道发生了什么事，反而淡淡笑着宽慰她：“你去吧，其实哪里用得着你尝药呢。”

拓跋宏大踏步走出去，步子迈得飞快，冯妙一路小跑着才能勉强跟上，冷不防他突然停住脚步转身，冯妙一个收势不及，直撞进他怀里。“对不起……我没看见……”她赶忙后退，低垂着头跟他隔开一段距离。

“一会儿朕去明堂议事，你去冲一壶好茶来，等到合适的时候送上来。”拓跋宏幽深的双眼盯着她，似要看出些什么来。

什么是合适的时候……冯妙疑惑不解，却没敢发问，只能答应。

明堂议事，来的都是最煊赫的拓跋宗亲，任城王拓跋澄坐在下首第一位上。冯妙备好茶和水，在帘幕后等着，略略听了片刻，才知道他们商议的，是如何处置南朝使节曾朗遇刺事件。

以任城王为首的老臣，主张把刺客连同治下不力的丹杨王一起，交给南朝皇帝治罪。只有始平王拓跋勰，言辞激烈慷慨，认为南朝皇帝篡位登基，现在正是举兵南伐的最好时机。

始平王拓跋勰一向与拓跋宏亲厚，人人心知肚明，他的意思，多半就是皇帝本人的意思。明堂里的气氛，渐渐变得微妙起来，言语也越发不客气。冯妙把烧好的水注入紫砂小壶，盖上盖子略等片刻。

果然，任城王越说越激动，手掌在桌上重重一拍："我在马背上东征西讨的时候，你们这些小娃娃，还不知道学没学会走路。现在动动嘴皮子，就要我们这把老骨头去送死？皇上想开疆扩土，只管自己去，反正我不去。"

这话一出，室内气氛骤然变得僵冷。冯妙明白这就是合适的时候了，赶忙起身端着茶盘走出来，依次送上芬芳的清茶。她并不说话，却刻意把滚热的茶水放在左手一侧，想喝的人便会拿起来，不想喝的人也不会一时激动，随手摔了茶盏。

议事不欢而散，老臣各自离去，只留下始平王拓跋勰，陪坐在皇帝面前，神色尴尬："臣弟倒是有心替皇兄领兵南征，可惜臣弟那一点兵马，恐怕不足以攻城略地。"

拓跋宏笑着在他肩头一拍："不必担心，这些人把话说死了也好，朕便有借口彻底甩开他们了。"

拓跋勰一脸惊诧："皇兄已经想到办法了？"他转头看见冯妙神色如常地斟茶，一脸不相信地问："难道你也知道皇兄的办法了？"

见是始平王发问，冯妙便客气作答："嫔妾不大清楚皇上和王爷在商议什么事，不过嫔妾知道，喜欢茶的人，便会觉得茶味芬芳，而酒味太过刺激。可对于喜欢酒的人来说，酒味便浓郁扑鼻，茶才淡而无味。老臣们不愿做的事，自然有人愿意做。"

拓跋宏微微点头："朕有意起用假梁郡王拓跋嘉，他有将才，手里也有兵。他当年因为饮酒误事而被除去了官职，胸中一直憋着一口恶气。如果朕肯给他机会，他必定拼死血战。"

始平王拓跋勰拊掌大笑："还是皇兄的思虑高妙。"他又转向冯妙，仔细看了几眼，问道："这位莫非是冯婕妤？"从前在宫宴上也曾经远远地看过，不过那时隔得太远，不大真切。

冯妙略微低头屈身，以嫂见小叔的礼节向他问好。拓跋勰不敢受她的礼，闪身避开，笑着对拓跋宏说："恭喜皇兄得如此妙人，冯婕妤手酿的桂花酒，清香醉人呢。"

拓跋宏不置可否，冯妙听了这话，诧异过后，却觉得心头微涩。她哪里算得上什么妙人，帝王的浓情蜜意，能有几分真心？他那么爱林琅，还不是照样三宫六院、雨露均沾。

彭城公主自尽未死，给平城的秋天，添上了几分不祥的萧索。那是太皇太后和皇上最宠爱的公主，却要用如此惨烈的手段，来抗拒不想要的婚姻。

冯妙每天叫忍冬给拓跋瑶送些调养的汤过去，可拓跋瑶从不接受，总是原封不动地退回来。这火气大得有些难以理解。

内六局送来了今年新贡的果蔬，各宫各殿都有份例，冯妙叫忍冬将梨子去皮，小火炖烂，给拓跋瑶送去。忍冬去了没多久，便提着食盒回来了，神情有些怪异："娘娘，刚刚听说，彭城公主的婚事定下了。"

冯妙原本斜倚在美人榻上，听见这话立刻翻身坐起："是哪家的公子？"

忍冬的回话让她大吃一惊："是……是丹杨王世子。"

手里的书卷"啪"的一声掉在地上，丹杨王世子，她曾经见过的，就是那个被一群小孩子追打、衣裳皱巴巴布满污泥的人。不，不会的……太皇太后一向宠爱拓跋瑶……

她忽然想起一事，又问："那丹杨王世子，应该有二十多岁了吧？之前怎么一直没有娶妻？"

"有二十六七了，"忍冬有些不好意思地说起，"好人家的女孩谁肯嫁给他呀，丹杨王从前也帮他买过几个年轻的小丫头，收在房里，盼着好歹能延续点香火。丹杨王妃还曾经带进宫来请安，模样都很周正。可是……听说那世子有些怪癖，好几个小丫头，都忍不过新婚的头一个月，便自尽了。"

冯妙怔怔地看了忍冬好半天，细说起来，她自己也还应该算是个未嫁的姑娘家，好半天才明白过来，那"怪癖"是什么意思。再想起经过知学里那天，丹杨王世子的奇怪举动，脸上登时像火烧一样。

羞窘过后，更深的凉意无边无际地漫上来，曾经万千宠爱的彭城公主，就要下嫁给这样不堪的人了。促成这一切发生的人，究竟是谁……是她吗？

"娘娘，你没事吧，是奴婢不好，奴婢不该说这些浑话，吓着娘娘了。"忍冬看她神色不大对，急得不知怎么办才好。

冯妙抚着发闷的胸口，向她摇头："我没事，你去提早准备贺礼吧。"若她猜得没错，彭城公主的婚礼会格外隆重。因为这场婚姻，将宣告一个新时代的开始。没人会记得，无辜少女为这场变革流出的鲜血和眼泪。

第二十八章 醉漾轻舟

冯妙的猜测，很快就得到了验证。皇帝下诏，将彭城公主改封陈留公主，食邑加倍，下嫁丹杨王世子刘承绪，准许以长公主的仪制筹备婚礼。

尚工局几乎忙得昏天黑地，为公主赶制嫁衣和布置新房用的布匹。

婚事一定，北魏皇室与丹杨王刘昶就成了姻亲。刘昶原本就是南朝宋文帝的第九子，讨伐南齐名正言顺。有了这个理由，拓跋宏很快就颁布了第二份诏令，“借兵”给丹杨王，讨伐南齐。说是借兵，刘昶不过担了一个虚名而已，这场战争的主力，完全是北魏的兵力。

假梁郡王拓跋嘉出兵淮阴，陇西公拓跋琛出兵广陵，河东公薛虎子出兵寿阳，大军同日开拔，渡江南下。原本等着看少年天子笑话的宗亲老臣，此时却恨得牙痒，他们没料到年轻的皇帝竟然有如此魄力，南征全部起用戴罪的王公或是出身低微的将领，直接绕过了手握重兵的宗室老臣。等到这些人果真得胜归来时，朝堂上的情形，就彻底不同于今日了。

冯妙被连番惊吓，手指上的伤又没彻底养好，渐渐有些低热咳喘的病症发起来。每天在长安殿，也有些恹恹的，精神不好。林琅原本想叫予星来陪她说话，可尚工局传回来的话却说，予星因为绣工出众，被指定了去缝制公主的嫁衣，这个月都不得闲。

话才传回来不过两天，予星就匆匆忙忙地赶来了长安殿，向林琅见过礼后，就一脸焦急地对冯妙说：“婕妤娘娘，这次我恐怕是真的惹上麻烦了。”

冯妙看她焦急，叫她先喝杯茶水，再慢慢讲。予星双手捧着茶盏，口中说得飞快：“我也知道给公主缝制嫁衣，事关重大，所以郭公公送来布料的时候，我特意带着人仔细查看，确认那布料质地是上好的，这才收了。”

“可谁知道，那布料是加过桃胶的，”予星说着就快要哭出来，“乍一看光滑致密，图样绣上去，也平整服帖。可是绣好一整幅以后，用水洗时，桃胶沾水就变软了，整幅布料都不能用了。要是到日子交不出绣好的嫁衣，我可就……”

原来又是郭泉海，他动不得冯妙，就要先在予星身上下手，三番两次寻她的错处。冯妙轻拍她的背：“幸好你做事认真，先把绣好的部分清洗干净，现在还能想办法弥补。不然，真等到这些绣品交出去，才被人发现，那才是大麻烦。”

“时间已经过半，重新绣都未必来得及，”予星恨得直咬牙，“再说，公主嫁衣用的布料都是专门从宫外采买来的，现在到哪儿去找那么大幅的精细棉布。”

冯妙听了却觉得有些诧异：“怎么？宫里用的布都是采买而来的吗？”她虽没亲自做过，却知道冯家一直有自己的蚕娘，养蚕缫丝，再织成布匹。不光冯府如此，许多小门小户的人家，也会自己养蚕织布，不但能供应自家使用，还能拿出去换钱补贴家用。

“既然是采买的，那就好办了。”冯妙压着声音，低低地咳嗽几声，然后凝神细想，“你派信得过的小宫女，出宫去找跟嫁衣颜色相同的丝缎，不管开价多少，先买回来。这边你仍旧装作不知情，用原来的布料刺绣。等外面的丝缎买回来，要辛苦多绣一份。到了交工的日子，你就把丝缎绣成的拿出去交差，别的什么也不用再说了。”

“这……能行吗？”予星有些半信半疑。

“丝缎质地光滑，手感也好，公主身边的人原本就不知道尚工局选了什么布料，只要看到是好的，就不会说什么了。”冯妙很有把握，拓跋瑶原本就对这场婚事心灰意冷，哪里还会在意穿什么料子的嫁衣。

“就这么放过郭泉海那个老东西，我不甘心！”予星在他手底下，没少吃苦头，这一次又差点被他害得赔上性命。

“布料是采买来的，他最多不过是挑选不谨慎，”冯妙边咳嗽边慢慢地劝导，“再说，他既然有心设局害你，事前必定安排得天衣无缝，选布、裁量都叫你跟他同去。你没有办法证明，是他给布料浸泡了桃胶。其余的过错，他有多少，你便同样有多少。这件事，丝毫动摇不了他的根基。”

予星虽然冲动愤怒，却听得进冯妙的话，也知道现在时机不利，的确动不得郭泉海，恨恨地点了点头。

等她出门时，冯妙也借故向林琅告辞，两人一起走出长安殿，冯妙才说：“虽然现在动不得郭泉海，也不能由着他继续妄为。上次我画给你的图样，夹在林姐姐给你的赏赐里直接带回去，居然也会被别人知晓，你身边一定有向外通风报信的人，我们也将计就计一次，把这人给揪出来。”

她贴在予星耳边，低声说：“你在绣那幅新的丝缎时，用我以前跟你提过的那种针法，再按我说的，把那几处故意透露给你身边可疑的小宫女知道。记得，一定要分别透露，让她们每人知道的特征，各不相同，这样才好辨别。”

予星点头答应，又有些担心地反握住她的胳膊：“你也自己小心些吧，我看你就是思虑太过了，所以身子老也不见好，比在甘织宫时还更瘦了。”

这时距离陈留公主拓跋瑶的婚期，只剩下不到半个月，予星就算日夜赶工，也未必来得及。冯妙担心她到时交不出公主的嫁衣，等她买回丝缎来，便分了一半帮她绣。予星挑了些颜色单一、花样简单的部分给她，不想让她操劳太过。

冯妙不能在白天拿出来，只能等夜深时，才躲在内殿偷偷赶着做。丑时过半，冯妙实在太过困倦，忍不住伏在绣案上小睡了一会儿，却又被一阵咳嗽惊醒，手摸到几案上，喝了几口冷茶，才勉强压下去。

月光铺满窗棂、绣案，如同一层水银一般。她借着月色细看刚才的针脚，忽然觉得窗外似乎有人影，她警觉地抬头，窗外却什么人都没有，仍旧是那两棵槐树和桂树相对飘摇。

她继续埋下头，认真数着手里的线股，却听见雕花轩窗下，传来一声低低的叹息：“你这副神情专注的样子，真是……我从没见过我的生母，可我总觉得她应该就是这副样子。”

冯妙手上一抖，绣针差点戳在手指上。拓跋宏一身天青色常服，正站在窗外，斑驳树影洒落在他身上，暗纹重重。

看清来人，冯妙立刻起身，隔着窗子就要跪拜下去：“嫔妾叩见……”话刚开头，却被他扬手打断：“今晚陪我说说话，别见那些虚礼。”

拓跋宏的语声低沉斯文，跟在明堂议事时完全不同。冯妙“嗯”了一声，却不知道该说什么，带着伤的手抑制不住地微微发抖。隔着雕镂精细的窗子，只能隐约看见他随风拂动的衣袖，看不出他今天心情是好是坏。她……很怕他。

“月亮很圆很大，我看见月亮，就走到这里来了。”拓跋宏自顾自地开口，冯妙没想到他也会说出这样带着些傻气的话来，一时又想起在崇光宫的紫檀书案上，看到的那张纸，脸颊一点一点地染上可疑的红色。

还是第一次有人这样直白地对她说话，“你的眼睛，像一轮圆月分成的两片”，心口像装着一盏滚烫的热茶，躁动不安中氤氲升起袅袅令人沉醉的迷眩。

“陪我出去走走，”拓跋宏推开一侧的雕花小窗，隔着殿墙向她伸出手来，“你敢不敢？”他嘴角含着笑，故意挑衅，他知道冯妙的内心，并不像她外表看起来那么柔弱。她不怕危险，也不怕未知的一切，她和他一样，无论前面有什么，总有一直走下去的勇气。

冯妙盯着他的手掌看了片刻，他们是夫妻，却要这样跳墙出去相会，实在荒谬。可不知怎的，她宁愿像现在这样，也不愿再进崇光宫。她用纤细的脚钩起床榻边的珍珠丝履，人撑着雕花窗棂跳上去。拓跋宏在窗外张开双臂，让她稳稳地落在自己身前。

触到她裹着棉布的小指，拓跋宏微微一滞，神情有些黯淡，却又飞快地遮掩过去。

他回身问："勰弟说你私藏了好酒，怎么给别人尝，却不给我尝？"冯妙指着他刚才站过的地方说："哪里有什么好酒，不过是随便酿着玩的桂花酒罢了，若是皇上喜欢，嫔妾去挖一坛出来。"

说着，她就理理衣角蹲下来，伸手去扒桂树下湿润的泥土。拓跋宏在她手上轻轻一拦，自己挽起袖子去挖。

"皇上不喜欢，"他捧起沾着泥土酒坛，凑到她面前低声说，"可是宏哥哥喜欢。"他看出冯妙的惊恐紧张，贴着她耳边柔声低语，一手捧着酒坛，一手拉过冯妙的小巧手掌，带着她专挑小路、绕来绕去，竟然穿到了碧波池边。

小舟静寂无声地浮在水面上，掌管船只的太监早已经去睡了，碧波池周围没有什么宫室，连巡夜的禁宫侍卫，也很少走到这边来。拓跋宏先跳上去，解开绳索，然后才搭着冯妙的手拉她上来。小舟轻轻摇晃，冯妙站立不稳，只能牵住他的衣袖。

竹篙一撑，小舟便往湖心荡去。

四面是水天一色的沉沉暮霭，波光无声荡漾。仰头便是灿烂星河，宫殿楼宇、朝堂后宫，一切都离他们远去了，只剩下渺茫之间的一叶扁舟，还有两个人、一壶酒。

拓跋宏拍开泥封，尝了一口，笑道："很好的酒。"他把酒坛托起，递向冯妙，让她就在自己手边也喝了一口。大约是船身摇晃，这一口喝得急了些，冯妙捂着嘴咳嗽。人伏在船舷上，刚好看见水波里映出的圆月。

"不能喝就别喝了。"拓跋宏掬起一捧清水，轻拍在她额头上。

"我可以喝的。"冯妙避开他的手，嘴上说可以，脸上却泛起醉酒的酡红来。她实在没什么酒量，只一口下肚，就已经觉得身上燥热难忍，眼睛被水面上的波光晃着，有些看不清事物。

拓跋宏捧回酒坛，一口口仰头喝下去，不再说话。冯妙抱膝坐在他对面，手指拨着鞋面上一颗滚圆的珍珠，依稀听得见自己心跳的声音。她感觉得到，今晚拓跋宏的情绪有些不大好，似乎闷着很多话在心里，却一句也说不出来。

“妙儿，”拓跋宏叫她的名字，声音飘忽如从天际传来，“今天是瑶妹纳征下聘的日子。”为了彰显对汉家子弟的礼重，拓跋宏特意准许陈留公主的婚事，按照汉家六礼的习俗操办。纳征一过，婚姻就算彻底定下来了，女方只等着礼成，便要到男方家里去了。从此是好是坏，娘家就无权过问了。

“我从前读史书，最痛恨汉朝天子，要靠公主和亲来稳定西域，没想到，”拓跋宏伸手一抄，把冯妙揽在自己怀中，口中的酒气直喷到她脸上，“我竟然也要靠牺牲女人……牺牲女人来换取千秋帝业。”

冯妙被他抓住手臂，阵阵发疼，可心口上一圈圈荡漾开的波纹，却比手臂上更疼。她无端地想起密室暗道里流泪的少年，不知道那是哪家的王侯子弟，说不定就是先帝的某个儿子。世人眼里的天潢贵胄，却连普通人安享的天伦之乐，都成了奢求。

她平静地抬眼，迎上拓跋宏的目光：“《晋书》上说，天下不如意，恒十居七八。皇上总有一天，会建立名传千秋的功业，在那以前，自然要经受常人难以想象的隐忍。”满池波光明亮，她的眼睛却是千万波光中，最亮的两点星光。

拓跋宏轻笑一声：“隐忍……不知道要隐忍到何年何月……”他指着天上的月亮，用带着醉意的嗓音说：“你知不知道，每个人心里，都有一轮圆月。自己梦寐以求却得不到的，总希望弥补在心底的月亮身上。瑶妹是公主，她不用学权谋算计，不用跟人明争暗斗，她只需要长大、嫁人、生子、白头。”

他把微热的脸，迎向微凉的夜风：“可是，我的月亮，碎了。”

冯妙心头涌起无限酸楚怜惜，鬼使神差般探身向前，环抱住他：“如果你觉得很累，挺不下去的时候，就想想很多年以后。”

她的声音和着酒坛里散出的香气，一起飘散开来：“时间是个神奇的好东西，能酿出美酒，也能改变一切。我常常这样想，小时候不认得的字，现在我已经认得了，小时候拿不动的木桶，现在我也可以提得动了。所以，今天觉得难以忍受的事情，也许放在五年、十年之后再回头看，便根本算不得什么事了。”

小舟轻轻晃动，波纹一圈圈向外扩散。

拓跋宏抬起头，迷离的醉眼看向拥抱着他的婕妤，圆月刚好在她身后，给她涂抹上一层清霜。身上被冰冷的夜风一吹，忽然变得滚烫起来。他俯身，衔住冯妙露在棉布外的一点指尖。

“妙儿，我想要你，做我真正的妻子。”他俊朗的眉眼间，满是真诚，如同在佛寺祈愿一般。不是皇帝和妃嫔，他想要冯妙，做拓跋宏的妻子。虽然他一再提醒自己，那是冯氏送来的女孩儿，不可以亲近，甚至用那样激烈伤害她的手段，来强迫自己清醒。可心底那枝水莲早已生根发芽，不受控制地疯长起来。

冯妙被他咬住指尖儿，半是疼半是酥痒，禁不住轻轻呻吟一声，低着头说：“我已经是你的妃子了。”她有时聪慧伶俐得明察秋毫，可到了这件事上，却宁愿用不懂把自己封闭起来。她不该奢求太多，没有盼望，得不到的时候就不会失望。

拓跋宏眼中的失望一闪而过，他仰头喝干坛中的酒，望着远处连绵起伏的山峦：“总有一天，横亘在朕面前的障碍，都不再是障碍。即使明知命运如此，朕也要走下去。”自称上一点点细微的变化，已经把他重新变成了谈笑间指点山河的帝王。

冯妙不记得自己怎么回了华音殿，只是在第二天早上醒来时，觉得头疼欲裂。那坛桂花酒埋得久了些，酒劲已经有些大，她不过喝了几口，后来竟然醉得不省人事。

没过几天，尚仪局派了一名有些年纪的徐姑姑来，教导冯妙侍寝时该注意些什么。忍冬自然万分高兴，喜上眉梢地说：“娘娘晋了位分这么久，早该去服侍皇上了。”

冯妙笑骂了她一句，撵她出去，转头有些不好意思地对那位徐姑姑说：“我近来有些咳嗽，恐怕是受了风寒，要是传染给皇上，罪过就大了。能不能……能不能等好一些了再去？”

徐姑姑有些为难：“这些事情，不是奴婢能做主的。崇光宫传来的口信，只说叫奴婢来教导娘娘，至于日子，怕是那边已经定下了，娘娘等着人来宣就是了。”

送走徐姑姑，冯妙心中越发忐忑不安。她还没想好，该用什么样的心情来面对拓跋宏，他一时亲密温存，一时又残忍决绝。如果只是要讨他的欢心，那也简单，可是……

她把手放在妆盒上，里面装着那枚月华凝香，放的日子久了，盒盖一开，积攒的香气就飘散出来。吃下去，就永远不会有孩子，皇上可以相信她，太皇太后却不会知道。但她喜欢小孩子，她尽心尽力地照顾林琅，也有一半是这个原因。

手指缓缓向下压，将妆盒的盖子扣拢。冯妙安慰自己，那么多人想求子都不能如愿，也许一次，并不会有什么，还是等到下次再说吧。

十月初十，陈留公主的嫁衣已经全部准备好了，高太妃不敢自己全部定下，把全套嫁裳送到奉仪殿，请太皇太后过目。冯妙提早听说，精心炖了一小盅当归乌鸡汤，估计时间差不多，亲自端了给太皇太后送去。

高太妃身边得脸的宫女绘秋，正把单子念给太皇太后听。纯金镶东珠冠顶，大红百鸟百子礼服，还有数不清的首饰、金银器皿、梳妆用具。太皇太后也不可能每一样都展开细看，听绘秋报了一遍名字，便对高太妃说：“辛苦你了，准备得很好。”

冯妙捧上还热的当归乌鸡汤，请太皇太后品尝，转眼看向那件喜庆繁复的礼服。丝缎缝制成的大红礼服，整齐叠放在彩盘里，质地光亮顺滑。一切都好像十分顺利，冯妙暗自奇怪，难道予星没有按照商量好的办法做。

正要叫端着冠顶和礼服的宫女退下，郭泉海匆匆迈着小步，从殿外走进来，先向太皇太后叩首问安，然后才向高太妃说："太妃娘娘，请您治老奴的罪。"高太妃一脸诧异："这是怎么说的？陈留公主的嫁衣，全靠你亲自督造，太皇太后也很满意。"

郭泉海跪在地上不敢起身："老奴的确尽心尽力地替太皇太后和太妃娘娘办事，连刺绣礼服的侍工，也选的是上次太妃娘娘赞不绝口的那一名。老奴不懂刺绣，见礼服精美，就呈上来了。可是刚刚才听说，负责刺绣的侍工予星，为了赶工，竟然敢偷懒，用杂色的丝线绣制。"

他把礼服略略展开一点，把上面一处鸾鸟的尾羽指给太皇太后和高太妃看，果然在五色尾羽中间的赤红、湖蓝两处，夹杂着些颜色不纯的浅色丝线。他再次跪倒："对陈留公主的礼服不上心，就是对太皇太后和皇上不敬。老奴自知失职，甘愿罚俸，向太妃娘娘请个旨意，让老奴把那个胆大包天的侍工，也一并处置了。"

只要高太妃的口一开，予星的性命就算是捏在郭泉海手上了。冯妙站起身，做出十分焦急的样子："处置宫女事小，陈留公主婚期马上就要到了，这嫁衣可怎么办，再重新做，恐怕来不及了呀。"

郭泉海对冯妙倒是十分客气："婕妤娘娘大约没做过刺绣这样的活儿，只要把原来的线剪掉，用纯色的丝线重新绣一遍就行了，不用整件都重新缝制。今天开始日夜赶工，还是来得及的。"

"原来是这样啊，到底还是郭公公经验多些，"冯妙转身对太皇太后说，"陈留公主下嫁，事关皇室体面，为了稳妥起见，我看还是把整件嫁衣都拿到外面阳光下，仔细看看。这个侍工既然敢偷懒，说不定还有别的地方也不好，正好一起弥补，免得到时候让人挑出把柄来。也请太皇太后和太妃娘娘移步，看看嫁衣上还有没有什么不满意的地方。"

两名宫女举着丝缎嫁衣，在日光下一寸寸展开，看向嫁衣的宫女、太监都露出惊异神色，连太皇太后和高太妃，也一瞬不瞬地看着嫁衣上的吉祥图样，似是不敢相信。

第二十九章 凌波漫

嫁衣上的百鸟百子图案，名字不过是为了图个好口彩，实际上只有九只首尾相接的鸾鸟。平常所见的刺绣，尾羽都是用五种纯色丝线绣成的，华贵庄重，却有些过于刻板。可是这一件展开的大红丝缎嫁衣上，几处尾羽，都由少到多地加入了浅色丝线。

在屋内离得近时，看不到整体的效果，只觉得丝线颜色不纯。在日光下完全展开时，浅色丝线刚好形成了光影的效果，翎毛像活生生泛着光泽一般，整只鸾鸟立体生动，好像随时都可能拍拍翅膀飞出来一样。

有小宫女震惊得忘了规矩，痴痴地感叹：“真好看啊！”

冯妙浅浅地笑，公主的嫁衣极其隆重繁复，一定要两人一左一右配合，才能完全展开。她料定郭泉海没有机会整个查验，只能偷偷确证刺绣里的确掺杂了浅色的丝线。

隔着太皇太后和高太妃，郭泉海的脸色青白难看。冯妙笑着走到太皇太后身边，撒娇似的说：“这侍工的手可真巧，能把公主的嫁衣绣得这么好，可惜我是没有机会穿嫁衣了，不然也要跟太妃娘娘要了这个侍工来替我绣。”

郭泉海却不死心，躬身说道：“太皇太后、太妃娘娘，就算这种绣法更美观，一个小小侍工，竟然敢私自改动给陈留公主准备的嫁衣，老奴也应该给她个教训，让她下次不敢擅自做主。”

冯妙转头对高太妃说：“太妃娘娘，不知道什么级别的宫女，才可以修改绣样？要是这一次处罚了准备嫁衣的侍工，恐怕以后再也没有人敢把精巧的手艺拿出来了，人人都以为太妃娘娘治下过于严苛呢。”

高太妃点头赞许："冯婕妤说得有道理，这个予星的确有些天分，就破格晋升她为掌制，负责织造刺绣吧。"她转头对郭泉海说："你也是老人儿了，怎么在太皇太后面前这么不稳妥？你就罚俸半年，好好想一想吧。"

郭泉海不敢当面违逆高太妃，趁她和太皇太后转身回去时，目含凶光地看了冯妙一眼。冯妙却不再看他，搀扶着太皇太后返回内殿。不过是个掌事太监而已，这一次是顾忌予星的性命，才亲自跟他言语交锋，可予星现在也是掌制了，她只需要提点着予星，就够了。

从奉仪殿回来，冯妙便叫人去告诉予星，是第二只鸾鸟尾羽上的赤红、湖蓝两处出了问题。没几天，她就听说尚工局有一名小宫女，因为办事伶俐，被尚仪局的姚公公给挑走了。冯妙喝着忍冬送上来的秋梨膏，心里清楚，那名宫女就是暗中向郭泉海通风报信的人，明里说她办事伶俐，实际上，却是把她放到姚福全身边，牢牢看管起来，剪了郭泉海的羽翼。

天气渐凉，林琅越发懒怠，不愿动弹。御医诊过几次，都说她有早产的危险，冯妙亲自看着老嬷嬷炖汤熬药，却怕自己的咳喘病症传染给林琅，不敢再替她尝药了，跟她说话也隔着一层纱幔，总觉得林琅有些精神不济，却看不见她的脸色。

从长安殿回来，忍冬便含着笑告诉她，有女史来问过她癸水的时间。冯妙自然知道这是为了什么事，脸红心跳得厉害。

傍晚时分，两名着官服的女史来华音殿，请冯妙移步崇光宫。春恩车已经停驻在华音殿门口，车沿上缀着的金铃，被风吹着，发出清脆的声响。冯妙听到"崇光宫"三个字，身上本能地缩了一下。忍冬只当她初次侍寝，过于紧张，一面叫人准备香汤沐浴，一面低声说："娘娘不必害怕，听徐姑姑说，皇上平日很和善的。"

因要进入崇光宫内殿，女史特意叮嘱不要使用香料，免得冲了龙涎香的味道。冯妙一只手还不大灵便，忍冬上前替她揉了皂角，双手捧起清水，感叹着替她冲洗："娘娘生得真美，比上次奴婢替娘娘沐浴时更美了。"

她用柔软的细棉，把冯妙身上的水分一寸寸擦干，再把长至腰间的青丝，用一根缎带松松地束住。冯妙觉得这样妆容不整，有些奇怪地问："不用梳髻吗？"

忍冬却"扑哧"一下笑了，手上用软绸擦着她的发梢，小声说："娘娘待会儿到了崇光宫，是要躺下的呀，梳髻做什么？"冯妙这才知道，自己问了个多么可笑的问题，别过头去脸颊发烫。

冯妙裹着轻薄绸衣走出来时，两名女史都忍不住多看了她几眼。她们侍奉过的娘娘也不少了，却还是第一次见着这样不俗的容光。半湿的头发全都拢在肩后，脸上粉黛全无，还带着热气熏蒸出来的微红。眉如柳叶舒展，眼如春水含情，嘴唇像三月间芬芳的桃瓣，纯真中透出毫不自知的魅惑。

女史上前用狐裘大氅把冯妙整个裹住，忍冬扶着她上了春恩车。金铃泠泠作响，载着她驶向一片未知的惊惶。冯妙拉紧大氅边沿，压抑住过于剧烈的心跳。

像是炫耀恩宠一般，春恩车沿着开阔笔直的大道，一路经过重重殿宇，最终停在崇光宫门前。女史上前打起车帘，冯妙刚一抬头，远远地就看见拓跋宏已经站在石阶上，似乎在等她到来。

她第一次乘春恩车来崇光宫，还以为仪制就是如此。跟在一旁的女史却露出诧异神情，从前都是把侍寝的宫嫔直接送进内殿，皇上从来没有在门口等过任何人。

冯妙搭着女史的手，一步步走上石阶，走到拓跋宏面前，刚要俯身拜下去，便被他轻轻抱住。

“天气凉了，怎么也不多穿一点？”拓跋宏握住她发凉的手，几乎贴着她的鼻尖说话，“把眼睛闭上。”他的迫人气息就在眼前，冯妙紧张得不知道怎么办才好，立刻听话地闭上双眼。

拓跋宏取过绸布，遮住她的双眼，轻轻一拉她的手，带着她向内走去。崇光宫的镏金大门，在她身后轰然合拢，把秋虫鸣叫、猎猎风响，都隔绝在外面。拓跋宏带着她，绕过两道弯，向内走去。冯妙来过崇光宫两次，隐约觉得这似乎不是通向内殿的路，却不敢开口询问。

“小心脚下。”拓跋宏的声音冷不防出现在耳侧，冯妙心上一慌，脚步险些错乱，扶住他的手臂，才勉强站稳，迈过一道门槛。

若有若无的清淡香气，萦绕在鼻端，像莲花，却比莲花更芳甜。有风吹过面颊，四面没有了宫墙围拢的气闷。

冯妙正在奇怪，覆盖在眼睛上的绸布突然被人拉开，出现在眼前的，是一处和田白玉砌成的汤池，里面的水是从禁宫附近的温泉直接引来的。池边一尊青玉雕凿的鸾鸟口中，温热的泉水还在源源不断地注入汤池，确保池水始终温度宜人。

无数雕成莲花样式的宫蜡，漂浮在水面上，烛光随着水波荡漾而摇曳，映照得池面上恍惚如仙境。那股醉人的香味，便是从燃烧的宫蜡里散发出来的。汤池四面都用鲛纱缠绕在盘龙金柱上围裹住，只露出头顶星辉耀眼的天空。

拓跋宏解去冯妙身上的大氅，拉着她往汤池里走去：“你恐怕不喜欢崇光宫内殿，朕特意叫人布置了这里。”冯妙眼中微酸，她的确因为崇光宫内的两次经历而万分恐惧，拓跋宏这番体贴安排，叫她动容。

可是要在露天的汤池里……冯妙手被他拉着，脚下却挪不动，实在太羞怯了。

拓跋宏轻笑，在她脸颊上浅浅一吻：“别怕，这是崇光宫后殿，不会有旁人的。”他突然俯身抱起冯妙，沿着池边的玉阶，一步步走进池水中央，把她放进一片温热里。原本因为天气凉而战栗的皮肤，忽然进入温泉水，一阵无力感散发出来，冯妙倚着他的身子，口中发出一声低吟。

丝绸小衣被解下，冯妙惶恐地抬手遮掩，双手却被拓跋宏捉住。她受伤的那只手还不能沾水，拓跋宏便举起那只手臂，让她搭在自己肩头。

“皇上……这不好……”冯妙还记得徐姑姑说过的话，侍奉皇帝时，不可得意忘形，失了尊卑次序。

拓跋宏却“哧”地笑了一声：“朕一时忘了告诉她们，真不该叫人去教什么规矩，好好一个人，平白给教导得嚼蜡一般索然无味。”他眯起眼，看着冯妙染上红晕的双颊：“你现在这样，就很好。”

冯妙浑身酥软无力，被满池水光烛火晃得心头一阵慌乱。不知怎么，就被拓跋宏压在一处打磨得光洁圆润的玉台上，玉台中央有一处略微下陷，刚好可以放一个娇小的人在上面。

她双脚够不着池底，挣扎着想要起身，却被拓跋宏缓缓压住，动弹不得。

“乖一点儿，别乱动。”拓跋宏在她曲线精致的下颔上浅浅一吻，低声私语。

冯妙窘迫得想哭，可喉咙间却紧张得发不出半点声音。

拓跋宏抄住她的腰时，还记得问一句：“腰上还疼不疼？”

她不知道该说什么，只是惶然地攥紧双手，闭着眼睛等待承受。虽然她早知道会疼，可那疼真的来时，还是让她禁不住“啊”地叫出声来，直抽冷气。拓跋宏抚着她喘息不止的胸口，像是在安慰：“第一次总是这样，以后便不会了。”

冯妙仰头，看着一颗颗晶亮的星子，在眼中涌起的水汽间，模糊成灰白的一团。她不需要满殿奢华芬芳，她只想要一个温柔的良人，让她在这一刻不必惊恐害怕。但是，那已经永不可能实现。

越涌越多的泪水，顺着她的侧脸滑下。冯妙原本就有些咳喘，这时疼得喘不过气来，张大了嘴用力呼吸，小脸涨得通红。身子向后缩去，沿着光溜润泽的玉台直往下滑，却被拓跋宏抄着腰身牢牢箍住。

她从没经历过这么可怕的事，前一刻还如梦似幻，满池娇莲盛开，后一刻整个人都如同飘摇在急风骤雨间的一叶孤舟，随时可能被撕扯得粉碎。

拓跋宏搂起她的上身，紧贴在自己胸前，那娇小柔软的身子，在他身前严丝合缝，仿佛两人原本就是一体。汗水交杂，连漂浮在水面上的乌黑发丝，都彼此纠缠在一起，难解难分。

他从小就懂得提防所有人的不怀好意，十三岁时便故意挑选了一个容颜娇艳、头脑简单的人做教养宫女。他没料到，直到此时，他仍然还能像个不通世事的少年一样，手足无措到不知该怎么安抚怀里哭泣的人。

在无休无止的水浪起伏间，拓跋宏发出一声低吼：“冯……妙！”为什么偏要……姓冯？

拓跋宏的手一松，冯妙便失去借力，直直往水里滑去，呛了几口水。拓跋宏把她从水里抱出来，手指抚过她的锁骨下方，最终停在那处文刺出来的木槿花上。他依稀看着眼熟，却想不起来在哪里见过。

他把冯妙抱进内殿，放在铺着狐皮绒毯的床榻上。冯妙身上酸痛，眼皮沉沉的，直往一起合。拓跋宏让她靠在自己身上，一勺勺喂她喝了一小碗甜汤，才把她放平。

冯妙昏昏沉沉地睡去，不知道过了多久，隐约听见鲛纱帐幔外有人在说话。她正好觉得口渴，想起身找点水来喝。崇光宫内殿的长绒地毯十分舒服，她赤着双脚悄无声息地走到鲛纱帐幔边，掀起一角向外看去。

拓跋宏正背对着冯妙，跟他面前的人说话：“这些方法都是好的，可眼下就有个难题。鲜卑先祖一向没有积蓄财物的习惯，就连国库，也没多少家底。要是解决不了这桩事，恐怕计划得再周详，也没有用。”

顺着他的声音看去，坐在对面阴影里的人，正缓缓抬起头来。妖异俊美的面容，令冯妙大吃一惊，紫色衣袍委地，正是傩仪执事官高清欢。

看两人对话，似乎十分熟稔，冯妙暗暗惊诧。朝野人人皆知，皇帝与北海王拓跋详不和，连带着不喜高氏，几次三番地打压。只不过碍着高氏势力盘根错节，一直没能撼动。没想到，拓跋宏竟然与高氏养子有如此深交。

这么说来，之前皇帝私会高照容，见的也未必是高照容本人，说不定正是借高照容遮掩，面见高清欢。

心中惊疑不定，冯妙胸口一热，差点又要咳出来，手指紧紧抓着鲛纱幔帐，扯得帐钩簌簌作响。拓跋宏似乎听见声响，正要回头看看，高清欢抬眼似有似无地看了冯妙一眼，提高了音量说：“子嗣一事上，皇上是否已经做好了万全的打算？眼下皇上顺着太皇太后的意，宠幸冯氏女子，可如果冯氏女有子，情形就对皇上很不利了。”

拓跋宏微微有些奇怪，以往高清欢从不会多问这些话，却还是略略地答了两句：“这个不用担心，朕每次都亲自喂她们服下避子的汤药，万无一失。”

攥着鲛纱帐幔的手，冷得发抖。冯妙这时才注意到，时至深秋，崇光宫内殿却还没有烧炭火，凉意一寸一寸地沿着脚背漫上来。他搂着自己，软语温存哄着她一勺勺喝下的甜汤，原来是做这个用的，亏她还左右为难，要不要自己服下那枚月华凝香。

高清欢瞥见垂地纱幔轻轻拂动，刚才探出半边脸颊来的小小身影已经不见了，便不再说话，轻轻掸去衣袖上沾染的枯叶，告辞离去。

冯妙躺回床榻上，压住急促的呼吸，内殿里燃了安眠的香料，所以拓跋宏才会在谈话时放心地把她留在内殿。她不知道为什么香料会对她失效，匆忙间只能闭上眼，装作从未起身。

拓跋宏把手放在她侧脸上浅浅流连，接着便唤内监来更衣，准备去听早课。等他离开，冯妙才起身，按规矩前往奉仪殿，向太皇太后行礼问安，从此就算是正式的天家妻妾了。

从崇光宫直接出发，来不及传唤忍冬随行，便先带了昨晚传召侍寝的女史随行。刚走到奉仪殿前高大的石阶侧面，便看见一个身穿文官朝服的人，从殿内大踏步走出来。冯妙不便见外臣，闪身躲避在石狮背后。

那人走到殿门口马车边，转身对着门内遥遥致礼："太皇太后请留步。"然后才跨上马车，沿着甬道远去了

文臣来奉仪殿觐见，太皇太后竟然亲自送到门口，这情形实在太过诡异。而且那身影和声音，似乎也有些耳熟。冯妙悄声问身边跟随的女史："这是哪位大人？"

女史神色间有些欲言又止的怪异，像是不相信她竟然不认得这人，小声回答："这是内秘书令李冲大人。"李冲时常出入奉仪殿，在平城已经是个公开的秘密，只不过没人敢拿出来说罢了。

冯妙沉吟不语着走进去，想的却是另外一件事。内秘书令，那岂不就是李弄玉的父亲？女儿如此洒脱恣意，父亲会是个寡廉鲜耻的人吗？

奉仪殿内，崔姑姑正扶着太皇太后坐下，帮她重新梳整妆面，挑了些颜色鲜艳、式样雍容的发饰，询问着太皇太后要戴哪一件。太皇太后随手拿起一件点翠发梳，在自己头上比了比："年纪大了，这么鲜亮的东西，倒有些不敢戴了，给妙儿换换式样吧。"

她把发梳插进冯妙乌黑的发间，端详片刻，才说："已经做了皇帝的妃嫔，总是打扮得像个小家碧玉似的，未免不成样子，也该多添些装饰。"

冯妙低头答应，见太皇太后心情大好，又接着询问崔姑姑近来太皇太后喜欢什么饮食，要去小厨房里准备了来，陪着太皇太后用午膳。

崔姑姑刚絮絮地说了几样，外殿守门的小宫女便急匆匆地跑进来，上气不接下气地禀告："不……不好……好了，长安殿有人传信来，说林淑媛娘娘腹痛，恐怕是要生了。"

"混账东西！"太皇太后怒斥，"皇子公主降生是喜事，怎么连话也不会说了！"

冯妙却有些坐不住了，日子分明还没到，林姐姐这一向又保养得很用心，怎么会突然早产了。

“太皇太后，嫔妾想去看看林姐姐。”她跟林琅交好，太皇太后早已经知道，此时也不必再遮遮掩掩。太皇太后点头应允：“去吧，这是宏儿的第一个孩子，要金贵些才好。”

冯妙出了奉仪殿，便看见忍冬一脸焦急地等在那儿，转着圈儿走来走去。看见冯妙出来，忍冬才终于松了口气，上前搀住她说：“婕妤娘娘，你可算出来了，奴婢在这都等了小半天了。”

那宫女分明刚刚才进去通报，冯妙微微皱眉，却顾不得细问，一边走一边问她长安殿的情形。

忍冬平日都不去长安殿，今早长安殿的老嬷嬷过来，说要去御膳房取药膳的食材，偏巧冯妙不在，就请忍冬过去帮忙照看煎药的小炉。走到半路，老嬷嬷又说东西太多，麻烦忍冬叫心碧也去帮忙。

她们走了没多久，林琅就疼起来了，起先只是坐立不安，忍冬便扶着她在偏殿内来回走走。渐渐地，林琅有些支持不住了，这才觉得不大对劲儿。稳婆、御医、奶娘都是提早安排好的，只不过没住到长安殿里来，可忍冬却不知道该到哪里去请人，留下的两个粗使宫女也笨嘴拙舌说不清楚。忍冬急得团团转，只好到奉仪殿去请冯妙。

这事情处处透着诡异，冯妙担心林琅的情形，来不及细想，一路疾奔冲进长安殿。林琅苍白虚弱地躺在床榻上，下身的裙裾已经完全被血水染湿了。两个粗使宫女胆怯地站在一边，不敢上前。

“林姐姐，你觉得怎么样？”冯妙坐到床榻边，握住她的手，拿过帕子给她擦去冷汗。

林琅向她勉力一笑，用尽力气握住冯妙的手腕：“求你，无论如何……无论如何，一定要保住这个孩子。”

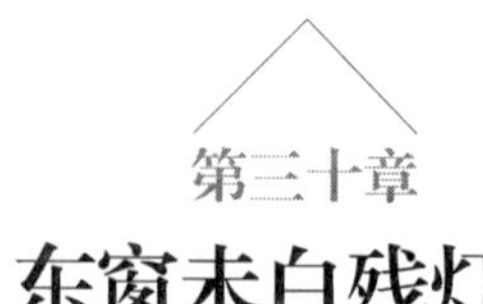

第三十章 东窗未白残灯灭

“林姐姐，你和孩子都会安然无恙的，不要想太多。”冯妙按着她的肩头低声安慰。

林琅大约是累了，微微闭上眼，只在疼得实在受不了时，用手指掐住锦缎被面。

冯妙站起身，对那两个粗使宫女厉声呵斥：“快去准备热水、干净的刀剪，再取些参片过来。”看那两人手忙脚乱地走出去，她又吩咐忍冬：“拿着林淑媛的令牌，去太医署，不管是不是从前给长安殿请过脉的，只管尽快叫一个人来。再叫他们立刻安排医女、稳婆，一定要快。你要亲自去太医署传令，不要交给旁人。”

忍冬见她面色凝重，知道事情非同小可，立刻答应了就要去。偏巧在这紧要关头，长安殿里放着的正二品淑媛令符，也找不到了。林琅疼得不省人事，平常服侍的人一个都没在。冯妙咬牙：“你回华音殿去拿我的令牌，先去太医署，要是他们不肯来，你就去找皇上，哭也好、闹也好，哪怕拼着被打几下，一定要把消息送到。”

送走忍冬，冯妙重新坐回床榻边，刚才强作镇定，不想让忍冬和小宫女乱了阵脚。此刻只剩下她一个人陪着林琅，心里却七上八下，半点把握也没有。她看见过阿娘生弟弟，隐约知道要准备哪些东西，可接下来要做什么，她却一无所知。

林琅被一波接一波袭来的痛楚包裹，在痛楚的间隙里无力地呻吟。冯妙几乎半跪在床榻边，用力掐住她的肩，不让她昏厥过去。

“林姐姐，林姐姐……”冯妙一声声叫她，声音里带着颤抖的哭腔，没有人来帮她，她只能靠自己了。

“记着……我说的话，无论如何……留住这个孩子……”林琅用力握住冯妙的手，直盯着她的眼睛，一定要她答应。

“林姐姐，不要放弃呀，”冯妙视线模糊，一滴滴泪落在手背上，“我知道你很珍惜这个孩子，那就不要放弃！为了你心里真正在乎的人，永远不要放弃呀！”她并不知道该怎么替人接生，只能这样叫林琅提住最后一口气。

林琅眼睛眨也不眨地看着冯妙，眼神渐渐变得空茫，为了心里真正在乎的人……如果不是有那么一个念头让她活下来，她哪里能够熬过如此屈辱的九个月？

小宫女端着热水进来，看见满榻满地都是血，吓得惊叫一声，手里的铜盆差点砸在地上。冯妙接过参片，给林琅压在舌下，然后把两个面无血色的小宫女，全都撵了出去，她们在这里只能添乱。

“林姐姐，疼就喊出来，我一直在这儿陪你。”冯妙用干净的帕子，替她一遍一遍地擦汗，帕子很快就被浸湿。

林琅却始终一声不吭，再没说一句话，眼泪无声无息地流出来。冯妙看见她在疼到极致时，嘴唇翕动，仔细辨认了几次，才分辨清楚，她只是反反复复在念一个字：“宏……”在这以前，她从来不敢僭越叫他的名字。

这场漫长的折磨，终于被一声响亮的啼哭打断。小小的男婴，皱巴巴地挥舞着手脚。冯妙举着剪刀，在火烛上反复烤了几次，对着脐带却不敢下手，她不知道那一下会不会弄疼了他。

林琅只问了一句“是不是男孩”，就再没说话，甚至没再看那婴儿一眼。冯妙犹豫再三，正要狠心剪下，天青色龙纹衣袍，裹着一阵风直扑到床榻前，抖着手抱起床榻上干枯如蝉翼的女子。

“林琅……”拓跋宏把她搂在身前，双眼像要滴出血来，“都过去了，都过去了……”

“皇上……”林琅开口，惨白的脸上竟然露出一抹异常安详的笑意，“对不起，林琅不能陪你了。林琅做到了，是个男孩子。皇上记得林琅那天在崇光宫说过的话吗，用我一生之辱，换你、换你……”话没说完，就被小腹一阵剧烈的疼痛打断。

“不，林琅，这不是你的耻辱，是朕的、是朕的！”拓跋宏紧抱着她不肯松手，“朕给你‘贞’字作封号，就是要让天下人都知道，你在朕心里，永远白璧无瑕！”

“皇上，”林琅抬手，像是要抚摸他的脸，却在中途就无力垂下，只能痴痴地看着他，“林琅不懂政事，但是林琅记得皇上讲过的故事，汉宣帝借发妻许皇后难产而死，铲除霍氏。林琅去后，皇上也可以借此大肆牵连，在皇宫内换上亲信的人。”

拓跋宏再也忍不住，把林琅死死压在胸前，呼吸间全是凛然恨意。他已经不记得那是几岁时候的事，他刚刚开始习字读书，读到这一段，就讲给林琅听。后来，他被太皇太后管束得越来越紧，总共只给林琅讲过这么一个故事。

“林琅不够聪慧伶俐，帮不了皇上，林琅能给皇上的，只有这一条命而已。”她的声音已经很低，拓跋宏要把耳朵紧贴在她嘴唇上，才隐约听得见。

“林琅，不要说了……”拓跋宏的双手都在抖，似乎感觉到怀里的生气在一点点逝去。

“皇上，林琅这么做，都是因为有人告诉我，为了心里真正在意的人，任何牺牲都是值得的。林琅不会走远，会永远陪着皇上。皇上，她值得……珍重……”林琅眼睛里的光彩一点点黯淡下去，她的视线越过拓跋宏的肩，看见怀抱着小小婴孩的冯妙。她想告诉拓跋宏，这就是那个对她说出这番话的人，可是黑暗沉沉地向她压过来。

她还有很多事舍不得，可是从四肢百骸里透出的疲惫，让她再也支撑不住。就让她最后自私一次吧，命中注定要相逢的人，迟早总会交汇，可她的时间却不多了。林琅尽力抬头，把嘴唇凑近拓跋宏的耳边：“宏，我很爱你……我多希望……”

拓跋宏身躯剧震，难以置信地盯着怀里的人，那双脉脉含情的眼睛，已经闭上，再也不会睁开了。他仰头向天，发出困兽般绝望的吼声。

“林琅——！”

冯妙被这一声嘶吼惊得浑身一抖，怀里还抱着那个刚出生的婴孩。她刚刚替这男婴剪断了脐带，还没来得及擦干净他身上的血迹，并没听见他们两人的对话。惶然抬头，正看见拓跋宏赤红的双目看过来。

也许林琅用命换来的婴孩，能博得拓跋宏一丝怜惜。冯妙这样想着，便把那小小的一团稍稍往前递了递。

拓跋宏盯着那婴儿的五官，目光渐渐纠结在一起，从迷茫变成狠厉。冯妙吓了一跳，这不是一个父亲对刚出生的儿子应该有的表情。她下意识地后退，悄悄用手臂护住那个婴儿。拓跋宏的动作却比她更快，一只手向前一探，就要往婴孩细嫩的脖颈上抓去：“害死林琅的，朕一个也不会放过。”

冯妙大惊，背后就是墙壁，没有地方可退，绕到门口也绝对来不及。拓跋宏的手已经伸到面前，她只能向着墙角蹲下，弓起身子把婴儿护在身前。鹰爪一样的五指，正抓在她肩上。

在寻常鲜卑贵族眼里，拓跋宏文质瘦弱、自幼多病，可事实上，他私下苦练，手上功夫不逊于任何人。冯妙被他狠抓了这一下，当场疼得眼前昏黑，可她不敢叫喊，生怕惹得拓跋宏更加暴怒。

直到这时，太医署指派的医正、内六局安排的稳婆和奶娘才匆匆赶来。拓跋宏垂下手，看着他们穿梭忙碌，有人从冯妙怀中接过小皇子，擦洗干净，用耀眼金黄的襁褓裹好，向拓跋宏道喜。有人查探林琅的情形，哭丧着脸向拓跋宏禀告。

看着那些人嘴唇一张一合，拓跋宏只觉得耳中嗡嗡作响，却听不清他们在说些什么。他一眼也不愿看那刚出生的孩子，也不想叫不相干的人再惊扰林琅，挥手叫他们都出去，解开林琅绞紧的衣带，蘸湿了帕子亲自帮她擦洗。

从来都是林琅服侍他，服侍成了习惯。刚把林琅迁来长安殿时，他夜里口渴，仍旧喊林琅的名字，上前来的却是小心赔笑的陌生面孔。他的喜好，就是林琅的喜好，他的愿望，就是林琅的愿望。他甚至从来不知道，林琅喜欢吃什么、用什么。她总是守着规矩，穿着跟其他宫女一模一样的衣裳，连多余的首饰都没有。

冯妙躲在一边，静静地看着他给林琅换上干净衣衫，他从没服侍过人，反着手去扣那身罗裙上的一溜小扣，有些不大熟练。她并不想留下来看这些，她只是害怕伤心暴怒的拓跋宏再做出什么来，伤害幼小的婴孩。

可拓跋宏那种暴怒失控的情绪，却好像突然全都消散了。他整理好林琅的遗容，拉开殿门，对侍立在门外的内监吩咐：“传旨，追封林淑媛为皇后，谥号仍用‘贞’。皇长子赐名为恂，大赦天下。”

冯妙瞥一眼怀里酣睡的婴儿，“恂”似乎并不是一个寓意吉祥的字眼，很少用在皇长子身上。襁褓里的婴儿，对这一切都毫不知情，小腿一蹬，就差点踢散了裹紧的小被子。冯妙伸手替他拉好，手掌握住他小小的脚，想要放进襁褓里。

那只小脚在她手心上一蹬，软软地带得她心头都泛起无限柔情。她在小脚上无意地看了一眼，忽觉脑海中一片空白。怎么会这样？

小皇子拓跋恂的一边脚趾上，趾甲分成两片，下面一片略长，上面一片略短。冯妙依然记得，北海王拓跋详为了林琅大打出手那天，失足落水脱下了靴子，他的一片小趾甲，也长成这个样子。

可怕的念头在她脑海中一闪而过，又被她自己否定了。连寻常男子都绝无可能认下一个血统不纯的孩子，更何况那还是皇帝？她亲眼看见拓跋宏如何为了林琅哀恸欲绝，这情感是做不得假的。

林琅死后，得到了她生前从没敢奢望过的哀荣，以皇后之礼下葬。拓跋宏亲自审问长安殿的人，一向保养得当的林琅，为何会突然早产且血流不止而死。太皇太后听说了消息以后，只幽幽地叹了一声，便病倒了。嗷嗷待哺的小皇子无人过问，冯妙心中不忍，连着两名奶娘一起，把他暂时带回华音殿照料。

冯妙小时候帮阿娘照顾过弟弟，刚出生的小孩子，只要喂饱了，大部分时间都在睡着，很少睁开眼睛。有时哭起来，也不过就是咿咿呀呀地叫，冯妙便亲自抱着他哄。不管长大之后会是什么样子，小孩子总是玉雪可爱的。

这一年大雪连绵不断，好容易才有一天放晴。冯妙抱着小皇子，到华音殿的院子里散步。角落里一株梅花刚打了骨朵，冯妙吹去上面一层落雪，半开的桃粉色小花就露出来。小孩子见了觉得新鲜，“呀、呀”地叫着，要伸手去抓。

冯妙把襁褓收紧，不让他吹了冷风。正要回屋去，忍冬匆匆走过来：“娘娘，崇光宫来传信，请娘娘带着小殿下去一趟。”大约是皇上终于想起来，还有这么一个刚出生的皇子，想要见一见，冯妙也没觉得有什么不妥，换了件衣裳，叫奶娘抱着拓跋恂一起出门。

轿辇已经等候在华音殿门口，金顶垂瑞鹤祥云轿帘，冯妙心里清楚，这是皇长子的仪制，已经接近于太子。看来，皇上总还是眷顾这孩子，毕竟他是林琅拼了性命生下来的。没有了母亲已经很可怜，幸亏他的父亲还肯给他荣宠。

来传旨的内监见冯妙身后跟着奶娘，躬身禀奏了一句：“请娘娘身边的忍冬姑娘也一起去。”冯妙便叫奶娘回去，换了忍冬抱着拓跋恂。

崇光宫正殿内，医正、医女、宫女跪了一地。拓跋宏坐在紫檀木案一侧，脸色阴郁，带着隐忍未发的怒气。冯妙刚跪下见了礼，拓跋宏就指着心碧说：“你把刚才说过的话，再说一遍。”

心碧满脸是泪，边说边哭：“那天奴婢原本在服侍淑媛娘娘梳头，冯婕妤身边的忍冬突然过来，说孙嬷嬷和宋嬷嬷在御膳房准备娘娘的食材，忙不过来，让奴婢去帮忙。奴婢立刻便去了，可一进御膳房的侧面耳房，就有人从外面反锁了房门，把奴婢困在里面。一直到傍晚才有人听见奴婢的喊声，把外面的锁砸开，可是淑媛娘娘已经……”

她与林琅一样，都是宫中奶娘的女儿，自小就在宫里伺候，除了主仆之分，还有几分从小一起长大的情分。此刻的哭诉，越发显得情真意切。

冯妙心口一跳，该来的、不该来的，还是来了。她跪着尚未起身，垂头对拓跋宏说：“昨天忍冬告诉我，是两位嬷嬷叫她去长安殿帮忙，又叫她把心碧也一起叫出来，找两位嬷嬷也来问问，就清楚了。”

正殿内寂静无声，拓跋宏从紫檀木案后站起来，一步步走到她面前，俯下身子捏起她的下颌：“你告诉朕，到哪儿去找那两个嬷嬷，嗯？”下颌生疼，冯妙被他强迫着抬起头看他，从前在崇光宫的可怕经历，倏忽一下涌进脑海。

“那两个嬷嬷，今早被人发现，已经溺死在碧波池里了。”拓跋宏的声音，比以往任何时候都更加冷硬。

腿上一阵阵地发软，冰凉的澄泥金砖上，散出透骨的凉意。“即便如此，这跟嫔妾有什么关系，前一晚嫔妾整晚都在崇光宫。”她转开视线，不想在他面前流一滴泪。

拓跋宏手上的力道，几乎要把她捏碎，他朝着跪在另一侧的太医署医正说：“你给冯婕妤说一遍，贞皇后究竟是怎么死的？”

医正被他凌厉的眼神吓得一抖，手里捧着的脉案几乎掉在地上，哆嗦着回话：“林淑媛……贞皇后的胎一直养得很好，并没有早产的迹象，只是服用了太多保胎的药剂，反倒对生产有些不利。不过这原本也不要紧……”

他瞥一眼皇帝，又悄悄看一眼挺直身子跪着的冯妙，才大着胆子说：“臣查过贞皇后生产当天早上喝过的汤药，里面添了蓖麻、巴豆、火麻，还有……麝香、益母草、牛膝、鸡血藤，都是助产活血的药剂。这些药引发贞皇后早产，又使贞皇后在生产之后血崩不止……”

冯妙压住涌上来的咳喘，尽量平静地答话：“是皇上命嫔妾去替林姐姐尝药的，嫔妾怎么也不会在这时候改换林姐姐的药。”心里万分委屈，却不能表现出来，情绪波动，连带着胸口的气闷感也越发强烈。

“是吗？”拓跋宏冷笑，“太医署说，那天是你的婢女拿着华音殿的令牌去找御医，没错吧？”冯妙点头，当时事态紧急，这的确是事实。

“你好心要帮林琅，为什么叫你的婢女把长安殿的人全都支开？为什么不拿长安殿的令牌，直接去请太医令定好的御医？从林琅寅时开始腹痛，到朕酉时赶过去，只有你和你的婢女在林琅身边，你怎么解释？”拓跋宏字字森冷，手上加力，强迫她看向自己。

冯妙已经觉出，是有人故意设下这个局，引着她一步步走进去。来回传递的话，都是忍冬去说的，两个老嬷嬷一死，一切都死无对证。设局的人心思缜密，料定她绝不会眼见林琅垂危却不救护，更加料定了拓跋宏此时心神俱伤，暴怒之下不及仔细辨别。其实，因着那个立子杀母的祖训，林琅生下皇子，对整个冯氏都大有好处，就算她真有什么歹心，也没必要在此时贸然动手。

不管是谁要害她，她都不能束手待毙，稳定心神想了想便说：“长安殿的令牌，那天找不到了，所以嫔妾才拿了华音殿的令牌。至于汤药，从前给林姐姐诊脉的御医说过，林姐姐的胎象有些不稳，原本就该服用一些安胎固元的药剂。至于当天早上的汤药……”

她越说心下越凉，她的辩解根本毫无说服力。这计划应该从那两个老嬷嬷来长安殿之前就开始了。她一直担心林琅会早产，对容易导致滑胎的东西格外留心，却没留意她们在林琅的饮食里天长日久地加了太多保胎的药剂。最后那一碗活血的药，却是在她不在场的情形下给林琅灌下的，她连是谁煎了那碗药都不知道。

忍冬在一边急得直掉泪，如果她小心点，不听那两个老嬷嬷的话，也许事情就不会这么糟了。但她人微言轻，在皇上面前，连开口说话的资格都没有。

果然，拓跋宏冷冷地问："要不要朕多给你些时间，让你把谎话再编圆一点？"

他松开手指，站直身体看着她伏倒在金砖地面上艰难喘息，从医正手里拿过脉案记录，一页页地翻看，突然劈手砸向冯妙："你告诉朕，御医什么时候说过林琅的胎象不稳，有早产的迹象？"

给宫中有孕嫔妃请脉的记录，都誊写在专门的脉案上，用柳木封皮装订成册，以备日后查看。整本脉案又沉又硬，冯妙不敢躲闪，由着它擦过脖颈砸在肩上，痛彻心扉。

御医的确说过，只不过每次都是口述的，并没有记载在脉案上。冯妙俯身拜倒："请皇上宣所有给贞皇后诊过脉的御医来，嫔妾愿当场对质。"

"除了朕亲自指派的侍御师，只有医正荀仕衡给林琅诊断过，荀医正已经告了假回乡祭祖，远在千里之外，现在到哪儿去找人来？"拓跋宏冷笑出声，"想必你早已经知道了，才敢这么理直气壮吧？"

冯妙低头不语，这人手法高超，连医正也处理得如此干净，让她根本没有破绽可寻。今天这一劫，看来是躲不过了。想到此节，她索性闭了嘴不说话，说得越多，就错得越多，一步步踏进别人设好的陷阱里。这场冤屈，只能日后再想办法洗脱了。

"今天开始你就去林琅灵前跪着，朕看你有什么面目见她！"拓跋宏走回紫檀木案后，碧玺笔搁旁，还放着一支莲花样的宫蜡，花瓣上的一圈描金熠熠生辉。那晚他把冯妙从后殿温泉汤池里抱回来，冯妙昏昏欲睡，手里却牢牢抓着一支莲花宫蜡不放，还是他一根根手指哄着她松开的。过后竟然舍不得丢弃，就跟笔墨砚台放在一起，日日抬头都能看见。

拓跋宏盯着莲瓣上凝着的一颗水珠，袍袖一挥，莲蜡连同桌上的陈设一起，哗啦啦全掉在地上："滚！都滚出去！"

皇帝开了口，内监不敢放冯妙离开，刘全万分为难地开口："请冯娘娘先到灵堂委屈一下……"

一进了灵堂，没有皇帝发话，一时半会儿就很难出来了，若是那暗中布局的人想要她的命，此时也是最好的时机，正好可以造成她畏罪自裁的假象。冯妙心思急动，一出殿门，便从手腕上褪下一只碧玉镯子，放进刘全手里："有劳刘公公，灵堂阴冷，我恐怕受不住，能不能麻烦公公替我传句话？"

第三十一章 无忧无惧

“请冯婕妤吩咐，只要是做得到的，一定尽心。”刘全神色恭谨地答话。

冯妙明白他的难处，皇上眼下正在盛怒，太难办的要求，刘全也不敢答应。她低声说：“请公公得空去一趟广渠殿，跟高娘子说，我的冬衣都留在家中，还没来得及带进宫来，想先跟她借一件裘皮毛领大氅，过些日子冬衣送进来，再还给她。”

这事并不难办，刘全点头应了，引着冯妙往灵堂去。

灵堂内一片素白，地上还残留着焚烧过后留下的灰烬。一连三天，贞皇后生前用过的器皿、衣饰，都被从长安殿拿来这里焚化。鲜卑习俗相信，焚烧的东西能够送到死者手中，让她不至于孤苦伶仃。

冯妙取过一个蒲团，放在棺椁前，缓缓跪倒。膝盖上被崇光宫的凉气浸透，一动就像针扎一样。

忍冬在一边扶住她，眼泪直打转：“娘娘，夜半三更，不会有其他人来了，先歇歇吧。”冯妙只是摇头：“不要紧，我想送一送林姐姐。”

她对着阔大的棺椁，静静凝视了半晌，才轻声开口：“林姐姐，还是你聪明，画在纸上的花朵，永远不会衰败。你在这时候去了，他会永远记得你，不管他从前有没有在意过你，这以后……一辈子，他永远也忘不了你。”烛火摇曳，那个羞怯柔弱的人，好像仍旧坐在她对面，只是沉默地低垂着头，一声不吭而已。

夜里的寒意慢慢透上来，地面青砖上，都浮起了一层白霜。冯妙一整天没吃东西，渐渐有些支撑不住，手脚都冻得麻木，一呼一吸间，吐出的气息在口鼻前聚拢出一团白色的雾气，再慢慢散去。她身子发软，终于靠在忍冬肩上，头重得只想睡过去。

忍冬伸出一双纤细的胳膊，环抱住她："都是奴婢不好，奴婢应该多想想，不该被那两个老嬷嬷骗了。"

"不是你的错，"冯妙喉咙里像梗着火炭，只能发出微弱的声音，"是有人早就算计好了，就算你不听那两个老嬷嬷的话去照看林姐姐，她们也还会想出别的办法来，把我们逼进死角。"

"娘娘，你可千万不要有个什么……我……"忍冬的声音，也变得越来越缥缈，冯妙往她身上缩一缩，想借取一点温暖。可那温暖如此微弱，根本不足以驱散周身的寒意。素白帐幔在她眼前渐渐扭曲、模糊，双眼沉沉地合拢。

遥远的光亮深处，阿娘正向她招手微笑："妙儿，你好久不回来，你的弟弟已经长高了。"可她刚一伸手，那光亮就忽然熄灭了。

忍冬似乎把她搂得更紧，像要把她揉到骨血里去，头顶传来一声沉重的叹息，有人正把米汤喂进她嘴里。温热的米汤一落肚，因为冷和饥饿而僵硬的手脚，终于有了点暖意。冯妙想要坐起，环在她身上的手臂却不肯松开，才一睁眼，紫色衣袍上的山川纹样就跳进眼帘。

冯妙一惊，这不是忍冬，她仰头向上看去，高清欢碧绿色的双眸正映出她此刻苍白的面容。灯影勾勒着他的下颌，把轮廓投映在他胸前衣衫上。长睫如鸦翅，低低地垂下。

她想要挣开，却被高清欢一动不动地牢牢按住，一件银狐披风系在他背上，垂下的一半刚好裹住了冯妙。

"你怎么会在这儿？"冯妙有气无力，侧头避开他递过来的一勺米汤。忍冬躺在一边，闭着眼沉沉睡去，想必是被他用药迷晕了。

"我来替贞皇后诵经。"高清欢的声音空阔辽远，带着天生的神秘气质。一只手搂住冯妙，另一只手拿着银勺，都不得空，他就那么自然而然低头下来，把侧脸贴在冯妙额头上，停了片刻，嘴角轻轻舒展开："万幸，总算没有发热。不然，你后面的日子可就难挨了。"

冯妙大窘，伸手要推开他："你怎么能……怎么能在诵经的时候……这样……"

高清欢轻声发笑："如果鬼神有知，世上怎么还会有那么多冤屈不能纾解？"语调中似乎含着俯瞰苍生的悲悯，但也带着几分藐视一切的桀骜。冯妙怔住，觉得眼前的人越发诡秘难测。身为掌管通神祭祀的傩仪执事官，他却直白地说出不信鬼神的话来。

"妙儿，你真傻，"他坐直上身，银勺在莲瓣青瓷碗里轻轻搅动，"竟然想从帝王身上找出情意来。普通人家的父子、兄弟、夫妻，为了一块田产，都可能彼此相残，更何况在这天下至尊至贵的地方？”

在他眼里，似乎世上就没有什么值得珍重、敬畏的东西，人人本性丑陋，事事龌龊不堪。冯妙不喜欢他这样的想法，也不想跟他争辩，羞恼着伸手推他。

“你这样的人，真不该落进这样污泥一般的地方。”高清欢说话时，也像诵经一般音调悠悠，“可惜，你改变不了任何事。就像现在，你觉得我轻薄无礼，却无力反抗，因为我比你力气大，可以掌控你，而你却不能。”

冯妙被他搂着裹在同一件披风里，身上还依稀感觉得到他的温热：“你是专门来羞辱我的吗？”

“妙儿，我是来教你的，”高清欢放下银勺，衣袖轻拂，手指间便多了一枝桂花，轻轻插在她耳侧，“我问过你，要不要离开，可你选择了拒绝。我很失望，但我却不想让你在这里受一丁点儿伤害。所以我要教你，在污泥里活下去的方法。”

“眼下你的情形很不好，不过，我有上、中、下三策可以教给你，看你肯学哪一种了。”他用纤长的手指拂开地上的灰尘，蘸着一只小碗里的清水写字，“上策是借刀杀人，最快也最容易。那些汉族名门的闺秀，并不熟悉立子杀母的规矩，也更有理由嫉妒出身低微却得幸的宫女，只要那些受审的宫女御医里，找一个合适的人选，用金钱收买，或是抓着她的短处恐吓，把这事栽赃在卢氏或是崔氏宫嫔的身上，就成了。”

他说起这些卑劣的算计手段时，姿态仍旧高蹈出尘，好像谈论的是神圣的祭祀仪式一般。冯妙不假思索地打断他：“要害一条无辜的性命，来让我自己脱离困境，我实在做不到，这种上策，你留着自己用好了，不用告诉我。”

“那么还有中策，”高清欢丝毫不见恼怒，继续说下去，“围魏救赵，虽然费些功夫，倒也不难做到。给你侍女的家人送去一笔钱财做补偿，叫她畏罪自尽，死前留下模棱两可的遗书，把这桩事引到冯清和高照容身上去。高氏和冯氏两相制衡，皇上就谁也动不得，只能不了了之。”

冯妙依旧只是摇头，她绝不会这样做。

高清欢微笑着写下最后一行字，像是早料到她会这样选择：“两样你都不肯，那就只有下策了，欲擒故纵。这个最难做到，忍耐的时间也最长。替皇上找一个不能严惩你的理由，忍辱活下去，然后再慢慢抽丝剥茧，找出设下这个死局害你的人。”

冯氏嫡出的小姐，从小耳濡目染，学到的都是这些。可冯妙却是第一次听见这样的话，心中的震惊难以用语言表达，她愣愣地问：“什么是不能严惩我的理由？”

“这样的理由只有一个，”高清欢抚着她的侧脸，“就是你在帝王心中的价值。可能是因为情，也可能是因为你的用处，或者仅仅是因为你的姓氏。”

他把银狐披风整个解下，裹在冯妙身上：“妙儿，你很聪明，知道送信给高照容。宫中没有永恒的朋友，也没有永恒的仇敌，只有永恒不变的利益。冯清嫉恨你，太皇太后也可能放弃你，但高照容却需要借助你来立足，所以她这次一定会帮你。”

高清欢用清水沾湿手掌，在地上挥手一抹，刚才写下的字便全都被抹去了，他这时才低低吟诵：“一切恩爱会，无常难得久。生世多畏惧，命危于晨露。由爱故生忧，由爱故生怖，若离于爱者，无忧亦无怖。”他俯身下来，碧绿的瞳仁盯着冯妙的双眼问：“妙儿，你记住了没有？”

冯妙低声重复他诵出的句子，心中百味杂陈，又想起他对高照容的评价，原以为是送给高照容的口信被他知道了，他才会在夜里来灵堂，这么看来，似乎并不是。

天亮之前，高清欢便离开灵堂。等忍冬醒来，冯妙支她去想办法找些吃的来。略等了一会儿，身后便有极轻的脚步声传来。一双绣工精巧的蜀锦绣鞋，轻轻踏到冯妙面前，不等她开口，就把一件镶兔毛滚边大氅披在她身上。

高照容幽幽地叹了口气，一语双关地说：“姐姐怎么如此不小心？”

冯妙回答：“节气到了，天气自然跟着变了，只怪我预先没有做好准备，这才措手不及。等这一冬过了，就不会再有这样的事了。”

两人都是九转玲珑心思，彼此的意思不用说透，就已经清楚了然。高照容直截了当地问：“你想要我怎么做？”

冯妙见她问得直白，便也直接答道：“贞皇后柔婉贞烈，可惜红颜天妒，早早去了，此时皇上身边正需要解语佳人陪伴。但是如果一味曲意奉承，只会越发显得不如贞皇后合意。”

她抬眼凝视着高照容姣好的五官：“你自从进了广渠殿，就一直称病，不也正是为了等这一天吗？”

高照容在她身边的蒲团上跪下：“姐姐说得没错，昨晚皇上原本宣了王琬去崇光宫，她自从入宫便不受重视，这时得到机会，自然千方百计地打扮，还带了一张瑶琴过去。可三更时分，皇上却大发雷霆，把她给赶出来了。侍寝之后没有晋封位分的，她还是头一个，今早去给太皇太后问安时，哭得眼睛都肿了。”

她向着林琅的棺椁拜了三拜：“皇后姐姐，死了的人可以一了百了，活着的人却免不了还得惊扰你一番，我知道你一向心地好，可千万不要怪我们。”

冬至之后的第三个戌日，是祭祀诸神先祖的日子，往年的这一天，阖宫上下都会打扫一新，御膳房也会准备豆子、粟米，熬制成香甜的粥，给各宫各殿送去。今年因为贞皇后的丧事，喜庆气氛自然淡了很多。

贞皇后的棺椁下葬后，皇帝还特意下旨，灵堂长设三年。旨意里没提冯妙，她便不能出来，仍旧替林琅守灵，俨然已经跟禁足没什么区别。

皇长子拓跋恂满月，按制原本应该设宴庆贺，可是拓跋恂出生时生母便去了，大肆庆祝便有些不合时宜。太皇太后跟高太妃商议，在扶摇阁设小宴，只召亲近的内眷小聚。

扶摇阁内设了几张青檀小案，拓跋宏陪着太皇太后坐在上首，奶娘抱着小皇子送到太皇太后面前。小孩子头上已经长出了嫩草似的一层柔发，乌溜溜的眼睛盯着太皇太后看，倒是一点也不怕生人，时不时地把小拳头放进嘴里吮吸。

太皇太后手势熟练地抱过拓跋恂，感叹道："皇帝小时候，也是这么不怕生人，哀家带着你去明堂，你那时的小手还握不住东西，就一把按住奏章不放，可见天生就是要做皇帝的。"

她向崔姑姑招手，拿过准备好的金镶玉长命锁，放在拓跋恂的襁褓上，又对奶娘叮嘱："小心照料着，要吃什么、用什么，就直接来跟哀家说，这可不是为了你自己，是为了皇长子。"

跟太皇太后隔着两个座位的冯清，立刻接口过去："正是呢，皇长子还这么小，生母便狠心去了，是该有个人细心照料才行。"她双眼炯炯、满含期待地看着太皇太后。在皇帝的冠礼上，太皇太后曾经亲口说过，等到重孙出生，便要抚育幼儿，不再理政了。冯清了解她这位姑母，太皇太后已经抚养了两代帝王，也曾经短暂地还政给先帝，可时至今日，她仍然是大魏皇宫里最有权势的人。也许太皇太后不想亲自抚养这个孩子……

太皇太后不说话，扶摇阁中陷入一阵令人窒息的寂静，只有拓跋恂挥舞着小手，咯咯叽叽地咕哝着。

"的确需要有个妥当的人教导皇长子……"拓跋宏不紧不慢地开口，扶摇阁中的气氛陡然变得诡异，有人紧张得差点碰翻了酒樽，磕碰在瓷盘上，发出"叮"的一声脆响。拓跋宏的目光从众人脸上缓缓扫过，最终看向太皇太后时，已经换上了少年人诚恳真挚的表情："可是国家大事一日都离不开祖母的教导，祖母不能有了重孙就不疼孙儿了。"

他双手捧起酒盏，送到太皇太后面前："孙儿不孝，不能让祖母安心颐养天年，恳请祖母仍旧在政事上教导孙儿。至于皇长子，有奶娘宫女照料，等他大些，再请祖母为他挑选德高望重的老师，教导他为人处事的道理。"

太皇太后打量着面前的少年天子，似乎想从他眼中看出一点不甘不愿来，可拓跋宏满目诚恳、一派从容，把酒盏高举过额。酒盏中是专门为太皇太后准备的仙寿酒，用二十几种珍贵药材浸泡而成。太皇太后把怀中的婴儿交给奶娘，伸手接过仙寿酒抿了一口，这才对拓跋宏说："宏儿也是做父亲的人了，朝政大事，哀家迟早是要撒手交给你的。"

二圣之间半推半就、貌似和乐，扶摇阁里的气氛也跟着和缓下来。崔姑姑向座下的宫嫔使了个眼色，崔岸芷立刻会意地起身，把提早备好的金项圈和玉如意送上来，给皇长子压被角。卢清然、袁缨月，连同其他没得册封的选侍娘子，也跟着送上贺礼，挑些吉祥好听的话来说。

王琬平日里最是口齿伶俐的，可前几天刚刚因为在皇后大丧期间弹琴受了斥责，这时倒有些畏缩不敢多话，只送了两个中规中矩的金锁片。

冯清原本备了隆重的贺礼，想着顺水推舟把皇长子要到自己膝下抚养。青玉如意镇枕、镂金长命佩环、上等东珠一斛，再加上一件蜀锦绣万福藤萝纹的襁褓，都是提早托大哥冯诞寻来的。可太皇太后却不接她的话，这时拿出来未免自讨没趣，冯清扭头暗自生闷气，等到最后，才叫侍女草草送上一件青玉如意镇枕了事，连鲜卑贵族一向看重的金器都没用。

太皇太后扫了一圈席上的人，有些奇怪地问："怎么没见着照容这孩子？"

高太妃赔着笑答道："照容提早跟我说起，今天要晚来一会儿，刚才这么热闹，就没向太皇太后禀告。"

太皇太后"嗯"了一声："这孩子自打进了宫就一直病着，还是养好身子要紧。"

说话间，扶摇阁门外，正走进一个人来，素白衣裙几乎跟门外的漫天雪色融为一体，头上松松地绾着一个祥云发髻，鬓边戴着一朵淡色的寒梅。

那人影袅袅婷婷地走进来，在主座前跪倒："照容来迟了，请太皇太后、太妃娘娘责罚，请皇上恕臣妾的罪。"

她手里捧着一件用绸布包裹的东西，上面落了薄薄一层雪，两只手都冻得通红。

高太妃见太皇太后神色和蔼，招手让高照容坐在自己身边，笑着打趣："你这孩子，说让哀家责罚，又叫皇上恕你的罪，怎知道皇上一定会护着你呢？"

"照容万万不敢，"她刚刚落座，又惶恐起身，"照容这样说，确实是有件事，要恳请皇上恕罪。"她走到奶娘面前，把手里绸布上的雪小心抖落，展开一件小巧的婴儿肚兜："这是照容给皇长子的贺礼。"

扶摇阁内响起一片细微的惊疑叹息声，众人明知高照容一向喜欢标新立异、出人意料，可仅用一件肚兜庆贺皇长子满月，也未免太寒酸了些。其他人的贺礼，可都是金银玉器之类。

高照容把肚兜放在小皇子拓跋恂手里，抚了抚他光滑的小脸。拓跋恂原本抓着奶娘的衣衫，那肚兜一递到面前，他立刻松开了，咿呀叫着，把肚兜攥在手里。肚兜照着冯妙的暗示，提早用松香熏过，小皇子一出生就被冯妙抱去了华音殿，那里的床榻上，一直沾染着松香味道。小孩子离开熟悉的环境总有些不习惯，再次闻到这种味道，立刻紧抓着不放。

"皇上，"她转过头来，眉目间满是哀婉，"照容一连几天梦见贞皇后，原本不知道是什么缘故，后来得知今天是小皇子满月，照容就自作主张去了一趟长安殿，在绣枕下面找着了这件东西。"

她原本就生得柔美动人，这时裹在素白衣裳里，越发显得纤细娇弱，如水的目光柔柔地在拓跋宏面上拂过："既然是满月，怎么能连一件生母的贺礼都没有呢？"

拓跋宏不由自主地顺着她双手的方向看去，那件肚兜用料普通，角上绣了半只蝴蝶，还没绣完。肚兜上被抓皱了几处，似乎是被泪水反复浸过。拓跋宏心中大恸，依稀可以想见，林琅抓着肚兜泣不成声，却又不敢叫人发现。他从没给小皇子做过什么东西，连孩子出生后，也没看上一眼，他只觉得林琅不喜欢这个代表屈辱的孩子，却忘记了，林琅毕竟是这孩子真真切切的生母。

他站起身，往那绣着百子图样的襁褓里看去，孩子还小，但已经隐约可以看出浓眉大眼的轮廓，其实并不怎么像林琅。有心要抱一抱，做出慈父的样子，可心里却像鲠着根刺。他压住心里翻涌的不快，转向高照容，就势握住了她的双手："难为你有心，可也不用这样生生挨着冻，把东西一路捧过来。"

当着那么多人的面，高照容脸上绯红，声音越发小了："怕路上的凉气冻着小皇子，照容一路都把肚兜笼在袖子里。"看见拓跋宏微微动容的神色，她又低声补了一句："照容连连梦见贞皇后，不知道皇后姐姐有什么事放心不下，想来想去，姐姐惦记的，无非就是皇上和小皇子罢了。"

话说到这儿，已经足够，拓跋宏不是沉溺情欲的人，只要这一点点似有似无的情愫，他今晚一定会去灵堂祭奠，过后也一定不会忘怀今天这一幕。再说多了反倒显得刻意，惹他厌烦。高照容瞥一眼席上细心打扮过的妃嫔，心里已经带了几分轻蔑，在这时想要取代林琅在皇帝心中的位置，是最愚蠢、最危险的做法。活人怎能跟死人相比较？

她轻轻抽出手，进退得宜地回到席上，心里不由得又有些遗憾，因为不能亲眼看见今晚冯妙会怎样做。

第三十二章 霜华净碧空（上）

林琅的灵堂设在宫中一角，离宫嫔居住的地方很远。灵堂一侧便是静安殿，只有皇后、左右昭仪和三夫人薨逝后，才有资格在这里停灵。

因为许久没有人来，灵堂内越发清冷。冯妙缩在一角，用高照容送来的镶兔毛滚边大氅盖住身体。她凝神听着外面的声音，突然把大氅掀起，交给忍冬藏好，自己走到焚烧旧物的火堆前，俯身跪倒。

连日大雪，通往静安殿的小路，早就被积雪覆盖。拓跋宏的靴底一路踩在积雪上，发出"咯吱"声响。刘全跟在他身后，深一脚浅一脚地踩在雪里，积雪顺着靴子上的矮筒灌进去，很快就化成冰凉的水，又冻成冷硬的冰。他小心地劝说："皇上，要不等明天叫人把这里扫开了，再过去吧。"

拓跋宏对他的话毫不理会，仍旧快步朝灵堂走去。檐角吻兽刚从枝杈后面露出来，拓跋宏就听见灵堂内传出隐约的歌声，缥缥缈缈，听不大真切。几分恼怒涌上来，林琅去了，这些人当着他的面，都做出一副伤心哀恸的样子，却没有一个是真心的。王琬带着瑶琴进入崇光宫，已经被他严加斥责，竟然还敢有人在林琅的灵堂前唱歌。

他快走几步，一把扯开灵堂前垂下的白幔，满含怒意向内看去。冯妙背对着门口，双手虚合，跪在火堆前。火光勾勒着她纤细瘦弱的身形，一头青丝直垂而下。轻灵曼妙的歌声，如云似雾般在半空回响。那歌声空灵如仙乐，竟让拓跋宏有一刹那的失神。

冯妙已经听见身后的细微声响，却故意装作一无所知，一段歌唱完，叹了口气对着跳跃的火光说话："林姐姐……他们觉得是我害了你。"她沉默了一阵，好像对着一个活人说话一样，轻声问："你也相信吗？"

她幽幽叹息着："其实，你这样死了，反倒比活着好。活着还不是要遵从立子杀母的祖训，到时候又是一场生离死别。"拓跋宏原本要跨进去的步子，在听见这句话后，又停了下来。可冯妙却不再说话了，她缓缓站起身，长袖轻舞，宽大衣袖间飘落出无数寒梅花朵，纷纷扬扬地落进火里。灵堂肃穆，一身素衣的少女，举止轻盈，看不见她的神情，却已经能感受她身上笼罩着的愁绪。衣袂飘举，好像随时都要随风逝去一样。

等那花朵慢慢烧成了灰烬，她才再次开口，声音里却全然没有了刚才的哀婉情绪，反倒带上了几分刚烈决绝："林姐姐，我在你灵前起誓，一定要找出究竟是谁害了你。在我做到以前，我不承皇宠、不穿绫罗、不食牛羊。"说完，她又拿出一块白色布帛，看了几眼，便要投进火里。

这几句话说得赤诚坚决，拓跋宏听了，也觉得微微动容，这才恍然想起，她刚才唱的歌，似乎正是一支古老的祭祀歌，她并不是在林琅灵前放肆。拓跋宏大踏步走到灵前，伸手想要把冯妙拉起来。

冯妙一见是他，迷离地半眯着眼，看着他咯咯发笑："林姐姐，皇上也来送你了，我让他也给你添一炷香。"说着就上前来拉拓跋宏的手，一触到温热的手掌，她才变得惊慌失措，急忙忙地后退，要下跪行礼，把手里拿着的那块布帛直往身后藏。

拓跋宏心中起疑，扭住她的手腕，低喝一声："拿过来！"冯妙手腕上吃痛，微微皱眉，却始终抓着那块布帛不肯松手。咳喘病症被他带进来的冷风一冲，急急地发上来，她捂住胸口，神情万分痛苦，身子软软地向下滑去。

大惊之下，拓跋宏赶忙伸手抱住她，却不知道如何才能减轻她的痛苦。他抚上冯妙的胸口，想帮她顺一口气，却只是让她更加惶急，这口气喘不过来，脸色从酡红渐渐变得惨白，手指用不上力气，那块布帛打了个转飘落在火里。

布帛展开的一瞬，拓跋宏清楚地看见，那上面是用鲜红指尖血抄成的经文，细细密密的小字，颜色忽深忽浅，显然是写出几个字，指尖上的血口就干涸了，又要重新咬破。他抓过冯妙的右手对着光亮处看，果然看见十指、中指和无名指的指肚儿上，布满了反复咬出的伤口。

怒气比刚才进门时更盛，为什么要做这样伤害自己的事？看见她痛苦地攥紧衣襟，拓跋宏横抱起冯妙，疾奔出去，对刘全厉声吩咐："去传御医，到崇光宫。"

冯妙半张着嘴，急促地呼吸，却丝毫缓解不了憋闷感，胸口像有把刀子在割，疼痛难忍。御医匆匆赶到崇光宫，隔着鲛纱便听见她的气喘咳嗽声，略略诊了脉，对拓跋宏跪禀："娘娘的喘症危急，臣要先用银针刺太卫穴，替娘娘缓解症状，过后再慢慢调养。”

拓跋宏轻点一下头，御医便取出三寸长的银针，贴着冯妙的发际，慢慢刺下去，轻轻捻动。冯妙皱眉发出一声微弱的痛呼，气喘却渐渐平稳下来，脸上也终于恢复了一点血色。

见她好转，御医把银针收回，又叫太监放下鲛纱软帐，这才问：“娘娘最近有没有用什么浓烈刺激或是燃烧不净的香料？”冯妙茫然地摇头：“我已经好几天都没有熏香了。”

御医似是有些奇怪，还是提笔写了张方子：“娘娘的喘症，恐怕是先天带来的，最近心力操劳太过，又接触了些不干净的东西，才发出来了。娘娘切记，不可情绪激动，也不能吹冷风，平时不要接触花粉、动物的软毛，也不要吃豆粉一类的东西。这病治不得，只能慢慢养着，臣开了一张补血益气的方子，请娘娘照着服用。”

因为冯妙还有些风寒发热，御医又开了几张方子，叮嘱内监先祛风寒、再给她进补血益气的药。汤药煎好，已经折腾了大半夜，拓跋宏接过内监送上来的描金小碗，用白瓷小勺盛着药汁，喂给冯妙。

冯妙斜靠在软垫上，就着他递过来的白瓷勺，小口喝干了药汁。拓跋宏给她盖好被子，温和地说：“天快亮了，就在这里小睡一会儿吧。”他一抬手，便有内监上来，要替他除去外袍和长靴。

鲛纱幔帐内伸出一只纤细的手臂，扯住了他的衣角，冯妙怯怯地说：“皇上，请恕嫔妾不能留宿崇光宫。”说着就从床榻上起身，向拓跋宏跪禀：“嫔妾已经在林姐姐灵前起誓，不承皇宠、不穿绫罗、不食牛羊，弥补心中愧疚，没能照料好林姐姐……”

她眼中盈盈含泪，微微低着头，却又娇怯地抬眼去看拓跋宏。她知道自己此时的模样，最惹人怜惜，这已经是她手中仅剩的武器。

拓跋宏把她扶起，长长地叹了口气，叫刘全去安排，用自己的呢顶软轿，送冯妙回华音殿。临出门前，还把崇光宫内日用的平金暖手炉，给她带在轿里取暖。

进了华音殿，忍冬便端出早已经备好的暖参汤，又加了两床被子，给她在寝殿里取暖，神情间全是担忧：“娘娘在灵前说的话已经让皇上感动了，何苦还要吸下那么多花粉？刚才发病的样子，真吓死奴婢了。”

冯妙捧着参汤，用嘴轻轻吹气：“林姐姐生前一向多病，病发得越厉害，皇上的怜惜就越会多加一层。”她把皇帝的情意，也变成了周详计划中的一部分，参汤的热气蒙了她的双眼，竟然觉得有些湿润。

忍冬沉默片刻，走到她身前俯身跪倒，端端正正地磕了三个头：“娘娘，奴婢天资愚钝，想不透娘娘今晚的高妙计策。可奴婢不想再拖累娘娘受罪，恳请娘娘教导奴婢。”

冯妙在她手肘上一托，叫她起来：“哪里有什么高妙计策，不过是被人逼到绝境，不得不想办法反击罢了。”

“皇上多疑，在林姐姐的事上，无论我怎样解释，他都不肯听，”冯妙尝了一口参汤，微苦的气味让她皱眉，“我便故意让他误会我在林姐姐灵前放肆，先是唱了支祭祀歌，后来又藏起那张写着经文的布帛。等他眼见了我是在替林姐姐祈福超度，便知道是误会了我，心里有愧，才会因着我的病优待我。”

忍冬凝神听着，忽然叫了一声：“啊，奴婢知道了，娘娘要奴婢在皇上走后备下的东西，也是为了让皇上知道有人要害娘娘，更加对娘娘垂怜。”

冯妙看着她一本正经、皱眉思索的样子，向她解释：“对，但也不全对。今晚皇上一时动容，才会把我从灵堂放出来，可是这些并不能消除他的疑心，他仍旧怀疑是我害了林姐姐。”

“我要让皇上觉得，是有人要杀我灭口，这样他才会真正相信，我是被人陷害的，”冯妙的指甲，几乎掐进肉里，“也只有这样，他才会支持我，找出真正害死林姐姐的人。林姐姐从没害过任何人，却疼了整整一天、流干了血而死，这事没有那么容易就过去。”

第二天清早，拓跋宏在早课之后又要去灵堂祭奠贞皇后林氏，先绕了段路到华音殿，想看看冯妙的咳喘有没有复发。冯妙原本胸闷睡不着，正在对镜修整两道弯眉，却让忍冬照着她的意思，恭敬地回禀：“娘娘半夜吃了汤药，后来咳得厉害，全都吐了，这会儿才刚睡下。”

拓跋宏微微露出担忧失望的神色，没再说什么，便往静安殿方向去了。

不到午时，宫里便有人私下传说，皇上把看守灵堂的两名小太监，都杖责二十，送去暴室服役。据说是因为，在焚烧给贞皇后林氏的物品里，掺了大量秸草和兔毛，是大不敬的罪过，没有当场杖毙，是不想让贞皇后的灵堂染上血腥不祥之气。

冯妙听着忍冬转述，盛起一勺粟米粥，好半天都送不进嘴。那些焚烧不净的秸草和绒毛，正是诱发哮喘的原因。她不屑接受高清欢的提议，认为他玩弄权术的手段卑劣不堪，可真到她自己手上，又能干净多少？

“去打听了那几个太监的家人，送点银子过去吧。”冯妙低下头凑近碗边，喝下那一口粥，两滴泪水滑进碗里，很快就看不到了。

忍冬正要出去，冯妙又叫住她，让她找出一柄玉如意来，取下上面的穗子，去尚仪局找姚福全，打听那两个老嬷嬷的出身来历，在宫里伺候过哪些主子。尚仪局并不管宫女分派，可是像姚福全这样的老人儿，总有办法打听。

“娘娘，”忍冬面露难色，“这穗子虽好，可也不是什么名贵的东西，那些掌事太监，平常见过的好东西，比没名没分的选侍娘子都多，他哪肯帮忙？”

冯妙点点她的额头：“叫你去就去，这事你自己琢磨原因，我可不能事事都告诉你。”忍冬一脸郁闷地出门，冯妙的目光落在光洁润泽的羊脂白玉上。姚福全是个聪明人，她给的好处，并不是什么物件，而是一个许诺，将来到他有需要时，自己会支持他，让他如意。

尚仪局掌事，再往上走，就该是大监了，距离内六局总管事，只有一步之遥。

接连几天，拓跋宏总会有意无意地路过华音殿，有时也会送来些平咳消喘的药，顺便问问冯妙有没有再发病。

起先冯妙总是避而不见，叫忍冬说她正睡着。华音殿里已经烧上了地龙暖炭，雕花木窗前，垂着素色海棠纹锦帘。冯妙掀开锦帘一角，刚好可以看见拓跋宏在雪地里站着。天青色衣袍在一片茫茫白色中，显得有些萧索落寞。她放下锦帘，一步步退回床榻上。

只把他当帝王看，不是夫君，心里是不是会好受一点？崇光宫后殿里的满池莲花，还在她脑海里挥之不去，她摇摇头，用力甩去不切实际的幻想。

不知道过了多久，外面的人影才不见了。忍冬走进来，给炭盆里加上新炭：“娘娘，奴婢早晚有一天是给你吓死的，竟敢让皇上在雪地里等。其他各宫各殿的娘娘，要是听说皇上来了，恨不得焚香沐浴，把整个屋子都给翻过来。”

冯妙喝着红枣生姜煮成的暖茶，慢悠悠地说：“皇上既然来了，就不会生气。我要好好将养一阵，才能面见皇上。不然，病无大碍，容颜却衰败枯槁，只会叫他失去兴致。”

没几天就是元旦，宫中照例要给妃嫔晋位分。高照容近来频频侍寝，很得皇上喜爱，趁着这机会，直接晋封成了婕妤，跟冯妙相同。

一向沉默老实的崔岸芷，意外地也晋成了婕妤，大出众人意料。据说卢清然气得摔了一件家里带来的鸡血石摆件，指桑骂槐地讽刺她不得皇上喜爱，就算晋了婕妤的位分，也不知道崇光宫大门朝哪边开。

冯妙对这些事不理不睬，只是暗想这位范阳卢氏的大小姐，实在不像她父亲那么圆滑世故。皇上想要重新编修国史，范阳卢氏举荐了清河崔氏的鸿儒，把这烫手山芋一样费力不讨好的差事，给推了出去。给崔岸芷的晋封，便是对清河崔氏一族的安抚褒奖。

九嫔以上的位分空缺，后宫事务仍旧由高太妃掌管。在少年天子看似随心所欲的安排下，原本像散落玉盘的东珠一样的后宫嫔妃，渐渐变成了各自交好的几股势力。

冯清没能晋封，却得到了另一桩意外之喜，太皇太后亲自向高太妃说起，让冯清帮着太妃打理内宫事务。统理六宫一向是皇后的职权，从前皇帝年少，后宫无人，才一直由高太妃掌管。太皇太后的举动，在各宫嫔妃眼里，都成了一种明显的暗示。

元旦过后，便是祭天、接受百官朝贺。这些事一向由礼部安排，禁宫内院反倒难得地忙里偷闲。姚福全借着给华音殿送份例赏赐的机会，给冯妙带话来。那两个老嬷嬷已经在宫中二十多年，侍奉过的主子数都数不清，家里人也找不到了。

“不过，”姚福全意味深长地说，“这两人原本都是因罪入宫的官奴，刚入宫时是负责织染的粗使宫女。”

冯妙叫忍冬把姚公公送出去，暗自思量，想必是有人在那时给过她们恩惠，让她们心甘情愿地受差遣。可这人是谁……

正想着，忍冬已经一阵风似的折回来：“娘娘，皇上又来了！”

冯妙用手指卷着头发，微微笑着：“你不是总说，皇上来是好事吗，怎么真来了，你又慌慌张张的？”她略想了想，叫忍冬上前帮自己打散头发，除去外袍，只留下一件贴身小衣，躺回床榻上。灯火全都熄灭，只在床帐上低低地悬着一颗夜明珠，这才请皇上进来。

拓跋宏还没来得及换下朝服，就直接往华音殿来了。接受官员朝贺的礼服极其隆重，袖口滚着一圈金线龙纹，衬托得少年天子丰神俊朗、如玉新琢，与知学里初见时，已经大有不同。

殿内昏暗，冯妙隔着一层薄薄的轻纱，却不起身施礼，只低低地叫了一声：“皇上……”含嗔含喜，几乎让人从心底酥软起来。

拓跋宏坐在床榻边，按着她的手不叫她起来：“前几次来，你总睡着，今天倒是能起身了。觉得怎样，还咳得厉害吗？”

“原本也没那么严重，只是喝了药总觉得困倦。”冯妙支起上身，靠在软垫上，轻声细语地说话。

“御医说你该多休息，”拓跋宏似无意地问，“刚才看见姚福全从你这出去，他做事倒是勤谨，年下的赏赐都亲自带人来送。”

冯妙正要应声，忽然觉得这问话并不那么简单，捂嘴咳了两声，诧异地问：“怎么，刚才是姚公公亲自来的吗？忍冬也没告诉我，说起来，当年还是姚公公把我送进畅和小筑的呢。”

拓跋宏“哦”了一声，也不再深问。突然离得这样近，冯妙心中仍然忐忑不安，要借着昏暗光线，来遮掩脸上的红晕和闪烁不定的目光。她必须学着适应，学着揣摩帝王的心思，来为自己赢得立足之地。从那迷眩人眼的娇莲铺满池面开始，她就彻底没有退路了。

闲闲地说了几件别的事，拓跋宏把手探进床帐内，拢了拢她散在肩上的发：“早些睡吧，朕过几天再来看你。”

等他的御驾肩辇走远，冯妙才从床帐里探出身子问忍冬：“今天宫里有没有什么事发生？”忍冬自从受了上次的教训，便刻意跟宫中其他宫女太监走得熟络，没多久就打听回来，暴室里有人失足落进染池。

那失足而死的太监，正是半月前因为对贞皇后不敬，被杖责了送进暴室的。冯妙忽然隐约明白了几分，这个设局的人，并不是想要置她于死地，而是要让皇上对冯氏女子心生厌恶。幸好她这一向都病着没有出门，并不会让皇上格外疑心。不过，一日不找出真凶，就一日不能彻底消除皇上心中的疑虑。

一人跌入染池，送去暴室的太监还有一人。冯妙望着窗外莹莹雪色，心里渐渐有了计较。

出了正月，便该裁制新衣了，内六局已经提早安排，到平城内几处有名的皇商世家购布料。贞皇后的三年大丧还没过去，往年备下的桃红、烟紫、杏黄等艳丽颜色的绸缎，都不能用了，要重新选定素净些的颜色。

冯妙提早从姚福全那得知了消息，叫来予星询问。穿着从七品掌制服色，予星俨然也有几分端正严厉的样子了，新进尚工局的小宫女，都客客气气地称呼她一声姑姑。

只有到了冯妙面前，她那张一直板着的脸，才放松下来，揉着腮说：“从前一直觉得小心赔笑累，现在才知道，整天端着脸更累。你看我，整个脸都憋大了一圈。”冯妙被她逗得撑不住发笑，伸手掐了一把：“让我看看，究竟大了几尺几寸。”

两人许久没见，玩笑了一阵，才说到正经事上。冯妙把自己的想法略略说了，予星点头：“好是好，可布匹采买并不归我办理，我只管裁制和刺绣，咱们何苦费这么大力气，去解决别人的难题？我巴不得早点看见那个老太监急死。”

冯妙捋着予星身上的穗子说：“你呀，还跟从前一样，不知道多想一想。这次你只管听我的，配合着我演一场好戏。”她眨巴着眼睛笑道：“这场戏要是成了，好处咱们俩都有份。”

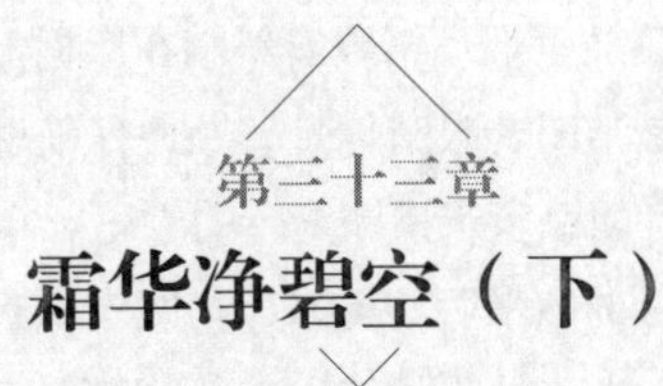

第三十三章

霜华净碧空（下）

送走予星，冯妙又是一连几天不出门。等到立春这天，她一早就把忍冬叫进小厨房，让她按着自己说的方法做。面粉里加进滚水，揉成钱币大小的薄片，每片两面都抹上一层晶亮的油，再把十张这样的面片摞在一起，慢慢压薄，隔水蒸熟。

她曾经听阿娘说过，南朝人家在立春这天，都会做这样的薄饼，准备五辛盘，驱赶漫长冬天留下的寒气。从前阿娘也会做这样的薄饼分给她和弟弟吃。

准备妥当，冯妙把薄饼和两样小菜放进食盒，换上一身宫女装束，把自己平日用的狐皮缀长翎滚边披风交给忍冬，又对她细细叮嘱一番，这才提着食盒出了门。

一炷香之后，束着狐皮缀长翎滚边披风的人影，也从华音殿出门，径直到尚工局去找予星。那人影在尚工局略坐了片刻，便由予星陪着，一路往织染坊去。

冯妙用风帽遮住头脸，沿着小路往崇光宫去，在宫中日久，总算不会轻易迷路了。她掏出准备好的散碎银子，悄悄递给崇光宫门口的小太监："有劳公公，能不能请刘全公公出来说句话？"

刘全在御前伺候，原本不能轻易出来，可冯妙挑选的时间正合适。拓跋宏亲政以后，每天用过午膳，便要到奉仪殿去，把这一天处理的政事一件件向太皇太后讲明。通常会在申时三刻回到崇光宫，小睡一会儿，过了酉时初再传晚膳。冯妙挑选的，就是这个小睡的时间。

她稍稍拉开风帽，让刘全一个人刚好能看清她的脸，然后才低声说："请公公悄悄带我进去，先不要惊动了皇上。"

皇上小睡时最忌有人打扰，若是别人，刘全就找个借口给劝走了。可他知道，这位冯婕妤在皇上心中的分量非同一般，略略躬身说道："婕妤娘娘请这边来。"

崇光宫内殿，龙涎香袅袅生烟。拓跋宏斜躺在床榻上，身上搭着一件平纹锦袍。说是小睡，其实不过是半闭着眼睛休息，顺便仔细思索这一整天的人和事，揣摩太皇太后的态度，还有朝臣宗亲错综复杂的心思。

半睡半醒间，几声低低的咳嗽隐约传来，拓跋宏拿起枕边的翡翠玄武镇枕，作势就要砸过去。手抬到一半，便听见如出谷黄莺般的声音说话："原来皇上这么不喜欢嫔妾来，那嫔妾就走了。"

拓跋宏翻身坐起，眼中有一闪即逝的欣喜，拉过冯妙的手腕，抱她坐在膝上，声音低沉贴着她耳边说："妙儿，你怎么来了？天气还冷，你这咳喘的病最受不得冻了。"

冯妙被他这样亲昵地揽着，声音越发小了："嫔妾想起前几天竟然让皇上久等，觉得失礼，今天特意准备了吃食，来向皇上赔礼。"

"妙儿，别学那些人的样子，"拓跋宏闻着她发间的幽香，胸口竟然有些微微酸疼，"朕喜欢你率性而为。"冯妙今天为了行走方便，凑巧穿了跟从前一样的宫女服饰，前尘旧事一下子涌进拓跋宏的脑海。她喜欢做皇帝的妃子也不要紧，他第一次有些庆幸，自己便是皇帝。

冯妙微不可见地抖了一下，在这皇宫里，哪里有人能真的率性而为呢？她仰起脸，从前百般羞涩、怎么都说不出口的话，此时就那么不假思索、轻而易举地说了出来："那……宏哥哥，请尝妙儿的菜。"

拓跋宏双手从她肩上绕过，握着她的手揭开食盒，菜芽的清香扑鼻而来，两碟小菜旁边，精巧的竹编小笼屉里，放着一小摞色如白玉的薄饼，上面用黑色的豆汤和绿色的菜汁寥寥勾了几笔，就呈现出一幅远山如黛、翠湖生波的景色。

就在此时，刘全的声音很不合时宜地在门口响起："皇上，碧云殿掌事郭泉海有事禀报。"拓跋宏很有些不高兴，冯妙从他膝上挣脱下来，推着他往外殿去："嫔妾这身衣裳可不能见外人，就在这里等皇上吧。"

郭泉海平常总在内六局走动，来崇光宫禀奏事务，还是第一次。他恭敬端正地向拓跋宏行了叩拜大礼，然后才跪着开口："内宫琐事，原本不该拿来打扰皇上，可是事情牵涉重大，不敢私下裁断，请皇上恕罪。"

他说话时，双眼一直盯着身前三尺处的澄泥金砖："今天暴室又有一名戴罪的太监落入染池，尸身打捞上来时，手里抓着一截东西。"郭泉海双手托着一截已经看不出本来颜色的孔雀长翎滚边，高举过头顶，请拓跋宏查看："老奴已经找宫女辨认过，都说华音殿冯婕妤娘娘常穿的披风上，有这样的长翎滚边。"

拓跋宏把玩着一块墨玉镇纸，似乎饶有兴致地听他说话。郭泉海又接着说："老奴还去问过，冯婕妤娘娘在今天酉时前后，跟尚工局的掌制予星一起，去过织染坊。可老奴去问予星掌制时，她却矢口否认。织染坊的宫女腊梅、尚工局的侍工如月都可以证明，她们亲眼看见了。”

“呵，”拓跋宏轻声发笑，“亲眼看见了？”

“正是，老奴已经把人带到了崇光宫门口，皇上也可以亲自审问。”郭泉海觉出皇上的态度有些奇怪，可仍然不慌不乱地说下去，人证物证他都准备得天衣无缝，一定能让冯婕妤百口莫辩。

“好啊，那就带上来审审。”拓跋宏把墨玉镇纸往桌上一敲，示意刘全带人进来。三名宫女被引到拓跋宏面前行礼，等着他开口问话。拓跋宏却闲闲地一指郭泉海：“你审你的，朕在这儿看着。”

郭泉海应了，先向予星问话。予星大声反问：“郭公公，这话你今天已经问了五六遍了，难道一定要问出你想要的那个答案不可吗？就是再问上几十遍、几百遍，我也还是这个回答，今天没有见过婕妤娘娘。”

跪在她身边的如月，看见郭泉海的眼神示意，接口过去说：“予星掌制，奴婢亲眼看见冯婕妤娘娘进了你的卧房，你们谈了小半个时辰，然后一起出了门。奴婢记得清楚，婕妤娘娘就披着那件狐皮缀长翎滚边披风。”

“没有的事，”予星早已经得了冯妙的嘱咐，理直气壮地大声反驳，“今天是华音殿的忍冬姑娘，拿了那件披风来，想要织补一下。我把披风留在屋里，出门送忍冬姑娘回去的工夫，披风就不见了，原来是被你们拿来血口喷人。”

郭泉海也不恼，指着腊梅又问：“皇上面前，不可胡言。你把你瞧见的情形，再说一遍。”

腊梅一脸害怕，连声音都直发颤，忽然对着拓跋宏“砰砰砰”猛磕了三个头：“奴婢并不认得冯婕妤娘娘，不敢胡说。奴婢的确看见有人披着件狐皮缀长翎滚边披风进了织染坊，接着就听见争吵声，听得不大真切，似乎隐约说的是‘贞皇后’‘守灵’什么的。再后来的事，奴婢就真的不知道了。”

郭泉海问完了话，转身向拓跋宏跪禀：“事情经过就是这样，皇上若是不信，老奴还可以把织染坊的其他宫女、太监叫来询问。”他很有把握，有穿着那件披风的人进了织染坊，是好几个人都看见的，正是因为得了这个消息，他才匆匆动手，安排了今天这桩事。就算不能让冯妙彻底失宠，至少也让皇帝更深地怀疑她。

拓跋宏缓缓站起身：“你们各说各的道理，朕都不知道该听哪一个好。凑巧的是，朕这边也有一个人，可以问上几句。”他踱步到隔开内殿的垂地四海同春纹帐幔前，向里面柔声说：“出来。”

许久没有回音，拓跋宏掀起帐幔，正看见冯妙缩在一角，眼中全是惊恐。他心口一阵抽搐，想起几次三番对她的怀疑，走过去搂住她安抚：“妙儿，不怕，以后朕都信你。”

冯妙窝在他怀中瑟瑟发抖，拿捏着可怜的声音：“皇上，嫔妾从申时三刻起，就在等着皇上小睡起身，怎么可能分身去织染坊呢？”

拓跋宏抚着她的背，在她额头上轻吻：“朕知道。”他用大氅把冯妙裹住，替她掩住一身宫女服饰，然后拉着她的手，带她走到外殿。

郭泉海一看见冯妙从崇光宫内殿出来，脸色立刻变了，陡然明白自己才是被设计的那一个。他敢把事情闹到崇光宫来，原本是因为有十足的把握，可现在情形完全逆转了。但他毕竟在宫中周旋十余年，在这万分不利的境况下，还是想出了反戈一击的手段，对拓跋宏叩首说道：“皇上，现在关键就在那件披风上，只要搜出披风在哪里，事情就清楚了。”

冯妙借着害怕，把头埋在拓跋宏肩上，心里飞快地想着对策。要是从华音殿搜出藏好的披风，郭泉海就可以反咬一口，说这一切都是冯妙提前布下的。功亏一篑不说，此后再想博得皇上的信任，可就难上加难了。

“皇上，”冯妙扯住拓跋宏的衣袖，“嫔妾没有什么话好为自己辩解，请皇上立刻派人去搜，还嫔妾一个清白。”

她咬着嘴唇，带着几分恰到好处的怯意，却又坚毅决绝：“嫔妾只有一个请求，请皇上亲自指派人手，带羽林侍卫去搜。嫔妾……只相信皇上。”

拓跋宏听见这话，搭在她腰上的手又紧了几分。他叫刘全上前，吩咐道：“你拿着朕的令牌，带一队羽林侍卫去搜，一有结果，立刻回禀。”

见拓跋宏如此安排，冯妙略略定心，但愿忍冬能够领会她的意思。她深吸口气，对着拓跋宏说：“嫔妾自信清白无辜，请皇上命刘公公带人先去搜华音殿。”拓跋宏点头握住她的手：“就按你说的办，朕绝对不准任何人冤枉你。”

刘全领命离去，冯妙心里紧张，喘息渐渐有些沉重、急促起来。拓跋宏怕她喘症发作，抱她返回内殿，稍稍解开一点领口。帘帐垂下时，冯妙瞥见郭泉海正低头垂手跪着，想必也是在故作镇定。

大约半个时辰过去，刘全隔着帘帐回禀：“皇上，那件披风，在华音殿后院里找着了。”冯妙的心几乎提到嗓子眼儿，这会儿却不能露出半点焦急，一声不吭地等着拓跋宏先发话。

“那披风团成一团，用一块细麻布包裹着，扔在华音殿后院墙根儿下。”刘全接着说，“尚工局平常给各宫娘娘送的衣裳，都是用这种细麻布料包裹，是不是华音殿的，实在不好说。”

冯妙提起的心骤然落下，幸好忍冬还是明白了她的意思。刘全拿着崇光宫令牌，又带着羽林侍卫，必然气势汹汹地去。忍冬来不及把披风处理掉，只要装作是别有用心的人把它扔进华音殿的，就足够了。

拓跋宏沉默不语，崇光宫内立刻涌起一层凛然凉意。他用手指敲着床栏上的填金雕花，冷冽开口："把那两个满口胡言的宫女，绑了送到慎刑所去！"

刘全知道，皇上越是面上不动声色，心里就越是恼怒，赶忙给一旁的侍卫使眼色，让他们手脚利索地把人拖出去。

隔着鲛纱，拓跋宏的眼神又往郭泉海身上扫去，寻思着如何处置他。郭泉海一直是高太妃身边最得脸的掌事太监，处置了他，就等于向宫中盘根错节的高氏势力动手。这一手迟早要动，但现在不是时候，他还没做好万全的准备。

还没开口，衣袖已经被一只纤细的小手扯住，冯妙在他身前缓缓跪倒，另一只手还拢着没来得及扣拢的领口。拓跋宏屈身抱住她安慰："放心，朕不会叫你再受委屈。"

冯妙轻轻摇头，却不站起来："嫔妾恳请皇上，不要处置郭公公。"

拓跋宏没料到她说的是这个，以为她仍旧只是害怕，不想卷进宫闱纷争，抚着她的头发说："朕自会处置，你不必担心。"

冯妙不如他力气大，被他抱住，挣脱不开，便就着他的袍角位置，叩首恳求："嫔妾是真心实意的，即便要处置，现在也不是好时机。"她整个人几乎都伏在拓跋宏膝上，声音不大，只让他一个人听得清楚："也许这正是林姐姐在天之灵要送给皇上的一份大礼。"

拓跋宏微微一怔，随即明白了她的意思，心底荡起一圈圈涟漪，再难平静。冯妙此刻的想法，也恰恰是他多年来心中所想，高太妃把持后宫事务，少说也有二十多年了，处处都有她的眼线耳目，要么不动，要动就要连根拔起。

冯妙仰起脸，目光落在他薄而紧抿的唇上："皇上也许认为嫔妾有私心，可这话不是华音殿冯婕妤想对皇上说的，而是妙儿想对宏哥哥说的。"她试图用不大的小手包裹住他的下颌："皇上要如何对冯婕妤，那是雷霆雨露，莫非皇恩。可宏哥哥，不可以不信妙儿。"

拓跋宏反握住她的手，压在自己胸口，不过短短一瞬，他便朗声对外殿说："郭掌事，这事你自己去跟高太妃娘娘说，要如何处置，全由太妃做主，下去吧。"

郭泉海躬着身子小步后退，到外殿门口，这才直起腰身。屋檐上的积雪已经开始融化，淅淅沥沥地沿着屋脊淌下来，中间夹着几块碎冰。他把靴子压在那几块碎冰上，狠狠一踝，这次是太过心急，才栽在冯家那小丫头手上。没在外面飞过的小家雀，他就不信翅膀能有多硬！

予星还跪在崇光宫外殿，不知道该去该留。拓跋宏看了她一眼，眼中露出些赞许神色：“这个小宫女，倒是很有胆色，敢说实话。朕该赏你，你想要什么赏赐？”

冯妙向予星微微点头，示意她大胆说出来。予星原本就是个直爽性子的人，见皇帝和煦可亲，便直截了当地说：“奴婢想跟皇上求一个天大的恩典，不知道皇上舍得舍不得。”

拓跋宏很少见到如此直爽有趣的宫女，笑着说：“你且说说看，朕才知道舍得舍不得。”

予星原本就口齿伶俐，一番话又是早就想好的，说得又快又清楚：“今年宫中裁制新衣的布料不够，奴婢曾经和婕妤娘娘说起过，可以在尚工局养蚕缫丝。宫中许多出身农家的宫女，在家时都养过蚕。不但能供应宫中贵人的布料，还可以拿到宫外去卖。奴婢想跟皇上求个天大的恩典，准了奴婢试试这事。要是成了，奴婢不敢讨赏，就求皇上准许宫中自行织造，要是不成，奴婢求皇上心疼婕妤娘娘，别罚奴婢了。”

冯妙适时地开口：“皇上，官营织造，的确值得一试。从前昌黎王府内也有自己的蚕娘，每年的进项可不少呢。”

“好，”拓跋宏爽快答应，“朕准你这个恩典，若是成了，朕给你一个更大的恩典，准你在内六局之外单设织造坊，总领织造事务！”

予星欢天喜地谢恩离去，刘全也识趣地退下。拓跋宏拉过冯妙，让她坐在自己怀中，咬着她的耳垂说：“妙儿送来的东西，朕还没尝上一口呢，这可怎么办才好？”

冯妙被他撩拨得浑身酥软无力，嗔怪地说：“菜凉了就不好吃了，皇上叫人另外传晚膳吧。”

“朕倒有个主意，连晚膳也不用了，”他移到冯妙柔软的唇上，轻轻吮吸，“秀色，就可餐。”

冯妙垂下向外推拒的手，生涩地承受着他越来越热烈的吻，唇齿间全是男子炽热的气息，脑海中迷乱不堪。在她捧着拓跋宏的下颔，说出那番话时，竟然分不清自己是真心还是假意，内心早已颠倒错乱。拓跋宏勾着她的舌尖，缠绕打转，满意地看她软倒在自己身前，快要融化成一池春水。

当他终于停下绵长的吻、把手指放在半解的衣带上时，冯妙轻轻按住了他的手：“皇上，嫔妾曾经在林姐姐灵前发誓，找出害她痛苦而死的人之前，不承皇恩。”阿娘曾经说过，只有爱重自己的女子，才会叫男子真心爱护，她在灵堂许下的诺言，自然不能轻易反悔。

拓跋宏见她神情严肃，也不再说什么，替她系好散乱的衣带：“天快黑了，朕叫刘全送你回去，以后每天申时三刻，你都可以常来这儿陪朕说说话。”

冯妙返回华音殿时，忍冬急忙忙地迎上来，确认她安然无恙，才松了口气。冯妙腿上虚软，神色间却难得地轻松了几分："放心吧，至少最近一段时间，任何人想在皇上面前陷害我，都不会那么容易让皇上相信了。"

回到高太妃眼前的郭泉海，倒是给高太妃出了个难题，她毕竟算是皇帝的长辈，这事罚轻了、罚重了，都有点说不过去。过了三天，高太妃命郭泉海到华音殿登门赔礼，不讲事由，只说办事不力冒犯了冯婕妤，把这难题又丢到了冯妙面前。

冯妙想起上次郭泉海责打予星的事，让忍冬假称自己睡着，搬了把春凳陪着他等自己醒来。冯妙从贴着彩纹花纸的轩窗看出去，一人坐在春凳上，一人跪在混合着泥的雪水里，慢慢喝了好几泡暖茶，才披衣推门，说了忍冬一句"调皮"，叫郭泉海回去了。

这一次，倒不是因为冯妙心软，好几条无辜人命因他而死，岂是在雪地里跪一跪就能算了的?

二月末，南征讨伐萧齐皇室的三路大军还朝。早在元旦之前，丹杨王就已经在军中几次上表，说这个季节南朝泥泞多雨，不利于大军前行，请求暂且回朝休整。就在文书一来一回这段时间，假梁郡王已经连克好几处重镇城池。

眼看南征的目的已经达到，拓跋宏也知道南朝不是一朝一夕能够攻克的，便准了大军还朝。人还没到平城，嘉奖的诏令已经下发，假梁郡王承袭广阳王爵位，可入朝议政。

广阳王拓跋嘉回到平城当日，连府邸都没回就先入宫谢恩。一身甲胄鲜亮，人没进宫门，先自己卸去了腰间的佩剑，虎虎生风地走到少年天子面前，三跪九叩："谢皇上再造之恩！臣愿肝脑涂地，至死不渝。"

明堂之上一片寂静，只有这员虎将的嗓音嗡嗡回响，接着是天子和蔼的语声，压住了那阵回响："贤卿请起。"原本跋扈嚣张的宗亲贵胄，看着拓跋宏明朗温和的笑容，第一次清醒地认识到，皇帝已经亲政了。

这一天的申时三刻，拓跋宏在崇光宫召见广阳王拓跋嘉，冯妙穿着家常式样的素净小袄，陪在一边磨墨。

拓跋嘉讲着沿途所见的南朝风物，赞叹不已。讲到两军交战，拓跋嘉忽然笑道："说起来，此次南征，称得上奇中之奇的，就是臣遇到的这位奇人了。"

第三十四章 细雨湿流光

拓跋宏饶有兴致地听着，冯妙也一边磨墨一边侧着头听。

拓跋嘉的人马，在三路大军中最为勇猛，起先一路攻城略地，连夺数城。可大军过了兖州之后，战况就变得不那么顺利了。拓跋嘉的兵马调度、突袭方位，好像总是能被南齐军队提前猜中，做好准备。

一连几次失利后，拓跋嘉增加了探子的数量，终于发现南齐军中有一名神秘的谋士，不是将军，更不是士兵，只是孤身一人在城池之间奔走。这人所到之处，总能提前预料到北魏大军的动向，随机应变。北魏军擅长突袭，作战从来没有固定的计划。在这种情况下，那人仍然能够猜中魏军动向，靠的完全是对人心本性的通透了解。

“臣知道了有这么一位奇人，就故意设下一支伏兵，引着这人去广陵救援，又连夜突袭广陵城，想要生擒这个人。”拓跋嘉讲到激动处，险些忘了君臣之分，“那天夜里，广陵四面的城门，都被我派人围住，绝无可能放任何人出城。我带着精兵五十人，直冲广陵县衙。”

冯妙听得好奇，连手里磨墨的动作都停下了，直盯着拓跋嘉看。拓跋宏也忍不住问：“后来怎样？”

拓跋嘉拊掌叹息：“县衙大堂里，端端正正坐着一个白衣书生。臣当时料想，那位谋士一定还没跑远，便喝问那名书生。没想到，那书生大大方方地说，他就是我们要抓的谋士。”讲到这里，拓跋嘉摇头苦笑。

冯妙已经猜到了大概，也轻轻一笑，低下头去继续磨墨。

“我当时哪里肯信，又觉得为难一个手无缚鸡之力的书生，太丢面子，喝骂了几句，就叫人把他赶出城去。”拓跋嘉讲起这件事，还是一脸懊悔，“等到搜完了整个县衙，才回过味来，他果真是那名谋士，而且就这么大摇大摆地从五十精兵眼前逃走了，还是我亲自叫人赶出去的。”

拓跋宏听了，仰头哈哈大笑：“果然是个奇人，这也难怪，谁能想到一个文弱书生竟然有如此胆色。”

广阳王拓跋嘉走后，拓跋宏沉思片刻，对冯妙说：“这个谋士的行事风格，倒是熟悉得很。”冯妙点头：“正是，很有云泉寺那人的风格。”

拓跋宏用手指敲着紫檀桌面，思忖着说：“在云泉寺，那王玄之应该已经看出了朕的身份，而且言语间很有毛遂自荐的意味，这次却又帮助南齐击退了朕的兵马，不知道究竟是什么缘故。”

他微微闭眼：“这么一个有意思的人，要是不能为朕所用，实在太遗憾了。”

冯妙把墨汁倒进白瓷小碟，放在紫檀书案一角：“皇上不必担心，这个人啊，一定还会再来平城的。奇货可居，不过是为了卖个高价罢了。”

两人一起用过晚膳，冯妙便向拓跋宏告退。她听说李弄玉近来在崇光宫耳房抄录书册，想去看看她。冯妙觉察出，拓跋宏有意让李弄玉做内廷女官。她一路走一路低着头笑，这么个人，也算得上平城女子里的一位奇人了。只可惜，拓跋宏虽对她敬重有加却谈不上喜爱。

刚推开耳房的门，一声李姐姐还没叫出口，屋内就传出一阵噼里啪啦书册落地的声音。抬头一看，始平王拓跋勰正坐在平时李弄玉抄书的座位上，而李弄玉正站在他身旁三步远开外。冯妙没料到始平王在这儿，一时有些尴尬，看始平王起身向她见礼，匆匆回了一句：“王爷不必多礼。”

她把目光转向李弄玉，却发现李弄玉也是一脸尴尬愠怒，面色如常，两只轮廓秀气的耳朵却全都红透了。口脂已经花了，白皙的脖颈上也带着一个可疑的红印子。

始平王拓跋勰掩饰似的轻咳两声，对李弄玉说：“本王要查一查去年派人出使南朝时准备的礼单，你先去给本王倒杯茶来。”

冯妙往桌上一瞟，礼单就放在拓跋勰面前，而且，放反了。

李弄玉一言不发地走到梨木茶台前，倒了一杯隔夜的冷茶，端回书案边，“啪”一声重重放下。茶水溅出来不少，她也不理。拓跋勰却咳嗽得更重了，端起冷茶胡乱喝了一口。

冯妙知道自己来得不是时候，应付着说了几句话，就逃一样离开了。走在路上，她抚着胸口想，难怪始平王会知道她有桂花酒。跟李弄玉一起豁然而醉、兀然而醒的人，恐怕就是他了。至于幕天席地、纵意忘情……冯妙不敢再想，红着脸加快了脚步。

回到华音殿，忍冬便送上用小炉温着的汤药："高大人又送了十天的药量来。"冯妙用帕子垫着杏花春燕小碗，小口喝药。药方里加了薄荷脑和紫苏叶，绵长的后味刚好压住了原本的苦涩。这药对她的咳喘症很有效，冯妙虽然不喜欢高清欢行事的方法，却也不再拒绝他送来的药。

才喝了几口，外殿门口的小太监进来通报："清凉殿李娘子来了。"冯妙见李弄玉进来，知道她有话要跟自己单独说，叫忍冬出去挖一坛桂花酒，用小火隔水温热了备着。

李弄玉欲言又止，好半天才说："今天的事，别说出去。"她平常从不会软言软语地开口求人，这句话说得十分生硬。

难得见她露出几分羞涩，冯妙故意逗她："今天事太多，李姐姐说的是哪一件呀？"只一句玩笑话，李弄玉却恼了，涨红了脸站起来："算我白认识你一场。"

冯妙赶忙拉住她，直摇着她的手说："好姐姐，别跟我恼，待会儿把满院子的桂花酒都给你带走，算我赔不是，好不好？"李弄玉禁不住她这样赖皮，瞪了她一眼重新坐下。

"李姐姐，始平王文采风流、少年英武，是个值得托付终身的人。"冯妙跟她面对面坐着，收起刚才的玩笑神色，诚心诚意地劝她，"待选娘子其实算不上皇帝的嫔妃，原本就是可以嫁给王室宗亲的，难得始平王肯真心待你。生为女子，期盼的无非就是个白首不相离的一心人罢了。"

冯妙叹口气，还有一句话没说出来，始平王只是个闲王，不是皇帝。他若是娶了喜欢的女子，就可以一心一意待她，不会遮掩试探，不用三宫六院。

李弄玉攥着鬓边的一串璎珞，脸色越发难看："可是……始平王看中的一心人，原本不该是我。我……我是那个误闯进来的多余人。"

这秘密已经藏在她心里许久，一旦开了口，便如鲠在喉，不吐不快。"始平王一早就有意跟陇西李氏结亲，曾经要求娶我的四姐。那时我们都还没见过始平王，我们姐妹六人，从小就被父亲当男孩一样养大，并不觉得嫁给宗亲贵胄是多么了不起的事情。我四姐便写了一首藏头诗，讥讽始平王，叫我贴到始平王府后门上去。我那时年纪小，什么都不怕，果真去了……"

冯妙静静听着，又是一出阴差阳错、造化弄人。年少无知的李弄玉，恰恰在始平王府后门遇到了常服出门的拓跋勰。拓跋勰以为那藏头诗是李弄玉所写，对这性格率直的女孩一见倾心，当下应允不再向李家求亲。原以为到此皆大欢喜的李弄玉，却被那少年王侯拉住，在她耳边说了一句话："本王可以等，等到你心甘情愿要嫁给本王那天，再给你一个平城最盛大的婚礼。"

李弄玉的四姐，就是跟她一起入宫待选的李含真，两人从小亲近，现在仍然有同样的机会做女官、嫁始平王，所以李弄玉才犹豫不定，满怀愧疚。

冯妙握过李弄玉的手：“李姐姐，我也不知道该劝你怎么做。曾经有人告诉我，遇到左右为难的事时，就索性率性而为，不要违背了自己的本心。现在我能劝你的，也就只有这么多了。”

平城的三月多雨，几场春雨过后，柳梢上就开始发起了绿茸茸的嫩芽。尚工局后面，原本就种了一大片桑榆，为了采纳阴凉，现在倒刚好可以取用桑叶。要养蚕缫丝，说起来容易，可真要供应宫中数量巨大的份例、赏赐，选蚕种、喂养、织造一点都不能马虎。

冯妙得了拓跋宏的默许，带予星一起出宫，去平城里最大的几家绸缎庄看看。予星做了掌制后，对布料、针法尤其上心，看见各式各样的绸缎绫罗，恨不得每样都摸上一把。

春雨淅沥，细细绵绵地落在油纸伞上，冯妙撑着一把小巧的竹骨伞，站在养蚕种的木架前凝神细看。这些东西她并不陌生，小时候她和弟弟没有什么玩具，阿娘就悄悄拜托送饭的厨娘，带两只小蚕来，放在窗棂下养着。那蚕就像心底的希望一样，从一点点大，长成一个胖胖的蛹，最后变成精巧绝伦的丝绸。

她听见予星在跟人熟练地讨价还价，正要叫她不必那么省，一个七八岁的男孩，抱着好几匹布料，从她身边经过。大约是怕冲撞了贵客，那男孩往旁边侧身绕去，却没留神，正撞在一旁堆放的布料上。

布料光滑，原本就堆得不大牢靠，被人一撞，直朝着冯妙砸过来。那男孩吓得愣在原地，连呼叫都忘了。

身后就是院墙，身侧是放蚕苗的架子，冯妙无处躲闪之际，竹制伞骨被人握住，向前一带，整个伞面恰好迎上劈面砸过来的整匹布料。油纸伞面根本承受不住任何力道，“哧啦”一声划开，伞骨拨得布匹稍稍改变了方向，仍旧砸下来。

一幅月白色的宽大衣袖，轻轻遮挡在冯妙面前，刚好挡住了她的视线。布匹砸在人身上，发出沉闷的钝响，那月白色衣袖的主人，也同时发出一声忍痛的闷哼。那人原本可以把冯妙拉开，却生生守着男女之防，不去唐突碰触她的身体和衣衫，宁可自己用背替她挡下那些布匹。

绸缎庄放在门口迎客的布料，都是上好的，质地致密，整匹十分沉重，这几下着实砸得不轻。冯妙有些不好意思，低声道了谢，再一抬头，刚好看清那人的面容，惊诧之下“啊”了一声：“怎么是你？”

王玄之立在原地，衣衫被伞骨钩得破损了几处，脚下布匹凌乱散落在污泥里，可这一切都丝毫无损于他温润清华的气度。“是在下的家仆唐突了小姐，该说抱歉的人是我才对，”他淡淡开口，声音在雨雾里显得越发平和，“弄坏了小姐的伞，如果小姐不嫌弃，这里刚好有一把徐道子的踏青归晚绸面伞，就送给小姐当作赔礼吧。”

徐道子是南朝的制伞名家，每一把伞都亲手制造，并且独一无二，绝不重复。在南朝士族的追捧下，徐道子的伞已经价值连城。曾经有人花费千金买到了一柄徐道子的素面伞，雨天想要拿出来炫耀，又怕被雨淋坏了，便自己撑着这把伞，叫家仆另撑一把大伞跟在旁边，一时成了笑谈。

递到冯妙面前的伞十分精美，伞面上只用绿色染料涂抹了几滴，像是随雨落下的叶子沾在伞面上一样，生动传神地切合了“踏青归晚”。冯妙连连摇头：“损坏的不过是一把伞罢了，公子不必这么客气。”

王玄之却恍然好像没听见一样，撑开那把踏青归晚，举在她头顶：“小姐说的是，不过是一把伞罢了，就请不要推辞了。”他这样撑伞挡雨，更加让冯妙过意不去，只得接过了伞自己拿着，心里想着这人礼数周到，记性却不大好。上次拓跋宏已经说起过，他们马上就要成婚，冯妙今天又梳了已婚女子的发式，可王玄之却仍然称呼她“小姐”。

予星听见声响，急匆匆地过来，见冯妙安然无恙才略松了口气。云泉寺里见过几次的青衣小童无言，也满面焦急地走过来，却被王玄之抬手止住了要说的话。

“小姐想看些什么布料，在下正好有时间，愿为小姐介绍一二。”王玄之温文客气，引着冯妙，一样样指给她看，“这种天香绢，颜色艳丽、质地挺实，用来裁制衣裳是很好，不过穿用的人多了些，未免流俗。这种软烟罗，质地轻薄，用来裁成窗纱，四时景物影影绰绰，别有一番趣味。”

讲起各色绫罗绸缎，王玄之竟然也异常熟悉。他一双狭长凤眼从一匹泛着珍珠色泽的布料上扫过，忽然微微笑着把那布拿起来：“这种浮光锦，是胡商从高昌一带贩卖回来的，在日光下华彩流动，最适合肤色白皙、身形娇小的女子穿用。”他把浮光锦拿在冯妙身前比量了一下，目光不知道是在看布料还是在看人，似乎很满意，却又不动声色地放下了：“小姐还想看些什么？”

冯妙有些奇怪地问：“这绸缎庄原来是公子的产业？”

王玄之点头：“平城内凡是门口用竹制匾额的，都是我的私产。”见冯妙神情惊诧，又笑着摇头：“这没什么了不得，家中父兄一向轻视商人，所以我才千里迢迢到平城来经营。要是被他们知道了，恐怕要狠狠责骂我一顿。”

冯妙多少知道些南朝世家的规矩，商人一向是最受人轻贱鄙夷的。她只是有些疑惑，琅琊王氏是江南数一数二的名门，这样人家的公子，怎么会需要出来经营私产？

王玄之像是猜透了她心中的想法，解释道：“狡兔三窟，南朝一向也不太平，总要提早做些准备，给自己留条后路。”

他既客气又坦诚，倒叫冯妙不好隐瞒来意，直说了家里想要养蚕织造。王玄之便给她推荐了几种容易养活、产丝又快的蚕苗，招呼人装好，替她们搬上马车。冯妙原本担心他又要白送，正想着该怎么拒绝，可王玄之却很快报出一个数目，算不得贵，可也算不得便宜。

予星讲价讲惯了，仍旧要他便宜些，随口说了个一半的价钱。王玄之也不计较，就点点头说“好”，示意无言上前，从予星手里接过下定的玉佩，问妥了去哪里支取银子。

冯妙登车离去，王玄之站在原地，出神地看着那一匹浮光锦，眉间渐渐浮起一抹痛苦神色。无言上前担心地问：“公子，您的手臂恐怕伤到筋骨了，进去包扎固定一下吧。”他与冯妙交谈许久，一直用左手指点着布匹，右臂始终藏在衣袖里，宽大的衣袖垂落，恰好盖住了内侧沾染的血迹。

“公子，就算您想跟那位小姐多说几句话，也不用这样硬挺着，要是落下什么毛病……”无言没留意他的神情变化，还在絮絮说个不停，终究被他一声低斥打断。

“把那匹浮光锦收起来吧，不卖了，”王玄之神色淡漠，倒叫无言有点不知所措，“浮光掠影，昙花一现，名字太不吉利。”

冯妙难得自由自在地出来一次，虽然身后仍旧跟着换了常服的侍卫，还是觉得心情大好，买了盐渍梅子、酸枣奶糕、菊花饼，捧回宫去。

回到华音殿，她和予星关起殿门，把东西仔仔细细、不多不少地分成了四份。一份给予星带回去，一份冯妙自己藏在小罐子里，留着夜里吃，剩下两份，准备给李弄玉和冯滢送去。

忍冬在一旁扁着嘴说：“不知道的还以为娘娘在分什么值钱的宝贝呢，不就是点心嘛，宫里御膳房也经常做，用料还更讲究呢，有什么稀奇？”

冯妙拈了一块酸枣奶糕给她尝，笑着说：“那不一样，御膳房的东西，就是太精细了，怎么都不如集市上买来的好吃。”

忍冬被那块枣红色的小点心酸得直皱眉，灌了口茶才咽下去，又叹着气说：“娘娘现在的样子，才有些像十五六岁的小姐了，奴婢第一次在甘织宫见着娘娘时，娘娘虽然笑着，可让人看了总觉得心里难过。”

冯妙用海马纹小瓷罐装了一份点心，要给冯滢送去。冯滢一向体弱多病，不能侍寝，也没得册封，分派宫室时尚仪局问了太皇太后的意思，把她跟冯清放在一处。冯妙不想跟冯清碰面，专门挑了她每天去碧云殿给高太妃问安的时间过来。

为了照顾冯滢静养，分给她和冯清的顺和殿，距离其他宫嫔的住处稍远，殿前是一片柳树林，十分安静。冯妙刚绕过那片树林，远远地就看见卢清然带着宫女盼儿，从顺和殿里出来。

盼儿喜滋滋地抱着一匹冰纹鲛纱，赔着笑对卢清然说："娘娘，这鲛纱质地可真好，回头做成帐子，夏天的时候用，最舒服了。"

卢清然得意地哼了一声："你懂什么，俗人才用它做帐子，把这鲛纱裁开，跟艳色的天宫锦叠在一起，缝制成衣裳，那才好看呢。"

盼儿恍然大悟似的猛点头："还是娘娘知道得多，奴婢跟着娘娘，可真长见识。回头娘娘穿了这样别出心裁的衣裳，还怕迷不住皇上？"

卢清然笑骂道："别胡说。"语气里却没有半点怒意，反倒越发得意，主仆两个扭着腰走远了。

冯妙看着奇怪，冯滢从来不爱跟人说话，什么时候跟卢清然这么熟络了，还送冰纹鲛纱给她。转念又想，有人常来顺和殿走动，总比让冯滢一个人闷着好。

顺和殿的小宫女偷懒，不知道躲到哪里去了。冯妙推门一路进去，都没看见半个人影。她估计着冯清比冯滢尊贵，又是姐姐，想必住了东配殿，便沿着碎石小路，往西配殿走去。

靠近那处雕梁画栋的宫室，隐约听见室内有低低的啜泣声。冯妙透过半掩的镂花门扇看过去，冯滢正坐在妆台前，用手背抹着眼泪。

"滢妹妹，这是怎么了，哭得像个花猫似的。"冯妙只当是想家寂寞，走进去笑着揉揉她细软的发，把带来的点心一样样拿出来。

"姐姐……"冯滢原本收了哭声，一见是她，又放声大哭起来，"我想回家去，不想留在宫里。"

进了宫哪还能随便出去呢，就算皇帝肯放，博陵长公主也不会甘心的。冯妙心里清楚，却不忍心直说出来，抚着她的背安慰了几句。

"姐姐，"冯滢抽噎不止，伏在她怀里断断续续地说话，"我每天都怕得要命，又不敢跟二姐说，我……我真的不能侍奉皇上……"

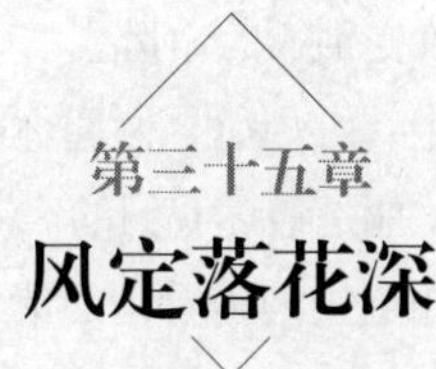

第三十五章 风定落花深

冯妙替她抹去挂在睫毛上的泪滴："滢妹妹，别说这种傻话了，既然已经进了宫，就没有退路了。"

冯滢咬着唇，狠狠心跪倒在冯妙面前："姐姐，求你救我，我……我已经不是完璧，如果被皇上发现，就是欺君罔上的大罪。我一人死不足惜，恐怕还要连累冯氏满门。"

冯妙惊得说不出话来，冯滢从小乖巧安静，任谁也想不到她会做出这种事来，好半天才问："什么时候的事？"

"两年前，大哥送我去代郡温泉养病，就是在那时候，"冯滢垂着头，因为讲起不堪的往事而脸色泛红，可目光中却没有丝毫柔情，"不过是一个生得俊秀些的侍卫罢了，并没什么特别。我也知道，是因为看守代郡温泉的将军，命他来照料冯家的小姐，他才对我那么关心客气。"

"我原本指望这病缠绵不愈，就可以逃过冯家女儿注定的命运了。可临去前我才知道，无论如何，母亲都会送我入宫，我怕极了，不想一辈子在这黄金囚笼里过，"冯滢说着，眼中又流下泪来，"只要有人能带我走，不管那人是谁……我就这么匆匆忙忙地把自己交了出去，可没想到，那人是个敢做不敢认的懦夫。事过之后，他居然跪在地上，痛哭流涕地扇了自己好几个耳光，求我放过他。我……"

冯妙听得心下发凉，以冯滢的性子，要做出这种事来，一定是对入宫厌恶恐惧到了极点。想必入宫时的教引嬷嬷，也不敢对冯家小姐太过严苛冒犯，所以才没发现这件事。如果可能，她也很想帮帮这个小妹妹，可是，连她自己都陷在这个黄金囚笼里，哪还有余力去改变别人的命运。

冯滢止住哭声，坐回胡凳上："姐姐，谢谢你听我说话，我也知道这事情难办，不然，我早就去求大哥了，他是最疼我们的。"

冯妙心中酸涩难言，转念想起进门前看到的情景，又问："那卢令仪也是来陪你说话解闷的吗？"

"她？！"冯滢冷笑一声，"是啊，她可真是怕我闷坏呢。"她语气里满是不平和厌恶，却还是慢慢讲给冯妙听："今年份例的布料，到现在还没发下来，各宫各殿都是一样的。可她却总有缘由，今天说罩衣找不见了，需要布料裁件新的，明天说窗纱旧了，趁着天气好要换换。口口声声说，不好意思去太妃娘娘面前叨扰，只能来找二姐，可又每次都赶在二姐不在的时候来。我被她吵闹得没法，每次都叫人拿我自己带进宫来的布料给她。"

听到这儿，冯妙已经明白了大概，心里对卢清然越发鄙夷。范阳卢氏也算是名门望族，家里什么好东西没有，偏偏要从冯滢这里拿布料。无非就是对冯清跟着高太妃协理六宫不服，又不敢对冯清怎样，只能把怨气撒在文静多病的冯家小妹身上。

妆台上用来计时的线香烧了快一半，冯妙想着冯清就快要回来了，柔声安慰了冯滢几句，便要离去。冯滢把桌上的点心向前一推："姐姐，这些东西你带走。"

冯妙以为她病中挑嘴，不喜欢这些外面带进来的东西，笑笑说："那就赏给伺候的下人吧。"冯滢却忽然按住她的手，一样样装回海马纹瓷罐里："姐姐，记着，以后都不要再给任何人送吃的东西，就算你是一番好心，别人客气收下，过后也根本就不会动上一口。"

看她怔住，冯滢接着说："你可还记得，从前家里专门有人教导宫中礼仪？你听过的，只是冠冕堂皇的那一部分。母亲还曾经请人单独教导过我和二姐，那人讲的第一件事，就是绝对不能吃其他妃嫔送来的食物，因为那食物里，可能有叫人心悸昏厥的生草乌，也可能有让人落胎不孕的红花。"

"姐姐，"冯滢说着眼睛又开始泛红，"一辈子要这样提防人、算计人，还是为了一个我不爱的男人，我不甘心。我连该爱一个什么样的人都还不知道……"

冯妙捧着海马纹瓷罐，一路走回华音殿，脸上都被夜间的凉风吹得忽冷忽热，通红一片。忍冬看她有些失魂落魄，急忙忙地用温水帮她擦脸，又拿了平金手炉来，重新填上炭帮她暖手。

她看冯妙好半天都不说话，小声咕哝："我就说别去送什么点心，这是又招惹起什么心思来了？娘娘要是能少想些事，早就不用喝什么汤药了。"

冯妙对她摆摆手，叫她把海马纹瓷罐连着里面的点心一起都扔出去：“放心吧，我没胡思乱想，这次我才是真想明白了。”

这一夜又是翻来覆去、辗转难眠，半睡半醒间，想起冯滢日日惊惧的样子，汗水几乎浸湿了锦被。面前一会儿是郭泉海的阴狠面容，一会儿又是卢清然趾高气扬的咒骂，依稀似乎有暧昧不明的声音在对她说话，却听不真切。冯妙骤然睁眼，胸口像压了一块大石，几乎喘不过气来。

她披衣起身，拉开团蝠藤萝纹窗幔向外看去，满庭皎洁的月色，才让她渐渐安宁下来。已经是婕妤了，距离九嫔只有一步之遥，不可以在这个时候放弃。

昏睡时那些模糊不清的念头，逐渐在她脑海中连成一片。卢清然这种不知轻重的嚣张跋扈性子，岂不正是她此时需要的？既然人家已经送到面前来，不好好利用一下，未免太过可惜。

裁制春衣的份例，直到三月末才送到各宫各室。往年这个时候，春衣早已经上身了，今年各宫妃嫔却还都捂着厚重的夹棉冬衣，都难免有些怨言。去年刚入宫时的春衣颜色鲜亮，也不好拿出来穿。

不知道是高太妃的主意，还是郭泉海自己的心思，分发布料时，没像往年那样，直接按照品级分配好，而是把布料先裁成小块下来，送到各宫各殿去，供娘娘、娘子们按照喜好挑选。

一点小小的变化，就让这些年轻的妃嫔们兴高采烈，连先前的不快和怨气都散了大半。

布料样子送到华音殿时，冯妙看似随意地翻了翻。绫、罗、绸、缎、丝、帛、锦、绢，含义各不相同，要不是听过王玄之讲解，她也分辨不清。贵族人家的小姐，只认得几种最名贵的料子和花色，至于辨别材质和质量，那是下人们要做的事。

她见里面只有两匹素色的轻罗，便指了那两匹，又和颜悦色地问那跪在地上的小宫女，接下来要去哪一宫。小宫女口齿伶俐，回答说先让三位婕妤娘娘挑了，余下的拿到冯婉华和卢令仪那里去，再然后才按照品级轮到其他的妃嫔和娘子。

“冯婉华倒罢了，昌黎王府什么好东西没有？卢令仪倒是对衣裳布料很上心呢……哎，这匹水天碧色的十香绢看着也不错，颜色透亮又不犯贞皇后大丧的忌讳，好像皇上也喜欢穿天青色的衣裳来着……”冯妙说着话，脸上露出倦容，“罢了，本宫挑得头眼昏花，你下去吧。”

冯妙叫忍冬拿赏钱赏她，给送了出去。不一会儿，忍冬就返回来，附在冯妙耳边说：“那小宫女在宫道上转过弯去，就把那匹十香绢的布样子，给换到前面来了，应该是往卢令仪的颂元殿去了。”

刚才说话时，冯妙就看出那小宫女一味奉承讨好。这种性子的人，要是有机会在令仪面前露脸，怎么肯轻易放过？毕竟，在宫嫔跟前做贴身侍婢，可比在内六局轻松多了。

她叮嘱忍冬：“等到那两匹布料送来时，你就说我指的不是这个，叫她们另换同色的其他布料来，随意什么都可以，只是不要绢。”

太皇太后旧年在永巷落下了腿疾，好几年不曾复发，今年不知怎么又发作起来了，天气稍暖，就去了代郡行宫疗养。四月间便是高太妃的生日，照例又是小宴，因太皇太后不在宫中，太妃便传旨在碧云殿开宴，随意热闹一下。

宫中只有拓跋恂一个幼儿，奶娘提早抱了来，在太妃娘娘跟前逗弄着玩耍。过了百日的拓跋恂，一双眼睛瞪得老大，挥舞着小手，非要高太妃抱了才肯安静。奶娘讨好似的笑着说：“真是奇了，小皇子殿下就跟太妃娘娘亲近，别人谁抱也不依呢。”

高太妃叫人拿了果子来，摆在面前给拓跋恂拨弄着玩，口里的语气却淡淡的：“都是本宫的孙儿辈，哪能不亲近？”

说话间，各宫妃嫔也陆续到了，给高太妃送上贺礼，仪制上不敢越过太皇太后，就在巧心思上下功夫。冯清这一向跟着高太妃学着协理内宫事务，请了一尊白玉观音像，命人送进碧云殿内殿去了。卢清然从家中带了两盆珍贵难得的兰花，也提早摆到了碧云殿里。

冯妙手绣了一幅百寿图，不求出挑，只求无功无过、不惹人注意就是了。

私下里众人都听说了皇上也会来，衣饰、发式上都特别动了巧心思。冯妙在卢清然身上扫了一眼，果然看见她用那匹水天碧色的十香绢，裁成了百褶海棠裙，外面搭了一条素色披帛，禁不住微微一笑。真是个沉不住气的，鱼饵才放了一点点，就急着咬钩了。

落座之后，高照容照例仍旧是来晚的。自从去年的上巳节春宴开始，她几乎次次如此，连太皇太后都曾经半开玩笑地说她：“不描上两三个时辰的眉，是不肯出门的。”其他人见怪不怪，又是在高太妃宫里，倒也没人挑她的错处。

高照容穿一件浅烟色直罗对裁上裳，配一条湖蓝色云锦暗纹直裙，素雅出尘。刚向太妃盈盈地行了礼，袁缨月就赞了一句：“原来姐姐挑了这匹浅烟色的直罗，这种颜色最不容易穿得好看，在姐姐身上，却是怎么看都好。”高照容受惯了别人的夸赞，也不推辞，只说了一句：“袁妹妹今天穿得也好，头上这支白玉福禄簪，既应景又大方。”

冯妙细细打量高照容的衣衫，尚工局送布样那天，她看见只剩两匹轻罗，便猜到另有好的绫罗被高照容挑中了。高照容原本就生得美，在衣饰上又格外用心，绝不会放着名贵的绫罗不拿。

坐在一旁的王琬，倒好像故意似的，对着卢清然上上下下看了几圈：“姐姐这身衣裳，倒是挺别出心裁的，这料子也是今年的份例吗？”

卢清然看见高照容抢了风头，心中早已不快，这会儿正好得着机会，举起半边衣袖夸耀：“正是呢，那天尚工局送布样子来，这匹碧色十香绢正合我的心意，就留下了。”王琬越发不住口地连连赞叹。

冯妙故意等着她们说得差不多，才欲言又止地说：“这衣裳，的确好看，只不过……今天穿，恐怕不大合适吧。”

卢清然正在兴头上，听见这话哪里肯依，非要冯妙说出个缘由来。

“算了，还是别说了，当着太妃娘娘的面，实在太失礼了。”冯妙现出几分委屈神色，“等小宴散了，我再悄悄告诉你吧。”

要是碰上个有眼色的，听出话头不对，便不该追问下去。卢清然却拿套着赤金护甲的手指往桌面上一磕，瞪圆了一双杏眼：“婕妤姐姐想说什么，就直说出来吧，正好太妃娘娘在这儿，衣料上的事，还有什么是太妃娘娘不知道的。”

冯妙双手捧着一碗杏仁豆腐，怯怯地说：“绢料挺括易染色，原本是极好的，可是以往却很少送到宫里来，因为绢有一种特殊的用途，怕犯了贵人的忌讳。”她偷偷看一眼高太妃，忽然惶恐地就要跪下：“太妃娘娘，请恕嫔妾无心，原本不该在今天这样的日子，说起这件事。太妃娘娘万福万寿，千万不要为了这点小事心中不快。”

高太妃原本还没回过味来，听冯妙这样一求，才猛然想起来，素白绢子是给死人下葬装殓时用的。特别是生前炊金馔玉、钟鸣鼎食的贵胄，害怕死后被兽类噬咬，入葬时一律不用蚕丝织成的绸缎，只用素绢。

刚才听着卢清然自夸自赞的宫嫔娘子，这会儿都露出嘲讽的神色，只是看着高太妃的脸色也不大好，才没敢笑出声来。其实装殓一向只用素白绢子，至于染了色的绢子，原本是并不忌讳的。这些贵族小姐从没机会操办丧事，自然也没办法知道得那么清楚，被冯妙这么一说，生生坐实了卢清然在太妃寿宴上失礼不敬。

卢清然气得脸色涨红，一时连话也说不出来。冯妙给卢清然面前的小盏里倒上茶水，殷殷地说：“是我不好，不该说起这个，令仪妹妹可千万别因为这个跟我生分了。”她的位分本来就比卢清然高，又这样客气地给她斟茶，卢清然再怎么恼怒，也发不到冯妙身上。

冯妙又转向高照容夸奖道：“高姐姐这身直罗衣料，甚是好看。那天尚工局的宫女来华音殿时，我看见布样子里还有两匹轻罗，跟高姐姐身上的直罗差不多。我一向怕冷，就没挑这种轻薄的料子。这种纯蚕丝织成的料子，不但穿着舒服，还能保养皮肤和头发呢，难怪几天不见，高姐姐的容色越发光彩照人了。”

高照容遥遥地向她举了一下酒杯，算是听见了，却没接她的话。直罗和轻罗很相近，高照容又生得妖娆美丽，把这料子越发衬托得精致绝伦。

时间过了大半，拓跋宏才姗姗来迟，仍旧穿着一身天青色锦袍，一进门便先给高太妃斟酒贺寿。卢清然选的碧色十香绢，原本就是为了配上皇帝这身常穿的衣装，此时果真撞上了，却因为先前那番话而尴尬不堪，直到小宴散了，她都没再说话。

第二天申时三刻，冯妙照旧到崇光宫外殿磨墨添香。拓跋宏手里握着卷书，却不看，只盯着冯妙瞧，看她把香料放进研钵里磨碎，再用小勺投进喜鹊缠枝香炉里，

“皇上瞧什么呢？”冯妙有些不好意思地笑着问。

“朕在瞧，这满屋子的东西，好像都活过来了，”拓跋宏索性放下书卷，手臂一伸，就把冯妙拉到身前，“你可真是促狭，昨天气得卢令仪的脸，都快跟那身天水碧色衫子一样了。”

冯妙耳边被拓跋宏口中的热气一呵，酥痒难忍，向后一缩：“原来皇上早听见了，专门等到这时来笑话嫔妾呢。”

“这话好没道理，”拓跋宏手上加力，让她倚在自己身前，“朕昨天要给太妃贺寿，原本穿了件新制的绣金腾龙锦袍，为了配合你这一出，专门折回去，换了那件天青色常服。”

“皇上才没道理，怎么只说嫔妾，”冯妙嗔怪着推他，“皇上这一换，比嫔妾还促狭。”眼波流转间，容光生动曼妙。凭这一言一笑，冯妙已经明白，拓跋宏对卢清然并无多少好感，只不过为了表示对汉族名门的优待，面上不好对她太过苛责。

拓跋宏的手沿着她的衣带来回摩挲，纤细腰肢几乎不堪一握，只用一边手臂就可以整个圈住。因为不穿绫罗的誓言，冯妙只穿着一件织锦襦裙，款式在汉人小姐中很常见，杂裾广袖。

有那么一刻，冯妙几乎心都漏跳了一拍，流连在她腰带上的手指，带着灼热的触感，隔着衣衫传过来。她几乎要疑心，皇上对她从来没有过猜疑，只有少年夫妻间的闺阁柔情。就在这一片迷乱思绪中，她听见拓跋宏开口：“朕倒不知道，你对布匹还如此了解。”

冯妙的心陡然一沉，满身温热一下子变成冰凉。她恰到好处地把头埋在拓跋

宏身前，柔婉地回答：“嫔妾不懂呀，是前几天跟尚工局那位掌制一起出去选蚕种，听绸缎庄里的人介绍的，才略略知道了那么一点。”

只有清醒记起眼前人的冷酷决绝时，她才能如此放松得体地跟他亲近。她甚至要靠想象，若是林琅此刻在这里，会如何说、如何做，才能继续跟他神色如常地交谈下去。

拓跋宏“哦”了一声，慢慢把手松开，语调已经有些冷淡：“那绸缎庄里，有人跟你相识？”

“没有，”冯妙几乎是立刻脱口而出，“予星买了不少蚕种，商家面对这样的大主顾，肯定要客气些，嫔妾不过是跟着沾光罢了。”她不知道为什么要这样说，只是隐隐觉得那天王玄之的言谈透着怪异，不该让他知道。

拓跋宏发出一声轻哂，手里捏着的一根笔管，“啪”一声脆响便折断了。他忽然说：“你回去吧。”

冯妙被那清脆声响一惊，立刻从他怀中站起，低头就要出去。因为拓跋瑶自戕，似乎就在这里，他曾经生生折断了她一根小指，现在一想起来，那直入五脏六腑的痛楚还异常清晰。

人已经走到门口，拓跋宏又抬手，像要抓住她一角衣裙，口中的话直冲出来：“等等！”冯妙立刻站住，顺从地转身：“皇上还有什么吩咐？”

她越谦恭客气，拓跋宏心口那团火就烧得越厉害，手掌几乎捏得指节喀喀作响：“告诉刘全，传高照容来，今晚侍寝。”

冯妙松了口气，还好，他不是要对自己生气暴怒。妃子在皇上面前，是不应该流露出任何妒意的，否则便是妇德有失，她挤出一个柔和欢喜的笑来：“是，请问皇上要高婕妤几时几刻过来？”

“就现在！”拓跋宏几乎是抑制不住地怒吼，听见他传别人来侍寝，她就那么高兴？高兴到那笑颜都跟平常不一样了。

这一晚，天还没黑透，春恩车就载着侍寝的妃嫔进了崇光宫，这样的事，以前从没发生过。

没过几天，卢清然到尚工局去闹事的消息，就传了出来。她派自己身边的盼儿去私下打听，确证了果然还有两匹轻罗。那天送到颂元殿的布样子，她从头到尾都翻过了，根本没有什么轻罗。是有人故意害她出丑，还是尚工局轻视她这个令仪？这么一想，心里就先窝了一股邪火。

她难得地收敛了一回，过了几天才带着盼儿过去，找着尚工局掌管库房的人，客气地要那两匹轻罗。可她去时，冯妙已经先她一步行动了。早在盼儿过去打听时，冯妙就得了消息，叫予星留神寻个机会，把那两匹轻罗给用了。

予星在尚工局掌制的位置上历练了一年，为人处世已经变得十分利落。她借着给各宫各殿改换窗纱的机会，把那两匹轻罗用得一点不剩，却又丝毫不露痕迹，任谁也赖不到她身上。

卢清然气得七窍生烟，却连个发火的对象都找不到，只能对着郭泉海大发雷霆。一来二去，郭泉海就这么不明不白地得罪了这位令仪。而借着高照容那副绝色容颜的衬托，纯蚕丝织成的绫罗，在后宫悄悄成了最受欢迎的布料。

可这一切，远比不上予星无意间听来的另一个消息，更让冯妙上心。

第三十六章 烟霭纷纷

予星把这消息讲给冯妙听时，冯妙的心都几乎快要停止跳动了。

郭泉海虽然帮着高太妃打理内六局事务，可毕竟是个太监，不敢当面顶撞正四品令仪，任由她奚落、责骂了一番。偏巧这天，尚工局有个叫小佩的宫女在院子里烧纸钱，被郭泉海抓了个正着。

满心的火正愁着没处泄，这小宫女倒自己撞上来了。郭泉海一怒之下，叫人把小佩捆住双手、吊到树上。手腕处各坠上一个沉甸甸的秤砣，脚尖刚好能碰到地，脚掌正下方的地上，却戳着两根削尖了的竹签子。小佩上不得、下不去，又疼又怕，只能哭着求饶："郭公公，求您饶了奴婢这一回吧。奴婢跟孙嬷嬷是同乡，给她烧点纸钱略尽尽心意，孙嬷嬷这些年替您办事，可从来都是尽心尽力的……"

孙嬷嬷正是当初照料林琅的人之一，后来不明不白落水死了。

这事果然跟碧云殿有关，冯妙只觉得喉咙里都要呕出血来，林琅碍着碧云殿什么事了，值得他们下这样的狠手？愤怒过去，她渐渐冷静下来，林琅留下一个皇长子，高照容就不用再担心立子杀母的祖训了。事实上，自从林琅去后，高照容的"病"就一天天好起来了。

可她依然觉得哪里不对，孩子出生以前，没人能肯定林琅腹中一定是个男孩，这样布局动手，未免太匆忙了些。

她对予星叮嘱："你多留意那个叫小佩的，只要是她跟郭泉海接触，就多留神几分。到了现在这一步，只除去他掌管内六局的权力，已经不够了，我还要让皇上清楚看见，到底谁是害了林姐姐的人。"

予星买回的蚕种，结出了第一批茧茧，可宫中养过蚕的宫女，总是抽不好丝，不是粗细不均匀，就是力道太大扯断了丝线。冯妙知道这事越快越好，由不得慢慢地练习，便带着予星又去了上次那家绸缎庄。出宫原本就是拓跋宏默许的，冯妙想着他那天的奇怪举动，便没再特意去请旨。

无言引着她们两人进屋时，王玄之正在临一幅《兰亭集序》。依着冯妙的意思，原本不想打扰他，只想找个有经验的蚕娘给予星演示一下。可王玄之从容地净了手，亲自带她们到蚕房去。

月白衣袖挽起，露出一双十指纤长的手，指甲修得平短而圆润。世家子弟的身体都保养得很好，连头发都一丝不苟地天天用皂角擦洗，再抹上貂油。

冯妙看见他右小臂上，有一处三寸多长的狰狞伤疤，横在细润的皮肤上，有些遗憾地"呀"了一声。王玄之却很释然地笑笑："前几天撞伤了，很快就会好的。"那么深的伤口，又没及时缝合，多半会留下疤痕，难以去除。白璧微瑕，实在叫人叹息。

王玄之熟练地取过一个蚕茧，先在热水里浸泡，然后再慢慢展开，捻出一根细丝，一圈圈固定在一旁的小锭上。他做得极其认真，眼睛紧盯着白亮的丝，一点点解说："煮茧的水，要细泡微滚、汤如蟹眼。抽出的丝以柔顺凝滑、白如霜雪的质量最佳。"

一个茧抽完，泛着光泽的丝线上，隐约映出两道窈窕身影。王玄之盯着丝线看了半晌，才把那缠绕着丝线的小锭子拿在手里："就是这样，小姐还有什么不清楚的吗？"

冯妙笑着摇头："真是没有想到，公子竟然也会抽丝。"

王玄之把卷起的袖子一点点放下，用他惯常的语气说话："原本是不会的，因为小姐家里是第一次养蚕，上次买蚕种回去时，在下就想到结茧时小姐应该会再来，这段时间特意练习的。"

这话说得冯妙有些不安，局促间反倒不知道该怎么答话。王玄之把小锭子随手丢进桌下的竹篓："小姐买了那么多蚕苗，我们总该尽力让小姐满意，好指望明年还能跟小姐做成生意。"

予星还在看东看西，冯妙拉了她一把，要告辞离去。王玄之客气地送到门口，叫小童帮她们打起车帘、放好垫脚踏凳。车轮辘辘而动时，冯妙听见王玄之对无言吩咐："这几天有些咳嗽，你去厨房看看，用生萝卜加嫩豆腐，搅碎了隔着纱布沥净，再调上一勺蜂蜜。是药三分毒，这个方子治咳嗽是最好的，用的都是食材。"

无言张口结舌，真的快要说不出话来："公……公子，您最近咳嗽？我怎么不知道啊……"

隔着车帘，这些话听得一清二楚。予星转头对冯妙说："你刚刚不是一直在咳嗽嘛，正好回去试试，听着好像不错呢。"

一连几天，拓跋宏都没有召见冯妙，刚好这时，太皇太后从代郡行宫养病回来。冯妙用山药、当归、枸杞和乌鸡炖了补汤，给太皇太后送去。

刚走到奉仪殿门口，便听见两个粗使小宫女在小声说话。其中一个说："六公主真是可怜，刚才驸马爷也来了，啧啧，那么大个人了，连话都说不利索，腰也伸不直……"

听见她们说起拓跋瑶，冯妙反倒不好出去了，不知道这会儿拓跋瑶还在不在奉仪殿里。

另一个小宫女没看见旁边有人，接口说下去："就是就是，六公主原先多爱笑的一个人，连见了我们都笑嘻嘻的，可刚才看着，真吓人呢。"那小宫女压低了声音，话就有些不大真切："听说前阵子原本有身孕了……也不知道那样的驸马爷怎么能……在屋里，丹杨王妃也不管，一个晚上，生生把三个多月的孩子弄没了……"

冯妙听得浑身直打战，腿都有些发软，金枝玉叶、娇生惯养的公主，如何受得了这样的折磨？

奉仪殿的大门"吱呀"一声开了，两个小宫女立刻闭了嘴。崔姑姑亲自送一个人出来，正是回宫省亲的拓跋瑶。崔姑姑殷殷叮咛："公主也去向皇上道个安吧，过后要是想回宫来，就回来多住几天，太皇太后一直惦记着公主呢。"

"不了，父亲想必这会儿正在崇光宫，他们商议国家大事，我不好去打扰。"拓跋瑶一开口，声音仍旧粗哑得吓人，像石块相互摩擦的声响，却比那样的声响，更粗粝难听。她口中所称的父亲，自然是丹杨王。

这时躲闪已经来不及，冯妙只能端着紫砂小盅，从槐树背后走出来。拓跋瑶一见她，眼中几乎喷出火来，可那火光很快就暗淡下去，变成了一潭死水。拓跋瑶向她屈身行礼："见过皇嫂。"

从前两人交好时，拓跋瑶从来不会这样规规矩矩地行礼，她总是突然跳出来，偷看冯妙在做什么。

冯妙把紫砂小盅交到崔姑姑手里，请她代为侍奉太皇太后用了，她自己要跟拓跋瑶说几句话。

宫女、太监远远地跟在后面，两人沿着宫道，默默地走出好远一段路，谁也不说话。走到一处垂花拱门前，拓跋瑶停下脚步，盯着冯妙说："原本我心里恨你，可我现在不了，我只是不想再见你，永远都不想。"

即使早知道她是这样想的，听她亲口说出来，冯妙还是觉得心里说不出的难受。

拓跋瑶哑着嗓子笑了一声：“我不怨恨我的命，我只怨……先认识他的是我，你凭什么……”她说了一半，便扭过头去，眼睛里浮起大颗的泪珠。天气已经转暖，她却仍然穿着皮裘领夹棉外衣，脖子上缠着一层素色丝帛，遮挡自戕时留下的旧伤疤。她的脸色、唇色，都是异样的惨白，灰败中透着一层青色，显然是长期失于调养导致的虚亏所致。

垂花拱门外，丹杨王府的马车已经等在那里。丹杨王世子捧着一块点心，像小孩子似的吃得满手、满脸都是渣滓。丹杨王刘昶从崇光宫方向走过来，拉着世子上了马车。家仆恭恭敬敬地过来，请陈留公主一同上车。

拓跋瑶没再说一句话，跟丹杨王世子上了同一辆马车，离宫回府。

跟拓跋瑶见面，让冯妙心里越发难受，她那番似是而非的话也让冯妙更加不安。她原本想着把粉笺要回来，再委婉地跟王玄之说，她已经嫁作人妇。可每次在绸缎庄见面，王玄之都十分客气，除了养蚕和织造的话题，从来不谈其他，反倒让冯妙找不着机会开口。

唯一值得高兴的是，予星不但自己学会了抽丝，还教会了二十几个宫女。她把整锭雪白光亮的丝拿给冯妙看，计划着用这丝织成布料，给各宫各殿用。

冯妙把丝锭拿在手里，仔细思量半晌，才对予星说：“物以稀为贵，眼下不用急着织得太多，要让宫里的妃嫔喜欢蚕丝织成的布料，还得花一番功夫。”

予星很自然地点头：“动脑筋的事，还是交给你。”她忽然在自己头上敲了一下：“差点忘了，还有一件更重要的事，要跟你说。前几天，我听见小佩跟郭泉海那个老东西说话了。”

她凑到冯妙耳边说：“今年的春衣份例，都要素净颜色的，原本不容易买到。虽然迟了些日子，那个老东西还是很快凑齐了，你可知道这是为什么？”

冯妙一早也对这事情有些疑惑，不过在宫中掌事多年的太监，多少总有些自己的门路，所以她也并没特别在意。此时听予星提起来，又勾起了她的好奇心。

“太妃娘娘掌管后宫事务这些年，具体操办都是交给郭泉海去做，一直不让旁人插手。每次采买时都把价钱说得高一些，从宫中多支取银两。等到处置旧物时，他再把崭新的东西混在旧物里一起运出去，卖掉的钱自然就归了他自己。我亲耳听到小佩对他说，这个月采买的瓷器，多报了整整一倍的价钱。”予星讲得双眼放光，她不像冯妙这样顾虑多，恨不得立刻就把这事情告到皇帝面前去。

冯妙仍旧还是摇头：“不行，现在告发出来没有用。皇上在太妃娘娘面前是小辈，总不能当真处罚太妃娘娘。再说……”她忽然从床榻上跳起来，双手按住予星的肩膀，连声音都比平常大些：“我知道了！我知道他们是怎么害死林姐姐的了。予星，别的事你都先不要管，只管尽快织出上好的绫罗来，所有的账，这次我要跟他一起算！”

予星虽然不甘心，可她一向都听冯妙的话，这次依旧还是如此。

六月仲夏时，予星已经能用蚕丝织出十分轻薄的布料，冯妙却不让她拿出来，只叫她派稳妥的人看管好，千万不要丢失损坏。

夏至日是平城中一个很重要的节日，上至王公贵族，下至寻常百姓，都会在这一天阖家团聚，一边分吃些时令瓜果，一边猜谜游戏。

尚仪局早早在碧波池边的听心水榭备好了瓜果，拓跋宏和满宫女眷要在这里消暑。女眷们以待选娘子身份入宫时，第一次的小宴就设在这里，不过那时拓跋宏称病没来赴宴，事后又出了郑家小姐溺水的事，听心水榭就一直没再用过。这次重新开了，是因为皇上随口问了一句，“水榭上是不是凉快些？”

冯妙已经想好了一个方法，可以吸引宫中女眷对蚕丝绫罗的兴趣。不过，这方法需要拓跋宏配合一下。自从上次高照容被召幸后，冯妙就再没像以前那样每天申时三刻进入崇光宫，她不去，拓跋宏也不宣，就这么一直僵持下来，始终没机会跟他说起这事。

小宴之前，拓跋宏坐在紫檀书案后随意翻着书。他刚刚宣了袁缨月过来，替他磨墨添香。袁缨月生得小鸟依人，手势动作都很轻柔、也很优雅，可远远看着，就是没有往日冯妙那种灵动气韵。

拓跋宏心中无端觉得烦闷不堪，正要赶她出去，刘全小步上前，躬身禀告：“冯婕妤求见皇上，有几句话想跟皇上说。”

一帘之隔，拓跋宏隐约看见冯妙正跪在地上候旨，心情突然就好了。

“不见，让她回去！”拓跋宏拒绝得干脆，连声音都是轻快的，用笔管挑起对面袁缨月的下巴，“你今天伺候得挺好，改天朕再宣你来。”

“谢皇上，嫔妾……嫔妾愿意侍奉皇上……”袁缨月倒像受了惊吓似的，小心地答话。拓跋宏一个字也没听进去，眼睛盯着随风翻动的垂地鲛纱，那后面的纤细人影已经不见了。他很满意，到底还是冯妙先开口了，先让她吃一次教训，等会儿小宴结束了，再召她过来，好好安抚一番。

各宫妃嫔陆续进了听心水榭，这一天原本就是随意游戏嬉笑的日子，这些贵族小姐们，平常在家中时，也是跟着父亲、哥哥们这样过夏至的。见人到齐，侍宴的太监便给每人送上了一柄新制的团扇，素白扇面，还没有画图样上去。

王琬拿在手里摇了两下，有些奇怪地问：“这扇面，好像跟以前用的宫绢料子不一样啊？这还没画画儿呢，怎么就拿上来了？”

小太监答道："这是用蚕丝做成的扇面，比宫绢的轻巧透气，隔着扇面，看得见对面的人影。要是画上了画儿，就看不出来了。"

王琬举起扇面看看，果真如此，可好虽好，也没有什么特别的，她看过就随手放下了。一抬眼瞥见拓跋宏在上首坐着，忽然站起来说："这么光坐着也没什么趣味，正好有这批新做的团扇，姐妹们不如自己动手，画个扇面上去。"她含羞地看了拓跋宏一眼："就请皇上评判一下，谁画得好，不知道皇上觉得怎样？"她的工笔美人图，是专门练过的，最适合拿来画扇面。

拓跋宏笑着点头："好，画得好的，朕有赏赐。"

皇帝开了口，侍宴的太监立刻去抬了笔墨颜料过来，又燃起了计时的线香，以一炷香时间为限。女眷们略一思索，都赶忙动笔，一炷香时间并不长，扇面又窄小，其实并不好画。只有冯妙、高照容和李弄玉三个人，坐着没动。

线香燃尽时，女眷们在自己的扇柄上坠上一张对折小笺，写上自己的名字，放进一个彩盘里，呈到皇上面前。冯妙正要提笔在小笺上写字，忽然想起小宴前在崇光宫看到的那一幕，便有些犹豫了。也许皇上还在跟她生气，看见她的名字，便不会选她的扇面了。

捧着彩盘的小太监低声催促："婕妤娘娘，您写好了没有？"冯妙咬咬嘴唇，在小笺上匆匆落笔，把团扇放进彩盘中。

小太监走到拓跋宏面前跪下，把手里的彩盘高举过头顶。拓跋宏一把一把看过去，拿起一把画着西施浣纱的团扇，称赞道："画工很好。"王琬见皇上拿着自己的团扇，羞涩又得意地回话："谢皇上，嫔妾献丑了。"

那幅西施浣纱在扇面上很常见，太过中规中矩了，其他人没有王琬这样精湛的画工，大多画了些线条简单的花鸟鱼虫，没有太过出挑的。

拓跋宏拿起一把空白扇面问："这是谁在偷懒？"李弄玉从座席上起身，向他微微躬身道："这是雪满山河图，请皇上赏鉴。"大雪遍野，自然是一片白茫茫了，拓跋宏明知道她在狡辩，朗声笑道："画得很传神。"

再看下去，带着高照容名笺的扇面上，只用墨提了两句诗："明月出云崖，皎皎流素光。"黑白分明，反倒显得别有韵致……

拓跋宏的目光，忽然落在一把只露出一角的扇面上。他把那柄团扇抽出来细看，整幅扇面上，只在下方用胭脂印了一个唇印。扇面轻薄透明，对着光亮看去，依稀觉得扇面背后便是一名倾国倾城的绝色佳人，用团扇含羞遮面，只露出隐约的轮廓。

这种带着点狡黠的精巧心思，只有那一个人想得出来。"今晚就是这把团扇画得最好，让朕看看是谁……"他急不可耐地展开扇柄上对折的小笺，看清名字的刹那，几乎不能相信自己的眼睛，连手指都僵住。小笺上写着三个娟秀的小字：袁缨月。

冯妙默默垂头，盯着眼前小案上晃动的茶汤，好像周围一切都跟她无关。

拓跋宏冷笑，把扇面放回彩盘里，声音冷冽生硬：“今晚袁美人画得最好，等会儿小宴散了，随朕到崇光宫去，朕好好赏你。”袁缨月原本是因为给林琅送了安胎药方，才晋成美人的，一直都还没机会侍寝。这时听见皇上的话，虽然不知道那扇面怎么就成了自己的，还是含羞带喜地应下了。

小宴散去时，刘全悄悄走到冯妙身边：“婕妤娘娘，皇上有口谕，让娘娘待会儿到崇光宫来一趟。”冯妙奇怪：“不是已经宣了袁缨月过去吗？”刘全躬着身子回答：“这个我也不清楚，只知道皇上确实是这样说的。”

冯妙跟在刘全身后，进了崇光宫外殿等候。人刚跪下，鲛纱之内就传来袁缨月的阵阵娇吟。冯妙听得面红耳赤，万分窘迫。外殿空旷，连个人影都没有。她心里明白过来，皇上的怒火还没过去，这是故意要她忍受整夜唾面似的羞辱。

第二天一早，冯妙双腿酸胀，挪着回了华音殿。而袁缨月离开崇光宫时，已经从美人变成了正五品良媛。

一向默默无闻的末等宫嫔，因为一柄蚕丝扇面的团扇，得了皇上的宠幸。这在后宫，几乎是神话传说一样的事。一夜之间，蚕丝成了后宫最受欢迎的织料。

到该分发夏衣份例的时候，各宫各殿都不肯接受宫绢丝帛，一定要轻柔透亮的绫罗。卢清然因为上回索要轻罗不成，尤其闹得最凶，把尚工局送来的两匹宫绢，直接丢出颂元殿门外。直到这时，冯妙才叫予星去向皇上请旨，把宫中自行织造的绫罗，当作份例分发下去。

她特意叮嘱予星，不要直接分发，先从宫外有名的绸缎庄，采买些上好的绫罗回来。然后把采买的绫罗和织造的绫罗混在一起，给各宫送去。宫嫔们自己也分辨不出，究竟哪一匹是买来的，哪一匹是宫中织造的，这才彻底心服口服。

布料分发下去没几天，就又闹出事来。分给高照容、卢清然和王琬的整匹绫罗，外面看着是好的，里面却是劣质蚕丝，颜色不白亮不说，还带着蛀虫。高照容倒没说什么，只叫贴身宫女给尚工局送回来了事。卢清然和王琬却哭闹着到皇上面前诉委屈。

第三十七章 锦绣绫罗

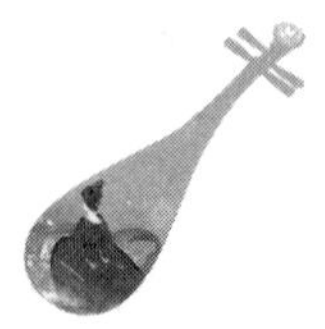

冯妙听说予星已经被宣去崇光宫，便也梳洗了过去。她平常都穿戴得素净随意，这天特意绾了凌云高髻，披上锦雀彩衣，还簪了一支垂丝镂金步摇，庄重大气。

崇光宫外殿，高太妃和冯清也已经到了。太妃娘娘坐在拓跋宏右手边，冯清在她身侧站着。卢清然和王琬在下首坐着，郭泉海和予星则跪在高太妃面前。几匹劣质蚕丝织成的绫罗，散开在地上，黑黢黢的布面上，还带着不少虫卵。

冯妙向太妃和皇帝见礼后，悄然走到两人身后中间位置，这时候她不好卷进去，垂手站着沉默不语。

“皇上，太妃娘娘，这一批蚕丝衣料，一直都是由尚工局掌制予星负责分发，老奴觉得予星一向办事稳妥认真，就没有多加查看，是老奴失职。”郭泉海一开口，就把责任全推在予星头上。

当着高太妃的面，即使皇帝有心袒护予星，也必须有真凭实据才行。拓跋宏向予星一扬头：“这一批布料，是你负责采买的？”

“是，”予星低头承认，“因为宫里织造的蚕丝绫罗数量不够，奴婢就从平城最有名的绸缎庄，采买了一些补充进来。买布料的时候，都是整匹整匹地买，不会打开查看里面。奴婢也没想到，他们竟然这么胆大包天，连卖进宫里的布料也敢动手脚。”

“皇上，太妃娘娘，”郭泉海再次开口，“商人奸诈，老奴恳请严惩。至于予星掌制，毕竟年轻，没什么经验，老奴斗胆替她求个情，依旧让她在尚工局里刺绣裁衣吧。人各有所长，不能强求。”他说得客气，却步步紧逼，只要除去了予星手里的实权，她这个掌制，也就变成了普通绣娘，在尚工局里任他摆布。

“奴婢冤枉，”予星向着皇帝和高太妃磕了个头下去，“奴婢同意郭公公的话，恳请严惩这次采买布匹的绸缎庄。”

“皇上，太妃娘娘，”冯妙在他们身后，小声说，“严惩自然是应该，可要是随意处置了，恐怕不能让人信服。不如干脆把他们收押了，交慎刑所审理，定罪论处。”

皇上和高太妃都点头应允，立刻派人去缉拿绸缎庄的老板。过了大约一盏茶时间，刘全便回来禀报，那绸缎庄里的人当街喊冤，说供给宫里的绸缎都是上好的，不可能有劣质蚕丝。

冯清听了笑着说：“这可就奇了，姐姐的说法好像不能服人呢，那绸缎庄也在喊冤。”

冯妙要的就是这样的结果，她走到皇帝和高太妃面前跪下，正色说：“两面的说法不一致，必定有一方是在说谎，为了堵住悠悠众口，嫔妾认为，应当叫郭公公、予星掌制跟绸缎庄的东家当面对质。”

郭泉海略一犹豫，予星已经抢先开口：“奴婢愿意对质！”她转头故意安慰郭泉海：“郭公公，咱们不怕这样的奸商，皇上和太妃娘娘会有圣裁的。”

事情到了这个地步，便不得不有个清楚明白的说法了。卢清然和王琬，也一力要求当面对质，查个水落石出。如果绸缎商和尚工局都清白无辜，岂不就成了她们两个中伤陷害、无理取闹？

很快，中年绸缎商人沈豫就被带到皇帝面前。第一次进宫面圣，难免有些紧张，可久在商场厮杀的人，很快就镇定下来，要求查验有问题的布匹。

经过予星身边时，沈豫认出了她就是负责采买的姑娘，还向她打了个招呼，对郭泉海却毫无表示，当初采买前，冯妙就叮嘱予星务必找一家从来没有供应过内廷采办的，免得被郭泉海提早知道消息。现在看来，予星应该办得很稳妥。

沈豫在那两匹摊开的劣质蚕丝上仔细查看了半晌，才重新跪回御前：“皇上，太妃娘娘，这不是小人绸缎庄里的布匹。”

郭泉海阴沉着脸低喝：“皇上和太妃娘娘面前，不可狡辩。”

沈豫回身向他抱拳：“小人的身家性命都系在这上头，怎么敢不说实话？”他指着地上的布匹，对皇上和太皇太后说：“这匹布料上，虽然也印着我家的标记，可小人知道这次是供应皇家的贵人穿用，生怕出了什么纰漏，在每匹布料的卷芯里，都加了四喜祥云纹样。可这两匹布料的卷芯，都是没有花纹的。”

郭泉海额头上已经开始有冷汗冒出，沈豫却接着说：“就算卷芯可以替换，小人也还有办法证明，这不是小人家里的布料。”他扯下一块劣质绫罗，对着光线看过去："每家绸缎庄织布的细纹，都不一样。小人家中库房里还有很多布料，可以拿来一件件比对，这两匹劣质的，绝对不是小人家里织成的。"

高太妃把镏金护甲在桌案上一敲，脸上隐隐含怒，缓步走到郭泉海面前："本宫从先皇在世时起，就统理六宫事务，还从没出过这样的事。没想到，这回出了这么大纰漏，你该怎么说？"

郭泉海把额头紧贴着地面，不敢起身，却一句辩解的话也说不出来。

高太妃叹一口气："你啊，糊涂！"郭泉海心下冰凉，从高太妃寡淡的语气里，听出了无情的意味。他知道，这种时候高太妃要弃卒保帅了。果然，高太妃缓缓踱回座位上，沉吟着要开口处置他。

"皇上，太妃娘娘，"冯妙上前两步，"有人偷换了宫中存放的布匹，几位姐妹拿到了劣质的蚕丝，还是小事。这么多的布匹，是如何运进宫来的，才是现在要弄清的头等大事。"

她看一眼拓跋宏，清秀明亮的双眸，对上他朗朗的双目："嫔妾请皇上严查宫禁宿卫，撤换玩忽职守的侍卫。"

拓跋宏良久无言，目光炯炯注视着面前纤瘦的少女，他想做的，她都懂得。"刘全，"他压住略显激越的声音，从容下令，"命殿中将军龚亮，严查处置。"

羽林侍卫的办事效率远比慎刑所更快。一日一夜之后，龚亮就来回了话，东小门上的侍卫收了郭泉海的好处，出入都替他行个方便。那几匹劣质的蚕丝布料，就是从东小门运进来的。

坐实了罪名，原本该将郭泉海送交慎刑所处置。冯妙却穿戴上正三品婕妤服饰，长跪在崇光宫外，等拓跋宏的肩辇一出来，便立刻郑重地恳请他和自己同去，亲自向东小门的狱卒确证一件事。

她的身形在庄重华丽的礼服包裹下显得越发娇小细弱，眼神却坚毅从容。拓跋宏伸手拉她上了肩辇，一同往羽林营大狱去。

冯妙想要当面确证的，只有一件事，究竟是不是郭泉海，从东小门送了安胎和活血的药进来。她已经查过，司药监并没有给林琅送过那些药，只可能是有人从宫外夹带药材进来，偷偷送进了长安殿。

几名收押的侍卫，早已经被鞭打得狼狈不堪，眼见皇帝亲自来问，自然招架不住，指认有小太监受郭泉海之命，夹带安胎和活血的药材入宫。而那小太监，刚好就是在暴室失足掉进染池丧命的那个。

时间、人物、药名，全都印证得严丝合缝。郭泉海自知难逃一死，想要咬舌自尽，被拓跋宏狠狠捏住下颌，不准他这样轻易死去。

太皇太后一向反对严苛的刑罚，拓跋宏登基后，也废除了很多酷烈旧刑，可这一次，却在郭泉海身上破了例。拓跋宏以谋逆大罪，将郭泉海腰斩，弃尸乱葬岗上。

郭泉海一死，高太妃便像失去了一条臂膀一样，对太皇太后请辞，说自己年纪大了，精神不济，不能再打理内宫事务。在太皇太后的再三劝解下，才仍旧担着个虚名，把实际的事宜，都分给了宫中几位品级高些的妃子打理。

内六局原先的总管事，也受到牵连被遣送出宫去了。冯妙在太皇太后面前，似无意地提起了姚福全。太皇太后一向喜欢姚福全办事有分寸，便钦点他做了内六局总管事。予星升了品级，却离开了尚工局，专门打理内廷织染坊。

拓跋宏借机更换禁宫侍卫，全都换上了他自幼信任熟悉的崇光宫侍卫。虽然天子名下仍旧没有亲卫，皇宫却已经实际处在他的掌控之下。冯妙并不知道，林琅拼着一死种下的种子，在她手里，才真正开始生根发芽。

卢清然、王琬因为出面告发郭泉海，各自得了不少安抚赏赐。华音殿却依旧冷清寂寥，冯妙原本也不在意赏赐，只觉了却了一桩心事，终于可以安稳睡一觉了。

时近七月，整晚都闷热不堪。早上慵懒地醒过来，便看见忍冬捧着一幅绢子、一盏喜上梅梢盖碗，站在床榻边："娘娘，这是崇光宫送来的。"

冯妙先揭开碗盖一看，立刻涨红了脸盖上，还用两只手死死压住，好像生怕那里面的东西跑出来似的。

因是御赐的东西，忍冬不敢擅自打开，见着冯妙这副样子，不解地问："娘娘，怎么了，这里面是什么东西呀？"

"你……你下去吧……"冯妙的脸涨得越发通红，胡乱拿起床帐子蒙住脸。

盖碗里装着两颗杏子，一颗圆润金黄，一颗青涩细小。杏，便是幸的意思，她曾经在林琅灵前许愿，找出真凶前不承皇恩。如今郭泉海已经死了，前因后果都已经水落石出，当初的誓言自然也就完成了。

至于两颗杏子的颜色不一样……冯妙咬着嘴唇，他分明是在嘲笑自己，在情事上青涩懵懂。

一整天都心绪不宁，用过晚膳，冯妙就换了轻软的衣裳，斜靠在美人榻上，胡乱翻着一本书。傍晚的凉风一丝一缕透过窗子吹进来，她就在这细碎的风里沉沉睡去，恍惚间似乎有人一直盯着她瞧，用手指梳理她垂在身侧的乌发。

稍稍翻了个身，书册就"啪"的一声掉落在地上。冯妙把眼睛睁开一条缝，正看见拓跋宏坐在榻边，似笑非笑地看过来，一只手就那么跟她十指交握。冯妙急忙就要起身，却被拓跋宏含笑按住，手指描摹着她眉眼的轮廓。

满室静谧，只剩下风卷着窗前小帘子那种若有若无的声音。“对不起，我那时不该怀疑你……”拓跋宏抵着冯妙的额头，极轻极慢地说了这一句话。冯妙几乎不敢相信自己的耳朵。要说出这样道歉的话来，对他来说多么不易！他从出生起就是太子，是天生要做皇帝的人，此时却连惯常的自称也不用了。

冯妙眼角微酸，胸口像激荡着绵绵的钟声，一圈又一圈晃得人头直发晕。拓跋宏抚摸着她的纤细手指，把受过伤的那一边放在唇边轻吻：“妙儿，越是珍贵的东西，就越容不得有哪怕一丁点儿瑕疵，你能明白吗？”

“我的心意，从来没有变过，我仍旧想要你，做我真正的妻子。”拓跋宏在她嘴唇上轻啄，“可不可以？”

冯妙有一瞬间的失神，身子不自禁地向后躲。拓跋宏被这一点细微的小动作刺痛了双眼。她怕他，虽然她尽力维持着一个妃嫔该有的平静和礼数。

拓跋宏伸手从桌上拿过那条白绢，在冯妙面前展开，上面是四个笔走龙蛇的大字：锦绣绫罗。看见她微微诧异的表情，拓跋宏用手指在她鼻尖上一刮：“原来你就只看见了杏子，根本还没展开这幅白绢看过呢。”

不提还罢，一提杏子，冯妙羞恼上涌：“皇上只会挖苦人。”

拓跋宏笑着把她搂在怀中安抚，嘴唇贴近她的耳边轻声细语：“青杏酸涩，可是那味道，实在让人难忘啊。”

说得冯妙又要恼了，像小猫似的拧他的手背。拓跋宏大笑着在她脸颊上亲吻，把白绢折起，放在一边：“妙儿，这是给织染坊题写的，你拿去叫人刻成匾额，找个好日子给了她们吧。”

织染坊不归内六局管理，在宫中地位微妙，有了皇帝亲笔题写的匾额，就没人敢轻视了。他让冯妙去把匾额赐给织染坊，便是让织染坊上上下下，都感激冯妙的恩典，从此听她差遣。除去冯家女儿这一层身份，她在后宫也不算无依无靠了。

冯妙清楚他的心意，内心不受控制地和软下来，头向他胸口靠去。

“妙儿……”拓跋宏在她唇上加重力道，除去那一层帝王身份，他唇齿间的少年气息，温暖而干净。他的呼吸渐渐沉重起来，舌尖划过她的嘴角，轻轻拨弄着她的耳垂。冯妙的手指渐渐收紧，扯住自己的衣带。

“今晚不想回崇光宫了……好不好？”拓跋宏不知何时揽住了她纤细的腰身，埋头在她脖颈间轻嗅，手掌已经贴着领口滑进去。

“嗯……别……”体内涌起的火焰，快要焚毁仅存的理智，冯妙按住他不断下移的手，“今天……今天不行，我……我身上不方便。”拓跋宏顿了一下，把她搂在身前，细细密密地亲吻：“那就在这儿说说话，又不是夜里非要做那件事不可。”

冯妙被他说得不好意思，羞恼地推了他一把：“宫里有那么多嫔妃，只要皇上肯，自然有的是人愿意侍奉皇上。”拓跋宏听她这样说，却好像很开心似的，低低地笑了两声，厮磨着她的鬓发说：“男女之间，若是有情，才算得上欢愉，不然，便只是虚与应付而已。”

他说得直白热烈，宽大的手掌隔着裙上的薄纱，揉捏着她的膝盖，叹息似的说：“你啊，怎么就不懂……”

窗扇半开，依稀看得见窗外的皎洁月色。拓跋宏起身“呼”一下吹熄了烛火，室内便只剩下一层银霜似的月光。他贴着美人榻外侧躺下，把冯妙圈在里面。榻面窄小，平常只能躺下一个人，这会两人紧紧地挨在一起，夏日衣衫轻薄，冯妙只觉得身上起了一层濡湿的汗意，四面全都是他铺天盖地的温热气息。

她起先紧张得手都不知道该放哪里好，可拓跋宏今晚的语声异常低沉温厚，随意跟她聊些诗词歌赋、经史子集。冯妙紧绷的身子慢慢放松下来，也敢跟他随意说笑了。黑沉沉的夜色中，看不清他的五官和表情，冯妙隐约生出一种怪异的感受，似乎这人从前也曾经像现在这样，在夜色遮掩下跟她说话嬉笑，他不是威严庄重的皇帝，她也不是小心谨慎的妃嫔。

不知道什么时候合眼睡去，冯妙被清早一阵鸟鸣吵醒时，赫然发现自己正蜷缩在拓跋宏胸前，双手环着他的腰。而拓跋宏，整夜都把她圈在怀中，又怕挤着了她，半面身子都几乎悬空。

冯妙想要轻手轻脚地起身，刚一动，拓跋宏就把手臂一收，眼睛依旧闭着，额头却准确地抵上她的侧脸：“真想找个弹弓来，把那些不识趣的鸟儿都打下来。软玉温香在怀，舍不得起身了……”

门外忽然传来两声轻而急促的敲门声，这时来华音殿打扰的，必定是有要事禀告皇帝。拓跋宏扬声问：“什么事？”

刘全的声音在门外响起：“回皇上，刚才广渠殿有人来通禀，高婕妤这两天一直呕吐不适，刚刚请太医署的医正看过了……”他顿了一下，才接着说：“太医断定，是喜脉，所以广渠殿特意派人来给皇上道喜。”

室内是一阵尴尬难堪的沉寂，冯妙刚刚因为拓跋宏一句绵软情话而滚烫起来的心，像被人泼上一杯冷茶一样，迅速凉了下去，只剩下零零星星的白烟。他忌惮冯家的势力，便不想要自己有孩子，却一点也不忌讳高氏的血脉。也是啊，他有那么多妃嫔妻妾，少一个女人替他生育子嗣，原本就没什么了不起。他一点也不会顾及，一个冰雪可爱的婴孩，是后宫女子挨过漫长日子的最好慰藉。

冯妙坐起身，手压在小腹上攥紧。她体虚阴寒，每个月这几天都疼痛难忍，这一次又是因为贪凉吃了几口冰碗里的水果，才导致信期突然提前了。昨晚被拓跋宏搂抱亲近时，她就一直忍着，这会儿心中不快，那股隐隐的疼就越发明显。

拓跋宏起身召来宫女为他更衣，看见她脸色不大好，有些担心地问：“你这是怎么了？”

“没怎么，”冯妙难受得一句话也不想说，“一个人睡惯了，昨晚跟皇上挤在一起，睡得不好。”

拓跋宏听见她语气不善，料想她是为了高照容有孕的事心中不快。高清欢精通药理，高照容自己的医术也不差，只不过平时从不表现出来罢了。她自从进宫就病着，真正承宠的机会，也只有寥寥几次，却在精准的计算下，在这几次里就有了身孕。

他挥手叫宫女下去，自己理好衣襟和腰带，走到美人榻边，揽住冯妙的肩，硬把她按在自己怀里：“这会儿想必太皇太后和高太妃也知道了，朕得去看看照容，你再多睡一会儿。”

“皇上，嫔妾叫忍冬备一份薄礼，给高姐姐送去贺喜，”冯妙不愿闻他衣襟上的龙涎香味道，从他怀中挣了出来，“高姐姐有孕，按制还应该再晋位分，皇上可别高兴得把这事给忘记了。”

她语调平平地一样样说着，把贤良淑德恰到好处地挂在脸上，跟昨天夜里的娇声软语，判若两人。还要她怎样？少年天子最擅长的，就是给她一点点萤火似的希望，再狠狠碾碎。

拓跋宏的手臂，还停留在一个拥揽的古怪姿势上。还要他怎样？他已经低声顺气、近乎哀求地跟她说尽了好话，希望她多少能体会自己身为帝王的无奈。面对那些庸俗脂粉，还要伪装出一副喜爱娇宠的样子，来平衡她们身后的家族势力，实在是一种折磨。

不愿承宠，他就顺着她的意思，这几个月，都没有碰过她，连想跟她说几句话，也要担心她会紧张害怕，专门挑白天借着磨墨添香传她过去。他昨晚来华音殿前，就问过彤史，知道还有五六天，才到她该有癸水的日子。可她那样说，他也就信了，整晚只是搂着她说话而已。

“妙儿，你能不能懂事一点，你原本那么聪慧灵巧、善解人意的一个人……”拓跋宏的语气里，已经带着些明显的怒气。

第三十八章 寒声碎

“嫔妾也想像林姐姐一样，不惹皇上生气，可是总也做不好。”冯妙心头酸涩，可偏偏自己又觉得酸涩得毫无道理。

听她提起林琅，拓跋宏无端升起一股烦躁。他这一生已经负了林琅，即使下令斩杀了害她死去的人，也无法弥补分毫。林琅对他而言，是胜似血脉至亲的温情，可冯妙不一样。冯妙是长在他心口的一根刺，是去是留，都一样疼痛。

“你何必拿自己跟林琅相比？你……”他今天已经说得够多了，如果她自己不愿明白，再说多少也没有用。拓跋宏也不用人服侍，自己取过青玉发冠戴上，拂袖就走。

那句话落在冯妙耳朵里，却成了另外一种意思——你凭什么认为自己敢跟林琅相比？冯妙缓缓闭上眼睛，扶着床栏蜷在地上，小腹里翻江倒海似的疼，她从没想要跟林琅相比……

忍冬见皇上带着一脸怒容出去，赶忙进来：“娘娘，地上凉，到榻上休息吧。”她想不明白，皇上前一晚来时，还看上去心情不错，见婕妤娘娘睡着，不准她上前吵醒。怎么过了一晚上，两个人都有些古怪？

广渠殿的喜讯很快就传得六宫皆知。高照容晋封成从二品充华，虽然只高了一级，却已经是九嫔之一。在皇后、左右昭仪和三夫人都空缺的情况下，她是眼下品级最高的妃子。

高照容一向怕热，自从进了五月，内六局就每天上、下午各送一次冰雕到广渠殿。整块存冰雕凿成圆盘葡萄或是鸾凤衔尾样式，供她放在广渠殿内，慢慢融化了纳凉。整个皇宫里的存冰，差不多都给了她了，连太皇太后的奉仪殿，也只是过了六月中旬，才偶尔要些小块的冰来镇瓜果。

自从传出有孕的消息，冰倒是不用了，高照容直接去求太皇太后，要了一块冰种寒玉雕成的莲花送子像，摆在广渠殿里驱除暑气。

阖宫妃嫔聚集在崔婕妤的拂熹殿里，商议七夕节庆的时候，只有高照容不在场。一来二去，话题就说到她身上。卢清然最是不忿，拈着颗葡萄却不往嘴里送："去年贞皇后怀着皇长子的时候，也没像她这样身娇肉贵。太皇太后也太慈和了，由着她要东要西。"

王琬在一边劝解："姐姐，还是少说两句吧，人家是渤海高氏出来的小姐，哪是咱们比得了的。"她口中的劝解，向来只会让人越发心中不快，卢清然果然冷冷地"哼"了一声："也不知道渤海高氏的族谱上，有没有他们这一支。"

其他汉家小姐都哧哧地笑了起来。冯妙低头不语，却知道这里面的缘故。高氏先祖原本是高句丽人，太祖在位时，才一路远迁来到平城。后来高氏日渐煊赫，平原郡公便不承认自己是高句丽人，只说自己原本是渤海高氏的后人，为了躲避战乱才举家北迁进入高句丽的。平原郡公高肇几次想去渤海老宅祭拜家庙，都被渤海高氏的家主婉言拒绝了，只有高氏旁支一个品行向来不佳的小辈，肯跟他以叔侄相称。

冯清却板着脸不高兴，她一向以鲜卑血统自傲，反倒不大看得起这些世家小姐，她端了一碗梅子冰水慢慢地喝："渤海高氏自家的事，外人谁清楚啊？我倒是听说，渤海高家的孙辈，原本有个叫高禧的，因为跟咸阳王的名讳相冲，自请改了个护佑的佑字，皇上为此还专门嘉奖他忠孝呢！"

自从跟着高太妃协理六宫，冯清的确比从前圆滑成熟不少，只是那股自高自傲的跋扈劲头，仍然没有变。一句话似褒实贬，把整个名门世家都讥讽了一番。至于主动去攀附、冒认世家后裔的平原郡公，就更不用说了。

王琬摩挲着手指上的镶祖母绿戒指说："听前几天去诊治的医正说，高姐姐的身孕已经有四个多月了。我们没生养过的，也不懂，四个月了才刚开始有害喜的反应吗？"话里的意思再清楚不过，高照容应该是五月初就知道自己有了身孕，故意借着怕热天天索要冰雕，任谁也想不到有孕的人还会如此贪凉。等过了胎象不稳的头几个月，才说出来。就算旁人对她这一胎心怀嫉恨，这时也不好下手了。

一句话又说得旁人脸色都不大好，高照容如此小心，自然是提防着她们。这次倒是冯清冷冷淡淡地"哼"了一声。她侍寝最早，却一直没有动静，博陵长公主不知道私下送了多少药方来，都没有效果。时间长了，博陵长公主进宫来看她时，也难免心急数落她几句。

崔岸芷一向是最和气好脾性儿的，眼看气氛不好，赶紧叫宫女拿上温热的玫瑰露来，挨个儿送到各人面前，清清嗓子说："什么这家那家的，听得我头都晕了。就算是夏天，也别光吃那些冰镇果子，还是喝一碗清清淡淡的玫瑰露吧，热得发起点汗来，更能消暑。"

殿内一时安静下来，玫瑰露里加了薄荷叶，芬芳怡人的香气四散开来。崔岸芷又问："七夕到底怎么个庆法儿，各位妹妹有没有好主意？我是最头疼这些事情的，偏偏太皇太后见不得我整日不出门，非让我张罗这回的事。"

冯清把薄胎描金小碗一放，从从容容地说："眼下不就有现成的办法吗？高婕妤有喜，咱们就到她的广渠殿去，全当给她贺喜。贞皇后的三年大丧还没过去，七夕也不算正经大节，干脆也不开宴了。姐妹们都是玲珑心思的人，不拘是吃的还是玩的，随意带几样过去，凑在一起热闹热闹，也就是了。"

"只怕皇上不准……"崔岸芷有些犹豫，"四个月虽然胎象已经稳了，可还是怕吵闹、怕劳累。"

冯清身子向后靠去，用帕子抹抹嘴角，不再说话。她的神情举动，原本很像博陵长公主，自从进宫后，却有意无意地模仿起太皇太后来。

"罢了，反正我是再想不出什么好主意来了，"崔岸芷叹了口气，"我先去回了太皇太后和高太妃，要是她们二位都同意，就这么办了。"

太皇太后的心思，一直放在前朝政事上，对后宫的事很少过问，高太妃自从上次被郭泉海闹出劣质蚕丝的事来，也不大对六宫事务上心。既然没人反对，七夕小庆的事就定下来了。

冯妙提前准备了一件给小孩子的纯金镶羊脂玉项圈，算是给高照容的礼物。到准备七夕当夜的用品时，她想起冯滢对自己说过的话，便不往吃食上想。小时候阿娘曾经带她玩过一种玩具，几块形状各异的小木片，可以拼出各式各样的图案来，听说南朝的世家小姐，有时凑在一起便拼这个玩。

她照着回忆里的形状，画好了图样，叫忍冬到尚工局去找人做出来。没几天，象牙磨成的一整套薄片就送了来，还用金片包了边角。

这一套东西，可比小时候玩过的木片精致多了，冯妙拿在手里把玩，猛然间想起，阿娘似乎知道很多南朝的事呢。南朝的诗词、南朝的歌舞甚至南朝的鹅掌做法，她都如此熟悉。更要紧的是，阿娘一直在想方设法到南边去找人。她忽然觉得，阿娘身上似乎有许多秘密，连她也不了解。

自从进宫侍奉太后，她就再没见过阿娘了。冯妙越想越不能心安，从前还能听到冯清的冷嘲热讽，至少可以知道阿娘的情形，可现在的冯清话比以前少得多，很久都不曾提起昌黎王府了。

冯妙把象牙小板放在一边，叫忍冬来："七夕之后，我想出宫上香还愿，你去帮我安排一下。"

忍冬忙问："娘娘想去哪处寺庙？"因为太皇太后笃信佛教的缘故，平城内修建了不少佛寺，除了之前去过的云泉寺，还有寒光寺、甘露寺、九玄寺，都依着名山而建。

"就寒光寺吧。"冯妙选了一处离昌黎王府近些的庙宇，七夕前后，博陵长公主多半会进宫看望两个女儿。如果上香时有机会，就顺便回去看看，至少在门房上打听一下也好。

忍冬向奉仪殿的崔姑姑讨要了出宫的谕令，回来禀告冯妙，就定在七夕之后的第二日。那一天，刚好博陵长公主也要带着幼子进宫，给太皇太后请安。

七夕当天，刚过了午时，高照容身边贴身服侍的宫女浅眉，就来华音殿请冯妙提早过去："我家娘娘面皮儿薄，不会待客，孕中精神头儿就更不济了，想请娘娘早些过去定定神儿呢。"冯妙知道这是客套话，高照容自己是个人精，就连广渠殿的宫女也比别处的更机灵些。她不好回绝，答应了收拾一下便去。

刚送走了浅眉，忍冬正要关上大门，冷不防从旁边一处茂密树丛里，钻出一个人来，进了华音殿就"扑通"一声跪倒在冯妙面前："娘娘，奴婢斗胆，有几句话想单独对娘娘说。"

那宫女模样的人，冯妙认得，正是从前长安殿的心碧。林琅去后，皇上留她继续在长安殿照料皇长子。冯妙见她跑得满头是汗，叫忍冬拿酸梅汁给她喝，和颜悦色地问："有什么事，慢慢讲。"

心碧不接那碗酸梅汁，只管在冯妙面前磕下头去："请容奴婢先给娘娘磕头，一是为了赔礼谢罪，二是为了……奴婢有件事要恳求娘娘。"冯妙十分诧异，什么事竟然说得这样严重？

忍冬知趣地退出去，把门关好。心碧先端端正正地磕足了三个头，才说："奴婢与贞皇后自幼相识，一起在宫中长大。贞皇后不明不白地死了，奴婢那时也疑心过娘娘，甚至在皇上面前说了些……对娘娘不好的话。直到娘娘请皇上处死了郭公公，奴婢才知道从前愚昧无知……请娘娘恕罪。"

冯妙并不觉得这是她的错处，当日那种情形下，证据确凿，即使没有心碧的话，事情的结果也还是一样。

"可是，奴婢恳请娘娘三思，"心碧的脸上浮出一层恨意，"是郭公公命人夹带药材入宫不假，可是他一个年老的太监，害死贞皇后能得到什么好处？他背后的主子，才是罪魁祸首。"

这一层冯妙也不是没想过，只不过她清楚，现在还没有能力撼动真正身居高位的人，贸然动手反倒会陷入被动不利的境地。她甚至想得更多，郭公公从没亲自到过长安殿，前后整整七八个月时间，把药一天天送进林琅嘴里，要有多少人暗中替他做事才行？她只是不想牵连太广，私心里希望，除去了郭泉海，这些人可以安分守己，照旧做个普通的宫女、太监。

“心碧，我知道你跟林姐姐要好，”冯妙坐着看她，语气只是一味地和气，却并不对她表示出特别的熟络，“可是这些事，已经是皇上亲自裁决了的。你要是真心记挂林姐姐，就好好照顾皇长子吧，也算是宽慰林姐姐在天之灵了。”

心碧猛然抬头，眼神里有一闪而过的惶恐：“奴婢不想跟着皇长子殿下了……”她膝行到冯妙面前，苦苦哀求：“奴婢愿意去服侍高太妃娘娘，若是娘娘日后想知道碧云殿的情形，奴婢一定尽心尽力。”

冯妙摇摇头：“心碧，本宫不知道有什么事可以帮你的。你要是想换个地方伺候，可以去找负责分派宫女的冯婉华，也可以直接去求太妃娘娘要了你过去。”她转头看一眼计时的刻漏，起身掸了掸衣襟：“本宫还要赶着去广渠殿，你回去吧，皇长子还小，身边不能离了人照顾。”

这小宫女想报仇的心思太急切了些，现在还不是时候。

心碧离去时很有些失望，连行礼也有些潦草敷衍。

广渠殿半面临水，门口有一簇翠绿的细竹子，遮挡住了院内的景致。一进正殿，冯妙第一眼就看到了那尊莲花送子寒玉像。盛放的莲花上，坐着一个憨态可掬的幼儿，怀中还抱着一条硕大的锦鳞鲤鱼。这么大尺寸的寒玉，本身就已经十分贵重，那雕工又栩栩如生，就连花瓣上的细小水珠，都展现得细致传神。

高照容斜倚在榻上，用银质的小钎子从小碗里扎梅子吃。每颗梅子都只是咬一咬就吐掉，借着梅子的酸味缓解口中的涩，又不会因为多吃了梅子而胃寒。浅眉正坐在一旁的胡床上，缝着一件小孩子的衣裳。

“冯姐姐来了，快过来坐。”高照容穿着一件宽松纱衣，身子还不大明显，含笑招呼着冯妙，要她坐在自己旁边。

冯妙挨着她身侧坐下，探头去看浅眉手里的针线。不愧是个伶俐的宫女，手上的活儿做得极好。见她定定地看，浅眉笑着说：“我们娘娘您是知道的，东西一概都只用自家做的，这次给未来小皇子或是小公主的衣裳，也一概都不用尚工局准备，所以奴婢现在就要做起来了。”

高照容只是心满意足地笑，她拉过冯妙的手，隔着纱衣轻轻覆盖在自己腹部，圆润的触感，让冯妙心头一颤。室内安静无声，冯妙忽然觉得有什么东西从掌心滚过，像血液在血管里流动，又像一阵风从肩头吹拂过去。

冯妙愣愣地看着高照容，见她微笑着点头，才终于确定，是她腹中的孩子在动。原来四五个月的孩子已经可以这样动了，她几乎在那一刹完完全全分享到了高照容初为人母的喜悦。

略坐了一坐，其他人便陆续来了，向高照容行礼道喜过后，纷纷送上贺礼。只有冯清来时怀里抱着胜雪，向高照容稍稍屈膝，把这见礼的一环给糊弄了过去，然后叫侍女送上一件蜀锦缀东珠披风做贺礼。

内殿窄小，一时坐不下那么多人，先来的人放下贺礼，便走到外殿去喝茶闲聊。卢清然绕着那件莲花送子玉像转了几圈，有些阴阳怪气地说："真是好东西，可是高充华已经腹中有子了，哪还需要再送？"

"孩子么，那还不是多多益善。"王琬眼珠转了转，伸手在那玉雕幼儿的胳膊上摸了一下，"呀，果真是上好的寒玉，触感清凉润滑，摸一下立刻就觉得心神安宁呢。"

无论这些人怎样话里有话地交谈，高照容都只是微笑着看她们，自己一句话也不说。原本等着看她笑话的人，反倒觉得没趣，渐渐转到别的话题上去了。

崔岸芷来时，还带来了太皇太后赏赐的一柄玉如意，和高太妃送的一株珊瑚。太皇太后和高太妃都不过来，只传口信说让她们自己热闹热闹。崔岸芷是负责操办这次七夕小庆的人，虽说是每人各自带些吃的、玩的过来，她还是提前叫御膳房准备了八样时鲜果品，摆在院子里的石桌上。

浅眉叫小太监搬一张美人软榻到院子，扶着高照容出来。冯妙拿出的象牙小板，在这些宫嫔眼里，是个新鲜的玩意儿，郑柔嘉拿它在石桌上摆着玩，几个人说说笑笑地围在一旁看着。

高照容没坐多久就觉得困倦，向众人告了声歉，要进内殿去休息一会儿。浅眉扶着她，刚走进外殿的大门，院子里的人就听见"啊"的一声惊叫，接着是什么东西砸在地上的碎裂声。

听见声响，崔岸芷第一个急忙忙地进殿去看。高照容脸色雪白地站在门口，手按在肚子上，虽然神情惊慌失措，看上去却似乎并没有什么大碍。崔岸芷先松了口气，再一转头，便看见那尊莲花送子像已经砸在地上，碎成几块。

"这是怎么回事？"崔岸芷看见浅眉瑟瑟发抖地跪在一边，有些着急地问她。

浅眉跪着答话："奴婢刚才扶充华娘娘进来，王娘子就扑过来，奴婢怕她撞上充华娘娘的肚子，匆忙间就伸手挡了一把。没承想，王娘子站立不稳，又撞在袁良媛身上，袁良媛……良媛……"

她有些胆怯不敢说下去，袁缨月正站在摆放莲花送子像的檀木小架旁边，脚下便是一地碎片。看这情形便知道，是她撞在玉像上，玉像才落地摔碎的。

袁缨月一向胆小，这时委委屈屈地向崔岸芷屈了屈膝："姐姐明察，这玉像是我撞了才掉落的，可是，我并不是有心去撞的……”

一听这话，王琬也急了：“我也不是有意的，刚才进门时，有只猫从暗处直蹿过来。我最害怕这些带爪带毛的东西，这才会……”她说的原本是实情，可讲到一半忽然心思一动，也委委屈屈地说：“再说，我也是一番好意呀，万一那猫抓伤了高充华姐姐，可怎么办呢？我本想挡在高姐姐身前，可混乱中有人推了我一把……”

院子里的人这时也全都走进殿来，听见王琬的话，都拿眼睛去扫冯清，今晚只有她带了只猫过来。冯清一言不发地把胜雪拎起来，举着它的前爪给众人看：“猫的趾甲都已经剪掉了，哪还可能抓伤人？你们看这小东西不会说人话，就敢胡乱往它身上赖吗？”

太多巧合凑在一起，谁都不是故意的，可太皇太后赏下的莲花送子寒玉像，却实实在在地碎了。崔岸芷急得不知道怎么办才好，连连说着：“怎么偏巧今天就出了这样的事……”

冯妙看高照容脸色不好，走上前去对崔岸芷说：“姐姐别着急，先传个御医来，替高姐姐看看吧。”崔岸芷这才想起来，一迭声地问高照容觉得怎么样，又叫婢女春桐去请御医。

“娘娘，这会儿宫门已经落锁了，”春桐小声提醒，“要传太医就得先找奉仪殿的崔姑姑拿批条，娘娘，现在奴婢真的要去奉仪殿吗？”

去了奉仪殿就难免被问起缘由，崔岸芷自己都还没理清头绪，自然更没想好如何向太皇太后交代。想必她在家时也不怎么主事，性子又温暾，事到眼前，反倒不如自己的宫女有主意。

冯妙上前握一握她的手，替她向春桐吩咐：“先别闹得四处不安生了，长安殿里不是有照料皇长子的御医吗？先去请了来看看。”

春桐应着声去了，余下的人看着地上的寒玉碎片，连惋惜都顾不上了。弄坏了太皇太后赏赐的东西，是大不敬，谁也担待不起。更何况，太皇太后笃信佛教，这莲花送子玉像，是她刚成为皇太后时，特意请佛寺中的名师雕刻的，为了祝祷后宫子嗣绵延。这样的物件，更应该精心保管才对。

第三十九章

檀音袅袅

高照容像刚回过神来似的，幽幽地开口："今天不是各位妹妹的错，玉像在我的广渠殿内摔碎了，是我没有妥善保管好。我会向太皇太后请罪，说明这事跟各位妹妹无关，请她老人家责罚我一人。"

她这么一说，袁缨月和王琬的神情明显地松缓下来。冯清没说什么，却抱着胜雪，把头转向一边。平常对高照容奢侈做派颇为不满的人，见她此时自己认下全部过错，对她的印象也改观不少，至少没再当面讥讽。

这时春桐已经带着长安殿的韩医正匆匆返回，立即请他给高照容诊脉。平常进宫来的医正，多是上了年纪的老人，可这位韩医正却很年轻。宫中女眷需要避讳，被浅眉引到侧殿等候。

冯妙也要一起过去，却被高照容拉住了手："姐姐，陪陪我。"高照容柔弱起来，带着小鸟依人的可怜相，冯妙拍拍她的手背，留在床榻边。

韩医正仔细诊了脉，隔着轻软床帐问："娘娘平日可是睡得不好，夜里常常发汗？平日胃口如何？"

浅眉替她回答："娘娘的确经常睡不安稳，有时夜里冷汗淋漓，白天吃饭也没有什么胃口，总说嘴里尝不出味道。"

"这就是了，"韩医正低头垂手答话，"娘娘的胎象无碍，只不过体质虚寒，需要用药调理一下。"他犹豫了一下，才说："臣的专长在小方脉上，在宫中也一向只照料皇长子。娘娘和腹中胎儿都是千金贵体，臣不敢随意用药，还是尽快请一位擅长妇科一脉的医正来，比较稳妥些。"一窗之隔，韩医正的话，清晰地落进众人耳朵里。

高照容也不强求，叫浅眉给了他赏钱，好生送出去。“姐姐，”屋内只剩下冯妙，高照容伏在枕上，又拉着她的手恳求，“明天一早，我要去向太皇太后请罪，我心里害怕，到时候想请姐姐一同去。”

冯妙原想置身事外，可想到早先那一下温暖有力的胎动，那种奇妙的触感，好像还在她手心里涌动，到嘴边的话就说不出口，她只能点头答应了。

返回华音殿时，忍冬小声咕哝：“高充华也太不小心了，太皇太后的赏赐，就这样砸碎了。不过她也挺聪明，把事情扯到那么多人头上，太皇太后不好为了一件东西责罚这么多人，更不好偏袒谁，估计也就是训斥一番了事。”

冯妙只是摇头：“你还是没看出来，高充华就是太小心了，那莲花送子玉像才会砸碎的。”她对忍冬吩咐：“明天早些叫我起身，我要先去一趟奉仪殿，之后再出宫上香，你替我备好马车。”

第二天一早，高照容便亲自到奉仪殿来请罪。崔姑姑进来通报时，冯妙已经提早到了，正站在太皇太后身边，亲手服侍她用早膳。

崔姑姑简略地转述了高照容的话，最后说：“高充华自请禁足半年，请人修补那尊玉像，同时愿为宫中小佛堂手抄佛经，以弥补无心之失。”

太皇太后小口喝着莼菜汤，向冯妙发问：“昨晚的情形，你见着了？”冯妙躬身答应，把昨晚看见的略略讲了一遍，跟崔姑姑转述的话，大体相同。

“嗯，那医正怎么说？”太皇太后怡然自得，既不生气，也不着急。

“医正说……”冯妙斟酌着用词，“医正说高充华的胎，只要注意调理，并无大碍。”

太皇太后淡淡地“嗯”了一声，指着一盘稍远些的小菜说：“给哀家添些粟米粥，再把那盘香菜芽端过来。”冯妙点头应“是”，照着太皇太后的吩咐去做。

“高充华还在殿外跪着呢，要不要……”崔姑姑有些疑虑地问。毕竟高照容现在怀有身孕，要是在奉仪殿门口跪出了什么状况，就算没人敢指摘太皇太后的错处，也未免有些说不过去。

太皇太后的语气里，带上了点诡异的愠怒：“怕什么？当年的李贵嫔，在哀家的奉仪殿门口跪了整整一个时辰，后来不也生下了宏儿吗？这些人，都在拿哀家当护身符使呢！”

崔姑姑想起旧事，不敢再说话。那时候李冲大人还很年轻，闯进奉仪殿带走了李贵嫔，那也是这么多年里，李大人唯一一次当面顶撞太皇太后……

冯妙见太皇太后喜欢香脆的小菜，又多拿了几样过来。手刚落下，就听见太皇太后问她：“妙儿，你说哀家该怎么处置她？”

冯妙布菜的手丝毫不停："昨天清妹妹还带了只猫过去，是那只猫先蹿出来，才有了后面的事。要是认真追究起来，发现过错在猫身上，岂不是显得太皇太后跟一只小畜生过不去吗？"

她故意说得轻松调皮，胜雪一直是冯清养着，最听她的话，要是真查出点什么来，太皇太后的脸面才挂不住呢。不管是真是假，眼下人人都认为最不想让高照容生下孩子的，就是冯氏。

太皇太后轻轻点头："还是你布的菜，哀家吃着合口味。"她慢慢地喝完了一小碗粥，才对崔姑姑说："你去外面替哀家说，物件再贵重，也比不上皇帝的血脉金贵。抄抄佛经对修身养性也有好处，这段日子她就待在广渠殿，不必拘泥数量，随意抄一些吧。"

崔姑姑去了没多久，就又回来禀告："高充华说，还想请太皇太后指派一位医正，负责她静心抄经期间的汤药。"

太皇太后听了这话，把手里的银筷"啪"的一声拍在桌上，声音忽然提高了不少："去告诉太医署，把太医令以下所有医正的名录给她，让她自己选。"崔姑姑依着她的话去了，太皇太后仍然余怒未消："她自己选的人，有什么差错可怨不到别人身上。"

冯妙用去年晒下的小球菊冲了水，调进一小勺蜂蜜，送到太皇太后跟前。高太妃失势，高照容想求得太皇太后的庇护，保住这个孩子，借着损坏了太皇太后赏赐的物件，禁足抄经，可以名正言顺地不用跟其他宫嫔见面。可最后这个要求，未免有些得寸进尺了。太皇太后一向赏罚有度，亲口允诺了的事，更是从不反悔。冯妙在心里微微叹气，高照容毕竟年轻，比起太皇太后，还是少了些经风历霜的沉稳气度。

离开奉仪殿，忍冬安排的马车已经等候在皇宫侧门。扶着冯妙上车时，忍冬小声说："娘娘，奴婢想明白了，高充华兜了这么一个大圈子，就是为了保住孩子。这一禁足，就把不怀好意的人都挡在广渠殿之外了。奴婢只是不明白，娘娘为什么要在太皇太后面前帮她说话？"

冯妙转回头，叹了口气："其实我也不明白……在广渠殿，她把我的手放在她的小腹上，我就知道她在赌，赌我心里还有一丝不忍。"她搭着忍冬的手上了马车，放下帘子时梦呓一般低低地说："要是连这点不忍都没有了，我还是我吗？"

寒光寺在平城东面，马车一路上要穿过达官显贵聚居的地方。冯妙换了常服出宫，并没使用正三品婕妤的仪仗銮驾，只带了四名羽林营分派的侍卫。

经过昌黎王府门前时，冯妙给侍卫拿了赏钱，叫他们在一边喝碗茶、休息一下。等侍卫走远，她又让忍冬去门房，假托是刚来平城的绣娘，打听王府里的夫人有没有什么活计要做。昌黎王府有自己的绣娘，从来不用外头的东西，用这个借口打听消息，是最合适的。

忍冬穿街过去，跟王府门房的管事攀谈了好半天，才悄悄绕回来，对冯妙说：“那位管事大哥说，年初丹杨王带着南征的兵马还朝时，昌黎王曾经奉命南下迎接，二夫人也跟着去了。”她偷看着冯妙的脸色，神情有些古怪：“可到了南方，二夫人水土不服，竟然一病不起，没有跟着昌黎王一起回来。”

“什么？！”冯妙惊得叫出来，阿娘身体一向不好，可是父亲怎么能把阿娘一个人留在南边？“那二夫人膝下的小郎君呢？你问了没有？”她在急切间捏紧了忍冬的手腕，那段时间，她在宫中如履薄冰，竟然对这些事毫不知情。

“小郎君还在府里，昌黎王请了夫子单独教导他，只是不准他出门。”忍冬不知道该怎么宽慰冯妙，只能把自己问到的全都告诉她。

原本只是想求个心安，可问来的情形却让她更加不安。阿娘一个人流落在外，夙弟还小，要是博陵长公主成心不容他，他哪里受得住？

侍卫喝过了茶，远远地聚拢过来，昌黎王府门前也不能久留。车轮辘辘转动，冯妙倚靠在厢壁上，只觉得双眼酸涩，却流不出一滴泪来。只要位列九嫔，同母的兄弟就可以封爵。有爵位的人，犯了任何过错，都不受私刑，并且有机会入宫觐见。这对夙弟来说，是最好的保护。她愿意也好，不愿意也好，自从进了宫门，她的一切就都捏在御座上那个人手里了。

寒光寺建在半山腰，因为常有平城内的贵胄来上香，寺名虽叫寒光，寺院庙宇却修建得金碧辉煌。马车沿着青石板路直接驶到寺门前。

冯妙叫侍卫在门口等，自己带了忍冬进去，取过檀香跪在金身佛像前：“信女冯妙，只有一个愿望……”

还没说出来的半句话，忽然从旁边飘过来：“……唯愿心中牵念的人，万事宽心，四时安好。”冯妙稍稍侧头，想看看是何人，跟她所求的事一模一样。

月白衣衫的男子，双手虚虚合拢，食指抵在唇上，半闭着眼睛低声祝祷。他好像全没注意身边还有旁人，一句话说完，修长的身躯直拜下去，额头轻触地面。如此虔诚地叩拜三次后，才轻撩衣袍站起。

冯妙没料到在这里也会碰上王玄之，神情有些尴尬。王玄之转身要走时，才看见冯妙，眼帘低低地垂下去，嘴角恰到好处地浮现一抹礼貌的微笑。

大概跪得久了，脚腕上有些酸麻，冯妙悄悄伸手去揉捏，面前忽然出现了一束捆扎在一起的细线檀香。她把手搭在檀香上，王玄之稍稍用力一拉，把她带起。他总是这样温和有礼地保持着距离，总在她刚好能触到的范围内，却并不唐突冒犯。

两人都不说话，王玄之依旧长身玉立、一派从容，冯妙却渐渐有些不自在起来。想起拓跋瑶因为爱慕王玄之而拒嫁柔然，沦落到那样凄惨的地步，她就越发不能在王玄之面前谈笑自如。

目光往香案上看去，一对银质长明灯盏里，盛着芳香的灯油，烛火摇曳跳跃。这是专为家中长辈祈福用的灯盏，冯妙骤然想起不知所终的阿娘和不能见面的弟弟，眉眼间带上了一抹柔情："你也在为家人祈福吗？"

王玄之的双眼，幽深如不见底的湖水："为玄之心中牵念的……所有人。"

长明灯座下，放着一朵素白色的小花，花瓣娇软似上好蚕丝织成的布匹。"这是……夕颜花？"冯妙迟疑着不敢确定，这种花黄昏时开放，凌晨时就谢了，悄然开放，又骤然零落，恰恰与早夭的少女相似。

"是。"王玄之点头，这次却只说了一个字，眼中涌起愤懑不平的惊涛骇浪。

冯妙低下头问："是你的小妹？"用这种花摆放在香案上，多半代表着那少女已经香消玉殒。

王玄之依旧点头，语气里带了点近乎宠溺的柔和："是，幺奴很乖，每次我出门，她都会悄悄在我的行囊里放一截甘蔗，怕我在路上口渴，找不到村庄人家。"

冯妙暗自懊悔不该提起这个话题，幺奴是大家族里对最小一个孩子的称呼，这女孩子生前一定乖巧伶俐，得到父母兄长的万千宠爱，可惜却没能等到老去就先凋零了。她开口劝慰："生死有命，不能强求。也许她看了这大千世界一眼，觉得不喜欢，就先回去了……"

"果真是天命也就罢了，"王玄之的手突然捏紧，"可这分明是人祸……"他重重地闭上眼，像是想起了什么痛苦不堪的往事。萧道成病逝，新即位的大齐皇帝萧赜强娶琅琊王氏十四岁的嫡出小姐为妃。偌大一个王氏，为了保全自己百年望族的忠孝名义，硬生生把待宰的稚嫩羔羊推进了深宫。

他在平城，原本准备好了国疏十策，要向拓跋宏进言。可就在此时，刚刚即位不久的萧赜，无力分神亲征，就用他幼妹的性命相威胁，逼迫他设法退去北魏南下的大军。无奈之下，他才匆匆离开平城，在两军交战的城池间奔走。

"我回去那天，幺奴已经病得不能说话，她临去前……她临去前，用尽力气咬住了我的手指……"王玄之声音哽咽，缓缓抬起右手，食指上果然有一道极深的咬痕，已经愈合，却留下了暗褐色的疤痕，像小蛇一样缠绕在指尖。

大家族的子弟，即使没有娶妻，也总有几个美貌的姬妾。他知道小妹不是患病，是被生生折磨到无力回天的地步。大婚之夜，这位贞烈的小姐，不肯向篡位称帝的逆臣贼子口称万岁，用发簪戳进喉咙，刺哑了自己。萧赜要她写信劝诱王玄之入朝为官，她也不肯动笔，恼羞成怒的新帝，便把她跟公马关在一起……

“幺奴三岁就能写字，六岁就能吟诗，十岁已经是琅琊王氏最好看的小姐，十四岁……十四岁已经红颜枯骨……”王玄之用修长的手指在眼角轻轻一抹，声音已经恢复了平常的清冷淡定，“对不住，不该在小姐面前说起这些。”

冯妙看着那两盏长明银灯，轻轻摇头：“是我不好，不该问起这些。”烛火间，似乎依稀映出一张天真明媚的少女面庞。火光一跳，那少女的脸忽然变得异常清晰，分明是拓跋瑶的五官相貌。冯妙大惊，仓皇后退了两步。

王玄之抬手，像是要扶她一把，却在她面前顿住，只说了一句：“小姐小心。”

冯妙心念一转，拓跋瑶含糊不清的话语，加上王玄之近来的举动，在她脑海里忽然变得异常清晰起来。“王公子，”她尽量若无其事地开口，“并非我要高攀琅琊王氏，只是……如果你不嫌弃，我愿意称你一声大哥，权当一点安慰吧。”

王玄之的眼神深邃宁静，只淡淡说了声：“好。”

这种坦然态度，让冯妙大大松了口气，暗道也许自己想多了，心情略微轻松了一点。她有意转换话题：“我可还记得，在云泉寺第一次见你，你开口就说了四个字——俗不可耐。”她背着手，模仿当天王玄之居高临下的语气，竟然模仿得惟妙惟肖。

王玄之低头轻轻发笑：“那时候我可不知道……”不知道眼前的弱质少女，就是数次跟他一应一和的人。他单手背后，似乎又恢复了当天的自信和清冷，沉沉的眼波里看不出喜怒哀乐：“你既然叫我一声大哥，我也送你一件礼物，满足你一个心愿，只要是我能办到的事，一定尽力为你做到。”

他说得如此平和自然，让冯妙心里骤然生出暖意，紧接着便想到一件要紧的事，那张粉笺还在他手里。

刚要开口，王玄之又竖起一根手指：“我可只能答应你一件事，你要想好了再开口。”

冯妙一怔，心里飞快地闪过另一个念头：“大哥，你在南朝，有没有听说过名叫云乔的人？”她料想，能让阿娘始终念念不忘的，想必多少有些名声。她也知道，茫茫人海，要找一个人何其困难，阿娘找了这么久都没有找到，原本也只是随口一问，不抱任何希望。

王玄之听了这两个字，却发出一声疑惑的感叹：“你怎会知道这两个字？南齐如今的皇太子，从前的表字就叫云乔。只不过，先帝萧道成格外喜欢这个孙儿的聪颖，亲自选了上古神兽的名字白泽，给他做表字。原来的云乔两个字，就很少有人知道了。”

冯妙听得呆住，阿娘怎么可能要找南朝的皇太子？这实在太过匪夷所思了，她低头一笑掩饰过去：“也许是我记错了，我哪可能认得南朝皇太子这样的人物呢？如果有机会，能不能请你帮我留意一个中年妇人？她的左脚踝上，文着一朵木槿花。我知道，这特征找起来很困难……”

王玄之却立刻答应，竟然带着几分如释重负的轻快：“好，我会传信给家里的人，让他们多加留意。”

忍冬原本到后院去取水，这时刚好回来，看见冯妙在跟一个男子说话，不由得有些诧异。冯妙此时心结已经解开，反倒大大方方地对忍冬开玩笑说：“这是我刚刚高攀上的大哥，琅琊王氏的公子，今后我们也有门庭出身可以炫耀了。”

王玄之也朗朗而笑：“不敢，实在是玄之高攀贵人了。”冯妙知道，以他的聪敏通透，想必早已经看穿了自己的身份，只不过，既然他不说破，自己也就不提了。

返回华音殿时，留在宫里值守的小太监匆匆上前禀告：“婕妤娘娘，冯大公子从南边快马运了些膏蟹过来，太皇太后和皇上传旨，各宫的娘娘都到听心水榭尝蟹去了。小的回了传旨的公公，说娘娘出宫上香去了。”

眼下正是河蟹肥美的季节，南朝士子喜爱蟹肉鲜美，又以能把蟹子吃得风雅好看为傲，因此每到这个季节，蟹肉配菊花酒就成了南朝贵胄的桌上常客。平城四周没有什么河流湖泊，即使是贵胄宗亲，也很少有机会吃到新鲜的膏蟹，只有冯诞这样的公子哥儿，才做得出快马送蟹的事来。

冯妙出宫上香有崔姑姑的正经批条，想着反正已经晚了，干脆也不急了。身上有些腻腻的汗意，她叫忍冬准备热水，替自己沐浴。热气一熏，在外奔波一天的疲劳都放松下来，头脑却分外清明起来。

冯诞在吃穿用度上，一贯极尽奢侈，但也不会太失了分寸。可太皇太后前几天还刚刚训斥过咸阳王，说他建造府邸时浪费太过，冯诞就在这个时候做出千里送蟹的事来……

她从水里猛地站起，“哗啦”一声带得热水直漾到楠木大桶之外：“忍冬，来帮我梳妆更衣，快些。”

忍冬打起帘子匆匆进来，一面取过长巾帮她擦拭，一面说：“娘娘不必急着赶过去，奴婢可以叫小顺子去跟崔姑姑回一声，就说娘娘上香劳累，想早早歇息了。再说，这会儿梳妆换衣，就算过去了，恐怕听心水榭里也该散了。”

冯妙摇头，眼神无声地示意她动作快些。膏蟹虽然味美，可蟹肉性凉，未满周岁的小孩子吃了，会刺激肠胃导致呕吐腹泻。有身孕的人吃了，也很容易滑胎。她不能肯定自己的料想究竟对不对，无论如何，眼下她要让自己安全地置身事外，或许还可以借此挽回皇帝的心意。

第四十章 秋意纵

忍冬不明白冯妙为何突然着急，只能照着她的心意，手上加快了动作。虽说不是正宴，可毕竟要面见太皇太后和皇上，忍冬用象牙梳拢住她的头发，手腕一翻，就要结成鲜卑贵妇样式的高髻。

冯妙抬手压住，把湿淋淋的头发抓在自己手里，尝试着绾了一下，问："你会不会梳堕马髻？"忍冬疑惑地摇摇头，她连堕马髻这名字都没听过。

"像这样，头发不要分开，全都拢在一边，贴着耳侧盘过去……嗯，另外一边的鬓发，就让它这样散着就好……"冯妙握着自己的头发，简要地说给忍冬听。她在堕马髻的式样基础上，做了些改动，刻意去除了妖娆媚态，只留下发髻松散的慵懒闲适，风鬟雾鬓之下，镜中人隐隐含羞、明丽动人。

忍冬取来发簪时，冯妙又摇头，只教她拿珍珠发插来，一颗颗零散点缀在发髻上，好像在满头青丝间撒落了一把繁星。衣裳也不要鲜卑女子的直垂长裙，而是选了一件青萝杏花襦裙，在南朝未嫁小姐中是很受欢迎的款式。

一身妆成，忍冬看着她感慨："娘娘这样子，不大像是要去吃蟹的，倒像要去下凡。"

冯妙被她逗得一笑："别的不学，专门把予星胡说八道的本事学了个十足。"她用小盅装一颗青梅，又找出一套吃胡桃用的小钳、小钩，一起随身带上。叫忍冬去御膳房，要一只蒸熟的蟹来，带着同去听心水榭对面的竹林。

隔着水面，听心水榭内的欢声笑语隐约传来。忍冬铺开带来的竹席，把熟蟹、菊花酒、醋汁、姜丝一样样摆开。冯妙跪坐在竹席上，远远地看了一眼听心水榭，这个位置刚好对着水榭的一处纱帘，拓跋宏的龙纹锦袍，在被风卷起的帷帘间若隐若现。只要他稍稍转头，就能看见竹林里的情形。

冯妙深吸口气，仰头看向明朗的月色，世间人，无论是帝王还是乞丐，最想要也最难得的，无非是别人的一片真心罢了。即使她是为了弟弟可以封爵，才希望赢得君王的宠爱，也不得不在情意上下功夫。

她取下一片竹叶，稍稍折叠了放在唇边，轻轻吹出一段乐曲。她也不知道那是首什么歌，只记得依稀听母亲哼唱过，中间有些断断续续的部分，就凭着自己的心意补上。其实那根本算不上什么乐曲，更像风沙沙地吹过竹林，呜咽盘旋。这声音自然比不上宫廷宴会上的管弦丝竹，可要是有人原本就对宫宴的喧嚣不感兴趣，神思缥缈时，便刚好会注意到这种声音。

缠绵悠长的一曲吹过，冯妙似无意地用衣袖轻抚额头，眉眼转动间，刚好看见拓跋宏正往一水之隔的竹林里看过来。像是在热闹的宫宴上走神发呆，可冯妙知道，他正在看自己。她装作什么也不知道，用小刀斩断蟹腿，用小槌敲开蟹壳，再用银钩子一点点钩出蟹肉，放在一片竹叶折成的小盏上，然后加上姜丝、淋几滴醋。

等姜和醋的香味刚好均匀包裹住蟹肉，她才托起那片竹叶，仰头送进口中。宽大的衣袖垂落，刚好在这时遮住了她的侧脸，等到手臂放下时，她已经唇色殷红欲滴。

整个听心水榭里，坐满了平城最出色的贵族少女，可没有一个人能把蟹子吃得像她这样优雅从容。

忍冬适时地送上一杯菊花酒，给她解腻去腥。

一只膏蟹吃完，身后有靴履踩踏在松软泥土上的细微声响。冯妙知道，是他来了，她却故意不回头，把蟹壳一块块摆放在地上。蟹腿、蟹钳都还完好，只不过被掏空了里面的蟹肉而已，吃过以后的壳，竟然又拼出一只完整的蟹来。

忍冬捂着嘴咯咯地笑："娘娘可真傻，跑到这儿来就为了吃一只蟹子。"

冯妙叹了口气，目光缓缓对上一轮明月："这不是为了吃蟹，是为了跟那一个人，在同一个时间，做同一件事。即使他不在这里，我也可以假装他在。一轮明月在，两处相思同。"

她听见身后的脚步声消失，知道他听见自己说话，话语声便越发迷离，像夜半无人时的窃窃低语："我今天去寒光寺，只为了祈求一件事，但愿他能四时安好、无病无痛。"

"娘娘如此虔诚地许愿，佛祖一定会垂怜的。"忍冬取过温热的茶水，递到她面前。

冯妙伸手推开："其实垂怜不垂怜又有什么关系？宫里有那么多人都盼着他安

好，佛祖连听都听不过来了。我这样多此一举，其实不过是为了自己安心罢了。”

她站起来，对着月亮虚空一抓，侧着头露出十分欣慰满足的微笑：“我希望他像那月亮一样，永远都在……永远都在，无论我走到哪里。即使抱不到他，我也一仰头就能看见他。”她的衣袖迎风鼓起，像蝴蝶张开两翅，随时都会飞走。

冯妙向前走了两步，人已经靠近水边，却依旧好像茫然不自知，仍旧向前迈去。脚下忽然一滑，整个人就要往水里跌去。拓跋宏从竹林后大踏步出来，抢到她身边，张开双臂把她紧紧抱住，口中低低地唤了一声：“妙儿！”

竹林间细碎的风一吹，带起水面上沁骨的凉意。冯妙伸出细弱的胳膊环住他的脖颈，整个人伏着缩在他胸前：“你是我的月亮，你来了……”向水中滑去时，她已经悄悄把那颗青梅咬在嘴里，用来除去口中的蟹肉腥味。酸涩中带着微甜的气息，随着绵绵的话语流淌。

从来没有人敢这样对他说话，拓跋宏亲吻着她的额发，心头因为她一句话语涌起无限情愫，从没有过的患得患失，将他从头到脚击打得粉碎。只有他听得懂，那句话是什么意思——珍贵却遥不可及的美梦。

“妙儿，是朕冷落了你……”拓跋宏抱她到竹席上，脱去她被水打湿的鞋子，把她柔软如玉兔的脚握在手心里，“要是你能乖一点，不跟朕闹脾气，朕怎么舍得……”

竹林另一侧，有隐约的环佩叮当声传来，看见皇帝起身离席，心思各异的妃嫔们便也找了借口跟出来，想在喧闹的宴席之外制造一点偶遇。可没想到，她们看见的是这样一幕。

冯清的一张俏脸几乎涨成了紫色。拓跋宏也会对她软语温存，可却总是一个皇帝对妃子的关怀，从来不会是眼前的模样。

拓跋宏微微皱眉，突然变得拥挤的竹林，让他心中不快。他用袖子笼住冯妙的脚，把她打横抱起，并不返回听心水榭，而是直接往华音殿方向走去。在所有人错愕的目光中，冯妙把脸埋藏在他胸前，娇羞无力地低语：“皇上，这样不好……”

“别说话，这样很好。”拓跋宏抱着她穿过竹林，目光在其他人身上不做丝毫停留。

龙涎香味飘入华音殿草木芬芳的气息，拓跋宏把她抱放在床榻上，蹲下身体摸着她冰凉的脚尖：“宫中就有佛堂，何必跑到那么远的地方去？”

冯妙抱着肩侧头，微微蜷起脚掌：“那怎么能一样啊？宫中的佛堂，有别人的气息，我想去一个干干净净的地方，那里只会有我替你供奉佛前的檀香……”

拓跋宏的身子沉沉地压下来，让她不由自主向后仰面倒去：“朕永远记得你今天的心意……”

忍冬早已熄灭了外殿的烛火，悄悄退出殿外。就在拓跋宏的唇将将要碰触到冯妙的锁骨时，殿外忽然传来急促的脚步声。

“皇上，”刘全的声音带着些许焦急，“长安殿有人传信来，皇长子殿下突然抽搐、昏厥，御医正在诊治，病情危急不敢隐瞒，先叫老奴来向皇上禀告一声。”

拓跋宏的动作陡然定住，完全不见一个父亲应有的关心急切，反而像在思索军国大事一般沉寂。冯妙赶忙起身，摸索着点亮了烛台上的宫蜡。

“你先睡吧，朕去看看就好。”拓跋宏按住她的身子。

冯妙理好自己的鬓发，又帮他理平衣襟，低声说道：“这怎么行，皇长子生病，太皇太后、太妃娘娘还有宫中掌管事务的几位姐妹都会过去的。大家都知道皇上是从华音殿赶过去的，要是嫔妾不去，别人岂不是要指责嫔妾不把皇长子放在眼里？”

她扬声叫忍冬进来，命她准备夜里照路用的防风宫灯，转头对拓跋宏说：“来不及备肩辇了，嫔妾陪皇上走过去吧。”

长安殿内灯火通明，小炉上悬着的药鼎里，正咕咕地冒着热气，浓重的草药气味弥漫开来。雕金蟠龙床榻边的墙壁上，用大块白玉雕刻着四蹄腾空的马鹿。鲜卑先祖起源自大鲜卑山，将体魄雄健的马鹿视作图腾。在这座原本就是为太子修建的寝宫里，这种神兽图样，也被用来安邪镇祟。

医正韩蛩鸣正在床榻边，亲手用蘸了药汁的棉纱，擦拭皇长子的身体。他在替高照容诊治时见过冯妙，此刻只简单地道了一声“皇上、婕妤娘娘安好”，并不起身，手上的动作也没有丝毫停顿，可见皇长子的病情十分凶险。

毕竟是曾经在华音殿亲手带过几天的孩子，冯妙此刻脸上的担忧，并非伪装。她走到床榻边，想看一眼拓跋恂的情形。

四海升平纹锦帐内，皇长子拓跋恂小小的身子躺在一张过于阔大的床榻上。繁复精美的装饰，反倒显得他越发孤苦伶仃、无依无靠。一张小脸几乎皱成一团，脸和身体都因为发热而泛红，小拳头紧紧攥着，身体不受控制地抽搐不止，半睁的眼睛里几乎看不到瞳仁的黑色。

冯妙只看了一眼，便觉得他分外可怜，小小年纪就要忍受这样的折磨。

医女端着刚刚煎好的药送过来，韩蛩鸣这时才起身在拓跋宏面前跪倒：“这样抽搐不止，恐怕会长久损伤皇长子殿下的神志，臣现在要给殿下用药，不敬之处提前向皇上告罪。”

他见拓跋宏点头允许，才返回床榻边，把拓跋恂的头垫高一点，用一块包着纱布的银片，撬开拓跋恂紧咬的牙关，把药一点点灌进去。一碗药刚喂了一半，拓跋恂喉咙里发出“咕噜”一声响，猛地呕吐出来，脸色憋得通红，却又隐隐带着些惨白晦暗。

韩蛩鸣顾不得沾染了一身污秽，用手理着拓跋恂的背，替他顺气。银片仍旧咬在他牙齿中间，以防他抽搐中咬伤了自己的舌根。

一番忙乱中，太皇太后、高太妃、崔岸芷和冯清，都已经来了。医女们行了叩拜大礼之后，便转头去小心照料炉火上的药，奶娘跪在地上瑟瑟发抖。

“这是怎么回事，皇长子怎么突然就病得这么严重？”太皇太后用如平常一样的声音发问，那奶娘却已经吓得魂飞魄散，捣蒜似的磕头下去，嘴里连连说着她们一向用心照料皇长子，并不知道这是怎么回事。

太皇太后又转向韩蛩鸣问：“恂儿究竟是什么病？”

韩蛩鸣把皇长子放平在床榻上用薄毯盖好，这才跪下回答太皇太后的问话：“惊风抽搐，原本是小孩儿家常见的病症，虽然凶险，但只要治疗及时，多半并没有大碍。引发惊风的原因有很多种，风寒、过敏、脑外伤，都有可能。”

太皇太后不顾污秽，走到床榻边坐下，细细查看拓跋恂的脸色：“那么恂儿这一次的病，是什么原因？”

韩蛩鸣细细查看了地上的呕吐物，才回禀说：“皇长子殿下吐出的秽物里，带着些没有消化的东西，似乎是蟹黄。蟹肉寒凉，并不适合喂给这么小的幼儿吃。多半就是这些蟹黄，引发了殿下今晚的惊风。”

听见这话，奶娘立刻大声喊冤：“奴婢绝对没有喂蟹黄给小殿下吃，奴婢连自己的饮食都格外小心，生怕有什么不好，落到小殿下身上。”

冯清踱步到她面前喝问：“太皇太后问你话，你要老实回答。今天宫里才刚进了些新鲜的膏蟹，皇长子的饮食又是你照料的，不是你还会有谁？”

眼看皇长子发热呕吐、抽搐不止，奶娘已经吓坏了，跪在地上哭喊不止：“奴婢绝对没有胆子喂蟹黄给小殿下呀，再说，膏蟹也不是奴婢这样的人可以随意拿到的。”人被逼到绝境时，脑筋总有那么一刹那的灵光，她忽然膝行上前，抱住冯清的腿：“娘娘，奴婢想起来了，心碧姑娘今天白天出去来着，回来后，她一个人在小殿下房里待了很长时间，不准奴婢进去。”

冯清嫌恶地抬脚拨开她的手。

“心碧是从前贞皇后娘娘身边的贴身宫女，后来贞皇后去了，她就一直留在这照顾小殿下……”奶娘像落水之人忽然抓住了一根救命稻草，恨不得把自己知道的事一口气全倒出来，“一定是她，是她要害小殿下……”

“这话可不好乱说吧，”崔岸芷闻不得污浊气味，用帕子遮住了口鼻，“你说心碧是贞皇后的婢女，贞皇后生前又没有苛待她，她何苦要毒害贞皇后留下的幼子？”

“崔姐姐，要是人人都像你这么心慈面软，世上也就没有那些龌龊事了，”冯清走到她面前，语气神态很有些得意自矜，“把那个叫心碧的宫女叫来问问，她有没有做过，自然就清楚了。”

这时才有人想起，心碧一直不在殿内，慌慌张张地出去寻找。

冯妙冷眼看着这些人，只觉心底透凉，那么小的孩子，哪里疼都说不出来，就这么被人利用了去，平白受了一场大罪。

不一会儿，有人引着心碧从外面进来，让她跪在奶娘身侧。满屋子的人都盯着她，心碧紧张得直用手捻裙摆上的带子。

冯清环视一圈，屈身说道：“请太皇太后问话吧。”

太皇太后也不抬头，从宫女手里接过沾湿了的帕子盖在拓跋恂额头上：“你问就是了，哀家在这里听着呢。”

冯清答应一声，对着心碧问：“皇长子的奶娘说，你今天曾经离开长安殿好半天，回来后单独跟皇长子留在屋内，这会儿皇长子病得厉害，又只有你一个人不在。你倒是说说，这究竟是怎么回事？”

“奴婢……奴婢……”心碧瞪着一双惊恐的眼睛回话，“奴婢白天是去御膳房了，天气炎热，小殿下出了些痱子，奴婢去要了些花椒、艾叶来，煮水给小殿下擦身子。”她指着长安殿内小厨房的方向：“那些花椒、艾叶还有剩下的，都收在小厨房里，娘娘可以派人去查看。”

冯清对自己带来的宫女玉叶点点头，示意她去看看。玉叶去了片刻，回来附在冯清耳边低声回禀了几句。

听了玉叶的话，冯清冷笑着对心碧说：“有人说看见了你这两天的行踪。昨天一早，你曾经去过华音殿。今天到御膳房去，是拿了花椒、艾叶没错，可你走后，膏蟹就少了一只。”冯诞送来的膏蟹，都用草绳捆住了蟹腿，没有可能自己跑掉。

冯妙见事情果真牵扯到自己身上，也不急着辩驳，只举重若轻地对冯清说：“这两件事放在一起说，倒好像妹妹刻意要旁人误会，是我教唆她去拿膏蟹似的。”

冯清听了玉叶带回来的话，原本的确有这个念头，被她这么直白说出来，反倒不好接下去了，有些讪讪地说：“我不过就事说事，姐姐何必吃心？”

她转向心碧喝问：“太皇太后和皇上都在这儿，你还不赶快如实说了？等叫来慎刑所的人，可就没这么容易了。”

心碧只是一味摇头哀告：“奴婢没有做过，奴婢没有做过……”

冯清转身又问带心碧回来的宫女：“你是在哪儿找着她的？”

那小宫女吓得脚下一软，赶忙跪倒回话：“奴婢走到后院时，见心碧姑娘正在槐树下刨土，似乎是在埋什么东西，就把心碧姑娘叫回来了。”

“埋东西？”冯清略一沉吟，对太皇太后躬身禀告，“恂儿的病，多半就是这个心碧做的，埋在槐树下的东西，恐怕就是来不及销毁的罪证，叫几个人去挖来看看，就清楚了。”

太皇太后的眼睛一直落在拓跋恂身上，对跟在一边的崔姑姑说：“你带两个小丫头去挖。”崔姑姑应声去了，不一会儿就带着一个沾满泥土的小包袱回来，当着众人的面打开。

冯清微微带着些得意，等着看包袱里是什么东西，照她的料想，必定是剥了肉剩下的蟹壳。平纹翠绿棉布一层层打开，她看清里面的东西时，脸上的表情忽然僵住。

那里面竟然是一包金簪银钗、翡翠玛瑙。其中一只绿玉髓镯子，还是她从前赏赐给心碧的，她曾经想把皇长子要到自己宫里抚养，没少来长安殿走动，后来眼见太皇太后不松口，这念头才渐渐冷下去了。

心碧抖着身子磕头说道：“奴婢真的没有动过毒害皇长子的心思，这些东西，都是平常来看望皇长子的娘娘们赏赐给奴婢的。奴婢见皇长子病得厉害，知道今天免不了要彻查，这才把东西给藏起来了……”她似乎无意地看了冯妙一眼，眼神里纠结着无奈和不甘。

太皇太后忽然勃然大怒：“让你们精心照料皇长子，结果呢？把好好一个孩子照料成现在这副样子。把李得禄叫来，整个长安殿的所有宫女、太监，连奶娘也算上，都拖出去杖责五十！”

杖责五十的意思，就是不准他们活命了。长安殿里跪了一地的奴仆们，都大哭大叫着求饶，可还是被一个一个拖了出去。

不一会儿，李得禄就匆匆进来向太皇太后问安，院子里紧接着便响起一连串的声响，板子击打在身上的声音，夹杂着刺耳的哭叫声。那声音起先还嘈杂一片，不久就渐渐低弱下去，只剩下零星的一两声哀号。只有“啪”“啪”的杖责声，均匀地响着，直到数满五十下。

冯妙听得心惊胆战，她知道太皇太后的铁血手腕，可听说是一回事，亲眼看见一句话就了结了十几条人命，那感受就完全是另一回事。

拓跋恂把蟹黄呕吐出来之后，呼吸渐渐平稳，不再抽搐。方才盖着锦被发了些汗，连高热也退下去了，虽然眉毛仍旧拧着，可已经能安稳入睡了。

冯妙想起心碧那个悲愤又无奈的眼神，心中预想过的那个念头越发清晰，她走到太皇太后跟前跪下：“嫔妾有个想法，想请太皇太后跟皇上斟酌。”

第四十一章
凭窗细语时

“这座长安殿，是开国皇帝专门为太子修建的，历来只有册立为太子的人才能进来居住。”冯妙轻声细语地说话，把空气中弥漫的血腥杀戮气息冲淡了不少，“殿里的装饰恢宏壮丽，可皇长子毕竟还小，大人眼里庄重精美的东西，在他眼里难免有些狰狞可怖。再说，皇长子毕竟尚未册立成太子，住在这里也与名分不合。”

她低下头去：“皇长子一人单辟宫室居住，侍奉的下人难免欺负皇长子年幼，不肯精心照料。嫔妾认为，皇长子不宜继续居住在长安殿，还是应该请个位分尊贵的人来抚养。”

太皇太后的脸色和软了些，点头说道：“哀家原本想着，皇长子身份尊贵，贴身宫女、奶娘、御医都配得齐全，下人不敢怠慢，没想到这些人根本不把皇长子放在眼里，竟然闹出这样的事端来。”

她转向一直沉默旁观的皇帝：“宏儿，这毕竟是你的长子，就由你做主吧。”

拓跋宏走上前来，隔着幔帐看了一眼小小的婴孩，对着太皇太后朗朗地说：“后宫事务，一向是祖母做主，恂儿的去处由祖母安排，是最妥帖不过的了。”他对皇长子一向并不怎么亲近，总像隔着一种怪异的疏离感，可吃穿用度却一向都把最好的给了长安殿，众人只当他还年轻，并不特别喜欢小孩子，并没多想。

太皇太后淡淡地扫了高太妃和冯清一眼，说：“既然这样，那哀家就先把恂儿带回奉仪殿去，等病养好了，再做安排吧。”

拓跋宏神色间有些犹豫，忽然十分诚恳地对太皇太后说：“祖母亲自照料恂儿，自然是最好的。可是，祖母每天要接见外臣，还要解答孙儿处理政事时的疑惑，孙儿担心祖母的身体会吃不消。”

他言辞恳切，让人无法拒绝：“孙儿也想尽力为祖母分忧，让祖母可以不用这么操劳，不如将每日听祖母讲解政事一次，改成每五日一次，好让祖母多些时间跟重孙在一块儿。”

太皇太后的脸像笼罩了一层清霜的竹叶，神色间看不出什么变化，却已经让人觉出一股凛然寒意。“好，哀家正好也早就想含饴弄孙了，”她轻轻点头，“就照宏儿说的办吧。”

夜色已深，崔姑姑亲自上前把皇长子小心地抱起，用团花锦被包裹住，跟着太皇太后返回奉仪殿。

她见太皇太后有些闷闷不乐，便上前劝慰：“事情总算是办成了，也折腾了这大半夜，太皇太后早些歇息吧。”

直到此时，太皇太后脸上的清霜才稍微有了一丝松动：“办成了？还不知道究竟是谁的心愿办成了呢。”拓跋宏自从冠礼亲政之后，就每天到奉仪殿一次，恭请太皇太后讲解政事中的疑惑。说是解惑，实际上皇帝的所有诏令，都要得到太皇太后的点头认可才能够顺利颁行。如果改成五天一次，可就没那么容易控制了……

“哀家倒是没想到，为了挣脱哀家的控制，宏儿连自己的儿子也舍得，”太皇太后的赤金点翠护甲刮擦着桌面，发出令人不安的刺耳声响，“他比他那个为情所困的父皇可是狠心多了。

崔姑姑不好再接话，把皇长子放在一张小榻上，哄着他入睡。

太皇太后毫无睡意，似是漫不经心地问：“那个叫心碧的，是你的外甥女？”

“是，”崔姑姑低头，眼神有些黯淡，“她合该叫我一声舅母。当年奴婢因为受夫家获罪牵连，被没入宫中为奴。心碧的生母，是奴婢夫家的小姐，后来配给了宫中的侍卫为妻，曾经做过咸阳王的乳母。”

“难为她了，”太皇太后叹了口气，“皇长子的贴身大宫女，原本是个顶好的差事，可惜恂儿年幼，宫里太多人都想摆布了他去。她一个小宫女，夹在这些人中间左右为难。”

太皇太后抬手示意崔姑姑上前，帮她散开发髻。崔姑姑低下头仔细解开缠绕的珠络时，听见太皇太后极低的声音：“哀家刚入宫的时候，也被杖责过。那些被杖毙的人，起先多半只是闭过气去，一天两天没人料理，才真正死去了。”

崔姑姑的手一抖，眼圈慢慢红了，她刚刚嫁了人，整个夫家就败落了，剩下的亲人，也就这么一个外甥女而已。宫里杖毙的宫人，都会送到城南乱葬岗去。

太皇太后这样说，就是准了给心碧留一条活路了。

窗外炸响一声闷雷，瓢泼大雨冲散了郁结的暑气。太皇太后轻如雾气的语声从唇齿间散逸出来：“妙儿这孩子，倒是没让哀家失望。要是她肯再多花些心思讨皇帝喜欢就好了。”她叫心碧去试探，所幸妙儿并没有一心要为林琅讨回公道，这是眼下唯一让她欣慰的事。

一连四天，拓跋宏都留宿在华音殿。他从前很少到哪一个妃子处过夜，偶尔召幸，也只在崇光宫外殿。这一次是因为冯妙自己也吃了蟹，咳喘症又有些严重起来，拓跋宏就在夜里陪着她。

忍冬没看出里头的详情来，一个劲儿埋怨她贪嘴。只有冯妙自己清楚，如果她不那样高调地让众人看见，她那个时间也在听心水榭附近，恐怕放进皇长子饮食里的蟹黄，也要赖在她头上。不说旁人，单一个冯清，就绝对不会放过这送上门的好机会。

至于抚养皇长子，太皇太后早有这样的心思，不过借着她的口说出来罢了。

因为吃了膏蟹，冯妙手上、背上也起了一串红疹子。拓跋宏好几次捧着她的胳膊说：“这么好看的白玉藕臂，留下疤痕可就不好了。”怕她用手抓破了出疹的地方，把她两只手都用棉布包裹起来。可那疹子将好未好的时候，尤其痒得难受，冯妙自己抓不到，就直往拓跋宏身上去蹭，像小猫一样扭来扭去。

每到这时，拓跋宏便抱住她，用棉布蘸了冰片、蛇床子、苍术、甘草配成的药水，在她犯痒的地方轻擦。有时擦着擦着，就觉得从面颊到耳尖都慢慢热起来，拓跋宏贴着她的侧脸说：“等你好了，朕再好好跟你厮磨。”

冯妙心尖儿一颤，整个身子都热起来。她分不清拓跋宏对她有几分真情，渐渐地竟然也分不清自己究竟是假意逢迎，还是心甘情愿沉沦在此刻的帝王恩宠里。

进了八月，冯妙身上的疹子才算全消了。御医再三叮嘱，千万不可以再吃膏蟹了，发过一次疹子的东西，第二次再碰，疹子会发得更加厉害，严重的还会因此丧命。

冯妙答应下来，心里却不以为然，膏蟹原本就是稀罕物，要不是冯大公子快马运送，在平城哪能轻易吃得到？

拓跋宏许了她照旧自由出入崇光宫，冯妙一时兴起，换了件散口绛纱裙，要往崇光宫去。她看得出，拓跋宏喜欢汉人样式的衣衫，今天穿的这件，举手投足间，衣袖会垂落，恰好露出一段已经完好的手臂。

刘全见是她来了，立刻笑着上前问安：“娘娘今天来得倒早，皇上还在里头看奏章呢。”

冯妙蹑手蹑脚地进去，正看见拓跋宏捏着一本奏章，对着半敞开的窗子，蹙眉沉思。她绕到拓跋宏身后，双手蒙住他的眼睛，故意捏粗了嗓音说：“皇上猜猜，嫔妾是哪个宫里的？”

拓跋宏思索良久，才试探着问：“是颂元殿？不是……那是广渠殿？”

原本不过是故意博他一笑，可听见他一本正经地在满宫莺莺燕燕里挑选、猜测，心头还是掠过一丝不快，就像鹏鸟的影子划过天际，转眼就不见了，可是那一片阴影，却清晰地留在心上。

拓跋宏拉下她的手，合在自己掌心里：“怎么了，生气了？这么小气，是谁那天说要做个贤良的妃子的？”

冯妙把手向外抽了两下，却被他牢牢握紧，嗔怪地说：“嫔妾从前不知道，原来皇上的崇光宫也这么拥挤，颂元殿的也要来，广渠殿的也要来，哪里装得下呢？”

拓跋宏轻声发笑，伸手夹一夹她的鼻翼，不施脂粉的皮肤，触感润滑如上好的东珠。他一早就闻出了冯妙身上的幽香气味，故意逗她，而她此刻的反应，恰到好处地命中了他心底最柔软的那个点。

冯妙被他抱坐在膝上，手指点着刚才那本奏章问：“有什么事叫皇上心烦吗？”

拓跋宏用自己的手掌压住她的柔软小手，含笑问：“你且猜一猜，究竟是什么事让朕心烦。”

鲜卑大家族里的主母，当家主事的大有人在，再加上太皇太后垂帘听政期间，处理政事赏罚分明，也的确叫人心服口服，大魏后宫里，对女子干政并不特别禁绝。前几任皇帝在位时，也有受宠的妃嫔替皇帝抄誊诏令的先例，至于女官又被皇帝看中而成为妃子的，更是数不胜数。

冯妙沉吟着思索，倒不是猜不出奏章上的内容，只是斟酌着该如何说。碍着冯家女儿这层身份，她不好说得太过直白精准，惹皇帝疑心。可要是说猜不出，皇上既不会相信，也不会喜欢。除去美色怡人，君王向来更希望陪伴身边的，是一支并非徒有其表的解语花。

“让嫔妾猜猜看，”冯妙用绣鞋的鞋尖拨弄着紫檀木案一角垂下的小铃，发出阵阵清脆的声响，“嫔妾记得小时候，父亲喜欢养那种凶悍的猎鹰和猎犬，为了磨炼它们的野性，不给它们喂食，只让它们自己在猎场捕食。捕得多的，自然就吃得饱，可要是什么都捕不到，那就只能饿肚子。”

拓跋宏听她说得有趣，钩着她垂下的一丝发，侧着头听。

“这原本是很好的法子，所以昌黎王府的鹰和犬，一度是平城里最好的。

可是时间久了，父亲就发现，那些猎犬不愿彼此配合，还时不时地为了争夺猎物而相互撕咬。几次出去游猎，都有猎犬受伤，父亲为此很是烦恼。”冯妙也笑着侧头，跟他四目相对，“皇上现在烦恼的事，就跟嫔妾的父亲当年烦恼的事差不多。”

拓跋宏哈哈大笑，抵着她的额头说：“调皮，敢把这些贵胄宗亲比喻成鹰和犬，要是被言官听见了，明天朕面前的奏表又要多出厚厚一摞来。”

冯妙略略低头，含着笑说：“大不了嫔妾陪着皇上挑灯夜读就是了。”

拓跋宏指着面前的两摞奏章说：“朕今天看了整整一天，都是这件事，朕的几位王叔为了瓜分土地和俘虏来的奴隶，吵得不可开交，都把状告到朕面前来了，要朕裁决。”拓跋宗室一向不发俸禄，即使有官职的人也是如此，王府、亲卫的巨大开销，都要靠征战中四处掠夺来供应。开疆扩土时，这方法自然是好的，可眼下柔然臣服，南朝又自顾不暇，并没有那么多仗可以打。

“父皇在位时，也曾经尝试过禁止私下劫掠，改由国库发放俸禄，”拓跋宏接着说下去，“可大魏国库本来就没有多少进项，那点金银布帛，最后都变成了额外的赏赐，该抢的还仍旧各自去抢，毫无效果。”

冯妙从他膝间跳下，问：“皇上有没有听过朝三暮四的故事？”

拓跋宏点头笑道：“《庄子·齐物论》里的一段。”他深受太皇太后的影响，自幼熟悉这些经典著作，可惜那些鲜卑出身的妃嫔大多并不懂得这些，而汉家名门出身的女子，在他面前又畏畏缩缩，不敢谈论这些话题，直让人觉得索然无味。

“养猴子的人问猴子，橡子早上吃三颗、晚上吃四颗，怎么样呀？猴子都觉得太少了。可要是问，早上四颗、晚上三颗怎样，那些猴子就觉得很满意，不再吵闹了。”冯妙一边说着话，一边在他面前走来走去，学起猴子抓耳挠腮、自以为聪明的样子，也惟妙惟肖如在眼前，“所以呀，皇上要想改变这些人多年形成的习惯，就要先给早上的四颗橡子，让他们自以为得了好处，然后才给晚上的三颗，让他们不得不接受。”

拓跋宏赞许地点头，他心中已经有了大体的想法，可他仍然想听听冯妙怎么说，故意问道：“那么，什么是四颗橡子，什么又是三颗橡子呢？”

冯妙刚一开口，又合拢双唇，背着双手朝前挪了几步：“皇上这是在考嫔妾呢，明明都已经想好了，还要故意来问。”

拓跋宏站起身，从背后环住她的腰，放松绷直的身形，下颌刚好可以放在她肩窝上，嘴唇正正对着她的耳廓：“朕想听你说，只有说这些的时候，朕才能真真切切感受到，你也在为朕打算。”

冯妙心口直跳，眼角染上一抹桃瓣似的红晕，低下头去说：“皇上是嫔妾的夫君，嫔妾自然要为自己的夫君打算。”

“妙儿，朕希望你说的是真心话……”绵绵密密的吻，落在她小巧的耳廓边、细嫩的脖颈上。

冯妙无力地推拒：“皇上到底还要不要听了？”

拓跋宏略微顿住，戏谑似的说：“先说来听听，朕看看是该赏还是该罚。”

冯妙侧着头想了想，伸手环住他的脖子：“习惯是最难改变的，皇上不妨先从小处着手，许给贵胄宗亲一些好处，鼓励他们修建奢华的府邸、蓄养姬妾奴仆。让贵族的喜好，从游猎逐渐转移到吟诗作对、丝竹乐舞上来。时间一长，他们习惯了这样的安乐，就不会再愿意回到四下抢夺的日子了。”

拓跋宏把她拦腰抱起，半空里缓缓地转了个圈：“妙儿，你这些想法，都跟朕的完全吻合。不仅如此，朕还要兴建佛寺，让朕的叔叔、伯伯们，多去听听梵音，少些杀戮的戾气。朕再从国库里给他们发放俸禄，慢慢改变他们的习惯。”

冯妙笑着点头：“听予星说，织染坊那边，现在做得很好，用不了多久，绣娘的数量就可以再多加一倍。这些官造的绫罗绸缎，拿到外面去，一定可以卖一个好价钱。除了收取农户的租子和接受纳贡之外，织染坊的收入，也是国库的进项。”

他停住脚步，双目含情凝视着冯妙：“妙儿，谢谢你，朕知道你在织染坊里花的心血。”他说得无比真挚，仿佛捧着世上最贵重的珍宝。

冯妙脸颊绯红，几乎要在他怀里慢慢融化。拓跋宏把她横放在紫檀木案上，手指沿着衣衫下玲珑的曲线游走，一路解开了衣带。夏日炎热，冯妙本来就只穿了一件轻薄的软罗纱衣，衣带一松，衣衫便飘然落下。

紫檀木坚硬微凉的触感，让她有片刻的清醒，可那手指走过的地方，灼热如火焰一般，一点点吞噬了她脑中的清凉。“白……白天……”冯妙用双臂仓皇地挡住身躯，却丝毫无济于事。

拓跋宏缓缓压上来，随手取过一支羊毫笔，蘸着象牙精雕笔洗里的清水，在她身上勾画。水的清凉，落在燥热不堪的肌肤上，却好像石子投进湖泊一般，激起更大的一波涟漪。

笔触从她耳垂下一路走到平坦的小腹上，经过她身上一切姣好柔软的地方。冯妙躲避似的闭起眼睛，可那酥痒清凉的触感，却越发清晰，勾得身体内腾起一股奇异的火苗。她的手指不由自主地掐住了拓跋宏紧实的手臂，喉咙里溢出绵软的声调。

拓跋宏俯下头，沿着那道湿润的笔迹，把水渍一点点吻去。细软锦纱袍子遮住了两人的身体，书案上的文书、笔墨，全都“哗啦啦”掉在地上，紫檀轻摇，发出细微的吱呀声响。

青涩的身体仍旧觉得疼痛，却在拓跋宏刻意温柔的抚慰下，渐渐放松下来，不再那么紧张。冯妙额头上出了一层细密的汗，把鬓发全都粘连在一起。在直上云端一般的放纵之中，拓跋宏喘息着把她搂紧，在她耳边低语：“朕可是为你，做了一回夏桀商纣了。”

冯妙伏在拓跋宏汗水淋漓的胸口，脸上的潮红稍稍褪去，心里忽然涌起巨大的失落感。再过一会儿，他就要拿避子的汤药来了吧……

拓跋宏用手指理着她乌黑如锦缎一般的头发，柔声说：“累了吗？出了这么多汗，吹了风要着凉的。”

冯妙微微摇头，想得越多，失望就越大，她从小就明白这个道理，知道不该贪恋这一时一刻的情愫。

拓跋宏帮她拢上衣衫，手势轻柔地束好带子：“在这儿休息还是叫人送你回去？”看她不说话，便直接把她抱进内殿：“在这睡一会儿，朕要叫内秘书令进来宣旨，等会儿你醒了，再陪朕一起用膳。”

龙涎香的气味在内殿氤氲不散。冯妙缩在鲛纱帐内，抬眼看着拓跋宏替她盖上被子，等着他端过“甜汤”来，哄着自己喝下。可拓跋宏垂下床帐，就离开了内殿，过了不久，就听见刘全通传的声音：“李大人到了。”

隔着轻薄的帐幔，隐约可以听见拓跋宏说话的声音，他把要颁行的旨意，一样样告诉李冲，让他去拟旨照办。有些事情，如果李冲觉得不妥，也会说出自己的想法，到激烈时，两人甚至会大声争吵，谁也说服不了谁。吵到最后没有结果，拓跋宏也不生气，只说这事会再斟酌考虑。

议论完政事，拓跋宏又把在鲜卑贵族之间推行俸禄的想法说给李冲听。

李冲仔细思索了片刻，说：“要转变宗亲贵胄的习惯，得循序渐进，急不得。而且，皇上要做好万全的准备，得有一套完备的文武官员等级，先给他们好处，让他们乐意从朝廷领取俸禄、禁绝随意劫掠。等到发放俸禄深入人心之后，还得挑一个皇上平日器重的人，让他因为不听皇令、仍旧随意劫掠财物而受到严惩，好让贵胄宗亲都清楚看见皇上的决心。”

“这事……”李冲沉吟着说，“最快也要两年时间。”

拓跋宏从座席上站起，对着李冲长揖：“多谢李大人教导朕。”若是换了别人，这时早已诚惶诚恐，李冲却只是下跪还礼，没有头衔，却很有帝师的风范。

李冲离去后，拓跋宏返回内殿，坐在床榻边。冯妙闭着眼睛，好半天听不到他说话，忍不住睁眼来看，却正对上他的双眼，似笑非笑地停留在面前三寸处，直盯着自己。

“有没有人告诉过你，不能装睡？”拓跋宏刮一刮她的鼻尖，“因为你装睡的时候，睫毛会像蝴蝶翅膀一样颤个不停。”

冯妙被他说得脸热，索性坐起来，抱着膝看他。

“妙儿，朕有件事情想叫你去做，”拓跋宏拢住她的肩，让她的头抵在自己胸前，一字一句都带着难得的温柔，“不知道你肯不肯。”

第四十二章 雾迷津渡

冯妙听见刚才君臣之间的对答，心口微涩，像含着一把新摘的酸枣。天下至尊至贵的人，也是天下枷锁最多的人。她嗅着衣襟袖口上的龙涎香味道，即使不喜欢这味道，也要日日用着，因为这是身份的象征：“只要是对皇上有益的事情，妙儿都愿意尽力一试。”

拓跋宏注意到言语间细小的称呼变换，唇角的笑意越发温柔缱绻：“朕想要仿照南朝的制度，重新修订大魏的官制，需要一个熟悉南朝情形的人帮忙。”他顿一顿，抚着冯妙散落在背上的柔软发丝：“王玄之是士族出身，必定对这些十分熟悉，朕爱惜他的才华，现在不好对他说破身份，要是他拒绝了朕的意思，以后就不好再开口了。所以朕想……叫你去向他学了南朝的礼仪制度来，再帮朕重新拟定大魏的官制。”

龙涎香依旧袅袅生暖，冯妙心底却漫上一层凉意，像夏天夜晚在石阶上久坐，太阳晒过的热度退去，石料更深处的寒意一点点透出来，冷得她微微发抖。在紫檀木案上肆意忘情时，她曾有一刹那觉得，她的身心都愿意接受这男人，哪怕注定要与人分享。

“妙儿，你肯不肯帮朕的忙？”他的语气温柔而真挚。冯妙忽然记起，他每一次对太皇太后说话，也是这样真挚诚恳的，真挚到蒙骗了所有人。冯妙只想冷笑，幸亏他的龙纹衣袍遮住了她的面颊，她才没有笑出声来。

刺鼻的龙涎香味直冲入脑，冯妙抬手掩着嘴，咳了两声。拓跋宏从桌上拿过茶盏，要喂她喝，却被她推开。

“嫔妾替皇上分忧，不是应该的事吗，皇上何必说得这么客气？”她的语调干硬生涩，带着疏离的恭敬，“那嫔妾能不能也求皇上一件事？”

拓跋宏点头：“只要是朕做得到的。”

冯妙忽然很想笑自己傻，即使在他柔情无限地允诺时，也不会忘记限定一个条件——只要是他做得到的，理智到无以复加。在冯妙自以为动情的时候，她什么都愿意做，只要她做的事，能让他有哪怕一刻的眉头舒展，让他可以卸下面上伪装的面具，露出自己本来该有的生动表情。那无形的面具已经深入他的骨血，让他连和煦地微笑时，也笑不到眼睛里去。

男人和女人，终归不一样啊……

“并不是什么难事，再说，也是为了皇上的吩咐。”冯妙娓娓诉说，“嫔妾与王公子见面，毕竟不方便。知学里讲学，不分姓氏出身，只要是有才学的青年才俊，都可以参见。嫔妾想，不如请王公子到知学里去，再请皇上下旨，让嫔妾的同母弟弟也去知学里听讲。”

“这样，嫔妾就可以借着探望弟弟的时机向王公子讨教了。”冯妙倚在他的臂弯里，话语拿捏得恰到好处。一心想要帮他时，不知道该怎么做才好，可只要放弃了那一点绮念，一切竟然如此容易。辞藻雕饰下遮掩的，不过是各取所需的交易罢了，她帮少年天子接触南朝士子，少年天子许给她的弟弟一份荣宠和平安。

“自然可以，你的弟弟，也是朕的弟弟。”拓跋宏说这话时，语气里竟然带着些轻松畅快。

在拓跋宏的安排下，冯妙很快就找到机会，出宫见到了王玄之。她身份尴尬，也不好直接说破，只说自己的好姐妹要参选内廷女官，想要了解南朝礼仪官制。

王玄之一如既往地从容客气：“在下愿意帮这个忙，不过南朝的礼仪官制，从秦汉时起，沿袭至今，可以说是繁复庞杂，不然也不会在六部中专设礼部了。你要是感兴趣，我可以跟你一起翻阅典籍，慢慢整理出来。”

冯妙听见他肯帮忙，已经十分欣喜，又委婉地邀请他去知学里，那里有不少藏书，正好可以翻阅。

王玄之爽快地答应，说要整理一些自家的藏书带去，定好半月后去知学里。他仍旧送冯妙出门，却什么也不做，只是帮她打起车帘，看她的马车一路远去。

“公子，”无言有些迷惑不解，“那些礼仪官制，您从十二岁起就倒背如流，怎么又要查阅典籍，该不会是……想借机跟这位小姐独处吧？”无言嘻嘻笑着，他眼中天人一般的公子，终于沾染了些人世间的烟火气息。

王玄之既不承认，也不否认，抬起折扇在他头上一敲：“多嘴，可惜了你这个好名字。”他转身走回房，从箱笼里拿出几卷书来。独处……也许吧，更要紧的是，他只能口述指点，让冯妙动笔来写，要是有他亲笔誊抄的东西，落在大魏皇帝手里，拓跋宏必定会用来逼迫他在北朝出仕做官。他一人的荣辱还在其次，琅琊王氏上下三百七十多口人可还在建康城内呢。

南朝皇帝擅使阴谋诡计，北朝天子却手段凌厉迫人，与人中龙凤打交道，不得不多存一分小心。

又逢知学里讲学的日子，拓跋宏忙于政事不能前去，却亲自下了一道口谕给昌黎王，让他送幼子冯夙跟宗亲子弟一起听讲。博陵长公主生育过三个儿子，至于这位妾室所生的幼子，却是第一次当众露面。

一道口谕，引得皇宫内外议论纷纷，人人都说，皇帝是因为宠爱冯婕妤，才会特别关照她的同母弟弟，恐怕又是一场“生男勿喜、生女勿悲”的传奇了。众说纷纭中，有人暗自欣慰，她布下的子，终于得到了皇帝的喜爱。有人惴惴不安，不知道这宠爱对冯妙来说，究竟是福是祸。也有人愤愤不平，却只能暗中把怨毒的目光投向冯妙。

这一切，冯妙都无从知晓，她在这一天早早起身，等在知学里旁的乐仁小筑。门外传来细碎的脚步声，忍冬打起帘子，笑吟吟地引着一名十二三岁的少年进来。

那少年唇红齿白，一双眼睛像两汪黑水银丸似的明亮，几乎与冯妙如出一辙。显然已经有宫人教导过他，少年走到冯妙面前，恭敬地俯身跪下，额头碰着手背行了一礼：“昌黎王府庶子冯夙，拜见婕妤娘娘。”

冯妙眼中微酸，就要落下泪来。她进宫已经有几年，原本以为只是代替冯滢侍奉太皇太后，只要一两个月就能回府。可没想到，这一入宫，便遇到连番变故，竟然再也回不去了。她强忍着泪意开口：“免礼。”

几年没见，冯夙长高了不少，已经看得出是个眉目俊秀的少年。冯妙真想拉他到跟前仔细看看，可是碍着宫中礼节，只能隔着一道垂帘，连五官都看不大清晰。

冯妙一向进退得宜、言谈有度，此时竟然有些语无伦次，絮絮地问他在王府中可好，又委婉地打听阿娘为何会忽然离开王府。

冯夙一板一眼地答话，说昌黎王和博陵长公主都对他很好，吃穿用度跟几位嫡出的哥哥没有分别。说到阿娘离府，他只说父亲留阿娘在南方养病，其余的便什么也不知道了。

初见时的欣慰过后，冯妙心里涌起更多的担忧。冯夙的确被养得很好，或者说，是被养得太好了，已经好几年没有跟外人打过交道，心思简单得像一张白纸，只要是别人和颜悦色说的话，他就全都相信。她不知道这是太皇太后的授意，还是父亲自己的打算，无论如何，这样的夙弟，已经成了她的死穴和软肋。只要用夙弟来做诱饵，她根本无力拒绝任何要求……

说话间，拓跋宏已经跨步进来，含笑打量了冯夙几眼，转身进入垂帘内侧，坐在冯妙身边。忍冬只教了冯夙向婕妤问安的礼节，并没料到皇上也会来。冯夙便用那一双乌溜溜的眼睛看着拓跋宏，不回避也不说话。

冯妙赶忙小声提醒：“夙弟，快拜见皇上，不可失礼。”冯夙从没有过进宫面圣的经历，一时不知道该用何种礼仪向皇上问安。

拓跋宏倒是丝毫不以为意，揽着冯妙的肩说：“你这弟弟，难得纯净如赤子一般，何必非用礼节约束他？”说着，叫人拿玉如意来赏他：“思政第一次向朕见礼，朕便赏了他一柄青玉云纹如意摆件，今天也拿一件同样成色的如意赏了你的幼弟吧。”

他靠得极近去看冯妙的五官，说道：“你们的母亲，一定是个绝世美人，昌黎王和思政，都已经算得上是平城难得的美男子，可比起你这弟弟，还是差了些。”他微微露出几分疑惑神色，“你和你弟弟，想必是像你母亲多些，倒不大像昌黎王。”

冯妙心头一跳，其实年龄越大，她自己心中的疑惑也越多。从前，她只觉得自己的相貌跟冯清差别极大，她一直以为那是因为她们生母不同的缘故，可近来她也注意到，她和夙弟跟阿娘长得很像，却一点也不像昌黎王。

可这些话，是不能在皇帝面前说出来的，她故意嗔怪似的一笑，用手轻推拓跋宏：“哪有皇上这样夸人的？嫔妾可不依。”

略略说了几句话，忍冬便引着冯夙下去，不一会儿，又引着始平王进来。

拓跋宏一见他，就笑呵呵地打趣：“朕叫你在耳房里抄书，起先你还不愿意去，现在知道是个好差事了吧，抄得不亦乐乎，好几个月都不来见朕。”

始平王拓跋勰脸色有些发红，轻咳了一声说：“臣弟这不是来了？顺便还有件事，想求皇嫂帮忙。”

拓跋宏饶有兴致地问：“这还真是奇了，你只管说你的，朕在一边听听，你有什么事要求妙儿。”

始平王拓跋勰向冯妙作揖恳求：“臣弟从前曾经向陇西李氏下聘求亲，却被李家小姐拒绝了。臣弟想向李家六小姐再次下聘，知道皇嫂跟弄玉交好，想请皇嫂……帮忙问问弄玉的意思。”

冯妙想起上次在崇光宫耳房看见的一幕，想必像李弄玉这样的人，即使心里已经烧起了一团火，脸上也仍旧是三尺寒冰，这才叫始平王捉摸不透、不知所措。

她想要试探始平王对李弄玉究竟是什么样的心思，故意笑着说：“这你可求错了人，弄玉入宫至今，还仍然是待选之身，只要皇上开口下旨，把她给了你做正妃，你连聘礼都可以省了。”

“不不，”拓跋勰连忙阻止，差点就要掀起帘子进来，“臣弟答应过弄玉，一定要她心甘情愿肯嫁，臣弟才会郑重其事地迎娶。所以，一定要先知道弄玉的心意，若是她喜欢我，我自然好好待她，今生始平王府只会有一个正妃。可要是她不愿意……”

说到最后，拓跋勰神色有些黯淡，要是靠身份、地位强娶，天下的女孩儿都任他予取予求，可他不想把这些用在李弄玉身上。

拓跋宏搭在冯妙肩上的手紧了一紧，半开玩笑地说：“看在他快把崇光宫的书都抄一遍的分儿上，你就帮他这个忙，再这么抄下去，朕都要没有地方住了。”

冯妙低眉说道：“王爷真心待弄玉，是弄玉一生之福。嫔妾不但是在帮王爷的忙，也是在帮弄玉的忙。”

听见她话中隐约含着深意，拓跋勰喜出望外，一时又有些不敢相信。

“不过，王爷毕竟是天潢贵胄，只有真心，一毛不拔可不行。”冯妙狡黠地抿嘴一笑，转头对拓跋宏说，“恭贺王爷之前，嫔妾先恭贺皇上。前几天皇上还说，想要鼓励贵胄宗亲在府邸里多用南朝汉家样式的装潢，却不知道该怎么做，眼下就有一个绝好的机会。王爷得美人，皇上也可以得偿所愿。”

拓跋宏猜出她的想法，抬手在她的鼻尖上刮了一下：“就你的鬼主意最多。这次朕偏要一毛不拔，狠狠地敲勰弟一把。你只管放开手脚，想要怎么折腾他的府邸，千万别手软。等他抱得美人归，眼里心里就再没有兄嫂了。”

一番话说得拓跋勰大窘，平时在朝堂议事时的机敏全都不见了。冯妙提笔在纸上勾勾画画，涂抹出一幅草图来，叫忍冬递出去：“王爷照着这个大概的格局，把府邸整修一下，一时半会儿，我也想不到那么周全，等想到哪里，我再叫人通知王爷。”

她又再三叮嘱：“这事一定要瞒着弄玉，她聪明通透，哪怕看见一片纸角，也能猜测出全局，到时候可就没有那么好的效果了。”

既然受始平王拓跋勰所托，冯妙也就认真替他考虑周详。她不过描述出大致想要的样子，至于如何修建，全交给始平王自己去做。饶是如此，她还是有些太过耗费心神，天气转凉时，咳喘症状又有些严重起来。这喘症缠绵反复，有时用了药就好一些，可隔一段要是劳累伤神，就又发作起来，总也不见大好。

十月间，始平王拓跋勰进言说，他的府邸里备了些新得的菊花，想请皇上驾临赏菊。

自从广渠殿的乞巧节小宴过后，宫中还一直没有过什么宴饮欢聚的机会。等入了秋，就越发没有什么佳节可以庆贺了，再往后就是为新年大节做准备了。拓跋宏听了他的提议，兴致颇高，传旨宫中的妃嫔女眷，一同到始平王府赏菊，顺便也邀请了平城中的几位年老宗室亲王同去。

太皇太后要照料皇长子，推辞了不去。高太妃一向都称病不出门，也派人来回话说不去了。高照容在禁足养胎，冯滢的病情又有反复加重的趋势。其他的人，倒是都不肯放弃这跟皇帝一同游园赏花的机会。

冯妙知道李弄玉不喜欢凑热闹，特意叫忍冬去请她一起。李弄玉来时一脸不高兴，冯妙左问右问，她才说："他说皇上要看去年给宗室亲王的赏赐礼单，说好了跟我一起抄誊整理。我见他好几天没来，以为皇上另有要紧的差事派给他，这几天抄得手腕酸疼，总算弄好了。谁知道，他竟然是躲回府邸里风雅去了。"

难得见李弄玉噘嘴低头，一副小女儿情态，冯妙想笑，却生生忍住了。机敏早慧的始平王，到了真心喜爱的女子面前，也成了一个傻子。想必他好容易找出整理礼单这样的借口来，要"天长日久"地跟李弄玉一起抄誊。可因为冯妙再三叮嘱，整修府邸的事，不能让李弄玉知道半点风声，他就火急火燎地躲回府邸去了，也忘了告诉佳人一声，不用抄什么礼单了。

冯妙也不说破，只拉着她的手，叫忍冬给她梳了个南朝少女常见的小寰髻，又剪下一枝月季花来簪在她鬓边，这才说："就当出宫去散散心吧，整天抄书，不觉得累吗？"

始平王府在平城东侧，并不靠近其他贵胄宗亲聚集的地方，整座府邸依着湖光山色修建，本来就已经十分风雅。

拓跋勰在府邸门口跪迎皇帝入内，又叫两个梳着总角小髻的婢子，引着其他的女眷入内。一进院门，先是一丛疏落有致的竹林，掩住了园内风光。

卢清然掩着嘴笑道："王爷的府邸真是别致，在门口种了一丛青竹，倒是连鲛纱遮帘也省了。"北方的世家宅院，都讲究开阔通透，她这番话，是在变着法儿地卖弄家世、嘲笑始平王。

冯妙只管拉着李弄玉，不接她的话。卢清然一贯是这样，喜欢卖弄炫耀，之前要不是借了她这一点就着的脾气，也没那么快就能扳倒郭泉海。这样的人，不值得跟她针锋相对，由着她得意一阵就是了。

两个小婢子微微屈膝，引着她们向内走，不过两三步远，就绕过了青翠竹丛，眼前豁然出现一块奇石。那石头的形状像是湖水自然冲刷而成的，从三面看去，各不相同。正面如仙女提篮撒花，左面如鲤鱼挺立，右面如老叟垂钓。因为这块石头的遮挡，仍旧看不见府邸内园的景致。

小婢子仍旧不说话，只管引着女眷们向里面走。绕过奇石，就是一条曲折蜿蜒的回廊，两侧用照壁遮挡，只能在镂空窗扇中向外看去。每走一步，都只能看到一小处景致，可每走一步，看到的景致又完全不同。

穿出回廊，便是人工开凿的湖面。清风徐徐吹来，经过了方才一路的半遮半掩，山水天地的开阔辽远，在此时陡然冲入胸怀，让人禁不住想深深吸几口清凉润泽的气息。一路上还在不住品评的女眷们，这时都不说话了。如此精巧设计的园林，当真是一步一景，处处生辉。

湖水一侧，建有一座小楼，可匾额还是空白的，并未题写名字。始平王拓跋勰躬身请皇帝和各位女眷贵客到小楼上略坐，他要亲自去命人准备些点心吃食。他说话时，一直没向李弄玉这边看，李弄玉也赌气并不看他。

冯妙悄悄拉住李弄玉的手："好姐姐，我有些不舒服，恐怕是走得急了些，有些吹了风，叫忍冬给我拿些药来吃。你在这略等我一下，待会儿我跟你一起到小楼上去。"

李弄玉知道她有咳喘症，有些担心地要跟她同去。冯妙柔声道谢，却坚持叫她在这里等，说自己很快就回来。

其他人都跟着婢子上了小楼，彼此热闹地说着话，聊的无非都是些胭脂水粉、绫罗绸缎。李弄玉对这些话题毫无兴趣，正好也不喜欢跟这些人凑在一起，便站在原地等。

这些人进府时，已经是傍晚，不过一转眼的工夫，天色就彻底暗淡下来，只剩下一抹落霞余晖，挂在西边的天幕上。小楼里亮起星星点点的烛火，四面景色都在夜色里暗淡成模糊的影子。

风卷着衣角，像小孩子的手，在衣衫间顽皮地拍打。李弄玉等得有些焦急，却又不知道该到哪里去找冯妙。惶惑之间，忽然涌起强烈的无助感，好像天地之间只剩下她孤独一人。

从小到大，她心里一直有这样深切的无助感。她有父亲，可父亲整日繁忙，并不能一直陪着她。她有姐姐，可姐姐们也迟早要嫁人的。她不知道究竟是谁，能跟自己走过那么漫长的一生。她有仰慕的男子，可那男子贵为亲王，又曾经求娶过她的姐姐。

就在此时，湖面上忽然响起缥缈的歌声："蒹葭苍苍，白露为霜。所谓伊人，在水一方。溯洄从之，道阻且长；溯游从之，宛在水中央。"不同于女子歌唱的柔婉，男子的声调，低沉迂回，反倒更显得情意深切。

李弄玉循着歌声看去，一条小船不知从何处划出来，船身上站着一名身形挺拔的男子，正在摇着船橹。小船悠悠荡荡，直往她面前而来。

第四十三章 萧史乘龙

湖面并不算阔大，不过是巧妙地借助了山形地势，才显得格外辽远。不一会儿，那小船就荡到李弄玉面前，却并不靠岸，只隔着五六尺远在水面上停住。

始平王拓跋勰身穿青衫站立在船头，遥遥地向李弄玉问："小姐可要渡河？"

岸边小楼上的灯火映照在波光粼粼的湖面上，散碎成满湖点点光亮。李弄玉被他这样一问，竟然不知道该如何作答。那小船离岸边并不远，她也不是养在深闺的娇弱女子，要是放在平时，她肯定直接跳上船去，非得把拓跋勰推进水里去才算完。可这会儿，拓跋勰就在她面前，眼睛里全是若有若无的淡淡笑意。

拓跋勰刻意除去了身上一切象征身份的印记，衣衫是用富家子弟中常见的平纹锦罗裁成的，没有丝毫多余的装饰，腰间只坠了一块式样平常的双鱼合欢玉佩。头发用缎带束住，再用一块方巾裹住，远远看去，不像皇室亲王，倒好像乘兴出游的书生士子。

在平辈的亲王中间，拓跋勰的相貌五官与拓跋宏最为相似。平时碍着身份，宫中女眷并不敢多看拓跋宏，此刻在小楼内，都把目光投注在拓跋勰身上，依稀想象得出，若是皇上换了这样的衣衫，也一样清朗俊秀。

"小姐可要渡河？"拓跋勰又问了一次，把手中的船橹递过来。

明知道他是在引着自己说话，李弄玉还是鬼使神差地问了出来："你这船去哪里？"

拓跋勰双目注视着李弄玉，朗声回答："天涯海角，光阴尽头。小姐想去哪里，这船就去哪里。"

如此直白热烈的话一出口，李弄玉的脸立刻烧红起来，幸亏隔着夜色遮掩，才不会太过明显。拓跋勰仍旧站在船头，语声温润地说："我一直想乘船顺流而下，可船上还缺少一位同行的佳人。"他抬起手指，遥遥地指了一下岸边的小楼："良苑建成已久，勰原本觉得迎风倚栏、对湖翻书，应该是人生乐事，可是没有红袖添香在侧，任何美景乐事都变得索然无味，所以连楼名都没有题写。"

李弄玉无声地听着，她洒脱起来，可以饮酒高歌，从不把任何人放在眼里，可此时却只能定定地看着船上的人，心底涌起无穷无尽的欢喜。她的母亲早逝，她的名字是父亲亲自取的，秦穆公的小女儿弄玉公主，在高楼之上吹箫，引来仙人萧史，成就一段美满姻缘。她的父亲，无非就是希望自己的小女儿能够嫁个如意郎君，一世无忧罢了。

"小姐，可愿意为小楼题名，再与我一同泛舟？"拓跋勰炯炯的目光直盯着李弄玉，把船橹平伸过来，像在等着她回应。

始平王拓跋勰一向有些风流才气，此时在座的，大多已经嫁作人妇，看了此情此景，仍旧难免暗自艳羡。

有粉衣小婢举着笔墨上前，请李弄玉为小楼题写匾额。月光映照下，拓跋勰身姿俊朗，却并不急躁，只含笑等着李弄玉的决定。李弄玉心神荡漾，再没办法维持平素的清冷，她已经不是当年那个莽撞无知的少女，可那个愿意等她的人，却一直没有变。他的承诺，始终如一，要她心甘情愿地同意嫁给他。她眼波微微一转，做了个点头的姿势，把一只手轻搭在船橹上。

那小婢子已经拍着手叫起好来，把笔直接递进她手里。心意已定，李弄玉也不再扭捏，提笔蘸墨，挥毫写下两个字——萧楼。拓跋勰见了，眼中的笑意更深，他爱恋李弄玉多年，又熟知经典，一眼便明白了那题名中的深意。萧楼箫楼，弄玉愿在此楼吹箫，夜夜静待萧郎。原来她冷冽的外表下，也有一颗矢志不渝的心。

拓跋勰轻轻一拉，想叫李弄玉上船来。李弄玉的脚步刚刚一动，他就在手上用了一点巧劲儿，扯得李弄玉直向前扑来，眼看就要落入水中。他用另一只手撑船边的竹篙，小舟陡然向前一荡，李弄玉便恰恰稳稳地落进他怀中。

"做什么，当着这么多人的面……"李弄玉嗔怪地捶打他的胸口，要他把自己放下来。

拓跋勰脚下一跺，小舟便剧烈地摇晃起来，李弄玉不识水性，吓得抱紧了他的脖子，却不肯喊出声来。拓跋勰贴着她的耳边说："你再乱动，我们就要一起掉进水里了，当着这么多人的面，出丑一起出，就算要死也一起死。"

听见一个"死"字，李弄玉慌慌张张地去捂他的嘴："你胡说什么，我还要长命百岁、儿孙满堂呢，才不要……才不要……"

拓跋勰见她面颊泛红，心神激荡不能自持，低头在她侧脸上吻了一口，接着提高了嗓音，朗声说道："拓跋勰今日得李弄玉应允为妻，今生今世，永不变心。我以始平王之名起誓，今生绝不立侧妃、不纳妾室、不进秦楼楚馆。若违此誓，叫我死于羽林乱箭之下。"

这已经是极重的毒誓，只有谋逆不成的人，才会在皇宫内苑被羽林侍卫乱箭射杀，死后连尸骨都不得埋葬，要被扔在荒郊野地，任由野狼恶犬啃食。

李弄玉怔怔地看着他，平日的敏捷才思不知道跑到哪里去了，只低声却坚决地说了一句："弄玉也绝不负萧郎。"

赏菊是幌子，要让李弄玉当着众人的面应允婚事，才是真的。女眷们返回宫中后，才想起来，说是去赏菊，好像除了萧楼里摆放着几盆菊花，就再没有其他了。

随着始平王的痴情之名一起流传的，还有始平王府内"移步换景"的精巧布置。平城内的宗室亲王，隔三岔五便想个法子，要去始平王府里坐坐，顺便问问这照壁上镂空的窗子有多少种不同的花样，这四面形态各不相同的奇石去哪里找。

至于贵胄子弟里，想要仿效始平王的风雅举动的更是大有人在。

陇西李氏也是名门望族，自然不会允许私订终身这种事发生，要想真正娶到李弄玉，礼节一样也不能少。拓跋宏仍旧叫李弄玉每天到崇光宫，替他抄写政令文书，等到新年一过，再从剩下的待选娘子里，一并选几个有才学的女子，封做中才人，留在宫中任用。到了那时，才表示天子没有看中这些女子做嫔妃，拓跋勰便可以正式去李家下聘了。

李弄玉解开心结，自然是满心欢喜，连一贯清冷的脸上，也染上了一层三春桃花色。可她还是嗔怪冯妙，竟然跟拓跋勰合起伙来蒙骗她。冯妙赔着好话，把华音殿仅剩的两坛桂花酒都给了她，答应等春天酿了新酒第一个送给她尝，才算让她消了气。

送走了李弄玉，门外又有人来。自从冯妙独得圣宠，总有人有事没事到华音殿来，再也不像从前那样清静。她刚想说不见，忍冬已经走进来回禀："是袁良媛来了，说她新绣了几幅花样，拿来送给娘娘。"

初到畅和小筑待选时，两人曾经同住一殿，袁缨月的侍女半夏也跟忍冬熟识。只不过后来各辟了宫室居住后，两人的寝殿离得远了些，就不常走动了。冯妙记得袁缨月的手艺很好，便叫忍冬请她进来。

袁缨月穿一身水蓝色直襟长裙，头上绾了个螺髻，只插了一颗珍珠，样子依旧柔弱怯懦，不像个妃嫔，倒像个碧玉小家女。她见了冯妙，便要跪下去行礼，口中说着："见过婕妤姐姐。"

冯妙赶忙拉住她："这是做什么？许久不来也就罢了，一来就要摆出这副生分的样子，那我可要生气了。"

袁缨月是一句重话也禁不住的人，明知道冯妙是在开玩笑，眼圈还是微微泛红了："是妹妹不好，一直没来看姐姐。"

见她这样，冯妙反倒不好说什么了，一低头正好瞧见她脚上的缎面鞋子，似乎跟宫里常见的样式不大一样。鞋面上绣着穿花蝴蝶图样，蝴蝶翅膀上用丝线穿着细小的珠子绣成，算不得奢华，但却十分精致。冯妙略带好奇地赞叹了一句："妹妹这双鞋，样子倒是精巧。"

袁缨月听她这么说，赶忙答话："这鞋是我自己绣的，姐姐要是喜欢，那我也给姐姐做一双。"冯妙不过是随口一问，赶忙推辞，可袁缨月却一定要尽尽心意，几乎要落下泪来："从前我给贞皇后送了安胎的方子，才晋了美人的位分，后来……后来又借着姐姐的福气，才能服侍皇上。我私心里，总不敢见姐姐，怕姐姐跟我生分了。要是姐姐连一双鞋子都不肯收，那妹妹以后可就再不敢来华音殿了。"

见她说得如此严重，冯妙不好再坚持，只能答应了，叫她不拘什么样子，随意做一双就好。袁缨月立刻破涕为笑，取了一双冯妙的旧鞋子参照尺寸，交给半夏收好。

那旧鞋子上还沾着些灰尘，冯妙有些过意不去，便说："尺寸叫忍冬量一下就好，再不行，我还有从前做的新鞋子，拿去照着做就是了。"

袁缨月却说："姐姐大概不知道，我做鞋子的手艺是跟我娘学的。每个人脚的形状都不大一样，一定要照着穿惯了的旧鞋子做，裁出来的鞋面才最合脚。"听见她说阿娘仍旧在家中，冯妙心下羡慕，也就不再推辞了，只叫忍冬把那双鞋子好好擦干净。

两人又闲闲地聊了些旁的，袁缨月忽然问："姐姐听说了没有？前几天，高姐姐的孩子险些没了。"

冯妙近来忙着翻阅典籍、抄录南朝官制，一直没大留意宫中的事。可她也知道，高照容一直在广渠殿禁足，平时没人会去看她，应该是很安全的。

袁缨月随意拨弄着自己带来的绣花绢子，细声细气地说："前几天，听说高姐姐连发噩梦，吃了许多安神的汤药都不见效。有时夜里惊叫起来，连附近几个宫里的姐妹都闹得不能入睡呢。"

冯妙听着奇怪，如果换了卢清然或是别的什么人，用这种方法装可怜、博得皇上的同情，她一点也不会觉得意外。可高照容并不是这样的人，她并不热衷于争宠，甚至很少表现自己精湛的歌舞绝技。眼下，她应该很清楚，最重要的事应该就是保住腹中的孩子。

“后来，闹得实在不像话，听说高姐姐有几次都已经见了红，差点小产，医正不敢隐瞒，就禀告了太皇太后。”袁缨月居住的飞鸿殿跟广渠殿很近，所以知道得如此清楚，“太皇太后特别准了高太妃去看她，可不知道什么缘故，高姐姐对太妃娘娘又哭又叫，还砸了太妃娘娘送去的汤药，气得太妃娘娘脸都青了，出广渠殿的时候说，就当从来没有她这个侄女。”

“有孕的人，难免情绪容易波动，等孩子生出来，自然就好了。”冯妙随口应承着，心里的疑虑越发地深。高照容并不是一个心志软弱的人，怎么会闹到这个地步？不管是为了什么目的，倘若当真伤了孩子，岂不是得不偿失？

袁缨月走后，冯妙也没再把这事情往心里去。毕竟有宫里的医正照顾，高照容自己又是个最小心的人。谁知道，没过几天，奉仪殿就传话过来，要冯妙过去一趟，陪着太皇太后一起去广渠殿探望高照容。

冯妙夜里一直在翻阅《礼记》，这天就起得有些迟了，叫忍冬替自己梳洗了，再赶过去时，冯清和崔岸芷都已经到了。冯妙向太皇太后行礼告罪，垂手退到一边等着。

“照容这孩子，哀家平日看着，最是灵巧聪明的，怎么有了身孕以后，性子变得这么古怪？”太皇太后刚刚用过早膳，正把赤金点翠的护甲往手指上套去，“竟然还跟御医和医女说，广渠殿夜里有鬼，御医哪里会相信这个？”

冯妙默默听着，越发觉得奇怪。高清欢是个丝毫不敬鬼神的人，高照容跟他又有几分神似，也不像一个会心存敬畏的人。

“待会儿去了广渠殿，你们几个都好好劝劝她，毕竟眼下安胎养身最要紧，别再任性胡闹了。”太皇太后叫崔姑姑替她换了外裳，搭着崔姑姑的手往外走去。

广渠殿内一片寂静，跟几个月以前的七夕小宴时的情景大相径庭。医女在外殿煎着药，太皇太后见了，停下脚步问：“现在都用些什么药？”医女毕恭毕敬地回答：“都是些安神镇定的药，娘娘的胎象很好，不需要什么特别的药物。”

内殿的门窗都紧紧闭着，还用厚重的帷帘遮住了光线。高照容虚弱地躺在床上，连起身见礼都不能，只能在枕上含着泪向太皇太后问安。

冯清见了，呵斥广渠殿的小宫女：“怎么也不打开些窗子？让你们精心照顾主子，你们就照顾成这样？是不是瞧着你们主子没有精神头儿修理你们，就敢踩到她头上去了？”

小宫女们吓得说不出话，倒是春桐胆子大些，向冯清屈身行了一礼，答话道：“不是奴婢们不尽心，实在是娘娘不让开窗子，总说外面有人要进来。奴婢们不敢逆了娘娘的意思，更怕娘娘伤了自己……”

太皇太后听见这话，心中不快，眉头已经拧在一起。冯清对自己身边的玉叶说：“去把窗子打开，再给香炉里添几把香。”

玉叶应声去了，刚挽起半面帷帘，高照容就急急地叫起来：“别开窗子！别开窗子！它们会进来的……”叫声凄厉可怜，让人不忍心听，春桐赶忙阻止了玉叶，叫她别再动那些帷帘，自己走到床榻边坐下，把高照容揽在怀里安抚：“没事了，娘娘，外面什么都没有，别怕……”

冯清愣在当场，没料到高照容竟然反应如此剧烈，接着又露出一抹得意的微笑来，就算抢先生下孩子又能怎样？贞皇后生产当天就死去了，看样子高照容也未必会好到哪里去。

太皇太后冷着脸坐在一边的胡床上，对着冯妙三人微微扬头：“你们去好好劝劝她，不要整日胡思乱想。”

崔岸芷犹豫着不敢上前，冯清却是一脸不屑，不愿走到床边去。只有冯妙在床榻边坐下，柔声劝慰：“你身怀龙裔，任何邪祟都不敢侵扰，不要胡思乱想了，养好身子最要紧。”

高照容伸出一只手来拉住冯妙的手：“姐姐，我怕得很。你不知道，我天天梦见林姐姐在一片大雪之中奔逃，她身前身后，全都是青面獠牙的野兽，就要扑到她身上咬住她。”

“这是梦，当不得真的。”冯妙抚着她的手背劝解。低头的一刹那，似乎隐约看见高照容的眼睛清澈如初，没有半点神志迷离的样子。她疑心自己看错了，再要仔细看时，高照容已经闭上了眼睛。

“我一连几天都梦见林姐姐了……一连几天……梦见……”高照容口中喃喃，只是反复说这几句话。

冯妙猛然想起，当时她被人冤枉，在林琅灵堂前罚跪，曾经叫高照容帮忙把皇上引到灵堂来。当时告诉高照容的说辞就是这样的，一连几天都梦见林姐姐了。高照容一定有什么话要告诉她，可冯妙一时却想不到，高照容究竟在暗示什么。

崔岸芷看得心惊胆战，用帕子捂着胸口说：“说不定是撞了邪了，要不请宫里的傩仪官来驱驱邪吧，就当求个安心也好啊。”

“奴婢早几天就去问过了，傩仪执事官高大人，原本就是我们娘娘的哥哥，”春桐伶俐地答话，“可高大人去太庙准备冬日的大祭去了，这些日子都不在宫里。”

“平日少想些事情就好了，”太皇太后对春桐吩咐，“好好照顾你们主子，不要一味地任她胡闹。”

从广渠殿回来，冯妙一直想着高照容那句话，“林姐姐在雪地里，被野兽撕咬”，却想不透她是要说什么。

太皇太后亲自带人去看望过后，广渠殿果然安静了几天，不再夜夜惊叫了。可不过才安宁了五六天，广渠殿就又闹出事来。这次倒不是高照容噩梦惊悸，而是有一名医女夜里出去倒药渣，看见墙根底下有个白衣裳的人影一闪而过，吓得砸了手里的药罐子，当场就昏了过去。

事情禀报上来，太皇太后当场就下旨叫崔姑姑去彻查此事。这个时候在高照容居住的殿外装神弄鬼，显然是为了让她心神不宁，无法保住孩子。她并非多么看重高照容的孩子，皇长子已经养在奉仪殿，即使冯家的女儿没有儿子，她也可以将皇长子立为太子。但她不能容忍有人在后宫里装神弄鬼，搞得人心惶惶。

冯妙清早梳洗时，就听见忍冬絮絮地给她讲：“早上出去提水的时候，奴婢听那些小宫女说得有鼻子有眼的，说夜里出现的那个女鬼，一身白衣，头发长到腰际，分明就是贞皇后从前的样子。还有人说，贞皇后是担心高充华娘娘有了自己的孩子，就会想要害死皇长子，所以才来警告她。”

“真是荒谬，”冯妙无奈地摇头，没留意忍冬正在给她梳头，扯得发丝微微发疼，“林姐姐生前最是和善隐忍，难道死后性情就会变化如此之大吗？”

后面的话她没说出来。上次去看望高照容时，并没有小宫女说见着什么鬼影，只是高照容自己夜夜都做噩梦。可是才过了这么几天，广渠殿外就出现了这样的鬼影，十有八九是有人听说了高照容的情形，故意装神弄鬼，让她继续受到惊吓而保不住孩子。

午时刚过，就有人来请冯妙再去一次广渠殿。冯妙料想仍旧是跟高照容受惊吓的事情有关，只在平日梳惯了的反绾髻上加了一支垂丝点翠钗，就匆匆赶了过去。

一进门，崔姑姑先向冯妙道了声“婕妤娘娘好”，接着便说：“奴婢在此，是替太皇太后问几句话。”崔姑姑一向在太皇太后面前贴身侍奉，也时常帮太皇太后处理些事情，冯妙不敢当真受她的礼，稍稍侧开身子说：“姑姑请问。”

“娘娘大约也听说了，广渠殿的医女昨晚看见了鬼影，”崔姑姑说话慢声慢气，跟太皇太后完全不同，“奴婢斗胆，问问娘娘和娘娘的婢女昨晚在何处？”见冯妙脸色微变，崔姑姑赶忙补充：“娘娘别多心，因为太皇太后怀疑是有人故意装神弄鬼、恐吓高充华，所以每位娘娘来时，都先问了这句话。”

冯妙这才注意到，其他各宫的妃嫔也几乎全都到了，正坐在一边的胡床上。

六宫天妃

步生莲（中）

华楹 著

中國華僑出版社
北京

目录

六宫天妃 中

第一章
夜长人奈何

冯妙近来整夜都在翻阅古籍，快到天亮时才能入睡。忍冬也一直都在陪着她，帮她更换蜡烛，添茶添水。可这些事情，一直在私下里进行，不好当着众人的面提起。

“姑姑不必介怀，这些事情问个清楚，原本就是应该的。昨晚我和婢女忍冬，一直都在华音殿，”冯妙从容不迫地回答，“我夜里睡不着，就点了支宫蜡，随便翻了本书来看。值夜的羽林侍卫，要是路过华音殿门前，都会看见昨晚的灯火光亮，姑姑叫人来问问就知道了。”

“点着灯火，人也未必就在华音殿里，”冯清坐在胡床上，脚尖点着地面，“也许有人故意夜里出去，却在自己的殿里点着蜡烛做遮掩呢。”她轻巧地一笑，对冯妙说：“我不过是平白想起来，并不是说姐姐，姐姐可别多心。”

她这样说了，冯妙也不好发作，踱步到另一侧坐下，跟冯清遥遥相对，只是隐隐觉得今天似乎哪里不对劲儿。这时，春桐从内殿出来，对崔姑姑说：“娘娘已经喝了安神的汤药，睡下了。万幸娘娘昨晚并没看见什么鬼影子，今天的精神也还好，请姑姑代为转告一声，让太皇太后放心。”

袁缨月刚好坐在冯妙身侧，用帕子遮住嘴低声说：“大清早的，却把我们都叫过来问这些有的没的，里面的这一胎，养得也太不安生了。”她忽然想起件事，又接着说：“给姐姐的绣鞋，我已经做好了，鞋面上绣了并蒂莲花。昨天我把做好的绣鞋送到织染坊去了，让她们给整双鞋染一层浮色，会更好看的。她们做好了，就会直接送到姐姐的华音殿去。”

冯妙笑着答：“让妹妹费心了。”

略坐了片刻，奉仪殿的管事太监张右走进门来，向崔姑姑回话：“广渠殿外面的路，刚好通向内六局的宫女住处，来来往往的人很多。青石路面上的鞋印早就看不清了。”张右已经在奉仪殿侍奉多年，做事稳妥，平常并不在内殿伺候，遇到要紧事时，太皇太后才会叫他跟崔姑姑一并出来。

“不过，”张右顿了顿，接着说，“靠近宫墙根处的泥土地面上，还留下了一排鞋印，从广渠殿东侧的宫墙下面绕了大半面，一直到西南角上，才消失不见了。”

张右的话适可而止，这条路线，正好经过昨晚诡秘人影出现的地方，出门倒药渣的医女，从东南角的小门出去，药罐子砸碎的渣滓，还留在那里没有清理呢。

崔姑姑不知道在想些什么，沉吟着不说话。冯清有些耐不住了，接口说道：“这有什么难的呢，请这位公公，去把那些鞋印子，随意拓一个回来，比对一下就知道了。再不济的，叫今天来这问话的人，也都各自去泥土地面上走一圈，要是鞋印子不一样，至少也洗脱了嫌疑。”

自从高太妃病后，内六局事务就由冯清打理，虽说大半事务都是交给内六局总管事去做，可冯清毕竟要在大事上拿主意，说话办事都比从前越发爽利。

她这么说了，崔姑姑自然不能驳她的面子，便叫张右去拓一张鞋印回来，向在座的宫嫔女眷告罪：“不是奴婢有意要冒犯各位娘娘，实在是太皇太后有严令，这次一定要把事情查个水落石出，恐怕要请各位娘娘待会儿挨个跟那印记比上一比。”

在座的女眷都赶忙点头应允，急忙说，能洗脱嫌疑是再好不过的。女子的脚，原本最是矜贵，不能轻易给人看。可一来只是比对鞋印，不需要裸露双足，二来此刻在广渠殿的，不是女眷就是宫女内监，也算不得什么外人。

不知道张右用了什么办法，不过一炷香时间，就拿了一张微湿的薄纸过来，一个女子式样的绣鞋印记，在上面隐约可见。那鞋印十分小巧，看上去不过巴掌大，鞋底上似乎还带着镂空的腾云纹，是只有宫嫔才能穿的样式。

冯清看了一眼，就冷笑起来：“好小巧的脚，也不知道是哪位姐妹。”她第一个走上前去，稍稍拉起裙摆，露出绣着海棠花的鞋面。冯清的脚大小适中，但是比起那张薄纸上的鞋印，还是很明显略大了些。

袁缨月、卢清然、王琬，都一一上前比对了，尺码都不合适。轮到冯妙上前时，她把裙摆微微提起，把脚上的绣鞋露出来，轻踏在那张薄纸旁边。隔着薄薄的绣鞋，只能看见她脚上的轮廓，纤细秀美。

冯妙心里倒抽了一口冷气，那鞋印的大小，刚好与她的脚一模一样。

“姐姐的脚倒是小巧可人，跟这鞋印很相像啊。”冯清探头看过来，像是无心的一句话，把众人的目光都吸引了过来。

此时还剩下郑柔嘉没有上前比对，崔姑姑叹气说道："请郑娘娘也来比对了吧。"几乎人人都已经认定，那脚印就是冯妙的。

郑柔嘉缓步上前，轻拉裙摆，也伸出一只绣鞋来。鞋面用光滑的软缎制成，半点装饰也没有，那只纤细的脚也十分小巧玲珑，跟薄纸面上的鞋印大小相仿。

有人轻轻地"咦"了一声，崔姑姑在冯妙和郑柔嘉的绣鞋上扫了几眼，一时也不知道该如何处置。

"姑姑明鉴，"郑柔嘉忽然开了口，"我有几句话想问这位公公，问过之后，再请姑姑回禀太皇太后。"她转向张右问道："请问公公，外面的脚印，是平整清晰的，还是脚尖用力，后面却模糊不清？"

冯清有些不以为然地"哼"了一声，夜半出来装神弄鬼，自然要轻手轻脚地走路，肯定是踮起脚尖的。不料张右恭恭敬敬地答话说："回禀郑娘娘，宫墙根下的泥土，夜里有些潮湿，那些鞋印都是前后用力均匀的。"

"既然这样，这些脚印就不是我留下的。"郑柔嘉稍稍红了脸，"能不能请公公回避一下，我有办法可以证明给崔姑姑看。"张右躬身退出殿外，郑柔嘉见屋内只剩下内宫女眷，便扶着婢女的手坐下，拉下了自己脚上的绣鞋。

小巧的脚掌弯曲成新月一般的形状，显然是从小用布包裹，刻意纠正而成的。其他宫嫔没见过这样的脚掌，都好奇地探头来看。

郑柔嘉越发不好意思，却还是对着崔姑姑说："我的生母出身不好，原本并没指望我能入宫为妃。想着将来要讨夫家喜爱，从小娘就教我跳折腰掌中舞。我这双脚，也是从小就用布包裹住，不让它长大。"

折腰掌中舞，据说汉朝时赵飞燕、赵合德姐妹，最擅长此舞，传闻赵飞燕身姿轻盈，能在男子手掌中翩翩起舞。后世流传下来的舞蹈，自然没有那么神奇，但是跳得好的人，也可以在一尺见方的高台上翩然起舞。要跳这支舞，最要紧的，除了腰肢柔软，还要有一双纤细小巧的脚掌。

"因为这个缘故，"郑柔嘉咬着嘴唇，却不得不在这么多出身不凡的女子面前，讲起自己的隐秘，"我走路时，总是用脚尖点着地，并不用整个脚掌用力。如果是我留下的脚印，只会脚尖清晰，不会整个脚掌都那么平整。"

卢清然发出"啧"一声惊叹："好本事啊，折腰掌中舞，难怪皇上都为你折腰了。"因为上次侍寝被郑柔嘉半路抢先的事，她还在耿耿于怀。其他汉家女子也明白了她的意思，跟着意味深长地笑起来。

折腰掌中舞流传至今，早已经不是什么宫廷乐舞了，因为舞姿太过妖娆妩媚，名门闺秀都不屑于学习这支舞，只有要靠博得男人欢心生活的勾栏女子，才多擅长此舞。平日里郑柔嘉从不曾提起。此刻为了洗刷嫌疑，不得已之下才说了出来。

鞋印平整……冯妙顾不上细听别人的讥讽，注意力只集中在这几个字上。郑柔嘉已经证明了那绣鞋印记不是她留下的，那么现在，嫌疑最大的就只有她自己了。她脑中骤然一醒，也走到崔姑姑面前：“我也有件事，想请姑姑回禀太皇太后时，一并如实禀明。”

“前几天，袁妹妹从我这里拿走了一双旧鞋子，比照着帮我缝制新鞋，”她向袁缨月看了一眼，“我自然不会怀疑袁妹妹，可袁妹妹把鞋子送去织染坊染色了，说不定有人拿了我的鞋子，故意留下那些印记。”

她直视着崔姑姑的双眼，直截了当地说：“虽然我不知道是何人做的，但是这人居心叵测，想要让人怀疑，我有意刺激高姐姐，让她精神不济、不能顺利生下孩子。请姑姑派人去织染坊，取来那两双鞋子比对。”

她故意说得严重，怀疑她的动机，就是怀疑整个冯氏的动机。太皇太后手里已经有了皇长子，她吃不准自己是否会在此时被太皇太后放弃。

崔姑姑命人叫来张右，派他带人去织染坊，取回冯妙的鞋子。

等待的间隙里，袁缨月走上前来，泪光盈盈地握住冯妙的手：“姐姐……果真是那双新做的鞋子，被人拿去冒用了吗？我……我原本是想在姐姐面前尽点心意，没想到给姐姐惹出这么大的麻烦来……”

冯妙向她浅浅淡淡地笑一下：“我知道，要是有人别有用心，怎么躲都躲不过去，妹妹不要自责。”袁缨月的眼泪和话语，她并不完全相信，只是她一向与袁缨月交好，眼下又没有切实的真凭实据，总不好平白攀扯到袁缨月身上。

张右去了不久，就匆匆返回，手中却空空如也，什么也没有拿回来。他的品级在崔姑姑之下，十分客气地向崔姑姑回话：“织染坊的人说，那双鞋子，昨天一大早就已经染好了，叫人送到华音殿去了。只不过送去的时候，冯娘娘刚好出去了，就交给了门口当值的小太监。”

冯妙为了养着嗓子，每天都只在清早出门散步，可以避开正午时的燥热，气息也湿润干净些。

“我并没接到织染坊送来的鞋子，”冯妙对张右说，“麻烦公公再跑一趟，把华音殿门口当值的小顺子叫来，问个清楚。”

张右自然不能拒绝，带了人匆匆赶过去。小顺子被张右带来时，手里捧着一个锦盒，双膝下跪递到冯妙面前：“娘娘，昨天清早的确有人送了这个来，说是给娘娘新做的绣鞋，连着一双比照尺寸的旧鞋都在里面。后来换班的时候，忍冬姐姐叫我去打扫小厨房，我就把这事给忘了……”

掀开盖子，锦盒里用一块薄柳木隔开，分成两半，各装着一双鞋子。其中一格里是袁缨月做好的崭新绣鞋，另外一格是上次拿走的旧鞋子，已经清洗干净，放在里面。锦盒里还撒了些香粉，一打开便闻得到。

张右向冯妙道一声“娘娘恕罪”，上前提起那双新鞋子，平底上沾染了一些污泥。他细细看了半晌，转身对崔姑姑说：“这鞋子的尺寸、鞋底的纹样，的确跟广渠殿宫墙下那一排鞋印一模一样。”

崔姑姑面上露出几分无奈，对冯妙说：“毕竟这是娘娘的鞋子，又是在娘娘宫里找出来的，并没有流落在外面，还要委屈娘娘，这几天暂且留在华音殿，不要出去。奴婢会向太皇太后禀明一切，请她老人家定夺。”

冯妙点头答应：“有劳姑姑转达，我自然相信太皇太后的圣裁。”

回到华音殿时，门口已经多了一排侍卫，那是专门看守禁足妃嫔的。忍冬愤愤不平地说：“娘娘昨晚整夜都没有外出，分明是有人拿了娘娘的鞋子去，故意留下那排印记，娘娘怎么也不为自己辩白几句？”

冯妙轻轻摇头，如此明显的事，太皇太后不可能看不出来。只不过形势逼人，如果当时不对她禁足，恐怕别人会私下议论，太皇太后偏袒自己的侄女，有意让有高氏血脉的孩子不能生出来。

更何况，鞋子先送去了织染坊，然后送来华音殿门房。织染坊里的人，都是予星小心挑选过的，还算可靠。此时若是大张旗鼓地去查，反倒平白让那些人冷了心，倒不如顺其自然，把织染坊也当作自己人看，一来二去，她对织染坊的掌控，就更牢固了。

禁足令下了两三日，也不见太皇太后有什么旨意。华音殿中一应的饮食用度，都由看守的侍卫传递进来，连忍冬也不能出去，不知道外面的风声。

到第三天，之前从知学里拿回来的两卷《周礼》，都已经看完了。冯妙百无聊赖中，又翻出从前看过的《史记》来看。随手一翻，刚好就翻到了《刺客列传》这一节。这一段的书页，明显比其他地方污损些，显然是平常翻看得更多。

冯妙看着书上的虫蚁似的字迹，渐渐有些神思缥缈。小时候被关在王府小院里，不能外出，她就只能读书取乐。每每读到《刺客列传》，她就格外羡慕那些快意恩仇的江湖游侠。路见不平、拔刀相助，这该是何等快意的人生？

可惜她自己头顶上的天空，永远只有院墙围起来的那么大。就算果真放她到外面去，她一个弱质女流，也做不成什么侠客。依稀间恍然想起，她曾经称赞过一个人有侠客的风度。那些句子，现在想起来，也还就在嘴边，一个字都没有忘过。

夜幕深沉，她被绑住双手吊在树上，面前是凶神恶煞的老太监。心慌意乱间，有人翻过院墙，带她离开。伏在他背上，跟着他一起跃过那些平日高不可攀的宫墙，好像肋下果真生出一双翅膀一样，在夜空里自由地飞翔。

“只盼将来你也遇着个人，爱不得、恨不得，生生消磨了你这一身脾性。”

那时，她年纪尚小，不懂人世间的情爱，说出这些话来毫不脸红。现在想起来，却觉得整个身子都跟着热了起来。他应该看见了那根断成两截的簪子，也明白了她的意思，所以再没有出现过。

思君令人老，岁月忽已晚。记忆像零散的碎片一下子涌进脑海，刺得她微微发疼。她忽然明白了，做好那张粉笺时，为何会提笔写下那样的字句。甘织宫的大门，在她身后轰然合拢，不仅仅隔断了她与往昔岁月的牵连，也隔断了她一段没来得及开花就凋零的少女情思。

门扇轻开的声音，打断了冯妙的沉沉思绪。忍冬提着灯笼进来，剔亮烛火，带着几分怨气说："外面的侍卫，见咱们殿里灯火昏暗，探头探脑地直往里看，生怕娘娘盛宠之下突然禁足，一时想不开，有个什么好歹。真是些没见识的……"

冯妙哑然失笑："这么点小事，就值得寻短见吗？要是这样，我早就死了十七八回了。"

忍冬也忍不住笑了："娘娘说的是，谁还能没个不顺心的时候，甘织宫那样的地方，娘娘都走出来了，眼下这点小事，又算得了什么？"

两人都睡不着，冯妙干脆叫忍冬也脱了鞋子，坐到床榻上来，把层层帐幔垂下，一页页地读史书给她听。忍冬听得似懂非懂，时不时地问出些别出心裁的问题来。

刚好读到汉朝初年吕后专权这一段，忍冬皱着眉问："那个年轻的皇帝，不就是吕后自己的亲生儿子吗？他肯定会听他母亲的话呀，吕后何苦还要急着让年幼的皇后生养呢？"

"因为毒杀赵王如意的事，惠帝刘盈跟吕后之间已经产生了隔阂，再加上吕后手段凌厉，惠帝却生性仁慈，时间长了，难免分歧更大，对吕后来说……"冯妙耐心解释，话到一半却突然顿住，后面的话，生生说不出口。

对吕后来说，已经成年的儿子，哪有襁褓中的幼儿容易控制？

冯妙骤然心惊，脊背上蹿起一阵忽冷忽热的汗意。自古天家无父子，对掌权的太后来说，又何尝不是如此。太皇太后手里，握着皇长子，如果高照容也生下儿子，高太妃就可以抚养这个幼子，慢慢与太皇太后周旋。

此前零散无序的碎片，忽然一片片拼合起来。高太妃要想抚养皇子，最好的契机，便是高照容在诞育皇子时死去，只留下一个幼儿。可高照容，显然并不甘心听凭高太妃摆布。

高照容的噩梦、惊恐，甚至险些小产，都是为了把众人的目光引到广渠殿去，不给高太妃悄无声息下手的机会。太皇太后去看望她时，她的目的就已经达到了。至于最后这次出现在广渠殿外的鬼影，则是有人顺水推舟，要置冯妙于死地。

忍冬抬眼看着冯妙，见她脸色变幻不定，额角渗出些汗来，赶忙拿绢子来给她擦去，又急忙忙地要换薄些的被褥来。

“不用了，”冯妙按住她的手，“你去取纸笔来，我要抄一段佛经。”

“这都快子时了，娘娘想抄什么，明天再抄也是一样的。”忍冬好言劝她，想叫她早点休息。方才听她读书，不过是想引着她说几句话，免得她心里烦闷。这会儿见她脸色又见潮红，心里又后悔起来。

“我没事，不过这字就要趁着眼下写，效果才好。”冯妙执意坚持，提笔抄写了几篇《法华经》。写到天快亮时，已经有些气力不济，头昏眼花，却仍旧坚持着写完了。

她叫忍冬把这经文拿给门口的侍卫，请他们去禀明皇上，说是月中快要到了，想烧几篇经文给贞皇后，略尽尽心意。忍冬猜不透她的用意，可还是照做了。她自小在宫中当差，刻意起来，嘴上像抹了蜜一样甜，一口一个“侍卫大哥”，哄得他们答应了去禀告一趟。

那些侍卫也知道冯婕妤最得圣宠，禁足以前可以自由出入崇光宫，才肯替她们跑这一趟。

等了一天没有消息，忍冬就有些急了。到傍晚时，冯妙却叫她早些去睡，把寝殿的门留一道缝，不必闩起来。她自己点了一支宫蜡，握着书卷斜倚在美人榻上翻看。

第二章 犹记多情

过了子时，冯妙迷迷糊糊地睡过去，恍惚间似乎有只手覆盖在她额头上，心口却沉沉的，像压着块巨石，怎么都醒不过来。冯妙挣扎着想要翻个身，双手握住了额头上的手，拉着它贴在自己侧脸上。

那手有力而温厚，带着长年习武的人惯有的握力，冯妙用侧脸在那只手上蹭蹭，像乖巧的小兽一样，恨不得整个人蜷缩过去，伏在那只手掌心里取暖。那只手就任由她拉着，一动也不动。

似乎只有夙弟，肯让她这样拉着，可夙弟的手十分柔软细腻，像女孩儿家的柔荑一样，不会这样带着薄茧。啊，对了，有一个人的手也是这样的，夜色里带着薄薄的茧，稍稍用力就可以把她牢牢握住。

冯妙往那只手上贴去，口齿间含混不清地呢喃。那软软的声调，尾音微微勾起，像小兽毛茸茸的尾巴，一下一下，直往人心尖儿上扫去。哪怕她此刻开口要天上的月亮，也叫人愿意摘给她。

忽然"啪"的一声轻响，放在胸口处的书掉落在地上。冯妙骤然惊醒，慌慌张张地松开了握紧的手，定了定神才看清站在美人榻边的人。

"皇上……"她从美人榻上坐起，低垂着头问安，"什么时候进来的？怎么也不叫人……嫔妾失礼了。"

她鬓边的发丝松散下来，低垂在她侧脸上，面上还带着刚从小睡中醒来的迷离慵懒。拓跋宏紧盯着她，一句话也不说。她睡着的样子，像个娇小的婴儿，从生动灵活的五官上就依稀猜得出，她梦见了什么。一时眉头微蹙，嘴唇紧紧地抿着，一时又无声无息地绽开一抹笑意。那才应该是她本来的样子，慧黠灵动，娇俏妍丽。

可她一醒过来，就全都不一样了，恪守着妃嫔的礼节，像被剔去了酸味的梅子，只剩下甜腻的果肉，无端让人觉得少了魂魄精髓。

冯妙站起身，到书案前斟了杯水，双手捧到拓跋宏面前："来不及准备茶水，皇上先喝杯水润润喉吧。"她几天都没有睡好，脸色有些泛白，被轩窗外涌进来的风一吹，身上便打了个冷战。

拓跋宏握住她的手，往前一拉，整杯水都泼洒在地上，打湿了脚上的绣鞋。惶惑之间，冯妙听见拓跋宏的声音近在咫尺："你不是花了心思要朕过来吗，怎么来了你又不好好招待？"

冯妙一怔，心里想好的话，就说不出口。原来他都看出来了，她抄经抄了整夜，故意把清晨气力不济时抄写的两张，叫人送去崇光宫。若是他心里还有一点情意，就该看得出那张佛经笔力虚浮，至少会派人来华音殿问一声。

她和忍冬都不能出华音殿半步，要是这几天广渠殿都再没有鬼影出现，就坐实了是她装神弄鬼。可只要有人来，她就可以想办法，再叫那鬼影出现一次，对她的怀疑也就不攻自破了。

她的沉默，让拓跋宏越发心头不快，语气不经意地加重了几分："没什么事，朕就要回去了。"

"皇上，"冯妙扯住他的衣袖，好不容易才引了他来，哪能在此时放弃，"嫔妾是想对皇上说，嫔妾并没有在广渠殿装神弄鬼，是有人拿了我的鞋子去，留下了那排印子。请皇上……还嫔妾一个清白。"

她一口气说完了这些话，手捂在唇上，咳了几声。刚才躺在小榻上，并没想着要睡，连被子也没盖，只穿了一件单衣，大概吹了点风，这会儿头有些沉沉地发昏。

拓跋宏抬手，想在她背上轻抚，却在半空生生顿住："朕还你清白，总该叫人心服口服，你有什么证据，能说服朕？"

"没有，"冯妙坦白地摇头，"安排这事的人，计算得恰到好处，不露声色地用了我的鞋子。要是真的发狠去查，也未必不能查到，可我也会因此而失去对织染坊的掌控，得不偿失。"

她还记得，拓跋宏不止一次说过，他需要钱财来支持他的变革和帝业。只要一两年时间，织染坊就会有可观的进项。但这些话，她不能说出来，更不能让拓跋宏知道，崇光宫的迷香对她无效，她不止一次无意间听见了拓跋宏与臣子的谈话。

拓跋宏冷笑一声，语气间有浅淡的讥讽："你倒是把朕给你的东西，抓得挺牢的。"这世上只有得不到权势的人，没有不爱权势的人，他深深明白这道理，才会把织染坊交给她管，让她在后宫中有个安身立命的依靠。

“皇上的恩赏，嫔妾自然应该奉若至宝。”冯妙不想惹怒他，尽量说得平淡，“更何况，还嫔妾一个清白，对皇上也有好处。嫔妾被禁足，就不能去知学里，上次拿回来的几本《周礼》，已经看完了，还需要再拿几本新的回来。”

这个时候，她竟然还想着要去知学里，跟王玄之见面……拓跋宏忽然笑了，一把拉过冯妙，伸手解她小衣上的扣子：“朕可以还你清白，哪怕为你颠倒黑白都行，可你是不是得报答朕？嗯？”

他笑起来时，五官朗朗如春日的骄阳，可手上的动作，却带着一股急躁。那扣子是用细小的银珠子坠成的，原本就有些难解，拓跋宏钩了几次，都没能解开，索性用力狠狠一扯。银珠子掉在地上，发出叮叮咚咚的声响，嫩如葱白的皮肤裸露出来。

拓跋宏抬手分开冰纹帐子，把冯妙压倒在床榻上，往她脖颈间吻去。冯妙闭上眼睛，稍稍别过头去。这细微的动作，让拓跋宏略带急切的动作顿住。他手臂一伸，拿过书案上摇曳的宫蜡，点燃了桌上的铜镏金奔马灯台。灯台内的油“呼”一下烧起来，把整间屋子映照得亮如白昼。

灯火之下，冯妙的脸色越发苍白。拓跋宏扯开床帐，扭着她的脸，逼着她看向床榻边的燕雀衔花铜镜。铜镜中映出她纤细柔软的身子，被扭成一个羞耻的姿势，绷直的足尖抵在帐钩上。

她从没受过这种羞辱，眼中一热，就滚下泪来。拓跋宏吞去她腮边滚落的泪珠，动作却越发粗暴。冯妙第一次觉得，天亮得这样慢，在无休无止的撕扯纠缠中，轩窗外天幕上的墨色，才渐渐变得浅淡。

第二天一早，忍冬早早在小厨房里准备了粟米粥，可一直等到巳时，也没见冯妙传唤她。内殿中寂静无声，忍冬试探着叫：“娘娘，您起了没有？”

室内没有回应，忍冬推门进去，床榻上却没人。她疑惑地转头，正看见冯妙胡乱披着一件外衣，缩在角落里，抱膝坐在地上。她大睁着眼睛，空洞无神地盯着脚尖。

忍冬吓了一跳，赶忙走过去扶她：“娘娘，地上凉，别冻坏了身子。”

冯妙借着她手腕上的力站起来，可脚下虚软，整个人又要跌倒，勉强扶着书案才站住，缓缓坐下去。

“娘娘，”忍冬看得心里发酸，“这次不行，再想别的办法。就算什么办法都不行，也不过就是禁足而已，吃喝穿用都有人送来，有什么了不得的……”

床榻上一片狼藉，冰纹帐子垂落在一边。冯妙低头凑到碗边，喝了一口粟米粥：“皇上已经答应我了，这里的禁足令，很快就会解了。”忍冬傻愣愣地站在一边，还没回过神来，冯妙又说："把床榻上的被褥都撤了，换新的来。"

冯妙被禁足的第六天晚上，广渠殿的医女夜里出来倒药渣，又看见了白影一闪而过，"倏"的一下跳上墙头，转眼就不见了。医女吓得尖叫不止，连在冯清住的顺和殿留宿的皇帝都惊动了。

拓跋宏大怒，命羽林侍卫严查，一定要把这个装神弄鬼的人给找出来。三天之后，羽林侍卫在广渠殿外，又看见了那道白影，因为有皇帝的严令，一路围追堵截，终于把那白影捉住了，送到皇帝面前。

二十几名羽林侍卫，折腾了大半夜，抓住的却是一只滚圆的白猫。那猫夜里跑到广渠殿附近，不知怎么钻进了一件素白袍子里，一时找不到出口，便只能四下奔逃，跳上墙头时，衣袍垂下，远远看去，真有几分像个飘忽的鬼影。

猫儿送到奉仪殿时，刚好几位有品级的妃子正在陪着太皇太后说话。冯清瞥了一眼，便脸色煞白，因为捉住的那只猫，正是她一直养着的胜雪。拓跋宏把经过略略一说，太皇太后便不冷不热地说了一句："这小畜生，几次三番地惹祸，养着没用，倒白白浪费了一把好粮食。"

太皇太后话里有话，分明是在提点冯清，成事不足，败事有余。冯清脸上青一阵、白一阵，抱了胜雪回去。猫儿不知趣地喵喵叫唤，落在冯清耳朵里，倒好像连它也敢来嘲笑自己似的。冯清抬手在猫背上抚摸，捏到它背上最柔软的那块毛皮时，猫儿舒服得眯起了眼，冷不防被一支簪子刺进了肚子……

冯清恨恨地自言自语："没用的东西，的确白白浪费粮食……"

太皇太后的口谕，很快就传到了华音殿，解了禁足令。忍冬喜出望外，连言语都变得轻松畅快："折腾了一大圈，原来那鬼影就是只钻进衣袍里的猫啊。"

冯妙抚着额摇头："你啊，什么时候能再多想一层，披衣裳的是猫，穿鞋子的可不是。"

忍冬露出几分羞愧、迷惑的神色："奴婢的确想不大明白……奴婢也不明白，那白猫怎么肯那么听话，专门跑到广渠殿去……"

冯妙小口喝着热茶，慢慢地说："我请皇上派人，在广渠殿外放了些姜芥草，厨房里常用这种草驱鼠，猫儿却专门喜欢这种草的味道，只要闻到了就会一路追着过去。用这草引着猫儿钻进预先放好的白色衣袍里，猫儿吃了姜芥草以后，会像人吃了五石散一样，发热、激动，找不到出路，只能胡乱奔逃。反复几次，总归会被人看见的。"

讲起这些，她有些神情黯淡，"有了这只白猫交差，前面那次也就用白猫叼走了鞋子遮掩过去，要是真追究起来，只会让太皇太后面上难堪。"冯清可以陷害她，她却不能直截了当地反击，碍着博陵长公主的面子，太皇太后不会当真处罚冯清，只会睁一眼、闭一眼地偏袒她。

忍冬叹了口气："从前没进宫的时候，总觉得皇宫内苑一定就像人间仙境一样，可进了宫才知道，世上哪有什么仙境，不过是换了一种吃苦的法子而已。"

虽说当众抓住了一只白猫，可宫中有邪祟的流言，还是在宫女、太监中传开了。越是恐怖未知的东西，越是容易勾起人心底的好奇。太皇太后严厉呵斥了私下议论的宫人，甚至当场杖责了几次，还是无法禁绝流言。无奈之下，太皇太后只能从太庙召回了高清欢，为宫中驱除邪祟。

高清欢来华音殿时，冯妙不想跟他见面尴尬，只隔着帘子跟他说话。高清欢跪坐在帘外，上身微微前倾着问："妙儿，你小时候在昌黎王府，有没有吃过一种叫月华凝香的药丸？"他用手比量一下："比琵琶果略小一些，有浓郁的香味，可以滋养容颜。"

冯妙心里一跳，下意识地往妆台上看去，朱雀衔环掐金丝妆盒里，正锁着一枚月华凝香。可这秘密不能对高清欢说起，她摇摇头："小时候吃过什么药，我都不记得了。"

"我前几天整理先皇留下的手札，发现了这个方子，"高清欢语气平淡，似乎有些失望，"月华凝香里，有零陵香和七叶一枝花，太武皇帝攻破北燕都城时，从皇宫地窖里配齐了方子上的珍贵药材，制成了二十一粒月华凝香。"

"后来，这二十一粒月华凝香，有六粒赏赐给了当时宫中位分最尊贵的左昭仪冯氏，有四粒赏给了后来得宠的冯贵人，也就是当今的太皇太后。还有一粒，先帝在位时给了上阳殿李贵人。剩下的十粒，后来都随着博陵长公主的陪嫁一起，去了昌黎王府。当年的北燕皇宫，已经被一把大火烧毁了，除去这二十一粒药，世上再也配不齐月华凝香了。"陈年旧事，零散在手札各处，高清欢却讲得娓娓不乱、清晰明白。

"你刚搬到华音殿时，我闻到你身上有零陵香的味道，曾经对你说过，不要使用这种香料。"他探身向前，手抓住鲛纱垂帘，几乎就要掀开帘子走过来，"因为零陵香和七叶一枝花，会使女子不孕，即使很少的用量，也能导致有孕的人滑胎。你把这种香料用在身上，很容易招来杀身之祸。可我那时不知道，你有先天的咳喘症，这两种药……都能平喘止咳，你……"

冯妙心口咚咚乱跳，手心里渗出细密的一层汗来。也许是被药物压住，她小时候并没有发过咳喘症，只是进宫之后，才渐渐发病的。如果月华凝香刚好能治好咳喘……她心里乱成一团，皇上不想要带有冯氏血脉的孩子，还不如一了百了。

她试探着问："如果服用过月华凝香，诊脉可以诊得出来吗？"

"不能，"高清欢仔细思索片刻，才开口回答，"零陵香和七叶一枝花，都可以做药用，在脉象上不会有什么变化。”

高清欢见她沉默不语，以为她担心自己的咳喘病症，声调也变得柔和起来：“妙儿，你不用担心，咳喘病症虽然不容易治好，可也并不是完全没有办法。我会留意着，慢慢想办法。在我找到有效的药以前，原来的方子你先照旧喝着，至少可以让你不会发病太过频繁。”

“妙儿，你放心，我一定有法子治好你。”高清欢慢慢松开手，碧绿色眼眸隔着轻薄的鲛纱垂帘，无声注视着另一端的窈窕身影。

“多谢你，不过生死有命，你也不必在这上面过分耗费心神了。”冯妙说不出缘由，只是隐隐觉得不安，不想跟高清欢有太多牵扯。她总是感觉得到，在他神秘清贵的外表下，是一颗过度危险的内心。

果然，在他起身离去时，冯妙听见他低声说：“我从来不信什么天命。”

这一年的闰月里，广渠殿高照容，生下了拓跋宏的第二个孩子，是个足月出生、健康可爱的男婴。民间传说，闰月出生的孩子，无法通过紫微星推算命运。所以这一生要么青云直上，如蛟龙出海；要么颠沛流离，断绝亲缘。

可在皇家，这是少年天子冠礼后择选的妃嫔里，第一个出生的子嗣。年幼的皇子还不能封王，可拓跋宏却下令大赦天下，减免一成的赋税，庆贺幼子出生，并亲自给他取名为恪。据说孩子出生时十分凶险，高照容差点因此丢了性命。拓跋宏一连三晚留宿在广渠殿，亲自照料昏迷的高照容，又晋她为修仪，等身子恢复过来，再行册封礼。

不知道是皇上有意如此，还是高兴得忘记了，高照容晋封为九嫔至今，还一直没有封号。虽说大魏后宫并不像南朝那么等级森严，前几任皇帝在位时，也曾经有过妃嫔晋到了三夫人的位分，还终身没有封号的先例。可皇上一向喜爱高照容，不顾她在佛前发愿祈福，硬要纳进后宫为妃，又对她的孩子如此重视，却迟迟不给封号，未免有些奇怪。

有人说，皇上传旨大赦天下，分明就是庆贺太子出生才有的仪制。可也有人说，生母没有封号，皇次子的出身就永远压不过皇长子去。原本准备了厚礼，要去结交高氏的朝臣们，琢磨不透皇帝的态度，又悄悄削减了礼单。

皇次子的满月宴，更是极其奢华隆重。不但在扶摇阁宴请百官，还邀请了南朝和北地部族的使节。柔然部受罗部真可汗，专门派了自己的幼弟，为皇次子送上贺礼。除去金银器皿、牛羊马匹外，使者还特意带来了纯白玉瓶里盛着的一瓶水，指明是受罗部真可汗送给六公主拓跋瑶的。

自从下嫁给刘承绪，拓跋瑶就很少在宫廷宴会上露面，这只盛着水的玉瓶，就由拓跋宏代为收下，转交给拓跋瑶。柔然使者躬身对拓跋宏说：“可汗还有几句话，想转告给六公主。这玉瓶里的水，是来自柔然天湖的，可汗今年带着十名勇士，亲自前往天湖朝圣，取回了这瓶水。可汗说，用天湖水沐浴的人，可以洗去一切烦恼不幸，若是公主需要，可汗可以年年为公主取来天湖水。”

一句话说得人人变了脸色，天湖远在极北之地，长年冰雪封冻，人迹罕至。受罗部真可汗只带十名亲随，就能深入天湖取回水来，这份勇猛坚毅就不是寻常人能做到的。这份礼物，与其说是在昭告受罗部真可汗对大魏六公主的情意，倒不如说，是在昭示柔然的武力。

拓跋宏神色如常地接过那盛水的玉瓶，笑得越发和煦：“请转告受罗部真可汗，朕替六妹和六妹婿，谢过可汗的深情厚谊。”柔然使者刚刚露出几分得意神色，拓跋宏又说：“听说天湖四季冰封，天地一片雪白，朕有生之年，也想去看一看。不过朕没有可汗孤身前去的勇气，恐怕要带上十万大军，才敢上路。到时候经过可汗门前，不知道能不能跟可汗共饮一杯酒呢？”

这下才轮到柔然使者的脸色青白难看了，一时却又想不出话来反驳，只能悻悻退下。

满月宴过后，宫中又开始私下流传，说皇次子出生那天，高照容梦见有太阳落进广渠殿内，她四下躲避，却被那太阳一直追在身后。避无可避之间，那太阳忽然化作一条金色的小龙，钻进她的腹中。高照容又慌又怕，从梦中惊醒，紧接着就腹痛起来，当天就生下了皇次子。

自从高照容有孕，广渠殿就怪事不断、流言四起。虽然有太皇太后的严令，宫人不敢大肆谈论，可还是忍不住私下议论猜测，这位皇次子出生，还真是一波三折。谁也不敢把后半句话说出来，历朝历代的圣明天子，出生时都有些天生的异象。

广渠殿门庭若市，冯妙也不去赶这个热闹，等到一拨又一拨看望皇次子的人都去过了，她才挑了个安宁的日子，去看高照容。皇次子拓跋恪被放在小摇车里，宫女春桐用一条缎带束着一个笼着东珠的镂空银球，摇来晃去地逗着他玩。

第三章 千山映雪

拓跋恪的五官轮廓，融合了拓跋宏与高照容两人的特点。眼睛里被乌黑瞳仁占据了大半，只定定地盯着摇车前来来往往的人看，既不哭闹，也不怕生人。小孩子的下颌，曲线圆润柔软，轮廓分明的嘴唇微微张着，很讨人喜欢。

冯妙坐在摇车边上，贪婪地看着里面的小孩子。这孩子的父母都相貌不俗，长大了一定很漂亮。要是她也可以有这样一个孩子，像她也好，像拓跋宏也好，她都会一心一意爱到骨子里去。

春桐见她只在一边看，笑着说："娘娘要是高兴，就抱一抱吧，咱们小皇子也不认生呢，谁抱都肯的。"

冯妙只是摇头，这孩子现在像眼珠子一样金贵，要是在她手里有个什么磕碰，可是了不得的事情。

春桐把手里系着小球的缎带递过来："要不娘娘就拿这个逗逗小皇子吧，奴婢去给娘娘拿些点心过来。"

小球一晃，里面的东珠就撞在球壁上，发出细微却清脆的声响。冯妙拿着缎带一摇，拓跋恪的眼睛，就跟着那球转来转去，明明想要拿球来玩，却不像其他小孩子那样，伸手来抓，或者哭叫吵闹。他只用一双眼睛盯着那球看，看到人心软成一摊水。

冯妙把银球放进他手里，缎带另外一边还系在自己手指上。拓跋恪的小手还抓不住银球，直打滑，他也不急，只是一下一下反复地抓，直到用手掌把银球按在小褥子上才罢休。这副样子，像足了他的父亲。

皇子虽然健康无虞，高照容的身体却元气大伤，一直躺在床上，连起身都不能。冯妙把银球提起来，绑在摇车一头，让那小球随着摇车缓缓摆动。她又从腕子上取下一对暖玉镯子，放在一边的桌案上："没准备什么礼物，这东西拿着给小皇子玩吧。"

高照容虚弱地开口："姐姐能来，就是恪儿的福气了，还提什么礼物呢。要不是姐姐，恪儿哪能留到今天……"

恪儿……冯妙微微一怔，真是个好名字，恭敬谨慎，是一个父亲能给予幼子的最好祝福。如果她有孩子，皇上会赐个什么样的名字？这念头才一转，冯妙心口就漫上一层苦涩，她也许永远都不会有孩子，还谈什么名字。

"姐姐好好休息就是，不要为这些琐事挂心。"冯妙坐到床榻边，见高照容果然清减了不少，但肤色雪白，不施脂粉，反倒更加惹人爱怜。

高照容幽幽地开口："我知道姐姐为了广渠殿的事，受了禁足的委屈。我那时应该替姐姐说几句话，可我一直病着……"

冯妙原本也没打算跟她提起这事，反倒安慰她："都是过去的事了，何必再提，不过是禁足几天，把事情查清楚而已。"她心里想着高照容之前说过的话，握着她的手问："姐姐最近，还会时常做噩梦吗，有没有再梦见林姐姐？"

奶娘还坐在旁边，一帘之隔就是太医署派来的医女。高照容轻轻叹了口气："那几天的噩梦可真吓人，不过高大人来驱邪之后，就没有再做过噩梦了。可我心里总还是不安，林姐姐被野兽撕咬的样子，好像还在我眼前，一闭上眼睛就看得见。"说完这话，她好像又疲劳又害怕似的，果真闭上了眼睛。

冯妙知道她担心隔墙有耳，不肯再多说了，略坐了一会儿就起身告辞。她反复思索，还是不能明白高照容话中的深意。

这年冬天的雪，下得特别大，平城附近的几处山岭都已被大雪封住。平城附近的农户，春夏时耕种、养蚕，到了冬天，富裕些的还能有些存粮，普通人家就只能靠进山打猎拾柴过活。大雪断了他们的生路，一时间出现了不少饥民。

可宗室贵戚却个个兴奋，这样的大雪正适合封山围猎。几位宗室亲王，一起向拓跋宏请求，由天子到平城以东的方山去狩猎。拓跋鲜卑一贯重视骑射围猎，拓跋宏亲政以来，还没有亲自出游巡狩过，此时正是好时机。

只有内秘书令李冲坚决反对，认为此时出游围猎，劳民伤财不说，还会让百姓觉得，皇上只顾玩乐，毫不关心农户的苦楚。李冲是汉人，即使平日受太皇太后和皇上的信任，在朝堂上说话，仍旧没什么分量。几位宗室亲王抬出祖宗规矩来压人，只要他再多说，就要给他扣上个对拓跋先祖不敬的罪名。

李冲也是个硬脾气，当场就脱了官帽、朝服，把太皇太后历年赏赐的东西，用牛车运到宫门外，要辞官回家。最终还是始平王拓跋勰出来打圆场，提议围猎照旧举行，但是把打来的猎物，全都分发给周围的农户，进山之前，以天子之名向沿途的农户施粥。

始平王拓跋勰，既是李冲的准女婿，又是拓跋氏出身尊贵的亲王。这话由他来说，是最合适不过的，两边皆大欢喜。

回到崇光宫，拓跋宏才有机会向他道谢，若不是这个弟弟从中周旋，这事情恐怕不好收场。始平王拓跋勰有些不好意思地说："这是弄玉昨晚告诉我的，她说李大人脾气耿直，需要有人给他个台阶下才行。"

拓跋宏意味深长地一笑："难怪呢，你夜夜在崇光宫抄书，用了朕多少上好的宫蜡了。狩猎回来就快到新年了，朕把你们的事情早些安排了，好省些蜡烛。"

天子巡狩，宫中女眷都要随行。只有太皇太后和高照容，因为要照料年幼的孩子，不能跟着同去。

鲜卑皇室的狩猎，还带着些祭祀一般的神秘色彩，连被派去修建报德佛寺的北海王拓跋详，也被召回来一同参加。天子的仪仗出发前，由傩仪执事官在皇宫正门前亲自卜定吉凶。

高清欢双眼微闭，手指在备好的卜草间游走，卜得的卦象却很奇怪，叫作"百兽缠身"。这卦名带着些不祥的意味，有大臣便要劝阻，请皇上另外改换日子出发。

拓跋宏对高清欢发问："百兽缠身这一卦，可是死卦？"

高清欢稍稍躬身，声调中无悲无喜地回答："不是，卦象虽然不祥，可要是善加引导，仍然可以逢凶化吉。"

拓跋宏朗声说："朕是天子，即使果真百兽缠身，朕也必定可以破云出海。"他用右手举起弓箭，高声对群臣说道："鲜卑男儿，不惧生、不畏死。"从年轻的宗室子弟，到底层的士兵亲随，都被他简短有力的话语鼓舞，弓刀在手，谁也不肯后退。

人群中，只有北海王拓跋详冷冷发笑，握着刀柄的手，捏得青筋暴起。

平城以东的白登山，西临御河，东接采凉山，北靠方山。山中地形曲折，猛兽深藏，非常适合围猎。当年汉高祖追击匈奴，曾经在白登山中了埋伏，被围困数月之久，险些丧命。白登山中，还有文成帝修建的行宫，虽然比不上平城内的皇宫华丽，倒也算得上整洁舒适。羽林侍卫已经提前进山，在行宫中烧起暖炭，等女眷来时，行宫内温度宜人，正好适合居住。

在皇帝身边当差的人，都少不了多转几圈心思。分派住处的太监，见冯妙自从禁足后，就再没被皇上召幸过，便把她安排在了西北角上的忘忧阁内，距离皇帝住的玄武殿很远。冯清却被安排在玄武殿附近的朱雀阁，只要走上几步远，就能到达玄武殿。

推窗望去，四面都是白茫茫的雪，远处的山峦都连成一片，分不清彼此。冯妙从没见过这样的苍茫景色，一时兴起，便叫忍冬去打听李弄玉住在哪里，寻思叫她来，取松树上的雪化水煮茶。忍冬去问了一圈，回来说清凉殿的李娘子前些天染了风寒，皇上特准她不用随行了，就留在平城皇宫里没有跟来。

冯妙有些扫兴，干脆拿了个小陶罐子，要自己去取松树上的雪水。

忍冬怕她在冷地里受了风，赶忙取出一件貂毛镶金丝斗篷，给她整个儿裹住。

狩猎期间，行宫中并不开宴，皇帝也不会宣召妃嫔。因此，冯妙不用担心回来得迟了，由着心意顺着山路走下去。忍冬远远地跟着，怕她路滑摔着自己，又难得见她有兴致，不忍拂逆了她的意思。

冯妙停在一株高大松树前，用竹木小铲刮掉表面一层积雪，然后取了中间一层积雪，收进陶罐里。

刚收了小半罐，树丛背后，忽然传来一阵狮吼虎啸声。冯妙吓了一跳，透过树丛间的缝隙，向后看去。

一处开敞空地上，铁笼里赫然装着一只狮子，在笼子里来回打转，不时发出阵阵低吼。在它旁边，另一只笼子里装着只白额猛虎，粗大的尾巴一扫，铁笼就咣咣作响。再往远处，小一些的笼子里零星关着些狐狸、野兔、山鸡。两个太监模样的人，正用木棍敲打那些野兽，叫它们安静些，却不给它们东西吃。

冯妙有些奇怪，转身问忍冬："皇上今天才到，狩猎还没开始，怎么就有这么多猎物了？"

侍弄那些野兽的太监，听见冯妙说话的声音，转过头来向她行礼问安："娘娘是第一次出来狩猎吧？难怪不晓得。"

冯妙的确从没参加过围猎，一时兴起就等着那小太监说下去。

"咱们皇上和各位王爷的马上功夫，都是极好的，这打猎，就是要猎物越多越好。狮子、老虎这一类的要凶猛难缠，白狐、野兔这一类的要机灵、不容易抓得住，那才有意思。"小太监见冯妙生得年轻、人又和气，讲起话来滔滔不绝，"冰天雪地里，原本应该把那些藏冬的猎物给引出来。可动物不通人性，谁也不能保证，明天一定引得出来。万一皇上开弓射猎时，连只狸猫、山鸡都没有，岂不是扫兴？"

"所以你们备了这些东西，等明天早上放出去？"冯妙向前走了几步，探头去看那笼子里的老虎。猛虎乍然闻到生人气味，张开血盆大口，发出一声震耳欲聋的咆哮，震得松树顶上的积雪都簌簌落下。

小太监瞥一眼冯妙身上嵌着金线的斗篷，赔着笑说道："这位娘娘看看也就罢了，这些猛兽都野着呢，万一伤了娘娘贵体，小的这颗脑袋可担待不起。”

冯妙知道他是一番好意，停住了脚步不再向前，又问：“这些野兽是从白登山里捉来的吗？”

小太监笑着答话：“娘娘常在深宫里，恐怕不知道外面的情形，平城里的宗亲王爷、显贵世家，平常都喜欢打猎，更有不少，干脆养些猛兽在自己的别苑里，请专门的人驯兽。这些猛兽，都是从显贵人家手里要来的，听说是给皇上狩猎用，谁敢不拿出来。只是怕皇上看出来，特意挑了些野性还在、齿爪也齐全的。”

冯妙“哦”了一声，退后几步便要转身离开。忍冬看着那老虎在笼子里磨着爪子，禁不住问：“那些山鸡、野兔，是要喂给老虎吃的吗？”她见那几只野兔生得可爱，不忍心它们被老虎吞吃入肚。

“那些是给年纪小的世子们射着玩的，”小太监嘿嘿一笑，“这只老虎是不吃禽畜的，细说起来倒怕吓着了姑娘，还是别问的好。”

他这么一说，反倒勾起了忍冬的好奇心，连冯妙也停下脚步，看着那小太监说：“既然说起来了，不妨就说到底吧，听着半截的话，真叫人心里难受。咱们随便一听，也就算了。”

小太监毕竟不敢违逆冯妙的话，半躬着身子说：“用普通禽畜饲养的猛兽，时间长了总会怕人，猎起来就少了趣味。可这只老虎，野性不会被驯服，放进猎场时，也不怕人……”

他的话还没说完，忍冬已经“啊”一声叫出来。冯妙的脸色也变了，只是天色渐渐晦暗，便不大看得出来，她沉着声问：“怎么会这样？”

那小太监平日是专门侍弄猛兽的，不常见人，察言观色的本事也差了些，没觉出冯妙的异样：“再说这老虎也不能喂饱，三五天才喂一次，从买来到猎杀，最多不过十来天，都是饿着肚子的。”

冯妙不记得自己是怎么走回来的，只记得一路往山下走，手里还牢牢地捧着那个陶罐，里面装着从松枝上小心收集下来的雪水。一直走到忘忧阁门前一块大石前，她才停住脚步，手上一松，陶罐就掉在地上，骨碌碌滚出去好远，里面的雪水都洒了出来。

她一路走得飞快，忍冬在后面急匆匆地追过来，直到这里才勉强追上，扶住她的胳膊问：“娘娘，你没事吧？都怪我，不该问的……”

冯妙走得急了，脸色涨得发红，裹在风帽下的额头也出了一层薄汗。她手撑着大石坐下来，喉咙里只想干呕出来：“你问不问，那些事情都发生了，只是咱们假装不知道而已。”忍冬怕她咳喘症发起来，帮她把斗篷上的束带松开一点，又怕冷风扑进热身子，要发起风寒来，软语劝慰了几句，扶着她回了忘忧阁。

这一夜，冯妙都睡得不大安稳。辗转反侧间，出了一身的汗，忍冬夜里起来看她，听见她模糊地叫：“阿娘……”

第二天一早，冯妙果然觉得身上有些酸软无力，可开猎头一天，按礼须由皇帝开弓射第一箭，妃嫔宫眷都要随行。冯妙想着只是坐在马车上，没什么要紧，又不想惊动别人，便仍旧叫忍冬给她绾了个样式简单的发髻，又多穿了几件衣裳了事。

临出门前，她心里无端觉得不安，犹豫再三，还是拿了一柄匕首，笼在衣袖里。

拓跋宏穿了一身黑色窄袖胡服，骑在马上，除去了平日的龙纹锦袍玉带，只在袖口和袍摆上，用金线钩了一圈云纹。他身姿挺拔，隐隐散发着炫目的勃勃英气。除去一只手仍旧垂落在身侧外，远远看去，完美得无可挑剔。

那么多随行的宫嫔，只有冯清一人，从小就经常跟着父兄出来打猎。她也换了一身宝蓝色猎装，不坐马车，直接骑了一匹枣红色的小马，马鬃上长着一簇白毛，远远看去，像落上了一捧雪。

冯清得意地跟在拓跋宏身侧，笑吟吟地说：“清儿今天要亲手猎一只兔子，给皇上做汤喝。”

开猎的仪式，仍旧沿袭着鲜卑先祖流传下来的习俗。吉时一到，巫师模样的人手舞足蹈地上前来，头戴鹿角，身上装饰着苍鹰的翎毛，脖子上串着兽骨和兽牙，一手执铜铃，一手执木鼓，口中念念有词。

始平王拓跋勰单膝跪地，将一支金箭双手举过头顶，请拓跋宏开弓射第一箭。不远处，羽林侍卫渐渐围拢起来，把几只麋鹿和野马聚拢在中间。

拓跋宏搭弓上弦，左手悄悄一握，他的手臂的确受过伤，可那伤早已经养好了，至少搭弓射箭毫无问题。捏在一起的手指不动声色地松开，拓跋宏向始平王拓跋勰微笑着点头，拓跋勰立刻会意地把手搭在他手背上，借些力道给他，让他能拉开弓弦。

“嗖”的一声破空声响，皇帝手中的金箭凌空飞出，一只公鹿应声倒地。这一箭飞出的同时，巫师口中喷出水一样的酒雾，点燃了地上的篝火。列队等候的鲜卑儿郎们欢声雷动，皇帝身边的亲随侍卫上前，割下公鹿的角，挂在马鞍边。

冯妙掀起车帘一角，向外看去。无穷无尽的白色背景下，一身黑衣的拓跋宏笑声朗朗。初升的太阳从他背后照射过来，在他肩上洒下一层金辉。在成千上万人的簇拥下，他俯瞰着脚下的土地和臣子。这片秀丽山河，都是属于他的……

宗室亲贵们早已经跃跃欲试，只等皇帝射出第一箭，便迫不及待地打马飞奔出去。北海王拓跋详发狠似的，双腿一夹马腹，带着自己的近卫，冲进了密林。

女眷们这时才下了马车看看热闹，眼见冯清骑着马跟在拓跋宏身边，卢清然不屑地“哼”了一声，却也说不出什么来。要是她的骑术够好，她也愿意跟在皇上身边，哪怕不会挽弓射箭也不要紧。

宗亲贵胄的人马渐渐散得远了，始平王拓跋勰走到冯妙的马车旁边，轻声说：“皇兄叫我来问问，皇嫂想要什么，他猎来给你。”

冯妙抬眼看去，正好瞧见冯清拉弓射了一箭，却失了准头，什么也没射中。不知道她低声说了一句什么，拓跋宏大笑着握住她的手，纠正她挽弓的姿势。冯妙忽然觉得心里泛起一层腻来，摇头说：“多谢王爷，嫔妾并不想要什么，请皇上和王爷只管尽兴就是。”

太监和侍卫，正把预先备好的锦鸡放出来，又吹动桦皮哨子，吸引山里的鹿群。不知道是哪一样东西起了作用，树林里缓缓踱出几只老虎来。起先是一只，远远地盯着被鹿哨引来的几只鹿打转，接着又跟出来三只，瞪着虎眼跟人对峙。

冯妙从马车内向外看去，几只老虎的体型、模样都差不多，凭直觉看，似乎就是昨晚被关在笼子里的那些。她想起小太监的话，心里烦闷不堪，却又忍不住盯着那几只老虎看，手指不自禁地攥紧了车帘。

那几只老虎果真不怕人，渐渐地收拢了包围。猎虎原比猎鸟雀野兔危险得多，拓跋宏对冯清低声说了几句话，叫她先回侍卫后边去。皇帝身边的近身侍卫，从左右两边同时举起弓箭，向那几只虎瞄准。

训练有素的侍卫，缓缓拉开弓弦……一箭都还没来得及射出，那几只虎忽然向前跃起，直冲着拓跋宏扑过去。侍卫都分散开了，拓跋宏身边竟然连一个人都没有，千钧一发间，他挥起手中的弯刀格挡，同时迅速翻身躲藏在马腹下。

柔然进贡的骏马，被猛虎瞬间撕扯成血肉模糊的碎片，拓跋宏的右臂上，也被虎爪扑出一道极深的血口，所幸整个人并没有被老虎扑倒。冯妙瞪大了眼睛看着眼前的血腥一幕，冲鼻的血腥味，激得她差点呕吐出来。

那几只猛虎，似乎只对拓跋宏一人有兴趣，一击不中，仍旧团团围住他，把他往悬崖边上逼去，对其他人和猎物都置之不理。

第四章

凝眸无限意（上）

猛虎隔在拓跋宏身前，侍卫无法靠近，又不敢贸然用箭去射，生怕激怒了野性十足的老虎，直接扑上去撕咬皇帝。

拓跋宏双眼平直地注视面前最近的一只虎，手指悄无声息地向始平王拓跋勰勾动，示意他丢几只山鸡过来，吸引猛虎的注意力。此时人与虎对峙，只要他露出一丝一毫恐惧神色，立刻就会被猛虎抓住机会，撕扯成碎片。

始平王拓跋勰叫人捉了几只活鸡活兔过来，远远地丢在老虎脚下。山鸡拍打着翅膀，发出刺耳的叫声。那几只老虎连看也不看一眼，仍旧紧盯着拓跋宏。它们已经逼得如此近，近到拓跋宏可以清晰地看见它们口角边流下的涎水，闻得到它们指爪间的腥臊气味。

冯妙屏住呼吸，手指缓缓向袖筒里的匕首上摸去。那几只老虎都是用活人喂养过的，已经不吃山鸡野兔了，饿了几天，只想吃人！

始平王拓跋勰抬手示意身后的侍卫，备好弓箭。猛虎僵硬的脊背，代表着它们已经选定了猎物，随时准备冲上去撕咬。

猛虎一跃而起，侍卫的箭如飞蝗一般急射而出。皇帝近身侍卫的箭术都极好，只可惜箭从猛虎背后射出，无法命中它们的要害。箭雨飞出的同时，猛虎一跃向拓跋宏身上扑去。

“皇兄！”拓跋勰失声惊呼，不顾侍卫的拼死阻拦，抽出自己的佩刀，直冲上去。

拓跋宏就地屈身，向后滑了一尺远，避开了第一只老虎。可第二只老虎立刻跟上，铁棍似的尾巴一扫，拓跋宏的弯刀就脱手飞出。他仰面后躺，抬起右臂下意识地一挡，不让猛虎咬住他的喉咙。虎齿入骨的声音，在寂静的山林间异常清晰，半条手臂都被老虎死死咬住，淋漓的血从虎口间滴落。

皇帝要是有个三长两短，谁也脱不了干系。侍卫们不敢迟疑，一半人继续搭弓射箭，一半人抽出佩刀，跟在始平王身后冲上去。没人顾得上思索，平时看上去文质瘦弱的皇帝，怎会有如此敏捷的身手。

拓跋勰手起刀落，砍翻了身前一只老虎，紧追上来的侍卫，毫不犹豫地将那只老虎斩杀。

就在此时，脚下的积雪层冰，发出一声极轻微的碎裂声，拓跋宏脚下的积雪地面，竟然开始慢慢倾斜。刚才匆忙躲避间，全没注意到，他脚下的冰层已经开始松动碎裂，快要承受不住一人一虎的重量。

那老虎哪知道脚下的情形凶险，只管口上咬得更紧。始平王拓跋勰不敢再上前，却又无法可想，铮铮男儿，眼中竟然浮起一层水汽。右手一侧，还有一只受了伤的老虎，正一步一步踱过来，寻找着可以攻击的机会。

冯妙跳下马车，即使从没参加过围猎，她也知道眼前的情形十分凶险。始平王拓跋勰听见声响，转身对羽林统领说："先派人护送几位女眷回去，本王留在这里，无论如何要把皇兄救下来。"

卢清然等人早已经吓坏了，连看都不敢再看，脚下挪不动步子。只有冯清胆子大些，盯着拓跋宏的方向，脸却也已经吓白了。

冰层上渐渐出现一条越来越大的裂缝，郑柔嘉已经吓得大哭出来，伏在婢女肩头不住地抽噎。无论是冰层断裂坠下深崖，还是被另一只老虎撕咬，拓跋宏都会命丧于此。始平王拓跋勰心急如焚，却不敢再向前半步。

那只受伤的老虎舔了舔前爪，再次弓起脊背，做出一个准备前跳攻击的姿势。

袖筒里匕首的冰凉触感异常清晰，冯妙的心都几乎冻住。如果他死了，如果他死了……冯妙不知道，究竟是担忧自己的命运更多，还是担忧那人的性命更多。她匆匆解下斗篷，扔在脚下，向前疾冲数步，忽然俯身扑倒在雪地上，向前滑行，同时把手里的匕首拔去刀鞘，贴着冰面直推出去。

小巧的匕首在冰雪地面上轻快地滑过，将将经过那只老虎的两只脚爪之间。拓跋宏眼疾手快，用左手一把按住匕首，来不及掉转刀锋，飞身扑出，一刀直刺进面前这只老虎的喉咙。老虎扭动身躯，挣扎了几下，终于软软地松开了口。

另一只老虎低吼一声，如离弦的箭一般向前一跳。拓跋宏反手抽出匕首，迎着扑来的老虎纵身跳起，灵活敏捷地贴在它肚腹下，用冰凉锋利的刀刃，划开了它的肚子。

人和虎一起，重重地落在地上。

始平王拓跋勰长长地松了口气，赶忙叫随侍的内监去拿伤药来。冯妙一身狼狈，正想站起来，可手腕、脚腕似乎都挫伤了，一动就钻心刺骨地疼。她只能先坐在地上，用手拢了一把散乱的发。

身后是一片乱糟糟的声响，有人似乎喜极而泣，高声叫婢女去拿伤药和温水来，又招呼人去搀扶皇上。不远处，拓跋宏的黑色衣衫上，有大团大团的洇湿痕迹，分不清是融化的雪水还是沾染的血迹。

拓跋宏朗朗地一笑，正向着冯妙走过来，脚下的冰层发出“喀喀”几声连响，迅速倾斜滑落。拓跋宏脚下一个踉跄，也失去控制随着冰雪一起向下跌落。他抄起匕首，迅速向地面上扎去，想要减缓下坠的势头，可那地面上都是终年不化的积雪，平时踩着觉得坚硬，却承受不住任何力道。一旦碎裂开来，一大片都跟着碎成了齑粉。

冰雪的裂纹，很快就绵延到冯妙脚下，幸好她娇小轻盈，那块冰摇摇欲坠，一时却还没有断裂。尖锐的冰碴儿钩住了拓跋宏的衣衫一角，吊着他在半空摇来晃去。

残冰无论如何支撑不住两个人的重量，断裂不过是转眼间的事。拓跋宏看不见冯妙此时的样子，沉着声对她说：“妙儿，你先上去，叫勰弟带人，直接去山崖下面。”

冯妙微微转头，看见始平王拓跋勰，已经命人拿来了钩索。要是她此时移动，那冰层必定碎裂无疑。她向拓跋勰点头，示意他把钩索一头扔过来。

听不见回应，拓跋宏似乎隐约猜到她的用意，语气变得严厉：“冯妙！听朕的话！”

冯妙一言不发，只看着拓跋勰，嘴唇无声而动，示意他快些。始平王拓跋勰抓住钩索一头，把另一头贴着冰面推过来，正好滑到冯妙面前。

她欠起上身，把自己的衣摆跟拓跋宏的系在一起，再把钩索握在手里。随着她的动作，那块摇摇欲坠的残冰，哗啦啦倾泻下去，如玉碎宫倾时的天地尽灭一般，激起无数莹白的碎屑。

两人一起急速下坠，山间凛冽的寒风，像刀子一样刮在脸上。浑身的血液都好像已经冻住一般，手指麻木到失去知觉。冯妙只能咬紧牙忍着，她不想死，满心害怕间她闭上眼睛，回想起阿娘温柔含笑的脸、夙弟纯净如婴儿的眼神，那都是她人生里最甜的蜜糖。即使日日行走在荆棘上，只要有那一滴蜜糖，也就足够了。

恍惚间，眼前似乎还出现了崇光宫彻夜不熄的灯火，夜色沉沉里的傩仪面具，青草嫩茎编成的蚂蚱……

来不及细想，钩索忽然被拉直，手腕上一阵剧痛。冯妙睁眼，还没看清周围的情形，身形又开始下坠，那条钩索竟然被生生扯断了。

幸好这里距离崖底地面已经不算远，两人一前一后跌落在地上，又沿着一段稍微平缓些的斜坡，向下翻滚了几十步远，才终于停住。

“你怎么就不能好好听话？只会惹麻烦！”拓跋宏坐起来，怒气冲冲地喝问。要不是他的手臂上有伤，动作不便，冯妙几乎认为他会再给自己一个耳光，惩戒她的自作主张。

她有些委屈地低下头，挫伤的手腕又经过一阵拉扯，疼痛难忍。脱去了御寒的斗篷，她直到此刻才觉出冷来，身上抑制不住地打冷战。

“你……”拓跋宏的腿上并没受伤，站起来走到冯妙身边。冯妙以为他又要发怒，身子向后缩了缩，头垂得更低。怨不得别人，如果她也能像那些莺莺燕燕一样，等他安然脱险时，才露出欢喜担忧的神色，适时地送上体贴和关切，就不会惹怒他了吧。

正想着，忽然兜头兜脸地被人整个抱住，拓跋宏的声音低低地盘旋在头顶："你呀，就是又笨又傻。"

冯妙低头承认，她的确是笨是傻。两个人都不说话，任凭心里激荡着惊涛骇浪，相对时却只是沉默。

拓跋宏叹了口气："走吧，找个山洞先躲一阵，等入了夜，还要更冷。"他右手伤着不能动，只用左手把脚边的半截钩索收在怀里。拓跋皇室一向都在白登山围猎，这处山谷地形他还算熟悉。大雪封山时，只能从另外一侧绕进来，最快也要第二天早上了。

冯妙顺从地任由他拉着，一瘸一拐地进了附近一处山洞。荒山野岭，她从没经历过，反倒不如这个经常出城围猎的少年天子熟悉。

拓跋宏随身带着火石，捡些干柴生了堆火。冯妙靠近火堆，想把湿冷的衣裳和鞋子烤干。拓跋宏倚靠在墙壁上，"哧"地笑了一声，倒像在看什么笑话似的。

冯妙横了他一眼，小声说："笑什么啊？"反正现在离平城皇宫远着呢，谁怕他?

拓跋宏既不恼也不答话，就那么侧着头看着，嘴角微微翘起，样子竟然跟冯诞看歌姬舞娘时有些相像。

冯妙脸上一热，只管烤自己的火，可是很快，她就知道拓跋宏在笑什么了。

从前在宫里，要是被雨雪沾湿了衣服，一回宫就会先换下来，再拿去慢慢洗净晾干。眼下却没有衣裳可换，冯妙也实在是冻坏了，一时只顾着烤火，忘了要先把身上、鞋上的冰雪碎屑仔细拍掉。

冰雪遇热，还没干反倒先变成了水，锦缎鞋面很快就湿透了，凉得透骨。冯妙身上本已经冷得麻木了，鞋子上湿冷的凉气传上来，激得她瑟瑟发抖。

拓跋宏此时才慢悠悠地说："我刚才在笑，今晚你一定会对我投怀送抱。"

冯妙耐不住冷，原本正要把潮湿的鞋子稍稍解开一点，听见他这么说，既尴尬又恼怒，停了手抱着膝坐在火堆边，红着脸小声说了一句："想得美……"

拓跋宏又是一声轻笑，左手臂一伸，握住了冯妙的脚踝，脱去了她的鞋子。冯妙大窘，用力想要挣脱，却被他牢牢捏住脚踝警告："穿着湿鞋子过夜，明早一定会生病，我自己都还不知道能不能走得出去，更没有可能照顾你了。"

冯妙知道他说的并非夸张，老老实实地让他把另外一只鞋子也脱去了。拓跋宏把她的鞋子支在火堆旁边，手仍然握着她的足腕不松开，映着火光笑吟吟地念道："新罗绣行缠，足趺如春妍；他人不言好，独我知可怜。"

那是乐府诗里形容女子的脚纤巧玲珑的句子，冯妙听了，脸登时越发红了，脚上用力狠狠一踢，正踢在他胸口。力道不大，拓跋宏却闷哼一声，松开了手。

冯妙涨红着脸躲到一边，拓跋宏却好像心情颇好，不再捉弄她，用左手拿着匕首，把右臂上的衣袖一点点割开，再小心地清理破碎的伤口。他的左手几乎跟右手一样灵活，可一只手来做这些事情，毕竟没有那么方便，还要时不时地低下头去，用牙齿咬住袖口残破的布条，配合着左手把伤口扎住。

被老虎撕咬过的手臂血肉模糊，冯妙只看了一眼，就想象得出那种疼痛。可拓跋宏却神色如常，就像是在雕琢一块木料，或是修补一件兵器，只在剜去一处撕咬得溃烂的血肉时，微微吸了口气，接着又笑着戏谑："这老虎几天没喂了，使这么大力来咬……"

冯妙本想狠下心不理他，可山洞一共就那么大，眼角总会不经意地看见他。跳跃的火堆，把他的影子投映在洞壁上，拉扯得十分高大，却也异常孤寂。他何尝不像一只丛林之王？独自战斗，独自舔舐伤口。

拓跋宏从衣摆上割下一段布条，想要裹住伤口，可一只手绕了几次，都没能绕成一圈。当他第五次尝试着把那段布条缠上右臂时，一双纤细莹润的手压在了他的手臂上。

冯妙用自己衣衫上干净的部分，帮他擦拭伤口，小心地除去虎牙撕扯破碎的部分，最后用布一圈圈裹住。可那伤口太深，不住地流血，很快就染湿了一整块布料。冯妙解下袖口处串着的一小截束带，帮他扎住手臂上方止血。

她的发髻已经在翻滚坠落中完全散开了，乌黑青丝如瀑布一样直泻而下，遮住了她半边脸颊，只露出一段细腻洁白的下颔。

拓跋宏目不转睛地盯着她看，忽然抬起完好的那只手，抓住她一缕发丝，放在鼻端轻嗅："我现在忽然觉得，被这老虎咬上一口，也是值得的。"

冯妙慢慢停了手上的动作，抬起眼来回看他，黑白分明的眼睛，如两汪清澈的潭水。拓跋宏只觉得心跳忽然间乱了次序，把手里的发丝别到她耳后，身体微微前倾，定定地盯着她。他在面对其他宫嫔女眷时，从来没有过此时此刻的感受，他愿意花一辈子的时间，等她绽开一个微笑。

他刚要说话，冯妙忽然用那布条长出来的一段，穿过他腰带上的玉环，飞快地打了个结，牢牢固定住。确定他右手臂被捆住不能动弹，冯妙才狡黠地一笑："让你胡说八道，捆住你一只手，看你今晚还怎么……还怎么欺负我……"越说到最后，声音越低，笑意敛去，眉眼间笼上一层羞涩。

好像春天的某个早上出门，忽然发现宫门口的垂柳上蒙了一层新绿，冯妙此刻生动的容颜，与深宫中循规蹈矩的冯婕妤完全不同。

拓跋宏从怀中摸出半截钩索，把断口对着火光仔细查看，忽然笑着说："原来如此，果然有人在钩索上动了手脚，不然这种钩索没有那么容易断开。"

冯妙探头过去看，断口处只有中间带有参差不齐的裂痕，周围一圈都是平整光滑的。有人预先把钩索割开了一半，让钩索承受不住重量而断裂。她想起那几只怪异的老虎，接口讲了自己前一天晚上听来的事。

拓跋宏脸色阴郁，一拳重重击打在地面上："想不到，平城之内，天子脚下，还有这种残忍的事发生。难怪平日朕一说要出宫巡视，便总有人找出各种理由来阻挠推托，他们是巴不得朕闷在皇宫里，做个穿龙袍的聋子、瞎子。"

"就算是罪臣的家眷，也该依照大魏的律令处置，不该这样凌虐。"冯妙蹙起眉头，显然也对这样的行径极度厌恶，"从前读书时，看到'吴王好剑客，百姓多创瘢；楚王好细腰，宫中多饿死'这样的句子，我还不信，现在看来，实在是一点也不错。因为皇室宗亲喜欢豢养凶禽猛兽，世家子弟就都纷纷效仿，以至于发展到现在这样的地步。"

"你说得不错，"拓跋宏点头，"朕回去以后，就先停了鹰师曹，把里面豢养的鹰全部放生，驯鹰的场所，改成修建一座佛寺。朕要把尊佛重道的意思，清楚明白地传递给天下人。"

略顿了顿，拓跋宏又说："可是今天那么多侍卫随从，那些老虎却只对朕有兴趣，这不也很奇怪吗？"

冯妙凑到拓跋宏的衣衫上，仔细嗅了嗅，才说："皇上的衣衫上，有一种跟平常的熏香不一样的味道，也许就是这种味道，能刺激老虎攻击皇上。"她天生对气味敏感，所以才辨认得出这种味道。

拓跋宏也抬起袖子闻了闻，却辨别不出有什么异样，冷笑着说："好心机、好谋划，就算朕能侥幸从猛虎的利爪下逃脱获救，衣衫上也必定沾染血迹，血腥味遮盖了原本的气味，更加不容易辨别。"

他手指无意识地在地上画着圈，自言自语："这次是什么人要置朕于死地……"

冯妙听得心惊："这安排简直周密到天衣无缝，先用猛虎撕咬，要是皇上体力不济，那时候恐怕就命丧虎口了。就算侥幸从猛虎爪牙底下逃脱，冰层断裂也会让皇上坠崖而死。用来拉扯攀缘的钩索，也已经提前动了手脚，确保皇上会掉下来。就算此时皇上仍然安然无恙，大雪封山，皇上也未必能出得去，挨不过又冷又饿的日子，还是难逃一死。"

"幸亏皇上的左手，还使得上力气……"冯妙低声叹息。

"朕把左手复原的消息，隐瞒了这么多年，为的就是有这一天，留它做保命的最后一招。"拓跋宏说得云淡风轻，冯妙却从中听出了几分血雨腥风的气息，心头一涩，不再说话。

石洞内骤然安静下来，洞外的声响变得异常清晰。似乎有脚步声渐渐靠近，有人一边走一边呼喊："皇上……婕妤娘娘……"声音里带着几分试探和小心，却并不怎么焦急。

拓跋宏和冯妙都露出几分喜色，没想到这么快就有人找过来，可以带他们出山。冯妙摸了一把鞋子，还没有干透，也顾不上那么多，先套在了脚上，点燃了一段枯枝，就要往洞口去。

身形刚一动，拓跋宏忽然拉住她，面色凝重地说："不对，这些人有问题。从山脚下进来的道路，只有一条，最快也要一天一夜。"他夺过冯妙手里的火把，扔在地上踩灭，用手势示意她，悄悄到洞口去看看。

冯妙身形小巧，正好可以借助洞口的积雪掩藏。她向外看了一眼，脸色也变得越发雪白，无声无息地折回来，贴在拓跋宏耳边说："那些人手里拿着弯刀和弓箭，没有旌旗，衣饰上也没有徽记，不像是来救人的，倒像是……"

两人心中都明白，那些人，更像是来补上致命一击、杀人灭口的。要是宗室亲王赶来救驾，巴不得在皇帝面前表功，怎么会刻意隐藏了旌旗和徽记？

拓跋宏踩灭火堆，取来积雪覆盖在上面，尽量消除有人来过的痕迹。他向自己后背上一努嘴，冯妙立刻会意地爬上来，两人心头都是一震，只觉这一幕异常熟悉。

"跟着我一起逃，你怕不怕？"拓跋宏侧着头问她。

"明知道要发生的事，怕有什么用？"冯妙也侧着头，认真回答他的问题。

身前危机四伏，拓跋宏却只觉畅快，要不是怕被外面的人听见，几乎忍不住想要长啸一声。他贴着石壁向山洞深处走去，脚步放得极轻。

冯妙心口咚咚直跳，伸手环绕住他的脖子。视线越来越暗，终于陷入一团漆黑，看不见任何景象，也听不见声响，能感觉到的，只有面前一尺处温热的呼吸。黑暗中，她的头脑反倒越发清醒。

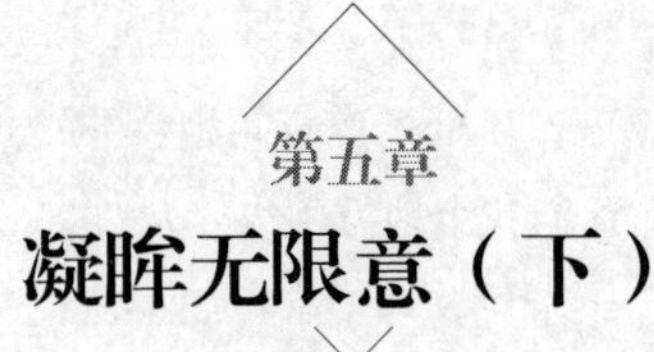

第五章 凝眸无限意（下）

“嗯，你只管说。”拓跋宏的脚步不敢停顿，只匆匆地应了一声。

“高姐姐曾经对我说过，她梦见林姐姐在雪地里，被野兽撕咬。”冯妙斟酌着该怎么说。拓跋宏近来越发不喜有人借着林琅的名义说服他，只淡淡地“嗯”了一声。

“我那时一直不明白，高姐姐究竟想说什么。我还听说，太妃娘娘曾经去看过高姐姐，却在广渠殿里，跟高姐姐发生了争吵。”冯妙顿了顿，终于还是接着说，“这一趟出发前，高大人卜到的卦，也是百兽缠身。”

拓跋宏思索着沉吟：“你说是高氏想要害死朕吗？照容也就算了，她怀着身孕，有心无力，可高清欢如果知道了，完全可以直接来告诉朕，不必通过什么卦象。”

冯妙沉默着不说话，说不定这就恰恰是高清欢的态度了，如果拓跋宏安然回去，惩戒高氏时，他可以借此脱罪、置身事外。可要是拓跋宏命丧白登山，他似乎也很乐于见到。毕竟有自幼相识的情分在，她心头矛盾，不知道该不该说出来。

“如果是高太妃安排了这些事，她身在后宫，不但能如此周密地在野兽和钩索上动手脚，还调动得了外面那些兵卒，朕实在是低估了她的势力。这些年，她在太皇太后的压制下，在后宫越发安静老实，晚些入宫的人，都只当她是个面慈心软的老好人。”拓跋宏的声音里，已经带上了一层森然冷意。“朕把北海王拓跋详调离平城，又特意叫人防着他们私下传递消息，他们却还有本事里应外合，真是让朕惊喜。”

越往山腹内走，周围越发凉得沁骨。冯妙软软地趴在他背上，渐渐有些支撑不住，直往下滑。她控制不住直打冷战，呼出的气息却热得烫人，头越来越重，昏昏沉沉地贴在拓跋宏的脖颈上。

拓跋宏觉出后颈上的热度，压低了声音叫她：“妙儿，山腹里阴冷，别睡过去，等躲开那些搜山的人，我们找个地方生火。”

冯妙迷迷糊糊地“嗯”了一声，却根本控制不住，身子沉沉地趴着，手上的力气却渐渐松了下去。

不知道过了多久，冯妙只觉得喉咙里像烧起了一团火，炙烤得难受，身上却一阵阵地发冷。“阿娘，我渴……”冯妙软绵绵地哼了一声。恍惚间，她似乎还在昌黎王府的小院子里，每次她病了，只要拖着软绵绵的音调说话，阿娘就会过来搂着她，喂清凉的酸梅汤给她喝。

果真有清凉的液体滑进嘴里，灼烧感减轻了些，可身上依然冷。似乎是阿娘把她搂在怀里，又似乎不是，阿娘不会这样亲吻她的额头，阿娘也不会把她抱得这么紧，快要喘不过气来……

再次睁开眼时，四周仍然是黑沉沉的，几步远开外的洞口处，隐约透进一点昏暗的星光。拓跋宏正用一只手捧着水，一滴滴喂进她嘴里，见她醒过来，把剩下的水泼在地上。

冯妙摸索着坐起来，眼前金星乱舞，才刚一动，就觉出身上的外裳不知何时被人换过了，原来潮湿的衣裳不见了，变成了一件过于宽大的外袍。借着星光看去，拓跋宏只穿了一件窄袖束腰的内袍。

脱去了湿冷的衣裳，身上终于觉出一点暖意来，冯妙有些茫然地问：“这是哪儿？”

“还是在山腹里，只不过换了一处偏僻隐秘些的山洞。”拓跋宏把已经麻木的双手笼进袖中取暖，“那些搜山的人还没死心，暂时不能生火。我们要等到勰弟或是广阳王亲自带人来，才能出去，朕现在只敢相信他们两人。”

冯妙点点头，缩成一团靠着墙壁坐着。地上似乎有条粗粗的绳索，滑腻腻的却又有些硌手。冯妙不知道那是什么东西，随手往旁边推了推。

“别动地上那些东西，”拓跋宏忽然开口，“是蛇。”他说出的最后两个字，带着些戏谑的笑意，似乎在等着她尖叫着扑过来。

冯妙一惊，立刻缩回了手，在黑暗里一动也不敢动。

拓跋宏极轻地笑了一声：“蛇到冬天就会身体僵硬，这时候是不会咬人的，等到天气回暖，它们才会逐渐苏醒过来，外出觅食。”他在黑暗中伸出手去，准确地摸到了冯妙柔软冰凉的小手，放到一只僵硬的蛇身上：“只要捏紧了蛇的七寸，它就没有办法转过头来咬人，你就不用怕它了……”

他的话音忽然顿住，山洞外传来隐约的脚步声，搜山的人竟然一直追到这边来了。听脚步声似乎有两三个人，都是训练有素的士兵，一路仔细搜寻却不说话。

拓跋宏轻拉冯妙的衣袖，示意她向里挪动一些。他们是从山腹内走过来的，洞口并没有留下足迹，只要小心隐藏不被发现就好。

外面的人在洞口前停下，其中一人说："最后一个山洞了，要不要进去看看，没有就可以回去交差了。"冯妙的心几乎提到了嗓子眼儿，下意识地握紧了拓跋宏的手，等待的一瞬漫长得令人窒息，只听见另外一人说："好，进去看看。"

拓跋宏用一根手指，在冯妙手心上写字："你敢不敢杀人？"以他现在的状况，不能同时制服三个人，必须有冯妙帮忙才行。

冯妙略一迟疑，坚定地写："敢。"

拓跋宏把她的手放在一条蛇身上，在她另一只手心上写字："捏紧七寸，把它焐热，等人走近，丢出去。"

冯妙一想到蛇嘶嘶吐信的样子就心底发怵，可还是照着拓跋宏的话，捏紧了它的七寸，放在腿上焐热。僵硬的蛇身渐渐变软，可绵软里还带着一股柔韧的力道，想要从她手里挣脱。冯妙越发不敢松手，牢牢捏紧它的七寸。

那几人的脚步声越来越近，他们手中的火把光亮打在洞壁上。拓跋宏默默数着步子，估计着他们再转过一个弯，就要出现在眼前时，忽然暴喝一声，把手里捏着的小蛇直丢出去。冯妙听见他的吼声，赶忙也把自己手里的蛇丢出去。

白登山里的这种小蛇七寸子，毒性极强，过了大半个冬天，蛇牙上的毒液积累得更多。小蛇落在人身上，张口就咬，走在前面的两人惨叫一声，蹲下身去捂住了腿上的伤口。可那蛇毒蔓延得极快，没多久，他们就抽搐着倒在地上，只是一时半刻还不会死去。

在他们身后还有一人，拓跋宏骤然跃起，把匕首抵在了他的脖子上，低声喝问："是谁派你们来搜山的？"那人竟然也十分硬气，瞪眼看着拓跋宏，嘴角缓缓流下一行血来。等拓跋宏反应过来，他已经咬断了自己的舌根。

火把照亮了山洞，冯妙这时才看见，地上盘着大大小小十几条毒蛇，灰褐色的蛇身上，分布着铜钱大小的斑点，十分骇人。她向后退了两步，一双姣好柔美的眼睛里全是惊恐。另外一边，被毒蛇咬中的人，还在地上翻滚扭动，情状狰狞可怕。

她第一次动手杀人，明明吓坏了，却不哭也不叫，只大睁着眼睛看着。

拓跋宏走过来，伸手覆盖在她的眼睛上，把她僵硬的身子搂紧，柔声劝慰："别怕了，人命都算在朕头上，跟你无关。"他转头对着地上的两个将死之人，一字一字地说："你们听清楚了，要变成鬼索命，只管来找朕。"

冯妙缩在他怀里，双腿直发软。拓跋宏帮她紧一紧衣袍："我们得继续走了，这几个人迟迟不回去，会引起他们背后主子的疑心，迟早会有更多的人找过来的。”

他拉着冯妙的手，走了几步，又转回头来低声说：“你……很勇敢，我很喜欢。”

山腹里已经不能停留，两人踩着没过脚腕的积雪，一路向西走去。冯妙虽然不是什么娇生惯养的小姐，可也是从小养在深闺，从来没有受过这样的罪。她连一句抱怨的话也没有，只是默默跟在拓跋宏身后，尽量跟上他的步子。

天色由乌黑变成深蓝，又从一角渐渐染上一抹白色。拓跋宏在一处大石后面的背风处停下，对冯妙说：“勰弟的人应该就快来了，我们在这等一等。”

一天一夜没有吃东西，腹中灼烧得难受，连昏沉睡去的力气都没有了。冯妙倚靠在山石上，目光越过拓跋宏的肩头，漫无目的地向远处看去。茫茫白雪、茂密树丛中间，似乎有个黑影在移动。她只当自己眼花出现了幻觉，用力摇摇头，再向前看去时，那黑影已经近了数十步，是一只一人多高的黑熊！

看来这场阴谋还没有结束，冯妙低头看了一眼自己身上的黑色衣袍，那股气味能刺激老虎，便也能吸引、刺激其他的猛兽。她赶忙伸手去解扣带，要把外袍脱去，可手指却抖得不听使唤。

拓跋宏察觉她的异样，回头看了一眼，立刻明白了她心中所想，抽出匕首“嘶啦”一声划开了黑色外袍，扬手远远地丢开，拉着冯妙向相反方向跑去。

那黑熊动作笨拙，速度却很快，四爪并用，很快就追到他们身后。四下连处遮挡都没有，眼看两人无论如何也逃不掉了。

拓跋宏索性停下步子，把冯妙拉到身前，语气是从没有过的严肃：“妙儿，黑熊只吃活物或是彻底腐烂的肉，待会儿你千万不要动，也不要出声，否则我们两个都要给它垫肚子，记住了吗？”

冯妙已经怕极了，轻轻点了点头。拓跋宏抱住她，在她嘴唇上短促却缠绵地吻了一下，舌尖滑过她的嘴唇，带着无限的温柔眷恋。一吻过后，拓跋宏搂着她俯卧在地上，把她整个人压在身下。

黑熊走到近前，绕着他们转了几个圈，忽然伸出头拱了拱。拓跋宏死死压住冯妙，不肯翻身。黑熊湿答答的舌头，裹挟着粗重的呼吸声，垂在他们头顶，厚重的熊爪猛地往拓跋宏背上拍去。冯妙只觉得拓跋宏的身体骤然绷紧，却一点声音也没有发出来。

他们一动也不敢动，连呼吸都放到最轻，可那黑熊还不死心，伸出生满倒刺的舌头，往拓跋宏背上舔去。他的外袍已经脱去，只剩下薄棉内裳，早已经被熊爪撕扯开了。舌头向背上一舔，倒刺钩进肉里，撕扯起一大片。

冯妙想象不出，用锉子一下下从背上撕扯下皮肉来，是什么样的剧痛。眼泪一滴滴落下来，她连抽泣也不敢，只能把手放进嘴里，死命咬住。只要发出一点点声音，他的牺牲就全白费了。

黑熊每舔一下，拓跋宏的身体就抽紧一分。他一声不吭，只有这一点细微的触感，让冯妙确信，他还活着。一连舔了五下，黑熊才又绕着他们转了一圈，低吼了一声，走回树丛里去了。

等到声响彻底消失，冯妙才试探着叫了一声："皇上……"

拓跋宏吐出一口长长的气息，含混不清地应了一声。他的力气一松，冯妙就扶着他坐起来。他的背上已经血肉模糊，那种痛楚，像是从四肢百骸深处透出来，不是剜心刺骨可以形容的。

冯妙的眼泪止都止不住，落在雪地上，融出一个水窝来。

拓跋宏的声气已经很虚弱，却还是想逗她一笑："哭什么……又不是你被狗熊非礼了……我一个男人，又没吃多大的亏……"

听见他说话，冯妙哭得更凶，想要搂紧他，又怕碰着他身上的伤处。拓跋宏抬手抹着她的泪痕，虚着声说："叫我……叫我一声，让我舒服一点……"

冯妙哽咽着开口："宏哥哥……"话一出口，哽咽立刻变成了号啕不止的大哭："宏哥哥！宏哥哥……"如果叫几声就能让他少些痛楚，她愿意一直这样叫下去。

此时天已大亮，山路上有阵阵马蹄声响起。冯妙从拓跋宏身上，摸出那柄匕首来，攥在手里。

几个身穿甲胄的人骑着马走到近前，最前面一人看清了半跪半坐的拓跋宏和冯妙，大惊失色，立刻翻身下马跪拜："皇上，婕妤娘娘，臣救驾来迟。"

冯妙认出来人是广阳王拓跋嘉，气力一松，手里的匕首就掉进雪里。拓跋宏对广阳王微微点头："你来得正是时候，果然没有叫朕失望。"他的一句褒奖，令广阳王和身后的亲随，都精神一振，却又露出几分羞愧，自觉并没有皇上称赞的那样好。

拓跋宏看一眼衣衫凌乱的冯妙，又看了看广阳王铠甲之外的披风，轻咳了一声。广阳王拓跋嘉立刻会意，脱下自己的披风，双手捧给冯妙："请娘娘先委屈将就一下，臣这就派人护送皇上和娘娘返回行宫。"

"不，"拓跋宏缓缓开口，"直接送朕回平城皇宫，把找到朕的消息透露出去，但是要严密隐瞒朕还活着的消息。"他的脸色因为失血而发白，眼睛里却流淌着杀伐决断之色："朕要把这些装神弄鬼的人，全都引出来清理干净。"

冯妙被送回华音殿时，人已经昏迷不醒。忍冬提前得了消息，也从白登山的猎场行宫，急忙忙返回宫中。半睡半醒间，冯妙恍惚听见有人一直在耳边哭，给她擦身子时哭，喂她喝药时哭，给她掖被角时也哭了。

她终于忍不住说了一声：“别哭了……”话语声低弱得连自己都听不清楚，那啜泣的声音却忽然转成了惊喜，一连串地问：“娘娘，你醒了？身上疼不疼，饿不饿，要不要喝水？”

冯妙尽力睁开眼睛，看见忍冬满怀期待地跪在床榻前，两只眼睛都是红的。她微微笑着回答“我没事”，身上却一寸寸酸疼得厉害。

忍冬嗫嚅着说：“娘娘昏睡了三天两夜了，怎么还能叫没事。”

冯妙没料到自己竟然躺了这么久，被忍冬扶起来时，头还有些发昏，手上和腿上都裹着厚厚的纱布，纱布下散发出微酸的草药气味。她想问问崇光宫那边怎么样了，可转念一想，侍御师和最好的御医，肯定都在那边照看，她平白问一句，也起不了什么作用。

忍冬絮絮地说着话，因为冯妙话少，时间长了，她就变得话特别多，一个人能说上好半天：“娘娘被送回来那天，可把奴婢吓坏了，人烧得直说胡话，凉水浸过的帕子，敷在额头上一会儿就变热了。手上、腿上都是冻伤，幸亏高大人送了药来，才保住了命……”

冯妙听着这话奇怪，一时却又说不出哪里不对。忍冬用素瓷小盅端上一盅乌鸡汤，喂给她喝。大概是好久没有吃荤腥，油腻腻的鸡汤一送到面前，冯妙就觉得一阵恶心直泛上来，可胃里空空的，什么也吐不出来。

忍冬赶忙把鸡汤撤下去，换了清淡的粥上来，冯妙仍然没什么胃口，吃了几口就推开不要了。

一连躺了十几天，华音殿内几乎死寂得像冷宫一样，连御医都不曾来过。小半个月过去，冯妙才终于能起身，到院子里走走。算日子应该已经快到新年，宫中又该有大宴小宴。她对赴宴没什么兴趣，却盼着可以见见李弄玉。内廷女官不过是个说辞而已，等她跟始平王的婚事定下，就该回府待嫁去了。

皇宫里却静默得奇怪，冯妙侧耳细听，似乎还有隐隐约约的哀哭声。“宫中出什么事了？”冯妙转头去问。

忍冬的眼神都不敢跟冯妙对视，被她追问了几次才说：“始……始平王薨了。”

冯妙惊得几乎捧不住手里的镏银飞花暖炉，直盯着忍冬问：“什么时候的事？”

忍冬低下头，含含糊糊地回答：“就是娘娘病着这些天里传来的消息，皇上伤心惊怒，特准始平王的衣冠灵柩，在静安殿停灵七日，今天是第三天，想必是祭奠的人在哭呢。”

冯妙站起来，大口地喘着气，就要往外走：“你不想告诉我，我自己去静安殿，问问就知道了。”

忍冬慌得赶忙跪下：“娘娘才刚好了点，哪能出去呢？奴婢不愿详说，也是怕娘娘担忧。皇上和娘娘回宫之后，消息瞒得死死的，外面一点都不知道。始平王在白登山行宫，冒着大雪带人进山，搜寻皇上和娘娘的行踪，不料雪天路滑，始平王爷失足坠落山崖。皇上派了好几拨儿人去找，都没能找到，直到前几天，才找回了王爷生前的爱马，已经在山崖下被虎狼啃食了大半，马身旁边，还掉落着王爷的毡帽，也染了不少血迹。皇上这才相信，始平王爷已经尸骨无存，命人准备了王爷的衣冠灵柩。”

冯妙愣愣地听她说完，心里涌过的第一个念头，竟然是这一定是假的。她清楚记得，拓跋宏被广阳王救起时，曾经说过要把设局害他的人给引出来。可她拼命地想、拼命地想，也想不出始平王诈死能有什么作用。

她把食指压在唇上，笑着对忍冬说：“嘘，别说了，是我们太笨，想不出皇上的用意……”

忍冬被她过于平静的神情惊住，好半天回过神来，顾不得尊卑次序，上前抱住她摇晃：“娘娘，您别这样，您要是想去送送始平王爷，奴婢现在就伺候您过去。”

冯妙盯着三步远开外的宫墙，眼前浮现出弄玉含羞的神情，温情款款的话语还在耳边：“弄玉也绝不负萧郎。”他们下聘的日子，就在新年后啊，她一直病着，还没来得及准备贺礼。李弄玉那么挑剔又坏脾气的人，要什么样的贺礼，她才会满意……

忍冬连拖带拽，硬把冯妙送回内殿，地龙里温暖的热气一浮上来，直让人觉得头重脚轻。冯妙坐在方凳上，好半天才吐出一句话：“人生不如意，恒十居七八。果然是一点儿也没有错……”

她突然跳起，急忙忙地拿起斗篷穿戴：“我要去崇光宫……”忍冬不知道她又想起什么来，一边答应着，一边却不敢照做。

冯妙满心焦急，那是他最信任、最亲近的弟弟，是他忍辱负重时亲如骨血的左手，他该有多么无助。如果是夙弟出了这样的事……她不敢想，自己会怎样。

第六章
锦书难托

忍冬拦都拦不住，只能匆匆拿了冯妙丢下的镏银飞花暖炉，快步跟上去。

崇光宫外，内监刘全对着冯妙露出为难的神色："娘娘，皇上有过口谕，这几天不准任何人进崇光宫，娘娘就别为难小的了。"

冯妙答应了一声，心中隐隐有些失落，她并不想做什么，她只是想看看他还好不好，陪他安静地坐一会儿、喝一盏能静心的茶。

正要转身离去，崇光宫的大门悄然打开，掌事宫女如意向冯妙屈身福了一福说："皇上请娘娘进去。"说罢，侧着身子，只引着冯妙一人入内。

崇光宫内未点火烛，十二幅鲛纱幔帐层层垂地，遮住了殿外射入的光亮。冯妙拨开幔帐，在鲛纱包裹内，触到了一个冷硬的身形。她摸索着握紧他的手，身子从他手臂下方穿过，恰好窝在他胸前。

谁也不说话，就那么寂静无声地坐着。冯妙伸手去摸他的手臂和脊背，已经没有了厚重的纱布，这一番小动作过后，她仍旧恢复成无声蜷缩的姿势。

不知道过了多久，拓跋宏才开口："朕小时候，每当遇上不如意的事，就会躲进鲛纱幔帐里。勰弟每次都会钻进来找朕，明明朕就在这里，他却怎么都找不着，最后急得大哭，朕只能主动出来哄他，由着他把眼泪鼻涕都蹭在新做的龙袍上。"

"这么多年了，朕一直以为是朕在哄着勰弟，"拓跋宏的声音，低沉如七弦琴上最压抑的一个音调，"一直到刚才，朕才想明白了，勰弟一哭，朕就立刻想到，朕是兄长，多大的事情也要忍下来。如果没有勰弟那些眼泪和鼻涕，这身龙袍，早就不会穿在朕身上了。"

这些情绪，冯妙全都懂得，抚着他的背柔声说："能做夫妻，需要百世修行，能做兄弟，又何尝不是如此？”话一出口，她才觉出羞赧，幸亏黑暗里看不清彼此。

“朕一直不相信，因为勰弟的马术最好，他九岁时，就能为了猎一只毛色纯白的狼王，只带一名侍卫，在雪地里追踪五天五夜。这些年他的骑术也从未松懈，绝无可能失足坠下悬崖。”拓跋宏的嗓音里，带着凛冽的恨意，“可那匹马，是他的母妃临去前，留给他的礼物，勰弟爱那匹马甚至超过自己的性命，如果不是身遭意外，他怎么肯丢下那匹马？”

“妙儿，朕不是一个好兄长，如果不是朕不想走漏消息，连对勰弟也隐瞒了朕安好的消息，他就不会急着进山……”他尽力想做一个世上最好的兄长，却一次次总是做不到，瑶妹是这样，勰弟又是这样。

“宏哥哥，这不是你的错。”冯妙鼓足勇气，在黑暗的崇光宫中这样叫他，“逝者已去，活着的人才需要更大的勇气。”

拓跋宏的手在她腰间收紧：“你说得没错，因为活着的人，要照顾的更多、背负的更多，也要隐忍的更多。朕知道是谁，可朕竟然抓不到她一丝把柄……”

冯妙心头一跳，竟然不敢开口去问，究竟是谁做的，明知道不大可能，还是忍不住心里害怕。万一是奉仪殿，他们还能像现在这样，彼此扶持着说话吗？“皇上，”她不动声色地转换了话题，连她自己都没注意到称呼上的细小变化，“您打算把弄玉姐姐怎么办？”

“朕问过弄玉的意思，她不愿另嫁他人。朕想仍旧留她在宫里做女官，要是她以后想到了其他的去处，朕再替她安排就是。”拓跋宏微微摇头，“李家六小姐真是个奇人，朕原本想好了许多话来安慰她。可她竟然一滴眼泪都没有掉，只给朕磕了一个头，要走了勰弟那匹马上的马鞍和蹄掌，再没有其他的话了。”

冯妙知道李弄玉一向不愿多说话，心里却是极有主意的，多劝也是没有用。

过了午时，刘全在门外禀奏，有朝臣在明堂求见皇帝。拓跋宏这才叫人进来，伺候他梳头更衣。如意带着两名小宫女，捧着四海腾龙纹锦袍、串珠碧玉腰带、青玉发冠进来。冯妙叫她们把东西放下，亲自服侍拓跋宏更衣。

拓跋宏的身量已经很高大，冯妙要踮起脚尖，才能把锦袍披在他身上。她一丝不苟地给拓跋宏束带、理平衣摆，垂好衣袖。拓跋宏看着她的动作，在她够不着时稍稍弯下身子。象征帝王身份的衣袍穿戴整齐，拓跋宏已经恢复了跟平常一样的笑容明朗、温和敦厚。

身为帝王，他可以给最亲近的弟弟无限哀荣，却不可以在臣子面前，表露出丝毫悲戚神色。帝王注定就该是断绝一切情思牵念的，否则便是优柔寡断、有失君王威仪。

“妙儿，你先回去吧，这些天……”拓跋宏直起身子，深深地看了冯妙一眼，扬声对刘全和如意说，“今后宫嫔都不得擅自进入崇光宫，任何人都不能例外。”

始平王拓跋勰在静安殿停灵，已经超越了亲王应有的仪制，因此停灵七日，便必须送出宫去。因为皇帝的哀恸和特旨，宫中许多女眷，都来祭拜始平王的衣冠灵柩。冯妙与始平王原本并没有太多深交，都是因为李弄玉的缘故，才熟络起来。相识一场，冯妙也想在第七天去送送这位风流多情的少年王侯。

她在拓跋勰灵前施礼过后，又默默停留了好一会儿，才被忍冬搀扶着站起。回转身时，冯妙看见李含真跪在灵案一侧，鬓上簪着一朵素白的小花，对前来祭奠的人，按近似回礼的礼节一一施礼。

李含真也是个不苟言笑的冷美人，但神色间少了李弄玉那种飘然若仙的气质，看上去更温和可亲些。冯妙有些奇怪，李含真明明早就拒绝了始平王拓跋勰的求亲，怎么又在此时以这样的姿态，出现在灵堂?

“婕妤娘娘不必奇怪，我是替六妹来的，”李含真看出她的疑惑，客气地说话，“六妹随性惯了，一向不把世俗礼节放在眼里。可天下人都知道，始平王为六妹建造萧楼。这份情意，陇西李氏不能置之不顾，少不得我这个做姐姐的，替六妹尽尽心意。”

她言辞客气，语调却跟李弄玉一样清冷，显然这对姐妹，从小受到的教导，都是颇为自矜身份的。

冯妙点头为礼：“弄玉是真性情的人，你也不要苛责她了。”她已经听见不少风言风语，始平王停灵七日，李弄玉却一直没有出现。还有人说得有鼻子有眼，李弄玉听见始平王的死讯，毫无悲戚神色，照旧夜夜饮酒高歌。人人都说，她是个没有心肝的冷血美人。

眼下已经是第七日傍晚，天一黑，始平王的衣冠灵柩就要被送出皇宫去了。留在静安殿内的人，多半也存了几分看热闹的心思，只等时间一到，李弄玉仍旧没有来，她们便可以肆无忌惮地诋毁、嘲讽。

就在众人以为此事已经毫无悬念时，灵堂门外，忽然飘来一阵浓郁的酒香。一道身穿大红襦裙的身影，带着醉意，摇摇晃晃地走进来。灵堂里的人，几乎都带着鄙夷神情，抬起袖子遮住了口鼻，似乎那酒味是对她们极大的侮辱。

李弄玉手里捧着一只酒坛，在金丝楠木棺前停住，忽然咯咯地笑了一声，指着棺木说：“你又先醉了，你从来就没赢过我……”

那些来祭奠的女眷，都用惊恐怪异的眼神，看着李弄玉。在灵前饮酒、穿大红衣裙，是极度失礼的行为，更何况这人，还是对她情深义重的未婚夫婿。

然而，更令她们惊骇的事情还在后面。李弄玉伏在棺木上，用手敲着棺板，扬声高歌："有生必有死，早终非命促。昨暮同为人，今旦在鬼录。魂气散何之？枯形寄空木。得失不复知，是非安能觉！千秋万岁后，谁知荣与辱。但恨在世时，饮酒不得足。"她仰头大笑一声，又重复了一遍："但恨在世时，饮酒不得足！"接着，把坛中酒一饮而尽。

那些贵戚女眷，根本听不懂她歌中的意味，只顾露出嫌恶的眼神。可冯妙听见那句"饮酒不得足"，只觉心中悲苦无限，眼中怔怔地流下泪来。

李弄玉何其有幸，能得到这样一个男子，恰恰爱恋她所拥有的一切。无论在别人眼中是好是坏，在他眼中，李弄玉永远是浑金璞玉，是他爱逾性命的珍宝。

"萧郎，"李弄玉抚摸着棺木，用她平日私下无人时的称呼，喃喃低语，"我曾经问过你，为什么当初选定了四姐下聘，你一直不肯告诉我，可我其实早知道了。那是因为你听说，陇西李氏的四小姐最负盛名、才貌双全。我告诉你，你错啦，我才是李家最好看的小姐。不管别人怎么想，你只能这么想。"

李弄玉平常从不穿如此艳丽的颜色，也不喜欢隆重繁复的打扮。可她今天特意穿了大红绣牡丹广袖襦裙，几乎与嫁衣一样，耳垂上戴了一对明月珰，衬得她容颜俏丽无双。

越是娇颜如花，越让人觉得世事艰辛无常。冯妙上前扶住她的胳膊："弄玉，起来吧，时辰快到了。"李弄玉眯起眼睛，仔细看清了冯妙的脸，带着醺醺醉意说："是你？那正好，我有两句话要……要跟你说，省得麻烦我再多跑一趟。"

冯妙拍着她的手背劝说："有什么事，回去再说吧，执礼官已经在门外等了。"

李弄玉却对她的劝说充耳不闻，只管捏紧了她的手腕："我不想继续住在清凉殿了，要是你也同意，我想禀明皇上，去华音殿跟你同住。"

冯妙知道始平王有时会去清凉殿，跟李弄玉私下见面，只当她害怕触景伤情，没有多想便答应下来："只是华音殿狭小，住偏殿恐怕委屈了你。"

李弄玉也不客套，只低声重复了一遍："我要过去。"

执礼官上前，按照亲王送葬的礼节，按部就班地进行。七根九寸多长的镇魂钉，一根根敲打进棺木中。直到最后一根镇钉敲牢，冯妙才终于相信，始平王拓跋勰，的的确确已经不在了。他做了世上最残忍的事，先给了无数柔情蜜意，然后才撒手离去，只留下他年轻的未婚妻子，从云端跌落谷底。要是他从没有建造过萧楼，从没有承诺过会陪着弄玉直到"天涯海角，光阴尽头"，那么今天失去时，也不会有那么清晰的撕裂感。

冯妙转头去看李弄玉，见她只是平静地注视着棺木，就像平常偷偷注视着始平王一样。在崇光宫耳房，只要他转过头来，李弄玉就会飞快地别开视线，不敢跟他含满笑意的眼睛对视。终于有这么一次，她不用惊惶羞怯地躲闪了，可以大大方方地凝视他，因为他……再也不会转过头来了。

始平王未婚无子，皇帝的两个儿子都还太小，就选了任城王的世子，为始平王扶灵。灵车从皇宫西阳门驶出，经过平城主道，送往城西匆匆修建的陵寝。

因为始平王的丧事，宫中连新年的庆典都免了。拓跋宏对高氏越发优待，不但在元日当天亲自前往碧云殿向高太妃问安，还准许北海王拓跋详留在平城陪伴太妃，等到立春之后再去继续主持修建报德佛寺。崇光宫不再召嫔妃入内，拓跋宏想要见谁，就去谁的宫中，有时过夜，也有时停留片刻就走。唯一的例外是广渠殿，十天里头，拓跋宏总有三五天留在广渠殿过夜，逗弄幼子，或是跟高照容说说话。

正月十五一早，内六局给各宫都送了新制的绢纱宫灯来。宫内甬道两旁，也摆上了宫灯，准备在入夜时分点亮。可没有人语声，再多的花灯，也只会越发衬得四周冷清寂寥。冯妙想起从前在昌黎王府时，这一天虽然也不能出门，但隔着院墙，却可以听见墙外街市上人声鼎沸。尤其是小院子的南墙下，外面就是一条偏僻的小路，经常有私下碰面的少年男女，躲在这里喁喁低语。平凡如灶间烟火的温暖甜蜜，是她那个时候幻想得最多的场景。

昌黎王府内，也会热热闹闹地祭祀蚕神、迎紫姑。阿娘会自己编出好多谜语来，让她和弟弟猜。弟弟那时太小，总是猜不出来，她就悄悄地把谜底告诉弟弟，让他欢天喜地地去跟阿娘说，他全都猜出来了。阿娘明明看见了她在跟弟弟咬耳朵，也不说破，只笑得眼睛都弯起来了，夸奖说阿夙是最聪明的孩子。只要几句简单的假话，三个人都能开心一整个月。

忍冬为了逗她开心，给她绾了一个凌云飞髻，又用青螺黛浅浅地给她勾了眉。刚刚妆成，崇光宫的掌事宫女如意就来了。自从林琅死后，她就开始学着打理些拓跋宏的贴身事务，如今也当得起一声姑姑了。

如意用食盒送来一碗汤圆，两双银筷。揭开盖子，滚圆浑白的汤圆，静静卧在撒了一层糖霜的汤水里，却只有一颗。忍冬看着奇怪，却不敢多问。

冯妙看见汤圆皮上，有一处用指甲掐出来的弯月形痕迹，微微低了头。汤水的热气眯住了她的双眼，竟然有些潮湿。“皇上今天在何处？”她轻声发问。

“回娘娘，皇上今天到广渠殿去了，二皇子前些天染了风寒，还在喝药呢。高娘娘一向不理事，宫女内监也不能叫人放心，皇上特意请了高太妃去照看。”如意恭敬客气地答了。

心口微微漾起一层酸涩，冯妙用银筷挑起汤圆，咬了一口，把剩下的半个放回碗里，又叫忍冬取过两颗盐渍梅子，放进食盒里，对如意说：“劳烦姑姑，把这个带回去，没人的时候，再交给皇上。”

忍冬憋了一肚子的话，等到如意走了才敢问出口："娘娘，这又是哪一出啊？皇上冷落华音殿好久了，连汤圆都只送一个来。"

冯妙拈着绢纱宫灯上垂下的流苏，却不答她的话，抿着唇慢慢笑开了，腮上像扫了层胭脂一样，泛起红来了。看见汤圆皮上的月牙掐痕，她依稀猜着，拓跋宏应该是那个意思，一轮明月在，两处相思同。那是她选择重新靠近少年天子时，说出来的话。皇帝对高氏的厚待，未必是真心看重，只是摆出一副倚重的样子而已。即使他想来华音殿吃一碗汤圆，也不能随心所欲。她隐约觉得有些可惜，无法得他验证，究竟猜得对不对。心里第一次，因为一个猜谜射覆的玩笑，而忐忑不安。

过了午时，如意仍旧提着早上那个食盒来了，掀开盖子，半个汤圆已经不见了，只剩下白色的汤水，滚着几粒芝麻。盐渍梅子被吃掉了一颗，还剩下一颗盛在小碟子里。如意把东西放下，对冯妙福身说："皇上叫奴婢说一声，不过是解个闷罢了，不必再劳神想它了。晚上去奉仪殿给太皇太后问安时，皇上会穿湖蓝锦缎滚银边龙纹锦袍。"

冯妙笑着点头："有劳姑姑传话。"又叫忍冬拿了一支成色极好的赤金簪子赏她。如意走后，冯妙又叫忍冬替自己染指甲，把当季合穿的衣裳，一件件拿出来挑选。原本早上起来时觉得懒怠不愿动，这会儿却因为如意送过来的一个小小食盒，全都变了。她终于确信了拓跋宏的心意，他想在上元佳节这天，跟自己一起吃顿饭。可惜他是皇帝，不能随心所欲，只能这样传递东西过来。

两个人没有碰面，却一起吃了汤圆、尝了梅子，甚至还喝了茶。心里像藏进了一个秘密，只属于他们俩，这比独占他一整天，更令冯妙欢喜。

想到他就着自己咬过一半的汤圆，吃下了另外半个，冯妙更加不好意思。要是面对面，她无论如何也做不出这样近乎挑逗的举动。咬在松软甜腻的汤圆上，触感与亲吻那人的薄唇相差无几。

而他特意叫如意说明了今晚的穿戴装束，想必也是希望，能看见她精心装扮，彼此契合。冯妙的目光从衣衫上一件件扫过去，反复比较了几次，才选定了一件鹅黄色绉纱长裙。这身衣裳正月里穿，还显得有些单薄，可她想着鹅黄配湖蓝色，应该是很合宜的，坚持叫忍冬伺候自己换上，等出门时再加件狐狸皮大氅取暖。

因是上元节，各宫妃嫔都会到奉仪殿问安，去得太早或太晚，都不妥当。冯妙估计着大半人都去了，才带着忍冬往奉仪殿赶去。

奉仪殿内熏着暖香，又烧了上好的银丝炭，温暖如春。太皇太后原本十分节俭，自从亲自抚养了皇长子，用度才精细起来。

冯妙进门时，叫忍冬帮她除去狐狸皮大氅，起先还觉得有些冷，稍过片刻又觉得有些气闷。从白登山回来，她的身体大不如从前，受凉或受热，都会觉得不舒服，时不时觉得胸口烦闷不堪。

几个品级低些的宫嫔，起身向她见礼，想必也知道皇上近来冷落华音殿，神情并不怎么恭敬。卢清然更是只欠了欠身子，问了声“冯婕妤好”，就转身去继续跟崔岸芷说话。崔岸芷是个面人儿似的老实人，倒有些不好意思，招呼冯妙到她身边来坐。

宫妃们闲闲地说着话，等着太皇太后出来。刚好说起皇上到各宫留宿的事，卢清然用留长的指甲拨着桌上的枣子说：“到底还是有个儿子在身边好，皇上隔几天就要去广渠殿一次，听说今天也是从广渠殿直接过来呢。”

说到子嗣，人人都羡慕高照容运气好，上头有皇长子，不用担心立子杀母。皇次子又长得特别俊俏伶俐，谁见了都爱不释手，更别说皇上了。冯妙捧着茶盏静静听着，心里明白，这事不是一个“运气”二字那么简单。高照容在这个孩子身上，花了不少心思，连时间都计算得恰到好处。

大约是看着别人都不大说话，卢清然又娇笑着说：“不过说起来，皇上到顺和殿去得也很多呀。”她一双杏核似的眼睛，往冯清身上一瞟，“听说前几天，顺和殿还出了桩事，半夜里传御医呢。冯家三小姐，可真是弱柳扶风，连侍奉皇上都能在香汤沐浴时晕倒。”

冯清听了，当场就变了脸色，卢清然话里有话，暗指皇上到顺和殿去，不是为了冯清，全是为了体弱多病的冯滢。碍着在太皇太后宫里，冯清强压着怒气，反嗤了一句：“顺和殿的事，卢姐姐知道得比我还清楚呢。”

第七章 一潭星

卢清然抚着手上的碧玺戒指，拖着长声说："姐姐这是说哪儿去了，顺和殿的事，我也不是有意打听的。只不过，既然传了御医了，总有记档。谁还能不知道呢。"她也是听郑柔嘉说起，才知道了这么件事。此时当着众人的面，争强好胜的心思作祟，不愿意提起这一节。郑柔嘉在一旁安静坐着，也不主动说起。

"卢姐姐说得倒是挺轻巧的，原来太医署的脉案，姐姐可以随意查看啊，这可真是通天的本事。"冯清不轻不重地说了一句，便轮到卢清然脸色涨红。

皇帝的脉案，向来是绝密的，只有侍御师本人和太医令可以查看，以防有人利用皇帝的病情，动什么其他的心思。冯滢一直没有晋位分，没有资格传召御医，那一晚只能是拓跋宏用皇帝的名义传了侍御师，替冯滢诊治。窥探皇帝的脉案，往好里说是关心龙体安康，往坏里说，则是居心叵测。

冯妙不喜欢跟这些人说话，原因就在这里了。表面上客客气气、姐妹相称，可实际上，每一句话背后都藏着刀子。冯妙料想，冯滢多半是为着从前那桩事不敢侍寝，才会在沐浴时晕倒的。幸好她一向多病，没有特别引人怀疑。看冯清的样子，似乎还不知道有这么件事。

说话间，门口的小太监打起棉帘子，向内通禀："皇上和高充华娘娘来了。"一屋子的人赶忙站起，理了理衣裳鬓角，满怀期待地向外看去。

拓跋宏一进门，就先免了众人行礼，接着侧身做了一个近似保护的动作。在他身后，高照容怀中抱着一个幼小婴儿，盈盈迈步进来。春桐跟在她身后，忙不迭地替她除去身上的毛领皮裘，又上前来把包裹婴儿的锦缎小被子除去："娘娘，这屋里热，给小皇子敞开一些吧。"

婢女如此殷勤，越发显得这个孩子身份娇贵，连养在太皇太后身边的皇长子都给比下去了。卢清然不屑地丢了个白眼，碍着皇上在跟前，终究没敢说什么。高照容微微笑着点头："抱了这一路，我的胳膊都要断了，这孩子长得也真是快。"

袁缨月站起来，走到高照容身边，探头去看襁褓里的孩子："姐姐怎么一路都自己抱着，难怪累坏了，让妹妹替姐姐一会儿吧，姐姐也好歇歇。"说着，她就伸手来要接过拓跋恪。

手上刚刚用了点力，拓跋恪眼珠一转，"哇"地大哭起来。说是哭，可眼角一点泪珠都没有，只是张大了嘴巴叫喊，不想叫别人抱。袁缨月的手停在半空，神情有些悻悻的，尴尬地说："小皇子只认姐姐呢。"

高照容还没说话，拓跋宏已经笑着接过话去："这孩子原本一点也不认生，不知道怎么回事，自从病了这一场，别人谁抱也不肯了，快要把他母亲累坏了。"

袁缨月低眉顺眼地说："小孩子脾性就是一天一个样，等长大些自然就好了。"

冯妙探着头看，不过一个多月没见，二皇子拓跋恪却长大了不少，模样比从前更分明了，五官俊秀英气。冯妙心里实在喜欢小孩子，看见别人的孩子长得这样好，难免心里惆怅，转过脸去，正看见拓跋宏似无意地看过来，嘴角含笑。

这时她才注意到，拓跋宏果然穿了一身湖蓝色龙纹锦袍，身形挺拔飘逸。冯妙微微红了脸，低头去看自己身上的鹅黄色绉纱长裙，这颜色跟湖蓝色果然相配，要是站在一起，一定很好看。

正在胡乱思索间，高照容已经抱着孩子，坐在她身侧，笑吟吟地对她说："妹妹安好，听说妹妹从白登山回来，就一直病着，现在可大好了？"

冯妙一怔，总觉得这话听着怪异，跟前几天忍冬说过的话合起来想，才忽然明白过来，拓跋宏并没把他们俩一起坠崖的事，告诉其他人。拓跋勰取来绳索时，侍卫们已经护送着女眷先回去了，所以并没人看见。

想明白这些，她笑着说："是啊，山上风冷，受了些风寒，没想到回来还养了这么久才好。"她一边说，一边低头去看拓跋恪，脱去了裹被，他的手脚都松快多了，抓着高照容衣衫上的镂空银扣子玩。

冯妙打量着高照容的衣衫，嫩柳绿上裳，素银平纹下裙，衬托得她仍旧好像未嫁的少女。这身衣裳的颜色，跟湖蓝色锦袍也是很相配的。冯妙平常从不在衣衫上与人攀比，这会儿见了高照容的装束，心底却有一丝怅然。

她刚一靠近，拓跋恪忽然松开了抓着银扣子的手，"啊啊"地叫着，伸手去摸冯妙衣襟上绣着的金银花。那么小的孩子，动作还不稳，动作大了些，竟然一下子扑在冯妙身上。淡淡的奶香味，撞了她满怀。

高照容见了，作势要打他的屁股，戏谑着说："坏孩子，这才多大呀，看见好看的美人，就不要娘了。”她说得软语娇俏，拓跋宏先轻笑了一声，一屋子的人都跟着笑起来。

正笑得热闹，太皇太后从内殿踱出来，崔姑姑跟在她身后，怀中抱着个一岁多的幼儿，穿着织锦金绣小袍，正是皇长子拓跋恂。

众人赶忙向太皇太后下跪问安，连拓跋宏也仍旧执晚辈之礼，恭敬地问候祖母安好。起身之后，高照容抱着幼子，再次向太皇太后和崔姑姑站立的方向跪倒，躬身行礼。崔姑姑赶紧侧身躲开：“娘娘这是做什么……”

高照容低垂着眼帘说：“刚才是照容向太皇太后问安，这会儿是恪儿向曾祖母和皇兄问安，这是恪儿该守的礼节，不能因为他年纪小就乱了礼数。”她的姿态恭谨谦卑，表明了自己的孩子，不会越过皇长子去。

太皇太后微微点头，对春桐说：“扶你家主子起来吧。”接着又问，“刚才这么热闹，是在笑什么呢？”

高照容坐回冯妙旁边，把拓跋恪往她怀中一送，笑着对太皇太后说：“恪儿这孩子顽皮得很，非要冯姐姐抱，照容正怕他揉皱了冯姐姐的衣裳呢。”

见话头说到自己身上，冯妙也笑着接口过去：“今天原本就是要聚在一起热闹，一件衣裳值什么呢？我倒喜欢恪儿这孩子，跟他的皇兄刚出生那会儿一样，都是最乖巧懂事的孩子。”

太皇太后还在跟前，夸奖皇次子，总不能越过了皇长子去，只说跟皇长子这么大的时候一个样，是万万错不了的。冯妙抬头看了一眼皇长子，一岁多的孩子，应该已经能走路了，却还要人抱着，眼神盯着手指，并不像拓跋恪那么灵动讨喜。他的五官其实也很好看，却隐隐带着一股粗犷之气。冯妙暗自叹息，林琅那样一个柔婉秀致的美人，生出来的孩子却一点儿也不像她。

刚坐了一会儿，拓跋恪又挥舞着小手，往冯妙身上攀过来，咿咿呀呀地非要她抱不可。高照容笑着哄他：“今天这是怎么了，昨天连皇上要抱都不肯呢。”

两个人都拗不过一个小孩子，冯妙只好伸手把他接过来，抱在怀里轻轻地摇晃。小孩子的身体柔软温热，才一入怀，冯妙就紧紧搂住，生怕他乱动有个什么磕碰。拓跋恪的小手，在冯妙衣襟上不停地揉搓，最后干脆把整个脸都贴在她胸前。

因为有小孩子在，话题自然就说到小孩子身上去了。冯清和卢清然都是心气儿高的，看见别人得子，心里不舒服，都闭着嘴不说话。没有了她们俩夹枪带棒，其他人倒是说笑得十分和乐。

太皇太后对拓跋宏说道：“宏儿，如今你也是两个孩子的父亲了，宫里这些妃嫔，哀家看着也都是好的，家世出身、模样性格，个个精挑细选。不如趁着眼下的节气，再晋些位分吧。后宫总该有人主事，哀家精神又不济，中宫一直空悬着，也不是长久之计。”

拓跋宏应道：“祖母说的是，孙儿在想，如今九嫔之位上，只有照容一个，不如先补了嫔位的人上来，日后再慢慢地晋到夫人、昭仪、皇后上去。”

说到位分一事，妃嫔们都不好接口，太皇太后点头说道：“这样也好，你只管去安排就是，不管晋谁的位分，总归还是要你喜欢的才行。”

略顿了顿，太皇太后又说：“恂儿也一岁多了，哀家还有一件事，想跟皇帝商议着办。”

妃嫔们越发不敢开口接话，却都屏息凝神听着。人人都知道，太皇太后把皇长子养在自己膝下，便是有意立他做太子，可看皇上的意思，显然更钟爱皇次子拓跋恪。

“上次哀家带恂儿回来，原本是为了照料恂儿的病，如今恂儿的病已经好了，哀家倒舍不得叫他搬回去了，不如就让他留在奉仪殿吧，也可以给哀家解解闷儿。”太皇太后不急不慢地说着，眼睛只落在皇长子身上，“哀家还想，给恂儿请一位德高望重的老师，早早教导他，皇帝觉得如何？”

“太皇太后肯亲自养育恂儿，是恂儿的福气，朕怎么会反对呢，”拓跋宏容色诚恳，“恂儿能得太皇太后教诲，朕也对得起她的母后了。”提到贞皇后林琅，拓跋宏的语气间带了几分淡淡的哀戚愁绪，奉仪殿内有片刻令人难耐的寂静。贞皇后近来越发成了拓跋宏的禁忌，宫嫔们都不敢在他面前随意提起。

但这寂静很快就被拓跋宏的笑语声遮掩过去，他远远地看着皇长子拓跋恂：“朕幼年时，祖母也早早为朕请了老师，教导朕读书习字。不知祖母想请何人做恂儿的老师？”

太皇太后的语调，平静得就跟从前每一次问安时一样：“内秘书令李冲，就是个合适的人选。”

包括冯清在内的所有人都低下了头，把玩着手里的物件。内秘书令李冲与太皇太后之间那点儿事，在平城已经是公开的秘密。李冲时常出入奉仪殿不说，宫中更有传言说，若是某处废弃宫室外，挂着五色珠帘，便是太皇太后与李大人在私尝云雨，要远远地避开了才好。曾经有新来的小宫女不知道规矩，冒冒失失地闯了进去，当天晚上就七窍流血，被一张草席裹着，丢出宫去了。

内秘书令负责在禁宫与明堂之间通传诏令，他能教导皇子的，自然就是帝王御下之术了。

拓跋宏向着皇长子的方向招手，崔姑姑立刻抱着幼儿上前几步，递到皇上跟前。拓跋宏伸手想要抚平他衣襟上的褶皱，拓跋恂却猛地把头一扭，搂住了崔姑姑的脖子，避开了他的手。

崔姑姑有些尴尬，赶忙打着圆场说："皇长子原本在睡下午觉，因为各宫娘娘都来了，奴婢才把他叫醒了换衣裳，恐怕这会儿还困着呢。"

拓跋宏却好像丝毫不介意，笑笑说："有劳祖母和姑姑平日费心照料，内秘书令李大人博闻强识，为人又刚直不阿，就叫他来做恂儿的老师吧。"

此时宫女刚好送了玫瑰豆沙馅儿的汤圆上来，众人吃了汤圆，又陪着太皇太后说笑了几句，就各自散了。

奉仪殿内，暖香依旧氤氲袅袅地从缠枝莲纹香炉里散出来，气氛却忽然冷清了下来。

太皇太后幽幽地叹了口气："锦心，你说哀家是不是做错了？"

已经许多年没有人叫过这个名字了，崔姑姑先是一愣，接着才恭顺地答话："太皇太后总是考虑得深远些。"

太皇太后脱下二寸多长的护甲，抬手揉着额角："哀家已经顾不得什么天长日久了，他已经一个多月不来奉仪殿了，哀家不过是想跟他说几句话而已……"她忽然发出一声冷笑："只怕人人都以为哀家筹谋深远，想要借助内秘书令的声威，来替皇长子铺路。谁能相信……哀家也不过是个女人而已，不过想有个人，能陪着说几句话，夜里不那么冷清难熬罢了……"

崔姑姑听得心头难过，太皇太后以铁血手腕扶持两代年幼的帝王坐稳龙椅，内诛逆臣，外抚敌国，几乎所有人都已经忘了，她在做这些事时，也不过是个年轻的女子而已。

"锦心，"太皇太后的声音里，忽然带上一丝恐惧，"你说，他会不会已经知道了当年上阳殿那桩事？哀家不是有意的，可哀家没有办法……那些人伪造了文成皇帝的遗诏，要哀家殉葬……"

崔姑姑把皇长子抱进内殿，这才返回太皇太后身边，跪在她脚下一字一句地说："太皇太后不要多虑，李大人性情耿直，要是知道了什么，一定会直接来向太皇太后求证的。"她顿一顿，接着说，"太皇太后，您要做平常人做不成的大事，自然也要承受平常人不必承受的孤独寂寞。他们不能理解您，是因为他们永远做不到像您一样……"

正月过后，拓跋宏果然下旨，给妃嫔更定位分。高照容育有皇子，晋为正二品淑仪。崔岸芷一向为人老实持重，虽然不怎么得拓跋宏喜爱，却也晋了正二品淑华。冯清打理内六局事务，并没出过什么错处，也算有功劳，晋了从二品修媛。虽说比高照容和崔岸芷还是低了些，可毕竟也是位列九嫔了，又越过了冯妙，也算是件喜事。

郑柔嘉封了正四品令仪，袁缨月顺次晋了从四品芳仪，王琬封了从五品良信。其余不得圣宠的娘子们，也各自正了位分。就连李含真、李弄玉，也各自封了从三品女史和从四品中才人，在崇光宫耳房侍奉笔墨。

唯一令人不解的是，原本很受拓跋宏喜爱的冯妙，这一次却没能晋得位分。反倒是那位体弱到连侍寝都不能的冯家三小姐，直接封了从四品芳仪，还另拨了凝霜殿给她居住。

忍冬愤愤不平，有些埋怨皇上偏心，只是不敢明说。冯妙自己却毫不在意，上元节那天的汤圆，似乎还含在嘴里一般，唇齿生香。此时没有人注意她，也是好事，可以静下心来，继续整理古籍，每到旬日，还能悄悄地去知学里。

唯一的遗憾，便是不能替弟弟争个爵位，可一想到每十天就能见弟弟一面，有没有爵位，似乎也不是那么要紧了。

这一天快雪初晴，冯妙叫忍冬拿着华音殿里的几本书，去知学里换新的来。忍冬刚走，门口当值的小太监就来通报："冯芳仪娘娘来了。"

冯妙愣了一下，才想起来他说的是三妹妹冯滢，赶紧叫人请她进来，又叫小顺子去准备暖身子的姜茶来。

小顺子应声去了，冯滢见殿内再没有旁人，忽然跪在冯妙面前，伏在她膝上流泪："姐姐，你救救我吧，我真的没有办法了。"

冯妙知道她说的仍然是上回那件事，理着她的头发，让她把心里的惊怕都哭出来，才劝慰道："别怕，眼下不是还没有别人知道……"

"姐姐想必已经听说了，皇上曾经来过顺和殿，要我侍奉他过夜，"冯滢抽噎着说，"我怕极了，只能在沐浴的时候，重重滑了一跤，才算躲了过去。可皇上是极精明的人，要是再有下次，我恐怕就躲不过了……"

她哭一阵，又接着说："元旦时，大哥跟母亲进宫来看我和二姐姐，我瞅了空，向大哥哭诉。可那时母亲和二姐姐都在，时间又短，大哥误会了我的意思，以为我是因为没有品级才心里不痛快的，替我去求了皇上，这才要来了这个从四品芳仪的位分。晋了位分，我心里只会更怕，哪有一个妃子总也不侍寝的……"

冯妙拿湿帕子来帮她擦脸，柔声问："滢妹妹，你怎么不把这事情跟博陵长公主说，她毕竟是你母亲，总会替你想办法的。"

"我哪里敢对母亲提起半个字，母亲的脾气，你又不是不知道。"她站起来，揉着发红的眼睛，眼泪还是止不住，"正月初二那天，她一见了我和二姐，就阴阳怪气地责骂，说我们连自己丈夫的心都抓不住，又骂二姐，连生蛋的母鸡都不如……还说，狐……样子就在眼前，看也该看会了。"

她说得含糊，冯妙却已经猜到了，博陵长公主一定说了不少难听的话，指摘自己就是狐媚子。

冯滢哭了一阵，才从一旁的矮几上拿过青瓷小盏，喝了一小口水。自从进宫来，她为了这件见不得人的隐秘，天天吃不好、睡不好，原本就消瘦的身形，越发楚楚可怜。她捧着小盏，略略平静了一下声调说：“要是我对母亲说了，她必定要大发雷霆，责罚大哥不说，连带着去代郡温泉时伺候过我的那些人，恐怕也要被她乱棍打死。我虽然害怕，可也不想连累这么多人送命。”

“你的病一向是什么人在看呢？”冯妙忽然问了这么一句。

冯滢听得她话中颇有深意，惊愕地抬头，回答说：“都是从小胎里带来的病症，并不需要什么人看，家里每两个月会送一次药来，我叫宫女煎了喝下。进宫以来，也没请过御医。”

冯妙低头思索，她手里有一样东西，也许可以帮到冯滢，可她这会儿并不敢说出来。光有那东西还不够，还需要有稳妥可靠的人，帮冯滢安排出路才行。

“滢妹妹，你现在已经封了芳仪，皇上更不会放你出宫了。再说，出了宫你又能去哪儿呢？你一个娇弱的小姐，真的离开了皇宫，只怕也生活艰难。”她安慰了冯滢几句，叫她先放宽心，养好自己的身子要紧。

冯滢有些失望，可她也知道这事情难办，来找冯妙，不过是想有个人能听她哭诉罢了。哭也哭过了，终究还是要回到凝霜殿去。

雪天路滑，忍冬去了大半天才回来，两手却空着，没有拿到书：“王公子叫奴婢转告娘娘，知学里收藏的这一套《礼记》，有些部分残缺不全，还有些部分，恐怕是抄录的时候弄错了顺序，怕娘娘看起来太过伤神，就先不拿来了。王公子说，他安排一下，过些日子正好要南下收一批新春的花种，顺便找一套版本更好的来。”

第八章
绕弦风雨急（上）

自从答应了帮冯妙整理古籍，王玄之几乎成天成夜地留在知学里。要从浩如烟海的古籍里，整理出完整的官制来，最难的不是抄誊汇总，而是逐字逐句地查阅那些书目本身。每次从知学里拿来的书册上，都已经先用墨补全了模糊残缺的字迹。重要的部分，还会夹上一片笺纸碎屑或是细竹条，像是翻看时随手放上的，却恰好给了冯妙提示。

“王公子有没有说，他什么时候启程？”冯妙随口发问，既然用了采买花种这样的私事做借口，再推辞客套，就显得过于疏离了。

忍冬回答：“王公子说，花种需要精挑细选、仔细辨别，这一趟恐怕要去得久些。他要整理了行装，半月后出发。”冯妙低头揉着手上因抄写而磨出的细茧，心里明白，要精挑细选的，恐怕不是花种，而是书册。因为连年战乱，那些古籍多有散失，已经很难找到了。他如此尽心，却又总说成是为了自己的事，叫冯妙连道谢都开不了口。

偷眼看着冯妙的脸色，忍冬小声补了一句：“这位王公子的做派，简直比平城里任何一位王爷，都更像王爷。他随身用的那些小物件，奴婢连听都没听说过。”

“世家子弟，衣食住行当然都很精细，这也没什么奇怪的。”冯妙一笑接了过去，“过几天旬日时，我再去知学里向王公子道别。”

忍冬知道这位王公子出身不凡，什么样的好东西都见过，不敢自作主张，又问冯妙要准备什么样的谢礼。冯妙想了想说：“算了，只怕摘天上的星星给他，他也未必觉得能好过家里摆着玩儿的夜明珠去。心意到了就行，你只管按平常去各宫走动的份例准备就行了。”

忍冬答应了正要去，冯妙又想起一件事来，叫住忍冬问："上元日那天，我穿的鹅黄色衣裳，平常收在哪里？"

"那件衣裳，该过了三月暖和些才穿，季节还没到，奴婢原本把它跟其他没到季节的衣裳一起，收在箱子里了。"忍冬做事一向细致，这时回答得也纹丝不乱，"娘娘还要穿那件衣裳吗？"

"不是，"冯妙摇头向她解释，"我只是忽然想起来，那天恪儿谁抱都不肯，怎么就偏偏直往我身上扑呢。"

"许是娘娘身上的熏香味道……"忍冬皱着眉头思索，才一开口，就想起冯妙已经许久不用熏香了。她忽然想起件事，对冯妙说："上次高大人送药来时，还送了一块龙骨过来，说是费了好大周折，从纵太神山深处寻来的，小姐要是喘症突发，可以用龙骨煮水服下。奴婢见小姐近来没有再发喘症，就把那块龙骨也给收在箱子里了。也许是龙骨的味道，让小皇子喜欢。"

冯妙轻轻点头，那龙骨的味道很淡，几乎闻不到，但那香味很奇特，不像寻常的熏香，反倒带着点鲜美味道，小孩子喜欢，也不奇怪。

三天之后便是旬日，冯妙特意比平常去得早些，向王玄之道别。走到门口，便听见室内传来王玄之的声音，似乎带着点怒气："……夫子教你的规矩，不是叫你拿来做迂腐的借口的，若是有人把刀都举在你脖颈上，你也要照旧跟他讲道理吗？"

冯妙不知道他在跟什么人说话，怕这时进去了反倒尴尬，就站在门口略等。刚刚站定，无言一掀帘子走出来，看见她忙忙地请她进去："冯小姐来了？公子一直在等小姐呢。"他随着王玄之的口吻，也只称呼她小姐。

王玄之听见声响，抬眼向门口看过来，见是冯妙来了，拂动衣袖微微点头："今天怎么来得这么早，让你们姐弟说几句话吧，我先去煮茶来。"冯妙拦住他说："不必客气，听说公子要南下一段时间，我今天是特意来道别的。"她转身对冯夙说："夙弟，你先回昌黎王府去吧，见到父亲，替我问好。"

冯夙应声离去，见他走远，王玄之才说："也许这话不该由我来说，你这弟弟，实在太过天真愚昧了，现在送到知学里来，整天读的都是些仁义道德，越发不晓世事。一个男儿，这副性格，迟早是要吃亏的，更何况，就算是个养在深闺的女孩儿家，一味善良软弱，也是不成的……"

亲眼目睹过幺奴惨死，这位琅琊王氏风度翩翩的公子，早已经不信什么君子之道了。

"大哥说得没错，只是夙弟从小就没什么机会见人，一时也急不来，等以后再慢慢教导他吧。"私下无人时，冯妙才叫他一声大哥。她也知道夙弟的性子不成，可毕竟是自己的弟弟，又见不上几面，总舍不得狠下心肠来拿重话说他。

她见无言已经开始把日用的东西装进黄花梨小箱，便问："这些东西，都要带走吗？"

"用惯了的东西，离了手反倒不习惯，还是带上吧。"王玄之随手拿过一件青玉磨成的笔架，修长手指抚摸着上面的几处印记，"我这个人，习惯了喜欢什么，就总也舍不得放手。"

冯妙只觉得脸上隐隐发热，原本想好了，今天无论如何把从前的粉笺要回来，这一下又不好开口了。她见无言正把一整套四时香炉用绸布包好，便问："公子这些东西，要怎么运出宫去呢？"

"皇上已经知道我要南下采买，准了我从知学里北侧的小门直接出去，倒是省了不少麻烦。"王玄之的语调，仍旧如平常一般优雅从容。

冯妙却心口一跳，知学里原本就是在皇宫院墙外修建的，北小门直通街市，可以不必经过皇宫侍卫的盘查。拓跋宏有意拉拢王玄之，知道他出身士族、心高气傲，侍卫盘查对他来说无疑也是一种羞辱，这才特别准他从北小门出宫。

她试探着问："那么……大哥南下，会不会顺路重回故里呢？"

这是冯妙第一次主动询问王玄之的行程，明知道不过是客套，王玄之还是眉眼舒展，细细地向她解说："重回故里的路实在难走，这次恐怕不行。我有几位远房的叔伯和一些旧友在洛阳，我想顺路去拜访他们。"

"那……你的叔伯朋友，家里会不会需要一个小婢子？做不了什么重活，但是可以读书写字，调香应该也会……"冯妙很少开口求人，一时竟不知道该怎么说才合适。

王玄之平静地注视着她："你要把实情告诉我，我才能帮你。"

冯妙相信王玄之的为人，便把冯滢的情形告诉了他，只不过毕竟涉及女孩儿家的私密事，来龙去脉便讲得十分隐晦。说到冯滢失身于人时，她很有些不好意思，连声音也低下去了。

"再这么日日担忧下去，我这个小妹妹，恐怕也没有多久好活了。更何况，要是这件事日后被有心人利用，我们姐妹三人，都免不了一个欺君罔上的罪名。正好我手里有……一位朋友给我的药，可以让呼吸和脉搏都变得十分微弱，就像真的死了一样。停灵的静安殿，与知学里并不远，麻烦公子……"偷偷运送宫嫔出逃，也是重罪，这事跟王玄之毫无关系，却平白恳求他帮忙，冯妙实在说不出口。

"我尽力一试。"王玄之答应得毫不犹豫，"只是你要确定，一来，你这妹妹的确愿意离开，从此隐姓埋名，也许要做婢女伺候人，也许要嫁给大户人家做小妾，总之再也不是冯家小姐。二来，你告诉我这也是你的愿望。没有人逼迫你，是你自己想要这样做，我就帮你。”

他的目光，像幽深的潭水，直直注视着冯妙，映出她瘦弱微白的脸。

“是，”冯妙低下头躲闪，不敢看他眼中映出的自己，“只要离开皇宫，滢妹妹一定会愿意的。这也是我的愿望，我想帮她。”

王玄之坐直身体，他的姿态端方得一尘不染：“既然是你的愿望，我就去做。”

冯妙把宫中的路线，向他讲解。王玄之的记忆力极好，只听冯妙口述了一遍，就在纸上画出一张草图来，与实地的情形一般无二。

王玄之把纸张凑在香炉口上，一点点烧成了灰烬，平静地叮嘱冯妙：“你只要按照我们定好的时间，把那种药让你那个妹妹喝下去，其余的事情，你都不必管，我自会安排。等到了那天晚上，你早早睡下，无论外面发生什么事都不要出来，这样任凭事后怎么追查，也到不了你身上。”

冯妙不知道王玄之为何会如此自信，担心之余，又怕自己优柔寡断反倒会令他束手束脚，便向他客气地行了一礼，郑重地说：“多谢大哥。”

两个人说了许久的话，天色渐晚时，冯妙才离去。

王玄之提笔写了一封信，用蜡油封好封口，交给无言：“去把这个，送给上次替崇光宫传信的那个人。”

“公子，”无言像是知道信里写了什么一样，神情焦急忧虑，“您真的决定了吗？您从前不是说，走出这一步，就再也无法回头了吗？您为了这位小姐……可这分明是自欺欺人，她不是什么小姐，是魏国皇帝的妃子。”

王玄之面无表情地挥手：“无言，去吧。”

二月初，进平城朝贺、述职的官员，都陆续离开，返回自己任上。北海王拓跋详在平城已经逗留了数月之久，也该启程继续去督建报德佛寺了。拓跋宏传下旨意，二月初九，在崇光宫设小宴，亲自为北海王拓跋详送行。为了表示优待，拓跋宏还专门请高太妃和高照容一同赴宴。

小宴之前，冯妙按照跟王玄之约定好的时间，把高清欢给她的那包药粉，放进了凝霜殿的茶水里。跟冯妙料想的一样，只要能够离开皇宫，给人做婢子也好，随便嫁给什么人也好，冯滢都愿意接受。仰头喝下那杯茶时，她几乎连一瞬间的犹豫都没有。

她从小受的教导，就是如何做一个皇帝的妃子。从来没有人告诉她，要怎么做她自己。

高清欢为冯妙准备的，的确是珍贵难得的好药。药粉溶解在茶水里，很快就消失得毫无踪迹可寻，即使事后有人拿了这套茶具去追查，也不会发现任何问题。而药效，也是迅速却又逐渐地散发出来。

冯滢先是在某天傍晚忽然呕血、昏厥，接着就一天天地衰弱下去，渐渐地不能起身。到第三天，她已经气若游丝，不能进食任何东西。太皇太后和冯清都来看过，还破例宣了宫外一直为冯滢诊治的大夫，进宫来照料冯滢。可她还是没有挺过这天亥时，气息和脉搏都触不到了。

冯家这个小女儿，从小就乖巧安静，骤然去世，连太皇太后也悲恸落泪。既然晋了位分，就是皇帝正式的妻妾了，拓跋宏叹息不已。他还记得这位小姑母，胆小怕黑，特别下旨令她与贞皇后合葬于云中古城的金陵，免得她在黄泉路上孤苦害怕。云中金陵是拓跋皇室埋葬历代皇帝的陵寝，从开国皇帝开始，历代帝后都在那里合葬。

事发突然，连寿衣都是派人通知了昌黎王府，临时送进来的。毕竟是亲生的女儿，又从小多病，得了父母不少关爱，博陵长公主哭得几次昏死过去，还硬要连夜入宫，亲手替女儿装殓。可出嫁的公主不能在日落后返回娘家的规矩还在，不能破例，她只能枯坐着等到第二天早上，才被冯诞搀扶着进了宫。

原本日日妆容精致、从不肯在人前示弱的博陵长公主，不施胭脂，不戴钗环，整个人就像一夜间苍老了十岁，憔悴不堪。冯妙看得心中不忍，可事情已经到了这个地步，万万没有后退的可能了。

冯妙已经事先仔细打听过，用镇魂钉封住棺木之前，棺盖并不会完全合拢，渗入的气息足够维持冯滢微弱的呼吸。而王玄之选定的出宫日期，便是停灵的第四天。这一天，头三刚过，祭奠的人都回去了，静安殿的守备最为松懈。

这一天，刚好也是二月初九，拓跋宏为北海王送行的日子。

戌时刚到，崇光宫内灯火通明，拓跋宏在主位上就坐，笑意融融地向北海王拓跋详频频举杯。因后宫有丧事，便没有传召歌舞，可菜色样样精致，主人也十分殷勤。高太妃陪坐在北海王对面，借着举杯的机会，打量着一身锦绣龙袍的少年天子。

登基十余年，他早已经不是那个任由太皇太后摆布的孩童了。他越是笑得和煦，高太妃心里就越是惊恐。比起自己那个莽撞的儿子，拓跋宏越发让她觉得深不可测。一个人，要是任何事都不能叫他失态、发火，那这个人就实在太可怕了。她到现在都看不出，拓跋宏究竟知道不知道皇长子身上的秘密。

酒刚喝了一巡，高照容就抱着幼子走进殿来，娇怯怯地见礼："嫔妾来迟了，原本已经要出门，恪儿忽然哭闹不止，又叫奶娘喂了一次，这才肯乖乖的。"

襁褓里的孩子，咬着手指，一双大大的眼睛骨碌碌乱转，正是二皇子拓跋恪。眼见拓跋宏的宠妃、幼子都来了，高太妃的心才放下了几分。她带进殿来的内监，都是会些拳脚功夫的，真要是动起手来，只要先制住了那个孩子，就不怕拓跋宏真敢对他们怎样。

想到这儿，高太妃笑吟吟地对高照容说："因为详儿要走，忙着打点行装，本宫好几天没见恪儿这孩子了。说起来，这孩子既是本宫的孙儿，又是本宫的侄外孙，本宫看着，真是打心眼儿里喜欢呢。"

高照容毫不犹豫走到高太妃身侧坐下，把恪儿放进她怀中："太妃娘娘疼爱，是恪儿的福气。"

见她如此随意自然，高太妃心里的戒备，也慢慢放松了，暗想自己大概是多虑了，高家经营多年，势力盘根错节，这年轻的皇帝还是不敢妄动的。

高照容的话不多，可总能恰到好处地说得高太妃心花怒放，殿内气氛渐渐变得十分融洽。

此时，一名身穿从四品女官服饰的人，快步走到拓跋宏面前，双手捧上几份文书："皇上，这是明天一早需要下发的诏令，刚刚整理出来，请皇上过目后用玺印。"

拓跋宏似乎兴致不错，挥挥手说道："朕今晚要陪太妃和详弟，这些先放到内殿去，朕过后再看。"

那女官答应了一声，起身往内殿走去。站起来的一刹那，高太妃才看清，这人正是曾经许嫁始平王拓跋勰的李弄玉。始平王尸骨未寒，她就做女官做得有滋有味。高太妃不屑地冷哼一声，果然貌美的女子都是祸害。当初要不是林琅那个小妖精，详儿也不至于被远远地赶出了平城。

李弄玉目不斜视地从她面前经过，把文书放进内殿，便一言不发地退了出去。

拓跋宏指着自己面前的两盘青菜说："二月里能吃到这种青菜，可不容易。怎么只有朕面前有？来人，把这两盘菜也放到太妃和详弟面前去。"高太妃笑着推辞客气，却不敢当真吃那两盘菜，高照容让了几次，她都只说自己已经吃不下了。

殿内依旧温暖如春，可似乎有些太暖和了，高太妃竟然觉得自己有些昏昏欲睡。她用力摇摇头，高照容的笑脸，在她面前变得越来越模糊，竟然分成了好几个朦胧的影子。就连她的声音，也缥缈得好像从天边传来："太妃娘娘才喝了几杯，怎么就醉了，快把恪儿给我吧，别累着太妃娘娘了。"

高照容伸手从她怀里抱回孩子，高太妃想要阻拦，却使不上半点力气，手脚软绵绵的不听使唤。她心里大惊，回身便要叫自己带来的内监上前，可身后的景象，让她惊出了一身冷汗。穿着碧云殿服饰的高大内监，都已经软倒在地上，不能动弹。

她惊骇地看向自己的儿子，却见北海王拓跋详，手撑着面前的食案，身子已经歪歪斜斜。"你……你们……"高太妃看向并肩而立的拓跋宏和高照容，霎时明白过来，自己已经彻底落进了拓跋宏设好的陷阱。宠妃、幼子，都是用来让她放松警惕的。她只是想不出来，她明明已经很小心，没有动过任何可疑的酒菜，是什么时候中了迷药的？

疑惑间，崇光宫殿门大开，一队身穿铠甲的士兵，手执明晃晃的兵刃冲进殿来，将高太妃和北海王拓跋详围住。直垂至地的鲛纱帷帐后，李弄玉缓步走出来，直接走到高太妃面前。她的眼神平静得让人害怕，因为那种平静，只会出现在面对一个没有还手能力的对手时。

高太妃也是经过无数后宫风浪的人，先帝那么多嫔妃，只有她一个人安然活到今天，还曾经掌管了十余年统理六宫的大权。看见李弄玉，她便想起来了，李弄玉刚才送了几份文书去内殿。一定是在那时，她在内殿的香炉里，加了迷香。

拓跋宏仍旧和煦地微笑着说："这香味道不错，就是容易让人没有力气，朕特意在那两盘青菜里放了能缓解香料作用的药材，可惜太妃疑心太重，一口都不肯吃，白白辜负了朕一番好意。"

李弄玉走到高太妃面前，解下她手上的猫眼石戒指，戒面向内戴在手指上，突然扬手给了高太妃两个耳光。镶嵌宝石的地方，有一处尖锐的突起，随着这两巴掌，高太妃脸上登时划出了两道交错的血痕。

她解下戒指，丢在脚下，对着高太妃说："这两巴掌，是始平王妃和没能等到萧郎回来的弄玉给你的。"接着，她转身向着拓跋宏跪下，郑重地磕了个头："谢皇上成全。"她一生桀骜，还从没有向任何人行过这样规矩的礼。

拓跋宏微微点头，受了她这一礼，眼中有若隐若现的泪光，抬手示意她退下。到内殿更换香料，需要一个最信得过的人，拓跋宏想了无数人选，最终还是选定了李弄玉。因为他相信，李弄玉比任何人都更想杀了高太妃。

大势已去，高太妃和北海王拓跋详，却不肯束手待毙。拓跋详被侍卫按着，跪在地上，梗着脖子问："皇上为何抓我和母妃？"

一句话点醒了高太妃，虽然心知肚明是因为白登山行宫围猎的事，可高太妃却不肯老实承认。那件事，她自信安排得天衣无缝，每一个环节，都找了不同的人去做，单独来看，算不得什么，连在一起，才会置人于死地。

她对着拓跋宏大声喝问："本宫毕竟还是皇上的庶母，详儿也是先帝亲封的北海王，皇上这样对我们母子，本宫不能心服。皇上要安什么罪名，也要拿出证据来，不然的话，本宫便要恳请皇上，召集宗亲老臣来议一议今天的事。屠戮庶母和幼弟，到底是不是明君的作为？"

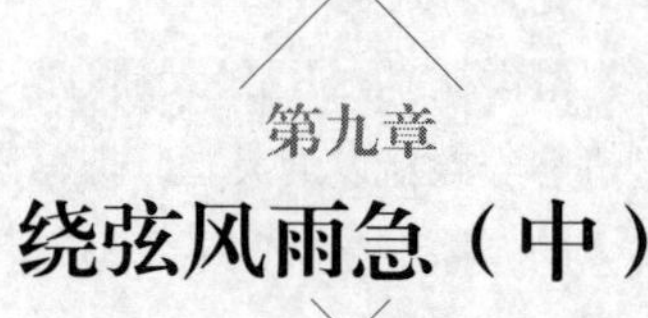

第九章 绕弦风雨急（中）

亲王议政，是在太皇太后垂帘听政时，决断国家大事的方法，甚至可以废掉昏庸无道的君王。

拓跋宏抽出一封信来，展开了送到高太妃面前："太妃恐怕年纪大了，记性有些不如从前了，朕现在已经亲政了，朝堂事务都可以自行决断。不过，朕还是打算，明天一早就召集几位王叔进宫，把这件跟太妃有关的事，好好议一议。"

手绘洒金蜡笺上，带着琅琊王氏的徽记。上面用蚕头燕尾、方正古拙的隶书，写着一行行细密的小字，一笔笔记录的都是高太妃掌管六宫事务时的事。

承明元年，高丽、波斯使者来平城朝贡时，太妃高氏私自将进贡给皇上的两匹西域宝马偷运出宫，卖给南朝来的商人，却向太皇太后谎称贡马病死。

太和二年，太妃高氏私见外臣，从宫外买来会导致眩晕的药物。

太和五年，太妃高氏将皇宫府库内的一对碧玉镯子偷运出宫，低价贩卖给平城中的玉器商人。

太和六年，……

高太妃大睁着眼睛看着，冷汗涔涔而下。掌管内六局二十几年，这些事她自认做得天衣无缝，不曾想都已经被人记录下来，就连时间都分毫不差。信笺上带着琅琊王氏的徽记，便代表着琅琊王氏以家族名誉担保，这些记录真实可靠。

拓跋宏撤回手，满意地欣赏着高太妃的表情。他不过是暗示王玄之，利用他在平城布下的暗网，收集些对高太妃不利的指证，没想到，王玄之送来的东西，远远超乎他的预料。王氏在平城的商铺，不仅仅是赚钱的工具，更是王玄之无处不在的眼睛和耳朵。有了这张东西在手里，他要掌控王玄之，也就更加容易了。

他居高临下地发问："太妃，你还有什么话说？"

崇光宫外院的大门，始终紧闭着。里面已经天翻地覆，外面却仍旧一无所知。

王玄之带着小童无言潜进静安殿新设的灵堂，把冯滢偷偷带了出来，藏进了马车下面的暗格。博陵长公主已经撑不住病倒了，冯家其他家眷也不便在宫中久留，从静安殿带出一个人，竟然异常顺利。

当王玄之的马车，向知学里北小门驶去时，冯妙已经按照他交代的话，早早卸了妆，准备歇下了。

忍冬正拿些玫瑰膏，往她手上涂抹。刚涂匀了一只手，院门上传来一阵叩动门环的声音。两个人都有些奇怪，华音殿平常很少有人来，怎么大半夜里反倒有人叩门。冯妙想着今晚的安排，更加忐忑不安，强自镇定着叫忍冬去开门。

得了冯妙的令，值夜的小太监已经忙不迭地去打开了院门，穿戴得整整齐齐的冯清，径直踏进了内殿。

冯清对着她上上下下打量了几眼，目光中是毫不掩饰的嫉妒和敌意。此时冯妙已经脱去了外裳，只穿着一件贴身素丝寝衣。宽大的寝衣下，纤细腰肢不盈一握。尖尖的下颌，微弯的眉眼，略显苍白的面颊，都让人一看便心生怜爱。她的身上，带着一股不同于鲜卑女孩儿的气质，外表明明很柔弱，内里却坚韧顽强。

冯妙稳了稳心神，招呼忍冬道："快去准备些热茶来，给清妹妹暖暖身子。"

冯清也不客气，收起了方才打量的神色，大大方方地在胡凳上坐下，拿起桌上的一支金丝累翠簪子，在掌心上敲着玩。

"清妹妹深夜来这儿，可是有什么要紧事？"冯妙看她模样古怪，披了件衣裳、倚着软垫斜坐在床榻上。

"没什么事，"冯清一下一下拨弄着簪子尖儿，"没事就不能来找姐姐聊天吗？当年我们一起在奉仪殿伺候，可是天天在一块儿呢，这会儿住得远了，倒生分起来了。"

冯妙知道她必定不是为了来说这些闲话的，只不过她不提，也就陪着她绕圈子。只是奇怪，她似乎对冯滢的事一点也不伤心。

冯清把簪子往砚台上一敲，发出"叮"的一声脆响，呵呵笑着说："姐姐还从我这儿拿走了一支飞鸾衔珠步摇呢，怎么也没见姐姐戴过，难道那东西也入不了姐姐的眼？"

飞鸾衔珠步摇早就丢在了密室暗道里，后来再没找着，冯妙用手卷着头发说："那么贵重的东西，哪能天天拿出来戴，我这儿比不上清妹妹那里，什么好东西都有，我还留着它压箱底呢。"

冯清盯着她的眼睛，像在仔细辨别这话是真是假，最后轻笑了一声，转开话题说了些别的。有一搭没一搭地说到快过亥时，冯妙已经觉得有些困倦，胸口闷得难受，可眼看着冯清还是没有要走的意思。

窗外夜色沉沉，不知道遮掩了多少见不得人的秘密。透过窗棂上的雕花，冯清看着窗外的星光月色，忽然叹息了一声说："时候差不多了。"

她转头眨着眼睛对冯妙说："姐姐，我带你去看场好戏吧，知学里，北小门，这会儿应该已经唱起来了。"

冯妙心上一紧，那正是王玄之出宫门的地方，冯清怎么会知道。可她不能露出丝毫惊慌，身子斜斜地往软垫上一靠，懒懒地说："今天实在太晚了，我有些撑不住了，想早点睡下，不如改天再跟清妹妹去看吧。"

"改天可就没有这样的好戏了，"冯清笑得越发诡秘怪异，"不知道姐姐爱听什么戏，贵公子强掳宫嫔尸身，深夜私藏出宫，被禁卫发现，当场乱箭射死。这一出，姐姐觉得怎么样？"

没等冯妙答话，她就自己用帕子掩着嘴，咯咯娇笑着说："哎呀，我忘记了，姐姐可不像咱们鲜卑女孩，从小野惯了。这又打又杀的，吓着姐姐了吧。"

她全都知道了……冯妙只觉得心脏乱跳，几乎快要按捺不住，马上就要从腔子里跳出来。如果王玄之被人发现，在出宫的马车里私藏了宫嫔的"尸身"，的确是可以当作刺客立地格杀的。印象里，她从没见过王玄之有任何习过武的表现。南朝士族子弟，就算学过骑马射箭，也大多是姿态风雅的花架子，真用起来，远远比不上北地训练有素的禁卫士兵。

可她转念又想，要是冯清如此肯定，何必还要在这里浪费口舌，或许她只是知道了些蛛丝马迹，故意来激自己。冯妙把头发握成一束，用上好的丝缎包住，侧身躺下："清妹妹说笑了，再好的戏，也不值得大半夜专门跑出去看，还是等到明天早上再说吧。清妹妹不急着回去，我可急着要睡了。"

见她面上一点不急，冯清自己倒有些沉不住气了，她握住床头摇晃的璎珞说道："还有件事，差点给忘了。前几天，我替滢妹妹守灵，怕邪气侵扰了滢妹妹的身子，叫人用琼脂封住了棺盖，昨天过了头三，才取下来的。"

听到这句话，冯妙再不能装得若无其事，她从床榻上直坐起来，怒瞪着冯清，一时竟然说不出话来。

用琼脂封住棺盖，就隔绝了棺内的空气。药效还在，冯滢既不能呼喊求救，也不能拍打棺木，只能活活闷死在里面。

"你疯了？那是你同父同母的亲妹妹！"好半天，冯妙才吐出这样一句话。把自己的妹妹活活闷死，她竟然能说得那样轻松、那样若无其事。

冯清把手里的金簪子往木案上重重一戳，划出一道长长的印记："亲妹妹怎么了？我还是你妹妹呢。咱们的姑母太皇太后教导过我，没用的东西，养着也是白白浪费粮食，不如早早死了干净。都是她自己蠢，做了蠢事还不够，还要连累你、我和整个冯氏，都跟着她一起死。皇上迟早会发现，冯家送了一个失贞不洁的女儿进宫，混淆皇室血脉，是灭族的大罪。”

一股凉意，从冯妙的手指、足尖处漫上来，直涌到胸口去：“原来你早就知道了滢妹妹的事，却一直装着不知道。”

“是啊，我早就知道了，”跳动的烛火下，冯清的面目竟然有些狰狞，“她从代郡温泉回来，哭了好几天，我就是猜也猜到了。冯家怎么会养出她这么蠢的女儿，白白让男人占了便宜，自己半点好处也没捞到。可前几天，她眼睛里那种神采，也不是一个将死之人该有的。她连谎话都不会说，怎么能在这宫里活得下去，我这个做姐姐的，是送她去解脱呢。”

冯清的眉眼间，已经完全脱去了少女的稚气，这时看去，与博陵长公主长得真是像，连说话的神态都一模一样：“从前我求了太皇太后，让她跟我同住顺和殿。皇上怜惜她多病，隔几天总会来看她一次。可她又不能侍奉皇上，皇上就只能歇在我那里。要是她一直这样安分也就算了，凭什么她元旦的时候对着大哥哭了几声，就封了芳仪？我入宫那会儿，也是侍寝之后，才封了芳仪的，她倒跑到我前头去了。皇上还辟了凝霜殿给她居住，那个地方冬暖夏凉，我求过皇上辟给我，他都没答应。”

“就因为这个，你就活活闷死了自己的亲妹妹？”冯妙拥着锦被，仍然觉得透骨寒冷，“你想没想过，不能说话也不能动，慢慢窒息而死，是什么滋味？”

冯清一把甩开璎珞穗子，呼啦一下扯开床帐，捏着冯妙的胳膊，把她直拖下地来：“用不着你教训我，你不是善良好心吗？我今天就让你看看，你的善良好心，会把对你好的和你在意的人，一个个全都害死！”

知学里远离宫嫔居住的内苑，入夜后便完全熄灭了灯火。无言正带着两个小太监，把十来个大小不一的楠木箱子，抬上马车。安放妥当以后，他从袖子里摸出两个银锭子，塞进小太监手里，笑嘻嘻地说：“有劳公公了，大冷天的夜里也不能休息，这点小意思，公公买壶酒喝、暖暖手脚吧。”

等那两个小太监走远了，无言才快步走到立在门边的王玄之面前，低声说：“公子，出发吧。”

王玄之缓缓转身，把一张粉笺收进贴身的小袋里，手指隔着衣裳压在小袋上，声音轻缓低沉如晨钟暮鼓：“那两封信，你都亲自送到了吧？”

“公子放心，第一封信我两天前就送出去了，第二封信，按照公子的吩咐，刚才夹在御膳房给北海王亲卫送去的饭菜里，这会儿他们应该已经看到了。”无言点头答应，脸上却露出几分不平和担忧，“公子，您明知道皇上与北海王不和，何必要两边示好呢？我这脑袋虽然不灵光，可也知道这样做凶险万分，一个不慎，就可能万劫不复……”

王玄之从袖中抽出一支雕成竹节样式的碧玉短笛，在他头上一敲：“话多!走吧。”

马车在青石板路面上，发出辘辘声响。知学里北小门处，一队侍卫分列在门外两侧，门内还站着一名宫女模样的人。

无言从车辕上跳下来，把手里的银子挨个儿塞给那些侍卫：“几位大哥，我家公子今晚出宫，前几天崇光宫的刘公公已经来说过了，请几位大哥放行吧。”

没想到，侍卫们都把送到眼前的银锭子向外一推，不肯收下。领头的侍卫长开口说话：“不是我们要为难你，只是今晚情形有变化，宫里有人来了，所有出入的人和物品，都要一件不漏地盘查。”

这时，站在小门内侧的宫女，走上前来，把手里的令牌在无言面前一晃，说道：“我是顺和殿的掌事宫女玉叶，我家冯修媛娘娘掌管内宫事务，因为前一阵子，宫里有人手脚不干净，娘娘特意命我在这儿，仔细盘查所有进出的物品。”

无言气得差点背过气去，竟然怀疑他们是手脚不干净的贼，还说得一点儿也不隐晦。

玉叶看他一眼，把令牌收回袖中：“也不是专门只搜你们这一辆车，要是心里没鬼，赶快搜了，你们也好赶快出宫去。”

无言跟随王玄之以前，原本是个市井泼皮，什么事都敢做，什么话都敢说，跟在王玄之身边这几年，才慢慢转了性子。可眼前的宫女趾高气扬，倒把他多年隐藏的脾气给激了出来，无言把马鞭子往手臂上一缠，叉着腰对那宫女说：“我家公子是何等尊贵的人，你说要搜便搜吗？你要搜我们的车，我还要看看你的令牌是真是假呢！拿过来！”

玉叶被他吼得倒退了两步，满面怒色地说：“大胆！冯修媛娘娘的令牌，你也敢质疑真假？”她回身对侍卫们说，“你们还愣着做什么？还不赶快上去给我搜！”

玉叶时常帮冯清拿些昌黎王府送进宫的东西，侍卫们大多见过她，知道她是冯清身边最得脸的宫女，不敢怠慢，立刻将无言围在中间。

无言也不怕他们，抄着手说：“我家公子得皇上特许，出宫可以免于搜检，你这个宫女，难道可以不听皇上的话？”

玉叶冷笑着说：“皇上即使有口谕，想必也是几天前的事了。我家冯修媛娘娘打理内六局事务，有权权宜处置后宫事务，你要是不服，就派人去崇光宫请旨。要是皇上现在说了，可以不搜你们的马车，那我就放行。”

两下心里都清楚，这会儿就算派人去崇光宫，也是请不来什么旨意的。眼看就要动起手来，王玄之一掀车帘，从马车内跨步出来：“无言，既然是宫中另有安排，我们就客随主便，让他们搜一搜吧。”说完，他看也不看那些侍卫、宫女，径直走到三步远外，等着他们动手搜车。

无言平生不服任何人，只服王玄之一个，见他发了话，便不再阻拦。可他知道马车里的秘密，也不甘心就这样由着他们乱翻公子的东西，清了清嗓子说：“你们要搜，就仔仔细细地搜吧。只有一样，我家公子的东西，可都是上好的，有不少还是价值连城的古董，你们要是弄坏了可不成。搜检之后，还要原样放回去。”

他拉开车帘，露出车厢内摞得整整齐齐的箱子，声调一挑：“请吧。”

王玄之用的箱子，都是特别制作的，底部隔层里灌了铅，专门用来装运瓷器，即使马车在路上颠簸，箱子也不会随意晃动。侍卫们费了好大力气，才挪了最上面的一个箱子下来。无言在一边不住地叫嚷：“小心，轻着点，摔碎了你们可赔不起。”他故意叫得大声，要是马车夹层里那一位醒过来，听见声响，也该知道不能出声。

他悄悄看了一眼王玄之，见他只是静默地站着，仰头似乎在看月色，手指无意识地轻叩着自己的手腕，心里会意，对着正在打开箱盖的侍卫说：“反正已经开箱搜了，你们就把东西一件件都拿出来，不要回头再说没看清楚。”

箱子里的瓷器，形状各异、大小不一。这种收拢瓷器的方法，还是王玄之教他的，一件件顺次放进来，既稳当，又能装得多，取出的时候，也必须照着固定的顺序取，否则便会卡住。

几个侍卫围着箱子，手忙脚乱地把瓷器取出来。玉叶的目标并不在东西上，急着要搬开剩下的箱子，却又被无言拿话堵住了嘴，不得不耐着性子，看着他们一件件地搜检。

宫中报更时的梆子声，宣示着子时已经过半。侍卫们眼看就要抬下最后一口箱子，无言心里着急，却又不能跟王玄之说话，最后一口箱子抬开，便会发现车厢底部有一层暗格。他焦急地转头，想给王玄之一个暗示，哪怕是个眼神也好。可王玄之维持着仰头望天的姿势，连看也不看他一眼。

侍卫长道一声“得罪了”，带了两个人上去，要抬那口箱子下来。他们的手刚挨着箱子边儿，宫中忽然响起急促的示警钟声，隐约是从崇光宫方向传来的。侍卫们惊疑不定地互相张望，莫非有人敢夜闯崇光宫？

玉叶冷着声说：“继续搜啊！”

王玄之这时才踱回马车边，抬手用碧玉竹笛压住了侍卫长的手，附在他耳边说了一句话：“我听说，今晚北海王的亲卫也在宫里。”

侍卫长惊愕得愣在当场，他无暇思索这位南朝来的公子如何会知道宫苑里的事，另一个念头在他心里翻涌，搅得他无法平静。北海王一向与皇上不和，若是北海王的亲卫在崇光宫有什么举动，而他又恰好带人及时赶到，说不定他从此就可以青云直上，不用再守宫门了。

他犹豫着不敢动，示警钟声响起，宫中侍卫无论身在何处，都要立即赶往钟声传来的方向，只有守卫城门的侍卫除外。可是……他看一眼王玄之，见他的目光似无意地往知学里另一侧看去，猛然间想起来，知学里原本就是在宫外修建的，另有一道大门通往内宫。这北小门，是知学里通往街市的门，细说起来，其实并不算宫门。

侍卫长向玉叶一抱拳："这位姑娘，马车上的东西，已经搜得差不多了，并没有什么可疑的。示警钟声响起，我们得过去看看，娘娘面前，还请姑娘多说几句好话。"

玉叶急得直叫，她一个小姑娘家，自然搬不动最后一口箱子，可她根本拦不住那些侍卫的步子，眼看着他们全都走了。

王玄之把碧玉竹笛收回袖中，慢条斯理地对玉叶说："这位姑娘，我不知道你是奉了哪宫娘娘的命令，来跟我过不去。我只好心提醒你一句，今晚宫中不太平，皇上必定会派人安抚各宫妃嫔。要是奉命过去的人，没见着你家娘娘，这麻烦恐怕也不小。与其在这儿为难我，不如好好想想，怎么劝你的主子避祸吧。"

玉叶毕竟年轻，平时在宫里，也没真正遇上过什么难事，惊疑不定地想了片刻，便急匆匆地走了。临去前，她还不忘狠狠地瞪了无言一眼。

无言对着玉叶的背影，狠"呸"了一声，这才回身对王玄之说："公子真是好手段，难怪要送信给两家，原来是借着北海王的亲卫冲进崇光宫，把这些妖魔鬼怪全都引开。"一边说着话，一边把箱子放回车上。他其实手上功夫不弱，之前请太监帮忙来搬，不过为了遮掩罢了。

王玄之站在车厢一边，忽然抬手拦住无言，从他袖子上抹下一点半透明的东西，疑惑地问："这是什么？"

无言自己探头看看，摇着头说："不知道，也许是在灵堂里挪动棺盖时蹭上的。"

王玄之把那块东西挑在指尖上，用力捻了几下，又凑到鼻前轻嗅，脸色忽然变得凝重，匆忙上了马车，对无言催促："我们原路折回去！快些！"

第十章
绕弦风雨急（下）

无言见他神色凝重，不敢怠慢，赶紧侧身跳坐在车辕上，掉转方向，沿着来路折回去。他一边用马鞭抽打，让马跑得飞快，一边急急地问："公子，趁着没人，我们应该赶快离开，为什么还要折回去？"

王玄之用手握住沁凉的竹笛，脑中竟然有一刹那纷乱如麻。他认出那种无色无味的东西是琼脂，是从水藻里煮出来的东西，宫里时常拿它来做点心。这种东西黏稠浓密，趁热软时贴在哪里，哪里便密不透气。棺盖上沾染了这种东西，那便说明，有人发现了棺木里的人是假死，将计就计要彻底闷死她。

他的确可以走，但他走了，宫中就只剩下冯妙一人。王玄之很清楚，他自己刚到平城，虽然得皇帝看重，却还没有真正出仕做官，那些人的盘查，只可能是为了拿到证据，把冯妙置于死地。

崇光宫内，拓跋宏站在大殿正中，主位上，端坐着太皇太后。自从文成皇帝去世后，她已经有将近三十年没有踏进过崇光宫了。当年，就是在这里，文成帝一时兴起，宠幸了她这个永巷低贱的奴婢，就此改变了她一生的命运。

高太妃和北海王拓跋详跪在地上，拓跋详的双手还被绳索牢牢捆住。北海王的亲卫统领，也被两个羽林侍卫捆住了手脚，一左一右按住了跪着。

大局一定，内监刘全原本已经派了人，去各宫各殿安抚诸位妃嫔。可听说崇光宫出了这么大的事，连太皇太后都亲自来了，谁也不敢贪睡畏冷，都匆匆穿戴了赶过来。冯妙原本怎么都不肯跟冯清出来，见到来华音殿报信的小太监，知道今晚再没办法安然躲避，只好换了身简单的衣裙，乘轿辇赶往崇光宫。

才一进门，就看见妃嫔们都站在大殿一侧。卢清然扫了她们一眼，说道：

“这姐妹两个还真是要好，深更半夜的，竟然从同一处来。”

冯清和冯妙各有心事，谁都不愿理她。卢清然自觉没趣，在人群里扫了一圈，又问道：“怎么好像就郑妹妹没来？她倒是能睡得安稳，一点也不担心皇上的安危。”

袁缨月小声劝道：“郑姐姐住的影泉殿离这儿远些，路上多耽搁些工夫也是有的。”卢清然还要说什么，听见主位上太皇太后开了口，便知趣地闭上了嘴。

拓跋宏早已经把事情的经过向太皇太后讲了一遍。在先帝留下的诸位皇子中，太皇太后一向有些偏袒这个幼子。一则，因为他的母族实力不凡，需要拉拢。二则，也是为了用他来牵制拓跋宏，当年拓跋宏想要自设天子亲卫时，太皇太后就曾经流露出想要改立北海王拓跋详为帝的意思，迫使皇帝服了软，到奉仪殿外长跪认错。

“宏儿，你已经亲政了，这事情就由你全权处置，哀家只在这儿看着。”太皇太后揉着额角，不知道是半夜被吵醒了精神不济，还是别的什么原因，看上去有些郁郁的不大高兴。

拓跋宏恭敬客气地说：“孙儿要是有什么处置不当之处，还请祖母教我。”他转身面向殿内众人，朗声说：“北海王的亲卫擅闯崇光宫，幸亏有殿中将军及时赶到，才没有酿成大错。拓跋详，你可知罪？”

话音一落，殿内寂静无声，皇帝的态度，摆明了是要给北海王一个严厉的处置。

“皇上，臣弟不服。”北海王膝行着上前，大声反驳，“宗室亲王到崇光宫觐见时，亲卫可以带甲带兵刃在殿外等候，从开国至今都是如此。臣弟的亲卫统领，不过是见我迟迟没有出去，便进来找我，并不是硬闯崇光宫。”

“太皇太后，臣妾也不服气，”高太妃披头散发，已经完全没有了太妃的威仪，她不向皇帝说话，却一味向太皇太后哀求，“皇上说臣妾私自结交外臣，且用宫中的财物中饱私囊，只有一张琅琊王氏的信笺为证。南朝蛮夷的话，怎么可以拿来给臣妾定罪？”

被她这么一哭一闹，太皇太后微微皱了皱眉：“有什么话，你只管对皇帝说就是。”

“皇上！”高太妃的声音尖厉而高亢，像是受了天大的委屈一般，“先皇曾经给我讲解过一句话，‘欲加之罪，何患无辞’。现在您对详儿和本宫，就是如此。本宫受再大的委屈，也就算了，但详儿是先帝的血脉，是有封地的亲王，怎能凭皇上一句话就定罪？如果没有宗室亲王议定，本宫就不服！本宫宁可当场撞死在这里，到地下去找先帝问问，皇上究竟为何要残害手足！”

高太妃用手捶着地，大声叫嚷哭喊："先帝呀，您睁眼看看，我们孤儿寡母，现在被人欺辱成什么样子了……"

事情原本已经清楚明白，可高太妃竟然像市井泼妇一样，又哭又叫，就是不肯认罪。太皇太后低垂着眼帘，手指拨弄着面前的茶盏，等着看皇帝如何处置。拓跋宏面色也有几分尴尬，他还从来没遇见过这种场面。

冯妙站得离她最近，一直牢牢地盯着她。只见高太妃抹了一把眼泪，忽然起身往蟠龙金柱上猛撞过去。冯妙大惊失色，要是高太妃真的撞死在这儿，皇上必定会落下一个逼死庶母的罪名，再要处置北海王，就千难万难了。

妃嫔们向后缩着，唯恐避之不及，崔姑姑和如意姑姑又离得远，容不得多想，冯妙抢前一步到高太妃身前。高太妃的力气极大，整个人都撞在她身上，额头还是撞在金柱上，磕出一大片青紫，所幸人并没有什么大碍。

拓跋宏见她撞在冯妙身上，向前跨了两步，又强迫自己停住，手指捏得咔咔作响。

"太妃娘娘，您有什么委屈，也该一件件说出来，才好叫人听得清楚。"冯妙掏出自己的帕子，帮高太妃轻揉额头上的瘀肿。她言辞温婉，像在劝解高太妃，却让人听得明白，高太妃叫嚷得虽凶，却并不占什么理。

僵持之际，殿门外忽然响起一个怯怯的声音："柔嘉拜见太皇太后、皇上。"众人都回头向殿门口看去，只见郑柔嘉披着素锦累金线团绒披风，鼻尖冻得发红，像是刚走了很远的路回来。

"皇上，"她从怀中掏出一封书信，双手递上，"嫔妾的父亲，刚刚送来了这个，请皇上过目。事情紧急，嫔妾来不及请旨，便到宫门处与外臣见面，请皇上恕罪，嫔妾的父亲现在还跪在宫门外，等候皇上降罪。"

拓跋宏展开书信，匆匆扫了一遍，整个人便精神一振，把书信掷到高太妃面前："这信来得正是时候，太妃好好看看吧。中书博士郑羲，告发你两桩罪状。第一桩，他的女儿郑映芙入宫待选时，因为撞见了你和外臣私会，你便叫郭泉海推她入水，想要将她溺死。现在郑映芙的疯病已经治好了，指认你就是元凶。"

"第二桩，"拓跋宏冷笑，"郑羲告发你和北海王，从荥阳郑氏的狮虎园索要了好几只猛虎，围猎时，你叫人把这些老虎送去了白登山。高太妃，你可不要告诉朕，你不清楚这说的是哪一桩事。你想想清楚，是听朕现在处置，还是一定要请几位王叔来议定。"

听见郑羲这个名字，高太妃就颓然坐倒在地上。荥阳郑氏的家主，喜欢搜罗天下的奇珍异兽，人又贪财怕死，高太妃这才选中了郑氏的狮虎园，硬逼着他拿出了豢养的猛虎和能刺激老虎兽性的香料。她着实没有想到，郑羲竟然敢出面告发她。

殿内一角，李弄玉的目光紧紧盯在郑柔嘉脸上，像要把她的五官相貌印入骨髓一般。

拓跋宏走回大殿正中，对侍立在一旁的李弄玉朗声说："记下朕的旨意，太妃高氏，私见外臣，徇私贪渎，念在她毕竟是朕的庶母分儿上，送往报德佛寺思过，终生不得返回平城。北海王拓跋详，对部下管教不力，亲卫私闯崇光宫，褫夺封地，亲卫全数没入广阳王军中。拓跋详本人，留在王府思过，三年不得外出。"

他把袍袖一挥，神情间满是不容置疑的威严。李弄玉收回目光，把他的话一字不漏地记下，等天明后交给中书监拟写成诏令下发。羽林侍卫上前，带着跪在地上的三人离开崇光宫。

拓跋宏走到太皇太后身边，仍旧恭敬地说："深夜搅扰祖母，是朕的不是，祖母早些回去歇息吧，朕叫这些人也都散了。"

冯妙远远地看着他，虽然不能上前站在他身边，甚至不能跟他说一句话，心头却像捧了一盏热茶，氤氲起湿润的暖气。这是她的夫君，纵然还有许多限制，让他不能随心所欲，可那杀伐决断、睥睨天下的君王气质，已经隐隐在他身上闪现。

看了不过一眼，她便想起还有旁人在这里，怕别人发现她神情异样，忙忙地低下头去，可嘴角抑制不住地绽开了一抹笑意。

那抹笑意还没有完全舒展开，她就听到冯清的声音在殿中响起："嫔妾也有一件事，要向太皇太后和皇上禀明，嫔妾的婢女玉叶刚才告诉嫔妾，今晚在静安殿附近发现了一些可疑的形迹。事出意外，玉叶便拿着我的令牌，先去查看了一番，没想到，竟然发现了一桩瞒天过海、秽乱宫闱的丑事，嫔妾不敢私作主张，恳请太皇太后和皇上移步静安殿，处置了这件事。"玉叶不知何时进了殿内，站在她身侧，冯清得意而怨毒的目光在冯妙脸上扫过。

太皇太后刚刚被崔姑姑扶着站起身，听见冯清的话，停了脚步往她面上看了一眼。冯清无端地觉得心中一凛，似乎能感受到太皇太后的警告意味，可等她再抬头看时，太皇太后已经一脸倦容地说："宏儿，你看着处置吧。"

冯清的嘴角微不可见地扬了扬，她料想得果然没错，有了皇长子，冯家女儿得不得皇上的欢心，已经不是那么重要的事了，多一个少一个，太皇太后都不会那么在意的。她俯身低头，摆出一副越发勤谨的样子："请太皇太后和皇上移步静安殿，嫔妾有证据要当场呈给太皇太后和皇上看。"

冯妙猜度着她要呈出来的证据是什么，心里如同装了一面牛皮大鼓，惴惴不安。她不知道王玄之有没有顺利出宫，如果他已经走了，现在冯滢的棺木内，应该只有几袋粟米了。王玄之思维缜密，担心棺木下葬时被人发现破绽，特意问了冯滢的身形，提前准备了重量相当的粟米，放进棺木里。如果冯清要开棺检验……

她上前几步，拉住冯清的衣袖，柔和地劝："清妹妹，我知道你伤心，可滢妹妹已经去了，有什么事就在这里说吧。滢妹妹从前就性子安静，如今怎么好再让她身后也不得安宁呢。"明知道是假话，却还要说得恳切真挚。

冯清把衣袖向后一扯，从她手里挣出来，冷冷笑着看她，话却是对着太皇太后和皇上说的："嫔妾的婢女，原本在盘查内宫的出入记录，无意间发现，今天一辆从知学里北小门出宫的马车里，竟然藏着一件素绢贴身小衣。知学里与静安殿最近，嫔妾怀疑，有人对滢妹妹的尸身不敬，恳请太皇太后和皇上准许，开棺检验。"

冯妙脑中轰然炸响，她早该料到，冯清已经不是当年那个只会仗着身份辱骂、哭闹的嫡出小姐了，她这样明目张胆地宣战，怎会没有后招？

"不能开棺！"冯妙在太皇太后面前跪下，"滢妹妹还是个清清白白的女孩儿家，身子最是矜贵，难道要当着这么多人的面，让滢妹妹的身子……这跟当众羞辱她的清誉，有什么分别？"她想起王玄之不知此时身在何处，又想起冯滢如柳絮一般飘零的命运，两行泪顺着面颊滚滚流下。

"姑母，清儿求您，务必开棺检验，"冯清也在太皇太后面前跪下，"搜检之时，宫门侍卫都在场，有好几个人都看见那件小衣。要是不能查验清楚，难道就让滢妹妹带着这些流言蜚语下葬吗？"

她声泪俱下地哭诉，除了冯妙和玉叶，在这大殿之上，再没有多一个人知道，她的眼泪和哀伤都是假的："姑母，滢妹妹的装殓衣裳，还是清儿亲手给她换上的，现在就由清儿去检验，算不得侮辱她的身子。要是那小衣跟滢妹妹无关，就是还了滢妹妹一个清白，让她清清静静地去。要是真有那起子见不得人的事，也请姑母做主。"

她一边说，一边"咚咚"地磕下头去，额头撞击着地面的声音在大殿中嗡嗡回响。其他妃嫔，都一声不吭地看着，有乖觉些的，已经悄无声息地告退，出了崇光宫。

太皇太后搭着崔姑姑的手，远远地看着冯清："你把话都说到这份儿上了，哀家要是不答应，还当得起你这一声姑母吗？"

随侍的宫人簇拥着太皇太后和皇上从她们面前走过，大殿中霎时只剩下她们姐妹俩人。冯清刚一站起身，冯妙用足力气，猛推了她一把，凝住眼泪，直盯着她的双眼说："你真要大家一起死吗？要是让皇上知道了滢妹妹已经不是处子，你要怎么收场？"

她从没有如此愤怒过，愤怒到恨不得发誓永远不再流这最没用的眼泪。冯清被她推得倒退了两步，却一点也不生气，反倒微微一笑说："你在诈我吗？我是不会被你吓住的。你和我都心知肚明，现在去开棺，只会看到一口空空如也的棺木，里面什么也没有。”

“冯妙，”冯清毫不避讳地直视过来，“我赌你也活不过今晚。”

静安殿内没有地龙暖炭，原本就比别处更冷，加上灵堂内布置得一片素白，越发显得森冷肃杀。崔姑姑叫小宫女回奉仪殿取了一件毛皮大氅来，给太皇太后披在身上。两名太监缓缓移开棺盖，木质摩擦的吱呀声响令人毛骨生寒。

冯妙别开视线，不敢看棺内的景象，低下头飞快地盘算，待会儿要如何解释这一切。她并没给冯滢守灵，只要王玄之安然离开，就算冯滢的尸身不见了，按理说也赖不到她头上。

棺盖刚开了一半，便听到有人“呀”地叫了一声，似乎是冯清的声音。冯妙抬头看过去，半开的棺木内，冯滢仰面平躺在里面，身上衣衫齐整。她的眼睛紧紧闭着，双手交叠在胸前，就像平常刚喝过药睡着了一样。

不容冯清说出任何话来，冯妙已经抢先一步伏倒在棺木边，哭着说：“滢妹妹无恙，却白白受这样的惊扰，我真是于心不忍。”

太皇太后的脸色阴郁难看，似乎连多看冯清一眼都不愿。冯清忽然转向玉叶，扬手给了她一个巴掌，怒斥道：“糊涂东西！也不看仔细了，就拿些浑话来回禀！”动作间，她把一团东西悄悄塞进了玉叶的衣袖。

玉叶的半边脸颊登时肿起，却不敢落泪哭泣，手捂住脸颊嗫嚅着说：“娘娘息怒，奴婢的确是在马车里搜出了一件小衣，又看着那小衣的式样跟从前三小姐穿用的一样，这才慌了神儿。娘娘息怒……”

她从袖子里拿出一件嫩粉色的肚兜，上面绣着春柳鹭鸶图样。

冯清一把夺过来：“这种鲜亮颜色的肚兜，怎么可能给滢妹妹装殓时用？再说，这样的颜色、花样，从前也给大姐姐做过，你怎么不问仔细了……”她忽然停住了话，用手掩住了嘴，像是无意间说漏了什么似的。

冯妙冷眼看着那件肚兜，已经猜透了冯清的用意，她在华音殿东拉西扯了一个晚上，不知道什么时候拿了这件肚兜在手里。原来她在崇光宫说的秽乱宫闱，并不是指的有人对冯滢的尸身不敬，而是要把事情引到冯妙头上去。

拓跋宏一直负手站在一边看着，这时冷冷淡淡地开口问：“那么发现这件肚兜的马车里，坐着什么人呢？”

他一开口，冯清立刻眼神发亮，冯妙却陡然觉得心从三春暖阳间直坠入寒冬飞雪。他怀疑了……在崇光宫紫檀木案上那次，冯妙就穿了这么一件类似的肚兜，上面的刺绣只用黑白金银四色丝线，很像水墨画卷，才引得他用笔……

而今晚要从知学里北小门出宫去的，只有王玄之一人，他也是知道的。他是在明知故问，冯妙低下头去，指尖在袖子里微微发抖。她不是害怕，她只是觉得无力，即使同生共死过，她仍旧要在这么多他的妻妾面前，向他自证清白。

“回皇上的话，奴婢查问过，今晚乘马车出宫的，是一位新近在知学里听讲的姓王的公子。”玉叶跪地回话，口齿清晰伶俐，没有半分畏缩，“奴婢刚刚叫人去看过，那辆马车现在还停在知学里的巷子口，并没有出宫去。奴婢斗胆猜测，这位姓王的公子，发现肚兜不见了，便匆匆回来寻找，要是没有见不得人的事，他何必……何必去而复返呢？”

拓跋宏“哧”地轻笑一声，转头看向冯妙：“你怎么说？”

冯妙敛衽低头：“嫔妾无话可说。如果有人要查证，那就请自便，嫔妾不会在这种事上替自己辩解，因为嫔妾不屑。但只一句话……”

她稳下心神，在眼中逼出莹莹泪光，抬头看向拓跋宏：“如果要查证，嫔妾恳请皇上当面查证。嫔妾跟从前一样，只相信皇上一人。”

冯清并没有指责她失贞，而是言语暗示，她与王玄之私下传情。这种事情，原本就辩白不清，只会越描越黑。她能抓住的，只有拓跋宏在从前几次误解里积累下的愧疚。

拓跋宏对刘全吩咐：“你去乐仁小筑里看看，如果有人在那里，就说朕宣他过来。”

刘全应声去了，不多时就折回来，脸上的表情哭笑不得：“皇上，的确有一位王公子在那里，可他……可他不肯来，他说……”

拓跋宏用手扣着腰间的玉佩，面上的表情似笑非笑：“直说就是。”

“那位王公子，大概是喝醉了，满身酒气，说自己是奉天命游历人间的仙使，谁要见他，只管过去见就是。”刘全战战兢兢地说完了这些话，言辞上还省略了不少，那位王公子的原话，还要狂放不羁得多，借他一百个胆子，也不敢照实说出来。

拓跋宏听了一怔，冯妙沉思片刻，忽然明白了他的意思，对冯清说道：“你的婢女指认说这位公子拿了我的肚兜，跟我有私情，是不是？现在人证物证都在，你只管拿这肚兜去问他，当着皇上的面，把这事讲个水落石出。”

她向肚兜一指，斩钉截铁地说：“酒醉的人，是很难圆出完整的谎话来的。你们反复询问，总能知道真相。”

第十一章 心上秋

冯清也一扬头，把肚兜交给玉叶："既然是玉叶发现的，就让玉叶去问，这样总该公允了吧？"

玉叶得了主子的允许，当先便往乐仁小筑走去。一推开门，冲鼻便是一股酒味。玉叶嫌恶地掩住鼻子，向内看去，这一看，脸上立刻烧起两团火来，连想好的话都说不出来了。

室内昏暗没有灯火，只在窗口高悬着一颗龙眼大小的夜明珠，淡淡流转的光华，如同倾泻而下的月色一般，铺洒满地。斗室正中，放着一张竹榻，王玄之以手支头斜卧在榻上，衣襟散开，露出从脖颈到胸口一段玉色肌肤。

跟在玉叶身后的宫眷，看见这副衣冠不整的样子，都赶忙别过脸去，只听到王玄之带着醉意高声吟唱："清都山水郎，散漫带疏狂。长醉酒千觞，几曾羡侯王？"

看见拓跋宏站在门口，王玄之也不起身，反倒向他遥遥地晃了晃手中的酒坛。

玉叶想起冯清的吩咐，走到王玄之面前："这位……公子，奉我家娘娘之命，我有几句话要问你。"不知道怎么回事，玉叶一见了他，平常那副气焰就矮了下去，连说话都客气了几分。

王玄之眯着眼睛看她，忽然轻笑一声说："我认得你，你是今晚在小北门盘查我的小姑娘。怎么，你现在又想来搜我的住处？"他向后仰去，指着空空如也的房间说："请自便吧，反正都是身外之物，生不能带来，死不能带去。"

玉叶咬着嘴唇说："不是搜查，有一件东西，要请公子辨认一下，可是公子的？"她把那件肚兜展平，送到王玄之面前。

王玄之闲闲地瞥了一眼，立刻翻身从榻上坐起，夺过肚兜仔细看。大约是醉酒之后，眼神也有些迷离，他把肚兜凑在眼前，仔细看了几遍，十分肯定地说："正是我的东西，怎么会在你手里？"

原本是要栽赃诬陷，没想到王玄之如此痛快地答应下来。冯清紧追不放："你手中怎会有宫嫔的贴身之物？"

"宫嫔的贴身之物？"王玄之长身站起，施施然向冯清的方向走了两步，停在她面前说，"看你的衣装服饰，想必也是宫嫔吧，何必这样作践自己？"王玄之平素并不多话，可一旦他想要说谁，那话语必定恶毒得让人无地自容。

冯清脸色明显地晦暗了一下，气恼地说："外臣与宫嫔私相授受，原本就犯了宫中大忌，更何况传递的还是这样……这样贴身的物件。"

王玄之迷离的醉眼从她脸上扫过："我不知道你在说什么，这肚兜是我的，不过，是一位沦落风尘的红粉知己送给我的。她想请我替她在上面题写一首诗，我斟酌了几天，还没想好写些什么。"

他把肚兜装进自己怀中，笑着说："我刚才还担心，丢了这件东西，没办法向美人交代，她又要磨着我替她抄诗题联了。幸好你找着了，多谢你。"

冯清从没见过如此狂放大胆的人，她的大哥冯诞，已经是平城里最著名的浪荡公子，也不过就是在家中养着些歌姬舞娘而已，这个人竟然把妓女的贴身物品收进怀中。刚这么一想，已经觉出不对，不知不觉间就上了王玄之设好的套。她的注意力都放在他的狂放言行上，无意间已经认同了他的说法，那是某位青楼名妓的贴身肚兜，其他人想必也是这么想。只有冯清心里清楚，那肚兜是她从华音殿里拿来的，分明就是冯妙的东西。

站在门口的拓跋宏忽然大笑起来："当年谢安隐居于会稽东山，曾经携妓同游、逍遥自在，一时传为美谈。没想到，玄之兄的闲适风度，一点也不逊于谢安。"

王玄之早就看见他站在门口，直到此时才做出一副恍然惊觉的样子，口中说着"原来皇上也在这里，真是失礼"，身子作势就要跪倒行礼。拓跋宏赶忙伸手拦住他，叫他不必多礼。王玄之原本也不是真心要行礼，就着他的虚让，站直身来。

听见他们竟然兄弟相称，冯清的脸色惨淡得如仲秋寒霜一般："这……皇上……他……"

"不知道能让玄之兄在贴身小衣上题字的，是哪位佳人？"拓跋宏若无其事地跟他一起坐在竹榻上，接过他手中的酒坛，仰头喝了一口。

王玄之醉得摇摇晃晃，口齿倒还算清楚："钱塘苏小凝，近来刚好到平城游历，跟我遇见了，我实在磨不过她，就答应了替她题写。"

拓跋宏朗声大笑："玄之兄如此浊世佳公子，自然免不了风流债缠身。"他拉着王玄之在太皇太后面前跪倒，语意中满含欢欣："祖母在上，这就是孙儿曾经向您说起过的琅琊王氏的公子，经史子集样样都精通，若能得他为官，必定是大魏的一件幸事。”

王玄之脚步踉跄，礼数却没有错，以晚辈拜见长辈之礼，向太皇太后问安。太皇太后熟知南北风物，见他只肯执晚辈之礼，并不以君臣之分相见，便知道他仍有难处，不便在北朝出仕做官。她也不说破，只淡淡地问了他几句家世来历，称赞他应对得体。

从太皇太后面前移开步子，王玄之好似又醉意上涌一般，口中模糊念着：“……恬然无思，澹然无虑，以天为盖，以地为舆，四时为马，阴阳为御……”竟然一头栽倒在竹榻上，沉沉睡去。

宫嫔看得目瞪口呆，不知道这样一个癫狂放浪的人，凭什么值得太皇太后和皇上交口称赞。只有冯妙听得心里难过，那是《淮南子》里的句子，乘风而游，随性而归。可惜因为今晚这一场变故，王玄之注定要与北朝皇室牵连不断了，他在平城悠游避世的日子，再也不可得了。而她因着这一个晚上，所亏欠下的情意，只怕今生今世永远也偿还不清了。

她抬眼一瞥，刚好看见冯清手足无措地站在当场。冯妙在袖中悄悄捏紧了手指，强压下胸口一股涌起的愤怒，上前拉着冯清的手说：“清妹妹，你协理内六局事务，这一阵子恐怕是太过操劳了，我也知道你是想把事情做好，不让别人挑出你的纰漏来，才会弄出今天这档子事来。如今高太妃也……”她字字句句都像在替冯清开脱，却字字句句，都刚好提醒着太皇太后，冯清做错的事，丢的是整个冯氏的脸面。

太皇太后果然回身说：“清儿，你这副急躁的脾气，真令哀家失望。内六局的处事之道，你也学得差不多了，依哀家看，你还是多多修身养性去吧。你妹妹刚刚去了，你母亲身子也不好，你就去好好地替她们抄抄经书。哀家会叫锦心每十天去顺和殿取一次，字是最能反映人的心性的，什么时候你的心性定下来了，再说吧。”

“姑母，清儿知错了，求您不要……”她慌张地跪下，说是抄经，其实就是把她禁足，又除了她协理内六局的权力。她一向心性好强，哪里受得了这种惩戒？

冯妙适时地开口，语气中满是对冯清的关切：“太皇太后，清妹妹她也不是有心的，如今高太妃要去报德佛寺静养，宫里更加没有能干的人了，清妹妹从前做事时，高太妃夸奖过她好几次呢……”

不提高太妃还罢了，一提高太妃，太皇太后的脸色越发愤怒，连声调都高了几分：“这么大一个皇宫，皇帝这么多妃嫔，难道就没有一个能干的人了？锦心，明天你就拟个单子出来，所有有品级的宫眷，每人分管一局，有什么事，直接来回哀家。谁做得好，日后就由谁来统理六宫！”

听见有机会表现，宫嫔们不敢太过流露出喜色，都低着头叩谢太皇太后恩典。站起身时，人人看冯清的眼神，都既可怜又可笑。原以为注定要成为皇后的人，却落得今日的下场。她平日本就待人傲慢，此时连个肯安慰几句的人都没有，反倒是好几个人凑在冯妙身边，跟她小声说着话。

崔姑姑扶着太皇太后走远，众人也纷纷散去。室内重归寂静后，王玄之才翻身坐起，眼中一片清明，没有丝毫醉意。他只来得及将冯滢的尸身放回棺内，就发现宫门已经被人悄悄上了锁，今晚无论如何不能出去了，便立刻叫无言拿出了随身带的酒，泼洒在身上。

他对躲在一边的无言说：“你去明秀堂一趟，把今晚的事告诉苏姑娘，北魏皇帝生性多疑，事后一定会派人去查问，拜托她小心替我遮掩。”

冯妙返回华音殿时，天色已经隐约泛白。忍冬看她脸色发白，忙忙地上来问：“娘娘，今晚可是有什么大事？”

“没什么，大概是被高太妃撞了一下，小腹和腰上都疼得难受。”冯妙咬着牙，扶着忍冬的手不由自主地收紧。

忍冬知道她腰上受过旧伤，赶忙扶着她到床榻上躺好，让她小睡一会儿养养精神。躺了约有一炷香时间，冯妙越发觉得疼痛难忍，像有把钝刀子在身体里割，要把她的骨节一寸寸都割开。

“忍冬……”冯妙疼得实在受不住，低声呻吟着叫她。忍冬上前掀起床帐，正要替她揉一揉缓解疼痛，乍然看见床榻上有星星点点的血迹，禁不住“啊”的一声叫出来：“娘娘，您这是……这是……”

冯妙欠起上身，向下看去，素色寝衣连着藕色床褥上，都沾染了几处血迹。肚子里一阵一阵的绞痛越发明显，她眼前一阵昏黑，支撑不住重重跌回床榻上。

她的信期一向不大准时，这一次又迟了好些日子，她也并没在意，只当是自己受了凉所致。可那淋漓而下的血迹和小腹上撕裂一样的痛感，让她不得不联想到另外一种可能性。

“忍冬……忍冬……”冯妙摸索着伸出手去，冰凉的手指握住了忍冬的手。恐惧一层层卷上来，压得她快要喘不过气来。忍冬眼里的惊惧，让她越发害怕。她不敢想，自己竟然就这么有了孩子。她更加不敢想，她还没来得及为了这个孩子好好照料身体，就可能要失去他了。

如果她能早些知道，腹中有了一个小生命，她大概就不会让高太妃撞在自己身上，她会想别的办法来帮助拓跋宏，至少不会像现在这样莽撞。

“娘娘，先别急，奴婢去宣御医来看看，一定会没事的。”忍冬握着她颤抖不停的手，尽力安慰。

“不，”冯妙握得更紧，“别宣御医，容我想一想。”

她闭上眼睛，强忍着腹中一波涌来的疼痛，仔细思量眼下的情形。如果没有皇长子，她可以寻求太皇太后的庇护，至少在孩子出生以前，太皇太后总会尽量保全母子的安危，可眼下的情形已经完全不一样了。她甚至不知道，这孩子的父亲，是否希望他来到这世上。也许整个皇宫里，只有她一人是真心真意为这小生命的到来而欣喜。这个时候去请御医，也许反倒成了这孩子的催命符。

“忍冬，去织染坊找予星，要些黄芪来，她有个姐姐在御膳房，一定有办法。”冯妙气息微弱，又要尽力凝神思索，每说几个字，都要闭着眼停顿许久，“再去打听一下，傩仪执事高大人，有没有返回平城。”

“要是他回来了，想办法让他来一趟华音殿，务必……务必让他亲自来。”强提着一口气说完这句话，冯妙就松开了手。

忍冬以为她疼得昏了过去，吓得一连叫了她好几声，却发现她大睁着眼睛，死死咬住了自己的手腕。她要用身上另一处的疼痛，来帮助自己挨过小腹上的疼。忍冬赶忙拿来软垫帮她垫在腰下，又服侍她喝了一碗热糖水，这才匆匆出门。

予星的同胞姐姐凉月，已经在御膳房做到了正五品女飨，因着予星的缘故，冯妙一直对她多有照拂。凉月见忍冬急忙忙地来讨要黄芪，已经猜到了大概，她也不多问，直接包了些上好的黄芪给她带回来，又找了些补气益中、安胎凝神的食材，一并给了忍冬。

而高清欢，在皇帝主持过年祭后，还要安排这一年的四时祭祀，此时仍然留在太庙，要两日后才能返回平城内城。

短短两日内，冯妙心里没有片刻安宁，只要还有哪怕一点点可能，她也要尽力保住这个孩子，即使他的父亲不想要他，即使他的出生不被祝福，他能来到这世上，就已经是上苍给予的最好礼物。

她曾经帮高照容在太皇太后面前周旋，替她保下了二皇子拓跋恪，可真正轮到自己腹中有了一块血肉时，到底还是完全不一样了。无论怎么筹谋计划，都觉得不够万无一失。此刻能求助的人，想来想去都只有一个高清欢。

就在冯妙忧虑不堪时，崇光宫内，拓跋宏精神正好。人证物证俱在，对高太妃和北海王的处置，竟然推行得异常顺利。任城王和广阳王，一个是三朝老臣，一个是平城新贵，抢先表明了态度，其他宗室亲王便都跟着表示赞成。

这是拓跋宏登基以来，第一次向朝堂上盘根错节的势力下手，少年天子任人压制的抑郁之气一扫而空。

令他高兴的事，还不止这一件。那晚在知学里，他将王玄之与隐居会稽东山的谢安相提并论，王玄之并没有反对。谢安隐居东山，却并不避世，将居室修建得异常奢华，与好友诗文应和，一直到四十岁时，积累了空前的声望，才终于出仕做官，并且名扬天下。他早就有意劝说王玄之在大魏做官，现在看来，王玄之的态度终于松动了。

李弄玉从紫檀木案上捧起一摞皇帝已经看过的奏章，就要离去前，还是忍不住问了一句："皇上，您打算如何处置郑羲和郑令仪？"

拓跋宏停住手里的笔，略想一想说："这次如果不是郑羲愿意出来告发高氏，事情恐怕还没有那么顺利。朕不打算处置郑羲，相反，朕要大大地褒奖他，升他做中书令。至于他的女儿……现在是个令仪，朕过几天就传旨，也晋为嫔。"

"可您明明知道，郑羲也是高氏的帮凶，这次是郑柔嘉在宫中得了消息，知道高氏大势已去，才设法通知了她的父亲出来告发高氏，以求自保。这样的人，怎么可以不受惩戒、反受褒奖？"李弄玉的声音微微发颤，带着明显的愤恨和不甘。

要不是郑柔嘉出来告发，她还不知道原来是郑氏提供了能令野兽发狂的药物。在始平王拓跋勰爱马的鞍辔和马掌上，她也发现了类似的药物。

"弄玉，你能看穿的事情，朕自然也知道。"拓跋宏对她，倒是很有耐心，"但是他们毕竟帮了朕一个大忙，朕如果在此时处置他们父女，岂不是令人寒心？今后谁还肯来帮朕？再说，郑羲这个人，既胆小又贪财，有了这样的弱点，朕便很容易控制他，朕现在正需要这样一个人选来出任中书令。"

"弄玉，朕知道你替勰弟不甘，朕把勰弟当作最亲近的弟弟，即使你们并未成婚，朕也当你是亲弟妹一样，"拓跋宏从紫檀木案后绕出，停在李弄玉对面，"朕并不希望你为勰弟守节，朕只希望你好好地活着，像从前一样洒脱自在。如果你愿意接受别的人做你的丈夫，朕也会亲自为你主婚。如果勰弟身后有知，朕相信，他一定会赞同朕今天说的这些话。"

他的目光细密如网，让李弄玉不由得低垂下头，双手几乎捧不住那一摞奏章。"皇上，"她轻声开口，"如果这事发生在别人身上，弄玉能说出一番更恳切的话来劝解，可是真正感受过了，才会知道'忘记'二字有多么艰难。"

她仰起脸反问："请恕弄玉放肆，如果今天有人让冯妙无辜冤死，皇上是否能安然地宠幸旁人，当作什么事也没有发生一样？"

拓跋宏脸上的温和笑意，一寸寸消失，俊朗的眉眼间笼上了一层寒霜："如果那样，朕的确能照旧宠幸旁人，因为朕是天子，不能因为一时的喜怒而改变了做事的方法。"

他一字一字地说："但是，那伤了妙儿的人，无论他是谁，朕必定让他平生所乐，全都成苦，平生所喜，全都成痛！"

拓跋宏话语中的决绝坚定，让李弄玉有片刻的失神，静默了半晌才说：“连皇上这样理智超群的人，也做不到若无其事，弄玉原本就是红尘俗世中的一个凡人，更加做不到了，就请皇上不要再劝弄玉。弄玉说过，今生绝不负萧郎，那就必定要做到。”她略略屈身，向拓跋宏行礼告退。

冯妙在床上躺了两天，又喝下不知多少安胎的汤水，下身的血迹才渐渐止住了。高清欢来华音殿驱邪除祟时，她仍旧在床上平躺着，不敢起身。

她隔着床帐伸出一只手腕：“清欢哥哥，我想请你帮我确认一下，我是不是……是不是有了身孕，并且请你帮忙，无论如何替我保住这孩子。”

高清欢把手指压在她的手腕上，仔细切了许久的脉，才开口说话：“妙儿，你的确是有身孕了，不过——我不打算帮你保住这孩子，正相反，我会帮你准备一份温和的堕胎药，不会对你的身子有太大损害。”

冯妙缩回手，好像跟他多接触一刻，腹中的孩子就会有危险一般：“为什么？”

“妙儿，你该比我清楚，你有咳喘症，你的身子根本不适合生育。”高清欢的话语，带着一股不容置疑的意味，“且不说这孩子能不能顺利长到足月，就是侥幸养到了那时候，生产时也有很大的可能会诱发你的喘症。那时情形会万分凶险，不但保不住孩子，连你也会把命搭上。”

他提笔在纸上写了几味药：“我去配了药，晚些叫人送过来。你先用这几样东西滋补一下中气，免得到时候气力不支。”

他把写好药名的纸递进来，冯妙接过那张纸，抬手就撕了个粉碎：“我只要保胎药，别的什么也不要。”

“妙儿，不要胡闹！”高清欢的语气里带上了几分严厉，“我也是为了你好，不想让你以身涉险。与其到五六个月时再失去，不如现在就彻底断绝个干净，对身体和内心的损伤都更小一些。”

“清欢哥哥，你总说为我好，可你根本不知道我想要什么。”冯妙也寸步不让，“你说的只是可能性而已，这孩子未必会留不住，我生育时也未必会喘症发作。只要还有一分可能，我都要尽力挽留他。如果你不帮我，我自会去想别的办法。”

沉默片刻，高清欢似乎有些难以相信，又似乎有些痛心疾首：“妙儿，因为是他的孩子，所以你才拼了命也要留住，是不是？”

第十二章

一帘风月闲

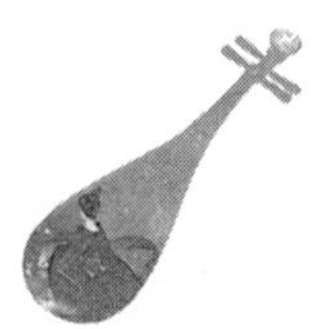

冯妙轻声发笑："这我倒是有些不明白了，就算是寻常人家，妻子想替丈夫留下子嗣，也是再自然不过的事情。更何况我是皇上的婕妤，诞育皇嗣原本就是我的责任，怎么说得好像我做了什么大逆不道的事情一样？"

高清欢探身向前，拉开床帐，碧绿的瞳仁直视进来："妙儿，难道除了我之外，从来没有人告诉过你，你不该对拓跋氏的人，产生任何爱慕之心？"

冯妙平躺在床榻上，只穿了一件寝衣，没料到他突然拉开帐子看进来，羞恼间却又无法躲闪，带着怒气低声喝问："你做什么？从来没有人告诉过我这样的话，你又藏头露尾的，不肯对我说清楚。"

高清欢见她脸色紫涨，轻咳一声，手一松放下了半边帘子。冯妙正以为他要退出去，没料到他抬起手，抚在了她的锁骨上，反复摩挲，语音沉沉地盘旋在她头顶："你就从来都不好奇，这朵木槿花刺青是如何来的？"

冯妙低头看去，高清欢修长的手指，正压在半开的花瓣上。这刺青她从小就有，而且阿娘脚腕上也有一朵类似的刺青，那花朵刺得栩栩如生、姿态秀美。

她也曾经好奇问过阿娘，为什么她们身上都有木槿花，弟弟身上却没有。可阿娘却总是笑着摇头，告诉她无论那是什么，都是上天赐给她的身体的一部分。阿娘的话似乎还清晰地在耳边："有人狂热地推崇它，有人毫无缘由地鄙夷它，而你，只需要记得，这是你与生俱来的一部分，无论到何时，你都只需要坦然接受就好。只要你自己不轻视自己，就没有任何人可以看轻你。"

她隐隐觉得这刺青的来历并不简单，扯住高清欢的衣袖说："你要是知道，就一字不漏地告诉我。这刺青究竟是怎么来的？"

高清欢拂开她的手，缓缓拉起自己的衣袖，在手肘内侧润白的皮肤上，也刺着一朵鲜活的木槿花。不同的是，冯妙的木槿花是含苞半开的，高清欢手肘上的木槿花，却是完全盛开的。

"你……你怎么也会有？"冯妙惊得几乎不能言语。她一直以为，也许是阿娘喜欢木槿花，便文刺了这一朵在身上，现在看来并不是这么回事。

高清欢垂下衣袖，语调恢复了平素的清冷缥缈："现在还不是时候，就算我告诉了你，也不会让你豁然开朗，只会平白增添你的烦恼。你只需要知道，我跟你才是一样的人，我做的一切都是为了你好，你只要听话照做就行了。"

"下午我会叫人送堕胎药来，跟其他驱邪的药剂混在一起，用黄纸包裹的那一份就是。你叫人用细筛子筛去其中的碎末，用两碗水煎成一碗服下，就可以了。"高清欢转身离去，只留下这一句话，再不容她商量分毫。

冯妙攥紧宽大的寝衣边沿，覆盖在锁骨上，那处刺青上还残留着高清欢手指的温度。寝衣的丝质面料，却泛起一股凉意。高清欢不肯帮她保住这个孩子，她只能自己想办法了。

过了午时，果然有一名傩仪小童，送了几包药来华音殿。冯妙叫忍冬全都拿去后院埋了，半点也不准用。

她叫忍冬找来一幅尚未脱胶、质地坚挺的生绢，在腰腹上裹了两圈，又叫忍冬帮她更衣、梳髻。生绢挺括，能帮她挺直腰背，不致因为久坐或久站而伤胎。

"娘娘，你这是又想起什么来了？"忍冬手上虽照着她的吩咐去做，心里却老大不乐意，"头三个月是最危险的时候，娘娘不好好歇着，又要到哪里去？"

"我要去奉仪殿。"冯妙把手压在小腹上，那里依旧平坦如初，隔着一层生绢，什么都感受不到。她与高照容不同，高照容有孕时，高氏正如日中天，所以她只要自请禁足，就可以保下孩子。可她现在一无所有，唯一能做的，便是尽可能让自己变得更强些，强大到可以独自保护这个孩子。

忍冬熟知她的性子，冯妙从不发什么狠话，可她一旦想好了要怎么做，就轻易不会改变。

几天未曾出门，室外的天气竟然已经开始变暖了。好像就是一夜之间的事情，料峭的寒意开始散去，吸入口鼻的空气，不再那么凛冽了。半是怕着凉，半是为了遮掩身形，冯妙仍旧披上了一件银狐滚边披风。领子上一圈白色的绒毛，把她尖瘦的下颌整个裹住。

忍冬向门口的小太监说明了来意，不一会儿，就有宫女来引着冯妙进去，让她在前厅等候片刻，会有太皇太后身边的贴身宫女来，再引着她进入内殿拜见太皇太后。虽说冯妙对奉仪殿的格局、路线已经无比熟悉，却仍旧不得不守着这样的规矩，耐心等候。

前厅养着几盆经冬的花草，放在暖炭炉子旁边，用热气烘着。一盆兰花、一盆水仙，都长得极好，只是花叶稍稍有些枯黄。冯妙正在看着，忽然听见内殿传来隐约的嬉笑声，似乎是年轻的女孩儿正在逗趣说话，夹杂着太皇太后几声咳嗽。

冯妙心中奇怪，冯清上次的举动触了太皇太后的忌讳，应该没有这么快解除禁足。除了冯清，还会有谁能在奉仪殿这样谈笑风生呢？她强压住心中的好奇，不去探头探脑地看，反正等会儿进去了，也就看到了。要是连这点耐心都没有，她还谈什么变得更强、保护自己跟孩子呢？

她坐回雕金胡床上，等着崔姑姑来唤她进去。心神一定，不自禁地就想起前几天的事来，其实太皇太后真正恼怒的，并不是冯清揪住这个姐姐不放，而是她自以为思虑周全，最后却无果而终，反倒白白丢了协理内六局的权力。太皇太后就像驯鹰的猎户一样，任凭这些人如何斗得你死我活，她只管最后掌控住实力最强的那一个，就够了。所以，只有她成为最强的那一个，才有资格跟太皇太后讲条件。

从前几次起起伏伏时，太皇太后对她说过的那些似是而非的话语，直到此刻她才算完全明白了其中深意。

她正低头盯着鞋尖上的螺丝刺绣看，忽然听见一把柔嫩的嗓音说："婕妤娘娘请随奴婢来，太皇太后在里面呢。"

冯妙抬头，惊讶地发现引她进去的人不是往常的崔姑姑，而是一个年轻的婢女，看着有些面熟，一时却想不起来在哪里见过。

那婢女盈盈一笑，对冯妙屈膝说道："娘娘贵人多忘事，奴婢是从前在流云阁伺候的飞霜，公主出嫁时，奴婢就跟着一起去了丹杨王府了。"

冯妙这才想起来，从前流云阁里的确有几个很伶俐的丫头，这个飞霜沉稳老练，还有一个叫玉霞的娇柔妩媚。只不过拓跋瑶不喜欢带侍女出门，平常又从不请人去她的流云阁，所以见过的人并不多。

"原来是飞霜姑娘，这可怨不得本宫认不出，有些日子没见，你出落得越发好看了，说话办事也如此得体，难怪你家公主离不开你，到哪都要带着。"冯妙随口应着，心里却奇怪，拓跋瑶轻易不肯入宫，怎么这次倒大张旗鼓地进宫来了？

"娘娘说笑了，奴婢可不敢当，"飞霜抿着嘴轻笑，"倒是娘娘，风采依旧跟从前一模一样，见了娘娘，奴婢倒觉得日子一天都还没过去呢，好像奴婢还在宫里伺候着六公主那时候一样。"

果然是个伶俐会说话的丫头，冯妙微微点头，忍冬立刻会意，从随身的荷包里抓了几颗上好的东珠，塞进飞霜手里："没过三月三都还算是节里，这几颗小玩意儿，给飞霜姐姐拿着做个头饰吧。”

飞霜口中道谢，接过东珠，殷勤地替冯妙打起厚重的帘子。内殿比前厅更加暖和，熏着馥郁的百合香，直让人昏昏欲睡。

正中一张红木躺椅上，太皇太后正半闭着眼睛躺在上面，穿着家常服饰，看上去难得的闲适。冯妙赶忙屈身行礼，站起身时，到底怕伤了腹中胎儿，伸手支了一下腰，忍冬赶忙从旁边把她搀住。

太皇太后身边的胡凳上，正坐着拓跋瑶，仍旧用绢纱裹住脖颈，衣饰却比上次精细得多，显然是花了心思修饰。冯妙也笑着向她问好：“六公主也来了？难怪刚才在前厅，我就听见谈笑声呢。”

拓跋瑶怀中抱着一个刚出月子的婴儿，笑盈盈地看着冯妙，却不起身：“皇嫂安好，瑶儿不知道皇嫂今天也要来，没来得及备下节礼，皇嫂一向大度，想必是不会怪瑶儿的。”

冯妙自然摇头叫她不必讲这些虚礼，听得她语气虽然客气，话语中却没有半点亲近之意，又想起从前四人同去云泉寺的光景，不免心下伤感。见她抱着幼儿，冯妙上前问道：“这可是小小世子？让我看看……”

拓跋瑶只把孩子稍稍递过来一些，让她就着襁褓边上看，不过是勉强能看清相貌而已，并不让她亲近。飞霜在一边解释：“玉霞被驸马收了房，这孩子如今养在公主身边呢。”

原来如此，冯妙心下了然，只是不知道，究竟是玉霞自愿攀上“高枝”，还是被拓跋瑶强迫，不得不从。

不过看了一眼，拓跋瑶就把孩子收回自己身前，转身向太皇太后撒娇道：“皇祖母，您是最疼瑶儿的，瑶儿今天求您的，也不是什么难事，您就答应了吧！”

太皇太后半眯着眼睛，盯着拓跋瑶怀中的婴儿，神情颇有些冷淡，并不像从前对待皇室中的孩子们那么慈祥亲和。好半天，太皇太后才说：“不满周岁就封爵，即使是皇家子嗣，也从没有过这样的先例，更何况还是个丹杨王世子所出的庶子。”

冯妙从太皇太后的话里，隐约听明白了拓跋瑶的来意，幼子封爵，她这个抚养孩子的嫡母，自然也可以有一个诰命的封号，从此许多事情都方便多了——比如出入禁宫。

“皇祖母，”拓跋瑶见太皇太后不答应，也不着急，只是拖着长声恳求，就像小时候求着太皇太后要些好玩的东西一样，“瑶儿在丹杨王府无依无靠，只有玉霞留下的这个孩子了。您也知道，刘承绪他……他是个不中用的，我的婆母又一味地纵容他，今年又给他选了好几个年轻的姬妾在身边。要是等那些姬妾里有人生下一儿半女，就要踩到我头上去了。瑶儿不要封地，这么小的孩子，就算得了爵位，也不过是个虚名罢了，说出去能让人高看一眼的东西而已。皇祖母，难道瑶儿才嫁出去这几天，您就不疼瑶儿了？”

果然是在宅门里一步步挨出来的，从前天真不解事的六公主，现在不过几句话，就把心中所想说得清楚明白。

太皇太后揉了一把额头，不再说话，却也没松口答应。冯妙已经明白，太皇太后终究还是会答应的，她一向厚待拓跋氏的皇子、公主，给她的庶子一个虚爵算不得什么大事，更何况拓跋瑶下嫁，原本就受了委屈。她只是不想如此轻易地答应，让拓跋瑶认为，只要撒娇撒痴地求上几句，就什么事都能办到。

正在沉默间，朝北的一处软帘掀起，一个身穿樱桃色对襟长裙的窈窕身影，从帘内小隔间里走出来，手中费力地端着一个香柏木盆。那人极其自然地走到太皇太后面前，屈身跪下，把木盆放在太皇太后面前。

盆中不知道用什么东西泡了水，透着一股生姜的辛辣味道，夹杂着梅花的清冽香气，混在一起，熏得人陶然欲醉。“太皇太后，嫔妾再伺候您泡一回脚吧。眼下正是春寒时节，这方子能帮人疏通经络、抵御寒气，对保养玉体是最有帮助的了。”

热气氤氲而起，冯妙这时才看清，在太皇太后面前如婢女一般殷勤侍奉的，正是袁缨月。她把衣袖高高挽起，亲手给太皇太后脱了鞋子，捧起一点热水洒在太皇太后的双足上，试过水温合适，才把太皇太后的脚放进香柏木盆中，一下下小心地揉捏。

“太皇太后，您这几天是不是觉得夜里睡得安稳一些了？再泡个三五天，您那个失眠的毛病就会好得多了。等天气暖和了，嫔妾就把这方子里的生姜减掉一些，换上丁香，也能提神醒脑。”袁缨月的话语里，天生带着几分委屈和小心，即使是这样讲草药方子的话，也会让人觉得她似乎受了什么欺负似的。

宫女半夏在一边说：“娘娘，让奴婢来吧，您刚才亲手调配药方，已经累坏了。”

袁缨月摇一摇头：“侍奉太皇太后的事情，我总要亲自做了才放心。你去看看炉子上煨着的银耳炖雪蛤，待会儿太皇太后发过汗，热热地喝一碗那个温补最好……”她一抬头，好像刚才太过全神贯注似的，这时才看见冯妙，脸上露出几分不好意思的神情，但很快又笑着仰起脸说：“姐姐安好，前两天听说姐姐病了，妹妹正想着要去看看，又怕扰了姐姐病中的清静。”

冯妙设法安胎那两天，为了免人疑心，一直让忍冬对人说，她受了风寒，在华音殿静养。她此时也不多说什么，只客气地回答：“妹妹侍奉太皇太后要紧，我并没什么大碍。”

袁缨月却忽然红了脸，小声说：“姐姐别多心，这两天崔姑姑忙着清点内六局的人手，实在没空。我刚好有从家中带来的养生方子，就到太皇太后跟前尽尽心。姐姐大好了。我也就该回去了。”

冯妙原本什么都没说，被她这么一解释，反倒显得平日都是她和冯清在太皇太后跟前，不准别人踏进奉仪殿似的。要在平时，冯妙并不愿意跟人在言语上计较，可今天不知怎么了，忽然觉得心中万分不快。她一向对袁缨月并没什么恶意，甚至几次援手帮她，她却在这个时候故意说出这样的话来。

她自然明白袁缨月的心思，如今高氏一族被尽数打压，冯清又闹出那样的事来，一直被高、冯两大世家压制的妃嫔们，正想借着这机会，替自己搏一搏。宫中有这样念头的人，必定不止袁缨月一个。

“袁妹妹恐怕是自己多心了，太皇太后身体康健，才是后宫的福气，我私心里是最希望人人都多到奉仪殿来走动才好，像今天这样说说笑笑，也好给太皇太后解解闷儿。”冯妙柔柔地一笑，“妹妹跟崔淑华、郑令仪、王良信都住得很近，下次再来奉仪殿，不妨也叫上她们一起来，你说是不是？”

袁缨月的脸微微一红，像被人说中心事一般，声音越发低了下去：“姐姐说的是，妹妹记下了。”她用柔软的绒布替太皇太后擦干双足上的水分，又给太皇太后套上软底的缎面鞋子，这才叫半夏把香柏木盆端出去，自己垂手站在一边。

不一会儿，半夏端着炖好的银耳雪蛤进来。太皇太后眯着眼睛半躺着，就着袁缨月的手尝了几口。这才悠悠地问拓跋瑶：“玉霞那丫头，你打算怎么安置？”

拓跋瑶一怔，回答道：“虽说孩子养在我膝下，可毕竟她才是生母，我会跟婆母说，给她一个侍妾的名分，让她终生有靠。”

太皇太后微微点头，接着说：“毕竟是个小孩子，虚爵给得太重了，反倒折了他的福寿。哀家看，不如等到满周岁时，让皇上给他一个子爵的虚衔吧。”

子爵算不得多高贵，冯家满门男丁几乎个个封王，就连高氏的子侄，也有不少封了个郡公的头衔。拓跋瑶从小见惯的都是显贵宗亲，这时难免有些失望，可当着太皇太后的面，又不好说什么，只能谢了恩典，把孩子交回飞霜手中。

太皇太后坐起身，似有深意地看了冯妙一眼，转头却是对着袁缨月说话：“你也不必整天都耗在这里了，如今后宫人手不够，你也跟着崔锦心一起，去学学打理内宫事务。你从前在娘家时，都学过些什么？”

袁缨月低眉顺眼地回答：“嫔妾在家时，不过是帮着母亲做些针线女红而已。家里的姐姐们出嫁得早，有时候也帮嫡母清查账册、管教家里的下人，并没做过什么了不得的事情。”

“这些也够了，回头你去问问锦心，看内六局里你对哪一局熟悉些，先去学着管管。”太皇太后拿定了主意，雷厉风行地吩咐。

“是，嫔妾一定尽心尽力地学。”袁缨月像是不胜娇怯地答应了，语声里却带了点遮掩不住的喜气。

冯妙在一边看着她的神情，忽然抿嘴一笑，走到太皇太后面前说：“妙儿也有一件事，想恳求太皇太后。”见太皇太后望着她，冯妙便低垂下头，谦恭诚恳地说：“借着这次的机会，崔姑姑整肃内六局，刚好可以清除多年的积弊。嫔妾想，织染坊虽然是新设的，可毕竟也是后宫的一部分，总这么零散在内六局之外，毕竟不合规矩，不如也劳烦崔姑姑一并规整到内六局里去吧。”

话一出口，屋内其他人都带着些奇怪的意味，打量着她。虽然没有明说，可在众人眼里，织染坊一向只听冯妙差遣，外人很难插上一手。现在她肯主动让出织染坊，岂不是连自己最后一点依傍也不要了？

冯妙在太皇太后身边坐下，替她揉揉额角：“妙儿自己想偷个懒，歇上十几天。等崔姑姑安排好了，再看看哪里需要人手，让我去做就行了。”

“那也好。”太皇太后淡淡地答应了，不再多话。

返回华音殿时，忍冬一副气鼓鼓的样子，终究还是没忍住，问道：“娘娘，您在织染坊花了多少心血，现在总算成点样子了，就要拱手让给别人吗？”

冯妙小口喝着黄芪南瓜煮的粥，说道：“我曾经听人说过，南方沼泽里有一种怪兽，经常会漂浮在水面上，远远看去就像死了一样。有那种喜欢吃腐肉的水鸟，就会落在它身上，以为可以饱餐一顿。没想到，那怪兽只是装死，到最后，想要饱餐一顿的，反倒成了别人的盘中餐。”

“眼下的情形也是这样，”她伸手抚摸着小腹，“原本我还担心，既要安胎，又要防着别人从织染坊里挑出事来，恐怕精神会不济。这下好了，由着她们折腾去，我只管好好地养过了这个月再说。等这个月过了，谁吃掉谁，还不一定呢。”

她叹一口气：“我不去找事，事却来找我，实在是没有办法。我有几句话，你亲口去告诉予星，不要让旁人听见。你再跟她说，让她这个月务必打起十二分的精神，把平常粗枝大叶的毛病都改一改，只要她做得好，说不定，她身上的品级穗子很快就能换成明紫色的了。”

明紫色，那是司级宫女才可以使用的，也是内六局宫女中最受人尊敬的品级了。

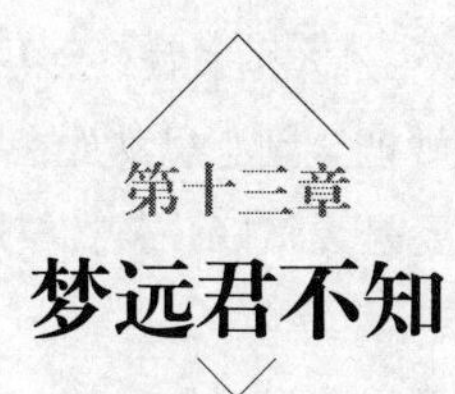

第十三章 梦远君不知

忍冬记下冯妙的话，当天就告诉了予星。因为华音殿里人少，忍冬渐渐地越发喜欢跟外面的宫女、太监聊天，每次出去一趟，总能带回许多隐秘的消息。有时连冯妙都觉得惊诧，若是正正经经地去问一件事，总也问不到一个准消息。可私下流传的这些消息，却快得惊人，而且十有八九都是真的。

冯妙称病休养没几天，忍冬就听来了不少消息。袁缨月亲手缝了一条精美细致的腰带，给太皇太后送去，言语间不住地暗示，自己对织染从小就感兴趣，有机会很想去织染坊长长见识。

卢清然也到奉仪殿去了几趟，有意无意地打听，内六局里哪个局能有最多的机会见到皇上。

一向默默无闻的郑柔嘉，因为替父亲传递告发高氏的信件，而被拓跋宏另眼相看。这一次，她也不甘落后，直接去求了皇上，想要掌管织染坊。

“可真够热闹的，竟然有好几个人都盯上了织染坊，捡现成的便宜也不怕闪了胳膊。”忍冬一面给冯妙梳头，一面抱怨。

冯妙理着鬓边一缕细碎的头发，沉吟着说：“这些人啊，恐怕都白费心思了。要是我猜的不错，太皇太后会把织染坊交给袁缨月暂管。”

“凭什么给她？会织布就能管好织染坊吗？奴婢最会吃东西，是不是也能掌管御膳房？”自从在奉仪殿见了袁缨月如何在太皇太后面前讨巧，忍冬对她就很是不满。

“太皇太后才不会像你这么想，”冯妙随手拉过头发，让她只松松地绾一个髻就好，“现在后宫里的妃嫔，大多是世家出身，只有袁缨月的家世最低微，人也最好控制。有高太妃在宫中这么多年，太皇太后不会再扶持一个世家女子了。”

没有了这些琐事打扰，冯妙把全副心思都放在保养身体上。每天早早睡下，一定要睡足五个时辰才起身。要是天气好，就在早膳过后到院子里散散步。要是天气不好，她就在屋子里走一走。

平常不喜欢吃的东西，只要忍冬说对胎儿好，她就毫不犹豫地吃下去。直到这时她才知道，从白登山行宫回来那几天，总觉得恶心、想要呕吐，不是因为在山里几天没吃东西，而是因为她已经有了最珍贵的礼物，却还什么都不知道。

高清欢又叫人送了几次药来，还叫傩仪小童暗示冯妙，可以假称有邪祟无法安睡，再传他入宫驱邪。冯妙每次都叫忍冬拿赏钱重重地赏那个小童，却再也不肯传高清欢来。

在这种逃避一样的清冷日子里，冯妙心里，竟然渐渐生出一点欣慰和满足。生命是多么神奇的一件事，从什么都没有，到长成一个玉雪可爱的孩子。无论是男孩还是女孩，她都会一样喜欢。

如果是男孩，她一定要想尽办法，让他远离皇位，做个闲散自在的宗室亲王就好。如果是女孩，要费心安排的事就更多，最要紧的，就是要让她嫁一个好夫君，平安到老。她有时也会忍不住嘲笑自己，竟然会想到那么多年以后的事去。

某天傍晚，冯妙正在华音殿门前的杏树下闲闲坐着，宫中的彤史突然来访，向忍冬询问冯妙的信期是否已经过了。忍冬不好明说，只能含含糊糊地回答，这几天不在信期上。冯妙早已经不是第一次侍寝，自然知道这些询问代表着什么。

她返回内殿，一时有些心神不宁。即使没有御医来诊治，她也知道这个时候并不适合侍寝，一个不慎，就可能伤了腹中的孩子。可她也不能违逆拓跋宏的意思，她在这宫中所能倚靠的，毕竟还是皇帝的恩宠。

自打从白登山回来后，拓跋宏就没有召幸过她，给华音殿送份例的内监，态度已经开始变得有些傲慢。有几次送来的炭里，就夹杂了些劣质的黑炭。宫中的风向，一向转得远比人想象的快。如果拓跋宏能在华音殿过夜，她相信，那些内监就再也不敢如此放肆了。

可是，究竟要怎么样，才能让皇上留宿华音殿，却又……不要做那件事？

冯妙为这件事焦躁不堪，几乎连晚膳都没怎么吃。

忍冬急得不得了，在一边直劝：“娘娘，就算再怎么烦心，您也多少吃点东西吧，您现在不是一个人了，不能只顾着自己啊……”

冯妙胡乱点头答应，想起那句“不是一个人”，忽然眼前一亮，叫忍冬去取几本史书来，再把前一阵子画出来的官服图样也拿来，一起摆在书案上。

戌时过半，崇光宫的如意姑姑就来通传，说皇帝的车驾已经朝着华音殿来了。

冯妙仍旧用生绢束住腰腹，换了一件宽松的单衣，又把头发梳理得笔直，只在腰际用一根缎带束住。这身打扮很有些古风，几乎与汉代宫廷女眷的服饰类似。

拓跋宏进门时，袍袖间卷起一阵劲风，步子迈得有些急切，差一点拂落了房门上挂着的春符。

冯妙跪坐在书案前，转身向他悠悠地一笑，却并不起身跪拜，手里还捏着一支笔管。她觉察得出，拓跋宏并不喜欢她守着那些妃嫔的礼节，要是她放肆一点、随性一点，拓跋宏反倒会更高兴。

果然，拓跋宏见了她的样子，眼中的笑意愈深，在她身边坐下，随手揽住她的肩问："在做什么呢？听如意说你病了，好几天都不出门。"

"的确是病了，染了风寒，反反复复一直没大好利索。"她低头笑着，往拓跋宏身上靠去，"不过这几天已经没事了，不过是借着病了躲个懒，等整饬内六局的风头过了，我这风寒自然也就好了。"

拓跋宏听见她言语里透着狡黠意味，呵呵笑着，伸手捏了一捏她的鼻子："怎么就这么懒？不过歇歇也好，朕总担心你在白登山留下什么病根，这几天叫御医来帮你看看。"他忽然想起路上听到的传闻，有些疑惑地问："太皇太后整饬内六局，也动到织染坊头上了吗？朕怎么听说，太皇太后指了袁缨月去管理织染坊的事？"

"是我主动让出了织染坊，"冯妙靠在他胸口，压住龙涎香气味引起的呕吐感，尽量若无其事地说话，"我已经叮嘱过予星，养蚕织染的事，要怎么问都如实作答，不过织染坊的账目，我已经叫予星收好，不会拿给崔姑姑看。"

织染坊的进项已经很可观，只不过多织出来的绫罗，一向都由予星想办法卖掉，所得的钱，也直接送进了崇光宫。

拓跋宏"哧"地笑了一声，语气里却并没有不悦："朕贵为天子，还要靠这种方法攒私房钱，要是让那些史官知道了，恐怕一个个都要瞪圆了眼睛。"

"只要能达成皇上心中所想，用什么方法又有什么关系呢？皇上是非凡的天子，用些非常的手段，也是正常的啊。"冯妙用手指勾画着他胸前的龙纹，声音软绵绵的。

手指上轻柔的力道，几乎透过衣衫，直触到拓跋宏的心口去。他情不自禁地低下头，含住了冯妙的嘴唇："让朕尝尝是不是抹了蜜，怎么这么甜、这么会说话……唔……"

没容冯妙有丝毫表示，唇齿间的空气就被掠夺殆尽。拓跋宏含混不清地说着话："朕也想每天从自己的份例里，省出五钱银子来，一直攒到朕的孩儿十六岁。要是男孩儿，就用这钱给他做一套世上最好的弓箭和马鞍。要是女孩儿么……就用这钱给她缝一件最奢侈的嫁衣……”

冯妙心头急跳，差一点就控制不住自己的动作，险些把他推开。他说过那么多甜言蜜语，从没有哪一句能像现在这句一样，直戳到她心里最柔软的地方去。

她记得阿娘说过，在有些地方，生了女儿的人家会亲手酿一坛酒，埋在家中树下。等到女儿出嫁那天，就可以挖出这坛酒来喝，省了额外的买酒钱。不算富裕的人家，从得知妻子有孕时起，丈夫就会开始积攒木料，留着给孩子做摇床、做玩具、盖房子……那种一天天带着期盼和等待的喜悦，是多少钱也换不来的。

只是，他口中说的孩子，会包括她的吗……

她鼻中一酸，差点就要流下泪来。寻常人家的妻子，在她这个时候，恐怕要半是喜、半是愁地开始抱怨丈夫，还什么东西都没有准备好。可这世上最普通的喜悦和忧愁，她却永远无福消受。

拓跋宏的手掌在她光滑的脖颈上摩挲，沿着阔大的衣领，向她身上滑去。冯妙身上一软，禁不住低低柔柔地“哼”了一声。拓跋宏向她身上压过来，手指就要触到她的腰间，生绢冷硬的触感，让她骤然清醒。

“皇上，”冯妙压住他的手，轻声说话，“刚刚您问我在做什么，其实我在看史书，却有一个问题怎么都想不清楚。”

拓跋宏停下手上的动作，斜卧着以手支头，饶有兴致地问：“什么问题能让你也想不清楚？不妨说来听听。”

冯妙靠在拓跋宏身上，语调悠悠地说：“我刚刚在看史书上关于五德的记载，商殷是金德，周灭商而火克金，所以周朝是火德，再往后的秦朝便是水德。照这样算下来，土克水，汉朝应该是土德，为什么汉高祖立国时，反倒确定了汉朝仍为水德呢？”

拓跋宏笑道：“朕不信你不知道，只怕是故意来考朕的。汉高祖时，曾经有学士认为，秦朝暴虐而且短暂，算不上一个正统的王朝。因此汉朝直接承继了周朝的火德，自定为水德。”

“原来是这样吗？我真的不知道。”冯妙托着腮想了片刻，又问：“那么大魏的五行德运是什么呢？”

拓跋宏朗声说：“大魏国姓拓跋，原本出自黄帝轩辕，相传黄帝娶妻嫘祖，生子昌意。昌意的第三子迁居北土，他的后人便以拓跋为姓。大魏国运，自然是承袭轩辕黄帝的土德。”

冯妙眨着眼睛看着，等着他说下去。拓跋宏伸手揽她入怀，在她双眼上各轻吻了一下。冯妙被他口齿间的热气呵得直发痒，咯咯笑着躲进他怀里。后宫佳丽无数，可真正能与拓跋宏抱膝彻夜长谈的，却只有这么一人而已。拓跋宏忽然觉得庆幸，幸好刚才让她把话说了出来，比起男女欢愉，他更享受这一刻的静好。

他接着说下去，语调里带了自己都不曾察觉的温柔："石勒建立后赵时，采纳了水德。慕容氏建国时灭了后赵，按着水生木的说法，选定了木德。苻坚灭慕容氏时，按木生火选定了火德。这样算下来，火生土，大魏的土德正好可以承继下来。"

"何必这么麻烦，这些人来来回回打了那么多年仗，却没有一个雄才大略的君主，能真正一统山河。"冯妙笑得像只慵懒的猫一样，"依我看，大魏也不必算来算去，大一统的晋朝是金德，大魏直接按照金生水，选定水德就是了。"

拓跋宏听了大笑："你的说法，倒是跟著作郎崔光一样。他也劝朕，不必拘泥于一时一地，要把眼光放开阔一些。不过中书监高闾就强烈地反对这种说法，有不少宗室亲王，也更愿意承继轩辕黄帝的土德。一说起来，恐怕就要吵得不可开交。"

"皇上何必怕他们吵呢？"冯妙提笔，在食指和中指上涂抹了几下，各画上了一副生动的五官，一个是长长胡子的老头，一个是面孔威严的朝官。她学着老臣瓮声瓮气的声音说："皇上不妨在知学里讲学和明堂议事时，把大魏的德运拿出来好好议论一番。臣子们有了这个事由互相攻击，就腾不出时间来在别的事情上欺瞒皇上了。议论得多了，那些原本对大魏有些不服气的汉人世家子弟，自己就找着了说服自己的理由，认为大魏是正统的王朝了。"

五德运次，原本就是个极复杂的话题，不然也不会有那么多学士终其一生争论不休了。冯妙软语娇声地跟拓跋宏谈到深夜，不知什么时候就倚在他怀中睡着了。两人一直没有唤人进来伺候，连烛火都还没有熄灭，剩下短短的一截，还在烛台上摇曳。等到明亮的晨光照进内室，冯妙才惊醒过来，稍稍一动，便发现拓跋宏毫无睡意，正似笑非笑地凝神看着她。

冯妙脸色倏地红了，挣开他的怀抱坐起来。拓跋宏看着她说："朕终于知道了，为何人人都喜欢美人含羞，桃色染上脸颊，比胭脂来得还快呢。"

他也坐起身来想要搂住冯妙，却被她一闪身躲开了。冯妙自顾自地坐到妆台前梳妆匀面，拿起青黛正要描眉时，手上被拓跋宏轻轻压住："让朕来，闭眼。"

拓跋宏捧着她的脸，像雕凿珍宝一般，仔细描摹了半晌，才松开手。冯妙觉得面前的温热气息退去，转头向铜镜中看了一眼，立刻恼怒地抬手去捶打拓跋宏："皇上画了这么半天，就画成这样……"

铜镜之中，冯妙姣好柔美的脸上，横着两道粗粗的卧蚕眉，倒有几分滑稽好笑。拓跋宏轻咳一声，捉住了她小巧的拳头，就势把她拉过来："朕总觉得形状不好，想要修补一下，没想到越补越粗。这可是朕第一次替人画眉，也算情有可原吧，要是朕画得娴熟精致，你难道就不吃味吗？”

他握着冯妙一把柔软顺直的头发，在她耳边低声说：“闺阁乐事，朕愿意一件件跟你都做遍。”

冯妙脸上滚烫，几乎整个人埋在他胸前，用指尖点着自己的眉梢，半是嗔怪半是玩笑地说：“要是都弄成这样的，我看还是算了。这个样子今天又不能出门了，嫔妾的风寒恐怕一时半会儿是好不了了……”

忍冬适时地送上早膳来，都是极清淡的粥和小菜。冯妙一面用白瓷小勺搅动着碗里的清粥，一面把前些天绘制好的官服图样展示给拓跋宏看。

“皇上，周礼记载，青赤白黑黄为五种正色，对应五时节令，又记录了不同等级的章纹。衣冠为礼仪之表，要是皇上能在宗室亲王之间大力提倡这些服饰，相信宗亲们也会更加愿意接近汉家文化的。”冯妙慢条斯理地解释，图样上宽衣博带、高冠嵯峨、广袖长裾，让人一见便生出飘逸出尘之感。她有意略去了从南朝借鉴的几处特征，免得拓跋宏想起王玄之心中不快。

拓跋宏仔细看着图样，脑海中竟然浮现出群臣朝见的壮阔景象。骁勇的先祖留下了这片江山，而他将第一次着帝王冕服、戴十二旒珠玉冠，宣示王朝正统、千秋帝业。拓跋氏的热血在他身体里涌动，连眉眼间都带上了几分激越神色。

但他心中仍有疑虑，皇室宗亲习惯了窄袖短衣，这些图样上的衣冠固然是庄重华美，可穿起来却也极其繁复。他已经可以想象，若是他把这些图样放在那些上了年纪的亲王面前，任城王叔一定会第一个跳起来，指着他的鼻子骂他忘记了开国皇帝的祖训。

冯妙乖巧柔顺地伏在拓跋宏膝上，声音低低地说：“妙儿也知道皇上的难处，所以妙儿想了个办法来帮皇上。”她贴在拓跋宏耳边，悄声说：“过不了多久就是春社日了，皇上就把这事交给妙儿去办……”

她细细说了自己的想法，拓跋宏眉目之间的赞赏之色越发浓重，他抚着冯妙的发丝轻叹：“妙儿，你的这一番心思，朕必定长长久久地记着。”

冯妙伸手环住他，脸颊紧紧贴着他胸前四爪腾云的龙纹，用三股金线绣出的图案，粗粝地摩擦着她的侧脸。“皇上，等这件事做成了，妙儿想向皇上求一个恩典，好不好……”她心口咚咚直跳，连手心里都沁出了汗意。变更衣冠是件大事，她帮拓跋宏做成了这件事，也许可以恳求他准许自己留下这个孩子。哪怕不要封号甚至不入宗室谱牒都行，她只希望有一个属于自己的、健康的孩子。

拓跋宏抬起她小巧的下颌：“什么恩典，值得你这么郑重其事地请求？你说出来，或许朕现在就可以答应你。”

他的目光如三春细雨，细细密密地将她彻底笼罩住，整个人都跟着泛起一阵潮湿缠绵的触感。他那么温柔诚恳，冯妙几乎就要忍不出，向他说出压在心底的话。手压在小腹上，她用生绢的冰凉挺括，来提醒自己，这事情担不起任何风险，必须万无一失。她低垂下头，柔顺地笑着说：“是妙儿贪心，还没想好要什么呢，等到时候想好了，自然就告诉皇上了。”

早朝的时间已近，刘全在门外轻声咳嗽，提醒拓跋宏该更衣起驾了。冯妙从如意姑姑手里接过外袍，娴熟自然地给他换上，又亲手替他束发戴冠。

目送拓跋宏离开，冯妙用薄粉蘸了水，揉去了眉上的黛色，又叫忍冬把那几张图样收起，带着一起去了奉仪殿。袁缨月正捧着一卷《诗经》读给太皇太后听。她声音细而柔婉，读《诗经》是最适合不过的。太皇太后半闭着眼睛，神情淡淡的，听得并不十分上心。《诗经》虽好，可太皇太后这样的人，并不喜欢这些浪漫哀婉的句子，还不如读几篇贾谊的政论，更对太皇太后的胃口。

冯妙看出太皇太后心中不喜，却什么也不说，见礼之后就坐在太皇太后身侧，只在合适的时机不经意地插几句话。

太皇太后的兴趣，很快就被冯妙谈起的古籍记载吸引过去，扬手叫袁缨月不必再读了。袁缨月收了书卷，委委屈屈地说：“想必是嫔妾读得不好，反倒让太皇太后听了头疼，正好冯姐姐来了，嫔妾去取些热茶来。”

冯妙又陪着太皇太后说了几句话，渐渐地便说到衣饰礼仪上去。她拿出那几张图样，递给太皇太后看，却并不劝说，只是如实地告诉太皇太后，那天晚上在知学里出现的南朝士子，便是在替皇上整理古籍中有关衣冠的记载。

太皇太后一张张地看过去，不置可否。袁缨月用瓷盘托着几只茶盏进来，先捧了一杯到太皇太后面前，又送了一杯给冯妙。

茶汤隐约透红，带着丝丝缕缕极淡却极绵长的香味。冯妙嗅了一下，忽然觉得心中不安，底茶用的是雪顶含翠的绿茶，可茶汤里的红色，却是另外一种东西。

她不动声色地笑着问：“这茶看着新奇，从前好像没尝过呢，妹妹是怎么煮出来的？”

第十四章 半掩珠帘

袁缨月轻轻吹着茶汤上的热气，说道："这是我父亲从前寻来的一个养生方子，把红花用醋浸湿了，再用文火烘干，研磨成粉末收好。煮茶的时候，一钱半茶叶里加一钱这种红花末，再加上绞股蓝、丹参、郁金、桃仁等十几味草药和食材，点上少许的紫砂糖。这一份材料能煮出四泡的水来，第一泡味道还没发散出来，不能喝，余下的三泡都在这里了。给太皇太后的，是味道最好的第二泡。"

听见"红花"两个字，冯妙本能地把手一缩，那是民间用来堕胎的东西。

似乎是要确证这的确是滋补养生的方子，袁缨月自己先喝了一口，才笑吟吟地说："姐姐别紧张，红花确实容易导致有孕的人滑胎，但这不过是因为红花有活血化瘀的功效。没有孕的人，平常喝些红花茶，对身体很有好处。上了年纪的人喝这茶，尤其有助于颐养天年、增福增寿。我的嫡母今年已经五十开外，每天下午都喝一盏红花茶呢，现在耳聪目明、健步如飞。"

太皇太后端起茶盏，也尝了一口，语气里带着几分赞许："不说功效如何，单说这味道，也是很好的。"

袁缨月听见太皇太后亲口夸赞，立刻满脸喜色地屈身下去："要是太皇太后喜欢，嫔妾可以常常来奉仪殿伺候。"她仍旧带着初入宫时的羞涩腼腆，因为太皇太后一句夸奖的话，就喜不自胜。

冯妙看不出，她是真的毫不知情，还是故意借这茶试探，她对这孩子格外小心，行动间露了什么破绽，也并非没有可能。她端起茶盏凑到唇边，又挪开，双手轻轻摇晃着茶盏，向袁缨月问道："听妹妹说的，这茶很难制吧？"

袁缨月低下头去，尽力收敛着脸上的得意神色："别的倒也没什么，只是这里用的红花难得些，因为是要奉给太皇太后的，嫔妾今天特意带了新制的红花粉末，全都放进茶里了。”

冯妙笑着点头：“妹妹真是费心了。”她一面说，一面把茶盏放到唇边，宽大的衣袖似是无意地在身旁小榻上一拂，刚好带落了一张绘着官服式样的画绢。冯妙“呀”一声惊呼，就要伸手去捡那张画绢，身子一歪，茶盏中滚热的茶汤就倾泻出来，烫得她松了手。

“啪”一声脆响，白瓷小盏掉落在地上，摔成了几片。冯妙揉着发红起泡的手指，满是歉意地说：“辜负了袁妹妹的好茶了，等改天有机会，让我到妹妹的飞鸿殿去，再好好尝一尝这茶。”

忍冬赶忙上前来扫去了碎片，又帮冯妙给手指上擦了药膏。冯妙悄悄注意着袁缨月的表情，却没见着她有丝毫失望神色，反倒见她一脸关切地帮着忍冬找药膏、裹纱布。

刚刚收拾妥当，崔姑姑便拿着几卷手抄的经书进来，展开了给太皇太后看。自从知学里闹了那么一场之后，冯清便一直禁足在顺和殿抄经。太皇太后念着跟她的姑侄情分，每隔几天就叫崔姑姑去看她一次，顺便把抄写的经书带回来。

那经书上的字大而方正，一笔一画都写得端端正正，对冯清这样性子的人来说，已经很难得了。太皇太后淡淡地“嗯”了一声，对崔姑姑说：“收起来吧，抽空告诉清儿，抄些蝇头小字也是不错的。”

那种小字，最消磨人的脾性，看来太皇太后这次的确是气坏了，要好好磨一磨冯清的脾气。

崔姑姑不过略坐了片刻，就又要急忙忙地赶到内六局去。袁缨月也寻了个由头，跟着崔姑姑一起去了。冯妙原本也要起身告辞，却被太皇太后叫住，说有几句话要问她。冯妙自然无法拒绝，坐到床榻边，替太皇太后捶着肩。

室内静谧无声，冯妙这时才注意到，往年连银丝炭都很少用的奉仪殿，今年却一直烧着地龙，还燃着暖香。若说是为了皇长子，也不全是那么回事，比如此时此刻，皇长子被奶娘带着在偏殿里玩，正殿里只有太皇太后。

冯妙低着头一言不发，心里却暗暗感慨，太皇太后到底也是上了年纪的人了，想必是身上怕冷，这才要把内殿烧得温暖如春。无论多么坚忍强大的人，到底还是挨不过时间这把钝刀。

过了许久，太皇太后才开口：“昨晚皇上在你的华音殿歇下了？”

冯妙轻轻地“嗯”了一声，明知道太皇太后问的是另外一层意思，却什么也不多说。

“皇上倒是肯亲近你，”太皇太后的声音里已经显出些老态，带着沙沙的哑音，“在白登山行宫，听说你宁可拼了自己的性命，也要救护皇上，跟皇上一起坠落山崖？”

冯妙心里悚然一惊，身上无端地沁出一点汗意，说是，便是承认她对皇上动了情思，这自然不是太皇太后希望看到的局面。说不是，便是不能忠心护驾。她没想到，太皇太后人在深宫，却照旧耳聪目明。

“那些猛兽都发了狂，连侍卫都拿它们没办法。我当时离皇上最近，实在是吓坏了，只顾着拿出随身带着的匕首，根本挪不动步子了……”冯妙揣摩着太皇太后的心思，小心解释着当时的情形。

太皇太后“嗯”了一声，说道：“宏儿平常对你不错，你要是只顾着自己逃了，未免太丢冯家的脸面。听说宏儿从前还准你自由出入崇光宫，看来你的确跟他投缘。”

冯妙一句话也不敢多说，太皇太后不过问，并不代表她什么都不知道。到她想要提起的时候，一切都清清楚楚，容不得狡辩。

“你跟宏儿相处的时间这么多，哀家一时想起来，有件事要问问你，”太皇太后睁开双目，眼神锐利得完全不像一个深宫妇人，“平常除了内秘书令、广阳王和从前的始平王，还有什么人经常出入崇光宫？”

冯妙抚住胸口，竟然是许久不曾感受过的紧张。太皇太后的意思，是要她说出来，究竟哪些人是实心实意效忠于皇帝的。

“皇上让我去的时候，大多并没有什么人来，妙儿从前不知道姑母关心这个，也没在这件事情上特别留意。”冯妙小心地回答，生怕说错了什么，反倒让太皇太后疑心。

“嗯，既然从前没留意，今后就多留意些吧。”太皇太后似无意地随口说道，“夙儿有十三岁了吧？听说他每个旬日都去知学里听讲学，叫他有空也到奉仪殿来坐坐，哀家有好些年没见过他了。”

冯妙应了声“是”，贴身小衣几乎都被冷汗打湿。太皇太后不开口便罢，一开口便死死拿捏住她的软肋。没有腹中这个孩子以前，她最在意的人，就是夙弟了。夙弟那副白纸一样的性子，在宫闱中简直就像掉进狼群里的小羊，毫无自保能力。

“你去吧，这几天多陪陪皇上，过几天再来看哀家。”太皇太后闭上眼睛挥手，却留下了那几张图样不提。冯妙行了礼，强压住步子退出了奉仪殿。

一出殿门，她就扶着一棵粗壮的槐树连连干呕，忍冬帮她顺着背，知趣地一句话也不多问。冯妙按住自己的小腹，手指渐渐收紧。不管是为了夙弟还是为了这孩子，她再也不能恐惧害怕、软弱犹豫了。

冯妙留在奉仪殿的汉制官服草图，没几天就辗转到了袁缨月手中。太皇太后叫她照着图样上的颜色和款式，赶制一批新的官服出来，在春社日祭祀时赏赐给宗亲穿用。春社时祭祀土地神，通常应由帝后二人主持祭祀，参加的人也多是皇室近支的宗亲。

予星一得了消息，就叫了信得过的小宫女，悄悄来告诉冯妙。小宫女气喘吁吁地讲了半天，冯妙只回了她四个字——“精益求精”。

“娘娘，您是不是好心发过头了，”忍冬急得口不择言，“叫予星凡事都听袁芳仪的话也就罢了，怎么现在还要叮嘱予星尽力帮她做好？”

冯妙只是摇头，忍住胸口的烦闷，小口吃着鱼羹：“你只管等着看就是，袁缨月得意不了多久。我不放心那个小宫女，你抽空再去一趟织染坊，让予星务必用上好的原料，仔仔细细地织，每一匹布，都要袁芳仪亲自定下染什么颜色，再照着做。你跟她说，慢工才能出细活。”

鱼肉味腥，冯妙才吃了小半碗，就扶着桌沿吐得脸色发白。等这阵难熬的呕吐过去，她指着桌上的小碗说：“再帮我盛一点来，听说多吃些鱼肉，孩子会很聪明。”忍冬捧着小碗，逃一样进了小厨房，动手盛鱼羹时，眼泪直砸在手背上。她不敢想，要是留不住这个孩子，岂不是活生生剜去了冯妙的心肝……

冯妙借口腰伤复发，躲了十来天，殿外的杂事一概不理。这十来天里只做了两样事，一件是隔几天便去一次崇光宫，在拓跋宏理政或是读书时，替他磨墨添香。另一件便是画了些奇怪的图样，叫予星照着去做，不必拘泥用料，但式样、颜色一定分毫都不能错。

拓跋皇室自认是轩辕黄帝之后，连姓氏都来自“后土”二字，因此对祭祀土地神的春社日格外重视。距离春社日还有三天时，织染坊终于制好了这一批新衣，呈到太皇太后面前。

冯妙叫忍冬帮她仔细上妆，用胭脂遮掩住憔悴的气色，往奉仪殿去。她看着铜镜里忍冬的手翻飞忙碌，笑着说：“你不是一直不服气袁缨月接管织染坊吗？今天就叫你如愿，看一出好戏。”

奉仪殿内，十二名织染宫女手中捧着刚制成的新衣，一字排开站在殿内。

袁缨月正笑吟吟地搀扶着太皇太后，把新衣一件件指给她看：“都是按照太皇太后定下的图样，嫔妾亲自看着她们裁制的。”

宫女手中的新衣飘逸而不失庄重，布料都用的是新织的上好绫罗，质地密实却又轻软顺滑，显见得是予星用心织成的。衣衫上刺绣的飞禽走兽，爪牙尖利，翅羽分明，都是由织染坊里绣工最好的绣娘一针一线绣成的。

太皇太后微微点头：“好孩子，你做事很精细。”

袁缨月略带羞赧地低头：“嫔妾不敢居功，一来是太皇太后教导有方，二来也是织染坊的姐妹们辛苦，嫔妾不过是在中间传个话罢了。只是时间上慢了些，尚服局、尚工局都在忙着赶制万寿节要用的东西，所以嫔妾就叫织染坊的姐妹们自己动手缝制了，连这上面缀的东珠、配的金环都是织染坊自己去采买的。”

后宫各部之间的倾轧，早在甘织宫时，冯妙就听予星说起过。想必是因为尚服局和尚工局不肯配合、借故刁难，袁缨月才故意这样说，不但安抚了织染坊的人心，还不动声色地在太皇太后面前告了一状。

冯妙环顾一圈，果然看见不少妃嫔都在，唯独近来被分派去掌管尚服局和尚工局的卢清然不在。冯妙用手拨着头上的发簪垂下的金丝，心里明白，早先入宫时，卢清然最早承宠，没少欺侮袁缨月，现如今轮到袁缨月来寻个痛快了。

她站起身，随意展开两件衣裳看了看，转身对袁缨月说：“妹妹亲自看着督造的衣裳，果然件件都是好的，只是衣袍上的刺绣，好像比图样上的略大了一些，看着不大一样呢。”

袁缨月面上怯怯的，口中却一点也不退让：“姐姐有所不知，我想着这些新定的官服，是要在西郊祭祀时使用的。听说祭祀的场所十分宽阔，我特意把衣袍上象征身份品级的刺绣，加大了尺寸。这样远远地看着，才更显得威仪庄严。要是有什么不妥当之处，还请姐姐教我。”

冯妙笑而不语，袁缨月自然不肯照着图样一模一样地做，因为那图样都是冯妙亲手画的，照猫画虎哪能显得出她的伶俐能干，总要想法子改动一些才好。

袁缨月如穿花飞蝶一般回到太皇太后身边，扶着她的胳膊说：“嫔妾早先派人去王府里问过各位王妃，衣裳的尺寸都是照着各位王爷的身量做的。不同尺寸的也多预备下了几件，到时候万一有个什么变动，也免得一时措手不及。”

太皇太后点头：“你做得很好，等春社日过了，哀家再赏织染坊的人。”

冯妙走到太皇太后另一边，侧着头看向袁缨月：“妹妹心细如发，能在这么短的时间内，把东西准备得如此妥帖，当真是不容易。”

“姐姐谬赞了，”袁缨月用袖口遮住小巧的唇，眼中笑意盈盈，“幸亏从前在家中时，曾经帮着母亲给家人准备过四季衣衫，要不然，我也害怕辜负了太皇太后的信任呢。”

冯妙恬淡地笑望着她说：“妹妹不必自谦，既然衣裳都已经如此好了，快把准备的冠冕、玉饰、腰带和香囊也拿出来，让我们开开眼界吧。”

话刚说了个开头，袁缨月的脸色就忽然变了，双眼惊惶地闪烁，连手指都不自禁地捏紧了。

冯妙装作全没看出她的异样，不疾不徐地接着说下去：“对了，不知道祭祀时宗亲用不用佩剑，妹妹打算从宫中一并赏下去，还是让亲王用自己平常的佩剑？哦，还有香囊里配什么香，妹妹是写了香料方子，让王府自己去准备，还是在宫中制好了分发下去呢？”

袁缨月一脸惊恐地看向太皇太后：“我……我……”她只顾着把注意力放在衣衫上，全然忘了“衣冠”二字，除了衣裳，还包括冠冕。

大魏建国后，鲜卑宗亲早已经不再髡发，平日上朝时也会戴冠。可鲜卑金冠与汉制的冠冕有很大的不同，多喜欢用鸟兽做装饰。像老臣任城王，平常就喜欢佩戴一顶飞马鹿角金冠。腰带、玉饰也是如此，造型古拙，并不适合与新制的官服相配。

“莫非这些东西还没做成？那妹妹可要紧着些了，还有三天就该用了。按理说，今天就该把整套衣装给各位王爷送去试穿了，要是有什么不合身的地方，也好修改。”冯妙故意这样说，打制金冠、雕凿玉器，都是最花功夫的，三天时间已经无论如何也不够用了。

袁缨月情急之下，倒也有几分机智，慌忙跪倒在太皇太后身前：“嫔妾……嫔妾只见着了衣衫的图样，金银玉器，一向都由尚工局负责准备……不敢擅越职权……”

太皇太后倒还镇定，脸上看不到半点愠怒神色，却也冷着脸不说话。她一向推崇汉家文化，虽然更改服饰的主意是拓跋宏想出来的，她倒也赞成。在祭祀时赏赐新衣，是最合适的时机。错过了春社，便要等到来年的元日了。

冯妙展开一件尺码稍小些的衣裳，在自己身上比量了一下，手指攀着腰间的一处金环说道：“妹妹是不是把这金环的位置，也向左挪了一寸？这金环是用来悬挂礼器的，就是要在手边垂下来才好，这么一挪，走动和跪拜时，礼器会撞在膝盖上，不大方便呢。”

那金环整个缝嵌在衣裳里，如果要拆开了重新缝制，也很耗费人力。袁缨月听了这几句话，整个人都瘫软在地上，布料是她亲自选的，样式是她亲自看过的，织染坊的人样样事情都听她的，她就是想赖也赖不掉了。

这些衣裳，最要紧的就是样式，如果样式错了，布料再好、绣工再精美，也全都不能用了。

太皇太后淡淡开口：“不能用就算了，只是东西毕竟是蚕娘、绣娘一针一线做出来的，未免奢侈太过了，先收起来日后慢慢再改动吧。”

袁缨月脸色涨红得如熟透的秋李子一般，太皇太后给过她机会，她却出了这样大的纰漏，恐怕再难获得太皇太后的信任了。

“都不是什么大事，让绣娘改了就行，只是时间来不及，实在太可惜了。”冯妙幽幽叹息着，伸手把袁缨月扶起来，这才转身对太皇太后说：“袁妹妹第一次掌管这么大的织染坊，能做到这样已经很不易了。现在宫中做一身新衣，要经过尚仪局、尚服局、尚工局、织染坊四处，要是用料特殊些，牵扯的还要更多。”

她觑着太皇太后的神情，接着说：“依我看，不如也干脆遵循古制，在内宫设尚方监，总管一切营造事务，也好避免再发生这样的事。”

这说辞对袁缨月来说，也是一个绝好的借口，她忙忙地表示赞同，其他人唯恐事情沾染到自己身上，都紧闭着唇默不作声。

太皇太后不置可否地问：“设立尚方监，由谁来统管呢？”

冯妙略一思索，便笑着说：“内六局的姚福全姚公公，沉稳老成，免不了能者多劳些。”她无须再开口替予星争什么，只要织染坊与其他各局一起归入尚方监名下，掌管织染坊的予星，自然也就与其他各局的司级宫女平起平坐了。

姚福全处事老到，在后宫一贯不偏不倚，太皇太后对他也十分满意，当下就点头应允。

到春社日前一天，予星才寻了个事由，亲自到华音殿来，叩谢冯妙的提携恩遇。冯妙笑着拉她起来：“快别怄我了，多亏你现在越发机灵，懂了我的意思，才能这么顺利。这朱红色的品级穗子，是你自己挣来的，不用谢我。”

予星把两个粗麻包袱交给忍冬，里面都是冯妙前些日子要她做的东西。冯妙仔细检查了一遍，长舒了口气叫忍冬收好。

告辞出门时，予星盯着冯妙的身形，上下打量了几圈，拉着她的手说：“不知道怎么回事，我现在看着你，总想起从前贞皇后的样子，她有孕时，也总是这样支着腰、护着肚子。”

原本是无心的玩笑话，听在冯妙耳中，却蓦然惊出一层汗意。忍冬日日在身旁伺候，看不出明显的变化，可予星几个月没见面，眼光才更准。这事瞒不了多久，终究还是要给人知道的。

用过晚膳，冯妙把一头青丝垂下，用银剪子剪了细细的一缕下来，叫忍冬送去崇光宫，让刘全设法转交给皇上。第二天一早就要起驾前往西郊的祭祀场所，她料想这一晚皇上必定不会召幸任何妃嫔。青丝结情思，但愿拓跋宏能懂她的意思，来华音殿看她。

拓跋宏来时，已经将近丑时，冯妙伏在美人长榻一角，已经沉沉睡去。恍惚间觉得有人在她耳垂上一下轻一下重地咬，带着薄茧的手指在她胸前莹润的弧度上流连往复，她迷离地睁眼，正看见拓跋宏合衣挤到她身侧来，笑着对她低语：“今天事情多了些，刚刚才处理好，你不用起来，朕在你这儿歇歇，过会儿还要赶回去更换祭祀的礼服。”

冯妙不理他的话，仍旧坐起身，拢一拢身上散乱的中衣，带着慵懒睡意的声音，比平常更加软糯缠绵：“皇上今晚可别想睡了，妙儿有一件礼物，要亲手送给皇上。”

第十五章 风中絮

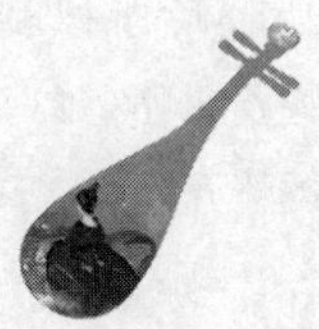

拓跋宏揽住冯妙的腰身，让她侧坐在自己怀中。除去了生绢，她的腰肢依然纤细如弱柳。“那你想整夜服侍朕？”他埋首在冯妙脖颈间，嗅着她发间的清幽香气。

冯妙双手钩在他脖颈上，双眼清清亮亮地注视过来，干净如春水：“请皇上站起身，妙儿真的有一件东西，要亲手献给皇上，可皇上……要很有耐心才行。”

因为推行俸禄的事情，拓跋宏与几位王叔吵了一整天，又熬到半夜才看完了小山一般的奏表，原本已经很累了。可见她眉目澄澈空明，仍旧如未嫁少女一般，带着几分天真和执拗，不知怎么就说了声“好”，站起身走到寝殿正中。

冯妙踮起脚尖，帮他解下束发的金冠，手指灵活游走，一件件除去了他的褊衣、缚裤、中衣……拓跋宏不知道她要做什么，就那么含笑看着，微微张开手臂，让她的动作可以方便一些。

衣裳全部除尽时，冯妙微微抬头，猛地意识到，这还是她第一次如此直接地看着拓跋宏的身体，羞意上涌，立刻变成了脸上的两处酡红。拓跋宏的肤色，是鲜卑男儿里很少见的润白，他清癯消瘦，却并不孱弱。手臂上紧致有力，身体从肩膀到平滑的脊背、再到略微收束的腰间，曲线起伏如山峦。

依稀想起他几次召幸时的举动，冯妙连呼吸都有些急促，赶忙取出早已让予星帮忙备好的东西。几片裁剪妥当的布幅，用针线粗粗缝起，罩在拓跋宏身上。冯妙凝神盯着手里的针线，不敢出半点差错，杂乱无序的布幅，在她一双纤细的手下，渐渐拼凑成整套的衣裳。

先是白色内衫，接着罩上长到腰部的右衽上衣，最后一层层围裹上内衬裙、长至脚踝的宽裙和长到膝盖的帷裳。衣衫穿戴整齐后，冯妙在拓跋宏腰间束上腰带，又在腰带正中挂好象征身份的玉制佩绶。

冯妙屈身跪伏在地上，替他穿好笏头步履，又请他低头，把十二旒帝王朝天冠仔细束在他发间。她忙了整夜，戴冠时便有些呼吸滞重，拓跋宏握住她柔软的小手，用两只手掌合拢包裹住，许久才无声地松开。

他从小便在太皇太后宫中长大，除了林琅，从来没有人如此温柔细致地给他更衣。可林琅的温柔，总带着些委屈和小心。只有一次，他无意间看见高太妃给拓跋详试穿年下的新衣裳，穿戴整齐以后，高太妃帮拓跋详抚平并没褶皱的衣襟，他才知道自己从前缺了些什么。

冯妙退后两步，仔细端详着拓跋宏的衣装，确认没有什么纰漏，这才掀开瑞兽葡萄纹铜镜上的盖布，让他自己对镜观看。

镜中人身姿如玉树般挺拔，身上的汉制帝王冕服，透出无与伦比的庄重威仪。上衣绘日、月、星辰、山、龙、华虫六章纹，下裳绣藻、火、粉米、宗彝、黼、黻六章纹。手握乾坤、俯仰山河，也不过如此。朝天冠上垂下的十二旒珠玉，遮住了他的容颜，越发显得他无限高大，深不可测。

冯妙忽然明白了，为何从古至今的帝王，都要花费那么多精力在制定衣冠仪制上。因为只有这样，才能充分彰显出天家气度，就如同此时此刻，拓跋宏在她面前，是她的君王，是她的丈夫，是她一生一世的天和地。心头忽然荡漾起无穷无尽的欢喜和卑微，让她直想低垂到尘埃里去，婉转开成他指间的一朵花，任他日日撷取。

“妙儿……”拓跋宏向她伸出手，要她站在自己身侧，一起往镜中看去。好像有很多话梗在胸口，一时间却一句也说不出来。

窗外的天色已经渐渐开始由黑转蓝，刘全在门外小声提醒：“皇上？皇上……该回崇光宫更衣了。”

拓跋宏朗声说道：“不必回崇光宫，传朕口谕，直接从这里出发，叫他们把肩辇安排到这儿来。”刘全应声去了，不一会儿就有人来回禀，肩辇已经备好。

祭祀的地方在城郊，皇帝要天不亮就从宫中出发，以免错过了吉时。预先准备好的祝词都已经抄录妥当，在肩辇、车驾中各放了一份，供皇帝在路上看。

拓跋宏在冯妙额头上轻轻一吻，柔声说：“朕要出发了，你一夜没睡，气色不大好，朕走了你就睡一会儿。”

冯妙钩住他的衣袖，低声问：“皇上……晚上还来这里吗？”

拓跋宏为她的主动亲近而欣慰不已，啄了一下她的唇说：“你想叫朕来，朕就来。”

“那么……妙儿想叫皇上来……”冯妙理着他宽大的袖口，依依不舍地松开手，“请皇上一定要来，妙儿还有件事……要告诉皇上。”

随行的礼官再次催促，拓跋宏抬步出门，在无数侍卫、朝官的簇拥下，登上蟠龙肩辇，渐渐远去了。

冯妙手压着小腹，倚着墙角慢慢坐下来。她实在太累了，耳中像笼着几只飞蚊，不住地嗡嗡作响，太阳穴上一跳一跳的。幸好给皇帝准备的祭祀冕服没有任何疏漏，她相信，拓跋宏这一身装束，必定会在鲜卑宗亲中引起不小的波澜。更换衣冠，理应从天子身上开始。

等到拓跋宏祭祀归来，想必正是他踌躇满志、心情大好的时候，刚好可以告诉他那个消息，让他至少念着这一夜的柔情，准她留下这孩子。

忍冬扶她在床榻上睡下，再睁眼时，竟然已经是傍晚。冯妙叫忍冬去问，听说皇上的銮驾还没有返回宫中，这才吃了一点煮得软糯的粥。她吐得越来越厉害，整个人都抖得快缩成一团。可吐过之后，仍旧把东西一勺勺送进嘴里，就好像完全尝不出任何味道一样。

天色渐渐暗下去，忍冬进来点上灯火。冯妙开始有些坐立不安，祭祀应该申时以前就结束了，从城郊返回，就算带着仪仗，两个时辰怎么也返回宫中了。为什么他还不来？

忍冬有些看不过，劝她先睡一会儿，如果皇上来了，再叫她起来。冯妙摇头：“等到今天子时，如果皇上不来，我就不等他了。”

如果他不来，她就再也不等了……

她记起小时候听阿娘讲“尾生抱柱”的故事，尾生与女子约好了在桥下见面，结果女子一直没有来，尾生便抱着桥柱等，水涨也不肯离开，最终淹死在桥下。那时她年少无知，曾经问过阿娘，为什么那女子不来？为什么尾生一直等她？

阿娘幽幽的叹息还在耳边：“因为尾生等的是他的爱人，自然信守承诺。可那女子却并不看重尾生，自然也就不把他们之间的约定当回事。要是哪个人住在你心里，你是绝对没有可能忘记他说的话的，即使隔了天与地那么远的距离，你也一定能走到他身边。”

崇光宫到华音殿，并没有天与地那么远。

拓跋宏来时，已经是第三天早上卯时。冯妙听见忍冬在床帐外回话：“婕妤娘娘还睡着，要不要奴婢叫娘娘起身？”

“不用，朕看一眼就走。”拓跋宏掀起床帐一角，握住冯妙的手轻轻摩挲。冯妙面向内侧躺着，感觉到他把自己的手放在唇边，浅浅地吻。她却不想起身，因为……他来迟了。

那天晚上她就已经知道，拓跋宏没来华音殿，是因为他去了郑柔嘉的影泉殿。听说郑柔嘉当天在御膳房跟几个宫女说话时，忽然晕倒，送回影泉殿后，就被诊出已经有了三个月的身孕。

两名医正日夜轮流守在影泉殿，照料郑柔嘉。拓跋宏陪了她一整夜，第二天就晋她为充华，位列九嫔之一，又给了她父亲丰厚的赏赐。

至于第二天晚上，是因为二皇子拓跋恪突发急症，又吐又泻，拓跋宏便在广渠殿陪着。听说高照容对照顾小孩子的事一窍不通，是拓跋宏整夜抱着高烧不退的恪儿，在殿内来来回回地走，哄他睡觉。

这些流言在宫中总是传得特别快，值夜的宫女连细节都讲得清清楚楚，好像她们当时就在广渠殿中亲眼看着一样。不需要叫忍冬出去打听，这些话就会像柳絮一样不住地飘进她耳中。

冯妙抚摸着自己的小腹，他很快就会有第三个孩子了，后宫充盈，皇帝和妃嫔都正处在最好的年纪，子息上并不艰难。他有那么多孩子，怎么可能会爱惜带有冯氏血脉的这一个？

很快就又到旬日，冯妙不放心夙弟一个人面见太皇太后，换了宽松的衣裙前往奉仪殿问安。远远地就听见奉仪殿内十分热闹，似乎有人在高谈阔论，夹杂着女子娇俏的笑声。

忍冬刚打起帘子，脆生生的呼喊就冲进冯妙耳中。“姐姐——”冯夙几乎是一阵风一样扑进冯妙怀中，一个半大男儿，竟然像小姑娘一样扭在姐姐身上，丝毫不懂得要隐藏自己的情绪和喜好。

冯妙小心护住肚子，拉着冯夙给太皇太后磕头。几个月没见，冯夙又长高了些，只是性子依旧是老样子，没有半点变化。

因为冯妙走进来，原本喧哗热闹的内殿，忽然陷入了一阵诡异的静默。她这时才想起抬头去看，究竟是谁跟夙弟聊得这么投缘。

梨木交腿胡床上，拓跋瑶端正地坐着，手里慢慢剥着一颗橘子。

在她对面的莲纹坐墩上，穿广袖月白深衣的男子，正与太皇太后说着什么。太皇太后不时开口问几句，他便略略低垂下眼帘，凝神听着，再从容不迫地一一回答。

冯妙心中一松，好像在雪地里走了一天，冻得手足麻木时，终于可以整个人浸入温泉水中，心底漾起蒸腾熨帖的水汽。王玄之言语得当、进退有度，有他陪着冯夙一起来，便不用担心冯夙会在无意间冒犯了什么人。只是冯妙许久没有去过知学里，完全不知道他什么时候返回了平城。

王玄之多年在外游历，熟悉南北风物，偏巧太皇太后就最喜欢听这些奇闻异事。他不像冯诞那样油嘴滑舌，却对各处的掌故由来都十分清楚，能从一个最简单的石刻上，引出朝代更迭、风云变幻的故事来。

太皇太后难得高兴，留他们四人都在奉仪殿用午膳。拓跋瑶一直安静地坐着，只在中间亲手给王玄之添了一次羹汤，就像日日同桌吃饭的夫妻一样自然。午膳过后，拓跋瑶便告辞离去，仍旧要回到丹杨王府去，面对那个痴傻不堪的丈夫。

王玄之和冯夙恰好也要返回知学里，可以一路同行。冯夙盯着拓跋瑶远去的背影，一直到她消失在垂花拱门外，才转过头来问："姐姐，她是皇上的妹妹吗？"

冯妙打量着冯夙的脸色回答："是陈留公主，皇上的六妹妹，已经嫁了丹杨王世子为妻。"

冯夙淡淡地"哦"了一声，似乎有些失望。他心思单纯，想些什么都写在脸上，像是对这位已嫁的公主很感兴趣。冯妙不想叫他难堪，心里却暗暗记下了这件事，想着等日后再找机会慢慢劝导他。

三人并肩走了十几步远，便到了宫中甬道的岔路。王玄之停下脚步，转身对冯妙说："这次回来，看你好像清减了不少，凡事……放宽心些吧。"刚刚在太皇太后面前，他都能谈笑如常，此时言语却有些干涩。

冯妙强忍到此刻，午膳时吃过的东西，像一团棉絮塞在胸口，她手撑着路边的白石灯座，"哇"一口全吐出来。

王玄之想要轻拍她的背，抬起的手却在半空僵硬地停住，等她喘匀了一口气，才神情淡漠地说："恭喜。"

何喜之有……冯妙用手掩住唇，轻声说："我现在不能随意去知学里了，能不能拜托大哥，帮我照顾夙弟？你知道他……"

王玄之郑重地答应："我会当他是我自己的幼弟，不叫他冒犯贵人。"他清楚知晓冯妙的心思，即使对自己没有任何益处，也毫不犹豫地答应下来。

再没有多一句的话，竟比刚才拓跋瑶在时，还要尴尬几分。三人就在路口作别，王玄之身姿端方，连走路的姿态都闲雅飘逸。冯夙小步急趋，跟在他身后。

这一年平城的春天，比以往任何一个年份都不平静。拓跋宏的政令越发老辣周全，用词犀利精准，让人挑不出任何疏漏之处可以反驳。他在鲜卑贵胄之间推行俸禄，按照官职、爵位，由国库统一发俸，禁绝一切私自抢掠。

鲜卑贵族自然怨声载道，表面上遵奉皇帝的诏令，私下里仍旧抢掠不断，只不过做起来隐蔽些，不像从前那样明目张胆地打着自家的旗号。

这种情形，因为一件事的发生戛然而止。一向与拓跋宏亲厚的南平王冯诞，在平城郊外强行圈了几处农田做猎场。家仆强买不成，动手打人，一个七十多岁的老人家，连吓带气，竟然没几天便故去了。

事情偏巧被御史中丞知道了，一道折子告到了拓跋宏面前。宗室亲贵们都等着看拓跋宏的笑话，看他如何重骂轻罚，既不能让人心服，又因此惹太皇太后不快。

谁料不过一天之后，惩戒的诏令就拟好了，褫夺冯诞南平王封号，改封长乐郡公，责令他把强行圈占的土地如数退回，向那些农户送上金银赔礼。此令一出，平城内宗亲贵胄都大为收敛，再不敢随意劫掠平民。

王玄之恰到好处地隐藏在拓跋宏的政令之后，处处都可以隐约看见他的影响，却又不见他与任何宗亲势力直接针锋相对。许多人甚至根本不知道，平城还有王玄之这么一个长袖善舞的人，只言片语之间，就能影响九五至尊的决断。

陈留公主拓跋瑶，日渐频繁地出入奉仪殿，总是刚好赶在旬日来给太皇太后请安。有几次，侍奉的宫女无意间看见她脖颈、手臂上又添新伤。宫中逐渐流传开新的谣言，说陈留公主不肯跟丹杨王世子同房，被痴傻的世子用铁链抽打，但她宁死也不肯再屈从。丹杨王夫妇对陈留公主也多有怨言，可到底害怕闹出人命，只能由着她去，另外为自己的儿子多多蓄养美貌的侍妾。

谣言越传越广，连忍冬也哀叹过几次，陈留公主所嫁非人，实在命苦。只有冯妙心里清楚，拓跋瑶是因为每到旬日那一点念想，才不愿再接近痴傻不堪的丈夫了。至少她能在每个旬日幻想一下，自己仍旧是干净如初的少女，不是声音嘶哑、满身瘀痕的世子妃。

冯妙默算着日子，腹中的孩子已经快有三个月大。她原本就很纤瘦，天气渐暖衣衫也慢慢变薄，很快就不能再遮掩身形了。幸亏宫中有郑柔嘉传出有孕的消息，吸引住了旁人的注意。

除了一天天长大的孩子，还有一件事令冯妙忐忑不安。因为冯诞被褫夺王爵封号的事，太皇太后大发雷霆，连正殿里摆着的仙鹤腾云凤尾樽都砸了。这事情冯妙并没亲眼看见，是听崔姑姑事后说起的。

她去向太皇太后问安时，太皇太后已经神色淡定如常，看似随意地说了一句："宏儿现在太过劳累了，你要多劝着他休息，哀家这里有些太医署新送来的安神草药，你煎给宏儿喝些，让他养养精神吧。"

整包草药放到她手里时，太皇太后又补充了一句："要快着些，不然过些日子，你就不方便侍奉皇帝了。"

太皇太后的话模棱两可，那方子里的草药，冯妙却认得，大半都是安神镇定的药。可安神的药剂，大部分都有些副作用，偶尔喝一两剂还没什么，要是天长日久地喝下来，便会使人虚乏嗜睡、神志昏聩。要说病，也算不得什么严重的病症，但皇上恐怕就无法照常理政了。

冯妙把自己关在屋内，本想写几个字定定神，可墨渍一连染污了好几张纸，也写不成完整的句子。她已经没有了初入华音殿那一年的心境，不得君王宠爱，便自己怡然自得，酿酒、做笺、抄经、读书。

她对着纸上的“进退”“悲欢”四个字怔怔发呆，忽然有人握住她的手腕，带着她在纸上又写了几个字，补成了两句完整的话：进退两难时，悲欢无尽处。

李弄玉松开冯妙的手腕，在她身边坐下，也不说话。比起冯妙的纤细小字，李弄玉的字洒脱恣意，更像男子写成的。可字迹越是洒脱，就越让人觉得她心中的悲苦，像暴雨之前的层层黑云，怎么也驱散不了。

自从搬到华音殿偏殿，这还是李弄玉第一次来看冯妙。拓跋宏忙于政事时，她就不眠不休地在崇光宫侍奉，替他斟酌字句、修改诏令。始平王拓跋勰毕生所愿便是襄助拓跋宏成就一代帝业，他没能做完的事，李弄玉便当自己是他，好像他仍在身边时一样，一直做下去。

“皇上今天又去影泉殿看郑充华了。”李弄玉低声叹气。

“郑氏现在如日中天，她的父亲刚刚升了中书令，她的哥哥也升了散骑常侍，皇上自然要对她多加安抚厚待。”冯妙并没多想，便说出这一番话。

李弄玉轻轻地笑了一声：“你倒是想得开，既然心里这么通透，怎么还会写出‘进退、悲欢’这样的字来？”自从始平王的衣冠下葬后，李弄玉一直不曾笑过，这时忽然发出银瓶迸裂一样的笑声，反倒让冯妙觉得不安，那笑里似乎带着几分决绝意味。

“你说，要是为了一件特别想做成的事，用了不堪的手段，死后是不是会永堕地狱？”李弄玉用手拨着桌上双耳扁瓶里供着的一枝梅花，幽幽地问。

冯妙不知道她在影射些什么，手抚在已经略见隆起的小腹上，想着的却是自己的事：“谁心里能没有一点执念呢？生前的事还顾不过来，哪管得了死后的虚无缥缈。”

正说着话，忍冬引着一名女史进来，向冯妙问了几句话，告诉她今晚皇上宣她到崇光宫侍奉，叫她提早准备。忍冬娴熟地向那女史道谢，又从桌上的青瓷广口小罐里，抓了一把金瓜子替冯妙赏她。

女史刚刚离去，李弄玉也起身告辞，离去前声音冷硬地说了一句：“我不怕永堕地狱，我只怕萧郎不知道我在哪里。”

忍冬知道她向来是这副脾气，早已经见怪不怪，上前来劝着冯妙说：“皇上近来待娘娘很好，娘娘……还是尽早告诉了皇上吧。”

冯妙看着瑞兽葡萄铜镜，镜中人锁骨凸显，下颌却稍稍圆润了一些：“让我好好想想该怎么说……”

戌时刚到，冯妙便换了一身轻软的烟罗绉纱宫裙，乘肩辇往崇光宫去。宫门外只有刘全一人侍立，一见冯妙，赶忙搭着她的手扶她下辇，赔笑着说：“如意今天吃坏了东西，不在跟前。皇上提早吩咐过，请娘娘先在外殿略坐，皇上看完今天的折子就出来，跟娘娘一起吃夜宵。”

冯妙道一声“有劳公公”，就在外殿坐下。一向灯火通明的崇光宫，今天却只点了一盏如豆的小灯，还用云绣灯罩罩住，十分昏暗。内殿似乎也声响全无，不透半点光亮。冯妙正在奇怪，忽然听见内殿传来杯盏碎裂在地面上的声响，紧接着是拓跋宏暴怒的声音：“你滚出去！朕现在不想看见你！”

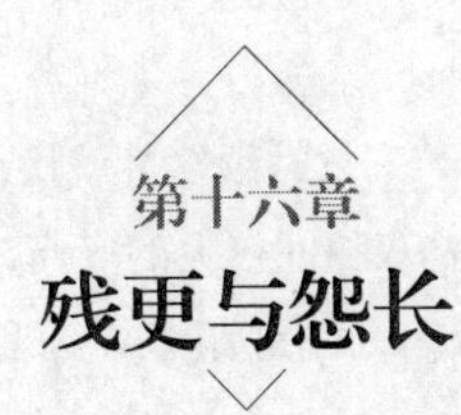

第十六章 残更与怨长

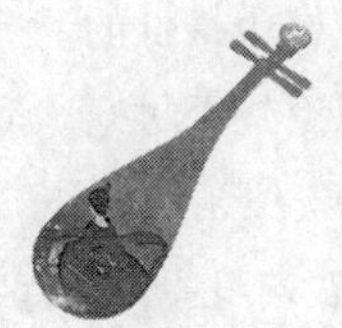

冯妙提起裙角，上前几步，把雪白的垂地鲛纱通天帐掀开一角，向内殿看去。

拓跋宏站在四曲镂雕彩漆屏风前，衣衫敞开着。屏风一角，蜷缩着一名女子，散开的黑发遮住了她的大半面容，小衣散落在地上，只用一件外袍草草遮在身前。一双笔直修长的腿，无力地收拢在一起。

“你……你……你怎么能做出这种事来？！”拓跋宏显然气极了，指着那女子的手因为愤怒而微微颤抖。

那女子却一言不发，扶着屏风边沿站起来，把外袍胡乱穿在身上。借着屏风上反射的微弱灯火，依稀可以看见衣衫下摆上，有一小洇嫣红的血迹。女子束好衣带，连头发也不拢起，跪在地上给拓跋宏磕了头，嗓音沙哑地说：“嫔妾已经侍奉过皇上，请皇上更正嫔妾的名分。”

虽然这声音跟平日大不一样，冯妙还是一下就听出来了，那是李弄玉的声音。她惊得掩住了嘴，李弄玉怎么会想要做皇帝的妃子？

拓跋宏抬手在屏风上重重一拍，沉重的四曲屏风轰然倒地，声音震得人耳中嗡嗡作响。他余怒未消，指着李弄玉说：“勰弟一直说，你胸中乾坤不亚于男儿，朕万万没料到，你也会做出这种不知廉耻的事来。你……你叫朕百年之后，如何面对勰弟？”

李弄玉不再多说一句话，只是一下一下地磕下头去，额头碰撞在澄泥金砖地面上，在空寂的大殿中发出叹息似的回响。

拓跋宏怒极反笑，一连说了三声“好”字，转身背对着李弄玉：“你就替朕最后拟一次旨意，册封李弄玉为从七品才人，移居漪兰殿，非经传诏，不得进入崇光宫。”

“嫔妾谢皇上恩典。”李弄玉拿过纸笔，就伏在地上匆匆写了几行字，然后拢紧衣衫走出内殿。她像是忍着双腿间极大的疼痛，只能挪着小步走动。

鲛纱掀起，冯妙来不及躲闪，刚好跟李弄玉迎面撞见。李弄玉瞥了冯妙一眼，从她身边漠然地走过。

从七品才人，是有品级的妃嫔中最低的一等。漪兰殿又偏僻冷寂，几乎与冷宫无异。侍奉过皇帝的女眷，无论是否封妃，都会在起居注上有所记录，不能外放出宫，也不能另嫁他人。拓跋宏给了她位分，却摆明了要从此冷落她。

冯妙合拢鲛纱帐幔，走到拓跋宏身边，从背后环住他的腰，把头贴在他背上。

“妙儿，你也看见了？”拓跋宏的声音里透着精疲力竭的疲惫，“她在朕的茶里放了迷药。连弄玉也欺瞒朕，朕还能相信谁？”

“妙儿，”他忽然把冯妙拉到身前，强迫她直视自己的眼睛，“你不会骗朕，永远不会有事情瞒着朕，是不是？”他双手如铁环一样捏紧冯妙的肩，执拗地非要得到一个答案。

冯妙伏在他胸口，闭着眼睛轻轻点头，心里却越发忐忑不安。如果现在告诉他自己有了孩子，他会怎么想？

李弄玉一夜之间从中才人变为才人，在后宫中如一滴水落入滚烫的油锅。一字之差，她便从守节的女官，变成了攀龙附凤的妃子。几乎在宫中任何一个角落，都听得到窃窃私语声，人人都替始平王不值，衣冠才下葬不久，生前心爱的女子就爬上了皇帝的龙床。

侍寝与册封都发生在一夜之间，以至于第二天一早，李弄玉按规矩到奉仪殿给太皇太后请安时，崔姑姑连赏赐的镇枕玉如意都还没准备好。

从奉仪殿出来，还没走出多远，兜头便是一盆冷水泼在李弄玉身上。李含真指着她大骂：“李家没有你这样忘恩负义的女儿，我也没有你这样狼心狗肺的妹妹！早知道你会这样，还不如六岁那年让你在荷塘里淹死，何苦要救你？！”

李弄玉的头面、衣裳全都湿了，冷水答答地滴下来，冲得她脸上一片狼藉。她冻得嘴唇乌青，身上不住地打着冷战，牙齿咬得“咯咯”作响，抖着声音反问：“始平王正式向父亲下聘，说要迎娶我了吗？既然没有下聘，他现在又尸骨无存，我侍奉皇上有什么错？”

李含真被她气得说不出话来，好半天才说：“你很好！你要做皇妃，只管去做！”她从头上拔下碧玉簪子，在两人之间的地面上狠狠画了一道：“我李含真发誓，今生今世终身不嫁，替李氏偿还始平王的情义，你我的姐妹情分，今天也一刀两断！”

李弄玉冷笑着说了一声“迂腐”，从她身边绕过，丝履正踩在碧玉簪子画出的那道线上，重重地踝了一踝。

来给太皇太后请安的妃嫔们，目瞪口呆地看着她们姐妹反目，原本那一点窥探别人隐秘的兴奋，都被这决绝的话语惊得烟消云散。

漪兰殿没有那么快打扫好，李弄玉仍旧暂时留在华音殿偏殿。忍冬向冯妙转述了事情的经过，有些担忧地说：“要不要奴婢去看看李……李娘娘，她回来以后就一直关着房门，奴婢怕她一时想不开，晦气冲了娘娘的胎气就不好了……”

“不会的，”冯妙用桃木小梳一下下梳着头发，“弄玉不是那么容易寻死的人，不过我去看看她也好。”

偏殿门窗紧闭，屋内有浓重的酒气，李弄玉换了干净的寝衣，坐在地上，手边还放着一把小巧的刀，刃上血迹斑斑。

冯妙在她面前蹲下身子，轻声问：“你把自己作践成这个样子，始平王如果泉下有知，心内会安宁吗？”

李弄玉“咯”地笑了一声：“是你告诉我的，生前的事还顾不过来，哪管得了死后的虚无缥缈。他要是泉下有知……他要是泉下有知，为什么梦里总背对着我，一句话也不说？”

“我想问他该怎么办，小事上他都浑不在意，可大事上从来都最有主见。可他一句话也不说……一句话也不说……”李弄玉的手几乎捧不住酒坛，琥珀色的酒从倾斜的酒坛里流出来。

冯妙按住她的手扶正酒坛：“你想做什么，能不能告诉我？”

李弄玉挣扎着要站起，却又踉跄着坐倒，手握成拳压在腿上，眉心似乎因为疼痛而紧紧蹙起：“我不想告诉你。我利用了皇上传召你的机会，你不怨我吗？我观察了好久，皇上只有传召你时，才会叫内监去门外等候，我也才能有机会动他的茶水。”

冯妙知道再劝也是没用，如果别人能劝说得她改了主意，她也就不是李弄玉了。“我不会因为这个怨你，我只怨你明明有机会选择，还是这么葬送了自己的一辈子。”

“我的一辈子，早就葬送在白登山了。”李弄玉把半坛酒缓缓浇在地上，扶着梨木胡床站起来，“我没什么东西可收拾，一会儿就有内监来接我离开。漪兰殿偏远，恐怕以后也没什么见面的机会了。”

李弄玉一走，华音殿也显得越发冷清。倒是忍冬带着几分喜色，把一摞习字的纸抄递到冯妙面前：“崔姑姑刚才送了这个来，说是小郎君近来练的字，太皇太后看了也很高兴呢。”

冯妙接过来随意翻看，开头几张是抄誊的乐府诗，后来夹着些药方子、香料方子、茶方子，竟然零零散散什么都有。随手翻动时，忽然觉得其中一张纸比别的软些，像是写字时不小心用水泼湿了。

抽出来一看，是一张平喘润肺的方子。陈皮去白、杏仁去皮尖、枳实麸炒、黄芩酒炒、瓜蒌仁去油、茯苓各一两，胆南星、制半夏各一两半，用姜汁和为丸，胸闷欲呕时服下。

方子底下还写着一行小字："孕五月以后，咳喘容易复发，最最要紧的是宽心静养，不要多思多虑。"字迹是冯夙的字迹，语气却分明是王玄之的语气。冯妙默默记下了方子，把那张纸凑到火烛上烧了。

大约是真的动了气，拓跋宏一连几天都没有传召任何人，连李含真要侍奉笔墨，也被他拒之门外。

冯妙料到李弄玉身上的波澜，还远远没有结束，却没料到下一波来得这么快。

因为太皇太后推崇佛教，宫中妃嫔也大多效仿。每月初一、十五或是特别重要的日子，总有不少人要到小佛堂上香祈愿。这几年下来，也渐渐成了一项规矩。

冯妙原本为了躲着不见人，已经好久都不去上香了。可四月初八是浴佛节，再躲着不去，未免失了礼数。

为着要上香礼佛的缘故，妃嫔们都穿得比平日素简不少，连一贯张扬的卢清然，也只穿了一身淡色罗裙，在头上簪了两支玉簪。

冯妙刚刚站定，远远地就看见一辆马车驶过佛堂门口的石桥，风卷起车帘，露出郑柔嘉的侧脸。她刚刚晋了九嫔之位，又有身孕，在宫道上乘马车也不算逾制。可卢清然还是不服气地"哼"了一声："就她娇贵！"

石桥窄小，马车很费了一番力气才驶过来。侍女刚扶着郑柔嘉下来，李弄玉便也从一旁的弯曲小道上缓步走了过来。

嫔妃们一见李弄玉，都好像见了什么不祥之物一样，向后躲了几步。李弄玉却一扫从前的清冷神色，走到郑柔嘉的马车边，抚摸着马鬃说："真是一匹良驹，似乎不是平城本地的马啊。"

郑柔嘉声音有些娇怯："是家父从胡商手里买来的马，听说有个名字，可我记不得了。原本是八匹，都献给了皇上，皇上又把这匹赏给了我，说这马跑得平稳。"说到最后，她也难免带上了一丝得意。

李弄玉微微一笑："塞上春来。"

郑柔嘉一愣，不明白她在说什么。李弄玉转头向她解释："这马名叫塞上春来，是春天时才捕得到的野马，被人驯服了贩卖到平城这里来。"

"既然是野马，就难免有野性复发的时候，郑充华要多加小心了。"李弄玉握惯了笔杆的手指，沿着马背轻轻一抚。那马果然是经过训练的良驹，一直稳稳地站着，不时打个响鼻。

宫嫔们由高照容和崔岸芷领着，在佛前焚香、叩拜。接着众人依次把写着祈愿的花笺，缚在佛像前的盘香上。盘香悬垂如塔，随着香线燃烧，祈愿花笺就会顺次落入正下方的瑞兽铜鼎中，焚成灰烬。

冯妙提笔斟酌半晌，只写了一个“安”。安字易写，安好难求。

李弄玉远远地站着，既不叩拜，也不写祈愿花笺。到离去时，她便静默地跟在众人身后。

宫女寄春搀扶着郑柔嘉先上马车。郑柔嘉才一掀起裙角，那匹一直温顺的马，忽然仰起头长嘶了一声，前蹄不住地踢腾。

寄春吓了一跳，赶忙高声叫喊：“快拉住它，别惊了娘娘！”

驾车的内监立刻从车辕上跳下来，扯着马缰想让那马安静下来。可这塞上春来原本就是野马，力气比普通的马大得多，那小内监只会驾车，不会驯马，用马鞭抽打了几下，却惹得那马更加狂躁。

有过白登山围猎那一次，宫嫔们对兽类都心有余悸，此时吓得花容失色，纷纷向后躲去。

郑柔嘉护着肚子，原本行动就不大灵活，今天又特意穿了一件垂地百褶长裙，身子向后躲着，丝履却踩住了裙摆。她“呀”地惊叫了一声，不受控制地向后摔去。寄春急忙忙地想搀住她，反倒被她扯得一同跌倒在地。

一团混乱中，内监布满汗液的手一滑，那马便直冲出来，扬起前蹄便往郑柔嘉身上踏去。有人“哎”了一声，转过脸去不忍再看。

冯妙瞪大眼睛，盯着那马蹄，一颗心都快从胸腔里蹦出来。要是郑柔嘉被惊马踢伤没了孩子，该有多么伤心绝望。她完全想象得出那种得而复失的痛苦，比从来没有过更疼痛百倍。因为想象得出，她才更要护好自己。

忍冬觉出她放在自己胳膊上的手指收紧，欠身挡在她前面，低声安慰：“娘娘不要惊慌，前面有半人高的围栏，那马不会冲过来的。”她们站的地方，本就在人群之后，十分隐秘安全。

似乎是坚硬冰冷的马蹄踏在柔软身躯上的声音，接着是郑柔嘉痛苦、嘶哑的惨叫声，寄春惊恐的哭喊声。冯妙的目光越过忍冬的肩头，看见郑柔嘉的裙下渗出大片的血迹来，顺着地上青砖之间的缝隙蜿蜒流淌。

不知何时，李弄玉已经越过人群，死死扯住了马缰。那马掉转方向，往宫道上狂奔而去。李弄玉的力气并不大，根本拉不住一匹惊马，被拖行了十几步远，才倒在路边，眼看着那马跑远了。

驾车的内监知道自己闯了大祸，吓得瑟瑟发抖，连话都说不出来。还是崔岸芷提醒了他一句：“快去告诉羽林侍卫统领，把那马射杀了吧，要是惊扰皇上或是太皇太后，罪过就更大了。”

有人传了软榻来，抬着昏死过去的郑柔嘉离开。高照容和崔岸芷都说自己见不得血腥，搭着婢女的手走了，其他人也就纷纷散了，只有寄春一路的哭叫声，隔了好远还能隐约传来。

冯妙顺着官道走过去，把李弄玉扶起来。她的衣衫都已经在地上蹭破了，手臂上全是刮擦出来的血痕。

“弄玉，你告诉我，郑柔嘉痛苦哀号，能让你心里好过一些吗？”冯妙摇晃着她的肩膀，手指直发抖，那个“纵意忘情”的李弄玉真的一去不复返了。

李弄玉茫然地抬头，声音轻软如雾：“我就知道你会看出来的，宫里这么多人，就你看得最明白。”她甩一甩头，对自己手臂上的伤处一点也不在意：“我不是为了自己好过，我是为了让她尝尝得而复失的滋味。”

为了区别身份，也为了避免气味冲撞，宫中女官是不允许使用香料的，只有嫔妃才可以在衣衫上熏香。李弄玉的衣襟上，有浓重的苏合香味，恰好遮掩住了能令马受惊发狂的药味。她把那药粉洒在马鬃上，佛堂上香的时间里，药性刚好散发出来。

宫道空旷无人，冯妙觉得自己的声音也变得十分遥远：“你那么恨她，为什么还要把马引出院外，救下她一条性命？”

李弄玉舒展唇角，绽开一个明媚的笑容来：“我不恨她，从前我一直以为，因为萧郎对我好，我就喜欢他。可没了萧郎，我才知道，别人对我再好，也比不上萧郎一星半点。我只是要给自己求个公平，她要是就这么死了，还怎么体会得了这种锥心刺骨的痛楚？”

“你知不知道，每天早上起来，我都觉得我做了个噩梦，好可怕……我的萧郎不在了。我慌慌张张地要去找他，告诉他我又做噩梦了。可披衣推门时，我才想起来，这不是梦……都是真的……一切都是真的……”李弄玉抬手捂住脸，泪水从她指缝间流出来，“郑氏的人在萧郎的马上动了手脚，我就要用一模一样的方法，还她百倍千倍的痛苦，并且要她日日清醒地受着这苦。睡过去时，是一场噩梦，醒过来时，是另一场可怕百倍的噩梦。”

冯妙见她身边连个侍女都没有，让忍冬好生送她回去，自己沿着小路走回华音殿。

傍晚时分，影泉殿就传来消息，郑充华的胎保不住了，而且因为伤了腹部，恐怕她再也不能有孩子了。那匹名贵的惊马，奔出数百步远后，被羽林侍卫当场射杀，驾车的内监也被杖毙。

李弄玉因为阻拦惊马而受了伤，皇上指派了一名御医去替她裹伤，却没有什么褒奖、安抚的话。

冯妙只觉得世事无常，越发觉得一切苦心安排，终究抵不过冥冥中看不见的那只手。她以为滢妹可以安然度过余生，滢妹却香消玉殒。她也以为弄玉能自在顺意地嫁给如意郎君，可弄玉也终究成了锁进深宫的一抹身影。

入夜时分，没经女史提前通禀，拓跋宏就直接来了华音殿，眉目之间满是疲惫。拓跋宏才思敏捷，拟写诏令几乎是提笔立成，连那些颇有经验的文书官吏，也挑不出半点可以更改的地方来。可他毕竟一个人日理万机，后宫又闹出这样不平静的事来，难免觉得心烦。

冯妙给他斟了一盏绿茶，茶里加了薄荷叶，氤氲热气里带着点清凉。她又替拓跋宏解下发冠，用犀角梳子梳理头发。拓跋宏捉住她的手，叹息着说："幸亏还有你这里，可以让朕静一静。"

"皇上是为了郑充华滑胎的事忧心吗？"冯妙轻声细语地说，"谁也没料到会出这样的意外，以后叫内监们小心些就是了。"

拓跋宏抱她坐在膝上，声音低沉如钟："要是实话说了，恐怕你心里要怨朕薄情。柔嘉的孩子没了，朕反倒了却了一桩心事。因为郑羲刚刚告发高氏，立下大功，荥阳郑氏又是很有名望的大姓，朕才不得不多给他们恩宠，以示朕对汉族世家的重视。可要是柔嘉生下男孩，恐怕郑氏外戚也不会安分的，到时候反倒成了祸害。"

冯妙微微皱眉，他不想叫哪个妃子有子，只要每次事后给她一碗避子汤药就行了，何必这么忧心。

"妙儿，朕时常想，要是有一天，有一个朕最心爱的女子生下的孩子，朕一定宠他爱他，让他不用起早读书，不用面对口是心非的嘴脸，也不用默记那些帝王御下之术。朕给他单独建一座高台，让他躲在高台里，想做什么就做什么。"拓跋宏说这些话时，眼角弯起一个温柔美好的弧度。

冯妙听了禁不住失笑，这实在是痴人说梦，且不说躲在高台里，几乎就是软禁，单说这样一个不谙世事的人，如何能够确保一生高枕无忧呢？

拓跋宏听见她发笑，把她揽到胸前问："怎么？你不相信？"

"不是不相信，"冯妙低下头去，"只是不知道，谁会有幸成为皇上最心爱的人呢。"

拓跋宏不再说话，微闭了眼睛来亲吻冯妙，含住她柔软的下唇，一下下地轻咬、吮吸。紧绷了许久的心神，在这极致温柔的吻里松软下去。冯妙紧贴在他胸口，尝试着探出舌尖，回应着他唇齿间的柔情。

舌尖轻缠在一起，软而温热的触感，让冯妙不自禁地闭上了双眼。在她生涩的回应里，拓跋宏的力道越发重，直叫她酥痒眩晕，身上一阵阵地发软。

“如果，我说如果……”她低低呢喃着开口，“要是妙儿有了孩子，皇上会怎么待他呢？”

第十七章 孤灯寒照

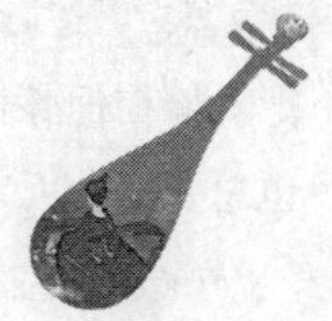

烛火摇曳不定，正如冯妙此刻忐忑不安的心情。太皇太后给她的那一包草药，还藏在放冬衣的樟木大箱里。如果拓跋宏能准她留下这孩子，她就不需要寻求太皇太后的庇护。不知道从什么时候开始，她心里的风向，已经悄悄向拓跋宏倾斜了。

毕竟他是自己的丈夫，是这孩子的父亲。不到万不得已，冯妙并不想走到他的对立面去。

拓跋宏的脸上飞快地闪过一丝惊诧，随即敷衍似的笑一笑："妙儿，你一直有些咳喘症，其实不大适合生育。你现在还年轻，朕也年轻，不如先把咳喘症慢慢调理好了，再想养育子嗣的事。朕明天另指一个御医给你，替你好好开几道方子。"

冯妙用脚尖拨弄着地毯上的团绒，心里分不清拓跋宏究竟是真心还是假意。这几年高清欢给她送过不少药，她自己闲着无事时，也喜欢看些药方解闷。治疗咳喘最有效的几味药，刚好都是很容易导致不孕的。咳喘这样的病症，十年八年也未必治得好，就算治好了，只怕……也永远不会有孩子了。

眼前浮现出白日里郑柔嘉痛苦的模样，刚才的一点疑惑豁然解开，皇帝要抬举郑氏满门，当然不会在欢好过后给郑柔嘉喝避子汤药。他手中握着生杀予夺的权力，想要除掉一个未出生的孩子，会有很多机会。一碗汤药，代表的只是他亲疏喜恶的态度而已。

"妙儿，朕想在你这儿好好歇歇……"拓跋宏有些困意上涌，双手往她腰上搂去。

冯妙悚然一惊，几乎是下意识地要把他推开。她曾经偷偷对着铜镜看过一次，小腹已经微微隆起，隔着衣衫还看不到什么，可摸上去总会有些不一样了。

她抽身出来，在拓跋宏面前缓缓跪倒："妙儿曾经提过，有件事要跟皇上说。"

拓跋宏见她神色凝重，不由得有些奇怪，伸手要拉她起来："有什么事值得这样郑重其事？你只管开口说就是了。"

冯妙的目光落在他腰间的佩绶上，他日日戴着的，仍旧是春社日祭祀那天的一枚玉佩。"皇上，妙儿虽然天天这样唤您，可在妙儿心里，您是丈夫多过是君王。"她俯身向前，揽住拓跋宏的袍角，把头倚在他膝盖上，"妻子为丈夫诞育子嗣，是再自然不过的事，即使千难万难，也总要做。万幸上天垂怜，妙儿现在可以……"

当着拓跋宏的面说起这件事，冯妙脸色微微发红。她的手指落在那枚玉佩上，轻轻打着圈。其实她的行动，已经做出了选择，至少在改换服饰这件事上，她舍弃了太皇太后，选择了支持她的夫君。

拓跋宏愣愣地看着冯妙，似乎听不懂她在说什么。冯妙的心直往下坠，话已经出口，再没有转圜的余地。

"妙儿求您……"刚说了几个字，她忽然被拓跋宏打横抱起。他在算不得宽敞的内殿来回走了几步，像是捧着一件易碎的东西，不知道该放哪里好。

"御医看过了没有？"他的声音有些颤抖和嘶哑。

"还没有，"冯妙埋头在他肩上，"妙儿想先告诉皇上，可是这段时间一直不安宁，没有机会开口。"她不知道其他人怎样跟皇上说起这件事，她只见过林琅那一次，是从侍御师的口中说出来的。

拓跋宏把她放在床榻上，盯着她轻薄寝衣下略见隆起的小腹，愣愣地看了半晌，小心翼翼地把一只手放在上面。掌心的温热，隔着寝衣传递过来。有那么一刹那，冯妙觉得他一定会是个溺爱孩子的父亲。

可这温暖只有短暂的一瞬，拓跋宏站起身，拉开房门逃一样地冲了出去。他脚步匆忙，带得夜里的寒风涌进室内，差点扑灭了烛火。手掌抚摸过的地方，也显得凉意更盛。

冯妙怔怔地躺在床榻上，不明白他怎么会如此失态。她把手压在小腹上，遮住他刚才抚摸过的地方，他的手掌那么大，要用上两只手才能完全盖住。不管怎样，她已经做了她能做的一切，尽力留住这孩子。

她还清楚记得，小时候进入昌黎王府以前，她总是被人指指点点，说是生父不详的野种。那些大人总以为，两三岁的孩子还什么都不懂，可她其实什么都懂了，而且记得异常清晰。因为这段记忆，无论在什么情况下，她都不会放弃自己的孩子。

拓跋宏匆忙离去后，一连几天再没踏足华音殿，只有如意姑姑来了一次，带着一名侍御师来给冯妙诊脉。事后便有旨意过来，说冯妙咳喘症发作，可以免去按制的问安，专心静养就好。

旬日时，王玄之照旧陪着冯夙来奉仪殿，拓跋瑶也照旧进宫，陪着太皇太后说话。谈笑间时间过得飞快，转眼就该传午膳，冯妙却一直没来。

拓跋瑶起身去小厨房里，看看炉火上给太皇太后炖着的滋补药膳。不一会儿，王玄之便也寻了借口离开内殿，绕进小厨房里来。

“六公主殿下。”他客气地长揖为礼，即使在狭窄逼仄的通道内，也仍旧仪态翩然。

拓跋瑶猛地转身，装作去查看小砂锅里的咕噜作响的汤，升腾而起的蒸汽，熏得她半边脸都又红又热。他们每隔一段日子就在奉仪殿见面，但这还是第一次单独面对面地说话。那一年云泉寺半山腰的花草香气，似乎萦绕在鼻端久久不散。

“公子是太皇太后的座上宾，不必这么客气，我们这些人都是沾你的光。”拓跋瑶用勺子在小砂锅里一下一下地搅动，“公子可是有什么事要说？”

王玄之有些犹豫，这话其实不该问，可他压不住心里迫切的念头，看见拓跋瑶离席就跟着走了出来。“请问六公主，跟您交好的那位冯婕妤，她……她的喘症是不是先天带来的，多久会发作一次？”

他曾经拿这话问过冯夙，可冯夙却茫然不知情。他也查过医书，知道患有喘症的人身子沉重时，会更容易发病，生育时尤其凶险万分，挺不过去就是一尸两命。他见过几次冯妙心急时便呼吸短促，今天又刚好听说，她咳喘发作，要留在华音殿静养。那种不安的念头，让他失了平常的淡定冷静。

“也许是天生的吧，我并不清楚。有一年大冬天里，她被皇兄罚跪灵堂，那一次发作得特别厉害，差点连命都没了。一直到我离宫之前，她还是会时不时地发作，不能焦急劳累……”拓跋瑶手下的力道渐重，勺子磕在砂锅边沿上，发出闷闷的声响。

余光依稀看见王玄之脸色都变了，她心里忽然升起一种快意。看见心爱的人在眼前受罪，却无能为力，心里一定很难过吧？

出嫁那年，她曾经偷跑出宫，疯了一样赶到云泉寺。只要他点一点头，她就愿意跟在他身边，哪怕做个侍婢都行。她一口气冲上陡峭的石阶，连气息都还没喘匀，隔着薄纱窗，便看见王玄之坐在竹席上，一边小口地喝酒，一边拿着那张粉笺仔细地看。看一会儿就放在一边，用雕凿印章的刻刀，在一粒红豆上刻下一个“妙”字，他手边还散落着六七粒滚圆的红豆。

水汽遮住了拓跋瑶此时的难堪，她连王玄之何时离开的都不知道。心口像有一只小虫，在一口口噬咬她的血肉。她声音嘶哑难听，手臂上全是新旧交叠的伤痕，却从来没有听他询问过一句……

崇光宫内，拓跋宏面对着一本摊开的奏折，目光却久久定在瑞鹤香炉上，看着鹤嘴中散出的袅袅烟雾出神。冯妙对他说，她现在可以为他诞育子嗣了，他竟然紧张得几乎失态。她说得那么隐晦，隐晦到他反复想了好几次，才敢确定这句话的意思。

他很久没有在召幸过后哄她喝避子的甜汤了，因为他听说，那种汤药喝久了，会真的终身不孕。他不是不准她有孩子，只是现在……并不是合适的时机。

太皇太后对他擅作主张的几件事大为不满，近来频繁阻挠他调动人手。尤其是软禁高太妃之后，太皇太后不动声色地找了几个借口，把羽林禁卫中效忠皇帝的部将，全都调出了内宫。

尚未垂垂老去的太皇太后，正当年少的亲政天子，类似的情形，史书上已经读到太多次了，最终只会有一个人，成为禁宫中真正的主宰。他原本希望，等到解决了眼下麻烦的情形，他们之间可以有一个干干净净、不受任何牵绊的孩子。

恰在此时，刘全在门口通传："高大人到了。"拓跋宏转回神，淡淡地说了一声："宣。"

高清欢熟稔地在拓跋宏对面跪坐下来，刘全知趣地合拢殿门，打发小太监去后院打扫。

听见门扇闭紧的声音，高清欢才从袖中取出一份名册，递到拓跋宏面前："这些都是曾经与高氏来往密切的人，用朱砂标记的那些，不过是看着高氏得势就巴结逢迎，高氏一倒就再不登门了。"

拓跋宏嘴角噙着丝冷笑，一行行看到最末尾。高清欢估计着他已经看完，略微躬身说道："皇上让臣查访的另外一件事，也有结果了。"

拓跋宏放下手里的名册，等着听他说下去。

高清欢取出一块布帛，放在面前的紫檀木案上："臣已经详细记录在这里，请皇上过目。"对于皇帝这些奇怪的要求，他从不拒绝，也从不过问原因。对他来说，一切都是一场交易，他能满足皇帝那些不想被旁人知晓的愿望，皇帝能给他改变身份和命运的权力。

布帛上是一张药方，当年晋孝武帝的宠妃有孕时患有气疾，晋孝武帝曾经遍访天下名医，寻来了这张既可以压住喘症、又不会伤了胎儿的药方。后来晋朝破灭，药方连同当时剩余的几颗药丸，一起流落在外。这方子需要的几味药材，都名贵难得，所以方子虽流传多年，却没有多少人真正用到。

拓跋宏嘴角的冷笑更浓，手指一收，把布帛攥紧在手掌中。看到高清欢仍在面前，他把手指一根根松开，强逼着自己神色恢复如常，淡淡地说："你办事稳妥谨慎，只掌管傩仪祭祀，实在是大材小用了。等朕寻个机会，调你做中朝官吧。清理高氏余党，也多亏有你和照容立下大功。”

高清欢垂下眼睑，语气平静地回答：“臣毕竟是高氏养子，清理高氏余党，实在算不得一件光彩的事，请皇上不必专门提起了。”

他起身告退，只留下拓跋宏一人坐在原处。那张揉皱的布帛，颓然落在桌面上。药方下方，还有几行小字，记录着平城内几家药铺高价收购那几味名贵药材的情形。那几家药铺，恰好都是王玄之的产业。

冯妙在华音殿惴惴地“静养”了整整六天，她不知道拓跋宏打算把这孩子怎么样。因为那道静养的口谕，她连去奉仪殿面见太皇太后都不能了。

午膳刚用过，刘全的通传声就在门外响起。冯妙原本斜倚在小榻上正要午睡，没料到他会在这个时候来，赶忙起身整好衣装，又问他要不要传些膳食来用。

拓跋宏有些心不在焉，像是在想些别的事情。他仍旧抱冯妙在膝上，却不像往常那么亲密，动作间有些不自然的僵硬。他开口时，带着些试探意味：“妙儿，你有孕的事，还有其他人知道吗？”

冯妙心头一跳，下意识地认为，他问的是太皇太后那边，低声回答：“没有了，这种事情，妙儿自然第一个要告诉孩子的父亲。”

拓跋宏音调怪异地重复了一声：“父亲？”

冯妙隐隐觉得他语气不大对，却又自问，并没有哪里会让他觉得不快。

“朕听说了一件很有意思的事，平城里的几家药铺，都在高价采买几味不会伤胎又能压住喘症的药材。”拓跋宏的手在她下颌上抚摸，似乎随时都可以用力扼住她的脖颈，“前几天，朕还听瑶妹说起，王玄之在太皇太后寝殿中，曾经问起你喘症的情形……”

悬着的心忽然“咯噔”一声，冯妙起先还静静地听着，越听越觉得心惊，不敢细想他话里的意思，一双眼睛瞪得老大，越是想要深呼吸，气息就越发急促微弱。

“妙儿……”看见她脸色发青，拓跋宏心里涌起一丝悔意，他原本不想这样问她，他宁愿相信，王玄之握着这张药方，是想要跟他讲些条件的。他与王玄之都心知肚明，彼此各取所需，互相利用也互相防范。可一见着冯妙，话就不受控制地脱口而出。

他不大会哄人，急急地转向自己本来要说的话，因为着急，语气越发显得生硬冷漠：“妙儿，朕问过上次给你诊脉的侍御师，你的情形确实不适合生育。朕看，不如这次先不要……”

冯妙从他膝上挣脱下来，踉跄着倒退了几步，倚着墙角跟他对视。她把两手护在小腹上，像一只被逼得无路可逃的小兽一样，微微弓起脊背。

“妙儿，你过来，朕只是跟你商量……”拓跋宏刚要上前一步，冯妙就失声尖叫，仓皇向后躲去。可她背后就是冷硬的墙壁，已经无处可躲。

他不想要这孩子，也就算了，竟然怀疑这孩子的来历来羞辱她。

冯妙抬手攥紧领口，想要敞开些透透气，可呼吸却越发艰难。她身子倚着墙壁，软软地滑倒下去，头脑中尽力维持着最后一丝清明：“皇上，求您让我留下这孩子，我愿意跟皇上做一回……做一回交换。”

她这几天一直在想，怎么能让这孩子，变成一颗他父亲眼中有用的棋子。不到心灰意冷的时候，她总还是不愿意用上这个法子。不过用上了也好，终于不用再摇摆不定地折磨人了。

“什么交换？你只管说。”拓跋宏见她忍受着窒息一样的痛苦，心中如刀割一般。可他不敢上前，他的举动，只会让冯妙更加紧张焦虑，那种提不起气来的痛苦也就越发强烈。

冯妙已经有些神志迷离，看不到他脸上掩饰不住的心疼担忧，只能清晰地听见他冷静沉稳的话语，要她把交换的条件讲来听听。

“我可以……替皇上担下天下骂名。”冯妙说的话，被急促、沉重的喘息声，截断成残缺的碎片，“皇上可以祈福为名，为这孩子……供养一尊石刻佛像，在山间修造佛像，需要……需要人手，皇上可以借机派遣信得过的部将，操练不属于任何亲王贵胄的兵马。此子尚未出生，就劳民伤财、大兴土木，已经是失德……失德之人，自然不能做太子，更不适合继承大统。”

她所说的供养，是在山间开凿洞窟，请能工巧匠在洞窟中雕刻佛像，是善男信女最虔诚的一种发愿方式。雕凿石像花费巨大，即使是官宦人家，有时也要祖孙数代共同完成。尚未出生的孩子便供养佛像，此前更是从没有过先例。

冯妙跪伏在地，双唇渐渐发白，口中微弱的声音仍在恳求：“求您……答应……”

拓跋宏抢一步上前，接住她软倒下去的身子，握住她的手说：“别说话，朕都答应你。”他的确想过不要这孩子，但那只是因为，不想为了生育子嗣而失去她。他甚至有些可笑地想过，要是她亲口承认这孩子来历不正，他就不用左右为难，可以毫不犹豫地舍了孩子、保住妙儿。

他只是没料到，冯妙爱这孩子，超过爱惜自己的性命。

冯妙醒转时，第一件事就是伸手去摸自己的小腹。才刚一动，就觉得膻中、璇玑、三间穴上扎了几根细细的银针，禁不住吃痛微哼了一声。

“妙儿，孩子没事，不要担心……”拓跋宏上前握住她的手，叫她不要乱动。他眼见着冯妙病发到昏厥，喘不过那一口气，几乎差一点就死去，又惊又怕守了她一天一夜，眼中全是赤红的血丝。

冯妙转头看见他的样子，茫然想着，能做皇帝的人，果然不是寻常人，连关切都表现得如此逼真。前一刻还怀疑她的孩子是私通而来的野种，后一刻就爱惜得如珠如宝，看来那交换的条件，的确说动他了。侍御师上前，从她的穴位上取下银针。冯妙只觉得困倦，疲累像从骨子里透出来，手足都酸软无力。她一句话也不想多说，沉沉地合上眼。

这一年里宫中的第二桩喜讯，很快就传遍了六宫。拓跋宏亲自拟旨，晋封冯妙为贵人，一跃成为宫中位分最尊贵的人。他又传下口谕，说冯妙喘症未愈，任何人都不准到华音殿来扰她清静。

忍冬高兴得几乎语无伦次，直给冯妙叩头道喜，祝贺她终于苦尽甘来。冯妙并没见多高兴，却也没对忍冬说出缘由。既然拓跋宏表现得如此天衣无缝、毫无破绽，她便也尽心扮演好一个即将得子的“宠妃”的角色。

她开口替弟弟索要封爵，拓跋宏几乎没怎么考虑，便给了冯夙北平郡公的虚爵，几乎与冯诞比肩。

她适时地在家宴上说出，觉得胎象不稳，想要去寺中祈福祝祷。拓跋宏便立刻柔情蜜意地怜惜她辛苦，说要替她和腹中孩子，在平城以西的武周山上雕凿一座供养佛像。

她害喜严重，吃不下东西，拓跋宏就命人从国境以南，日夜兼程地运来时鲜蔬菜。

原来，只要不要求虚妄的情爱，要得再多，他都给得出。

冯妙很少说话，有时到崇光宫去侍奉，也只是静静地坐在小榻上。唯独某一天，肚子已经有五个月大时，冯妙坐在紫檀木案一侧，忽然觉得腹中一暖，伴随着咕噜一声响动，似乎有只小手在里面轻轻一推，就跟高照容让她触摸的那一次，一模一样。

那是她第一次如此直接地感受到，腹中真的有一个小生命在长大。几乎忘了还在崇光宫侍驾，眼泪很快就蒙住了双眼。一直埋头看着奏章的拓跋宏，悄无声息地走过来，把她揽在怀里，轻拍着她的背，任由她汹涌肆虐的眼泪，打湿了胸前的龙纹。

这一段短暂的平静，在某个清早被一封紧急奏报打破。守城门的小吏，哆嗦着跪在拓跋宏面前，吓得一句话也说不出来。

拓跋宏面色铁青、怒不可遏：“王玄之昨晚就用了伪造的通关文牒混出城去了，你们竟然今天都还一无所知？！守不好城门，你也不用守了，都给朕做苦役去！”

第十八章 香印成灰（上）

守门小吏哆嗦着磕头谢恩，能留下一条性命，已经是不幸中的大幸了。

“滚——”拓跋宏随手拿起白玉镇纸，劈手向下砸去。他很擅长隐藏自己的情绪，能让他失控的人和事并不多，抚着手背上暴跳的青筋，他冷笑着低语：“王玄之，你可真有本事！”

琅琊王氏是百年望族，无论谁做皇帝，整个江东实际上都是王、谢的天下。王玄之一旦离开大魏国境，便会如蛟龙入海，隐匿得无影无踪。不能得他为自己所用，也就罢了。偏偏王玄之目力敏锐、记忆力也惊人，要是他有意留心大魏的城防、粮道，再别有用心地透露给南朝皇帝，这一场拉拢，岂不是成了引狼入室？

“来人，传旨给广阳王，”拓跋宏略一沉吟，便对着内监发话，“命他无论如何在国境内截住王玄之，只要留他一口气在，哪怕盲了、聋了、断手断脚，也要把人带回来。”

冯妙听得心惊胆寒，王玄之这次的确是触了拓跋宏的逆鳞。她想不出，究竟有什么事，值得王玄之这样匆忙离去。拓跋宏一向待他不薄，要是他能说明去向和归期，想必拓跋宏也是必定会允许的。

她只能在心里想想，一句话也不能说，这时她说的任何一个字，都可能火上浇油。可她沉重、急促的呼吸声，还是泄露了她此时的紧张担忧。

拓跋宏忽然探起上身，扯住冯妙的手腕，把她带到身前。“你……”刚说了一个字，便看见她惊慌失措地用双手护住隆起的肚子，曾经如空潭映月一般美好的双眼，此刻被惧怕深深笼罩。

她怕她原该一生依赖的丈夫，怕到时刻都在戒备。拓跋宏松开手，说不清是失望还是什么滋味，叫如意送她回去，好好休息。

他刚才不过是想问一句："你猜猜朕能不能捉回王玄之？"

广阳王派出六路人马，在重要的驿站、水道、城池都设了卡哨。他亲眼见过王玄之，也知道他擅长伪装，亲手画了肖像分发下去。

可王玄之的机敏，远远超出了他的想象。六路训练有素的士兵，被王玄之一人、一小童、一匹识途老马戏耍得团团转。

先是有人看见他跟着商队一路南下，可沿途追过去，商队渐渐一分成二、二分成四，分散得越来越多，却不见了王玄之的身影。接着有人看见他带着小童乘船顺流而下，便也雇了船去追，江面上雾大，追了足足五天才到近前，却发现船头上不过是一个栩栩如生的草人。

广阳王大怒，命人封锁大魏面南一侧的国境，出入一概严加盘查。不料王玄之却在这里旧事重来，大摇大摆地对搜查的士兵说："我认得这画像上的人，你们给我五百两黄金做赏钱，我就告诉你们他在哪里。"士兵早已经焦头烂额，只当他是信口开河的骗子，骂了一顿撵出城去。等他们回过味来，王玄之已经过了寿阳，进入大齐国土了。

消息传回平城，拓跋宏对着奏报，冷笑出声："果然是朕看中的人才，要是真被广阳王给抓住了，倒也没那么让朕挂心了。"

说归说，要到大齐境内抓人，毕竟没那么容易。拓跋宏只能叫广阳王先撤了人马回来，日后再慢慢想办法。

冯清禁足，冯妙有孕，高照容向来不理事，郑柔嘉刚没了孩子正在伤心，袁缨月又在太皇太后面前失了颜面，崔岸芷老实，卢清然是个掌不了事的，宫中一时没人出头，协理六宫的职权便落在了王琬身上。

王琬原本也是太原王氏嫡出的小姐，在家时也曾经帮衬着母亲当家主事，管起六宫事务来，倒也还算井井有条。许是看着宫中连番变故，太皇太后和皇上都各有心事，王琬提议在六月六这天，在扶摇阁设宴欢聚。六月六原本不是什么正经节日，但天气和暖，又没真正热起来，恰恰是开宴的好时节。

扶摇阁许久没有人用过，光是打扫布置就花了整整三天时间。王琬叫人撤去了扶摇阁内的金龙圆桌，改设金丝楠木小案。又在小案之间放上盆栽，把蜡烛用丝带悬在盆栽的枝叶上，让整个扶摇阁直如蓬莱仙境一般。

王琬难得有这样一个表现的机会，所用盆栽、蜡烛，倒有不少是自己贴补了银子采买来的。瞧着新鲜有趣，太皇太后倒也比平常兴致好些。

两位皇子照例坐在拓跋宏左右两侧，皇长子已经能像个小大人儿似的自己坐着，二皇子却还要乳母抱着。高照容一向对孩子很随意，叫乳娘铺了张长绒毯在地上，由着拓跋恪来回爬着玩。

冯妙与拓跋宏同坐在一张小桌旁，她面容越发清瘦，只有五个多月的身孕，在松软的衣裙下十分明显。满桌菜色，她都没什么胃口，只用银筷夹着藕片，小口小口地咬。此时她从侧面看去，温顺得像一只小兔。

拓跋宏静静看着，她每咬一口，耳垂上的一粒东珠就跟着簌簌抖动，只觉说不出的心内安宁。难得见她喜欢吃什么，他干脆把自己面前的一碟脆藕，也放到冯妙面前。

冯妙还记得上次见着恪儿时的情景，特意留心高照容身上是否也有龙骨的味道。可高照容今天用了薰陆香，即使有龙骨的味道，也全都遮住了。

两个孩子渐渐凑在一处，拿着几样香甜齐整的水果玩。二皇子拓跋恪年纪虽小，对人却一点也不客气，看见皇长子拓跋恂手里拿着几颗滚圆的樱桃，伸手就抢了过来，还狠推了皇长子一下。乳娘吓得赶忙磕头请罪，还是太皇太后说了一句“小孩子家就是这样打打闹闹的”，才把这事给揭了过去。

宫女上最后一道菜时，半开着的殿门外，忽然起了一阵风，带得殿内本就昏暗的烛火，摇摇晃晃灭了一大半。旁人倒还没什么，可二皇子拓跋恪毕竟是个小孩子，见周围一暗，立刻哭着“啊、啊”叫了几声，起身就直扑过来。

冯妙大惊失色，小孩子手上没轻没重，要是让他这一下扑在肚子上，她恐怕万万承受不住。她原本拿着湿帕子，在给皇长子擦着脏兮兮的小手，这时越发拉紧了他，只听见一声闷响，两个孩子撞在一处，都“哇”地大哭起来。

宫女赶忙上前重新点亮了蜡烛，冯妙帮皇长子揉着额头，安慰他说：“好了，殿下别哭了，弟弟是想跟小哥哥一起玩呢。”刚才那一刹那，她几乎完全没有时间思考，本能地选择了保护自己腹中的孩子。两个幼儿撞在一起，最多不过是哭闹一阵，可要是撞在她的肚子上，后果不堪设想。幸好刚才光线昏暗，没人看清她的动作。

高照容在坐席上吩咐乳娘：“快替恪儿向皇兄赔礼，叫恪儿不要到处乱跑。”乳娘刚刚跪下，太皇太后就开了口：“小孩子在一起玩儿，磕磕碰碰最正常不过了，动不动就跪来跪去的，那还成什么兄弟的样子？”

听太皇太后这么说，高照容便不再多说，由着两个孩子玩闹去。她向冯妙懒懒地举起酒杯，声音娇媚柔美地问道：“恪儿莽撞，有没有伤到姐姐？这杯酒给姐姐赔礼压惊吧。”

冯妙还没说什么，拓跋宏便拿过她面前的酒杯，凑在唇边饮了一口，对高照容说：“妙儿现在不能饮酒，叫乳娘看好恪儿，不要四处磕碰了。”

小孩子都喜欢熟悉的气味，两次被二皇子拓跋恪腻在身上，冯妙绝不相信这是偶然。她今天穿的也是刚拿出来的薄纱夏衣，跟冬衣、龙骨一起都收在一口大箱子里。今天这身衣衫上，也沾染了龙骨的气味。

高照容必定熟悉龙骨的味道，并且平常也经常让二皇子接触龙骨，今天才能让他害怕时往冯妙身上扑去。冯妙低头继续咬着脆藕，等孩子生出来以后，这样的事恐怕只会更多。方才高照容离得那么远，就算冯妙的孩子因为这一下磕碰有个好歹，别人也只会觉得是小孩子无心的过错。

酒至半酣时，王琬正要问问太皇太后要不要传歌舞。才刚一开口，禁中宿卫统领便上殿通禀，宫门外有人要求见皇上。宿卫统领把一件用同心如意结束着的玉佩捧上，由内监转呈给拓跋宏："那人说皇上看了这个，自然就知道他是谁。臣不知道真假，听说皇上今晚在扶摇阁开宴，便斗胆来请皇上看看。"

拓跋宏往玉佩上扫了一眼，立刻惊得站起，从内监手里拿过玉佩，反反复复看了几遍，才高声说："宣！快宣！"

先帝总共有七个儿子，除了拓跋宏是天命真龙外，其他亲王每人都曾经得了一块上好美玉雕凿成的玉佩，分别按照龙生九子中的六种奇兽制成。始平王拓跋勰分到的，便是螭吻，而刚才那块玉佩，也是雕成了螭吻样式的。

内监匆匆去通禀，不多时，便有人沿着扶摇阁前宽阔笔直的宫道，一直走到拓跋宏面前，掀起衣袍俯身跪拜下去："臣弟拜见皇兄！"

拓跋宏几步走到近前，从地上拉起那人仔细端详半晌，才捶着他的肩膀说："好兄弟！你……回来了！"

他的声音因为激动而带着些颤抖："朕始终不相信你会葬身山谷，把你的府邸和封地都还原封不动地留着！"

始平王拓跋勰站起身，目光同样深切，沉着声说道："是，皇兄，臣弟回来了……"将近半年未见，他的肤色比原先黑了不少，一双手上布满粗粝的老茧，不由得让人好奇，他这半年中究竟去了哪里。

他忽然转身，对跟着自己一同进殿的女子说："阿依，这就是我跟你说起过的、待我极好的皇兄，快过来见礼。"

在始平王拓跋勰身后，站着一名身形高挑的女子，长发乌黑卷曲，双眼大而明亮，毫不畏惧地打量着拓跋宏。

"阿依，不得无礼！"拓跋勰对她低声呵斥，言语间似乎跟这女子很是熟悉。阿依在高车游牧部落的语言里，是月亮的意思，可见这女子必定出身尊贵，才能用这样的字眼做名字。

拓跋勰低低轻咳一声，转身对拓跋宏解释："这是高车首领阿伏至罗的妹妹，还不大习惯礼节，皇兄不要见怪。"

高车是分布在漠北的游牧部落，一向游离在大魏与柔然之外，并不臣服于任何一方。大魏历代皇帝，都曾经想要派遣使者与高车交好，可高车各部散居在广袤无垠的荒漠草原中，且居无定所，寻觅了几次也只能作罢。

高车首领的妹妹，那便与公主没有分别，只是高车人并不讲究封号虚名而已。始平王失踪半年之久，一出现就带回了高车公主一样的人物，这段时间的经历便更加引人好奇。

阿依眼珠一转，流水似的目光从拓跋勰身上扫过，声音清脆如鸟啼："谁不习惯礼节了？偏你总是说人家这也不好，那也不好。"她俯身跪倒，向拓跋宏叩首为礼："阿依拜见大魏皇帝陛下。"

她说一口流利的鲜卑语，只是带着些北地的口音，行礼的动作虽不大标准，可也有模有样。

拓跋宏叫内监给他们添置座位，又对阿依说："不必拘礼，你只管当这是自己家里，平常怎样，现在就还怎样，哪怕比平常在家时更随意都行。"

"皇兄，阿依是第一次来平城……"始平王拓跋勰转身把她拉起来，正要叫她去新设的小案上落座，身形忽然僵硬地顿住，目光牢牢盯着大殿门口。

半开的殿门处，李弄玉正倚着雕金门扇站着，一头乌发还湿漉漉地垂着，身上匆匆披了一件棉袍。那衣裳已经不适合眼下的时令，显然是穿衣的人根本无心打扮，连衣裳错了季节都不知道。

李弄玉面无表情地盯着大殿正中的人，好像只是在看一个远道而来的陌生人，那人根本不是她日思夜想的萧郎。她日夜酗酒，平常几乎一步都不踏出漪兰殿，此时忽然出现在众人面前，倒把人都吓了一跳。

始平王缓缓转回视线，原本要去拉阿依的手，遮掩似的藏在身后，连声音都有些不自然："阿依第一次来平城，对这里的风俗习惯都不大熟悉，有冒犯的地方，请皇兄不要怪罪她。"

他挪动步子，一步一步走到左手边新设的坐席上坐下。包括拓跋宏在内的所有人，这时才注意到，始平王走路时有些跛相，跟从前昂扬潇洒的身姿完全不同。

"勰弟，你的腿是怎么了？"拓跋宏急切地发问，若是在半年前坠崖时就摔伤了，一直没有医治，恐怕他这一辈子都要这样瘸着腿走路了。

始平王拓跋勰自己却好像一点也不在意，微微笑着说："说来话长了，那天在白登山，我的马忽然失控狂奔，把我甩落下去。我在雪地里走了一天一夜，被进山采药的高车牧民带回去，才能活下来。"

他说得波澜不惊，好像在讲别人的事情，可手里的青瓷小杯却不住地磕碰桌面："我养了两个月，才养好了伤，高车首领要我向他跪拜称臣。可我是堂堂大魏始平王，岂能向高车首领跪拜？他叫人放出恶犬，咬断了我的腿骨，这腿就变成了现在的样子。”

阿依听到这里，用手指绞着头发，低垂着头小声说：“始平王是真英雄，这件事是哥哥做得不对。”

“皇兄，多亏有阿依从中周旋照顾，臣弟才能苟活下来，”始平王拓跋勰向着御座上的身影举起酒杯，“臣弟暂居在高车时，发现柔然可汗一直与高车各部首领暗中联系，许诺给他们马匹、财帛，约定寻找合适的机会，共同向大魏出兵。臣弟已经说服阿依的兄长，与大魏结盟，大魏会帮助他们西迁定居，事成之后，册封她的兄长为高车王，世袭罔替，请皇兄恩准。”

在座的多是宗亲近臣、内宫女眷，听见这话也不由得议论纷纷。这件事对大魏有百利而无一害，只需要出些钱财、人力，再许诺一个高车王的虚名，便可以换来北疆的安宁。始平王说得轻描淡写，可高车人民风荒蛮、好勇斗狠，能让高车首领应下此事，必定大费周折。

拓跋宏高举起手中金杯，仰头喝下：“朕准了！勰弟立下如此大功，朕该好好跟你喝一杯才是。”他又转头对阿依说：“你就当朕也是你的兄长，当这里是你另一个家，要住皇宫或是始平王府都随你，在这里好好玩上一圈。等你兄长来平城受封时，你再跟他一道回去。”

阿依原本就是天真烂漫的少女，又见平城皇宫修建得美轮美奂，当下就喜笑颜开地答应了：“我只要跟始平王爷在一处。”

话音未落，就听到殿门口一声响动，李弄玉大概是转身要走，却不知怎么撞在了门口的铜鹤上，整个人都跌倒在地。这一下撞得力气极大，铜鹤嗡嗡作响，好半天才止住。有宫女上前搀扶，却被她一把推开，手捂住撞疼了的半边腰际，跌跌撞撞地走远了。

女眷们都悄悄看着始平王，看他会如何反应，可始平王却好像什么都没看见一样，安然用银筷夹着自己面前的菜。只有坐得离他极近的人，才能看见他一直在夹一块并不能吃的姜块，夹了五六次才夹牢，放进嘴里若无其事地咽了下去。

宴席散时，拓跋宏挽留始平王和阿依在宫中先留宿一晚，又替冯妙拢好衣领，近乎恳求似的柔声说：“夜里风凉，跟朕一起乘肩辇先去崇光宫吧，明早朕再叫人送你回去。”

冯妙累了一晚，只想休息，点头答应了，回身悄悄叫忍冬去漪兰殿看看李弄玉。

在崇光宫等到丑时，始平王拓跋勰才匆匆赶来，向拓跋宏告罪：“阿依第一次见着这样的皇宫，看什么都新鲜，一直闹到刚才才肯睡觉。”

拓跋宏坐在紫檀木案后，冯妙就躺在他身边的小榻上，半睡半醒。

始平王轻咳一声：“皇兄不要小瞧了阿依，高车族人还保留着不少母系风俗，阿依跟她的兄弟一样，可以分到牛羊马匹，也可以参与决断族中大事。只不过她现在年纪小，兴趣又不在这上头，才一直由着兄长安排。”

“朕自然明白你的苦心，有阿依在平城做人质，就不怕她的兄长反复不定。可是翙弟，”拓跋宏深深地叹气，“朕真有些宁愿你从没去过高车。你在外流离了半年，如今回到平城，都已经物是人非，心里多少也会后悔吧？”

“刚到高车时，我日日夜夜都想着早些回来，既担心弄玉也担心皇兄，每时每刻都像放在火上的鱼虾一般。”始平王拓跋勰微皱着眉，像是深陷到不堪回首的记忆里去，“高车首领有意拉拢我，在我的汤药里加了能让手足无力的药剂，让我不能逃走。我无意间撞破了他与柔然使者见面，又被他发现了我身上的螭吻玉佩，识破了我的身份，这才对我下了狠手。”

拓跋宏犹豫再三，还是讲出了发生在李弄玉身上的事，因为心中有愧，那些事情便都草草一句话带过。当听见李弄玉已经成了皇兄的才人时，始平王眸色一暗，苦笑着说：“臣弟倒是宁愿躺进棺木里去，听她在灵前饮酒高歌。”

他起身缓缓地走了两步，即使走得很慢，仍旧能够看出一条腿有些跛：“高车王用了很多方法折磨我，甚至一根根敲断了我的脚趾骨。我那时以为自己必死无疑，只想着绝对不能丢了大魏的脸面，不肯向他求饶。现在我人虽然回来了，身躯却已经残缺不堪。弄玉是个烈性的人，我宁愿永远也不要叫她看见，我身上那些可怖的伤痕。即使她仍肯嫁我，我也不愿娶她了。”

拓跋宏把手压在他肩上，许久才叹息了一声。

阿依正是对什么都好奇的年纪，拓跋宏又有意留她多住，叫宫中女眷轮流陪着她游玩。王琬在扶摇阁宫宴上花了心思准备，得了太皇太后几句夸奖，在这上头越发上心，把从前爱玩的闺阁游戏，变着花样地拿出来，叫人陪阿依玩儿。

始平王拓跋勰有时也在，遇上投壶、射覆这样的游戏，他也会玩上几把。阿依的技术不佳，总是输，拓跋勰就跟她凑成一伙儿，帮她赢回来。

他略一扬手，五支箭杆就齐刷刷地落进五只铜耳壶中，阿依看得双眼放光，情不自禁地挽住了他的胳膊。

王琬故意逗着她说话，问道：“始平王殿下在我们大魏，可是不少女子爱慕的好男儿，不知道你们高车的好男儿，是什么样的？”

阿依稍稍低下头，却大方直率地说：“我们高车女子，喜欢有勇有谋的好男儿。始平王曾经孤身一人进山，猎回了山中的狼王，在高车，他也算得上是好男儿。”

她才刚说完，便听到身后传来一声轻笑，悠长的、带着长年醉意不醒的话语声传来：“我要是你，才不会费心挑选什么好男儿，随便找个猎户，今晚不思明日愁，反倒能过得长长久久。”

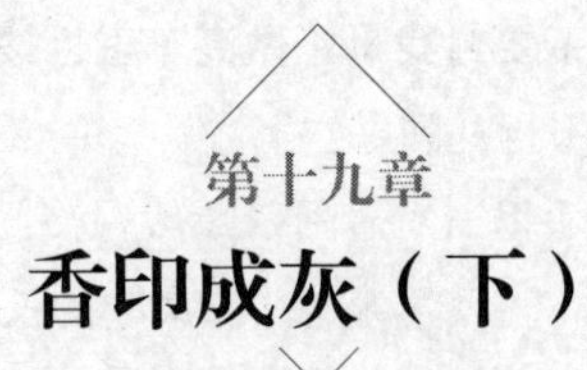

第十九章 香印成灰（下）

阿依认出李弄玉是昨晚站在门口的女子，斜着眼上上下下地打量。她不知道李弄玉和始平王之间有什么过往，只是直觉让她对眼前的女子充满敌意。

李弄玉三千青丝直泻，脸上不施脂粉，身上刻意穿了一件紫霞色宫装，却衬得脸色苍白如雪。

王琬并不关心李弄玉如何，只是皇上特意叮嘱她务必招待好阿依，她怕李弄玉再做出什么出格的事来，当下凑在两人中间打圆场：“阿依这样仙女儿似的人物，自然要千挑万选，才能挑中一个如意郎君。”

到底是少女心性，阿依听得出王琬是在故意说好话哄她，却还是绽开了一抹笑意：“不用什么千挑万选，只要彼此合意就好。”

李弄玉斜靠着树干，手腕上挂着一只白玉海兽纹酒瓶，瓶口处雕了两个圆圆的孔洞，用一根缎带系着。没见她晃动胳膊，却见那只酒瓶在她细弱的手腕上一左一右地打晃。她盯着阿依，忽然“咯”地笑了一声：“真是奇怪，我对你说实话，你却拿眼睛瞪我。别人说假话哄你，你反倒喜笑颜开。”

“你……”阿依瞪圆了眼睛，正要开口反驳。始平王拓跋勰扯了扯她的衣袖，低声说：“阿依，走吧，你不是想去看没有结茧的幼蚕吗？从这里走过去，就是织染坊了。”

他拉着阿依快走了几步，从李弄玉身边绕过，大约是步子迈得急了，那跛着的一条腿在地上一绊，整个人险些栽倒。

阿依伸手扶了他一把，脸色涨红。始平王折了一条腿，说到底是她的亲哥哥干的，她心里有气，却不能对自己的亲哥哥发作，此时明明已经走过去，忽然又折回李弄玉面前："大魏皇帝要封我哥哥做高车王，按照你们的说法，我就是高车长公主，你为何见了我却不行礼问好？"

李弄玉倏地把酒瓶握在手里，对着阿依嫣然一笑："你想知道为什么？谁带你来的平城，你就问谁去呀。"风卷着她并未束起的长发，直如山精鬼魅一般。

阿依看得几乎呆住，愣愣地转头去问始平王："为什么？"

拓跋勰半仰头看着宫殿屋檐一角的金铃，答非所问地说："走吧，去过织染坊，晚上皇兄还在听心水榭上设了小宴。"

李弄玉侧身站到他们身前，刚好挡住了他们的半边去路："他不告诉你，我告诉你。且不说皇上还没有册封你，就算真的封了你做高车长公主，我也不用向你行礼问好。因为——该行大礼的人，是你。"

阿依把眼睛越瞪越大，一时不明白这话是什么意思。拓跋勰上前拉住她的手，拖着她的手便往小道上走，似乎在对李弄玉说话，却连头也不回一下："皇兄说过，阿依可以不用拘礼。"

李弄玉站在原地，手指捏紧了白玉酒瓶，说出的话才不会抖得不成样子："阿依可以不用拘礼，那么王爷呢？你也还没行过大礼，始平王弟。"她在"弟"字上咬了一个重音，拇指上的指甲隔着酒瓶圆润的弧度，在食指指节上掐出一道血痕。

始平王拓跋勰身形猛地顿住，缓缓转过身来，面无表情地看着李弄玉。两人之间只隔了一棵浓荫蔽日的槐树，却好像隔着无论如何也跨不过去的距离。拓跋勰缓缓躬身，拱手高举，自下而上划出一道弧线，如流星坠地一般："臣弟问李才人好。"

他定定地保持着这个行礼的姿势，像是要把此时身份的差别牢牢印到心里去，他是始平王，她是从七品才人。

李弄玉不知怎么把手一松，那白玉酒瓶"啪"一声掉在地上，摔成几片。她踉跄转身，沿着两侧栽满细柳的小道，飞快地跑远了。

"始平王，她已经走了。"阿依茫然地看着这两人奇怪的举动，直到此时才知道，那个女子竟然是皇帝的妻妾。

李弄玉一口气跑到碧波池边，连鞋子都不知何时丢了一只，她也全不在意。一只鞋算什么……再没有什么事值得她细细思量着去做了。

池水中映出一张连她自己都觉得有些陌生的脸，她索性连最后一只鞋子也踢掉，把双足都浸入清凉的池水中，踏碎了水中的倒影。一生的时光还那么长，却好像所有值得期待的事情都已经过去了，只剩下日复一日空洞的日子。

自从阿依在平城皇宫逗留，宫中每隔几日，就会有一场小宴。拓跋宏的意味很明显，要让阿依真心喜爱上这种安宁富足的日子，他还在言语中巧妙地暗示，可以让失去了牛羊马匹或是年老体弱的高车人，迁居到大魏境内定居。大魏皇室会为迁居过来的高车人修建房舍、分配可以耕种的土地。

对待这些仍在游牧的民族，最好的办法就是冯妙曾经说过的那样，等到他们习惯了悠闲的日子，就再也学不会武力争夺了。因为专宠和奢靡，冯妙快要被朝臣骂成褒姒、妲己一样的祸国妖妃。她索性整天躲在崇光宫内，寻得一时半刻的宁静。她只想平安生下孩子，除此以外，别无他求。

就在这同一个月中，南朝皇帝萧赜派遣的使者也来到平城。自从数年前南朝使者曾朗在平城遇刺后，这还是第一次又有南朝使者亲来平城。

拓跋宏对着官员呈上来的使节名单，不住地发笑。冯妙在小榻上坐着，听见他发笑，送了一碗冰镇过的杏仁酪到他面前，凑前去看那名单："不过是些人名而已，皇上在笑什么呢？"

"朕在笑，南朝皇帝也不过如此，没有什么新鲜花样了。"他把名单拿到冯妙眼前，"上次的使节中，还有些年轻的才俊，这一次却全都是上了年纪的腐儒，看来南朝连年变乱，朝中已经无人可用了。"

冯妙随手翻着桌上的一卷书，看见拓跋宏在"有恒产者有恒心"一句话上，用墨勾了个圈，便合上书册说："等到北境的后患消除了，皇上就可以安心放眼南方了。"

"不错，朕的先祖，一直都在北地征战，但朕有生之年最大的心愿，便是能让大魏的疆土，向南推进。"拓跋宏说着话，忍不住又笑起来，"朕倒不怕这些南朝的腐儒，只是他们一到了宴上，就喜欢用言语争论问题。这次奉命而来，必然又要想办法引经据典地挤对朕，好昭显他们才是天下正统。好好的经史子集，被他们曲解得不成样子，朕只觉头疼。"

冯妙抚着肚子略想了想，便说："南朝使节要在平城停留半月之久，要是每次宴席上都要听他们摇头晃脑地考问，我宁可连饭都不要吃了。"

她贴在拓跋宏耳边低语几句，拓跋宏听了拊掌大笑："好，就这样吧，让他们余下半月都不想开口说话。"

招待南朝使节的饮宴，设在听心水榭旁的石舫上。石舫四面没有墙壁，微风从水面上徐徐吹来，正适合夜间饮酒。每一处坐席四周，都用轻纱屏风遮挡，防止灰尘沾染在食物上。

酒至半酣，南朝使节崔庆阳果然起身离席，要向拓跋宏"请教"问题。

拓跋宏端坐着看他，声音懒懒地说："朕今天多饮了几杯酒，有些头痛，还请见谅。至于崔使君的问题，朕另选一人替朕作答。"

他对着跟任城王同来的世子招手，示意他向前来，又对崔庆阳说："这是朕的一个堂弟，今年刚满十岁，也跟着夫子读过几年书，就请崔使君赐教一二吧。"

崔庆阳已经年过半百，两鬓都花白了，拓跋宏却随手招出一个小儿来跟他对答，分明是不把他的学识放在眼里。他心里气恼，这会儿却也无话可说。

因是代天子作答，任城王世子只向崔庆阳躬身行了一个半礼，便走到皇帝身边的屏风后坐下。刚一绕过屏风，便看见冯妙悄无声息地坐在里面。他曾经见过冯妙几次，还记得小时候拿过她做的抄写着诗词、谜语的木片玩儿，当下脸上就露出喜色。

冯妙抬起手指压在嘴边，示意他不要出声。任城王世子立刻会意地点头，但还是抑制不住兴奋，压低了声音向冯妙说："皇嫂要添小皇子了。"冯妙无声地微笑，手指却指向屏风上挂着的一排纸笺，问道："这些书，世子还会背吗？"

任城王世子抬头，见每张纸笺上都写着几个字，是经史子集的篇章名目，立刻自信满满地点头。

此时，崔庆阳也已经回到自己的坐席上，高声发问。问题一出，冯妙便用纤指在其中一张写着"孟子离娄"的纸笺上轻点了一下，示意任城王世子，用这一篇里的语句作答。任城王世子原本就喜欢读书，人又聪明伶俐，顺次默背了几句，便想出了该如何回答。

几个问题下来，他都回答得言语得当，崔庆阳这时才知道，不能小看了这个十岁的少年。他稍停了停，忽然想出一个刁钻古怪的问题来，捋着胡子问道："请教世子殿下，天有多高？"

不过短暂的静默过后，屏风后便传出少年人略带稚气的嗓音："九万里。"

崔庆阳有些奇怪地"咦"了一声，没想到他真能答出一个数目来。屏风之后，冯妙的手指正压在写着"庄子"的纸笺上。任城王世子说道："《逍遥游》中说，鲲鹏振翅飞起时，'抟扶摇而上者九万里'，想必正是从地至天的距离。"

虽说有些牵强附会，可能想出这样的答法来，已经是心思灵巧。崔庆阳见占不到什么上风，忽然想起屏风后不过是个十岁的贵族少年，能背书却未必真有什么见识，手捻着胡须话锋一转："在下远来的路上，听说平城丰饶富足，可到了这里，却发现不少房屋都在出售，请问这是什么缘故？"

屏风之后，冯妙的手指顿住，这问题不能用任何典籍里的话作答。

屏风之外，崔庆阳不免露出一丝得意，暗想到底不过是个早慧些的孩童而已。都城兴衰关系着国家的气运，如果能在这个问题上挽回颜面，前面的问题就全都无关紧要了。

此时，宫女移开屏风的一扇，任城王世子缓步走出，向崔庆阳施礼道："多谢先生屡屡赐教，最后这一个问题，请恕我不能作答。先生发的是天子之问，只能由天子作答。”他转身向拓跋宏施礼说：“臣弟刚才从席间来时，皇嫂说起今天白天御膳房送的杏仁酪很好，不如给席上每人都添上一碗。”说完，就走回任城王身边坐好。

崔庆阳听得奇怪，他不过是想讥讽平城不如南地繁华而已，怎么成了天子之问？

拓跋宏叫宫女去传杏仁酪，似笑非笑地看着崔庆阳说：“崔使君刚才问起平城有人出售房舍，这一点也不奇怪。因为朕也正打算要去建康修建一座行宫，这些人听见了消息，想着到时候行宫周围的房舍水涨船高，不如早些做准备，提早售出平城内几处不用的房产，派家仆到南方去买些房产备着。”

崔庆阳听得心中大惊，拓跋宏的言下之意，分明是迟早要带兵南下，把南朝的都城建康，变成大魏的重镇。

事关帝王颜面，崔庆阳不得不反唇相讥：“在下虽不才，也听说过，自古帝王正统之位，都是有德者居之。我大齐皇太子出生时，馨香满室、朝霞遍天，正是贤明君主降世的吉兆。”

冯妙听见他说起皇太子，猛然想起王玄之曾经讲过，这位南朝皇太子曾经有过一个小字叫作“云乔”，不由得有些走神。回过头时，正看见拓跋宏的目光从屏风两扇之间的缝隙里看过来，她不能出声，匆匆把头上一侧的珠钗摘下，换到另一侧戴好。才做完，她又觉得这样回答似乎太刻薄了些，可一时间也想不出更好的答法来。

拓跋宏抿开嘴角发笑，他心中所想也大同小异，只是他在平定漠北之前，并没打算与南朝开战，本想看看冯妙有没有温和些的想法，却没想到她的答案也一样刁钻。

难得见她促狭一回，虽然隔着屏风看不大清楚，却想象得出她低头咬唇的样子，莹白如雪的皮肤上必定染上了一层淡淡的红，拓跋宏心情豁然大好，对崔庆阳说：“崔使君说的有道理，南方人杰地灵，自然多得是贤明的君主，就是一年换上十七八个也不嫌多。北地嘛，有贤臣无明君，只能由朕先将就着，先坐上个百八十年再说。”

他说得轻快，在座的宗亲贵胄都跟着哄然发笑。几个新近提拔起来的、武将出身的年轻王侯，笑得尤其豪放，几乎拿出军营里的劲头，用银筷敲击着瓷碗，口中呼哨不断。

萧道成原本就是篡夺刘宋江山自立为帝，登基不过数年便驾崩了，传位给了现在的皇帝萧赜。而刚才崔庆阳夸耀的太子，虽然聪明仁厚，身体却很孱弱，看上去也不像是长寿的样子。拓跋宏便是在讥讽南朝皇帝的帝位来路不正，连带着都损伤了子孙的阴德。

崔庆阳面色涨紫，胡须末端不住地抖动，显然是气急了，一时却又想不出更好的话来反驳。要不是年轻时好歹还练过几手拳脚，只怕他当场就要气得背过气去。

拓跋宏叫人取来一套刻在青玉上的《道德经》，淡然笑着对任城王世子说："堂弟小时候书读得不错，近来好像有些生疏了。这东西给你，回去每天细细地读上一遍。"

光那整块的青玉就十分难得，皇帝的态度，明贬实夸，越发叫南朝使者难堪。任城王世子上前，恭恭敬敬地从内监手里接过来。任城王一向最爱这个王妃所出的独子，见他大出风头，自己也觉得面上有光，笑呵呵地叮嘱："回去要好好地读，不可生疏了。"

冯妙坐在屏风后，时间久了便觉得有些气闷，刚才一直想着怎么小心应对，腹中的孩子有些闹腾不安。她悄悄起身离席，叫忍冬不必跟着，自己出去透一口气。

石舫一侧，便是一条曲折的小道，路边有半人高的石雕灯座，里面用铜制小鼎盛着火油燃烧，彻夜不熄。

湖面上微凉的风一吹，她才觉得面颊上发热，刚走出几步，远远地看见有人坐在向湖面虚悬出去的大石上。发丝被风吹得乱舞，双足一荡一荡地踢打着石块，衣裳被风吹得鼓起，越发显得她消瘦单薄。

不知道李弄玉已经在这儿坐了多久，她手边七零八碎地放着些东西，有硬木雕成的印章，有丢了一只配不成对的耳坠子，有用得半旧却洗得干净的男子巾帕。并没有什么名贵的物件，她一样样地拿起来看，放在手心里反复摩挲。

有一只镂空花球，大概放的时间久了些，花纹细处沾染了些灰尘。李弄玉用指尖一点点擦干净，凑在唇边轻轻一吹，银质花球便发出莺鸣一般的声响。那是拓跋勰第一次送她东西，怕人看见，选了一只刚好能放进袖里的花球，中间可以放上熏香随身带着。可他越是小心，她就偏要调皮，用那花球吹出声响来。那时她还在畅和小筑待选，女孩儿家的清誉比性命还要紧，吓得拓跋勰脸都白了，偏偏她自己一点也不在意。

她仔细看一阵，一扬手便把花球丢出去，"咚"的一声落进夜色下漆黑的湖水中。每一样东西，她都能反复看上许久，最后全都扔进了水里。

冯妙原本想要上前跟她说几句话，想想终究还是算了，这种事情，如果自己想不开，别人再怎么劝都是无济于事，不如把整片湖面连着一湖夜色，都留给她独处。东西可以丢弃，心上的印记却无法消除。

她心头怅然，小心地转身，往相反的方向走去。他们至少彼此有情，不过是藏起来不叫对方看见罢了。即使艰难到每一步都踩在刀尖儿上，仍旧透出点令人迷醉的酒香。

她一路走一路胡思乱想，没留神迎面正被人抱了个满怀。抬头看去，拓跋宏不知何时也从席上离开，像找回了什么失而复得的东西一样，张开双臂把她紧紧搂住。

冯妙被他搂得喘不过气来，扭动着想要挣脱。拓跋宏把她从怀中松开，双手却握着她的手腕不放。

“在想什么，连路都不看？”夜色下，拓跋宏的声音也好像带了三分酒气，飘散在湿漉漉的雾气中。

“没什么，席上太闷……”离得太近，肚子正夹在两人中间，冯妙觉得有些羞涩的别扭。她近来时常留宿在崇光宫，可拓跋宏很少跟她同寝。他们只在有人来时，才适时地表现出一些亲密举动。

“朕原本只是不放心你，才出来看看，可是……”拓跋宏犹豫着，捧着她的脸颊说，“可是朕看见弄玉了，又想起勰弟近来的样子，忽然觉得有些话想跟你说。”

冯妙愕然地回头去看，这才发现自己已经走出了好远，早已经看不见李弄玉了。

拓跋宏把她抱起，放在青石灯座上，镂空灯座内火光明灭，把她轻薄的纱裙照得近乎透明，勾勒出上面一朵朵细碎的刺绣小花的影子，两条纤细的腿在其间若隐若现。冯妙伸手要遮掩住，却被拓跋宏按住双手不让她动。

“妙儿，”拓跋宏把手放在她圆润的肚腹上，“朕从前说过不要这孩子，是因为担心你，怕你生育时危险。在朕心里，任何人都比不上你，你要长长久久地跟朕在一起，哪儿也不能去。朕比勰弟幸运些，至少娶到了你，从前的错处，总有机会弥补。所以，朕不想等了，现在就告诉你。从今往后，朕会坦诚如一地对你，后宫和朝堂，三五年内都不会宁静。你谁也不要帮，不要以身涉险，等着看一个结果就好。”

冯妙愣愣地听他一口气说了那么多，看见他双手贴在自己的肚子上，像在捧着它一样。五个月的身孕其实还不算很大，就像在腰腹间放了一个玲珑的绣球。

“那……我……”她不知道该说什么，因为她不敢相信，拓跋宏是在说，要跟她长相厮守。

拓跋宏把她的双手合拢在自己掌心：“人总是看别人时聪明，看自己时就笨了。如果不是出了勰弟这桩事，朕不知道多久才想得清楚这些。你既然喜欢这孩子，那朕也喜欢他，我们一起等着他到来，好不好？”

冯妙对自己说过，不再哭了，可听见这些话，眼睛里还是变湿了。听到最后一句，她有些羞恼地向后抽手：“皇上自己的孩子，难道不该喜欢吗……”

“是，是，应该喜欢，”拓跋宏向前探身，把她的手牢牢握住，侧脸蹭开她的鬓发说，“但朕更喜欢你。”

冯妙有些委屈地扁了嘴：“那皇上要先答应，以后……以后不能再彼此怀疑。”她想起拓跋宏问过的话，原本想说“不能再质疑这孩子的来历”，可她终究不愿意用那么恶毒的词语来说自己尚未出生的孩子。

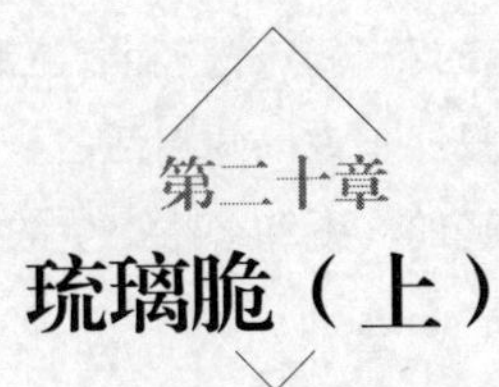

第二十章 琉璃脆（上）

拓跋宏抵着她的下颌微笑，把自己的食指跟冯妙的对在一起：“不怀疑，好，这是第一条，朕答应你。还有呢？”

指腹按压在一起，像在缠绵亲吻，拓跋宏把整个手掌都跟她相贴，郑重许诺。

“也不可以发脾气，好吓人的，会吓坏小孩子。”冯妙低头，看着自己圆圆的肚子，撑得衣衫上绘着的花，都好像一朵朵盛开了。

“嗯，不发脾气，”拓跋宏把中指也压在她的中指上，“你也要答应，心里想着什么事，要告诉朕，不要一个人胡思乱想，好不好？”

冯妙轻轻地“嗯”了一声，把自己的无名指主动贴上去。拓跋宏忽然把手指插进她的指缝间，牢牢扣住她小巧的手：“你说过把朕当丈夫多过当皇帝，那就不要自己担着什么事。不管前方是什么样的路，朕都和你一起走。”

远处石舫上，断断续续的歌舞乐宴声，模糊不清地飘散过来。近处的草丛里，不知名的昆虫叫声，一声一声敲打着心田。青石灯座的光亮四周，聚集了无数小小的飞虫，盘旋着往那火光上扑去，即使转眼就粉身碎骨，也不会停顿分毫。

拓跋宏揽着冯妙的肩，让她靠在自己身上，自言自语似的说：“朕登基快有二十年，只有今天最满足、最高兴。”他支起右腿，把冯妙轻轻一拉，让她踩着自己的膝盖，稳稳地走下地来。

他眨着眼睛说：“我们悄悄回崇光宫去，不管他们了。”

冯妙点头：“别叫人来了，我想就这样……跟你一起走。”她声音很小，拓跋宏略低下头，凑到她唇边去听，才听得清楚。他慢慢展开嘴角，说了声“好”，接着抑制不住地笑意渐浓。

夜风拂动树梢，吹来幽幽的花草芳香，和着湿润的泥土气息，一起涌入鼻端。他们一前一后慢慢地走，只偶尔说一两句话。至少这一刻，他们可以想象这偌大深宫中没有旁人，只有年轻的夫妻和即将出生的孩子，远山、近湖、稻田、蛙鸣……

不知道走了多久，也不知道走到哪里。冯妙渐渐觉得脚步沉重，每一步都迈得十分艰难，落脚时却又好像踩在软绵绵的锦被上。夜里的风变得寒凉，吹得她直打冷战，被拓跋宏牵着的手，也开始使不上力气。

她觉得很累，可又贪恋这一晚的宁静，天空那么高，星子那么亮，握着她的手那么宽厚温暖，每一样她都舍不得丢弃，怕一睁眼就不见了。

“妙儿，是不是累了？”拓跋宏回身轻捏她的脸，却惊觉她脸上滚烫得像火炭一样，声音忽然绷紧，“妙儿！你不舒服怎么不说话？”

他把冯妙拦腰抱起，心急火燎地寻找回崇光宫的路。冯妙钩住他的脖子，手却因为无力而直往下滑，口中呢喃着说：“好困，想睡觉……不想现在就睡……要一直走下去……一直走……”

恍惚间，她似乎听见拓跋宏焦灼的声音，一直在头顶上响着：“妙儿……妙儿……”

长年在崇光宫外院轮守的侍御师，听到传召匆匆赶进内殿，便看见皇帝正拿着蘸湿的绒巾，给床榻上的人擦脸。两名侍御师小心地诊脉、斟酌方子，商量了许久，还是向拓跋宏禀报：“娘娘身子积弱，吹了冷风，这才引发高热。要是用退热快些的方子，恐怕对腹中胎儿不好，要是用温和些的方子，今晚就要一直有人守着，免得高热损伤了脑子……”

拓跋宏还没说话，手背忽然被一只发热的小手盖住。冯妙烧得面颊通红，嘴唇干裂，只说得出微弱的两个字：“不要……”

“用温和的方子，不准伤了胎儿。”拓跋宏知道她的意思，反握住她的手，“妙儿，等会儿喝了药再睡，朕今晚陪你，难受就说出来。”

冯妙在宽大的床榻上缩成小小的一团，脑中昏昏沉沉，微苦的药汁一口口灌进去，身上又压了两层厚厚的被子。拓跋宏不停地用帕子给她擦脸，听见她神志不清间模模糊糊地说：“忍冬……忍冬，我难受……”

在宫里一直陪着她的人，也只有一个忍冬而已。拓跋宏拨开她被汗水濡湿的额发，在她滚烫的额上轻吻，叫如意去华音殿，宣忍冬过来伺候。

也许是心神忽然松懈下来，这场病来势汹汹，像是要把这几年积累的疲累都发散出来。冯妙一直睡到第二天傍晚，才终于醒过来。高烧总算退下去，可头依然疼，身上绵软没有力气。

她睁眼时，正看到忍冬在床边，眼神迅速地黯淡了下去。她有一瞬间的错觉，认为昨晚的一切都是她在病中做的一场美梦，醒来就烟消云散了。刚一转头，她便看见床帐上垂下的一串璎珞，在轻轻晃动，枕边有细微的风一下下传来。拓跋宏在她另一侧，一手翻着奏折文书，另一手摇动着一柄女子用的纨扇。

心神忽地归位，冯妙摸到他衣衫一角，贴在自己脸上。金线绣纹微硬的触感，才终于让她相信一切都是真实的。

拓跋宏整夜未睡，从明堂议事回来，怕帐中气闷诱发她的喘症，连衣裳都还没换，就急急地给她打扇。

侍御师不敢用药性猛烈的方子，只能一点点调养。冯妙在崇光宫养病，又成了受言官攻讦的一件事，说她妖谗媚主。到她刚刚能起身时，太皇太后就派了崔姑姑到崇光宫来看望她。

崔姑姑刚好挑了拓跋宏去明堂议事的时间，替太皇太后问了侍御师几句话，便拿出一件小孩子用的襁褓，说是太皇太后赏赐给冯妙的。

那襁褓用料精细，面上绣了整幅的蛟龙腾云图案。龙的双目用了整颗的上好东珠，因怕珍珠的滚圆质地容易硌伤了小孩子，特意把东珠磨成了粉末，和在桃胶里凝在上面。龙身上的鳞片，是用赤金一片片做了，再连缀上去的。

冯妙看了一眼便觉得不妥，倚着榻上的软垫说："龙纹是太子才能使用的仪制，这襁褓嫔妾万万不敢收。"

"太皇太后叮嘱过，叫娘娘先收着，小孩子的东西总要提前预备下才好，用不用得上，总要到时候才知道。"崔姑姑硬把襁褓压在她身侧，几乎一字不差地转述着太皇太后的话，"太皇太后说，这襁褓是好东西，要是用得妥当，能护得小孩子无病无灾、健康长命呢。"

冯妙听她说得奇怪，等她走了，才拿过襁褓仔仔细细地看。襁褓上的水纹，没有用蓝色的丝线，而是用了绿色的粗绒线绣成，拿在手里细看，不像水波，倒更像草药缠住了龙身。

六月里的天气，已经开始变得炎热，冯妙却无端觉出一身寒意。太皇太后给她的那些草药还藏在华音殿里。做这样精致的襁褓很花功夫，看来太皇太后从那时起，就已经想好了如何拿捏她的软肋。那时候，太皇太后就知道她有孕了，能保腹中孩子平安的，不是襁褓，而是送这襁褓的人。

既然当初都没选择按太皇太后的意思去做，此时此刻，她又怎么可能答应？冯妙叫忍冬把襁褓送回华音殿收好，一句话也没多说。

拓跋宏返回崇光宫时，见她脸色有些不大好，随手摸了一下她的侧脸，见她并没反复高烧，才放下心来，斜身半躺在榻边，陪着她吃了晚膳。

冯妙担心着如何向太皇太后交代，那种焦虑的情绪不自觉地就表现出来。拓跋宏钩着她披散的发丝说道："这个旬日朕刚好打算去知学里，见见那些世家子弟，顺便考校一下宗室子弟的学问。你一直病着，身子又重，朕让刘全安排一下，那天叫北平郡公来陪你说说话。"

知道他有意要自己高兴些，冯妙心里便像有一道清凉的甘泉流过一样，暑热全消。她带着些鼻音说："皇上这么一说，听着还真是不习惯，刚才想了好半天，北平郡公是家里哪位长辈，可千万别失了礼数。"

拓跋宏被她逗得大笑，手指刮着她的鼻子说："就你最促狭，分明是嫌朕的称呼显得生疏了。"他挨近一点，嘴唇正凑在她耳边："叫夙弟来陪你，你的夙弟也是朕的夙弟，这样好不好？"

冯妙被他呵得发痒，直向他怀中躲："夙弟平白封了郡公，我只怕别人心里不服。"

在后宫走动得熟了，冯夙倒也不大胆怯，旬日这天，照旧先去奉仪殿给太皇太后问了安，然后才往崇光宫来。

拓跋宏特意留下刘全在外殿照应，一见了冯夙的面，他就客客气气地说："皇上叮嘱了，郡公陪着娘娘解闷儿就好，可千万别说多了话累着娘娘。也别磕碰了娘娘的肚子，现在正是金贵的时候。窗子要开着，免得娘娘气闷，可窗上的茜纱不能取下来，免得外头的灰飘进来，引得娘娘咳嗽……"

冯夙一一听完了，应了一句："姐夫叮嘱了这么多，怎么不亲自陪着姐姐？"

刘全从没见过这样的人，皇上早先说了一句"朕该算是你的姐夫"，他就真的叫起来了，慌得差点上去捂他的嘴："小祖宗，可不能乱叫，那是家礼的辈分。眼下在宫里，就是昌黎王爷亲自来了，也得三跪九叩地称呼一声'皇上'。"

冯妙还睡着没起身，冯夙便去照看小炉上的药。忍冬也是第一次见他，看他眉目清秀像女孩儿一样，含着笑问安："小郎君好。"

冯夙在小凳上坐下，顺手一摸，忽然发现随身戴着的香囊拿错了。早上向太皇太后问安时，恰好陈留公主也在。因崔姑姑说起天气热了，在香囊里放些冰脑香，能提神醒脑，他们就一起解下了香囊，让崔姑姑去添香。

明明记得把香囊放在左手边，拿回时也是从左手边拿的，怎么会拿错了？陈留公主的香囊上，绣着青雀图，一看便是女子用的样式。冯夙找了个借口出门，想把香囊还回去。

走到奉仪殿前的小路上，刚好看见陈留公主拓跋瑶正从奉仪殿出来，婢女飞霜帮她提起裙角，却被她推开了要自己来。

拓跋瑶走出几步，迎面便看见冯夙站在路边，手里握着一只香囊，穗子从指缝间垂下来。她推一推飞霜的手，叫她先去宫门口备好马车，自己走到冯夙面前问："在这里做什么，你不是应该去看冯婕妤的吗？呀——"她抬手遮住嘴唇，"现在是冯贵人了。"

冯夙见她盈盈浅笑，心旌摇曳不止，一时连话都说不出来。在他眼里，拓跋瑶身份尊贵，艳丽爽朗，举手投足间带着和博陵长公主母女一样的骄矜，却又不像博陵长公主那样，总是对他冷眼咒骂。从小便觉得高不可攀的公主，此时正对着他一人笑语嫣然。

"我……我是来还……"

拓跋瑶对着他咯咯笑道："冯小公子，你是来还香囊的吧？"她把手掌摊开，一只男子式样的香囊正躺在她手心里。

冯夙刚要伸手来拿，她又把手收回身后："不过是只香囊而已，哪值得巴巴儿地跑过来一趟？你是专门来交换香囊的呢，还是有别的什么事？"

拓跋瑶成婚数年，又连遭变故，早已经不是当年不谙世事的小公主了。在她面前，冯夙就如同未经染色的素绢一般，任何念头都遮掩不住。交换香囊事小，他更想借着机会，跟拓跋瑶多说几句话。他从小熟悉亲近的，是像冯妙那样安静柔弱的女子，而拓跋瑶恰恰像带刺的花朵，越是危险，越是吸引他想要接近。

看他愣愣地不说话，拓跋瑶做出一副要走的样子："原来冯小公子没什么事要对我说，那就算了。"她把手一抬，作势要把香囊扔出去。

"不……不是，我有事……"冯夙慌忙拉住拓跋瑶的袖子，觉得失礼又赶忙松开。

拓跋瑶噙着笑看他："有事你说就是了，拦着我的路做什么？"

冯夙被她看得越发窘迫，原本白皙的脸色变得涨红，话也说得结结巴巴："我……公主的东西矜贵……我来还你……"

拓跋瑶"哧"地笑出声来，看着他手中攥得发皱的香囊："你要把我的香囊也还给我是不是？"

冯夙赶忙点头，把香囊递过来。拓跋瑶晃晃头："你拿脏了，我不要了。"

见他又窘又愣的样子，拓跋瑶忍不住又是一阵笑："我逗你的，这香囊送给你吧，是王府里的侍女做的，我还有好些个呢，你别嫌弃东西不好就成。"说着，她把冯夙的香囊递过来，一起压在他手中。

"你姐姐她……还好吗？"拓跋瑶看着他珍而重之地把香囊收好，转而说起了其他的事。

这一早上，冯夙还没见到冯妙，只把从忍冬那里听来的情形，略略跟拓跋瑶说了说。

“嗯，你姐姐的喘症实在危险。我这里有一服治喘症的药，是我听说了她的情形，特意寻来的，只不过一直没有机会给她。”拓跋瑶眉头紧锁，像是不胜愁苦的样子，“从前因为些琐事，冯贵人她对我有些偏见，总觉得我是不祥之人，这药我也不敢给她送去了。”

冯妙曾经劝诫过冯夙，不要与陈留公主过分接近。可冯夙初尝情爱滋味，一点儿也听不进去，他自己也曾经听人说起过拓跋瑶那桩特殊的婚姻，嘶哑难愈的嗓音、偶尔露出的伤疤，在他眼里，都是花朵被风雨摧残过后留下的印记，最堪怜惜。

他慌忙截断了拓跋瑶的话：“不不，公主怎会是不祥之人？我该替姐姐谢过公主殿下的一番心意。我还要去崇光宫，公主不如跟我一同去看姐姐。”

“你不认为我是不祥之人？”拓跋瑶似乎因他这一句话，而双眼蕴满神采，可终究还是一点点压了下去，“不了，我今天不去看望冯贵人了，要是回府回得晚了，世子他……会不高兴的。你替我把这药带给冯贵人吧，只要她身子安好，我日后再去看她，也是一样的。”

冯夙虽然失望，可心里更不希望拓跋瑶因此而受到什么委屈，只能接了药目送她离去。

拓跋瑶走出几步，又折回来，悄声对冯夙说：“冯小公子，冯贵人在宫中不易，她最惦记的，就是你这个弟弟了。难得皇上准你去崇光宫看她，要是你能亲手煎药给她喝，她一定会很欣慰的。”

“不过，冯贵人对我有些偏见，我怕她病中吃心，反倒对身子不好了，”拓跋瑶像是极度为难，不知道该怎么办才好，“要不你就把这药加在她日常的药里吧，免得她知道了又要多想，反倒不好了。”

冯夙重重地点头：“多谢公主记挂着姐姐，等姐姐日后生下皇子或是公主，我再告诉她今天这些事。”

拓跋瑶似是笑得十分欣慰：“你是个心思纯善的好孩子，只要冯贵人母子安好，她知道不知道这些事，也没什么要紧。”

拓跋宏从知学里回来时，还穿着寻常款式的素白衣裳，用纶巾裹着发髻，看上去更像书生士子了。在外间，冯夙见了他也不害怕，笑着上前叫了一声“姐夫”。

刘全在一边不住地咳嗽，他都教了一天了，可这小公子就是不听劝。

拓跋宏在刘全头上一敲，玩笑似的说：“染了风寒就赶快去治，可别传染给朕。”他一面就着忍冬递过来的帕子净手，一面对冯夙说：“这声姐夫叫得很好，朕就喜欢你这白纸一样的性子。”

忍冬指着小炉上还在咕咕冒着热气的药盅说：“今天小郎君可是勤快得很，

还亲手煎了药呢，可见对娘娘也是一片至纯至悌的心意。”

正说着话，有内监进来通禀，昌黎王府的马车已经在宫门处备好了，请问小郡公爷要不要登车回府。因为大公子冯诞眼下也只剩了郡公的封号，内监、家仆称呼时，大多习惯在冯夙身上加个“小”字。

拓跋宏知道冯夙的庶子身份尴尬，即使封了个郡公，在几乎男丁个个封王的昌黎王府，也算不得煊赫，当下叫刘全送他出去，跟两位嫡出哥哥一起回府。

冯妙还沉沉睡着，拓跋宏不让吵醒她，只说叫冯夙隔几天再来，不急在这一时多说几句话。

小炉上的药又滚了小半个时辰才好，冯妙刚好也在这时醒来，拓跋宏就亲手端了药碗，一勺勺吹凉了喂给她。他见冯妙这几天精神不大好，不知道她在忧心些什么事，问过忍冬也毫无结果，就随意挑些外面的事来讲给她听，怕她一味闷着病越发难好。

讲到南朝使节时，拓跋宏哑然失笑：“上次你想出的说辞，可把崔庆阳给气坏了。听说他回去就悄悄请了大夫，又怕受人嘲笑，连抓药都要偷偷摸摸的。”

冯妙倚在他臂弯里皱眉：“那是皇上自己想出来的，可别赖在我身上。唔……今天的药可有一股怪味。”她把脸埋在拓跋宏的衣襟上，扭来扭去地不肯喝。

拓跋宏爱极了她偶尔流露出的狡黠无赖，抱着她柔声地哄：“你不要喝，咱们的孩子还要喝，朕小时候没怎么见过父皇，等他出生，朕要亲自教他拉弓打猎。”他又厮磨着冯妙的鬓发说：“怎么办，他都这么大了，再有四五个月就该出生了，朕给他买弓马的私房钱还没攒够呢。”

只要说到是为了孩子好，冯妙就和软了，伏在他身上说：“谁说一定是皇子了？也说不定是个小公主，到时候皇上给些脂粉钱就够了，可省着呢。”

拓跋宏把药汁含在口中，一点点喂给她，一小口药汁也要反复辗转许久。如意和忍冬都红了脸不敢再看，一个说要去华音殿关窗子，一个说晚膳的菜色要提前定下，都瞅个机会便走了。

冯妙满面绯红，捂着胸口喘息：“皇上要想我难受，只管天天这么喂吧。”

拓跋宏不过是引着她说笑，见她精神好些，便松开了手，叫刘全放一张小桌在榻上，把今天的奏折文书都拿到榻上来看。

刘全见今天的文书有些多，赔着笑问：“要不要召中朝官高大人或是李女史来，皇上口述了让他们去办，能看得快些。”拓跋宏无声地扫了他一眼，刘全立刻闭了嘴，嘿嘿笑着说：“我这风寒重了，人也糊涂了，皇上慢慢地看，我去外间准备茶点夜宵去。”

冯妙睡了大半天，这会儿反倒不困了。抱了一只软枕，凑在一边随意地跟着看。十封奏折里，总有那么一两封是斥责冯贵人失德的，她并不在意这些虚名，看了几封觉得无趣，目光就转到拓跋宏手里正在看的文书上去。

那文书是派在南朝的探子送来的，中间好几段，都提到了王玄之的近况。拓跋宏答应了冯妙不再怀疑，此时也不遮掩，索性让她靠在怀中同看。

文书上不过寥寥几行字，却越发显得触目惊心。王玄之返回建康后，南齐皇帝对他大发雷霆，斥责他与索虏勾结，在宫中饮宴时，把盛酒的铜樽掷在他脸上，砸破了他的额角，当场血流如注。可南齐皇帝仍然不解气，当场命左右侍卫剥去他的上衣，杖责十下，又命他赤裸上身替自己牵马执辔，对他百般羞辱。

冯妙反复看了几遍，才不得不相信这是真的。文书中记录得清楚详细，想必是探子亲眼看见了，并非讹传。那字迹在她眼前渐渐模糊起来，她只觉手足一阵阵地发凉，腹部像被人狠狠地击打了一下，疼痛难忍。

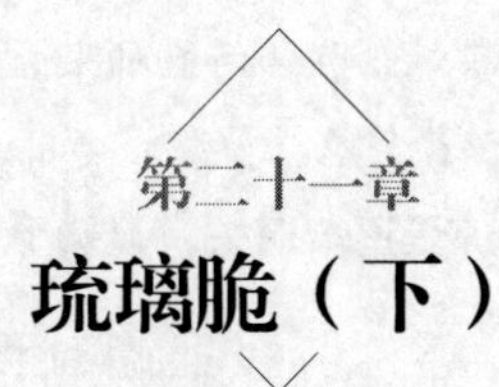

第二十一章 琉璃脆（下）

拓跋宏觉出怀中人忽然变得僵硬，低头一看，见冯妙脸色苍白、牙关紧咬，额头上滚下大颗的汗来。

“妙儿，你没事吧？”他尽量放轻了声音发问。他答应了不再怀疑、彼此坦诚，心里却不受控制地像滚着一锅热油。她看见王玄之在南朝受辱，便难受到这个地步，连可能会伤了胎儿都顾不得了。

冯妙疼得说不出话来，身体里像有什么东西在一圈圈收紧，再猛地撕扯开。小腹沉沉地下坠，让她的手不自禁地紧握成拳。她撑着小桌边沿，想要站起来，才刚一动，就有一股灼热的东西，从两腿之间流出来。

她低头去看，却头眼昏花，什么都看不到，只能伸出一只手去摸。她哆嗦着把手放到眼前，这才看清四根手指沾上的都是黏腻的血。她极轻地“啊”了一声，一阵急痛攻心，整个人都跌回床榻上。

拓跋宏看见她的裙摆被血浸湿，抱住她大喊：“妙儿！”他虽然不通医术，却也知道流了这么多血，情形必定很不好。孩子还不足月，如果不是早产，那就是……

冯妙大口大口地喘着气，连指节都渐渐发白。她强撑着用气声问：“你给我喝了什么？”她连称呼都忘记了，如果孩子留不住了，守着那些可笑的礼节还有什么用?

拓跋宏怔住，猛然想起刚才那碗药，冯妙曾说过，今天的药味道好怪。他以为她只是在撒娇，不想喝药，才亲昵地哄着她喝下去。冯妙相信了他，他却给了别人可乘之机。

“妙儿，不会……不会有事的，朕传侍御师来。”他从不说这种自我安慰的话，这会儿却抖着手，不知道该说什么才好。

冯妙看着他，眼里起先的惊惧逐渐退去，只剩下一片空茫，嘴唇翕动，缓缓吐出几个字：“你真卑鄙！”

她几乎昏睡了一整天，除了睁眼见夙弟一面，完全不知道外面发生了什么事。她看见的，只是拓跋宏端了一碗药来，千方百计哄着她喝下去。连带着前几日的款款柔情，都成了强烈的讽刺。

“朕没有……”拓跋宏想要辩解，可那药是忍冬准备的、冯夙亲手煎的，在什么都还没有查清之前，他不忍心让她面对怀疑一切的可能性。“妙儿，”他搂紧怀中瑟瑟发抖的身躯，几乎跟着她一起颤抖，“先叫侍御师来，你忍着点……忍着点……”

冯妙用足了力气向他一推，从他怀里挣脱出来，跌落在地上。她原本就没有多少力气，此时更是虚软，可她眼中的死寂和恨意，让拓跋宏不由自主松开了手。

她疼极了，捂着嘴重而长地呻吟了一声。无穷无尽的血，染湿了她整条罗裙，又在地上蔓延出一大片猩红。

拓跋宏宁愿她受不住疼，昏厥过去，总好过眼睁睁看着五个月大的孩子，在身下化成一摊血水。可冯妙再没发出一声，只睁着眼睛看着裙底，直到那血流得无可挽回，她才发出一声嘶哑的尖叫。

“啊——”那声音如同雷雨之前的闷雷一般，紧接着便是簌簌落下的眼泪。

记忆里，只有在白登山那次，她曾经哭得这么绝望过。绝望得好像一个自幼孤独的孩子，终于弄丢了一直抱在怀里的那个人偶。那次黑熊来时，他们两人都已经无力逃脱，拓跋宏把她压在身下，把自己送进熊口。她盈满泪水的眼睛，也很好看，如平湖秋月一般动人。可此时，那湖中的秋月却碎成了千条万条，再也拼不起来。

侍御师匆匆赶来时，被满室的血迹吓得不知所措。他们知道这是皇帝近来宠爱的妃子，不敢贸然上前搀扶。拓跋宏走过去，捂住她的眼睛，让她不要再看了，想要抱她回床榻上，手却抖得使不上力。

冯妙一动也不动，他要抱就抱，他要扶就扶，他要亲吻安抚也都由着他，她的眼神只空洞地盯着裙下不断渗出的血色。

侍御师搭上她一只手腕，凝神听了半晌，叹息着摇摇头。

“妙儿，我们还会有孩子的……”拓跋宏几乎半跪在地上，恳求似的对她说。

冯妙轻轻摇头：“你还会有，那是你的事，跟我无关。”她把一双手按在血泊中，茫然地想要抓住些什么，却只染了一手血迹。她转回头，把手贴在拓跋宏胸口："你这个做父亲的，还没抱过他呢，以后也抱不到了……"

那双手像有千斤重一般，压得他快要喘不过气来。

眼看孩子已经注定救不回了，侍御师赶忙开了催产的药来，拓跋宏端着药碗，却一口也喂不进去。冯妙身子虚软无力，连神志也迷离不清，只是下意识地紧咬着牙关，什么也不肯吃。

拓跋宏闭上眼，万分疲惫地吩咐："去叫忍冬来照顾。"经过这一次，再要冯妙相信他、接受他，恐怕是要千难万难了。

宫中唯一一个正在孕育的子嗣失去了，消息几乎是一夜之间传开了，甚至宫外也得了消息。

丹杨王府内，拓跋瑶跌坐在胡床上，不能相信一般地看着飞霜："她小产了？"

"是，"飞霜答应着，"听宫里值夜换班的医女说，已经落下来了，依稀看着是个皇子，真是可惜。"

"可我没想毁了她的孩子，"拓跋瑶抓紧了飞霜的手，"我只想叫她痛苦，她痛苦了，他也会心疼。我因为他才受了这么多疼，让他心疼一些，也很公平，对不对？对不对？"她语无伦次地说话，飞霜却清楚地知道，拓跋瑶口中的"他"是谁，总之不是那个痴傻的驸马。

"公主，您别伤心太过了，贵人娘娘福薄，没留住这个孩子，跟您有什么关系呢？您今天只是去给太皇太后请安，连崇光宫的门都没有进过。"飞霜帮她解开发髻，"公主早点睡吧，明天早上还要给王妃请安呢。"

听她提到太皇太后，拓跋瑶忽然跳起来："皇祖母！我要去找皇祖母！她明明说，那药只会叫她见红不能起身，公子那么心疼她，听说她病了，一定会回来的。怎么会让她的孩子没有了？怎么会？"

"公主，您可别在这个时候犯糊涂啊！"飞霜死命拉住拓跋瑶，不让她闯出去，"太皇太后可没说过这样的话，她老人家说的是，这几味药会让有孕的人见红不能起身，可千万沾不得。当时在场的又没有旁人，公主去问了也是百口莫辩。"

拓跋瑶怔住，喃喃地说："对，百口莫辩，没有人会相信我的，就像他们要把我嫁给一个傻子时一样，没有人会帮我的。"她忽然想起什么，疑惑地问，"可冯贵人也是太皇太后的侄女，太皇太后为什么不想要她的孩子？"

飞霜凑到她耳边，刻意压低的声音显得有些阴森："公主想想，皇长子已经两岁了，当今皇上在这个年纪，已经是昭告天下的太子了……"

拓跋瑶几乎瘫倒在地，太皇太后举重若轻的几句话，就让她冲动得昏了头，平白无故做了一次帮凶。"那我现在该怎么办？"她举起自己白得近乎透明的手，迎着灯光看去，手上也像染了一层殷红的血迹，"他不会原谅我了，我伤害了他心爱的人，就算我不是故意的，他也永远不会原谅我了。”

“公主，”飞霜拍着她的背，“难道您还想像以前那样，由着别人把你像牛羊一样送人？”

“公主，”她的声音像梦魇一般反复回荡，“只有成为有用的人，才永远不会被抛弃啊。”

崇光宫内，整夜都无人入睡。忍冬跪在床榻边，一遍遍用温热的水给冯妙擦脸。孩子已经没有了，按理说血早该止住，可她身下仍旧不断地渗出血来，侍御师试了无数方法，都不能止血。

冯妙好像丝毫感觉不到痛苦一样，双手交叠着放在小腹上，就像她刚刚知道有了这孩子时一样，嘴角挂着一抹满足的微笑。

她那时说过的话，好像还在耳边：“忍冬，我要吃鱼，爱吃鱼的孩子会很聪明。”她从不挑剔饮食，只要听说是对孩子好的东西，吐得再厉害也要吃下去。

“娘娘，求您醒过来，忍冬学会做没有刺的鱼羹了，可以做给小皇子吃。”忍冬趴在她身边一遍遍地说，却看不见她有丝毫反应。

侍御师急得不知如何是好，止血的穴位都已经反复试过，却毫无效果。拓跋宏站在门口看着，忽然冲上来一把推开侍御师，把冯妙抱起，在她耳边说：“只要你醒过来，就准你恨朕。”

一只手从她小腹上软软地垂落，人依旧毫无生气，眼角却滚出一大颗泪来，贴着她柔美的脸颊，一直滑到嘴边。

拓跋宏将明堂议事暂停三日，自他五岁登基以来，还从没发生过这样的事。就连他手臂受伤那年，也是叫内监托着固定用的木板，忍着断骨的疼痛，坐在太皇太后身边，听她和朝臣们议事。

三天过去，拓跋宏下了第一道旨意，便是将尚未出生便夭折的儿子封为殇王，葬在平城近郊。如此有违祖制的做法，自然引起了朝堂上的轩然大波，言官纷纷上书，指责冯贵人失德，不能保育皇嗣。拓跋宏连辩驳都不屑，直接下令交由礼部去办。

冯妙醒来后，执意要回华音殿，拓跋宏怕她争执动怒，病情又要加重，只能答应了，想叫如意跟过去照料。冯妙只是摇头：“我只要忍冬。”

挪回华音殿的第二天，内六局派人来给她送补品。虽是皇帝的赏赐，却免了她起身领受，只叫忍冬在外间收着。到傍晚时，忍冬匆匆进屋来，神情古怪地说：“内六局来的徐公公，说有一盒补药，要亲自送到娘娘面前。”冯妙心灰意懒，并不想理这些事，却听见忍冬说：“奴婢本来不让他打扰娘娘休息，可他说这药能清心明目，非让奴婢来通报。”

冯妙听见“清心明目”四个字，虽然觉得不大可能，还是叫忍冬带那人进来。

看上去不过二十出头的年轻内监，被忍冬带着进来，隔着床帐向冯妙叩拜问安：“小的徐长拜见贵人娘娘。”说完，他把一只木盒双手呈上。忍冬接过木盒递进帷帐里，冯妙却并不急着看，反倒跟那内监闲闲地聊了几句。

冯妙问什么，徐长就答什么，并没有一句多余的话。二十多岁在内监里算很年轻的，他做的又是这样替各宫运送物品的活儿，想必品级不会很高，可是听他说话，却进退得宜，很知道分寸。

“不知道你的师父是哪一位？”冯妙毕竟才小产过，还没出月，禁不得累，说了几句话便觉得精神不济，索性不再跟他兜圈子。

宫中太监不能生养儿女，多有年老的太监与年轻的太监互相认作师徒，平时教授些手艺，到年老体衰的时候，就指望这徒儿像儿子一样替他养老送终。冯妙这样问，是想借此猜度，他究竟是哪里派来的人。

“回娘娘话，是慎刑所的李得禄李公公。”徐长倒也不隐瞒。

冯妙“哦”了一声：“你在内六局做事，却认了慎刑所的人做师父，这倒是挺少见的。”

徐长躬身回答：“不瞒娘娘，我在宫中原本无依无靠，是送这木盒来的人，替我出了大笔的钱财，让我做上现在的差事，又帮我拜了李公公做师父。”

冯妙笑着应声：“这人想必是平城内的商户吧，想叫你采买的时候多惠顾他送来的东西。至于李公公，他为人严厉，轻易不肯通融，想必是通过你遇事向李公公说情了？”这些事在宫中很常见，冯妙无心多管，只是随意说起。

“娘娘说得对却也不全对，这木盒的主人从不叫我额外照顾他的生意，只是每年采买之前，向我打听宫中贵眷们近来喜欢什么样的花色、款式，问问宫中有没有什么禁忌。他提前做好准备，送来的东西自然最合心意，就是内六局总管事大人亲自来评判，也是他的货色最好。”

徐长说起这木盒的主人，语气间满是敬佩：“至于拜李公公为师，是因为李公公为人严苛，有了这样的师父，别人轻易不敢拿见不得人的事来拉我下水，我才能在现在这位置上做得长久稳妥。”

这种从人心微末处着眼的处事之道，的确很像王玄之，而他也恰好曾经在平城做生意。冯妙听了这些话，才从忍冬手里接过木盒，打开来看。

楠木雕成的小盒，因为年代久远而触感略有些润滑，盒盖上刻着几个字“千金平喘方”。冯妙记得在书上看过，这是晋孝武帝为宠妃寻来的药方，据说配方珍贵，凝炼成丸的方法也很特别，制成的一颗药价值千金。

她打开木盒，八个小格中有五个空着，只有三个小格里各放着一粒蜡丸。冯妙捧着木盒，心头百味杂陈。药书记载，这方子一定要取建康城外的江水，三淘三澄之后用来揉制，才能凝成药丸。王玄之不告而别，匆匆返回南朝，难道就是为了配齐这药方里需要的水吗?

“给你这木盒的人，现在在何处？”冯妙握一枚药丸在手里，终于还是忍不住发问。

徐长回答：“我并没见过这人的真容，只见过他身边一名青衣小童，这次的木盒也是那小童送来的。不过他说，他家公子有两句话要转告娘娘。第一句是，他的姨母久居建康，也患有喘症。第二句是，君子远庖厨，孔圣人虽然也有迂腐的一面，但这话也是有道理的，请娘娘三思。”

药丸在冯妙手中变得温热，蜡质的滑腻浸满整个手心。她叫忍冬送徐长出去，自己对着木盒发呆。王玄之的话，总是像他本人一样含蓄，他想说他找这药方，其实是为了患病的姨母，让她不必心中愧疚。可她怎会不知道，治喘症的药方那么多，这个方子之所以名贵，便是因为它不会伤胎，唯独适合有孕的人服用。

她把三颗蜡丸都倒出来，才发现木盒底下压着一张纸条，用极浅淡的墨色写着两行小字：万事宽心，四时安好，切记!

他大费周章送了药来，最后留下的叮嘱，只有这么一句话而已。依稀还是那年出宫上香时的情景，月白衣衫的男子，双手合拢抵在唇上，缓缓念出一句话来：“唯愿心中牵念的人，万事宽心，四时安好。”

只可惜，仍旧还是晚了一步，已经用不到了。

忍冬恰在这时回来，冯妙把纸条递出去，让她放在烛火上烧掉。冯妙不想白白浪费了他一番心意，把三颗装着药的蜡丸放回盒子里，让忍冬拿去收好。

她侧身躺下，闭眼想着第二句话。王玄之最擅长审时度势，眼下大魏宫中的情形，正如同架在火上的一锅热油，表面上平静无波，可只要有一滴水落进锅里，整锅热油都会滚沸。王玄之是在暗示她远离纷争以求自保，她又何尝不明白。只是天地空旷，她能躲到哪里去呢?

崇光宫内，宽大的床榻已经空置了十几天，只要一靠近它，拓跋宏似乎就能闻到浓重的血腥味。他依然记得，冯妙沾满血迹的双手，重重烙在他心口，灼烧得他无处躲避。

他叫人看过那天最后一碗药渣，里面的确掺了能使人滑胎的药剂。他并非没有办法查证，只要在慎刑所里关上一夜，多硬的嘴也能撬得开。只是他不想在这个时候，给冯妙心口再撒上一把盐。她一向最爱护这个弟弟，他说也当这是自己的弟弟时，的确是真心的。

计时的线香，刚烧到子时那一格，刘全小步走到拓跋宏身边，在他耳边低声说了几句话。拓跋宏轻轻点头，不一会儿，刘全就引着一个全身被黑色斗篷包裹的人进来。

“思政，路上可还顺利？”拓跋宏看清了被风帽遮住大半的那张脸，随口问他。

“一切都好，只是进城时有惊无险，差点被父亲大人的随从发现了。”冯诞笑着坐下，随手拿起桌上的茶盏便喝。这位冯大公子，此时依旧嬉笑着说话，却与平时浪荡不羁的样子大有不同。

“在路上就听说妙妹妹失了孩子，怎么没见她在崇光宫？她可养得大好了？”冯诞解下风帽环顾四周，有些奇怪地问。

“她身子太弱，现在更是多说几句话就要喘症发作，她不肯在崇光宫，朕就准她回华音殿去了。”拓跋宏摇头苦笑，把那一天的情形讲给冯诞听，“不过，朕知道这笔账应该记到谁的头上，现在不跟她计较，等时机成熟了，直接跟她算一笔总账。”

多年以前，密室中凄厉的呼喊声，仍旧清晰地响在他耳边：“冯有！你这妖妇！我诅咒你！”拓跋宏那时曾发誓，今生绝不会爱上冯氏女子，可命运之手随心所欲地捉弄着每一个人，他终究还是遇见了冯妙。

冯诞听得直摇头：“妙妹妹从小就没有安全感，她看着性子温和，其实内心里最倔强。我从前替夙弟传递过一次信笺，让她无辜受冤。我并不知道信笺里的玄机，可是这些年来，她都再不肯相信我，见着我的面都跟外人一样，喊我‘大公子’。”

他不能在宫中久留，把借着开凿佛像训练兵士的情形，讲给拓跋宏听：“眼下已经有三千多人，都是绝对忠心的。妙妹妹想出的这个方法的确很好，雕凿佛像要先在半山上凿出一个洞穴来，正是练兵的最佳场所。皇上不妨寻找机会，下令再多开凿几处洞窟，我还可以再选些新的人一起训练。”

拓跋宏点头赞许：“思政，你做事的确很叫朕放心。人数不必贪多，要紧的是练习近身搏斗。上次也多亏有你肯跟朕合唱一出戏，才能让这些宗亲收敛了随意劫掠的坏习惯。要你花心思做这些事，来帮朕瞒过你的好姑母，真是为难你了。”

“臣与皇上相识十年，相信皇上是难得的圣明天子，光如日月一般。臣这一生，便是追随在日月身边的小星，自然应当尽心竭力，辅佐皇上建立前无古人的帝业功勋。”冯诞起身，单膝跪拜在拓跋宏面前。

拓跋宏与他相视而笑，两人不约而同地想起在崇光宫初次见面的情形。太皇太后选了自己喜爱的侄子来给年幼的皇帝做伴读，两个孩童第一天就大打出手，慌得内监随从不知道该如何是好。可不承想，这么一场架，倒成就了一生的肝胆相照。

“朕的妹妹里，还有乐安公主尚未婚配，朕希望你快些与公主完婚。”拓跋宏沉声说。

“臣领旨，”冯诞的脸色有一瞬的凝滞，他听懂了拓跋宏的言外之意，“臣还有一事要请皇上答应，臣的几个弟弟，要么性情浮躁，要么不谙世事，恳请皇上许他们虚爵，不要让他们为官。至于清妹妹……她性子骄奢，臣知道她必定得不到皇上的真心喜爱，恳请皇上准她平安终老。”他是大哥，能为弟妹所求的，也就只有这么多了，即使有一日冯氏败落，至少他们仍能留住性命。

“朕答应，你去吧。”

冯诞俯身叩头，重新用风帽遮住头脸，退出殿外。他不能停歇，连夜便要返回昌黎王府，第二天一早，再重新入宫向太皇太后问安。

眼看七夕将至，内六局给各宫准备了彩线、布帛、银针，供各殿女眷乞巧庆节用。宫中第一次按照汉人女眷的习俗，准备七夕节的用品。华音殿也领到了份例，除了针线丝帛之外，还有一只养在琉璃罩子里的蜘蛛。

冯妙身体略好一些，忍冬便把这些东西拿给她看，给她说些高兴的事。冯妙看着奇怪：“七夕乞巧，要蜘蛛做什么？”

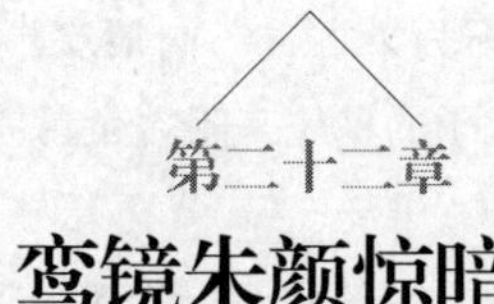

第二十二章 鸾镜朱颜惊暗换

忍冬见她气色略好一点，就坐在床榻边陪她说话："听送东西来的公公说，七夕当天把这东西盖好放在墙角里，等到第二天早上再掀开盖子看。要是蜘蛛结成了细密厚实的网，那便说明乞巧的人会得偿所愿。"

冯妙原本就没有心情准备乞巧的物件，想到蜘蛛长毛长腿的样子，也不敢多看，叫忍冬远远地放着，别让它跑出来。忍冬已经打开琉璃盖子看过，里面是一只小巧的喜蛛，并不吓人。她故意逗着冯妙说："原来娘娘怕小虫子，这回奴婢可知道了。"

宫中先后有两位妃嫔失去皇嗣，太史令在明堂上书，说东方苍龙七宿中，心宿大火星西行，代表皇嗣的心三星被浓云遮蔽，这才导致后宫子嗣不宁。如果不尽早册立中宫、明立太子，恐怕不祥之气会危及帝星。

这天侍立在侧的中朝官，刚好是高清欢，他双手笼在袖中，扬眉反驳："太史令大人怎么不说，恰恰是心三星挡下了原本要侵扰帝星的邪气，宫中两位娘娘先后失去皇嗣，是应了护佑帝星的劫数，帝星正应该否极泰来。"

星象之说原本就虚无缥缈、扑朔迷离，怎样解释都有几分道理。高清欢自担任傩仪执事官时起，对人就颇有几分傲慢，此时站立在皇帝身前，越发居高临下地用眼白斜斜睨着太史令。傩仪执事官掌管祭祀，太史令掌管天象历法，原本后者在星象之说上更权威些。可人的心理就是这么奇怪，越是趾高气扬的人，越让人觉得他有道理。

太史令耐着性子回答："我不过是建议尽早明立太子，星有主位，便可以如常运行。"

“天行有常，不为尧存，不为桀亡，”高清欢声音朗朗，带着几分鄙夷，“按照太史令的说法，以东宫太子的星位来阻挡帝星周围的邪气，将东宫的安危置于何地？”

太史令气得绷紧了脸，明堂上的其余诸臣，却一口大气都不出。高清欢是皇帝亲自提拔的中朝官，太史令家的小姐却许配给了昌黎王的一位远亲。明里是在讲虚无的天象，实际上，却是太皇太后与少年天子，在立太子的事上意见相悖。

皇帝登基接近二十年，冠礼亲政至今也有数年了，二圣之间还是第一次如此明显地针锋相对。

两相争论不下，拓跋宏抬手止住了他们继续说下去：“本朝一向都明立太子，但向来都立贤不立长。朕的两个儿子现在都还太年幼，看不出资质如何，不如等他们都长大些，再做决断。”

这一番争论过后，太皇太后便命崔姑姑去各宫收回乞巧用的喜蛛，理由是这种东西与巫蛊所用之物类似，为免别有用心的人借机扰乱宫闱，索性一并禁止。

崔姑姑是太皇太后面前最得力的宫人，即使她曾经替太皇太后送了上次的襁褓来，冯妙仍旧对她十分客气。忍冬把琉璃小盅连着喜蛛一起捧上来，交给崔姑姑身后的宫女。崔姑姑略坐了片刻，叮嘱冯妙小心将养，毕竟还年轻，不要留下什么病根。

起身要走时，那宫女掀开琉璃盖子看了一眼，不料这一看，那小盅就在她手里歪了歪，细长腿的小蜘蛛，沿着光滑的琉璃壁面，“哧溜”一下滑落到地上。大约是被闷了许久，那蜘蛛爬得飞快，一眨眼就钻到春藤小几后的壁角缝隙里，看不见了。

小宫女“呀”地叫了一声，急忙忙地去找，可搬开春藤小几，背面是厚厚的灰尘，根本看不见一只小小蜘蛛的影子。

忍冬上前对崔姑姑福了一福说道：“姑姑，这东西实在太小，跑得又快，这么四下翻找，找不着不说，扬起灰尘反倒叫我们娘娘的病情加重，不如就算了吧，又不是什么贵重的东西。”

崔姑姑平素看着十分和善的一个人，可认真起来却分毫不差：“太皇太后为免这东西留下祸患，才特意叫奴婢逐一收回，内六局共送出三十四只，少一只也是不行的。请娘娘多少担待一些吧。”

冯妙抬手捂住鼻子：“姑姑请吧，既然整个宫中都是这样，怎么好只有华音殿一处例外？”她斜躺在床榻上，叫忍冬垂下两层冰纹鲛纱，挡住扬起的灰尘。

在偌大一间宫室里，寻找一只小指甲大小的蜘蛛，几乎是完全不可能的事情。冯妙隔着鲛纱看向外面影影绰绰的几个人，手压着胸口，眉头越皱越紧。

果然，四下都看过了，还是找不到时，崔姑姑便拿捏着分寸说：“娘娘，奴婢恐怕没有办法在太皇太后面前交代，听说蜘蛛喜阴，也许跑到内室去了，娘娘不便移动，就让奴婢带人去看看吧。”

冯妙握着床头的青玉镇枕，靠那清凉触感维持心头清明，把声音陡然抬高了一些：“崔姑姑，本宫刚进宫时，还曾经得过你的教导，今天实在不愿看你出错落人口实，才好心跟你说一句。你要翻检的，是正二品贵人的内殿，开国至今，后宫什么时候有过这样的规矩？”

她说话一向细声细气，此时忽然大声说话，反倒吓了崔姑姑一跳。前朝的争论，她也听到些只言片语，自然明白太皇太后的心思。她不肯听任太皇太后的摆布，所以她的孩子没了，有得是其他听话的孩子可以扶上太子之位。

她只是心中不平，太皇太后为何要把她逼迫到如此地步？她每日昏昏沉沉躺在床榻上，那一晚的情形，连想都不愿想起。还没等她自己恢复过来，便有人要来翻检她的内殿。别的东西倒还罢了，太皇太后给过她的草药和襁褓，还锁在内殿的箱笼里。

那些东西是太皇太后“给”的，不是太皇太后“赐”的，区别便是，并非太皇太后赏赐，宫中便没有记录，谁也证明不了那些东西究竟是哪里来的。若说巫蛊，四爪被缚住的龙纹，岂不是更加不祥？

“娘娘不要动怒，保重身子要紧。”崔姑姑在她床榻前跪下，却仍旧不肯松口。

“一只喜蛛而已，找不到就找不到了，本宫现在就梳洗更衣，跟你同去太皇太后面前说明此事。”她从床榻上站起时，一阵头昏眼花，差一点栽倒在地。忍冬赶忙上前来扶着，低声劝道：“娘娘，这是何必……”

冯妙摆手示意她不必再说了，看她站着不动，自己走到妆台前，拿过桃木小梳梳头。可她手上没有力气，连梳子都握不稳，才梳了一下就掉在地上。忍冬不敢再耽搁，上前来帮她净面、绾髻。冯妙自己匀了一点胭脂和口脂，遮掩过度衰败的气色。

小产之后到底还是体虚，即使尽力撑着，冯妙在太阳底下仍旧觉得四肢发冷。忍冬替她传了四帷软轿，扶她靠在一边轿壁上，匆匆往奉仪殿去。冯妙闭目忍着摇晃带来的不适，强迫自己集中精神，把所有要说的话，再细细思索一遍。

她并不想如此逼迫自己，可是即使她肯放过自己，别人却未必肯放过她。

太皇太后仍旧端坐在奉仪殿内，几乎跟她第一次进宫那年的姿势一模一样，似乎一切都从来没有变过，那时她满心惶恐，却又充满好奇。

她在第五块青砖处跪下，腿上虚软，整个人几乎跌坐在地上，磕得膝盖发疼。

太皇太后慈爱地看着她，像是在说，可怜的孩子，其实你本不该受这些苦楚。

冯妙想笑却笑不出声，太皇太后一向都是慈爱的，她对自己慈爱，对冯清慈爱，对六公主慈爱，就连对皇上也是慈爱的。可那慈爱，让她再不敢承受一分一毫。

她把叠在一起的龙纹襁褓，交还给太皇太后，内里触感酥硬，正裹着那包草药："姑母，妙儿无福，没能为皇上诞育皇嗣，恳请太皇太后恩准，让妙儿出宫祈福。妙儿甘心发愿，替姑母和皇上诚心祝祷，愿以发丝手绣佛像一幅。佛像不成，今生便再不回宫。"

她已经没有心力一点点把话说得委婉了，索性直截了当地说出来，相信太皇太后必定可以明白她的意思。冯氏正得盛宠的妃子离宫，朝中摇摆观望的大臣们，便不得不选择拥立皇长子为太子。

这也是王玄之告诉她的出路，君子远庖厨，远离皇宫这一锅滚沸的热油。只有她离宫，让皇帝重新把宠爱分给冯家另一个女儿，她和夙弟才能平安无事。

"你身子还没养好，宏儿不会舍得你出宫去的。"太皇太后平平淡淡地开口，并不催促她。

"姑母，妙儿会找到一个理由，让皇上无法拒绝。"青砖又冷又硬，透出的寒气让她瑟瑟发抖，"妙儿还会送姑母一件礼物，报答姑母这些年的教导养育。今后……就只有夙弟，替妙儿在姑母跟前尽孝了。"

只有把夙弟留在这儿，太皇太后才能放心让她离去，也只有把夙弟交到太皇太后手里做人质，才能保他平安。

"妙儿，哀家原本以为你会是个聪明孩子……罢了，既然你诚心祈福，那就照你说的做吧。"太皇太后示意崔姑姑把冯妙扶起来，"今晚就留在奉仪殿陪哀家说话吧。"

太皇太后叫崔姑姑去把冯妙离宫的事情禀告拓跋宏，晚膳刚过，拓跋宏便直冲进奉仪殿，进门便问："妙儿在哪里？"

奉仪殿年轻些的宫女、内监，还是第一次见着皇帝如此焦急。

"御医正在给她诊治，宏儿，先坐过来喝口茶吧。"太皇太后手边的小几上，摆放着一只紫砂小壶，几只浅碟，就跟从前拓跋宏从书房回来时一样。

"诊治？她怎么了？"拓跋宏急切地开口询问。

太皇太后叹息着摇头："宏儿，哀家从前教给你的东西，看来你全忘记了。做皇帝的人，最忌讳的就是喜形于色，怒现于声。"

他没有忘，他从小学着做的第一件事，就是不让别人发现自己的喜好。再好吃的佳肴，尝过三口之后也必须撤下。他是为这帝位而生的，已经隐忍了二十年。

“那么，请祖母告诉宏儿，冯贵人她……是因为什么要宣御医？”不过转瞬间，拓跋宏已经熟练地换上那张用了二十年的无形面具，只在提到冯贵人这怪异的称呼时，才顿了一顿。

太皇太后长而微弯的护甲，朝桌上一指，一张揉皱了的锦帕放在那里，锦帕上是一团已经干涸变暗的血迹：“今天妙儿来跟哀家说话时，忽然咳嗽、呕血，来不及送回华音殿，哀家就把御医宣到这来了。”

呕血……

没容他细想这两字意味着什么，太医已经从内殿出来，竟然是太医令亲自在此诊治。年过花甲的太医令跪下答话：“太皇太后、皇上，冯贵人惊悸咳逆，寒热盗汗，应该是……痨症。”

“什么叫应该是？你在太医署供职多年，难道连是不是痨症都诊不出来？！”拓跋宏暴怒，随手将桌上的浅茶盏掷在地上。茶盏贴着太医令的侧脸飞过，惊出了他一身冷汗，却不敢躲避。

“宏儿，”太皇太后的声音里，带了点喝止的意味，“今天已经有两名医正来诊治过了，都说是痨症，因为事关重大，哀家才又宣了太医令来亲自验证。”

拓跋宏缓缓转头，看向挡住内殿的珠帘。六七月间天气正热，珠帘之后，却还多加了一层致密的锦帐，显然是为了防止冯妙的病气过给太皇太后和皇上，才特意加上的。

“患了痨症的宫嫔，是无论如何不能留在宫中的，即使她是哀家的侄女，也不能例外。”太皇太后音调平稳地吩咐，“今晚就备下马车，送她去青岩寺养病吧。”

拓跋宏像完全没听见太皇太后的话一样，掀起珠帘便要进去，可那层致密的锦帘却被人从里面死死拉住，不让他掀开。

太医令慌忙阻拦：“皇上，痨症的病气是会传染的，您不能进去。”

“妙儿，让朕看看你，现在究竟怎么样了。”拓跋宏隔着那一层锦帘，握住里面那双小小的手。他总觉得还有很多时间，等到坐稳了帝位、等到真正掌控了朝政、等到他们之间再没有任何障碍，他就可以一心一意地当她是自己真正的妻子。

帘子里的人并不说话，只是死死抓住锦帘，不让他掀开。拓跋宏轻笑一声：“朕知道，你是想效仿李夫人，不让朕看见你病中憔悴的样子。可朕不是汉武帝，并非因为你的容貌喜爱你，你不必如此……”

“宏哥哥，李夫人不想被汉武帝看见，是因为她以色事人，自然担心色衰而爱弛，可妙儿不一样……”锦帘另一侧的人轻轻开口，“如果医好了，妙儿自然会回来，如果医不好，妙儿希望宏哥哥记住的，是妙儿最好看的时候。”

她什么也不求，只有无所求，才能让拓跋宏深深记得她。此时她才恍然惊觉，拓跋宏的念念不忘，是她能寻求的最后一点依傍。

很快就有内监来跪禀，送冯贵人出宫的马车已经备好，连华音殿里的东西，也已经一并收拾齐整，堆放在车上。内监恭敬却坚持地请拓跋宏到厢房回避，忍冬上前用披风把冯妙整个儿裹住，扶上马车。

人一离开，立刻有蒙着面纱的医女入内，用艾草熏蒸冯妙停留过的宫室。

马车上的帘子垂下，拓跋宏终于还是忍不住走到殿外，隔着车帘，他听见冯妙的声音夹杂在断断续续的咳嗽声中：“宏哥哥，不要忘记我，但是……只准想我一点点。”

车轮辘辘，沿着寂静空旷的永巷行走。她曾经走过这条路，是第一个乘辇戴金簪从甘织宫出来的人。如今又是这条路，她也是第一个要被送出宫养病的贵人。

马车行到阖闾门时，驾车内监停下向守门的侍卫出示腰牌。予星的声音在车外响起：“公公，你且歇一会儿，容我跟车里的人说句话。”想必是塞了银子，驾车的内监只说了一句“快些”，便走到一边休息。

帘子掀开，予星焦急的脸探进来，一见到冯妙消瘦不堪的样子，眼睛里就浮起泪光：“娘娘可真是……痨症也能随便得吗……”

冯妙反倒尽力向她一笑：“现在不是什么娘娘了，你还像在甘织宫那时候一样，叫我的名字吧。”

予星匆匆抹了一把泪，把怀中包好的几件衣裳递进来：“今天才听说消息，没想到你马上就要出宫，只来得及给你做了几件应季的衣裳。等月初采买宫女出宫，我再叫人给你带东西过去。”

包袱里是几件用料上好的衣裳，颜色却多是灰、褐一类。冯妙出宫养病祈福，与带发修行差不多，从前在宫中的衣裳，自然都不适合了。难为予星想得周到，不然进了寺中，的确麻烦。

予星强颜做出一个笑来：“也没什么，说不定寺里比宫里还自由些，要是哪天我在宫里混不下去了，也去那里找你。”她压一压冯妙的手：“你多保重，我不能久留，要早些回去了，还有一个人也是在等你的，让她跟你说话吧。”

她刚退出去，就有一人直接掀开帘子坐上来，正是李弄玉。她什么话也不多说，直接塞给冯妙一包东西。冯妙打开一看，是满满一包铜钱和一柄三寸长的匕首。

“就算你走遍天下，也是这两样东西最管用。你心太软，铜钱留着自己用，匕首交给忍冬。”李弄玉的声音仍旧冰冷，冯妙却听得心中漾起一层雾气。她是怕自己在山寺中受人欺负，特意换了整整一包铜钱，用来赏人。鲜卑族人多用谷帛一类的东西来交换、买卖，可山寺附近的汉人却仍旧喜欢用铸币。

“弄玉，我也有几句话想跟你说，”冯妙把东西放在一边，“小时候，我只羡慕妹妹一件事，可以有个高大的哥哥，把她举在肩头去摘树上的海棠花。我没有哥哥，就只能盼着自己长高。直到有一天，我知道作为一个女子，就算长得再高，也够不着树上的海棠花。我很失望，还为了这个哭过一次。”

她微微发笑：“很好笑是吧？我那时才六岁，为了这么一点小事，几乎觉得整个生命都灰暗了。可现在呢，我们在宫里，每天早上都有照顾花草的宫女，送来新鲜的花枝插瓶簪发，从前得不到的东西，现在甚至不用自己亲手去摘。”

“你是在劝我做个妃嫔也不错吗？”李弄玉冷着脸转开视线。

冯妙凑到她身边：“时间是个好东西，它能让我知道，我想要的那些并不是那么遥不可及。所以，当我处在一无所有的困境中时，我就会耐心地等。我知道，你心里也有那朵开在枝头上的海棠花，你现在觉得可能一辈子也摘不到那朵花，那只是因为，时间还没到的缘故。”

“开在枝头上的海棠花……”李弄玉低声重复，许久不带血色的脸上，忽然闪过一抹怪异的颜色。可她仍旧嘴硬，跳下马车说道：“你这人总会讲些大道理，还是照顾好自己吧，铜钱省着点花。”

冯妙隔着裹布感受着铜钱的触感，宫中只有低等的杂役，才会在私下赌钱、买货时用上铜钱。即使没问也知道，李弄玉不知道找了多少人，才换够了这满满一包。虽然不知道时间会用什么奇妙的方法，她总归真心希望，李弄玉能早些摘到她那一枝海棠花。

宫门在吱嘎声响中开启，又“砰”的一声合拢。冯妙掀开车帘一角去看，只看见跳动的宫灯火苗映着侍卫闪亮的铠甲。

忍冬替她拉开一点披风的束带，轻声说：“娘娘先睡会儿吧，到青岩寺还远呢。”

“忍冬，其实你不必跟着我一起，寺中的日子肯定比宫中苦得多。”冯妙的确有些困倦，眯着眼轻声说话。

忍冬只是笑笑：“我们这些做奴婢的，性命都跟主子系在一起，主子去哪里，我们自然也就跟去哪里。”

马车摇摇晃晃，不知道走了多久，天快亮时才在青岩山脚下停住。忍冬掀开帘子向外看去，驾车的内监却已经跳下车来：“娘娘、姑娘，前面就是青岩山了，请两位自行上山去吧。”

忍冬一听便急了：“山路陡峭，娘娘还病着呢，怎么走得上去？昨晚我也给了你钱，你总该把我们送到寺门口吧？”

内监抱着胳膊站在原地，语调已经有些不客气：“姑娘，出了宫门，就别再端着宫里的架子了。上边吩咐的，就是叫我送两位到青岩山，我还得回宫复命去呢。趁着天色还早，两位请吧。”

带发修行的妃嫔，从来没有再回宫的先例。忍冬料到出了宫门便是白眼和冷遇，却没料到一切来得这么快。她在宫里时，也算是个得脸的宫女，只是年轻，当不起一声“姑姑”而已，哪里受过这种抢白？眼睛一酸，就涌上泪来。

第二十三章 玉骨西风

冯妙掀开车帘看看，那内监把马鞭卷起，挂在腰间，分明并不急着回宫复命，只是不肯再送她们了。山路崎岖难走，眼见冯妙是已经失势的贵人，他不愿意多受这一趟累。

“忍冬，我们自己上去吧。”她挪动着要下来。宫中的马车高大，又没有踏凳垫脚，绣鞋荡了几下，脚尖却只差一点够不着地面。

忍冬已经先一步跳下去，回身来扶她。冯妙也向前一跃，落地时一震，小腹疼得她弯下腰去，闷闷地“嗯”了一声。忍冬伸手替她揉了几下，狠狠地瞪了那内监一眼。

那内监毫无同情怜惜之意，幸灾乐祸一般地说：“娘娘万福，早些到寺里多念几卷经书，说不定病也好得快些。啊哟——”他正说到一半，冷不防脸上挨了重重一记耳光，踉跄着倒退了几步。抬眼正要发作，看清来人的服饰样貌时，气焰立刻就矮了下去：“高……高大人……”

冯妙和忍冬一起回头，正看见高清欢长袖低垂，站在那名内监身前，似乎嫌弃那一耳光弄脏了自己的手，掏出一块帕子嫌恶地擦了几下，随手掷在地上。

“七年前我在宫中求见高太妃时，你还是个擦洗碧云殿前青砖的小太监，就敢在我背后议论我是高家来路不明的养子。七年过去了，你这双狗眼仍旧一点长进也没有。”高清欢声调冷淡，他穿着式样寻常的士子袍服，腰间的玉牌却是品级颇高的中朝官才能佩带的。一双碧绿眼眸，更是明白无误地表明了他的身份。

“高大人，小的不是有意冒犯，您大人不计小人过……”驾车的内监早已经不记得七年前私底下说过一句什么话，此时见高清欢神情冷冽，只能慌张地讨饶。

高清欢抬起靴尖，止住了他的话：“宫里非议诋毁贵人，是什么规矩？”

跪在地上的内监一愣，接着连音调都颤抖起来：“割……割舌……”这些规矩，都是管事的太监私下处置犯错的宫女、内监用的，像冯妙这样的宫嫔，从来不知道。

“清欢哥哥，让他走吧，他也未必是有心的。”冯妙虽然厌恶这名内监的势利，可此时高清欢身上的戾气，却让她更加不快。她能感觉得出，高清欢温润清贵的外表下，其实内心十分阴鸷。他容不得别人一星半点的轻视，甚至牢牢记得七年前一个小太监的私下嚼舌根，并且一直记恨到有机会报复。

“娘娘，娘娘救我！是小的瞎了狗眼，小的这就驾车送娘娘上山……”那内监看出冯妙与高清欢熟识，转而跪到她面前求饶。

高清欢缓缓踱了两步，隔在那名内监与冯妙之间：“我不敢自认是什么贵人，自然也不敢叫你割舌受罚。可我实在不喜欢听你说话……”他从袖中摸出一包药粉丢在内监面前，“你自己选，是做个哑巴，还是做个死人。”

内监哆嗦着拿起地上的小包药粉，狠狠心全倒进嘴里。药粉一入喉，他就扼住喉咙痛苦地叫喊了一声，那声音渐渐变得嘶哑粗粝，最终完全听不到了，只剩下“嗬嗬”的喘气声。

“高清欢，你……”冯妙不可置信地盯着他，“他不过是嘴上说了些不好听的话而已，又没真的做什么。”

“他曾经说我是勾栏女子生的贱种，是碧绿眼睛的狼儿。”高清欢平淡冷静地重复当年听到的话，“更何况，他看见我们一起上山，不能让他说出去。”

冯妙听得心中发寒，为了这么一个理由，就要用药把人生生毒哑，这是什么样的报复心？她转身拉着忍冬，朝山路上走去：“谁要和你一起上山？高大人如果要上山进香，只管自便，我可不敢扰了高大人的兴致。”

她沿着砌有石阶的一条小路向上走去，清晨的空气里带着些许雾气，打湿了石阶上的青苔，变得湿滑难走。刚踏了一步，就脚下发软，差点滑倒。

高清欢上前一步把她抱住：“青岩寺建在山顶，我用自家的马车送你上去。”说完，不管她如何挣扎踢打，把她抱起来，连着她从宫里带来的东西一起，都送进一辆宽敞舒适的马车中，让忍冬坐在车厢外的驾车人身边。

冯妙拗不过他的力气，转过脸看向窗外。高清欢坐到她身侧，掀起她面上覆盖的白纱，却被她抬手拍打在手背上：“我有痨症，你不怕死就只管再近一些。”

“你不是痨症，你能骗过拓跋宏，却骗不过我。”高清欢捉住她的手腕，搭上两根手指，“月中亏虚的脉象和症状，本来就跟痨症有些相像，昨天给你诊治的几名御医，也都是冯家举荐过的。”离开皇宫，他连一声“皇上”都不屑叫。

冯妙转回头，不管他说什么，都不再理睬。

快到山顶时，山路越发陡峭难走，马车走走停停，速度慢了不少。

冯妙想起从前心中的疑问，抽回手腕，小声说：“从前你不肯告诉我的那些事，现在可以告诉我了吗？”

高清欢端坐着不动：“不行，现在仍然不是时候。妙儿，你只需记得，我跟你才是一样的人，我做的一切，都是为了你好。”

这话已经听他说过太多遍，冯妙气结，转头用手指用力压着车厢壁上的一个小钉。目光顺着手指的方向看去，她才发现车厢壁上贴着一层油纸，纸面上有隐约的暗纹，似乎是两个字反复排列而成。她仔细辨认着去读：“参……”

“参合。”高清欢淡淡开口，似乎那两个字已经深深印在他心里。

“参合陂？”冯妙自言自语。当年开国皇帝建立的大魏，与慕容氏建立的大燕，曾经在参合陂激战。开国皇帝与慕容氏隔着黄河对峙，拖而不打，一直等到大雪纷飞、河面封冻时，才趁机连夜渡河，大败慕容氏。

经此一役，慕容氏元气大伤，再没有能力与拓跋氏相抗衡，燕国最终也未能逃脱破灭的命运。在拓跋皇室的记述中，开国皇帝在这一战中骁勇无敌、足智多谋，让拓跋宗亲子孙深深引以为傲。就连明堂侧厅中悬挂的壁画，也是开国皇帝在参合陂横刀立马的雄姿。

冯妙在书上读到过这些，只是有些奇怪，高清欢竟然会把这两个字装饰在马车上，他不像是个会为开国皇帝歌功颂德的人。

像是看出她心中所想，高清欢缓缓开口：“那时拓跋氏与慕容氏原本是姻亲，约定世代交好，可拓跋珪言而无信，派自己的儿子阻拦慕容垂的车马，又在军中散播慕容垂已死的假消息，这才能趁乱攻破慕容氏的营寨。”

“匹夫拓跋珪，在此战之后，将北燕十万降卒全部活埋坑杀。从此慕容氏再没有精兵可用，整个黄河以北都落入拓跋氏的囊中。”他音调毫无变化，双眼却微微闭起。

冯妙静静地听他讲述，眼前无端地浮现出一幅画面。阴风朔朔，冰冻的河面上泛着清冷的光，拓跋氏的兵卒，用布条裹住马蹄，连夜杀进慕容氏的营寨。鲜血汩汩流出，在河面上画出一道道嫣红的痕迹。

这两个同样是从大鲜卑山发源的部族，如一对冤家似的兄弟一般，分分合合，最终却只有拓跋氏成了这片土地的主宰。

她还想再问，马车却已经停下，忍冬掀起帘子伸进一只手：“青岩寺到了，娘娘请下车吧。”

驾车的小童拿过一张踏凳给冯妙垫脚，冯妙搭着忍冬的手走下来。

北魏皇室大力提倡佛教，亲自修建了不少佛寺。皇家女眷如果要修行或是祈福、上香，大多会选择皇家修建的佛寺。像高太妃戴罪离宫，便是去了北海王拓跋详曾经亲自督造的报德佛寺。

可青岩寺却与那些皇家寺院不同，原本是一座极小的寺庙，后来日渐靠着香火钱扩建，才终于有了今天的规模。因远离平城，常有无处可去的女子在此带发出家，寺中的姑子什么来历都有，十分混杂。

平城内的贵眷，轻易不愿到青岩寺来上香，一半是因为路途遥远、环境简陋，另一半也是因为这里出过几位名声不大好的姑子，做的那些事情，带累得整个青岩寺也跟着受人鄙夷。

可冯妙却特意选了这个地方，她本就是借着痨症离宫，又选了这样一处寺院。宫中每月派来看管她的人，便不会尽心，这样她才能多些自由，有时间替自己安排。

高清欢把帘子掀起一条缝，压低了声音说："妙儿，此处是姑子专用的寺院，我不方便进去。你不要想得太多，离宫反倒是件好事，这里山明水秀，先养好身体再说。等我有空时，会想办法再来看你。"

早有宫中的谕令到过青岩寺，寺中的住持已经在门口等候，叫两个年轻的姑子帮冯妙拿着随身的东西，引着她进入后院。

冯妙悄悄打量那两个姑子，见她们的禅衣似乎与别处的有些不同，一时又说不上来究竟有什么区别。跟在她们身后仔细看了一路，才终于恍然大悟，她们想必是自己把禅衣改过了，腰腹处收紧了一些。原本宽大无形的禅衣，因为这一点小小的改动，就变得大为不同，把她们玲珑浮凸的身形给显了出来。再看她们走路的姿势，左摇右摆，也丝毫没有半点姑子的样子。

幸好禅房还算干净整齐，冯妙早已累了，忍冬便拿钱给她们，又说了不少好话。刚要打些水来清洗，冯妙靠在墙边，勉强提神说："先不忙收拾，我离宫时还答应了太皇太后替她做一件事，你先照我说的去做。"

禅房简陋，床板只用几块木板拼成。忍冬用宫中带来的被褥铺了薄薄一层，又用几件旧衣裳叠起，给她垫在腰上："娘娘急什么呢，咱们才刚到这里，有什么要紧事也得安顿下来之后再做呀。"

冯妙摇头："这事情本来就需要时间，你先去看看周围住户的情形，回来告诉我。这些东西再慢慢收拾就是。"

青岩寺后山，分成几个小院落，姑子们就散住在这些院落里。冯妙从宫中来，半是养病，半是奉旨修行，住持便单给了她一处院落，不过是两间普通的禅房，外面围着一圈枯枝扎成的藩篱罢了。

中午时有人送饭来，都是粗劣难以下咽的粟米，配着几片菜叶。来送饭的是个眼生的姑子，生得略有些丰满，禅衣倒是穿得整整齐齐，并不像早上那几个姑子一样。冯妙跟她客气地说了几句话，才问出她的法号叫作慧空。

慧空却好像不大愿意跟冯妙多说话似的，上下打量了她几眼，离去时撇着嘴说："妖妖艳艳的样子，又是一个来祸害佛门清净的。呸！"她毫不避讳地朝地上唾了一口，甩着袖子走远了。

冯妙原本正拨着那几片菜叶，想着好歹吃一点儿才有力气，听见慧空的话便放下了竹筷。她并没碍着这些人什么事，怎么寺里的姑子，也这么不能容人？

忍冬回来时，看见送来的饭菜就急了："娘娘怎么能吃这个？还怎么养身子？！"她端起粗瓷碗就要去找住持。

冯妙拉住她劝道："忍一忍吧，好歹是佛门清净地，要吃要喝的不像样子。我们初来乍到，不要跟她们争执就好。再说，我现在并不是什么娘娘了，以后也别再这么叫了。"她心里明白，这些姑子里什么样的人都有，真要背地里使什么阴招，只怕她一天也住不下去了。

她听忍冬讲起，青岩山半山腰开始，便有不少农户人家。她仔细想了想，附耳把自己的想法告诉忍冬。

忍冬惊得张口结舌："这……这……宫里刚刚禁绝巫蛊图谶，我们做这个，会不会太危险了？"

"不要紧的，"冯妙解释给她听，"只要你照我说的去做，事情将来怎样，都不会闹到我们身上。再说，禁绝巫蛊图谶，只是针对宫中贵眷和皇室宗亲，民间的占卜、问卦从来不在禁止之列。"

两人胡乱吃了几口粟米，连忍冬都觉得那东西太难吃，把大半碗都偷偷倒掉了："娘子先将就一天，幸亏还有李才人给的这包铜钱，明天一早我再下山去换些精细的米来煮粥。"

因为住持特意提起过，忍冬便把用过的碗筷放在门口的石桌上，自会有人收去清洗。她见冯妙手按在小腹上，赶忙收拾了床榻，让冯妙躺下休息。

正在半睡半醒间，便听到门外有人吵闹，声音越来越大，直扰得冯妙没办法安睡。忍冬把禅房的门拉开一条缝隙，门外的话语便清晰地飘进来，似乎正是早上帮她们拿过东西的一个姑子："凭什么又是我们？我和静心早上已经帮她们拿过东西了，中午也帮她们生了火、做了饭，怎么连她们用的水也要我们打，当我们姑娘好欺负是不是？"

这尖厉高亢的声音，正是早上一个叫念心的姑子。

接着是慧空的声音，说话又急又快："你们就生了火、煮了米饭而已，你们自己不也要吃的吗？不过是多加一碗米的事。她们吃的青菜是我一叶一叶去摘的，用的碗筷也是我洗的，还要怎样？"

忍冬一听这话，当时就火冒三丈，从前宫里扔了不要的菜叶，也比中午那几根好得多，立刻就要冲出去跟她们理论。

冯妙起身拉住她："别去，看这样子，她们之间的矛盾也不是一天两天了，现在去了，她们只会一起把怨气撒在我们身上。只管让她们吵去，不干我们的事。"

忍冬气鼓鼓地坐下："我就是心里不服，宫里提早拨了一年的钱帛，供应娘娘……娘子在寺里的开销，我们又不是白吃白住，她们怎么还这样鸡蛋里挑骨头？"

此时，那个叫念心的又开了口："我不管，分给我们自己的活儿还做不过来，我们可没那心情再管别人的闲事。我们姑娘也还病着呢，那一位晚上要用的水，谁爱给她打谁打！"

隔着半开的门，隐约看见她拉起静心就走。慧空这时候也急了，阴阳怪气地说："还姑娘、姑娘地叫，真不害臊！别是把什么不干不净的病带到这来了，没的污了我的眼睛。"

念心停下步子，斜着眼睛看了慧空一眼，忽然掩着嘴笑道："我们姑娘再怎么样，也比你这肥头大耳、一辈子没摸过男人的老尼姑强。"

这话简直不堪入耳，连冯妙也皱了一下眉头。慧空听了这话，果然撒泼一样地扑上来，一把揪住念心的头发："我今天非打死你这小娼妇不可！"

念心被她揪住头发动弹不得，一面用指甲狠掐慧空的手臂，一面对静心说："别光看着，快过来帮我，都骂到姑娘头上去了，还有没有脸了……"

慧空身后还跟着几个姑子，静心冲上来，这些人便扭打成一团。

冯妙摇头苦笑，把忍冬叫过来说："你去抓一把铜钱撒在外面，说我谢谢她们照顾，今晚的水我们自己打，不用她们费心，管保她们就不打了。"

忍冬捂着嘴笑："娘子的办法真好，这下两边都只觉得对方无事生非。"

她拿了铜钱正要出去，门外忽然传来一个陌生的女子声音，带着些软绵绵的口音，却又清亮亮的让每个人都听得清楚："几天不来，慧空师太的佛法又精进了，这是参的什么佛，不如给我讲讲吧。"

那女子的声音里，带着一股奇异的魅力，让人不由自主地生出一丝自惭形秽的心思来。姑子们都松开了手，静心的头发都揪得散乱不堪，手臂上也带着几条抓痕，走到女子面前说："苏姑娘，你来得正好，你不知道她刚才说我们姑娘的话有多难听呢。”

“怎么难听了，不就是说了句娼妇吗，你听见猪哼狗吠，也要一样叫回去吗？”那女子语笑晏晏，说出的话却透着刻薄，“再说，人家也没说错，我们本来就是娼妇啊。只不过，所见所感皆由心生，咱们眼里的姑娘，到了慧空师太的眼里，就成了娼妇了。由此可见，慧空师太整天心里想的都是些什么。”

念心低头笑了一声，又有些得意地瞪了慧空一眼。

冯妙对这女子心生好奇，支起上身向外看去。庭院里站着一个身形匀称的女子，细白的脖颈如天鹅一般颀长，身上穿了一件素色轻纱罩衣，隐约看得见内里粉紫色的抹胸。戴着的青玉钗、东珠耳坠、镂金项圈，样样都精致名贵，丝毫不比世家小姐逊色。

可是看到那身装束，冯妙就明白了，难怪她们一口一个“姑娘”地叫，她们的确是未嫁的姑娘，只不过是一种身份特殊的姑娘。她虽然听说过风流名士有携妓同游的雅趣，可听说跟亲眼看见，毕竟是两回事。单是那一身妖娆的装束，就让冯妙有些脸红不敢再看了。

这位苏姑娘施舍香火钱时很大方，连住持都对她十分客气。惠空不敢在她面前耍威风，带着身后的姑子们走了。

冯妙原本想等她们吵也吵过了、打也打过了，再私下去两边送些宫里带来的珍奇物件，跟她们安分相处就好。可看见静心挽着苏姑娘的手，一同走回自己的禅房去了，她便打消了这个念头。

秦楼楚馆之中，向来不乏见识不俗的奇女子，即使面对王侯公卿，也能侃侃而谈、不让须眉。要是拿钱财去安抚，反倒显得太过小家子气，平白让人笑话。

她叫忍冬装作什么也不知道，等到晚饭时，饭菜和干净的水照旧送了来，想必是慧空服了软，叫小姑子去准备了。

冯妙自己不出门，却每天都把忍冬打发出去，抽空跟那些年轻好相处的姑子们聊天，把从前用过的手油、面油分些给她们。这些年轻女孩儿，多半是家中贫苦才选择出家的，并不是真的一心向佛，看见宫里带出来的新鲜玩意儿，都喜欢得不得了，渐渐也就愿意跟忍冬说话了。

忍冬从她们嘴里听到了不少消息，慧空是住持从小收养的孤儿，自打住持不大管事，寺里的香火钱和一应杂事，便都由慧空管着。而静心、念心两个人，是跟着一个叫秦霜儿的姑娘来的青岩寺。秦霜儿原本跟那苏姑娘一样，是明秀堂里的红倌儿。不知道为什么忽然赎了身，到青岩寺带发修行。苏姑娘跟她交好，每隔几天就来看她一次，顺便施舍大把的钱财，不让人欺负她。

“我还听说，最南面的小院子里，住着一个很怪的人，整天都躲在屋子里不出来，也从来不说话。”忍冬神神秘秘地对冯妙说，“可听说她开的方子很管用，要是这里的姑子或是附近的小孩子生了病，都找她看呢。只有一样，但凡找她看病，一定要先付十颗东珠，从不例外。有如此怪癖的人，说不定真的灵验，要不娘子的身子也请她看看吧。”

冯妙不过当个玩笑一听便罢了，向忍冬问道：“已经四天了，我交代你的事，现在怎样了？”

第二十四章
霜刃开

“都已经安排过了，这几天应该差不多了，”忍冬回答，“我还是有些不大放心，不过几句话而已，能有什么用？”

冯妙问道：“你知不知道五马渡江的旧事？”

忍冬茫然地摇头，她本就没读过什么书，前朝旧事更是所知有限。

“西晋末年，中原战乱动荡。积弱的皇族想要渡江南下，朝中重臣却不愿意远离故土。”冯妙声音低低地讲，虽然疲劳，却比在宫里时看上去轻松一些，“当时都城中便有童谣四起，说的是‘五马渡江去，一马化为龙’。因为童谣预示的吉兆，名门世家终于下定决心南迁。司马氏的五位王爷——琅琊王、汝南王、西阳王、南顿王、彭城王渡江南下，后来琅琊王司马睿在建邺称帝，子孙后世又延续了一百多年。”

忍冬听得似懂非懂：“娘子是说，你让我去教那些村童唱的歌谣，也能影响咱们大魏的国运？”

冯妙揉着额角、半开玩笑地说：“我是说，让你去做的，是非常重要的事情，你也是我身边非常非常重要的人。”她已经放弃了要把忍冬调教成一个通晓掌故、思虑周详的女子，因为忍冬的长处完全不在这上面。

忍冬擅长的是听壁角，她能跟不认识的人一天之间变得熟络，也能跟任何一个杂役、婢女聊些家长里短，从中听来些别处听不到的消息。她的心思既热情又简单，因为不懂得权衡利弊，所以认定了一个主子，就会永远跟随下去，哪怕吃苦受累也不会动摇。正是因为这样，冯妙经历了那么多事，从来没有怀疑过忍冬的真心。

冯妙取出带来的银质小剪子，把在宫中时留了许久的指甲，一条条齐根剪断。她已经做了她能做的事，余下的就要交给仍在禁宫中的人去安排了。

很快，平城附近便开始有孩童传唱歌谣：真玉碎，双鹤翔，十日立，各为王。起先并不惹人注意，可这歌谣渐渐地传到了平城之内，连在知学里听讲的宗室子弟，也私下传唱。

皇家的孩子到底比乡野民夫的孩子多一分警觉，任城王世子随父亲入宫时，便把这听来的童谣讲给太皇太后和皇上听。童谣里的话模棱两可，一时也确定不了究竟是什么意思。满街的孩子都在唱，又无法禁绝。

唱得多了，便有人开始揣测童谣的意思。有人说，真玉碎指的是贞皇后林氏的旧事，生下皇长子之后便去世了，而双鹤翔便指的是近来宫中连续失去两名皇嗣的事。

至于后两句，也有人私下议论说，十日是一个“旬”字，二皇子的名讳中也有一个“各”字。两句话应的是皇长子应该被立为太子，皇次子则应封王。

甚至有人开始有模有样地传说，当年贞皇后并非死于生育皇长子，而是死于立子杀母的祖训。太皇太后和皇上允诺立她的儿子为太子，才赐死了她。可如今皇上宠爱高氏所生的幼子，便要反悔了，贞皇后心中不甘，用童谣谶语来警告皇帝。

崇光宫内，拓跋宏听高清欢转述市井传闻，冷笑着说：“这些人说得好像亲眼看见了一样，甚至连朕如何哄骗林琅自尽的话，都传说得一清二楚。在世人眼里，朕就是这样一个薄情寡义的人？他们这样说，既看轻了朕，也看轻了林琅。”

林琅所做的牺牲，他不能对任何人讲起。林琅留给他的最后一句话，他一刻都没有忘记过。

“宏，用我一生之辱，换你十年隐忍。十年之后，你必定能真正君临天下。”

只有林琅，是真正毫无保留、把自己所有一切都献给他的人，包括她一生纯真无瑕的爱恋，也包括她在这世上唯一的骨肉。

“现在立太子，对皇上而言也是一件好事情，可以让后宫暂时安宁下来，还可以借庆贺储君新立之名，推行新政。”高清欢平静地说出自己的想法，“至于太皇太后那边，其实只是一张窗纸而已，皇上迟早是要捅破这层窗纸，让太皇太后彻底还政给皇上的。”

拓跋宏用一根银钩子挑了挑烛芯，同样平静地说：“朕并非反对立太子，只不过既然是太皇太后想做成的事，朕就不能那么轻易答应。朕同意她立太子，她也该拿出些诚意来交换才行。”

他注目在跳动的火焰上，似乎依稀看见了林琅温柔低垂着的脸。其实他并没有真正把她当一个女人和妻子那样爱过，因为清楚自己不爱，所以越发满怀愧疚。

林琅是个羞怯胆小的人，从来不敢自己做什么决断，可她曾说过，是因为有人告诉过她，为了心里真正在意的人，任何牺牲都是值得的，她才下定决心生下那个代表着屈辱的孩子。她还说过，说那句话的人，配得上成为皇上真正的妻子。

拓跋宏不知道那个人是谁，也不敢保证等发现她时，自己一定会喜爱她。但他可以把后位留给这个人，就好像是……永远留给林琅一样。

外人无从知晓，站在当今天下权力顶端的两个人，进行了什么样的谈话。人们能看到的，只是一个结果。皇帝下诏，册封皇长子拓跋恂为皇太子，但因太子年幼，仍旧留在奉仪殿，由太皇太后亲自抚养教导。册封礼也暂缓，等到太子年长些时再举行。

加封颇有贤名的异姓赵郡王穆亮为太子太傅，李冲为太子少傅，连同其他太子应有的仪制、官署人员，也都一并配齐。

诏令下达的同时，朝中一些不显眼却十分重要的位置上，悄无声息地换上了年轻的汉族世家子弟。北魏初建国时，汉家子弟自矜身份，不愿入朝为官。可到了此时，情形已经完全逆转过来。此前太皇太后虽然提倡汉学，但为了安抚拓跋氏宗亲，并未真正提拔重用汉家子弟。拓跋宏给了他们施展才学的机会，也赢得了他们的忠心。

听说太子已立，冯妙便松了口气。那童谣里的“双鹤翔”三个字，几乎是她滴着心头血想出来的，原本该用些更简明的字眼。如果不是真的一无所有，她无论如何也不会拿自己早夭的孩子来做这一局。太皇太后终于有了得心应手的棋子，应该会把更多的精力放到朝政上去，不会再来理会她这个废妃了。没有了她这一层关系，夙弟想必也能安全得多。

青岩寺虽然清苦简陋，但青岩山却实在称得上一处好地方。向南一侧就着山势修有石阶，向北一侧则是一条淙淙流淌的溪水。冯妙在这里住了几天，气色一天天好起来，小腹也不再时时疼痛。

入夜时分，禅房的窗子敞开着，窗外有阵阵蛙鸣声传来。冯妙几天没有出门，忽然很想出去走走。忍冬取了一件轻软的浅灰色绉纱披风，替她裹紧，陪着她往前殿去。

青岩寺的正殿用木椽搭建而成，四下清凉通风，殿内的梵唱诵经声，伴着阵阵青烟袅袅地传出来。冯妙想起那年出宫上香的情景，她所求的，不过是家人安康而已。除了阿娘仍旧不知所终，其实倒也算灵验。

正想着，前殿忽然传来女子嬉笑说话的声音。静心带着娇俏的笑意说：“竟然还会有男人到姑子的寺庙里来上香，而且还是那样一个好看的郎君。”

念心在一旁逗趣地问：“比咱们姑娘看中的那位公子如何？”

静心不屑地嗤笑一声："快别提了吧，不过是个空皮囊罢了。说什么要娶姑娘为妻，结果姑娘用自己攒的体己钱赎了身，他倒跑得连个人影都没了。要不是因为他，姑娘哪至于沦落到现在这个地步？还是苏姑娘说的有道理，咱们女人，就该把男人当衣裳一样，高兴了就穿一穿，不高兴了就随手扔了，再换新的来。"

冯妙止住步子，把手指放在唇前，示意忍冬也不要出声。无意间听见了别人的私密事，她不想彼此见着了尴尬。原来天底下为男子伤心的女子这么多，连这个没见过几面的秦霜儿也是一样。

静心略顿了顿，似乎是"咚"的一声跪在蒲团上，戏谑似的求告："不过，要是能有像刚才那个郎君那样好看的男子，我宁愿为他伤心。菩萨啊菩萨，求求你就看我一眼吧。"

念心嬉笑着上前刮她的脸，两人笑作一团。

鲜卑人常常把年轻俊秀的男子唤作"菩萨郎"，在平城住久了的汉人，也渐渐习惯了这样的称呼。静心面对着宝相庄严的菩萨像，心却早已经飞到刚才见过的菩萨郎身上去了。

冯妙无意探究静心口中的菩萨郎，究竟有多么俊秀，她见过的男子都已经是龙章凤姿，就连她年少无知的弟弟，单就五官来说，也是唇红齿白十分讨喜的。

她转回身往后山走去，没走出多远，便看见黑蒙蒙的后山上，布满星星点点的亮光，好像天上的银河直泻入地一般。那些亮光缓缓移动，就如同星辰流转一样。放眼望去，天与地连成一片，让人只觉得自身无限渺小。

冯妙从没见过这样的景象，怔怔地看了半晌，才问："忍冬，今天是什么日子？"

"忍冬？"她叫了几声没有回应，身子却冷不防被人从后搂住。

"今天是七月十五，很多人在水边放河灯。"男子的嗓音响在她耳际。

原来是中元节，这一天在河面上放下一只灯，让它顺水漂走，祈求家人平安。河灯漂得越远，心愿就越容易实现。后山那条无名的溪流上，从上游到下游，都漂浮着一盏盏忽明忽暗的河灯，连缀成一条镶金嵌银的玉带。

冯妙听出身后的人是高清欢，从他怀中挣脱出来，疏离客气地叫了一声："高大人。"

漫天星光与河面上的灯光交相辉映，柔光洒在高清欢脸上，将他原本就妖异的五官勾勒得越发深邃分明。他的脸上，因为冯妙的疏离拒绝而闪过一丝不易察觉的戾气。但他很快把那分戾气隐藏起来："妙儿，这里没有什么高大人。你可以仍旧跟小时候一样，叫我清欢哥哥。我记得你说过，我的名字淡中有真意，恰如日日都能尝到的舌尖百味。"

那是她十岁时说的，高清欢厌恶这养子身份带来的一切，只有这名字是个例外。

“高大人，我已经不是十岁时躲在昌黎王府一角的冯妙了，你如今是朝中新贵，也早就跟当年不同。”她指着河面上顺水漂流而下的河灯说，“就像河水日日东流、从来不曾回转一样，人也不能随心所欲地留在某个时刻永远不变。”

她还有半句话没说出来，如今高清欢的所作所为，越发让她不愿接近，总觉得他的心里好像住着一只凶猛的饕餮，永远没有满足的时候，随时都可能冲出来伤人。

“妙儿，从前我什么都没有，即使想做什么也有心无力。等到我有能力去做时，你已经被博陵长公主送进宫去了，我几次替你安排退路，你都拒绝了。”高清欢抬手，拂去她发上沾染的一片草叶，“我在暗处看你，看得清楚分明，太皇太后想要你无欲无情地在后宫行走，等到她不在了的那一日，仍旧有人能保冯氏的荣宠不衰。可你的心却丢在了拓跋宏身上……”

离宫十几天，冯妙刻意不去想这个人，就连忍冬也小心地避开跟宫中旧事有关的话题。此时突然被高清欢提起，心里涌起既熟悉又陌生的怪异感。她在心里默默地喊了两遍：“拓跋宏！拓跋宏！”原来他的名字是这样的，简要直白，朗朗如白昼，跟他那个人是一样的。

“妙儿，现在我仍旧愿意为你安排，只看你肯不肯……”高清欢顿了顿，语调忽然变得毫不急切，“你不是一直都想知道，为什么我总是说你不该爱上拓跋宏吗？你应该也很想知道，为什么我会有和你们母女一样的文身，为什么照容养大的孩子会喜欢你身上沾染的龙骨气味，为什么你和昌黎王长得毫不相像……”

做久了傩仪执事官和中朝官，他的确很擅长拿捏人心，这些疑问，已经留在冯妙心里很久了。在找到阿娘之前，只有高清欢能告诉她答案。

她用手压住胸口，想要让越来越急促的呼吸和缓下来：“要怎样你才肯告诉我？”

高清欢上前握住她的手腕，声音忽然变得急切：“你没有带压制喘症的药来？喘症发作起来，会要了你的命，你知不知道？”他从河里鞠起清凉的水，轻拍在她的额头上，用一只手抚着她的背，让她调匀呼吸。

远处浓密的低矮树丛里，传来枝杈晃动的声响，像有林间的小动物跑过。

冯妙后退几步，靠在一棵树上，固执地坚持：“我很想知道，请你告诉我。”

高清欢缓缓松开手，目光越过起伏的山峦，向北方望去：“这些事情，空口无凭地说起来，恐怕你也不会相信，反倒会认为我是在骗你。皇帝已经命我去整修先皇李夫人的陵寝，要追封她为皇太后，并上尊号为‘思’。如果你愿意跟我同行，我可以顺便带你去个地方，告诉你木槿花的来历。”

冯妙紧盯着他，似乎想要确认他不是在开玩笑，可她也知道，高清欢为人傲慢，从不轻易说笑。“我不在青岩寺，万一宫中有人来找我怎么办？”她仍旧不能放心夙弟。

“不会的，现在太皇太后和皇上，就像两只正对峙到紧要关头的猛虎，一不留神就会被对方咬断喉咙。他们两个不来理睬你，其他人就更不会想到你了。”高清欢的话语里有一种撕开伤疤的残忍快意，“皇帝重用世家子弟，刚刚下令要贵胄宗亲中适龄的王侯，都择选世家女子做正妃，要不了多久，宫中也会选进一批知书达礼、年轻貌美的汉家嫔妃。”

冯妙不自觉地摇头，手指抠进树皮里，连指甲缝里渗出血来都浑然不觉。

“他是皇帝，”高清欢的话如催眠的符咒一般，“江山永固才是头等要紧的大事。至于其他的，不过是锦上添花而已。”

“什么时候走？”冯妙声音极低地问。

高清欢微微一怔，碧绿的眼眸从她脸上掠过，泛起一层美玉似的光泽：“六天后子时，你沿着后山的小路下来，我会在山下等你。今天因为是中元节，青岩寺才会放人上来，过了今天就没那么方便了。”

他替冯妙拉拢披风，重新系好束带：“这几天早些睡，养好精神，路上奔波劳苦，我怕你的身体受不住。我刚才给了忍冬一些薏仁和枣圆粉，已经叫忍冬提早回去，替你准备些热汤和点心，你也早些回去吧。”

冯妙沿着来时的路走回去，高清欢站在原地，一直看着她走回禅房，关上了房门，才沿着一条偏僻的小路下山。

山脚下，一乘四帷都是黑色的车辇，停在层层树影的遮蔽间。高清欢走到轿前，低声对里面的人说：“住持说冯夫人在禅房诵经，要满九日才能出来，今天才第三日。臣隔着房门向冯夫人说起您来了，只是冯夫人好像仍旧因为失子的事而伤心，不肯见外人，还是过些日子再说吧。”

辇中久久沉默，半晌才有声音传出：“不肯见外人？朕也是外人吗？”

林间山风呼呼作响，虽然此时的天气并不冷，那风声却让人心中凛冽。高清欢用一成不变的冷漠声音说：“皇上跟李大人说好的时间也快到了，现在回宫去，刚好赶得上宣李大人到崇光宫。”

辇中“嗯”了一声，高清欢用眼角示意驾车的侍卫，车轮转动，载着车中人往平城内城方向驶去。

薏仁、红枣、桂圆，都恰是冯妙此时需要的，滋补益气，对她此时调养身体很有好处。

冯妙捧着粗瓷碗，闻着里面的枣圆米糊发出的醇厚香气，问忍冬：“你跟高大人很熟悉吗？”

“是啊，在宫里不是就经常见面吗？”忍冬正把薏仁用水泡洗，准备第二天煮粥，“高大人每次送治喘症的药来，都是交给我的，有时候他要叮嘱些特别的煎药方法，也会告诉我。高大人很和气，对娘子也很关心的。”

冯妙把碗放下，低声说：“今后他再给你什么东西，或是要你做什么，你都要告诉我。”她不想叫忍冬多想，又加了一句：“我不想白白受他的人情，至少也该知道了，日后也好回报。”

青岩寺里的姑子，平常也有些活儿要做，比如擦洗大殿中的佛像，或是替布施的善男信女抄写经文。冯妙身子渐渐好起来，慧空见宫里一直没人来理会她，对她越发不客气起来，话里话外开始挖苦她好吃懒做，也该给寺里做点活儿。

忍冬几次听得气不过，都被冯妙拦下了。她跟慧空说可以帮忙抄写经文，也算是一件善事。慧空像吃了老大的亏一样，不情不愿地答应了，又指着忍冬说：“你抄经，你身边这个小丫头也不能闲着，她得跟别人一样干活儿。”

冯妙知道，要是把忍冬交给她带去做事，说不定会被折磨成什么样。她对慧空说：“一个姑子一天可以抄六卷经文，我们两个人，今天交出十二卷来，总该可以了吧？”

到晚上交出经文时，冯妙的小字齐齐整整，布施的人看了赞不绝口，慧空也挑不出什么错处来，这才罢了。

抄经抄得手指发麻，正好忍冬要去做晚饭，冯妙便跟她同去，全当休息解闷。

寺中只有一个共用的灶房，两人进去时，静心和念心也在给秦姑娘准备晚饭。静心挑着眼角看了冯妙一眼，叫念心回去取些香叶来。

静心的眼角斜斜上挑，笑起来时很妩媚，不笑时却显得十分泼辣。不知道怎么回事，冯妙总觉得她今天看自己的眼神有些奇怪，似乎带着些没有缘由的恨意。

忍冬把泡好的薏仁放进陶罐里，冯妙伸手，随意拨弄一颗颗饱满圆润的薏仁。

静心忽然笑着说：“麻烦你们，把那个小盅递给我好不好？”

灶火边放着一只精致小巧的炖盅，盖子上的气孔里还在冒出热气来，小盅边沿上嵌着木制的手柄。

忍冬正忙着淘洗，冯妙便欠起身，端过小盅递给静心。静心握住手柄，冯妙的手便要松开，不料静心忽然“呀”了一声，像烫到了一样也松开了手。

第二十五章

斜月照帘栊

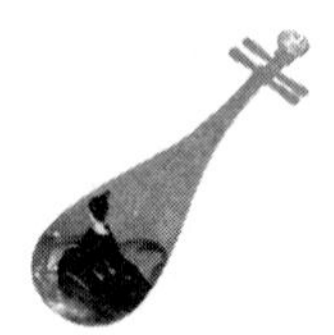

自从静心开始说话，忍冬就一直在一边看着，见她松了手，想都没想便上来推了冯妙一下。

小盅“啪”的一声砸在地上，木柄掉下来骨碌碌一直滚到墙角，里面滚热的汤水全都泼洒出来，溅了忍冬一身，顺着她背上一侧一直流到腿上。小盅里炖的是糯米银耳，又黏又稠的糯米沾在忍冬身上，热度透过轻薄的夏衣，传递到皮肤上，立刻烫起了一片红肿。

冯妙被忍冬推开，只有手臂上溅到了一小片，也起了一溜水泡，可比起忍冬的情形，还是好得多了。

静心抄着手看着：“没拿稳啊，真可惜，给姑娘炖了一下午的汤，又得重新炖了。”她从小就混迹欢场，语气里带着直截了当的挑衅。

忍冬疼得直抽气，冯妙不理静心，把她完全当作不存在的人一样，用冷水帮忍冬冲洗烫伤的地方。衣裳都跟烫破的皮肤粘在一起，撕扯开时又是一阵疼痛。

静心见她阴着脸不说话，不知道是生气还是胆怯，一时竟然不知道该怎么办。可转念想起中元节那晚看到的情形，心里又觉得不平，她追到后山去找那个不知姓名的菩萨郎，却刚好看见菩萨郎一手抚着冯妙的背，另一手取水来给她拍脸。隔得太远听不清他们在说什么，可她分明看见菩萨郎那么认真又小心地对冯妙。欢场里为了争抢出手阔绰的恩客，比这更狠的法子也使得出。

冯妙把忍冬的外衫拢好，那些红肿起皮的伤处，让她没办法再忍下去。这世上就是有那么些人，永远不懂得各退一步是什么意思。她走到静心面前问：“我弄洒了你们姑娘的汤，用不用赔给你们？”

她在宫中久居高位，即使话语中不带怒气，那种自然而然的威仪气势，也已经让静心乱了方寸。她硬挺着脖子问：“你能怎么赔？那是苏姑娘上次送来的上好雪耳和糯米，在青岩山附近，花钱都买不到。”

“我这里有刚熬好的枣圆米糊，上好的和田枣配上干磨成粉的桂圆，不管功效怎么样，价格绝对比得上你们的糯米银耳了。”冯妙指着小炉上翻滚着小泡的米糊，手指离着那陶罐有三寸远，才想起从前水葱似的指甲，都已经剪断了。

也不管静心答应不答应，冯妙拿过灶台上的一只大木勺，盛了满满一勺米糊，送到静心面前，手一歪，整勺滚烫的米糊都泼洒在她的禅衣上。静心吓得大叫一声，急忙忙地往后躲，慌乱间手肘反倒碰在身后烧着热水的壶上，“嘶啦”一声也烫出了一道红印子。

“对不住得很，我手滑了，你家姑娘要多少米糊，请自便。”冯妙把木勺往灶台上一拍，扶着忍冬走了出去。

静心见多了破口大骂甚至扭打撕扯，却从没见过这个样子的，一时讷讷地愣在当场。冯妙从她身边经过时，她还下意识地向后躲了一步，让她们两人过去。

忍冬的伤处都在背上，不能平躺，只能趴在床榻上。手边没有烫伤药，只能用宫里带来的疮药代替。可宫里的东西都小巧精致，装疮药的瓶子，只有半寸高，根本不够涂抹那么大片的伤处。

冯妙把药倒在手心上，先给她涂抹脖颈、小臂这些看得见的地方，免得留下难看的伤疤。至于后背上大片的伤痕，只能先用冷水敷着，让热毒慢慢散发出来。

也许是伤口发炎流脓，到后半夜，忍冬开始发热，人也胡言乱语起来。冯妙凑到她耳边听，辨认了好半天，才听清她说的话：“爹……卖了我吧，不要卖妹妹……妹妹贪吃，会……会挨打……”

忍冬平常从不说自己家里的情形，就好像从来没有过家人一样，只有高烧接近昏迷的时候，才说了这么一句话。

冯妙看她情形不好，把所有带来的药都拿出来翻了一遍。可离宫时本就匆忙，忍冬只带了冯妙原本日用的几种药。此时就算趁夜下山去请大夫，不知道哪里有不说，人家也未必肯摸着黑上山。可要是挨到天亮，人哪里禁得住这样整夜高烧？

焦急间，她忽然想起忍冬说过，最南面的房子里住着一个脾气古怪的婆婆，能帮人诊病。眼下没有别的办法了，灵与不灵，总要试试才知道。冯翻找出宫里带出来的妆盒，里面装着她现下值钱的几样首饰，匆匆往南面的山房赶去。就算那人医术不灵，至少总该有些药材。

最南面是一间茅草小屋，屋内荧荧一灯如豆。冯妙隔着篱门问：“老夫人，跟我同住的姑娘烫伤了，现在高热不退，能不能请您走动一趟，去替她看看？”

过了片刻，屋中才传出低哑的声音：“东西放在门口的陶罐里。”那语声根本就算不得什么声音，更像是从喉咙里呼啸而出的风声。

冯妙听得心里发慌，想起忍冬说过这位老夫人的怪脾气，诊病一定要十颗东珠，赶忙在带来的妆盒里翻找。她把能找到的所有珍珠都找出来，凑成一小捧，倒进陶罐里。珍珠碰撞着陶罐，发出叮叮咚咚的声响。

响声止歇，屋内的声音又说：“响了九声，还差一颗。”

冯妙也知道还差一颗，把带来的东西全都翻了个遍，可却再也掏不出一颗珍珠来。她软语相求：“老夫人，求您通融一下，我这里还有金簪或是臂钏，成色都是很好的，能不能顶替第十颗珍珠？”

“规矩不能破。”那风声一样呼啦作响的声音，只留下这六个字，就再也不说话了。冯妙在屋外苦苦哀求，可屋内寂静如初，一点声音也听不到了。

冯妙无计可施，沿着小路走回去。那些自幼出家的姑子，都习惯早睡，路边的一间间禅房里，大都已经熄灭了灯火。只有秦霜儿住的小院子里，还挂着两盏红彤彤的灯笼，夜里看去，倒有些不伦不类。

小院子门口停着一辆油壁香车，静心正对驾车的小厮叮嘱：“路上小心着点，千万别磕碰了苏姑娘。”

冯妙走上前，抬手拦住正要返回的静心：“我跟你换一颗东珠，这里面的东西，随便你挑。”

静心正觉得诧异，转念想起她从南面走过来，忽然明白了她要东珠做什么，眼睛往她手里的妆盒上一扫，不屑地说：“谁要你的东西？”

冯妙拉过她的袖子，把一支青鸾钗戳在她的袖子上，沉着声说：“我现在好好地给你，你拿一颗东珠来换，这事就算完了。要不然……”她抿着嘴角一笑：“等回头再让人发现这东西在你家姑娘房里，这东西可就咬手了。”

看她说得言之凿凿，静心心里没底，只是仍旧嘴硬：“你吓唬谁呢？就一支破钗子，你还能把我怎样？！”

“我不能把你怎样，”冯妙收回手，隔着两步远似笑非笑地看她，“可这青鸾样式是宫廷女眷专用的，你们姑娘手里怎么会有呢？不过也说不准，你们姑娘见的人多，兴许是宫女与侍卫私下传递出来的，也兴许是内监出宫办事时夹带出来的。总之，得带到府衙里好好问问才能清楚了。”

像秦霜儿和静心这样的人，最怕招惹上贵胄的是非，静心眼睛转了几转，惊疑不定地看着冯妙：“你……你……”妃嫔患病是宫闱中的秘事，因此冯妙来时并没有几人知道她的身份，静心跟她几次言语相对，已经觉察出她气度不俗，只是猜不透她究竟是什么人。

此时油壁香车的帘子一掀，一只纤纤玉手伸出来，小指上钩着一只珍珠耳坠。车内慵懒绵甜的声音说：“这位娘子，你看看这颗珍珠可合用？虽然不是东珠，可成色也算好的。”

冯妙顺着那只手的方向看去，只看见一只保养得宜的胳膊，毫不避讳地露在外面。她知道车内就是苏姑娘，虽然只见过一面，却也多少知道些她的脾气，当下接过耳坠子，笑着道谢：“改天苏姑娘有空时，我再备上薄酒向姑娘道谢。”

苏姑娘掀起帘子走出来，对着冯妙看了几圈，忽然问：“请恕我冒昧，这位小姐可是以双马为姓？”

冯妙听见她称呼自己小姐，微微觉得诧异，但仍旧点头说了声“是”。

苏姑娘莞尔一笑：“既然是冯小姐，那就不必谢我，我不过是替故人略尽心意罢了。”她凝注在冯妙脸上看了半晌，才叹着气说：“要怎么镌刻在心尖儿上，才能画得那么像呢……”说完，她便登上油壁香车，沿着下山的路远去了。

冯妙无心思索她话中的深意，握着那一枚珍珠耳坠子，匆匆返回南面的山房，“咚”的一声投进陶罐里，连气都还没喘匀，便急急地说：“老夫人，我已经凑齐了十颗珍珠，能不能请您移步去看看？”

蓬门“吱呀”一声打开，屋里的人吹熄了油灯，缓缓走出来。原以为会是个身形佝偻的老婆婆，没想到那人的身形却十分窈窕纤细。走路时背挺得很直，手臂并不随着步子任意摇摆，这是只有世家闺秀或是宫中女眷才会有的仪态。

冯妙看着这位老夫人几个简单的动作，忽然无端地觉得心头宁静，即使是在简陋的山寺禅房中，她的一举一动都依旧端庄从容，即使身处九重宫阙之上，也不过如此。

“请问老夫人怎么称呼？”她屈身福了一福，客气地发问。

“我母家姓李。”老夫人并不看冯妙，掩上院门便走。

李姓在北方是十分普遍的大姓，不仅有陇西李氏这个名门望族，还有不少同姓却不同宗的旁支。冯妙向她叫了一声“李夫人”，便引着她往自己住的小院子走去。

李夫人一路都不说话，只是跟在冯妙身后，保持着两三步远的距离。她头上戴着一顶竹编斗笠，一圈有面纱垂下。不同于常见的轻薄白纱，李夫人所戴的面纱十分厚重，而且染成深色，让人看了不由得奇怪，她是如何戴着这样的面纱走路的。

这位李夫人的衣裳也很怪异，既不像汉人那样宽袍大袖，也不像鲜卑人那样窄袖左衽，用料是最寻常普通的粗麻，可按照古礼记载的深衣款式，上衣用布四幅，象征一年四季，下裳用布十二幅，象征一年十二月，一片不多，一片不少。衣裳把全身包裹得严丝合缝，连手腕、脖颈都不露出来。

盯着年长的人看毕竟失礼，冯妙只看了一眼便专心走路，带着李夫人进了自己的卧房。

李夫人在忍冬身边坐下，却不急着治病开方，而是转头对冯妙说："你去厨房里看看，还有没有什么剩下的菜蔬？"

冯妙担心忍冬的伤情加重，心里原本很着急，可既然李夫人这样说了，她便去厨房走了一趟，回来如实说道："没有什么青菜了，只有一块嫩豆腐。"

"你去把那块嫩豆腐取来，再取一勺白糖一起拿来。"李夫人仍旧坐着不动，只是掀开了忍冬背上盖着的衣衫。

冯妙想着李夫人独自一人居住，也许今天还没吃过晚饭，心里觉得她孤苦伶仃也真是可怜，便照着她的话取了豆腐和白糖来，还自己做主，多加了一碗热粥。她把东西摆在小木桌上，对李夫人说："虽说现在天气热，可是吃冷豆腐还是容易伤胃，不如跟这碗热粥一起喝吧。"

李夫人转头，目光似乎隔着厚重的面纱落在冯妙脸上，停了片刻才说："好孩子，多谢你，不过这豆腐不是拿来吃的。"她叫冯妙把豆腐在冷水里浸泡过，然后碾碎拌入白糖，再把搅拌好的豆腐泥敷在忍冬背上。

"今晚你就辛苦些，这些豆腐泥要是变热或是变干了，就取了下来换上新的，连续敷上一夜，豆腐是凉的，也可以退热。明天仍旧照着这方法给她敷，要是伤口溃烂了，就混进一点大黄末，不出三天，应该就没什么大碍了。"李夫人的声音仍旧如呜呜风响一般，语气却和蔼得多。

冯妙衣不解带地整晚照料忍冬，换了三四次白糖豆腐泥，天快亮时，忍冬的高热总算退了下去。

李夫人一直坐在靠窗的小凳上，一动不动，也不说话。见冯妙起身时晃了一晃，才问道："她是你什么人？"

"是我带上山的侍女。"冯妙回答。

李夫人问过这一句，便又不说话了，眼看忍冬的伤情已经见好，她起身就要走。

冯妙对她心存感激，又想起她一个人住在偏僻山房里，忙忙地起身挽留她："夫人回去也是一个人，不如留在这吃过午饭……"她见李夫人步伐匆忙，便想拉着她的衣袖。不料李夫人却好像十分反感别人碰触她的衣衫，闪身往旁边躲去。

房间本就狭窄，李夫人又躲避得急，面纱钩在门上一处凸起的木板上，"嘶啦"一声扯出一条大口子。李夫人赶忙伸手去扯，却把整个斗笠碰掉在地上。

此时天色已经大亮，冯妙刚好看清了李夫人的脸，惊得倒退了两步，死死忍住才没有叫出声来。整张脸上布满了狰狞可怖的伤疤，只有一只眼睛是完好的，那些伤疤一直延伸到脖颈上，可以想象她身上应该也是这样，所以才会用衣衫严严实实地遮盖住。

李夫人像是十分恼怒，口中发出重重的呼气声，手抓住门边，却因为没有东西可以用来遮挡面容，没办法出门。她口中发出一声暴怒至极的呼号，手一挥便把桌上的东西全都扫落在地，妆盒里的东西撒得满地都是。

情急之下，冯妙顾不得收拾东西，赶忙取来自己平日用的风帽，双手递给李夫人，低着头不去看她的脸："对不起，我不是有意冒犯夫人的，请夫人先用这个将就一下，容我现在替夫人缝补面纱。"

李夫人口中呜呜作响，盯着她看了好半天，才接过风帽盖住自己的面孔："你要是早知道我是这副样子，也不敢跟我同处一室过夜了吧？"她冷笑连连，像是心中藏着极大的悲愤和不甘。

冯妙从地上捡起斗笠，一边找出针线缝补，一边说："夹竹桃的花美丽，可茎和叶却有毒。黄连其貌不扬，味道又苦，却能清热解毒，称得上是一味良药。就连花草都不能用外表来判断，人的美丑又怎么能只看五官相貌呢？"

她把斗笠上的面纱补好，递到李夫人面前，并不刻意去看她，却也并不刻意躲闪，只是像面对一个普通人那样，平视着李夫人双目所在的位置，微笑着说："如果不是夫人相救，恐怕我的侍女就要丧命在此了。等她能起身了，我一定叫她去好好拜谢夫人。"

无意间见着了别人的隐秘伤疤，是最令人难堪的事，越是解释自己不在意，反倒越令人心中不快。最好的办法，就是当作什么事也没有发生过，像对待其他人一样地对待她。

李夫人沉默了片刻，情绪终于稳定下来，从她手中接过斗笠戴好。转身刚要离去，余光瞥见地上散落的东西，李夫人的声音陡然又变得严厉，拉过冯妙喝问："你怎么会有这个？"

冯妙没料到李夫人的力气竟然这么大，抓得她手腕发疼，地上散落的东西太多，一时也不知道她说的究竟是哪一件。

"结发为夫妻，恩爱两不疑。生当复来归，死当长相思。"李夫人缓缓念出这几句话来，冯妙往脚下看去，装有月华凝香的那只镂空银球，正在她脚下地面上。这几句诗，便是刻写在银球上的。

"你……你怎么知道这个？"事情发生得太突然，冯妙一时也怔住了。

"你先告诉我，你怎么会有这个？"李夫人的声音越发凄厉，手上的力道也渐渐加重。

李夫人一定跟这镂空银球有什么关系，冯妙也不隐瞒：“是一位从前对我很照顾的姑姑给我的，我一直随身带着。”

“你说的那位姑姑……她现在怎样了？”李夫人仍旧紧追不舍地问。

冯妙想起从前受过的一番教导，文澜姑姑虽然严厉，可教她的那些道理却都是对的。心中伤感，眼睛就有些发红，她抬起另一只手抹了抹眼角，说：“几年前就不在了，原本那位姑姑向太皇太后请了旨意，要出宫养老的，可是太皇太后的旨意还没到，她就……”

李夫人的手颓然松开，自言自语似的说：“几年前就不在了……连她也不在了，我还活着不能死去，这是为什么……”她一面说，一面失魂落魄地向外走去。

冯妙听不懂她的话，只觉得她语调悲伤难抑，背影越发显得落寞。

忍冬的伤处一天天好起来，静心被冯妙连恐带吓地教训了一番，比从前收敛得多。有几次在厨房，两人刚好都要用炉火，静心嘴上不说什么，却总是找个借口先离开了。

平城内近来异乎寻常地平静，只有一件事值得人们私下议论。早些年皇室曾在方山选好了一处风水宝地，用来给太皇太后修建百年之后的陵寝，最近陵寝修建得差不多了，皇帝还亲自去巡视了一次。

太皇太后年事已高，按照规矩，陵寝的确应该提前修建，以免突然有个什么状况时措手不及。只不过，这种例行的修建，向来由礼部拟定规制之后，交给皇帝指定的督造人选去负责建造就可以了。太皇太后的陵寝，七八年前就开始修建了，所用规格都是太皇太后自己亲自看过了定下来的，不该有什么问题。

可皇帝巡视归来后却大发雷霆，指责督造的官员不尽心，陵寝过于简朴窄小，下令将陵寝外围由三十步长扩展至六十步长，由始平王拓跋勰亲自负责督造。

这些事情，冯妙听见时总会觉得离自己如此遥远，像是在听毫不相干的人身上所发生的事。她有时也会想起自己没能出生的孩子，想起拓跋宏一夜之间布满双眼的血丝。

六天时间很快就过去，跟高清欢约定离开的日子转眼便到了。这天傍晚时，有人来到青岩寺，说要请几名姑子诵经祈福。那人出手十分阔绰，一进山门就先请了六炷最昂贵的香，礼敬在佛前。

冯妙知道，这是高清欢安排来的人，把姑子们吸引在前殿，好给她机会让她从后山离开。

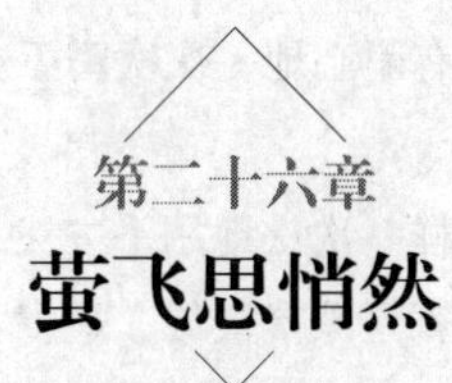

第二十六章 萤飞思悄然

冯妙换了轻便的装束，像寻常农户的蚕娘一样，用一块帕子把如云的长发包裹起来，沿着后山隐没在茂密树丛间的小路，一路跑下去。忍冬的伤处还没痊愈，冯妙把她仍旧留在青岩寺，万一有什么状况，也好替自己遮掩。

后山长满松木，人走在树丛里，几乎被浓密的树枝完全挡住。冯妙身形娇小，在树丛间灵活穿梭，很快就跑到那晚看河灯的溪水边。她把一双丝履脱下来，提在手上，另一手提起裙角，正要踏着浅浅的溪水走过去。

她把足尖放进水里，想要试试溪水的温度，眼睛四下扫了一圈，最后确定没有人看见。被太阳照过一整天的溪水，表层温暖宜人，底层却凉得刺骨。冯妙深吸口气，正要把两只脚都踏进去，目光忽然扫到下游处，惊得立刻缩了回来。

溪水转了个急弯的地方，有人缓缓站直身子，刚才想必正蹲在水面，被低矮的树丛遮住了。一身再寻常不过的青布衣衫，包裹在挺拔的身躯之外，鲜卑平民装束的少年，手里握着一柄短剑，双眼注视着水面。少年的脸上戴着一张傩仪面具，想必是年头久了些，上面的彩漆有些斑驳，可仍旧在夕阳余晖下熠熠生光。

冯妙看清那张面具，心口像被人狠狠敲击了一下，听得见自己咚咚的心跳声。在甘织宫结识的少年，正是戴着一张这样的面具，短剑也依旧是他从前拿着的那一柄，只有身上的衣衫换过了，不再是黑色的紧身衣裤。

少年身前的水面上，放着一只油纸折成的莲花河灯。此时天色还没有全黑，周围也没有其他河灯映衬，莲花河灯上的光亮，显得那么微弱单薄。一片莲瓣上，挂着一只草叶编成的蚂蚱，此时正是盛夏，那蚂蚱油光水绿，十分鲜活。

也许是第一次放河灯，少年的手势并不熟练。河灯几次钩在水中凸起的岩石上，卡住了不能漂移。少年很有耐心地一次次蹲下去，把莲花河灯拨出来，让它顺流而下。

寻常人放河灯，并不会这样一次次地用手去拨，只是顺其自然地看它能漂多远。漂得远时自然欢欣雀跃，若是漂得很近，最多不过哀叹一声运气不好。可这少年却自有一股执着的劲头，一定要帮那河灯扫清所有障碍，直到它平稳地漂浮在水面正中，向着无限远的天边漂去。

冯妙怔怔地看着河灯上的翠绿蚂蚱，一切久远记忆，都会随着时间的流逝而变得颜色黯淡，唯独那只蚂蚱，此刻越发绿得鲜翠欲滴。她恍惚记起，似乎曾经在什么地方，也看见过满池莲花映着火光。在一池波光摇曳间，她从无知少女变成了帝王的妻妾。那疼，她现在都还记得。

如果可以随心所欲地选择，是要那满池莲花，暖玉生香？还是要那星光四垂，夜风低语？

一股说不清的羞赧涌上来，冯妙抽回双足，低下身子隐在一棵低矮却枝叶繁茂的松树后。她已经是皇帝废弃离宫的妃子，最好跟这少年再也不要见面，彼此就像穿过重重宫墙的风一样，消失得无影无踪最好。

等到那只莲花河灯漂得完全看不见了，少年才顺着溪流一路走下去。见他走远了，冯妙才站起身子蹚过溪水，继续往山下走。

溪水上游靠近青岩寺，时常有人上香之后顺路走到这里来，每年中元节，放河灯的人也大多聚集在这一带。人来往得多了，树丛里就踩出了一条清晰的小路。可溪水下游却很少有人来，路变得越来越难走，不时有荆条缠住松软的丝质绣鞋。

冯妙停下脚步，坐在一块山石上休息。平时见那些姑子们到后山取水，并不算特别费力，她的体力，还是没有办法跟那些从小在山中长大的姑子们相比。

她低头揉揉脚腕，隐约间听见树丛中传来另一阵脚步声，似乎有两个人并肩走过来。姑子取水并不会走这么远，上香的善男信女也不会到这么偏僻的地方来。冯妙心中警觉，把身体压得更低。

一男一女两个人走到一棵高大柏树旁边，停下来窃窃私语。女子的娇笑声夹杂着妖媚蛊惑的话语："我真想剖开你的心看看，里面到底有没有装着我，谁让你这个狠心短命的，一去就是那么久……嗯……讨厌……"女子的话没说完，就被一阵粗重的喘息声打断了。

冯妙心下稍稍松了口气，那声音分明是秦姑娘身边的念心。她平常不像静心那么聒噪，可声音娇媚入骨，听过一次就很难忘记。早就知道了她们的来历，冯妙也不奇怪，只是略微觉得尴尬。既然是从前的恩客找到这里来，说过话以后自然就会离开了。

树后传来一阵令人面红耳赤的声响，冯妙直想捂住耳朵。正在此时，那一直没说话的男子，忽然开了口："我跟着主上去北地贩马，这半年多才第一次来平城。昨天刚进城，今天我就来找你，你就是我的心肝我的命……"

那男子声音粗犷，带着些北地的口音，想必人也长得粗野豪放。他说起本该绵软柔婉的情话时，仍旧直白毫无停顿，让人疑心他根本就不懂那些话语的意思。

"你们主上也真是的，他自己无牵无挂，也带着你们四处跑，让人家等得多心急啊……"念心很懂得如何讨这些恩客欢心，并不打听他的家世来历，只是窝在他怀中撒娇撒痴。

"好了，我这一路不都想着你吗，遇见什么好东西，都想着我的美人……"男子不知道从怀中掏出了一件什么东西，塞进念心手中，惹得她又是一阵娇笑。

一阵窸窸窣窣的声响过后，念心又开口说道："明天晚上，我带你换个更有趣儿的地方，保管你逍遥快活，好不好？"

那男子这回却没顺着她的话说下去，生硬地拒绝道："明天不行，明天主上要去苍黎王府，我要跟随。"

念心不依，还要再软磨硬缠一番，那男子却一句甜言蜜语也没有了，不管她怎样挑逗引诱，都只是冷冷地回一句"不行"。两人穿好衣衫，厮磨了一阵，才一前一后地返回寺中。

天色渐渐暗下去，山风吹得冯妙全身僵硬。那男子说话时，带着浓重的柔然口音。柔然聚居的地方原本就盛产优良的马匹，可见他说的跟主上去买马，只是托词，并不是真话。而他最后说的苍黎王府，也不大对，平城内并没有苍黎王这么一个人物。不知道是口音的关系，还是那男子有意混淆，他明天要去的地方，十有八九是昌黎王府。

柔然一向对大魏虎视眈眈，受罗部真可汗自己就曾经几次悄悄潜入平城，窥探虚实。那男子口中的"主上"私下进入平城，又刻意结交权贵，目的显然也不仅仅在做生意上。

从宫中离开时，她答应太皇太后，给她一点助力，帮她扶立皇长子拓跋恂成为皇太子，换得自己和夙弟的暂时安宁。那时她就料到，太皇太后有了年幼的太子，迟早会将已成年的皇帝视作眼中钉，所以她刻意在离宫时，偷偷带走了一样东西。

她总还抱着一丝侥幸，希望拓跋宏可以掌控朝政，那样东西就不会有用到的那天。可如果太皇太后真的要跟柔然人做交易，许给他们好处，换他们支持年幼的太子，甚至……刺杀皇帝，也许她就不得不用上那件东西了。

青岩山下，高清欢正站在一辆宽阔的马车边等候，巨大的风帷随风飘起，遮住了他碧绿色的瞳仁。他原本不宜露面，派了信得过的人来接冯妙，可马车出门时，他忽然觉得放心不下，还是亲自来了青岩山。他知道自己的所做所想，被冯妙厌恶，可他没有办法。他一无所有，只能用最不堪的手段，一点点接近权力巅峰。

只要过了今晚，他就可以带着冯妙离开平城，带她去先祖曾经踏足过的地方，苍苍林海，茫茫雪原。中元节那天的拥抱，只换来了冯妙更坚定的拒绝，但是没关系，一生很长，他也很有耐心，他不会再那么唐突心急了。只要他把两人之间千丝万缕的联系慢慢告诉她，他相信，自己总有一天能握住她的手，再不放她离开。

高清欢低头掸去衣襟上沾染的草叶，出门时他犹豫再三，还是穿了这件已经半旧的浅紫色衣袍。在宫中几次跟冯妙见面，他都凑巧穿着这件衣裳，衣背上因为背着她走路，还被梅花枝刮起了一处丝线。他思绪缥缈地想，今天妙儿见了这身衣裳，也不会因为远行而心中不安了。

山风越来越凛冽，高清欢脸上的表情，也一寸寸凉了下去。他手指间夹着一朵风雨兰，默默地等一阵，就扯去一片花瓣，揉碎了扔在地上。花茎上已经只剩下最后一片摇摇欲坠的花瓣了，幼年时被唾弃、被抛弃的耻辱感如鬼魅一般滋长起来，比山风更冷。

他把五指收紧，花朵在他指缝间皱成一团，口中喃喃的话语如咒语一般："妙儿，如果最后一片落下，你还不来，我发誓，你一定会后悔的。"

冯妙返回禅房时，忍冬见了她却一点也不惊讶，只说了一句："我就知道娘子走不成的。"

听她这么说，冯妙倒是好奇起来了，坐在床边问："为什么？"

忍冬已经可以起身，只是伤在背上没办法倚靠，坐着反倒不如趴着来得舒服。她把头略侧过来，伏在冯妙手边说："今天晚饭后，慧空和静心因为争水用，大吵了一架。我听见她们两人说，不知道怎么回事，后山山脚下，有不少侍卫模样的人。我猜是有什么重要的人物到青岩寺来了，又不愿意表露身份，只让跟随的侍卫封住了后山的道路。"

见冯妙听得很有兴致，忍冬又絮絮叨叨地讲起她们吵架时说过的话，连一场诵经法事里，慧空要收多少香火钱这样的事，都讲起来了。

冯妙看了看她背上开始结痂的烫伤，笑着说："不错，趴了几天，头脑倒是大有长进了。"趴在床上动弹不得，都能听壁角听来这么多消息，的确是只有忍冬才能做出来的事。

那名柔然男子显然是欢场的常客，他来私会念心，自然不敢叫他口中的主上知道，所以后山的侍卫一定不是他带来的。高清欢安排的人，也绝不会带侍卫上山，剩下的就只有水边那个戴着傩仪面具的少年了。冯妙一面想着晚上听来的话，一面用软布帮忍冬擦背。结痂的时候最是痒得难受，却不能用手去抓。

忍冬挣扎着躲开，口中惶恐地说："怎么敢劳动娘子服侍奴婢……"

冯妙丝毫不以为意，按住她乱动的手说："这里只有我们两个人，何必计较什么身份呢？再说，我早就不当你是奴婢了。"

忍冬心里仍旧过意不去，拗不过冯妙的意思，只能侧着身子趴下，到底不敢大模大样地让她服侍。静默了片刻，她忽然想起件事来，对冯妙说："今天晚上娘子刚刚走时，我总觉得屋外似乎有人在向内看。我爬起来时，只隐约看见个人影，好像戴着大红大绿的面具，也不知道是不是我看错了。"

冯妙的手顿了顿，有一瞬间几乎觉得是那人特意来看她，可转念又觉得不可能。也许他只是不愿显露身份的贵胄子弟罢了，凑巧到青岩寺来。

忍冬背对着冯妙，没看见她神情的变化，只管接着说下去："别的倒不怕，只怕这山上僻静，不比宫里，有那些不怀好意的人，惊吓了娘子可怎么好……"

冯妙微微摇头，看来忍冬是把那个人当成偷窥禅房的登徒子了。其实大魏境内一向尊崇佛法，除非是像念心那样，把自己相熟的人带到佛寺里来，寻常人畏惧因果轮回的说法，还是不大敢到佛寺来撒野的。更何况，青岩寺里还有慧空和另外十几个身强力壮的姑子，就算真有登徒子，被她们围起来用挑水的扁担狠狠教训一顿，也占不了什么便宜。

慧空和十几个姑子……冯妙想到这儿，忽然有了个主意，低头问忍冬："你现在觉得怎样，能起身了吗？"

忍冬点点头："起身没问题，娘子可是有什么话要我去打听？"

冯妙替她拉拢背上的衣衫："你现在倒是乖觉，没等我开口就有自知之明。不过你只猜对了一半，我要你先去打听一件事，再把这事一点不差地散播出去。"

她附在忍冬耳边，细细地叮嘱了几句，忍冬手撑着床沿说："这没问题，最多三五天就能办妥。"

青岩寺后山出现的侍卫，到子时便撤去了。十二名黑衣侍卫，单膝跪倒在身穿鲜卑平民服饰、佩戴五彩傩仪面具的青年面前。青年抬手取下面具，极其自然地挂在左臂上，面具后的脸眉目朗朗，正是不带丝毫笑意的拓跋宏。

这是冯诞帮他训练的第一批亲卫中，最出色的十二人，前不久才秘密送来平城，直接听命于拓跋宏一人。即使亲近如始平王拓跋勰，也不知道有这十二人存在，更无法号令他们分毫。

拓跋宏解下腰间悬挂的酒壶，仰头喝了一口，接着递给右手边第一名侍卫：

“在你们面前，朕并非天子，而是与你们同进退的兄弟。在朕眼里，你们也不是普通的兵卒，而是朕的左膀右臂。”

他的话语，威严而又亲近，让人心甘情愿地追随他，直到生命最后一刻。黑衣侍卫们传递着酒壶，每人仰头喝下一口酒，酒壶里不是琼浆玉液，而是最廉价劣质的烈酒。他们在武周山流血流汗、开凿洞窟时，每天喝的就是这种酒。酒一入喉，胸口便如升腾起一团火焰一般。

拓跋宏平视着前方说话，目光似乎注视到了每一个人：“现在形势所迫，朕不能让你们立即名扬天下。但是朕现在就可以以天子之名许诺，等到大事得成的那一天，朕会亲赐你们金甲金刀，封你们为天子亲卫，与朕同登阊阖门！”

他知道，这种荣耀的激励对热血男儿来说，比任何金银都有用得多。从前读史书时，看到光武帝刘秀说过的话，“仕宦当作执金吾，娶妻当得阴丽华”。史官评论说，他年少时胸无大志，不过想做执金吾这样品级的侍卫而已。可处在太皇太后威压下的拓跋宏却能明白，那是盘旋呼啸在刘秀胸中的雄心壮志，真男儿，应该跨马长街，堂堂正正地光耀千秋！

他的话音一落，十二名侍卫齐齐叩拜下去，他们不能高声应答，但整齐如一人般的动作，已经说明了一切。

拓跋宏手指抚摸着傩仪面具上斑驳的油彩，眼角带上一丝柔和的情意，他从十二人中划出六人，对他们说：“朕给你们的第一项命令，便是留在青岩山，将来无论平城发生什么样的动荡，无论如何……哪怕朕身遭不测，也要护住山上那间禅房里的女子周全。”

那六人齐齐地一怔，但很快低头抱拳，服从皇帝的命令，是他们学会的第一件事。

皇宫殿宇的檐角，在远处夜色中露出模糊的轮廓。这一夜不能安睡的，还有奉仪殿中的太皇太后。

她已经年近五十，在后宫中真的是很大的年纪了。一墙之隔的偏殿内，牙牙学语的孩童，已经是她的重孙辈了。她凑近铜镜，仔细去看眼角的皱纹，用手指怎么抹都抹不平。

崔姑姑替她打散头发，蘸着茉莉油细细地梳理。太皇太后的头上已经有不少白发，只不过平时盘成发髻时，都会用药草染黑些，不大看得出来。想到太皇太后明晚要见的人、要做的事，崔姑姑泛起一阵心酸，手中一抖，镶嵌着玉柄的犀牛角梳子就掉在地上。

“锦心，你说等哀家百年之后，史官会如何记录哀家的一生呢？”太皇太后抚摸着手腕上翠绿的镯子，幽幽地说着话，“必定会记载哀家是个蛇蝎心肠的狠毒妇人吧？”她毒死了自己丈夫的儿子，现在又要对她名义上的孙子动手了。

崔姑姑弯下身子时，悄悄抹去了眼角的泪，起身时含着一丝笑说：“太皇太后已经辅佐了三代帝王，您垂帘听政时，大魏国泰民安，就算是万世之后，您也是一代贤后。”

“一代贤后？”太皇太后冷哼一声，“区区四个字而已，就这么换走了哀家的一生？”她那年才不过是个刚满十岁的女童，头上扎着两只总角小髻，在姑母冯昭仪的宫中奶声奶气地唱歌。那个她该叫姑父的男人，捂住了她的嘴。她挣扎哭号，用尽全力去踢打那人身上的龙纹，可那凶恶的人还是一头压下来，剧痛刺穿了她还没长成的身子……

“娘娘……”崔姑姑的手直发抖，连梳齿钩住了太皇太后的头发，都没有察觉。她已经许多年没有这么叫过了，她清晰地记得，当听说文成皇帝留下殉葬的旨意时，年轻的皇后曾经是多么惊恐绝望。可现在，太皇太后妆容精致的脸上，已经很少能看到情绪变化了。

不过一转眼，太皇太后便恢复了从前一样的冷静：“还用从前那件素纱衣裳吧，明天你留在这里照看恂儿，不准任何人进来，也不能让任何人知道哀家去了昌黎王府。”她要去跟柔然人谈一个条件，就像从前跟朝中重臣、南朝使节谈条件时一样。即使贵为太皇太后，她依旧什么都没有，能拿出来做交换的，只有自己。

崔姑姑应了声“是”，把备好的衣裳、首饰放在一边，又去隔壁抱了皇太子来，送到太皇太后面前。这已经是太皇太后抚养过的第三个皇子了，她还要不惜一切代价，把这个孩子送上龙座。她的一生已经什么都没有了，没有父母，没有爱人，没有孩子，没有朋友，她能抓住的只有权力。

太皇太后端详着皇太子的小脸，林琅生下这孩子便去了，倒是省下了不少麻烦。她知道拓跋宏是个重情的人，只要看在太子生母的分儿上，这孩子就一定能成为他的软肋。她心头忽然泛起一丝柔软，当年宏儿刚抱过来时，也是小小的一团，包在龙纹襁褓中，白皙粉嫩，乍一看倒有点像个女娃，长大些才变得英气了。

皇太子像是困了，直往崔姑姑身上蹭。太皇太后忽然“咦”了一声，自言自语似的对崔姑姑说：“这孩子的父母都是面容清瘦的人，怎么他倒长得眉目阔大呢？”

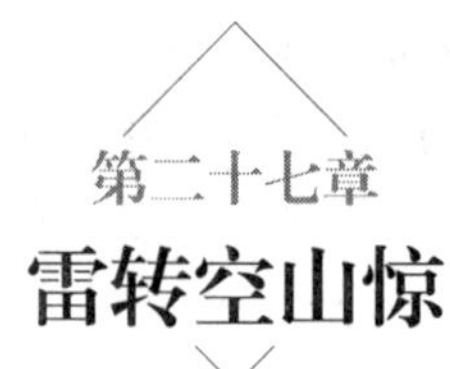

第二十七章 雷转空山惊

崔姑姑把皇太子放在小榻上，给他盖上了一层薄被，安慰似的对太皇太后说："太子殿下还小，这会儿还看不出来呢，小孩子长到大，模样总会变的。"这话不过是为了让太皇太后宽心，其实她自己心中也带着疑惑。皇上小时候的样子，她也见过，跟现在的皇太子的确不大相像。可皇上自己亲口认下的孩子，难道会有错吗？

她心里还有另一个可怕的念头，没敢说出来，皇太子的样子，倒是有几分像另外一位王爷……

青岩寺内，不过一顿午饭的工夫，忍冬已经把事情打听得清清楚楚。她悄悄告诉冯妙："静心和念心每天轮流陪她们秦姑娘在小院子里散步，四天后原本该轮到念心了，可她提早求了静心跟她换个日子，想必是那天有人要来。"

冯妙夸了一句"做得好"，又附耳跟她说了几句话，叫她散播出去，只是不要叫静心和念心知道。

这天晚上，昌黎王府内不知道在宴请什么贵客，乐曲声盖过了鼎沸喧哗的人声。昌黎王府是平城内最奢华靡丽的贵胄府邸，昌黎王的几位公子，又都向来喜好饮宴寻欢，日日歌舞笙箫不断。门前街市上来来往往的人，对昌黎王府里飘出的乐声，已经司空见惯了。

谁也没有注意，昌黎王府北侧小门处，停了一辆不起眼的马车。那马车入夜时分才悄悄地来，又趁着天蒙蒙亮时，匆匆离去。

太皇太后一回到奉仪殿，崔姑姑便赶忙上前替她除去遮挡头脸的风帽，又安排了热水替她沐浴。

她刚刚换好衣装，正要小睡休息，守门的小太监忽然匆匆进来通传：“皇上和太子少傅李大人一起到了。”太皇太后不得不匆匆披上一件外衣，宣他们进来。

拓跋宏似乎兴致颇高，一进门便向太皇太后行了礼。从他还是个幼童时起，每次面见太皇太后，都必定把礼行得一丝不错。直到他已经成了年少有为的帝王，仍旧没有改变。他坐在床榻边，随手抱起还在酣睡的皇太子：“朕刚好遇见李大人，他要来教导恂儿，朕便跟着一起来看看。”

大约是被吵醒了，拓跋恂噘着嘴揉了揉眼睛，小脸往他的父皇身上靠去。拓跋宏手势熟练地拍着他的背，让他依旧安睡。

看见皇帝如此亲昵喜爱地对待皇太子，崔姑姑暗暗松了口气，心里觉得大约是自己想多了。小孩子长得像自己的叔父，原本也是正常的事情。

可太皇太后见了这一幕，眼底的疑虑却越发深了。她太了解这个孙儿，他是个称职的帝王，喜怒不形于色。太皇太后原本几次动过废了皇帝的念头，改立资质和母家势力都平庸的咸阳王拓跋禧。可拓跋宏的恭谨孝顺，骗过了太皇太后，让她放弃了这个念头，等到她恍然惊觉时，拓跋宏的羽翼已经长成，没有那么容易剪除了。

她瞥一眼李冲，见他只是低垂着头站在一侧，并不说话，甚至都不向自己看过来。皇帝还在这里，太皇太后也不好多说什么，只能盼望他待会儿会留下来，跟自己好好说几句话。她已经没有退路了，柔然已经答应，会等待时机在皇帝出京时伏击。此时此刻，她尤其希望李冲能够赞同她、支持她，像从前诛杀逆臣时一样。毕竟这是她真心爱恋过半生的男人，即使做不成夫妻，至少可以日日厮守。

拓跋宏看向太皇太后说道：“前几天派去南朝的使臣回来了，向朕说起南朝政局，有件很有意思的事，正好想跟祖母说起。”

他眼中含着笑意，似乎还是从前那个勤勉好学的幼童。太皇太后却有些发怔，皇帝已经很久不向她禀告朝政了，不知道今天怎么会突然提起出使南朝的事。

“南朝皇帝残暴多疑，残杀了不少贤臣，其中有一位叫刘缵的，早先还曾经来过平城。”拓跋宏慢条斯理地说着，“当时好像还是祖母在奉仪殿召见了他，朕那时刚好旧病发作，没能在场，听说这位刘缵在南朝也算得上是俊秀的美男子，就这么死了，实在是太过可惜。要是朕能早些知道，真该想办法召他来平城为官。”

最正常不过的话语，却让太皇太后变了脸色。刘缵来平城时，名为朝见，背地里却带来了南朝皇帝的无耻要求，要她让出寿阳一带的城池土地。那时北有柔然作乱，朝中诸王又不能同心协力，无奈之下，她才不得不委曲求全，在床笫之间，化解了这场纷争。

接见南朝使臣，原本应该在议事的明堂，拓跋宏却刻意提起地点是在奉仪殿，又说起那位使臣容貌俊秀。当着嫡皇孙和李冲的面，太皇太后只觉羞恼难堪，却什么也说不出来，因为这事情原本就是无法辩解的。

她的目光向李冲扫去，却见他只是默默低垂着头，似乎这对祖孙之间所说的话，他毫不关心。比蔑视鄙夷更让人难以忍受的，便是无所谓的漠视。

拓跋宏适时地起身告辞，把皇太子交到乳母怀中，叮嘱乳母要小心照料。李冲仍旧一言不发地站起身，跟在皇帝身后一同离去。太皇太后抬手，想要挽留他，手却僵在半空，眼看着他走远了。

崔姑姑在一边看得不忍，小声劝道："太皇太后先睡一会儿吧，李大人是太子少傅，总要再来教导太子的。"

"对，他会来的，"太皇太后木然地重复，"他现在每次来，都只是为了教导恂儿了。"她合衣在床榻上躺下，眼角干涩得发疼，她已经习惯了做威仪庄重的太皇太后，连软弱时该怎么哭泣，都忘记了。

她侧身躺着，想起那个被远远送到青岩寺去的庶出侄女。冯妙含羞带怯、似喜似嗔的模样，竟然令她嫉妒得难以忍受，即使伤心痛苦，也总好过一天天行尸走肉似的空洞麻木。

第四天晚上，冯妙早早吹熄了灯火，抱着膝坐在床上，忍冬在她身边趴着，一声不吭地听着窗外的动静。

约莫到了戌时，院外果然吵嚷起来。先是慧空比平时越发高亢尖厉的咒骂声，然后是静心大声地吵嚷，接着似乎是一阵撕扯、踢打声，夹杂着东西叮叮咣咣掉在地上的声响，还混合着女子呜呜咽咽的哭泣声。最后，令忍冬瞠目结舌的事情发生了，一片嘈杂混乱中，竟然传出了男子的说话声。

冯妙向忍冬摆手，示意她出去看看。忍冬把门欠开一条缝，灵活地闪了出去。

没多久，忍冬就捂着嘴偷笑着回来了，摸上床榻对冯妙说："念心在灶房里跟外面来的男子私会，被慧空抓了个正着，这会儿正吵吵嚷嚷地要送到住持面前发落呢。慧空骂得可难听了，娘子就不要细听了，免得污了耳朵。"

冯妙轻轻咳嗽了一声，竟然在灶房里，真亏她想得出来。她料到念心还会跟那男子私会，故意叫忍冬透露给慧空知道。慧空一早就看她们不顺眼，自然巴不得有这么个机会，好好整治她们一番。佛门清净地，念心却做出这种事来，慧空理直气壮，自然不肯轻易放手。

她把忍冬叫到身前："这次再叫你去做件难些的事情，你去外面看热闹，看准了时机给慧空吹耳边风，让她不依不饶一定要这男子赔香火钱。"忍冬答应了一声便去了。

柔然牧民向来没有积蓄钱财的习惯，冯妙记得上次无意间窥破他们相会时，这男子也是拿了北地带来的宝石物件送给念心。让他拿钱来恕罪，他一定拿不出，只要挑起慧空的贪心，让她扣下这男子，那么他身后的主上就得想办法来要人。

她只想看看这“主上”究竟是何方神圣，然后才能决定要怎么做。

与她所料不差，那名柔然口音的男子，果然拿不出钱来。忍冬毕竟是宫里出来的，三言两语就把慧空的火气给煽了起来。她指着念心的鼻子，把所有难听的话都骂了一遍，还觉得不够，又逼着那男子拿钱财来偿赎罪孽。

柔然男子原本性情暴烈，在草原上一言不合便要决出个高低胜负来，可那男子由着慧空百般辱骂，并不还口，显然是十分畏惧“主上”的约束。

慧空把那男子和念心都关在柴房里，不给他们食物和水。那男子没办法，只能取下身上的兽牙信物，让慧空派个小姑子拿着，去驿馆找人。等到第二天午时，果真有人拿谷帛珠宝来赎他。

从前在崇光宫侍驾时，冯妙也随着拓跋宏见过一些柔然亲贵。她不知道来人会是谁，怕他认出自己，只叫忍冬偷偷地去看。忍冬去了半晌才回来，神情有些古怪。

冯妙只当她没怎么见过柔然人，不知道该怎么说，便问她来人的相貌和衣着，是不是戴兽骨的男子。

忍冬攀上床榻，凑到冯妙身边压低了声音说：“来的不是男子，是……是六公主身边的婢女飞霜。”

忍冬这么一说，冯妙也愣住了，这柔然男子怎么会请来拓跋瑶替他想办法脱身?

飞霜在宫里时就是替拓跋瑶操持事务的宫女，到丹杨王府后也一向是她替世子妃管事。她熟稔地拉过慧空的手，问了问寺里的香火情形，又叫婢女抬进好几箱东西，直接送进慧空房里。

明明是第一次见面，飞霜却能跟慧空聊得十分亲热。到她离去时，慧空已经殷勤地跟在她身后，笑容满面地说：“府里要是有什么事需要诵经，姑娘只管开口。”

“那是自然，到时候免不了要麻烦师太。今天这事情，不过是个贩马的下人，可到底不怎么光彩，还是别扰了佛门清净为好。”飞霜颇有深意地叮嘱。

“知道，知道，”慧空忙不迭地答应，“这事绝对不会再有其他人知道，请姑娘放心。”

忍冬把这情形活灵活现地转述给冯妙听，还不屑地撇撇嘴，对飞霜的一张巧嘴佩服里夹着些不服。

冯妙远远地跟在飞霜后面，看她带着那名柔然男子下了山。飞霜向一位负手站立的黑袍男子福身行礼，隔着重重叠叠的树影，看不清黑袍男子的面容，只依稀看见他抬脚踢在跟在飞霜身后的男子身上，踢得那名身形原本很高大的柔然男人后退数步，后背正撞在一棵松树上。黑袍男子显然很生气，抬脚便走，柔然男人揉着胸口，却不敢耽搁，低垂着头忙忙地跟上。

那两个人都有些身手，冯妙不敢多看，怕被他们发现了行踪。她把这些零散的人和事连缀起来，渐渐连成了一条清晰的线。柔然受罗部真可汗悄悄进入平城，随行的属下却到山寺寻欢，惹出了麻烦，他自己不方便出面，便辗转找了拓跋瑶的婢女来要人。

他原本就对拓跋瑶有情，柔然人也并没有从一而终的观念，即使拓跋瑶已经嫁了人，也不妨碍他继续接近。不过，受罗部真可汗并不是爱美人不爱江山的多情种子，他远道来平城，必然还有更重要的目的。

柔然受大魏武力压制已久，柔然可汗比任何人都更希望，大魏的龙座上是个无知的幼儿。历朝历代，幼主即位向来是忧患重重。当务之急，还是要把这件事尽快通知拓跋宏。

冯妙奉旨修行，却并不禁绝与寺外通信。她思来想去，写了一封信给住持，要她转交给昌黎王，说自己离宫时曾发愿用发丝手绣佛像。如今身子好些了，想请王府里派人送些素绢、绣架来。无论是什么人来，她再想办法传递消息就是。

信送出去几天，却一直没有消息。一连几夜，冯妙都在床榻上辗转反侧。青岩寺的床榻，自然比不上宫中的床榻，翻身时吱呀作响。忍冬忍了又忍，终于忍不住爬起来，凑到冯妙身边说：“你在想他。”

冯妙笑而不语，她的确是在想着拓跋宏，但并不是忍冬说的那个意思。

“娘子，其实奴婢一直想说，您就是想得太多了。”不自觉间，忍冬又恢复了在宫中时的称呼，“奴婢虽然不怎么聪明，可也看得分明，皇上对您是很好的，跟对其他的妃嫔娘娘都不一样。”

冯妙怅然地叹了口气，自从那个孩子没了，她就尽量不去想任何跟他有关的事。她也知道，如果拓跋宏不想要她的孩子，自然有一千一百种方法，用不着哄骗她喝药落胎。可她见过拓跋宏是如何护住林琅的，她并非要与林琅相比，只是，如果拓跋宏但凡有一分把她放在心上，怎么会连汤药里混进了烈性的堕胎药剂都不知道？

“娘子，那一天的药，原本是奴婢在煎的，”忍冬咬着指甲，连话都说得艰难吞吐，“后来小郎君来了，说要亲手替您煎药。皇上来时很高兴，还褒奖了小郎君几句，从头到尾，皇上都没有碰过药碗啊……”

借着清冷月色，冯妙怔怔地盯着忍冬：“你说那药是夙弟煎的？”

忍冬心中大是不忍，可终究还是点头："是，后来出了事，奴婢觉得这条小命一定保不住了。可娘子流了好多血，连床帐垂在地上的那块都染红了，人也昏迷着直说胡话。就因为您叫了一声'忍冬'，皇上才宣我伺候，后来也再没追究。"

"损伤皇嗣，向来是大事，可奴婢和小郎君到现在都还安然无恙……"忍冬顿了顿，又接着说，"娘子昏迷了整夜，疼得狠了，便要咬自己的手。皇上怕娘子伤了自己，一手抱着娘子，另一手搁在娘子口中，可皇上一声都没吭，除了奴婢也不准别人靠近。娘子，奴婢的确不聪明，可奴婢总觉得，如果不是喜爱娘子，皇上怎么能忍下这样的误解呢？"

冯妙心中剧震，她想过许多种可能，甚至想过他或许真的怕自己生育时有性命之忧，才舍弃了已经成形的孩子，可从没想到真相会是这样。她想起拓跋宏每次见着夙弟，都会笑吟吟地说"朕就喜欢他这白纸一样的性子"，可每次说这话时，他的眼睛却总在冯妙脸上流连，似乎要捕捉她因为这句夸奖而闪过的笑意。

爱屋及乌，不过如是。

冯妙退缩似的摇头："什么是喜欢呢，我都不知道。"跟他有关的记忆全是疼痛，疼到她都不愿再记起。

忍冬抚住额头："娘子，奴婢不懂得什么高深的道理，可奴婢知道，喜欢就是，见着他时，看什么都是好的，见不着他时，就是给我山珍海味也吃不下。"说到这里，她的肚子竟然很配合地"咕噜"叫了一声。

冯妙不由得发笑，可转念心中又好像激荡着河水奔流不息的声响，怎么都没办法平静。她走到窗边，借着月光提笔，在桌上写下一行小字：既见君子，满心欢喜，看山是山，看水是水；不见君子，常怀忧虑，看山非山，看水非水。

忍冬也凑过来看了一眼，却只认得一个"山"字和一个"水"字。冯妙记起她肚子饿了，拉着她去灶房找东西吃。

推开房门，月色清辉给门前小径罩上一层霜雪颜色。远处的山峦绵延起伏，林间连一声鸟鸣都听不到。不知道是真的从没见过如此宁静的夜色，还是心中堆积的疑虑终于一扫而空，冯妙深深吸了一口山间的空气，只觉满心安宁，再没什么可惧怕的。

两人蹑手蹑脚走到灶房边，正要进去，忽然瞥见南面山房似乎还亮着灯光。冯妙想起山房里住着的李夫人，便拉一拉忍冬的手，告诉她跟自己一同去向李夫人道谢。

忍冬走进灶房，做了两样简单的青菜，又热了三碗清汤寡水的米粥，用一个杨木托盘托着，打算给李夫人送去。

冯妙想起李夫人有些古怪的脾气，示意忍冬先停下，自己上前去敲门。

手刚举起来，山房的门就突然打开了，李夫人站在门内，仍旧戴着垂纱遮面的斗笠。冯妙吓了一跳，倒退了几步才站稳。

李夫人仍旧用那种山风呜咽一般的声音说道："你有喘症，呼吸比其他人短促，我一听便知道是你。"她叫冯妙和忍冬进来，行动间又恢复了初次见面时的端庄娴雅。

冯妙回身招呼忍冬进来，忍冬放下杨木托盘，向李夫人福身行礼："多谢老夫人相救之恩。"

李夫人只是淡淡地"嗯"了一声，自顾自看着床上摊开的衣衫，并不说话。忍冬听冯妙说起过李夫人的情形，自己站直了身子候在一边。

冯妙往床榻上看去，只见几十件男子衣衫摊平放在床榻上，从一岁的小婴儿穿的连裳，到二十岁青年人的衣衫依次排列。每一年的衣裳都刚好有鲜卑款式和汉人款式各一件，针脚细密整齐，衣裳干净崭新，像是从来没有穿用过。冯妙拿起一件小孩子的连裳，放在手心上摩挲。她的孩子要是能出生，也该穿一件这样的小衣裳，扎手扎脚地要她抱。

这一次李夫人却没有生气，反倒好像带着些笑意似的说："你也有孩子吗？"

"没有……"冯妙心下黯然，把那件衣裳放回原处。

"我的孩子，一出生就被别人抱走了，"李夫人幽幽地叹气，"我每年都给他做一件汉装、一件鲜卑男装，可惜他从来没有穿上过。"她见冯妙盯着那件小衣裳看，笑笑说："孩子的父亲是鲜卑人，我是汉人。"

同是做母亲的心情，冯妙忽然觉得万分难过，又想起自己的阿娘不知道身在何处，她无声地伏在李夫人膝上，松松束住的发垂在肩头一侧，像女儿伏在母亲膝上一样。

李夫人的身子一僵，缓缓伸出手来，抚摸了一下她的头发："好孩子，你要是平时无事，可以多到我这里坐坐。你的身体损伤太过，再不好好调理，你就永远做不成母亲了。"

从这晚以后，冯妙有空时就会来看望李夫人。直觉告诉她，李夫人的出身来历，并不像她自己说的那么简单，只是既然人家不想提起，她也不便多问。

冯妙惦记着送信出去，暗想或许昌黎王府已经顾不上理会她这个废弃出宫的女儿了，少不得要再想别的办法。这天刚从李夫人住的山房出来，迎面便看见慧空急忙忙地向她奔过来，脸上换了一副讨好的样子："快请随我到前院来吧，有人来看你了。"

第二十八章 损芳姿

冯妙料想是昌黎王府有人来了，跟着慧空往外走。过第一道山门时，慧空还殷勤地帮她打起竹篾编成的帘子。冯妙笑着坦然走过，心里暗嘲她这脸变得倒是快。

转过门廊，原以为会看见昌黎王府的小厮，可冯妙一抬眼，先看见了一身孔雀翎捻成线再混着金丝织成的外袍，流光溢彩，与破旧的山寺格格不入。身穿雀金织锦衣袍的公子，正闲闲站在香鼎一侧，听见声响才转过身来，正是昌黎王府的大公子冯诞。

冯妙怔了一怔，上前福身问好，中规中矩地叫了一声“大公子”。

冯诞从怀中摸出两个金锭，放进慧空手中：“烦劳师太，帮我抄几卷经书，待会儿我要带回去给母亲读，让我和妹妹说几句话。”

慧空看见他那一身华贵衣衫和举手投足间的气度，已经知道他必定非富即贵，又见他出手阔绰，还摆出昌黎王府的名号来，忙不迭地答应了，一双眼睛几乎都眯成了缝儿，叫一个年轻的姑子送了茶上来，便退了下去。

冯妙记得离宫前，拓跋宏已经叫冯诞去武周山修建佛像石窟，按理在山间开凿佛像，没个三五年不能完成，却不知道他怎么在这时候忽然回了平城。

冯诞的嘴角，永远带着一抹温和倜傥的笑意。他仔细看了看冯妙的气色，并不因为她传闻中的痨症而拉开距离：“妙妹妹，你还是不肯叫我一声大哥。”

冯妙心中对旧事耿耿于怀，此时想起夙弟三番两次被人利用，越发不快，语调有些生硬地说：“不敢高攀大公子，只有博陵长公主所出的女儿，才能叫您一声大哥。”

冯诞摇头苦笑："你的性子依旧跟小时候一样……"他顿一顿，神情忽然变得认真："不过，你信也好，不信也好，当初我并没有用夙弟所写的纸笺来害你。那纸笺是宫里赏赐下来的，父亲叫我把夙弟所写的字带给你看，我就带来了。"

他用手撑着额头，露出与在人前那副浪荡模样完全不同的神色："你也别怨父亲，冯家上下这么多人，他也没办法。滢妹妹的事，后来我也问过玉叶，多少知道些。并不是我偏袒清儿，只是……我已经失去了一个妹妹，怎么忍心再去责罚另一个。"

即使心里恨极了冯清的阴狠，冯妙听见冯诞的话，还是多少有些动容。说到底，他也不过是想尽力护住妹妹周全而已。她的神情略微和缓了些，仍旧叫不出那一声"大哥"，却也不再执拗地喊他"大公子"了："什么时候回的平城？"

"昨天才刚刚到，正好看见父亲照着你的书信准备好了东西，我就来跑这一趟，"冯诞恢复了那副公子哥儿惯有的表情，"我这次是专程回来向乐安公主下聘的，礼节上的事情办完以后，还要回武周山去的。"他对乐安公主并没有什么特别的印象，只记得她在宫宴上总是坐在最末席，精致的妆容把她的五官都遮住了。

他把从昌黎王府带来的东西，一样样摆到冯妙面前，十八色捻纱丝线、十二支长短各异的纯银绣针、楠木绣架……其中有不少东西，是平城内买不到的，件件都很精细名贵。

冯妙收了东西，仰头对冯诞说："托赖太皇太后和皇上的福泽庇佑，我的身子才好了一些。在山寺里住得久了，我也学会了几样新鲜别致的斋菜。能不能稍等片刻，我去做了来，你帮我带给太皇太后和皇上尝尝？"一边是从小疼爱他的姑母，另一边是自幼亦君亦友的玩伴，她吃不准在这两方之间，冯诞会更倾向谁，并不敢把听来的消息直接告诉他。

见冯诞笑着点头，她便转身去了灶房。还没到生火做饭的时间，灶房里一个人都没有。冯妙叫来忍冬，用豆腐加上卤汁，做成了几道素膳，又另外做了两道点心，放进食盒里一起交给冯诞。她略红了脸对冯诞叮嘱："几道素膳请献给太皇太后，两道点心是给皇上的。"

冯诞依旧笑着答应，亲手提着食盒离去。冯妙倚靠在山门上，心中暗想，但愿食盒能顺利送到拓跋宏手中，也但愿里面的秘密不要被太皇太后发现。只要拓跋宏不曾对她忘情，就一定能发现她传递的信息。

冯诞从武周山返回平城，原本第一天就该进宫去给太皇太后请安，从前哪怕只是离京几天，也一向都是如此。可这一次，他一回平城便听到宫里传来的消息，说太皇太后的身子不大舒服，他就把入宫请安的事缓了缓，先来了青岩寺。

太皇太后是真的病了，只不过不是身上的病，而是心病。自从拓跋宏当着李冲的面提起南朝使臣刘缵的那段旧事，她就总是疑心有人在背地里议论她。

那天在场的乳母，就因为逗弄皇太子的时候，对着太皇太后笑了笑，便被打发去了暴室。后来接连换了两三个乳母，总是一句话说得不慎，就惹得太皇太后大发雷霆。最后崔姑姑干脆叫人选了两个又聋又哑的乳母来，这事才算过去了。

还有一个小太监，就因为浇花时说了一句“南边送来的花儿就是比平城养出来的香”，便被太皇太后疑心他在含沙射影地嚼舌根，命人责打四十杖，生生要了他的性命。

崔姑姑看得心中不忍，却又劝不得太皇太后，只能私底下叮嘱宫女、内监，当差时万万不可多说话。奉仪殿内越发变得死气沉沉，进殿奉茶的宫女连大气都不敢出，放下茶盏便匆匆离去。

空旷的大殿内，只有皇太子咿咿呀呀的叫声时不时传出来。可这童稚的声音也令太皇太后心烦，两岁多的孩子，还说不出完整的话来，皇太子资质平庸，比皇上当年差得实在太多了。

一来二去，几件烦心事凑在一起，太皇太后便有些肝肾阴虚，失眠盗汗。夜里常常惊醒好几次，白天又觉得精神不济。恰在此时，崔姑姑听说冯家大公子回了平城，便忙忙地安排他入宫给太皇太后问安。太皇太后一向最疼爱这个侄子，也许见了他，心情会跟着好一些。

冯诞从青岩寺返回时，恰好遇见宫里来接人的马车候在昌黎王府门口。他回府换了身衣裳，才带着冯妙准备的食盒，一起进了宫。

几个月不见，太皇太后的脸色憔悴不少，眼角的皱纹越发明显。冯诞上前磕头问安时，声音都有些哽咽。太皇太后见了他，倒是真心地欣喜，叫他到近前仔细端详，许久才说：“肤色晒黑了些，不过这样也好，比从前添了些英气。”

又听说他专门回来向乐安公主下聘，太皇太后更加高兴。从前她也说过好几回，可冯诞总是不肯正正经经地娶妻。她不知道这是拓跋宏劝说的结果，只当是这侄子终于转性了。

冯诞回身取过一只紫玉雕成的小盒，递到太皇太后面前：“侄儿记得姑母一向睡得不大好，特意留心寻访能安眠的香料。凑巧在武周山附近，找到了这种香膏，叫作美人夜来，就带了这一盒回来，孝敬给姑母。”

他把盒子打开，盒中装的却不是寻常所见的香块，而是碧绿色的香膏。太皇太后凑近闻了一闻，点头称赞道：“香味纯粹清雅，的确是上好的香料，只是不知道用了什么成分。”

冯诞用小指挑了一点，放进香鼎中："传说三国时魏文帝的宠姬薛氏，擅长针线刺绣，能在深帷之中，不用灯烛，绣成整幅美人图。美人夜来的名字，就是取自这个典故。"他取来火种，把香膏点燃，陪着太皇太后一起品香。

烟雾从香鼎盖子上的细孔里飘散出来，香味很快就溢满了整间内殿。太皇太后原本还有些疑虑，不敢随意用这种没见过的香料，可见到冯诞也跟着自己同在殿中品香，又想着这香料是他亲自找来的，便放下心来。

莲子大小的一块香膏，很快便燃尽了。清新淡雅的香气，的确令人心旷神怡。太皇太后叫崔姑姑把香膏收在床榻边的小架子上，留着日常使用。冯诞盯着崔姑姑的动作，看见她放好了那只紫玉小盒，才接着说："侄儿还去青岩寺看了妙妹妹，她身子好一些了，亲手做了些素膳，要侄儿带过来。"

揭开盖子，食盒里的菜已经有些冷了，好在时令是夏季，送的又都是些素膳，并不要紧。豆腐制成的素烧鸭、素鱼翅，配上一盘时鲜蔬菜做成的五谷丰登、一盘莲藕配着青豆炒成的荷塘月色，即使是素菜也色香味俱全。

太皇太后每样都尝了尝了，忽然指着食盒下面一层问："这里面是什么？"

"妙妹妹有心，给皇上也准备了两样点心，"冯诞掀开食盒上层，露出下层一盘包子、一笼蒸饼，"妙妹妹说，这包子叫作七宝素包，用七种食材做馅儿，代表佛经中记载的七种珍宝，茄子代表紫金、豆芽代表白银、香菇代表琉璃、莼菜代表水晶、豆腐代表砗磲、赤小豆代表珊瑚、萝卜代表琥珀。这蒸饼里加了卤汁和面，吃起来也很有滋味。"

太皇太后在两样点心上扫了一眼，那蒸饼不过是薄薄的一小张，藏不住什么东西，那道七宝素包却个个捏得严丝合缝。她伸出银筷子，直接戳到其中一只七宝素包上："这点心倒听着新鲜，哀家也想尝一尝。"

"姑母，这些点心还要给皇上送去……"冯诞忍不住出声阻止。

他越阻拦，太皇太后便越心疑。她夹过一只七宝素包，却不送进嘴里，用筷子尖儿一点点挑开外面一层皮，拨动着里面的馅料。代表七宝的七种素料，粒粒分明。

"的确是名副其实的七宝素包，妙儿有心了。"太皇太后合起双眼，像在回味那几道素膳的味道，忽然抬手对崔姑姑说："把剩下的几只七宝素包，也切开吧。"

"姑母，"冯诞像从前一样，猴儿似的在太皇太后跟前，半是玩笑地恳求，"这样送去，皇上会不会疑心是侄儿偷吃了？"

"切开了送去，宏儿吃起来方便些。锦心，你直接送到崇光宫去，诞儿在这陪哀家说说话。"太皇太后依旧坚持，她总觉得冯妙是在利用这些点心传递消息，蒸饼只有薄薄的一张，藏不住什么，最可疑的就是这盘七宝素包。

崔姑姑照着太皇太后的意思，把余下的八只七宝素包，用银刀各切上一横一纵两刀，分成四块。素包里只有混合在一起的馅料，并没有什么不该有的东西。

太皇太后抿了口茶，暗想近来的确是太多疑了，对这个侄儿也怀疑起来了。与柔然人的密谋，妙儿怎么会知道，或许她只是在山寺里吃了苦头，终于肯低头了。

两样点心送到拓跋宏面前时，他的目光只落在那一盘蒸饼上。记不清究竟是哪一个日子了，冯妙穿着宫女的服色，趁他午睡时溜进崇光宫。他只记得，一睁眼便看到她双眼弯成两钩月牙儿，抿着一丝笑说“宏哥哥，请尝妙儿的菜”。

不知道她用了什么方法，竟然能让蒸饼一层层揭开，每一片都薄如蝉翼，隔着饼面都能看得清纸面的字迹。这一次的蒸饼里加了卤汁，不再纯白透明，可每一片都依然薄而软。

拓跋宏很有耐心地动手，把蒸饼一层层分开，薄饼柔韧温软，触在指尖上，便会让他想起冯妙柔若无骨的双手。他分开第三片时，忽然发现这张薄饼上，沾着些芝麻。他把薄饼对着灯火仔细查看，芝麻组成的线条，勾勒出了燃着狼烟的烽火台，代表北方的方位上，还沾了点藿香叶的碎屑。

他把薄饼放进嘴里，舌尖却已经尝不出那是什么味道。冯妙刚失去了孩子，又孤苦伶仃地离宫，可他知道，她并不像她自己说的那样恨他。不然，她也不会花这么多心思来传递消息，提醒他小心北方的柔然人。

不知道她的咳嗽好一点没有，不知道她的喘症还会不会发作，他不能随意自由地出宫去看她，只希望她安好而已。他不求神佛，只靠自己，等有一日肃清大魏朝堂与后宫时，必定要再迎她归来。

入秋便是太皇太后的寿辰，自拓跋宏登基以来，宫中连年都有丧事，再加上太皇太后一贯提倡简朴、反对奢靡，寿诞佳节便没怎么好好庆祝过。

这一年恰逢太皇太后的陵寝大体修建完工，北地的柔然、高车、吐谷浑诸部，又都在此时要来朝见大魏皇帝。朝中大臣担心这些草原部族包藏祸心，以贺寿朝见为名，进入平城作乱，几人联名向太皇太后和皇帝上奏表，提议只准各部的首领、使节进入平城，让他们把随行的武士留在平城郊外的驿馆。

拓跋宏把奏表带到明堂之上，冷笑着说：“柔然、高车、吐谷浑一起来平城朝贺，正是彰显我大魏煌煌天威的大好机会。要是只让各部的首领、使节入平城，失礼不说，这些人岂不会觉得朕怕了他们？！”

太皇太后在这件事上不置可否，宗室亲贵和学士朝臣，第一次在明堂意见如此一致，摆出一副忠臣死谏的姿态，要皇上万万不可引狼入室。

拓跋宏把奏表递给身边侍立的内监，从容不迫地说：“其实诸位贤卿担心什么呢？朕不会只让各部首领、使节入内，因为——朕根本不会让他们任何人进入平城。”他传下诏令，前往平城以北的灵泉行宫避暑，为太皇太后庆贺生辰，北地各部的使节，一律前往灵泉行宫朝觐。

为太皇太后修建的方山永固陵，刚好也在灵泉行宫附近，太皇太后便提议顺便去看看陵寝修建得如何了。这么一来，太皇太后和皇上至少要在灵泉行宫逗留半个月，宫中的大小妃嫔连着宗室亲贵也都要随行。内六局急急地忙碌起来，准备车驾、器皿，安排随行侍从。

远在青岩寺，冯妙对皇宫内的举动无从知晓。因为冯诞来过，慧空原本对冯妙客气了些。可接下来一段日子，城中再没有衣着光鲜的人来了，慧空的脸色也就跟着变了。分派活儿时，她故意叫冯妙去扫寺前的一百八十级台阶，却只给她一把又短又秃的扫帚。冯妙腰上有过旧伤，不能长时间弯着，只能彻底蹲下身去，扫过一级再挪到下一级去。

直到御驾起程前三日，李弄玉才来了一趟青岩寺。她并未用妃嫔的仪仗，只带了贴身的宫女来上香。看见冯妙在石阶上辛苦，她的青呢软轿并未停下，人直接进了青岩寺正殿。

三炷香请过以后，李弄玉叫慧空请冯妙出来说几句话，慧空却推三阻四地不肯，还想向她索要布施。李弄玉双手笼在袖中，叫慧空近前来。慧空只当她要悄悄地给些好处，带着一脸得意神情走上前来。

脚步还没站稳，李弄玉抽手便给了她一个耳光，接着随手甩了一锭带宫中徽记的金子在她脚下，冷冷睨着她说：“当着佛像金身，你都敢做出这副嘴脸来，平日里还不知道是什么样子呢。”

慧空不知道自己又得罪了哪路神仙，愣在当场，倒是李弄玉带来的婢女对着她呵斥了一句“还不快去请人”，她才捂着肿了半边的脸，尴尬地挪步到门前石阶上，请了冯妙进来。

慧空正要灰头土脸地离开，李弄玉又叫住她，声音清冷悠长地说：“门前的石阶上好像落了些石子树叶，刚才上来的时候，轿子颠簸得我头都晕了，待会儿我还要乘轿下山，你看怎么办才好呢？”

石子还罢了，树叶哪会让轿子颠簸，她摆明了就是要给慧空一个教训。慧空青着脸咬牙回答：“贫尼这就去捡……干净，让贵人下山的时候，不会再受颠簸。”

等她退出去，李弄玉才深深地看了冯妙一眼：“你就这么由着她欺负？”

她显然会错了冯妙心里的意思，冯妙摇着头说：“我并非心灰意懒，只是此刻实在没有心情跟她计较。”

平城中此刻看似风平浪静，但这平静，更像山雨欲来前夕的压抑沉闷，也许一转眼就是大雨倾盆、电闪雷鸣。

冯妙低头，看见李弄玉素白衣衫的袖口上，绣了一圈细小的花朵。她有些惊奇，自从始平王遭逢意外又死而复生之后，李弄玉就再不肯用心妆扮，衣衫不过是随手拿来蔽体。

像是看穿了冯妙目光中的含义一般，李弄玉抬手抚了一抚袖口上的花纹，轻声说："太皇太后和皇上要巡幸方山灵泉宫，接受柔然、高车、吐谷浑使节朝贺，宫中有品级的妃嫔全部随行。萧……始平王一个多月以前，已经先去了方山，督造太皇太后陵寝的扩建。"

她没再说下去，冯妙却全都明白了。太皇太后与皇上之间的关系，终于还是走到了这一步，要撕去这二十年祖慈孙孝的伪装了。

要所有妃嫔同行，不仅仅是为了表示对此行的重视，更是为了防止有人向外泄露消息。路线、方位、时间，任何一个要素的变动，都可能导致结果大相径庭。

倘若拓跋宏功亏一篑，始平王也必定不能为太皇太后所容，李弄玉已经做好了一切准备，与他同生同死，绝不独活。

冯妙低头看看自己的一身禅衣，低声却决绝地说："我也要去。"李弄玉像是没听清楚，定定地看着她。冯妙又重复了一次："我也要去，你帮帮我。"她不知道手里那件东西是否会有用，也不知道自己究竟能做什么，她只想在倾盆大雨落下时，跟拓跋宏同在一处。

李弄玉沉思片刻，摇头说："这个主意不好，我要从宫中出发，我的父亲是东宫臣僚，也要跟太皇太后的车驾一起走。你不如从昌黎王府上想办法，有爵位的人都会随行，但你只有一晚时间。因为亲王贵胄的车驾会先行，昌黎王明天一早就会出发。"

冯妙脑中一片空白，昌黎王府有那么多人，可她不知道自己能相信谁，能依赖谁。她强迫自己镇定下来，心思急转，猛然想起个人来，问道："冯清近来在宫中如何？"

李弄玉平静地回答："不过那个样子罢了，太皇太后解了她的禁足，可皇上并不对她特别上心，偶尔召幸一次，跟别的妃嫔差不多。"

冯妙长出口气："那你就帮我带句话给她，今晚一定要带到，务必赶在明早昌黎王府的车驾出发之前。"

第二十九章

潜隐苍波

李弄玉有些狐疑地看她，冯妙凑在李弄玉耳边，悄声说：“你只要告诉冯清，皇上喜欢吃金齑玉脍和槐叶冷淘，就行了。”

这是两道极费功夫的菜肴，其中的金齑玉脍，是用鲈鱼身上最肥美齐整的肉切片，配上蒜、姜、盐、白梅、橘皮、熟栗子肉和粳米混合而成的糊食用。而槐叶冷淘，则是用青槐树的嫩叶捣汁和入面粉，煮熟后用冷水反复淘洗，吃的时候再拌入热油和作料。

两道菜的做法，说起来都不复杂，可要真正做得好，却最考验厨子的功力。金齑玉脍要能把鱼肉切得薄而不碎，而槐叶冷淘好吃的要诀，就在冷水淘洗这个步骤上。

李弄玉盯着冯妙，嘴角慢慢翘起：“不错，她想要抓住皇上的心，必然不肯放过在灵泉行宫这个好时机。宫中随行的御厨，要准备日日开宴的菜肴，顾不上单独准备这么精细费力的菜色，她知道这两道菜的做法，却做不好，非得带你去不可。”

第二天一大早，昌黎王府果然派了人来，要从青岩寺请几名姑子去府中诵经。冯妙便混在这些姑子中间，被一同带去了昌黎王府。临行前，她还特意拜托李夫人帮忙照顾忍冬。整个青岩寺里，只有李夫人住的南山房，没人敢去轻易打扰，因为无论是姑子还是出身秦楼楚馆的年轻姑娘，总免不了偶尔生病吃药。

李夫人也不多说什么，只从药篓里取出几片紫苏叶，放进随身带着的小香囊里，系在冯妙腰上：“紫苏叶能镇咳平喘，万一你在路上发作，就拿一片出来慢慢嚼碎了咽下，不过只能缓解，不能根治。”那只香囊跟平常女子佩带的香囊不大一样，并不是用布料缝制成的，而是用一整根丝绦编成的两只同心结，从两面扣在一起，便成了一个香囊的样子。

一进入昌黎王府，另外几名姑子便被带开了，有人引着冯妙去换了衣裳，坐上一辆马车等候。快到午时，昌黎王府的车驾队伍才向方山出发，冯妙乘的那辆马车，很不显眼地跟在最后。到休息时，便有人给她送来食物和水，只是不准她下车走动。

走了四五日，车驾才到了灵泉行宫。昌黎王冯熙奉皇命巡视行宫内的布置，准备迎接圣驾，还要安抚提早到达的各部首领和使节，每天都忙得焦头烂额。太皇太后和皇上的御驾，行走得更加缓慢，比昌黎王晚了三天出发，却足足晚了六日才到。

这六天里，冯妙被安排在一间不起眼的小室内，与其他随行的婢女隔开。小室后面有一间小厨房，每天都有人送来新鲜的鲈鱼、青槐树叶和面粉，供她练习。并没有人刻意限制她的行踪，因为灵泉行宫四周都有重兵把守，她是无论如何也不可能逃走的。可冯妙并不出门，只在小室内安安静静地等着。

御驾抵达的第二天，冯清便派了面生的小宫女来，要冯妙做一盘槐叶冷淘给皇上消暑。此时秋老虎正毒，晚膳时吃一点槐叶冷淘这样清凉爽口的食物，是最合适不过的。冯妙做得很用心，淘洗过的面条根根圆润碧绿，如同上好翡翠捻成的丝一般，连小宫女看了都赞不绝口。

到行宫不过两天而已，拓跋宏便要召幸冯清。即使早有准备，即使心里清楚他这时更该安抚好冯氏一族，冯妙仍旧觉得心中微酸。她在调味时故意加了青蒜苗和酸醋汁，赌气似的要让拓跋宏也尝到点酸涩滋味。

不料隔天清早，那名宫女却带话过来，说加了醋汁的槐叶冷淘味道很好，皇上很喜欢。冯妙有些气恼，想着他吃了自己花了整整两个时辰亲手做的东西，又觉得下次可以加几滴蜜汁。最好吃的菜肴，不需要多么昂贵精细的食材，只需要做的人把满腹心思都糅在里面。

北地各部使节陆续到齐，灵泉行宫内几乎每天都宴饮不断，冯清再没叫她做过什么东西。冯妙闲着无事，也会试着跟送饭来的小宫女说话，向她打听外面的情形。

凑巧这天傍晚时，昌黎王带着博陵长公主所出的三位公子，去给太皇太后问安，从冯妙住处门前经过。她从门缝间看这几人的面貌，冯聿长得有些像博陵长公主，可冯诞和冯修却与昌黎王十分相似，都是面容白皙、凤眼狭长的美男子。

冯妙揽过铜镜，又想起夙弟的样子，他们两个跟昌黎王真是半点也不像。她还更像阿娘一些，夙弟年纪渐长，慢慢地在眉眼上跟阿娘也有了些细微的差别，可仍旧不像昌黎王。这些事情，只有找到阿娘，才能问个清楚了。

北地各部中，柔然人来得最晚，却是柔然可汗郁久闾氏予成亲自来了。北地各部中，柔然的实力最强，经常把马匹、骆驼赶到别人的牧场上放养，青黄不接时也会劫掠其他部族。此时在灵泉行宫见了面，各部之间的气氛便有些古怪。

在太极阁设宴时，郁久闾氏予成遥遥地向高车首领阿伏至罗举杯致意，陪在阿伏至罗身边的阿依却向他吐舌头、扮鬼脸。堂堂可汗自然不会跟一个小丫头计较，可他放下酒杯时，杯子还是在桌面上磕出了重重一声响。妹妹对自己无礼，阿伏至罗却并不呵斥阻止，显然高车已经找到了新的依附，不再畏惧柔然人的势力了。

郁久闾氏予成冷眼看向坐在高位上的太皇太后，她正命宫女把面前的菜送到皇帝的描金龙纹盘中去。在昌黎王府见面那晚，这个女人曾经许诺会给他北地最尊贵的封号，将一大片宽阔肥沃的草场划给柔然，条件却是，要他在灵泉行宫伺机刺杀年轻的皇帝。

入席之前，太皇太后便派人私下通知他，今晚会有快马从平城运送公文过来。皇帝处理公事时，一向喜欢安静，必定会到灵泉行宫东面的怡煦阁书房去批阅公文，等处理完公事，才会返回鸿蒙阁歇息。途经之处有一段曲折僻静的小路，被树木遮蔽，正是动手的好机会。

可郁久闾氏予成还是有些犹豫，即使大魏划出一片草场，要是没有实力牢牢占据，迟早还是会变成别人的盘中餐。来的路上，他已经见到了大魏的士兵，个个刀刃锋利光亮，目光炯炯如虎豹一般。要是贸然出手没能要了皇帝的命，葬送的恐怕就是整个柔然。

正这么想着，似有一道目光落在他脸上。郁久闾氏予成赶忙收敛心神，正看见拓跋宏举着酒杯似笑非笑地看过来，他只能举起酒杯应和，心中恨恨地想，这个看不透深浅的小皇帝，必定不是个好相与的。

几杯酒下肚，郁久闾氏予成便借故离席，脚步虚浮摇晃，像是有些不胜酒力。刚拐出太极阁前的小道，他便收起假装出来的醉意，招来自己随行的侍从，低声耳语了几句。他才不会白白给太皇太后当刀子使，既然她老人家如此有诚意，愿意划出一大片放牧的草场来，他就干脆把这消息同样告诉高车和吐谷浑首领，跟他们约定一起举事。

侍从应声去了，郁久闾氏予成翘起半边嘴角冷笑，到了约定的时间，他才不会派自己的人手去。要是事情败露，跟柔然半点关系都没有，要是事成了……谁能占有那块草场，还是要凭实力说话。

歌舞乐曲令人迷醉，席上的人却无心欣赏。有侍从进来耳语一番后，高车首领与吐谷浑首领，也借着酒醉告辞离去。这些细微动作，都一点不差地落进拓跋宏眼中。北地朔风阴冷，男儿们还没学会走路说话，就先学会了喝酒。这三位首领竟然一起醉了，岂不是很奇怪？

酒宴散后，拓跋宏只带了一名近身内侍，往怡煦阁去。小山一样的奏表文书刚刚从平城快马运送过来，他已经很熟悉该怎样做一个皇帝，手里拿捏的分寸，无非是赏与罚而已。他用笔蘸着朱砂，在每一份上做出简单的批注，再叫内监拿给随行的中朝官去处置。

时候还早，他摆出棋盘棋子，一手执黑一手执白，自己与自己落子对弈。刚摆了一个角，冯诞便匆匆进门，草草行了个礼便说："今天柔然、高车的首领都很怪异……"话说了一半，见拓跋宏用右手不慌不忙地落下一枚黑子，他才苦笑着说："看来皇上是早知道了。"

"思政，你知不知道，跟自己下棋的乐趣何在？"拓跋宏不接他的话，反倒指着棋盘发问。

冯诞摇头，他见过好几次拓跋宏与自己对弈，只当他是无聊打发时间。

"乐趣就是，可以站在对面，像打量陌生人一样打量自己，猜度下一步会在哪里落子。"拓跋宏左手拈起一枚白子，落在棋盘一点上，一枚白子便让一大片黑子丢盔弃甲，"现在朕跟北地首领，就像正在棋盘上布局落子一样，朕在猜测他们的动作，他们也同样在猜测，不仅猜测朕，还要猜测朕身边的盟友。"

他指指桌上的一封书信和绸布包裹的东西说："你找个天生拙嘴笨舌的小厮，带上这封信和先皇当年在北地会盟时铸造的黄金令牌，到柔然可汗住的地方转上一圈。这一局，朕要掌握主动！"他换回右手，又落下一枚黑子，随着这一子落下，棋盘上再次风云突变。

冯诞不知道拓跋宏做了什么打算，可时间紧迫，他来不及多问，拿起书信用蜡油封住信口，起身到殿外去安排。昌黎王府带了不少随从来灵泉行宫，要找一个人去跑腿并不难。

拓跋宏忽然想起件事来，问道："上次你说起的那种香料，太皇太后已经用了吗？"

"皇上是说美人夜来吗？"冯诞露出一丝隐秘而惆怅的笑来，"已经给太皇太后送去了，只是还没有那么快见效，要再等上些日子。"

拓跋宏轻轻点头："你说过这香料里加了夜来香的花粉，会让人胸闷无力、昏昏欲睡。朕只要太皇太后不再干预朝政就够了，毕竟她养育教导过朕。"

冯诞低头沉默了片刻，再抬起头时，俨然又恢复成了那副声色犬马、浪荡不羁的样子："皇上要做圣明天子，这些微末小事，就交给我去做吧。吃喝玩乐、焚香听曲，要是我自认第二，平城内就没有人敢认第一了。"

拓跋宏又随口问他，准备何时筹办与乐安公主的婚事，冯诞有些心不在焉，连聘礼究竟备了几样都记不大清，推说昌黎王府会有专门的管事安排，他自己躲个清闲。

说到一半，拓跋宏忽然又想起那种叫美人夜来的香膏，总觉得哪里不妥，沉吟着问："要是太皇太后经常燃这种香料，香味多少总会残留在室内。你这段时间经常去陪太皇太后说话，岂不是也会吸入香膏？"

冯诞眼中有流萤似的光亮一闪而过，很快化成一抹落寞："美人夜来用新鲜花叶做成，要用快马运送，三天内用完。残留的香味，效果已经不大明显了。"

"要是臣当真因为吸了美人夜来而不能再做事，"他眯着眼睛，促狭地笑，"那皇上就当真赏臣几个美人，让臣醉生梦死，俸禄可一点都不能少。"

两人闲闲地聊到子时将过，内监刘全脚步匆匆地进来，附在拓跋宏耳边低声说了几句话。拓跋宏凝神听着，紧锁的眉头渐渐舒展开，朗朗地笑着对冯诞说："北地使节居住的颐春园里，抓住了一名窃贼，凑巧柔然、高车、吐谷浑的首领都在那里，把这偷鸡摸狗的小贼关了起来，却不准人声张。"

冯诞一听便知道了，所谓的"窃贼"，应该是他早先派出去的小厮。那人是昌黎王府里随行而来的马夫，天生有些口吃。见拓跋宏心情大好，似乎一切都在掌控之中，冯诞抑制不住好奇地发问："一封信和一个话都说不利索的小厮，就能让这些北地首领安分？"

"朕不是还平白搭上了一枚黄金铸造的令牌吗？"拓跋宏用手指一下一下点着北地使节名单，笑着说，"不过，要紧的还是那封书信，言辞恳切，感人肺腑，朕把前半生攒下来的文采，都用在这上面了。"

冯诞禁不住也跟着发笑，追问道："信里究竟写了什么？皇上是成心要让臣急死。"

"朕许诺，只要他替朕做成一件事，便以方山为界，将北面的山林草场，全都给他放牧跑马。等日后朕的长公主出生，再与他结为儿女亲家，世代交好。只不过——"拓跋宏的目光从绘着北地山川的地图上扫过，"朕的书信没有称呼，也没说那是一件什么事。"

冯诞恍然大悟，信上的话言之凿凿却又含混不清，北地首领一起搜出了信，可每个人都只知道这信绝不是写给自己的，却不知道它究竟是要给谁的。先帝当年与北地各部首领会盟时，曾经约定"见此令牌，一诺千金"。再加上一个话都说不清楚的信使，让他们连审问都无从下手。北地首领之间彼此猜忌的种子，一旦种下，就再难以拔除。

"今晚必定有人要睡不着觉了，"拓跋宏起身，闲闲地踱了几圈，叫内监取过宫纱灯笼来，"朕可要去睡了，明天朕还另有大礼送给他们。"临出门时，他才回身对冯诞说："你替朕训练的那些人，很好！"

太皇太后听说这件事时，已经是第二天清早。崔姑姑正在给她梳发髻，太皇太后气得折断了手里的桃木长柄小槌。宫中昨夜没有传出任何消息，她就知道柔然人没有按照约定动手。等到有人来禀告昨晚颐春园里发生的事，她才想到，必定是她的好孙儿提早下了手。

从十岁女童，长成年近半百的妇人，宫闱生涯给她的教训，便是暴怒解决不了任何问题。太皇太后很快平静下来，对崔姑姑说："去请柔然可汗来，哀家想给恂儿选一匹好马，问问可汗什么样的马性情最温顺，对不听话的野马，该用什么样的鞭子抽打。"

郁久闾氏予成很快便来了，以草原部落的礼节向太皇太后问好，语气恭谨客气，言辞间却寸步不让："太皇太后大概没有真正养过马，要想让马儿跑得快，光靠鞭子是不行的，还要给它充足的水和草料。我们柔然，每年四处迁徙，就是为了寻找最肥美的草场、最甘甜的水源，用来放牧我们当成朋友一样的爱马。"

太皇太后不屑地冷笑："对待听话的马，自然是如此，可要是那马性子太野，就要看手里的鞭子够不够狠了。"

她从手边拿过一只镶着猫眼石的金盖小盒，从里面取出一张羊皮书信，缓缓展开了放在眼前端详。信是用鲜卑语写成的，一角还挂了一只用金环穿着的兽牙，那是柔然最高统治者的标记，在柔然人眼中，便与中原王朝的玉玺差不多。

"当年你的父汗重病弥留时，曾经写信给大魏皇帝，请求继续册封他的继承者为柔然可汗，并给予尊号。"太皇太后仔细看着羊皮书信上的字，慢慢地说，"可是他选定的继承人，原本并不是你，而是你的叔父。"

草原上的年轻英主，脸色忽然变了，伸手就要来抢那张年深日久的羊皮："这不可能！"他是父汗所有儿子中最英武的一个，他的母亲是父汗最宠爱的正妃，父汗怎能不立他却要立别人？

太皇太后把手向后一抽，羊皮书信便落回盒子里，她的手指一压，盒盖便"咔哒"一声合拢了。"你的父汗在信里说，你的生母，是他征讨附近的小部落时，抢来的女奴，带进王帐八个月就生下了你。"太皇太后的声音，带着异常平静的残酷，"因为他宠爱的大妃一直无子，才留下了你，但他却不能把柔然王位传给你。"

她看着郁久闾氏予成渐渐发白的脸，继续说下去："哀家记得很清楚，这封书信是六月送到的，诏书一直拖到八月还没拟好。恰好这时传来消息，柔然前代可汗已经故去了。这封信就被压了下来，原本拟好的诏书内容，也就变了。"

草原上的游牧部族，并没有嫡幼正统的观念，但他们自认是天神的子孙后裔，最重血统纯粹。柔然子民，无论如何也不能接受一个带有低贱部族血统的王，无论这王多么英勇聪慧，都不可以。

“我不相信！一定是你这老妖妇骗我的！”一贯冷静睿智的柔然王者，被这个秘密击碎了心中所有的骄傲，“我是父汗唯一的大妃所生的儿子，我是狼神的子孙，我不是血统低贱的牧民……”

“哀家年纪大了，不喜欢折腾这些陈年旧事，只要马儿乖顺，哀家也不愿意动鞭子。”太皇太后把金盏小盒推到一边，“哀家也可以，让这秘密永远只是一个秘密。”

郁久闾氏予成从牙缝里挤出几个字：“太皇太后有什么事要我效力？”

太皇太后满意地点头，跟聪明人说话，只要点到为止即可：“哀家刚好有件举手之劳的小事，需要一个稳妥的人去办。”

崔姑姑会意地关上了门窗，退出去守在门外。

日光明晃晃的直刺人眼，郁久闾氏予成从太皇太后房内走出来时，脚步也有些虚浮踉跄。最初的震惊过去，他很快稳住心神，无论那书信是真是假，都已经不重要了，他绝对不能让其他人知晓那封书信，更不能容忍任何人质疑他的血统。

他仰头望天，指节捏得咯咯作响。替太皇太后效劳一次，并不是什么难事。可这一次之后，他就永远有一个把柄捏在太皇太后手里，他憎恶被人威胁，尤其憎恶被一个女人威胁。

不知不觉，他顺着行宫内蜿蜒曲折的小路，竟然越走越靠近宗亲贵胄的住处。不远处，一个婢女模样的人，正带着几个小丫头晾晒衣物。

予成整了整衣衫，走到那名婢女身边说：“飞霜姑娘，上次六公主曾经说起，想尝尝纯正的马奶酒。我叫人快马送来一些，三天后就能到了。”他靠近飞霜身边，用自己的身形挡住了两人的动作，暧昧地在飞霜的手腕上捏了一把，悄声说：“请飞霜姑娘帮忙，替我跟公主约个时间。”

飞霜俏脸绯红，带着几分了然的神情，抿嘴笑着说：“可汗放心，飞霜一定替您和公主安排妥当。”

在没人看见的角度，予成的嘴角浮起一抹残忍的笑意，灵泉行宫的局势，已经足够剑拔弩张，那就索性让他再点一把火吧。

三天之后，是太皇太后和皇帝巡视方山永固陵寝的日子，只有侍卫随行，其余人等都留在行宫之内。难得忙里偷闲，行宫的守卫也松懈下来。

冯妙看着屋外几乎一动不动的日影，手里握着一把五色琉璃珠，愣愣地出神，那是她离宫时从奉仪殿悄悄带出来的东西。

树影微微晃动，门外忽然传来宫女对侍卫说话的声音：“几位大哥辛苦，我们娘娘进去说几句话，这些赏你们打酒喝。”

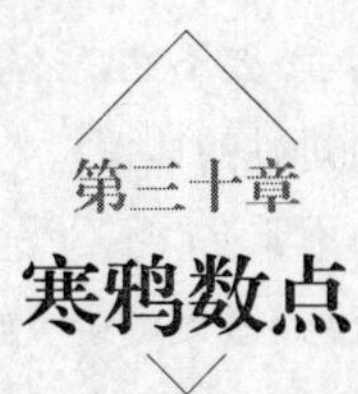

第三十章
寒鸦数点

冯妙把五色琉璃珠匆匆揣进怀中，抬眼看向门口。婢女把手伸进来，卷起竹帘后侧身闪在一边。

一只宫锦绣鞋踏进来，鞋面上用金丝细线绣着青雀祥云图样。接着飘进眼帘的，是一段藕香色的罗裙，裙边用龙眼大小的紫晶石缀了整整一圈。沿着罗裙飘散的褶皱向上看去，冯清圆润的脸上，带着一丝得意的笑。

她走到冯妙面前，笑吟吟地打量着这个姐姐，并不借着此时身份的差异，逼迫她向自己行礼。被太皇太后关了这么久，她的脾气的确收敛了不少，看人时也不再用一双眼睛狠狠地瞪着，而是学会了用余光悄悄地打量人。

冯妙总也忘记不了冯滢的无辜惨死，把脸转向一边。这个小妹妹温柔文静，从来没有妨碍过任何人。博陵长公主怀着她时，便因为昌黎王带回了歌姬做妾而大吵大闹，这才导致早产生下的女儿先天不足。等冯滢长大，先是所托非人，接着又被自己同父同母的姐姐所不容，红颜飘零。

冯清踱了两步，走到冯妙视线的正前方，挥手叫自己的侍女退出去，看着冯妙说："姐姐，你在青岩寺这段日子，还真是清瘦了不少。"她把头歪向一侧，细细打量着冯妙："小时候我总是看你不顺眼，因为你无论怎么打扮都好看。就连现在，你这副消瘦憔悴的样子，也那么叫人心动。可惜，长得再美，见不到皇上的面，也没有用，你说是不是？"

冯妙转头躲开她的逼视，可冯清却执意地要与她视线相接："你以为跟着父亲的车驾来行宫，就能有机会再见皇上的面吗？我可不是你，绝对不会给你任何翻身的机会。"

“你心里还是动情了，不是吗？要不然，还能有什么理由，让你触怒了姑母呢？”冯清咄咄逼人的话语，直刺进她的耳膜，“当初入宫时，你原本就该是陪衬我的，可你却抢走了我的东西，你不要觉得不公平，我只不过是拿回我应得的。”

这间小室原本就不大，冯妙已经避无可避。她并不想跟冯清争执，因为眼下两人身份悬殊，冯清随时可以用任何一个理由，把她赶出行宫。她只是不明白，冯清应该已经得到了足够的教训，今天不会是专门来羞辱自己的。

“你有什么话就尽管直说吧。”冯妙转回头，平视着冯清。

冯清站直身子，冷哼了一声，手指抚摸着护甲，慢慢地说：“我是来跟你做笔交易的，我满足你的心愿，让你跟皇上再过一段神仙日子，但是你得答应我一个条件。”

“我不同意。”冯妙几乎想都没想，就拒绝了。冯清不会是什么好心的人，她提出的条件，必定会让自己万分痛苦为难。

“别急着说不，你这么直接地拒绝我，我会很不高兴的。”冯清的声音斜斜地上挑，永远都像在挑衅，“我要是不高兴，说不定就会在给姑母请安时遇上你的夙弟，然后不小心碰翻他的茶，染湿了太皇太后的佛像。”

冯清掩着嘴咯咯地笑，她说话间的神态语调，越发刻意地模仿太皇太后，想要学会她老人家那种威仪，却学得有些不伦不类。

提到夙弟，冯妙便无话可说，这是她现在最担心的人之一，她毫无办法。

冯清冷眼看着她神情的细微变化，接着说：“你大概不知道，母亲嫁进昌黎王府时，嫁妆里带了一盒先皇亲赐的月华凝香，这种价值连城的药丸能令女子容颜常驻。母亲一心想送我和滢儿入宫，从小就给我们服用这种药丸，可我直到现在才知道，这药丸会令女子终身不育。”

她的语气里有明显的愤恨，母亲辱骂她的那些话，她都还记得，可这分明是母亲的错，才让她被人看不起。

“我要的条件很简单，对你其实也并没有太大的坏处。我可以想办法，让你和皇上私通款曲，但你若是生下孩子，要养在我的名下。”冯清轻笑一声：“以你废妃的身份，是不可能抚育皇嗣的，我会把你的孩子当成自己的。皇上已经晋了我为贵人，有我这样的母亲，无论是皇子还是公主，都会生活得很好。”

如果不是想着还有更重要的事，冯妙直想一个耳光甩在她得意扬扬的脸上。孩子，又是孩子，她永远不会拿自己的骨肉去跟人交换。

“今天太皇太后和皇上都不在行宫中，你可以慢慢想，我可以在这儿等你的答复。”冯清走到胡床边坐下，连端坐的姿态都有些像太皇太后平日的姿势，“不过，我只给你这一天时间。过了今天，就是你想把孩子送给我，我也不要了。别以为我没有别的办法，宫里多得是出身卑微的宫嫔，我甚至可以随便找一个宫女来做这件事。”

她高声叫来等候在门口的婢女，叫她送上茶来，慢慢喝着等候冯妙的答案。

行宫另外一侧，飞霜正站在陈留公主居住的栖霞阁门口，眼睛盯着附近的几条小路。栖霞阁内，陈留公主与柔然可汗，正孤男寡女共处一室。在平城时，就是她百般劝说，拓跋瑶才肯跟柔然可汗私下见面。这一次，拓跋瑶原本也不肯，担心被同行的丹杨王夫妇发现，又是飞霜一劝再劝，她才勉强答应了。

室内笑语连连，飞霜想着柔然可汗健硕的身躯、刚毅的面庞，忽然觉得脸上滚烫。她是公主的贴身婢女，原本就该是公主的陪嫁。可她不认命，不想像玉霞那样不明不白地成了一个傻世子的通房侍妾。就算注定没名没分，柔然可汗毕竟算得上一代英主，好过那个傻子千倍万倍。

马奶酒的口感并不辛辣，可喝得多了，还是很容易醉人的。拓跋瑶的脸上已经染上了一层晚霞似的红晕。郁久闾氏予成眯着双眼，带着迷离的醉意看着她，忽然伸手握住了她的手。拓跋瑶脸上一热，抬手要推开，手上却酸软没有力气。

予成的呼吸近在咫尺，灼热的唇落在拓跋瑶的唇上，力道越来越重。拓跋瑶起先还觉得震惊愤怒，心里却渐渐生出一种异样的酥痒，这种霸道灼人的气息，是她那个痴傻的丈夫身上永远也不会有的。她第一次觉出，原来一个湿热的吻，也可以叫人全身酥软，如在云端。

不知道过了多久，予成才把她放开，又给她面前的银杯里，斟满了马奶酒。他在平城皇宫内，要与大魏皇帝比试箭术时，就是这个女孩儿挽着一张秀气的小弓，笑嘻嘻地把箭尖对准了他的脸。那时的拓跋瑶，双眼干净得像天上最明最亮的星星。从来没有女孩儿敢如此放肆地对他，拓跋瑶的箭并没有射出来，他的心却好像被什么东西击中了。

拓跋瑶有些尴尬地向后退去，跟他隔开一段距离。即使她对那个痴傻的丈夫已经厌倦到了极点，她也并没想过要做出什么不该做的事情来。

予成也不再有逾矩的动作，闷闷地一杯接一杯喝着酒。

拓跋瑶抬手挡住他的酒杯：“别……别喝得这么急，会醉的。”

予成却借着酒意，故意曲解她的意思：“我早就已经醉了，一进门，看见你，我就醉了。”

拓跋瑶有些羞恼地缩回手，不再说话。予成仰头喝干了杯中的残酒，忽然单膝跪倒在拓跋瑶面前，拉过她的双手，把头埋在她膝上：“公主殿下，你能不能告诉我，究竟为什么要用这么惨烈的方式拒绝我？你宁可嫁给一个不能给你幸福的傻子，都不愿意做我独一无二的大妃，为什么？”

她只能沉默，因为她不知道该怎么回答，确切地说，她觉得无颜面对这个问题。为了王玄之，或者为了一时的冲动，她已经赔上了一生做代价。

“瑶瑶，”予成呢喃着叫她，“这次朝见，原本该派王叔前来，可是出发前夜，我临时改变了主意。我想见你，想看看你究竟嫁给了什么样的男人。我以为会见着你儿女成群，夫妻和睦，可是没想到，竟然看见你这副样子。”

“我听人说，是你的皇兄亲自下旨，把你下嫁给丹杨王世子。”予成的话语里带着明显的醉意，“我真恨，所以太皇太后送信给我，要我设法派人把皇帝引进陵寝里的密室时，我想都没想就答应了。我恨他毁了你……”

他的声音渐渐低下去，依稀只剩下“恨”字，残留在他唇边。

拓跋瑶听得心惊胆战，她没想到柔然可汗对她如此长情，更没想到，太皇太后竟然要对皇兄下手。她抽出一只手捂住咚咚乱跳的胸口，脑海里乱成一团。太皇太后和皇帝，清早就已经起驾去了永固陵，她得想办法尽快通知皇兄才行，也不知道现在是不是已经迟了。

她轻轻地叫了几声，见予成沉沉睡去、毫无反应，便把他扶到床榻上，自己蹑手蹑脚地出了门。

殿门在拓跋瑶身后合拢，床榻上的予成缓缓睁开了双眼，眼中一片清明，毫无醉意。马奶酒是给妇人和小孩子喝的东西，怎么可能让他喝醉？他故意说出这些话来，让拓跋瑶透露给皇帝知道。太皇太后和大魏皇帝，能斗个两败俱伤才好。

他的确爱那两颗闪亮的星星，可他更放不下的，是血液里流淌的权力欲望。

飞霜见拓跋瑶一人出来，赶忙迎上前说：“公主，需要什么，叫奴婢去准备就行了。”

“不，什么也不要。”拓跋瑶攥紧了飞霜的手。她虽然在宫闱中长大，却并没经历过这种情形，心急之下越发想不出该怎么办才好。

陵寝向来是皇族显贵身后最大的秘密，为了防止百年之后有人破坏封闭的陵寝地宫，陵寝的内部构造需要严格保密，即使是督造陵寝的官员，也不能随意进入陵寝之内，只能查看外围陵园。正因如此，太皇太后和皇帝巡视永固陵，并没有带任何官员随行，这一天也不准人随意打扰。拓跋瑶就算赶到永固陵，也未必见得到皇上的面。

飞霜看她神色惊惶，柔声问：“公主有什么为难的事，不妨跟奴婢说说。”身边再没有其他可以信赖的人，拓跋瑶只能把从柔然可汗口中听来的话，说给飞霜听。

太皇太后与皇帝之间失和，早已经隐约露出端倪，可这消息依然还是太过令人震惊。在外人面前，太皇太后对拓跋宗室一直宠眷优渥，甚至到了近乎纵容的地步。

惊惧过后，飞霜反倒很快镇静下来，压住拓跋瑶绞着衣带的手说："公主，这件事您必须置身事外。一面是您的皇祖母，一面是您的嫡亲皇兄，眼下丹杨王的地位越来越不如从前，您开罪了哪一边都不好。"

她瞥一眼紧闭的殿门："再说，就算是您帮了的那一边，也未必会念着您的好处。事后万一要是问起来，公主是如何知道这个消息的，您该怎么说呢？"拓跋瑶明白她的意思，与柔然可汗私会这件事，无论如何不能叫外人知道。

"那我该怎么办？我总不能眼睁睁看着……看着有人要谋害皇兄吧。"拓跋瑶急得流下泪来，婚姻的事上，她并不怨恨皇兄，因为她知道，皇兄已经竭尽所能地维护她了。

"公主，或许有一个人可以代替公主出面。"飞霜凝神想了想，凑到拓跋瑶耳边，低声说出了一个名字。

灵泉行宫另外一侧的小室内，冯清已经喝完了三泡茶水。春天新贡的湄潭翠芽，色泽绿翠，香气清芬，头三泡的味道是最甘醇的。三泡过后，颜色和香味便都淡了。

冯清站起来，略微扬起下颌问："想好了没有？我的耐心，可不多了。"

冯妙连话都不愿多说，只是轻轻摇头。

冯清靠近她的耳侧："你就别倔了，我是冯氏嫡出的女儿，又有长公主的尊贵血统。当初姑母选中我，就是因为我的出身和血统，最适合平衡朝中的宗亲和新贵。如果不是因为那种药丸，我的儿子必定也是最合适的储君人选……"

冯妙忽然觉得有些好笑，这位大小姐实在是自信过头了，如果先皇和宗室亲贵果真那么信任冯氏，怎么会赏赐月华凝香这种药？

她正要拒绝，房门忽然被人推开，婢女玉叶忙忙地阻拦："公主，请容奴婢进去通报一声，您先等等……"可拓跋瑶根本不顾玉叶的阻拦，直冲进来，走到冯清面前："皇嫂，我有件要紧事要跟你说。"

拓跋瑶一侧头，才看见冯妙也在旁边，惊讶得愣在当场。她没想到会在此时此地见着冯妙，想起自己令她失去了孩子，最终离宫静修养病，心里便很过意不去。她又见冯妙虽然清瘦，可气色却反比从前好了一些，带着些压抑着的惊喜问："皇嫂，你……你不是痨症？"

冯妙向她屈身行了半礼，淡淡回道："大约是佛寺清静，咳嗽已经好多了，也许果真不是痨症。"

痨症几乎无药可医，患了这种病的人，最终结果通常便是咳血而死。拓跋瑶乍然听说冯妙并没有身患不治之症，惊喜之情再也掩饰不住。

冯清紧皱着眉头，有些不悦地问：“公主不是有事情要说吗，怎么这会儿又不着急了？”

飞霜知趣地引着其他宫女出去，把房门合拢。拓跋瑶照着跟飞霜商量过的说辞，把皇上此时的险境，告诉她们二人。只不过，她略去了跟太皇太后有关的部分，也没提及郁久闾氏予成，只说是自己无意间听柔然人说起的。

冯清听她说完，几乎想都没想便说：“那还耽搁什么？赶快派人去通知皇上，叫皇上万万小心。”

冯妙连连摇头，要是事情都能这么简单，史书上哪还会有那么多惊心动魄的宫闱政变？她思忖着说：“如果我记得没错，皇上曾经说过，要在太皇太后的永固陵中，为自己也建一座虚宫，当作衣冠冢，希望百年之后，仍能在太皇太后跟前尽孝。虚宫也相当于皇帝的陵寝，只是规格小一些，皇上去查看时，只会带最近身的内监进入。看时辰，皇上应该已经往虚宫去了，即使现在赶过去，也未必见得到皇上的面。”

“那……叫父亲或者大哥带行宫侍卫去救驾，这总可以吧？”冯清有些不服气，不肯承认自己的无知。

冯妙只是摇头，心里的话却没说出来。柔然人不会平白无故地要在行宫附近刺杀皇帝，毕竟柔然可汗还在行宫内，他们既没有这个胆量，也没有这个必要。真正命令这些人动手的，应该是太皇太后。她拿不准冯诞的态度，但昌黎王冯熙，几乎从不会违抗太皇太后的意思。

冯清哂笑着说：“这也不行，那也不行，你倒是想个办法出来让我看看。”

冯妙缓缓地踱了几步，含了一片紫苏叶在口中，缓解胸口的窒闷，反复思量。似乎没有其他更好的办法了，她从怀中摸出那几颗琉璃珠子，摊开在掌心上：“用这个吧。”

五色琉璃珠，是文成皇帝在位时，为迎立新后而专门请了西域的匠人烧制的。原本是要烧成八百颗晶莹剔透的纯白珠子，为当时奉仪殿内的佛堂，做一整幅水晶珠帘。不料，珠子烧制出来，颜色却并不纯粹，夹杂了赤红、宝蓝等五种杂色在里面。文成皇帝大怒，要把负责烧制琉璃珠的匠人全部斩杀，却被当时新册立的皇后冯氏劝阻。

颜色不纯净的东西，不能用来礼佛，这八百颗珠子，便装在了八只锦盒里，一直放在奉仪殿内。琉璃本就是极其贵重的物品，这一批五色琉璃又是偶然所得，只有太皇太后手中才有。天长日久，宫中便形成了一条惯例，太皇太后要私下召见大臣时，就会送几颗琉璃珠子过去，作为暗示。

冯清并不知道如此详细的来历，却曾经在无意间，看见过太皇太后用五色琉璃珠宣召李冲入宫。那时她年纪还小，并不觉得有什么奇怪，这时想起来，才知道自己其实是窥破太皇太后的风流事，羞窘得面红耳赤："这珠子能有什么用？"

"我用这珠子去传召太子少傅李冲大人，借太皇太后的名义，先请李大人去陵寝。李大人与太皇太后和皇上都很有渊源，为人又耿直刚正，必定有办法周旋劝说。先用珠子引他一个人过去，让他没机会带兵丁侍卫同行，不得不管管这件事。"冯妙说得很慢，每一句话出口前，都仔细考虑再三，"请陈留公主想办法去通知广阳王，他是皇室宗亲，公主去跟他说话比较方便，请他调集兵马到陵寝附近等候，但是先不要轻举妄动，一切都等李大人的消息。"

"至于你，"冯妙抬眼直盯着冯清，"如果你还想跟皇上长长久久地做夫妻，不想那么快就晋成冯太妃的话，就赶快想办法，去陵寝里弄清楚，太皇太后和皇上究竟身在何处，不要惊动父亲带来的任何人。"她说得毫不客气，只有让冯清认清后果的可怕，才能吓住她那跟头脑不相配的胆子。

冯清身子一颤，显然被"冯太妃"三个字隐含的意味给震慑住了，不由自主地问："找着之后，又该怎样？"

"找着之后……"冯妙沉吟了一下，"稳妥起见，只能麻烦一些，派人通知弄玉了。李大人是她的父亲，他们父女之间必定有私下联络的办法，要她把这消息尽快传递给李大人。记着，除了广阳王，这事情不能让昌黎王府或是拓跋宗室的任何人参与，只有李大人的身份夹在两宫之间最适合居中调停，把大事化小。只有到万不得已的时候，才能叫广阳王的兵马行动。"

拓跋瑶此时已经完全没了主意，无论冯妙说什么都是好的。

冯妙把逐个环节又想了一遍，觉得应该万无一失，一边向外走去，一边说："我得借用你的马车和婢女，去李大人的住处，快些走吧。"

她走到门口，却发现冯清仍旧站在原地没动，脸上露出一抹怪异的表情。"还有什么问题？"冯妙发问。

冯清撇着嘴角说："我去查探太皇太后和皇上身在何处，却不能露面。而你不过跑一趟李大人的住处，就可以把功劳全揽在自己身上。我是痴傻了，才会跟你配合。"

冯妙怔在原地，她一直认为，冯清也是真心爱恋拓跋宏的，直到此时才知道，有些人的爱恋，只愿分享对方的荣耀，却不愿付出分毫。

冯清上前两步，抓住冯妙的手，把她的五指一根根展开，从里面拿出五色琉璃珠，拈在指尖上，似笑非笑地说："我去给李大人传信，你，自己去陵寝。"

第三十一章 万年永固

冯妙哑然失笑，原来冯清大小姐，还在计较谁能从这件事里，更多地赢得拓跋宏的赞许。解开这场困局的关键，就在李冲身上，去给李冲传信的人，事后必定会被他在皇上面前提及。

“我并非要跟你抢这功劳，”冯妙低头，把所有细节又回想了一遍，“只是我现在不宜露面，要进入陵园，没有你方便……”

冯清“哼”了一声：“有什么不方便的？你扮成李弄玉的婢女，让她带你进去。发现了太皇太后和皇上的行踪之后，也不用再传来传去了，直接让李弄玉想办法通知李大人就行了。”

这倒的确是个好主意，一旦跟自己的切身利益相关，冯清也立刻变得心思玲珑起来。

冯妙点头，要出门前还是觉得有些不放心，回身对冯清说：“用你的轿辇送我去弄玉的住处，叫玉叶陪我同去掩人耳目。”她从桌上拿起一柄纸面的宫扇，遮住半边面庞，略带狡黠地笑着对冯清说：“冯大小姐，我好心提醒你，要是你没把琉璃珠送到李大人手里，你的侍女在外面，可不一定会说出什么话来。”

冯清的脸色登时变了，玉叶是她身边最亲近的宫女，要是玉叶屈打成招，随意编出什么罪状来，由不得别人不信。

“只要你把珠子送到，我保证你的婢女不会说出什么不该说的话来，”冯妙把宫扇拿在手里，“嘶啦”一声扯开，“而且你记着，就跟这把宫扇一样，再好的东西，也要适应节令才行。没有烈日骄阳，制作再精美的扇子，也用不上了。要是离了皇上，再怎么出身尊贵的妃子，也只能寂寞老死。”

她知道冯清是个心性摇摆不定的人，狠起来什么都敢做，可拿定的主意也可能随时因为一件小事更改。万不得已之下，冯妙只能半是威胁半是恐吓，让冯清务必把珠子送到。

拓跋瑶早已经先一步离去，赶往宗室远支亲王的住处，去请广阳王调兵。冯妙用白纱遮住面容，在玉叶的搀扶下，登上了冯清来时乘坐的轿辇。在她身后，冯清死死捏住那几颗光滑的珠子，像要把它们捏成粉末一般。

“冯妙，你别得意，”冯清把怨毒的目光投注在远去的轿辇上，“我说过了，我不会再让你有翻身的机会。只要皇上能平安归来，我就能让他心里只有我一人。”

她的嘴角慢慢翘起，几乎已经看得到拓跋宏深邃的双目就在眼前，温柔却又坚定地注视过来。从前，那目光只停留在冯妙身上，可以后，一切都会不一样的。看到琉璃珠的那一刻，冯清就已经替自己做好了打算，只有拓跋宏问起珠子的来历，她的机会就来了。她手里还捏着一个要命的秘密，他们谁也不知道……

永固陵依着方山南侧修建，规制十分宏大，既有太皇太后百年后长眠的永固陵，也有拓跋宏为自己准备的虚宫衣冠冢——万年堂。因为太皇太后笃信佛教，陵园内还专门修建了一座思远浮屠。

八年前太皇太后到灵泉行宫避暑时，就看中了这块风水宝地，开始为自己修建陵寝。朝中大臣曾经屡次劝谏，太皇太后百年后应当与文成皇帝合葬，不应该另外修建陵寝。可太皇太后却不为所动，甚至在明堂杖责了几位顽固的老臣。她已经被那个身穿龙袍的人禁锢了一辈子，死后一定要有一片自己的清静地。

拓跋宏搭着太皇太后的手，沿着笔直宽阔的墓道一路走下去。负责建造的官员，只进了陵园第一道大门，就停住了脚步。跟随在太皇太后和皇帝身后的，只有他们最贴身的内监、宫女。这些贴身侍奉过太皇太后和皇上的人，在主子故去以后，因为知道的秘密太多，往往也只有死路一条，所以不用担心他们会把墓室的方位和通路泄露出去。

“宏儿，”太皇太后的话语，打破了死一样的寂静，“哀家实在没想到，会有一天跟你一起来看哀家的陵寝。”

“祖母说笑了，这怎么会想不到呢，为祖母尽孝是孙儿的分内之事。”拓跋宏恭谨地回答，语调仍旧跟从前一样，不一样的是他此时的心境。此时的恭谨，已经不是因为他无力与太皇太后抗衡，而是因为他终于可以跟太皇太后站在同一个高度上，不需要借助任何外在的表象，来彰显自己内心的强大。

数年隐忍过后，他已经足够强大。

“哀家不喜欢奢华的装饰，宏儿，如果是你为哀家操持身后事，哀家希望陪葬的物品能够尽量从简，把从前那些用金银珠玉陪葬的陋习，都免了吧。”太皇太后不动声色地继续说下去，好像他们仍然是一对和睦的祖孙，从来没有发生过任何争执。

“是，孙儿记下了。”拓跋宏低头敛眉答应。

两人走到墓室门前，门框上雕凿着口衔宝珠、振翅高飞的朱雀图案。手捧着图纸的内监上前来，恭请太皇太后继续前行，请皇上稍稍转个弯，往万年堂方向去。

太皇太后走出几步，忽然回身说道：“宏儿，往万年堂去的路崎岖难走，你要小心看路。”她的音调平平不带任何起伏，就像过去十几年里每天上朝前都要叮嘱皇帝整理衣冠一样。

拓跋宏点头答应了，目送着太皇太后走进墓室，才转身往另一条青石甬道上走去。

因为只是衣冠冢，万年堂的规格比永固主陵小了不少，连门前甬道上的装饰也少得多。越走四面越僻静，因为树木稀少，几乎连山间常有的鸟鸣声都听不到。此处远离行宫，此刻身边的随从也很少，正是那些不怀好意的人动手的最佳时机。拓跋宏面色平静如常，他在等待躲在暗处的敌手先动。

万年堂前有一对线条流畅的石羊，拓跋宏把手搭在弯曲的羊角上，端详着羊身上的刻纹。羊角上刻着连绵不绝的盘曲纹路，拓跋宏下意识地伸出手指，顺着那道纹路游走。从前在宫里时，冯妙也总喜欢这样勾画窗棂上的纹路。想起冯妙，拓跋宏眼角的线条也变得柔和许多，有六名侍卫在暗处照看她，应该是安全无虞的。

他正要问问雕凿这石羊的工匠现在何处，起身的一刹那，忽然听到背后有刀刃出鞘的声音传来。捧着陵寝方位图的内监，突然从图纸卷轴中，抽出一柄锋利的匕首，向拓跋宏后心刺来。

起身回头的一刹那，是一个人防备最弱的时刻。可拓跋宏自幼警觉，听见那声细微响动时，已经觉察到不对，立刻俯身低下，躲过了刺过来的那一刀。“铿”一声响，刀刃直戳在石羊的背上，竟然划出一点发白的印记来。

白登山围猎那次，拓跋宏的身手已经被人看见过，那内监不仅挑了最容易得手的时机，还在这一下上用足了力气。一击不中，他索性扔开碍事的图纸，欺身上前连刺数刀。

拓跋宏错步后退，瞅准时机劈手扭住了那人的手腕，反手向外一翻，那人就发出一声惨叫，手臂酸麻间，匕首掉落在地上。这些近身肉搏的功夫，拓跋宏从小就跟着不知姓名的师父练熟了，只是从来没有在人前用过。

与此同时，躲避在暗处的侍卫也冲出来，抬手便把锋利的短刀刺进了那名内监的喉咙。内监挣扎了几下，口中已经发不出声音。拓跋宏松开手，他便无力地倒在地上，渐渐没了呼吸。

那名侍卫向拓跋宏躬身抱拳，仍旧把自己的身形隐匿起来。拓跋宏缓缓转身，看向一边已经吓傻了的近身内侍，心里却升起一团疑云。

陵寝附近地势空旷，不容易隐藏身形，拓跋宏只从六名玄衣侍卫里选了一人随行。刚才出手的那名玄衣侍卫，是他身边六人中最出色的一个，此前从没出过差错，才被拓跋宏选中带来了陵园。可是刚才，他却一连犯了三个致命的错误。

第一个，内监的匕首刺向拓跋宏后心时，他慢了一拍，并没立即出手。第二个，等到他真正动手时，拓跋宏已经制住了那名内监。他在完全没有必要的情况下，暴露了自己的身形。第三个，拓跋宏原本还有话想问，可他却没等主人发话，就直接动手杀死了那人。

拓跋宏眉头紧锁在一起，把刚才的一幕仔细回想了一遍。突然，一个念头在他脑海里清晰起来，冯诞训练的人里，混进了别人派来的奸细！

念头一起，拓跋宏只觉得万分担忧。这人反常的行动，也许是在向他背后真正的主使传递消息，也或许是在寻找机会动手。行宫的羽林卫都留在了陵园门口，此时来不及调动，带在身边的内侍又都是不会功夫的。

可这些原本就在拓跋宏的预料之内，并不是最令他心焦的，他脑海中呼啸盘旋的，是另外一件事。冯妙身边也留了六名玄衣侍卫，他现在无法确证，那六名玄衣侍卫是否忠心可靠。如果皇帝在永固陵遇刺的消息传出去，灵泉行宫内也一定会发生异动。到那时，如果冯妙身边的玄衣侍卫中，也混有别有用心的人，谁能保证她的安全？

灵泉行宫内，冯妙已经乘着轿辇，进了李弄玉居住的无极阁。

灵泉行宫之所以用“灵泉”二字命名，是因为这里原本有一座灵泉池，将地底天然涌出的温泉水引入行宫内专门修建的汤池。灵泉宫内靠南面的好几处宫室殿宇里，都建有引入温泉的汤池，供居住的皇亲贵胄洗浴。

冯妙进入太极阁时，李弄玉就正在后殿汤池里沐浴。婢女客气地请冯妙在前厅等候，可冯妙知道这些世家小姐沐浴的规矩，要盥发、净面，还要用十几种香料制成澡豆仔细擦洗，没有小半个时辰是洗不好的。

她正急得要与婢女争辩，李弄玉披着一件蚕丝水纹软绸外袍，一手握着湿漉漉的头发走了出来。

冯妙知道李弄玉不是迂腐不化的人，顾不得礼数周全，拉了她就往外走，一边走一边把情形简要地说给她听。李弄玉一面用细绸包裹头发，一面缓缓转动着乌黑的眼睛，不知道在想些什么。

李弄玉住的无极阁，原本是打算用来陈列佛经的，只有宫室，没有院落。她把下人都打发开，自己动手去解马车的缰绳。刚解开绳扣，便听到一声娇俏天真的话语响在不远处："呀，又散开了，帮我在后面系一下……系牢一点嘛。"

一男一女，正并排沿着宫道走过来。阿依穿着高车女子常见的短衣缚裤，头发湿淋淋地滴着水，手里捧着一盒澡豆，用来包裹头发的丝绸散开了一角。始平王拓跋勰穿着寻常样式的长衫，站在她身后，帮她把那块顺滑的丝绸系好。两人的样子，显然是刚从行宫里的大汤池回来。

冯妙飞快地在始平王拓跋勰的头发上扫了一眼，看见他的头发是干的，心里长出了一口气。要不然，她真不敢想李弄玉会有什么反应。她正想催促李弄玉快些离开，却看见李弄玉直直地迎着那两人走了过去。

阿依直愣愣地看着李弄玉，一双大大的眼睛里很快涌上一层戒备和敌意，她还记得上次李弄玉是如何折辱始平王的，下意识地竟然侧身上前，想要挡在始平王面前。

李弄玉噙着一丝意味不明的笑看她，忽然开口说："这里可不像高车，私定终身会被人看不起。你的兄长也来了灵泉宫，你对始平王有意，为什么不叫你的兄长替你商量婚事？"

听见这句话，始平王的脸色阴郁难看，他把头转向一边，尽力让自己看上去平静一些。

"我没有那个意思……"阿依被人当面说中了少女心思，还有些扭捏不肯承认。

"是吗……"李弄玉拖着长声说，"那你为什么在本该打两层结固定的地方，只打一层结呢？丝绸顺滑，打一层结很容易散开，不是吗？"

"你……你太过分了！"阿依没料到自己的小动作竟然被人看穿了，羞恼得脸都涨红了，把手里的澡豆扔在脚下，飞快地跑远了。

始平王犹豫着想要去追，可刚走了几步，便意识到自己已经跛了一条腿，不可能像从前那样健步如飞了。他的语气里带着深深的无力和失望，似乎在对李弄玉说话："她只是个小丫头，你何必要用那么刻薄的话说她……"

李弄玉却好像完全不屑于替自己辩解分毫，走回马车边，靠着车辕站着，示意冯妙去把事情讲给始平王听。冯妙自然信得过始平王，只是在心里替他们惋惜，一对原本该寄情山水的神仙眷侣，现在却见面就要彼此挖苦。

听冯妙简略地讲了事情的经过，始平王的神情渐渐有些不自然起来。事关重大，的确不适合当着阿依的面说，方才李弄玉是故意激她离开的。

"对不起……"始平王声音低得几乎听不见，双眼只顾看着自己身前的地面。李弄玉说话时神情毫无破绽，这会儿听见始平王道歉，眼睛反倒有些泛红，转过头去一下下摸着马鬃。

“我跟你们同去，”始平王对冯妙说，“不过出发之前，我们得先去一趟皇兄的住处，把国玺拿出来带在身上。”

听他这么说，冯妙才想到，自己还是漏算了这一个细节。要是拓跋宏被困在某处，一时半会儿不能返回行宫，拿走国玺，便可以防止有人用国玺伪造皇帝的遗诏。始平王和李弄玉都曾经帮助拓跋宏处理过公文，因此不约而同地想到了这件事。

有始平王拓跋勰出面，进入拓跋宏居住的鸿蒙阁取出国玺，并没费太大力气。鸿蒙阁外，有一条蜿蜒的回廊，可以直接通向行宫侧门。沿着回廊走到一处僻静的地方，始平王忽然伸手把冯妙和李弄玉一起拉到假山后。

他压低声音对冯妙说：“有人一直在我们后面，像是在跟着你的，你和弄玉先从行宫出发，我想办法甩开这些尾巴。”他并不回头，冯妙却知道他的下一句是在对着李弄玉说的，因为他的声音完全变了，低沉得有些嘶哑：“本王要去永固陵园，你们不必跟来了，未时三刻之前，把本王的马喂好。”

正把半干的长发盘成发髻的手顿了一下，李弄玉黯然地接口说：“知道了。”那是从前在宫里时，他跟李弄玉用惯了的暗语，当着侍从内监的面，隐晦地约她在某时某地见面。那时李弄玉从来不会像这样好好地答应，总是用口型无声地说一句“我才不去”，然后笑吟吟地看他着急的样子。

李弄玉换了男装，亲自驾车带冯妙去陵园。她从小被李冲当男孩一样教养，闺阁女红都不大行，驾车的姿势却有板有眼。右手高高扬起，马鞭就在半空打出了一个漂亮的鞭花。如果不是身形比寻常男子娇小些，她坐在车辕上的样子，其实也十分潇洒好看。

始平王拓跋勰看着她们远远地消失不见，才带人去料理冯妙身后的“尾巴”。

永固陵园内，拓跋宏俯身查看那名内监的双手，阔大粗粝的手掌上带着刀疤，并不是寻常内监应该有的样子，更像是草原牧民的双手。内监里已经混进了北地人，等在陵园外的侍卫里，恐怕也有。

拓跋宏站直身子，神色如常地叫人把那名内监的尸首拖出去。跟随的小太监吓得腿都软了，四人一起用力，才拖得动那具尸身。拓跋宏也不管他们，从刘全手里接过一盏宫灯，抬步进了万年堂。

除非皇帝亲自开口下令，其他人都不能随意进入这座衣冠冢，刘全垂头侍立在门侧，等着皇帝从里面出来。他刚刚站定没有多久，一只手就从背后扼住了他的脖子，让他说不出话来。他惊恐地看见，一队手拿弓箭的侍卫，不知何时已经分列在一旁，把万年堂唯一的出口围拢住。侍卫们手里的箭镞，齐齐对准了万年堂的石门，只要皇帝从这里走出来，那些箭镞立刻就会飞出。

刘全想要大叫，可脖子上的手像鹰爪一样，掐得他连气都快喘不过来，向外努力挣扎的手，也渐渐软了下去。

在寂静中不知道等了多久，万年堂内终于传出清晰的脚步声，大门推开一条缝隙，一片龙纹衣角飘出来。侍卫们手里的弓弦绷紧，眼睛直盯着缓缓张开的大门。

穿着江海龙纹的身影刚刚欠出半个身子，箭镞就像流星飞蝗一般急射出去。刚从昏暗墓室里走出来的人，眼睛还没有适应外面明亮的光线，几乎来不及做出任何反应，就已经被箭镞射中。衣衫上的江海纹中，泛起滔天的红浪，那人闷闷地哼了一声，倒在万年堂门口，身子还卡在两扇石门中间。

太皇太后从侍卫背后绕出来，远远地看着那身龙袍，却看不清那人的脸。今天早上，拓跋宏穿的正是这身龙袍。她有些迫不及待地想要验证，却又害怕验证那个结果，她向身边的掌事太监点头，示意他上前去看看。

掌事太监走到石门前，哆嗦着想要把那身穿龙袍的人拖出来，他把大门缓缓推开，室外的光亮便沿着龙袍缓缓上移。太皇太后紧盯着那道光亮，只要看清了中箭的人的确是拓跋宏，她就可以返回灵泉宫，拥立太子即位。至于罪责，当然是推在柔然人身上。她原本也没指望柔然可汗会真的替她出力，但是只要柔然派了哪怕一个人来，她就有的是办法把他们变成替罪羊。

光亮正照到地上那人的脖颈处时，万年堂内忽然传出朗朗的笑声，借着石料与木料的回响，那声音显得越发辽远。拓跋宏的声音，随着笑声清晰地传进每个人的耳朵：“祖母，您终于等不及了，要像对待朕的父皇那样对待朕了。可惜，朕是祖母亲自教导养育的，怎么可能不给自己留下后手呢？”

陵园内的气氛，本就阴森怪异，眼前的事又太过匪夷所思。掌事太监大惊，吓得瘫坐在地上，急忙忙地想往后退，却因为腿上发软而挪动不了分毫。

太皇太后也同样震惊，但很快就想通了事情的关键。拓跋宏借着进入万年堂墓室的机会，让预先等候在里面的人，换上了他的龙纹衣袍。侍卫们射杀的，只是皇帝的替身而已。

“宏儿，你的确比你的父皇适合做皇帝，所以哀家虽然屡次动过废了你的念头，都没有真正动手。”太皇太后看不见拓跋宏在何处，却知道他一定听得到自己说话，“不过，你都知道做事要留下后手，哀家又怎么可能只有一种准备？”

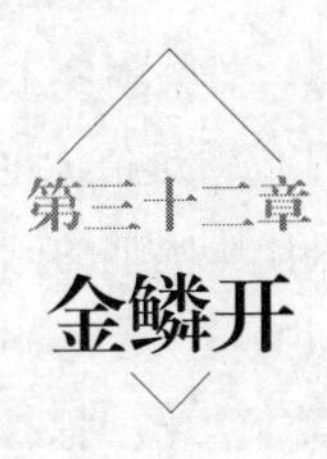

第三十二章 金鳞开

太皇太后身后，一队改换了衣装的羽林侍卫，从另外一侧包抄过来。她调动不了任何兵马，便从负责守卫太皇太后和东宫太子安全的羽林侍卫身上动心思，细心查访他们的家人妻儿，赏赐大量的金银财帛，又对不服从号令的人严加惩治。

这批羽林侍卫，只有区区三十人而已。可在这空旷的陵园之中，三十人剿杀一人，已经很有胜算。太皇太后也把这批人提早送进永固陵，藏在用来存放棺木的后室中。做了二十年的祖孙，太皇太后和皇上在这千钧一发之际，选择了同样的方法。或许连上天也想知道，究竟谁更技高一筹，他们都在前一晚把人藏进陵园，竟然阴差阳错地没有发现对方。

万年堂已经被团团围住，在太皇太后身边的人看来，此时结果已经毫无悬念。可拓跋宏的声音仍旧镇定悠闲："祖母，您太心急了。"

伴随着他的话语声，半开的石门内，探出八支寒光闪闪的箭镞，对准了万年堂外的人。太皇太后原本打算守住这道唯一的出口，务必要把拓跋宏置于死地。可他竟然干脆躲进万年堂内，把厚重的石壁当成了天然的遮蔽。外面围拢的人再多，也对他无可奈何。

拓跋宏不紧不慢地说："祖母带来的人虽然不少，可一个个杀过去，总有杀光的时候。"隔着墓室的石壁，他看不清太皇太后的脸色。但他知道，冯诞送去的美人夜来香料，已经产生了效果，太皇太后此时必定暴躁多汗，思虑远不如从前周详。他用太皇太后私幸南朝使节的事情做引子，激怒太皇太后再让冯诞送上香料，为的就是扰乱她的心神。

像要验证他的话一般，石门中间的一支白羽箭"嗖"一声直飞出去，羽林侍卫中最前面一人，还没来得及叫喊，就被射穿了胸膛。

“宏儿，等你一个个杀光了他们，难道你也要射杀哀家吗？”太皇太后语音凌厉地发问，可回应她的只有山间幽幽呜咽的风声。

她冷冷地笑了一声，慢慢地说：“说来奇怪，虽然哀家自认为做了万全的准备，可还是觉得也许宏儿会令哀家大吃一惊，宏儿你果然没有叫哀家失望。不过，哀家今早出门前，特意把崔锦心留在了灵泉行宫内，如果哀家今晚不能安然无恙地回去，她就会先扼死太子，再自缢来陪伴哀家。”

“宏儿，”太皇太后自顾自地说下去，“林琅那丫头怪可怜的，只留下这么一点骨血在世上。”她看得真切，林琅一辈子只做了一件事，就是认认真真地爱她的天子。在为心爱的男人生育子嗣时死去，这是任何一个多情男子都忘记不了的百结柔肠。

话音刚落，石门中间又有两支箭凌空射出，太皇太后身侧的两名羽林侍卫应声倒地。拓跋宏的声音酷厉而决绝：“祖母说的是，朕不会辜负林琅的一番苦心。她到死都在忍着心中滴血，为的就是这一天！”

方山的天空澄澈碧蓝，如同一块巨大的蓝色水晶石一般，云海另一侧，仿佛有神佛的眼睛，默默无声地注视着世人。太皇太后突然如被雷电击中一般，从前闪过心底的疑惑，骤然变得无比清晰。太子……太子长得并不像拓跋宏！

陵园东门处，冯妙和李弄玉的马车刚到，收到五色琉璃珠传讯的太子少傅李冲也到了。有弄玉在，便由她向李冲说明原委。如果不是看见五色琉璃珠，李冲是万万不肯到陵园来的，此时听了李弄玉的话，才知道琉璃珠并不是太皇太后命人送来的。

在别人面前疏狂不羁的李弄玉，在自己的父亲面前才像个小女儿一样文静起来了。她连身上还穿着男装都忘了，上前以女子之礼向父亲问安，接着也不顾冯妙还在旁边，腻在李冲身前撒娇似的叫了一声“爹爹”。自从入宫待选，她就再没机会跟父亲私下见面，心酸委屈全都凝在那一声里。

李冲抚一抚她的背，叹着气叫了一声“弄玉”，便不再说话了。

冯妙第一次直接见李冲的面，便按着弄玉的辈分，以晚辈之礼向他福身。李冲并没认出她来，只虚虚地应了一声“不必多礼”，转头时，目光无意地扫过她的腰际，刚好看到了那只缎带编成的香囊。

李冲的双眼紧盯着那只香囊，反复看了几遍，手不自觉地松开了弄玉，脚下也向前大跨了两步，径自走到冯妙面前。直到冯妙叫了一声“李大人”，他才意识到自己失态了，轻咳了一声说：“抱歉，老夫只是看姑娘的香囊样式特别……”

刚直到近乎迂腐的太子少傅，竟然会对一个女子样式的香囊感兴趣。冯妙心里觉得奇怪，面上却不好表现出来，低头敛衽说道：“这是一位老夫人赠给我的，并不是我自己的东西。”

听到“老夫人”三个字，李冲的呼吸几乎都完全屏住。他还想再问，可冯妙担心陵园内的情形，不住地向里面张望，一脸都是掩饰不住的焦急。李冲想起深埋在心底的那个人，原本萦绕在心头的一点犹豫，顿时烟消云散。即使只是为了那个人，他也绝不会让年轻的天子死于非命。

此时还没到与始平王约定的未时三刻，李弄玉对李冲说：“父亲先带她进去吧，我在这里等始平王殿下，到时候用鹰哨跟父亲联络。”李冲向来反对豢养凶猛的飞禽走兽，别人赠送给他的猎鹰，他都直接叫人拿去放生，雕凿精美的鹰哨却留了下来，跟几个女儿一起学会了训鹰人的传讯方式。原本只是父女之间的游戏，没想到真有派上大用场的一天。

李冲父女很有些相像之处，也不多说其他的话，便各自动手准备。李冲取出自家的侍女衣装和面纱，让冯妙回马车上换好，带着她往陵园里走去。

等候在门口的行宫侍卫统领，赔着笑上前阻拦：“太皇太后和皇上在巡视建好的墓室，特意吩咐不能放人进去，请李大人在这里稍等片刻吧。”

李冲本就生得仪表堂堂，面目严肃时更是不怒自威。他把眼睛一瞪：“我有紧急公事要面奏太皇太后，北地各部首领都在行宫内，要是这时候出了什么乱子，你担待得起吗？！”

陵园大门离永固陵后室和万年堂都比较远，门口的侍卫还不知道里面已经天翻地覆。侍卫统领认得李冲，也知道他跟太皇太后之间的关系，被他这么一质问便不敢再说什么了，退到一边放他们进去，心里却有些鄙夷，暗暗腹诽：能有什么急事，说不定太皇太后百年后就叫李大人殉葬，看他到时候还怎么得意……

万年堂门前，太皇太后带来的三十名侍卫，已经只剩下几名。地上横七竖八地躺倒着许多尸体，鲜血顺着青砖间的缝隙流淌，刻着莲花飞天图样的石门上，同样血迹斑斑，箭痕累累。原本打算用来围困拓跋宏的石壁，现在却成了他最好的盾牌。

从古至今，帝王贵胄最怕身后不得安宁，几乎没有人会选在自己的陵寝内大肆杀戮。可隔着石门相对的这两人，却毫不在意这些虚无缥缈的忌讳。

短暂的停歇过后，石门内再次探出一排箭镞，对着门外还在苦苦支撑的羽林侍卫。失去了皇太子这一层要挟，太皇太后厉声喝问：“宏儿，如果你今天当真射杀了哀家，你要如何对天下人交代？你想做一代贤君，可手刃嫡祖母，不仁不孝，会是你永远抹不去的污点！”

“孙儿已经替您安排好了去处，方山风景秀丽，又有温泉，最适合上了年纪的人颐养天年。祖母年纪大了，头风病久治不愈，腿上也老是觉得寒凉，最应该留在方山好好休养。朕返回平城后，会再拨些人来悉心照顾祖母的，务必不让任何政事来叨扰祖母。”拓跋宏的声音明朗如日，谈笑间，那一排白羽箭齐齐射出，又是几名羽林侍卫应声倒下。

杀伐决断的帝王气质，已经在他身上充分彰显出来。他跟他的父皇一样聪明睿智，却比他的父皇更加手段酷厉，隐忍决绝。

“休想！”眼看大势已去，太皇太后怒不可遏，“哀家只要还活着一日，就一日是你的嫡祖母！”她听出拓跋宏话语中的意思，要把她软禁在灵泉行宫，不准她再插手政事。愤怒一冲上来，脑海里就像有一头暴怒的凶兽在狂奔，她几乎感觉得到，经络都在一跳一跳地抽痛。

自从被拓跋宏说破了南朝使节的旧事，她的头痛就越来越厉害，每晚要燃两次美人夜来，才能压住。

“祖母，别气坏了身子，您是不是该把太皇太后的朱雀印信，也交给孙儿？今后您可用不上了。”拓跋宏命其余的人后退，自己亲手挽弓搭箭。手一松，那箭便离弦而出，正中太皇太后身侧一人的咽喉。这种眼看着身边人一个个死去的折磨，比排山倒海似的失败，更让令人心生恐惧。

太皇太后终于明白过来，皇帝孱弱多病、不能拉弓，都是假的，是他刻意隐忍的伪装。头脑里的那头猛兽，几乎就要猛冲出来。

“宏儿，”她用手死死压住两侧的额角，“哀家不会同意的。今天你还是有一点儿不如哀家，你怕死，哀家却不怕。”她发狂似的大笑几声，向身后做了一个奇怪的手势。

身后的羽林侍卫，忽然发出一声尖锐的呼啸，那是羽林侍卫之内，传递紧急消息的信号。有人走上前，把一只青瓷双耳瓶放在太皇太后身侧地面上。

太皇太后从衣袖中解下一只缎带扎口的锦囊，拿出赤金镶芙蓉石的朱雀印章，握在另一只手中。二寸长的印章，一只手便能握住，却代表着大魏宫中至高无上的权力和地位。太皇太后的谕令，都要加盖这枚印章，才能颁行。

“宏儿，哀家的印信，绝不会交给其他任何人。如果是你想要，你就亲自来拿。”她把握住印章的手向前递出。羽林侍卫已经取出火石，点燃了青瓷双耳瓶中的火油。要拿到印章，拓跋宏就必须走出墓室。可只要他一靠近太皇太后，便会被她拉住，羽林侍卫紧接着便会把烧着的火油泼洒在他身上。

太皇太后这一次，几乎是在拼着命与他一同覆灭。

沉重的石门缓缓滑动，发出一连串“咔咔”的声响，拓跋宏只穿着天青色衣袍，缓缓踱出。他没有太多时间仔细权衡，等候在外面的羽林侍卫，听见那声呼啸便会急冲进来，他不知道本该效忠皇帝的羽林侍卫，会不会已经倒戈听命于太皇太后。

仅剩的几名羽林侍卫，把箭尖对准了拓跋宏。并非他们对太皇太后有多么忠心，只是弑君是灭九族的大罪，一旦开始，就不能回头。

拓跋宏一步步上前，向太皇太后的印信伸出手去。甬道上忽然响起一声暴喝，有人疾冲过来，长长的马鞭一甩，“啪”一声卷在羽林侍卫的手腕上，没来得及射出的弓箭脱手飞出几步远，掉落在地上。手起鞭落间，李冲已经快步赶到太皇太后身侧。

冯妙的脚步略慢了一些，她忽然想起自己不该出现在这里，侧身躲避在石雕神兽背后，探出半边面颊看着万年堂门前的情形。

太皇太后抬眼看见李冲的脸，距离他们第一次相见，已经过去了二十几年，那张脸已经不再年轻了。她微微皱眉，像是在问，又像是在责备：“你怎么来了？”

“臣担心太皇太后的安危，特意进来看看。”李冲诚恳地看着太皇太后的面容，她也不年轻了，不再是当年那个让皇帝一见就动了心思的少女。

太皇太后“哦”了一声，头越发疼得厉害，都看不清近在咫尺的那张脸：“哀家的事情就快办完了，你先去奉仪殿等候，哀家这就回去。”她已经有些神志迷乱，竟然忘记了自己身在方山行宫，不在平城内。

他们说话的同时，拓跋宏身后的石室里，已经涌出八名身穿玄色衣装的人来，毫不迟疑地斩杀了余下的几名羽林侍卫，又从地上捧起细砂，投进青瓷双耳瓶中，熄灭了燃烧的火焰。

拓跋宏走到太皇太后身侧，悠闲地负手而立：“祖母，您受累了，把印信交给孙儿，您就可以回去休息了。”

太皇太后把手中的印章握得越发紧，摇着头不肯松手。她不愿承认自己就这么败了，她已经提早收买了一部分行宫羽林侍卫，只要他们及时赶到，事情仍有转机。

李冲叹了口气，似乎有些不忍心，但还是对她说了出来：“臣来时，看见广阳王的兵马已经集结在陵园之外……”太皇太后脸上最后一丝血色也终于褪去，李冲不忍再说，把头侧向一边。他的意思已经很明显，有广阳王的兵马在，增援的羽林侍卫，不可能进得了陵园。

“倘若太皇太后要在灵泉行宫颐养天年，臣……愿以东宫臣属的身份，一同留在此处教导太子殿下。”李冲紧握住她的手，说出了这句话。只要她肯放弃，那么他也甘愿放弃一切，留在灵泉行宫陪伴她的余生。

太皇太后紧绷的身体骤然松懈下去，声音低哑如梦呓一般，却仍旧不甘心地问：“你是为了哀家，还是为了她？”

李冲一生耿直，此时也仍然不肯说违心的话，他对太皇太后的问题避而不答，只说道：“臣陪伴的是太皇太后。”不管为了谁，他最终选择的是陪伴在太皇太后身边。

他握起太皇太后的手，把她的手指一根根掰开，从里面取出朱雀印章。她握得那么紧，朱雀尾羽上的花纹，都深深地印在手掌心上，鲜红得像要滴出血来。李冲把印章交到拓跋宏手中，他不过是想给太皇太后留住最后一点尊严，她那么骄傲的人，怎么可能受得了别人来搜她的身？

拓跋宏收起印章，向太皇太后躬身行了一礼，像是在感谢她最后一次教导。脑海中越来越疼，太皇太后只觉得眼前人影颠倒，直直往后倒了过去。李冲从容地传令，命人送太皇太后和皇帝回去，忙乱之间，他已经顾不上照看冯妙，料想她会自己跟着人回去。

皇帝和太皇太后的车驾，当晚返回灵泉行宫时，已经将近亥时，随行的御医被急急地召进太皇太后居住的水月阁。宗室亲贵们惶惶不安地猜测了一夜，第二天一早便听到了太皇太后病重的消息。为表孝心，拓跋宏下令，不准任何人、任何事打扰太皇太后静养。

水月阁外仍旧安静如常，可第一重门内，却增加了一队带甲的精锐侍卫，不准任何人随意出入。

同一天，拓跋宏分别召见了高车与吐谷浑的首领。

册封高车首领阿伏至罗为高车王，准许他自行选立下一任高车王，世袭罔替。拓跋宏还下令赐给高车大量的谷物、布帛、耕种工具，准许他们西迁选择合适的地域定居。他还派了三十名能工巧匠随行，沿途帮助高车人搭建房屋、耕种土地、引水灌溉，把大魏的繁华富饶，毫无保留地分享给高车子民。

对吐谷浑，拓跋宏给予了另外一种恩赏。先皇在位时，吐谷浑曾经归附北魏后又反叛，先皇一怒之下带兵亲征，一路追赶吐谷浑的残兵败将，把他们驱赶到极北的苦寒之地，不准他们返回世代放牧的故地。当时这一仗获胜后，先皇曾经带着还是个幼童的拓跋宏巡幸河西一带，把这份荣耀和天威与最心爱的儿子一同分享。

现在，拓跋宏却准许吐谷浑人返回故地居住。吐谷浑首领在鸿蒙阁内当场向拓跋宏行跪拜大礼，感激涕零地表示，愿意归顺大魏，只要他仍在王位一日，就绝不反叛。能带领部众返回故地，已经足够他在吐谷浑内成为世代称颂的王。

拓跋宏亲自双手搀扶他站起身，又赏赐给他许多金银器皿。他把帝王的恩赏用到极致，给了高车和吐谷浑他们最想要的东西，换取他们的忠心。

没有了高车和吐谷浑的支持，柔然也已经不足为虑。拓跋宏命人把那名伪装成内监的柔然人尸身送还给柔然，却不提赏也不提罚，只让他们自己思量轻重。柔然可汗不得不向时势低头，也表示愿意归顺大魏，年年朝贡。

一场宫闱密变，反被他利用了来，解决了北地的隐患。从此以后，至少可保北地十年安宁，他可以把目光投向更广阔的江南地区。

平定了外患，大魏之内的情形，却让拓跋宏隐隐担忧。原本以为软禁了太皇太后，事情便尘埃落定，没想到的是，拓跋氏亲王不相信他的说辞，联名要求面见太皇太后，亲眼确证她的病情。

鸿蒙阁内，拓跋宏双手给李冲捧上一盏清茶，诚心诚意地说："请李大人教朕，现在该如何做。"

李冲自然而然地接过茶喝了一口，仿佛他原本就是帝王的老师一般："皇上重用汉族世家子弟，又推行俸禄，断了这些宗室王族的财路，他们自然感怀太皇太后的恩德。说到底，不过是利益罢了。"

拓跋宏沉吟思索，太皇太后以汉族女子的身份，坐稳中宫之位，自然要拉拢安抚这些宗亲，对他们的赏赐一向都很丰厚。而他要推行汉化，就不得不触动这些贵胄的利益。

"其实还有一点，皇上恐怕忽略了，"李冲再次开口，"对汉家子弟来说，皇上是大魏天子。可是对这些拓跋氏的宗亲来说，皇上却有一半的汉人血统，远不如先皇的另外几位皇子血统纯正高贵。"

拓跋宏缓缓抬头，他从不知道自己的生母是何人，只知道是父皇的李夫人，现在想来，李的确是汉族大姓。"那么，"拓跋宏仔细权衡着利弊关系，"朕现在要做的，就是给这些宗亲更大的恩宠，安抚住他们。这次随行的冯贵人，是太皇太后的侄女，又有博陵长公主的尊贵血统，朕会传旨先晋她为昭仪，其他的等到回平城后再说。"

平缓的语调，恰到好处地掩盖了他心中的不甘不愿。他想把后位留给一个真正心爱的女子，只有皇后，才能与皇帝像夫妻一样大婚，同饮合卺酒，结衣纳百年。

李冲赞许地点头："皇上要做成先人没做成的事，就要比先人更能隐忍，破旧立新，原本就急不得。"

精神紧绷着忙碌了一整天，拓跋宏忽然想起一件事，向李冲问道："李大人是如何得到消息赶到永固陵园的？"他锁紧眉头仔细回想，那天似乎看见李冲身边还跟着一个女子，虽然遮挡着面容，可是那身形，他却看着有几分莫名的熟悉："还有，跟李大人一同来的侍女，后来怎么没再见到？"

第三十三章 玉楼空

李冲并没打算对拓跋宏有所隐瞒，见他问起，便把那天的情形原原本本地讲出来，从冯清送去五色琉璃珠，到在陵园五里之外见到广阳王，再到遇见李弄玉和同行的女子。

讲到这里李冲的话语忽然顿住，他隐约觉得那女子有些面熟，直到此时才想起来，那是在宫宴上见过几次的另一个冯家女儿。“她……她是在青岩寺养病的那位？”李冲的声音有些断续，脑海中只盘旋着一个词：青岩寺，青岩寺……她说她的香囊是一位老夫人所赠，而她在青岩寺养病。

一切都发生在短短两天之内，永固陵兵变，北地各部和拓跋宗亲也不安生，要处理的紧急事务实在太多。直到此时，拓跋宏才有时间静下心来回想，可李冲的话却让他越发不能心安。

手中一支玳瑁笔管，被捏得发出“咔”的一声脆响。拓跋宏叫了一声“刘全”，才想起刘全昨天已经在陵园内死于非命了。他叫来两个信得过的太监，让他们分别去问始平王拓跋勰和李弄玉。他们在陵园门外碰面后，便直接去联络广阳王，在陵园内善后，是最后离开陵园的人。

不过片刻，李弄玉就匆匆赶来，禀告说她没见着冯妙。昨天等到人后，始平王见她孤身一人等在门口，劈头盖脸地怒斥她不知轻重。李弄玉憋了满心的委屈，一路上都在黑着脸生他的气。她以为冯妙跟在父亲身边，又很快就能见到拓跋宏，并没太担心。

又过了一盏茶时间，始平王拓跋勰也来了。为了防止亲贵手中的兵马异动，他整夜都在带人四处巡视，到现在还没有休息过。他看见李弄玉也在，两人神情都有些尴尬，各自转开脸。

“皇兄，昨天原本有几个人在跟着皇嫂，臣弟担心是皇祖母派来的人，故意兜了个圈子把他们绕开了。”始平王拓跋勰脸上，带着几分愧色，“可臣弟后来才知道，那些人是皇兄专门派去保护皇嫂的，如果臣弟没有自作主张……”

拓跋宏缓缓摇头：“这不怪你。”原本就是他没有把训练暗卫的事告诉勰弟，更何况，现在看来，那六名暗卫也未必可靠。

“臣弟现在就带人去找！”始平王拓跋勰已经明显地有些慌乱，他知道冯妙在皇兄心中的位置，如果她有什么不测，只怕“君临天下”四字，会成为皇兄心中再难摆脱的负疚。他匆匆起身，脚步都有些虚浮。

拓跋宏拉住他的胳膊，摇头说：“你先去休息，妙儿一向乖顺，不会自己乱跑让人担心。如果有人劫走了她，必定是要跟朕谈什么条件，朕今晚再去永固陵查看一趟，就清楚了。”

“那么臣弟带人跟着皇兄吧。”拓跋勰单膝跪地，仰头恳求。

拓跋宏仍旧摇头：“朕不带任何人去，现在还不清楚是什么人动手，要是逼得太急了，让他们看不到活路，朕怕他们会……”他闭上眼，昨天射杀太皇太后的羽林侍卫时，他没有丝毫犹豫，可此时却怎么也说不出“杀人泄愤”四个字。只要想一想，心头就烧着一把烈火。

“可是……嫔妾来时，还看见几位老王爷在前面等着皇上召见，这个时候，皇上是不是不宜离开行宫？”因为父亲在场，李弄玉才在拓跋宏面前稍稍放松些，说出了自己的疑虑。刚刚发生了这么大的变故，皇帝必须以最安稳从容的姿态出现在众人面前，好让人相信大局已定。

拓跋宏把笔管“啪”的一声拍在桌上，召来太监传旨：“今晚朕要在新晋的冯昭仪处歇息，你去请几位王叔先回去，有什么事情明天再议。去叫高清欢再给朕送一些安神的药剂来，上次用的那种就很好。”

眼下行宫内外，不知道有多少双眼睛盯着皇帝的一举一动，他只能先用冯清做挡箭牌，劝走这些宗室亲王，再用迷香让冯清安睡，从她那里直接去永固陵园。自从选择教养宫女时开始，他就无意间发现了高清欢在香料药剂方面的才能，这些年一直在后宫使用他的配方。

冯清提早就听说了消息，自然喜不自胜。听说太皇太后病了，已经交出了印信，她连做戏的耐心也没有了，只教宫女送了几支山参过去敷衍了事。是姑母先抛弃了她的，让她禁足受尽冷落，现在终于风水轮流转了。

寝殿内全都换了簇新的四合同春纹锦帐，瑞兽铜鼎里加了上好的欢颜香，听说这种南疆传过来的香料，能令人在床笫之间极度愉悦。她坐在铜镜前想着，脸上不自觉地羞红起来。看来选择帮助皇上还是对的，姑母已经老了，这天下迟早都是皇上的，她已经是昭仪了，距离中宫皇后只有一步，看谁还敢说她不如冯妙？

拓跋宏悄无声息地走进来，连婢女的通传声都没有响起。冯清在铜镜中看见龙纹衣袍，惊喜地站起身，叫了一声“皇上”，就往他身上软倒过去。

室内的香料味太重，拓跋宏忍不住皱了皱眉，但很快收起了那厌烦神色，从身后的婢女手里端过汤碗，含着笑说：“这两天你也累坏了，今晚还要劳累，朕叫人准备了乌鸡汤，趁热喝吧。”

皇帝亲手递过汤碗，又殷殷劝说，冯清早已经头昏得云里雾里一般，自己喝了几口，竟然把白瓷汤勺递到皇帝嘴边，要皇帝也尝一口。一朵五瓣梅花绽开在汤勺正中，宫中御膳房进献的饮食，一向都用这种瓷质的汤勺。拓跋宏眼前，忽然浮现出冯妙把唇凑在小勺上喝汤的样子。她总是吃得很少，有孕时在宫宴上也只吃脆藕和莼菜羹。

似乎看见冯妙的嘴唇在勺边轻抿，他头脑一热，就要吻上去。猛一抬头，却看见冯清的脸近在眼前。他一把推开汤勺，连热汤溅在他手上，都一无所觉：“这是专门给你准备的，朕不喜欢喝汤。”

冯清并没察觉出皇帝情绪里的变化，喝光了一小盅乌鸡汤，便屏退了婢女。她绞着帕子看着拓跋宏，眼睛里是掩饰不住的热切。

拓跋宏只想等药力发作，根本毫无心情跟她虚与委蛇。他挑了挑了桌上的灯芯，让光线更明亮一些，坐到冯清对面跟她说话。冯清对汉学一窍不通，不过是能说些汉语而已，跟拓跋宏并没有什么共同语言。如果不是拓跋宏尽力找出话来说，恐怕室内的气氛早就尴尬冷寂了。

“清儿，你怎么会想到用五色琉璃珠去向李大人报信的？”拓跋宏随口发问，他并不相信冯清会有这样的头脑和气魄。其实，去给李大人送信才是最危险的一环，如果李冲果真像外界传闻的那样，靠着与太皇太后的私情才有了今天的官爵，他一旦识破了五色琉璃珠有诈，必定会毫不犹豫地斩杀了来送信的人。

“皇上，早先在奉仪殿侍奉时，清儿就见过太皇太后用这种珠子召见李大人。皇上也知道宫中那些私底下的传闻，每次太皇太后与李大人私会，都会在宫室外面悬挂五色珠帘。清儿留了心在这上头，预先藏了几颗珠子在身上以防万一。”她把冯妙说过的话，原封不动地说出来，只换了个名字而已。这些原本就是真的，她说起来也毫无破绽。

“清儿，你肯帮朕，朕很感谢你……”拓跋宏熟练地说着早已经想好的话，低头把她揽在怀里。他尽量在冯清身上寻找她们姐妹之间的共同，可是……真的毫无相像之处，冯清越是靠近，他就越想起冯妙无力推拒的样子，想得心口都疼了。

“皇上，您不必这样说，”冯清倚靠在拓跋宏胸前，嘴角翘起一个得意的弧度，说出了那句准备了许久的话，“为了心里真正在意的人，任何牺牲都是值得的。”

她在心里无声地大笑，冯妙永远没有翻身的机会了，凭着这句话，她会成为取代林琅地位的人。

拓跋宏的身子明显地一僵，没料到这句话竟然从冯清口中说出来。他原以为林琅一向跟冯妙交好，跟瑶妹也时常亲近……

冯清把头蹭在他胸前，说道：“皇上还记得那次上巳春宴吗？清儿为皇上献舞之前，到附近的桃林里练习，刚好见到林琅姐姐在那里伤心哭泣。我不知道她是为了什么事而伤心，便说了这句话来劝慰她。”她当时的确经过桃林，刚好听到冯妙在这样安慰林琅。

“嫔妾知道，姑母和皇上之间，迟早会有些矛盾的。”她仰起脸看着拓跋宏，带着几分拿捏出来的羞意说，“嫔妾这句话，既是在劝说林琅姐姐，也是在表明嫔妾自己的心意。皇上，就是嫔妾心中真正在意的人。”

拓跋宏的眼神虚无地落在地面青砖上，他在心里应允过林琅，如果找到了说这句话的人，即使不能给她爱，也会把后位给她。只是没想到，说这话的人竟然是冯清。他忽然想起另外一件事，低头问：“你从前有没有一件飞鸾样式带垂丝的发饰？”

冯清略想了一想，惊喜地“呀”了一声：“皇上说的是飞鸾衔珠步摇？那是母亲从前给我的，后来就不在我手上了，皇上怎么忽然问起这个。”此时此刻，她只想独占拓跋宏，不想提起跟冯妙有关的事。

可拓跋宏却误解了她的意思，以为冯清说的是把这支步摇丢在了某处，或许她那时就帮自己隐瞒了一次。他对冯清实在生不出丝毫喜爱之心，可他却不想对林琅失约，也因此更加不想欠冯清的情。

更何况，明天一早，那些叔伯辈分的宗室亲王，仍旧会到他面前来不依不饶地要求面见太皇太后。冯清的出身，正适合他用来表明态度，既不会放弃采纳汉家习俗的决心，也不愿与这些宗室亲贵发生冲突。他握住冯清的手轻捏，心里却在叹息。

林琅，林琅……他在心中反复默念，如果人死后真的有灵魂在天上，你已经帮了朕一次，现在又在提醒朕，不要把儿女私情置于千秋帝业之上，是吗？朕怎么忍心辜负你的心意……

他转头看向远处，平静地说着违心的话：“到大婚时，朕再还你一支一模一样的步摇。”

掺在乌鸡汤里的药效发作起来，冯清倚靠在拓跋宏身上沉沉睡去。拓跋宏把她放回床榻上，合拢了殿门，又垂下厚厚的锦帘，吹熄了室内的灯光。等候在门外的婢女会心一笑，便各自去休息，看来皇上和娘娘今晚都不需要旁人伺候了。

夜晚的灵泉行宫十分寂静，羽林侍卫都在外围防卫，行宫内反而没什么人走动。拓跋宏从后窗翻出，先潜回鸿蒙阁换了束身的衣衫，然后才从一条僻静的小路离开行宫，往永固陵赶去。出发前，他怕被人发现踪迹，还是戴上了那张傩仪面具，当初从平城带来行宫，不过是因为习惯，没想到竟然真的用得上。

永固陵就在方山南侧，骑马只需不到半个时辰便能到。与白日里恢宏壮阔的景象不同，夜里的永固陵沉静肃穆，墓道两旁的石雕无声伫立，带着穿透时光的诡奇神秘。

拓跋宏牵着马，沿着李冲说过的路线寻找。周围静得一点声音都没有，青石麒麟旁的地面上，遗落着一只小巧的丝履，大小恰是冯妙平常穿的尺寸。昨天整个陵园都被清理过，现在这只鞋出现在这儿，自然是有人故意要让他捡到，告诉他要找的人就在附近。

再往前走，路上不时出现一点零碎的物件，耳坠子、素银发插、翠玉镯子……都是女子的款式，引着他一路追到万年堂门口。他从半开的石门进去，点起怀中的火折子照路。没走多远，就看见半空里悬着一个人，双手反剪在背后，被一根粗麻绳捆着，吊在靠近出门的墓室穹顶一侧，身上穿的，正是那天冯妙最后一次出现时的衣裳。

拓跋宏向前急走两步，把那人散落的长发拨开，便看见了冯妙苍白痛苦的脸。这样捆住双手吊着，连健壮的成年男子，也支撑不了多久。拓跋宏顿时觉得怒火中烧，要把他怎样，只管来就是，为什么要欺侮一个柔弱女子？

他举起手里的剑，去割冯妙上方的麻绳。那根绳索用细麻绳混着牛筋编成，又粗又韧，一时间难以割断。

冯妙已经在漆黑墓室里被吊了小半天，火折子的光亮刺得她睁不开眼，勉强眯着眼睛看过去，只看见傩仪面具一角近在眼前，不由得“啊”了一声。她有些错愕，怎么会是这个人来救她？

听见她口中发出一声低吟，拓跋宏以为绳索扯疼了她，手上的动作加快，侧着头柔声安慰：“很快就好，再忍耐一下。”

冯妙已经分辨不清来人的声音，摇头说了一句：“沙……”

拓跋宏听不清她口中微弱的声音，想到此时一举一动都有人在暗中看着，忽然抬手摘下面具，向空寂的四周朗声说：“大魏天子拓跋宏在此，不管你是何人，也不管你有什么企图，都来找朕！如果你再敢对朕心爱的人动手，朕必将你生时夷灭九族，死后开棺鞭尸！”

火折子的光亮晃动不止，在他脸上投下忽明忽暗的光影。冯妙此时才听清了他的声音，转头来看，近在咫尺的果然是那张熟悉的脸。墓室内的墙壁上，绘着威风凛凛的天神，可所有那些神祇画像，都比不过面具后这张坚毅的面容。

那些不能理解的反复无常、忽冷忽热，忽然间都有了理由。她拒绝了一份坦诚相交的心意，转身却向御座上的天子邀宠。因为身份和地位而接近，的确是很令人难堪的事，更何况还是拓跋宏这样的天之骄子？

“宏哥哥……”冯妙开口叫了一声，眼泪就簌簌落下。拓跋宏以为她疼得支撑不住，加快了速度切割绳索，口中越发轻缓地跟她说话：“妙儿，别害怕，朕在这里，很快就好……”

墓室中忽然响起一声石料转动的“喀啦”声，那声音很轻，却在空旷的墓室内带起一阵回响。随着那声响动，细沙流动的声音忽然变得更加清晰，脚下渐渐堆积了一层黄沙。随着黄沙增多，地面竟然开始缓慢倾斜。拓跋宏此时所站的位置，并不是坚实的地面，而是一大块可以移动的青石板。

冯妙心中焦急，却因为气息急促而说不出完整的话：“宏哥哥，沙土……地下有利刃……你快些……快些出去吧……”

帝王的墓室内，都有预先设好的机关，防止百年之后被人侵扰。她被人迷晕了带到这里，醒来时依稀听见有人在说起墓室内的机关，只要涌出的沙土堆积得足够多，就会掀翻脚下的青石板。

拓跋宏一言不发，把火折子随手插在青砖缝隙间，专心地切割捆住冯妙的绳索。脚下的石板已经与周围的地面分离，冯妙隐约看见石板下方是一处空洞，洞内地面上竖着半尺长的尖刀，寒光闪烁。

“宏哥哥……求你……走吧……”她拼命摇头，想要制止他以身犯险的傻气，涌出的眼泪打湿了地上的细沙。他要做光耀千秋的帝王，不该为了一个女子葬身在这里。

拓跋宏抿紧双唇，手里的剑用力一错，最后一股牛筋绳终于断开。冯妙只觉得手腕上骤然一松，整个人便跌落下来。拓跋宏伸开双臂把她接在怀中，两个人一起倒在地上。

落地时的力道，给了脚下的青石板最后一股冲击。随着一连串“喀啦喀啦”的响动，那块石板缓缓翻转，他们两人随着细沙一起，不由自主地向下滑去。光滑的青石板上，到处都是流动的沙土，根本没有地方可以攀爬借力。

拓跋宏迅速打量了一圈墓室内的情形，低头在冯妙面颊上轻吻，对她说：“抱紧朕。”

此时已经没法再说什么推拒的话，两人要么一起逃生，要么就是一起掉进布满利刃的空洞中。冯妙伸手紧紧钩住拓跋宏的脖子，让他能腾出一只手来握住剑。

拓跋宏缓缓放低身形，减缓下滑的速度，等到青石板与下方的空洞侧壁拉开一段距离时，他骤然发力，双足在青石板上用力一踢，手里的剑身准确地戳进了侧壁上一处青砖缝隙，把两人悬在半空。

青石板还在继续缓慢转动，很快便会完全翻转过来，把下方露出的空洞重新封死。拓跋宏凝神等待着青石板另外一面翻转过来，准备纵身跳上。如果不是因为多带着一个人，他现在就可以沿着洞壁攀爬上去。

冯妙越过他的肩头向后看去，青石板的另外一面渐渐显露出来。与刚才布满细沙的那面不同，这一面上布满了半寸长的尖钉，不像空洞下方的利刃那样立刻就会要人性命，可带着一个人滚上去，也必定会受伤。

“宏哥哥……”冯妙忽然努力向前，往他唇上吻去，唇齿相接间，她把双手松开，由着自己往下滑去。她见过拓跋宏黑衣夜行时的身手，没有了她这个负累，他一定能安然脱身。

可拓跋宏像是早已经料到了她要做傻事，一只手把她揽得更紧，同时在她唇上重重地咬了一下，让她清醒过来：“你再乱动一下，朕现在就松手，跟你一起跳下去，死个干净！”

来不及再说多余的话，石板已经转得越来越近，拓跋宏在她眉眼之间轻吻，湿热的触感让冯妙闭紧了双眼。就在同一瞬间，拓跋宏握剑的手松开，人在洞壁上连踏数步，纵身一跃，跳上了青石板。落地时，他的手在冯妙脑后一压，把她整个脸都挡在自己身前。砖缝间的长剑发出龙吟一般连绵不绝的声响，最终消失在青石板的隆隆声响中。

身上传来落地的踏实感，冯妙从他怀中挣脱出来，瞪大眼睛去看，眼泪像泉水似的，没完没了地涌出来。一旁的火折子恰在此时烧到了尽头，散出一缕黑烟后骤然熄灭。墓室陷入黑暗前，冯妙只看见拓跋宏半边肩膀挡在她身前，正落在尖刺上。

拓跋宏在黑暗中摸到了冯妙的脸，用手指抹着她的泪，只说了一句“哭什么”，就拉着她往门口快步走去。墓室中再次响起流沙倾斜、石板滑动的声音。脚下那块带刺的青石板已经严丝合缝地与周围地面合拢，这声音代表着还有其他机关也被触发了。

这一次，细沙堆积的速度明显快得多，地面上很快就积了厚厚一层，绊住了他们的脚步。整个穹顶连着墓道石壁内，似乎都有石质圆轮在滑动，发出的声响四下回应。

靠近门口一侧的声响越来越大，拓跋宏凝神细听，忽然用手臂把冯妙圈在身前，低下身子迅速后退。随着“轰”的一声巨响，一块顶门石从墓室顶部落下，正砸在他们刚才站立的地方，封住了墓室大门。

黑暗中，拓跋宏的手臂无声收紧，引着他来这儿的人，根本不跟他讲条件，而是要直接把他困死在这儿。

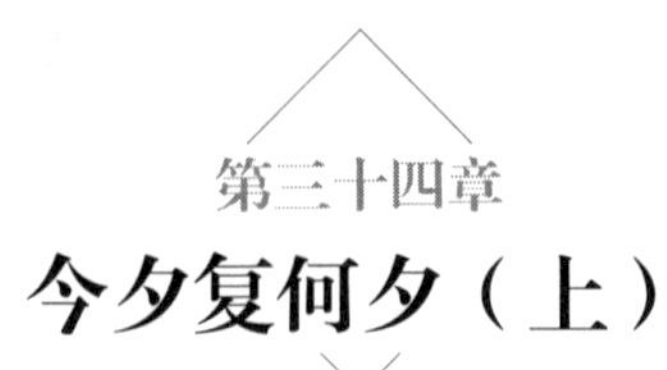

第三十四章
今夕复何夕（上）

一片漆黑中，拓跋宏忽然笑了一声，低低地说："又是你跟朕困在一起，朕都弄不清楚，上天是想把你和朕分开，还是生生世世捆绑在一起。"

墓室内的细沙还在不断增多，两人一旦走动，就会陷进绵软的沙中，只能用半躺的姿势坐在地上，不断地拂去落在身上的沙土。

这样下去不是办法，拓跋宏忽然想起那天曾看到过，墓室正中有石凿的棺床，用来存放棺木。棺床四围，有一圈半人多高的围挡，雕有瑞兽祥云图案。他拉起冯妙，让她踏在自己肩上，托着她攀上棺床，随后也跟着跳上去。

棺床内果然洁净无沙，只是石料质地冷硬，很不舒服。拓跋宏摸索到冯妙所在的位置，把她拉到自己身前，抱她坐在膝上。方才情形危急时，他诅天咒地一般说冯妙是自己最心爱的人，可此时真正平静相对，他又什么话都说不出来了，只想抱着她，在黑暗里相依。

冯妙伸手去摸他肩上的伤处，触手处，已经觉不出血液的黏腻。用在帝王墓室中的细沙，即使是为了阻挡盗墓者的脚步，也都选的是反复淘洗过的精细黄沙。拓跋宏一直想把冯妙护在身前，自己在沙土地上滚了几圈，反倒借着这些细沙止住了血。

拓跋宏按住她的手，无声地示意她自己没事。冯妙心中泛起无限柔软，他们第一次相遇，就是在这样一个漆黑到什么也看不见的地方，那时他好凶，掐得她脖子都疼了。如果生命注定是轮回，能跟他一起结束在这个同样黑暗的地方，她也觉得很好。她只是心中充满遗憾，少年天子还有那么多雄心抱负没来得及施展。

冯妙拉过他一只胳膊，灵活地从他臂下绕过，把头贴在他胸口，顺势握住他的左手，指尖在他掌心轻刮，无意识地写出几个字：拓跋……妙……

熟悉的触感，让拓跋宏心中剧震，熟悉的亲昵姿势，一下子打开了全部记忆，如涨潮的江水一般奔涌而出。即使冯清能把那支步摇的样子说得分毫不差，他也已经可以确定，冯妙才是那一次在宫中暗道里遇见的人。她狡黠得像一只灵猫，明明怕得指尖冰凉，却还想尽办法遮掩自己的面容，换得一线活命的生机。

拓跋宏环住她纤细的腰肢，咬着她的耳垂说："再乱动一下，就扭断你的脖子。"那是他当年威胁冯妙时，写在她手心上的字句，一字一句，他都记得清清楚楚。此时说出来，再也没有了当年的冷漠，话语间满是缠绵不舍，就像是在说，不要离开我，否则我宁愿你死在我面前。

不需要语言，也不需要证物，他们就已经确证了彼此心中所想。冯妙被捆住双手吊了好半天，此时又哭了半晌，呼吸便有些急促起来。她赶忙伸手去摸腰间的香囊，想要取一片紫苏叶来，压住刚要发作的喘症。可手指在腰间摸了半圈，却没找着香囊，也许是刚才匆忙间掉落了。

她正焦急得不知所措，拓跋宏的唇已经覆盖在她的唇上，把一口新鲜的空气，渡进她的口中。拓跋宏的呼吸，平稳而有力，跟他的人一样霸道不容反驳。他带引着冯妙的节奏，调整她过于急促的呼吸。起先冯妙还会觉得气息不继，转接时不自禁地用手抓紧了拓跋宏的衣襟，渐渐地，两人的呼吸开始融为一体，分不清彼此，好像他们原本就是呼吸相连一般。

四面是细沙流淌的簌簌声，忘记了今夕何夕，也忘记了此身在何处，仿佛只剩一缕清魂，飘游在茫茫太虚之间，所能感受到的，只有这绵长到天地尽头的一吻。

不知道过了多久，冯妙虚软无力地倚靠在拓跋宏胸前，唇齿间缠绕的，都是他的气息味道。她想要起身，却忽然注意到，沙土流动的声音已经停下了。伸手一摸，细腻的净沙刚好漫到棺床边沿，外面已经被沙土铺满，棺床内却依旧是干净的。她轻轻"咦"了一声，叹道："沙土的量不多不少，真是厉害。"

拓跋宏嬉笑着又吻上来："朕的万年堂，他们敢不尽心尽力地修建？要是死后能像现在这样逍遥快活，朕倒有些巴不得早点死了。"

冯妙羞恼地捂他的嘴，小声怒斥："胡说八道！"

拓跋宏捉住她的手，压在胸口，搂着她低声说："你舍不得朕死，朕都知道。"

他估量了一下周围的情形，安慰冯妙说："勰弟他们都知道朕来这里，朕也在路上沿途留了记号，等他们找过来，总会有办法开启墓室。"他趁冯妙不备，又在她耳根上咬了一下，坏笑着说："在那之前，这里只有朕跟你。这座万年堂，是按照天圆地方的形制修建的，和妙儿一起，以天为盖，以地为床，朕可想了好久了。”

冯妙起先还认真听着，见他后来又说到那件事上去，用手直捶他的胸，嗔怪地说：“你还说……你还说……”

“好吧，不说了，不说了……”拓跋宏听出她的声音放松了不少，也就不再开玩笑了。他用手理着冯妙的长发问：“妙儿，你有没有留意，是什么人把你劫持到这里来的？”

“那天我不想叫太皇太后看见，就躲在一只石兽后面，”冯妙仔细回想着细节，“李大人拿过太皇太后的印信时，所有人的注意力都放在那上面，我也紧盯着看。就是在这时候，有人从背后用湿帕子捂住了我的嘴，等我醒来时就已经在这儿了。”

拓跋宏凝神细想，那天有一名暗卫的举动很奇怪，后来要处理连番变故，也忘了特意问起勰弟，有没有抓到那名暗卫。从当时的时间和情形来看，这名暗卫的嫌疑是最大的，只是他的行动十分小心，完全看不出背后是何人指使。

“妙儿，你很勇敢，”他搂紧了怀中人，像搂紧随时可能不翼而飞的珍宝，“你沿途留下那些物件，让朕能赶得及来救你。”

冯妙轻轻摇头：“那些东西不是我留下的，我一路昏迷，没有机会做任何动作。再说，就算我那时能动，我也不会引你进入险境，大不了拼着我一个人死了就是了，有什么呢。那些应该是谋划这件事的人，故意要引你来的。”

她说得那么自然，好像代替拓跋宏送命，是再理所当然不过的事情。可拓跋宏却听得脸色发青，只不过四周没有光线，才看不到。他拿起冯妙的手咬了一口：“活该他们捆着你的双手吊起来，你竟然敢寻死？你要是敢死，你要是敢死……”他恨得不知道该怎么办才好，忽然掂着冯妙的下颌说：“你要是敢死，朕立刻就娶三五十个妃子，春恩车一个月都走不完一圈。”

冯妙没被她吓住，反倒“哧”一声笑了出来：“那时候死都死了，反正什么也看不见了，皇上爱怎样就怎样吧。”

大约是因为连遭变故，又身处墓室，两人的话题，总是不自觉地说到身后事上去。拓跋宏抱着冯妙轻轻摇晃，声音忽然变得温和低沉：“朕不愿死，更不愿让你死。朕要替拓跋氏建立前所未有的功业，然后把这天下至高无上的荣耀，只跟你一人分享。北地、江南，迟早都会臣服在朕面前，到那时，朕要穿着你亲手做的那件帝王冕服，向天下昭告，你是朕今生今世唯一珍爱的妻子。”

冯妙轻轻“嗯”了一声：“我等着那一天。”她不想说，即使你是贩夫走卒，我也仍然爱你。她爱的男人，从出生起就注定是个万人景仰的帝王，那么她就只能爱一个帝王。

拓跋宏不知所终，在灵泉行宫里引起了轩然大波。宗室亲王听说皇帝不见了，都转去质问新立的冯昭仪。皇帝在自己寝殿中过夜时失踪，令冯清又急又怕，还带着几分说不清道不明的难堪。她本就压不住这样的场面，此时越发不知道该怎么办才好，只能命人去请太皇太后。

太皇太后绝处逢生，自然不肯放过这个难得的良机，当即召见了身份显贵的宗室亲王，再次临朝理政。

在这些叔伯辈的老臣面前，始平王拓跋勰也说不上话，只能暗中联络广阳王，和他一起派出人手去搜寻皇帝的下落。这些跟着前几任皇帝在马背上征战过来的亲贵们，早就对拓跋宏新政有所不满。在他们看来，禁止劫掠、推行俸禄，是断了他们的财路，选贤任能、重用汉族世家子弟，是断了他们的官路。至于推行汉典汉制，纯粹是给他们这些老骨头找麻烦。

借着这股怨气，太皇太后拿出“国不可一日无君”的老话，召集亲贵重臣，商议迎立新君。灵泉行宫内大部分是拓跋宗亲，汉族官员并没有资格随行。议事时，这些人几乎是一边倒地支持迎立新君，只是一时无法确定人选。先皇留下的几位皇子里，资质最好的就是拓跋宏，其次是始平王拓跋勰，余下的几位，要么懦弱胆小，要么顽劣不堪。

吵得不可开交时，还是太皇太后发了话：“皇帝无子的时候，才会让兄弟即位，现在太子就在哀家宫中，还有什么好争论的？事情就这么定了吧。”

就在太皇太后自以为胜券在握时，任城王拓跋澄力排众议，反对迎立新君。任城王本就年纪大些，为人又说一不二，在宗室亲王中间很有些威信，即使当着太皇太后的面，话也说得很不客气：“皇上不过是一时不知道去了哪里，怎么就到了要迎立新君的地步？要是今天太子登基，明天皇上又回来了，这该怎么办？”

一句话就说得众人哑口无言，任城王还不罢休，阴阳怪气地问：“再说，要是太子登基了，您这称号也不好叫啊。难道要叫太太皇太后，还是太皇太太后？有这玩意儿吗？”

太皇太后脸色铁青，又不好当面训斥任城王。他已经是三朝元老，对太皇太后的旧事知道得一清二楚，话里话外都在讥讽她不愿还政给拓跋氏的皇帝。

返回暖阁，太皇太后赶忙叫崔姑姑宣李冲来，恳求他帮忙劝说任城王。因为小世子喜好汉学的关系，任城王近些年来越发愿意与汉族朝臣来往，尤其与李冲脾性相投。

崔姑姑去了没多久，李冲就来了。他像往常一样给太皇太后行礼问安，即使没有外人在，他也做得一丝不苟。太皇太后上前拉他的袍袖时，李冲却有些不自然地向后退了半步，避开了她的手。

太皇太后也有些不高兴，她自己也不清楚，为什么现在越来越没有耐性，不愿与人周旋敷衍。她转身走回胡床上坐下，用平常接见臣属时的语气说：“哀家知道你担心宏儿，哀家是他的祖母，也一样担心他，已经派了人去四处搜寻。可哀家既然是太皇太后，就不能不替整个大魏着想，早些迎立新君，为的是不要惹出祸患来。”

“我只问你一件事，”李冲忽然开口，用一根手指直指向太皇太后面前，连君臣之分都忘记了，“当年上阳殿大火，元柔惨死，究竟是不是你做的？”

太皇太后绷紧的脸上忽然闪现出一道裂纹：“你竟敢质问哀家？”她胸口急剧起伏，心里的怒意越来越盛，猛地站起来：“李元柔都死了快二十年了，你依然忘不了她，为了她要跟哀家作对？！”

李冲此时才意识到自己失态，收回伸在半空的手，语气稍见和缓：“臣只想知道一个真相。”

“真相？”太皇太后连连冷笑，“你自己看不到，听不到吗？这二十年，哀家苦苦支撑，是为了什么？哀家是在替你心上人的丈夫、儿子守住这万里江山！”她的手在桌上胡乱一挥，一整套青瓷茶具全掉在地上，摔成无数碎片。

“心上人”三个字一说出口，就像肉里生出的尖刺一样，在两人之间划出一道深不见底的沟壑。

李冲心里有几分不忍，相识相交了几十年，他也亲眼看见过太皇太后诛杀权臣时的雷霆手段，知道她一个女子坐到天下至高的位置上，有多么不易。再开口时，他的声音有些低哑：“臣……只希望能与太皇太后坦诚相待，不要欺瞒说谎。”

“不要欺瞒说谎？”太皇太后直视着对面的男人，关于他们的流言传遍整个平城，只有他们两人心里清楚，他们从没跨过最后一步，“可你第一次来找哀家时，就说了谎，你说李元柔是你的妹妹，让哀家在宫中照顾她。”

李冲没有什么话好说，他和李元柔同姓却不同宗，因着郊外跑马上香时的偶遇结识，暗生情愫。可在汉族世家里，一直恪守着“同姓不婚”的习俗。为了拆散这对有情人，李元柔的父亲千方百计把她送进了宫，成了先帝最宠爱的李夫人。

“臣相信太皇太后，”李冲的语气终于和软了一些，“但是请太皇太后再等五天时间，如果五天后皇上仍然下落不明，臣便支持太子即位。这五天里，请太皇太后派人全力搜寻皇上的下落。”

一山之隔，拓跋宏和冯妙仍旧困在万年堂墓室内。整座万年堂是用石料砌成，越到夜里，越冷得刺骨。那种冰冷，像从石缝里透出来，让人无处躲藏。冯妙缩在拓跋宏怀中，仍旧觉得冷。拓跋宏握住她冰凉的指尖，放进胸口捂着。

若是换了寻常人，被关在这样既没有光线也没有声音的地方，恐怕过不了一晚便疯了。可这两个人的性格虽然大不相同，却都一样乐天知命，丝毫不觉得困顿绝望，反而十分享受此刻独处的时光。

拓跋宏想起与太皇太后同来的前一晚，他曾在墓室里安排了八名弓弩手，照着记忆中的方位去挖，竟然真的从沙土下面挖出了剩下的食物和水。大概是因为时间紧急，光线又昏暗，那些人匆匆绑好了冯妙便离开了，没来得及仔细搜查整个墓室。他把东西分成小份，每隔一段时间便和冯妙一起分吃一小份。

无事可做时，两人就从棺床里翻出来，坐在细沙上说话。

“如果不是在这么个地方，这沙土还真舒服。”冯妙用手捧着细沙，感受着它们从指缝间滑走。她忽然想起件事，倚着拓跋宏的胳膊说：“要不我们来猜一猜，究竟是谁把我们困在这儿的吧。”

拓跋宏已经在心里默默想了许久，这时笑着说：“这人要满足三个条件，第一个，他身边一定有熟悉建造的人，捆绑你的位置，刚好是能触动墓室机关的位置。第二个，他在朝中颇有势力，布这个局虽然不难，却需要熟悉朕的习惯和宫中仪制。至于第三个嘛，他一定跟朕有仇，恨不得把朕碎尸万段。他根本就不跟朕见面，而是直接把朕困死在这里，让朕慢慢等死。”

冯妙用手拨着细沙：“可我想不出同时符合这三个条件的人，也许，这事并不是一个人做的，而是几个人联合起来，有人报仇，有人得利。”

她想得太过专注，柔软的额发在拓跋宏下颌上扫来扫去，什么都看不见时，柔软的触觉就格外清晰。

“妙儿……妙儿……”拓跋宏捉住她的手，一连声地叫她的名字，一声比一声低回。

“嗯？”冯妙还在想着刚才的三个条件，有点心不在焉地答应。

拓跋宏低下头，正要就着一片黑暗含住她的唇，可忽然又改了主意，手指沿着抚在她颈下的锁骨上，低声问：“妙儿，你冷不冷？”冯妙不知道他心里在想什么，随口答应：“还好。”

“到了夜里，这间墓室还会更冷。让朕看看你的衣裳有没有散开……”拓跋宏的手指，一路向下滑去，在她胸前画了个圈。手指走过的地方，泛起一阵酥痒。

冯妙被这怪异却熟悉的触感惊起一层战栗，眼前什么也看不见，却又好像依稀看见了很多东西，崇光宫后面的温泉池水，主殿内紫檀木案上那支莹白如玉的软毛笔管……身子不由自主地颤了颤，她把头埋得更深，一动也不敢动。

“妙儿，你的手指怎么这么凉，足尖会不会也冷得发凉？”没等她出声回答，拓跋宏已经熟练地钩去了她脚上的丝履，手掌握住了她的足尖，轻轻揉捏。略带薄茧的手指，在她小巧的趾肚上来回打着圈。

好像有成百上千只小虫，从趾尖往全身各处爬去。冯妙想推开拓跋宏，可他其实并没做什么过分的事情。

“妙儿，你的脚真小，”拓跋宏的手指渐渐向上走去，“小腿也这么凉，还说不冷？嗯？”他说的都是最寻常的话，可不知道怎么回事，在这空旷墓室里听来，冯妙总觉得那声音低哑而蛊惑，如旋涡般要把她整个吸进去。

拓跋宏轻笑一声，在她耳边引诱似的说话：“别紧张，妙儿，朕会对你好的。”他猛地翻身，把冯妙压在身下。

冯妙脑海中沉沉地发晕，身上早已绵软成了一池春水，身下的细沙，好像又流动起来，让她深深地陷进去。她还没弄清楚眼下的状况，刚才明明还在好好地说话，怎么一转眼就成了这副样子？

拓跋宏觉察到她的身子绷紧，心中越发怜惜，他爱极了冯妙的青涩，此时更有耐心。鼻端是隐隐的少女幽香，他抄着冯妙的腰，把她抱紧在怀中：“妙儿，要是你不愿意，那就……”

冯妙说不出话来，只用小指轻轻钩住了拓跋宏的手指。

“妙儿，相信朕。”拓跋宏轻轻浅浅地吻她的眉心，安抚她紧张的情绪，感受她身上每一点细微的变化。

她像只漂浮在海上的小舟一般无助，可那最猛烈的风浪，分明就是他，把小舟一次次高高抛起。她无处藏身，只能牢牢攀住他的肩膀，用颤抖的音调叫他：“宏……宏哥哥……”

汗水濡湿了身体，又沾染上细细的沙。拓跋宏把她抱紧在胸口，在这回归母体一样的黑暗中，只剩下最原始的感受。他一口咬在冯妙小巧精致的耳垂上，跟她一起被无边的巨浪吞没。

太皇太后派出去搜寻拓跋宏的人马，都是从早先就对皇帝不满的亲贵手里调出来的，她还特意把始平王拓跋勰支去负责行宫宿卫。这样一连找了两天两夜，都毫无所获。

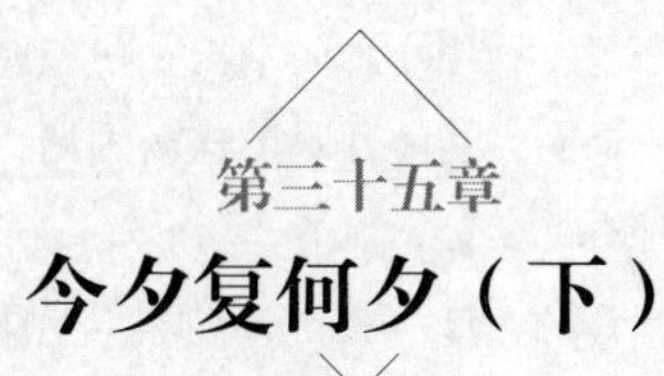

第三十五章
今夕复何夕（下）

因为皇帝失踪，朝堂上人心惶惶，原本已经表示愿意归顺的高车和吐谷浑首领，也推迟了返回北地的日期。他们的用意昭然若揭，要是大魏皇帝驾崩，他们与皇帝约定的事，自然也就不算数了，行宫内只剩下孤儿寡母，威逼之下，说不定还能捞到更大的好处。

太皇太后以品茶抄经为名，命人把任城王的妻儿带到自己殿中，从他们身上各骗下一件贴身的饰物，议事时带在身上。重提迎立新君一事时，任城王正要高声反对，忽然瞥见太皇太后手腕上的一串檀木佛珠，十分眼熟，猛然想起来是爱子经常戴在身上的。紧挨着佛珠的一支赤金臂钏，则是任城王妃日常的首饰。

任城王为人粗豪，唯独对贤妻爱子视若珍宝，看见那两样东西，便知道太皇太后在威胁他。顾忌着妻儿的安危，任城王只能强压下怒意，选择了一言不发。太皇太后满意地点头，宣布三日后太子即位。她答应了李冲，留出五天时间寻找皇帝的下落，她不想在这个时候跟李冲闹翻。

时间过得飞快，太极阁内，李弄玉跪坐在小案前煎茶，沸水滚入青瓷茶壶，翠叶舒展开，又很快变得焦黄。这种明前的青峰嫩芽，要等沸水温度稍凉时再冲泡，不然就会破坏了嫩芽的色泽和口感。她心里藏着事，自然不能静下心来感受滚水的温度，接连冲了几次，不是水凉了导致叶片不能舒展，就是水太热直接烫坏了嫩芽。

她知道拓跋宏和冯妙一定还在永固陵园里，可太皇太后以加强守卫为名，不准女眷随意离开行宫，还派了几名武官小吏，用羽林侍卫中的琐事绊住了始平王拓跋勰，让他分身乏术。

红泥小炉上的水又滚开了，她用小木勺取出一份茶叶，正要投进壶中，手忽然顿在壶口上方。她想到一个人，能解开眼前这场困局，只不过，要她去求那个人，简直比生生剜去心头肉还要难受。

颐春园内，阿依手挽一支小弓，眯着一只眼睛，瞄准了挂在树上的一只金环，弓弦上搭着的，是始平王拓跋勰专门命人为她制作的箭，比寻常兵士用的箭更小巧轻盈。手指发泄似的松开，那支箭准确无误地穿过金环，钉在树干上。

这一箭射出，她心里的不痛快却一点也没有减少。那天被李弄玉的话一激，她就跑走了，已经好几天过去了，始平王竟然都没像以前那样来找她。阿依拨弄着弓弦，嘴噘得老高，难道听来的那些传闻都是真的，李才人与始平王之间，真的有私情？

她从鹿皮箭囊里重新取出一支箭来，仍旧瞄准了金环，右手刚向后拉开一点点，就被人用一片阔大的树叶按住，她侧头一看，李弄玉正拈着一片叶子，站在一旁。

阿依一见是她，气得直发笑，随手把箭扔在地上："你又要说什么？我说不过你，我躲着你还不行吗？"

"我不是来让你生气的，我来，是有件事要阿依公主帮忙。"李弄玉闲闲地拈着那片叶子，坦荡直白地说出了心中所想。

阿依侧头听着，李弄玉要求的事并不难，可一想起始平王与这位李才人之间胶着的眼神交汇，她的倔强脾气又涌上来，把下巴一扬："帮了你，我能有什么好处？"

李弄玉的唇边散开一抹浅浅淡淡的笑意："你可以有一天时间跟他独处，还能帮助始平王做成他此刻最想做的事，这好处还不够大吗？"

两弯长而浓黑的眉，在阿依脸上拧在一起："可是……你为什么要来告诉我这些？"

"因为我也希望始平王能做成他想做的事，我不希望他心里懊悔遗憾。"李弄玉从箭囊里取出一支箭来，"阿依公主，我知道高车有比箭的习俗，年轻的男子用这种方法来决定谁能赢得美丽可爱的少女。"

她握着箭，一步步往挂着金环的树边走去："高车民风纯朴热情，我很羡慕，可我并不喜欢这种方法，拿心爱的人来做赌注。在我们汉人中间，有另外一种说法，彼此有情的人，在意的并不是一时一刻的厮守，而是把对方藏在心里，希望他能吃得好、穿得好、没有病痛、没有困扰，仅此而已。"

阿依听得目瞪口呆，好半天才回过神来问："你……你是不是对始平王……"

李弄玉把箭尖儿稳稳地穿过金环，戳在树干上，大方地点头："是，我爱恋始平王，即使我受身份的束缚，即使他也终究要另娶他人，也都不妨碍我爱恋他，这跟事父母至孝、事君王至忠一样，是世上最纯粹的情感，并不是什么需要遮掩的羞耻事。”

阿依惊讶得张大了嘴巴，眼神里的光亮渐渐暗淡下去：“我可以帮你，不过，等事成以后，我想知道你们之间从前的事情。”她有些倔强地咬着嘴唇说：“我也没有做错，我应该知道这些。”

李弄玉向她点头微笑：“你当然没有错，我存了些好茶好酒，等这些事情过了，请公主来我的寝殿围炉夜话。”

灵泉行宫西侧，是羽林侍卫驻扎的地方，几名小吏模样的人，正把始平王拓跋勰围在正中，七嘴八舌说着各项繁杂事务，一件件都要请始平王亲自裁夺。在太皇太后的暗示下，羽林侍卫中间状况频出。粮草补给，兵器调拨，都费时费力，拓跋勰又从没管理过军务，明知道这些人在给他使绊子，却理不出个头绪来。

他惦记着皇兄的安危，心里一团乱，账簿上的钱粮数字，都好像在歪歪扭扭地摇晃。

“王爷，原本皇上只说在行宫停留半月，下官都是按照半个月的时限调运的粮草，可眼下已经耽搁一个多月了，连回程时用的粮草都快用完了，这么下去不是办法，请王爷拿个主意吧。”掌管钱粮的小吏言语客气，只是推说事情难办，把难题都摆在始平王面前。

他正要开口呵斥，一阵马蹄声由远及近，一身桃红衣装的少女，分开众人直走到始平王面前：“你答应了要陪我骑马的，怎么说话又不算话了？今天天气正好，我们现在就去吧。”

阿依是高车贵客，官吏不敢对她无礼，想着太皇太后的密令，只管缠住始平王：“王爷，这些事情都耽误不得，您好歹给句话，下官们照着去做就是了。”

始平王还没开口，阿依手里的马鞭已经挥了过来，她原本有些不敢，可想起李弄玉的话，鞭子就结结实实地抽在那人背上：“混账东西！我说话你也敢插嘴？这些琐事，你们也敢拿到始平王殿下跟前来？要是事事都让始平王决断，还要你们有什么用？”

她把鞭子一扬，“啪”的一声抽打在木柱上：“始平王今天要陪我出去，你们呈上来的事，自己想办法解决。晚上始平王会回来看，再有解决不了的，先打三十军棍再说。要是解决得好的，始平王有重赏，立地升官。”

这些话都是李弄玉教她的，始平王碍着身份，不好跟这些小吏闹僵，由这个高车公主来压服，是最合适不过的。

始平王有些诧异地看着阿依，这些话正契合她的身份，却更像是另一个人想出来的。阿依被他眼眸里涌起的复杂情绪震撼，有些不好意思地低下头，可她很快明白，那些情绪并不属于她，那双眼睛正透过她看向另一个人。

她牵过早已备好的马匹，跳上去猛抽了一鞭子，仰头迎着太阳的方向策马飞奔。阳光那么刺眼，刺得她直流眼泪，她抬起手背捂住双眼，在马背上天真畅快地大笑，就像第一次跟他在高车草原上跑马时一样，高声喊着："拓跋勰，你追得上我吗？"

离开行宫侍卫的巡视范围，阿依便把自己带来的高车勇士，交给始平王带去同行，她自己则在原地等候，到始平王返回时，再跟他一起回行宫去。始平王兜了个圈子，绕开外围的羽林侍卫，往永固陵园赶去。

阿依替他争取到了足够的时间离开，却没办法瞒住太皇太后的耳目。五天的期限反正就快到了，恼怒的太皇太后召来重臣，宣布第二天由太子登基，登基大典一切从简，就选在灵泉行宫太和殿举行。

距离墓室被封住已经四天了，拓跋宏自幼习武，身体实际的情况，远比一般人要好。他十来岁时，就已经可以徒手击碎山羊的头骨，只是一直在外人面前装出孱弱的样子而已。可冯妙却已经有些支撑不住了，身上酸软无力，只想睡觉。

拓跋宏知道，这是体力衰弱的表现，怕她一睡不醒，把大部分水和食物都留给她。

"妙儿，朕小时候，也被这样关过一次，"他搂着冯妙说话，"太皇太后心情不好时就会责打朕，上了年纪的宫人们都说，朕长得很像皇祖父，只要朕尽力微笑，太皇太后就会打得轻一些。可那一次，朕思念父皇，在用膳时不小心提起，太皇太后认为朕对她心存怨恨，就把朕关在放杂物的耳房里，不准人给朕送东西吃。那时候还是冬天，耳房里不燃炭火……"

冯妙不忍心再听下去，侧脸在他胸前蹭了蹭，问："皇上那时候还是个小孩子，怎么能挺得下来呢？"

拓跋宏在黑暗中露出娴熟的笑容，他那时满心想要知道自己的生母究竟是谁，在知道答案以前，他不肯死。那一点孩童最纯真的向往，燃着萤火似的光亮，引着他一路走到今天。他知道，只要坚持微笑，最坏的情形总能变成好的。

他在冯妙脸颊上轻吻："因为朕知道，朕还要娶你为妻，要是朕提前死了，就便宜别人了。"

"没一句正经……"冯妙嘴上这样说，双手却环住了他的腰。她的话说得含混无力，拓跋宏听了越发担心，抱着她走回棺床旁边。石料透凉，冯妙的一双鞋子又不知道踢到哪里去了。拓跋宏左右比量了好几次，才把她放在一处稍软的沙堆上，自己跳进了棺床。

黑暗中传来利刃刻划着石壁的声音，拓跋宏很快返回，把冯妙重新抱起来，暖着她单薄的身体："妙儿，朕在棺床里面写了一句话，千秋万世，这句话都会永远跟朕的衣冠遗冢在一起。你想不想知道，朕写了什么？"

"嗯……想……"冯妙的声音已经很轻。

拓跋宏收紧双臂，听着她微弱的呼吸和心跳，郑重地说："等朕迎你回宫的时候，就告诉你，乖一点，勰弟一定会来的。"

冯妙知道墓室里什么也看不见，索性也不起身，可她的好奇心已经被勾了起来，轻哼着直往拓跋宏身前蹭："是关于什么事情的，总可以告诉我吧？"

"不可以。"拓跋宏把五指交错着插进她的指缝间，人的心就是这么奇怪，最柔软的地方却最坚强。哪怕只有萤火似的一点点念想，也可以引着人一直坚持下去。

"那……几个字呢？"冯妙还不死心，脸贴在他胸口轻摇，说出的话像梦呓一般。

"不许再问了，"拓跋宏本想板起严肃的语调，可还是禁不住低哑了下去，"等朕迎你回宫的时候，一字不漏地告诉你，君无戏言。"一片黑暗中，他努力睁大眼睛不让自已睡去，凝神捕捉着冯妙越来越低的声音。

他已经给冯妙心里点起了荧荧的亮光，而怀中人，就是他的那一点萤火，他一定不能先倒下去。

灵泉行宫的太和正殿内，二十几名宫女、太监正一声不响地连夜打扫大殿。人人心里都存着疑惑，可谁也不敢冒冒失失地胡乱开口。就连当年拓跋氏先祖皇帝四处征战时，新皇登基也从没有如此匆忙过，至少总该先返回平城，请傩仪执事官选定一个吉日。可既然太皇太后发了话，行宫里就赶忙准备起来。

整座太和殿都要清洗干净，来不及赶制新的龙袍，便在太子带来的旧衣衫上加绣五爪金龙纹。衣裳赶制出来，都来不及重新浆洗，就直接送进了太皇太后的寝殿。换了衣裳的拓跋恂，也不知道这一晚是怎么了，不住地哭闹，崔姑姑抱着他，来来回回地边走边哄，却怎么也没办法让他安静下来。

太皇太后被这哭闹声吵得不胜其烦，对崔姑姑说："去配些安眠的药来，喂恂儿喝下去，要是明天登基时也这么哭闹，成什么样子？"

到登基大典还有五六个时辰，太皇太后的意思，是要用一剂重药，让皇太子一直昏睡到典礼结束。崔姑姑有些于心不忍："也许是今天累着了，等会睡一觉就好了，小孩子都是这样的。那种药用得多了，怕伤了脑子……"

太皇太后冷哼了一声："本来也不是个聪明的孩子，罢了，你叫人把药准备好，要是到了大典的时辰他还这么哭闹，就给他喂下去。"

崔姑姑只能答应了，跟着又劝道："太皇太后也去歇歇吧，明天还要早起更换礼服呢。"

太皇太后揉着额角轻轻摇头，正要说话，殿外忽然大踏步地走进一个人来，衣摆卷起一阵凌厉的风，带着怒意直冲到太皇太后面前。

"你来了？"太皇太后看清来人的脸，声音里带了难以置信的惊喜，"明天恂儿登基，你是恂儿的老师，理应跟恂儿一起到太和殿参加大典。"这几天事务繁多，她知道李冲不支持自己扶立新君，也没再宣他，等到一切尘埃落定再慢慢解释也不迟。

李冲却气得手都直抖，一连叫了两声"冯有"，却说不出后面的话来。崔姑姑在一边小声提醒："李大人，您僭越了，太皇太后的名讳，外臣不该随意叫的。"

不料，一贯恪守礼节的李冲，猛地转过身来，指着崔姑姑说："你也是帮凶！你们没有一个人是干净的！她不过是一个弱女子，为什么你们不肯放过她？"

崔姑姑脸色大变，一连退后了好几步，赶忙把太子交给奶娘抱走，又把侍奉的宫女、太监都撵了出去。太皇太后也已经听明白了，他说的是哪一件事，脸上神情不变，冷冰冰地盯着李冲，维持着最后的威严。

"这么多年，你一直说上阳殿的火是场意外，我也都信了。没想到，你竟然能狠毒到如此地步……"李冲从桌上拿起一只青瓷小杯，捏在手里慢慢加重力道，薄胎的小杯"咔"的一声碎裂成片，却仍旧被他紧紧握在手里。

"冯有，我跟你之间的所有情义，就跟这只杯子一样。要是你能把这只杯子恢复原样，我就原谅你。"李冲张开手掌，碎瓷片哗啦啦落在地上，在青砖地面上砸出一连串的脆响。

他第一次面见这个大魏最尊贵的女人，便大着胆子恳求她照顾初入宫廷的李元柔。珠帘被人掀开，缀着猫眼石的湖蓝色丝履，径直走到他面前的澄泥金砖上。他没想到，寡居的皇太后竟然如此年轻。

从那时开始，他就频频出入奉仪殿，起先是为了打听些李元柔的消息，后来便越来越多地听冯太后谈起朝政。世人都说，她用雷霆手段，一夜之间便斩杀了专权的丞相乙浑。只有他知道，那一晚她躲在奉仪殿一角，一手捧着死去丈夫的灵位，一手把利刃抵在自己的喉咙上。如果计划不成，乙浑必定会入宫大肆报复，她宁可死，也绝不愿受辱。

就是那一晚她惊恐的双眼，让李冲心甘情愿陪伴她至今，不顾满朝非议，做她有名无实的情人。可回忆被现实撕扯成了满地碎片，他在这四天里，纵马狂奔，一路赶回平城郊外的青岩寺，去求证那里的李夫人是不是他心里所想的人，可得到的结果却令他痛悔不已。

李冲的声音里全是失望，不知道是对她还是对自己："你这个恶毒的女人，支走了文澜，打昏了她，又在她寝殿内点了一把火。可你大概怎么也不会想到，元柔她没有死，被文澜给救下来了。苍天有眼，注定要你受到惩罚。"

太皇太后一句恳求的话也没说，如果恳求已经没有用，她至少要保留住身为太皇太后的威严："明早太子登基，不管怎样，哀家始终是为了大魏的安宁。"

"好，好，你做你的太皇太后，"李冲气极，反倒笑出声来，躬身向她行了君臣之礼，"明早臣一定会拼死直谏，皇上下落不明，理应全力寻找，不应在此时迎立新君。"他说完，也不等太皇太后回话，便又踏步离开。

门口的团蝠纹帘子被他用力一甩，晃动不止，首尾相连的一只只蝙蝠，像要从帘子上飞出来一样。

崔姑姑走上前，低声劝道："太皇太后，李大人只是一时气急，他……"

"他一时气急？"太皇太后冷笑，声音骤然提高，"他凭什么不问缘由就指责哀家？！当年的事，不过是成王败寇罢了，哪有什么对错？"

崔姑姑无声地低头，陈年旧事，她也知道得清清楚楚。

太皇太后轻声低喃，似乎是仍在对那个已经走远了的人说话："李元柔帮她的丈夫伪造了文成皇帝的遗诏，要哀家殉葬。如果那时死的不是李元柔，就会是哀家。哀家只是想活下去，有错吗？"

更漏声声，没有人能回答她这个问题。

万年堂墓室内，冯妙已经气若游丝，轻靠在拓跋宏身前。恍惚间，有温热的液体滴进口中，带着灼热的腥气。冯妙被这气味一激，下意识地摇头，轻轻"嗯"了一声。等她清醒过来，才尝出那是鲜血的气味，有些惊恐地推拒。

"朕想起来，身上带了一点前几天猎来的鹿血。方山里的鹿，很滋养体力，从前进山打猎时，一路上都靠这个。"拓跋宏一只手抱着她，低声说话，"你不习惯这气味，忍一忍就好了。"

冯妙脑中昏沉，觉得这话哪里不对，一时间却想不清楚，喃喃地问了一句："那你喝过了吗？"

"嗯，朕已经喝了一大半，还有一点是留给你的。"拓跋宏的语气有些刻意地轻快起来，又喂她喝了几口，才换了个姿势把她继续抱紧。

墓室里重归寂静，就在这无边无垠的黑暗静寂之中，身下的细沙忽然开始缓缓流动，起先只是像风吹动沙丘那样缓慢地流淌，后来却越流越快，几乎可以清晰地感受到沙土的厚度在缓缓下降。

拓跋宏心中警觉，记起被沙土埋住的青石板上，布满了尖刺，赶忙起身跳入棺床。沉重的石门缝隙间，发出吱呀的声响，像有什么东西透着门缝钻进来，一点点撬动那块顶门巨石。巨石与石门之间，渐渐透进一丝光亮。

那束光越来越明亮，“轰”的一声巨响过后，墓室内飞起无数尘土，门外火把的光亮直照进来。在黑暗中停留太久，眼睛一时不能适应如此强烈的光线，拓跋宏赶忙遮住冯妙的双眼和口鼻，自己也侧过头去，闭上了眼。

一阵杂乱的脚步声中，有人且惊且喜地叫了一声：“皇兄！”

第三十六章 留云意

墓室的石门一开，始平王拓跋勰便急冲进来，一眼就看见拓跋宏手臂上一道两寸长的伤口。为了让流出的鲜血不会凝住，那道伤口被反反复复割开过好几次，他正要开口，却被拓跋宏摆手制止。

冯妙的唇边，还残留着一点殷红的血迹。始平王一见，便立刻明白过来，转头取过一件披风递上来。

拓跋宏自己的外袍，已经裹在冯妙身上，他接过披风，先取下带子蒙住冯妙的眼睛，然后才搭在自己肩上。

石门之外，高清欢垂着手站着，远远地看着这一幕。火把的光亮，把他广袖束腰的身形投映在地上。

“皇兄，多亏高大人提早查阅了古籍，找出了从外面撬开顶门石的方法，又刚好赶来与臣弟会合，墓室石门才能如此顺利地打开。”始平王一面牵过马匹，一面简要讲着这几天行宫内的情形，“皇兄恐怕要快些赶回去，再晚了，皇祖母就要让太子登基为帝了。要是祭告先祖、昭告天下的仪式一结束，事情就难办了。皇兄还能不能骑马？”

拓跋宏微微点头，转身对高清欢说：“贤卿有心，朕日后再另行封赏。”高清欢却只是淡淡地还礼，并不像其他臣子那样诚惶诚恐。

始平王把马缰送到拓跋宏手里，叫阿依上前扶住冯妙，天已经快要亮了，拓跋宏必须尽快返回行宫，阻止太子登基，可冯妙已经站都站不住，更别说骑马赶路。

拓跋宏翻身上马，动作远不如平常矫捷，却毫不犹豫。他在马上坐定，又俯下身子把手压在始平王肩上："勰弟，多谢你，替朕照顾好她。"他顿一顿，有些不自然地说："别让侍卫抱她，朕……会心里不舒服。"

灵泉行宫内，一夜未睡的太皇太后，已经换好了礼服。来不及缝制新衣，崔姑姑临时找来几名随行的宫女，用宴请北地首领时的那身衣装，临时改成了礼服。领口、袖口上加缀了一圈各色宝石，前襟上的凤纹也用闪亮的金线重新描绣了一遍。穿戴妥当，崔姑姑用犀角梳子帮太皇太后绾起发髻，头发握在手里，已经蓬松如枯草一般，大半的发丝都已经白了。

"锦心，哀家让你去安排的那件事，你已经做好了吧？"铜镜中映出的脸，眼窝深陷，颧骨高耸，带着散不去的疲惫。

"是，都已经安排好了。"梳子卡在一处纠缠的发丝上，崔姑姑抽出犀角梳子，倒了一点茉莉头油在手心上，"其实太皇太后何必如此呢，太子今天就会顺利登基，一切都在您的掌握之内。"

太皇太后从她手里接过那团纠缠的头发，拿起妆台上的银剪子，"咔嚓"一声，发丝就轻飘飘地落在地上："迟早要做这一步安排的，哀家已经四十九岁了，护不了冯家几年了。"太皇太后幽幽叹息，"熙弟有领兵的天分，为人处事上却愚钝得很。这几年皇帝都防着冯家，熙弟的本事也得不到施展。哀家能做的，只有这么多了，就算哀家不在了，皇帝还是要倚重冯家来平衡朝中的势力。"

脑中一阵剧烈的刺痛袭来，太皇太后握住一只光滑圆润的暖玉小球，忍耐着那股痛楚："等到恂儿长大，他们便知道了……"难以忍受的剧痛，掐断了她的话。

崔姑姑赶忙从妆台上取过一只金盖小盒，可打开一看，里面却已经空了。那里本该装着冯大公子送来的美人夜来香膏，从前是每三天送来一次，近来太皇太后越发离不开这种香膏，几乎整夜都要点着这香才能入睡。

新皇登基的典礼很快就要开始，太皇太后的头痛却偏偏在这时候发作起来，崔姑姑急得不知道如何是好。她推开门，叫了一名小宫女进来，让她立刻去请冯大公子过来。

小宫女应了声刚出门，就一脸惊喜地折返回来，在她身后，冯诞正捧着一只小盒走进来。他的衣襟下摆都被露水打湿了，显然是连夜策马疾驰所致，发髻上还沾了些枯枝败叶。

一向衣装整齐光鲜的冯大公子，顾不上整理自己的鬓发，快步走到太皇太后身前，从盒中取出香膏，放在熏香用的小鼎中："姑母，侄儿料想您这几天操劳过度，可登基大典马上就要举行，您还得接受群臣朝贺。侄儿昨晚就赶去跟运送香膏的人会合，先拿了香膏提早回来，好让姑母在新皇登基大典上精神百倍。"

他用专门用来引燃美人夜来的干草茎取了火，正要点燃香膏，忽然听见太皇太后叫他：“诞儿，哀家每次用了这香膏，效果的确立竿见影，可过后头痛的毛病却越发重了。哀家想还是应该叫御医来看看这香料，究竟适合不适合哀家用。”

冯诞的手晃了一晃，草茎上的火苗随着这轻微的晃动，“呼”一下熄灭了。他仰头迎向太皇太后的目光，像过去二十几年里一样醇和地笑着：“姑母，侄儿早就说了，您这头痛的毛病，应该请御医诊断才是，可您总说没什么大碍。”

“侄儿先陪着姑母燃了这些香膏，麻烦崔姑姑去请御医来，大典之后即刻替姑母诊治。”他重新取了一段干草，凑在宫蜡上点燃了，投进香鼎里去。

太皇太后凝神看着冯诞，他的表情和动作，都跟平常一模一样，不见丝毫慌乱。铜鼎里散出袅袅香烟，冯诞就势坐在太皇太后身侧，离香鼎倒还更近一些。

脑中的疼痛实在太过剧烈，美人夜来的清凉气息，如滴进浓烟里的清水一般，沁人心脾。太皇太后缓缓闭上眼睛：“罢了，一切都等登基大典之后再说吧。锦心，你去偏殿里看看恂儿，大典上别叫他哭闹。”

太和殿内，随御驾同来的宗室重臣，都已经等候在殿上。皇帝已经失踪了五天，恐怕凶多吉少。过了今天，坐在龙座上的就又是老妇幼儿了，已经有人悄悄在心里盘算起来，到时候怎样要挟太皇太后，废除了皇帝颁布过的禁令。

广阳王和始平王都不在，只有李冲穿着一身常服上殿，连官袍都没穿。他与众人斜斜相对，孤独倔强地表明自己的态度，绝不会向新君跪拜。

定好的吉时早已经过了，太皇太后和太子却都没有来，等得越久，大殿上的人越是躁动不安。已经有人开始窃窃私语，会不会是事情又有什么变化。

一些手里兵强马壮的亲王，已经等得很不耐烦，开始叫嚷起来，派手下的随从，到太皇太后的寝殿去看个究竟。随从带回来的消息令人更加惊疑不定，太皇太后突发急病，御医正在诊治。

任城王拓跋澄原本就反对太子登基，此时明显地松了口气，高声说：“既然如此，咱们就先各自散了吧，等太皇太后那里有了消息再说。”

跟他平辈的几位亲王却不肯放过这个好机会，阴阳怪气地说：“如今皇上下落不明，太皇太后又在这个时候病倒了，柔然人、高车人、吐谷浑人都还在行宫里，咱们哪能就这么散了？既然今天都来了，干脆另选合适的人即位。”

任城王气得直瞪眼：“皇上不知道身在何处，你们不说派人去找，倒惦记起这个皇位来了。”鲜卑贵族本就有配刀配剑的习惯，再加上又是在行宫之内，规矩不比平城禁宫，任城王“哐啷”一声抽出了自己的佩刀：“谁想当这个皇帝，先从我身上跨过去。”

眼看两下就要动起手来，大殿外忽然传来明朗清晰的声音，夹着几分自信的笑意：“几位王叔这是在做什么，朕不过离开几天，你们怎么就吵起来了？”

喧哗吵闹的大殿，霎时间因为这一句话安静下来。亲贵们不可置信地转头向门口看去，就连侍卫、内监都忍不住侧头悄悄去看。拓跋宏穿着一身素色衣袍，未戴任何金玉配饰，人越发消瘦苍白，可双眼之中却光彩熠熠。

“皇上……”任城王惊讶得连跪拜都忘了，上前扶住了拓跋宏的肩，“回来就好，回来就好。”

广阳王一身甲胄，跟在拓跋宏身后走进太和殿，雄浑有力的声音在大殿内嗡嗡回响：“皇上在此，诸位亲王怎么还不跪拜行礼？”

经过几年的刻意经营，广阳王的兵马已经实力不俗，抛开人数不提，他的兵马是唯一南下征战过的，与养在平城内的懒散亲卫不可同日而语。鲜亮的甲胄，分明代表着他麾下誓死效忠皇帝的兵卒。亲王们不得不咬牙低头，向皇帝行跪拜大礼。

拓跋宏缓步走到御座前，声音和煦地说：“朕陪祖母巡视永固陵时，忽然想起朕的父皇、母妃。朕身为人子，却没能尽过孝心，所以在万年堂内斋戒五日，为父皇母妃祝祷。”

他一路赶回灵泉行宫，先去换了干净的衣衫，便急急赶来太和殿。平白无故消失了五天，他必须给出一个合理的解释。

五天里他只吃了一点点东西，身上受了几处伤，又一路策马狂奔赶回行宫，拓跋宏早已经有些脚步虚浮，耳边嗡嗡作响。可他尽力维持着最后一丝清明的思绪，笑得淡定从容。只差一步，他不能在此时功亏一篑。

拓跋宏的目光在大殿上缓缓扫过，这些年纪和辈分都比他大的亲贵，在他温和却坚定的目光下，一个个低下了头。拓跋宏的声音，清晰地传进每一个人耳中：“朕听说祖母突发急病，现在要去探望，各位王叔、王兄如果没有别的事，可以跟朕同去。”

一句称呼，已经表明了皇帝的态度，他并不打算追究这五天里亲贵们的态度。心定下来，他们便琢磨起太皇太后的病情来，连定好的登基大典都不能参加，想必太皇太后的病一定不轻。太皇太后的安危，对朝堂的影响举足轻重，这么一想，宗室亲贵们便纷纷表示，愿意随皇帝去探望太皇太后。

暖阁之内，太皇太后平躺在床榻上，人已经有些神志不清，嘴角竟然流下一道口涎。在大魏后宫中半生翻云覆雨的太皇太后，一旦年老患病，也跟普通人家的老妇人没什么区别。

拓跋宏径直走到床榻边，声音越发关切：“祖母，孙儿回来迟了，您放心，孙儿一定会命御医尽心尽力地诊治。”

太皇太后瞪大了眼睛看着来人，目光中交织着种种复杂的情绪，口中发出呜呜的声响，像是要说话，却什么也说不出来。她的手微微抬了抬，似乎想要抓住拓跋宏的手腕。拓跋宏微笑着看她，把手挪开了一寸远。就是这一寸远的距离，太皇太后却怎么也够不着，她暴怒起来，想要抓枕边的玉如意去砸，可身子根本不听使唤。

“祖母，您安心养病，几位亲王也来看您了，可朕怕他们吵着您，让他们在外面等。”拓跋宏把锦被向上拉了一拉，不理会她像要杀人一般的目光，把御医叫到跟前，和颜悦色地问他们，太皇太后何时发病，病情如何，用了些什么药。

没能进内殿的宗室亲贵们，也从进进出出的医女口中，打听到了太皇太后的情形。他们心里有数，太皇太后的病，看样子是好不了了，从此以后，大魏的龙座上只会有一个主人。

亲王们纷纷告退离去，拓跋宏起身，正看见冯诞站在床榻边，他拍一拍冯诞的肩说：“思政，朕就把祖母托付给你了，这几天御医的方子和医女送来的药，你都要仔细查看，不能出半点纰漏。”

冯诞自然明白他的意思，他们兜了这么一大圈，就是为了让太皇太后一病不起。先用私幸南朝使节的旧事勾起太皇太后的血气上涌，再用美人夜来一点点诱发了中风之症。眼下既不能让御医治好了太皇太后，也不能让人发现真正的病因。

他点头答应，心情却有些沉重复杂，不管对别人怎样，太皇太后一向对他疼爱得如亲生儿子一般。

拓跋宏跟他一起走到门口，看看四下无人，才悄声问：“思政，真是难为你了，美人夜来的药劲很大，朕有点担心……”

冯诞摇头苦笑：“要是臣说现在问心无愧、毫无负累，恐怕皇上也不会相信的。但是……皇上要做圣明天子，臣便做个忠臣良将吧。”不知道从什么时候开始，他也跟其他人一样，在拓跋宏面前恭谨地自称“臣”，刻意拉开两人之间的距离。

拓跋宏在他肩头重重一按，沉声说：“思政，你这份忠臣良将之心，朕铭记在内。”说罢，便匆匆走远。

冯诞看着那道远去的人影，强装出来的懒散笑意散去，胸口如同压了块巨石一般。他转身向内殿走了几步，胸口越发闷疼，忙忙地去掏帕子出来，气息翻涌间，一口血就直喷在手上。美人夜来能令人气血上涌，每个人用了这种香之后的反应，都略有不同，唯一相同的是，这香的效用无药能解，只能日复一日地痛苦，直至死去。

他用帕子一点点擦干指缝间的血迹，耳边依稀响起第一次见面时拓跋宏说过的话，“朕乃大魏天子，你是何人？”

冯诞甩甩头，强迫自己从回忆里清醒过来。史书上记载的圣明天子，永远都是仁慈和孝的，那些不能被人知道的阴暗的事，便由他这个臣子来做吧。

拓跋宏突然归来，带给北地首领的震撼更大，高车王提早从阿依口中得知了皇帝平安归来的消息，亲自带了厚礼去拜见大魏皇帝。他在鸿蒙阁门前，便向拓跋宏行跪拜之礼，表明了高车归顺大魏的态度。吐谷浑首领不愿落后，也亲自送来了贵重的药材。

眼看两位盟友都已经表明了态度，柔然可汗无计可施，也不得不向大魏表明了臣服的态度。皇帝失踪引起的恐慌动荡，随着拓跋宏安然归来，消失得无影无踪，就像从未发生过一样。

这一夜，灵泉行宫一角，一间不起眼的偏房内，高清欢正坐在莲花石墩上，眼睛盯着跳动的灯火，完全不把对面的人放在眼里。

“高大人，要不是你把打开顶门石的方法告诉始平王，这一次就可以要了皇帝的命。”一身灰衣的男子坐在他对面的胡床上，语气间颇有些不满。

高清欢冷冷淡淡地开口：“你们不按约定好的方法去做，倒来怪我？”

灰衣男子掸了掸衣袖，不屑地说：“我原本只想绑了那个小姑娘逃走，可我家王爷一看便说，这丫头是皇帝的心头肉，比原来选定的诱饵好得多，既能让他送命，又能让他在死前感受到心爱的人一点点没了气息，岂不是一举两得……”

话没说完，高清欢忽然从石墩上站起，一把掐住了灰衣男子的脖子，声音冷得像在漂着冰碴的水里浸过一样：“回去告诉你的主子，不管他打什么主意，不准他再动冯妙一下。不然的话，就一拍两散！”

那灰衣男子原本身手不弱，高清欢却并不擅长手上的功夫，可他这一下起得突然，又用足了力气，光是那股迫人的气势，就让灰衣男子愣了一愣，好半天才说出一句话：“我转告王爷就是。”

房门“吱呀”一声打开，灰衣男子用风帽遮住了脸，沿着小路快步走远。在转弯处，他回头看了虚掩的房门一眼，往地上啐了一口：“呸，什么东西！不过是高家养大的一条狗罢了，也敢对王爷呼来喝去？！”他眼中显出几分鄙夷神色，要不是王爷还要靠他探听皇帝的动向，还怕收拾不了一个小小的中朝官？他拉紧风帽，迅速地翻过行宫围墙，消失在夜色中。

没过几天，拓跋宏就以方山气候阴冷为名，起程返回平城，连太皇太后也一并送回平城休养。冯妙跟随在始平王的车驾中，也悄悄返回了平城。

皇帝刚刚回到平城禁宫，太史令便上书称，近来出现了“客星见离宫”的星象，是大凶之兆。

客星出现，原本也算是常见的天象，并不值得大惊小怪，可偏巧此时太皇太后病重，太史令便趁机危言耸听，说此次出现的客星是妖星，代表着宫闱之内有不祥之人，危害到太皇太后的凤体。

拓跋宏原本就不信这种无稽之谈，当即斥责了太史令。就在当晚，太皇太后的病情加重，太医令亲自入奉仪殿诊治。六名最好的御医一直忙碌到清晨，还是无济于事，太皇太后已经吃不进任何东西，连喂进去的药都吐了出来。

太皇太后的病情，原本就在意料之中，可那些反对新政的宗室亲贵们，却趁机大做文章，借着孝道的名义，要皇帝彻查宫闱中的不祥之人，严加惩治。

偏偏在这个时候，有人无意间发现，本应在青岩寺养病祈福的冯妙，并不在青岩寺内。她妖媚惑主的旧事，又被重新提了起来，甚至有人言之凿凿地一口咬定，夜空中突然出现的客星，就该应在她的身上，她才是导致太皇太后患病的不祥之人。

拓跋宏心里清楚，这些人并非像他们说的那样，一心记挂着太皇太后的安危。他们是在用这种方式逼迫皇帝屈服，皇帝在驾驭着臣子，臣子却也在想方设法地掌控着皇帝。

苦苦支撑了三天之后，太皇太后终于还是合上了眼。拓跋宏昭告天下，太皇太后薨逝，辍朝两日以表示哀恸之心。他在太皇太后灵前长跪，不吃不喝，直到第二天傍晚才在前来祭拜的任城王劝说下进了一碗米粥。

失去了太皇太后的压制，也同时失去了太皇太后的支持，拓跋宏真正亲政之后，面对的第一件事，就是如何压服这些心思各异的亲贵朝臣。权衡再三，他还是发了话，选立冯清为皇后，入主中宫，等到大丧之期过去，再按照祖制，由冯清手铸金人占卜吉凶，完成册封大典。

他记得自己在万年堂内留下的字迹，“吾妻佳妙，六宫无妃”，那是他对冯妙没有说出口的郑重承诺。可他更是一个帝王，本该绝情灭爱的帝王。在这种矛盾交织的心情下，拓跋宏当着重臣的面发愿，为太皇太后守孝期间，不再召幸任何后宫嫔妃。

冯妙回到平城后，一直住在始平王府。她大病了一场，始平王又刻意瞒着她，冯妙对那场发生在自己身上的妖星惑世之说一无所知。

她从婢女口中听说了太皇太后薨逝的消息，既没有如释重负的喜悦，也没有哀伤悲恸，她只觉得，那个在深宫中挣扎了半生的女人，终于解脱了。因为太皇太后生前的坚持，她并没有与文成皇帝合葬。九泉之下，她仍然不愿意与丈夫见面，不知道是因为世人传说的无颜相见，还是她心里根本就怨恨这个改变了她一生轨迹的男人。

太皇太后的客星风波还没过去，夜空中再次出现了状如蓬絮的客星。太史令刚刚上表禀告皇帝，宫中二皇子拓跋恪便突发急病。

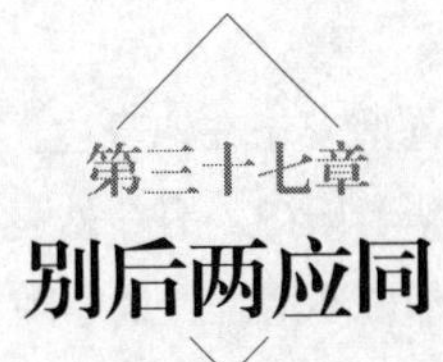

第三十七章 别后两应同

二皇子的病情，在平城皇宫内引来更多的流言蜚语。不知道是从宗室亲贵的一句玩笑开始，还是从宫女内监的窃窃私语开始，到处都在流传，离宫静养祈福的废妃冯氏不守妇德，在青岩寺与人私通。上天出现客星示警，指的便是这个失贞失德的人。

朝堂上汹涌的暗流，忽然间集中在一个柔弱女子身上。要求惩治废妃冯氏的奏表，连绵不断地送到拓跋宏面前，却都被他压了下来。其实人人心知肚明，比起即将执掌中宫的小冯氏，皇帝心里更宠爱这位离宫的大冯氏，他们抓不出其他的由头，便偏要让皇帝在这件事上屈服，好像这样就能挽回朝堂上的失利一样。

始平王府里的侍医一直在替冯妙诊治，脉案每天都私下送进宫里，请皇帝过目。这些侍医应付惯了贵人，说出的话总是很委婉，尽量让人宽心。因此脉案上只说冯妙忧思太过、郁结肝脾，长久下去，恐怕不是多福多寿的样子。拓跋宏把脉案压在紫檀木案下，一天里拿出来看了几次，最终还是派人去叮嘱始平王，叫他不要把这些流言告诉冯妙，免得她心里胡乱猜想，病得越发严重。

他很想见冯妙，可他不能去。鲜卑贵族笃信星象占卜，认为违背上天的意志，是最为大逆不道的事情。他可以不顾一切，可他不能让这些指责加在冯妙身上。她已经忍受了太多，如果要迎她回宫，就要给她一个彻底干净的后宫。

心绪烦乱间，拓跋宏越发不愿见后宫妃嫔，只偶尔到广渠殿去看望生病的恪儿。这孩子也很沉稳安静，日渐长大的五官与他的父亲十分相像。

高太妃离宫前往报德佛寺后，高照容比从前更加柔顺恭谨，连初入宫时那份与众不同的妖娆，也全都收敛起来。她的广渠殿，已经是后宫中唯一能让拓跋宏得到片刻安宁的地方。

拓跋宏抱着熟睡的恪儿，高照容坐在他身边，往香炉内加入一点桂花和茅草制成的香屑。从前冯妙居住的华音殿内，有一株高大的桂树，熟悉的气味，让拓跋宏越发喜欢在广渠殿流连，却说不清是什么原因。

“皇上，其实恪儿的病已经没有大碍了，可外面的人还是拿这件事做文章，把错处都推在冯姐姐身上。”高照容倚靠在拓跋宏身侧，轻轻捻着他衣襟上的穗子。

拓跋宏“哼”了一声，却没说什么话。他不喜欢跟人谈起冯妙，相比之下，他更喜欢封闭在万年堂里不见天日的那几天，无底黑暗里的相拥，让他觉得冯妙是彻底属于他一个人的。

“皇上，这事毕竟是从恪儿身上牵扯出来的，容儿觉得心里不安，”她从拓跋宏手里接过孩子，放回床榻上，“恪儿的病已经快好了，容儿想不如现在叫冯姐姐先回青岩寺去，再劳动冯姐姐诵经也好、抄经也好，对外人做做样子。到时候容儿再对人说，恪儿的病已经大好，那些人也就再说不出什么来了。”

拓跋宏还沉吟着没说话，高照容已经慌乱地急忙跪下请罪：“都是容儿胡说的，冯姐姐正该静养，外面那些人的胡言乱语，随便由着他们说去就是，皇上根本不必理会的。”她眼角浮起几点泪光，看上去越发楚楚可怜。

“不过，容儿的确是为了冯姐姐着想，希望这场客星妨主的风波能尽早过去，”她低垂着头，双手攥住了拓跋宏的衣袍，带着几分委屈，“这个时候，皇上要是去看冯姐姐，反倒又给了那些迂腐老臣说三道四的机会，不如从容儿这边派几个老嬷嬷过去，先送冯姐姐回青岩寺，等恪儿的病大好了，星象之说也就不攻自破了。”

拓跋宏伸手拉她起来：“畅和小筑待选时，你就跟妙儿交好，现在还肯这样替她着想，朕很欣慰。先送妙儿回去也好，反正日后还是要从那里迎回宫，才名正言顺。”

他略想一想，接着说：“妙儿还要静养，不必抄什么经了，就由你出面布施十万钱，为青岩寺的佛像重塑金身。这段日子先把恪儿的药量减半，等到完工之日，再对人说恪儿的病已经好了，让这些亲王朝臣再没什么话好说。”

高照容低眉顺眼地答应，温柔妩媚的眼中像要滴出水来：“容儿会派人每三天去青岩寺一趟，把冯姐姐的情形告诉皇上。为了避嫌，皇上要是有什么话想对冯姐姐说，也叫这些跑腿的老嬷嬷转告，好不好？”

她往拓跋宏身前靠去，双唇不自禁地抿紧了，皇上从前最疼爱恪儿的，可是为了给冯妙洗脱不祥之名，他竟然叫恪儿的药量减半，多拖上十几天。

拓跋宏“嗯”了一声，就算是答应了，似乎想要抱她一下，手臂却有些僵硬。他对冯妙许诺过“六宫无妃”，这会儿再亲近别的女人，他心里竟然有些不安。高照容收起不甘的情绪，在他怀中仰起脸，孩子气地抬手抚摸他紧皱的眉，柔声低语：“容儿只想替皇上分忧，让皇上能多多展露笑颜。”

冯妙在始平王府住了十来天，虽然从来没有对人提起过，可心里却隐隐盼望着拓跋宏能早点来看她。她被瞒得很严密，除了太皇太后薨逝之外，对朝堂上的其他事一无所知。她有时会想，这里是始平王府，皇帝要出宫看自己的弟弟，应该不难吧。可一天天等过去，拓跋宏竟然连只言片语都没有。

他是皇帝，总有许多身不由己。冯妙心中酸楚，却不想对人表现出来。她用整幅的绢布画了一棵石榴树，粗粗勾出几根树杈，叫人挂在房内。她想要每天画一片叶子上去，等到树叶画满了，再画石榴花。等到树上的花也画满了，再画石榴果。等到果子也画满了，再画一粒一粒的石榴籽。

冯妙对着光秃秃的树杈皱了皱鼻子，挥舞着笔小声说：“总不能画到石榴籽你还不来吧？画了几颗石榴籽，就让你赔我几颗猫眼石，来得太晚你就赔不起啦，哼……”

她刚在枝杈上画了第一片叶子，屋外就走进两名年长的嬷嬷来，看着有些面生，不是平常侍奉汤药的婢女。嬷嬷屈身向冯妙行礼，客气地说：“车辇已经备好了，请娘子移步吧。”

冯妙听得一头雾水：“什么车辇？我没说过要外出……”她心口咚咚直跳，盼着这是拓跋宏派来接她的人，可又觉得称呼不对，这些人仍旧叫她“娘子”，并不称她“娘娘”。一字之差，娘子却是对没有位分的废妃的称呼。

“娘子的身子大好了，奴婢们奉皇上的旨意，来送娘子回青岩寺去。总住在始平王爷的府邸里，要是让人看见了，平白惹些闲话。”说话间，两名嬷嬷已经走上前来，一左一右扶住了她，搀着便要往外走。

冯妙别扭着不想走，进了青岩寺，拓跋宏要来看她就更难了：“就算现在要走，也该容我换件衣裳，再跟始平王道个别吧。”

“娘子，始平王今天在宫中议事，这会儿不在府里，”两名嬷嬷彼此对看一眼，却不肯松开扶着冯妙胳膊的手，“皇上特意吩咐了，趁着傍晚这会儿人少，悄悄地送娘子回去，日后要回宫，总归还是要从青岩寺迎接娘子的。”

一提到拓跋宏，冯妙反倒像未出嫁时一样，有些羞涩起来。她偷偷离开青岩寺，的确不能让别人知道，拓跋宏说过要迎她回宫，仍旧从青岩寺回宫，才是最合适的。冯妙把刚刚挂好的那幅石榴树取下来，小心地吹干墨迹，卷好了随身带着，跟着两位嬷嬷上了马车。

这一天，始平王拓跋勰刚好在崇光宫议事，为了皇帝将要推行的政令，与任城王拓跋澄、李冲等几位老臣，论辩了整整一天。他返回府邸时，已经到了掌灯的时间，管事匆匆上前禀告，宫里来的嬷嬷已经接了冯娘子往青岩寺去了。

始平王刚刚还在宫中听皇兄说起过这件事，也知道这是为了击破冯妙失贞失德、客星妨主的传言，只是有些奇怪怎么如此着急。他是外臣男眷，此时不方便再去看冯妙，听说宫里派来的嬷嬷很细致妥帖，也就放下心来，暗想皇兄真是一刻也等不得了。

冯妙一路颠簸，到了青岩寺时，天色已经彻底黑下来。其中一名叫青镜的嬷嬷也要留在这里照看她，另外一名叫丹朱的嬷嬷每三天会来探望她们一次，从宫里带些日用物品来。冯妙见那两名嬷嬷都眉目和善、手脚利落，又想着很快就能见到拓跋宏，便没把这些小事放在心上。

青镜出手阔绰，一来就先给了慧空大把的金银，让她不敢怠慢，还给冯妙换了一间宽敞向阳的禅房。她对冯妙很殷勤客气，处处都照顾得很好。可冯妙回了青岩寺几天，却还没见过忍冬几面，她想叫忍冬来身边伺候，可每次问起来，不是说派了她去煎药，就是说让她下山去采买药材。

没有忍冬陪着，乐趣就少了不少，冯妙又想起李夫人来，要去南山房看她。青镜言辞闪烁，像是不愿她多见外人，只推说她需要静养，不适宜多出去走动。冯妙板起脸来坚持要去，青镜才不情不愿地答应了，只不过坚持要陪着冯妙同去。

李夫人的小屋里飘着袅袅药香，冯妙推门进去，便看见忍冬也在里面。临行前，她曾经拜托李夫人照顾忍冬，李夫人虽然不是男子，却也一诺千金，每天让忍冬帮她煎药，省了她跟其他的姑子见面。

忍冬一见冯妙回来，高兴得什么都忘了，上前扶住冯妙的双臂，仔细看了几圈，感叹着说："娘娘怎么瘦了这么多……"

冯妙向李夫人屈膝为礼，身子才刚低下去一半，就被李夫人托住了："好孩子，你见我不必多礼。"她亲自摇着一柄蒲葵叶制成的宽大扇子，照看着小炉里的药。

李夫人瞥了一眼跟在冯妙身后的青镜，有些冷漠疏离地说："你也是来找我诊病的吗？请我诊病要十颗东珠，放在门口的陶罐里，如果不是就请出去。"

青镜的脸白了一白，知道李夫人不欢迎自己，有些尴尬地退了出去。李夫人转头对冯妙说："宫里派来的嬷嬷都是老人精了，你要格外当心些。"

冯妙点头答应了，转念想起那只香囊丢在了万年堂里，有些不好意思地向李夫人说起。李夫人却毫不在意："已经是用了好几年的旧物件了，没什么大不了的。"她听李冲说起过冯妙，尤其赞赏这个小姑娘的临危不乱，看着冯妙，就好像看见自己多年未见的儿子一般。

忍冬取下炉火上煎药的陶罐，把乌黑浓稠的药汁倒进碗里，放到冯妙手边的小木案上：“这是夫人专门给娘子配的药方，里面用的莎草香附子是我一粒粒洗净了，用醋泡过再炒的，可辛苦了。”她笑嘻嘻地凑近，挨着冯妙的耳根说：“娘子喝了这个药方，下次跟皇上见面之后，腰下多垫一层软枕，比拜送子娘娘还管用呢。”

冯妙的脸一下子红了，恼得伸手去打她：“你怎么也学会胡说八道了……”

忍冬跟李夫人相处久了，也不像起先那么怕她，笑着躲到她身后：“夫人救我，娘子恼我说实话呢。”李夫人含笑看着，等她们闹够了，才支了忍冬去房后摘药，看着冯妙一点点把药喝下去。

她从桌上拿起一张药方，递到冯妙面前：“这张方子我反复想过，选的都是极温和的药材，你照着这方子自己煎了喝，即使不为求子，也对身体大有好处。”

冯妙接过药方，忽然觉出李夫人的话另有深意，抬头问道：“夫人，您不会是要离开青岩寺吧？”

李夫人不置可否，只抚着她的鬓发说：“傻孩子，你也不会一辈子都在青岩寺里虚度的。”

她叹了口气，说不清是欣喜还是惆怅，对冯妙问道：“孩子，我看你像是读过些书的，有个问题来问问你。写情情爱爱的句子那么多，哪一句最情深无悔、刻骨铭心？”

冯妙一怔，倒被这个问题给问住了，脑海中第一个跳出的，便是镂刻在银球上的那句话，低声念了出来：“结发为夫妻，恩爱两不疑。生当复来归，死当长相思。”

李夫人轻轻笑了：“年轻的时候，我也觉得同生共死才是世间最真挚的情爱。可是，我遭逢一场大变，又躲在山寺里苟活了这么多年，渐渐才想明白，最情深无悔的，其实是另外一句。”

冯妙抬眼看着她，面纱遮蔽下，李夫人的双唇轻启：“弃捐勿复道，努力加餐饭。”

她见冯妙有些茫然不解，接着说：“这世上的所有情感，起初时都很美好，可时间久了就变了样子。有的人日日相对、彼此生厌，把最初的一点爱恋都消磨得无影无踪。也有的人，因为生活艰辛，或是不得不忍受分离，便失去了爱人的勇气。”

“我在青岩寺里住了快二十年，见多了在神佛前许愿的人。有人求丈夫升官，有人求自己多子，多得我都记不清了。只有一次，我听见一个女子祈求，愿出门在外的丈夫和儿子，渡河时能遇到船家，下雨时能遇上瓦房茅屋可以躲避，这几句话我到现在都还记得。”李夫人替冯妙理了理散落的碎发，凝着她的双眼说，“无论是妻子对丈夫，还是父母对儿女，心里最该念着的，便是努力加餐饭了，愿他能多多保重。而我们自己能做的，也无非就是这一句努力加餐饭，不让人为我们分心惦念。”

冯妙静静听着，她总觉得今天的李夫人有些奇怪，像是要提前把一辈子的话都说出来似的。

“孩子，永远不要对你珍爱的人失望，”李夫人的声音幽幽的，像从天际传来，“汉宣帝故剑情深，坚持要立贫贱时的妻子许平君为后，自然是因为有情。可光武帝迎娶阴丽华之后，却先立郭氏为后，要我看来，这也是因为有情。她们的结局迥然不同，许平君被权臣霍氏的女儿毒死，阴丽华却能与光武帝白头偕老，还留下了千古贤名。”

大约是李夫人的话起了作用，从那天以后，冯妙的心情竟然平静得多。她每天早早起身，先在那块绢布上画一片叶子，用过早饭后就在后山散步，回来时再按李夫人的方子煎了药喝下。那方子煎出来的药极苦，每次她都要皱着鼻子，一口气喝下去，她只怕中间一停，就没有勇气喝第二口了。

青岩寺佛像的金身塑好时，二皇子拓跋恪的病也大好了。朝堂之上，拓跋宏颁布政令，要求整理平民的户籍，从前依附世家大族宗主的人，都要重新审定人数，以五家为一邻，五邻为一里，各设一长。同时，他还下令将土地和牲畜，按照人口分配下去，鼓励农耕。

这些政策，早在太皇太后在世时，就曾经商议过，只是推行起来总是有人有所怨言。这一次，他拿出了帝王雄主的雷厉手段，连着颁行俸禄、禁绝劫掠的诏令一起，但凡有人违背，一律严加惩处。

拓跋宏自己几乎不眠不休，亲自督促政令的推行。那些繁杂的数字、地名、人名，他都亲自看过，遇上有人想要蒙混搪塞，总能被他三言两语驳斥得哑口无言。一来二去，再没人敢轻视这个不过二十岁出头的年轻皇帝。宗室亲王们忙着清点人数、约束子侄，也没了心思再去谈论虚无缥缈的星象。他在用自己的方法，替冯妙扫清回宫的障碍，让任何人都说不得她半句。

每隔三天，丹朱嬷嬷便会去一趟青岩寺，把冯妙的情形告诉高照容，再由她转告拓跋宏。为了听这消息，拓跋宏每三天便去一次高照容的广渠殿，却并不留宿过夜。

李冲仍旧时常出入崇光宫，拓跋宏拟过的政令，有时会请他再看一次，免得出什么纰漏。在外人看来，李冲是太皇太后的宠臣，可太皇太后的丧期还没过，他就已经转去巴结小皇帝，世上没有比他更会钻营的无耻之徒了。私下里，不知道多少人对他指手画脚。可李冲的脾气，跟他教出来的女儿一模一样，只管自己问心无愧，丝毫不理会旁人说些什么。

也只有他这样硬脾气的人，才敢对着皇帝拟写的诏书说上一句“文辞不通，用语拖沓”。每每出现这样的情形，拓跋宏总是一笑置之，重新写了来请他评判。

可就是这么一个耿直的人，却一连几天欲言又止。拓跋宏看出他有话要说，留他在崇光宫一同用晚膳。几杯薄酒落肚，李冲才对皇帝开口，请求他能去一趟青岩寺。他借着酒意对拓跋宏说：“那里有一个人，很想看皇上一眼，她也许一辈子只能看皇上这么一眼了。”

李冲说的自然不会是冯妙，拓跋宏心里狐疑，可任凭他怎么问，李冲都不肯再多说了。对他的请求，拓跋宏答应下来，眼前就有现成的理由，二皇子的病已经好了，正该去青岩寺上香还愿。

他试探着问：“李大人出入宫廷的时日也不短了，不知道从前有没有见过朕的生母？朕很想知道，她是什么样的人。”

李冲沉默了许久，只说出一句话：“她当得起先帝一生独宠。”

皇帝驾临青岩寺，自然马虎不得，羽林侍卫提早就封锁了山路，山寺大殿更是反复清洗打扫过。因为借着二皇子病愈还愿的由头，高照容也带着拓跋恪随行，四帷马车一路驶到山寺门前。

此时天气已经转冷，高照容披着一件纯白狐狸毛大氅，把拓跋恪从车上抱下来。小小的孩子裹在浅金色织锦衣袍里，看上去更加乖巧可爱。拓跋宏先在佛像前奉了香，高照容才带着孩子跪拜燃香。拓跋恪路还走不稳，也学着高照容的样子，对着佛像俯身。高照容怕他跌倒，又觉得山间风大，匆匆上了一炷香，便抱着他返回车辇上。

一道青布帘子，隔开了前殿和后院。青布帘后面，李夫人牢牢地盯着拓跋宏，看他在佛前燃香叩拜，像是要把他的每一个动作，都深深印刻在脑海里。他的五官轮廓几乎与先帝一模一样，却又掺进了几分来自母亲的柔和斯文。

他才出生几天，就被太皇太后派来的人抱走了，一个人在险恶宫闱里长大，其中的艰辛，不言自明。可现在，他已经是君临天下的帝王了，英姿勃发，俊美无俦。

李夫人依依不舍地放下帘子，转身走回南山房。简陋茅屋内，一身常服的李冲正一件件翻着她缝制过的衣裳：“无论你变成什么样子，到底是他的生母，你就忍心连一句话都不跟他说吗？”

第三十八章
钟鼓初长夜

李夫人摇头，手指在那些从小到大的衣衫上滑过：“宏儿他已经厚葬了冯氏，留下了纯孝的名声，我现在出现，要他怎么面对？更何况，先皇李夫人的陵寝上，恐怕长出的草都已经有半人高了，人死而复生，必然免不了要牵扯出当年的旧事，只怕又是一场风波。与其闹得不得安生，我宁愿永远停留在宏儿的想象里，让他不用面对一个面容狰狞可怕的母亲。”

“所以，已经死去的人就该永远死去。这样，活着的人才能善加珍重。”李夫人取出两件新做好的衣衫，跟前面的放在一起，“他是天子，我是天子之母，都不能随心所欲。”

李冲神情间带上了几分愧色，太皇太后囚禁、毒杀先皇时，他也做了帮手：“其实先皇他并不是生病……”

他的话才出口，就被李夫人打断：“不必说了，死去的人已经永远死去，活着的人，就请自己多加珍重吧。”她像是知道李冲要说什么一样，却不让他说出来。所有恩怨，她选择就此遗忘，那意味着原谅，也意味着永不再相见。

李冲听出她话中的深意，叹气说道：“我送你从北门出城，选好的商队就在城门外等着。”

青岩寺正殿里，拓跋宏隐约觉得一直有人在看他，那道目光炽烈灼热，几乎带着烫人的温度。可当他起身四下搜寻时，又找不到任何人了。

那天李冲所说的话，已经让他心中生疑。他派人暗地里观察李冲的行踪，知道他曾经来过青岩寺后山的南山房。礼佛过后，拓跋宏命羽林侍卫守住山门，自己起身向后山走去。

此时树叶已经落尽，后山一片凄冷肃杀景象。靴底踩在枯枝上，发出吱嘎声响。南山房的门半开着，隐约看得见屋内有一张未上漆的木桌，桌角都已经磨得发圆了。

拓跋宏推门进去，屋内干净整齐、一尘不染，却空无一人。木板床榻上，整齐地放着两摞男子式样的衣衫。一摞是鲜卑胡服，另一摞是上衣下裳的深衣汉装。从长不过两尺的婴儿大小，到二十多岁青年人的尺寸，每一件都针脚细密整齐。

衣袍拂动间，带起旁边一张发黄的纸，飘落在地上。拓跋宏弯腰拾起，上面写着五个娟秀的小字：努力加餐饭。

他问过寺里的住持，姑子们只知道住在南山房的人姓李，却不知道她从哪里来，也没人知道她的家人在何处。她在青岩寺里住得太久了，甚至比许多姑子来得都要早，好像她从来就在那里一样。

拓跋宏摇头，也许真的是他多心了，说不定只是落难的李家远房亲戚，不该再打听了，免得李大人知道了觉得难堪。他把那张纸放回床榻上，掩上门悄悄退了出去。

人已经来了青岩寺后山，拓跋宏难以抑制地想起另一个人来。每隔三天，他都会听高照容转述一次冯妙的情形，即使从没来过，他却已经在心里把这条路走了无数遍。羽林侍卫封了山路，却并不禁止姑子在寺内走动，他原以为冯妙会来前殿看他，可香都燃了三炷，她却没有出现。

莫非是病情反复，不能起身……拓跋宏这样一想，脚下的步子就走得飞快，忙忙地推开了冯妙那间禅房的门。没有花草，也没有胭脂，可踏入房门的一刹那，拓跋宏无端地觉得一股清甜气息扑鼻而来，那是熟悉的人身上的幽香。

冯妙躺在床榻上沉沉睡着，头发用绸布裹在一起，悬在左肩上。她睡着时很老实，躺得规规矩矩，一动也不动，只有一只手垂落在床榻边，跟腻在他怀里拱来拱去的样子半点也不一样。

拓跋宏握起她那只手，放在唇边一根根手指吻过去。冯妙的脸色看起来的确好一些，至少带了些红润，可她的胳膊却越发纤细。只要再给他些时间，他就可以彻底压服那些鲜卑贵戚，也就不再需要冯清来和缓鲜卑贵族与汉家子弟之间的矛盾。到那时，他就可以用最风光的仪仗迎他心爱的妻子回宫，让她进宫门时不必向任何人跪拜。

他把冯妙的手放回被子里，替她掖好被角。禅房虽然简陋，可用的东西都是上好的，云丝锦被、鹅毛软枕……窗口小桌上还摆着一盘桂花糯米甜藕，看来嬷嬷的确照顾得很用心。

拓跋宏在她唇上轻咬，用低哑温厚的声音说："等着朕来接你。"

山门之外，二皇子拓跋恪嫌马车里气闷，正叫奶娘抱着，四处走走。青镜一手掀起半面车帘，压低了声音对高照容说话："冯娘子的确喜欢吃藕片，今早吃了小半盘，奴婢怕不够稳妥，还在她的茶水里也加了安神助眠的药，就算皇上去了她的禅房，奴婢也敢保证，她一句话也没机会对皇上说，更没可能近身侍奉。"

高照容轻轻点头，妩媚的双眼中满是笑意："那就好，你要多多留意她平日的习惯，尤其是她喜欢梳什么样的发髻、穿什么颜色的衣裳，叫丹朱一字不漏地告诉我。其他的事，不要被人抓住任何破绽把柄，日用的东西，都给她选最好最贵的。"

她的目光越过青镜躬下的身子，正看见拓跋宏走过来，声音刻意提高了半分："嬷嬷费心，就有劳你多多照顾冯姐姐，冯姐姐身子弱，夜里不要吹了山风。"

青镜回头看见拓跋宏，赶忙跪下见礼。因是照顾冯妙的老嬷嬷，拓跋宏特意停下脚步，让她免礼起身，转身对高照容说："这个季节是不是很难买到新鲜的藕？下次让嬷嬷从御膳房里带一些出来，记着炒成咸的，不要放糯米了。"

高照容温婉地答应，笑得毫无破绽："嫔妾都记下了，皇上放心就是。"

拓跋宏见山寺四周毫无遮挡，又把自己从崇光宫带来的羽林侍卫，留下十五人护卫冯妙的安全。不必顾忌太皇太后，护卫冯妙的十五人也不需要像上次那样遮遮掩掩，只是不方便与寺里的姑子混杂居住，便另住在半山腰处。

冯妙睡了大半天，醒来后听说拓跋宏来过，她却一直睡着错过了，难免有些沮丧，又听青镜嬷嬷说起，皇上在半山腰留下了十五名羽林侍卫，心情才稍稍转好。她不在意什么侍卫，却在意拓跋宏替她着想的心思。

快到新年时，南朝皇帝派了使节来吊唁太皇太后大丧。北地已经平定，拓跋宏的注意力就更多地放在了南朝上，对这次使节来朝特别重视，专门命人修整了驿馆。

南朝使节如期前来，顺利住进了驿馆。就在等候皇帝召见的这段日子里，使节队伍里的一名文书小吏，出钱包下了明秀堂里最有名的清倌人苏小凝，要在她的香闺内留宿。

名妓苏小凝原本是钱塘人，最近几年才到平城来，人生得十分美艳，衣着谈吐都与平城女子大不相同，刚一来便成了明秀堂炙手可热的红人。可苏小凝却是个有脾气的，看顺眼的人，可以分文不取，整夜谈诗论画，看不顺眼的，身边的侍女手执木棒，直接赶出去。

偏偏贵胄子弟见多了温柔顺从的歌姬侍妾，反倒追捧起这样野性泼辣的女子来了，私下打赌谁能先赢得美人青睐。

曾经有人一掷千金，用檀香木做架、夜明珠缀帘、金粉涂壁，制成一辆十分奢华的马车，送给苏小凝做礼物，却被苏小凝用浓墨在车厢壁上泼出四个大字：焚琴煮鹤。可怜这位鲜卑贵族刚学了几天汉语，四个字里倒有三个不认识，连起来的意思还是找人打听了才懂的，平白成了一场笑柄。

有了这场铺垫，南朝来的文书小吏能住进苏小凝的香闺，就成了一件新鲜事。抛开这荒诞不经的行为本身不提，人们更好奇的是，究竟是什么样的人物，才能让苏小凝开门迎客。

使节正式的朝见定在正月初一，这天上午，拓跋宏要祭祀天地先祖，下午便安排了宫宴。赴宴的亲贵们都伸长了脖子，等着看这位传奇似的人物，倒把威严老成的使节大人都给忽略了。

可南朝使节刚一进扶摇阁的大门，满朝文武的脸色都齐齐变了，顾不上看什么文书小吏，眼睛全都落在使节的衣装上。国书上明明说的是专程来吊唁太皇太后，可南朝使节仍然穿着大齐的官服，也不知道是凑巧还是故意，大齐的文官服饰用的是朱红色。穿大红衣裳去吊唁，即使在普通人家，也是极度失礼的行为，在两国之间，简直就是赤裸裸的挑衅。

任城王是个暴烈脾气，此时压抑不住怒意，开口便问："太皇太后薨逝，大魏人人身穿素服，使节大人却穿着大红衣裳前来，这是什么意思？"

南朝皇帝吸取了前几次的教训，这次也派了个口舌上不饶人的使节前来。他整理衣衫，先向拓跋宏递上国书和礼单，高声通报："大齐散骑常侍裴昭明拜见大魏皇帝。"一句话说完，他才转回头看着任城王说："我等是奉大齐皇命前来，朝服代表着大齐威仪，没有大齐皇帝的允许，怎么能随意更换衣衫？"

这句话既傲慢又无礼，任城王气得手都直哆嗦，其他宗室亲王也露出愤愤不平的神色，要不是看皇帝还在眼前，恐怕立刻就要动手打人。

南朝使节还不肯罢休，反倒理直气壮地反问："我等奉大齐皇帝之命出使，你们却不准我等穿着大齐朝服，这是什么道理？"

拓跋宏不愿在这等细枝末节上与南朝使节争辩，转头看了李冲一眼。李冲上前扯住暴跳如雷的任城王，对南朝使节说："自古吉事与丧事都不能并存，哪有穿红戴绿去给人吊唁的？这点道理，三岁的孩童都清楚，怎么裴大人竟然不知道呢？"

裴昭明把头略微扬起："既然如此，当年我大齐高皇帝驾崩时，贵国的使节前去吊唁时，也没有穿着白色的孝服，这又是什么道理？"南朝使节有备而来，一定要在言辞间挽回颜面。

李冲微微一笑："说来凑巧，当年去吊唁的那一位，倒是跟我熟识。我曾经听他说起过，他原本准备了素服，可进入齐国都城，看到人人衣马光鲜，刚刚登基的新帝佩戴着明珠装饰的宝冠，大殿之上到处都金雕玉砌。这幅景象，真不知道是在哀悼高皇帝驾崩，还是庆贺新君即位。没有得到大齐皇帝的允许，这位使节也不敢擅自穿上孝服，生怕乱了习俗规矩。"

讥讽的话，从耿直敦厚的人口中说出来时，就越发刺耳。在他平铺直叙的描述里，大齐皇帝那副迫不及待子承父位的嘴脸，显得尤其活灵活现。

裴昭明的脸色暗了一暗，仍旧说："可是我等来之前并没有得到大齐皇帝的准许要穿孝服，也并没有准备孝服，现在也来不及更换了。"他找不出更好的理由来反驳，此时已经近似于无赖，无论如何就是不肯更换衣装。

李冲正要接着说下去，拓跋宏在座位上朗声笑道："裴大人现在是在大魏国土上，自然应当入乡随俗，有朕的准许，就已经足够。"他对侍立在左右的羽林侍卫说："来呀，去取一套内监的孝服来，裴大人远来是客，你们亲自服侍裴大人换上。"

羽林侍卫也是热血儿郎，早就对南朝使节的态度不满，此时皇帝一声令下，立刻上前七手八脚地除去了裴昭明的朱红色外袍。不一会儿，有人取来了内监款式的素服，不由分说就给他套上。裴昭明气得捶胸顿足地大叫，可是他一介文人，根本挣不过孔武有力的羽林侍卫，没几下就被强压着换上了那身孝服。

拓跋宏冷眼看着他悲愤的神情说道："裴大人此刻看起来真是无比哀痛啊，待会儿朕就命人引着你去灵堂，裴大人在那里，要怎么放声大哭都行。"

裴昭明虽然有些脾气，却也不是一个不识时务的人，硬抗下去，恐怕到了灵前又是另一场羞辱，当先识相地闭了嘴，默不作声。他脸上的表情，真比自己的亲祖母过世了还要难受。

这一场宫宴吃得索然无味，时间过半时，拓跋宏想起听来的传闻，问起了住进名妓香闺的文书小吏。随行的人替裴昭明答了话，说刚才使节大人进殿迟了，便是因为在等他。可人来了一看，那名小吏在明秀堂喝得酩酊大醉，满身都是酒气，衣衫上到处都是酒渍，甚至还带着几处可疑的香粉和唇印。使节大人大怒，让他在偏殿耳房里醒酒，没有带他一同上殿。

在座的鲜卑亲贵里，有不少人都在苏小凝那里碰过一鼻子灰，此时听到这番话，都在心里连连叹息，风尘女子的眼光还是不怎么样，竟然看上了这么一个浪荡子。

拓跋宏却听得眉头紧皱，这副做派，实在是太像那个人了，像得他牙根直痒。他爱惜王玄之的才华，却知道王玄之绝对不能用对待寻常臣子的方法来压服。王玄之就像一匹最烈的千里马，只会服从于这世上的最强者，而驯服这样的千里马，就是帝王最大的乐趣。

这么想着，拓跋宏招手叫来侍宴的内官，命他们安排雅乐，务必让南朝使节尽兴，他自己悄悄离席，绕进了扶摇阁侧殿的耳房。

狭窄的耳房内酒气熏天，王玄之以手支头，斜倚在一张长榻上，脚下就是散落的杂物，他也浑不在意。拓跋宏站在门口，看着他这副醉态，心里蓦然想起上一次在知学里时的情形。

拓跋宏冷笑着开口："你再不清醒过来，朕叫人拿冷水来给你醒醒酒。"

王玄之微眯着的眼睛睁开，长长地打了个哈欠，慢吞吞地说："大梦谁先觉，平生我自知。"

听见他用诸葛孔明在茅庐中所吟的诗自比，颇有投靠明主的意味，拓跋宏的脸色稍稍缓和，可转念想起刘备其实算不得真正的明主，终其一生都没能实现北伐匡复汉室的心愿，又隐隐有些不快，语带讥诮地说："你倒是有雅兴草堂春睡，但朕可等不了你这红日迟迟了。"

王玄之翻身坐起，眼神迷离地落在拓跋宏身上，竟然真的有几分醉了。他举手虚虚地做了一个举杯的动作，说道："我是来恭贺大魏皇帝陛下的，您做了二十年皇孙，现在终于是皇帝了。"这话要是从别人口中说出来，拓跋宏一定会勃然大怒，可王玄之不同，他洞察世事人心，最能够理解得了拓跋宏辛苦隐忍的感受。

拓跋宏走到王玄之对面坐下，扶起桌上倾倒的酒壶。

"可惜，皇上依然不能随心所欲，还是要做个孝子贤孙。"王玄之骤然提高声音，把手里的酒樽用力向门口掷去，酒樽砸在雕漆门框上，发出一声闷响。门口有人影飞快地向后躲去，从飘起的袍袖一角看，似乎也是跟随南朝使节一同来出使的文官。

等那人影走远，王玄之眼中的醉意才慢慢消散下去，恢复了从前一样的冷静深邃。

拓跋宏真心替他惋惜，南朝皇帝心胸狭隘、暴戾多疑，既想用王玄之的才华，心里却又怀疑他，连出使随行期间，也要派人监视他的一举一动。难怪他要大张旗鼓地做出那些荒诞举动，整个琅琊王氏都是捏在南朝皇帝手里的一只蝼蚁，他不能断然拒绝皇帝的要求，也不肯当真位居高官，空有一身才华，却不得不日日借酒醉遮掩。

他也把手掌虚虚握成酒杯状，说："玄之兄，今天你我不提南北君臣，只谈交情，以你的才情，如果肯留在大魏，封王封侯指日可待。王侯固然是虚名，可玄之兄难道甘心满腹经史谋略就这么等着百年之后化为尘土吗？”他知道，任何一个不甘平庸的人，可以忍受一切艰难困苦，唯独忍受不了籍籍无名地死去，在青史之上不能留下任何痕迹。

王玄之摇头，眼中神色坚毅清醒：“除了得道成仙之人，这世上没有人能真正无牵无挂，在下刚刚说皇上不能随心所欲，并非在嘲讽皇上。其实我也跟皇上一样，不能随心所欲。”背负着整个琅琊王氏的安危，他从来没有尝到过随心所欲的滋味，只有那唯一的一次冲动，他放弃了苦心经营的局面，返回建康去取药。

拓跋宏忽然明白过来，王玄之方才的话，也大有深意。太皇太后的余威犹在，他不能也不该把从前的政令全部推翻，只需在太皇太后的基础上，逐渐加进自己的见解，慢慢引导这些亲贵的习惯。

王玄之身上衣袍凌乱，站在满地杂物狼藉之间，姿态却依旧高蹈出尘：“既然皇上当我是朋友，我就送三句话给皇上，当作贺礼。第一句，皇上已经知道了，要做孝子贤孙，却不能只做孝子贤孙。第二句，要做圣明天子，却不能只做圣明天子。”

拓跋宏郑重点头，这一句的意思他也明白，恩威并施，赏罚有度，大魏之内民生富足，才可以伺机南下、开疆扩土。

“第三句，”王玄之深深地看了拓跋宏一眼，“要建千秋帝业，却不能只建千秋帝业。”

拓跋宏轻声重复这句话，却有些不大明白这句话的意思，他微微皱眉，正要开口询问，王玄之便抬手制止了他：“皇上先不要问，等时候到了，皇上自然会明白的。”

三句话说完，王玄之把双眼闭起，再睁开时，眼中已经又带上了迷离的醉意。南朝官员贪腐、士族奢靡、皇帝残暴，拓跋宏今天的举动，也已经表明了他的态度，不会再继续与南朝周旋下去，快则一两年，慢则三五年，他必定会命大军南征，以图将富庶的江南重镇，吞进大魏的版图。

正月初一的青岩寺，十分冷清，很少有人会在这一天上山进香求佛。青镜准备了几样素斋，送进冯妙房中，有一样素炒藕片，另外搭配了三样青菜。菜色并不复杂，难得的是冬天里能吃到这样新鲜的菜蔬，这是只有御膳房才有的东西，却送来了青岩寺中。

冯妙很喜欢那道藕片，只是觉得山间清冷，昨天除夕就没有人陪她，今天又要一个人孤单单地过夜。她忽然想起从前在宫中过上元节时，拓跋宏跟她同吃一个汤圆，心里漾起一层半酸半甜的涟漪。

她在屋中环视了一圈，取过点了一半的宫蜡，叫青镜拿去竖直剖开。她把两片蜡握在手心里摩挲，拿出一半交给青镜："今天是不是丹朱嬷嬷还会来，能不能让她把这个带给皇上？"

青镜伸手接了，连声答应，高贵人叮嘱过她，无关紧要的事上都顺着冯妙的意思，至于这种私下传情的小物件，却要先送进广渠殿，让高照容看过了，才能决定要不要给皇上送去。她和丹朱都是高照容亲自选定的人，虽说奉皇命照顾冯妙，背地里却全都听高照容的吩咐。

第三十九章
星桥鹊架

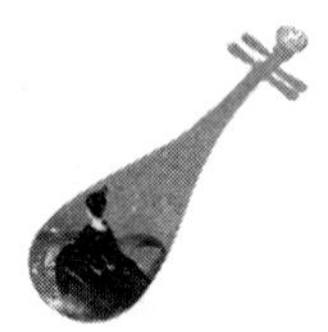

房门拉开，便是一阵风卷着雪片吹进来，不知道什么时候开始落了雪，整个青岩后山都笼罩在一片寂静无声的迷蒙中，积在屋顶树梢上的雪，泛着珍珠一样柔和的光华。

青镜嬷嬷正要出去，冷不防看见门外站着一个人，黑色衣衫的肩头已经积了薄薄的一层雪，正要喝问，那人已经跨步走了进来，俊朗的眉目显现在室内跳跃的灯火中。青镜吃了一惊，赶忙跪倒："奴婢拜见……"

拓跋宏似乎心情不错，抬手止住了她的话，从怀中摸出宫中大节时用来赏人的金镶玉团蝠如意球，随手丢给她说："嬷嬷辛苦，先下去休息吧，明早再来伺候。"青镜接了赏，唯唯诺诺地退出去，关好了房门，心里盘算着这事情得早点告诉高贵人才好。

冯妙看见他一步步往床榻边走过来，脸上被烛火映照得更红，伸手向他笑着说："我的赏呢？皇上只赏了嬷嬷，怎么不赏我？"

拓跋宏侧身坐在床榻边，揽着她在唇上轻轻啄了一下："这就给你赏。"

冯妙偏头躲过，嗔怪地说："皇上真小气，赏嬷嬷的好歹还是个金镶玉的物件，赏我的时候倒一毛不拔了。"

拓跋宏伸手捏一捏她小巧的鼻尖："朕把自己这个人都赏给你了，你还嫌不够？"

冯妙被他口中的热气呵得直痒，往他怀中缩去，闻到他呼吸间的酒味，想起元日宫中必定要设宴，便问："皇上怎么在这时候出来了？"

"宫宴一结束，朕便说醉了，要回崇光宫歇息，把值夜的太监们也都赶回去睡了，才从小门绕出来的。”拓跋宏脱去长靴，也挤到床榻上来。避开宫里巡夜的羽林侍卫，是他从小就练熟了的，此时算不得什么难事。只是皇帝私下出宫，被人看见又要平白惹来非议，他只能从后山小路攀爬上来。

冯妙满心欢喜，只觉得这个元日果真再圆满不过，心里想着他，他就来了。两人挤在一张并不宽大的床榻上，一手交握，另一手合握着一双竹筷，去夹藕片。可那竹筷不听两个人的使唤，夹了几次都夹不起来，冯妙清清脆脆地笑了一声，把竹筷放下，倚在他肩上。

窗外的雪片越下越大，从半开的小窗向外看去，几乎看得清每一片雪花展开的六角。屋内烧着上好的银丝暖炭，一室温暖生春。静谧的融融暖意里，透出现世安好般宁静洁白的慵懒。

拓跋宏俯身低头，舌尖在冯妙唇上一寸寸地走过，含混不清地呢喃：“朕从前总不相信，夏桀商纣怎么会为了一个宠姬，做出那些疯狂的事来。可现在知道了，朕总怕给得不够，辜负了美人深恩……”

冯妙绵软悠长地回应，身上渐渐被这暖意熏得飘然欲醉，带着几分羞怯，从他脸上移开目光，可不经意间看见他滑动的喉结，却更加慌乱得不知所措，手绞紧了他的衣襟：“灯……熄了灯吧……”

话一出口，她便觉得更加羞窘。

拓跋宏低低地笑了一声，不知道用什么一挥，桌上的蜡便熄灭了，只剩下一缕细细的烟袅袅上升。他抬手取下冯妙头上的素银发簪，如云的长发便如流水一般倾泻下来。

室内光线昏暗，冯妙什么都看不清，却还是抽出一只手捂住了半边发热的脸颊，向后躲闪。

漫天的雪越下越大，将一室春光都收拢在窗棂格出的方寸间。几步远开外，月白衣衫的男子无声伫立，手中撑着一柄油纸伞。那伞跟寻常的油纸伞不同，向外的一侧伞面素白，不带半点花纹，而向内的一侧，却绘着女子低头回眸的背影。那身影纤细瘦弱，转出的半面侧脸上，隐约露出灵动慧黠的一点眼角，遮盖在长如蝶翼的睫毛下。

在男子身侧，明艳妖娆的女子轻轻叹了口气：“王公子，趁着雪还没有盖住山路，我们下山去吧。”

她的目光在伞面绘着的身影上扫过，那身影画得如此传神，几乎可以看见那鹅黄衣衫的女子，从伞面上盈盈走下来，低头敛衽地说话。把人影画在油纸伞内侧，一抬头便看得见，晴天时把她妥帖收好，雨雪时也不会让她淋湿……

王玄之默默地转身，一步步沿着来路折返回去，纷纷扬扬落下的雪很快就把他们的脚印完全盖住。他握着伞柄的手在微微发抖，如果能早一点出发，有没有可能赶在那人前面到达？或者……索性再晚一点，就不用让他看见那两道交叠的身影和禅房里忽然熄灭的灯火。

正月初一过后，照旧例便是接受百官朝贺述职的时候。整个正月里，皇帝都会十分繁忙，几乎连休息的时间都没有。

广渠殿内，高照容把玩着半支燃过的蜡烛，用余光瞥着跪在地上的丹朱嬷嬷："你是说皇上直接去了青岩寺，还召幸了她？"

丹朱的话语里陪着些小心："青镜是这么说的，这……青镜毕竟是个下人，皇上要去，她也没办法拦着。"她忽然眼神一亮，膝行着上前了几步，小声说："娘娘，现在她的饮食都是青镜和奴婢两人一手安排，您看要不要干脆用些药……"

"用些药，让她不能生育，或者干脆病重不治，是吗？"高照容拖着长声懒懒地说着话，"然后等着皇上下令追查，查到只有你们两人能接近她的饮食，再查到你们都是本宫派去照料她的，接着就该轮到皇上亲自收拾本宫了，是不是？"

丹朱原本还为自己的提议沾沾自喜，听到后面脸色却变了，冷汗涔涔直下："娘娘，奴婢……奴婢不是那个意思……"

高照容笑了一声，招手让婢女上前，把面前每样只咬了一口的点心撤下去，重新换新的上来。她从小就有一样奇怪的喜好，只喜欢吃新制好的点心上那一层热热的酥皮，只是拓跋宏不喜欢奢侈，她平日才特意收敛起来。

"这种事情不需要我亲自动手，宫里就有现成的人，可以帮我们的忙。"她用涂着丹蔻的手指，拈起一块豆蓉酥，放在唇边慢慢咬下表面一层喷香的酥皮。

"你过来，本宫告诉你现在该怎么办。"她向丹朱招手，低声说了几句话，又慢条斯理地用帕子擦干净手指上的碎屑。

"娘娘，"丹朱有些犹豫，"万一那一位不上这个当，那可怎么办？"

高照容的指尖在各色点心上挑挑拣拣，她笑着说话时，便自然流露出天生的妩媚："放心，她一定会沉不住气的。这宫里有两种人活得最好，一种是心思玲珑的聪明人，另一种是有自知之明的老实人。可偏偏那一位既没有七窍玲珑心，也没有自知之明，这种人生来就是要给人当刀子使的，放着不用岂不是可惜？"

她的目光转向轻轻拂动的珠帘，偏殿内奶娘正用掺了蜂蜜的牛乳喂给二皇子。看见拓跋恪那张与皇帝酷似的脸，高照容的嘴角微微翘起。皇上不喜欢太子，已成定局，恪儿迟早会成为皇子中最尊贵的那一个。可要是冯妙重得圣宠、生下皇子，那一切就都不一样了。

高照容随手拿过两个小金锭，扔给丹朱："你去吧，这件事办好了，你那个守城门的侄子，说不定就能找个机会调进羽林侍卫里了。让青镜也记着，这段时间对冯姐姐的衣食要格外上心。本宫希望，无论皇上什么时候过去或是问起，看到的、听到的都是冯姐姐一切安好，没什么好担心的。”

丹朱赶忙点头答应，半躬着身子退出去。她从前侍奉过碧云殿的高太妃，这位高贵人行事的风格，还真有几分像当年的高太妃。只不过，比起手握六宫大权不放的高太妃，这位年轻的夫人，似乎更懂得静待时机，只抓住自己最想要的。

从前太皇太后在时，正月初五之前日日小宴不断，可拓跋宏不喜欢这些，便一并都取消了。崇光宫门口，冯清正对着守门的太监大发脾气。除了扶摇阁宫宴上远远地见过一面，她已经有两个多月没有单独见过拓跋宏了。还是玉叶给她出了主意，说皇上连日操劳，这时候最需要有人体贴关怀，替她炖好了参汤，让她给皇上送去，叮嘱她说成是自己亲手炖的。

可冯清到了这里，却被守门的太监拦住，说皇上正在小憩，稍后还要接见入平城朝见述职的官吏，不准人进去。自从刘全死后，崇光宫内全都换上了年轻的太监，这些人对皇帝十分畏惧，不敢有丝毫违逆。

“娘娘，您就别为难小的了，”小太监急得满面通红，“皇上一直不准人进崇光宫内殿，要是让娘娘进去了，小的这条命就没了。”

冯清正要发作，忽然看见一位嬷嬷从崇光宫内出来，手里还提着一个红漆食盒。冯清杏眼圆瞪，对着守门的小太监怒斥：“你不是说皇上在小憩吗？怎么有人提着食盒出来？连你也敢欺瞒本宫？！”

那嬷嬷听见声音，赶忙过来向冯清行礼，虽说还没册封，可冯清一向高傲，宫中人都已经用对待皇后的礼节来礼敬她。

冯清见是个眼生的嬷嬷，上上下下看了几眼，有些奇怪地问：“你是哪里当差的，怎么从前没在崇光宫见过你？”

那嬷嬷跪在地上答话：“奴婢并不经常在宫里伺候，自然没有机会入娘娘的眼。奴婢……奴婢是……”

话说得吞吞吐吐，越发勾起冯清的怀疑，她瞥见放在一边的食盒，一把揭开盖子。食盒里面放着两样素菜，一道白菜豆腐煮成的翡翠白玉，上面淋了一层浓稠的汤汁，另一道是四五种蘑菇一起做的新鲜小炒，嫩白的蘑菇间撒了几点翠绿的葱花。只不过，两样菜都是有人吃过一半的。

冯清的神色越来越狐疑，嬷嬷接口说道：“奴婢是专门奉皇上之命照看青岩寺冯娘子的，皇上时常召奴婢来，询问娘子的情形。奴婢进去时，皇上正好刚传了午膳，这两样素菜吃着很合口味，就叫奴婢顺便带去给冯娘子尝尝。”

一种被欺骗蒙蔽的羞辱感，陡然冲上冯清的脑海。她是即将正位中宫的皇后，却被小太监拦着，不能进入崇光宫。可冯妙身边的嬷嬷，却能时常被皇帝召见。

冯清尽力摆出威仪的姿态，挺直脊背对那嬷嬷说：“冯娘子离宫祈福，你们好好上心照料，叫御膳房另外做几样精致的素斋送去青岩寺吧。”

她说完了这句话正要离开，那嬷嬷却露出极度为难的神色：“不行啊，这两道菜是皇上专门吩咐了要给冯娘子尝的，皇上说……说娘子吃了这两道菜，便跟与他同桌用膳是一样的。”

冯清的脸色越发难看，手指紧紧地掐着，即使很少有机会跟皇帝一同用膳，她也知道妃嫔陪着皇帝用膳时，要单设小桌，两人的面前的菜色都是各自分开的。不要说宫中妃嫔，就是皇亲贵戚家中的王妃、侍妾，用膳时也都有婢女布菜。同在一张桌案上，共吃装在一个瓷盘里的菜肴，这是只有平民夫妻才能有的生活。

那嬷嬷的话还没有完：“皇上说冯娘子在山中修行一日，他就吃一日素斋，皇上还说……还说……”

冯清几乎站立不住，皇上在人前说，是为了替太皇太后守孝，所以只吃素食，实际上却完全不是那么回事。可想而知，他在太皇太后灵前发愿，守孝期间不再召幸妃嫔，也全是为了冯妙，因为只把她一人当作真正的妻子，所以连召幸其他妃嫔，也成了对她的背叛。

她手上不自禁地用力，指甲在细绸衣襟上钩花了几处丝线：“皇上说什么？”

“皇上说，豆腐鲜嫩，却远远比不上双峰雪色。”嬷嬷说完这句话，立刻诚惶诚恐地俯首叩头，“奴婢该死，这样的话不该说给娘娘听。”话是高照容特意教给她的，让她当着冯清的面说出来，就是要让冯清知道，皇帝在宫中守孝禁欲，青岩寺内早已经春色无边了。

听了这话，冯清果然气得脸色铁青，正要拂袖离去，她忽然想到些什么，转身问道：“还不知道嬷嬷该怎么称呼？”

那嬷嬷一脸受宠若惊的表情：“奴婢名叫丹朱，可当不起皇后娘娘如此客气。奴婢原本是碧云殿里做些粗活的，后来太妃娘娘去报德佛寺静养，奴婢就被分去浣衣局，给两位皇子殿下浆洗衣物。到青岩寺跑腿的活，既受累又不讨好，没人愿意去，这才推了奴婢出来。如今皇上重视起冯娘子来，那起子看着眼热的人，又想打发奴婢去御膳房……”

这一声“皇后娘娘”，落在冯清耳中十分受用，她回头看了跟在身后的玉叶一眼，玉叶立刻会意地上前，拿出两个喜鹊团梅式样的赤金小物件，递到嬷嬷手里。如今还在正月里，各宫各殿的主位娘娘，都会命人做些金银珠玉的小玩意儿，用来赏赐下人。按例皇帝的宫中可以使用最为贵重的金镶玉，皇后宫中可以使用赤金，其余妃嫔只能使用银质的物件，冯清已经在提前享受皇后与众不同的待遇了。

她上前扶起丹朱嬷嬷，和蔼地说：“嬷嬷两处奔波，实在是辛苦。冯娘子也是本宫的姐姐，本宫也想时常知道她的情形，嬷嬷日后来向皇上禀报过后，不妨也往本宫的顺和殿去一趟。等本宫的册封典礼过了，肯定是要迁居新殿的，到时候本宫调了你来近身伺候，你就不用做这些粗活了。”

丹朱嬷嬷一脸不可置信的惊喜，忙忙地又跪下去：“能伺候皇后娘娘，是奴婢几辈子修来的福气，奴婢谢娘娘厚爱。”

“你先去吧。”冯清目送她提着食盒走远，眼中交织着疯狂与嫉恨。她扭着手里的帕子，想起自己初入宫廷时的情景，皇上也曾经对她无比温柔过，半是诚恳半是戏谑地喊她“小姑母”，还称赞过她的名字好听。冯妙这个人，根本就不该出现在宫中，可她不但出现了，还夺走了皇帝的所有目光。帕子在手指上一圈圈收紧，她既然已经离宫修行，就不该再回来了。

宫中原本要持续到二月初的述职考核，只用了半个月时间便完成了。年轻的皇帝精力过人，一个人同时面对几十名各地来的官员，也能清楚地叫出每个人的名字。他赏罚分明，又有超出凡人的记忆力，原本还抱着几分蒙混心思的人，在亲眼看着皇帝重重责罚了几名贪渎的官员后，都收起了这些不该有的心思。

正月十五，各地的官员便陆续启程离开平城。拓跋宏命人安排一场小宴，请几位亲近的宗室显贵，带着家眷一同赴宴。

小宴开始前，拓跋宏正在崇光宫更衣，门外忽然传来一阵喧哗吵闹声。拓跋宏十分不悦，皱眉叫近身的太监去看看究竟。小太监去了没多久，就面无血色地跑进来，结结巴巴地说：“是丹……丹杨王来了……”

不一会儿，守门的太监也跑了进来，气喘吁吁地禀告：“丹杨王殿下求见皇上，说有事要单独向皇上禀奏。”他身上的衣装被撕扯得十分狼狈，脸上一边眼窝青紫，显然是刚挨了一下。

拓跋宏有些奇怪，他一向对丹杨王都很优待，连自己的妹妹都嫁给他痴傻的儿子做了正妃，还能有什么事让丹杨王如此暴怒失态？可丹杨王既然来了，他却不能不见，因为丹杨王是南朝的前朝皇子，原本也有资格继承大统。他要南征时，就不得不抬出丹杨王做旗号。

他命人把丹杨王请进来，好言好语地说：“什么人惹恼了你，只管说出来，朕一定严惩不贷。”

在门口闹得不依不饶的丹杨王，到了拓跋宏面前，反倒支支吾吾不肯说话了。拓跋宏挥手叫内监都退下，亲手给他斟了茶，又细细地问了好几遍，才算知道了事情的缘由。

除了痴傻的世子之外，丹杨王妃还生育过一个女儿，闺名叫作芳韵，比世子刘承绪小了将近十岁，生得聪慧秀气，很得丹杨王夫妇的喜爱。这女儿眼看也到了要嫁人的年岁，丹杨王有意把她嫁给鲜卑贵族做正妻，新年宫宴时，就特意带着她一同进宫。

说来也是凑巧，拓跋详被废去北海王封号后，一直在府邸里闭门思过。可他毕竟是先皇的亲子，拓跋宗室的几次家宴，他仍旧有资格参加，在宴上便见着了丹杨王的独生爱女。

也不知道是怎么挑起来的，一来二去，这两个人竟然彼此情投意合。拓跋详已经不小了，前些年因为林琅的缘故，才一直没有娶正妃，可丹杨王家的小姐却只有十四岁，还什么都不懂。一边有意逗引，另一边懵懂无知，就在宫中一角，竟然把夫妻之间才能做的那些事，全都做了。

丹杨王看出女儿的异样，这一次赴宴时，就特地留意她的举止，见她找了个借口离席，便悄悄跟了过去。不看还好，一看差点当场气昏过去。就在赴宴的贵眷们存放大氅、披风的耳房里，拓跋详正压在刘芳韵的身上，两人衣衫半褪，满面潮红。

大怒的丹杨王连身份也不顾了，当场就给了拓跋详一个耳光，让王妃看管好自己的女儿，亲自到崇光宫来兴师问罪。

十二旒冠冕之下，拓跋宏面色铁青，这个好弟弟还真会给他出难题。他沉声对丹杨王说："这件事的错处，都在朕这个弟弟身上。你放心，朕一定给你一个满意的交代。"

顺和殿内，玉叶正伺候着冯清更衣，她一面低头替冯清理好衣衫上系着的璎珞，一面把扶摇阁的事，当笑话讲来听。

冯清对着铜镜仔细查看着脸上的妆，说道："今天的宫宴一定会进行到很晚，皇上又要安抚丹杨王，恐怕今晚都没有时间理会别的事情。"她对着镜子抿嘴一笑："这可是个好机会，你去找上回那个叫丹朱的嬷嬷来，就说我有要紧事让她去做。"

人很快便来了，冯清低声对她耳语了几句，塞给她一包东西。丹朱嬷嬷吓得连连摇头："娘娘，这可是假传圣旨，奴婢有几个脑袋也不够砍的……"

"有本宫在这儿，你怕什么？过了今晚，你就不用再往青岩寺跑了，本宫立刻就调你来顺和殿伺候。"冯清叫玉叶拿金锭赏她，又说了不少狠话吓唬她，直到她终于点头答应，才满意地放她离去。在冯清眼里，这不过是个说话啰唆、胆小怕事又爱占些小便宜的老嬷嬷罢了，没什么压服不了的。

冯清又对玉叶叮嘱了几句，玉叶答应了，也悄悄出门，一路跟在丹朱嬷嬷身后，亲眼看着她出宫往青岩寺方向去了，这才转个弯，往平城中最热闹的东花市走去。

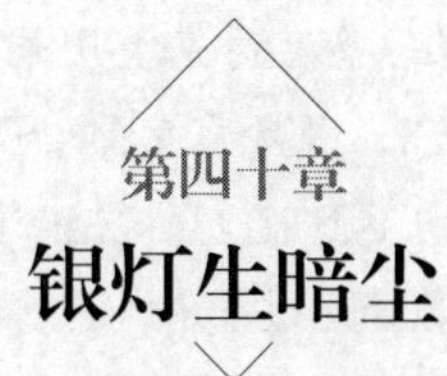

第四十章 银灯生暗尘

上元佳节这一天，平城内几条繁华热闹的街市上都挂满了各式灯笼，将整条街都映照得流光溢彩。而东花市，恰恰位于王公贵胄的府邸与平民百姓的住宅相交之处，早先不过是有些花农聚集在这里，等着那些贵胄府邸里的人出来采买鲜花，渐渐地就变成了一条最繁华的街市。

这条街上不仅有平城最好的酒楼，还有最有名的青楼明秀堂、最昂贵的胭脂水粉店铺、最齐全的首饰玉器铺子、最阔大宽敞的绸缎庄。

玉叶在人群里快步穿梭，走进一家小酒馆，对门边一张桌子上正在喝酒的男人低声耳语了几句，递给他一包沉甸甸的东西。那男子转身进入后堂，招呼了另外几个膀大腰圆的男人出来，把那包东西打开，分到每个人手里，竟是一包黄澄澄的金锭。

东花市一直走到尽头，就是青岩山脚下。这一天晚上，青岩寺也山门大开，住持亲自站在大殿中，为上山祈福的善男信女解签。

青岩后山内，冯妙正用小勺子拨弄着碗里的两颗汤圆，盯着窗棂上的一处莲纹雕花出神。自从元日那天拓跋宏来了以后，这十几天宫中又没有任何消息传出来了。绢画上的石榴叶子已经画满了，她提笔蘸了一点朱砂，在树叶间勾了一朵含苞的石榴花出来。

石榴多子，当时只是无意间选了这种东西来作画，这会儿看起来，反倒带了点别样的意思。喝过李夫人留下的药，冯妙觉得自己的身子已经好了很多。她想起元日那一晚脸红心跳的情景，用手捂住面颊，却又忍不住轻抿嘴角微笑。

房门“吱呀”一声被推开，青镜带着一名宫女模样的人走进来。那小宫女先客气地问了一声“冯娘子好”，然后才送上几样素斋，说是今晚宫中夜宴的菜色，特意多做了一份给冯娘子送来。那小宫女看样子不过十二三岁，应该是刚刚选进宫不久的，连丹朱的名字都说不上来，只说是一位老嬷嬷让她帮忙来跑一趟。

从前拓跋宏也这样叫丹朱嬷嬷送过菜来，冯妙看了一眼那几样精致的御膳菜色，便猜想他今晚多半不能出来了，叫青镜嬷嬷拿赏钱赏她，神情却有些落寞。

没想到那小宫女接了赏钱后并不离开，反倒接着说：“还有几句话，叫我来跑腿的嬷嬷说，是皇上转告冯娘子的。皇上说，青岩山脚下便是东花市，上元节是赏灯的好时候，到东花市走走，说不定还能遇到故人呢。”

冯妙听着总觉得有些奇怪，拓跋宏一向喜欢拿些诗词歌赋里的句子来跟她猜谜逗趣，这话太过直白，反倒不像是他说的。可她想到话里的意思，似乎是在约她同去东花市赏灯，心里早已经禁不住盼望这是真的。她入宫数年，直到此时才真正尝到两情相悦的滋味，偏偏又隔着山门宫墙不能天天相见，哪怕只有一时半刻远远看上一眼的机会，她也不愿错过。

这么一想，心情也跟着好了，冯妙叫青镜嬷嬷好生送那小宫女下山，自己对镜换了衣裳。她找了一件银灰色对襟掐腰长裙出来换上，又配了一件镶着一圈纯白狐狸毛的锦缎披风，颜色素净，算不得坏了修行的规矩。

穿戴整齐，冯妙几步绕出后山，将要跨出寺门时，她犹豫着要不要叫上忍冬同行或是叫几个侍卫跟随，可上元节灯市偶遇，是多么美好的情景，要是有旁人在场，意味就全都不一样了。山寺前的石阶上，有不少结伴而行的男女，正陆陆续续地上山来，东花市应该也正人潮如海，不会有什么危险。这么一想，冯妙就拉紧了披风的束带，她遮住大半面容，刻意避开了半山腰的羽林侍卫，逆着上山的人潮，踏着石阶往山下走去。

看着冯妙走远，躲在暗处的青镜才转出来，走到刚才那名小宫女面前：“姑娘久等了，我刚去加了件衣裳，这夜里还真有点冷呢。前山人多，我知道后山有一条近路，从那边送你下山吧。你先走，我在后面给你看着路。”

小宫女见她面目和善，全无戒备之心，抬脚便走。后山树木森森、怪石嶙峋，走出没多远，小宫女便觉得背上一股大力推来，还没来得及叫喊出声，就跌下了一处断崖。

青镜对着崖下喊了几声：“姑娘，姑娘，你听得见我说话吗？怎么这么不小心……”山间没有人答话，青镜站直身子，满意地拍了拍手上的尘土。就算有人发现那小宫女的尸身，也是她自己想抄近路，失足跌下山崖的。

东花市上果然更是热闹，有附近的农户，用小锅煨着鸡蛋、米糕在街边贩卖。来来往往的人，手里都提着各色花灯。酒楼里有小二大声招呼：“猜谜猜谜，能猜中任何一条的，店主免费给您加菜！”

长到这么大，还是第一次在上元节出来赏灯游街，冯妙看什么都觉得新鲜，盘算着待会儿见了拓跋宏，要让他给自己买一个最大最贵的花灯。

冯妙在街上漫无目的地走，却不知道高楼上也有人在看着她。明秀堂也在这条街上，苏小凝唱过一支曲子应付了几位常客，便回了自己的绣房倚着窗子坐着。街上的人来来往往，她却一眼就看见了孤身一人的冯妙。她见过王玄之画的那幅伞面，所以印象深刻。

看着看着，苏小凝心里忽然升起一阵莫名的烦躁，男人都是这样，不管怎么招惹妖娆妩媚的野刺梅，心里总装着一朵干净素洁的白水莲。她把目光移开，却忽然发现，在人群里有五六个地痞模样的人，正不远不近地跟在冯妙身后。她在高处，所以看得分外明显。

苏小凝的目光缓缓转向屋内坐着的长衫男子，王玄之还完全不知情，他正在仔细擦拭那柄油纸伞，给伞骨补上一层桐油亮漆。琅琊王氏的公子，从小金尊玉贵，就是整株价值万金的珊瑚在他面前砸碎，他也不会眨一下眼，此时却对一把伞如此小心珍爱。

高楼之下，冯妙已经走过了人最多的一段路。跟在她身后的人渐渐围拢上来，把她渐渐逼进一条小巷。冯妙觉察到危险的气息，可是已经迟了，不过隔着几步远，小巷内便狭窄昏暗，没什么人经过，街市上的热闹明亮，似乎照不进这里分毫。

她加快步子，想要从小巷另一端穿出去。可身后一名面上带疤的男人，已经几步绕到了她身前，不怀好意地笑着堵住了她的去路：“小娘子，一个人逛灯市，不觉得闷么？不如哥哥们陪你玩玩吧。”说着话，他的手已经往冯妙脸上伸过来，不施脂粉的一张小脸上，因为走得急了而带着些红晕，越发显得娇柔动人。

其余几个人也走上来，狞笑着把冯妙围拢在中间，口中说出的话越来越不像样。

冯妙暗叫一声不好，这次的确是太大意了，只顾着想跟拓跋宏见面，却忘了多加防备。她拉紧披风，强自镇静下来，对那领头的男人说：“我是始平王府上的侍妾，几位大哥要是图财图色，没必要平白得罪了始平王殿下。你们放我平安回去，我定会送上金银作为谢礼，绝不食言，到时候你们想要什么样的女子没有。”

如果是寻常的地痞无赖，始平王的名号，应该足够震慑住他们了。

那带着刀疤的男人嘿嘿笑了几声：“小娘子，不巧得很，让咱们来找你寻个乐子的，是宫里出来的人。横竖总要得罪一边，是得罪宫里的人事大，还是得罪始平王府的人事大，哥哥我心里有数。你还是乖乖地听话，也好少受些皮肉罪，多想想自己是不是得罪了什么贵人，日后报仇报怨，也该知道去找谁。”

这男人倒也不笨，言语间故意透了这些消息出来。不管冯妙说的话是真是假，就算日后始平王真的追查起来，为了从他身上找出真正的主使，也必然得留着他这条命。

冯妙心中透凉，陡然间明白过来，必定是有人知道了拓跋宏仍旧对她念念不忘，要用这种恶毒的法子毁她清白，让她生不如死，再没有颜面回宫。

那几个人越围越近，动手去扯她的披风。冯妙心中惊骇到了极点，要是被这些人玷污，真不如立刻死了，念头刚一转，其中一人已经扯过一团布塞进了她的口中，让她既不能张口呼救，也不能咬舌自尽。

眼泪不受控制地滚滚落下，纵使她能在宫闱之间智计百出，可毕竟还是个柔弱女子。尤其是此时，她心里刚刚被一个人填满，更把自己的贞洁看得比性命还要宝贵。她身上的一切，都应该是属于那个人的，容不得半点污秽。

可她的力气太小，连强壮些的宫女都比不过，更别说几个壮年男子了。只听见“嘶啦”一声响，披风便被整个扯开，凉风一下子卷进敞开的脖颈间，直凉到心尖儿上。

狰狞的笑，夹杂着下流不堪的话语，一起涌进冯妙的耳中。两个人一左一右扭住冯妙的胳膊，像抓着一只小鸽子一样，把她牢牢箍住。领头疤脸男人上前，目光放肆地扫过她雪白的脖子，抬手就去撕扯她的衣裙。

冯妙转过脸去，不想看见那男人脸上猥琐的表情。那人得意地干笑了两声，竟然凑头往她脖颈上吻去。

那双粗粝的嘴唇正要碰到她细腻的皮肤时，小巷口忽然跑过一群孩童，拍着手又笑又叫：“明秀堂的苏姑娘出来啦，快去看啊！”苏姑娘艳名远播，不知道多少人想要一睹芳容，只可惜她一向心高气傲，王侯公子轻易也别想见上一面，更何况市井里的普通人。

那十几个孩子却不跑远，只在小巷口来来回回地笑闹。这些孩子一叫，半条街上的人都被吸引过来，互相推搡着，争先恐后地要去看上一眼传说中的苏姑娘。

东花市的青石板路上，四名小厮抬着一乘敞开的肩辇，苏小凝坐在辇上，用一整幅长绸裹住身子，肩上披着一件近乎透明的轻纱。眼角用黛笔斜斜地向上勾抹了一点，越发显得妖娆冷艳，涂抹过胭脂的双唇红而饱满，唇角却挂着一丝嘲讽和不屑的笑意。

在她身下，铺满了五颜六色的杜鹃花，随着肩辇前行，苏小凝一面闲闲地拨弄着手上的瑶琴，一面抓起杜鹃花抛撒向四面聚拢过来的人群。花朵落地，发出叮叮当当的声响，原来那些并不是真的杜鹃花，而是用上好的宫锦扎成的，每一朵花里都包裹了一块鹌鹑蛋大小的宝石，个个打磨得平整光滑。就连花瓣上凝结的露珠，都是用米粒大小的银珠子缀上去的。

有人议论纷纷地说："听说这次是咸阳王送来的礼物，原本也没抱多大指望，没想到苏姑娘竟然收了。"

围观的人啧啧连声："苏姑娘不是从来不肯收这些人的礼物吗？那么多王公贵胄都看不上眼，偏偏就看上了咸阳王。不过这也说不准，不是还有个南朝来的小吏住进了苏姑娘的香闺嘛，兴许人家苏姑娘眼光独到……"

不知道是谁先喊了一声，人们便像疯了一般直往前涌。有人瞪大了眼睛，想要看清楚苏小凝的样子，也有人拼命往前挤，不顾一切地去捡地上的花。街市上的人越聚越多，渐渐地便有些人被挤进小巷子里来。

围住冯妙的几个人，也忍不住转头往小巷外看去。扭住她胳膊的那两个人，心思早就飞到肩辇上去了，恨不得也能立刻挤到苏小凝身边，看看这个传说中的大美人。那刀疤脸的男人，却目光凶狠地盯着越来越多的人群，这苏小凝早不出来、晚不出来，偏偏在他要得手的时候出来了，而且好巧不巧地正走到这条小巷子来。

觉察出手臂上的力道正慢慢松下去，冯妙顾不得羞怯，曲起膝盖对着疤脸男人的下身猛撞过去。那人正在想着把冯妙带到哪里去，冷不防之下被她撞了个正着，"哎哟"怪叫了一声，弯下腰去。

抓着冯妙的两人听见叫声，赶忙转回头来看，就在这一分神的刹那，冯妙已经挣脱了他们的钳制，往小巷口跑去。疤脸男人恼羞成怒，恨恨地咒骂了一句，喝道："给我追，别让她跑了。"

冯妙原本也没指望真能把他撞伤，挣脱之后立刻就往人多的地方跑去，她心思转得飞快，无论是谁想害她，既然特意把她引出青岩寺才动手，那就一定是不想让人看破身份。只要围观的人一多，他们就不好明目张胆地动手了。

可她从小就体弱，此时跑了几步，越发觉得呼吸困难，眼前的人影一阵一阵地发虚。前方再有几步远就是小巷的出口，巷子外面灯火明亮，与巷子内的昏黑划出一道泾渭分明的线来。

她努力向前跑去，却忽然脚下发软跌倒在地。紧追上来的疤脸男人扯着冯妙的衣领，把她扭在身前："好啊，还是个带刺儿的，本来主顾叮嘱了，留你一条命，我看你是活得不耐烦了。"

一时怒起，他扬起手就要往冯妙脸上打去。手举在半空还没放下来，身后忽然传来一道男声："你最好放开她，不然你一定会后悔。"

小巷另一头，不知何时走进一个人来，灯光从他背后照射过来，叫人看不清他的五官容貌，只看得见长垂的衣袖随着风猎猎拂动。他手中握着一支长剑，剑柄背在身后，身前只露出一段剑鞘。

疤脸男人用眼角余光打量着来人，呵斥了一句“少管闲事”，心里却已经有些胆怯了。来人气度不俗、衣着华贵，不知道是哪一家的贵胄子弟。他手里的那柄剑，从剑鞘的形状、装饰上估量，应当是一柄上好的重剑，可他拿在手里却举重若轻，光是这份臂力就已经很惊人。而他握剑的姿势也已经表明，他必定自幼拜了名师学习剑术。

“我不知道你是真傻还是假傻，”来人气定神闲地说，“有人出钱让你坏了这姑娘的名节，可这姑娘分明梳着已嫁女子的发髻，已经不是处子。今晚的事，你做了还是没做，只要这位姑娘不说，谁又能知道呢。”

冯妙被那疤脸男人按住，不能转头去看，可这声音却分外熟悉。

来人扬起下颔向着小巷口一点：“我刚好跟这姑娘有些交情，你们现在放手离开，我就当今晚没有这回事。”

他越是淡定从容，疤脸男子就越是怀疑，心里暗忖，他以一人对五人，还敢从小巷更偏僻的一头进来，不是真的艺高人胆大，就是另外有人接应。疤脸男人眼睛转了几转，松开冯妙，向来人一抱拳，带着自己的人往人群里挤去。

冯妙用手捂住胸口，大口地喘着气。突然出现的那个人，此时才迈开步子走过来，伸手要去扶她站起来。可冯妙这一晚死里逃生、连惊带吓，已经如惊弓之鸟一般，听见有脚步声过来，缩成一团向后躲去，身子瑟瑟发抖。

那人把温热的手掌贴在她背上，柔声说：“没事了，没事了，是我，我来迟了。”那是王玄之温润低沉的声音，带着挥之不去的焦急关切。

他的手一松，握住的剑鞘便落在地上，里面并没有放剑。南朝士子的确从小拜名师学习剑术，可学的多半是些华而不实的身形动作，他方才一动不动地站着，便是为了凭借这个握剑的姿势，吓退那几个空有一身力气的地头蛇，只要稍稍一动便会被他们看出破绽。

冯妙转头看清他那双深邃如夜的眼睛，哽咽着叫了一声：“大哥……”

她的衣衫都已经撕扯破了，王玄之正要揽她入怀，听见这一声“大哥”，伸出的手便转了个方向，解下自己的外袍给她披上，低声说：“是我，现在没事了。”

他带着冯妙抄了一条近路，从小门进了明秀堂，直接带着她进了苏小凝的闺房。这一晚的惊吓，此时才发散出来，从入宫到今天，几次在生死边缘徘徊，可都没有今天的经历这么让她恐惧害怕。她不敢想，如果那些人得手，她要再怎么面对拓跋宏……

王玄之斟了一杯热茶，送到她面前，看她仍旧泪流不止，不忍心拿重话说她，可想了又想还是觉得放心不下，沉声说：“你要想清楚，究竟是谁跟你过不去，不然躲过了初一也躲不过十五。”

冯妙止住啜泣，小声说：“这次是我太不小心，轻信了别人的话，要为难我的，无非就是那几个人罢了。”

“冯……妙儿，”王玄之上身略微前倾，改换了称呼，语气间竟然有几分紧张，“你不在宫中，正是孤立无援的时候，想要打听消息或是安排什么事情，都很不方便。皇帝也许真心记挂你，可他毕竟要理政、要处理军国大事，不可能时时照看你。你从前不是说，你的母亲可能在南朝，要不然……”

他的话还没说完，房门便打开了，苏小凝已经换了一件束腰百褶玉华锦长裙，袅袅婷婷地走进来，目光在他们两人身上一扫，也不说话，径直走到妆台前坐下。

王玄之缓缓坐直身子，恢复了平常的冷静模样，十分诚恳地对苏小凝说：“多谢你。”

苏小凝转回头，对着他展开一抹明艳动人的笑意：“你我相识多年，还说什么谢呢。”当着冯妙的面，好像这样说，便能显得她和王玄之更亲近，心里也跟着好受一些似的。

王玄之还要说什么，苏小凝已经拿过桃木小梳，一下一下梳理着头发，眼睛看着铜镜，像是漫不经心地说：“你不用过意不去，我吃的就是这碗卖笑的饭，不就是陪人喝几杯酒、唱几首小曲儿，再让人摸上几把嘛，没什么大不了的。”

她把冯妙的情形告诉王玄之时，王玄之就想出了这个主意，他知道冯妙的性子，不需要预先商量，只要有哪怕一点点机会，她也不会甘心认命。他在平城有不少店铺，原本是想撒铜钱来吸引人群，可要一时凑齐那么多铜钱，也不是件容易事。

偏巧这时咸阳王拓跋禧送来了一整车宝石作心、纯银洒露的杜鹃花，想博美人一笑。苏小凝便第一次接受了恩客送来的礼物，作为交换，她不得不破了自己立下的规矩，明晚去咸阳王府登门献唱。

此时，禁宫广渠殿内，高照容正斜靠在软垫上，似笑非笑地看着跪在地上的丹朱嬷嬷。宫宴刚进行了一半，她就借口恪儿不舒服，先回了广渠殿来听宫外传回来的消息。她用指甲划拨着胡床一侧的雕花，轻笑着说：“咱们这位准皇后娘娘，要是哪天真能做成一件事，本宫才觉得惊奇呢。”

她脸上带着明媚如少女的笑意，近乎天真无邪地问：“那小宫女解决干净了没有，不会留下什么把柄吧？”

第四十一章

朝云乱

丹朱嬷嬷忙不迭地点头：“奴婢特意从花圃选了一个刚进宫的小宫女，当着几个管事的面，奴婢只说了叫她去给冯娘子送菜，另外那句叫冯娘子去花市的话，是走到没人的地方才单独告诉她的，绝对不会有第三个人听见。青镜已经在青岩寺后山把她处理妥当了。”

高照容对着她勾勾手指，让她到近前来，低声耳语了几句，才叫她离去。

通向偏殿的竹帘发出一阵脆响，小小的人影站在竹帘外侧，带着困意轻声叫道：“母妃……”高照容走过去，理了理他有些发皱的衣衫，声音比方才柔和了许多：“恪儿乖，早些去睡吧。”

“母妃，我睡不着，我不想用现在那张白色的屏风，我想用原来竹子做的那个。”拓跋恪一边说一边扭在她身上。高照容想起他说的那件白色床屏，那是用象牙打磨成一寸见方的小块儿，只选润白无瑕疵的连缀在一起制成的，按制只有品级在三夫人以上的妃嫔宫中才能使用。

“恪儿听话，那象牙床屏可不是原来的竹屏能比的，乖，去睡吧。”高照容拉着他的小手，带着他走回床榻上，给他掖好被角，看着他紧闭双眼的小脸，低声说：“母妃只会拿最好的东西来给恪儿，将来你就会知道了。”

扶摇阁宫宴散后，拓跋宏用眼神示意始平王拓跋勰，把闷闷不乐的丹杨王请进侧殿，跟他商议那件丑事该如何处理。

丹杨王闹到崇光宫去，也是一时气急了，过后细想起来，也觉得有些后悔。说起来，这件事要是真的传扬开了，吃亏的还是丹杨王自己，好好一个女儿就这么坏了名节，以后也别想嫁进好人家了。至于拓跋详，原本就没有什么好名声，反倒没什么损失。

拓跋宏好言好语地劝慰了一番，最后提议说，反正这两个人男未婚、女未嫁，不如干脆促成了一段好姻缘吧。

眼下只有这个办法对丹杨王最有利，可这女儿虽然算不上天姿国色，却也琴棋书画地教了十几年，就这么嫁给一个被废去封号的亲王，他实在不甘心。

拓跋宏又耐着性子劝慰了几句，应允会恢复拓跋详北海王的封号，让丹杨王家的幼女能够风光出嫁，再从宗室亲王里，选一个德高望重的长者来做主婚人，给足了丹杨王面子。

木已成舟，丹杨王刘昶也只能接受这个安排，毕竟女儿家的清誉已经毁了。他向拓跋宏行礼赔罪，黑着脸说自己起先太冲动了，才会硬闯崇光宫。拓跋宏宽慰了他几句，亲自伸手扶他起来。

丹杨王走后，候在旁边的始平王拓跋勰才有机会说话："皇兄，您真的要恢复北海王的名号？上次劫持皇嫂的那个人，一定跟他脱不了干系。"返回平城后，他一直在暗中追查这件事，发现那人曾经做过北海王亲卫，又在修建报德佛寺时做过苦力，后来才辗转去了冯大公子主持修建的佛像洞窟，混在寻常苦力里，慢慢脱颖而出。

拓跋宏冷笑："这些朕都知道，只是拓跋详的为人，朕和你都最清楚不过，凭他一个人做不出如此周密的计划。这回诱骗丹杨王家的小女儿也是一样，朕已经决意南征，此时无论如何不能跟丹杨王闹僵，所以即使这件丑事闹出来，朕也只能替他们遮掩下去，还会为了丹杨王的面子，给他许多好处。朕相信他能色胆包天，却不相信他能有那个脑子看准眼下的情形。"

始平王拓跋勰沉思片刻，说道："高太妃从前在宫里时，就曾经结交外臣，几次想要让她的儿子取代皇兄的位置。不过报德佛寺那边的守卫，都是臣弟亲自安排的，高太妃现在应该没有可能再与任何人私下联络。"

拓跋宏摇头，手指在紫檀木桌面上一下下地敲击："不会是高太妃，这个布局的人应该跟拓跋详很熟悉，彼此却并不完全信任，所以才会利用拓跋详的性格，引着他去做这些事。先让他得意几天，朕倒想看看，这人究竟还有什么打算。"

夜过子时，苏小凝取了自己没有穿用过的衣裳来，给冯妙换上。苏小凝身形高挑，衣裙穿在冯妙身上，裙摆还长出一段来。她正要说另换一件小一些的来，却看见王玄之已经俯下身去，把冯妙的裙角提起，松松地在一侧打了个结。

冯妙很是不好意思，赶忙拉过另一边的裙角说："大哥，我自己来。"

王玄之站起身说："已经这么晚了，你在这里休息一夜，明早我叫人送你回去。”

冯妙揉着哭红的眼睛说：“大哥，我今晚必须得回去，有人如此对我，我不能就这么算了。如果我整夜不归，这些人就更有借口污蔑我，我……”她不想让拓跋宏分神为难，既然迟早要回去，何妨早一些直面这些宫墙内的不堪。

苏小凝在一边嗤笑一声：“也是呢，好人家的女孩儿，都急着要跟这里撇清关系，免得污了闺阁清誉。”

冯妙知道她口舌锋利，内心里却并没有恶意，站起身对她屈身福了一福：“多谢苏姑娘救命之恩，大哥与姑娘熟识，我却才跟姑娘见过寥寥数面，已经两次得姑娘出手相帮，姑娘可以不受，我却不能不道这一声谢。”

王玄之见她心意已决，也不再坚持，叫了从前一直跟在身边的青衣小童无言来，让他送冯妙回去。无言找来一顶软轿，把冯妙直接从明秀堂小门抬出去，一路送回青岩后山。

坐在摇摇晃晃的软轿里，冯妙把近来的事又仔细回想了一遍，心里有了个主意。

返回禅房时，青镜正在她平日休息的床榻上坐着，看见冯妙安然无恙地进来，先吓了一跳。丹朱嬷嬷忙着回宫去向高照容禀告，还没来得及让青镜知道今晚的事。她愣了半天，才想起来去倒热水，一面捧上茶来，一面试探着问：“娘子怎么这么晚才回来？”

冯妙若无其事地脱去外衣：“今晚明秀堂的苏姑娘出来游街，满街的人都涌过去看，我被推挤到一边，连衣裳都蹭破了，没办法只能买了新的换上，这才耽误了。”

青镜嬷嬷听得出神，倒水时连杯子里的水已经满了都没有注意，直到手指被溢出的水给烫了一下，这才回过神来。她接过冯妙的外裳赔着笑说：“娘子受惊了，总归平安回来就好。”

“嬷嬷先去睡吧，我想写一封信，等丹朱嬷嬷来时，让她带给皇上。”冯妙走到窗边铺开纸笔，不再理会青镜。

她在纸上写了几句话，眼角余光瞥见青镜关上了房门，便把那张纸折起来，用双鲤鱼式样的木板夹好。她用蜡油封住接缝处，又趁着蜡油未干时，扯下一根发丝，仔细贴在上面，就像是无意间散落了一根发丝在上面一样。

第二天清早，冯妙把信交给青镜，让她记着回头转交给丹朱。到第二天时，冯妙像是忽然想起什么，又把那封信给要了回来，只说要添几句话上去。信拿回手里，那根发丝果然不见了，蜡油的表面平整光滑。冯妙心里清楚，青镜一定偷看了信的内容。

从前她一直觉得这两名嬷嬷为人还算和善，又尽心尽力地照顾她的饮食起居，不愿在她们面前端出架子来，此时却再不愿对她们客气，没有直接撵了青镜出去，是因为她想要确证，这两名嬷嬷的背后到底是谁。

冯妙当着青镜的面，把那装信的双鲤鱼木板握在手里，背对着她像是在沉吟思索，终究还是脸上一红，让青镜嬷嬷把信拿去。她声音怯怯地对青镜说："务必把这个交给丹朱嬷嬷带去，让她亲手交给皇上，不要让旁人转交。"

青镜接了信，心想这位小娘子还真是天真好骗，转念想起信上的内容，却让她有些惴惴不安，赔着笑说："奴婢今天想下山买些东西，怕得有个半天时间才能回来，先跟娘子说一声。"

冯妙笑着应道："嬷嬷只管去就是了，我这里一时半刻也没什么事。"

得了应允，青镜揣了那封信离开青岩山，匆匆往禁宫方向赶去。她随身带有令牌，让守门的侍卫查验放行后，便奔往广渠殿，把那封信直接交到了高照容手上。

高照容刚叫婢女送了二皇子去书房读书，见青镜突然进宫来，有些不悦地问："不是叫你牢牢地盯着她吗，你怎么进宫来了？"

"奴婢怕娘娘被人蒙蔽了，不敢把这封信拿给旁人转交，就斗胆直接来见娘娘。"青镜把信送上，又凭着记忆，把信里的内容复述了一遍。像她和丹朱这样识文断字的嬷嬷并不多，所以高照容才对她们两个格外器重。她清楚地记得，信上说是丹朱于心不忍，提早示警，冯妙才在上元夜躲过一劫，还隐约暗示，这件事是受了宫中某位贵人的指使。

高照容用指甲轻轻一挑，就拨掉了接缝上的蜡油封口，把信纸抽出来查看。她拈着信纸许久都没作声，好半天才一步步走到青镜面前，把那张信纸送到她面前，语音依旧轻柔婉转："嬷嬷该不会是老眼昏花了吧？你好好看看清楚，这信上究竟写的什么？"

青镜不明所以，往信纸上看去。还是一模一样的银光纸，写着的话却完全不同，没有丹朱，没有意外，整整一页纸上，都用细细密密的小字，写着她上元夜在东花市吃了什么，见了什么，末尾处还特特提了一句："青镜嬷嬷待我很好，像对待自家女儿一样，煮了汤圆给我，又怕我存食不准多吃。"

高照容把信收回来，捏在手里："要是本宫相信了你的话，想借着这封信扯出顺和殿里那位冯娘娘来，岂不是自投罗网？皇上怎么能不疑心，她们姐妹间的事，本宫如何能得知？"

殿内燃着掺了花油的精炭，融融暖意下，青镜却冷汗直流。她这会儿才知道，自己被那看似娇怯怯的小娘子给摆了一道，冯妙的桌上一直放着不少用来封装信件的双鲤鱼木片，她提早写好了两封信，中午说话时便把信换了。

青镜赶忙叩头求饶："是奴婢大意了……"她恨得直咬牙，这时候却没办法分辩半句。

高照容倒不生气，丝履轻移，围着青镜绕了半圈，饶有深意地问："青镜嬷嬷，本宫倒也不是怀疑你的忠心。只不过你天天跟冯姐姐在一起，把她当自家女儿一样照顾，人非草木，相处得时间长了，总会有些感情的吧？"

听了这话，青镜吓得面无血色，把头在金砖地面上磕得砰砰直响："奴婢万万不敢有那样的心思，奴婢照顾冯娘子，都是受了娘娘的吩咐啊，奴婢一心只向着娘娘，请娘娘明察！"

高照容把那两片木鲤鱼合在一起，把信仍旧原样放进去，亲手滴了一滴圆润平整的蜡油上去，口中说着："本宫倒是没看错，冯家好歹还有一个聪明人。"

她把信放回青镜手中："你既然来了，就把这信拿到崇光宫去吧，反正信上也没说什么要紧的。"信递过来时，长而尖的指甲在青镜手背上划过，当下就留下一道白印子。

青镜擦了一把冷汗，接过信躬身退出去，自去把信送往崇光宫。一路上她都在寻思，要不是一味想着能有个机会压倒丹朱，她也不会如此心急。她心里的不平也不是一天两天了，同是年长的嬷嬷，自己日日守在凄苦的山寺里，还要辛苦操持冯妙的饮食起居。丹朱却只凭着传几句话，就能在高贵人面前讨了好处，她如何能服气？

走这一趟，就折腾了小半天。青镜返回青岩寺时，天色已经暗下来，不知道怎么回事，她总觉得今天的青岩寺透着古怪。一路走上去，她才恍然惊觉，平常这个时候，后山上总有些姑子在洗衣、说话，今天却一点儿声音也没有。

走到冯妙住的禅房前，刚一推门，青镜就惊得险些叫出声来，屋内一侧站着两名佩刀的羽林侍卫，另一侧冯妙正坐在窗边。那些侍卫都是拓跋宏后来增派的，因为不便与姑子混杂居住，只远远地在半山腰巡视，正是因为隔得远，她们才有机会在上元夜把冯妙骗出去，并没惊动这些侍卫。

青镜强撑着笑说道："娘子还没用过晚膳吧，想吃些什么，奴婢这就去做了来？"

冯妙看着她说："不急，我正不饿呢，倒是想起来，昨天吃了嬷嬷做的汤圆，味道不错，可嬷嬷自己还没吃过吧。"

她对身边的侍卫点一点头，那两人便过一个小炭炉来，炉上用广口陶罐煮着十来个小儿拳头大的糖心糯米团子，个个都浮在水面上，显然已经从里到外熟透了。

“嬷嬷，这几个团子可是我亲手做的，不如嬷嬷做的小巧精致，也不知道怎么放馅儿进去，嬷嬷将就着吃些吧。”冯妙说了这话，便转过头去。

那些侍卫是从崇光宫调来的，早就得了严令，只听冯妙一人吩咐。其中一人上前扭住青镜，用竹筷子穿起一个糯米团子，就往她口中送去。煮得绵软的糯米团子又黏又烫，青镜被硬按着咬了一口，便烫得哇哇直叫，想讨饶，却呜呜地说不清楚。

冯妙轻哼一声，那侍卫才松开了手。青镜的口中烫起了一圈水泡，火辣辣地疼。冯妙叫人拿冷水给她漱口，盯着她问：“嬷嬷有什么话要对我说吗？”

青镜被烫得晕头转向，先点了点头，又忙忙地摇头：“奴婢是替娘子送信去的，不知道哪里开罪了娘子，要这么折磨奴婢？”

“嬷嬷是非要揣着明白装糊涂，”冯妙原本还不忍心，可想起昨晚被几个男人围住时的绝望惊恐，便咬着下唇对侍卫说，“拿一个团子用冷水蘸一下，给她整个喂下去。”

两名侍卫应了声“是”，一人用筷子穿起一整个儿糯米团子，另一人捏着青镜的下颌，强迫她张开嘴。青镜吓得脸都白了，叫出来的声音也变了，糯米团子用冷水蘸了喂下去，起先不会觉得烫嘴，可芯儿里面的热度会慢慢散出来，把人从里往外活活烫死。

“冯娘子饶命，奴婢都说……都说……”青镜按住侍卫的手，连连求饶，眼角不住地往那雪白的糯米团子上瞟。

冯妙见她这回是真的怕了，也不让侍卫松手，只坐在原地说：“你先说来听听，看是不是我想听的那些。”

青镜还想含糊蒙混过去，只把事情都推在丹朱身上，连连说自己也是被骗了。冯妙也不说话，眼睛往侍卫身上一瞥，侍卫手里的糯米团子就送到了青镜嘴边，吓得她哇哇乱叫。

冯妙冷笑着说：“你背后的主子娘娘，恐怕都已经不相信你了，你倒是还忠心护主。既然这样，我也懒得和你废话了。”

一句话才点醒了青镜，高照容的确已经对她生疑，故意让她去崇光宫送信，让她和丹朱之间生出嫌隙，才好互相盯紧对方，谁也别想欺瞒。青镜膝行挣扎，想要扯住冯妙的衣角，刚一近身，就被孔武有力的侍卫一脚踢开。

“冯娘子，奴婢也是被逼的，在宫里当差，哪敢违抗这些娘娘们的意思。”青镜做出一副幡然悔悟的样子，把高照容如何叫丹朱把消息透给冯清，又如何引着冯清想出这个恶毒主意，都说了出来。只不过言语间仍旧不老实，把自己撇得一干二净。

冯妙也知道她的话不能全信，但她的目的只在于找出真凶，也不跟她多分辩，冷冷盯着她说："既然这样，我也不为难你，你先替我做两件事。第一件，今天的事不准说出去，你就说我夜里受了惊吓，要调山下的侍卫上来，在我的住处周围巡视守卫。第二件，你把忍冬找回来，我要她贴身伺候，从此我的饮食汤药都不用你动手。"

青镜诺诺连声地答应，第一件事她根本无力扭转，第二件事也不难办。冯妙俯身看着她说："你自己也得表示点诚意，不如这样，这锅糯米团子是我一个一个亲手捏的，连皇上都没这个口福，今天就都赏给你了。你拿到外面吹凉了吃下去，一粒米也不准剩。"

十几个糯米团子吃下肚，光是那饱胀的滋味，就让人受不了，可好歹能保住这条命，青镜眼珠子转了几转，咬牙说道："奴婢谢娘子赏赐。"

冯妙不愿再看她，让两名侍卫拖了她下去，盯着她把糯米团子吃完。

第二天一早，忍冬便回了冯妙身边，没等冯妙说话，她倒先抱住冯妙的胳膊哭了一场，抽抽噎噎地说："那死老妖婆，把我支使到城西去了，那药铺老板也是跟她勾结好的，把我扣在那儿不准我回来。她没把你怎么样吧？我……我要咬她……"

冯妙被她摇晃得头都晕了，把昨天整治青镜的情形略略跟她说了，才让她安静下来。

调动侍卫这样的事，自然瞒不过拓跋宏，他人在平城近郊大营来不及赶回，便派了近身玄衣卫连夜赶回来查看冯妙的情形。现在这批玄衣卫，都由始平王一一仔细查过身世来历，十分忠心可靠，是拓跋宏身边最得力的亲卫。来的毕竟是男子，冯妙觉得上元夜发生的事太过羞于启齿，只说自己一切都好，请皇上宽心。

那玄衣卫还带来了拓跋宏的一句话，"从今以后再不叫冯妙跪任何人"。冯妙知道他指的是什么事，拓跋宏曾在太皇太后灵前允诺立冯清为后，此时太皇太后的丧期刚过，他不能食言。即使心里不舒服，她也不想在这时候对拓跋宏使小性子，只叫玄衣卫带话回去说，帝王一诺，重于千钧，既为夫妻，理当共担。

依照鲜卑习俗，册立的正宫皇后，需要亲手铸金人小像，占卜吉凶。只有手铸金人成功的女子，才能被认为是天命所归的皇后，也才有资格正位中宫，历代皇后都是如此，也只有像贞皇后这样死后才获册封的，才能例外。

入夜时冯妙躺在床榻上，透过窗子看着满天繁星，胡乱想着，这么多星星，不知道哪一颗会是滢妹妹，哪一颗又会是无辜的幺奴。是不是宫闱中含恨惨死的女子太多太多，所以才会有这满天碎银似的星星？

想到滢妹妹，冯妙心里就难以平静，在昌黎王府时，只有滢妹妹时常把吃不完的东西留给她和夙弟，那样一个安静的女孩儿，根本就不该生在冯家。滢妹妹不在了，害死她的冯清却要顺顺当当地成为皇后，即使这一切只是为了暂时安抚住亲近冯氏的朝臣宗亲，她也仍旧觉得不甘不平，更何况冯清还差点毁了她的一切。

作恶的人，怎么可以不用付出任何代价？

第四十二章

风簇浪

冯妙辗转了大半夜，天亮时眼窝上就有些发暗，却还是吩咐忍冬去取一串檀木佛珠来，再找些细细的丝线和东珠。忍冬看着心疼，拦住她说：“娘子要用什么，交给我做就行了。”冯妙笑吟吟地说：“我要亲手做件东西，送给新册立的皇后娘娘。”

忍冬夸张地伸手来摸她的额头：“娘子，您昨晚睡得太少了，这会儿直说胡话呢。”

冯妙一面摇头笑着，一面从东珠里挑出颜色、大小都一样的来：“快来帮我捻线，这东西要赶在册封皇后的仪式上送过去。”忍冬一脸的不情愿，却还是上前来帮冯妙把丝线分成小股。

冯妙就用拆散的佛珠和东珠混在一起，串成了一条璎珞饰物。她让忍冬悄悄去始平王府问问，册封皇后的仪式，定在何时何地举行。

忍冬把一双眼睛瞪得溜圆，不明白冯妙为何要如此对冯清示好，她撇着嘴说：“她哪配用娘子亲手做的东西？”

冯妙推着她出门，催促道：“快些去吧，太皇太后丧期结束，应该不会拖得太久，就是这三五天的事。你问到了，我再告诉你接下来该怎么做。”

忍冬登门时，始平王入宫去了，并不在府邸内。可她也不负所望，跟门房里喂马的大哥聊得火热，立后的时间、地点也不是什么秘密，就这么被她给打听得一清二楚。

因为要当场手铸金人，立后并不在皇宫内举行，而是在平城东郊太庙附近的飞仙台，宗室亲王都会前来做个见证。工匠会提前备好泥模和滚烫的金水，冯清只需要把金水浇入模中，冷却之后再敲去外层的泥模，露出铸好的金像。如果金像眉眼清晰完整，像身平整没有裂纹，就算是成功了。皇后要把新铸的小像交给皇帝，帝后夫妇一起手捧金像，向太庙里的先祖祝祷，共同完成立后的仪式。

忍冬按着冯妙的叮嘱，提前等在太庙附近。因要熟悉手铸金人的器具，冯清会早于皇帝先来到飞仙台。远远地看见她的车辇驶来，忍冬便捧着装了璎珞的莲纹锦盒往飞仙台走去。

她既没有通行的令牌，守卫在飞仙台附近的侍卫也没见过她，自然不肯让她进去。忍冬赶忙解释，自己是侍奉在青岩寺奉旨修行的冯娘子的，特意给新后送来贺礼。她像是有些急了，话说得颠三倒四，侍卫反复听了几遍也听不明白。

正说话间，冯清的车辇已经停在近前，婢女玉叶伸出一只手，搭着她走下来。冯清听见喧哗吵嚷声，已经觉得心中不快，刚要叫玉叶去看看究竟，猛抬眼间便认出来忍冬是冯妙身边的婢女。上元夜的事情没成，冯清惴惴不安之外，也憋了一肚子火，此时见着忍冬，就恨不得把满腔怨气都撒在她身上，当下冷冷说道："立后的飞仙台你也敢闯，本宫看你活得不耐烦了，玉叶，去教教她规矩。"

宫中所说的"教教规矩"，便是掌嘴的意思，玉叶得了吩咐，上前来便要扭住忍冬。忍冬自然不肯吃亏，一边后退一边大叫："我家娘子是给娘娘送贺礼来的，这串佛珠璎珞能护佑娘娘铸成金人、入主中宫。"

冯清听了冷笑道："怎么？没有她的东西护佑，本宫还铸不成金人了？玉叶，把她手里的东西拿来给本宫看看，到底是什么宝物。"

玉叶答应一声，夺过锦盒毫不客气地打开，拿出那条璎珞送到冯清面前："娘娘，不过是一串破珠子罢了，青岩寺里能拿出什么好东西来。"

冯清把璎珞拿在手里把玩，檀香木佛珠与东珠串在一起，颗颗圆润光滑。忍冬十分及时地说："我们娘子说了，把这东西戴在身上，娘娘得亲人宗族护佑，必定能手铸金人成功，一举登上后位。"

不说这句还好，一说这句，冯清立刻火冒三丈。从前博陵长公主和冯滢都喜欢用东珠缀在衣衫上做装饰，这话分明是指她逼死亲妹、气病亲母，靠阴狠毒辣的手段谋得后位。她上前两步，忽然用力给了忍冬一个耳光，口中咒骂："你那主子就是个下贱坯子，有什么资格来说本宫？"忍冬抬手去挡，撕扯间，那串佛珠璎珞的串线忽然断开，珠子噼里啪啦散了一地。

就在此时，冯清背后忽然响起一道压抑着愠怒的声音："这是在吵什么？"

玉叶回身看清来人身上的凛凛龙纹，吓了一跳，赶忙扯一扯冯清，跪下行礼问安。周围伸长了脖子看热闹的人纷纷跪了一地，冯清气得脸色煞白，这会儿只能强忍着跪下。

“在飞仙台门前吵闹，成何体统？你们谁告诉朕，究竟是在吵什么？”拓跋宏的声音低沉，显然是气极了。

忍冬抢先开了口：“我家娘子听说皇上要册立新后，熬了几个晚上串成了一件佛珠璎珞，又在佛像前诚心祝祷，希望能把这件璎珞献给新皇后娘娘，护佑大魏国泰民安。可新皇后娘娘不领情，说我家娘子是下贱坯子，不配送东西给她戴，还把佛珠璎珞扯断了。”她这会儿全没了起先时的颠三倒四，说出的话像脆豆子一般，又快又清楚。

拓跋宏原本就因为立冯清为后而觉得亏欠了冯妙，此时听说冯妙熬夜做出来这件东西，担心她累出病来，心里越发气恼，沉着脸对冯清说：“把散落的珠子一个不漏地捡起来，什么时候串好了，什么时候再进来。”

冯清既惊诧又委屈地抬头：“皇上，定好的吉时就快要到了，这些珠子不值什么，臣妾还要去看看工匠们准备的东西。”

拓跋宏却不理会她的话，只说了一句：“捡起来串好，戴着它朕就准你进来手铸金人，不然你就滚回去。”他转向忍冬，简要问了几句冯妙的情形，听说她身子安好，这才转身进入飞仙台，离去前还特意让侍卫待会儿用马车送忍冬回去。

冯清眼圈泛红，还要争辩什么，玉叶抢先一把拉住了她的手，低声劝道：“娘娘，先忍一忍吧，不要误了立后的吉时。”说完，她先俯身在地上，替冯清去捡散落的珠子。

此时高照容带着二皇子也到了，远远地看着这一幕，只叫婢女取了一根马尾鬃悄悄送过去，一言不发地进了飞仙台。

好容易捡齐了九十九颗，玉叶用那根马尾鬃把檀木佛珠和东珠一颗颗串起来，戴在冯清的凤纹吉服外面。原本用来串珠子的，是一根细细的丝线，用力一扯便断成几截，要不是有高照容命人送来的马尾鬃，玉叶还真不知道该怎么办才好。

这么一吵一闹，原本该用来熟悉器具的时间便没了。手铸金人时，冯清仍然气恼不平，把金水注入泥模时，双手不住地轻颤。敲去外层泥模时，露出来的金人小像表面，便分布着一些零零散散的气泡，坐在近处的几位年长的亲王，都看得清清楚楚。

冯清恨得几乎要咬碎一口银牙，冯家预先请来的教导师傅，曾经反复叮嘱一定要稳住手慢慢地注入金水，可她一生起气来，便什么都忘了。她用木盘双手捧起铸好的金人小像，忐忑不安地送到拓跋宏面前。

拓跋宏一言不发地盯着金人，忽然站起身，只简短地说了几个字“就这样吧”，便走下了飞仙台。皇帝原本该在此时接过金人小像，与新后一起入太庙祝祷。那些宗室老臣互相看了一眼，都很有默契地低头不作声。冯清手里的金人小像，虽然没有裂纹，却分布着一层气眼，若是再惹恼了皇帝，他要说这金人没有铸成也不算过分。皇帝已经给了他们面子，仍旧承认了冯清这个有鲜卑皇室血统的皇后，他们自然也就不再多话了。

冯清跪在地上，僵硬地维持着手托金人的姿势，小臂抑制不住地颤抖。她死死咬着嘴唇，眼泪还是顺着侧脸流下来。这一天，她记不清想了多少年的这一天，本该是她一生中最荣耀的日子，却生生变成了奇耻大辱。手铸金人失败而登上后位，她会被天下人所耻笑，这屈辱会随着她一直到坟墓里去，并且终身都再没有办法扭转。

立后典礼过后，冯清急怒攻心，大病了一场。二皇子在立后庆典上，不知怎么被草灰迷了眼睛，一连用了许多药都不见好，御医隐约暗示，可能会有失明的危险，急得高照容整个人都越发瘦了下去。

拓跋宏仍旧被繁杂的政务缠得脱不开身。大军南征并不是一声令下就可以的，除了应付朝中守旧老臣的阻挠，还需要筹措粮草、征调兵卒。这将是他登基后第一次率兵亲征，必须做好万全的准备。

与此同时，大魏西、北面的边境上，许多原本各自称王的零散部落，见实力最雄厚的柔然、高车、吐谷浑都已经归附大魏，也都纷纷上表请求归顺。有些缺少马匹、粮食的小部落，甚至全族内迁，请求在大魏国境内定居。如何安置这些人，也是一个头疼的问题。

拓跋宏再怎么知人善用，大事上也还是要他亲自决断。接连好几天，他每天都只能睡一两个时辰，有时用冷水渥一渥脸，便要赶着接见下一拨有事奏报的臣子，实在无暇分身去看冯妙。

青岩寺内，忍冬绘声绘色地讲着那天的情形，半边脸还肿着，冯清真是气急了，那一下手劲极大。冯妙拿布裹着碎冰给她敷脸，有些不好意思地说：“是我不好，没想到她会动手打你……”忍冬却丝毫不以为意，眉飞色舞地说：“能让新皇后娘娘吃这个大亏，就是再挨一下也没什么。”

冯妙被她逗得发笑，此刻心情总算好了一点，正要问她晚上吃些什么，寺里的钟声悠悠响起。屋外传来慧空的声音，正招呼姑子们到前殿去，说是宫里的贵人来了，要请姑子诵经。

听见慧空的话，忍冬先紧张起来：“不会是新皇后找到这里来发威吧？”她有几分怕了，却还是摆出一副要把冯妙护在身后的架势。

冯妙握了握她的手，安慰她说："没事的，去看看就知道了，这里还有皇上留下的羽林侍卫，她不能把我们怎么样。"

两人一起走到前殿侧面，冯妙一手仍旧握着忍冬的手，另一手掀开帘子一角向外看去。手上传来濡湿的汗意，忍冬毕竟只是个小小的婢女，得罪了新立的皇后，有些害怕也是难免的。

冯妙回身低声安慰："不是皇后，是高贵人，看样子只是来烧香的。"忍冬拍了拍胸口，也跟着探头往外看去，凑到冯妙耳边小声嘀咕："原来是她啊，她也晋到贵人了？典礼那天还见着她带着二皇子呢，怎么今天一副无精打采的样子？眼睛好像都哭肿了……"

青岩寺正殿内，高照容正叫婢女取了整匹的素色布绢来，交到慧空手上："师太，先用这些，替恪儿在佛前燃一盏长明灯，恪儿年纪小，我怕布施金银之物他承受不起，反倒折了福分。"

慧空叫身边的姑子把布绢接过来，低头合掌说道："小皇子有诸天神佛庇佑，一定能够逢凶化吉、安然度厄，娘娘不用太过担心。"

高照容眼角垂泪，低声说："承师太吉言，只要恪儿的眼睛能好起来，要我怎样都行，哪怕取了我的眼睛给恪儿，我也心甘情愿。"她的声音原本就柔婉如莺啼，此时说得哀哀切切，几乎听得人肝肠寸断。

从帘子一角看过去，她的头发仍旧梳成一个整齐的望仙髻，可鬓边髻上，连一点带金翠色的饰物也没有，脸上未施脂粉，肤色苍白如蒙蒙亮时的天际一般；一双眼睛红肿无神，全不见了上巳节宫宴时的顾盼生辉。

"那一晚，恪儿说眼睛疼，我还只当他偷懒不想读书，谁知道第二天，他就看不清东西，两只眼睛又疼又涩，连哭都哭不出来。"高照容的眼泪像碎珠子一样纷纷落下，一个皇子要是双目失明，那便形同废人，别说继承皇位，就是封王也不能，即使有生母疼爱，在宫中也免不了饱尝人情冷漠。

高照容几乎失声痛哭起来："我真是世上最坏的母亲，要是我能早点请御医来，恪儿的眼睛也许就不会像现在这样……"慧空陪着小心安慰了几句，她的哭声才渐渐止歇。

冯妙无声地叹息，她自己也有过未能出生的孩子，完全能理解为人父母者的心情，如果上天允许，她甘愿拿自己的命去换回孩子的命。因为上次指使嬷嬷挑唆冯清的事，她心里对高照容很有些介怀。可孩子毕竟无辜，要是小小年纪就双目失明，这漫长的一辈子可怎么过呢？更何况，恪儿这孩子一向跟冯妙亲近，才几个月大，就舞着小手要她抱，这么一想，她心里的怜惜就更强烈了。

帘子外侧，高照容又虔诚地在佛前拜了三拜，这才转身离去。冯妙转头对忍冬说：“你去外面车辇那里，跟高贵人说，我有几件礼物要送给恪儿，请高贵人纡尊过来一趟。”

“于……于什么？”忍冬在人前的机灵劲儿，到了冯妙这里就半点也不剩了。

冯妙摇着头用手指在她额头上一点：“请高贵人来一趟我的禅房。”

忍冬小步跑着去了没多久，高照容便只带着一名婢女转来了后山。一见冯妙的面，她先带了几分怯意：“冯姐姐，上回的嬷嬷……”

冯妙留神看她的表情，要是她坦然无所谓，那便说明她丝毫不觉得自己有任何错处，刚才在前殿说的话，自然也就是违心的。高照容眼神闪烁，不敢与冯妙对视，全然不像一个正二品夫人在面对离宫修行的妃子，脸上带着很明显的愧意。

“宫里那么多御医，一定治得好二皇子的眼疾，贵人不必太担心了。”冯妙以方外之人的身份向她见礼，柔声劝慰她。

话一出口，又招出高照容的眼泪来，她带着三分委屈无奈说：“宫中那么多御医，可能留住姐姐那个已经成形的男婴？”

她缓缓摇头，语气里全是悔愧自责：“我起先并没在意，只当小孩子用脏手揉了眼睛，过几天便好了。直到御医说，恪儿的眼睛可能再也看不见了，我才害怕了。御医开了方子，还配了药水送来，可我根本就不敢用在恪儿身上，好好的眼睛也能叫他们诊治得双目失明，眼下有这样的好机会，他们怎么可能放过？”

冯妙看着不忍，却不好多说什么，只能虚应道：“贵人多心了，御医定会尽心诊治的。”

高照容抬起盈盈泪眼，对冯妙说：“当初能生下恪儿，已经是意外之喜，我不该再有别的念头。可这些年，皇上不喜欢太子，却偏疼恪儿，每次宫宴上，总有人别有用心地说，恪儿这孩子生得最像他的父皇，命格尊贵无边。我被人说得昏了头了……可我只有恪儿这一个孩子，希望他出人头地也是人之常情啊……”

冯妙抚着她的背：“你的孩子，总归还好好地在你身边。其他的得到再多，也比不过孩子健康无事。“

高照容低声啜泣：“可惜我知道得太迟了，我宁愿从来没有生过那些别的心思，带着恪儿好好地在广渠殿度日。皇上偶尔来看他，陪他读一段书、用一顿晚膳，他就会很开心……”

冯妙摇头叹气，人总要尝过失去的痛苦，才能学会珍惜眼下。她把手压在高照容的手背上，声音平缓地说：“小孩子的眼睛娇嫩，恪儿多半是在看手铸金人时被火光刺伤了，用新鲜的人乳清洗小儿的眼睛，能止疼消肿，不妨试试。人乳这东西，就算治不好病，起码不会被人动了手脚。”

高照容止住哭声，惊诧地看着冯妙，死灰色的眼睛里渐渐浮上一层惊喜：“是，是，宫里找个奶娘并不难，能让恪儿少挨些疼也好。”她拉住冯妙的衣袖，声音又哽咽起来：“冯姐姐，我做过那样的错事，你还肯救恪儿，我……我……”

冯妙并不要她的感激，反手压一下她的手背说：“恪儿是个懂事的孩子，不要逼着他去争抢，他这一生会快乐许多。”

知道了这个法子，高照容迫不及待地要回去试试，匆匆地向冯妙道了谢便下山去了。

跟高照容说了半晌话，冯妙这会儿松懈下来，便觉得腰上有些酸胀难受。忍冬取了热水来帮她敷着，用手掌侧面一下下揉着她腰上有旧伤的地方。

冯妙俯身趴在床榻上，有些昏昏欲睡，觉得手上的力道忽然停了，转头来看，忍冬正瞪着眼睛侧头看过来。冯妙不知道她在看些什么，忍不住往铜镜里面照去，却听见忍冬用极低极低的声音说：“娘子，您这个月的月信，还没有来吧？”

她心头一阵狂跳，的确是迟了十来天了，可她身子一向不好，既畏冷又怕热，信期也时常不准，也许就只是晚了十来天而已。

这边忍冬却已经手忙脚乱地把冯妙拉起来，用软枕给她垫在腰后：“那可不能随便在腰上揉了，会伤胎的。冷的东西也不能吃了，今晚原本准备了红线菜，这下不能做了，我白洗了一下午。”

冯妙哑然失笑：“哪里就那么严重，说不定只是最近太累了，过些天月信就到了。”

“不会的，李夫人的方子都很灵验的。要是过几天月信真的到了……”忍冬双手叉着腰，神情严肃地想了又想，咬牙说，“那就请皇上再加把劲儿。”

冯妙忍不住“扑哧”一声笑出来，伸手去捏她的脸：“你这张嘴是越来越野了，等以后回宫去了，找个最凶的老嬷嬷，好好教教你。”

这之后的三四天，忍冬什么也不准冯妙做，只让她躺着休息。才刚用过午饭，忍冬又赶着去做晚饭。腰上仍旧闷闷地酸疼，冯妙提起笔来，在床头的绢画上描了一只开口多籽的石榴。

虽说一再告诉自己，不要抱太大的希望，免得日后失望，可她还是忍不住盼望，如果忍冬说的是真的，该有多好。这一次她可以第一个告诉拓跋宏，他要做父亲了，有了孩子的夫妻才终于完整了。

绢画上的墨迹还没干透，远远看去，石榴上像蒙着一层水光一样。屋外传来一阵极轻的敲门声，有柔婉的女声问：“冯姐姐，你在不在？”

冯妙拉开门，见高照容穿着素色衣衫站在门外，没等冯妙开口就先说道：“我没让慧空师太惊动姐姐，就带着恪儿找来了，姐姐可别怪我。”她的神色依然憔悴，可双眼之中却已经重新充满了神采。她把一个穿着锦袍的男童揽在身前，柔声说：“恪儿乖，去给你的冯母妃磕个头吧。”

冯妙赶忙抬手阻拦：“二皇子身份矜贵，我这个废弃出宫的人，可当不起这一声母妃。”

说话间，拓跋恪已经俯身拜了下去，小小的孩童最懂得看人眼色，知道什么人对他好，看见冯妙伸手来扶他，两只白藕似的手臂一张，整个人就扑进了冯妙怀中，奶声奶气地叫了一声：“母妃！”

冯妙就势把恪儿抱在怀中，低头去看他的眼睛好些了没有。

第四十三章 云涛卷霜雪

拓跋恪的眼睛仍旧有些发红，可那两颗黑水银丸似的瞳仁，已经滴溜溜地四下乱转，显然已经能看得清东西，也不大疼了。

“冯姐姐，当初是你肯帮忙，恪儿才能平安出生，现在你说的方子又治好了他的眼睛。我……”高照容说着话，眼睛又微微泛红，“我是真心想让恪儿叫你一声母妃的，虽说皇上的妃嫔论起来都是恪儿的母妃，可要是能多一个真心疼爱恪儿的母妃，那才是他的福气。”

小孩子长得很快，离宫几年没见，拓跋恪已经长高了不少。冯妙抱了一会儿，就觉得腰上坠坠的，疼得越发厉害。她不敢逞强，把恪儿放下来，手撑在腰上揉了揉。

高照容叫过拓跋恪，叫他跟婢女在门口玩，抚了抚他的额发柔声说：“去吧，别累着你冯母妃了。”拓跋恪小小年纪，已经被强迫着天天读书，生病又闷了许久，难得出宫一次，看什么都觉得新鲜，扒着石阶缝隙里的几棵草，也能玩上好半天。

冯妙看着他与拓跋宏十分相似的五官，眼神一路追着他小小的身子跑来跑去，要是能有一个这样的孩子，拓跋宏一定会喜欢，其实他一向都对小孩子很有耐心。她全没意识到，自己的表情都已经完全变了，嘴唇弯曲得无限美好，连眼波也柔和得像水浪一般，说出的话更是温柔：“这个季节不好，要是恪儿仲夏时节能来，后山上有树、有草，还有很多小虫子，都是小男孩儿喜欢玩儿的东西。”

高照容含着笑说：“恪儿原本就该多来看望冯姐姐的，只要姐姐别嫌他吵。

他呀，今天是看姐姐有些眼生，这才老实了，等熟悉起来就该调皮了。”

从这天开始，高照容便经常带着拓跋恪出宫，到青岩寺上香。她在拓跋宏来广渠殿时说起此事，满面羞愧地跪在他面前：“多亏冯姐姐提起的方子，治好了恪儿的眼疾。可容儿竟然对冯姐姐生出过嫉妒的心思，害怕冯姐姐生子，皇上不再疼爱恪儿了，容儿实在没有颜面再见冯姐姐了。”

她把心里这些见不得人的念头都说了出来，反倒显得既卑微又坦诚。拓跋宏见她言辞恳切，又想着冯妙在青岩山上难免觉得无趣，有个小孩子常去陪她解闷儿也是好事，告诫了她几句，让她不要动什么歪心思，仍旧准她时常去青岩寺。

从高照容口中，冯妙也能时常听到拓跋宏在做些什么。他命人参照周朝的礼仪制度，结合汉、晋两代三公九卿的官制，制定了职员令，将机构设置、官员职责都一一列明，严令百官照此执行。他又命人在黄河之上筑桥，为大军南下做好准备。

他隐忍多年的雄心壮志，终于要用自己的方式一一实现，冯妙只遗憾自己这时不能陪在他身边。

似乎连上天也想要帮拓跋宏一把，姿容丰润、神慧早成的南朝太子，恰在这一年病故了。他是嫡长皇子，在南朝士子中又威信颇高，这一颗未来帝星的陨落，对南朝皇室的打击实在太过巨大，以至于南朝皇帝都不得不罢朝三日，以示哀悼。

太子早逝，常常也被说成是上天对君王失德的惩戒。拓跋宏抓住这个机会，效仿他父皇曾经的举动，带年幼的皇太子拓跋恂一起，检阅北魏最精锐的兵马，并拜谒太皇太后的永固陵。沿途遇到年长的老者，他都一一问候，还赏赐给他们许多金银布帛。他见到有成年男子不能娶妻，便下令将放一部分宫女出宫，准许她们自由婚配。他在用这种方式宣扬北魏统治者的德行孝义，为南征做足准备。

皇帝离京半月，高照容几乎天天都带着拓跋恪到青岩寺来，有时上山后天色晚了，她便干脆带着拓跋恪在山上留宿。拓跋恪的确是个很讨人喜欢的孩子，冯妙教他的字，他只要抄一遍就会了。

拓跋宏重新肯定了皇长子的地位，高照容却没有丝毫失望不平的神色，她几次对冯妙说起，她现在只想让恪儿平安无事，其他的都顺其自然就好。

这天傍晚，高照容刚带着拓跋恪上山没多久，天上就淅淅沥沥地下起雨来。雨虽不大，可山间的石阶沾了雨水，就会变得湿滑难走。婢女进来劝道：“现在下山太危险了，要是抬轿子的小太监脚下一滑，磕碰了娘娘和二皇子就不好了。”

回宫也没什么急事，正好拓跋恪刚学会了斗草，正玩得兴起，高照容不忍心拘着他，便打算在山上留宿一晚。两人正坐在屋内剪着烛火说话，隐约听见前殿传来一阵喧哗声，像是有持刀的侍卫闯进了青岩寺。

高照容跟冯妙对望了一眼，见自己的婢女正在一边照看着恪儿，便叫忍冬去看看。忍冬去了没多久，就慌慌张张地回来，对着冯妙说："这回……这回是新皇后娘娘找来了，还带着好多人，说要捉拿娘子。"

冯妙愣了一愣："我有什么事值得她这么大张旗鼓地捉拿？"

忍冬喘匀了一口气说："她叫嚷着娘子是南朝派来迷惑皇上的，如果不是山里的侍卫拼死阻拦，他们恐怕早就冲过来了。"

冯妙气得发笑，不知道该说冯清什么好，她从小在昌黎王府长大，如果自己是南朝派来的细作，那么昌黎王算什么？

高照容上前抱起拓跋恪，对冯妙说："我带着恪儿，陪姐姐去看看，恪儿毕竟是皇子，他们不敢无礼。"走到门口，她又转过身来，满脸关切地叮嘱："皇上带太子出巡还没有回来，这会儿不在平城中，要是她蛮横起来，不管不顾地先对姐姐下了手再说，等皇上回来，就是再生气暴怒，也于事无补了。"

冯妙明白她话中的意思，拓跋宏正要南征，此时与南朝扯上关系，轻易就可以扣上阵前通敌的罪名，是可以当场处斩的。

"我们先问问她的缘由，万一情形不好，姐姐还是先保住性命，无论如何忍耐到皇上回京再说。"高照容说得十分诚恳，拓跋恪在她怀中，不叫也不闹，只大睁着一双眼睛看过来，手里还抓着一把参差不齐的草茎。

冯妙抚一抚拓跋恪光滑的小脸，点头说道："我知道轻重，不会跟她硬碰的。"

两人一起走到前殿，青岩山中的几名羽林侍卫，正跪在冯清面前，个个低着头却挺直了脊背，言语客气，态度却不肯有丝毫放松："臣等奉皇上之命守卫青岩寺，没有皇上的旨意，不能让任何人带走冯娘子。"

冯清脸色不善，正要说话，一抬眼便看见冯妙走进来，手里握着的绢帕在鬓边扇了几下，音调上挑着说："正主来了，本宫不跟你们多废话了。"

高照容抱着皇子，只微微福身为礼，冯妙也只是虚合双手，向她略一躬身。冯清心里立刻腾起一股无名火，指着冯妙说道："你见了本宫，为何不跪拜？"

冯妙原本不想跟她争辩，可拓跋宏已经许了她不用跪拜任何人，她自己也不能随便对旁人屈膝，不冷不热地说："我已经是奉旨修行的方外之人，自然该用方外之礼见过皇后娘娘。待会儿要是娘娘想上香或是解签，只怕还要拜谢我呢。"

冯清冷笑一声："本宫可没那个闲工夫，今天是专门来抓你这个妖孽祸水的。"她对自己带来的侍卫呵斥一声，命他们上前绑了冯妙。

高照容上前几步，抱着拓跋恪挡在冯妙前面："皇后娘娘，就算要抓人，也该有个理由吧。不然等皇上回来了，皇后娘娘要如何交代？"

"高贵人，这里可没你什么事，"冯清已经气急，语气越发暴躁，手指着冯妙说，"你要是硬要跟她扯在一起，本宫就连你一起绑了，替皇上好好审一审，你是不是也跟南朝勾结。"

拓跋恪毕竟是个小孩子，听见她陡然提高的声音，便有些害怕，可他并不哭闹，只是转过头，把脸埋在母妃的肩上，两只小手搂紧了她的脖子。高照容心疼地拍拍他的背，对冯清说："皇后娘娘是不是要把我和恪儿都一并绑了？那正好，你就把我们都绑在一处，拿出你皇后的威风来，你如此欺侮皇上的幼子，看那些亲王老臣能不能容得了你！"

"你……"冯清没料到连高照容也会如此伶牙俐齿，冷笑一声说道，"好，你们一个个只管现在嘴硬，可本宫手里证据确凿，冯妙，这回你是赖不掉的。"

她转身从玉叶手里拿过一块玉佩，在冯妙眼前一晃："这件东西，是从你那个下贱阿娘的房间里找出来的，上面的团龙纹，是南朝皇室才能使用的样式。你娘一个小小的歌姬，怎么会有这种东西？"

高照容转头看了冯妙一眼，像是在询问那东西是真是假。可冯妙一时也不能确定，阿娘的东西，一直都收得很整齐，连她也不能随便翻动。

冯清得意又怨毒地扬起脸："光有一件玉佩还不算什么，下人在你们住过的地方，还发现了不少好东西。有一件十分精巧的赤金花钿额饰，用的是南朝少女中盛行的六瓣梅花妆式样。有一件襁褓幼儿穿用的旧衣裳，用的是南方出产的桑蚕布料，式样剪裁也跟北方的衣衫有很大区别。"

"当然，这些东西你还可以狡辩，说是从商队手里买来的，"冯清的眼中闪过一丝快意，"可偏巧还让我找着了一样东西，你猜那是什么？"

冯妙完全想不到冯清会找出什么东西来，她自从入宫侍奉太皇太后，就再没见过阿娘的面，算起来也有好几年了。

冯清掩饰不住地发笑，似乎正享受着把冯妙一点点碾碎的快意："是一张求娶阿常的合婚庚帖，那上面落着的男子名字，是建康萧云乔。萧是南朝皇族的姓氏，至于阿常，要是我没记错，不就是你那个娘的闺名吗？"

冯妙怔怔地退后两步，这句话带给她的震惊太过巨大，一时竟然忘了要反驳冯清的话。难道她……真的不是昌黎王的亲生女儿？

"阿常，阿常，"冯清肆无忌惮地叫着这个名字，没有丝毫对庶母应有的敬意，“本宫才想起来，这种称呼女子闺名的方式，好像也是南朝风俗啊。你那个无耻下贱的娘，带着你们两个野种迷惑了本宫的父亲，原来背地里带着这么恶毒的目的，她还不知道爬过多少男人的床呢！”

“你胡说！我阿娘才不会那样……”冯妙又惊又怒，可她脑中一团乱，连她自己都想不清楚，这究竟是怎么回事。她曾经问过王玄之，知道云乔是南朝太子曾经的表字，可那太子比她大不了几岁，不可能认识阿娘，更不可能早写下什么合婚庚帖。

此时佛像背后又传来一阵急促的脚步声，忍冬见事情不好，已经去叫了山中的其他侍卫过来，十来人冲进来，把并不宽敞的山寺前殿全都挤满了。

冯清冷笑一声：“你们这是要犯上作乱吗？”她把手里代表皇后权柄的赤金凤印举起：“本宫现在执掌六宫，有权处置失德的后妃，像这种通敌叛国的人，即使离宫修行，本宫也不会轻饶。来人，把她押回宫去，本宫要亲自发落。”

一旦被她带回宫中，生死就由不得自己了。冯妙提高了声音说道：“通敌叛国是军国重罪，后宫无权处置，再说我现在是奉皇命修行，你这个内宫之主，无论如何也不该管到这佛门净地来。你既然有证据，只管收好你的证据，我就在这里，等着皇上回来裁夺。”

“皇上裁夺？皇上都已经被你迷惑了，本宫也是为了肃清后宫。”冯清向身侧的侍卫瞥了一眼，示意他们上前绑人。侍卫的身形刚一动，拓跋恪就“哇”一声大哭起来，高照容一面哄着怀里的孩子，一面对冲过来的侍卫说：“在皇子面前，你们也敢动刀动剑，日后皇上问起，你们担待得起吗？”

冯清也不甘示弱，指着冯妙说：“你们只管把那个贱人抓过来，本宫才是六宫之主，皇上回来有任何责问，都有本宫一力承担。”

她带来的侍卫都是昌黎王提拔过的，片刻的犹豫过后，仍旧向冯妙身边涌来。正殿内乱成一团，推搡躲闪间，殿门外又走进一人来，一面不住地咳嗽，一面对冯清说：“皇后娘娘，请先停下。”

冯清快步走到门口，扶住来人，有些焦急忧心地问：“大哥，你怎么来了？”

冯诞穿一件洒银长衫，原本合体的衣裳，现在竟然宽出来二寸有余，他原本就不是个健硕粗壮的人，此时几乎已经瘦得只剩下一把骨头。他的身体，已经被美人夜来的药力彻底损伤了，可其他人并不知道真正的缘由，只当他是染了什么恶疾。“聿弟真是胡闹，竟然把那些东西拿给了你，”他一面说话，一面用帕子掩着嘴，不住地咳嗽，“你竟然还带着人来这里闹事？听大哥的话，快些回去吧。”

冯清被他说得有些委屈，抄着他的胳膊说：“大哥，你怎么净偏帮外人？”

冯诞被她的不知好歹气得不轻："她不是外人，是你姐姐。再说，大哥现在真正在救的人是你，你明不明白？"

冯清甩开手，一脸气恼地站开三步远："什么姐姐，她根本就不是……"

"皇后娘娘！"冯诞喝止住她的话，一阵剧烈的咳嗽过后，他竟然缓缓屈膝向冯清跪下去，"您真的要臣向您叩头请求吗？"

冯清从小敬畏这个大哥，不敢真的受他大礼，可她也丝毫不肯退让，转过脸去不再看他。

"皇后娘娘，冯郡公，我有几句话想说，"高照容把拓跋恪交给婢女，"这件事无论真假，都是宫闱丑闻，不宜声张。再说皇上很快就会返回平城，事情理应交给皇上处置。这几天不妨先将冯娘子留在青岩寺，她一个柔弱女子，是跑不掉的，如果皇后娘娘不放心，我也可以留在这儿，陪着冯娘子一起等。"

冯妙自然相信拓跋宏，点头同意。冯清虽然不情不愿，可眼看大哥并不同意她的做法，又觉得那些东西足够证明冯妙母女都居心不良，便对着自己带来的侍卫说："把她看好了，别让她逃走，也别让她寻死，等皇上回来，本宫看她还如何狡辩。"

两重侍卫都跟在冯妙身后走回后山，把小小一间禅房四面都围起来。其他姑子早就被各自赶回房去，连探头张望都不敢。

冯妙有心想要拜托冯诞照顾夙弟，想了想终究还是作罢了，且不说他和冯清已经走远了，就是他站在面前，冯妙也不知道该怎么说。她心里早就怀疑，他们也许都不是昌黎王的亲生子女。

忍冬在一边劝慰："等皇上回来，一切都会真相大白的，娘子不要太担心。"冯妙有些愣愣地点头，真相大白？她甚至不知道真相是什么。如果阿娘真与南朝有牵连，在这个即将南征的当口，她回宫的希望就更加渺茫了。

高照容倒比忍冬镇定得多，她叫婢女先带了拓跋恪去睡觉，自己走上前握住了冯妙的手："不管怎样，先休息吧，总不能在这时候累坏了身子。"

冯妙只想一个人静一静，把事情的来龙去脉想想清楚，她没想到，这时陪着她的竟会是高照容。她摇头笑着说："不必担心我，倒是恪儿年纪还小，恐怕受不住山寺里的孤寂苦寒。你不必一直陪着我，明天还是带恪儿回宫去吧。"

高照容也莞尔一笑："我并不是真的要陪着姐姐，我留在这里也帮不上什么忙。不过恪儿毕竟是皇上钟爱的幼子，小孩子要用的东西也多，有个病痛不舒服也是常事。万一真有个什么不好，借着恪儿，我们也多些说辞，至少有人可以进出啊。"

她侧着头靠过来，带着几分亲昵倚在冯妙身边："我是真的不放心咱们这位皇后娘娘，她只要回去稍稍一想，就知道凭着皇上对姐姐的喜爱，只会把这件事给压下去。我是真担心，她会做出什么冲动的事来，伤了姐姐。”

她心细如发，所顾虑的事情也有几分道理。冯妙并不愿把自己的事情对人多讲，只叹了口气说：“但愿皇上能尽快返回平城……”

两队侍卫各为其主，互相之间连句话也不说。外面端进来的饮食，冯妙都让忍冬先拿去喂给捉来的野猫野狗，确定没有投毒，才会自己动口吃。她不能死，尤其不能平白死了再被人扣上畏罪自尽的帽子，她一定要活着等到拓跋宏回来。

也算平安无事地过了三天，高照容叫自己的婢女香茗回宫去取几件衣物来，顺便探听一下宫里的情形。侍卫只管看住冯妙，对其他的人并不阻拦。香茗去了大半天，一直都没回来，冯妙心里开始有些不好的预感。

到傍晚时，香茗才气喘吁吁地跑回来，一进门便急着说：“不……不好了，皇后娘娘她……她……”香茗一路跑回来，话都说不连贯，费了好大力气，才算讲清楚。

跟高照容预想的丝毫不差，冯清回去以后，果然越想越不能甘心。她也有几分后怕，要是真等到拓跋宏回来，哪能轻易饶得了她？反正已经闹开了，不如干脆闹得大一点，把冯妙逼死了，一了百了。

皇帝离京巡视期间，按祖制原本该由太子监国，可太子一来年幼，二来也跟着皇帝一同出巡去了，平城里的朝政就交给了几位颇有威望的亲王共同议定处置。冯清把这件事直接告到几位监国议政的亲王那里。事关重大，这些亲王又一贯对冯妙不满，当即便准备了鸩酒白绫，要赐死冯妙。

“奴婢偷听时，被他们发现了，关在明堂后面的耳房里，多亏高大人也在场，悄悄放了奴婢出来，还给了奴婢这个。”香茗拿出油纸包裹着的药粉，递到冯妙面前，“高大人说，只要混在饭菜茶水里吃下去，就可以让人昏睡，这一包，足够几十人用了。”她压低了声音，眼角向屋外瞟去，分明是在暗示冯妙，药倒了门外的侍卫，就可以安然逃走了。

高清欢配制的药方，药效应该万无一失，冯妙也相信高清欢总归还是不愿见她送命的。可事情发生得太突然，她总觉得哪里透着古怪，像有人故意引着她往一个方向走去。此时逃离青岩寺，未必是明智的决定，可留在这里坐以待毙，却绝对是最不明智的一条路。

第四十四章 引离樽

冯妙摇头，现在她比任何时候都更希望能见到拓跋宏，她不能留下恶名任人指摘，因为她不想成为拓跋宏的负累。

高照容走上前，柔婉语声中透着焦急：“万一那几位亲王待会儿真的往青岩寺来，恐怕不是那么好收场的。冯姐姐，不如先在平城内换个地方躲一躲吧，等到皇上回来自然就可以平安无事了。”

冯妙尽力让自己定下心来，昌黎王府显然不能去，昌黎王也随圣驾出巡去了，冯清才有机会拿到那些东西。高氏也有府邸，可冯妙并不敢相信高氏。平城虽大，仔细想来她却真的没有什么地方可去。

犹豫不决间，有侍卫进来跪禀，山腰处的哨卫传来消息，已经隐约看见亲王的仪仗往青岩寺来了。冯妙推开窗子向外看去，青山连绵起伏，一直延伸到天际，近处的山腰上，一队车马渺小如蝼蚁一般，在山路间缓缓移动。忽然涌入的空气，带着山间微凉的水汽，冲散了室内的困顿。

冯妙转回身，对高照容说：“我的确不能留在这里等着他们妄议罪名，至少我该弄清楚，我的生父究竟是何人。”

她叫忍冬去煮一锅豆汤来，盛进小碗里，挨个儿送给门口的侍卫，让他们喝一口豆汤解解渴。两边的侍卫都有些顾虑，接过豆汤在手里，却迟疑着不肯喝下去。冯妙也不强求，分好豆汤便转身折回屋内。

不一会儿，屋内便传出孩童的哭声，高照容的声音又急又怒：“你是怎么照看二皇子的，眼睛明明已经好了，怎么这会儿又红肿起来了？”

香茗的声音透着惶恐：“娘娘，奴婢没有怠慢，大约……大约是山间的水不干净，二殿下的眼睛才……”

高照容匆匆打断她的话：“还愣着做什么，快去取新鲜干净的人乳来，给恪儿冲洗。”

“娘娘……找好的奶娘都在宫里，一来一回，恐怕人乳就不新鲜了……”香茗的声音越来越低，还带上了几分哭腔。

屋门“吱呀”一声打开，高照容一脸忧色地走出来，要乘马车下山。在她身后，婢女模样的人抱着二皇子拓跋恪，低垂着头跟在高照容身后，肩膀一耸一耸地动，像是还在啜泣。拓跋恪双手紧紧搂着她的脖子，几乎整个人都贴在她的脸上，挡住了她大半面容。

冯清留下的侍卫探头上前，想要看清婢女的容貌，高照容回头怒斥：“杵在这儿做什么，还不快去看看马车备好了没有？耽误了二皇子的病情，皇上回来不会轻饶了你们！”她平常很少发怒，说话时语调总是柔婉妩媚，带着一点微微卷曲的尾音，此时忽然发起火来，倒让那侍卫吓了一跳。

此时屋内传出忍冬的声音：“娘子，您要是累了就睡一会儿吧，这几天晚上照看着二皇子，都没睡好。”

侍卫看了一眼抱着二皇子的婢女，又想想屋内忍冬应该是在对冯娘子说话，眼神稍一转，便看见高照容又急又气时发白的面容，忙唯唯诺诺地躬身：“马车就在这边，娘娘请小心。”

高照容让婢女抱着恪儿先上了马车，帘子掀起时，她还用手挡住恪儿的眼睛，免得再被灰尘蒙住。等婢女坐好，她才紧跟着上车，吩咐驾车的小太监尽量快些。

她们走了一条僻静幽深的小路，避开了与议政亲王的车驾相遇。到山脚下时，马车悄然停在路边，那名婢女从车内轻巧地跳下，身上裹了一件素色披风，还用风帽遮住了头脸。

二皇子已经交到高照容手中，她掀开一角车帘，对那婢女模样的人说：“冯姐姐，要不……把这马车留给你吧，驾车的人是我从广渠殿带来的，应该很可靠。”

风帽之下，冯妙微微摇头：“你带着恪儿，不坐马车怎么行，再说我只是在附近躲一躲，并不会走远。”

高照容没再说什么，眼中泛起一层星星点点的泪光：“那你小心些，皇上应该很快就会回来的。”

冯妙对她点头一笑，等马车走远，才沿着东花市宽阔的街道走下去。即使高照容帮了她脱身，她依旧不敢完全信任高照容，也不想让高照容知道自己会去哪里暂避。

东花市上，来来往往的人步履悠闲，店铺里的叫卖声交织在一起，带着世俗安稳的暖意。整条街上，只有明秀堂大门紧闭，门前的红灯笼轻轻随风摇曳，却没有点亮。像明秀堂这样的地方，要等到夜幕降临以后，才会热闹起来。

冯妙凭着记忆，走到明秀堂西北角的小门处，上元夜当晚，王玄之带她进入明秀堂时，走的就是这里。她在门上轻敲几下，略等了片刻，便有小厮模样的人探出头来，眯眼打量着她问："你要找谁？"

"我想找一下苏姑娘……"冯妙低声说。

话说了一半，那小厮不屑地打断："找苏姑娘的人多了，一天能从街口排到街尾，苏姑娘这会儿在休息，没空！"

那小厮正要把门关上，冯妙抬手递上一件金缠银臂钏："麻烦小哥去问问，就说有人受过她明珠相赠之恩，特来道谢。要是苏姑娘不肯见，我就走。"

听说只是问一声，又见她是个姑娘，不是寻常的恩客，也许真的跟苏小凝有些交情，那小厮才接过臂钏，叫她在这儿等着。苏小凝房里的那位公子，给的赏钱很大方，去跑一趟也不吃亏。

等了小半盏茶时间，那小厮才走回来，懒洋洋地对冯妙说："苏姑娘让你进去，跟着我来吧。"冯妙点头答应，跟在他身后，一路穿过回廊。跟夜里莺歌燕舞、乐声靡靡的景象完全不同，白日里的明秀堂，曲径通幽、花木扶疏，不算大的院落内亭台楼阁俱全，还开凿了一泓曲水。

苏小凝的房间在一处二层木楼上，小厮把冯妙带到门口，就离开了。小厮踏在木板楼梯上的脚步声一路去远了，绣门才轻轻开启。出现在门后的，不是苏小凝，而是王玄之。他见着冯妙，眼中陡然现出一抹熠熠光彩，低声说："先进来。"

冯妙跟着他绕过一扇蜀绣锦缎面屏风，一进内室便看见苏小凝斜靠在床榻上，从旁边小案上的琉璃盘中，拈着一颗颗樱桃吃；修长的双腿轻搭在锦被上，被垂下的床帐遮住小半。

她看见冯妙进来，也不说话，只把头缓缓转过去，仰脸看着床帐顶。冯妙第一次主动踏进明秀堂这样的地方，本就有些紧张，这会儿又看见苏小凝衣衫半褪的样子，脸色微红地转开视线，对王玄之说："大哥，能不能麻烦你，让我在这里暂避几天？"

王玄之嗓音温润如旧："你既然叫我一声大哥，又何必这么客气？"冯妙正把披风解下来，王玄之在她的衣衫扫了一眼，眉头便微微蹙紧："是不是出了什么事，你怎么穿着宫婢的衣装？你……是逃出来的？"

冯妙轻轻点头，把事情简要地说给他听，最后叹了口气：“我从前想着，阿娘不告诉我过去的事，多半有她的缘由，那么我也不该强求。可是眼下的情形，却是逼着我不得不去弄清楚了。”

王玄之的眼睛牢牢凝在她脸上，双眸中涌动着墨色的波纹，像飘浮在山谷之中的雾霭一般。冯妙低头错开他的视线，即使她一味逃避，也明白王玄之对她的情意，她却不能同等回报。就连她想要知道自己的身世来历，也是为了日后能毫无挂碍地与拓跋宏重聚，通透如王玄之，又怎会不知道?

“在这暂时避一阵，自然是没问题，不过……”王玄之缓缓踱了几步，沉吟着说，“你刚才也说了，皇后抬出了监国亲王来压你，皇帝不在平城，监国亲王便有权裁夺一切要事，权力等同于皇帝。要是他们派侍卫来缉拿你，区区一个明秀堂，恐怕也护不住你。”

冯妙一愣，恍然意识到，的确如此。她只顾想着避开眼前这一劫，却没想到整个平城都脱不开监国亲王的势力。

“妙儿，”王玄之走回她面前，双目炯炯地盯着她，“这几天大齐的使节就要返回南国，我可以跟随使节的车马队伍一起走，就算是大魏的监国亲王，也不能随意搜查大齐使节的随行车马。不如，你……”

冯妙明白他的意思，只是一时仍旧不能下定决心，算起来，拓跋宏应该再有六天左右就能返回平城，只要他回来，一切都会好的。

可外面的情形，却不容她有太多时间考虑。当天晚上，就有羽林侍卫拿着冯妙的画像，在东花市上逐门逐户地搜查。此时其他店铺已经准备打烊，明秀堂却才刚开张。明秀堂的老板娘本就是个八面玲珑的人物，怕侍卫进来惊扰了客人，悄悄塞了不少金银在他们手里，又赔了不少好话，羽林侍卫草草在前厅搜了一圈便离开了。

侍卫一走，王玄之便让冯妙换上了轻便的衣衫，趁着夜色带她上了自己的马车。马车内用布帘隔成内外两间，内间又有木板做成的夹层，王玄之扶她蜷在夹层内，低声说：“那些侍卫在别处搜不到人，一定还会折回来。等他们再来时，就没那么容易打发走了。你先在这里躲一躲，我去安排一下，要是胸闷难受……你就用手指敲敲木板，我会留意你的动静。”

不知道王玄之用了什么方法周旋，南朝使节竟然将预定的行程提前了整整两日，定在第二天一早就出发。

冯妙闷在狭小的夹层里，只隐约听得见外面的声音，似乎是王玄之故意装出醺醺醉意，在跟其他的南朝官员说话。接着是一众人不知道为了什么大笑起来，最后才是两人一前一后登上马车，车轮缓缓开始转动，在青石板路上发出吱嘎声响。

马车转了几个弯，便吱呀一声停下，车外传来响如洪钟的声音：“大人勿怪，我们在这里奉旨搜查钦命要犯，劳烦大人请随行的人都出来一趟，查验过了立刻就放行。”

冯妙听着声音，依稀觉得应该是到了平城正南门，羽林侍卫竟然已经提前在这里安排了人，搜查所有出城的车马和行人。

那位使节崔大人，自然很不高兴，理论了几句。羽林侍卫说话倒是很客气，可态度却很坚决，坚持要查验过后才能放行。冯妙听见头顶的木板发出轻响，似乎是王玄之从马车上走了下去。

车帘之外，南朝使节连同随行的官员仆从，都站在当场。羽林侍卫一眼看去，便知道这里没有他们要找的人，因为使节队伍里随行的，都是男子。

正要挥手放行，一名羽林侍卫无意间向王玄之的马车上一瞥，车上的帷帘被风吹起一角，隐约露出车内活色生香的景致。那侍卫高声叫道：“车里有个女人！”侍卫统领听到叫嚷声，立刻带着十几人围拢过来，伸手就要去掀帘子。

王玄之从袖中摸出一支碧色玉笛，轻轻压在车帘上，醉眼蒙眬地说：“这位兄台，还是不要看的好，给彼此留些颜面。”他说话本就文气，又带着些含混不清的南方口音，那侍卫统领倒有大半没听清楚，只知道他在阻拦自己，心里越发生疑。

侍卫统领扬手一推，另外一边已经有人飞快地掀开车帘。王玄之被他推得倒退几步，被随行的南朝卫士扶了一把，才靠着身后的另一驾车辕站住。他身形微微摇晃，像是醉得不轻，微眯的双眼却一直紧盯着车内。

帷帘掀开，车内露出一名容颜姣好的女子，上身只用一条一尺来宽的丝绢束住胸部，下身盖着一幅海棠春纹锦缎，只遮盖到小腿，露出一段莹白的脚踝，这人正是大半平城人都见过的明秀堂苏小凝。

这副样子被人看见，苏小凝也丝毫不恼，反倒柔媚无限地向王玄之看了一眼，拖着长声嗔怪地说：“玄郎，这是在做什么？”

南朝使节崔庆阳气得胡须直发颤，自己随行官吏的车里，竟然带着风尘女子，还公然做出这种举动。携妓同游虽然是士子中间的风雅事，可使节随行官吏毕竟代表着一国颜面，传出去总归是件有伤国体的难堪事。

掀开帘子的侍卫也愣在当场，眼睛盯在苏小凝身上，结结巴巴地说不出话来。侍卫统领也不想把事情闹大，劈手在那人后脑上敲了一下，呵斥道：“看什么看！还不快把这位大人扶回去！”

侍卫统领上前，对崔庆阳说了几句好话，怕他们吵嚷起来不肯罢休，挨个儿送回马车上，这才打开城门放行，仍旧命人盯紧了后面的车马。

使节车驾出了平城，王玄之便向崔庆阳告辞，说自己接到了父亲的书信，要快些赶回去。崔庆阳与琅琊王氏有些交情，算起来也是王玄之的叔伯长辈，眼见王玄之日日醉酒，又流连在秦楼楚馆中间，自然痛心疾首，此时就忍不住说了他几句。

王玄之对着他长揖到地，说道："多谢崔大人教诲，只是人各有志，不能强求。"他心里的抱负，连他自己的父兄也认为是大逆不道、痴人说梦，他索性就从不再对任何人提起。

崔庆阳连连叹息，不明白这个自幼聪慧的琅琊王氏旁支公子，怎么会变成这个样子："还是那句话说得不错，小时了了，大未必佳，你好自为之吧。"

离开官道，王玄之让马车又走了几里远，才停在一处不起眼的小村庄外，把冯妙从夹层里扶出来。冯妙整夜没睡，又蜷曲在窄小空间里，站起来时便有些费力。王玄之搀着她的胳膊沉声说："不能休息太久，我们换一辆车继续走，快到南边的国境时再换水路。只要离开大魏的疆土，他们就没有办法抓捕你了。"

冯妙撑着车厢壁站起来，胸口像塞了一团木屑棉花一样，闷闷地喘不过气来，她捂着嘴想要呕吐，可一天一夜没吃东西，腹中空空，什么也吐不出来。

苏小凝此时披了一件烟霞色外衣，赤着脚站在地上，眼神凉凉地看着冯妙，似乎在鄙夷她过度虚弱的身体，却还是拿了一条蘸过水的帕子递给她。

王玄之转身看着苏小凝，有些不自然地说："我们要加快些，明秀堂的人禁不住拷打，羽林侍卫迟早会想到她已经偷偷出城。"

苏小凝"哈"地一笑："正好我也不想去建康，琅琊王氏的门槛太高，我可不敢登门。"她一只手钩住王玄之的脖子，另一只手在他胸前一下一下地点着，声音勾魂摄魄："再说，你敢领我进门吗？你已经是琅琊王氏最特立独行的人了。"

王玄之神色有些尴尬，叫了一声："小凝，你……"

苏小凝松开手，后退了几步笑着说道："就是你请我去，我也不去，士族大家里面规矩最多，谁要去受那些规矩？"她摊开一只手掌，伸到王玄之面前："拿钱来，你住了我屋子，听了我的曲子，还没给钱呢。"

王玄之也温和地一笑，从怀中拿出一只玳瑁扇坠，递到她手中："我随身没带那么多钱财，拿着这个，你可以在大齐境内向琅琊王氏索要布帛钱财。"他知道苏小凝的性子，既然决定了要走，就不会改变主意，她说不愿去琅琊王氏家中，也是真的，却还是忍不住问："那么，你要去哪里呢？"

"我这碗卖笑的饭，在哪里不能吃啊？"苏小凝从车上取下一双丝履，提在手上，咯咯笑着倒退了几步，沿着沙土小路越走越远，“也许过几年，我累了，就找个商人嫁了，要年老的、胖胖的那种，把家里其他的小妾，都赶出去，只准他宠我一个……”她的声音如风一般飘散，渐渐完全听不到了，除了锦囊里的金银，她身上什么都没有，只在手里用力攥紧了那枚玳瑁扇坠。

王玄之的马车装饰华贵，连厢壁用的都是极其名贵的木料，他用这辆马车，跟附近的村民交换了一辆轻便些的，沿着小路一路向南行去。

平城之内，监国亲王赶到青岩寺时，自然没能找到冯妙，羽林侍卫一连搜寻了几天，也没有找到人。

后妃叛国通敌，即使是废弃的妃子，也是必须禀告皇帝的大事。消息随奏表送到行营时，拓跋宏立刻便把仪仗和太子都留在身后，一人一骑连夜赶回平城。即使他昼夜不停地策马驱驰，返回禁宫时，也已经是两天之后了。

他命人继续搜索，可直到四天之后，始平王带着仪仗和太子返回平城时，仍旧没有任何消息。

崇光宫内，新任的殿中将军跪在地上，向拓跋宏禀告搜寻的结果。在皇帝的严令之下，他们几乎把平城的每一寸土地都翻过来，可仍旧一无所获。最容易搜寻拦截的时机已经错过，而王玄之恰恰利用了这段时间，瞒天过海把冯妙带出了平城。

“你们这么多人，竟然找不到一个弱女子？！”拓跋宏隐隐压抑着暴怒，“再去找！”

他的手在桌上重重一拍，殿中将军就不由得一惊，赶忙答应了退出殿外。

崇光宫中死寂无声，始平王拓跋勰随侍在一边，见此情景劝道：“皇兄，不要太过担心，皇嫂一向聪敏，她不会……”话说到一半便难以为继，孤身一人的柔弱女子，确实没有什么地方可以躲藏，更何况，要是她还安然无恙地在平城内，得知皇帝回銮，一定不会再继续躲藏下去。

拓跋宏用手撑着额头，声音透着浓重的疲累：“你叫几个稳妥的人去，把北海王悄悄绑来，仔细审问。要是他不肯开口，那就……动刑。”

始平王大吃一惊，俯身跪倒：“皇兄，臣弟知道您担心皇嫂的安危，怀疑这次又是北海王动了手脚，可……他现在是丹杨王的未来女婿，又恢复了亲王封号，万一动刑之后没有结果，反被他抓住了把柄，那可如何是好？”

拓跋宏轻轻挥手，连声音也缥缈如烟雾一般，双眼中血丝分明：“去吧，顾不了那么多了，大不了朕再补偿他就是。”

始平王不好再劝，应了声“是”退出了崇光宫。

拓跋宏只觉胸口沉闷难当，耳中嗡嗡直响，空旷的崇光宫大殿内，蟠龙金柱上的龙爪都好像摇动着伸出来。他站起身，四下看了一眼，到处都是她的影子，她用过的墨砚，她睡过的床榻，她坐过的绣墩……

胸中如同翻滚过层层黑云一般，拓跋宏怒不可遏，对着外面高声吩咐：“去把皇后和她身边那个宫女，都带过来！”

领命而去的小太监刚走，门口忽然响起一道柔婉的女声：“皇上，容儿忽然想起件事，想着应该向皇上禀告，也许……能帮皇上找着冯姐姐。”

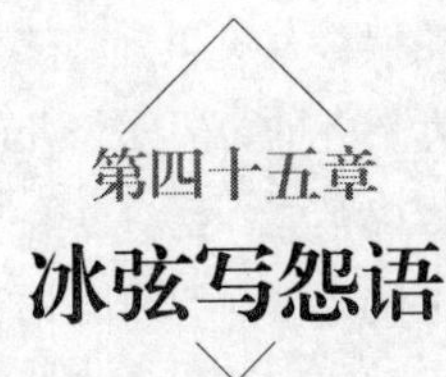

第四十五章 冰弦写怨语

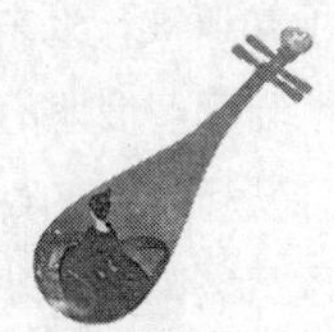

高照容用一只手提着裙角，试探着跨进半边身子来，套着小巧的绣鞋脚尖小心翼翼地落在地上："容儿可以进来吗？"自从有了二皇子拓跋恪，她就再没来过崇光宫。她知道拓跋宏不喜欢别人轻易进入崇光宫内殿，便小心地不去碰触他的禁忌。

拓跋宏轻点一下头，示意她进来，用低哑的声音问："恪儿的眼睛已经没有大碍了吧？"

"嗯，"高照容怯怯地点头，听见他问起恪儿，眼中溢满惊喜，"还是冯姐姐告诉我的法子，用新鲜的人乳来洗恪儿的眼睛，现在已经不疼也不肿了。"

提起冯妙，拓跋宏双瞳骤然缩紧，指节都捏得咯咯作响，沉着声问："你刚才说，有什么事情要对朕说起？"

高照容像忽然回过神来一样，用纤细小巧的手掩了一下唇："容儿也是忽然想起来的，冯姐姐在青岩寺里住了那么长时间，也许寺里的姑子会知道些什么，比如冯姐姐有没有什么熟人朋友可以投靠。"

她低垂下眼帘，带着几分与冯妙神似的羞怯说："容儿自作主张，把这些人带进宫里来了，就在阖闾门外跪候旨意呢。要是皇上想亲自审问这些人，容儿就命人把她们带进来。皇上……不要嫌容儿多事啊……"

在这之前，拓跋宏并没往青岩寺的姑子身上多想，他知道冯妙跟其他姑子并没什么来往，只一味叫羽林侍卫搜寻，甚至连平城外方圆几里之内都搜遍了。此刻听高照容提起，他重重地呼出一口气，沉声说："带进来。"

高照容对身边的婢女低声耳语几句，让她去宫门外带人进来。崇光宫内燃着龙涎香，高照容用手指轻轻去抓瑞兽香炉里升起的青烟，忽然叹了口气说：“冯姐姐失踪那天，容儿原本也在青岩寺的，可是恪儿的眼睛突然酸胀疼痛，容儿就带着他先回来了。要是容儿能留在那里，至少也能知道冯姐姐去了哪里……”

拓跋宏双眼盯着紫檀木案上的墨砚，自言自语似的说：“要是有人故意要弄走她，你在那里也没有办法……”监国亲王们带着羽林侍卫冲进去的时候，只看见忍冬一个人昏倒在地上，后脑不知道被什么东西重重击打了一下，经过御医救治仍旧昏迷不醒，偶尔睁开眼，也痴痴傻傻地不认得人。

不过片刻，婢女就引着几名穿灰色禅衣的姑子进来，高照容上前仔细辨认了一番，对拓跋宏说：“皇上，这位慧空师太，就是前几次替恪儿诵经祈福的那一位，这边的几位姑子也都是青岩寺里的。”

一行人垂头跪在澄泥金砖地面上，拓跋宏的目光从她们脸上缓缓扫过，他去过青岩寺几次，好几张面孔他都见过，并不陌生。在这一行人最边上，一名眉目俊俏的姑子，悄悄地抬眼看向拓跋宏，她的禅衣比别人的略窄瘦一些，把她玲珑有致的曲线全都显露了出来。

拓跋宏微微皱眉，对这妖妖艳艳的样子很是不快：“你也是青岩寺的姑子，你的法号叫什么？”

那名姑子慌忙俯身拜倒：“是……不，不是，我家姑娘在青岩寺修行，我是随着我家姑娘上山的，我家姑娘从前是……是明秀堂的头牌红倌儿，姑娘给我取的名字叫静心。”

大魏提倡佛教，尤其是太皇太后掌政期间，修建了不少佛寺，无处可去的孤苦人，都可以在寺庙中容身。不愿再做皮肉生意的女子，也常有在佛寺中带发修行的，这倒也并不奇怪。

拓跋宏“嗯”了一声，转头对着慧空问：“你是寺里管事的人，冯娘子失踪那天，有没有什么可疑的人上山，有没有什么人来找过她？”

慧空诚惶诚恐地回答：“一向都是宫里来的人照顾冯娘子，贫尼并不知情。那天……那天也没有什么人来，后山上站了好几个带刀带剑的人，贫尼一整天都没敢出自己的房间。”

“那么大一个人，从你的青岩寺失踪，你竟然毫不知情？！”拓跋宏的语声仍旧低沉，却已经透着凛冽的怒意。

她吓得几乎贴在地面上，身子抖得像筛糠一样，吞吞吐吐地说：“贫尼……贫尼想起来，上元节那天，宫里有个年轻的姑娘来传话给冯娘子，送了好些东西来，还说冯娘子可以到东花市赏灯，说不定能遇见故人。后来……后来冯娘子就下山去了，第二天一早才回来的。”

高照容在一边听了这话，诧异望向拓跋宏："去给冯姐姐送东西的，一向都是丹朱嬷嬷，怎么会是一个年轻的姑娘？"

事情似乎完全偏离了原来预想的方向，拓跋宏把手按在紫檀木案上，沉声说："去把那两个负责照料冯娘子的嬷嬷，也都带过来。"

崇光宫门口的太监应声去了，没多久就把丹朱和青镜带了过来。这时，去请冯清的人也回来了，崇光宫内几乎快要跪满了人。

因着这两位嬷嬷是高照容亲自派过去的，不等拓跋宏开口，她就先问起来，让她们把上元节当晚发生的事，一五一十地说出来。

丹朱嬷嬷俯首下去答话："那天原本是奴婢奉命去给冯娘子送东西，可那一晚宫中设宴，奴婢还有别的差事，又怕给娘子的菜色凉了就不好吃了，这才找了花房的宫女去跑腿。这个季节，花房里的事不忙，正好调得出人手来。"

拓跋宏走到丹朱嬷嬷面前，龙纹靴履就踏在她面前一块金砖上，他低头下去问："那么，是你告诉冯娘子，东花市上有故人等她的？"

"不是啊，不是奴婢，"丹朱吓得磕下头去，惶急之下，差一点就撞到皇帝的靴尖，"奴婢怎么敢假传圣旨，那是要杀头的大罪啊。"她抬起头，眼睛惊惶失措地四下乱转，又重新俯低下去说："一定是那个小宫女说的，一定是她，请皇上派人去把那小宫女找来，奴婢不知道她叫什么名字，可奴婢认得她的样子，只要问一问就都清楚了。"

听见说起上元夜的事，冯清的身子晃了几晃，脸色惨白如纸，她背地里做的事情，拿不准皇上已经知道了多少，见丹朱并没攀扯她出来，心里才略略定了几分。她大着胆子说："兴许那小宫女在路上遇到别的什么人，未必就是宫中的嬷嬷告诉她的。"

"你住口！朕没问你，你就不要多嘴！"拓跋宏对着冯清怒喝。他猛然想起，羽林侍卫曾经向他禀告过，在青岩山后山发现了失足跌下山崖的尸首。可他当时一心想着找到冯妙在哪儿，辨认过不是她，就让人送去安葬了，此时也无从辨认那些人里有没有那名小宫女了。

高照容斟了一杯茶水上前，跪着捧到拓跋宏面前，柔声说："皇上息怒，花房的确报过有一名宫女失踪，这种小事没有拿来烦扰皇上，这么看来，丹朱嬷嬷说的话应该是不会有假。"她转头对青镜说道："你是贴身服侍冯娘子的，还不快把知道的都说出来，还要等着皇上亲自问你不成？"

青镜嬷嬷赶忙答应了，向着拓跋宏叩首说道："上元夜那天，的确是有个年轻的姑娘来送信，她拿着宫里的令牌，说的话也分毫不差，还是奴婢亲自送她出门的呢。那位姑娘说要赶着早些回宫去，奴婢还给她指了一条从后山下山的近路。等奴婢回屋时，冯娘子就已经出门去了……”

两个人的话，加上后山发现的尸首，一切严丝合缝。拓跋宏牢牢盯着青镜问：“冯娘子是什么时候回去的？”

“是……是……”青镜支吾着不肯说清楚。

高照容对她说道：“皇上面前，不可有半句隐瞒，知道什么就如实说出来。”

青镜忽然重重地磕下头去，对着拓跋宏连连哀告：“奴婢不敢隐瞒皇上，冯娘子是第二天清早回来的，身上的衣裳全都换了。奴婢伺候冯娘子沐浴更衣时，还看见娘子的肩颈上有瘀痕，只是娘子当时神情郁郁的，像是不大高兴，奴婢就没敢多问……”

“嬷嬷，你在胡说些什么？冯姐姐怎么可能那样？”高照容在一边打断了青镜的话。那番话原本并没什么，可被高照容这样一喝止，反倒更容易让人浮想联翩。

拓跋宏看了高照容一眼，转头对着青镜冷冷地道：“继续说。”

青镜瞥了一眼高照容，似乎十分畏惧害怕，但还是接口说下去：“奴婢把冯娘子穿回来的衣裳也带回来了，还有娘子留下的一些旧物，都在这了，请皇上过目。”

她把放在一边的箱笼打开，先拿出一件霞色长裙，一看便知道是青楼女子的服饰，肩上裁剪得很瘦，比不得宫中的服饰端庄，腰上、背上却缝了几块透明的纱料，裙摆上绣着大幅的花朵，十分妖娆艳丽。

拓跋宏盯着那件衣裳，却不愿用手去碰，只叫青镜嬷嬷继续把其他的东西翻出来。他命人带给过冯妙的东西，七零八落地装在一只柳木小盒里，显然并没有精心保存。一张写了字的纸笺上，沾着几处油污，另一支雕成莲花式样的宫蜡，磕掉了花瓣一角。

东西一样样摆出来，拓跋宏的脸色越来越难看，隐隐的怒意如夏日暴雨前的压抑一般，在殿内流转。箱笼里只剩下最后一样东西，青镜拿在手里，只看了一眼便惊骇得丢了回去。

拓跋宏大步上前，一把扯开她还想遮掩的手，直接从箱笼里把那件东西拿出来，摊开在眼前。

一件银灰色对襟掐腰长裙，从胸前被人斜斜撕开，衣襟上还带着几处污秽不堪的印记。高照容连儿子都有了，自然知道那是什么，“啊”地叫了一声，捂住嘴转过脸去。

拓跋宏把衣裙拿在手里，用手指狠狠地攥着，手背上青筋暴跳。他压抑着满腔愤懑问：“这是什么？”

青镜畏畏缩缩地回答：“是……是上元节那天，冯娘子出门时穿的衣裳。”

拓跋宏把衣衫掷在书案上：“你再想一想，平常还有没有什么可疑的人到青岩寺来？去找过她的也好，在山上逗留过的也好，都告诉朕。要把一个人从青岩山弄走，还用药迷倒了门口的侍卫，总要熟悉后山的地形才行。”

青镜茫然地摇头：“冯娘子平日都是一个人在屋里，有时跟忍冬姑娘一起去小厨房，奴婢真的没看见什么可疑的人……”

“你怎么不说实话！你一个人照顾不周，还想连累我们这么多人跟你一起死吗？”跪在地上的静心忽然跳起来，几步走到拓跋宏跟前，跪倒说道，“这个嬷嬷没有说实话，我明明看见过有人来找那位娘子，还不止一次呢！”

拓跋宏转身，缓滞地低头看她。静心从小在明秀堂长大，也没人教过她宫里的规矩，只知道见了皇帝要跪下答话，却不知道要低垂双目不能直视皇帝的尊容，此时直挺挺地仰头说道：“我看见过好几次有人来找她，都是不同的男子，我不知道她是宫里的人，还以为她跟我家姑娘一样，也是做那种生意的……”

高照容低声呵斥：“不得胡说，你只管答皇上的话。”

静心看了她一眼，继续说：“最近几次，是一个有钱的公子哥儿，穿一件月白长衫，说话带着些南方口音。从前还有过一个双眼碧绿的人，那人长得可真好看，连我家姑娘看了都……有一年的中元节，我还见着他们一起在后山放河灯，两人搂抱在一起，往山后的林子里去了。”

“你……你怎么能胡乱污蔑人？哥哥他曾是宫中的傩仪执事官，也算是半个清修之人，是不会做出这种事的。皇上，就算您不相信容儿的哥哥，也该相信冯姐姐啊！”高照容听到静心的最后一句话，急得快哭出来，也跟着跪倒在拓跋宏面前。双眼碧绿又俊美如天人的男子，整个平城只有高清欢。

拓跋宏挥手说道：“都下去，把这些姑子和嬷嬷先看管起来。”门口侍立的太监赶忙传了侍卫进来，带着那些人一同出去。

高照容还要说，却被拓跋宏扬手打断。他走到冯清面前，蹲下身子拈起她的下巴：“朕现在没有闲心处置你，先让你老实待在顺和殿，等朕找回了妙儿再来理会你。”

冯清心中惊恐，却仍旧固执地看着拓跋宏，不肯露出心虚的模样。传回来的消息，明明是说那几个人没有得手，她才会叫二弟冯聿翻找昌黎王府里的东西，想要索性处死冯妙。她原本的打算，就是想让冯妙羞愧离开，眼下冯妙的确离开了，事情却好像也脱离了她的掌控。

拓跋宏不屑地松开手，对高照容说：“你也出去，让朕静一静。”

傍晚时分，始平王拓跋勰才返回宫中，向拓跋宏禀报：“北海王什么也不肯认，臣弟动了刑，他始终只有一句不知道。恐怕……”

拓跋宏叹了口气：“恐怕真的不是他做的，是吗？”他从书案上拿起那件撕破的衣裙：“上元节当夜，有人假托朕的名义带话给她，约她去东花市赏灯。她去的时候，就穿了这件衣裳。”

始平王上前，借着微弱的灯光查看，那道长长的裂纹，横亘在衣衫上，是被人用足了力气一把撕开的。始平王看过后大为震惊，微张着嘴愣愣地看着拓跋宏：“皇兄，这……这不可能……”

“有人故意让朕看到那些证据，故意让朕听到那些说辞，可朕半点也不相信。如果妙儿是水性杨花的女子，她就不会……”拓跋宏把那件衣裙捧在手上，“要是朕现在还会相信那些，那她就白爱了朕一场，倒不如封在万年堂里，永远不要出来的好。”

最初得知这些事时的愤怒过去，拓跋宏的声音里，带着从心口蔓延出来的痛意：“妙儿是个倔强的人，要是真的有人这样伤害了她，她就不会愿意再回到朕身边来了。”

拓跋宏把衣裙放在紫檀木案上的最显眼处，像是要时刻提醒自己，妙儿正不知身在何处。

“你带些稳妥可靠的人，到东花市上挨家挨户地查问，一定要把那天晚上发生了什么事弄清楚。妙儿去过什么地方，见过什么人，朕都要一一知道。”拓跋宏哑着声音吩咐，“不要……不要泄露给其他人知道。”

“是，臣弟亲自带人去办，”始平王有些担忧地看着拓跋宏深陷的眼窝问，“皇兄已经几天没有好好休息过了，南征的安排要不要……”

拓跋宏如石雕一般一动不动，只缓缓吐出四个字：“一切照旧。”有那么多人，为了他能名副其实地君临天下而葬送了一生，他不能随心所欲。该承担的责任，他一样也不会放弃。

千里之外，王玄之带着冯妙从水路登岸，在附近的市镇上买了新的衣衫。此处已经距离大齐的都城建康很近，乘坐马车不过只有半天的路程。

南朝衣装宽袍大袖、质地轻薄，很能显出人的神韵来。王玄之给冯妙选了一件鹅黄色的襦裙，让她在客栈换上，等她出来时，王玄之远远地看了一眼，不说好也不说不好，只是笑着伸手，在她两只耳垂上各戴上一只坠子。

手指触到柔软的耳根，冯妙脸上一阵发烫，赶忙转过头去。铜镜中映照出她有些略微发白的脸，耳垂上的坠子一晃一晃的，是两只小巧精致的红豆，用银丝穿着。

王玄之站在她身侧，看着镜中映出的一双人影，说道：“在船上你就一直不舒服，我们先在这附近吃点东西，待会儿雇一辆马车，去我在城外购置的私宅。这里的鱼羹很有名，跟北边的吃法不一样，煮出来的汤是嫩白色的，你尝一尝就知道了。”他自己也换了件长衫，仍旧是月白色，却衣袖长垂，很有几分翩翩韵味。

南朝的街市、房屋，跟平城有很大不同，并不像北方那么雄伟壮阔，反倒处处透出一股精巧细致来。冯妙初到南朝，几乎看得目不暇接。王玄之也不着急，只在她身前慢慢地引路，遇到她想多看几眼的地方，他就悄无声息地驻足，极有耐心地等候。

王玄之原本就是士族子弟，对吃喝用度十分讲究，带着冯妙直接去了这里最有名的酒楼“一品鲜”。这家酒楼最奇特的地方就是，菜单上只有三样菜：鱼骨汤、双色鱼头和焦熘鱼尾。就凭这三样菜，却能常年高朋满座，可见菜品不俗。

店小二看见他们的衣饰不俗，又瞥见王玄之腰上坠着琅琊王氏徽记的玉佩，立刻殷勤地问：“是三样全要呢，还是单点哪一样？”

大约是因为这一路终于有惊无险，王玄之心情极好，朗声对店小二说：“三样都要，但是顺序不能错，先上鱼骨汤开胃润喉，然后上焦熘鱼尾，要外焦里嫩、火候正好的。最后上双色鱼头，配上些新鲜的芽菜。”

店小二躬身应道：“好嘞，一听就知道您是行家，这就去给您传菜。”

没多久，鱼骨汤就送到了桌上，碧绿色的玉碗中，盛着幼白嫩滑的鱼骨汤，香味一路飘散过来。冯妙向碗里看了一眼，正要拿勺子，鱼骨汤的味道钻入鼻中，带着浓重的鱼腥味。她抬手捂住嘴，弯起身子呕吐不止。

王玄之抬手轻抚她的背，柔声说：“一路上都在吐，我还以为你是坐不惯船的缘故，怎么到了这里还是……”他的声音忽然顿住，连手上的动作也跟着僵硬起来。

吐空了早上吃过的东西，冯妙才觉得稍微好一些，从桌上取了清水来漱口。

王玄之的面色忽然变得极度晦暗，方才飞扬的姿态，一刹那完全消失不见了。他叫店小二撤下鱼骨汤，换了一碗清粥上来，细细的米粒中撒了一些柑橘皮，推到冯妙面前：“妙儿，等到了家中，请个郎中来给你看看。你……不必担心。”

冯妙点头，却不知道该说什么。一路上都要小心躲避追兵和盘查，直到进了南朝的疆域才稍微放松一些。对自己的身体，她比王玄之更清楚，月信已经很久都没有来过了，算算日子，应该是元日那天的事。

王玄之默默看着她吃了小半碗米粥，带着她找了一辆马车来，两人一路上都沉默无话。马车在建康城外转了个弯，驶进一处院落。院门口有一丛翠绿的湘妃竹，院子内曲径通幽，处处有竹，但每一处竹丛的景致又各不相同，一看便知道这是王玄之的府邸。

冯妙刚从马车上下来，便听到前方不远处传来盈盈的笑语声：“公子回来了，这一次是带了什么人来呀？”

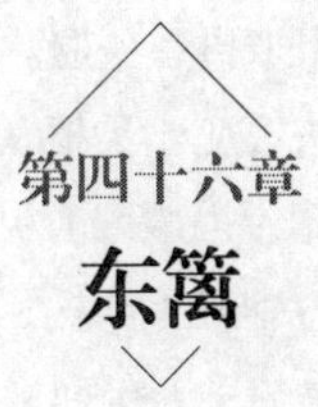

第四十六章 东篱

一阵环佩叮当声过后，回廊之下走来六七名妙龄少女，都穿着轻软的丝绢长裙，只是颜色各不相同，袅袅婷婷地走到王玄之面前，向他盈盈施礼。

最前面一名身穿湖蓝色衣裙的女子，眼神在冯妙身上转了几转，掩嘴笑着说：“公子带回来的姐妹，越来越标致了，这位妹妹叫什么名字？”

“灵枢，不要调皮。”王玄之微微笑着说话，虽是责备，却半点生气的意思也没有。他稍稍退后半步，把冯妙让到身前，对那几名少女说：“这是我的朋友，要在东篱住几天，你们就叫她……阿妙吧。”

东篱便是他这处私宅的名字，像阿妙这样的叫法，是南朝称呼女子的方式，冯妙知道王玄之不想说破自己的身份，屈身向那几名少女福了一福，问了一声好。

少女嘻嘻笑着避开，灵枢说道：“可不敢受你的礼，我们姐妹被公子带回来的时候，个个都脏得像泥猴一样，唯有你先梳洗过换了衣装，可见公子对你不一般。我要是受了你的礼，回头公子要罚我，你替我说情不？”她的声音里带着软糯的南方口音，一张鹅蛋脸更是可爱。

冯妙心中对她好感顿生，却又因为她这几句话觉得有些不好意思，笑着说：“以后要请你多多照顾。”

王玄之止住她们的说笑声，对灵枢吩咐：“你去给阿妙安排一个住处，再请一位郎中过来，快些去吧。”

灵枢得了吩咐，却站在原地不动，眨着眼睛看着王玄之，指着自己的鼻子说：“公子怎么忘了，我也学了医术啦，阿妙哪里不舒服，我可以替她诊治。公子要是不放心，也可以叫素问姐姐来再看一遍。”

王玄之无可奈何地笑笑，点头答应。灵枢欢呼一声，拉着冯妙的手便走。

绕过一段爬满藤萝的曲折回廊，冯妙跟着灵枢进入一间三面带窗的屋子，一名身穿水绿色衣裳的女子，刚刚整理好了床榻，正往香炉内填进清凉的薄荷脑。灵枢张口就叫：“素问姐姐，这是公子新带回来的姐妹，叫阿妙。”

王玄之也跟在她们身后走进来，四面看了看说：“这间屋子明亮通透，很好。”他看见素问正要燃着香炉里的香料，赶忙制止：“先不要燃香，阿妙有些不舒服，你先帮她看一下。”

灵枢口中叫着“我来，我来”，按着冯妙在床榻上坐下，取过腕枕垫在冯妙手臂下，有模有样地把手指搭在她的腕子上。她的医术刚刚学了不久，还不大熟练，反复搭了几次，脸上露出惊诧的神情，眼神有些古怪地瞥了王玄之一眼，脸竟然红了。灵枢收回手，几步跑到王玄之面前，踮着脚尖对他耳语了几句。

王玄之侧头听着，微笑着说了一声“不要胡说”，转头仍然叫素问来替冯妙诊治。素问熟练地上前替冯妙诊了脉，神情也有些惊诧，却不像灵枢那么孩子气，又问了冯妙几个问题，这才对王玄之说：“公子，这位姑娘是喜脉，幸亏刚才没有用薄荷香，有身子的人还是不用那个的好。”

虽然早有预料，听见“喜脉”两个字，冯妙还是震惊得说不出话来。她把手放在平坦的小腹上，眼睛里渐渐浮上一层雾气，原本不抱什么希望，可这个孩子终究还是来了。也许是李夫人的药方起了作用，她真的没料到，自己还能有孩子。一转念间，又觉得有些难过，远在千里之外，她仍旧没有办法，把这消息最先跟拓跋宏分享。

“只不过，姑娘有些肺热体虚，并不适合生育……”素问有些欲言又止，看到王玄之微微摇头，便不再说话了。

王玄之嘴角含着一抹淡淡的笑，可那笑意竟有几分像初春浮在河面上的碎冰，暖阳千里，却又冷冽入骨。他对着素问说话，眼神却总是不经意地瞟在冯妙身上：“明天开始给她换轻软宽松的衣裳来，饮食都要单做，不要生冷辛辣的东西，香料一概不用了。”

素问答应了一声，便往屋外走去，经过王玄之身边时，见灵枢还在歪着头张望，扯了扯她的衣袖把她带出屋外。

屋里只剩下两个人，王玄之先开了口：“她们都是我在外游历时遇见的女孩子，有的是家中穷苦，被父母兄长带出来卖给大户人家做婢子，有的是人贩子从中等人家拐来的，要卖去青楼里。我带她们回来，半是当作婢女，半是当作姐妹，等她们长到年纪，想嫁人的，我就送些嫁妆，不想嫁人的，便仍旧留在这儿。”

冯妙侧头听着，眼中不由得流露出一丝诧异神色，那些女孩子，大半都已经过了嫁人的年纪，却仍旧留在这里。

王玄之摇头笑道：“大约是因为我不愿给她们立规矩，我带回来的女孩子，到了年纪竟然大都不想嫁人，只想仍旧留在东篱逍遥自在。”

冯妙也不由得失笑，只要看灵枢的样子就知道了，他平时对这些女孩子一定十分纵容：“既有东篱之乐，谁还羡慕其他呢？”

“我总是想起幺奴，”王玄之踱到窗边极目远眺，“女孩子在这世上，就像柔弱无依的花朵一样，命运的水流把她们推向哪里，她们都只能接受。我只希望，在这门阀纷争、弱肉强食的乱世里，尽我所能给她们一片净土。”

冯妙低头沉默，幺奴对命运最惨烈的抗争，也无非就是用一根簪子毁灭了自己美好的容颜和嗓音。她想讲些别的事情来和缓气氛，忽然想起从前问过关于“萧云乔”这个名字的事，便想再问一问。

她刚要开口，王玄之已经接着说下去：“上次你问起云乔这个名字时，我就有些奇怪，云乔这个表字，知道的人本就不多，而你说合婚庚帖上用的是萧云乔时，我便更加肯定，你阿娘认识的这位故人，一定是与大齐皇室有关联。”

冯妙微微张口，手却更紧地压在小腹上，她在离宫修行时有孕，本就会受人诟病，若是她自己再跟南朝皇室扯上关联，这孩子还如何能被拓跋皇室接受？

王玄之替她垂下窗前的帘子，柔声说：“如今大齐都城内还在太子的丧期，禁止一切出游饮宴，等过了这段时间，我再想办法帮你打听。这几个月你都好好休息，养好身子要紧。”

他想起素问那个欲言又止的眼神，心里暗自担忧，冯妙的咳喘症虽然暂时压住了，可到了生育时难免还是会发作。建康城内的家中倒是还有几粒千金平喘丸，看来免不了要再回去一趟。

南朝气候温暖湿润，对冯妙的咳喘病症倒是很有益处，在这里住了一个多月，倒是一直没有发作过。她的小腹已经变得圆润起来，只是穿着宽大的衣衫仍旧不明显。王玄之并不带她出门，只叫灵枢、素问在东篱内陪着她，有时他自己出门去，也并不向冯妙提起去处。

天气渐热，灵枢想用冬天里存下来的冰做冰镇果子吃，冯妙不能吃生冷的东西，便坐在一边看着。灵枢用小刀划下碎冰来，跟切碎的果子混在一起，浇上一勺槐花蜜，捧到众人面前：“阿妙要有小娃娃了，不能吃冰镇的东西。素问姐姐不喜欢吃甜食，自然也不吃了。公子你……”

王玄之摇着扇子微笑着说：“我怕有人背地里说我贪吃，连个小姑娘的冰镇果子也要，我也不吃了。”

灵枢这才嘻嘻笑了一声，用银勺盛着果子送进嘴里。

一勺果子刚进了灵枢的肚子，门外就传来一阵男子的笑声：“是谁连个小姑娘的冰镇果子也要抢？”人还未到，话语声已经清晰地传进每一个人的耳中。

冯妙抬头望去，身穿贵胄骑装的青年，一边用马鞭敲着手心，一边走进来。因着冯妙正坐在大门对面的软榻上，那男子一进门，就先看到了她，不由得一愣，竟然有些出神。

王玄之起身向那男子施礼：“竟陵王殿下怎么有空到我这陋舍来了？”

那男子这才回过神来，对着王玄之笑道：“你这狐狸，说话总绕着七八个弯。你是想问，你明明在门口放了暗示主人不在的挂牌，本王怎么还能找进来吧？”他仰头笑道：“本王跟你认识得久了，也摸透了你的脾气，你门口挂着那件东西时，多半人就在家中，门口不挂时，反倒更有可能不在。”

王玄之不置可否，只回身告诉冯妙，这一位是大齐皇帝的二皇子，竟陵王萧子良。冯妙正要以婢子之礼向他问安，萧子良却用手里的马鞭虚虚一拦：“这位姑娘的面貌看着有些眼熟，所以进门时才多看了几眼，唐突了佳人，请佳人勿怪。”

冯妙低头说了一声“不敢”，心思却全放在那句“看着眼熟”上面。她从没来过南朝，这位竟陵王也不可能见过她，可她却与阿娘长得很相像，莫非……

萧子良回身向王玄之说道：“父皇已经问起你好几次了，说你从北边回来，也不进宫见驾。本王替你保守住了这处私宅的秘密，趁着今天出城查看祭祀的路线，才悄悄地过来，你要如何谢本王？”

王玄之轻轻摇动手中的折扇，反问道：“竟陵王殿下想要我如何酬谢？”

萧子良往冯妙身上看了几眼，用手一捶王玄之的肩：“等太子大哥的丧期过了，本王想在西邸官舍邀请一些人来讲论佛法，到时候请你带着这位姑娘同去如何？”

竟陵王在南朝一向很有些贤德的名声，身边招揽了不少儒士，如今太子英年早逝，他是皇位的最有力竞争者。王玄之是琅琊王氏年轻一辈中最有名望的人，如果得到他的支持，便也等同于得到了半个琅琊王氏的支持。

王玄之自然想得透他这些心思，微微笑着看向竟陵王：“殿下到时候且送请帖来吧，我要到那时才知道，自己有没有心情讲论佛法。”

竟陵王走后，冯妙有些奇怪地问：“大哥，你要是不想答应竟陵王，为何不索性拒绝？”

王玄之一向不准东篱的女孩子沾染政事，叫灵枢和素问先出去，这才对冯妙说："你刚到南朝，还不清楚朝中的局势。原本文惠太子是毫无疑问的皇位继承人，可他突然病逝，就留下了一个难题。"

"竟陵王萧子良与太子同为皇后所生，此时便成了嫡长子，继承皇位也说得过去。"王玄之慢慢地讲给冯妙听，"可文惠太子的正妃，也留下了子嗣，便是南郡王萧昭业。这个皇孙跟文惠太子一样，身姿秀美，又写得一手好字，从小就很得皇上的宠爱，朝中有人猜度着皇上的心思，想要上表册封他为皇太孙，日后好继承大统，其中最坚持的，就是西昌侯萧鸾。"

王玄之见冯妙低头沉思，把茶水送到她面前说："是我不好，不该跟你讲这些。这么多人名，关系又错综复杂，一下子很难全都看破。你现在正要保养身体，还是不要多想了。"

冯妙摇头一笑，也不多说什么。她刚才不作声，是因为她在替王玄之担心。历朝历代，无论任何原因，改换太子都是动摇国家根本的大事，常常一个不慎就会引来天翻地覆的震荡。此时的大齐，看上去风平浪静，暗地里却已经埋下了祸患。

像王、谢这样颇有影响力的大家族，一定会成为朝堂上两派势力争夺的关键。这与后宫"集宠于一身，便是集怨于一身"的道理相同，只怕一步不慎，整个琅琊王氏都会陷入覆灭的境地。

两月之后，竟陵王萧子良果然命人送来请帖，明明白白地写着，要请王玄之和阿妙姑娘同去西邸官舍。

冯妙的身形已经有些臃肿，即使用宽松的衣衫也遮掩不住，便有些不大想出门。

王玄之却一反常态，劝说她出门散散心："只有一样要委屈你，我去参加这样的集会，要使用琅琊王氏的车马徽记，必须得到父亲的准许，你得先跟我去一趟琅琊王氏的大宅。"冯妙并不觉得这是什么了不得的事情，便答应下来。

琅琊王氏是百年世家，就连宅院也气派非凡，下人们步履匆匆，走路时都低头垂手、目不斜视，见到王玄之走过来，便侧身闪到一边，把主道让出来请他先过。

绕过一处假山，王玄之让冯妙在阴凉处的坐席上等候，自己进入内室去拜见父亲。一块竹帘、四根廊柱、八角凉亭……南朝的风物处处都透着精致，冯妙坐在小榻上，一面看着藻井上的雕花彩绘一面等着，丝毫不觉得着急。

此时，内室忽然传出一个老者带着怒意的声音，隐隐约约听不大清楚："……没名没分，就有了身孕……行为不端的浪荡女子……败坏琅琊王氏的名声……"

冯妙一怔，旋即脸上涨红，她忽然明白过来，那一定是王玄之的父亲在说起自己。即使知道自己不会一辈子留在这儿，她仍旧为这些伤人的话而感到窘迫难堪。男子狎妓时，便是风雅有趣，怎么女子一心一意爱人时，便要受到千般责难？

竹帘被人掀起，王玄之几步走出来，把冯妙从榻上扶起，见她眼角隐有泪痕，也不多问，拉着她的手便往外走去。

两人从琅琊王氏的大宅出门时，已经换乘了一辆油壁四帷马车，车上绘着琅琊王氏的徽记，显然王玄之已经说动了他的父亲。

“妙儿，你不要在意旁人怎么说，”王玄之在马车之内开口，“父亲是个古板的人，说出来的话难免……不过父亲已经准了我这几个月自由支配家中的事物和钱财，我不会再带你登门受辱了，你……别怪我。”

听他这么一说，冯妙忍了许久的眼泪反倒簌簌落下，她想用手背抹去，却越抹越多。“大哥……我并没有怪你，”她抽噎着说，“我只是……只是，觉得你不必为我这样，你知道我根本无法回报你任何东西……”

王玄之用手指抹去她的眼泪，温和地问：“别哭了，妙儿，大哥问你，你喜欢雪顶含翠茶的味道，可你会要求那茶也同样喜欢你吗？”

人一哭起来，一切思路好像都中断了，冯妙愣愣地摇头，不知道他想说什么。

王玄之淡淡地一笑：“这就对了，这世上万事万物，能在此时此刻相遇，都是缘分。我们不能强求缘分，可该相遇的缘分来时，又为什么要违背自己的心意呢？任何一朵花、一盏茶、一处风景，我欣赏它时，便只是欣赏它，从不会要求它用同等的欣赏来回报我。对人，我也是这样。”

他说得坦荡磊落，毫不隐瞒自己对冯妙的一腔真情。冯妙被这话中的蕴含的深意触动，原来喜爱一个人，不是只有痛苦煎熬，还可以如清风拂面一般美好。

她也是个心思豁达通透的人，既然明白了王玄之的心意，便也不再扭捏，索性大大方方地说：“大哥，多谢你。”

王玄之微笑着点头，也不再多说话。彼此明了便已经足够，再多的话只是多余。

竟陵王萧子良的官舍，修建在亭山之上，依山傍水。王玄之带着冯妙进入官舍时，庭院之中已经坐了不少人。萧子良一身亲王蟒服坐在正中主位上，旁边一位儒士模样的人正与他对答。

王玄之轻拉冯妙的衣袖，对她说：“这位范缜范大人，性情孤僻，不信神佛，每到这样的场景总要与人辩论一番才肯罢休，偏偏竟陵王总喜欢招惹他来争辩。”

冯妙听他这样说，觉得有趣，便凝神听那座上两人的对话。

萧子良对着范缜发问：“范大人不相信人有转世轮回，也不相信世上有因果报应，那为什么这世上有人终生富贵，有人却一生困苦呢？”

范缜捻着胡须说道：“人的一生，就像树上开出的花朵一般，随风飘落。有的落在枕席之上，就好像终生富贵的人一样，有的落在污秽不堪的茅房里，自然就像那些一生困苦的人了。”

听到前半句，冯妙侧身悄声对王玄之说：“这人的说法，倒是跟大哥有些类似呢。”可话音刚落，又听到了后面半句，赶忙捂着耳朵说，“这言语也未免太刻薄了些，何必这样讥讽出身不佳的人呢。难道他不知道，有人草莽出身，日后反倒成了天下至尊至贵的皇帝吗？人的命运，向来都在自己手上。”

王玄之上身微微前倾，听冯妙说话时，神情十分认真。他衣领间散发出皂角的干净气味，因为冯妙有身孕，他停了东篱里的一切香料，以防不慎伤了她腹中胎儿，连他自己每日用的熏香也停了不用。

听她说完，王玄之才笑着说：“你的才思，倒是可以跟他们辩驳一番，巾帼不让须眉。”

见冯妙一笑，王玄之又压低了声音说：“之前只说带你出来散散心，是怕你太过担忧。现在我可以告诉你了，我打听到今天还有重要的人物要来，只是不会公然出面，你留神看着右手边帘幕后面的人影，无论看见什么都别表现在脸上。”

冯妙轻轻点头，虽不大明白王玄之的用意，却相信他这样说一定有他的道理，眼睛往那一排隐在竹帘后的坐席上看去，那里空空荡荡，现在还一个人影都没有。

此时已经有人看见王玄之带着冯妙进来，一位身穿烟灰色锦袍的年轻公子，斜挑着眼睛放肆地看了冯妙几眼，语带讥诮地对王玄之说：“今天是竟陵王殿下请人来论辩佛法的盛会，王公子怎么携妓同来了？这风雅，恐怕用错了地方吧。”

话音刚落，那人身边的几位士族公子，也跟着大笑起来。

冯妙见那几人衣着华贵，略略一想便明白过来，士族门阀之间明争暗斗不断，恐怕这些人对王玄之早有怨恨，借机折辱他。

王玄之却丝毫不以为意，带着冯妙径直走到自己的坐席上，对那几人说：“这一位是我的朋友，今日碰巧同来，还请不要言语冲撞。”

“朋友？”那人夸张地往冯妙微微隆起的腹部扫了一眼，“要是有夫之妇，如此抛头露面，有何颜面？要是王公子你的姬妾，我们怎么从没在王氏的府邸里见过？”

王玄之的脸色微微变了，担心冯妙又要多思多虑，正要怒斥，冯妙却轻拉了一下他的衣袖，柔声对那位言语放肆的公子说：“奴家斗胆，有个问题想问公子。方才范大人用树上的花朵来比喻人的富贵贫贱，在公子眼中，奴家可比作何物？”

在南朝数月，她的言辞已经完全与南朝人的习惯相同，只是北方的口音一时仍旧改不过来。